U0690057

宁波市服务型重点专业：文化创意专业群建设项目

宁波历代饮食诗歌选注

Selections and Annotations of Ancient Ningbo Culinary Poetry

张如安　编著

ZHEJIANG UNIVERSITY PRESS
浙江大学出版社

前　　言

民以食为天，诚如南宋宁海诗人舒岳祥所说："人生何所事，口腹最相关。"不管在任何时代，饮食都是人们最为关心的问题。人类在饮食上投入了无数的精力，探索、认识和利用大自然，在文明进程中，创造出了形形色色的饮食文化。

一

清代康熙年间鄞县人臧麟炳、杜璋吉编纂的《桃源乡志》卷五《物产志》有序云："甚矣哉，天地之大也。人不能自为养，而天地为之养之。山林水陆之珍，其出也无穷，其养也无竭，一若以为不如是，则无以资下民之用，而全其好生之心。夫人，戴天履地而不知天地高厚如是，讵所以为人乎？"这段话指出，人类是靠源源不断产出的山林水陆之珍养活的，天地才是人类赖以生活的最根本保障。人类享用了大自然中动植物提供的无穷食物，大自然为此付出了巨大的代价，人类如果不懂得向大自然感恩，简直不能称之为人。臧麟炳他们能从食物之养而感恩天地，正好传递出了中华民族传统文化中天地人和谐的核心理念。但随着工业文明的不断加快，人类不知亏欠了动植物多少恩惠，我们品尝着美味，却不具备各类物产的相关知识，甚至叫不出它的名字，这种陌生已很不厚道了，然而人类还在不断地捣毁富有诗意的田园，围剿动植物的生存空间，最后不得不吞下自己种下的生态苦果。

宁波四季分明，雨量充沛，温湿的环境，多样的地貌，靠山臂江枕海的地理优势，造就了多少丰沛的食材。宁波盛产山珍及农副产品，陆生本地蔬菜资源丰富，品种的地方性和季节性很强，也更能彰显宁波人长期养成的口味习惯，更能凸显纯正的甬邦乡味。清代前期，宁波乡镇之民烹制蔬菜以羹法最为普遍。笔者据清初《桃源乡志》卷五《物产志・蔬菜类》统计，所列 48 种蔬菜，有 18 种特别注明"可作羹"，可见羹材之丰富了。地产最为驰名的蔬菜，莫过于雪菜了，自晚明以来即见于诗家的吟咏。丰富的地产蔬菜还为海鲜菜提供了各式各样的配料，大大丰富了宁波菜肴的菜式和味型。至于宁波面向浩瀚的东海，更是得天独厚，著名的舟山渔场，历来为宁波渔舟逐利之所，而象山港则为许多海生动物洄游繁殖地。东海出产的难以尽数的海错，四季轮番提供了新鲜繁多的烹饪原料，养育了无数宁波儿女，培养了一代代宁波人的味蕾感觉和饮食习惯，也从某种程度上奠定了宁波菜肴的特色，并由此沉淀了深厚的人文意蕴。若从文献中略加钩稽，我们就会发现"海味"之称始见于《南齐书・虞悰传》："悰治家富殖……而会稽海味无不毕致焉。"可见余姚籍美食家虞悰特别擅长于烹制海鲜菜，文中所说"海味"指的是海产烹饪原料，这一含义多被后世所继承。唐代诗人"元白"笔下多用"海味"一词，与明州有关。如元稹有《浙东论罢进海味状》，将明州每年所进淡菜、海蚶称为"海味"。白居易有《寄明州于驸马使君三绝句》，其一云："海味腥咸损声气，听看犹得断肠无。"意思是说又腥又咸的海味，有损于歌女发声。周太祖广顺元年(951)下诏减除旧贡滋味食馔之物，其中有"两浙进细酒、海味"等，想来"海味"少不了明州所贡。明代屠本畯有《海味索隐》专集，"海味"仍专指海产烹饪原料。至于"海错"一词，则早已见于《尚书・禹贡》："海岱惟青州，……厥贡盐𫄨，海物惟错。"此处指众多的海产品，尚非专指海产烹饪原料。至南朝梁沈约《究竟慈悲论》一文所说的"秋禽夏卵，山毛海错"，始具海产可食烹饪原料的含义。至明代鄞县人屠本畯所著《闽中海错疏》一出，"海错"一词遂成为专指名词，而为食界所运用。明人王士性曾说："杭州省会，百货所聚，其余各郡邑所出，则湖之丝，嘉之绢，绍之茶之酒，宁之海错，处之磁，严之漆，衢之橘，温之漆器，金之酒，皆以地得名。"可见早在明代，海错已被认为是最具代表性的宁波物产了。

宁波海鲜自宋以来就已名闻全国，以海鲜为核心的宁波菜，向以蒸、烤、烧、炖、烩见长，因料施技，轻形式，重实味，鲜咸相兼，美味可口，宁波人一直称之为“下饭”。宁波第一位有名可考的美食家兼烹饪大师南齐虞悰，就以擅长烹制海味闻名。《隋书·经籍志》有《会稽郡造海味法》一书，鄞县人徐时栋说：“考六朝以前，会稽封域甚广，而蒲网海物，则为句章、鄞、鄮所独擅之技，书名虽题会稽，其实亦吾乡方物也。”①南宋时朱谦之总结宁波的治馔经验，撰写出《鲜谱》。清代同治时期的诗人白下痴道人寓居甬上十年，曾作《甬江竹枝词》云“蟹酱鱼拷苋菜箍，此乡风味太嫌殊”，简单地概括了甬上大众“下饭”的与众不同之处。近代以来形成的宁波十大名菜，尤以冰糖甲鱼、锅烧河鳗为宁波传统名菜之最。尽管宁波菜得天时地利之便，融入了宁波人民的智慧，在烹饪史上并非没有地位，但台湾美食家韩良露在《舌尖上的宁波美食》一文中仍为宁波美食叫屈，他说：“八大菜系中没有宁波菜是一种可惜，我总觉得宁波菜被低估，也许和中国人大多数本质上不是海洋民族有关。”②

中国历来有“君子远庖厨”的传统，烹饪的事不大出现在古人的诗歌中。至于道学家们，向来不以口腹累性命，更不屑以饮食之类的俗物作为诗料而歌之咏之。何况饮食之美，难以言传，诚如宋代物初大观禅师在《送尊以道序》中所说：“求肴馔于言说，不若亲尝之实。”③他认为肴馔之味是说不清楚的，与其用诗文之类的形式徒劳地言说，不如亲口尝一尝。同时，也缘于这些“下饭”实在太日常，难以唤起诗人的美感，正如朱光潜所说：“我们天天看得见的事物比较难以引起美感，就因为它和我们的‘距离’太近，所带的使用牵绊太多。”④正是这些原因，导致宁波诗歌中真正描写“下饭”的作品并不多。但秉承咏物的传统，博物的理念，以及自然书写的风气，宁波诗歌以饮食入诗其实并不鲜见，这就为本书的汇编提供了坚实的文献基础。

从诗歌史的视域观察，宁波文人吟咏饮食诗歌形成传统，实起自北宋，这自与一个时代的文学取向有着紧密的联系。台湾学者陈素贞曾对唐宋的饮食诗歌进行了深入的研究，她说：“饮食书写在唐人诗文中，虽然还不足以构成重要的主题与对象，然而，食物镶嵌在南北异域中，随着文人位阶的转变与足迹履历，也逐渐走出了贵族宴飨的园林中，为后来宋诗的饮食书写，铺下前进发展的轨道。”⑤又说：“宋代文人因强烈的入世精神，凡关涉民生经济的学术、教育、科技、文化等，皆成为研究考察的要目，而地方则成为理论实践的场域；博识与践履融汇，使得兼备学者、专家身份的文人，成为最优秀的自然观察家与记录者；这样的环境氛围，转化成创作的内涵动力，也使得诗歌呈现了浓厚的社会性、知识性与日常色彩。其中，作为日常生活主体的饮食，首先成为文人关注的对象，自梅圣俞、欧阳修以来，饮食题材便大量表现在诗歌上——他们不只对食物的形色香味与烹饪作细致的描绘，而展现了日常生活中既通俗又琐碎的趣味，同时也扩及食物本身的知识性与相关的地理、人文之观察，使得饮食一事，从传统的政治隐喻思考走向现实生活，造就了诗人写作观点、题材内容与主旨趣味的改变。”⑥正是在这样的时代风气下，北宋以来的宁波文人更多地将目光投注到本地域的日常饮食上，由各种食料引发出无穷的兴味，不少作品确实达到了自然书写的程度。饮食历来构成了中国文化的重要表现维度，食物不仅仅只有释放舌尖上的快感功能，每一种食材、每一道美食的背后，又都包含着古老的文化传统和多元意蕴，宁波历代饮食诗词又何尝不是如此！因此，我们有必要对其多元价值做些介绍。

---

① 徐时栋：《四明六志校勘记》卷9余考《明越风物志》条下附记。

② 《人民政协报》2013年7月20日，第2版。

③ 释大观：《物初乘语》卷11，许红霞辑著：《珍本宋集五种》下册，北京大学出版社2013年版，第747页。

④ 朱光潜：《文艺心理学》，漓江出版社2011年版，第22页。

⑤ 陈素贞：《唐代诗人羁旅宦游中的饮食视域》，《人文社会学报》2010年第7期，第135页。

⑥ 陈素贞：《宋代鳞介题咏中的自然观察与书写》，《新国学》第8卷，巴蜀书社2010年版，第140—141页。

二

当代倡导的“自然书写”，要求作者亲临现场，进行知识性的观察。其实这在古人作品中亦不乏其例。美国学者安德森在观察宋代饮食时，就发现宋代文人对食物“做了了不起的科学观察”①。宋代诗人往往着眼于对食材食料的外在观感的形式把握，观察入微，描摹工细，起到了传递饮食知识的作用。如食蟹专家高似孙非常熟悉蟹的生存环境以及捕捞情况，甚至亲入捕蟹现场，因而善于用白描的手法予以准确生动的描绘，如云“蟹遁迫众隙，鹤饥拳两阶”，“水生奔蟹簖，树杂荫鱼床”，“翠惊苕影乱，蟹过石阴空”，“秋兰临涧活，石蟹带霜饥”，“蟹遨离罅石，翠狎跂枯莲”，“沙清幽蟹露，树蔚野禽宿”，“沙空擒逸蟹，泉熟煮寒青”，“月洗黄芦雪，天生紫蟹秋”，等等，情景切实，如在目前。戴表元的《义蜂行》则代表了养蜂知识的最新进展。戴表元是在亲访某山翁后写下《义蜂行》的，一开头就说明山翁是以养蜂为职业的，称得上是四明山区的养蜂专业户。他通过长期的饲养实践，对蜜蜂的生活形态有相当的了解，其细致贴切的叙述，符合现代生物学家的描述。关于葱的保健功能今已为人所熟知，其实早在南宋时朱熹《访孙季和于烛湖咏麦饭》中，就有了“葱补丹田”的这一认识，这在七百年前是难能可贵的。至于史浩《粉蝶儿·咏圆子》这样描写：“玉屑轻盈，鲛绡霎时铺遍。看仙娥、骋些神变。咄嗟间，如撒下、珍珠一串。火方然，汤初滚、尽浮锅面。”再现了搓汤团、下汤团、汤团浮锅面的过程。关于茶，郑清之有《育王老禅屡惠佳茗，比又携日铸为饷，因言久则味失，师授以焙藏之法，必有以专之，笑谓非力所及，漫成拙语解嘲，录以为谢》一诗，首先夸赞育王老禅精研《茶经》如同其精研佛律一样，对末茶饮用的“一物不备茶不出”颇有心得。育王老禅不但懂得“煮瀹应节度”，即煮茶瀹茶时能够把握得恰到好处，而且更懂得如何收藏，如果不会保存，就会失去好茶的价值。育王老禅明白茶叶收藏须防水分过多的道理，他向郑清之传授茶法秘诀，就是摘鲜后经过焙芳工序，清除茶叶中的水分，然后进行坚密的封裹，严防湿蒸之气侵入。早晚煮茶时，最初要用微火，煮沸后要进行温养。如此，茶之真味始出，而可免“饮糜”之患。郑氏的整首诗，可谓是由方方面面的茶叶知识组织而成的。正是有鉴于此，陈素贞进一步指出：“宋代文人在重视地理志书的风气影响下，不但留意各地物候生态、地理风俗的记录，且因博物洽闻的文化追求与格物穷理的学术精神，使得他们对于各种名物知识，‘非足迹所经历，耳目所睹记，则疑以传疑，犹未敢自信。’于是作为食物的草木虫鱼，一则因博物研究风尚，一则因关系民俗生活与地方经济，在诗人的题咏中，往往带有相当叙事性的散文色彩，而别具知识性意义，既不同于杜甫‘物微意不浅，感动一沉吟’的咏物情怀，也不同于六朝‘体物’的赋物传统，反而是一种蕴含人文、地理与博物色彩，多元互涉的‘志物书写’。”②

自然书写彰显了诗人真实的经验和纪实的笔法，它要求对食物的形貌质性进行细致描摹，兼及地域风土的历史记录，这种作品在宋以后的宁波饮食诗歌中亦屡见不鲜。如宁波菜海鲜菜的最大特点是鲜咸合一，以咸提鲜，这是符合科学的，因为“根据味觉心理学原理，鲜味只有在咸味的存在下才能凸显”③。这里所说的“鲜”，代表一种特定的舌味。据学者考证，“‘鲜味’专称到宋代才出现，……直到明代，鲜的明确概念才普及于民生”④。明代鄞县人吕时《沈世君问宁波风土应教》诗中有“香多吸老酒，鲜极破黄鱼”之句。“香”和“鲜”被放在句首，不仅突出了食者的美味感受，且在客观上张扬了中国烹饪的二元价值标准。特别是将黄鱼作为下酒之菜，挑破黄鱼送入口中的味道是“鲜极”，更让我辈别

---

① ［美］尤金·N.安德森著：《中国食物》第五章《食物体系的确立：宋朝及诸征服王朝》，马孆、刘东译，江苏人民出版社 2003 年版，第 63 页。

② 陈素贞：《宋代鳞介题咏中的自然观察与书写》，《新国学》第 8 卷，巴蜀书社 2010 年版，第 171 页。

③ 高成鸢：《饮食之道——中国饮食文化的理路思考·“甘受和，白受彩”》，山东画报出版社 2008 年版，第 31 页。

④ 高成鸢：《饮食之道——中国饮食文化的理路思考·二元价值标准：“鲜”的由来》，山东画报出版社 2008 年版，第 68—69 页。

有会心。吕时向外人夸耀的，很可能是雪菜大汤黄鱼。雪菜和黄鱼堪称宁波菜的绝配，两者互烧竟能将黄鱼的鲜味发挥到极致，其所形成的味鲜的确是无与伦比的。其实很多食料都有呈鲜物质，可以在汤水中释放，但在海鲜菜的味型上咂出“鲜极”，却是明代很少有人强调的，由此足见宁波食客味蕾的发达了。看来，明代人对于鲜味的独立认识，应该有着宁波海鲜菜的一份功劳。再如清人毛廷振的《梅蛤》诗云：“园林深处雨肥梅，海错依然应候来。剖食全教金液泻，分尝半讶火珠堆。淡黄浅染唇涂粉，清白长留壳作灰。记取和羹他日事，劝君更尽夜光杯。”写到梅蛤在梅雨季节最为肥美，它应时而来，那盘中堆着的仿佛是火珠，勾人食欲。梅蛤的淡黄蛤唇仿佛涂上了粉，而其壳则可烧灰。其中“清白长留壳作灰”一句，点出了梅蛤的品质，有一定的哲理意味。

三

宁波历代文人创作的饮食诗，有很多着眼于有滋有味地享受生活的趣味，一个细微的片断，或极小的场景，都能酿造出浓郁的情感。高明的诗人可以让俗物艺术化，在琐碎中装满情趣，从而脱去那种言志的严肃态，让俗之又俗的食品充满诗情画意，宛如一篇篇性灵小品。如宋人高似孙惯于用白描的手法描写烹蟹食蟹的情趣，端出了一盆盆色香味俱全的肴馔，足以勾起人们的旺盛食欲，如“近涧取白水，初簳烹石蟹”，“豆蔻雨分霁，翠蝤雪炊香”，“笋早趋禽腹，橙香适蟹亩”，“斫雪蝤蛑脍，生香茉莉杯”，“蟹豪留客饭，芎细约僧茶”，等等，活色生香，令人馋涎欲滴。其中“笋早趋禽腹”，应该是指将早笋塞入禽类的肚中进行烹制，“橙香适蟹亩”则是对著名的“蟹酿橙”的描绘了。青蟹两螯发达，蟹肉特多，雪白有味，容易唤起诗人的吟咏兴味，苏轼曾有“两螯斫雪劝加餐”之句。高氏食青蟹，亦特别钟情于两螯的美味，所谓“翠蝤雪炊香”“斫雪蝤蛑脍”是也，有色有香，真真起到了“劝加餐”的效果。单纯的饮食不过是为了维持生命，而诗人们则善于运用独到的审美眼光，将其转化为盎然的诗意。他们常常留意各色食材及其肴馔的鲜明色彩，如红白相间的桃花饭，斓斑紫箨的新笋，金黄的石首鱼，水晶样的葡萄，真真地摄人眼球。读一读舒亶诗：“稻饭雪翻白，鱼羹金斗黄”；吉雅谟丁诗：“白鱼入馔松醪熟，红稻供炊笋脯香”；宋梦良诗：“红虾赤鳝兼黄甲，不羡烹龙宰凤仙”；谢辅绅诗：“白如嫩玉软如绵，张口红唇味备鲜”；我们情不自禁地“馋涎迸齿缝”了。经过诗人们的品味，食物不再是单纯的盘中之餐，更被赋予了种种文化的内蕴。象山倪象占咏牡蛎诗云：“好趁天寒沽酒去，满房风味嚼梅花。”虽然奉化有梅花蛎，但以此来解“嚼梅花”，便会索然无味。其实，嚼梅雅事，自古盛传。宋苏轼有《浣溪沙》词云：“小槽春酒滴真珠，清香细细嚼梅须。”你看东坡居士居然嚼梅下酒呢，热酒就着寒香，这是怎样的沁入心骨啊！寒天品尝牡蛎，清绝的风味绝对不亚于“嚼梅花”。经诗人的妙手转换，大俗之事顿化为大雅之品。至于诗人席间的调笑，更是亦雅亦俗。清代象山人王莳蕙的咏黄花鱼诗写道：“琐碎金鳞软玉膏，冰缸满载入关舠。女儿未受郎君聘，错伴春筵媚老饕。”作者在啧啧品赏之余，还要戏谑调侃一番：自己的女儿并未许聘给郎君（鲞）呀，郎君这不是错来筵间媚悦老饕吗？作者摆脱了习以为常的惯性化思维的制约，创造性地扭曲物象，甚至使之面目全非，在熟视无睹的事物中，通过艺术的变形，点亮新发现的灵光，由此所创造的陌生化的审美效果，让读者领受到了一出谐笔成趣的生活小品。

自然是象征物的源泉，更是生命象征的家园。大自然赋予了林林总总的食物，都可以成为人的生命存在的某种象征。高似孙咏蟹，有时深寓感慨，如《答癯庵致糟蟹》云：“物生固忌风味高，最以风味无一逃。葬之酒乡泣醨糟，一醉竟死俱陶陶。”这蟹是因为风味太高才惨遭以酒“了我一身”的结局，而那些贪官污吏却“视民如蟹”，大快朵颐，其愤世嫉俗之意还不昭然吗？

对故土的热爱，最能见出诗人的品性。游子对故乡最怀念的往往是饮食，那是刻在心里永远的记忆。这是缘于舌尖不仅具有快感功能，还具有记忆和存储功能，故乡的食品一旦植入你的味蕾，便永久难忘。一个人久处异乡，时空的移动与变化，促使舌尖的记忆和存储功能释放出来，家乡的饮食风味顿时在异地复活，煎熬着游子的心灵。对游子来说，味蕾中记忆的家乡饮食，并非一定表现为鱼肉的厚味，也可以表现为一些不起眼的土菜。如万言《江村》诗所云：“江村魂梦乐齑盐，七载何期京国淹。”他在异乡最为魂牵梦萦的是故乡的咸齑，舌尖的记忆，折射出的是一份浓浓的乡愁。再如余姚、慈溪的杨梅誉满天下，酸酸甜甜，引得多少诗人为之倾倒。然而杨梅太过娇贵，比荔枝更难贮藏保鲜，古人虽然想出了盐藏、蜜渍、糖收诸法，但总比不上鲜品鲜食为佳。在古代交通不发达的时代，到了杨梅上市的季节，远方的游子既无“一骑红尘”的福分，亦无缘赶到原产地尝鲜，因此对杨梅的思念，也就成为他们最难割舍的故乡情结之一。明代孙升在京城做官，年年吃不到新鲜的杨梅，只能遗憾地喟叹：“万壑杨梅绚紫霞，烛湖佳品更堪夸。自从名系金闺籍，每岁尝时不在家。”台湾文献初祖沈光文，身处物质极度贫乏的异乡，故乡美食的记忆所勾起的感觉异常强烈。其《思归》之三云：“家乡昔日太平事，晚稻告我紫蟹肥。”紫蟹乃河蟹珍品，蟹黄饱满肥腴，味极鲜美，令人垂涎。唐代诗人唐彦谦有《蟹》诗云：“湖田十月清霜堕，晚稻初香蟹如虎。”可见晚稻初香正是蟹壮可啖的时节。沈光文的诗用一“告”字，将物拟人，仿佛亲见晚稻丰收在望，晚稻能作人语，较之唐彦谦“晚稻初香蟹如虎”的平述来更为生动形象。作者追忆的是甬上家园的丰收景象，用金灿灿的晚稻预告紫蟹之肥鲜，喜悦的心情伴随着舌尖上快感的幻觉，并将其放置在“太平”的时代环境下来呈现，由此可以想见作者向往明代太平的家园生活的心态。“都说‘乡愁’美就美在‘愁’的思量，其实，真正的‘美’却在于时空滤过那‘乡’的重现。”[①]沈光文在心灵中清晰重现的是记忆中故乡原野的生态景观，那令人心醉的美，却无法在异乡得到真实的重现和复制，这正是他难以承受的“乡愁”痛楚。

四

宁波历代饮食诗歌的志物书写，以其博物性、地理风土性的特征，蕴含着知识性的意义，在一代代乐此不疲的知识传递中，呈现为地方性的集体文化的记忆。其所展现的知识场域，非常引人入胜，我们甚至可以根据诗人吟咏的一些特征，来鉴别某些烹饪原料。

从存在的维度观察，饮食活动总是与饮食的生产、消费连接在一起的。在历史记录不全的条件下，我们可以借助宁波诗人的一些诗歌揭示某些物品的生产和消费的历史事实。如梅尧臣《乌贼鱼》诗有“烂肠夹雕蚶，随贡入中国”之句，有人认为这是描述国外的海产品输入了中国，这完全是误读所致，其实它所呈现的乃是北宋时期吴越地方海产品入贡都城汴京的事实，同时伴随贡船而来并进入汴京市场的有乌贼和蚶子等海货。海货不仅堂而皇之进入御厨，也连带征服了都中普通消费者之口，改变了他们的饮食习惯，以至于纷纷舍肥羊而逐海鲜。再如《中国农业科技史稿》第 451 页“贝类人工养殖”一节，谈到宋代出现的人工养殖贝类的方法，引用了北宋诗人梅尧臣的《食蚝诗》：“亦复有细民，并海施竹牢。采掇种其间，冲激恣风涛。”并据此认为这就是我国传统的养蚝方法之一——插竹养蚝。吴建新《古代的“竹蛎”与“石蛎”》一文，证伪了梅尧臣诗。他翻阅过广东沿海县份的方志，没有记载“竹蛎”法，只有投石养蚝，并进而认为插竹养蚝方法见于明代冯时可《雨航杂录》卷下，称之为“竹蛎”：“渔者于海浅处植竹扈，竹入水累累而生，斫取之名曰‘竹蛎’。”[②]笔者虽亦认为《食蚝诗》并非梅尧臣所做，但又认为插竹养蚝方法在宋元时期浙东地区已经出现了。从舒岳祥《冬日山居好》诗“竹蛎含梅蕊”句得到佐证，宋末元初宁海人民已学会了“插竹养蚝”的技术。《至正四明续志》卷五亦云：“篱竹结成谓之竹蛎。”元马祖常《石田文集》卷三《无题》诗有“竹上蛎房真可买”之句。这些都是目前可以查到的最早的竹蛎文献。据此我们大胆断言，浙东地区很可能是“插竹养蚝”技术的起源地。再如据《宝庆四明志・叙赋・酒》，宁波生产的主要名酒有双鱼酒、金波酒。但南宋嘉定间人张次贤在《名酒记》中只提到了“明州金波”。宋代慈溪人舒亶《和马粹老〈四明杂诗〉聊记里俗耳》诗云：“酒罂双印贵，药肆万金饶。”自注：“俗重双鱼印酒。”诗与注相互印证，所谓双鱼印酒指的是酒坛上印有双鱼图案的酒。

---

① 陈瑞琳：《他乡明月》，林非、李晓虹、王兆胜选编《百年经典散文・挚爱卷》，内蒙古文化出版社 2006 年版，第 318 页。

② 《农业考古》2007 年第 4 期。

明州因近海，人们喜欢在坛外印双鱼图案，象征年年有余，民间又把“双鱼酒”叫“双印酒”，取义于双双对对、心心相印。但双鱼酒并非是独立于金波之外的一种品牌酒，而是对宋代明州生产的金波、十洲春等印有双鱼图案的品牌酒的俗称，这是笔者在本书选注过程中才悟出的。这种带有一定商标色彩的双鱼图案在明州地域深入人心，在清代鄞县诗人章鋆《甬江竹枝词》笔下也有呈现，其诗云：“青旗一路飏风疏，卖酒家多傍郭居。酤得十洲春酿熟，瓮头小印押双鱼。”从舒亶到章鋆诗，我们从中不难发现“一种属于地方的、集体的文化记忆”。再如网络上介绍舟山朱家尖顺母涂黄泥螺早在150多年前已远销宁波、上海。然而笔者从全祖望《鲒埼土物杂咏・土铁》一诗的自注中，就发现该地的黄泥螺早在乾隆时代就已经驰名遐迩了。

宁波历代饮食诗歌的自然书写，在语言上也呈现出独特的研究价值。以“春花”指春花作物，各大词典所举皆为现代的例子。本书收录的清人徐玉《春花歌》、范观濂《山北乡土集・收春花》，表明至迟在晚清，宁波三北地区已经以“春花”指称春时所植的豆麦作物了。词典上说：“料理”为日语汉字词，意为烹调，亦借指肴馔。但清初周嗣升《盐豉》诗云：“此中料理君知否，半是香甘半苦辛。”这里的“料理”已含有调料之意了。象山诗人钱沃臣《蓬岛樵歌》有“伴郎嘣粽到端阳”，自注谓象山“方言‘吃’曰‘嘣’”，但“嘣粽”的说法前所未见，为宁波方言提供了新的实例。还有那些千奇百怪的海错，诗人往往根据自己的理解书写其名，这为后人研究这些各不相同的俗写提供了很好的语料。

五

清人宗谊《雪菜》诗云：“可圃物殊众，累百才十知。余愚慵索隐，姑从口腹私。”宗谊作为居住于城市的传统文人，自曝只认识极少量的园圃植物，凡吃着只要味道好就够了，以此来掩饰自己对于物产的无知，他总是懒得去考证吃进嘴里的到底是什么东西。很多文人都存在着这种混沌心理，不愿意费心费力地去追究其名实源流，于是就有好事者发出了“鲑菜何人解订讹”之叹。以故晚清鄞县人徐景骐在乡试卷上写道：“百产日供其用，而餍饫少精心。百物日献其珍，而浅尝无捷获，趣味之深长，终难领受。”张阜成也写道：“生人之大欲，无过乎口腹之需，而贸贸者若并此养阴资阳之资浑忘焉，而几同无事，似难免讥讪之交乘，而笑其不知者。”[①]徐、张所说虽然不无道理，但仍属皮相的观察。现代学者周作人在《记海错》一文中，一针见血地指出：“中国学者虽然常说格物，动植物终于没有成为一门学问，直到二十世纪这还是附属于经学。”[②]又在《读舒艺室随笔》中写道：“盖自然之考据在中国学士文人间最为希有可贵也。”[③]他说的确实是不容回避的实情。

但真要认真起来，考索鲑菜并非是一件容易之事。全祖望曾在《牂牁江上偶然作》诗中感叹说：“生成大化定难参，物产由来未易谙。”[④]由于古今称谓的变化，动植物学上的名称与烹饪学的名称不完全一致，再加上地方上五花八门的俗称，食者有时候确实很难弄清楚食料本身究竟是什么。如班固笔下的“鲒”，杜甫笔下的“黄独”，苏轼笔下的“红薯”，就引来了无数的纷争。历史上一些博学文人，面对纷纭的海错，胡乱释文者时有所见，如杨慎《升庵集》卷六十九云：“江瑶柱，蛎黄也。”今人出版的饮食类著作中，对名物的诠释也多有错误，如《食苑诗赋》“田螺”条下，收录北周庾信《园庭》诗云：“香螺酌美酒”，其实庾诗原意是指用海螺杯（如鹦鹉螺杯）酌酒。《康熙字典》中说：“螺同蠃。”蠃，《尔雅・释鱼》云：“蠃，大者如斗，出日南，长海中。可以为酒杯。”可是编者将“香螺”视作田螺的别名，显然是望文生义了。又该书收录张如兰《土铁歌》，注云：“土铁：即田螺。”《食经・食单・食疗方》亦以吐铁为田螺。还有将古之芦笋与今之芦笋、乌笋与莴苣笋、香蛳与田螺、鲟鳇鱼与黄鱼混为一谈的。

---

① 《浙江乡试硃卷・光绪壬午科》。

② 《宇宙风》1936年1月刊。

③ 北平《晨报》1938年8月10日。

④ 全祖望：《鲒埼亭诗集》卷10。

宁波历代文献中关于蚕豆、豌豆的记载非常混乱，需要仔细辨析。早期文献中的蚕豆，当指胡豆（倭豆），后亦称大蚕豆。大约自明末以来，宁波人讹称豌豆为蚕豆，称胡豆为倭豆。成化《宁波郡志》卷四《土产考·菽》中，既列有蚕豆，又列有豌豆（注：产鄞县），证明成化之时蚕豆与豌豆为两物。嘉靖之时，《临山卫志》卷四《物产》之菽类，列有蚕豆和罗汉豆，这里的罗汉豆就是豌豆。光绪《慈溪县志》卷五十三“蚕豆”条云：“按，今俗呼此为倭豆，而呼豌豆为蚕豆。检《天启志》，有蚕豆、倭豆，无豌豆，其沿讹殆始自明季。”如钱沃臣《蓬岛樵歌续编》之七十二首有“豋豆”，自注云：“豋音弯，即豌豆，俗伪呼安豆。今劈之熬作兰花状。”其实，可以“熬作兰花状”（即兰花豆）者实为倭豆，钱注中明显将豌豆与倭豆混为一谈了。

宁波下饭以海味、海错最为著名。面对这些琳琅满目的海产品，明代方孝孺在《公子对》中有“虽易牙之善调，不能知名”之叹。历代文献著录的宁波海错名录，至今大部分虽可以指实，但仍有少部分地方俗称，难以考订。供职于天一阁的友人龚烈沸著《舌尖风雅》，曾来信咨询王莳蕙《象山海错诗》中的“鬼工”究为何物，笔者检索了大半天，一无所获。后来无意中用方言来念，才恍悟是“鲵鲼”的谐音。诗人之所以改写成“鬼工”，目的是为了便于联想和构思。关于蜮蜐，陈藏器《本草拾遗》云：“蜮蜐生东海，似蛤而扁，有毛。”尚志钧《〈本草拾遗〉辑释》据《本草衍义》“大抵与马刀相类”的记载，遂“疑蜮蜐亦为竹蛏科蛏的同类物”。卓廉士著《本草纲目博物大典》则云：“今不知蜮蜐为何种贝类，待考。”看来，今天的学者多有不知蜮蜐者。今查《宝庆四明志》卷四“蜐”下释云：“俗呼曰生蜐，似蛤而长，壳有毛，土人亦呼毛蛤。”毛蛤乃青蚶之俗名。因此，蜮蜐实际就是双壳纲蚶科中的青蚶。笔者从小居住在大榭岛上，虽见过青蚶，但不知道它就是蜮蜐。2013 年夏天笔者到了南田岛，在象山友人姜剑的陪同指点下，在岛上重新见识了这种贝壳。

黄蛤为常见的海产品，似乎不存在争议，其实不然。元《至正四明续志》载：“圆蛤，口有紫晕者肥美。亦名黄蛤，每一潮生一晕，壳有纹。海滨人以苗栽泥中，候其长而取之，又名潮蛤。”这里把“圆蛤”称之为黄蛤，则此“黄蛤”似指青蛤中壳带黄褐色者，而非指海瓜子。明代张九嵕创作的《食海味随笔十六品·蛤有多种》云“此间又有呼为黄蛤者甚佳”，遂作《黄蛤赞》云：“类若焦冥，出于沙汀。聚如繁星，轻如蜂翎，味如宁馨。其于大者，何不视之如丁丁？而其于小者，何不任之为形形？”焦冥为一种传说中极小的虫子，出自《晏子春秋·外篇下十四》：“公曰：‘天下有极细乎？’晏子对曰：‘有。东海有虫，巢于蟁睫，再乳再飞，而不为惊。臣婴不知其名，而东海渔者命曰焦冥。’”然而黄蛤怎么会“类若焦冥”呢？这应该是在写蛤苗了吧？但下文的“丁丁”又该作何解释呢？笔者认为此处的“丁丁”很可能指汉丁令威。唐薛能《陈州刺史寄鹤》诗云：“南守欲知多少重，抚毛千万唤丁丁。”即以丁丁称丁令威。据晋陶潜《搜神后记·丁令威》，丁令威学道于灵虚山，后化鹤归辽，有诗云：“有鸟有鸟丁令威，去家千年今始归。”欧阳询等纂《艺文类聚》以为“海蛤为百岁燕所化，蛤蜊为千岁鸟所化”。张九嵕从化生说联想到了千岁鸟丁令威，是可以理解的。但细味张诗的最后两句，是说蛤之大者可以看作是鸟儿所化，蛤之小者，形形色色。这哪有赞黄蛤的味道？分明是在说“蛤有多种”。如此，黄蛤似乎又成为多种海蛤的总称了。

清人陈保定《霞岸竹枝词》中有“麦鱼梅蛤桃花蜛”之语，这“桃花蜛”究竟是什么食料，笔者当时就被难住了。利用强大的电子搜索工具，竟未发现一条“桃花蜛”的词语。不得已笔者查考了“蜛”字，发现有“蜛蝫”（一作“蜛蝫”）一词。《郭璞·江赋》云：“蜛蝫森衰以垂翘。”注：“《南越志》曰：蜛蝫，一头，尾有数条，长二三尺左右，有脚状如蚕，可食。”再查阅杨德渐、孙瑞平的《海错鳞雅：中华海洋无脊椎动物考释》，谓蜛蝫即沙蚕，俗称海蜈蚣。缘于对蜈蚣的害怕，笔者自小下海涂，掘到海蜈蚣，总是对其心生恐惧。陈保定所写的霞岸，离笔者的老家大榭岛并不远，那一带的居民并无食用沙蚕的习惯。因此，将“桃花蜛”的“蜛”释为沙蚕，不但与当地的饮食习惯不合，且“桃花”两字也不好解释，考查由此陷入僵局。后来笔者偶然看到《嘉定赤城志》卷三十六的记载：“章巨：八足，首圆。《南海异名记》正名曰‘蜛蝫’，郭璞《江赋》‘蜛蝫森森而垂翅’是也。海滨人讹曰章鱼，又曰章举。”这才恍然大悟，原来，“蜛蝫”的另一义竟是章举。如此，“桃花蜛”便是今民间所称的桃花蛸（望潮）了，这个问题才算圆满解决。

再如倪象占《鄮南杂诗》云："嫩绿丸挼玉笋尖，微霜点上大嵩盐。一行通远乡中货，价到姑苏便不廉。"有学者认为这首诗写的是鄞县的笋干行销到江苏。笔者觉得这种说法是很可疑的。如果是笋干，为何要"丸挼"即搓成圆的？且将笋干的颜色描绘成"绿"色也是很勉强的。何况此诗中的"玉笋"，可喻为女子手指，其例如唐韩偓《咏手》所云："腕白肤红玉笋芽。"这样第一句的意思为：女子将嫩绿的食料搓成丸子。第二句接着说那丸子需要点上大嵩出产的盐。笔者真的搞不清楚倪氏所写究为何物，但敢肯定绝对不是写笋干。

诸如此类的问题，我们在选编本书过程中时时都会遇到。有的我们依据相关文献做出了独立的判断，也有的虽经一定的梳理，但未下断语，以供读者进一步研究。

四明地区历代文人云集，写下了大量的饮食诗歌，但散佚十分严重。如明代杨德周一人就作了《食笋》诗四十五首，均未流传下来。《蛟川诗话》曾记载，清代督学马豫校士宁波，以蚶田、鲎帆、鳆石、鲗墨、虾杯、蛎房、江瑶、海月命题，取韩崧岳诗为全郡第一，但这次考试的诗歌几无流传。现存的宁波饮食诗歌，散见于各类文献中，汇辑编纂殊为不易，更遑论分析研究了。当代人编纂的历代饮食诗选，较有代表性的如王云编著的《食苑诗赋》，收录历代名人所作有关饮食诗词 2500 余首，但四明籍作者仅录 15 首，非但不成比例，且如选录的林逋《山园小梅》之类，赏的是梅花，根本就与饮食无关。宁波人创作的海鲜诗是最有代表性的，但书中却鲜有选录。还有杨梅自南宋以来以四明所产最为典型，书中却不选一首吟咏四明杨梅的作品，实在令人遗憾。有论者说："远古中国文化对海洋是陌生的，海对中国人，不像对希腊人那样意味着交通，反而意味着阻隔。除了山东半岛的齐国有'鱼盐之利'，其余大部分地区吃的水产都产自河湖。……直到明代，美食运动向东南方向的进军才到达福建。标志是海鲜新品种的讲究，这个发展过程清楚地反映在《闽中海错疏》和《闽小记》等著作中。"① 此说一出，完全抹杀了宁波饮食的历史贡献。殊不知 7000 年前的河姆渡人已经吃着海鲜，六朝出现"海味"一词，与四明籍美食家虞悰有关，直到唐代，"海味"一词所指基本上仍局限于浙东一带的海产原料。即便是明代的水产专著《闽中海错疏》，也是鄞县人屠本畯做的。正因为学界长期来对宁波历代饮食及其诗歌作品的丰富积淀基本不了解，因此历代宁波饮食及其宁波籍诗人在饮食文化上的贡献也被大大地忽视了。有鉴于此，笔者下决心翻检群籍，广搜博罗，编注了这部选本，选录有姓名的 544 位作者 2152 首诗歌。读者不难从中发现，琳琅满目、蔚为大观的宁波古代饮食诗词，不仅属于地方饮食史的一次文献汇编，其背后还蕴藏着实践、美学、思维、科技、地理、语言等诸多方面的信息，具有较高的研究价值。读者在品尝宁波饮食美味的同时，也不妨多品尝一下那些新颖别致的饮食诗词，或能起到舌底生香的效果。

---

① 高成鸢：《饮食之道——中国饮食文化的理路思考·羊、鱼：中国美食运动的时空舞台》，山东画报出版社 2008 年版，第 146 页。

目 录

总写篇

主食篇

【米食类】

稻 谷

米 饭

番薯粉

附:

玉　米

薏　米

芝　麻

菰米饭

【面点、小吃类】

面　条

米　线

包馅面食

汤　圆

酒　酿

粽　子

糍、粿

蔬菜篇

竹　笋

蔓　菁

萝　卜

薯　蓣

香　芋

马铃薯

百　合

苋　菜

【豆菜类】

泛　写

蚕　豆

豌　豆

黄豆、毛豆

扁　豆

豇豆、带豆

豆　芽

兰花豆

豆　腐

【吊菜类】

茄　子

葫　芦

冬　葵

油　菜

菠　菜

芹　菜

空心菜

茼　蒿

苜　蓿

芋禾、芋苗

【辛香菜类】

韭　菜

生　姜

葱

附:

牡　蛎

蛏　子

蚶　子

青　蚶

海　扇

乌　贼

梅　蛤

蛤　蜊

花　蛤

海　月

西施舌

螺

海　蛳

望　潮

附

章　鱼

泥　螺

淡　菜

附：

【腔肠、棘皮、爬行类】

海　蜇

沙　蒜

海 胆

甲 鱼

附：

【节肢类】

蟹

虾

虾　蛄

鲎

附:

石　蜐

鮸　鱼

梅童鱼

带　鱼

马鲛鱼

鲳　鱼

鯯　鱼

海 蜒

河 鲀

甫 鱼

鮟鱇鱼

青 鯵

麦 鱼

火 鱼

【蛙类】

田 鸡

【藻类】

苔 菜

紫 菜

苔 皮

肴馔篇

附:

调味篇

盐

醋

食　油

酱

豉

蜂　蜜

【柑橘类】

橘　子

柑　子

金　柑

橙　子

柚　子

【核果类】

杨　梅

桃　子

樱　桃

李　子

梅　子

枣　子

附：

【茶类】

附:

【杂茶类】

甘菊茶

玫瑰花茶

其　他

宴会篇

节令篇

正 月

社 日

清 明

立 夏

端 午

中 秋

重 阳

冬 至

祭 灶

腊 八

岁　暮

养生篇

和马粹老《四明杂诗》，聊记里俗耳十首[①]（选二）

〔宋〕舒　亶

箔蚕迎豆熟[②]，江雪伴梅消。
抵虎螯经夏[③]，跳沙蛤趁潮。[④]
酒罂双印贵，[⑤]药肆万金饶。[⑥]
未觉西风远，三溪好采樵。[⑦]

稻饭雪翻白，鱼羹金斗黄。
鲒埼千蚌熟，[⑧]花屿一村香。[⑨]
海近春蒸湿，湖灵夜放光。[⑩]
北窗休寄傲，[⑪]大隐即吾乡。[⑫]

——选自张津等《乾道四明图经》卷八

【作者简介】

舒亶(1041—1103)，字信道，号懒堂、亦乐居士，原慈溪(今余姚市大隐镇舒夹岙村)人，居于月湖。治平二年(1065)进士。历任审官院主簿，迁秦凤路提刑，提举两浙常平。后任监察御史里行，与李定同劾苏轼，是为"乌台诗案"。历判司农寺，拜给事中，权直学士院，后为御史中丞。坐罪罢斥。崇宁二年(1103)，出知南康军，以开边功，由直龙图阁进待制。手编《元丰圣训》三卷，《文集》百卷，皆散佚，张寿镛辑有《舒懒堂诗文存》三卷。

【注释】

①马粹老：明州知州。查《乾道四明图经》卷一，北宋年间明州知州姓马的只有马玧一人，元丰七年任，马粹老当即其人。　②这句作者自注："俗有蚕豆。"按蚕豆当指胡豆(倭豆)，亦称大蚕豆，因其豆荚状如老蚕而得名。大约自明末以来，宁波人讹称豌豆为蚕豆，称胡豆为倭豆。成化《宁波郡志》卷四《土产考·菽》中，既列有蚕豆，又列有豌豆(注：产鄞县)，证明成化之时蚕豆与豌豆为两物。清初慈溪人姜宸英《湛园札记》卷六云："按吾乡以吴人蚕豆为豌豆，而以吴人所谓寒豆者谓之蚕豆，至今犹然。"光绪《慈溪县志》卷五十三"蚕豆"条云："按，今俗呼此为倭豆，而呼豌豆为蚕豆。检《天启志》，有蚕豆、倭豆，无豌豆，其沿讹殆始自明季。"　③螯：指蝤蛑的螯足。唐刘恂《岭表录异》卷中"蝤蛑"条记载："八月此物与人斗，往往夹杀人也。"这句作者自注："里语：'八月蝤蛑可抵虎。'"　④跳沙蛤：指沙蛤或文蛤。段成式《酉阳杂俎》上说："蛤蜊，候风雨能以壳为翅而飞。"这里的蛤蜊，主要指文蛤。文蛤能分泌胶汁带或囊状物，使身体悬浮中水中，借潮流迁徙，此当即舒亶诗所说的"跳沙"。这句作者自注："里语有跳沙蛤。"　⑤罂：古代大腹小口的酒器。双印：即双鱼印酒，宋代明州地产名酒，曾上贡朝廷。全祖望《湖语》云："北有酿泉，其甘如蜜。当时酒务，于此焉设。曲车沉沉，双鱼最冽。贡之天子，御尊列之。"这句作者自注："俗重双鱼(一作'印')酒。"　⑥"药肆"句：作者自注："谓冯楼也。"冯楼即冯氏万金楼，北宋甬上最大的药店。全祖望《湖语》云："冯氏万金之楼，则义施也。"《溪上遗闻别集》卷二云："五马桥冯氏，初以药肆为业，后遂致富，乃舒懒堂《四明杂诗》有'冯氏万金饶'之句，自注谓冯楼，则冯氏之药肆且始于北宋矣。"　⑦三溪：作者自注："慈溪、小溪、蓝溪也。"　⑧鲒埼：作者自注："在奉化。"　⑨花屿：作者自注："在慈溪。"按，花屿湖位于今江北区慈城镇东南。原为潴水小塘，唐贞元十年

(794)刺史任侗率民开凿，以灌溉田地。中有小墅，春花明媚，多于众山，故名。后湮没，其位置在今湖心村一带。 ⑩“湖灵”句：作者自注：“广德湖每现光彩。” ⑪寄傲：寄托旷放高傲的情怀。晋陶潜《归去来兮辞》：“倚南窗以寄傲。” ⑫大隐：原属慈溪县，今为余姚市大隐镇，既为舒亶的故里，亦是“庆历五先生”之一杨适的隐居之所。这句作者自注：“大隐山乃杨适先生所居之处。”

童丱须知[①]·膳羞八篇[②]（选四首）

〔宋〕史　浩

滹沱麦饭出怱怱，[③]禁脔天厨未必丰。[④]
若使平安能念此，铏羹土熘古人同。[⑤]

嗟见时人太侈生，八珍同聚一杯羹。[⑥]
若知过口成污秽，何用留心事割烹？[⑦]

物因相胜还相啖，弱者多为强者亨。[⑧]
勿谓天教充食类，斯人岂为虎狼生。

二膳朝朝饱即休，[⑨]何须嗜杀苦营求。
鱼虾蟹蛤皆微细，数百方能满一瓯。

——选自史浩《鄮峰真隐漫录》卷五十

【作者简介】

史浩（1106—1194），字直翁，自号真隐居士，鄞县人。绍兴十五年（1145）进士，为余姚尉。历温州教授，召为太学正，迁国子博士。三十年，权建王府教授。建王为太子，兼太子右庶子。孝宗即位，为中书舍人，迁翰林学士、知制诰，寻除参知政事。隆兴元年（1163）拜尚书右仆射、同中书门下平章事兼枢密使。淳熙五年（1178）拜右丞相。十年，致仕。封魏国公。有《鄮峰真隐漫录》五十卷。

【注释】

①童丱（guàn）：指童子；童年。丱，丱角，儿童发式。 ②膳羞：美味的食品。 ③滹沱：河水名。发源于山西省繁峙县，东流至河北省献县臧桥，与子牙河另一支流滏阳河相汇入海。《后汉书·冯异传》载：刘秀称帝前，自蓟东南驰至饶阳芜蒌亭，众皆饥疲。冯异上豆粥。及至南宫，遇大风雨，异复进麦饭菟肩，因复渡滹沱河至信都。刘秀称帝后，诏赐异以珍宝、衣服、钱帛，曰：“仓卒芜蒌亭豆粥，虖沱河麦饭，厚意久不报。” ④禁脔：比喻珍美的、独自占有而不容别人分享、染指的东西。天厨：皇帝的庖厨。 ⑤铏羹：铏，亦称“铏鼎”。古代的一种盛羹器，青铜制，形似鼎，两耳三足，大腹有盖。其所盛羹即称为“铏羹”。土熘（liù）：盛饭的瓦器。 ⑥八珍：原指古代八种烹饪法。《周礼·天官·膳夫》：“珍用八物。”郑玄注：“珍，谓淳熬、淳母、炮豚、炮牂、捣珍、渍、熬、肝膋也。”宋吕希哲《侍讲日记》：“八珍者，淳熬也，淳母也，炮也，捣珍也，渍也，熬也，糁也，肝膋也。先儒不数糁而分炮豚羊为二，皆非也。”后以指八种珍贵食品。 ⑦割烹：割切烹调。 ⑧亨（pēng）：古同“烹”，煮。 ⑨二膳：指饭食。

余姚饭

〔宋〕陈　造

昨暮浴上虞，今晨饭余姚。
官期有余日，我行得逍遥。
盘实剥芡芰，[①]羹鱼荐兰椒。[②]
一饱老人事，茗饮亦复聊。[③]
扪腹每自愧，[④]昔贤尚箪瓢。[⑤]
僧垣栖翠微，[⑥]金碧焕山椒。[⑦]
龙泓甘可茹，[⑧]塔铃如见招。[⑨]
迟留本不恶，[⑩]况复待晚潮。

——选自陈造《江湖长翁集》卷三

【作者简介】

陈造（1133—1203），字唐卿，自号江湖长翁，江苏高邮人。淳熙二年（1175）进士，调太平州繁昌尉。历平江府教授，知明州定海县，通判房州，权知州事等。著有《江湖长翁集》。

【注释】

①芡：鸡头。芰（jì）：指菱。 ②荐：进献。这里有配合之意。兰椒：芳香之物，用以调味。 ③茗饮：饮茶。 ④扪腹：抚摸腹部。多形容饱食后怡然自得的样子。 ⑤箪（dān）瓢：“箪食瓢饮”的省称。箪系古代盛饭的圆竹器。原意指用箪盛饭吃，用瓢舀水喝。典出《论语·雍也》：“一箪食，一瓢饮，在陋巷，人不堪其忧，回也不改其乐。贤哉回也！”后用为生活简朴，安贫乐道的典故。 ⑥垣：这里代指寺院。翠微：指青山。 ⑦山椒：山顶。 ⑧龙泓：龙泉。 ⑨塔铃：佛塔上的风铃。

⑩迟留：停留；逗留。

辟戴帅初食长斋[①]

〔宋〕陈　著

漂泊无家杜少陵，[②]兵间奔走如蓬萍。
碧涧香芹因可嗜，脍鲤岂厌银丝精。[③]
百谪九死苏玉局，[④]到处为乡心自足。
有时珍尝百糁羹，[⑤]何尝不食黄鸡粥。[⑥]
二子流落甚数奇，[⑦]攻苦食淡分所宜。[⑧]
顾无所择随所有，亦曰吾师吾仲尼。[⑨]
菜瓜鱼肉皆可食，乡党一篇炳星日。[⑩]
君胡不学圣与贤，乃外吾道从道释。
岂薄朱门粉署郎，[⑪]穷搜滋味丰时壮。
岂恶毡帽侏儒辈，[⑫]搏攫羊豕饱腥肪。
不则床头怕金尽，不则继肉乖夙准。[⑬]
遂将所受父母身，束缚枯肠强坚忍。
况闻君家百指余，正自不同藜苋厨。
独立标榜人所骇，此意未智要何如。
君子之道在中耳，才落一偏犯公议。
有则庶羞不为过，[⑭]无则乞食亦常事。
朋友切磋欲无瑕，早从吾言勿姑差。
庶几上不见标于仲尼之门，
下可并齿于杜苏二子之家。[⑮]

——选自陈著《本堂集》卷三十

【作者简介】

陈著(1214—1297)，字子微，号本堂，晚年号嵩溪遗老，奉化人。宝祐四年(1256)进士。景定元年(1260)为白鹭书院山长。四年，除著作郎，以忤贾似道，出知嘉兴县。咸淳十年(1274)，以监察御史知台州。宋亡，隐居四明山中。著有《本堂文集》。

【注释】

①戴帅初：戴表元字帅初，奉化人。长斋：指长期素食。 ②杜少陵：杜甫。 ③“碧涧”二句：语出杜甫《陪郑广文游何将军山林十首》之二：“鲜鲫银丝脍，香芹碧涧羹。” ④苏玉局：苏轼曾任玉局观提举，后人遂以“玉局”称苏轼。 ⑤百糁羹：这里指各色菜羹。苏轼《菜羹赋》云：“投糁豆而谐匀。” ⑥黄鸡粥：语出苏轼《闻子由瘦》诗：“五日一见花猪肉，十日一遇黄鸡粥。” ⑦数奇：指命运不好，遇事多不利。 ⑧攻苦食淡：亦作“攻苦食啖”。谓过艰苦的生活。《史记·刘敬叔孙通列传》：“吕后与陛下攻苦食啖，其可背哉。”裴骃集解：“徐广曰：‘攻犹今人言击也。啖，一作淡。’如淳曰：‘食无菜茹为啖。’” ⑨仲尼：孔子之字。 ⑩乡党：《论语》的一篇，共27章，集中记载了孔子的容色言动、衣食住行。 ⑪粉署：即粉省。尚书省的别称。 ⑫侏儒：借指古代少数民族。 ⑬乖夙准：背离原来的行为准则。 ⑭庶羞：多种美味。 ⑮杜苏：杜甫和苏轼。

秋日山居好(十首选三)

〔宋〕舒岳祥

秋日山居好，园丁贡美蔬。
燃萁酥煮豆，拗颈烂蒸壶。[①]
菰首甜供茹，[②]姜芽嫩漉菹。
秋来风物美，何必去吾庐。

秋日山居好，新凉及早兴。
玉餐阳坞米，[③]冰嚼下洪菱。
海错来蒲港，溪鲜出石屏。
欲从逋客逝，[④]为此未之能。

秋日山居好，重阳庶物穰。[⑤]
剖菱红绽白，剥栗紫含章。[⑥]
黄雀绵披脊，霜狸玉截肪。[⑦]
登高惟小圃，何必上重冈。

——选自舒岳祥《阆风集》卷四

【作者简介】

舒岳祥(1219—1298)，字景薛，一字舜侯，人称阆风先生，宁海香山牌门舒人。宝祐四年(1256)进士，授奉化尉。友人陈蒙总饷金陵，聘岳祥入总幕，与商军国之政，暇则谈文讲道。后多次应荐入朝。贾似道当国，辞职回家。宋亡后，隐匿乡里。与奉化戴表元、鄞县袁桷等交往甚密。晚年潜心于诗文创作，有《阆风集》。

【注释】

①壶：葫芦。 ②菰首：茭白。 ③阳坞：向阳的山坞。 ④逋客：避世之人；隐士。 ⑤庶物：众物，万物。 ⑥含章：包含美质。 ⑦狸：哺乳动物，形状与猫相似，毛皮可制衣物，亦称“狸子”“狸猫”“山猫”“豹猫”“野猫”。舒岳祥《寄子堂时子堂借居清莲寺》云：“早霜狸面白。”戴表元《杖锡虎》亦云：“天寒果熟霜狸香。”截肪：切开的脂肪。

唐白居易《文柏床》诗:“玄班状狸首,素质如截肪。”

村庄杂诗(十首选一)

〔元〕戴表元

鄞塘乌菱甜胜酥,[①]龙潭红姜如瓠壶。[②]
水西社长时酿熟,有粟无粟且来沽。

——选自戴表元《剡源佚诗》卷六

【作者简介】

戴表元(1244—1310),字帅初,一字曾伯,晚年自号剡源先生,奉化人。咸淳中入太学,七年(1271)中进士。教授建宁府,迁临安教授。入元于大德八年(1304)以荐为信州教授。调婺州,以疾辞。著有《剡源集》。

【注释】

①鄞塘:这里泛指奉化剡源的山塘。奉化属古鄞地,故云。 ②龙潭:此当指奉化剡源龙潭坑。瓠壶:一种盛液体的大腹容器。

沉醉春风·江村即事

〔明〕汤　式

拳来大黄皮嫩鸡,蜜般甜白水新醅。[①]
螯烹玉髓肥,[②]脍切银丝细,
是江乡儿般滋味。
醉了也疏狂竟不知,睡倒在葫芦架底。

——选自汤式《菊花集》

【作者简介】

汤式,字舜民,号菊庄,象山人。曾任明成祖文学侍从。工曲,杂剧有《娇红记》等。散曲有《笔花集》传世。

【注释】

①白水:泛指清水。 ②玉髓:洁白如玉的脂髓。

宁波杂咏(选一)

〔明〕杨守陈

山颠带海涯,竹树夹千麻。
雪挹猫儿笋,[①]雷惊雀嘴茶。[②]
瑞香金作叶,[③]茉莉玉为葩。
六月杨梅熟,城西烂紫霞。

——选自胡文学《甬上耆旧诗》卷八

【作者简介】

杨守陈(1425—1489),字维新,号晋庵,鄞县镜川(今鄞州区石碶街道栎社)人。景泰进士,历任翰林院庶吉士、经筵讲官、侍讲学士、南京吏部右侍郎。卒谥文懿,赠礼部尚书。著有《读易私钞》等。

【注释】

①猫儿笋:冬笋。为立秋前后由毛竹的地下茎(竹鞭)侧芽发育而成的笋芽,笋质幼嫩,清脆爽口。元李衎《竹谱》卷五“猫头竹”条云:“入冬视地缝裂处掘之,谓之冬笋,甚美。” ②雀嘴茶:指雀舌茶。浙东古代著名的草茶。叶梦德《避暑录话》说:草茶“其精者在嫩芽,取其初萌如雀舌者谓之枪,稍敷而为叶者谓之旗,旗非所贵,不得已取一枪一旗犹可,过是则老矣,此所以为难得也”。 ③瑞香:即今之瑞香科植物瑞香。自宋代以来,宁波为瑞香的著名产地。

宁海道中即事(节选)

〔明〕许　赞

到山疑路阻,倏见有山通。
鸟语浑未识,民风渐不同。
沃田灰海蛤,[①]畦地植山葱。
菽豆宜原坂,鱼盐市野衕。
风声结远岭,海尾曳长空。
园苎时重插,蚕丝已数□。
望京频极目,忆古益伤衷。

——选自光绪《宁海县志》卷十八

【作者简介】

许赞(1473—1548),字廷美,号松皋,河南灵宝人。弘治九年(1496)进士。历官大名府推官、御史、编修、浙江佥事。嘉靖八年(1529)进刑部尚书,改户部尚书,嘉靖十五年(1536)进吏部尚书。嘉靖二十三年(1544)九月入阁,兼文渊阁大学士。著有《松皋集》。

【注释】

①灰海蛤:用海蛤壳烧灰施肥。

萧皋别业竹枝词[①](十首选一)

〔明〕沈明臣

雨过高田水落沟,瓦桥鱼上柳梢头。

梅子清酸盐似雪，樱桃红熟酒如油。

——选自沈明臣《丰对楼诗选》卷二

【作者简介】

沈明臣(1518—1595)，字嘉则，鄞县栎社沈家人。嘉靖三十四年(1555)，客胡宗宪幕，参与抗倭斗争。胡宗宪死后，沈明臣挟策囊书，沦落江湖，遍游江浙闽粤各地。晚年倦游归里，吟啸著述。今传有《丰对楼诗选》。

追和宋舒龙图《明州杂诗》原韵[①](十首选一)

〔明〕陆　宝

物产佳堪数，宁惟石首黄。[②]
雪齑双箸脆，[③]金豆满罂香。[④]
饮具资陶器，书函发漆光。[⑤]
莲催诗句好，终老贺公乡。[⑥]

——选自陆宝《悟香集》卷八

【作者简介】

陆宝(1581—1661)，字敬身，一字青霞，人称中条先生，故居在今宁波海曙区桂井巷。由太学生考授中书舍人。著有《霜镜集》等。

【注释】

①舒龙图：北宋诗人舒亶，曾官直龙图阁，故称。②石首黄：即黄鱼。③雪齑：雪菜。箸：筷子。④金豆：金柑的一种。⑤书函：书的封套。⑥贺公：指唐代诗人贺知章。月湖有逸老堂，纪念归隐鉴湖一曲的贺知章，故月湖亦称鉴湖。

鄞俗记事五十韵(节选)

〔明〕陆　宝

蛎粉津初泊，[①]鱼盐市满投。
鲛机轻锦带，[②]倭漆代磁瓯。[③]
坎坎鼍鸣鼓，[④]奇奇蜃架楼。[⑤]
飓占鲸旆动，潮拥鲎帆流。[⑥]
水母摹偏诡，[⑦]瑶生传不浮。[⑧]
土宜禾再熟，[⑨]村富橘千头。[⑩]
乌笋篱根坼，[⑪]黄精石缝抽。[⑫]
雪腌齑脆美，[⑬]金摘豆圆柔。[⑭]
小物为人贵，它邦有此不?
……
闭户安眠犬，堆刍饱食牛。[⑮]
短衣春荷锸，[⑯]高枕夜行舟。
菽麦依时谱，菱莲变体讴。[⑰]

——选自同治《鄞县志》卷七十四

【注释】

①蛎粉：用牡蛎壳煅成的石灰粉。②鲛机：即织机。鲛即鲛人，神话传说中鱼尾人身的生物，善于织绡。③倭漆：这里指日本产的漆器。磁瓯：陶瓷做的餐饮器具。④坎坎：象声词。鼍鸣鼓：鼍发出的像鼓鸣一样的叫声。鼍即扬子鳄。⑤蜃架楼：即海市蜃楼。⑥鲎帆：即中国鲎。⑦水母：这里指海蜇。今人所称水母为腔肠动物和栉水母为词根的动物的统称。摹：外形。⑧瑶：江珧。⑨再熟：指谷物一年两次成熟。⑩千头：指千棵。汉末李衡为官清廉，晚年派人于武陵龙阳汜洲种柑橘千株。临死，对他的儿子说："汝母恶我治家，故穷如是。然吾州里有千头木奴，不责汝衣食，岁上一匹绢，亦可足用耳。"见《三国志·吴志·孙休传》裴松之注引《襄阳记》。⑪乌笋：一种小竹笋，用以制作"脚骨笋"。康熙《定海县志》卷十一"笋"条云："又一种乌竹所萌，名乌笋，味道更胜于诸笋，他郡无是，唯绍及宁有之。"宁波歌谣《十二月歌》有"四月拗乌笋"之语。⑫黄精：药草名。多年生草本，中医以根茎入药。⑬"雪腌"句：指咸齑菜。⑭"金摘"句：指金柑的一种金豆。⑮刍：喂牲口的草。⑯短衣：短装。古代为平民、士兵等所服。⑰变体讴：指歌曲的变调。此指菱歌和莲曲。

冬日雨中农半见过共饭[①](二首选一)

〔明〕陆　宝

满畦霜菜滑于酥，促席依床拨芋炉。[②]
新酿敌寒谈破雨，双淹橘叟在冰壶。[③]

——选自陆宝《悟香集》卷二十六

【注释】

①农半：姓周，生平待考。②促席：座席互相靠近。③双淹：指流泪。明汤显祖《还魂记·诘病》："我发短回肠寸断，眼昏眵，泪双淹。"橘叟：这里指橘子。典出《太平广记》卷四十《神仙四十·巴邛人》："有巴邛人，不知姓。家有橘园，因霜后，诸橘尽收，余有二大橘，如三四斗盎。巴

人异之，即令攀摘，轻重亦如常橘。剖开，每橘有二老叟，须眉皤然，肌体红润，皆相对象戏，身仅尺余，谈笑自若。剖开后，亦不惊怖，但与决赌。”冰壶：盛冰的玉壶。这里指冬日结冰。“双淹”一句意谓为橘子遭受冻灾而痛心流泪。

金溪竹枝词[①]（四首选二）

〔明〕邬钊明

家家春鸟唤提壶，[②]四月乡村有酒沽。
树下种瓜爷教子，墙头攀叶妇随姑。

桃花鲻美胜松鲈，[③]豆荚鱼繁数满罛。[④]
东村买酒西村醉，月落空山啼鹧鸪。

——选自《剡川诗钞》卷六

【作者简介】

邬钊明，字瞬千，奉化金溪乡（今为西坞街道）人。邑增广生。生活在明末。

【注释】

①金溪：即奉化金溪乡，今为奉化市西坞街道。②提壶：鸟名。即鹈鹕。③桃花鲻：桃花盛开的时节，上市的鲻鱼肉质最细嫩，味道鲜美，故称桃花鲻。④罛（gū）：大的渔网。

园　竖[①]

〔清〕周　容

愁剧羡园竖，时从闲处忙。
削针追橘蠹，[②]焚楮下鱼秧。[③]
腊酒三杯白，春蔬小瓮黄。
不知游客意，日日守斜阳。

——选自周容《春酒堂诗存》卷三

【作者简介】

周容（1619—1679），字茂三，一字鄮山，鄞县七里垫（今属江东区）人。明亡后弃诸生。因营救徐殿臣于王朝先部中，下狱至躄足，因别署躄足翁。从营中逃归后，放浪于湖山间，所交皆一时遗民。负才使气，踪迹遍及国中，晚年归里。著有《春酒堂诗存》等。

【注释】

①竖：僮仆。②橘蠹：黑凤蝶的幼虫形态，喜欢吃各种柑橘类的植物。③焚楮：指烧纸祝告。

东市买鱼归

〔清〕李邺嗣

曾事先公此卜居，[①]重来风物问何如。
村中五日双开市，舍下三餐一顿鱼。
鸡栅修时蔬甲盛，[②]牛宫置后稻根除。[③]
东家兼有新醪贳，[④]好待溪翁过弊庐。

——选自李邺嗣《杲堂诗抄》卷六

【作者简介】

李邺嗣（1622—1680），原名文胤，以字行，别号杲堂，鄞县人，居砌街（今属海曙区）。曾积极参与抗清复明活动。顺治五年（1648），因谢三宾告密，父亲李桐被捕，最后死于杭州，李邺嗣亦被关入定海马厩中70余天，后因万泰力救得免。获释后拒仕新朝，仗义营救了不少遗民志士。晚年一心著述，为诗家宿老。著有《杲堂文抄》《杲堂诗抄》等，并搜辑《甬上耆旧诗》。

【注释】

①先公：指已经死去的父亲李桐。②蔬甲：蔬菜的萌芽。这里指蔬菜。③牛宫：专指牛栏。④新醪：新酿的酒。贳（shì）：赊欠。

秋日山庄

〔清〕戴昆櫄

秋获看盈室，山家味更长。
石炉新芋熟，水碓晚秔香。
酒酿黄花美，茶烹白乳良。
丸泥封谷口，[①]果腹有余粮。

——选自《剡川诗钞》卷八、《四明清诗略》卷三

【作者简介】

戴昆櫄，字二芃，号莱庭，清初奉化人。著有《蓉舫集》。

【注释】

①丸泥封谷口：语出《后汉书·隗嚣传》：“元请一丸泥为大王东封函谷关。”形容地势险要，只要少量兵力就可以把守。丸泥：一点泥，比喻少。封：封锁。

偶　忆

〔清〕左　岘

故园春酒熟，野蔌亦殊嘉。[①]

雪压猫头笋，雷惊雀嘴茶。[②]
河鱼盈腹满，菜甲满篮花。[③]
不待潮流上，甘鲜海错夸。

——选自《四明清诗略》卷三

【作者简介】

左岘，字襄南，号我庵，鄞县人。康熙九年(1670)进士。累官工部郎中、广东提学道。著有《蜀道吟》。

【注释】

①野蔌：野菜。 ②猫头笋：即冬笋。"雪压"两句：采用杨守陈《宁波杂咏》中的句子。 ③菜甲：这里指菜抽蕻。

桃源[①]（选一章）

〔清〕臧麟炳

桃源何有？有稑有穜[②]，有鱼有豵。[③]
笋瓜及菘，饔飧是供。[④]

——选自臧麟炳等《桃源乡志》卷七

【作者简介】

臧麟炳，字震青，号敬修，鄞县人。康熙三十一年(1692)纂《桃源乡志》。

【注释】

①桃源：旧乡名，在鄞县西乡，今为鄞州区横街镇。 ②稑：亦作"穋"。后种先熟的谷物。穜，早种晚熟的谷物。 ③豵(zōng)：小猪；亦泛指小兽。 ④饔飧：晚餐和早餐。引申为吃饭。

田家词

〔清〕俞天授

仕宦远出，礼法拘绊。[①]
商贾逐利，天涯海岸。
争如农圃，逍遥散诞。[②]
一家聚首，六亲会面。
蚕熟新丝，禾登香饭。
篱笋溪鱼，紫茄赤苋。
鸡鸭盈群，牛羊满栈。
私债既偿，官租亦办。
倦对渔樵，闲看书卷。
钱不妄用，酒随量劝。
滋味虽薄，淡嚼已惯。
愿常太平，皇图千万。[③]

——选自《塘岙俞氏宗谱》卷首《诗文录》

【作者简介】

俞天授(1667—1741)，字岂凡，鄞县塘岙人。在家孝友，为乡党所推重。

【注释】

①拘绊：束缚羁绊。 ②散诞：放诞不羁；悠闲自在。 ③皇图：指封建王朝。

观获（二首选一）

〔清〕谢师昌

瘠土争如沃土良，山农尤比泽农忙。[①]
炊来沙米松花色，[②]酿就溪泉竹叶香。
豳俗瓜壶供匕箸，[③]陶家秔麻费商量。
先期相戒输秋税，莫遣官符早下乡。[④]

——选自姚燮《蛟川诗系》卷十四

【作者简介】

谢师昌，字维贤，号铁戒，今镇海区人。岁贡生。康熙二十二年(1683)授平湖训导，秩满迁南雄府经历，以母老乞归。卒年七十一。

【注释】

①泽农：指在水泽地区耕作的农夫。 ②沙米：一年生草本植物东蘠(即沙蓬)之子。多生长于沙地，可以做饭，因名。 ③豳俗：《诗·豳风·七月》所描绘的风俗，诗中有"七月食瓜，八月断壶"。 ④官符：官府下行的文书。

小市戏作

〔清〕方玉初

肆列村居近，秋时亦可嘉。
市期三六九，[①]山货芋茄瓜。
亦有肥豚买，还多美酿赊。
客来堪小住，只是少鱼虾。

——选自《姚江诗录》卷四

【作者简介】

方玉初，字雨春，号杏庄，余姚人。著有《佩萱诗稿》。

【注释】

①市期三六九：指每逢三、六、九日集市。

舟行忆兰江旧居[①]

〔清〕翁元圻

兰江一曲绕荆扉，每忆风光拟息机。[②]
鞭笋行时鲈正美，[③]香粳熟后蟹初肥。
诸孙应念经年别，远宦偏教始愿违。
行李未装书已去，[④]当知就日片帆飞。[⑤]

——选自翁元圻《佚老巢遗稿》卷二

【作者简介】

翁元圻(1751—1825)，字载青，一字凤西，余姚城区人。乾隆四十六年(1781)进士，授礼部主事，累迁云南广南知府。著有《佚老巢遗稿》。

【注释】

①兰江：亦称蕙江。姚江流经余姚通济桥西，因该地段旧产兰蕙，故名为蕙江或兰江。②息机：息灭机巧功利之心。③鞭笋：竹子地下茎上横生的芽。李时珍《本草纲目·菜二·竹笋》："土人于竹根行鞭时掘取嫩者，谓之鞭笋。"陈景沛《镇海县志备修·物产》"笋"条云："猫竹鞭冬生未出土者为冬笋，余竹行鞭者为鞭笋。"④行李：出行所带的东西。⑤就日：指太阳照临。

秋闱报罢，[①]援笔写恨，不自知言之拉杂也[②](选一)

〔清〕周茂榕

日高睡足一瓯茶，醒起无端感物华。[③]
野火不燔留幸草，[④]春风未到长唐花。[⑤]
为萁莫慨南山豆，[⑥]得枣还疑东海瓜。
我欲园池围半宅，租菱算橘足生涯。

——选自董沛《四明清诗略》卷三十

【作者简介】

周茂榕，字治城，一字霞城，别号野臣，镇海人。咸丰、同治间廪贡生，用为训导。光绪间曾协修《镇海县志》。工诗，师法姚燮。著有《晚绿居诗稿》四卷。

【注释】

①秋闱：乡试的别称。②拉杂：混乱，没有条理。③物华：自然景物。④幸草：谓车轮轧过的草。因其屈伏地面，不易燔烧，故云。王充《论衡·幸偶》："火燔野草，车轹所致，火所不燔，俗或喜之，名曰幸草。"⑤唐花：在室内用加温法培养的花卉。王士禛《居易录谈》卷下："今京师腊月即卖牡丹、梅花、绯桃、探春，诸花皆贮暖室，以火烘之，所谓堂花，又名唐花是也。"⑥萁：豆秸。南山豆：化用陶渊明《归园田居》诗："种豆南山下。"

漫兴(五首选一)

〔清〕杨泰亨

家在溪南杨柳村，[①]稻场临水散鸡豚。
晚菘早韭田家饷，明月清风共一尊。

——选自杨泰亨《饮雪轩诗集》卷一

【作者简介】

杨泰亨(1826—1894)，字履安，一字问衢，号理庵，江北区慈城赭山杨村(今乍山杨家村)人。杨庆槐之子。同治四年(1865)进士，官翰林院检讨。历主月湖书院、余姚龙山书院讲席。著有《饮雪轩诗集》《佩韦斋随笔》等。

【注释】

①杨柳村：赭山杨氏聚居地。即今江北区慈城镇乍山杨家村。

山北乡土集·物产总[①]

〔清〕范观濂

关头茶叶数旋尖，水埠杨梅松浦盐。[②]
范市黄瓜香味蕴，[③]凤浦萝卜脆还甜。[④]

——选自王清毅选编《慈溪海堤集·外编》

【作者简介】

范观濂，字莲州，镇海人。道光、咸丰间诸生。著有《山北乡风集》。

【注释】

①山北：今称三北，即原余姚、慈溪、镇海三县之北部，今属慈溪市。②水埠、松浦：皆三北地名，俱在今慈溪市境。③范市：在今慈溪市。④凤浦：即今慈溪市龙山镇凤浦岙村。

山居(二首选一)

〔清〕王荣商

故国知何处，深山尚有家。
雁潭雷后笋，[①]龙井雨前茶。

浅水浮荷叶，疏篱缀豆花。
更怜江海近，村市足鱼虾。

——选自《四明清诗略续稿》卷四

【作者简介】

王荣商（1852—1921），字友莱，镇海高塘（今属北仑区）人。光绪十二年（1886）进士，由庶常授编修，官至侍读学士。著有《容膝轩文稿》。

【注释】

①雁潭：康熙《定海县志》卷六：“雁潭：县东南一百一十里。旱暵祷龙，雨泽随应。”今属北仑区春晓街道。

附：

葬五世祖衣冠招魂辞（节选）

〔宋〕史　浩

魂兮归来，锦绣围些。溪山击鼓，助雷惊些。春酿醇醲，曲米成些。石铛蟹眼，松风鸣些。沆瀣醅浮，竹叶清些。睡魔纷纭，枪旗征些。酒兵贾勇，隳愁城些。三杯涤虑，消春冰些。七碗未啜，两腋风生些。称贤乐圣，通仙灵些。魂兮归来，惟醉醒些。莲房芡实，水所绽些。枣栗榛榇，日以暵些。陈梨孙瓜，剖银瓣些。卢橘温柑，累金弹些。杨梅全白，玉璀璨些。赪柿万株，红叶满些。樱桃累累，珠可贯些。荔子初丹，风帆走献些。加笾之实，多益办些。魂兮归来，歆德产些。紫芥绿菘，撷芳圃些。芹韭菁葅，配醓醢些。莼莹冰丝，鲈玉缕些。间以章举，马甲柱些。虾魁蟹螯，海错聚些。炰羊击鲜，悉堪下箸些。百珍饾饤，升豆俎些。骈集馨香，侑稷黍些。禴祠烝尝，惟所取些。

——选自史浩《鄮峰真隐漫录》卷四十一

越问·鱼盐

〔宋〕孙　因

百川会同沧海兮，浩不知夫津涯。吐云涛以澜汗兮，沃日御而渺㳽。藏巨灵之赑屃兮，见天吴之惚恍。载五山之巃嵷兮，涵百怪之陆离。巨鱼出没其中兮，不知其几千里。鼓浪沫以成雾兮，嘘云气以成霓。任公子之投竿而钓兮，五十犗以为饵。阅期年而得鱼兮，牵巨钩而下之。鬐鬛怒而刺天兮，白波涌而山立。膏流溢而为渊兮，颅骨积而成坻。自浙水以东兮，无不餍若鱼之肉。彼赤鳝黄颡何足数兮，又况梅鱼与桃鲻。维天地之宝藏兮，有煮海之鹾盐。曝曜灵以攡沙兮，浮莲的以试卤。编篢笪以为盘兮，处烈焰而不灼。霜铅倏其凝冱兮，雪花飒其的皪。兹海若之不爱宝兮，丰功被乎天下。抑造化之自然兮，讵人为之力假。客曰：富哉鱼盐兮，此越国之宝也。是特以利言兮，吾愿闻其上者。

——选自张淏《会稽续志》卷八

宁海县赋（节选）

〔宋〕储国秀

姜畦富于松坛、黄杜，蔬圃利于后洋、溪南。苔脯擅奇于古洞，茶笋毓瑞于宝严。峡石薠奴，魁蹲鸱而软滑。栲溪楮友，方剡藤之莹纤。九顷莲芡，得水泽之富。三洋椒漆，宜土性之咸。……其果则李、柰、榴、栗、桃、杏、梅、柟，而磊然饤座者惟香橙、乳柑。……以至惟错之珍，所产者多，鲈脆鳖肥，螺珍珧柱，蛎牡虾魁，望潮章巨；蟳含膏而团脐，蠘凝油而塞肚；鲮通黄而粲金相，鳑柔白而悬银缕；新妇臂婉而凝脂，老妪帔长而曳组。旧总谓之鲜鲜，贱不论于分数。若夫涝涨而河豚生，汐退而弹涂聚；蛇沫浮，鲗黑煦，鳌车攒，蠔山竖，修带知篦，斑鹿赪虎，鳒目之比如瞪，魦鮨之铦于锯；鲯梅之软如束；鮨苗之多于黍；鲳枫叶之僄轻，鳢竹夹之癯露；加之鲯鳗鲚鲂之党类，蚌蛤蛏蜌之俦侣，《水经》失于登载，《尔雅》昧于记注。名不周知，品不殚举。于是术逞詹公，巧兼任父，随搜收缗罾，剩堆贮于鼎俎……矿石锢于蛇盘之邱，石首发于洋山之屿。工师钻坚而裔分，舟人冒险而渔取。磨砻碝砌以供百家之常需，胶膘鳒鲭以通四方之贩贾。此虽方物之所宜，抑亦他邦之鲜伍。

——选自崇祯《宁海县志》卷十一

四明七观（节选）

〔宋〕王应麟

先生曰："海物唯错，隽味崪焉。任公垂饵，便嬛揄竿。波臣效异，鳞万介千。寸鲒腹蟹，亭以埼名。汉律献酱，唯远见珍。蚶菜疲民，君严奏免。贡才鲫骨，元丰仁俭。鲎鳐蚌蛤，鬒鲦鰌鳆，首石齿鲲，赤尾比目，缤品类之数百，愉茂安之惨蹙。亥市攸聚，水族有簿。兼韩子之南烹，蔼鲎蚝与章柱。虽石华海月之诗，绮贝绣螺之赋，弗能殚举。东畮之鲷，邪头之鲍，潘国之鲂，且瓯之蜃，珠蟞紫蛣，其来如雨，鳠鲂鲿鳅，数以盆鼓。于是击鲜鼎食，羞用膳经。啸父虾羹，宣子鱼餐，陈登之脍，虞悰之鲭，芼以秋菘，酤以冬橙，掇苔发以为蔌，醉鳌杯而未醒。若乃润下作咸，散盐为贵，宿沙肇鬻，而海王之筴，祈望之守，昉于齐而征利。汉郡设官，三十有六，会稽则海盐居一，此三县犹未置也。考诸唐志，鄮始有盐，晏、巽管榷，法寖以严。海濒稚耋，弗能苦淡，若作和鬻，甘耆鹾脍，酌醴燔枯，鲼鲍恣啖。繇是亭监棋布，牢盆岁增，负涂山积，熬素雪凝。翦竹苇以供炀，释耒耨而肆勤。一畚三斛，川浮陆驰。行商通其債，巡院讥其私。盖日用饮食不可以无，朝齑箸裹，其功与醯酱俱。马齿水精，冰镂霜明。古云食肴之将，讵屑玉而叽琼。东箭箬苗，越竹笋萌。杨氏之果，染霞垂星。盐为夏槁，屏膻撤腥。饫高裴之菜食，奚猗氏之足云。鱼盐之辏，民殷物阜，不谓之乐郊耶？"

——选自王应麟《四明文献集》

同谷山赋（节选）

〔元〕王厚孙

公子曰："谷之在鄮，九霄一星。盍亦举其物产而民生之足称者？"山人曰："逾山北东，溟渤尺只。万物伊错，波鳞风尾。蚶蚌虾蟹，名殊状诡。连网簖云，集货成市。兽珍玉面之狸，禽美锦翼之雉。豕三岁而为豵，麇群行而如鹿。声闻乐鸡狗之宁，考牧羡牛羊之侈。至若春深雨阑，梅实桃花。丛兰蕙兮成林，茁蕈蕨兮阳坡。雷筴瑞草，粟粒金芽。箨龙奋跃，株榉槎枒。牙条柔沃之园，桑麻纵横之亩。来牟贻我续食，稼穑浩夫生涯。及夫夏暑赫烒，瓜畴累累。翠飐流水，碧实如坻。秋露欲霜，载收紫姜。食所不彻，药亦具尝。元律云初，索绹薪槱果蓏，烝择溪毛野菹。食以玉延，羹以芋蕖。拔卜为蔬，斫竹茸莆。伐松柏暨樟楮，构厦屋与舟车。征贾于焉而转物，达吴粤而输京都。梵呗称扬，修岁事也。酒醴馝香，重烝畀也。里闾洽比，敦礼意也。老稚扶携，悦春气也。积劳而暂逸，素笺而忘贵。乡同醇厚之俗，室遂宁谧之志。兹不为厚生而为民利者与？"

——选自同治《鄞县志》卷四

四明山赋（节选）

〔清〕黄宗炎

至于草木药石，鸟兽虫鱼，不尽职方，或漏道书。……白术晦莳而园劚，黄精结汇而连朱。芍药错霞霤于涧谷，贝母舒苍翠于庭隅。青精好颜色，黄独充蔬茹。山丹百合，书带薯蓣。而冬半夏，木瓜茹芦。兰蕙自成屈畹，采菊随处陶篱。羊桃牛柿，虎栗鸡苏，重台谢豹，九节昌蒲。茯苓盈于坏堺，苊荠乱于畸途。杨梅山芋，木蕈竹菰。黄柑压路，朱橘包虚。松杉覆庇乎数邑，笋竹筐筥乎一区。……或邱麻沟芋之蕃赢，或畔姜圃茶之丰厚。俱矻矻而食勤，无憧憧而游手。至若展碓春云，绞磨均雪，辐忙鸦懒，泛防涸决。野火过而梯田肥，枫叶红而垣圈密。鹃啼而笋寨冈联，雨罢而鱼笱溪设。

——选自《竹桥黄氏宗谱》卷十四

主食篇
ZHUSHI PIAN

【米食类】

稻谷

稻谷为五谷之首，浙东地区为人工栽培稻的发源地之一。7000 年左右的余姚河姆渡文化遗址的第四文化层，发现了大量的人工栽培稻谷遗存。仅在第一次考古发掘的 4000 多平方米范围内，大批稻谷、稻叶、稻秆和谷壳等层层叠压，堆积之丰厚、保存之完好，不仅堪称中国史前遗址第一，就是在全世界史前遗址中也是十分罕见的。经农学家鉴定，它们大多属于籼稻，部分属于粳稻，还有外形上似籼似稻的以及长护颖的品种，甚至还杂有野生稻。河姆渡遗址第二次发掘时采集的泥土样品中，发现大量的与现代水稻花粉相似的"单孔禾本科花粉个体"，说明发掘区附近有大片的稻田存在。中日合作调查进一步确认当时水田纵深达 200 米，向东宽达 100 米，面积约为 2 公顷。看来河姆渡人种植水稻已有一定规模，并已积累了较为丰富的经验，创造了当时世界上最为先进发达的耕作形态。河姆渡人已经初步形成了"饭稻羹鱼"的生活模式。

唐僖宗时候，四明地区播植了优良稻种"早黄"。宋代，随着稻种的引进，自然变种和不断改良，品种大大增加。《宝庆四明志》记："五谷熟而人民育，地产莫贵于此。明之谷有早禾，有中禾，有晚禾。早禾以立秋成，中禾以处暑成。中最富，早次之，晚禾以八月成，视早益罕矣。"约北宋大中祥符五年(1012)，原产于越南中南部的占城稻引入而且广泛种植，对明州水稻种植业发展意义重大。

稻谷品种繁多，若从米粒的黏性来分，可简单地分为糯、不糯两大类，其中不糯又可分为籼、粳两大类。粒食是籼、粳米的主要食用方式，而糯米因其黏性强，天然地宜于粉食。糯米不仅可做米饭、煮成粥等主食，还可制作各种风味小吃，如汤圆、年糕、粽子等，是深受大家喜爱的粮食之一。李时珍《本草纲目》论糯米的功用时说："糯稻，南方水田多种之，其性黏，可以酿酒，可以为粢，可以蒸糕，可以熬饧，可以炒食，其类也多。"糯米食品花色丰富而又自成系列，发展出了更为丰富的文化形态。

刈稻[①]

〔明〕沈明臣

为农岁已晚，却喜遂初衣。[②]
刈稻霜天下，饭鱼秋水扉。
江明红叶净，潮退白鸥稀。
不负公私愿，行歌樵径归。

——选自沈明臣《丰对楼诗选》卷十四

【注释】

①刈：收割。 ②初衣：谓入仕前的衣着。语出唐李白《送贺监归四明应制》诗："久辞荣禄遂初衣，曾向长生说息机。"

鄮东竹枝词[①]（选四）

〔清〕李邺嗣

好风好雨不须祈，新谷垂垂眼看肥。

常是西村迟半月，东田早得救公饥。[2]

早谷可红六十日，晚禾犹自等西风。
家家乌撒尝新饭，勒马看登新廪充。[3]

蓼风吹过气初凉，九月花黄糯亦黄。
纵是中秋明月好，田家只爱古重阳。[4]

最是宜兴晚稻良，[5]东吴水煮饭尤香。
溪鱼活活新篘好，[6]合住阳堂第七乡。[7]

——选自同治《鄞县志》卷七十四

【注释】

①鄮东：指鄞县东乡。②救公饥：作者自注："救公饥，早谷名，东乡最先出者。"③句末作者自注："红六十日、等西风、乌撒米、勒马看，俱东乡早晚谷名。"按，乌撒当作"乌糤"，糤即籼。明王象晋《群芳谱·谷谱》云："乌籼，早稻也。粒大而芒长，秸柔而韧，可织履，饭之香美，浙中以供宾客及老疾、孕妇，三月种，七月收。其田以莳晚稻，可再熟。"康熙《定海县志》卷十一云："以色言则有曰乌撒，……而乌撒为最贵。"④句末作者自注："东乡九月糯重阳可收，鄮俗重重九不重中秋。"⑤宜兴晚稻：作者自注："宜兴晚最为佳谷，出东吴村。"⑥篘(chōu)：酒。⑦阳堂第七乡：其地即今鄞州区东吴镇。作者自注："鄮东胜处曰阳堂乡，东吴其第七都，山水尤胜。"

九日村庄即事杂谣(三首选一)

〔清〕姜宸英

小航闲栽泊荆扉，[1]白露寒多稻子肥。
无数腰镰赤脚妇，[2]满田微雨插花归。

——选自姜宸英《苇间诗集》卷一

【作者简介】

姜宸英(1628—1699)，字西溟，号湛园，又号苇间，慈溪(今江北区慈城镇)人。康熙十九年(1680)荐充《明史》纂修官，与朱彝尊、严绳孙并称为"江南三布衣"。直至康熙三十六年(1697)七十岁时才中进士，授翰林院编修。后因卷入科场舞弊案，病故于狱中。著有《苇间诗集》等。

【注释】

①小航：小船。荆扉：柴门。②腰镰：腰带镰刀。

鄮西竹枝词(五十首选一)

〔清〕万斯同

叹息农家辛苦多，四时不放一时过。
已栽大麦连荞麦，更插晚禾接早禾。

——选自万斯同《石园文集》卷二

瞭舍采茶杂咏[1](四十三首选一)

〔清〕郑　梁

晚雨廉纤湿透衣，[2]采茶人正满笼归。
纷来换取香秔去，[3]阖谷炊烟各掩扉。

——选自郑梁《寒村诗文选·五丁诗稿》卷五

【作者简介】

郑梁(1637—1710)，字禹梅，初号香眉，继号踽庵，后号寒村，慈溪半浦(今属江北区慈城镇)人。康熙四年(1665)与陈锡嘏等甬上诸子组织策论会，康熙六年(1667)到余姚黄竹浦拜黄宗羲为师，为甬上讲经会的重要发起人。康熙二十七年(1688)登进士，选翰林院庶吉士。历官工部湖广司主事、刑部山西司郎中等。康熙三十九年(1700)，充会试同考官。不久，出任广东高州知府。后因父卒，悲伤过度致疾，半身瘫痪，故改名风，字半人。著有《寒村诗文选》等。

【注释】

①瞭舍：鄞县古村名，现属鄞州区横街镇，已更名惠民村。地处深山，海拔500多米，产茶。②廉纤：细小，细微。多用以形容微雨。③香秔(jīng)：香粳。一种有香味的粳米，主产江浙一带。

蓬岛樵歌(一百十六首选一)

〔清〕钱沃臣

谁家媳妇孝通神，稻种传来计六旬。[1]
老佃争先城里去，桃花满榼献时新。[2]

——选自钱沃臣《乐妙山居集·蓬岛樵歌》

【作者简介】

钱沃臣(1754—1825)，字心启，一字心溪，象山人。诸生，有才名，遍游浙东四十年。著有《蓬岛樵歌》等。

【注释】

①"谁家"两句：作者自注："六十日稻，名救

公饥。传有孀妇居贫乏食，撷稻中先熟者养翁姑，因传。其种早熟，故名。” ②“桃花”句：作者自注：“村中先刈者馈官长、乡士大夫家，曰献新。俗称红米曰桃花米，见《南史》。”

岁暮谢云巢司马惠红米代柬[①]

〔清〕朱文治

红粟腐儒餐，曾知稼穑难。
友情真恳挚，官味笑酸寒。
鹦鹉春前啄，[②]桃花岁暮看。
不劳书帖乞，[③]饱食我何安。

——选自朱文治《绕竹山房诗稿》卷九

【作者简介】

朱文治(1760—1844)，字诗南，号少仙，余姚人。乾隆五十三年(1788)举人，至京师加入吴锡麒心兰诗社，名声大噪。官至海宁州(今属浙江)学正。著有《绕竹山房诗稿》等。

【注释】

①代柬：指用诗来代替书信。 ②鹦鹉：化用杜甫《秋兴八首》之八：“香稻啄余鹦鹉粒。” ③书帖乞：唐颜真卿陷入“举家食粥来以数月，今又罄竭”的地步，不得不向同事李太保求告“惠及少米，实济艰勤”。是为著名的“乞米帖”。

再续甬上竹枝词(十二首选一)

〔清〕戈鲲化

带海襟江复枕山，农家稼穑颇艰难。
稻虽得熟歌屡丰，[①]只彀双弓米一餐。[②]

——选自张宏生编《戈鲲化集》

【作者简介】

戈鲲化(1838—1882)，字砚畇，一字彦员，安徽休宁人。大约在同治二年(1863)前后，在美国驻上海领事馆任职，同治四年(1865)移居甬上，一直在英国领事馆任职。1879年7月2日，戈鲲化搭乘英国“格仑菲纳斯”号轮船，从上海启程，抵达美国纽约，随后转往波士顿，在哈佛大学从事中文教学。所著《人寿堂诗抄》。

【注释】

①作者原注：“有早稻晚稻。” ②彀：同“够”。双弓米：指粥。这句作者原注：“谚云：‘宁波熟，一餐粥。’谓出米少也。”

田歌(二十首选一)

〔清〕陈得善

晚青耐冷忌南风，[①]八月秋凉岁定丰。
闻得一龙占治水，低田大半种淮红。[②]

——选自陈得善《石坛山房诗集》卷一

【作者简介】

陈得善(1855—1908)，字一斋，又字三蕉，别号南乡子，象山东陈人。弱冠入府学，肆力治诗、古文词。传世有《石坛山房全集》。

【注释】

①晚青：晚稻。光绪《余姚县志》卷六《物产》云：“晚青，晚禾之总称。” ②“闻得”二句：作者自注：“俗有多龙多旱语。晚青、淮红均稻名。”

米　饭

新　粳

〔宋〕释大观

邻媪先分送，开包雪色鲜。
如何新白粲，[①]呼作早红莲。[②]
冉冉警徂岁，[③]悠悠念力田。[④]
小需嘉客至，淅玉煮香泉。[⑤]

——选自释大观《物初剩语》卷六

【作者简介】

释大观(1201—1268)，号物初，鄞县陆氏子。晚依北涧禅师于南屏，十年后机语契合，遂大发明。后屡迁名刹，至坐育王道场，宗杲宗风为之一振。著有《物初剩语》。

【注释】

①白粲：白米。 ②早红莲：粳稻的一个品种。 ③徂岁：谓光阴流逝。 ④力田：努力耕田。 ⑤淅玉：指淘净的米。唐韩愈、孟郊《城南联句》：“庖霜脍玄鲫，淅玉炊香粳。”

尝新稻二首

〔明〕沈明臣

炊来红粒饭香时，色胜桃花味胜脂。
九十日田容易熟，江南号作救公饥。

糟床响注莲花白，[①]野老先尝醉似泥。

十亩可图终岁饱，不如只种救公饥。

——选自沈明臣《丰对楼诗选》卷四十

【注释】

①糟床：榨酒的器具。莲花白：作者自注："酒也。"

山　厨

〔明〕沈明臣

山厨但有青精饭，[①]海客谁探度索桃。[②]
白石采来吾自煮，[③]请君一饭读逍遥。

——选自沈明臣《丰对楼诗选》卷四十

【注释】

①青精饭：又称乌米饭，用糯米染乌饭树（又名黑饭树、南烛草）之汁煮成的饭，颜色乌青。原为道家服食法。《证类本草》引陶弘景《登真隐诀》说：太极真人的青精干石𩚲饭法是"以酒蜜药草为飡，搜而暴之也。"杜甫有《赠李白》诗云："岂无青精饭，使我颜色好?"证明唐人常食乌米饭。明刘文泰弘治年间所著《本草品汇精要》续集卷之三《造酿部》、李时珍《本草纲目·谷部》卷二十五引均陈藏器曰："乌饭法：取南烛茎叶捣碎，渍汁浸粳米，九浸九蒸九曝，米粒紧小，黑如璧珠，袋盛，可以适远方也。"但查今辑本《本草拾遗》，并无此条。现有资料表明五代时甬上学者日华子最早将黑饭草载入本草，文云："黑饭草，益肠胃，捣汁浸粳米，蒸，晒干服。又名南烛也。"宋林洪《山家清供》卷上云："青精饭，首以此重谷也。按《本草》：南烛木，今名黑饭草，又名旱莲草，即青精也。采枝、叶，捣叶，浸上白好粳米，不拘多少，候一二时，蒸饭。曝干，坚而碧色，收贮。如用时，先用滚水量以米数，煮一滚，即成饭矣……久服，延年益颜。"　②度索桃：传说中东海大桃树所结的果实。《山海经·海外经》云："东海中有山焉，名曰度索，上有大桃树，屈蟠三千里。"③白石：旧传神仙、方士烧煮白石为粮。晋葛洪《神仙传·白石先生》云："（白石先生）常煮白石为粮，因就白石山居。"

武陵庄[①]

〔明〕沈明臣

青精作饭紫莼羹，饱后微吟水上行。
不道空山曾游寺，隔溪风送午钟声。

——选自沈明臣《丰对楼诗选》卷三十八

【注释】

①武陵庄：因武陵山得名，在今鄞州区横街镇林村。为张时彻的别墅。

四明山杂咏·青精[①]

〔明〕孙　爽

采青精杂白粲作饭，[②]黝光如墨，久食得仙。
白粲成玄珠，乳泉躬炊煮。[③]
送薪虎应门[④]，任春猿负杵。
一自餐青精，玉骨填绿髓。
脑满足记性，[⑤]身轻欲遐举。[⑥]
会到左神天，[⑦]空飞拉毛女。[⑧]
并坐酌云腴，[⑨]肉芝荐清湑。[⑩]

——选自孙爽《容庵辛卯集》

【作者简介】

孙爽（1614—1652），字子度，崇德（今浙江桐乡崇福镇）人。诸生。后从新安程孟阳游，诗文皆得其指授。著有《甲申以前诗》、《容庵集》。

【注释】

①此诗作于顺治八年（1651）。　②白粲：白米。　③乳泉：甘美而清冽的泉水。　④应门：照管门户。　⑤"脑满"句：作者自注："尝见异人言脑满则强记，健忘者脑衰之故。"　⑥遐举：谓得道升仙。　⑦左神天：即林屋山洞，道教第九洞天，号"左神幽虚天"。　⑧毛女：传说中得道于华山的仙女。　⑨云腴：传说中的仙药。《云笈七签》卷七十四："又云腴之味，香甘异美……长魂养魄，真上药也。"　⑩肉芝：指形类人参的灵芝草之属。荐：进献。清湑（xū）：清酒。

夏日溪堂

〔明〕张鸣喈

避市深居寂，闭门清昼长。
心犹魏晋耳，身欲上羲皇。[①]
白饭田家好，黄精山舍香。
要知云水乐，蛙鼓闹池塘。[②]

——选自王荣商编《蛟川耆旧诗补》卷一

【作者简介】

张鸣喈，字鸣逵，字雍又，学者称为"同协先生”。北仓衙前人。明崇祯九年(1636)入闱试,痛陈时事,考官大奇,竟不敢第。清初以遗逸荐,辞不出,隐居觉海山麓。著有《山舍偶存》、《四明文献考》等。

【注释】

①羲皇:伏羲氏。上羲皇即羲皇上人,伏羲氏以前的人,即太古的人。比喻无忧无虑,生活闲适的人。 ②蛙鼓:群蛙叫声。

游桃源,[1]心檠先生留酌,[2]出桃花饭,[3]赋谢(三首选二)

〔清〕董守正

桃花洞口桃花饭,竹叶樽前竹叶枝。
世累已轻双屐足,幽奇有分一筇移。
桑麻无恙秦烟远,鸡黍犹存晋代炊。[4]
却羡含饴孙在膝,[5]醉乡深处复何思。

桃花洞口桃花饭,云外樵归水竹居。
餐比丹霞卑辟谷,[6]匙翻绛雪告新畲。[7]
久违此事门生荔,[8]忽接高贤榻下徐。[9]
草草供来红稻粒,鳖裙佐煮愧歌鱼。[10]

——选自《桃源乡志》卷七

【作者简介】

董守正(1593—1682),原名应辅,字相宜,后改淡子、澹子,号蕊指道人,晚号不拙道人、百拙老人。鄞县人,住芳嘉桥(今属宁波市海曙区)。少负才,以家贫至京师谋职,得任襄阳属员。承天推官程九万荐于巡按,使其从戎,后因战功擢守备。后授密云游击。明亡后卖画自给。著有《百石诗画谱》《梅花三十树诗画谱》《百花百鸟集》等。

【注释】

①桃源:即鄞县桃源乡,今为鄞州区横街镇。②心檠:臧僖胤,字胤长,号眉仙,辟号心檠,晚又号云樵子,学者因称为云樵先生。鄞县桃源乡人。《桃源乡志》有传。 ③桃花饭:以梅红纸盛饭,润湿后去纸,搅拌和匀而成的一种红白相间的饭。宋苏轼《物类相感志·饮食》:“桃花饭:做饭了,以梅红纸盛之,湿后去纸和匀,则红白相间。”但本诗因为写的是桃源,故桃花饭似指将米饭加入经过处理的鲜桃花瓣做成杂锦饭,或用桃花花卉将饭染色。桃花具有清热、润肠、杀虫的作用。经过清洁处理用来作为食物原料,既具有药用价值,又芳香宜人、鲜美可口。古人有食桃花的风俗,如《金门岁节录》载:“洛阳人家寒食食桃花。” ④“桑麻”二句:化用陶渊明《桃花源记》之意。 ⑤含饴:谓哺育幼儿。形容亲子之情。⑥辟谷:谓不食五谷。道教的一种修炼术。辟谷时,仍食药物,并须兼做导引等工夫。 ⑦新畲:开垦了两年和三年的熟田。 ⑧荔:薜荔。常生于村边残墙破壁上。 ⑨榻下徐:后汉陈蕃为豫章太守,在郡不接宾客,唯徐稺来,特设一榻,去则悬之。见《后汉书·陈蕃传》及《徐稺传》。后遂用为礼遇宾客之典。 ⑩鳖裙:鳖的背甲四周的肉质软边,味道鲜美。歌鱼:典出《战国策·齐策四》:“齐人有冯谖者,贫乏不能自存,使人属孟尝君,愿寄食门下。……左右以君贱之也,食以草具。居有顷,倚柱弹其剑,歌曰:‘长铗归来乎!食无鱼。’”

粟　饭[1]

〔清〕宗　谊

一铛水火争,[2]粟米饭才熟。
却忘鸟待余,与粒步还蹙。

——选自宗谊《愚囊汇稿》卷二

【作者简介】

宗谊(1619—?),字在公,号正庵,鄞县人。乙酉之际,浙东义师蜂起,宗谊罄家财十万金以供义饷,鲁王召之,辞不赴。后卖去田宅,以供义师取求,遂至赤贫,以教授童子为生。性好吟咏,诗宗竟陵一派。与范兆芝、董剑锷等结为西湖七子社。著有《愚囊汇稿》。

【注释】

①粟饭:糙米饭。 ②铛:平底浅锅。

野　望

〔清〕万斯备

四望宜原野,林疏见远情。
孤村云作障,古屋树为城。
稻实兼天白,[1]山光并日明。
居民丁岁熟,[2]烂熟饱香秔。

——选自万斯备《深省堂诗集》

【作者简介】

万斯备，字允诚，一字又庵，鄞县人。万泰第七子。黄宗羲甬上证人书院弟子。以诗称，又工书法、篆刻。为李邺嗣女婿，为李编纂《甬上耆旧诗》的得力助手。著有《深省堂诗集》。

【注释】

①稻实：稻穗。 ②丁：遭逢。

鄮南杂诗（选一）

〔清〕倪象占

桃花米饭芋魁羹，[1]净土庵前偶散行。[2]
秋水拖蓝天宇阔，同游尚忆月船生。[3]

——选自同治《鄞县志》卷七十四

【作者简介】

倪象占（1750—？），初名承天，后以字行，更字九三，号韭山，象山丹城人。乾隆二十一年（1756）补诸生。三十年（1765），高宗南巡，选列迎銮，拔充优贡。旋奉调分纂《大清一统志》。五十三年，应聘分纂《鄞县志》。翌年，补授嘉善训导。著有《蓬山清话》《青棂馆集》《韭山诗文集》等。

【注释】

①芋魁：大芋艿头。 ②净土庵：甬水庵俗名，在鄞县县治西南二里。 ③月船生：卢镐字配京，号月船，鄞县人。

乡村杂咏（选一）

〔清〕周斗建

沐头妇女聚瓜棚，捣尽村村槿叶声。[1]
一扇香来新米饭，三餐味美紫茄羹。

——选自王荣商编《蛟川耆旧诗补》卷三

【作者简介】

周斗建，字秋槎，居镇海灵岩乡大碶头（今属北仑区）。嘉庆间布衣。工书法，诗有风致。

【注释】

①“沐头”两句：指七月七日妇女以槿叶水濯发。

米

〔清〕孙家谷

辛苦田间事，盘中粒粒陈。
鸡廉但吾辈，[1]狼戾岂无人。[2]
主馈怜新妇，[3]加餐劝老亲。
欣然共一饱，敢谓范丹贫。[4]

——选自孙家谷《襄陵诗草》

【作者简介】

孙家谷（1791—1832），原名宇棪，字曙舟，号纫莲，鄞县人。道光二年（1822）进士，以知县分发山西，补襄陵知县。五年秋，充乡试同考官。不久因丁母忧而归，服丧期满而卒。少负诗名，与陈仅、胡湜等唱和。著有《襄陵诗草》等。

【注释】

①鸡廉：比喻小处廉洁。汉桓宽《盐铁论·褒贤》：“觞酒豆肉，迁延相让，辞小取大，鸡廉狼吞。”王利器注引《埤雅》：“鸡跑而食，食每有所择，故曰小廉如鸡。” ②狼戾：谓散乱堆积。《孟子·滕文公上》：“乐岁粒米狼戾。”赵岐注：“乐岁，丰年；狼戾，犹狼藉也。……饶多狼藉，弃捐于地。” ③主馈：旧时指妇女主持烹饪等家事。④范丹：东汉名士，廉吏典范。桓帝时为莱芜长，因母丧而未到任。后在太尉府任职，遭党锢之祸后，遁逃于梁沛之间，用小车推着妻子，徒行敝服，卖卜为生，或寓息客庐，或依宿树下，如此十多年，乃结草屋而居，所居单陋，有时绝粮断炊，但穷居自若。时有民谣赞颂范丹：“甑中生尘范史云，釜中生鱼范莱芜。”

初　秋

〔清〕陈得善

立秋才过告西成，[1]四野黄云一望平。
到地虹蜺随日变，[2]出山雷雨挟风行。
田家时有承平象，丰岁常闻笑语声。
最喜尝新饭初熟，隔邻分送玉腰秔。

——选自陈得善《石坛山房诗集》卷一

【注释】

①西成：秋熟。 ②虹蜺：为雨后或日出、日没之际天空中所现的七色圆弧。

田歌（二十首选一）

〔清〕陈得善

羹满新铏酒满壶，[1]陌头行馈饷儿夫。
主人莫笑无鸡黍，[2]午饭初成粒粒珠。

——选自陈得善《石坛山房诗集》卷一

【注释】

①铏:古代盛羹的小鼎,两耳三足,有盖。②主人:作者自注:“穷人佃富室田,其来分租者称田主人,不必果是主人也。”

山北乡土集·尝新[①]

〔清〕范观濂

食物随时礼荐新,况当嘉谷接新陈。
鸡豚敬告丰登罢,再上香筵酒一巡。

——选自王清毅主编《慈溪海堤集·外编》

【作者简介】

范观濂,又名濂,字莲州,慈溪灵绪人。清道光间诸生。著有《山北乡土集》。

【注释】

①尝新:古代于孟秋以新收获的五谷祭祀祖先,然后尝食新谷。《礼记·月令》:“(孟秋之月)是月也,农乃登谷。天子尝新,先荐寝庙。”四明自古有尝新风俗。如光绪《奉化县志》卷一《风俗》云:“新谷既登,各家皆先荐之祖先,然后食,谓之尝新。”

米　粥

闲居(十二首选一)

〔明〕张　琦

好酒三杯粥一盂,数茎头发下千梳。
明灯矮屋松油气,看到人间或见书。

——选自张琦《白斋竹里诗集》卷二

【作者简介】

张琦(1450—1530),字君玉,宁波江东区人。弘治十二年(1498)进士,授南京大理寺评事,历升寺副、寺正。正德十年(1515)知兴化府,人称“文章太守”。升左参政致仕,归二十年,惟以林泉云鸟为乐,操行廉白,家无遗财,人号为“白斋先生”。著有《白斋集》等。

对梅啜粥歌

〔明〕吕　时

东家宴客较鼍鼓,[①]袅袅香风细腰舞。
满堂绛蜡明彻天,[②]一掷黄金贱如土。
谁怜门外号寒儿,无裤无襦冰雪时。
不及豪门众黄犬,白日啮人当路危。
我家西溪麓,[③]虽然贫不足。
梅花三百株,满盂黄菜粥。

——选自徐兆昺《四明谈助》卷三十七

【作者简介】

吕时(1518—1587),初名时臣,字仲父,自称甬东野人,鄞县鄞江镇人,世居木阜峰下。少喜为诗,不治经生业。及壮,以避仇远历齐、梁、燕、赵间十年,客食诸王门下。旅寓章丘,与太常李伯华论诗,得其指授。后之青州,客衡藩,深受衡庄王赏识,晚客沈王邸。年七十,卒于河南涉县客舍中。有《甬东山人稿》七卷。

【注释】

①鼍鼓:用鼍皮蒙的鼓。 ②绛蜡:红烛。③西溪麓:即今鄞州区木阜山下木坑村(今属鄞江镇蓉峰村),吕氏世居于此。

啜　粥

〔明〕吴应雷

饥年嗟食玉,新稼喜登场。
薄用为糜粥,贫宜惜稻粱。
老夫兼暖胃,黄口亦充肠。[①]
一化松窗下,应知意味长。

——选自胡文学《甬上耆旧诗》卷二十九

【作者简介】

吴应雷,字鼓和,号青霞,鄞县人。家贫,授经为生,世居甬上,凡甬上诸生无不出吴氏之门。

【注释】

①黄口:黄口小儿的省称,指幼小的孩童。

临食四赞·粥赞

〔明〕冯京第

人日食大率北土日再,[①]南土日三。而南喜食粥。早暮用之。考饭于饔水飧,[②]厚饘薄粥,[③]即北人所用,皆飧与饘尔,非粥也。夫宽中以养胃,飧食者不肥,[④]饕食者亦不肥,[⑤]故补胃之药,粥有其名,不闻饭也。古人隐退,辄骄语躬耕,此以躬耕为贫贱之极致。正如王介甫言:“世间何处无鱼羹饭也?"[⑥]生大江以东,穷者至无卓锥地,[⑦]于何觅一塍半梭而耕之耶?[⑧]故得坐而食粥,并为布衣享用矣。吾郡土俗特异,日三饭干,中人之家,始暮一粥。约敕家人,[⑨]改从通例,既足省费,亦以是养气之辅先焉。作《粥赞》。

稽古燧皇钻火初,[⑩]因石生釜又生甑。
当时岂便解蒸馏,[⑪]但糜自可食之正。
吾生有腹今负之,龠米升汤寄此命。[⑫]
茅屋寒风欺儒褐,唇龟齿战舌缩硬。[⑬]
此时一瓯暖玉酥,醉乡日出丹炉迸。
炎窗吟苦茶烟绝,口干呀呷倦眼瞑。[⑭]
此时一瓯屑玉浆,冰雪莹入心脾竟。
土如黄金米如珠,私耕无田官税横。
举家食粥肯嫌贫,[⑮]颜公犹带干禄性。[⑯]
一生抱书饱粥眠,太平无事身无病。

——选自《冯侍郎遗书·三山吟》

【作者简介】

冯京第(? —1654),字跻仲,号簟溪,慈溪(今江北区慈城镇)人。明末为复社名士。南明时参加浙东抗清义军,隆武帝时任监军御史,曾赴日本乞兵。后与王翊结寨于四明山,任兵部侍郎。永历八年(1654)被捕杀。著有《三山吟》《簟溪集》等。

【注释】

①日再:一日二餐。 ②干饔:干饭。水飧:水泡饭。飧,饭食。 ③厚饘:稀饭。 ④餥食:厌食。《管子·形势》:"小谨者不大立,訾食者不肥体。"尹知章注:"訾,恶也。恶食之人,忧嫌致瘠,故不能肥体。"郭沫若等集校引洪颐煊曰:"'訾'当作'餥'。《形势解》'餥食者多所恶也,人餥食则不肥',字皆作'餥'。《玉篇》'餥,嫌食貌',义本此。" ⑤饕食:贪食。 ⑥王介甫:指王安石。宋吕祖谦《少仪外传》卷上云:"王介甫在政事堂,只吃鱼羹饭。因荐两人不行,下殿便乞去云:'世间何处无鱼羹饭?为缘它累轻,便去住自在。'" ⑦卓锥:立锥。 ⑧半梭:就"织"而言。故下文"耕"下疑脱一"织"字。 ⑨约敕:约束诫饬。 ⑩燧皇:即燧人氏。为古代三皇之一,故称。钻火:钻木取火。相传为燧人氏发明。 ⑪蒸镏:蒸馏。 ⑫龠:古代容量单位,等于半合(gě)。 ⑬龟:开裂。 ⑭呀呷:吞吐开合的样子。 ⑮举家食粥:用颜真卿之典。参朱文治《岁暮谢云巢司马惠红米代柬》诗注。 ⑯颜公:指唐代颜元孙,为颜真卿诸父,著有《干禄字书》。大历九年,颜真卿官湖州刺史时,曾书此编勒石。

散怀诗十六首次杲堂先生韵(选一)

〔清〕万斯备

不受繁华扰,门中自寂然。
数声鸟啭后,几个竹枝前。
稀粥迎风结,藏菹出瓮鲜。
萧闲无事事,且抱白云眠。

——选自万斯备《深省堂诗集》

舟中食粥而甘和二斋韵[①]

〔清〕张瑶芝

画粥曾思阻菜根,[②]家人对案共晨昏。
调来顿顿流匙滑,啜罢徐徐养胃温。
行灶又烦供旅馔,[③]含糜忽想哺诸孙。
何时归煮香粳烂,重饱田家旧瓦盆。

——选自张瑶芝《野眺楼近草·七言律》

【作者简介】

张瑶芝,字次瑛,号蓉屿,鄞县人。顺治十三年(1653)拔贡,十八年(1658)授河南灵宝知县。弃官归来后,在月湖张公祠下建屋数间,名"野眺楼"。为南湖秋水社的社长。著有《野眺楼近草》等。

【注释】

①二斋:胡亦堂字二斋,慈溪人。 ②画粥:宋范仲淹早年求学时曾寄居僧寺,贫困异常,每日"惟煮粟米二合作粥一器,经宿遂凝,以刀为四块,早晚取二块"。见宋释文莹《湘山野录》。 ③行灶:可以移动的炉灶。指烧水煮饭用的简易炉灶。

即　事

〔清〕张　鲲

作粥愁不饱,邻人乞米来。
分半与之去,转觉笑颜开。

——选自张鲲《习静楼诗草》卷二

【作者简介】

张鲲,字象压,号斥疆,鄞县人。乾隆四十四年(1779)岁贡。学诗于全祖望、史荣。著有《习静楼诗草》。

食　粥[1]

〔清〕戎金铭

非关拙生事，[2]为食鲁公粥。[3]
亦非因年俭，可以省脱粟。
一瓯甘淡泊，清香若杞菊。[4]
小啜舒心神，气不令烦蹙。
端坐幽篁前，静展道书读。

——选自戎金铭《溪北诗稿》卷二

【作者简介】

戎金铭，字古慎，号琴石，慈溪古窑洋山人。喜读书，屡试不利，乃弃去，一生不得志。学诗，曾就正于姚燮。著有《溪北诗稿》。

【注释】

①此诗作于咸丰三年(1853)。 ②生事：生计。 ③鲁公粥：鲁公即颜鲁公。唐代颜真卿被封为鲁郡公，因称颜鲁公。见上冯京第《临食四赞》注。 ④杞菊：枸杞与菊花。其嫩芽、叶可食。菊，或说为菊花菜，即茼蒿。

【麦食类】

麦　子

麦子为世界上最早的栽培植物之一。其中小麦原产地在西南亚，一般认为，北从土耳其斯坦通过新疆、蒙古，南经印度通过云南、四川传入我国。也有学者主张，中国小麦是本地起源的，源于黄河中上游。在公元前2700年左右，在黄河流域已广泛栽培小麦，成为中国重要的粮食作物之一。

麦子虽然在六朝时已经传入浙东，但早期的栽培是很有限的。尽管如此，宁波人对麦类作物并不特别陌生。唐代陈藏器《本草拾遗》讨论了大麦、青稞麦的名称问题，认为穬麦乃大麦之异称，麦粒有稃，紧密粘合，不能分离者，为大麦，天生皮肉相离者为青稞，其产地仅限于秦陇以西地区。又称大麦“作面食之，不动风气，调中止泄，令人肥健”。他又论小麦云：“秋种夏熟，受四时之气，自然兼有寒温。面热麸冷，宜其然也。”

自北宋起，我国气候从唐五代的温暖期转入寒冷期，至12世纪初气候寒冷进一步加剧。气温的变化并未影响到浙江地区水稻的栽培，却使得小麦获得大面积的栽种。这是因为小麦生长需要经过春化阶段，即一定的低温条件。而两浙原来较温暖的气候对小麦种植不利，而寒冷期气候的小幅变化，大大改善了小麦的种植条件。同时两浙麦子的大面积种植，也是为了适应南宋喜欢麦食的北方人口大量涌入的需要。缘此，四明地区麦类作物的栽培面积迅速扩大，并跃升为四明地区重要的粮食作物。四明人民克服了浙东地势低湿的障碍，并引进了不少优秀的麦子品种，如大麦有晚大麦、六棱麦、中早麦、红粘糯麦，小麦有早白麦、松浦麦、娜麦，已经普遍实行稻麦二熟制，田野麦绿已经构成了重要的海乡风物景观，引起了四明作家的热情讴歌。

麦饭不易被人体消化吸收，人们就利用粉食以扬长避短，这样小麦就成为面食之源。伴随着石盘磨和粉食加工方法的进步，我国古代人民运用蒸、煮、烙、煎手法，创造出了最具中华特色的面制食品——馒头、面条、包子、烙饼等。

麦

〔宋〕释如琰

大野风翻麦正秋，须知粒粒有来由。
重罗打透工夫到，[1]见面一回方始休。

——选自《重刊贞和类聚祖苑联芳集》卷二

【作者简介】

释如琰(1151—1225)，字浙翁，宁海人，俗姓周。育王寺拙庵德光之法嗣。历住越州能仁寺、明州光孝寺、建康蒋山、明州天童山。嘉定十一年(1218)敕住径山寺，赐号“佛心禅师”。

【注释】

①重罗：细罗筛。用细罗筛筛的面，或筛过两次的面，其质较细，称为重罗面。

夏日山居

〔元〕袁士元

疏帘拂拂飏南熏，睡起茶舂隔岸闻。[1]

蚕老已收松上雪，麦黄初涨垄头云。

——选自袁士元《书林外集》卷七

【作者简介】

袁士元（1302—1360），字彦章，鄞县人。历任西湖书院山长、鄮山书院山长。后以危素之荐，出为平江路儒学教授，召授翰林国史院检阅官，不赴。筑城西别墅，种菊数百本，自号菊村学者。所著有《书林外集》七卷。

【注释】

①茶舂：将饼茶舂成粉末。

麦　庄

〔明〕倪宗正

东陇小麦青，西陇大麦黄。
细雨湿柴门，鹁鸠鸣野桑。[①]
天际微风来，清波摇麦芒。
田家午炊熟，饼饵生馨香。[②]
白首归来后，闲情寄麦庄。

——选自倪宗正《倪小野先生全集》卷三

【作者简介】

倪宗正（1471—1537），字本端，号小野，余姚人。弘治十八年（1505）进士，选翰林院庶吉士。以忤刘瑾，出为太仓知州。瑾诛，入为兵部武选司员外郎，迁礼部主客司郎中。以谏武宗南巡，受廷杖，出为南雄知府。有《倪小野先生全集》。

【注释】

①鹁鸠：鸟名。天将雨时其鸣甚急，俗称水鹁鸪。②饼饵：饼类食品的总称。语本《急就篇》卷十："饼饵麦饭甘豆羹。"颜师古注："溲麪而蒸熟之则为饼，饼之言并也，相合并也；溲米而蒸之则为饵，饵之言而也，相黏而也。"

春花歌[①]

〔清〕徐　玉

横塘划断沧溟水，结屋连居成乡里。
沙地种树宜木棉，万家衣食出其里。
去秋日日雨如麻，木棉叶盛却少花。
贫翁俯仰不自给，一冬枵腹同饥鸦。[②]
今春豆麦喜薄熟，小户收刈亦十斛。
塘南塘北瞻村墟，风景一时成鼓腹。[③]
昨我出游过陇头，黄云欲割堆满畴。
腰镰老农道旁歇，跨犊村童陌上讴。
陌上人归日西下，炊烟一缕出茅舍。
蓬头健妇操作勤，手自舂粮达晓夜。
晓夜何时得息肩，箔间蚕已过三眠。[④]
缫车轧轧抽香茧，[⑤]绿阴封户人寂然。
为语儿曹休菲薄，海乡风味亦不恶。
豆粥麦饭劝加餐，女勤蚕桑男耕作。

——选自《余姚六仓志》卷十七

【作者简介】

徐玉，字采芩，号昆田，余姚人。著有《半日闲斋吟草》。

【注释】

①春花：作者原注："海乡春时所植豆麦，谓之春花。"②枵腹：空腹。谓饥饿。③鼓腹：鼓起肚子。谓饱食。《庄子·马蹄》："夫赫胥氏之时，民居不知所为，行不知所之，含哺而熙，鼓腹而游。"④三眠：蚕初生至成蛹，蜕皮三四次。蜕皮时不食不动，成睡眠状态。蚕第三次蜕皮谓之三眠。⑤缫车：缫丝所用的器具。轧轧：象声词。

演禽言八首戏为孙辈作[①]（八首选一）

〔清〕黄　璋

大麦黄，快刈好登场，
大妇中妇来奔忙。
去年糠籺犹不饱，[②]
今年饼饵盈栲栳。[③]

——选自黄璋《大俞山房诗稿·留病草三》

【作者简介】

黄璋（1728—1803），字稚圭，号华陔，晚号大俞居士，余姚人。黄宗羲玄孙。乾隆二十一年（1756）举人，授嘉善教谕，迁知江苏沭阳县。后弃官归里，著述不辍。著有《大俞山房诗稿》。

【注释】

①禽言：诗体名。以禽鸟为题，将鸟名隐入诗句，象声取义，以抒情写态。②糠籺（hé）：指粗劣的食物。③栲栳：用柳条编成的盛物器具。亦称笆斗。

诘旦客馈麦至原韵却耐圃[①]

〔清〕叶 燕

鹊噪柴门秀色传，田家风味奏艰鲜。[②]
腐儒恰称粗茶饭，寝荐还宜净几筵。[③]
谁广绝交分半菽，[④]曾闻供佛现诸天。[⑤]
素餐今负诗人咏，[⑥]布帛无烦再制篇。

——选自叶燕《白湖诗稿》卷八

【作者简介】

叶燕（1755—1816），字载之，号白湖，慈溪鸣鹤场叶家岙人。从学于鄞人蒋学镛。嘉庆十三年（1808）始举于乡。有《白湖诗稿》《白湖文稿》传世。

【注释】

①诘旦：平明，清晨。耐圃：作者友人，生平待考。 ②奏：进。艰鲜：这里指麦子。语出《书·益稷》："暨稷播，奏庶艰食鲜食。"孔传："艰，难也。众难得食处，则与稷教民播种之，决川有鱼鳖，使民鲜食之。" ③寝荐：犹家祭。古代庶人无宗庙，祭祀在寝室行礼；祭物无牲，谓之荐。 ④广绝交：后汉时朱穆任侍御史时，"感俗浇薄，慕尚敦笃，著《绝交论》以矫之"。南朝梁刘峻作《广绝交论》，批判奸徒市侩的"利交"，提倡诚挚淳朴的"素交"。 ⑤诸天：佛教语。指护法众天神。佛经言欲界有六天，色界之四禅有十八天，无色界之四处有四天，其他尚有日天、月天、韦驮天等诸天神，总称之曰诸天。 ⑥素餐：无功受禄，不劳而食。

山北乡土集·收春花

〔清〕范观濂

收获春花豆麦兼，金条铺路雪飞檐。
一般打具名枷子，[①]烦到新娘妙手纤。

——选自王清毅主编《慈溪海堤集·外编》

【注释】

①枷子：即连枷，拍打谷物、使子粒脱落下来的农具。

麦饭、麦粥

麦子的食用，最初是像其他谷物一样用以粒食的，亦可用来煮粥啜食。以麦粒蒸饭是古代基本的粒食方式，做法简便。特别是用新麦炊饭，具有柔润香郁的风味。古籍中有大量"麦饭"的记载。《急救篇》卷二："饼饵麦饭甘豆羹。"颜师古注："麦饭，磨麦合皮而炊之也。……麦饭豆羹皆野人农夫之食耳。"麦粥则是用小麦屑和豆合煮而成的粥。

过田家

〔宋〕刘应时

鸠鸣桑树雨还来，且得农夫笑口开。
虽曰田畴多再植，定须天气作重梅。[①]
江鱼欲买全无镪，[②]社酒堪篘旋发醅。[③]
更遣儿童炊麦饭，殷勤相劝且徘徊。

——选自刘应时《颐庵居士集》卷下

【作者简介】

刘应时（1124—1195），字良佐，号颐庵，慈溪人，故居凫矶（今属江北区）。他曾在县庠教过书，一生行踪不出浙省。著有《颐庵居士集》二卷。

【注释】

①重梅：黄梅雨季过后，通常天气放晴，进入炎炎盛夏。如果这个时候又转成阴雨绵绵，并且持续较久，仿佛又回到梅季，就称为"重梅"。民间俗谚有云："小暑一声雷，倒转做重梅。" ②镪（qiǎng）：原指钱串。这里泛指钱币。 ③社酒：旧时于春秋社日祭祀土神，饮酒庆贺，称所备之酒为社酒。篘：滤（酒）。发醅：打开酒坛。醅，未滤的酒。

雨后访田家

〔宋〕刘应时

一雨及时晴又佳，江村农父话喧哗。
旋炊麦饭非常饱，笑指苗田不用车。
有眼何曾识朝市，逢人只喜话桑麻。
此间剩有渔樵地，容我旁边着一家。

——选自刘应时《颐庵居士集》卷下

田 家

〔宋〕郑清之

老农喜说田家早，缺月疏星穿木杪。
洗铮燎草作晨炊，[①]麦饭咽甘虫食蓼。[②]

儿牵秧马妇携笠，[3]泥滑不嫌春雨少。
平畴拍拍水连堤，姑恶数声天欲晓。[4]

——选自陈起编《江湖后集》卷五

【作者简介】

郑清之(1176—1251)，字德源，晚号安晚，鄞县人。嘉定十年(1217)进士。后因参预史弥远拥立理宗谋，获信任。绍定三年(1230)为参知政事。史弥远卒，拜右丞相兼枢密使。端平二年(1235)进左丞相。淳祐七年(1247)获准辞官。两年后复拜右丞相兼枢密使。著有《安晚堂集》。

【注释】

①铮：当为煮饭的器具。此字或有误。②虫食蓼：意谓虫子以苦蓼为食，不知其苦。③秧马：古代农民拔秧时所坐的器具。形如船，底平滑，首尾上翘，利于秧田中滑移。④姑恶：鸟名。叫声似"姑恶"，故名。也叫"苦恶鸟""白胸秧鸟"。

有田妇献水麦，甚美，不知滹沱玉食曾有此否，[1]感怅作诗

〔清〕舒岳祥

牟麦未全黄，[2]和灰熟煮香。
嚼来冰响齿，咽下露生吭。
肉似鸡头韧，[3]形疑鲎子长。
食芹应配美，吾欲献君王。

——选自舒岳祥《阆风集》卷三

【注释】

①滹沱：参见史浩《童丱须知·膳羞八篇》注。②牟麦：大麦。牟，通"麰"。③鸡头：指芡实。

喜食新麦

〔宋〕舒岳祥

乱后归田好，残生似可延。
余花恋余景，新麦起新烟。
畎浍藏科斗，[1]园林带杜鹃。
妻孥共甘苦，一醉慰饥年。

——选自舒岳祥《阆风集》卷三

【注释】

①畎浍：泛指田间水道。科斗：同"蝌蚪"。

邀陈氏子饭，归似铜山珣老[1]

〔元〕戴表元

饭子山下麦，羹以山上笋。
笋坚烦齿牙，麦粝哽喉吻。[2]
相邀岂云厚，竟去良不忍。
林园隐趣出，鱼稻秋事近。
短歌讯而翁，[3]赠子以一哂。

——选自戴表元《剡源文集》卷二十七

【注释】

①似：示。铜山珣老：出奉化剡源三石陈氏，后出家为僧。题下作者自注："丁酉五月十五日也。"丁酉即大德元年(1297)，诗为是年所作。②喉吻：喉与口。③而翁：你的父亲。

修德惠《枯木图》次韵四首[1](选一)

〔明〕方孝孺

百年礼乐愧前贤，濂洛微言久不传。[2]
待子归来同讲习，细炊麦饭饮寒泉。

——选自方孝孺《逊志斋集》卷二十四

【作者简介】

方孝孺(1357—1402)，字希直，又字希古，号逊志，人称正学先生，宁海人。洪武二十五年(1392)任汉中府教授，深为蜀献王赏识，聘为世子师。洪武三十一年(1398)，建文帝即位，召孝孺入京，任为翰林侍讲学士。次年，值文渊阁，助建文帝推行新政。燕王朱棣攻入南京，方孝孺不肯为其起草登基诏书，被灭十族。有《逊志斋集》传世。

【注释】

①修德：王琦，字修德，宁海西门槐里人。与郭士渊并以文名。②濂洛：北宋理学的两个学派。"濂"指濂溪周敦颐；"洛"指洛阳程颢、程颐。微言：精深微妙的言辞。

客至

〔明〕方孝孺

竹里烹茶费屡呼，携壶沽酒绕村无。
同飧麦饭无难色，风概知非浅丈夫。[1]

——选自方孝孺《逊志斋集》卷二十四

【注释】

①风概：风度气概。

耕　叟

〔明〕应履平

夜来好雨过前畦，喜见秧针出水齐。[①]
花牸牵犁将乳犊，[②]瓦盆盛酒饷糟妻。
数抄麦饭浑如玉，[③]百结蓑衣半是泥。
乐此古人今在否，南阳莘野草萋萋。[④]

——选自《剡川诗钞》卷九

【作者简介】

应履平（1375—1453），字锡祥，号东轩，奉化禽孝乡外应村（今属奉化市锦屏街道）人。建文二年（1400）进士，授福建德化县令，改吏部稽勋司郎中。永乐二年（1404）献《河清赋》，受成祖奖谕，扈从北京，兼署吏部文选、考功二司事。著有《东轩集》。

【注释】

①秧针：谓初生的稻秧。 ②牸（zì）：雌性牲畜。 ③抄：匙子；小勺。 ④南阳：郡名。秦置，包有河南省旧南阳府和湖北省旧襄阳府。为三国时诸葛亮躬耕之处。莘野：伊尹耕种之处。《孟子·万章上》："伊尹耕于有莘之野。"赵岐注："有莘，国名。伊尹初隐之时，耕于有莘之国。"

登东山[①]

〔明〕黄永言

短杖拄烟霞，山伧野趣嘉。
拾樵炊麦饭，汲水煮芽茶。
春去花无主，巢成燕有家。
坐深归路晚，风飐角巾斜。[②]

——选自耿宗道编《临山卫志》卷四

【作者简介】

黄永言，明代余姚临山卫人，逸士。

【注释】

①东山：在今余姚临山、泗门两镇。 ②飐：飘动。角巾：方巾，有棱角的头巾。为古代隐士冠饰。

八月四日遣兴（二首选一）

〔明〕丰　坊

霜蟹螯肥麦饭，玉簪香溢陶卮。[①]
阅尽青编理乱，[②]启期千载吾师。[③]

——选自丰坊《万卷楼遗集》卷六

【作者简介】

丰坊（1492—1563），字人叔、存礼，更名道生，更字人翁，号南禺外史，鄞人。嘉靖二年（1523）进士，授吏部主事，改南考功主事。嘉靖六年（1527）坐事谪同知通州，罢归，益自诞放，晚年卒于僧舍。著有《万卷楼遗集》等。

【注释】

①玉簪：多年生草本植物。叶丛生，卵形或心脏形。花茎从叶丛中抽出，总状花序。秋季开花，色白如玉，未开时如簪头，有芳香。栽培供观赏。陶卮：陶盆。 ②青编：泛指书籍。 ③启期：荣启期，春秋时隐士，传说曾行于郕之野，语孔子，自言得三乐：为人，又为男子，又行年九十。后用为知足自乐之典。

麦　饭

〔明〕汪　枢

一饱他何愿，随缘托此生。
岁时新麦饭，篱落短蔬羹。
紫燕巢梁稳，青蒲长叶平。
四方多难日，谷口好躬耕。[①]

——选自胡文学《甬上耆旧诗》卷二十四

【作者简介】

汪枢，字伯机，鄞县人。为人性萧散，工诗，不乐仕进，自建别业名泡园。

【注释】

①谷口：汉代隐士郑子真隐居之处。汉扬雄《法言·问神》云："谷口郑子真，不屈其志而耕乎岩石之下，名震于京师，岂其卿？岂其卿？"这里代指归隐之地。

饭麦谣二首

〔清〕陆　宝

束秆丛丛积，除芒粒粒新。
水舂虽得力，无米伴难匀。

面熟成浆滑，油添作饵香。
饱餐宜北俗，难取例南方。

——选自陆宝《悟香集》卷二十八

秋怀（二首选一）

〔清〕万斯同

秋光渐来叶声干，晞发空庭抚药栏。[①]
斗室但求容膝稳，百年敢怨布衣单。
荒城满目狼烟色，旷野惊心狐火寒。[②]
静对一檠多感慨，藜羹麦饭且加餐。

——选自万斯同《石园文集》卷一

【注释】

①晞发：晒发使干。常指高洁脱俗的行为。②狐火：《史记·陈涉世家》："乃丹书帛曰：'陈胜王'，置人所罾鱼腹中。卒买鱼烹食，得鱼腹中书，固以怪之矣。又间令吴广之次所旁丛祠中，夜篝火，狐鸣呼曰'大楚兴，陈胜王'。"这里指武装起事。

尝新麦

〔清〕包旭章

丈夫志四方，胡能免行役。
行役不逾时，便得返尔宅。
昨岁游京华，度阡而越陌。
望望行野田，青青初见麦。
倏忽逾半年，新麦出供客。
食麦尝以彘，惊心岁时易。
食麦令人肥，惊心令人瘠。
旧年鬓未丝，今年头才白。

——选自《四明清诗略》卷九

【作者简介】

包旭章，字晓文，号闇斋，鄞县人。清乾隆十七年(1752)进士，官南江知府。著有《四明志补》。

赠麦俞省庵(大鼎)二十韵

〔清〕叶　燕

麦饭喜加餐，中夏抱寒疾。
家人私相语，麦寒易成积。
我友石涧生，嗜好有同癖。
前者未簸舂，已许分膏泽。
一斗遗细君，[①]臣朔不在室。[②]
昨闻扶杖归，两脚软无力。
阳明主宗筋，[③]得非胃少液？[④]
厚味藏五兵，[⑤]调和宜菽麦。
息壤况有言，何可独饱吃？
呼僮顷瓮盎，[⑥]剩粒三升缺。
妻奴笑谓我，莫遗豪啖客。
客贫未举火，此可慰饥渴。
徒惹悭吝嗤，或增怅望色。
我意殊不然，买菜庸求益。
本非过屠门，[⑦]大嚼何可得。
五秉讥圣门，[⑧]一粒幻迦释。
说法在现身，我已苦多食。
君毋效我贪，持用作药石。
例以铢两数，已足供百日。
余饷助齐眉，[⑨]即是琅玕实。[⑩]

——选自叶燕《白湖诗稿》卷三

【注释】

①细君：妻子的代称。②臣朔：《汉书·东方朔传》："朱儒长三尺余，奉一囊粟，钱二百四十。臣朔长九尺余，亦奉一囊粟，钱二百四十。朱儒饱欲死，臣朔饥欲死。"后因以"臣朔"为东方朔的省称。这里代指俞大鼎。③阳明：中医经脉名称。《周礼·天官·疾医》"参之以九藏之动。"汉郑玄注："脉之大候，要在阳明、寸口。"贾公彦疏："阳明者，在大拇指本骨之高处，与第二指间。寸口者，大拇指本高骨后一寸是也。"宗筋：三阴三阳的经筋会合于前阴部，称宗筋。④得非：莫非是。⑤厚味：美味。五兵：泛指各种兵器。宋黄庭坚《薄薄酒》云："美物必甚恶，厚味生五兵。"⑥瓮盎：陶制容器。⑦屠门：肉店。汉桓谭《新论》云："人闻长安乐，则出门而向西笑；知肉味美，则对屠门而大嚼。"⑧五秉：《论语·雍也》："子华使于齐，冉子为其母请粟。子曰：'与之釜。'请益。曰：'与之庾。'冉子与之粟五秉。"杨伯峻注："五秉则是八十斛。……周秦的八十斛合今天的十六石。"⑨余饷：剩余的麦子。齐眉："举案齐眉"的省称。这里代指妻子。⑩琅玕实：指竹实，也称竹米，是竹子开花后结的果实。《庄子·秋水》谓凤凰"非练实不食"。"练实"就是竹实。结尾两句从宠姬名字联想而来。作者自注："君宠姬字凤。"

西郊刈稻（五首选一）

〔清〕陈元林

瓜棚团坐慰艰辛，欲取村醪问隔邻。

迩日饔飧多麦饭，[①]今朝荐寝好尝新。

——选自张本均《蛟川耆旧诗》卷六

【作者简介】

陈元林，字西园，号墨溪，镇海人。诸生，著有《西园稿》。

【注释】

①饔飧：做饭。

尝　麦

〔清〕徐　玉

海乡风味傲黄粱，牟麦新登恰共尝。
一掬春盈蚕子色，[①]半盂风送楝花香。
榆羹佐馔晨炊熟，[②]豆粥分携午馌忙。
粗粝加餐各努力，终胜歉岁厌糟糠。

——选自《余姚六仓志》卷十七

【注释】

①“一掬”句：作者自注：“麦初成，乡人磨麦似蚕，谓之麦蚕。” ②榆羹：用榆荚和榆面煮成的羹。

湖庄食麦蚕粥邀心水同赋[①]

〔清〕厉　志

山雉犹朝鸣，[②]新麦已登场。
嫩肉带微青，纤颖落纷黄。
盈升付碾磨，细缕吐短长。
宛如初起蚕，蠕蠕堆在筐。[③]
和糁煮为粥，还吹野风香。
连啜匙不停，舐唇急呼将。
草堂面园圃，参差桑条扬。
更见樱桃熟，鸣鸟来飞翔。
怡然村间意，与子一徜徉。
韶光已云迈，[④]千金何可偿。
异食难屡遇，赋诗志不忘。

——选自厉志《白华山人诗集》卷十二

【作者简介】

厉志(1783—1843)，初名允怀，字心甫，号骇谷，又号白华山人，浙江定海人。与镇海姚燮、临海姚濂齐名，有“浙东三海”之称。著有《白华山人诗集》。

【注释】

①麦蚕：麦子初成，乡人磨麦，做成幼蚕状，称为麦蚕。如象山高塘乡人在大麦灌浆成绿色并未成熟时采摘磨成“粉虫”，称为“麦虫”。心水：叶元阶(1803—?)，字心水，号仲兰，又号赤堇山人。慈溪鸣鹤人，著有《赤堇山人诗集》《杜诗说》。 ②山雉：俗称野鸡。 ③蠕蠕：昆虫爬动的样子。 ④韶光：美好的时光，常指春光。

芦江竹枝词[①]（五首选一）

〔清〕刘　翼

白巾遮日助翻车，村妇工夫得半加。
旁午先归供馌饷，[②]一盂麦饭一瓶茶。[③]

——选自王荣商编《蛟川耆旧诗补》卷十

【作者简介】

刘翼，一名慈宗，字子诚，今北仑昆亭人。刘慈孚从兄。曾为“佾生”(在文庙举行庆祀活动时充任乐舞的童生)。

【注释】

①芦江：今北仑柴桥一带。 ②旁午：将近中午。馌饷：送食物到田头。 ③茶：北仑一带称白开水为“茶”。

麦饭歌

杨翰芳

乱世才杰困风尘，何如太平愚下人。
春来捧臼秋弄月，饭麦自视千金身。
碧车横山建大旆，[①]屠钓亦预风云会。[②]
万命铸出一夫荣，太牢几成人肝脍。[③]
念此麦饭独高洁，于人不害无鲠噎。
君尚年少试静看，今日大木林高岸。

——选自《杨霁园诗文集》

【作者简介】

杨翰芳(1883—1940)，字蕤荫，号霁园、天流，鄞县瞻埼西岙人。二十岁中秀才，名列第一。后隐居家乡，以读书著述、设塾课徒为业。著有《黄林集》《傅港集》《五慎山馆联语》等。

【注释】

①碧车：即油碧车。古时贵妇人用的装有青绿色油幕的车子。大旆：大旗。 ②屠钓：化用李白《梁父吟》：“风云感会起屠钓。” ③太牢：古代祭祀，牛、羊、豕三牲具备谓之太牢。

【杂粮类】

荞　麦

荞麦为一年生草本蓼科荞麦属双子叶植物。荞麦是从野生荞麦演化而来，直立茎，种子呈不规整三棱锥形，种皮坚韧，深褐或灰色，花白色。荞麦生长期短，可以在贫瘠的酸性土壤中生长，不需要过多的养分和氮素，下种晚，在比较凉爽的气候下开花。

中国是荞麦起源中心之一，栽培历史悠久，在《神农书》、《齐民要术》中均有记载。荞麦在唐代开始普及，但长期来在作物布局中的地位并不受重视，多被视为救荒作物。我国民间自古栽培的荞麦有甜荞和苦荞两种。康熙《定海县志》卷十一记载说："又有荞麦，立秋下种，性最畏霜，高一二尺，赤茎绿叶，开小白花，繁密粲粲，结墨实成三稜，磨粉雪白，俗谓之甜荞，以别苦荞也。苦荞，其味苦恶，谷之下者，聊济荒耳。"唐代陈藏器《本草拾遗》记载了荞麦饭的做法："其饭法可蒸，使气馏，于烈日中曝令口开，使舂取仁作饭，叶作茹，食之下气，利耳目，多食即微泄。"荞麦磨粉，还可制成荞麦圆子。清光绪四年(1878)，慈溪民间旅日文人王治本曾向日本幕府高崎藩藩主源桂阁介绍了故乡的荞麦团："荞麦磨粉作团子"，"以手作团，大者如胡桃，小者如樱花"，"甘者用糖，咸者用酱油，又有团内入豆馅者，有内入豚肉者"。现今荞麦因其含丰富营养和特殊的健康成分颇受推崇，被誉为健康主食品。

四明山中十绝·羊额岭①

〔元〕戴表元

两颊棱棱额下分，②更无坳处可藏云。
西风怕夺行人眼，荞麦满山铺锦云。

——选自戴表元《剡源文集》卷三十

【注释】

①羊额岭：在今余姚梁弄镇。其岭甚陡，有天梯之称。　②棱棱：形容瘦削。这里形容山石突兀、重迭。

晚过湖滨(四首选一)

〔清〕谢守稼

偶过湖滨正晚天，秋光到眼斗芳妍。
沿堤芦白飞晴雪，映水蓼红淡暮烟。
沽酒人来茅店里，卖菱船舶板桥边。
村农闲话收成好，荞麦花开满野田。

——选自戟锋主编《阁老故里诗汇》

【作者简介】

谢守稼，字慎初，号载南，余姚泗门人。好学工诗，有《玉兰堂集》。

天童道中

〔清〕陈　仅

绿树阴浓入望赊，蓝舆随意息村家。
香风不逐淡云散，处处山田荞麦花。

——选自陈仅《继雅堂诗集》卷十

【作者简介】

陈仅(1787—1868)，字余山，号涣山，又号渔珊，鄞县古林镇西洋港人。嘉庆十八年(1813)举人。道光十三年(1833)，出任陕西延长知县。道光十五年(1835)，任陕西紫阳县知县。十九年(1839)，调安康知县。历官咸宁知县、陕西宁陕厅同知。著有《继雅堂集》《竹林答问》等。

自甬归①(二首选一)

〔清〕杨泰亨

西行出江郭，襟抱清炎熇。②
归理今晨楫，痕消昨夜潮。
岸枫衣草把，水荇庇鱼苗。
一雨久不雨，沿山待种荞。

——选自杨泰亨《饮雪轩诗集》卷三

【作者简介】

杨泰亨(1826—1894)，字履安，一字问衢，号理庵，江北区慈城赭山杨村(今乍山杨家村)人。同治四年(1865)进士，官翰林院检讨。历主月湖书院、余姚龙山书院讲席。著有《饮雪轩诗文集》。

【注释】

①此诗作于光绪九年(1883)七月十四日。

②炎熇：暑热。

荞麦行

〔清〕厉　志

野田坼裂秋稻枯，[①]山头荞麦朝露濡。
待雨十日如得雨，紫茎绿叶竞荣敷。[②]
早禾尽出为租税，采摘霜粒堪咀茹。
及今待雨过二月，近郊荒秽远绝无。
更有穷民海上处，斥畈硗陇遍茅苴。[③]
提携入城告官府，堂下惨哭堂上呼。

——选自厉志《白华山人诗集》卷十四

【注释】

①坼裂：裂开；撕裂。 ②荣敷：开花。 ③茅苴：茅草。

余姚竹枝词（二百首选一）

〔清〕宋梦良

田家耕植准天时，处暑栽荞听鸩啼。[①]
白菜种毋逾白露，秋分秋稻出头齐。[②]

——选自《中华竹枝词全编》（浙江卷）

【作者简介】

宋梦良，字竹孙，余姚人，诸生。主要活动于咸丰、同治年间。著有《步梅诗抄》。

【注释】

①鸩：鶗鸩，即杜鹃鸟。 ②篇末作者自注："谚云：'处暑荞麦白露菜，秋分稻出齐。'"

南　瓜

南瓜为葫芦科南瓜属的植物，俗名番瓜、倭瓜，老瓜可作饲料或杂粮，所以宁波等地方又称为饭瓜。原产于北美洲，约在16世纪传入欧洲和亚洲，明代可能从东南亚引入我国南方，故李时珍《本草纲目》说："南瓜种出南番，转入浙闽，今燕京诸处亦有之。"可见南瓜可能从海路率先引入浙闽地区。康熙《定海县志》卷十一《物产》记载："南瓜：种宜沙沃地，引蔓甚繁，可延十余丈，节节有根，近地即着。一本结瓜十数，颗皮上有棱，其色青、绿、黄、红不一，经霜后收置暖处，可留至春。不可生食，亦可蜜煎。"宁波诗人最早咏及南瓜的是康熙时慈溪半浦人郑梁，有《瓜棚独坐月下感怀》诗云："半人学圃爱阴凉，结得棚成等账房。带豆紫先扁豆紫，丝瓜黄胜饭瓜黄。"可见南瓜已是慈溪瓜棚中的常见之物了。南瓜既可代粮又能当菜。《余姚六仓志》卷十七《物产》云："南瓜：艺园圃中，居民作蔬，以为食。"

秋收竹枝词（八首选一）

〔清〕施育凤

服役欢呼尽一家，开樽相与话年华。
盘因地僻食无肉，杯为村荒酒有花。
雪白饭盛新早稻，金黄羹煮老南瓜。
捧将谷样殷勤示，半是擂泥半是芽。

——选自《鄞城施氏宗谱》卷七

【作者简介】

施育凤（1771—1833），字竹庭，号竹艇，鄞县城区（今海曙区）人，居灵桥门内。幼好吟咏，为国学生，例赠文林郎。入浙闱试，恰遭父亲之病丧，遂绝意进取。著有《水竹居稿》。

【注释】

①秋收：秋天赴农村向佃农收租。

清门引·咏南瓜

〔清〕倪象占

西域探奇，东陵表异，生初一瓞，自南称又。引架添棚，绵根布叶，深与茅檐重覆。羡高花，次第向朝阳，秋葵难就。瞥眼纷纶，彭亨鼎腹，[①]儿童夸斗。　几处团团黄透。看属对偏工，城南红皱。古柳阴中，牛衣卖者，[②]还与紫昆同售。[③]虽道田家味，总应是天边匏宿。莫嗟抱蔓，年年门外，稻风寒候。

——选自倪象占《青棂馆词稿初钞》

【注释】

①彭亨：鼓胀、胀大的样子。 ②牛衣：蓑衣之类。这里泛指用粗麻织成的衣服。苏轼《浣溪沙》："牛衣古柳卖黄瓜。" ③紫昆：茄子别名"昆仑紫瓜"。

余姚竹枝词（二百首选一）

〔清〕宋梦良

直把南瓜号饭瓜，分栽庭隙离桑麻。

檐前搭架支藤叶，巧当凉棚赖遍遮。

——选自《中华竹枝词全编》(浙江卷)

【注释】

①饭瓜：作者自注："东乡人呼南瓜曰饭瓜，以其堪当饭也。"

思　瓜

杨翰芳

不尽中和气，超然得岁华。
几条丁字水，一片午时花。
天许词源在，自蒙禁锢加。
秋凉动乡味，园角卧南瓜。

——选自《杨霁园诗文集》

买南瓜

杨翰芳

却唤厨人去买瓜，拣瓜有诀尔毋差。
三黄七绿新攀摘，丑极皮肤作癞蛙。[①]

——选自《杨霁园诗文集》

【注释】

①癞蛙：癞蛤蟆。

豆粥、豆饭

主要用各种豆煮成的粥和饭，称为豆粥和豆饭，为古人所常食。

范叔刚以诗送豆粥，次韵答之

〔宋〕孙应时

平生画饼复炊沙，空有饥肠不受嗟。
多谢殷勤饷时节，顿忘憔悴客京华。
卖书未卜来同往，厚意何时报有加。
为说痴人不堪饱，更思春酌对檐花。

——选自孙应时《烛湖集》卷十八

【作者简介】

孙应时(1154—1206)，字季和，自号烛湖居士，余姚人，故居在今慈溪市横河镇。早年从陆九渊学。孝宗淳熙二年(1192)进士。调台州黄岩尉，历泰州海陵丞、知严州遂安县。光宗绍熙二年(1192)应辟入宦幕。后知常熟县。有《烛湖集》。

豆饭歌

〔清〕费金珪

子规坐树呼春去，[①]弥望绿阴交处处。
红樱正熟梅尚酸，黄鱼出浪笋堆盘。
立夏米饭传乡语，并豆作炊粒加糯。
我闻九谷秫先稻，[②]菽也后之总堪饱。
赤者其种何处移，夏当火德色宜良。[③]
贫家一饭苦供具，食指况繁艰饱饫。
馋口何当慰靖节，[④]种豆种秔兼种秫。

——选自全祖望编《续甬上耆旧诗》卷一百十七

【作者简介】

费金珪，字丹壑，一字峨堂，鄞县人。少学诗于宗谊、周斯盛等人，与史荣等人唱和，不肯作世俗之诗。著有《峨堂集》。

【注释】

①子规：杜鹃鸟。 ②九谷：古代九种主要农作物。九谷名目，相传不一。《周礼·天官·大宰》："三农生九谷。"郑玄注："司农云：'九谷：黍、稷、秫、稻、麻、大小豆、大小麦。'九谷无秫、大麦，而有粱、苽。" ③火德：指热力。 ④靖节：指陶渊明。

题许通画牛为从子伯观

〔清〕陈　梓

秋热田家豆粥新，饱参随意涉烟津。
试听横背村儿笛，可忆当年舐犊人。

——选自陈梓《删后诗存》卷八

【作者简介】

陈梓(1683—1759)，字俯恭，号古铭、一斋、客星山人等，余姚北乡临山人，迁居嘉兴濮院定泉桥西。雍正间举孝廉方正不就，乐为童子师。为学私淑张履祥，撰《四书质疑》以教学者。著有《井心集》《删后诗集》《删后文集》等。

番　薯

番薯，一名甘薯，又作番茹，原产地在美洲。明代嘉靖年间，番薯经印缅通道始从陆路传入云南省，万历初继从安南传入广东，万历二十一年福建长乐商人陈振龙从吕宋携回薯种后，经陈氏父子等的努力，在国内引种更广。

浙江传入番薯的最早文献是万历二十三年(1595)刊印的《普陀山志》中的记载,这说明浙江番薯率先在普陀山落户,在引种时间上可能同时或略早于福建,但该志所称苗种来自日本则颇有疑问。可惜当时普陀山僧吝不传种,控制极严,一般百姓无缘问津。万历四十二年普陀山普济寺住持无边性海曾馈赠嘉兴文人李日华"普陀岩下番薯",李竟叹为"世间奇药,唯山僧野老得尝之",可见当时的浙江地区番薯还属于十分稀罕之种。明末绍兴名流祁彪佳,曾从海外觅得红薯异种,在自家园圃中进行试种,"每一本可植二、三亩,每亩可收得薯一、二车",稳获高产。这是绍兴地区引种番薯的最早记载,可惜并未在宁绍地区获得实际的推广种植。

四明地区大面积种植番薯是在清初,值得标榜的功臣是陈振龙的后人陈以桂。康熙初年,他从福建到鄞县经商,见到这里没有番薯,就把他家乡的苗种带到鄞县,并教以种植方法,于是番薯种植在四明地区获得迅速发展。康熙中吴震方《岭南杂志》曾说:"番薯有数种,江浙近亦甚多而贱,皆从海船来者。"可见到吴氏著书之时,浙江(主要指温、台、宁等沿海地区)番薯已是较为普通的作物,产量之多亦是最近之时,足见番薯在四明地区短时期内的推广成果。康熙《定海县志》卷十一"甘薯"条云:"即今番薯,其根似芋,亦有巨魁,大小不同,剥去紫皮,内色正白如肌,乡人以当米谷果食,蒸炙皆香美。初时甚甜,经久得风稍淡……海中之人多寿,亦由不食五谷,而食甘薯故也。"此处描述了番薯的植物形态、品味及其使人长寿的食用价值。

番薯适应性强,全区的山地皆可种植。雍、乾时期,四明地区番薯栽培更结出了丰硕成果,甚至在全国也小有名气。乾隆《镇海县志》记载:"邑之山地栽植甚多。"乾隆十六年(1751)黄可润《畿辅见闻录》中说:"南方番薯一项,……今则浙之宁波、温、台皆是,盖人多米贵,此宜于沙地而耐旱,不用浇灌,一亩地可获千斤,食之最厚脾胃,故高山海泊无不种之,闽浙贫民以此为粮之半。"这说明乾隆之初期,宁波地区因人口激增,稻米已不敷需要,番薯遂成为宁波人民不可或缺的辅助食粮,尤其是贫民之家作为主粮赖以为生。这一时期,四明各县山区大规模垦殖番薯情况,在当时编辑的方志中亦能窥见一斑。如乾隆《奉化县志》云:"番芋,种来自日本。"乾隆《象山县志》云:"番薯瘠土沙中可种,生熟皆可食,益人。万历间闽中始有之。今乡村山地广种。其法先种薯一本,生蔓,断其蔓,横植之,覆以灰土,则每段发根生其苗,故繁生焉。"可见当时采用薯块育苗,剪蔓(俗称"剪藤")扦插繁殖。乾隆《镇海县志》云:"番薯……,镇之山地栽植甚多。"乾隆《鄞县志》云:"番薯,……今明、越诸郡多于山中种之,……大可为救荒之助。"此所谓"明、越诸郡",足以概见宁绍地区番薯栽培的一般情况,而"救荒之助",更可看出番薯种植大大提高了宁波人民的备荒抗灾的能力。钱沃臣《蓬岛樵歌》有自注称象山"邑产番薯一年植无算"。倪象占《蓬山清话》卷十七云:"甘薯,……象山近日广种,实救荒之要物也。且以其余货泛往乍浦,虽无大利,亦少足润色云云。"光绪《宁海县志》卷二《物产·蔬类》亦云:"今乡村山地广种之。"可见自乾隆以来,番薯已经成为四明沿海山区的主要粮食作物。番薯是耐寒、耐瘠作物,生长期短,适应性强,一般粮食作物难以生存的贫瘠土壤均可种植,使原来不适于耕种的边际土地得到了利用,从而改变了南方主要粮食作物种类的构成。宁波地区番薯的引种,拓展了农业空间,对于缓解本地区人多粮少的紧张局面,提高备荒能力,丰富糕点品种,都起了积极的影响。

蓬岛樵歌(一百十六首选一)

〔清〕钱沃臣

种瓜得瓜豆得豆,里象山分外象山。①
乡人一岁多辛苦,甘薯盈船喜放关。②

——选自钱沃臣《乐妙山居集·蓬岛樵歌》

【注释】

①"种瓜"两句:作者自注云:"贾胡贩豆以墙

头、关东为外象山，西为里象山，豆产里象山者佳。” ②“甘薯”句：作者自注：“邑产番薯一年植无算，又名甘薯，详《南方草木状》。”

蓬岛樵歌续编（一百〇八首选一）

〔清〕钱沃臣

乌昧辛劳海米贵，[1]农家歉岁剧堪怜。
自从广种甘薯后，[2]不尽充粮又永年。

——选自钱沃臣《乐妙山居集·蓬岛樵歌续编》

【注释】

①这句作者自注：“乌昧即蕨萁，亦称乌糯。根茎蔓生土中，幼叶可食，根含淀粉，可供食用、药用或酿造。范文正公有进乌昧草事。张华《博物志》：东海洲上有草名荋，实如大麦，呼为自然谷，亦名禹余粮。方希古曾作《海米行》：‘海边有草名海米，大非蓬蒿小非荠。妇女携篮昼作群，采摘仍于海中洗。归来涤釜烧朽枝，煮米为饭充朝饥。莫辞苦涩不下咽，性命聊假须臾时。” ②这句作者自注：“甘薯，又名番薯，薯蓣之类。陈其旸《异物志》：南方用当米谷果食，蒸煮皆香美，初时甚甜，经久经霜稍淡。《南方草木状》：性不甚冷，珠崖之业耕者唯种此，蒸晒收以充粮糗，名薯粮。海中之人多寿，亦由不食五谷而食甘薯故也。何抚军裕成著有《甘薯录》，载‘辨类’至‘制用’凡五条，言甚详。邑于春初下种时，劈种上自然芽先种之，早收，谓之子藤。生粉宜熟食，有桂花香。九月末下霜时收，带蔓完好者，挂檐前风干，至春间味胜于梨。如腐，投盆水中，磨碎澄清，更新水二三次，干可为果食。”

食番茹诗[1]

〔清〕陈庆槐

登山不裹粮，日昃饥肠吼。[2]
野老饷地瓜，僧厨借刀剖。
蒸来薄如饼，食竟甘于藕。
此物便窭人，[3]蕃生遍冈阜。[4]
邑乘所不载，前此固未有。
侧闻父老言，贻种自闽叟。
翁洲地斥卤，[5]稻田半稂莠。
米粟苦不多，况当人满后。
兵饷筹仓储，渔船限升斗。
贩米暗弛禁，奸民射利厚。
赍粮甘藉盗，[6]盗薮即利薮。[7]
农夫所登谷，不入农夫口。
去年岁荒歉，剽掠到某某。
倘非秋作熟，[8]饿死十八九。
饮水当知源，得子莫忘母。
闽叟功及民，故应垂不朽。
惜哉姓氏湮，食德愧多负。[9]
何当入祀典，[10]岁时奠椒酒。

——选自陈仅纂集《济荒必备》卷三

【作者简介】

陈庆槐，字应三，浙江定海人。乾隆五十五年(1790)进士，授中书舍人。嘉庆五年(1800)，从军楚北。后因父亲病故，辞官还乡。一生作诗颇多，晚年亲自选编成《借树山房诗抄》。

【注释】

①此诗作于嘉庆九年(1804)。陈仅《济荒必备》按语云：“此诗为嘉庆甲子年所作，可为红藕救饥往事之一证。吾乡方言，夙有番薯干救命之一语，其利由来久矣。瘠土小民，奈何忽之？” ②日昃：太阳偏西。 ③窭人：穷苦人。 ④蕃生：生殖繁衍。 ⑤翁洲：舟山。 ⑥赍：资助。藉：同“借”。语出《荀子·大略》：“非其人而教之，赍盗粮，借贼兵也。”这句谓甘心送给盗贼粮食。 ⑦盗薮：强盗聚集的地方。利薮：财利的聚集处。 ⑧秋作：作者自注：“吾乡谓番茹、荞麦等种为秋作。” ⑨食德：谓享受先人的德泽。 ⑩祀典：祭祀的仪礼。 ⑪椒酒：用椒浸制的酒。古俗，农历元旦向家长献此酒，以示祝寿、拜贺之意。

劝民种藷备荒诗六十韵[1]

〔清〕陈　仅

后稷播艰食，[2]五谷尊农祥。[3]
率育及百种，[4]蔬果乃并详。
丰年助食气，歉运扶饥尪。
譬如五霸治，[5]补苴成小康。
嗟哉蝗旱涝，三孽为民殃。[6]
所值靡孑遗，[7]孰问青与黄？
惟天大好生，事事为周防。[8]
甘薯实地宝，厥种来海航。
闽人始艺植，[9]迁地罔弗良。

佳名锡玉枕，美品逾金瓤。
入唇波萝甘，搓手蔷薇香。
布种无定候，迟速视雨旸。
一茎数十根，颗颗拳臂强。
一亩数十石，累累釜庾量。[10]
瘠不避硗确，[11]高可连岭冈。
棱畦篱落间，[12]讵碍平地秧。
三时独工省，十部偏利偿。[13]
红既等渥赭，[14]白亦如凝肪。[15]
上祝翁媪噎，下分童孺尝。
穷途一饱易，小户三餐常。
阴阳两交补，玉延功颉颃。[16]
所恨出近晚，未获逢岐皇。[17]
酿酒待嘉客，合欢资壶觞。
屑粉持作饵，堆盘胜餦餭。[18]
片片聂切之，[19]檐曝乘朝阳。
珠粒簸巨细，冰箸截短长。
万条簇牙管，径寸森玉芒。
风久敲剥剥，[20]物多积穰穰。[21]
贫居列盎瓮，当室盈仓箱。
时时佐乏匮，岁岁储馑荒。
象形呼茹丝，表用称薯粮。
茎叶亦不弃，恩及牛豕羊。
呜呼南山民，比户鲜盖藏。[22]
斜坡石戴土，下泉苞浸稂。
苦荞荼尔口，[23]洋芋冰我肠。[24]
玉黍为正稼，[25]山中防旱凉。
愁霖七八月，清风不生浆。
空苞槁无用，何处求核糠？[26]
籽种借倍息，敢计子母昂？[27]
徼幸得丰获，春及心彷徨。
入夏粒色变，枵然中已亡。[28]
可怜四体瘁，莫慰一岁望。
何如艺红藷，利益收无方。
水旱不能萎，风雨难为伤。
深根蔽尺土，虐焰穷飞蝗。
外蔓纵有损，生气终莫戕。
久贮弥益坚，炊烟接芬芳。
余三积旨蓄，何必矜稻粱。
此物与包谷，相济无相妨。
家但种一区，已足富橐囊。[29]
始知十二德，未罄言揄扬。
奈何弃大美，视之同蒲蒋？[30]
识浅怯始事，痛定忘故创。
思患不知备，后时谁与商？
惰农忸积习，安得怼彼苍？[31]
木铎宣再四，[32]庶几振聋盲。
古称富而教，物爱心斯藏。
嗷鸿满中泽，[33]何以为保障？
所希采腐言，鼓腹偕乐乡。
薄德愧民牧，[34]出郊涕沾裳。

——选自陈仅纂集《济荒必用》卷三

【注释】

①藷：同"苕"，即番薯。②后稷：周之先祖。相传姜嫄践天帝足迹，怀孕生子，因曾弃而不养，故名之为"弃"。虞舜命为农官，教民耕稼，称为"后稷"。艰食：粮食匮乏。③农祥：指农事。④率：用。⑤五霸：春秋时先后称霸的五个诸侯。即齐桓公、宋襄公、晋文公、秦穆公、楚庄王。另一说是指齐桓公、晋文公、楚庄王、吴王阖闾、越王勾践。⑥三孽：指蝗旱涝。⑦孑遗：残存者。⑧周防：谨密防患。⑨艺植：种植。⑩釜庾：釜和庾，均古量器名。⑪硗确：土地坚硬瘠薄。⑫棱畦：田间土垄。⑬十部：谓众多辅助官吏。⑭渥赭：犹渥丹，润泽光艳的朱砂。这里形容番薯的朱红之色。⑮凝肪：凝脂。⑯玉延：作者自注："山药也。"⑰岐皇：同"岐黄"。指黄帝轩辕氏和他的臣子岐伯。⑱餦（zhāng）餭（huáng）：一种用面粉制成的环形油炸食品。清方以智《通雅·饮食》："餦餭则粉和饧者，古所谓餈饵也，此皆可充干物。"⑲聂切：薄切成片。⑳剥剥：象声词。㉑穰穰：丰熟的样子。㉒盖藏：储藏。㉓荼：这里指苦。㉔洋芋：土豆。㉕正稼：作者自注："山民以包谷为正庄稼。"㉖核糠：同"糠籺"，指粗劣的食物。㉗子母：犹言本利。子，利息；母，本金。这句作者自注："山民告贷，惟借籽种之息最昂。"㉘枵然：腹空饥饿的样子。㉙橐囊：盛粮食的口袋。㉚蒋：菰类植物。㉛怼：怨。苍：苍天。㉜木铎：以木为舌的大铃，铜质。古代宣布政教法令时，巡行振鸣以引起众人注意。㉝嗷鸿：哀鸣的鸿雁。语本

《诗·小雅·鸿雁》:"鸿雁于飞,哀鸣嗸嗸。"后以喻指流离失所痛苦哀号的饥民。中泽:沼泽之中;草泽之中。 ㉞民牧:旧时谓治理民众的君王或地方长官。

寓目得六绝句(选一)

〔清〕姚　燮

薯种山田谷水田,犁出忙过晚秋天。
难为晴雨都调适,好葺松林自在眠。

——选自姚燮《复庄诗问》卷三十二

【作者简介】

姚燮(1805—1864),字梅伯,号复庄、野桥,又号大某山民,北仑区小港姚张村姚家斗人,生于镇海城关谢家塘。道光八年(1828),与朋友结枕湖诗社。道光二十四年(1834)中举。鸦片战争爆发后,全家颠沛流离,后终岁奔走于甬、杭、苏、沪等地。咸丰年间,曾两度客居象山,与友人组织红犀馆诗社,任诗社祭酒。卒葬小港剡岙泗洲寺后。工诗词、骈文,尤精于画墨梅。著有《复庄诗问》《复庄骈俪文榷》《疏影楼词》等。

西沪棹歌[1](一百二十首选一)

〔清〕姚　燮

蓏盐喜蓄御冬资,碌碡场中告敛时。[2]
指点隔海云片腻,沿门笋簟晒薯丝。

——选自民国《象山县志》卷三十二

【注释】

①西沪:象山港南部支港,位于象山港南部的黄避岙乡。 ②碌碡:石制的圆柱形农具,用牲畜或人力牵引来压平田地、碾脱谷粒等。

蕃　薯

〔清〕徐　镛

一犁干土种千丛,野老茅檐日课功。
细雨剪藤喧妇女,晴天切片晒儿童。
酒腾镴盏葡萄绿,糖连铜锅玛瑙红。[1]
笑我收藏同芋栗,年来粮食足山中。

——选自张晓邦编《图龙集》

【作者简介】

徐镛(1818—1890),字再生,一字友笙,宁海人。同治间诸生,著有《红岩山房诗稿》等。

【注释】

①这句作者自注:"蕃薯煎糖、烧酒,其味俱佳。"

田歌(二十首选一)

〔清〕陈得善

儿家辛劳忍朝饥,糜粥炊成杂薯丝。[1]
今日立秋逢大煞,[2]者回纯米饭香时。[3]

——选自陈得善《石坛山房诗集》卷一

【注释】

①糜粥:粥。 ②大煞:阴阳家所指的一种凶神恶煞。 ③者回:这回。这句自注:"立秋大煞亦谚语,此时早稻大半上场,俗称不杂薯丝者为纯米饭。"

余姚竹枝词(二百首选一)

〔清〕宋梦良

早晚登禾欲刈初,江桥暂让稻爷居。
行厨巧为供农夕,正卖香瓜熟番茄。

——选自《中华竹枝词全编》(浙江卷)

【注释】

①稻爷:作者自注:"割稻客,戏呼'稻爷',都向江桥作居停。"

剡源竹枝词(三十首选一)

〔清〕赵霈涛

山居勤俭问何如,半夜黄昏是起居。
赤豆粥煎荞麦面,晚餐还有烤番薯。

——选自赵霈涛《剡源乡志》卷五

【作者简介】

赵霈涛,字醉仙,奉化剡源人。清末诸生,著有《剡源乡志》。

山北乡土集·松淹浦行货[1]

〔清〕范观濂

金黄银白到冰鲜,万户千家总费钱。
时值秋来风物换,卖番茄叫一船船。[2]

——选自王清毅主编《慈溪海堤集·外编》

【注释】

①松淹浦:三北地名。行货:贩运货物。

②篇末作者自注："乡风凡卖番茄及卖虾，唱卖字如羊鸣。番茄从土音作茹。"

梧岑杂咏（二十首选一）

〔清〕鲍　谦

蕃薯芋艿未堪方，此种能供隔岁粮。
一自遍栽山谷后，至今拾月更添忙。

——选自张晓邦编《图龙集》

【作者简介】

鲍谦，号益斋，宁海胡陈人。曾为清翰林院典簿。

梁坑竹枝词（选一）

〔清〕潘智进

峰帘山上少良田，学种番茹万万千。
漫道此山无出息，茹干倒也值铜钱。

——选自《宁波竹枝词》

【作者简介】

潘智进，清末宁海深甽镇梁坑人。

初冬旅怀

杨翰芳

农妇担薯来馌，行吟客在河梁。
风味故乡忍看，入门凄断诗肠。

——选自《杨霁园诗文集》

隐尘先生荣长南田，[①]寄示公余口占绝句八首，钦佩良深，谨步原韵奉酬，还希郢政[②]

吕耀铃

十洲三岛万人家，茹当食粮水当茶。
鸡犬声喧生意足，农忙乍了捕鱼虾。

——选自民国《南田县志》卷三十三

【作者简介】

吕耀钤，字伯庸，江苏武进人。民国四年(1915)至九年(1920)任南田县(今象山县鹤浦镇)知事，创修《南田县志》。1920年春奉调诸暨县。

【注释】

①隐尘：当为厉家祯之号，时任南田县长，故有"荣长南田"之语。此诗作于民国十九年八月，时任南田县长者，正为厉家祯。 ②郢政：斧正。

番薯粉

番薯粉，即番薯淀粉，由番薯磨成的粉末，既可应用于中式点心制作，亦可用于中菜勾芡。明末著名的农学家徐光启曾总结番薯有"十三胜"，其中就提到可以酿酒，可以饼饵。十八世纪末，宁波人民将番薯进一步加工后制成副食品，薯粉在宁波很畅销。时赵学敏在《本草纲目拾遗》中说："甘薯粉，余前在闽中及玉环，俱有土人造以售客，贩行远方。近日宁波及乍浦多有贩客市粉，价贱于面粉，近日饼饵铺中，率多买此搀和麦面作果饵以售。米粉亦高低不同，有曰净粉……滚水冲之，俨如藕粉，……有曰行粉，则连渣一切磨细加入，只可作饼饵用，其色亦黄而不白，然其又有甜、苦两种……但以味甘有清香，化开色如玉者佳。"由此可见，宁波人已利用薯粉加工成可口的糕点出售。

薯　粉

〔清〕王莳兰

参之滤豆法，秘制擅农家。
架瓮磨成屑，[①]悬筛挼去渣。[②]
宛同霜渐结，未许葛争夸。[③]
曝贮须宾荐，[④]如糜味孔嘉。[⑤]

——选自《红犀馆诗课》第五集

【作者简介】

王莳兰，原名尚忠，字幼香，号渚山，象山舫前人。自幼好学，与董觉轩、姚燮友善，共倡红木犀诗社。著有《渚山诗文集》。

【注释】

①瓮：即磨缸。诗末作者自注："今俗有磨缸，磨薯粉用者。" ②挼(ruó)：搓揉。"架瓮"两句是说，把番薯碾碎，有点像渣样，碾好之后，用筛子把粉从这些渣里面分离出来。 ③葛：指葛粉。 ④宾荐：举荐；推荐。 ⑤孔嘉：非常美好。

薯　粉

〔清〕沈炳如

剖云堪作片，裁玉亦成师。

何似霜捶屑，还教雪炼脂。
点茶降酒力，调蜜润诗脾。
丸作珍珠样，呼名错豆糜。

——选自《红犀馆诗课》第五集

【作者简介】

沈炳如，字豹章，一字亦仙，象山人。咸丰元年(1851)举人。

薯　粉

〔清〕欧景岱

水罈澄黑滓，[①]枲布拭青皮。[②]
粉扑霜千杵，花筛雪一箕。
洁同梅削片，松夺藕沾丝。
玉枕仙家种，[③]相传益寿宜。

——选自《红犀馆诗课》第五集

【作者简介】

欧景岱(1832—1870)，字仲贞，一作仲真，象山墙头镇人。捐纳为监生，游学省城，以太平军入浙而还。精通《周易》，所作诗古文词，多不存稿，年39岁卒。著有《无名指斋诗文集》等。

【注释】

①罈：同“坛”。 ②枲(xǐ)布：麻布。 ③玉枕：据陈仪《劝民种藉备荒诗六十韵》“佳名锡玉枕”，则玉枕为番薯的别名。仙家种：指番薯。

附：

甘薯赋

〔清〕倪象占

有物于此，匪葖匪瓜。蔹蔓于野，不见其华。拳根互伏，阴阳亭毒。率土之滨，化瘠而沃。人不厌乎糠窍，忽家给而户足。羌非时之常需，或代匮于九谷。计其协候移殖，感春于魁。萌芽旁达，亦焰亦缨。壤白坟赤，山限水崖。欹侧平直，垦苔辟莱。比树杨之易活，托剪伐于条枚。信多多而益善，曾无滞乎栽培。蟠蟠幪幪，东西被垄。衔足争叶，垂须竞种。何以约之，勿散于冗。乃左提而右絜，务一本以归重。及其土脉隆作，雨膏灌滋，稔秋告登，获则倍蓰。大逾权石，小亦榠樝。肥瓠骇目，或渥燕脂。黄中通理，玉肪蜜脾。往篝车之攘攘，陋汶卓之蹲鸱。何芜菁之足尚，而夸生熟兼资。况夫藕心菱角，鳖脚乌珠，粉米水澄，同底滑腻。委以充虚，胜彼粗粝。适莽苍之聚粮，实相赒于饥岁。念采栎与屑榆，岂足扬乎蒙秧。庶禹馀之自然，有以裨《周官》之荒政十二。是果何物，藐儋石储。东风调羹，亦香且腴。虽非膏粱者所悦口，而茹芝啖朮，殊鼓腹于山泽之臞。蒙不识此，请客示诸。客曰：此夫秾含所状，珠崖之产，饱令人寿者欤！抑食葛之古藷，乱其似于鸡齐鹿藿，而未之或究者欤！自昔著矣，胡然而微。问讳山药，名同实非。近绵绵而叒叒，将分布乎九域。其有明司空，匪莪何公，颂以十德者欤！福安清吏，永康陈泗，民号如则者欤！云吕宋之秘蕃，藉海佑以潜徙，殆犹眩西洋之算测，而忘出自成周之遗轨者欤！地不爱宝，惟力是视。庚癸何呼，不远伊迩。览随方之孔宜，非彼土之信美。久讹甘而称番，夫是之谓薯理。

——选自倪象占《蓬山清话》卷十七

劝谕种红藉晒丝备荒示

〔清〕陈　仪

为劝谕晒藏藉丝以裕民食事。照得紫邑山丛坡竣，平坝稀少，稻田不多，民间惟遍种包谷，贪其易熟。而包谷不可久贮，至三四月必发青，久之空中无米。即干晒磨粉，亦易生虫。是以秋收之时，满场堆积。一交春令，所剩存尽烧酒饲猪。及青黄不接，业已十室九空。偶值清风，束手待毙，深可悯怜。本县到任以来，无刻不以民事为心。查访紫邑山内薄地，小民间种红藉以作杂粮，无关轻重。因思红藉本名甘薯，本县籍居浙东，凡温、处等府所属，尽是山岩。该处居民春三月遍种红藉。此物不需雨泽，不争肥壤，不劳人工，其藤节节压之，即节节土下结子。藉种一枚，可收累累数百实，无根而生，水旱不萎，食之易饱，并无噎积之虞。冬至前后，藤枯实老，掘负室内，切成粗条或圆片，勿沾水气，晒极干透，收藏柜桶内。至春夏，每遇晴和，倾出竹席木板上，晒过仍贮于桶内。年年出晒一二次，即收藏十年，亦不至霉烂，非如包谷之不可久藏。道光十二年，浙东大饥，斗粟千余，藉葙丝以存活者亿千万人。且葙之根叶，又可饲猪，兼能庶壮。枯藤即可作薪，毫无废弃。古人称红葙有十二德，诚以是故也。夫天道循环，决不能常丰无歉。即圣人保荒良策，亦只有耕九余三、耕三余一之法。尔民自道光十二、十三两年歉收之后，亦颇知自计盖藏。但包谷一项，万难经久。今本县为尔民筹画。如尔民种有红葙，即照依本县所谕方法，切丝晒贮。其来春山地，半种包谷，供本年食；半种红葙，照法藏收；兼及膏粱黄豆，以裕后年接济，愈多愈好。至少须余存一年粮食，则虽水旱不时，吾紫自成乐土矣。本县特为吾民夙乏积贮，苦心谕导，万勿视为寻常，听之藐藐，致日后追悔无及也。切切。特谕。

——选自陈仅纂集《济荒必备》卷三

甘薯赋

朱　浩

甘薯自台湾、琉球移种中土，盛于明季，不害水旱蚊蝗，救荒第一良品也。曩时，乡民杂米以食，后日鄙弃。去岁庚辰，浙东大旱饥，米斗钱二万。饿殍道横，今春愈烈。感薯良，遍山野植之。惟人易忘患，一旦有年，将复鄙弃，爰赋以为诫。

何甘薯之可珍兮，冠百谷之所稀。叶丛郁而深绿兮，茎柔蔓以微绯。根节节以生化兮，卵累累而硕肥。无蚊蚀与螟啮兮，喜风悬而藁衣。旱不灾而潦靡咎兮，喜救荒以疗饥。天锡祚于穷氓兮，胜来牟而多徽。初蕃生于番域兮，远杳冥而难知。《本经》漏而未载兮，《农书》疏而竟遗。彼陈氏之博物兮，始志异而致辞。何嵇生之淹闻兮，详述状以縰縰。阅千祀至朱明兮，盛移植于闽广。利追踪于稼穑兮，获千万乎栗橡。有传述以成录兮，时劝告以崇奖。金感德以命名兮，林立庙而景仰。昔乡民之朴俭兮，遍山野而广艺。益胃肾寿耇兮，少耘耔之劳敝。杂粳籼以供饭兮，得饱饫而自济。惟耕凿以鼓腹兮，长优游而卒岁。慨风俗之逾靡兮，竞甘美之是尝。菽犹嫌乎粗疏兮，稷复憎有粃糠。只精粒之注视兮，久杂粮而弃忘。谓固安而堪度兮，曾莫虞乎沴伤。忽旱魃之为虐兮，春不雨以至秋。畎亩涸而龟裂兮，沟浍竭以枯流。禾焦槁而如焚兮，莠芊芊以成邱。贵饘粥于琼液兮，宝藜藿若珍羞。道饥儿之满弃兮，野饿殍以结俦。独甘薯犹儗儗兮，碧连亩而油油。纷衔子而错母兮，群系斗以联球。鲜制糜而干糒兮，饥以饱而馁瘳。回荒慊于有秋兮，挽大命以复留。始相珍以为宝兮，悔昔弃而招尤。纷榛芜之垦植兮，穷山巅而野陬。虽水旱而莫虞兮，足朝粮与夕糇。怅人心之失景兮，易耽乐而忘殃。迫促促以苦营兮，宽泄泄其太康。昧既逝之窘竭兮，徇偶至之丰穰。重鄙弃而蹈戾兮，徒号天之遑遑。爰陈辞以深警兮，愿永宝乎农之乡。

——选自谢振岳编《嵩江文选》

玉　米

玉米，别名玉高粱、番麦、御麦、苞米、包谷、六谷等。属禾本科玉米属玉蜀黍的种子。一般认为玉米的原产地在南美洲，印第安人最早进行了驯化栽培。大约16世纪初，玉米传入中国，经过不断培育和改良，逐渐在我国的粮食作物中占有重要地位。

四明地区在乾隆时种植玉米尚少。倪象占《蓬山清话》卷十七云："玉蜀秫，亦曰御麦，象山曰六谷，多种山地。亦可为粮，俗唯取为儿童之茹而已。"光绪《宁海县志》卷二《物产·谷类》云："苞芦：茎叶如芦，穗外有苞，故名。杵粒磨粉，可充糗粮。又有六谷，类苞芦，熟较早，子皆双行，无单行。"这里的苞芦、六谷，都指玉米。嘉庆时亦有棚民在奉化县垦种山地。《剡源乡志》卷一记载："剡源向乏水患，……自嘉庆初闽台棚民相率来剡种靛青、种苞芦，日辟日广。"从而导致水土流水。

御　麦[①]

〔清〕倪象占

一天佳种降来牟，御麦逢时亦有秋。
垂拂颇同挥麈尾，[②]编珠不待剥鸡头。
曾疑大叶分粱埂，还忆高花到荻洲。
谁道儿童饱相识，乍开瓜圃已知求。

——选自倪象占《蓬山清话》卷十七

【注释】

①御麦：倪象占《蓬山清话》卷十七云："玉蜀秫，亦曰御麦，象山曰六谷。多种山地，亦可为粮。俗惟取为儿童之茹而已。" ②垂拂：指玉米须。麈尾：古人闲谈时执以驱虫、掸尘的一种工具。

陆　谷[①]

〔清〕孙事伦

有谷在山中，非黍复非稷。
曾得御麦名，麦亦非其实。
拳苞附节生，齿粒排整饬。
厥味和且甘，山民充日食。
剉粉调为羹，溜匙莹玉色。
杜陵未曾尝，漫夸菰米黑。[②]

——选自孙锵、江五民编《剡川诗钞续编》卷三

【作者简介】

孙事伦(1758—1835)，号彝堂，一号竹湾，奉化城内人。师事蒋学镛，得传承全祖望之学。嘉庆三年(1798)登乡荐，以亲老辞，掌教锦溪书院，尤留心乡邦掌故。著有《竹湾遗稿》等。

【注释】

①陆谷：作者题下自注云："《留情日札》：御麦出西番，即今陆谷也。鄞志作六谷，谓五谷之外又一种，其说无据。盖陆乃陆地之陆，此种多产于山，故名陆谷，亦名陆粟。今奉化山中多有之。" ②"杜陵"句：杜甫《行官张望补稻畦水归》诗："秋菰成黑米。"

剡源竹枝词(三十首选二)

〔清〕赵霈涛

客作黄岩力不懦，其人饭量本来粗。
一餐若煮苏州米，反道不如陆谷糊。[①]

一罇芋艿吃完添，陆谷糊中不放盐。
问道君家何食淡，重头二字莫憎嫌。

——选自赵霈涛《剡源乡志》卷五

【注释】

①诗末作者自注："黄岩短帮动谓苏州米不如陆谷糊之暖肚。"

薏　米

薏米，又称药玉米，为禾本科多年生植物薏苡的种仁。茎直立，叶披针形，子实卵形，白色或灰白色。考古学家发现，7000年前的河姆渡人已经开始采集薏苡。薏米味甘淡，性微寒，营养丰富，有健脾、利湿、清热的功效，除药用外，也是我国传统食物资源之一，可做成粥、饭、各种面食供人们食用，尤对老弱病者更为适宜。唐代陈藏器《本草拾遗》云："薏苡收子，蒸令气馏，曝干，磨取仁，炊饭及作面。主不饥，温气轻身。煮汁饮之，主消渴，杀蛲虫。"对薏苡的功用进行了较为全面的论述。清代杨万树《六必酒经》中专列薏苡酒，指出："薏苡有粘、粳两种，性粘者可和糯米蒸炊，照依常酒酝酿。"薏苡酒可专治干湿脚气。

观万堂前蕉苇为风雨所败，对之有感

〔宋〕舒岳祥

绿蕉青苇列旗枪，一夜西风作战场。
薏苡低垂菰米老，花鹅绣鸭阵横塘。

——选自舒岳祥《阆风集》卷八

过谢天童书室[①]

〔清〕娄景壁

珠树枝头好鸟飞，花芬袭袭沾人衣。
木瓜薏苡酒十榼，[②]汉代唐年书一帏。
主人邀我醉卮酒，[③]醉咏新诗坐谈久。
莲漏丁丁更夜长，[④]起视明月生辉光。
愿君年年及此时，笑拨秦筝歌紫芝。[⑤]

——选自董沛《四明清诗略》卷一

【作者简介】

娄景壁，字汝玉，镇海人。诸生。

【注释】

①谢天童：谢泰交，字时际，号天童。镇海县（今属镇海区）人。清顺治十五年（1658）京考下第后，关心乡情，多有创见。著有《天童诗文集》。②榼：古代盛酒的器具。 ③卮酒：犹言杯酒。④莲漏：即莲花漏，古代计时器的一种。丁丁：形容漏声。 ⑤秦筝：古秦地的一种弦乐器。似瑟，传为秦蒙恬所造，故名。紫芝：曲名。相传四皓见秦施暴政，退入商山隐居，曾作《紫芝歌》。后亦泛指隐逸避世之歌。

夏日遣怀诗（六十首选一）

〔清〕朱文治

湿气侵脾病有因，频年患泄耗精神。
团圞小枣红如赭，[①]煮粥须添薏苡仁。

——选自朱文治《绕竹山房续诗稿》卷十

【注释】

①团圞：圆的样子。

病中食物四咏·薢珠[①]

〔清〕郑　勋

薏苡产何地，佳名锡薢珠
走盘圆不定，煮鼎味偏腴。

——选自郑简《二砚窝诗稿偶存》卷三

【作者简介】

郑勋（1763—1826），字书常，号简香，慈溪人。早年拜师于蒋学镛。嘉庆元年（1796）举孝廉方正，曾主持镇海蛟川书院。建二砚窝藏书楼，刊刻图书颇多。著有《二砚窝诗稿偶存》等。

【注释】

①薢珠：薏苡的别名。

芝　麻

芝麻，又称胡麻、油麻、巨胜、方茎等，至宋代才称为脂麻。胡麻科胡麻的籽种。芝麻主要分布在亚洲的热带和亚热带的非洲，相传是西汉张骞通西域时引进中国，故又称胡麻。但《汉书·西域传》等书中所载张骞从西域引进的物种之中，并无脂麻，故农史学界虽肯定脂麻是在西汉时期从西域引进的，但引进者未必为张骞。到东汉中后期，脂麻已经是广泛种植的大田作物了。明清时期，宁波人主要是将其作为油料作物来栽培的。如康熙《定海县志·物产》记载说："胡麻即脂麻，以可压油，又名油麻。有迟、早二种，黑、赤、白三色。"《桃源乡志》卷五记载："芝麻：宜山地种，其子可打油。"

芝麻性平味甘，具有滋养肝肾、养血润燥、强身体、抗衰老等功效。五代时日华子对其医用价值有所论述，评价极高。胡麻虽然是油料作物，但古人却常把它烹成饭，当作主食。《吴越春秋》和《越绝书》都提到"八谷"，南齐学者陶弘景说："胡麻，八谷之中，唯此最良。"道家最喜欢食用胡麻饭，仙话小说中的神仙饮撰，常以胡麻饭为其标志。故古人视此饭为山林之食。食此饭包孕着道仙风味。

至武陵庄作

〔明〕杨持载

无日无花不辨春，赪霞依旧惯迎人。
醉来更取桃花水，旋煮胡麻旋煮芹。

——选自胡文学《甬上耆旧诗》卷十五

【作者简介】

杨持载，鄞县人。以太学生为州判官。

过北山田庄

〔明〕孙　鍪

山深无客到，地僻尽苔痕。
雨歇云归洞，溪回水到门。
硗田依别墅，远树带荒村。
忽款胡麻饭，归来日已昏。

——选自孙鍪《松菊堂集》卷六

【作者简介】

孙鍪（1525—1592），字文器，号端峰，余姚孙家境（今属慈溪横河镇）人。由太学生官至上林苑丞。晚归烛湖，筑漆园。有《松菊堂集》。

题阿育王精舍[①]

〔清〕傅嘉让

陟巘叩禅林，[②]楼阁开宏敞。

名花绕砌浓，绿草延阶长。
风送山云合，竹引山泉响。
支公美丰度，[3]话言殊倜傥。
揖予为上客，进退多俯仰。
谈玄生幽趣，[4]论诗慰异想。
饭煮胡麻熟，茗啜清泉爽。
稚笋初出林，清供列方丈。
晚磬杂松声，新晴推月上。
偃息卧绳床，[5]飞梦落天壤。

——选自董沛《四明清诗略》卷三

【作者简介】

傅嘉让，字公孝，号补庵，镇海人。监生。筑友石居别业。著有《友石居稿》《梅堂诗集》《粤游草》。

【注释】

①阿育王精舍：即今鄞州区阿育王寺。②陟巘：登山。③支公：即晋高僧支遁，这里泛称高僧。④谈玄：讨论深奥的问题。⑤绳床：一种可以折叠的轻便坐具，以板为之，并用绳穿织而成。又称“胡床”“交床”。

僻岛田家

杨翰芳

脂麻白黑豆青黄，糯性黏柔粳性刚。
魏晋不从山口入，制成农器写宣光。[1]

——选自《杨霁园诗文集》

【注释】

①宣光：周宣王和东汉光武帝的合称。二人皆旧时所称中兴之主。

菰米饭

菰米，禾本科植物菰的果实。菰九月抽出茎，开的花像苇。结的果实像米，秋霜过后采摘，皮呈黑褐色。仁色白而滑，很稀有，古以为六谷之一。用菰米做的饭，也叫“雕胡饭”，香脆而甘，在历史上颇享盛名，被列为招待上客的食品。宋玉《风赋》就有“主人之女，为臣炊雕胡之饭”之语。菰米饭极受故人推崇，初唐虞世南《北堂书钞》引东汉刘梁《七举》中就曾有“菰梁之饭，入口丛流，送以熊蹯，咽以豹胎”之语。大约自宋代起，人们开始重茭白而轻菰米。北宋药物学家苏颂《本草图经》认为此米“甚不益人”，将菰米剔出“六谷”的行列，仅仅作为荒年聊以充饥的粮食替代品。同时人们已将注意力转移到了茭白的美味上了，菰菜的生产逐步取代菰米的生产。到了明代以后，我国用菰米做饭就逐渐减少了。清代已罕有菰米的记载，高士奇《北墅抱瓮录》说：“（茭白）秋后有实，所谓雕胡米也，炊之作饭，与香稻仿佛。佐以莼羹菘本，老饕之腹，属厌有余矣。”

我国现在种植的茭白只长叶茎，不开花结籽。菰米与“五谷”比起来，谷粒成熟期不一致，籽实容易脱落，收获困难，产量较低，还影响茭白的生长，农民一经发现便立即拔除，所以我国现在只种植有黑粉菌寄生的茭白，已很难见到菰米了。

和庵主故居[1]

〔宋〕释濡泳

影落深云不自名，午香菰米杂黄精。[2]
不知那里欠绵密，[3]长有人来问二灵。

——选自《禅宗杂毒海》卷四

【作者简介】

释濡泳，字象潭。嗣法于大歇仲谦禅师。

【注释】

①和庵主：即北宋黄龙派的知和（？—1125）禅师。在奉化雪窦之中峰、栖云庵中修禅达二十余年，后应陈禾之招，移住于东钱湖二灵山金襕庵，与陈禾一起共同参禅。故这里的“和庵主故居”即指东钱湖二灵山金襕庵。②黄精：药草名。多年生草本，中医以为服食要药，令人长寿。③绵密：细致周密。

题危太朴检讨《借船图》，[1]次叶敬常编修韵[2]

〔元〕张仲深

独怀十载竹书光，[3]今日追游越水乡。
棹发钱湖情浩浩，梦回梵宇月凉凉。
莼丝入豉春流滑，菰米舂云晚饭香。

内翰新诗费题品，[4]定应风物引杯长。

——选自张仲深《子渊诗集》卷四

【作者简介】

张仲深(1309？—1360)，字子渊，鄞县人，居于城南(今海曙区)。自幼明敏好学，以至孝闻名乡里。一生未仕，曾漫游江南。今传有《子渊诗集》。

【注释】

①危太朴：危素(1295—1372)，字太朴，江西抚州金溪县人。至正元年，出任经筵检讨，负责主编宋、辽、金三史。 ②叶敬常：叶恒，字敬常，鄞县东钱湖畔青山岙人。至元元年(1335)任余姚州判官。后入官翰林国史编修官。 ③竹书：古代无纸，在竹简上记事书写。后人称编缀成册的竹简为竹书。 ④内翰：唐宋称翰林为内翰，这里代指叶恒。

田家乐

〔清〕方　鉴

庐结丹山下，门无车马填。
种桑百余树，种稼满陌阡。
衣食既饶足，时节会宾筵。
林外杂花喷，晨兴鸟语喧。
菰米堪作饭，溪鱼味殊鲜。
稚子解奔走，室妇工丝绵。
清泉可濯足，庭树可怡颜。[1]
相忘忧共乐，安识经与权。
倚杖阅岩壑，缓步当车船。
时唱无腔曲，恒谈没字编。
梅杏其茶茗，瓮缶其管弦。
在上远追呼，在下罕熬煎。
熙熙恒自得，[2]丘陇别有天。

——选自《姚江诗录》卷二

【作者简介】

方鉴，字德如，号彻庵，余姚人。诸生，著有《芙峰吟草》。

【注释】

①怡颜：使容颜喜悦。 ②熙熙：和乐的样子。

四明洞天土物诗·茭湖茭[1]

〔清〕全祖望

沉沉鱼澄洞，[2]中有皇先生。[3]
怜我脱粟粝，饱我雕胡精。
生来爱省事，懒作岭上行。[4]
连天黑云漂，辜负菰米盈。

——选自全祖望《句余土音》卷上

【作者简介】

全祖望(1705—1755)，字绍衣，号谢山、鲒埼亭长，学者称谢山先生。鄞县洞桥沙港口人。乾隆元年(1730)中进士，授翰林院庶吉士，左迁外补，以知县任用，遂弃官归里，以教育和著述为生。著有《鲒埼亭集》内外编等，并搜辑《续甬上耆旧诗》。

【注释】

①茭湖：在今余姚市，湖今已废。旧有茭湖乡，今为村名，属梨洲街道。 ②鱼澄洞：《云笈七签》云："第六十三福地，茭湖渔澄洞，在古姚州西。始，皇先生(皇初平)曾隐于此。"据此，"鱼澄"当作"渔澄"。 ③皇先生：即皇初平，又称黄大仙、赤松子，东晋金华丹溪(今浙江金华兰溪)人。年十五，家使牧羊。有道士见其良谨，便将至金华山石室中。四十余年，不复念家。后得道成仙。 ④"生来"两句：作者自注："茭湖岭最峻，故山中谚云：'事好省，莫上岭。'"

姚江棹歌(百首选一)

〔清〕邵晋涵

鱼羹菰饭擅风流，红蓼滩头自放舟。
风雨不须披鹤氅，[1]笠檐蓑袂一身秋。[2]

——选自邵晋涵《南江诗钞》卷一

【作者简介】

邵晋涵(1743—1796)，字与桐，号二云，又号南江，余姚人。乾隆三十六年(1771)进士，选庶吉士，授编修，历侍讲学士，充文渊阁直学日讲起居注官。著有《南江文钞》《南江诗钞》等。

【注释】

①鹤氅：道袍。作者自注："明景德辉赴召，旋里，宋景濂送以诗曰：'风雨鱼羹饭，烟霞鹤氅衣。'" ②笠檐蓑袂：犹"笠冠蓑袂"，戴竹笠，穿蓑衣。泛指渔家装束。

秋兴百一吟·秋渔

〔清〕陈　仪

闲携笭箵住明湖，[1]尽日烟波占画图。

新得碧鲈悭不卖，自吹星火煮雕菰。[②]

——选自陈仅等《秋兴百一吟》

【注释】

①笭箵：渔具的总称。亦指贮鱼的竹笼。②雕菰：菰米。

【面点、小吃类】

面　条

用面粉做的细条状的食品，品种十分丰富，做法五花八门。面条起源于中国，研究人员在青海省民和县喇家村地下沉积处发现了一碗面条，距今已有四千多年的历史。最初所有面食统称为饼，其中在汤中煮熟的叫"汤饼"，即面条、馄饨之类。唐代亦称不托、馎饦、冷淘等，至宋代才正式通用"面条"一词。因面条形状的长瘦，与"长寿"谐音，宋人遂把面与生日、寿诞联系起来。

唐代陈藏器《本草拾遗》这样论述"面"的食用价值："味甘，温。补虚，实人肤体，厚肠胃，强气力，性壅热，小动风气。"五代时日华子亦称："小麦面，养气，补不足，助五脏，久食实人。"得力于麦子种植的普遍化，面食在南宋四明地区成为更加大众化的食品。象山《智门寺传灯库碑》中提到"设面食以充堂供"，这里的"面食"为面粉制品的统称。陈著《老兴行慈云醉中》写到东钱湖大慈山僧人"饱我以银丝之饼"。又《谢居简送茶麸》云"银丝饼熟笋供耀"，所指"银丝饼"就是面条。由于汤饼的流行，四明还形成了相关的习俗——汤饼会，这是一种庆贺诞育的礼仪。如新生儿出生三日或满月时，要举办汤饼席，亲友云集的席上，照例会端出汤煮面条。

余生日，具杯酒为母寿。思壬子岁在荆州，[①]癸丑岁在成都，[②]诸公为余作盛集，[③]而余意不适也

〔宋〕孙应时

两年荆益度兹晨，[④]罗绮传觞苦劝人。[⑤]
多谢诸公怜远客，岂如一笑奉吾亲。
莼鲈此日无余恨，菽水从前得讳贫。[⑥]
快倒村醪供寿斝，[⑦]也分汤饼及比邻。

——选自孙应时《烛湖集》卷十九

【注释】

①壬子：绍熙三年(1192)。②癸丑：绍熙四年(1193)。③盛集：盛会。④荆益：荆州和益州。这里的益州指四川成都。⑤罗绮：指衣着华贵的女子。传觞：宴饮中传递酒杯劝酒。⑥菽水：豆与水。指所食唯豆和水，形容生活清苦。语出《礼记·檀弓下》："子路曰：'伤哉！贫也！生无以为养，死无以为礼也。'孔子曰：'啜菽饮水尽其欢，斯之谓孝。'"后常以"菽水"指晚辈对长辈的供养。⑦村醪：村酒。醪，本指酒酿，引申为浊酒。寿斝：寿觞。

次钱槐隐素面韵[①]

〔宋〕释大观

重罗倾倒胜玉色，碧斛涧泉生縠文。[②]
坐令疏散变柔曼，[③]臂端有力收奇勋。
主人馔客贵丰洁，[④]田衣秩秩仍氲氲。[⑤]
截肪到头何软弱，从细入细归精勤。
胡绳竞索轻缅缅，[⑥]白雪缫就明纷纷。[⑦]
银涛翻身百战后，风味喜见温陶君。[⑧]
少陵槐叶权倚阁，[⑨]涪翁菊苗安足云。[⑩]
林间此味尽不恶，世上鼎食徒膻荤。
属餍着句资捧腹，[⑪]快意亦足张吾军。

——选自释大观《物初剩语》卷一

【注释】

①钱槐隐：生平未详。②斛(jū)：用水斗舀水。縠文：同"縠纹"，绉纱似的皱纹，用以喻水的波纹。③疏散：形容面粉的状态。柔曼：柔软细长。形容做成的面条。④丰洁：谓饮食丰盛洁净。⑤田衣：袈裟的别名，这里指僧人。秩秩：顺序的样子。仍：又。氲氲：氤氲之讹，气盛的样子。⑥胡绳：香草名。《楚辞·离骚》："矫菌桂以纫蕙兮，索胡绳之缅缅。"王逸注："胡绳，香草也。"缅缅：长而下垂的样子。⑦白雪：形容蚕茧。王安石《壬戌五月与和叔同游齐安》："缫成白雪桑重绿。"缫：同"缲"。⑧温陶君：苏轼有《温陶君传》，以寓言游戏手法给陶制炊器作传。⑨少陵：杜甫。槐叶：指槐叶冷淘，过水面及凉面一类食品。杜甫有《槐叶冷淘》诗，描写冷淘味

美，劝人食之。 ⑩涪翁：黄庭坚之号。黄庭坚有《自采菊苗荐汤饼》诗。 ⑪属餍：吃饱。

谢居简送茶麨[1]

〔宋〕陈　著

银丝饼熟笋供臛，[2]玉糁羹香花嗽芽。
食粥案头添雅供，不知此味更谁家。

——选自陈著《本堂集》卷五

【注释】

①居简：生平待考。或以为是南宋著名诗僧释居简（1164—1246），从年龄及称呼上看，当非是。 ②银丝饼：即面条。臛：做成肉羹。

留山甫[1]

〔宋〕舒岳祥

新春知麦味，旧债了邻赊。
借榻无鹃处，敲门有竹家。
韭苗香煮饼，菊脑和烹茶。
少驻还山屐，乌纱细雨斜。

——选自舒岳祥《阆风集》卷四

【注释】

①山甫：胡哲字山甫，宁海峡石中胡人。

夏日山居好十首（选一）

〔宋〕舒岳祥

夏日山居好，茅檐水饼香。[1]
蕉衫身俭洁，[2]纱帽顶清凉。[3]
润叶桑藏井，新梢笋过墙。
莫言炎热苦，胜处苦寒乡。

——选自舒岳祥《阆风集》卷四

【注释】

①水饼：面条。 ②蕉衫：用麻布缝制的衣衫。 ③纱帽：纱制夏帽。

评　花

〔宋〕舒岳祥

我欣牟荅重，[1]君喜菜花黄。
露浥齑葅味，[2]风摇饼饵香。
均为资食品，乍可少羹汤。
若论充冬蓄，何如续夏粮。
书生有定禄，百瓮亦须尝。

——选自舒岳祥《阆风集》卷五

【注释】

①牟：麦子。荅：花开。 ②齑葅：腌渍蔬菜。

次韵和正仲种菜种麦[1]（二首选一）

〔宋〕舒岳祥

稻畦已改翻泥细，麦陇初分趁势斜。
觳觫倦耕眠树下，[2]毕逋得食下天涯。[3]
嫩晴微雨调时序，[4]腊雪春风润土砂。
避地山村成保社，[5]倚需汤饼及邻家。

——选自舒岳祥《阆风集》卷七

【注释】

①正仲：刘庄孙，字正仲，号樗园，宁海人。曾从舒岳祥学。 ②觳觫：语出《孟子·梁惠王上》："王曰：'舍之。吾不忍其（指牛）觳觫，若无罪而就死地。'"赵岐注："觳觫，牛当到死地处恐貌。"借指牛。 ③毕逋：乌鸦的别称。 ④嫩晴：初晴。 ⑤保社：旧时乡村的一种民间组织，因依保而立，故称。

安住寺道中[1]

〔宋〕舒岳祥

半村晴日乌盐角，[2]十里春溪雀李花。[3]
饼饵风来香冉冉，教人那得不思家？

——选自舒岳祥《阆风集》卷八

【注释】

①安住寺：在今浙江三门县。 ②乌盐角：古乐曲名。明杨慎《词品·乌盐角》："曲名有《乌盐角》。《江邻几杂志》云：'始教坊家人市盐，得一曲谱于角子中，翻之遂以名焉。'" ③雀李：果树名。即郁李。

无　题

〔宋〕舒岳祥

灶户炊秔香似乳，山童切饼细如丝。
黄鹂衔得春愁句，玉管吹成杨柳枝。[1]

——选自舒岳祥《阆风集》卷九

【注释】

①杨柳枝：乐府近代曲名。本为汉乐府横吹

曲辞《折杨柳》，至唐易名《杨柳枝》，开元时已入教坊曲。至白居易依旧曲作辞，翻为新声。

赵寿父游杭[1]

〔元〕戴表元

东浙饥难住，西湖远不多。
好辞松叶麫，[2]来听竹枝歌。[3]
水屋花千绕，岩林锦一窠。
秋深道途好，老子亦婆娑。[4]

——选自戴表元《剡源文集》卷二十九

【注释】

①赵寿父：生于燕，据张炎《壶中天·送赵寿父归庆元》，赵曾在庆元路活动。 ②松叶麫：面条。 ③竹枝歌：又名竹枝词，原是巴渝一带流行的民歌。唐诗人刘禹锡据以改作新词，盛行于世。 ④婆娑：逍遥；闲散自得。

参府叶芬洲招食蝴蝶面[1]

〔清〕李　暾

蒙庄蝴蝶古来传，[2]原是梦中所化境。
今将面作蝴蝶形，箸挑两翼分开整。
白浪舞翻雪色妍，可口又免噎与哽。
但余一饱脾即倦，睡魔筵上来俄顷。
栩栩因梦晤蒙庄，[3]百千变幻须臾领。

——选自李暾《松梧阁四集》

【作者简介】

李暾(1661—1735)，字寅伯，一字东门。李邺嗣之子。与郑性、谢绪章、万承勋为四子之集。有《闲闲阁草》、《松梧阁集》等。

【注释】

①参府：清参将别名。叶芬洲：生平待考。蝴蝶面：源于宋代的一种汤饼，因菱形面皮形似蝴蝶，故名。宋人笔记《东京梦华录》和《都城纪胜》以及《梦粱录》中，均有对蝴蝶面的记载。明代蒋一葵《长安客话》云："水瀹者为汤饼。今蝴蝶面、水滑面、托掌面之类是也。" ②蒙庄：庄子。《庄子·齐物论》："昔者庄周梦为胡蝶，栩栩然胡蝶也，自喻适志与，不知周也。俄然觉，则蘧蘧然周也。不知周之梦为胡蝶与，胡蝶之梦为周与？周与胡蝶，则必有分矣。此之谓物化。" ③栩栩：欣畅的样子。

米　线

米线，一种米粉制品，用大米面制成粉丝，蒸熟后晾干，食时再煮。米线是从"粲"的基础上发展起来的。宋代米线又称"米缆"，制作水平相当高超，已可干制，洁白光亮，细如丝线，可馈赠他人。鄞县人楼钥《陈表道惠米缆》诗，是我国古籍中最早提到"米缆"一词的。楼钥称赞米缆的形状像银丝，光可鉴，品质优良，称米缆是"盱江珍品推南丰"。盱江，即今江西抚河，表明这一带都产米缆。米缆可加荤或加素，香美可口，赢得了楼钥的高度赞赏。陈造《旅馆三适》曰："粉之且缕之，一缕百尺缰。匀细茧吐绪，洁润鹅截肪。吴侬方法殊，楚产可倚墙。嗟此玉食品，纳我蔬簌肠。七筋动辄空，滑腻仍甘芳。"时又有徐南卿《招饭》诗句"米缆丝作窝"，可见其时米线干品为鸟窝状，与如今云南昆明所制干米线如出一辙。

陈表道惠米缆[1]

〔宋〕楼　钥

平生所嗜惟汤饼，下箸辄空真隽永。
年来风痹忌触口，厌闻来力敕正整。[2]
江西谁将米作缆，卷送银丝光可鉴。
仙禾为饼亚来侔，[3]细剪暴干供健啖。[4]
如来螺髻一毛拔，[5]卷然如虿都人发。[6]
新弦未上尚盘盘，[7]独茧长缫犹轧轧。
盱江珍品推南丰，[8]荷君归来携来东。
知君正直如羔羊，贻我素丝逾五总。[9]
仙禾本出从嘉谷，色味俱同无饼毒。
鼎深熟煮葱豉香，大美元来加脔肉。[10]
有时饭素芼以齑，馋口属餍味更奇。
束皙一赋不及此，[11]为君却作补亡诗。

——选自楼钥《攻媿集》卷四

【作者简介】

楼钥(1137—1213)，字大防，旧字启伯，自号攻媿主人，鄞县(今海曙区)人。隆兴元年(1163)进士，出知温州。光宗即位，迁国子司业、太府少卿，擢起居郎中，兼权中书舍人。因反对韩侂胄专权，出知婺州，移知宁国府。庆元党禁后，乞归。开禧三年(1207)韩侂胄被诛后，启用为翰林学士，不久任吏部尚书兼翰林侍讲。嘉定二年(1209)正月，授参知政事。嘉定初同知枢密院事，进参知政事。著有《攻媿集》。

【注释】

①陈表道：疑为陈芾，鄞县人。 ②来力敕正整：宋人黄庭坚和刘挚等人吃酒行令，要以四字拼合成一字。黄庭坚行令说："禾女委鬼魏。"又抢着代刘挚行令说："来力勑(敕)正整。"用刘挚的家乡话读，听起来像"来日吃蒸饼"。或以黄戏赵挺之事，见《宋名臣言行录》续集卷一。这里代指行酒令。 ③来侔：同"来牟"，古时大小麦的统称。 ④暴干：晒干。健啖：食欲好，食量大。⑤螺髻：螺壳状的发髻。 ⑥虿(chài)：古书上说的蝎子一类的毒虫。 ⑦新弦：新月。 ⑧盱江：今江西抚河，流域经江西东部之抚州、南丰、南城、宜黄、金溪、临川、进贤等市县。 ⑨五总：唐殷践猷博学多闻，贺知章称其为"五总龟"，见唐颜真卿《丽正殿二学士殷君墓碣铭》。 ⑩脔肉：犹言一块肉。 ⑪束皙：字广微，阳平元城(今河北大名东)人。西晋文学家，曾作《饼赋》。

包馅面食

我国自古就形成了专门的包馅面食，并构成庞大的面食体系。古代常见的包馅面食主要有包子、馒头、馄饨、饺子、饽饽等。宁波历代文人咏及这类食品的诗歌很少，这里只能略选几首。

蟹 包

〔宋〕高似孙

妙手能夸薄样梢，桂香分入蟹为包。
也知不枉持螯手，便是持螯亦草茅。

——选自高似孙《蟹略》卷三

【作者简介】

高似孙(1158—1231)，字续古，号疏寮，鄞县(今海曙区)人。淳熙十一年(1184)进士，调会稽县主簿。庆元六年(1200)通判徽州。嘉定十七年(1224)为著作佐郎。宝庆元年(1225)知处州。晚家于越。著有《疏寮小集》《蟹略》等。

次韵前人食素馄饨

〔宋〕陈 著

庖手馄饨匪一朝，[①]馔素多品此为高。
薄施豆腻佐皮软，省着椒香防乳消。
汤饼粗堪相伯仲，肉包那敢奏功劳。
还方谨勿传方去，要使安贫无妄饕。

——选自陈著《本堂集》卷十六

【注释】

①匪：通"非"。

余姚竹枝词(二百首选二)

宋梦良

看戏回来夜已深，腹饥犹幸有囊金。
出笼包子千张卷，归路何愁没点心。

夏禘冬蒸纵缺然，[①]年年春祭特鸣虔。
松花糕与艾青饺，时物盆装列豆边。

——选自《中华竹枝词全编》(浙江卷)

【注释】

①冬蒸：应作"冬烝"。夏禘、冬烝乃古代宗庙四季祭祀之二。

汤 圆

汤圆为糯米粉等做的球形食品，相传起源于宋朝。汤圆属于节日喜庆食品，南方人家在春节尤其是元宵节，都有合家聚坐共进汤圆的习俗，象征合家团圆，万事如意。宁波地区称为汤团。雍正《宁波府志》云："十四夜，各家以秫粉作圆子如豆大，谓之灯圆，享祖先毕，即少长共食之，取团圆意。"近代以缸鸭狗为代表的宁波汤团，以精白水磨糯米粉为皮，用猪油、白糖、黑芝麻粉为馅，汤圆皮薄而滑，白如羊脂，油光发亮，具有香、甜、鲜、滑、糯的特点，咬开皮子，油香四溢，糯而不黏，鲜爽可口，令人称绝。宁波汤圆现已成功入选中华名小吃行列。

人月圆・咏圆子

〔宋〕史 浩

骄云不向天边聚，密雪自飞空。佳人纤

手，霎时造化，珠走盘中。　　六街灯市，[①]争圆斗小，玉碗频供。香浮兰麝，寒消齿颊，粉脸生红。

——选自史浩《鄮峰真隐漫录》卷四十七

【注释】

①六街：原指唐代长安城中的六条大街。这里泛指大街，最有可能为临安或明州的大街。

粉蝶儿·咏圆子

〔宋〕史　浩

玉屑轻盈，鲛绡霎时铺遍。看仙娥、骋些神变。咄嗟间，如撒下、珍珠一串。火方然，汤初滚、尽浮锅面。　　歌楼酒垆，[①]今宵任伊索唤。那佳人、怎生得见？更添糖，拚折本，供他几碗。浪儿们，[②]得我这些方便。

——选自史浩《鄮峰真隐漫录》卷四十七

【注释】

①酒垆：卖酒处安置酒瓮的砌台。借指酒肆、酒店。②浪儿：风流子弟。

西沪棹歌（一百二十首选一）

〔清〕姚　燮

女郎吃罢上灯圆，[①]踏月张田到李田。
争要肌肤如雪白，打得菜麦满油肩。[②]

——选自民国《象山县志》卷三十二

【注释】

①上灯圆：作者自注："元宵夜，俗以粉作圆子，曰上灯圆。"②篇末作者自注："是夕，妇女各成群出外，必取张家菜、李家麦拂肩，相祝曰：'张家菜，李家麦，打打油肩雪样白。'俗称为掸油肩。"

甬上竹枝词（十二首选一）

〔清〕戈鲲化

岁朝早起整冠裳，饼果汤团荐影堂。[①]
盥洗焚香拜天地，出门先去谒城隍。

——选自张宏生编《戈鲲化集》

【注释】

①影堂：旧时陈设祖先图像的厅堂。作者自注："中堂悬先世像。"

骆驼桥村竹枝词[①]（五十首选一）

〔清〕盛钟襄

时新粉饵饷田夫，芋叶如荷贴水铺。
摘去犹流朝露点，戏交贫女作珍珠。[②]

——选自盛钟襄《溪上寄庐韵存》

【作者简介】

盛钟襄，字思赞，慈溪人。贡生，曾在山西左云、怀仁、朔州为官。著有《溪上寄庐韵存》。

【注释】

①骆驼桥村：今属宁波市镇海区骆驼街道。②作者自注："掘芋者必饷以汤团，芋叶如荷，盛露若珠。"

酒　酿

酒酿是用熟的糯米饭加酒药发酵做出来，没有经过过滤和提纯，度数非常低。宁波人称为浆板。热一下，加小糯米圆子，可以当点心吃，是深受欢迎的风味食品。

蓬岛樵歌（一百十六首选一）

〔清〕钱沃臣

金波村馆翠帘张，[①]小点牢丸瀹酒浆。[②]
侬愧青莲无好句，消寒偏爱玉浮梁。[③]

——选自钱沃臣《乐妙山居集·蓬岛樵歌》

【注释】

①金波：作者自注引《曲洧旧闻》云："酒有明州金波。"②这句作者自注："象俗初冬人家多造白酒截浆。《周礼》：'酒正三曰浆'注：'截，浆。截之言载也，米汁相载也。"③青莲：唐代诗人李白之号。作者自注："《清异录》：吾闻李太白好饮玉浮梁，不知何物。余得吴婢，使酿酒，因促其功，答曰：'未熟，但浮梁耳。'试取一盏至，则浮蛆酒脂也。乃知太白所饮，盖此耳。沃不善酒，喜食截浆。一仆欧善造之，亲友之相知者，每多馈遗。又象俗秋冬之际，村坊多卖瀹浆圆子。《食物异名录》：食品有汤中牢丸。《岁时记》：水团其精者，名滴粉。《野客丛书》：世俗例以早晨小食曰点心。"

粽　子

粽子，又称"角黍""筒粽"等，是端午节汉族的传统节日食品，由粽叶、芦叶等包裹糯米蒸制而成。传说是为纪念屈原，浙江一带多认为是为了纪念伍子胥。2010年12月，江西德安县宋代古墓出土了2个实物粽子，是为目前发现的世界上最早的实物粽。每年农历五月初五，中国百姓家家都要浸糯米、洗粽叶、包粽子，这种风俗也流传到朝鲜、日本及东南亚诸国。

宁波人在端午节吃粽子，文献记载最早始于宋代，见于很多诗人的作品中。如知府吴潜《贺新凉·和刘自昭俾寿之词》云："宝扇驱纤暑，又凄凉、蒲觞菰黍，异乡重午。巧索从来无人系，惟对榴花自语。"嘉定十二年梵琮住持鄞县仗锡寺时，逢到端午节，"角黍满盘，菖蒲细切"，戏称是"俗气未除，也要大家暖热"。赵以夫《芰荷香·和黄玉泉韵》词云："彩丝金黍。"是说粽子外面结以彩丝。粽子也在重阳节、过年时制作食用，如雍正《浙江通志》卷九九引《象山县志》云："重阳士人登高燕赏，以茱萸泛酒，各家制牡丹糕、方粽，亲戚转相馈遗。"粽子除了作为节日食品外，也可作为平时的点心。

宁波人包的粽子与别处不同，宁波箬壳粽用的是老黄箬壳（毛竹壳）或用青竹壳，不像别处用芦苇叶、菰叶（茭白叶）、芭蕉叶等裹扎；宁波粽子是稠黏适口的碱水糯米粽，不同于其他地方的白粽子；宁波粽子包扎成棱角分明的四角枕头形，不同于别处的三角形、五角形、六角形；宁波粽子以糯米粽为主，不同于别处以高粱米、黄黏米、黏玉米等裹的。宁波粽子品种花样繁多，有碱水粽、赤豆粽、绿豆粽、豇豆粽、红枣粽等素粽，也有火腿等荤馅料。粽子煮熟后，剥去箬壳后的四角糯米粽，因碱水浸泡的缘故，晶莹剔透犹如田黄石，清香扑鼻，蘸上少许白糖，吃起来又糯又稠。

鄮西竹枝词（五十首选一）

〔清〕万斯同

黄姑祠下画船新，[①]击楫沿洄捷有神。[②]
村户尽包新糯粽，舟人但着短梢裩。[③]

——选自万斯同《石园文集》卷二

【注释】

①黄姑祠：即黄姑庙，亦即黄公庙。万斯同《鄮西竹枝词》第三首有注云："虞翻《会稽典录》，鄞大里黄公之隐，即四皓之一，所居名黄公林。旧有庙祀，后讹为黄姑林，易以女像。按今庙貌业已改正，额曰汉黄公林庙。" ②沿洄：顺流而下或逆流而上。③短梢裩：短裤。

九日塾前暴背[①]

〔清〕宗　谊

菊香触梦早，衰年忘分量。
暴背四五人，愁喜各为状。
暴力固无私，[②]寒颇作偏向。
主人迓朝餐，杯浓酒初酿。
色笑稚子来，角黍熟相饷。
相视适予怀，举箸勿虚让。
登高忆古人，下阶步欲放。
谁怜篱侧翁，暴久转惆怅。

——选自宗谊《愚囊汇稿》卷一

【注释】

①暴背：晒背。暴，同"曝"。②暴力：太阳的热力。

与仲良出都城后因各赋怀

〔清〕钟　韶

轻阴柳暗晓鹂天，锦马珊瑚嵌玉鞭。
冀北风尘方役役，[①]江南禾黍正芊芊。[②]
黄粽紫笋分甘便，白襶青蓑得致偏。[③]
漫学从军王粲赋，[④]渊明归去共流连。

——选自王荣商编《蛟川耆旧诗补》卷一

【作者简介】

钟韶，字子夔，别号涛山，居镇海海晏乡之芦江（今北仑区柴桥街道）。康熙间诸生。家贫，以教书为业。早年到过京都，后半生不入城市。年逾八旬，仍手不释卷，吟诗自得。著有《涛山诗稿》《梅花百咏》。

【注释】

①役役：劳苦不息的样子。②芊芊：草木茂盛

的样子。③白褨：同“白叠”，指棉衣。④王粲：字仲宣，山阳郡高平（今山东微山）人。东汉末年著名文学家，“建安七子”之一。王粲才华卓越，寓流荆州十五年，却不被刘表重用。建安九年（205）秋，王粲在荆州写下《登楼赋》，抒写生逢乱世、长期客居他乡、才能不能施展而产生思乡、怀国之情和怀才不遇之忧。

角　黍

〔清〕黄　璋

擎出朱盘磊落堆，[①]天中故事重琼瑰。[②]
形同茧栗重包装，[③]食比饳馇好佐陪。[④]
竞渡一江曹女怨，招魂湘水屈原哀。
眼前节物真充牣，[⑤]怅独纷吾锁楻棂。[⑥]

——选自黄璋《大俞山房诗稿·半舫集》

【注释】

①磊落：众多委积的样子。②天中：天中节，即端午节。③茧栗：形容牛角初生之状。④饳（zhāng）馇（huáng）：干的饴糖。⑤充牣：充仞。⑥楻棂：指书房。楻（hù），书套子。棂，门臼，承托门转轴的臼状物。

蓬岛樵歌（一百十六首选一）

〔清〕钱沃臣

时过谷雨已断霜，[①]下秧花红忙下秧。[②]
莫道寒衣今可送，伴郎嘣粽到端阳。[③]

——选自钱沃臣《乐妙山居集·蓬岛樵歌》

【注释】

①“时过”句：作者自注：“谚云：清明断雪，谷雨断霜。见《吴下田家志》。”②下秧花红：作者自注：“呼蔷薇曰下秧红，以下秧时花繁也。见《群芳谱》。”③“莫道”两句：作者自注：“谚云：未吃端午粽，寒衣不可送。《剑南集》诗自注：‘吴中谚。’邑方言‘吃’曰‘嘣’。”

糍、粿

糍是一种糯米食品，种类较多，有白糍、青糍、麻糍等。青糍俗称青蒿麻糍或青麻糍，以糯米（或用糯米粉及粳米粉）掺入蒿属植物蒸捣切块而成，这与吴地捣䅟麦汁和粉的做法有所不同。宁波人惯用的蒿属植物，一为青蒿，或名香蒿，另一为白蒿，又名蓬蒿。也有用鼠曲草制作青糍者。唐代陈藏器《本草拾遗》就谓鼠曲草“杂米粉作糗，食之甜美”。米浸泡在水中，待胀足后淘尽沥干、上蒸桶蒸熟后，放在石臼内捣烂成团后起舂，再趁热拉成厚薄相当的粉团，然后嵌以馅。

掺青米食的创制，渊源于黑饭，也与寒食节禁火冷食的习俗有关。明人郎瑛《七修类稿》卷四十三云：“古人寒食采桐杨叶，染饭青色以祭，资阳气也。今变而为青白团子，乃此义耳。”可见以掺青米食祭祀先人的习俗由来已久。清明前后做麻糍，亦是宁波人的风俗习惯，如嘉靖《象山县志》云：各家为青糍，牲醴祭墓。青糍可以说是宁波人清明祭扫坟墓的主要祭品之一。

与糍同类型的粿，由糯米蒸熟为糯米饭后直接捣舂而成，为扁圆形，但不作年节祭祀用。《鄞西高桥章氏宗谱》卷四《岁时风俗志·年糕》解释云：“以糯米蒸熟，石臼舂烂，做成扁圆形，名糯米粿，其用与年糕同，唯不祀神。”

白糍寄梦闵

〔宋〕释智愚

黄秫烂舂如切玉，醉人风味忍沾唇。
火炉头话烦君举，[①]莫作粘牙缀齿人。

——选自《虚堂和尚语录》卷七

【作者简介】

释智愚（1185—1269），号虚堂，俗姓陈，象山人。为运庵普岩禅师法嗣，曾游江、淮、湘、汉，遍历诸老宿之门。历住庆元府显孝寺、瑞岩开善寺等，宝祐四年（1256）入住阿育王山广利寺。有《虚堂和尚语录》传世。

【注释】

①火炉头话：即火炉头无宾主话，语出《景德传灯录》。“宾”即客（客观），主即主人（主观）。形容许多人共同围着火炉取暖，无主客之分。赵州从谂禅师示众云：“老僧三十年前在南方火炉头，有个无宾主话，直至如今无人举著。”

蓬岛樵歌(一百十六首选一)

〔清〕钱沃臣

祭榜冥钱遍墓门,[①]孝思庵外最消魂。[②]
雷山岁岁逢寒食,[③]羌雁麻慈献子孙。[④]

——选自钱沃臣《乐妙山居集·蓬岛樵歌》

【注释】

①作者自注:"俗清明节扫墓,悬纸毬于墓门,士大夫家预张祭榜于坟庄。" ②作者自注:"余三世祖宋茂才松轩先生善事父兄,痛失怙恃,构庵彭姥岭南,憩息于中,以纾孺慕。右正言陈良翰题颜曰孝思。详先大司寇白石先生所撰家传。后舍为义冢,即庵前地也。" ③雷山:即大雷山,在象山县西,为钱氏家族墓葬所在地。作者自注:"彭姥岭西大雷山之麓,土名丁家纸寮,坐东朝南,为予高祖妣钦敬节孝林太孺人墓,曾祖邑庠生次韩府君、曾祖妣程孺人祔墓旁,左为原配曾祖妣黄孺人、三继曾祖妣张孺人合墓。又大松林下右偏祔三伯父司寇公祠,奉祀生鲁玙府君墓。" ④麻慈:即麻糍。这句作者自注:"象俗墓祭尚鹅、蛤蜊、麻慈。素封家用全具羊豕,常人用牲醴。麻慈以粳米和蒿艾为之。"

三月三日寒食节坐雨[①]

〔清〕钟　韶

无能法缩地,谁能石惊天。
高兴淡觞水,消魂值禁烟。
树头劳布谷,比户刬苗田。[②]
野哭青粢后,[③]难耽午夜眠。

——选自王荣商《蛟川耆旧诗补》卷一

【注释】

①寒食节:节日名。在清明前一日或二日。相传春秋时晋文公负其功臣介之推。介愤而隐于绵山。文公悔悟,烧山逼令出仕,之推抱树焚死。人民同情介之推的遭遇,相约于其忌日禁火冷食,以为悼念。以后相沿成俗,谓之寒食。 ②刬:同"铲"。苗田:《周礼·夏官·大司马》:"遂以苗田,如搜之法。"郑玄注:"夏田为苗,择取不孕任者,若治苗,去不秀实者。" ③青粢:同"青糍"。

田家杂兴十五章(选一)

〔清〕姚　燮

日气动雨草,野风泛有芳。
童子散塾归,隔篱驱群羊。
门庭芜未治,朴陋安亦常。
春负藉邻力,糕粿无乖伤。[①]
比屋三世居,朱陈永相望。[②]

——选自姚燮《复庄诗问》卷二十四

【注释】

①乖伤:不和谐。 ②朱陈:古村名。唐白居易《朱陈村》诗:"徐州古丰县,有村曰朱陈……一村唯两姓,世世为婚姻。"后用为两姓联姻的代称。

甬上竹枝词(十二首选一)

〔清〕戈鲲化

寒食禁烟存古意,特因祭扫具糇粮。
松花黄嫩麻糍软,[①]别有青精饭更香。[②]

——选自张宏生编《戈鲲化集》

【注释】

①这句原注:"《周礼》:'笾人糗饵粉糍。'" ②这句作者原注:"俗呼青精饭为黑饭。"

山前竹枝词(选一)

〔清〕徐　镛

祀重清明俗沿久,餈和菁叶始何年。
邻家姐妹携篮采,不惜新鞋踏远蹊。

——选自《宁波竹枝词》

年　糕

年糕在古代属于应时食品。宁波年糕与众不同之处在于采用了水磨工艺,如毛宗藩《馈岁》所说:"献糕仍年例,粉餈出水磨。"《鄞西高桥章氏宗谱》卷四《岁时风俗志·年糕》有更详细的介绍:"以梁湖米或晚稻米磨粉(又有舂粉、碾粉)做年糕,将潮粉蒸熟,臼中舂之,揉为条,范以模形即成。或以粉做元宝,为祀神之用。做玩具、禽兽,供小儿游玩。年糕祀神祭祖外,并以馈赠亲友,取年年高之意。"

宁波年糕在晚清时即已在上海开设销售的店铺了。《申报》1880年12月22日有题为“失慎未成”的消息，内称“英租界尚义街口有新开之宁波年糕铺”。到了民国时，上海制的宁波年糕十分畅销。《申报》1936年1月28日茱英《宁波年糕》记载：“上海是宁波人的上海，所以过了国历年，大街小巷里的糕团铺，不用说了，都制售着宁波年糕。就是小南货店、小面馆、油豆腐线粉摊等等，总之是小规模的吃食铺，也都纷纷地带售着宁波年糕。……宁波年糕，和苏州的桂花年糕、猪油年糕，是截然不同的。宁波年糕之中，是绝对没有一屑糯米粉的。宁波年糕是完全用粳米硬舂成的。……宁波年糕是淡的，不像苏州年糕那么的甜美。但是宁波年糕的所以能受大众欢迎，也就在淡味上面。因为宁波年糕是淡的，所以喜欢吃甜的，尽可加着糖，煎熬炒煮，而喜欢吃咸的，尽可加入鸡丝肉片，随心所欲。”

蓬岛樵歌（一百十六首选一）

〔清〕钱沃臣

节节镐占节节高，[①] 团圆喜叶庆年宵。[②]
为祈永我兰房好，[③] 岁向床婆酹酒椒。[④]

——选自钱沃臣《乐妙山居集·蓬岛樵歌》

【注释】

①节节镐：作者自注：“除夕俗尚年糕，曰节节镐。” ②团圆：指圆子。 ③兰房：犹香闺。④床婆：床婆。床公床婆，床神的俗称。作者自注：“邑于腊日设牲醴祀床神，曰床公床婆。”

消寒竹枝词（四十首选二）

〔清〕朱文治

晚稻红须又白须，[①] 炊来饭滑味清腴。
年糕同是沙田米，谁道余姚逊上虞。[②]

人情谁不喜攀高，细事髫龄记得牢。[③]
大小秤边仓廪畔，夜深处处饲年糕。[④]

——选自朱文治《绕竹山房续诗稿》卷七

【注释】

①这句作者自注：“红白须粳皆早稻中并种而后熟者。” ②这句作者自注：“细粒粳晚种晚熟，宜种沿山田，可作年糕。俗以上虞年糕为最。” ③髫龄：幼年。 ④这句作者自注：“除夕以年糕置于日用诸物，即《帝京景物略》所谓年年糕者。”

姚江竹枝词（选一）

〔清〕翁忠锡

清明艾饺端阳粽，[①] 重九花糕论担挑。[②]
只有年糕时节早，摊头摆列小春朝。[③]

——选自《姚江诗录》卷四

【作者简介】

翁忠锡，字小凤，余姚人。廪生，著有《脩然自得庐诗存》。

【注释】

①艾饺：清明时节传统时令佳品。用艾叶和面，白糖、麻屑作馅。颜色翠绿，味道清香。②花糕：重阳节，人们把重阳糕制成五颜六色，还要在糕面上洒上一些木樨花，故重阳糕又名花糕。 ③小春朝：指夏历十月。

正月竹枝词

〔清〕胡杰人

家家红柬共相邀，兼味无多饮浊醪。[①]
差喜杀鸡为黍补，登筵还有炒年糕。

——选自《余姚六仓志》卷十八

【作者简介】

胡杰人(1831—1895)，字芝麓，慈溪坎墩人。能医，擅诗，著有《剩馥吟》。

【注释】

①浊醪：浊酒。

童小桥饷年糕，[①] 作此调之（节选）

〔清〕姚景夔

分甘岁岁饷年糕，饷得年糕岁渐高。
幸赖三生坿骥尾，[②] 常怜七口救鸿嗸。[③]

——选自姚景夔《骗饭录》

【作者简介】

姚景夔(1839—?)，字拊仲，号少复，晚号自艾山民，姚燮之子。北仑区姚墅忝人。同治五年

(1866)诸生，曾寓上海，后回到甬上以卖画为生。工诗、书、画，略有父风。著有《琴咏轩诗稿》《骗饭录》等。

【注释】

①童逊组，字小桥，江北区慈城镇庄桥童家人。诸生。工诗，善书，著有《蕺蕺室诗稿》《蕺蕺室诗话》。　②三生：佛教语。指前生、今生、来生。坿：同“附”。骥尾：语出《史记·伯夷列传》：“颜渊虽笃学，附骥尾而行益显。”司马贞索隐：“苍蝇附骥尾而致千里，以喻颜回因孔子而名彰。”后用以喻追随先辈、名人之后。　③鸿嗸：《诗·雅·鸿雁》：“鸿雁于飞，哀鸣嗸嗸。”后遂以“鸿嗸”形容饥民哀号求食的惨状。

做宁波年糕

〔清〕佚　名

宁波年糕白如雪，久浸不坏最坚洁。
炒糕汤糕味各佳，吃在口中糯滴滴。

苏州红白制年糕，供桌高陈贺岁朝。
不及宁波糕味爽，太甜太腻太乌糟。[①]

——选自《晚清江湖百咏——营业写真》

【注释】

①乌糟：烧熟后有点糊。或释为心里感到不舒服。

鄞城十二月竹枝词（选一）

张延章

十二月忙午夜到，挨家挨户做年糕。
送年送灶事才了，[①]又把门神贴一遭。[②]

——选自《鄞县通志·文献志》

【作者简介】

张延章(1887—1960)，字涵庄，号子采、拳石山人、三代齐眉阁主等，宁波月湖烟屿里人。早年跟张美翊学，通古文，精词章，一生所做诗几近万首。民国期间曾为上海、宁波等地学院讲授声韵学。1950—1957年，为天一阁鉴定藏品。1955年为宁波市政协委员，第一任宁波文管会成员。擅长创作宁波俗言诗，著有《三代齐眉阁诗草》等。

【注释】

①送年：辞送旧年。送灶：旧俗农历十二月二十三日或二十四日夜祭送灶神上天，谓“送灶”。　②门神：护门之神，旧俗在门上贴其画像，用来驱逐鬼怪。

四门竹枝词（百首选一）

谢　翘

戏演灯头贺上元，家家留客总盈门。
莫嫌下酒无滋味，菜蕻年糕炒几盆。

——选自《泗门古今》

【作者简介】

谢翘(1891—1965)，字琏昌，自号翼唐，余姚泗门人。17岁去汉口，受业于慈溪人魏拜云，工书法。早年加入姚江同声诗社，后与管雪斋、汪珠浦等在武汉结为“扶雅社”，新中国成立后加入上海乐天诗社。著有《景眺轩诗钞》《四门竹枝词百首》等。

饼

饼本为古代面食的通称，后指烤熟或蒸熟的面制食品，形状多为扁圆形。饼的种类很多，按其制作工艺，大致可以分为煎、炸、蒸、烤几大类。古代四明地区流行的饼种类不少，《策彦和尚初渡集》上就提到了烧饼、糖饼等，但缺乏诗人吟咏，这里略选几首，以窥一斑。

竹枝词（三十首选一）

〔明〕屠　隆

但愿相随卖饼郎，不愿裹粉事君王。[①]
君王为王郎卖饼，布裙还是旧时装。

——选自屠隆《白榆集》诗卷八

【作者简介】

屠隆(1542—1605)，字长卿，一字纬真，号赤水、由拳山人、鸿苞居士等，鄞县人，祖居今江北区桃花渡北，迁居城内(今海曙区)。万历五年(1577)进士，历知颍上、青浦知县，颇有政绩。升为礼部主事，历至郎中。为俞显卿诬陷，罢职归，遨游吴越。著有《由拳集》《白榆集》《栖真馆集》等。

【注释】

①裹粉：搽粉。

春 饼[①]

〔明〕鲍 佾

春罗小麦淘金色，紫磨生香玉尘积。[②]
美人卷袖出绣房，两臂凝酥娇的的。[③]
井水着盐才搅匀，低声含笑问郎君。
薄捶捍杖两分手，[④]满台琼雪飞香云。
大如月样轻如纸，银甲无痕油细腻。
炭火爋红鏊底平，[⑤]纤纤翻出金盘里。
香罗覆护到筵前，[⑥]镜面争光雪花起。
坐中百客皆惊异，手段高强巧无比。
美人罢立倚东风，十指春霜犹未洗。

——选自《三桥鲍氏重修宗谱》卷十六

【作者简介】

鲍佾，字德孚，别号梅窝野人，鄞县三桥村(今属鄞州区首南街道)人。学问较杂，喜吟咏，著有《子平集遗》《锦绣十论》等。

【注释】

①春饼：面粉烙制的薄饼，一般要卷菜而食。立春吃春饼有喜迎春季、祈盼丰收之意。 ②紫磨：上等黄金。 ③娇的的：娇滴滴。娇媚柔嫩的样子。 ④捍杖：当作"擀杖"。擀面杖。制作面食时用的木棍儿。 ⑤爋：同"熏"。鏊：当作"鏊"。一种平底锅，常用以烙饼。 ⑥香罗：绫罗的美称。

食韭饼作

〔清〕宗 谊

南园入夏来，瓜豆已就理。
昨莳牛乳茄，[①]苋亦及马齿。[②]
衰年贪蔬羹，望新每屈指。
风吹韭芊芊，[③]私心有所企。
多翦双握盈，细濯欲移晷。
煎饼守遗方，聊自供甘旨。
家人稍慰馋，微饱色俱喜。
老夫转有怀，晚炊询儿子。
吃吃不成声，吁嗟饼费糜。

——选自宗谊《愚囊汇稿》卷一

【注释】

①牛乳茄：茄子的一个品种。 ②马齿：即马齿苋，一种一年生草本植物，有倒卵形多汁液的肥叶，可当蔬菜和凉拌菜食用。 ③芊芊：苍翠，碧绿。

一枝春·春饼

〔清〕姚 燮

石冻浮觥，[①]指村帘有客，春边寻醉。风来香腻，莫认麦收天气。鹅脂卷雪，[②]更蝉翼、逊渠松脆。烟一角、傍杏开垆，蘸将露华红细。 清芳佐须盐豉。惹涎涎瘦燕，隔樽回睇。甜云软水，尝到俊年滋味。美人掌滑，爱暖拓、试灯筵里。[③]还记荐、人日辛盘，[④]韭花糁翠。

——选自姚燮《疏影楼词·剪灯夜语》

【注释】

①石冻：即石冻春，美酒名。唐李肇《唐国史补》卷下："酒则有荥阳之土窟春，富平之石冻春，剑南之烧春。"浮觥：斟酒。 ②鹅脂：形容洁白。 ③试灯：旧俗农历正月十五日元宵节晚上张灯，以祈丰稔，未到元宵节而张灯预赏谓之试灯。 ④人日：旧俗以农历正月初七为人日。辛盘：旧俗农历正月初一，用葱韭等五种味道辛辣的菜蔬置盘中供食，取迎新之意。

明平倭臣咏·戚少保继光[①]

〔清〕陈 劢

军容正正复堂堂，阵列鸳鸯夹短长。[②]
筹海曾传汤信国，[③]平倭共仰戚南塘。
欃枪尽扫三江界，[④]琛赆咸通万里航。[⑤]
赢得儿童工说饼，[⑥]至今名号尚流芳。

——选自陈劢《运甓斋诗稿续编》卷五

【作者简介】

陈劢(1805—1893)，字子相，号咏桥，又号甬上闲叟、二百八十峰樵者，清鄞县西门社坛巷(今属宁波市海曙区)人。道光十七年(1837)拔贡，授广西知县。道光二十年(1840)辞官归里，教授门徒。著有《运甓斋诗文稿》及《续稿》。

【注释】

①戚少保继光：戚继光，字符敬，号南塘，晚号孟诸，山东登州人。官至左都督、太子太保加少保。明代著名抗倭将领。 ②鸳鸯：鸳鸯阵，古

代阵法之一。戚继光根据东南沿海地区的地形和倭寇作战特点等情况，创立了此阵，以形似鸳鸯结伴而得名。这句作者自注："公立队长偏两之法，以长短兵夹振而进，名鸳鸯阵。" ③汤信国：汤和，字鼎臣，濠州钟离人。官封左都督，封信国公。洪武年间，汤和在浙江沿海先后设卫所城，选浙东民众戍守，使倭寇不敢轻犯。陈劢《运甓斋文稿续编》卷六《浙东海防善后策》云："明洪武间，汤和经营沿海，置卫四、所十、巡检司十九，津陆要冲皆置关隘，其制可谓备矣。" ④欃枪：彗星的别名。古人认为是凶星，主不吉。这里比喻倭寇。 ⑤琛赆：进贡的财宝。 ⑥饼：即光饼，又称戚家饼、继光饼、肚脐饼、咸光饼，是浙江之宁、台、温及福建之莆田、宁德等地沿海民间常见的面食。光饼食俗沿袭至今，制作形式已有所变化。清施鸿保《闽杂记·花饼》："光饼，戚南塘平倭寇时，制以备军行路食者。后人因其名继光，遂以称之。今闽中各处皆有，大如番钱，中开一孔，可以绳贯。"清沈涛《瑟榭丛谈》卷下："吾乡乍浦市中卖饼家有光饼一种，中为孔穿如钱较大，贯以纱线，可负而行。"这句作者自注："吾乡烧饼谓之光饼，传为军中遗式，故以少保之名呼之。"

蛟川竹枝词（四首选一）

〔清〕袁　谟

招宝平倭第一关，[1]戚公遗迹尚青山。
当年逸事人争说，光饼流传满市关。

——选自袁谟《望泱楼诗草》卷一

【作者简介】

袁谟（1835—1869），字丕显，号赓熏，别号莫言，原镇海崇邱乡（今属北仑小港街道）人。太平军入境时，奉母挈眷避居定海六横岛。太平军退后归里，为生计又客游江苏通州海门。咸丰七年（1857）诸生，同治七年（1868）贡太学。后以病归自慈溪馆中，不久去世。著有《望泱楼诗草》。

【注释】

①招宝：即位于今镇海区之招宝山。

月　饼

〔清〕方　镇

中秋赏月登佳品，竟把团圞月样评。
太白楼头方对影，公羊家里最关情。[1]
乞来天上姮娥巧，[2]添得厨中饼饵名。
英粉淘成金粟碎，牢丸堆向玉盘盈。
酥含澡雪全消魄，芝点零星碎似琼。
折馅弥缝三五缺，隔纱妆理十分明。
翠袍包处香储桂，素手抟时腻合饧。
印许丁斐夸十字，[3]赠携素女伴三更。
纹肌皎洁盘银缕，色相圆灵簇水晶。
彩匣开如云翳净，昆刀修拟斧声轻。[4]
尝之薄夜延新赏，取尔怀中订旧盟。
可是充饥非入画，浑宜邀饮快飞觥。[5]
嚼同蜜露千般美，配合糖霜百炼精。
此夕味参烟火尽，前身香忆麦风清。
供餐唯有霞杯佐，[6]作赋还须雪案呈。[7]
会卜明年恩宴日，[8]红绫锡宠到蓬瀛。[9]

——选自《姚江诗录》卷五

【作者简介】

方镇，字抚臣，号芊野，余姚县人。廪生，著有《夹溪居吟草》。

【注释】

①公羊家：三国魏钟繇好《左传》，不好《公羊》，曾谓左氏为太官，公羊为卖饼家。故此以公羊家代指出售糕饼的店家。见宋萧常《续后汉书》卷三十九。 ②姮娥：月中女神嫦娥。 ③丁斐：字文侯，沛国谯（今安徽亳州）人。建安末，曹操征吴，斐随行，自以家牛羸困，乃私易官牛，为人所告发，被收送狱，夺官。其后太祖问斐曰："文侯，印绶所在？"斐亦知见戏，对曰："以易饼耳。"事见鱼豢撰《魏略》。 ④昆刀：昆吾刀的省称。用昆吾石冶炼成铁制作的刀。《海内十洲记·凤麟洲》："昔周穆王时，西胡献昆吾割玉刀及夜光常满杯，刀长一尺，杯受三升。刀切玉如切泥。……剑之所出，从流州来。" ⑤飞觥：频频传杯。 ⑥霞杯：盛满美酒的酒杯。 ⑦雪案：原指映雪读书时的几案，后泛指书桌。 ⑧恩宴：恩荣宴。元、明、清三代，科举制度规定为新进士举行的宴会。 ⑨红绫：即红绫饼餤。古代的一种珍贵的饼饵。以红绫裹之，故名。宋叶梦得《避暑录话》卷下："唐御膳以红绫饼餤为重。昭宗光化中，放进士榜，得裴格等二十八人，以为得人。会燕曲江，乃令太官特作二十八饼餤赐之。卢延让在其间。后入蜀为学士。既老，颇为蜀人所

易。延让诗素平易近俳，乃作诗云：'莫欺零落残牙齿，曾吃红绫饼餤来。'"锡宠：帝皇的恩赐。

附：

谢陈鱼门太守惠笔润及月饼蜜枣启（节选）

〔清〕郭传璞

加以饼艳红绫，夺蟾光之平满。枣盛朱实，窨蜜汁之浓甜。染指俱芳，朵颐逾快。从此饮和食德，永诸朝夕无谖。

——选自郭传璞《金峨山馆文集》乙集

蒸酥记（节选）

〔清〕陈　梓

忆康熙甲戌，余年二十二岁，从伯兄扶先君柩归葬临山。时寓姑母金氏之南楼，姑母年将八十，特爱余，令纵食蒸酥。夜发热，延老医胡德生脉之。胡曰："此停面食症，不可为矣。"问何所好。余大言云："取笔砚来，余有诗。"遂口占云："问我童儿何所好，临山惟有蒸酥少。撑肠拄腹八十枚，作家乡鬼亦不懊。"胡云："官官曾读《近思录》否？程子云：'吾以忘生殉欲为深耻。'官官一命只值蒸酥八十枚耶？迷矣过矣。"……

丙子，因内人之变，归故山，结茅天元。姚江邵公丹植，门人胡榜之义父也。一日访余筠谷间，问老年仗何方剂？余曰："素性不嗜药，故守中医之说，不敢以身试。"邵曰："此高见也。然余有不药之药方，可传乎？"余录之。邵曰："方无名，友人强曰西伯养老百钱百验方，言价之廉，效之大也。糯米二升，仨文；白糖卅文磨粉炒熟，熬猪油五十文，溲粉中令匀，或干食，或滚水调食，括西伯无冻馁之大旨，要归曾子必有酒肉之常经，而又冥然于口体，复进之行迹。方之妙不可言矣。"然余之意更欲通以流俗之宜，因告南邻张子孟安曰："君家素擅东坡糕，名一县，此涉乎嗜欲之偏，资谈宴之雅兴而已，非有关乎仁人孝子养老之需，有益于纲常名教之大也。据愚见而衡之，君家蒸酥合之邵公之方，不过粉面之不同。今第从愚言，更素为荤，则两方之妙合无间，出于神明规矩之外矣。"孟安亦恍然有会，即夕召工更之。余更啖八十枚，而痼疾霍然遂作。

——选自陈梓《删后文集》卷五

米　饧

"米饧"又称千层糕，形如"糖饧"，中有十多层，可以一层层剥开吃。但以下所列吟咏象山"米饧"的诗歌中，从未写到层数，故象山"米饧"当更接近于糖饧，用米粉加工而成，其外形可塑成蟹、狮状，以供孩童嬉玩。

米　饧

〔清〕郭传璞

茧糖号窠丝，[①]升庵曾识之。[②]
方法熟闽峤，[③]丹山亦能师。[④]
胶齿略带涩，回津潜含滋。
将蟹妥群议，雕猊供儿嬉。[⑤]
中边甜透彻，如参禅悦时。

——选自《红犀馆诗课》第五集

【作者简介】

郭传璞（1823—?），字恬士，号晚香，又号鄞之老民，鄞县金峨乡人。曾从学于姚燮，后为浙东名家。咸丰年间姚燮避难来象山，与县人王莳兰、王莳蕙等在墙头创建红木犀诗社，从者有鄞县郭传璞、董沛等。同治六年（1867）举人，出为文幕。著有《金峨山馆诗文集》等。

【注释】

①茧糖：饧糖的一种。大如枣核，两头尖，形似茧，故称。亦名窠丝糖。杨慎《丹铅续录》卷六："茧糖，窠丝糖也。" ②升庵：杨慎字用修，号升庵，四川新都人。明代著名学者、文学家。③闽峤：福建境内的山地。 ④丹山：今象山。⑤雕猊：雕塑成狮子。

米　饧

〔清〕王莳兰

入口夸崖蜜，[①]谁知米蘖成。[②]
得甘原自淡，去滓乃留清。

义析汤和馓，[3]装须粉屑罂。
要他香泛舌，霜汁入秋橙。

——选自《红犀馆诗课》第五集

【注释】

①崖蜜：山崖间野蜂所酿的蜜。又称石蜜、岩蜜。色青，味微酸。②“谁知”句：写米饧的制法：以谷米及蘖米（发芽的麦和谷）制成麦芽糖饴后，再加以米粉之类，熬制而成。③馓：一种油炸的食品。

米　饧

〔清〕沈炳如

仅读毛诗注，长卿学太荒。[1]
烂形同曲蘖，[2]炼味出怅惶。[3]
许杂甘醪献，谁搀冷粥尝。
洋洋真悦口，[4]那羡蔗根霜。

——选自《红犀馆诗课》第五集

【作者简介】

沈炳如，字豹章，一字亦仙，象山人。咸丰元年(1851)举人。

【注释】

①长卿：唐代诗人刘长卿，疑为刘禹锡之误记。《刘宾客嘉话》云：“为诗用僻字，须有来处。宋考功诗云：‘马上逢寒食，春来不见饧。’尝疑此饧字，因读《毛诗郑氏笺》说吹箫处，注云：今卖饧家物。六经惟此中有饧字。”②曲蘖：酒曲。③怅惶：干的饴糖。《楚辞·招魂》：“粔籹蜜饵，有怅惶些。”王逸注：“怅惶，饧也。”④洋洋：作者自注：“餹言乎洋洋然，见《释名》。”

米　饧

〔清〕欧景岱

譬诸蜂酿蜜，赚得堇如饴。[1]
润不醍醐借，甘分粔妆宜。[2]
煎和师杜蒉，[3]消烂法刘熙。[4]
胶齿欢龆龀，[5]箫声度柳枝。[6]

——选自《红犀馆诗课》第五集

【注释】

①堇：苦菜。语本《诗·大雅·绵》：“周原朊朊，堇荼如饴。”②粔妆：亦称“馓”“环饼”等。俗称“馓子”。古代食品名。用面粉、糯米粉加盐或蜜、糖，搓成细条，油煎而成。形状各别。《楚辞·招魂》：“粔妆蜜饵，有怅惶些。”汉王逸注：“以蜜和米面，熬煎作粔妆。”朱熹集注：“粔妆，环饼也，吴谓之膏环，亦谓之寒具。”③杜蒉：晋平公的厨师。④刘熙：字成国，北海（今山东昌乐）人，官至南安太守。东汉学者，著有《释名》。《释名》云：“饧，洋也，煮米消烂洋洋然也。”⑤龆龀：借指孩童。⑥箫声：旧时清明前后，街头巷尾皆有小贩吹箫卖饧。

米　饧

〔清〕王莳蕙

辨析饺饴字，[1]都原稼穑甘。
煮乘云子熟，漉借麦荄参。[2]
乌稬形难拟，黄粱味夙谙。
茅檐晨曝叟，惯喜弄孙含。

——选自王莳蕙《抱泉山馆诗文集·红犀馆社课诗》《红犀馆诗课》第五集

【作者简介】

王莳蕙，字撷香，号砚农，又号抱泉山人、陶园，象山人。咸丰十一年(1861)拔贡，佐兄莳兰办民团，抵御太平军。著有《抱泉山馆诗文集》。

【注释】

①饺(gāi)：饴糖。《方言》卷十三：“饴谓之饺。”②麦荄：麦子收割下来后去掉麦穗儿剩下来的部分。

各式糕点

古代四明地区流行的各式糕点花样繁多，除了上面列目的年糕、米饧之外，尚有雪糕、麻糖、蒸糕、蜜糕、状元糕等。因诗人吟咏者少，这里仅选录若干首，合并在此。

除　夕

〔宋〕舒岳祥

软暖炉星火，新香甑雪糕。
老人消一睡，守岁为徒劳。[1]

——选自舒岳祥《阆风集》卷八

【注释】

①守岁：阴历除夕终夜不睡，以迎候新年的

到来，谓之守岁。

次韵咏麻糖答雪湖[①]

〔明〕谢　迁

荒陬乏奇品，[②]屑稌成膏糖。[③]
香分云子白，[④]色转鹅儿黄。[⑤]
坚胶凝凤嘴，柔曲回羊肠。
调剂或受和，佐饔先得尝。[⑥]
仙洞出花蕊，频斯来桂浆。[⑦]
刀圭不遗末，[⑧]鼎镬无留良。
沃釜嗤季伦，[⑨]戴帽嗟彦光。[⑩]
温醇拟酥酪，皎洁逾冰霜。
岁时具甘旨，秋获丰茨梁。[⑪]
胶牙默自固，[⑫]鼓腹欢欲狂。
初煎火亦急，止沸汤再扬。
流传本乡俗，取笑宜大方。
盘餐幸苟足，珍名何敢当。
美芹知野人，[⑬]为君献高堂。[⑭]
弄孙值元旦，[⑮]敷筵佐称觞。[⑯]
瓦砾合居后，[⑰]珠玉矧在旁。[⑱]
阳春强答和，惭愧不成章。

——选自谢迁《归田稿》卷五

【作者简介】

谢迁（1449—1531），字于乔，号木斋，余姚泗门人。成化进士第一，授修撰。弘治八年（1495），入内阁参预机务，寻加兵部尚书，兼东阁大学士。武宗即位，请诛刘瑾不纳，遂致仕归。后反为刘瑾、焦芳所诬，追夺诰命及所赐。及瑾诛，复职致仕。嘉靖六年（1527），起为内阁大学士，居数月，仍以老辞归。有《归田稿》。

【注释】

①麻糖：以精选糯米、芝麻、白糖为主要原料，并拌以桂花等成分精制而成的特色糕点。雪湖：友人冯兰之号。 ②荒陬：荒远的角落。 ③稌（tú）：特指糯稻。 ④云子：一种白色小石，细长而圆，状如饭粒。唐杜甫《与鄠县源大少府宴渼陂》诗：“饭抄云子白，瓜嚼水精寒。” ⑤鹅儿黄：淡黄色。 ⑥佐饔：《国语·周语下》：“佐饔者得尝焉，佐斗者伤焉。”韦昭注：“饔，烹煎之官也。” ⑦桂浆：指酒浆，美酒。 ⑧刀圭：汤匙。 ⑨沃釜：洗锅。季伦：石崇之字。《世说新语·侈汰》记载，晋时太尉石崇与皇亲王恺斗富，王恺用糖饴（也有学者认为是米酒）洗锅，石崇就以蜡代薪。 ⑩“戴帽”句：典出《隋书·循吏传·梁彦光传》：“彦光前在岐州，其俗颇质，以静镇之，合境大化……及居相部，如岐州法。邺都杂俗，人多变诈，为之作歌，称其不能理化。上闻而谴之，竟坐免。岁余，拜赵州刺史，彦光言于上曰：‘臣前待罪相州，百姓呼为戴帽饧。臣自分废黜，无复衣冠之望，不谓天恩复垂收采，请复为相州，改弦易调，庶有以变其风俗，上答隆恩。’上从之。”戴帽饧意谓虽戴帽像个人，但柔软如饴糖，比喻软弱无能。 ⑪茨梁：《诗·小雅·甫田》：“曾孙之稼，如茨如梁。”毛传：“茨，积也；梁，车梁也。”孔疏：“此言曾孙成王所税得禾谷之稼，其积聚高大如屋茨，如车梁。” ⑫胶牙：食之黏齿。 ⑬美芹：典出《列子·杨朱》：“昔人有美戎菽，甘苔茎、芹萍子者，对乡豪称之。乡豪取而尝之，蜇于口，惨于腹。众哂而怨之，其人大惭。”后用以自谦所献菲薄，不足当意。 ⑭高堂：指父母。 ⑮弄孙：逗玩孙儿。 ⑯敷：铺。 ⑰瓦砾：用以自谦自己拙劣的次韵之作。 ⑱珠玉：这里比喻冯兰美好的诗歌。

病中有人见遗杞羹、蜜糕、佳茗，诗以代谢[①]

〔明〕万达甫

一卧经秋夏，频烦问寂寥。
糕分良友惠，羹出故园调。
厌此尘膻久，因之宿疾消。
仙芽有奇馥，[②]更可涤烦焦。

——选自万达甫《皆非集》卷上

【作者简介】

万达甫（1532—1630），字仲章，号纯斋，鄞县人，故居新街（今属海曙区），万表之子。袭官督漕，历迁广东参将，解甲归里，读书西溪墓舍。著有《皆非集》。

【注释】

①杞羹：枸杞羹。 ②仙芽：指茶叶。

西沪棹歌（一百二十首选一）

〔清〕姚　燮

糍糁新奇应节栽，骆驼去后牡丹开。[①]

花朝已食聪明菜,[②]立夏还尝瞌睡梅。[③]

——选自民国《象山县志》卷三十二

【注释】

①这句作者自注:“端午日,风俗作骆驼蹄糕,重九作牡丹糕。” ②花朝:俗称“花神节”“百花生日”“花神生日”“挑菜节”。农历二月初二举行。作者自注:“二月初二日,花朝日,妇女煮饭,杂以菜食之,谓主聪明。” ③这句作者自注:“立夏日摘梅食之,谓能醒睡。”

余姚竹枝词(二百首选一)

〔清〕宋梦良

弱岁风光记得牢,每当入夏日将高。
隔江听卖时新物,叫茯苓糕与印糕。

——选自《中华竹枝词全编》(浙江卷)

骆驼桥村竹枝词(五十首选一)

〔清〕盛钟襄

月赏庭前客降临,蒸糕煮鸭酒同斟。
嫦娥今夜来陪晏,二八娇容更动心。[①]

——选自盛钟襄《溪上寄庐韵存》

【注释】

①篇末作者自注:“中秋作糕宰鸭,俗云‘鸭肉骨头水拖糕,八月十六等勿到’。按《宁郡志》:宋四明史越王弥远祝母寿于八月十六,因令郡人以是日为中秋,设宴过节,寓同庆其母之意。时人畏而从,后成习惯。”

四门竹枝词(百首选一)

谢　翘

芝兰子弟擅英髦,[①]六岁开蒙喜气高。
合是宁家贤相宅,[②]外婆先贺状元糕。[③]

——选自《泗门古今》

【注释】

①芝兰:喻优秀子弟。英髦:俊秀杰出的人。②贤相:即谢迁。贤相宅,指谢阁老府。作者自注:“此首指阁老府读书。” ③状元糕:传统小吃之一。以其外形酷似古代新科状元戴的帽子,因以为名。

米　胖

米胖,亦称大米花,将大米放在特制的密闭容器加热至熟,打开后米粒因气压作用炸裂而成,米胖仍保持完整外形,只是体积增大了,故属于膨化食品。爆米花发明于宋代,范成大在《吴郡志・风俗》中记载:“上元,……爆糯谷于釜中,名孛娄,亦曰米花。每人自爆,以卜一年之休咎。”由此开创了一种新颖的食物加工方式。膨化的食品加工不仅仅是食品简单的加热作熟,而是通过物理的高温高压作用原理来改变食物的状态口感。爆米花松脆易消化,可作为日常的可口零食。在四明一带,每到快过年的时候,各家各户把最好的米拿出来,师傅把米倒入特制压力罐中,用炭火猛烧,嘭的一声巨响后,就出来了白白胖胖的米胖。

时同弟以米胖见饷

〔清〕谢泰宗

白粲金精爨,[①]芗萁玉粒圆。[②]
野田偏受露,香水浸清泉。
云子珠颗灿,晶莹雪色鲜。
远携堪自久,甘脆得人怜。

熟食火犹新,甘香味益珍。
玄山禾自美,[③]南海秬留陈。[④]
百炼胡麻饭,三齐秔秫舂。[⑤]
分来倾一斗,白玉夜辉璘。[⑥]

康食启民天,海陵仓色鲜。[⑦]
宝钗蜀浪碎,瑶蕊北昆传。[⑧]
玉浸无暇手,甘流软火烟。
弟昆矜老弱,和气暖丹田。

炊雕留上宾,[⑨]脱粟佐情欢。
野被黄云覆,匙翻白雪寒。
煁烘浆已尽,[⑩]阳暴体知干。
多食忘充鞔,[⑪]谁云虚受难。

——选自谢泰宗《天愚山人诗集》卷五

【作者简介】

谢泰宗(1598—1667),字时望,别号天愚山人,镇海城关人。崇祯丁丑年进士,授广东番禺知县,历官至兵科给事中。明亡后奉父避于柴楼。著有《天愚山人诗集》等。

【注释】

①白粲：白米。糳(zuò)：舂。 ②芗萁：祭祀所用之高粱。 ③玄山：古代传说产嘉禾的山。《吕氏春秋·本味》："饭之美者，玄山之禾，不周之粟，阳山之穄，南海之秬。" ④秬：黑黍子。⑤三齐：古地区名，泛指今天山东的大部分地区。舂：酒的代称。 ⑥璘：玉的光彩。 ⑦海陵仓：仓库名。西汉吴王濞建。在江苏省泰县东面的海陵。《文选·枚乘〈上书重谏吴王〉》："转粟西乡，陆行不绝，水行满河，不如海陵之仓。" ⑧瑶蕊：传说中玉树的花蕊。北昆：昆仑山之北。"宝钗"两句形容米胖的外形，就像是被蜀浪打碎的宝钗，传自北昆仑的瑶蕊。 ⑨雕：即雕胡饭。 ⑩煁(chén)：炽热的炉灶。这里指手摇的特制压力罐。 ⑪鞔(mèn)：古通"懑"，闷胀。

丫头羹

丫头羹相传起源于清代镇海城中的大户人家，后人们竞相仿效，相沿成为风俗。光绪《镇海县志》卷三："十四日夜，各家合瓜豆枣栗多种芼以羹，呼为丫头羹。其俗倡于何时，亦不可考。相传家婢旨蓄杂物，至是合煮奉主，各家效之，后遂交相馈赠。"今镇海、北仑、鄞州等地，均有元宵吃"丫头羹"或"百果羹"的独特食俗，诚如宁波老话所说："正月十四夜，家家丫头羹。"下文选录的晚清张振夔《风俗咏》诗，不但介绍了丫头羹的来历，还披露了正宗"丫头羹"的配料：红枣、杏仁、南瓜、芋艿、莲子、酒糟、生姜、桂皮、辣椒等，还称赞丫头"格破成大始"，创造了元宵佳节的地方名吃，堪比佳肴"五侯鲭""百氏浆"。《风俗咏》为研究"丫头羹"提供了弥足珍贵的第一手史料。"丫头羹"是甜食，类似百果甜羹，若作料普通，仅用糯米小圆子、年糕丁、花生仁、赤豆、莲心、枣子、桂圆等，加入白糖、桂花配合而成，香甜糯滑，别具风味。考究一点的，外加栗子、核桃、白果、地栗、橘瓤、油枣、瓜子仁、芝麻，及各色各样的蜜饯，味更可口。每户人家可视各自的口味爱好，自由调制成甜、酸、咸、香、辣各种味道。

蛟川竹枝词(二十二首选一)

〔清〕张振夔

准备元宵三日餐，丫头羹熟坐团团。
儿娇女宠争滋味，乍道甜来又道酸。

——选自光绪《镇海县志》卷三

【作者简介】

张振夔(1798—1866)，字庆安，号磐庵，浙江永嘉场下垟街(今温州市龙湾区永兴街道祠南村)人。嘉庆二十三年(1818)举人。先后三次任镇海县学教谕，值鸦片战争爆发，积极参加当地的抗英斗争，上书提出《战守策》，兼管镇海战事后勤"监发军仓"。著有《介轩集》。

风俗咏

〔清〕张振夔

春正月十四，陈侯有佳馈。[1]
云是丫头羹，风味君且试。
挈榼热炙手，[2]翻匙酸触鼻。
兼用盈六物，糜烂混一类。
瓜果暨薯蓣，[3]枣杏杂馀饎。[4]
汤玉糟云并，姜辛桂辣备。
缕切棋子同，名质团油譬。
胶牙甘似饴，[5]适腹腐于豉。
五侯鲭略同，百氏浆差异。[6]
王羹与相粥，何恶亦何嗜。
坐喜儿女饫，为述古先事。
改馔原下逮，命名奚取义。
传闻古女奴，左右称良侍。
入室生吉祥，诵诗工嘲戏。
常得大母怜，频受佳节赐。
沉沉倭瓜红，[7]滴滴菁葵翠。
差差糖丝结，[8]团团膏环腻。
蹲鸱大于拳，栗枣开皱出。
银杏落花生，莲子各各施。
不为别室飧，愿奉同堂食。
云当伏腊来，[9]舂爨事委积。[10]
厨料杂端样，烹和无才思。
明朝正元宵，团圉家室利。
倾筐为糜粥，尝口百无忌。

大母闻此言，[11]生受娃鬟意。[12]
谓今啖汝饔，富寿期无异。
家翁大欢喜，[13]咄嗟事事治。[14]
相招嚼复嚼，相顾媚更媚。
情和纳繁厘，[15]格破成大始。[16]
岁岁遥相仿，某某那复识。
元日椒柏觞，[17]重阳萸菊饵。[18]
社饭追仲秋，枣糕仍冬至。
风土将毋同，酒食安从议。
乡邻敦质朴，不饰佳名字。
顾予忝素餐，此味亦偶遂。
摎口方流涎，[19]来者竟取次。[20]
一朝腹果然，安报美人贻？
依约摇秃毫，[21]咀嚼得兴寄。
为补诗家题，既成难自秘。
金吾夜无禁，[22]试就灯前视。

——选自光绪《镇海县志》卷三

【注释】

①陈侯：作者自注："孝廉约轩。"其人生平待考。②挈榼：拿着酒杯，提着酒壶。挈：提；榼：酒器。③薯蓣：即山药。④馀(fēn)：蒸饭，煮米半熟，用箕漉出，再蒸熟。饎(chì)：酒食。《诗·大雅·泂酌》："泂酌彼行潦，挹彼注兹，可以馀饎。"毛传："馀，馏也。饎，酒食也。"⑤胶牙：指食物坚硬难嚼。⑥五侯鲭：指汉代娄护合王氏五侯家珍膳而烹饪的杂烩。五侯，汉成帝母舅王谭、王根、王立、王商、王逢时同日封侯，号五侯。鲭，肉和鱼的杂烩。《西京杂记》卷二："五侯不相能，宾客不得来往。娄护、丰辩，传食五侯间，各得其欢心，竞致奇膳，护乃合以为鲭，世称五侯鲭，以为奇味焉。"后用以指佳肴。百氏浆：混合酒的别名。据陶谷《清异录》，酒不可杂饮，饮之，虽善酒者亦醉，乃饮家所深忌。故戏称各色混合酒为"百氏浆"。⑦倭瓜：方言。南瓜。⑧差差：犹参差，不齐的样子。⑨伏腊：指伏祭和腊祭之日。这里泛指节日。⑩舂爨：舂米与做饭。委积：堆积，聚积。⑪大母：祖母。⑫深受：承受。娃鬟：美丽的发髻。这里指丫鬟。⑬家翁：指一家之主。⑭咄嗟：犹言"咄嗟之间"。一呼一诺之间，表示时间极短。⑮繁厘：多的与少的。⑯大始：即太始。古代指天地开辟、万物开始形成的时代。《列子·天瑞》："太始者，形之始也。"张湛注："阴阳既判，则品物流形也。"这里指新事物的开始。⑰椒柏：椒酒和柏酒。古代农历正月初一用以祭祖或献之于家长，以示祝寿拜贺之意。⑱萸：茱萸。⑲摎：收紧。⑳这句作者自注："是日陈瘦人亦有馈。"㉑秃毫：脱毛的笔。㉒金吾：京城里的禁卫军。担任警卫的金吾禁止夜行，惟于正月十五日开放夜禁，称为"金吾不禁"。这句语出唐代苏味道《正月十五夜》："金吾夜不禁，玉漏莫相催。"

蔬菜篇

SHUCAI PIAN

泛　写

嗜菜篇

〔明〕屠　瑜

我嗜菜，我嗜菜，傲珍羞，轻鼎鼐。[①]
早韭与晚菘，清芹和苦荠。
少吃也无妨，多吃也无碍。
雪霜曾饱经，风味依然在。
圣贤从此做工夫，留下一段清意态。
夷齐行采西山薇，[②]高卧声名光覆载。[③]
黄绮饱茹商山芝，[④]肥遁情怀兴佩戴。[⑤]
肉食敢焉笑穷酸，那识经天纬地概。
菜之风味不可轻，世间凡事皆可行。
士知此味学业就，农知此味稼穑成。
商知此味财货盈，工知此味艺术精。
但愿仁人知此味，天下何愁不太平。

——选自《甬上屠氏家集》卷一

【作者简介】

屠瑜，字廷彩，号松窗，鄞县城江北岸（今属江北区）人。屠滽之父。嗜读书，喜吟咏。年登九十，三觐孝宗，享受太傅之封。

【注释】

①鼎鼐：鼎和鼐。古代两种烹饪器具。②夷齐：伯夷和叔齐的并称。殷末，孤竹君二子伯夷、叔齐，反对周武王伐纣，曾叩马而谏。周代殷而有天下后，他们“义不食周粟”，隐于首阳山，采薇蕨而食，及饥且死，作歌曰：“登彼西山兮，采其薇兮，以暴易暴兮，不知其非兮。神农、虞、夏忽焉没兮，我安适归兮？于嗟徂兮，命之衰矣。”遂饿死于首阳山。见《史记·伯夷列传》。③覆载：指天地。④黄绮：汉初商山四皓中之夏黄公、绮里季的合称。商山：位于陕西省商洛市丹凤县城西7.5公里丹江南岸山阳县东北。四皓不愿意当官，长期隐藏在商山，他们宁愿过清贫安乐的生活，还写了一首《紫芝歌》以明志向，歌曰：“莫莫高山，深谷逶迤。晔晔紫芝，可以疗饥。唐虞世远，吾将何归？驷马高盖，其忧甚大。富贵之畏人兮，不如贫贱之肆志。”⑤肥遁：退隐。佩戴：铭记。

闵　菜[①]

〔明〕谢　迁

种菜辟东园，课童时灌畦。
御冬藉旨蓄，抱瓮勤可辞。
戾气逐时作，[②]菜秀虫食之。
食叶犹自可，食心根株摧。
闾阎多菜色，岁馑荐加疲。
肉食忍独饱，喟然伤群黎。[③]

——选自谢迁《归田稿》卷五

【注释】

①闵：古同“悯”，怜恤，哀伤。②戾气：邪恶之气。③群黎：百姓，万民。

摘园蔬

〔明〕孙　鍪

呼童摘园蔬，摘来餐已余。
朱门厌粱肉，弹铗歌无鱼。[①]
乐哉箪瓢味，淡泊长自如。
拮据学老圃，朝灌夕荷锄。

秋霪满东畦，[2]蔓草须亟除。

——选自孙鳌《松菊堂集》卷二

【注释】

①弹铗：用孟尝君门客冯谖的典故。 ②霪：连绵不断的雨。

午过田家小憩

〔明〕孙 鳌

僮仆劳行役，田家聊具飧。
小山遥背郭，疏柳半成村。
屋上有禽语，门前无市喧。
瓦盆滋味足，蔬果摘前园。

——选自孙鳌《松菊堂集》卷六

临食四赞·菜齑赞

〔明〕冯京第

平旦清明之气，虽肠腑亦洁除焉，辄进荤膻，极为滓秽清虚，[1]故早膳止宜蔬豆之属。事佛者馋不能断肉，惟早膳暂撤，号为早斋。儒者吉礼致斋，[2]方事鼎俎，[3]以养气体。近世斋之为素食者，皆悖也，此特居凶变之礼然耳。故今之早素，不名早斋。凡素食，以菜为母，菜以齑为君。宋人咬得菜根，百事可做，遂为佳话。范文正画粥断齑，[4]遂为佳事。所谓士大夫不可不知此味也。齐字俗作齑，作《菜齑赞》。

贵公齿白细编贝，[5]我少齫然半黄缺。[6]
揽镜此岂食肉相，盘膎只合菜根咬。[7]
林鸦唤起宿夜饥，龟肠怕见膻膻涠。[8]
江南千亩比封君，[9]我比附庸割数垡。[10]
青酿作菹黄作齑，生计年年菜吐叶。
持杯咀咽带露茎，放箸狼籍南山蕨。
嫁娶未了田宅空，累缠正坐头上发。
莫遣羊来踏菜园，有妻无肉累少歇。
更无俗客来攫尝，鼻嗅手劙口咄咄。[11]
先生此乐谁见之，清风披帷月窥闼。[12]

——选自冯京第《冯侍郎遗书·三山吟》

【注释】

①滓秽：玷污。 ②吉礼：古五礼之一。指祭祀之礼。 ③鼎俎：割烹。 ④范文正：范仲淹。画粥断齑：《湖山野录》载宋代名臣范仲淹少时贫，在僧舍读书时日煮粟二升，作粥一器，经宿遂凝，以刀画四块，早晚取二块，断齑数十茎而食之。 ⑤编贝：编排起来的贝壳。常用以比喻洁白整齐的牙齿。 ⑥齫(yǔn)：古同"齳"。老人无牙的样子。 ⑦膎(xié)：干肉。 ⑧龟肠：古人以为龟吸气而生，不食一物，因以比喻饥肠。涠：搅浑。 ⑨封君：受有封邑的贵族。 ⑩垡(fá)：翻起来的地块。 ⑪劙(lí)：割。 ⑫闼：门。

菜园为水所淹

〔清〕王之琰

梅花连旬无歇绝，沄沄浪涌千村白。[1]
我圃近在河之南，莳花插脚兼瓜麦。
势卑径亚大地平，狂澜奔注疆塍盈。
柳眠花卧同荇藻，鱼虾杂遝蛙喧鸣。
瓜烂麦腐灭其迹，辛勤半载无杯羹。
我思四明滨海本泽国，
频年兵燹家半菽。
民间一饭常不完，无饭之家思菜熟。
煮菜哺儿儿勿啼，饥妻分及等啖肉。
似此浮沉付浊流，千里忍断炊烟矗。
天心仁爱胡不闻，应使风伯驱残云。
如何阴霭吞六合，前山雨脚仍纷纭。
吁嗟何时杲杲见日色，
阳侯静寂波光息。[2]
满眼干土得耧耘，[3]重理我圃快繁殖。

——选自王之琰《南楼近咏》卷上

【作者简介】

王之琰，字石南，号静庵，今宁波海曙区人。康熙二十七年(1688)岁贡。著有《南楼近咏》。

【注释】

①沄沄：水流汹涌的样子。 ②阳侯：古代传说中的波涛之神。借指波涛。 ③耧耘：耕耘。耧，疑为"耬"之俗字，意为"耕"。

积雪经旬，掘取蔬圃菜根，活火烹之，觉冷淡滋味绝胜浓鲜。因忆罗昭谏诗"橛冻野蔬和粉重，扫庭松叶带苏烧"，[1]情事宛然，为赋此诗

〔清〕张起宗

漫漫飞雪岁时残，聊且幽栖好避寒。

秫酒新篘温冻指，[2]蔬羹暖煮饱晨餐。
书窗一夜明于月，茶鼎终朝响似湍。
思得高人乘兴过，青山顶头卷帘看。

——选自全祖望《续甬上耆旧诗》卷一百〇七

【作者简介】

张起宗，字亢友，一字莩山，鄞县人。康熙三十年(1691)进士，知河内县。著有《高梧阁集》。

【注释】

①罗昭谏：罗隐，字昭谏，浙江新城(今富阳市新登镇)人。历考不第。黄巢起义后，避乱隐居九华山。光启三年(887)，归乡依吴越王钱镠，历任钱塘令、司勋郎中、给事中等职。张氏诗题中所引诗两句，出自罗隐《雪》诗。 ②秫酒：用秫酿成的酒。新篘(chōu)：新漉取的酒。

种　菜

〔清〕陈　梓

一官安肯画，百可寄深情。
惨淡斯民色，艰难老圃心。
霜甜豚味减，土薄蠹休侵。
谁使英雄懒，终年抱瓮吟。

——选自陈梓《删后诗存》卷十

儒味原长似菜根

〔清〕谢埴祚

淡泊从来不易尝，个中滋味试推详。
漫思珍错堆盘好，可解蘋蘩满涧香。[1]
乐得诗书堪佐食，甘回齿颊自余芳。
世间大事凭谁立，到底儒生独擅长。

——选自张本均《蛟川耆旧诗》卷五

【作者简介】

谢埴祚，字与坚，号半山，今镇海区人。清岁贡生。

【注释】

①蘋蘩：两种可供食用的水草，古代常用于祭祀。

秋兴百一吟·秋蔬

〔清〕王启元

开轩喜对菊花尊，生意经秋绿到门。
为爱此中滋味好，恰教领略到霜根。

——选自陈仅等《秋兴百一吟》

蛟川竹枝词(十七首选一)

〔清〕谢琪贤

霜华渐渐逼枫林，拔菜多人觅旧岑。
携得满筐深紫色，团箕晒尽梓山阴。[1]

——选自王荣商《蛟川耆旧诗补》卷二

【作者简介】

谢琪贤，字锦林，号硕轩，镇海人，诸生，中年弃世。

【注释】

①梓山：即梓荫山，位于镇海城区东北，现镇海中学校园内。

种菜用山谷《食笋》韵[1]

〔清〕冯登府

公卿鄙食肉，英雄老种菜。
送把地主恩，压担獠奴卖。[2]
冷官丰蓿盘，斋厨屏烹宰。
苗先春雨分，蝗怕秋叶坏。
庶充苦苋肠，聊偿食笋债。
饼香截韭葱，脯凉须姜芥。
三九颇有余，[3]八百宁伤介。
满肚不合宜，长年聊一嘬。
齿牙虽脱落，膻腥足哕噫。[4]
放箸了残书，灌蔬说可亲。

——选自冯登府《拜竹诗龛诗存》卷七

【作者简介】

冯登府(1783—1841)，一作登甫，字云伯，号勺园，又号柳东，浙江嘉兴人。嘉庆二十五年(1820)进士，选庶吉士。后官宁波府教授。大吏重其才，将荐举之，力辞不就，后告归故里王店，得咯血疾，筑勺园以颐养天年。鸦片战争爆发后，宁波沦陷，登府忧愤交加，病剧而卒。著有《石经阁文集》等。

【注释】

①山谷：黄庭坚之号。 ②獠奴：旧指作为家奴的僚人。杜甫《示獠奴阿段》诗宋黄鹤题注："獠奴，公之隶人，以夔州獠种为家僮耳。"亦泛指

家仆。 ③三九:典出《南齐书·庾杲之传》:“(庾杲之)清贫自业,食唯有韭菹、生韭杂菜,或戏之曰:‘谁谓庾郎贫,食鲑常有二十七种。’言三九也。” ④啰嗔:喷吐。

秋兴百一吟·秋蔬

〔清〕洪晖吉

嫩绿盈园足晚蔬,登盘合配季鹰鱼。[①]
年来肉食浑无分,只觉霜根味有余。

——选自洪晖吉《听篁阁存草》卷二

【作者简介】

洪晖吉(1817—1857),字素芸,慈溪人。太学洪苇航之女,年十九为明经张性安妻。为陈仅诗弟子。家贫,勤于操劳家事。年四十病卒。著有《听篁阁存草》。

【注释】

①季鹰:西晋张翰之字。因张翰思念家乡的鲈鱼、莼菜,辞官而归,故季鹰鱼即鲈鱼。

菜

〔清〕徐　镛

别开小圃傍横塘,遍种园蔬白间黄。
数棱润沾春雨足,一篮煮溢瓦盆香。
菜根近觉尝能惯,世味真知淡始长。
我嗜莼羹曾少别,秋风时节倍思乡。

——选自张晓邦《图龙集》

友人送菜

〔清〕梅调鼎

知君风味尚家乡,露叶霜芽远寄将。
一笑沪滨豪贵客,[①]几人闻得菜根香。

——选自梅调鼎《注韩室诗存》

【作者简介】

梅调鼎(1839—1906),字友竹,号赧翁,慈城人。年轻时曾补博士弟子员,后因书法不中程见黜,不得与省试,从此发愤习书,绝意仕进,以布衣终其一生。有《赧翁集锦》《注韩室诗存》。

【注释】

①沪滨:上海。

附:

菜咏序

〔明〕屠本畯

纪菜二家,宋高邮王君磐所著者曰《野菜谱》,明嘉禾周君履靖所著者曰《茹菜编》,各有诗图,今录其诗为菜咏云。夫菜之风咏虽异,而菜之命名不殊者,得三十二品,其殊者王二十六品,周二十品,大抵王诗类东鲁《农书》,标物情艰苦,周诗备风人之致,为联络情词。读者于二纪多俊爽之味矣。然艺兰莳药,问术讨芝,剖菱剥芡,采莲雪藕,和梅于羹,登菹于俎,结丰草以怡情,饱藜藿而不厌,采芑治壶,其茹本嘉,破衲蹲鸱,其蓄甚旨。故知乐饥衡泌,肉食不与同谈。艺疃萱苏,灌园于兹毕力矣。夫郇公厨内,饮食之香错杂。宋宇圃中,鼎俎之蔬多品。贪饱腹人,每寅缘助爽口,家恒饶裕。予家鲜膏腴,何能错杂郇厨,以慰寅缘之腹?性唯懒惰,无由饶裕宋圃,以充鼎俎之供。用娱宾至,以代咏归。

——选自屠本畯《山林经济籍》卷十五

【根茎类】

芋　艿

芋艿又名蹲鸱、芋魁、土芝等,为单子叶植物,天南星科,多年生草本。地下有膨大的肉质球茎,富含淀粉,可供食用。芋艿性甘、辛、平,蒸煮之后,软滑香美,具有益胃宽肠、通便散结、补中益肝肾、添精益髓等功效。芋艿吃法多样,可以红烧、白氽、煨、烤等。

芋艿原产于中国、印度东部和马来西亚等热带地区。我国驯化和栽培历史悠久。《管子·轻重甲篇》云:“春日事耜,次日获麦,此日薄芋,古教民种芋者,始此矣。”由此推知先秦时期芋已普遍分布在黄河流域。芋可以代粮食,备饥荒,自古就得到重视。芋经长期驯化之后,有了旱芋和水芋、真芋和野芋之别。在栽培型之中,也出现了各种变异,如皮色不同的青芋、紫芋、白芋,母芋分生的多头芋,集中单一生长的大魁芋等。从汉代《氾胜之书》的“区种法”看，芋的栽培已经相当精细了。唐代陈藏器《本草拾遗》中称“芋有八九种，功用相似”，“食之令人肥白”，但“生于溪涧，非人所种”的野芋有毒。五代日华子也指出：芋有芽芋、紫芋，园圃中种者可食，余者有大毒，不可食。光绪《慈溪县志》卷五十三则指出：“青芋生食味麻，熟则无害。”

宁波历来重视芋艿种植。清初《桃源乡志》卷五《物产》列有：芋艿（有水田种、旱田种）、山芋艿（山种）、青芋艿（水田种）、香芋艿（水田种）等名。康熙《定海县志·物产》亦云：“有水、旱二种，水芋味更胜。山间芋魁有大如斗者。”慈溪人郑辰《句章土物志》亦说：“吾邑农家多种以御饥。”《四明朱氏支谱·外编》卷二十五《物产》则记有香裥、乌脚鸡、贼弗偷、黄茎诸品种。宁波芋艿多种在田塍路边，故有“沿边芋艿”之称。俗传八月初三为灶君菩萨生日。其时芋艿已到成熟期，农民首次掏芋艿，俗称“开芋艿门”，用以祭灶神。四明山农家烤芋艿，松柔清香，别有滋味。晚明鄞县人杨德周，对芋有着特殊的爱好，曾搜集各类文献资料，编成《澹圃芋记》一书，分名、艺、食、忌、事、论、诗、赋、谣、方十大类，全面地记录了芋艿文化，惜已失传。

宁波的芋艿以奉化最负盛名。奉化大芋艿属魁芋类，是在自然条件下经人工选育而成的优良地方品种，芋头呈圆球形或长圆形，外表棕黄，顶端红色，故又名“红芋艿”或“红顶大芋艿”。因其每株以芋头为主，芋子少而小，故又称“奉化芋艿头”或“奉化大芋头”。清末《剡源乡志》记述的奉化剡源芋艿品种有：乌脚箕、黄粉箕、大芋艿、香梗芋、广芋等。可见大芋在清末已经得到栽培。它以个大皮薄、肉粉无筋、风味独特而著称。20世纪30年代已行销沪、浙地区，有“跑过三关六码头，吃过奉化芋艿头”之谚。

收芋偶成

〔宋〕陈　著

数窠岷紫破穷搜，[①]珍重留为老齿羞。
粒饭如拳饶地力，糁羹得手擅风流。
家贫自盍勤多种，[②]岁晚何当饱一收。
回首人间剑炊米，[③]谁知煨烬有炉头。

——选自陈著《本堂集》卷二十

【注释】

①岷紫：即四川岷山，为芋艿名产地。《史记·货殖列传》云：“唯卓氏曰：‘此地狭薄。吾闻汶山之下，沃野，下有蹲鸱，至死不饥。民工于市，易贾。’”张守节正义：“蹲鸱，芋也。言邛州临邛县其地肥又沃，平野有大芋等也。”汶山，即岷山。《论语类考》卷三云：“《水经》所载汶名有五：北汶、瀛汶、紫汶、浯汶、牟汶，名虽异而流则同。”②盍：何不。③剑炊：形容处境危殆。南朝宋刘义庆《世说新语·排调》：“次复作危语。桓曰：‘矛头淅米剑头炊。’”

培芋

〔明〕谢　迁

平畴满眼尽枯荄，尤向山中惜芋魁。
翠叶翻云能自庇，赤心承露且加培。
全收敢望三秋富，苟活须凭一雨来。
分付家僮勤着力，岁寒还我地炉煨。

——选自谢迁《归田稿》卷七

芋田

〔明〕倪宗正

壮日愧饱食，老年甘软炊。
土膏因雨足，园实待霜宜。
岁计应兼栗，清斋可伴葵。
人间三蜀富，岷岭有蹲鸱。

——选自《倪小野先生全集》卷四

芋田

〔明〕倪宗正

蹲鸱何累累，抱子肥如卵。
闲坐芋田头，煨以茅柴火。

——选自《倪小野先生全集》卷八

奉和叔父访戴秉诚诗韵（四首选一）

〔明〕张邦奇

买得幽居老树阴，破檐常被月华侵。

园田昨日新收芋，有客何妨坐夜深。

——选自张邦奇《张文定公四友亭集》卷八

【作者简介】

张邦奇(1484—1544)，字秀卿，又字常甫，号甬川，鄞县布政张家潭人。弘治十八年(1505)进士，由庶吉士授检讨。正德十年(1515)出任湖广提学副使。嘉靖九年(1530)，升吏部侍郎。嘉靖十六年(1538)，掌翰林院事。晚年任南京吏部事。著有《张文定公集》。

山居杂咏(四首选一)

〔明〕丰　坊

水柏中庭绿，山茶照槛红。[①]
地炉煨芋栗，纸帐卧霜风。[②]

——选自丰坊《万卷楼遗集》卷六

【注释】

①槛：栏杆。 ②纸帐：以藤皮茧纸缝制的帐子。据明高濂《遵生八笺》卷八记载，其制法为："用藤皮茧纸缠于木上，以索缠紧，勒作皱纹，不用糊，以线折缝缝之。顶不用纸，以稀布为顶，取其透气。"

三五七言(四首选一)

〔明〕丰　坊

榾柮暖，[①]芋魁肥。
山茶消积雪，水柏漏寒晖。
放鹤休辜君复兴，[②]
即看燕子入紫扉。

——选自丰坊《万卷楼遗集》卷六

【注释】

①榾(gǔ)柮(duò)：断木头。 ②君复：北宋隐士林逋之字。林逋种梅养鹤，有"梅妻鹤子"之称。

蹲　鸱

〔明〕屠本畯

歉岁粒米无一收，下有蹲鸱馁不忧。
大者如盎小如毬，地垆文火煨悠悠。
须臾清香户外幽，剖之忽然眉破愁。
玉脂如肪粉且柔，芋魁芋魁满载瓯。
朝啖一颗鼓腹游，饱餐远胜烂羊头。
何不封汝关内侯？

——选自屠本畯《山林经济籍》卷十六《野菜笺》

【作者简介】

屠本畯(1542—1622)，字田叔，号汉陂、桃花渔父，晚号豳叟、憨先生，鄞县(今海曙区)人，祖居江北岸桃花渡北。官太常典簿、迁南京膳部郎中。隆庆六年(1572)，受人排挤。万历间出为两淮盐运同知，复移福建盐运同知。万历二十九年(1601)，擢知湖南辰州(今怀化市沅陵县)。罢官归家后，放达里中二十余年。著有《山林经济籍》等。

偶然作效唐白傅体[①]

〔明〕屠本畯

裋褐芒鞋紫箨冠，[②]江皋步屧未蹒跚。[③]
少为掾吏称三语，[④]老爱蹲鸱饱一柈。[⑤]
草阁独凭无屐屐，[⑥]萧斋寄傲有猗兰。[⑦]
桃花酒舍今稀过，不遣傍人为索瘢。[⑧]

——选自《甬上屠氏家集》卷四

【注释】

①白傅：唐代诗人白居易的代称。 ②裋(shù)褐：粗陋布衣，古代多为贫者所服。紫箨冠：用紫色笋壳衬里的帽子。 ③步屧(xiè)：行走；漫步。 ④掾吏：官府中佐助官吏的通称。 ⑤柈：同"盘"。 ⑥屐屐：木屐。 ⑦寄傲：寄托旷放高傲的情怀。猗兰：古琴曲《猗兰操》的省称，此曲多抒生不逢时、怀才不遇之情。 ⑧索瘢：寻求瑕疵。

东山草堂

〔明〕杨承鲲

冥冥扬子宅，[①]悄悄野人堂。
鸟下窥山果，云来宿石房。
闭门枫叶赤，无事竹苞黄。
芋菜从儿种，三年免大荒。

——选自胡文学《甬上耆旧诗》卷二十二

【作者简介】

杨承鲲(1550—1589)，字伯翼，鄞县人，父美益自镜川迁居南湖桂芳桥(今属海曙区)。以太学生北上，作《蓟门行》，一日名满京师。因不堪应酬，病百余日即谢归。居里中，布袍芒屩，翛然逸尘。城外老龙湾西建有小筑脩园。有《西清阁诗草》四卷、《碣石编》二卷传世。

【注释】

①扬子宅：西汉学者扬雄的故居。

早秋刈获述怀（二首选一）

〔明〕汪　枢

日夕巧窥窬，[①]川涂疲仕宦。
放利来怨憎，居高迩谤讪。[②]
所得不俟失，虽荣何足羡。
未若村中农，腰镰安孤贱。
绿芋雨中羹，黄粱花下饭。
相过平生欢，握手聚亲串。[③]
畴识心计劳，永辞不材患。
桔槔悬梁梠，[④]婆娑甘景宴。

——选自胡文学《甬上耆旧诗》卷二十四

【注释】

①窥窬：希求。 ②居高：做高官。 ③亲串：亲戚。 ④梁梠（lǚ）：房屋的梁和檐。

郊　扉

〔明〕陆　宝

暖爱冬初景，郊扉匿迹迁。
故来工话笔，[①]乘此谢催租。
鴃舌南蛮俗，[②]虫涎小米图。
贫厨供午膳，选芋独煨炉。

——选自陆宝《悟香集》卷七

【注释】

①话：同“添”。 ②鴃舌：比喻语言难懂。古时江以南，为南蛮鴃舌之乡。鴃，伯劳鸟。《孟子·滕文公上》：“今也南蛮鴃舌之人，非先王之道，子倍子之师而学之，亦异于曾子矣。”

冬　庵

〔明〕陆　宝

石磬敲残掩破楞，[①]雪晴光闪佛前灯。
芋煨粪火何时熟，有客枯吟对老僧。

——选自陆宝《悟香集》卷二十七

【注释】

①破楞：残破的《楞严经》。

村居杂咏（二十一首选二）

〔清〕周　容

短镰刈晚秔，长镵收早芋。
初学作庄家，惭愧借农具。

酤酒莫嫌酘，[①]时因邻叟设。
今年不出游，煨芋看飞雪。

——选自周容《春酒堂诗存》卷五

【注释】

①酤酒：酿酒。酘（xiáo）：沽。

寓寿国寺山房四首[①]（选一）

〔清〕李邺嗣

日与山僧静，因之共偃门。[②]
午香石叶小，[③]夜馔芋魁尊。
越树闻鼯翼，[④]巡畦见虎跟。
淡然身世意，更欲向谁论。

——选自李邺嗣《杲堂诗钞》卷五

【注释】

①寿国寺：在今鄞州区五乡镇联合村，横省村与雅庄村交界处的山上，宋宝祐间史岩之舍基建。 ②偃门：掩门。 ③石叶：香料名。晋王嘉《拾遗记·魏》云：“道侧烧石叶之香，此石重迭，状如云母，其光气辟恶厉之疾。” ④鼯：鼯鼠。俗称大飞鼠。外形像松鼠，生活在高山树林中。尾长，背部褐色或灰黑色，前后肢之间有宽大的薄膜，能借此在树间滑翔，吃植物的皮、果实和昆虫等。古人误以为鸟类。

和寄翁移居[①]（四首选一）

〔清〕汪　涛

尽读三经治圃时，[②]陈留耆旧可相师。[③]
一囊丹鸟充藜火，[④]数亩蹲鸱是土芝。
冒雨剪蔬供过客，怀人截竹寄新诗。
邻家占岁真多事，[⑤]之子年来解乐饥。

——选自全祖望《续甬上耆旧诗》卷一百〇二

【作者简介】

汪涛，字高源，鄞县人。清初布衣。

【注释】

①寄翁：陆朝字右臣，一字无文，号寄翁，鄞

县人。清初布衣。时陆朝新迁城西。 ②三经：儒家的三部经书，或指《易》《诗》《春秋》，或指《诗》《书》《周礼》，或《孝经》《论语》《孟子》。 ③陈留耆旧：汉圈称撰《陈留耆旧传》，记载古代陈留地区先贤言行。 ④丹鸟：萤的异名。藜火：《太平广记》卷二百九十一记载，汉刘向校书天禄阁，夜默诵，有老父杖藜以进，吹杖端，烛燃火明。取《洪范五行》之文，天文舆图之牒以授焉，向请问姓名。云"太乙之精"。后因以"藜火"为夜读或勤奋学习之典。这句谓囊萤读书。 ⑤占岁：占卜一年的吉凶。

赠友人

〔清〕万斯同

团瓢结得在山冈，茗碗书签共一床。
学得山翁栽芋术，钞来邻女制茶方。
月临破屋人无寐，春入田家雀有粮。
似此风流原不恶，人间浊水任浪浪。

——选自万斯同《石园文集》卷一

谢农家惠芋

〔清〕宗　谊

拨火炉头忆懒残，[①]感君见惠触朝寒。
加餐固是衰年祝，啖此翻欣省我餐。

——选自宗谊《愚囊汇稿》卷二

【注释】

①懒残：唐代衡岳寺僧。李泌尝读书寺中，异其所为，深夜往谒，懒残拨火取芋以啗之，曰："慎勿多言，领取十年宰相。"后泌显达，封为邺侯。事见《宋高僧传》卷十九。

煨芋分韵

〔清〕全祖望

蹲枭真清供，殊校晚肉洁。
其魁大于瓜，其子圆于栗。
爱其秉素心，兼足饱饿餮。
上之应昴星，[①]下或谣鸿隙。[②]
果以百斛充，[③]梠以三年黜。[④]
亦何足骇人，[⑤]许氏言未核。[⑥]
客舍腥鲜希，斋厨宿火活。[⑦]
燔之通中坚，蒸之消内热。
寒烟映暮山，元气满净室。
审候宜纡徐，导和防菀结。[⑧]
意味既疏通，皮毛斯解脱。
名理悟空灵，禅力验充实。
其在伊蒲中，[⑨]野趣足怡悦。
切莫似冯郎，[⑩]使与萝卜捋。[⑪]
巳公傍晚来，[⑫]相对正萧瑟。
词客更联翩，听雨声不绝。
荐盘何累累，下手争勃勃。
鱼鼓正沉沉，[⑬]先取祭老佛。
试参水晶盐，双清有如雪。
但觉道腴盈，[⑭]更无尘思汩。
斯人苦章皇，[⑮]大半为铺啜。[⑯]
安得擅一区，阻饥不足怵。
便傍瓦炉灰，拨之消寒冽。
此意足沉吟，檐溜响瑶屑。
阿谁习老馋，杯炙耽残亵。[⑰]
攒眉乞破戒，失望竟咄咄。
而我但催诗，白战亦奇崛。[⑱]

——选自全祖望《鲒埼亭诗集》卷九

【注释】

①昴星：即昴宿。《孝经援神契》："仲冬昴星中收莒芋。" ②鸿隙：陂名。故址在今河南淮河北正阳、息县间。跨汝河，受淮北诸水，郡以为饶。《汉书·翟方进传》："汝南旧有鸿隙大陂，郡以为饶。"颜师古注："鸿隙，陂名，藉其溉灌及鱼鳖萑蒲之利，以多财用。"罗愿《尔雅翼》卷六："翟方进为丞相时，奏坏鸿隙大陂，民追怨之，而为歌言：坏陂之后，五谷不登，但为下泽，饭豆羹芋。" ③百果：罗愿《尔雅翼》卷六引《广志》："有百果芋，亩收百斛。" ④梠(lǚ)：芋。《说文》徐锴云："齐谓芌为莒。"陶隐居云："种芋三年不采成梠芌。" ⑤骇：古同"骇"。《说文》"芌"条云："大叶，实根骇人，故谓之芌。"徐锴曰："芌犹吁。吁，惊辞，故曰骇人。" ⑥许氏：指《说文》的作者许慎。 ⑦宿火：隔夜未熄的火；预先留下的火种。 ⑧菀结：郁积。 ⑨伊蒲：斋供，素食。 ⑩冯郎：指唐代开元时东宫卫佐冯光进。罗愿《尔雅翼》卷六："唐开元中萧嵩奏请注《文选》，东宫卫佐冯光进解蹲鸱云：'今之芋子，即是着毛萝卜。'嵩闻大笑。" ⑪捋：当为"埒"之误。埒，等同。 ⑫巳公：

杜甫有《巳上人茅斋诗》云:“巳公茅屋下,可以赋新诗。”后用巳公代指僧人。据作者自注,指大恒和尚。 ⑬鱼鼓:鱼形木鼓。寺院中击之以报时。⑭道腴:某种学说、主张的精髓。 ⑮章皇:犹彷徨。 ⑯餔啜:吃喝。 ⑰杯炙:谓酒菜。“阿谁”四句:作者自注“茨檐”,指贫寒之家。 ⑱白战:空手作战。指作“禁体诗”时禁用某些较常用的字。宋欧阳修为颍州太守,曾与客会饮,作咏雪诗,禁用玉、月、梨、梅、絮、鹤、鹅、银、舞、白诸字。

游小浃江醉归[①]

〔清〕傅嘉让

渡江晴日好,迢递过山家。
款客频烧芋,留僧漫试茶。
松风号虚径,山月冷霜华。
醉酒归来晚,崎岖路转赊。

——选自王荣商编《蛟川耆旧诗》卷三

【注释】

①小浃江:源于鄞州莫枝东钱湖与天童太白山麓,流经五乡碶,达渡头董即入北仑界,其主河道主要在小港境内,最终流经浃水大闸后出口归海。

寒村即景[①]

〔清〕屠懿行

十里荒村五里家,小寒天气淡烟霞。
野桥流水漂霜叶,枯树斜阳立冻鸦。
稚子饭牛红稻草,老僧补衲白棉花。
此间最是田翁乐,团坐煨芋问齿牙。

——选自《甬上屠氏家集》卷六

【作者简介】

屠懿行,字加民,号兰江。鄞县人。岁贡生。

【注释】

①寒村:今江北区慈城镇半浦。明郑溱《半浦八景·东祠春望》自注云:“安仁庙,在宅东,旧扁曰‘古寒村’。”

消寒竹枝词(四十首选一)

〔清〕朱文治

山居难得笑颜开,偶酌销寒酒一杯。
谁向瓦盆煨芋熟,凭空拔出大魁来。

——选自朱文治《绕竹山房续诗稿》卷七

桥　东[①]

〔清〕朱文治

移住桥东十一年,红尘飞不到门前。
闲来叉手抛藜杖,静看长须种芋田。[②]
对客清谈宜小饮,游山随步听流泉。
自从春过花朝后,无负莺啼燕语天。

——选自朱文治《绕竹山房续诗稿》卷九

【注释】

①桥东:在余姚凤亭乡。朱文治《桥东十咏·对山草堂》云:“凤亭筑草堂,大势居其中。” ②长须:汉王褒《僮约》:“资中男子王子渊,从成都安志里女子杨惠,买亡夫时户下髯奴便了。”后因以“长须”指男仆。唐韩愈《寄卢仝》诗:“先生又遣长须来,如此处置非所喜。”

芋　区

〔清〕景　云

闻道蹲鸱好,防饥种一区。
弱茎欹复起,翠叶卷还敷。
天雨资肥长,溪流自灌输。
秋成忻荐稻,收取入盘盂。

——选自《余姚六仓志》卷十七

【作者简介】

景云(1768—1800),字舜卿,号雪窦,余姚人。景山之弟。工诗擅书,著有《雪窦集》。

芋

〔清〕徐　玉

翠叶童童次第抽,[①]土芝入夏渐盈畴。
平田水浅鸱蹲足,久雨泥深猫并头。
歉岁和葵供一饭,贫居带栗赖全收。
农家秋月成魁后,煨向炉中有酒不?

——选自《余姚六仓志》卷十七

【作者简介】

徐玉,字采岑,号昆田,余姚人。著有《半日闲斋吟草》。

【注释】

①童童:茂盛的样子。

田家杂诗

〔清〕余　江

晚霁出南原，雨在前山外。
高田芋半亩，雨多惜未大。
篱外韭一弓，青翠同书带。
豆瓜虽不生，对此已足赖。
田家蔬味真，何必鲈鱼脍。
有酒斟酌之，淡与秋意会。

——选自尹元炜、冯本怀《溪上诗辑》卷九

【作者简介】

余江，字石台，清代慈溪人。诸生。穷老一生，晚年以医术浪游太湖地区。著有《醉云楼诗草》，外孙王约梓以行世。

水云禅院杂咏（六首选一）

〔清〕柯振岳

松为偃盖竹为篱，[1]小圃青青芋叶垂。
架得瓜棚堪避暑，豆花开遍漫裁诗。

——选自柯振岳《兰雪集》卷三

【作者简介】

柯振岳，字霁青，号讷斋，自号凤山居士，祖居凤凰山（今属余姚丈亭）。嘉庆二十四年（1819）恩贡生，授教谕。著有《兰雪集》等。

【注释】

①偃盖：形容松树枝叶横垂，张大如伞盖之状。

东湖杂诗（十二首选一）

〔清〕徐甲荣

田家生计费商量，东作初成夏作忙。
最是秋来好风味，厨头一道芋羹香。

——选自徐甲荣《城北草堂诗稿》卷上

【作者简介】

徐甲荣（？—1879），字子青，鄞县人。光绪二年（1876）举人。太平军进入宁波时，避地东钱湖山中，日手一编。后讲学于月湖之旁。工诗，著有《城北草堂诗稿》。

蛟川物产五十咏·芋头

〔清〕谢辅绅

小园与粟共收藏，雅号蹲鸱旨否尝。
领取十年贤宰相，[1]拨残炉火始升香。

——选自光绪《镇海县志》卷三十八

【作者简介】

谢辅绅，字搢甫，镇海人。稍长，学制举业，年仅弱冠，赍志而没。著有《渠渠草》。

【注释】

①十年贤宰相：用衡山寺僧懒残分芋与李泌的典故。

煨　芋

〔清〕姚　燮

铁箸挑宿灰，竹炉试晨炭。
颗颗黄头焦，累累白石烂。
香气领纡郁，火候酌暄熯。
玉肤褪云绵，[1]金丸脱星弹。
残年搘拄过，[2]山厨咄嗟办。
不羡东坡羹，且共邺侯饭。[3]

——选自姚燮《复庄诗问》卷五

【注释】

①玉肤：形容芋艿洁白的质地。②搘拄：支撑。这句作者自注：“本放翁句。”放翁即陆游。③邺侯：指李泌。

食　芋

〔清〕姚　燮

山日未出烟霏霏，茅堂独坐知晨饥。
霜塍劚得带根芋，松灶筠笼初出炊。
堆盘褐色何菌蠢，[1]绝似春灯荐猫笋。
蒙头密密云绵卸，腻手滋滋玉肤缜。
自惭胸臆多尘坌，[2]抚弄柔香食未忍。
昨宵天海风紧凄，梦落家园见瘦妻。
手持湿炭看空釜，大雪一尺门无藜。
老乌屋角将雏啼，残年觅食食未得。
妒尔乡农好身力，腐如未敢冀肉食。
但得亲孥健粗饭，支过残年无菜色。

——选自姚燮《复庄诗问》卷三十一

【注释】

①菌蠢：谓如菌类之短小丛生。②尘坌：尘俗。

冬晚田家杂兴（选一）

〔清〕陈汝谐

百谷用成日，御冬欣有资。
我场既已涤，尔室亦葺茨。
篱根噪饥雀，屋角堆蹲鸱。
负暄曝檐下，[①]稚子共相依。
羔酒足供食，非分何所思。
暇且索梅信，[②]植杖当柴扉。[③]

——选自《四明清诗略》卷二十九

【作者简介】

陈汝谐，谱名守清，字大文，又字襄哉，号伯山，象山墙头人。增贡生，著有《梦梅花馆诗钞》。

【注释】

①负暄：冬天受日光曝晒取暖。 ②梅信：梅花开放所报春天将到的信息。 ③植杖：倚杖，扶杖。

芋

〔清〕徐　镛

宜食宜蔬两适情，芳园遍种看芽萌。
苗如荷叶初擎盖，味爱笼鹅共作羹。
蒸熟怜伊皮剥落，食余笑我腹彭亨。
十年宰相何须羡，[①]煨拨炉灰足此生。

——选自张晓邦编《图龙集》

【注释】

①十年宰相：用唐代衡岳寺僧懒残之典，见上宗谊《谢农家惠芋》诗注。

清湖竹枝词(三十六首选一)

〔清〕张宗录

早晚今年十倍收，草蓬边坐话悠悠。
邻翁要费大道东，一个一人紫芋头。

——选自〔清〕张宗录纂、张统镐续纂《清湖小志》卷七

【作者简介】

张宗录，字资生，号南园，镇海区骆驼街道清水湖村人。性好隐，淡于功名，肆志山水间，赋诗而乐。光绪初曾纂修《清湖小志》。

竹　笋

我国是竹的原产地之一，资源丰富，类型众多。食用竹笋，又称竹萌、竹芽，为禾本科竹亚科植物苦竹、淡竹、毛竹等的嫩苗。其中毛竹笋是江南竹笋中的大宗，也是竹笋中滋味最好的一种。我国食用和栽培竹笋的历史极为悠久，《诗经》中就有“加豆之实，笋菹鱼醢”，“其蔌伊何，惟笋及蒲”等诗句。北宋僧人赞宁所著《笋谱》，是我国最早的一部竹笋专书，记录了全国各地所产98种笋的名称、形态特征、生长特性、产地、出笋时间、各类笋的性味、补益及调治、加工保藏方法。

浙东地区自古以产食用笋而闻名。康熙《定海县志》卷十一记载说：“土人于竹根行鞭时掘取嫩者为鞭笋，冬月掘大竹根下未出土者谓之冬笋，亦谓苞笋，并可鲜食，为珍品。其他淡干者为玉版笋、明笋、大笋，盐曝者为益笋，并可蔬食。”同时还提出了去除竹笋涩味的传统方法：“凡笋味莶者戟人咽，先以灰煮过，再煮乃良。或以薄荷数片同煮，亦去莶味。”黄宗炎《四明山赋》云：“鹃啼而笋寨冈联。”自注：“季春笋盛，煮为鲊脯，阁木溪上，联冈带壑，谓之笋寨。”由此可见明末清初时四明山区竹笋生产规模曾蔚为壮观。郑辰《句章土物志》亦云：“笋类不一，四时皆有，山中人曝干作脯，盈筐压担，苞苴售速，有笋干、笋鲞等名。”由当地盛产的雷笋和龙须竹笋经加工而成的羊尾笋干，为奉化县的传统著名特产。

竹笋惟春笋、冬笋味道最佳，无论凉拌、煎炒还是熬汤，均鲜嫩清香。唐代陈藏器《本草拾遗》中还记载了“糟笋”的名目。竹笋自古被当作菜中珍品，用竹笋、笋干制作出来的菜肴，如笋烧肉、笋烧鸭、油焖笋等，风味独特。乌竹所萌的乌笋，是宁波立夏日家家户户都要采食的节日佳品。鲜笋还是供奉祭祀的食品，释宗鉴《释门正统》卷六记载，北宋四明延庆寺知礼有弟子若水，当“祖忌将临，戒庖人备鲜笋奉供。庖人以非时难之，于昏时

馔盂水后圃，夜闻爆声，迟明竹萌布地，求者皆满意”。不管佛教徒对法术如何渲染，“备鲜笋奉供”总归是寺院常见的情景。

送才上人还雪窦寄达观禅师[①]

〔宋〕梅尧臣

春雪满蓑笠，海边先燕归。
千林新改叶，百衲旧来衣。
溪水从何至，山云自解飞。
报言岩下客，斋盋笋应肥。[②]

——选自梅尧臣《宛陵集》卷四十三

【作者简介】

梅尧臣（1002—1060），字圣俞，世称宛陵先生，宣州宣城（今属安徽）人。初试不第，以荫补河南主簿。皇祐三年（1051）始得宋仁宗召试，赐同进士出身，为太常博士。以欧阳修荐，为国子监直讲，累迁尚书都官员外郎。著有《宛陵集》。

【注释】

①达观禅师：释昙颖，俗姓丘，号达观。杭州（浙江）钱塘人。临济宗禅僧，皇祐四年（1052）主雪窦寺。 ②盋（bō）：古同“钵”。

和葺芷笋诗[①]

〔宋〕郑清之

我贫每笑齐之斶，[②]晚食虽甘未忘肉。
梅肥尚余风折绿，[③]溟涬餐英命骚仆。[④]
藩篱剟彼羝角触，[⑤]送似玉堂如楚束。[⑥]
恶诗聊赋徐凝瀑，[⑦]妙句飞来漱鸣玉。
曾无导吏随贾悚，[⑧]坐遣跛奚委蒌菽。[⑨]
茁芽勤视缘坡竹，期饫伯仁空洞腹。[⑩]
书肠膏腥士之辱，[⑪]得鱼不敢饷羊续。[⑫]
要知菜味胜山谷，步趋强颜发曲局。[⑬]
盘有美茹无不足，陋矣王刍笺卫澳。[⑭]

——选自郑清之《安晚堂集》卷十一

【注释】

①葺芷：应䌷（？—1255），字之道，号葺芷，明州昌国（今属舟山市定海区）人，迁居鄞县。嘉定十六年（1223）进士。淳祐八年（1248）同知枢密院事兼参知政事。应䌷和郑清之是密友。②齐之斶：齐国高士颜斶。《战国策·齐策四》记载，齐宣王慕颜斶之名，将他召进宫来。颜斶进宫后，宣王请求他留下来，保证饮食有肉吃，出门有车乘。颜斶却不慕荣华，求大王放他回去，更愿意过“晚食以当肉，安步以当车，无罪以当贵，清静贞正以自虞”的清苦而自由的生活。 ③风折绿：化用杜甫《陪郑广文游何将军山林》十首之五：“绿垂风折笋，红绽雨肥梅。” ④溟涬：泛指自然之气。餐英命骚仆：化用屈原《离骚》句：“朝饮木兰之坠露兮，夕餐秋菊之落英。” ⑤剟（duō）：割取。羝角：公羊角，这里比喻笋尖。⑥玉堂：官署名。汉侍中有玉堂署，宋以后翰林院亦称玉堂。应䌷时官翰林学士，故云。楚束：一捆荆柴木。 ⑦徐凝：睦州人，唐代诗人。徐凝《庐山瀑布》诗：“虚空落泉千丈直，雷奔入江无暂息。今古长如白练飞，一条界破青山色。”苏轼《东坡志林》记载其游庐山时，读到徐凝诗，直斥之为恶诗，有诗云：“帝遣银河一派垂，古来惟有谪仙辞。飞流溅沫知多少，不与徐凝洗恶诗。”⑧导吏：担任前导的小吏。贾悚，字子美，河南人，第进士。太和初拜中书舍人、礼部侍郎，转兵部，授京兆尹兼御史大夫，官至集贤殿大学士。⑨坐：因。跛奚：跛足奴。宋黄庭坚《跛奚移文》：“女弟阿通，归李安诗，为置婢无所得，乃得跛奚，蹒跚离疏，不利走趋。” ⑩伯仁：周顗字伯仁，晋安城（今河南省汝南县东南）人。渡江后，任荆州刺史，官至尚书左仆射。《世说新语·排调》云：“王丞相枕周伯仁膝，指其腹曰：‘卿此中何所有？’答曰：‘此中空洞无物，然容卿辈数百人。’”⑪书肠：读书人的肠子。膏腥：犹荤腥。 ⑫羊续：字兴祖，泰山平阳（今山东泰安）人，东汉地方官员，著名清官。《后汉书·羊续传》：“续为南阳太守，……时权豪之家多尚奢丽，续深疾之，常敝衣薄食，车马羸败。府丞尝献其生鱼，续受而悬于庭；丞后又进之，续乃出所悬者，以杜其意。”后因用“羊续悬鱼”作为居官清廉、拒绝受贿的典故。 ⑬步趋：行走。曲局：卷曲。 ⑭王刍：植物名，菉草的别称，又名荩草。《诗·卫风·淇奥》：“绿竹猗猗”，毛传：“绿，王刍也。”卫澳：指《诗·卫风·淇奥》。

育王涵秋亭[①]

〔宋〕戴　栩

流水山间只似秋，碧天无雨自飕飕。

寺童逻笋时敲竹，[②]竹与水声相共幽。

——选自戴栩《浣川集》卷三

【作者简介】

戴栩，字子文，永嘉（今浙江温州）人。嘉定元年（1208）进士。历官太学录、信州通判、定海令。有《浣川集》十八卷。

【注释】

①育王：即鄞县阿育王寺。 ②逻笋：为防人偷笋而巡逻。

村庄麦饭、斋笋，有怀达善、正仲、帅初，因寄袁仲素、季厚、陈用之[①]

〔宋〕舒岳祥

麦风生晓寒，梅潦蕴炎溽。[②]
三日不出门，新笋已成竹。
独酌固自佳，对妇亦不俗。
黄鱼出海门，餍饫及童仆。[③]
因思去年时，煎牟作糜粥。[④]
饥饿走荒山，群奴深两目。
今春幸完生，一饱万事足。
薄蚕微有收，条桑柔更绿。[⑤]
百里无鸡豚，虽老不食肉。
本是在家僧，杀生岂吾欲。
颇恨在棠溪，[⑥]刍豢事屠戮。[⑦]
归来卖笋翁，烧煮拟果腹。
无奈军马嚣，十百遭缚束。[⑧]
此君何不幸，[⑨]乃值汝辈辱。
今辰斑衣郎，[⑩]扣门求采录。
开奁粲纤指，解苞剥寒玉。
释缚李左车，[⑪]拭面何平叔。[⑫]
有此席上珍，举筯诚不恶。
风味近瑶柱，[⑬]标格荐醽醁。[⑭]
似怜老翁馋，洗我尘一斛。[⑮]
蜕脱成癯仙，[⑯]凌空驾黄鹄。[⑰]
吐吮出新诗，落纸欹醉墨。
王刘戴三君，秦楚齐敌国。
乐县森笋簴，[⑱]箭锋值正鹄。[⑲]
安得长相从，大嚼筼筜谷。[⑳]
二袁竹主人，森森散林麓。
我来不问主，竟造藏书屋。
主人不我苛，终岁取书读。
陈郎后来秀，长瘦带岩壑。
挟册从我游，牛腰许成轴。[㉑]

——选自舒岳祥《阆风集》卷一

【注释】

①达善：王子兼字达善，奉化人。曾官常熟县丞。正仲：宁海人刘庄孙之字。帅初：奉化人戴表元之字。 ②炎溽：郁热潮湿。 ③餍饫：尽量满足口腹需要；感到饱足。 ④牟：来牟，麦子。⑤条桑：指桑树。 ⑥棠溪：在今奉化。 ⑦刍豢：牛羊犬豕之类的家畜。 ⑧缚束：捆绑。 ⑨此君：《晋书·王徽之传》："（徽之）尝寄居空宅中，便令种竹。或问其故，徽之但啸咏指竹曰：'何可一日无此君邪！'"后因作竹的代称。 ⑩斑衣：彩衣。⑪李左车：柏（今河北邢台）人。赵国名将李牧之孙。秦末，六国并起，李左车辅佐赵王歇，立下了赫赫战功，被封为广武君。太行山区井陉口之战，李左车大败被俘，汉军将领韩信立刻为他松绑，让他面朝东而坐，以师礼相待，并向他请教攻灭齐、燕方略。 ⑫何平叔：何晏，字平叔，南阳宛（今河南南阳）人。三国时期魏国玄学家。《世说新语·容止》："何平叔美姿仪，面至白；魏明帝疑其傅粉。正夏月，与热汤饼。既啖，大汗出，以朱衣自拭，色转皎然。" ⑬瑶柱：即江珧柱。 ⑭醽醁：美酒名，色绿。 ⑮斛：旧量器名，亦是容量单位，一斛本为十斗，后来改为五斗。 ⑯蜕脱：谓脱去皮囊而仙化。癯仙：骨姿清瘦的仙人。⑰黄鹄：鸟名。《商君书·画策》："黄鹄之飞，一举千里。" ⑱乐县：亦作"乐悬"。指悬挂的钟磬类乐器。笋簴：同"笋虡"。古代悬挂钟磬的架子。横架为笋，直架为虡。 ⑲正鹄：箭靶的中心。 ⑳筼筜谷：谷名。因谷中多产竹，故称。㉑牛腰：牛的腰部。喻诗文数量之大。

赠陈用之，羡渠食笋也[①]

〔宋〕舒岳祥

食笋肥胜肉，胸吞千亩宽。
汗青终日对，[②]水墨一窗寒。
吾子风流甚，此君冰雪完。
每思参玉版，[③]莫作北伧看。[④]

——选自舒岳祥《阆风集》卷四

【注释】

①渠：他。 ②汗青：借指史册。 ③玉版：笋的别名。宋惠洪《冷斋夜话·东坡作偈戏慈云长老》："（苏轼）尝要刘器之同参玉版和尚，……至廉泉寺烧笋而食，器之觉笋味胜，问此笋何名，东坡曰：'即玉版也。此老师善说法，要能令人得禅悦之味。'于是器之乃悟其戏。" ④北伧：晋朝时南方豪强强调自己的地方色彩，鄙视南下的北方贵族，称之为"北伧"，意为北地的野蛮人。

次韵袁季厚惠苦笋、杨梅二首（选一）

〔元〕袁　桷

食苦不愿余，甘回乃称美。
空岩养滋味，老叟清晨起。
斫之玉箸圆，[1]拾以付稚子。
骈头萃豪门，[2]咀吞讶金矢。[3]
维时朱明中，[4]盛德协清徵。[5]
翛然在阴翳，[6]俨与松柏峙。
玉液生华池，[7]可废杜康祀。[8]
含章守元吉，[9]黄中本通理。
絜腹表正性，[10]要以除秽滓。[11]
初如橄榄食，不作即且弃。
世方尚腥膻，易牙正专味。[12]
愧我清斋客，足音跫然侣。[13]

——选自袁桷《清容居士集》卷五

【作者简介】

袁桷（1266—1327），字伯长，自号清容居士，鄞县人。少为丽泽书院山长。大德初，荐为翰林国史院检阅官，历集贤直学士、侍讲学士。泰定初辞官家居。著有《清容居士集》《延祐四明志》等。

【注释】

①玉箸：玉制的筷子；筷子的美称。 ②骈头：形容笋。唐人《食笋》诗曰："稚子脱锦绷，骈头玉香滑。"苏轼《送笋芍药与公择》亦云："骈头玉婴儿，一一脱锦裥。" ③金矢：箭头。 ④朱明：夏季。 ⑤清徵：清澄的徵音。徵，五音之一。《韩非子·十过》："师旷曰：'不如清徵。'公曰：'清徵可得而闻乎？'" ⑥阴翳：指竹子繁茂成阴。 ⑦玉液：比喻美酒。华池：神话传说中的池名。在昆仑山上。 ⑧杜康：传说为最早造酒的人。 ⑨含章：谓内怀美质。元吉：大吉；洪福。 ⑩絜：同"洁"。 ⑪秽滓：污浊；肮脏。 ⑫易牙：人名。又称狄牙、雍巫。春秋时齐桓公宠臣，长于调味，善逢迎，传说曾烹其子为羹以献桓公。后多以指善烹调者。《孟子·告子上》："至于味，天下期于易牙。" ⑬跫然：形容脚步声。原指长期住在荒凉寂寞的地方，对别人的突然来访感到欣悦。后常比喻难得的来客。

寄贤佐楼俑

〔元〕杜国英

懒居盘谷喜居尘，只为穷吟雪满颠。
门巷绿阴浓泼地，家园紫笋直参天。
楝花风起鱼先熟，[1]梅子雨寒蚕未眠。
何日东湖湖上去，笔床茶灶共游船。[2]

——选自《永乐大典》卷一四三八三

【作者简介】

杜国英（1260—1331），字臣杰，鄞县人。元初曾官从仕郎等，擅诗，著有《东洲诗集》。

【注释】

①楝花风：二十四番花信风之一。时当暮春。 ②笔床：卧置毛笔的器具。茶灶：烹茶的小炉灶。

食新笋

〔元〕任士林

黄齑瓮已竭，[1]枯脯筐亦空。[2]
老芥长芒刺，食久咽为痛。
山雨拆竹胎，[3]未入春盘供。
畦丁适踵门，[4]致我亲戚送。
脱绷锦纹散，切玉霜刀弄。
新香喷汤鼎，馋涎迸齿缝。
未倩搜诗肠，已破食肉梦。
参禅诚滑稽，[5]煮箦宜笑哄。[6]
赞宁谱亦佳，[7]涪翁句堪诵。[8]
僻居东海偏，斯味时一中。
山僧应厌餐，饱食听春哢。[9]

——选自任士林《栲栳山人诗集》卷上

【作者简介】

任士林（1253—1309），字叔实，号松乡，奉化人。大德间教谕上虞，后讲道会稽，授徒钱塘。至大元年(1308)，任安定书院山长。不久得疾，卒于杭州客舍。著有《松乡集》。

【注释】

①黄齑：咸腌菜。 ②鱐(sōu)：干鱼。③拆：萌发。竹胎：笋的别称。 ④畦丁：园丁。⑤参禅：用苏轼参玉版禅的典故。 ⑥箦(zé)：席子，此指竹席子。邯郸淳《笑林》："汉人有适吴，吴人设笋，问是何物，语曰：'竹也！'归煮其床箦而不熟，乃谓其妻曰：'吴人䩺辘，欺我如此！'" ⑦赞宁：俗姓高。吴兴德清(今属浙江)人。北宋初著名僧人，著有《笋谱》。 ⑧涪翁：黄庭坚晚年之号。 ⑨哢(lòng)：鸟鸣。

苦　笋[①]

〔明〕张　琦

秋热卖苦笋，水漫味还和。
民病除不去，[②]吾愧贩夫多。

——选自张琦《白斋诗集》卷一

【注释】

①苦笋：又名甘笋、凉笋，质地脆嫩、色白，清香微苦，回甜滑口，以春末出土的笋苞为佳。作者题下作者自注："去箨，用水漫之，逾日则苦除。" ②民病：人民的痛苦。

山庄杨梅熟，摘奉雪湖，辱诗并惠干笋，仍用林都宪韵答之[①]

〔明〕谢　迁

每因苦笋忆家山，不为黄公强乞闲。[②]
玉版久嫌千里外，渭川今在两湖间。
美专吴楚尤非昔，清绝夷齐孰与班。[③]
惭愧投桃真野意，殷勤琼玖荷公还。[④]

——选自谢迁《归田稿》卷六

【注释】

①林都宪：林廷玉，字粹夫，号南涧翁、烟霞病叟，福建侯官(今福州)人。成化二十年(1484)进士，历官都察院右佥都御史、南京都察院等，官至都御史。都宪：明都察院、都御史的别称。②黄公：指夏黄公，商山四皓之一。这里代指隐居。乞闲：请求辞职。 ③夷齐：伯夷和叔齐的并称。 ④琼玖：美玉。结尾两句化用《诗·卫风·木瓜》："投我以木瓜，报之以琼玖"，"投我以木桃，报之以琼瑶"。

次韵酬吴天彝太守惠笋

〔明〕谢　迁

急电催雷起蛰龙，龙孙无数湿云笼。[①]
渭川已在封疆外，嶰谷须归律吕中。[②]
玉版拟参开石路，锦绷初解散林风。[③]
分甘多谢清贫守，满荐春盘压晚菘。

——选自谢迁《归田稿》卷七

【注释】

①龙孙：笋的别称。 ②嶰谷：昆仑山北谷名，产竹。传说黄帝使伶伦取嶰谷之竹以制乐器。见《汉书·律历志上》。律吕：指乐律或音律。 ③锦绷：同锦绷。锦制的襁褓，比喻笋壳。

西山汪氏积庆庵[①]

〔明〕张邦奇

冲雨入西岙，松堂迥隔尘。
烹泉汲岩骨，劚笋抉沙唇。[②]
细柳千溪暝，新禽万壑春。
故家文献在，散帙话前人。

——选自张邦奇《张文定公四友亭集》卷五

【注释】

①西山：指鄞县西山。积庆庵：汪氏家族的家庵。 ②劚(zhú)：掘。

建岙即事[①](三首选一)

〔明〕张邦奇

乱峰堆里禅居隐，落日松风兴无尽。
山僧乍喜远客来，手把长镵劚新笋。[②]

——选自《张文定公四友亭集》卷十

【注释】

①建岙：位于今鄞州区鄞江镇北偏西。②长镵：镵为古代的一种犁头。装上弯曲的柄，用以掘土，叫长镵。

萧皋别业竹枝词[①](十首选一)

〔明〕沈明臣

乌桕红红生稚叶，紫兰茁茁吐新苗。[②]
龙须绿折风前笋，凤尾青添雨后蕉。

——选自沈明臣《丰对楼诗选》卷二

【注释】

①萧皋：今鄞州区钟公庙镇的萧皋碶村。②紫兰：又名苞舌兰、连及草、白芨，属多年生草本球根植物。一般品种的花色呈紫红色，所以名为紫兰。

斸 笋

〔明〕李 埈

春霁一林青，江雷忽有声。
土惊苔面破，候促竹胎生。
带月呼童斸，烧灯与客烹。
齿龈新味得，和句嚼来清。

——选自胡文学《甬上耆旧诗》卷二十四

【作者简介】

李埈，字公起，鄞县人。天生耳聋，长大后刻苦读书，撰述甚多。有《盟鸥集》传世。

青 垫[①]

〔明〕汪 枢

幽绝怜青垫，泉香片雨余。
港枯移棹涩，树老着花疏。
谢豹深村笋，[②]鸬鹚小市鱼。
西山遥在眼，春兴剧纷如。

——选自胡文学《甬上耆旧诗》卷二十四

【注释】

①青垫：即今鄞州集士港镇青垫村。 ②谢豹：杜鹃的别名。

冬日留诸友酌丰对楼[①]

〔明〕沈当路

共倚高楼望渺茫，一杯款款话斜阳。
檐前病叶同吾老，陇上疏梅为客香。
笋味初腴供瓦铫，[②]布袍半软衬绳床。
登临此会人犹健，秀句分拈得雁行。[③]

——选自胡文学《甬上耆旧诗》卷三十

【作者简介】

沈当路(1585—1631)，字齐卿，鄞县栎社人。沈明臣之子，能诗。

【注释】

①丰对楼：作者自家楼名。 ②瓦铫(yáo)：陶制的烹煮器。 ③分拈：犹分韵。雁行：同列；同等。

新笋二十韵

〔明〕全大和

千亩淇园富，[①]兹焉卜素封。[②]
盘根情郁屈，拔地势腾冲。
沟壑须臾起，云霄咫尺通。
粉披戈戟伍，罗列耳仍宗。[③]
安事声堪凤，宁惟箨作龙。
粉霜羞日晛，[④]露泪裛苞松。[⑤]
肤敏端成士，[⑥]绚齐便拟锋。[⑦]
及肩方踸踔，[⑧]触胫几跳蹱。[⑨]
管粗庸相舍，[⑩]庾鲑肯共供。[⑪]
翦裁难爱少，厘剔遂删重。[⑫]
病吻苏痰腻，吟肠涤醉醲。[⑬]
圃来输僧饭，村到急伧佣。[⑭]
嶰谷神人器，[⑮]潇湘帝子踪。[⑯]
甫生贞象体，稍长玉窥容。
专望枝柯茂，无妨匠斧攻。
高情低抱石，亮节暗穿墉。
雅信中孚吉，[⑰]谁讥用壮凶。[⑱]
犹怜辞瓦砾，不厌友蒙茸。
颉颃南金价，[⑲]于喁涧户淙。[⑳]
那能当芹曝，[㉑]一慰外臣胸。[㉒]

——选自全祖望编《续甬上耆旧诗》卷三

【作者简介】

全大和，字介如，鄞县人。崇祯中以荐举入京，未几即归。全祖望之曾大父。

【注释】

①千亩：语出《史记·货殖列传》："齐鲁千亩桑麻；渭川千亩竹。……此其人皆与千户侯等。"淇园：古代卫国园林名。产竹。在今河南省淇县西北。 ②素封：无官爵封邑而富比封君的人。《史记·货殖列传》："今有无秩禄之奉，爵邑之人，而乐与之比者，命曰'素封'。"张守节正义："言不仕之人自有田园收养之给，其利比于封君，故曰'素封'也。" ③耳仍：耳孙和仍孙。泛指远代子孙。 ④晛(xiàn)：因为害怕不敢正视的样子。 ⑤裛：沾湿。 ⑥肤敏：优美敏捷。 ⑦绚齐：圣德幼而疾速，也有齐肃、睿智的意思。 ⑧踸

(chěn)踔(chuō):迅速滋长。《楚辞·东方朔〈七谏·怨世〉》:"蓬艾亲入御于床第兮,马兰踸踔而日加。"王逸注:"踸踔,暴长貌也。" ⑨跜(lóng)踵(zhōng):踉跄欲跌的样子。 ⑩管耜:疑用《管子·轻重乙》之语:"一农之事,必有一耜、一铫、一镰、一耨、一椎、一铚,然后成为农。"⑪庾鲑:《南齐书·庾杲之传》:"(庾杲之)清贫自业,食唯有韭葅、生韭杂菜,或戏之曰:'谁谓庾郎贫,食鲑常有二十七种。'言三九也。"因以"庾鲑"喻贫苦生活。 ⑫厘剔:清理剔除。 ⑬醉醲:醉酒。醲,味浓烈的酒。 ⑭伧佣:仆人。 ⑮嶰谷:参上谢迁诗注。 ⑯潇湘:湖南的代称,潇,指湖南省境内的潇水河;湘,指的是横贯湖南的河流,湘江。《山海经·中山经》:"帝之二女居之,是常游于江渊,澧沅风,交潇湘之渊。"帝子:即舜之二妃。晋张华《博物志》卷八:"尧之二女,舜之二妃,曰湘夫人,帝崩,二妃啼,以涕挥竹,竹尽斑。" ⑰中孚吉:《周易·未济》卦六五爻辞云:"贞吉,无悔。君子之光。有孚,吉。"大意谓坚定不移则吉,已无法悔改,君子光明磊落、诚实守信则吉。 ⑱壮凶:《周易·大壮卦》初九爻辞云:"壮于趾,征凶,有孚。"大意谓伤于脚趾,筮遇此爻,出征则凶,但尚有收获。 ⑲南金:南方出产的铜。后亦借指贵重之物。《诗·鲁颂·泮水》:"元龟象齿,大赂南金。"毛传:"南谓荆扬也。"郑玄笺:"荆扬之州,贡金三品。"孔颖达疏:"金即铜也。" ⑳于喁:相和之声。《庄子·齐物论》:"前者唱于而随者唱喁。"陆德明《释文》引李轨曰:"于喁,声之相和也。" ㉑芹曝:谦词。谓所献微不足道。 ㉒外臣:指朝臣。与大内的宦官称内臣相对。

烧　笋

〔明〕戴　澳

山厨选清供,烧笋竹为薪。
水汲云中液,烟浮石上春。
节灵香自远,味淡意逾亲。
不许林间鸟,闲传食肉人。

——选自戴澳《杜曲集》卷二

【作者简介】

戴澳(1578? —1644?),字有斐,号斐君,奉化城内人。万历四十一年(1613)进士。授虞衡主事,后以稽勋郎中假归,家居十二年。后两度复出,转尚宝丞,再转大理丞,迁顺天府丞。归里年余,忧时而卒,年六十七。著有《杜曲集》。

苏幕遮·香雪坞斸笋摘梅佐酒独酌[1]

〔明〕戴　澳

逻烟峰,酾石溜,[2]人外繁华,容我闲消受。笑对山童谋佐酒,紫笋青梅,格与双柑斗。[3]　古云根,香雪窦,斸破苔深,摘取春堪嗅。清供谁同杯在手,藉草留连,头上新阴覆。

——选自戴澳《杜曲集》卷四

【注释】

①香雪坞:从正文"香雪窦"看,当在雪窦山中。 ②酾:疏导,分流。 ③双柑斗:指双柑斗酒。典出唐冯贽《云仙杂记》卷二引《高隐外书》:"载颙春携双柑斗酒,人问何之,曰:'往听黄鹂声。此俗耳针砭,诗肠鼓吹,汝知之乎?'"

春日偕孙鸿羽入戴有斐过云庄,[1]各赋竹枝词(四首选一)

〔明〕周立本

煮笋南起归路迟,茶烟犹自出林西。
村姑棘手遥相詈,[2]隔水牛羊风雨迷。

——选自《剡源乡志》卷十八

【作者简介】

周立本,字三峨,明末奉化人。

【注释】

①戴有斐:戴澳字有斐,号斐君,奉化人。②棘手:疑作"戟手"。伸出食指和中指指人,以其似戟,故云。用以形容愤怒。

山中食鲜笋

〔明〕张鸣喈

乘闲来佛阁,玉笋倚东墙。
未肯迎人艳,偏宜唤客尝。
幽贞节自吉,冷淡味加香。
好识山居趣,长歌兴欲狂。

——选自王荣商编《蛟川耆旧诗补》卷一

追和宋舒龙图《明州杂诗》原韵(十首选一)

〔清〕陆　宝

乘桡逾百里，选屐可兼旬。
久住偏甘笋，思归不待莼。
山依人姓夏，碶挟水行春。[①]
舍利何年塔，[②]拈香意转亲。

——选自陆宝《悟香集》卷八

【注释】

①"山依"两句：作者自注："郡有仲夏山、行春碶。" ②"舍利"句：指鄞县阿育王寺，寺有舍利塔。

春　笋

〔清〕陆　宝

堑绕绿云堆，春泥迸独开。
暄随孙见角，嫩入母含胎。
骤拔偏迎雨，初萌必趁雷。
了知禅悦味，玉版待参来。

——选自陆宝《悟香集》卷八

食乌笋有怀杜言师[①]

〔清〕谢泰宗

春雷万卉起，烟箨怒巑岏。[②]
淇水正悠悠，[③]淇园竹万竿。[④]
春风卷紫箨，[⑤]晓雨折绿玕。[⑥]
骈头玉婴儿，锦绷头正端。[⑦]
黄粱炊作饭，香积为加餐。[⑧]
食罢增踌躇，怀人心未安。
灵鹫老耆宿，[⑨]疏傲同懒残。[⑩]
法喜禅悦食，[⑪]玉版参禅坛。
语带烟霞气，味多蔬笋观。[⑫]
胸中渭千亩，孤篆一枝难。
独少白衣送，[⑬]遥思菹实酸。
宰相三月会，段干一味看。
景分总一致，名高三百团。
为问卢敖谷，[⑭]何如汶阳宽。[⑮]
怪得君诗多，森森束笋攒。

——选自谢泰宗《天愚先生诗钞》卷一

【注释】

①杜言：释如讷，字杜言，一字慧宝，浙江滃洲(今舟山)人，俗姓孙。住持灵峰寺(今属北仑区)。 ②巑岏：形容笋之尖锐。 ③淇水：水名，源出中国河南省淇山，流入卫河。这句暗用《诗·卫风·淇奥》："瞻彼淇奥，绿竹猗猗。" ④淇园：古代卫国园林名。产竹。在今河南省淇县西北。《史记·河渠书》："是时东郡烧草，以故薪柴少，而下淇园之竹以为楗。"裴骃集解引晋灼曰："淇园，卫之苑也，多竹筱。" ⑤紫箨：紫色笋壳。⑥玕：琅玕，翠竹。 ⑦锦绷：锦制的襁褓。比喻笋壳。唐人《食笋》诗曰："稚子脱锦绷，骈头玉香滑。" ⑧香积：指僧人的饭食。 ⑨灵鹫：山名，在今北仑区，西近灵峰山，为灵峰寺案山。山之阴有岩曰灵鹫岩，故名。 ⑩懒残：唐衡岳寺僧明瓒，性疏懒而好食残余饭菜，人以懒残称之。⑪法喜：佛教语。谓闻见、参悟佛法而产生的喜悦。禅悦：佛教语。谓入于禅定，使心神怡悦。⑫这两句宋苏轼《赠诗僧道通》诗："语带烟霞从古少，气含蔬笋到公无。" ⑬白衣送："白衣送酒"之省。白衣，指官府给役小吏。典出南朝宋檀道鸾《续晋阳秋》："陶潜尝九月九日无酒，宅边菊丛中，摘菊盈把，坐其侧久，望见白衣至，乃王弘送酒也，即便就酌，醉而后归。" ⑭卢敖：即卢生，本齐国(一说燕国)方士。曾为秦始皇寻求古仙人羡门、高誓及芝奇长生仙药，秦始皇赏赐甚厚，进为博士。后见秦始皇刚愎拒谏，专横失道，遂避难隐遁，居于故山(今山东诸城市区东南)。秦始皇大怒，下令搜捕，终因未得而作罢。故山后改名卢山，山前有卢山洞，内置卢敖像。 ⑮汶阳：汶上。汶水之北，泛指春秋、战国时期齐国之人地。《论语·雍也》："季氏使闵子骞为费宰。闵子骞曰：'善为我辞焉！如有复我者，则吾必在汶上矣。'"后用为隐居之典。

食乌笋二首

〔清〕谢泰宗

青青秀挺蹶生奇，不复参来玉版师。
旬日便称奇阿母，春风解就箨中儿。
苦甜味别忠臣草，清俭唯堪野叟知。
非是卢敖多异种，山阴竹箭实蕃枝。[①]

深林簇簇小青围，雌者偏饶过户扉。

秀挺龙孙暂沐雨，养成犊角食推肥。
锦裯初脱香浮玉，[2]稚子惊看弱出围。
谁道莼羹偏擅美，数来薇蕨偶应希。

——选自谢泰宗《天愚先生诗集》卷三

【注释】

①竹箭：《尔雅·释地》：“东南之美者，有会稽之竹箭焉。”释赞宁《笋谱》：“今越箭干为美啖也。” ②锦裯：意同“锦绷”，比喻笋壳。

劚　笋

〔清〕周　容

夜雷坼苔痕，凌露揽衣缘。
疏密定去留，曰商竹影善。
谁留挺尔姿，谁去非尔谴。
摧折材宜隐，卑微节难见。
停锄起叹嗟，恐违根本愿。

——选自周容《春酒堂诗存》卷一

村居杂咏（二十一首选一）

〔清〕周　容

采蔬栖作菹，烹笋曝成脯。
客来知市遥，留鸡报天午。

——选自周容《春酒堂诗存》卷五

散怀十首（选一）

〔清〕李邺嗣

重九之名古所嘉，每当此候爱殊加。
少增秋色须枫叶，渐过风声又蓼花。
因采余粮经药市，适餐行笋坐僧家。
夜来新涨登高水，[1]溪上舟轻欲自拏。[2]

——选自李邺嗣《杲堂诗钞》卷六

【注释】

①登高水：指农历九月黄河水势。《宋史·河渠志一》：“说者以黄河随时涨落，故举物候为水势之名。……九月以重阳纪节，谓之‘登高水’。”这里借指重阳节所涨水势。 ②拏：撑。

客有谈故园花事者，感而有赋[1]

〔明〕张煌言

故园春意满，花枝解照人。
驮笙还出郊，烧笋或呼邻。
此事真无价，吾行未有津。[2]
繁华岂不爱，天步属艰辛。[3]

——选自《张苍水集》

【作者简介】

张煌言（1620—1664），字玄箸，号苍水，鄞县（今海曙区）人。崇祯举人。南明鲁王监国，官至权兵部尚书，据守浙东山地及沿海一带。康熙三年（1664），见大势已去，解散余部，隐居象山南田悬岙，不就被俘，慷慨就义于杭州。传世诗文，后人辑为《张苍水集》。

【注释】

①此诗作于顺治十二年（1655）。 ②吾行：指率领海师抗清。时张煌言屯军于象山林门山海岛。 ③天步：天之行步。指时运、国运等。《诗·小雅·白华》：“天步艰难，之子不犹。”朱熹集传：“步，行也。天步，犹言时运也。”

乡中送笋

〔清〕姜宸英

严冬此物到，豪家竞走鬻。
千钱盈高价，泥里无一束。
我本江乡人，过市如旧熟。
徒结山中缘，何由饱馋腹？
飞骑从南来，解饱纷觳觫。[1]
尚想戴地翻，[2]乍可出泉漉。
千里故园思，欣然媚幽独。[3]
且欲芼菘芥，[4]岂忍溷鱼肉？[5]
所愁落菜园，非久养成竹。
弥为时所憎，[6]磥砢多节目。[7]

——选自《姜先生全集》卷三十一

【注释】

①觳觫：借指牛。宋黄庭坚《食笋十韵》云：“翨栗戴地翻，觳觫触墙坏。”比喻笋尖像牛角那样，甚至可以让墙壁都穿坏。 ②戴地翻：语出黄庭坚《食笋十韵》，形容笋从地上有力地冒出来的样子。 ③欣然句：化用唐李白《浔阳紫极宫感秋作》中写竹的诗句：“静坐观众妙，浩然媚幽独。” ④芼（mào）：杂，拌和。 ⑤溷（hùn）：混杂。 ⑥弥：越加。 ⑦磥砢：形容植物多节。节目：指竹节。

冒雨锄新笋

〔清〕沈士颖

孤苗犹抱玉，心似待闻雷。
锄岂关天意，雨先为我催。
旧根春事早，新味故园开。
荷锸寻君处，[①]畦蔬未绿苔。

——选自全祖望编《续甬上耆旧诗》卷三十七

【作者简介】

沈士颖（1623—1652），字心石，鄞县人。明末诸生，明亡后弃之，以遗民自居，放浪诗酒。著有《吟社诗稿》等。

【注释】

①荷：扛着。锸：铁锹，掘土的工具。

煮新笋

〔清〕沈士颖

瀹茗添幽气，[①]孤苗新火炊。
香来千竹少，清似一僧宜。
春到心犹寸，园荒节未迟。
亦知天意早，佳处独先知。

——选自全祖望编《续甬上耆旧诗》卷三十七

【注释】

①瀹茗：煮茶。

和旦中谢芽笋韵[①]

〔清〕沈士颖

怀旧每为忆，闻新喜共尝。
寸长全百节，分种别殊方。
抱土非名隐，先春岂久藏。
色清香更远，勺水岂相忘。

——选自全祖望编《续甬上耆旧诗》卷三十七

【注释】

①旦中：高斗魁字旦中，鄞县人。清初著名诗人、医生。

尾犯·笋

〔清〕邵　瑸

春风春雨，讶琅玕洗净，[①]箨龙轻吐。[②]重重裹束，无人见爱，云根深护。萧闲俊味，却输与、山家住。忆禅关、玉版曾参，一溪寒玉流处。　　稚子剧怜何许，[③]骈头嘉，致细数。笑江南作客，顿顿冰厨，[④]腻香双箸。几载青门相逢，[⑤]只有冬残寄与。问甚日、呼棹罗浮，[⑥]锦绷醉看题句。

——选自邵瑸《情田词》

【作者简介】

邵瑸（1657—1709），初名弘魁，后改名瑸，字殿先，一字柯亭，余姚人。康熙十四年（1675），补京兆弟子员，登贤书，遂占籍顺天大兴。康熙二十七年（1688），授新河县教谕。四十一年（1702），授山东昌邑县知县。著有《情田词》。

【注释】

①琅玕：形容竹之青翠，亦指竹。　②箨龙：竹笋的异名。　③稚子：笋的别名。唐杜甫《绝句漫兴》之七：“笋根稚子无人见，沙土凫雏傍母眠。”剧怜：最可怜。　④冰厨：夏季供备饮食的处所。汉赵晔《吴越春秋·勾践归国外传》：“勾践之出游也，休息食室于冰厨。”徐天祜注：“一曰冰室，所以备膳羞也。”　⑤青门：泛指京城东门。⑥罗浮：酒名，即罗浮春。泛指美酒。

食　笋

〔清〕黄绪奎

草木劲直莫如竹，天生此物非果腹。
即以食论亦殊常，锦箨初苞洁胜玉。[①]
食蓼则辛荼则苦，古人下箸慎所欲。
若云食物能移人，日啖当令肠勿曲。

——选自《四明清诗略》卷十一

【作者简介】

黄绪奎，字殷仲，号聚斋，鄞县人。诸生，一生未第。中年后喜好诗词，著有《聚斋诗稿》。

【注释】

①锦箨：竹箨的美称。

瞭舍采茶杂咏（四十三首选二）

〔清〕郑　梁

腰镰手凿戴蒲冠，背负筠笼耳插兰。[①]
掘笋归来成队伍，去时踪迹散峰峦。

干晒猫兼湿煮乌，[②]新生肥白是龙须。

家家瓶钵无兼味，樵牧归来酒一壶。

——选自郑梁《寒村诗文选・五丁诗稿》卷五

【注释】

①�笼：竹篮之类盛器。②猫：指猫笋。乌：指乌笋。作者自注："猫、乌、龙须，俱笋名。"

元夕后，连日风雨作，寒山僧馈笋，至午餐甚甘，率成一首

〔清〕张起宗

我本山泽癯，性不嗜浓鲜。
杀生固久戒，剪蔬亦偶然。
每见饮食人，滋味多流连。
本为养口体，反致疾病缠。
此意无人会，得之空门禅。
赤足携筐至，风雨湿两肩。
向我道款曲，[①]犊角新劚迁。[②]
昨夜出沙土，今朝佐豆笾。[③]
区区献芹曝，未尝费一钱。
烹饪毋失时，香脆同芝荃。
听彼殷勤语，遂令中馈前。[④]
烂煮充午膳，匕箸生云烟。
三杯称软饱，果腹尚垂涎。
笑余淡泊人，亦为嗜好牵。
因嘱山中僧，弗复再周旋。
甘守齑盐味，我自有性天。

——选自全祖望《续甬上耆旧诗》卷一百〇七

【注释】

①款曲：殷勤。②犊角：小笋。语本黄庭坚《现化十五首》其十一："竹笋初生黄犊角，蕨芽已作小儿拳。"③豆笾：祭器。木制的叫豆，竹制的叫笾。④中馈：指妻子。

次韵和安公笋熟见怀[①]

〔清〕郑　性

大小分年岁，熟来无不齐。
昨年轻错过，今岁重相思。
取嫩锹离手，征鲜汁借齑。
经公一煮制，老口倍饕之。

——选自郑性《南溪偶刊・南溪寤歌》卷下

【作者简介】

郑性（1666—1743），字义门，号南溪，郑梁之子。以布衣终身。立志游五岳，故自署"五岳游人"。与李暾、万承勋、谢绪章并称为"四明四友"，合刊有《四明四友诗集》。

【注释】

①作者题下注："进退格。"进退格乃律诗用韵的一种格式，一首诗采用两个相近的韵部来押韵，隔句递换用韵，一进一退，故名。

馈万西郭园笋[①]

〔清〕范　坊

新笋才抽玉版长，斓斑紫箨剥来香。
老亲说是家乡味，分与清平太守尝。

——选自《四明清诗略》卷八

【作者简介】

范坊，字无可，一字鸥田，鄞县人。官直隶磁州州判。著有《无可草》。

【注释】

①万西郭：万承勋，生平见本书中作者简介。

蓬岛樵歌（一百十六首选一）

〔清〕钱沃臣

海东道院旧相夸，二月山城春正赊。
顿顿烹鲜雷霍笋，村村唤卖雨前茶。

——选自钱沃臣《乐妙山居集・蓬岛樵歌》

姚江棹歌（百首选一）

〔清〕邵晋涵

猫头笋嫩初包箨，雀舌茶香乍吐芽。[①]
正是饧箫好时节，[②]载将春色到江涯。

——选自邵晋涵《南江诗钞》卷一

【注释】

①雀舌：《祖庭事实》卷四："雀舌：谓茶芽也。茶贵出处，而不贵至嫩。古人谓茶牙，无雀舌、麦颗，此言其嫩也。盖北人无茶鉴，遂以嫩为奇。今以茶为枪旗者，长虽盈寸，而尚未放叶，雀舌、麦颗何足道哉。"②饧箫：卖饴糖人所吹的箫。

奉和丁蕙东先生（百川）食燕笋二首[①]

〔清〕黄澄量

劚得园蔬胜早春，偶因稚子觅来新。
山斋禅味何须悦，八月抽萌正及辰。

争羡诗人咏竹竿，独怜新笋粉痕残。
愧余近市无兼味，胜有山肴足供餐。

——选自《姚江诗录》卷三

【注释】

①燕笋：春笋的一种。光绪《余姚县志》卷六引明代旧志云：“燕笋、箭笋为脯殊佳”，“燕笋干嫩而淡者佳”。

叠前韵奉和来诗订游白云寺[1]

〔清〕黄澄量

苞笋原来胜夏春，[2]却缘秋茁更鲜新。
因知惹得诗人兴，拟叩禅关趁此辰。[3]

——选自《姚江诗录》卷三

【作者简介】

黄澄量，字式筌，号石泉。余姚梁弄人。勤奋好学，博闻多艺，尤喜求书藏书，于嘉庆十二年(1807)创建五桂楼。著有《姚江书画传》等。

【注释】

①白云寺：在今余姚市梁弄街道。 ②苞笋：作者自注：“《东观汉记》：冬笋谓苞笋。” ③禅关：禅门。

消寒竹枝词(四十首选二)

〔清〕朱文治

别业曾无竹一竿，数丛新种倚门看。
生来不食花猪肉，春笋何年堆满盘？

何处禅将玉版参，趁他雪意未曾酣。
猫头欲露泥先裂，雅嘴锄开笋出潭。[1]

——选自朱文治《绕竹山房续诗稿》卷七

【注释】

①雅嘴锄：即鸦嘴锄，一种形如鸦嘴的轻便小锄。这句作者自注：“冬笋俗呼潭笋。”

自南雷至冠佩山行杂诗[1](八首选一)

〔清〕朱文治

竹篮春笋满肩挑，结队如云间采樵。
水面石墩随步砌，隔溪人渡不须桥。

——选自朱文治《绕竹山房续诗稿》卷九

【注释】

①南雷：余姚县南有大小雷峰，以在县南，故称南雷，峰下有南雷里。冠佩：今属余姚市东南街道冠佩自然村。

食园中燕来笋[1]

〔清〕朱文治

种竹墙阴阅五年，青鸾摇尾影翩翩。[2]
惊雷未茁猫头笋，绕径谁参玉版禅。
忽报数茎新出土，采将一握快烹鲜。
山居不负扶持意，长此来争燕子先。

——选自朱文治《绕竹山房续诗稿》卷九

【注释】

①燕来笋：即燕子来时出土的嫩笋，称燕笋，也就是春笋。 ②青鸾：古代传说中凤凰一类的神鸟。赤色多者为凤，青色多者为鸾。

即事(二首选一)

〔清〕朱文治

寻常食品易消磨，儿齿重生喜若何。
莫怪老年交有味，笋根味胜笋尖多。

——选自朱文治《绕竹山房续诗稿》卷九

蛟川物产诗(五十首选四首)

〔清〕谢辅绅

压担琅玕不费钱，胸中尽许箨龙眠。
老僧诗味无蔬气，正好同参玉版禅。
(春笋)

寒雨连番润竹林，冻雷昨夜破苔阴。
登盘俊味无劳说，拨触当年孝子心。[1]
(冬笋)

旁生侧出几茎连，正是黄梅雨过天。
取却嫩梢烧老节，一般煮豆豆萁燃。
(鞭笋)

轮囷浑不费犁锄，[2]婪尾筵前伴野蔬。[3]
医俗好参医瘦法，何妨大嚼配花猪。
(猫头笋[4])

——选自光绪《镇海县志》卷三十八

【注释】

①孝子：指孟宗。后因避吴末帝孙皓名讳而改名孟仁，字恭武，荆州江夏郡人。孟宗为孝子，

是“二十四孝”中哭竹生笋的主角。相传其母卧病在床，很想吃鲜竹笋。时值隆冬，无笋可挖，孟宗只能扶竹哭泣，终于感动天地，笋为之出。事见《三国志·三嗣主传》注引《吴录》及《楚国先贤传》。故冬笋又称“孟宗笋”。 ②轮囷：硕大的样子。 ③婪尾：酒巡至末座。唐苏鹗《苏氏演义》卷下：“今人以酒巡匝为婪尾。” ④猫头笋：这里为毛笋的别名。

蛟川竹枝词（八首选一）

〔清〕张本均

乡味春来分外嘉，寻芳频到野人家。
兼旬雨茁龙须笋，一夜雷惊雀嘴茶。

——选自王荣商《蛟川耆旧诗补》卷二

【作者简介】

张本均（1820—1881），字静泉，号郢荃，浙江镇海清泉（今北仑区小港衙前）人。乾隆四十年（1775）诸生，嘉庆三年（1798）补增生。著有《郢荃诗草》《郢荃笔记》。重辑《蛟川耆旧诗》六卷。

芦江竹枝词（二十四首选一）

〔清〕胡有怀

生就柴门竹有�，野人篱落本无尘。
冻雷一夜声初震，料有明朝卖笋人。

——选自王荣商《蛟川耆旧诗补》卷四

【作者简介】

胡有怀，字蔼庭，今北仑柴桥人。道光年间诸生。

笋

〔清〕徐　镛

翠竹漫山雾雨霾，渭川千亩畅馋怀。
春来每向僧厨乞，食顷都亡肉味佳。
出土锋芒滋静养，凌云气势预安排。
虚心直节天生定，岂与寻常草木侪。

——选自张晓邦编《图龙集》

清湖竹枝词（三十六首选一）

〔清〕张宗录

乡里竟多城市气，两行新老隔河开。
潮平月落人争闹，知是慈溪笋舣来。①

——选自〔清〕张宗录纂、张统镐续纂《清湖小志》卷七

【注释】

①舣：停船靠岸。这里指船。

竹　笋

〔清〕石与杭

托根篱落溷芳菲，渭亩家声已式微。
犊角猫头听诽谤，他年淇澳盛名归。

——选自王荣商编《蛟川耆旧诗补》卷四

【作者简介】

石与杭（1808—?），今北仑区河头人。道光间诸生。著有《露槿山房诗稿》。

村游（二首选一）

〔清〕郑　望

白白东西屋，青青上下田。
雨余瓜蔓水，①日嫩稻花天。②
向客求篱笋，为童觅树蝉。
愧无摩诘笔，③好景未能传。

——选自王荣商《蛟川耆旧诗补》卷七

【作者简介】

郑望，字秉元，号卧梅，居芦江（今北仑柴桥）。咸丰二年（1852）举人。沉毅好学，少时与其族人羽皋、振玉、楚宝三先生齐名，称“郑氏四俊”。著有《卧梅诗草》二卷。

【注释】

①瓜蔓水：泛指农历五月的一般水汛。 ②日嫩：指初出的太阳。 ③摩诘：唐代诗人王维之字。

过周山人家

〔清〕梅鼎和

翠萝深处敞柴门，一笑欣然倒酒樽。
归挈满筐斑竹笋，主人亲自斫篱根。

——选自王荣商编《蛟川耆旧诗补》卷八

【作者简介】

梅鼎和，字静涛，居龙泉。光绪四年（1878）诸生。

春日园居杂兴(十三首选一)

〔清〕刘慈孚

出泥乌笋斫新芽，浅醉春风酒不赊。
随意小庭成独立，碧桃初见两三花。

——选自王荣商编《蛟川耆旧诗补》卷十

【作者简介】

刘慈孚(1844—1903)，一名德崇，字午亭，号云闲子，北仑昆亭人。布衣，以琴书绘画自娱。平生乐善好施，深得乡民赞誉。著有《云闲诗草》。

石门竹枝词(选一)

〔清〕王慕兰

山南山北竹婵娟，翠涌青围别有天。
两两三三荷锄去，归来饱饭笋羹鲜。

——选自王慕兰《岁寒堂诗集》卷二

【作者简介】

王慕兰(1850—1925)，奉化连山大堰(今大堰镇)人。举人王鳞飞之女。幼年随父入蜀，擅作诗词。年逾三十始与旅鄂同乡、湖北补用知县董兆茳结婚，一起回里。回里后因夫卧病不起，生活艰难，遂设学馆教授为生。1903年受聘奉化官立作新女学堂首任堂长，积极推行新学，主张男女平等，获县公署"巾帼丈夫"奖匾。1921年辞职归里，晚年仍任村中教职。著有《岁寒堂诗集》等。

杂　笋

杨翰芳

乱山生杂笋，不定竹之林。
笔细兼箫大，严阳且谷阴。
嫩堪烹土铁，[1]黄或溷金针。[2]
名号元非一，龙须露最深。

——选自《杨霁园诗文集》

【注释】

①土铁：泥螺。 ②金针：指金针菜。

毛　笋

杨翰芳

太白山中毛笋多，笋王笋将信如何。
空心便是阿罗汉，[1]尖顶无非窣堵波。[2]

——选自《杨霁园诗文集》

【注释】

①阿罗汉：梵语 Arhat 的译音。小乘佛教所理想的最高果位。佛教亦用称断绝嗜欲，解脱烦恼，修得小乘果的人。又称"罗汉"。 ②窣堵波：梵语 stūpa 的音译。即佛塔。

蔓　菁

芜菁，别名蔓菁、大头菜，又称大头芥。起源于一种具有辛辣味的十字花科野生芸薹属植物，是我国北方的一种原产植物，这是因为北方的气候条件十分有利于芜菁肉质根的发育。北方地理气候和昼夜温差的影响，使当地的野生芸薹属植物在经历秋冬时，养分储藏于地下宿根部分，由此形成了外形酷似萝卜的肉质根。大约在西周以前，我国已经把芜菁作为重要蔬菜之一。《周礼·天官·醢人》就有"朝豆之事，其实菁菹"的记载。"菁菹"就是用芜菁加工的腌菜。《吕氏春秋·本味篇》云："菜之美者，具区之菁。"说明吴越地区亦已栽培芜菁，其美味得到了食界的公认。东汉崔寔《四民月令》有"四月收芜菁及芥"之语，表明约公元二世纪时，我国人民已将芜菁与芥区别开来，两者成为并立的蔬菜类型。五代时日华子对其形态特征进行了描述："蔓菁，梗短叶大，连地上生，阔叶红色者是蔓菁。"又将其与菘菜区别开来，称"梗长叶瘦，高者为菘；叶阔厚短肥而痹及梗细者，为芜菁菜也"。

文献所见四明地区最早栽培芜菁则始于东汉，并与仙话联系在一起。南宋张淏《会稽续志》卷四云："蔓菁，惟余姚县龙泉山有之。刘纲夫妇所种，妇先纲飞升，约纲云：'菜熟亦仙去。'朱翌诗云：'天上佳招飞鸑鷟，人间春色到蔓菁。'"相传汉明帝永平五年，剡县刘晨、阮肇共入天台山取榖皮，迷不得返，后见芜菁叶从山腹流出，甚鲜新，才找到出路。事载刘义庆志怪小说《幽明录》中。因为芜菁的抗病能力强，种与收不受季节限制，管理方便，可以充分利用农事间隙进行。种植芜菁还可以补助粮食的不足，在五谷不登之时有助于度过荒年。因此芜菁种植历来受到重视。

芜菁的肉质根柔嫩、致密，供炒食、煮食或腌渍。唐代时浙东民间亦以蔓菁去鱼腥，故陈藏器《本草拾遗》"脍"下云："凡羹以蔓菁煮之，蔓菁去鱼腥。"康熙《定海县志》卷十一云："蔓菁：一名诸葛菜。芥属，根削净，为菹甚佳。今人以瓶腌藏，谓之闭瓮菜。"光绪《奉化县志》卷三十六《物产》列有"大头菜"条云："案大头菜为雪里蕻之别种，其根如芋，可鲜食，亦可酿藏，味最佳。"光绪《余姚县志》卷六《物产》云："大头菜：其种来自北方，北方人名为跆踣菜。"民国《镇海县志》卷四十二《物产》引《湖州府志》云："大头菜：甘软可食，亦宜腌藏御冬，脆嫩甚佳。"

六言山居（十首选一）

〔宋〕释绍昙

粉芋头煨软火，懒黄菁煮沙瓶。[①]
饭后乌藤用事，[②]小奚忙启岩扃。[③]

——选自《希叟绍昙禅师广录》卷七

【作者简介】

释绍昙（？—1297），字希叟，西蜀人。无准师范法嗣。淳祐九年（1249），住庆元府佛陇禅寺。景定元年（1260），住平江府法华禅寺。五年，住奉化雪窦资圣禅寺。咸淳五年（1269），住定海瑞岩山开善禅寺（今属北仑区）。有《希叟绍昙禅师语录》《希叟绍昙禅师广录》。

【注释】

①沙瓶：犹沙罐。 ②乌藤：指藤杖。 ③小奚：小男仆。岩扃：山洞的门。借指隐居之处。

自归耕篆畦，[①]见村妇有摘茶、车水、卖鱼、汲水、行馌、寄衣、舂米、种麦、泣布、卖菜者，作《十妇词》（十首选一）

〔宋〕舒岳祥

卖菜深村妇，休嗟所获微。
芜菁胜乳滑，莱菔似羔肥。[②]
橐里腰钱去，街头买肉归。
种蔬胜种稻，得米不忧饥。

——选自舒岳祥《阆风集》卷三

【注释】

①篆畦：舒家宅西之小园。 ②莱菔：萝卜。

次韵和正仲种菜种麦（二首选一）

〔宋〕舒岳祥

剩欲栽蔬抵食鱼，蠹繁骨立谩长吁。
畦丁伛背挥丛篲，[①]鸡母将雏啄浅芜。
菜字符修须雨长，[②]菁名诸葛待霜腴。[③]
闭门欲吃无忧饭，已戒膺门早了租。[④]

——选自舒岳祥《阆风集》卷七

【注释】

①伛背：驼背。丛篲：扫把。 ②元修：元修菜，也叫小巢菜，豆科野豌豆属植物硬毛果野豌豆的别名。 ③诸葛：诸葛菜，蔓菁的别名。因三国时期蜀国诸葛亮将其作为军粮而得名。 ④膺门：这里指照应门户之人。

题蔓菁

〔明〕张邦奇

龙起南阳行雨时，[①]蔓菁巫峡正含滋。
曹郎日夜飡生葛，[②]百万貔貅不敢窥。[③]

——选自张邦奇《张文定公四友亭集》卷十

【注释】

①南阳：诸葛亮躬耕之地。 ②曹郎：曹操。 ③貔貅：同"貔貅"。比喻勇猛的战士。

刈稻毕，督仆夫耕西田，将种冬菜

〔清〕李邺嗣

吾堂锁学樊夫子，[①]农圃今年事若何。
秋糯尽除天正暇，冬菁将种雨初过。
双盘客供居其半，八口家餐藉此多。
竖子女奴驱往问，晚来牛力莫蹉跎。

——选自李邺嗣《杲堂诗抄》卷六

【注释】

①樊夫子：樊迟。

城居将往庄田种春菜，督勤诸仆

〔清〕李邺嗣

获竟惜余力，空畴复督耕。
山肴先恃韭，野饭半资菁。
箕日迟难发，[①]犁星冻不明。[②]
仆夫须努力，酬汝即春羹。

——选自李邺嗣《杲堂诗续抄》卷四

【注释】

①箕日：指辰日，箕宿主事，有风。 ②犁星：参宿状如犁头，有犁星之别称。古语云："犁星没，水生骨。"参宿在夜空灿烂时，正是一年中最寒冷的季节。

悟留过饭东斋

〔清〕李邺嗣

时淹世外客，仓卒腐儒肴。
老芋分山味，新菁沃土膏。
独床梵友坐，三雅主人操。[①]
斋后独鸦噣，[②]谁云吾辈饕。

——选自李邺嗣《杲堂诗续抄》卷四

【注释】

①三雅：《太平御览》卷八四五引《典论》："刘表有酒爵三，大曰伯雅，次曰仲雅，小曰季雅。伯雅容七升，仲雅六升，季雅五升。"后以"三雅"泛指酒器。 ②噣：古同"啄"。

戊戌岁暮[①]（二首选一）

〔清〕释等安

近年年事得粗安，半月春回不甚寒。
炙口饧方调米胖，大头菜已切风干。
寻常山水偏多味，仔细烟云真可餐。
老去家私无悋惜，般般拈出请君看。

——选自释等安《偶存轩稿》卷三

【作者简介】

释等安，号全拙，吴人。余姚法华庵僧，后住藏经阁，县中名士如黄宗羲、倪继宗等皆与之游。晚年住鄞县五峰。著有《偶安轩稿》。

【注释】

①戊戌：顺治十五年(1658)。

西杨[①]（节选）

〔清〕姚 燮

发棹西杨村，古堡聚成族。
野芋叶已黄，田菁苗方绿。
暗水凝冻烟，明霜写初旭。
簁簁凉泮鱼，[②]泛泛饿凫逐。

——选自姚燮《复庄诗问》卷二十三

【注释】

①西杨：即今宁波市鄞州区栎社乡西杨村。②簁(shāi)簁：鱼跃的样子。汉卓文君《白头吟》："竹竿何袅袅，鱼尾何簁簁。"泮：同"畔"。

萝 卜

萝卜，又名莱菔、水萝卜、土人参。十字花科莱菔属蔬菜，从野生萝卜进化而来。萝卜是我国最古老的的栽培植物之一。上古时称萝卜为芦葩，也叫紫花菘、温菘等。《尔雅》上说："葖，芦葩，紫花大根俗呼雹葖。"明代李玮《东钱湖赋》中的"瓟葖"，当即"雹葖"。《诗经·邶风·谷风》有"采葑采菲，无以下体"之语。"葑"即蔓菁，"菲"即包含萝卜在内的十字花科蔬菜。这两种植物可食用的主要是长在地下的根茎，人们采"葑""菲"主要是采其"下体"。五代时日华子论述了萝卜的药用价值。

萝卜的肉质根由胚轴和直根共同发育而来，有长圆形、球形或圆锥形等不同形状，有绿皮、紫皮、红皮和白皮之别，可谓形质各异，品种极多。四明地区萝卜栽培历史悠久，在松、硬不同土壤条件下，形成不同的品性。康熙《定海县志》卷十一记载："莱菔：俗名萝卜，亦名紫花菘，生沙壤者脆，而其生瘠地者坚而辣。根叶皆可生、可熟、可菹、可酱、可豉、可醋、可糖、可腊、可饭，乃蔬中之最有利益者。民家皆种之。"从宋人陈著的诗歌看，新鲜的萝卜，常用来作羹。晚清以来，原镇海县大榭岛民选用高墩疏松的土壤中生长的长形小萝卜，利用靠海多风的气候，因地制宜加工出大榭萝卜干，清香四溢、味醇爽口，一度盛销全国。

周翁留饮酒

〔宋〕陈　著

晓对山翁坐破窗，地炉拨火两相忘。
茅柴酒与人情好，[1]萝卜羹和野味长。
外面干戈何日定，前头尺寸逐时量。
而今难说山居稳，飞马穷搜过虎狼。

——选自陈著《本堂集》卷十五

【注释】

①茅柴酒：村酿薄酒。明冯时化《酒史·酒品》："茅柴酒：恶酒曰茅柴。"

胜泉庄收获杂诗（三首选一）

〔清〕范　核

硗瘠必冬耕，[1]地气山田实。
千畴芦菔根，[2]婚嫁从中出。

——选自全祖望编《续甬上耆旧诗》卷一百十七

【作者简介】

范核，字次肴，一字緎翁，鄞县人。家世寒素，年六十始补诸生。少从宗谊学诗，毕生吟咏。有《慎余堂集》。

【注释】

①硗瘠：土地坚硬瘠薄，亦指瘠薄之地。②畴：田垄。

霜叶飞·写生萝卜

〔清〕邵　瑸

早经霜雪东园里，翠茸质爱纯白。此生隐约傍农水，笑蔬肠风格。算玉本、离离九月。[1]一肩上市怜秋色。问那知清淡，除了黄郎土酥，[2]净练谁说？　何用顿顿鸡豚，偶尝清脆，微青近蒂都别。银床金井水清寒，[3]梦蔓菁消息。怅插脚、软红靴没。冬菹辜负金城摘。甚腊底、闲情付与西风，有谁窥得？

——选自邵瑸《情田词》卷下

【注释】

①玉本：指萝卜的肉质根。离离：盛多的样子。②黄郎：地名，以产萝卜闻名。土酥：萝卜别称。杜甫《病后遇王倚饮赠歌》："长安冬菹酸且绿，金城土酥静如练。"金城，即兰州。结句编辑者有注："次段末句疑有失字。"③银床：井栏。一说辘轳架。金井：井栏上有雕饰的井。一说即石井。金，谓其坚固。

吃　斋

〔清〕黄　璋

十日清斋禁索郎，[1]年时礼拜为东皇。[2]
龙须笋熟多滋味，萝卜脯生好拌尝。

——选自黄璋《大俞山房诗稿·留病草》

【注释】

①索郎：酒名。桑落酒的别称。亦泛指酒。②东皇：指东岳神。光绪《余姚县志》卷五《风俗》云："三月二十八日，东岳生辰，自十二日至二十日礼拜之会，分为数十社，每社数十百人，鸣金曳帜而唱佛号，邑中丛祠无不遍至。"

剡上竹枝词（八首选一）

〔清〕孙事伦

年年灯火祝萧王，[1]满轿盈舟脂粉香。
芦菔有孙芥有子，黄麻罾比一人长。

——选自孙事伦《竹湾遗稿》卷八

【注释】

①萧王：北宋奉化县令萧世显。他勤政廉洁，深得民望。百姓为他建庙塑像，世代拜祀。宋理宗钦赐庙额为"灵应庙"。元惠宗追封萧世显为绥宁王，遂称庙为萧王庙。

鄮北杂诗（选一）

〔清〕袁　钧

青葱蔬圃是湾头，[1]弥望曾无隙地留。
萝卜才空又葱韭，较量农亩孰多收。

——选自同治《鄞县志》卷七十四

【作者简介】

袁钧（1715—1724），字秉国，号西庐，鄞县人。乾隆拔贡。工诗古文辞，曾主讲稽山书院。著有《四明文征》等。

【注释】

①湾头：今属宁波市江北区。

莱　菔

〔清〕徐　镛

生消渴吻熟充肠，爽过哀梨辣逊姜。
老圃深翻千亩玉，荆妻碎切一瓯霜。[①]
调羹味爱和葱白，怯老人憎近地黄。[②]
痰饮年年冬更甚，[③]食余胸次快非常。

——选自张晓邦编《图龙集》

【注释】

①荆妻：对人称己妻的谦词。 ②地黄：多年生草本植物。因其地下块根为黄白色而得名。其根部为传统中药之一，最早出《神农本草经》。依照炮制方法在药材上分为鲜、干、熟三类，同时其药性和功效也有较大的差异。这句作者自注："本草谓莱菔汁与地黄同服，白人须发。莱菔即萝卜。" ③痰饮：中医病症名。四饮之一。指体内过量水液不得输化、停留或渗注于某一部位而发生的疾病。一般认为"稠浊者为痰，清稀者为饮"。

四门竹枝词（百首选一）

谢　翘

快刀如雪迫人寒，萝卜晒干满地摊。
甬上客来行市好，过年家家一时宽。

——选自《泗门古今》

薯　蓣

薯蓣，又名山芋、玉延，通称山药。为薯蓣科薯蓣属多年生草本植物，茎蔓生，常带紫色，块根圆柱形，叶子对生，卵形或椭圆形，花乳白色，雌雄异株。薯蓣属植物分布于我国的热带和亚热带，其中供药用、食用的种类很多，它们是栽培型的祖先。

自唐代起，薯蓣是明州的土产药材，每年须进贡干山药。五代《日华子本草》称："薯蓣助五脏，强筋骨，长志安神，主泄精健忘。"至正《四明续志》卷五将山药列入药材类，介绍说云："一名薯蓣，出四明者佳。春生苗，蔓延篱援，茎紫叶青，有三尖角，似牵牛更厚而光泽。夏开细白花，秋生实于叶间，状如铃。"

薯蓣同时也是很受欢迎的蔬菜，它的块根含淀粉和蛋白质，可以食用。但古代宁波栽培不是很多，如光绪《慈溪县志》卷五十三所说："今县境所出不多，第以佐饮馔，故改隶于此。"古代宁波人一般蒸食薯蓣，或煮作羹。

山水图（十首选一）

〔明〕张　琦

雪里秋风候，新蒸薯蓣香。
我客期不至，潮水到寒塘。

——选自张琦《白斋诗集》卷一

薯　蓣

〔明〕屠本畯

谁将薯蓣沙畦植，煮得清泉映白石。
但可吟边细细尝，岂应醉后频频食。
如姬极知薯蓣清，洗手排当薯蓣羹。[①]
终非七子同群饮，[②]堪伴三闾共独醒。

——选自屠本畯《山林经济籍》卷十六《野菜笺》

【注释】

①排当：泛指家庭饮宴。 ②七子：指"竹林七贤"。 ③三闾：指屈原。

十二月一日（三首选一）

〔清〕毛　彰

收残薯蓣盘多白，摘剩柑橙树正黄。
锦里自堪招鹿友，桃源何必问渔郎。
诗书旧业生涯薄，灯火寒宵意兴长。
且闭柴荆守岑寂，[①]枯林春色又相将。[②]

——选自毛彰《闇斋和杜诗》卷三

【作者简介】

毛彰，字焕文，一字闇斋，鄞县人。顺治时监生。著有《集杜诗》《和杜诗》《闇斋近稿》。

【注释】

①柴荆：指用柴荆做的简陋门户。 ②相将：相随。

香　芋

香芋为豆科土圞儿属多年生蔓生草本植物的块茎。一般作一年生栽培。块根呈球状，形似小马铃薯，表皮黄褐色，肉白色，是人们栽培所求的食用部分。因其肉似薯类，甘而芳香，食后余味不尽，故取名香芋。唐朝《酉阳杂俎》中，便有关于香芋的记载。唐代陈藏器《本草拾遗》中记载有"土芋"一物云："煮食之，甘美不饥，厚人肠胃，去热嗽。蔓如豆，根圆如卵，鹍鸠食后弥吐，人不可食。"有学者考证后认为土芋即土圞儿。

香芋不同于薯蓣科薯蓣属缠绕草质藤本植物黄独。黄独别名黄药子、山慈姑、零余子薯蓣、零余薯等。黄独富含淀粉，其地下块茎和气生鳞茎，经蒸熟煮透后可供食用，但多食易中毒。且黄独味苦，香芋味甘，两者口味明显不同。

古代文献中的黄独，很多时候是指土圞儿。土圞儿又名土蛋、土卵、金丝吊葫芦等。王观国《学林》卷八指出："黄独即《神农本草》所谓赭魁是也。赭魁亦名黄独，江南人谓之土卵，形如芋，蒸食之，甘美可充饥。"蔡梦弼亦说："黄独俗谓之土芋，根惟一颗而色黄，故谓之黄独。饥岁土人掘食以充粮食。江西谓之土卵。"土圞儿喜温暖气候，低山和平坝均可栽种，土壤以肥沃、深厚、疏松的夹沙土较好。但下文所收释智远《黄独吟》云"毛长过紫芋"，与土圞儿属的香芋块茎上的短毛似不甚合，倒与长有浓密胡须的薯蓣属的黄独比较接近，其品种有待进一步考证，今暂列此处。智远另有《山居》诗云："黄独动余香。"此处有"余香"的黄独，当即香芋。

半　芋

〔宋〕释普明

火炉头处卒难圆，黄独分甘唯破悭。[①]
少处莫添多莫减，主宾要得两全难。

——选自《重刊贞和分类古今尊宿偈颂集》卷上

【作者简介】

释普明，号月坡，鄞县人。无准师范法嗣。元至元十八年(1281)后住持天童寺二年。

【注释】

①破悭：使悭吝者拿出钱财。

香　芋

〔明〕屠本畯

东田芋子白如石，[①]西田芋子黄如栗。[②]
石白滑流匙，栗黄甜似蜜。
我今采石兼采蜜，渴可生津饥得力。
豪华公子不解悟，翻嫌此芋点茶多气息。

——选自屠本畯《山林经济籍》卷十六《野菜笺》

【注释】

①这句写芋艿。②这句写香芋。

雪晓怀西清田舍(二首选一)

〔明〕杨承鲲

种来黄独已如拳，手劚冰肤煮涧泉。
酒醒雪晴无一事，竹窗炊火送新烟。

——选自胡文学《甬上耆旧诗》卷二十二

自适(二首选一)

〔明〕冯嘉言

长日寻幽处，悠然戏五禽。[①]
口甘黄独味，兴逐漾陂岑。[②]
遥忆南能像，[③]随忘过去心。
相看只自好，静后更成吟。

——选自冯嘉言《十菊山人雪心草》卷一

【作者简介】

冯嘉言，字国华，号十菊山人，原慈溪县(今江北区慈城镇)人。嘉靖末诸生，应举不利，遂卜居东岭后马家山以老。卒年70余。著有《十菊山人雪心草》四卷。

【注释】

①五禽：即五禽戏，相传为汉末名医华佗首创的一种健身术。模仿五种禽兽的动作和姿态，以进行肢体活动。此句作者自注："华佗养性名五禽之戏。" ②漾陂：水库。 ③南能：指唐代佛教禅宗南宗创始人慧能。

寄韩桴叟上虞

〔清〕宗　谊

谁共凭栏看露飞，深秋应懒上渔矶。
梦魂我有难忘处，山蓣肥如鸭卵肥。[①]

——选自宗谊《愚囊汇稿》卷二

【注释】

①山蓣：从“鸭卵”的形态特征看，当非薯蓣科的山药，而更接近于香芋。

黄独吟

〔清〕释智远

黄独复黄独，结根在深谷。
性宜砂土清，郊圃非其族。
粪草培且丰，岁终大如辐。
毛长过紫芋，粉细胜馇粥。
昔住双径阴，[①]时栽济饥腹。
乃知折脚铛，[②]古以代晨谷。
一日烧一枚，一年三百六。
人生亦有几，三万便充足。
富贵不能亲，唯山林乃馥。
行脚二十秋，屡思丘壑宿。
灵公孤洁姿，[③]慕往贤而淑。
埋子刚半畴，[④]遗余满竹篚。
久违隐者滋，拨火煨教熟。
一饱忘百饥，憨憨似偶木。[⑤]
免从沿门乞，更省负担颇。[⑥]
饭罢步荒坡，披枝理霜菊。
晚黄香渐清，隐约动茅屋。
败架多残书，陶辞庶可读。[⑦]

——选自黄宗羲编《姚江逸诗》卷十五

【作者简介】

释智远字空林，昆山朱氏子。为圆悟入室弟子。后住四明知止庵。

【注释】

①双径：即杭州径山寺。智远最初把茅径山，故云。②折脚铛：断脚锅。③灵公：从智远《次灵章力求日同坐弘老山居韵》诗看，灵公似指诗僧灵章。④畴：田垄。⑤偶木：木偶。⑥颇(cù)：古同“蹙”，皱缩(额头、眉毛)。⑦陶辞：指陶渊明《归去来辞》。

山居（三首选一）

〔清〕释智远

不善栽田法，居山别有长。
青薇采未尽，黄独动余香。
却怪沉疴子，秋来诗句强。
丘园时服食，精彩见行藏。

——选自黄宗羲编《姚江逸诗》卷十五

马铃薯

马铃薯又名洋芋、山芋、土豆、山药蛋等，为原产南美洲的茄属植物，大约17世纪中叶才由荷兰人引入我国，故又有“荷兰薯”之名。1700年版的福建《松溪县志》，首次记载了马铃薯。1800年，吴其浚所著的《植物名实图考》，对马铃薯的植物学性状有详细的描述，还论及马铃薯的分布和生产情况：“黔、滇有之，山西种之为田，俗呼山药蛋，尤硕大，花色白。闻终南山岷，种植尤繁，富者岁数百石云。”但未提到浙江是否有种植，估计浙江的引种相对较迟。因其对我国社会的影响远没有番薯大，所以不很引人注目，早期文献上缺乏相关的记载。

和蔬菜

〔清〕陈　仅

蔬味原胜肉味香，瓜壶多字菜根长。
要知艰食居民苦，洋芋山荞品遍尝。

——选自陈仅《继雅堂诗集》卷三十

百　合

百合，为百合科百合属多年生草本球根植物。中国是百合最主要的起源地，为该属植物的自然分布中心。百合之名首见《本草经》，《唐本草》所注有红花、白花两种，五代《日华子本草》中对白百合、红百合的功用有所论述，至今百合仍为中药的常用药材，具有清火、润肺、安神的功效。百合球茎含丰富淀粉质，部分品种可作为蔬菜食用。从黄宗羲《种百合》诗看，至迟在清初，黄宗羲等已经在四明山下人工栽培百合了。陈仅《济荒必备》卷二引《东医宝鉴》云：“采根蒸煮，食之甚益人，可休粮。”已将其当作备荒之物了。

百　合

〔宋〕舒岳祥

收合千红不上枝，绿茎丹萼称施为。

灯笼翠干从高揭，火缴流苏直下垂。[①]
文豹翻身腾彩仗，[②]赤龙奋爪摆朱旗。
莫疑衰老多夸语，渍蜜蒸根润上池。[③]

——选自舒岳祥《阆风集》卷六

【注释】

①火缴：同"火伞"，红色的伞盖。流苏：用彩色羽毛或丝线等制成的穗状垂饰物。常饰于车马、帷帐等物上。 ②文豹：豹子。因其皮有斑纹，故称。彩仗：彩饰的仪仗。③上池：即上池水，指凌空承取或取之于竹木上的雨露。后用以名佳水。

百　合

〔明〕屠本畯

有葩似莲，有根似蒜。
净友不御，酒人所餍。
予昔闽中曾宴喜，[①]误向肴烝一染指。[②]
十载不敢亲皓齿，恐荤胭脂颜色死。

——选自屠本畯《山林经济籍》卷十六《野菜笺》

【注释】

①宴喜：安乐。 ②肴烝：谓切肉为块，升之于俎。

种百合

〔清〕黄宗羲

硗确山田另一塍，初移百合影层层。
采来瀑布岩前种，送自头陀寺里僧。
却信佳诗堪愈疾，从今清泪不沾膺。[①]
太平犹记图花萼，[②]唱和流转我亦曾。

——选自黄宗羲《南雷诗历》卷一

【作者简介】

黄宗羲(1610—1695)，字太冲，一字德冰，号南雷，学者称为梨洲先生，余姚黄竹浦人。十九岁时入都为父讼冤，椎刺仇人许显纯。南明时，与复社成员一起揭发阮大铖的罪恶。南明亡后，从鲁王抗清，授左副都御史职。明亡后，奉母归故里，隐居讲学，不仕清廷。康熙七年(1668)，讲学甬上证人书院，培养了一批优秀学者。著有《明夷待访录》《明儒学案》《南雷文定》等。

【注释】

①清泪不沾膺：意本王维《百合》诗："果堪止泪无，欲纵望乡目。"作者自注："王维诗言百合止泪。" ②太平：指崇祯三年庚午(1630)。作者自注："庚午，南都报恩寺有百合十三花，吴人林若抚图之，率诸名士为诗。"

雨后移栽百合花二首

胡丛卿

新晴天气土轻爬，好自移栽百合花。
不是老饕谋口腹，[①]怜他个个早萌芽。

何必医家与病象，篱头爱护药萌芽。[②]
原来百合般般合，一到深秋也吐花。

——选自胡丛卿《祝园诗稿》

【作者简介】

胡丛卿(1871—1932)，谱名绍基，一作兆济，字丛卿，号深云，余姚梅川乡乌山祝家园(今属慈溪市横河镇宜青桥村)人。光绪末余姚县学生。早年曾担任塾师，后转任学堂教员。著有《祝园诗稿》。

【注释】

①这句作者自注："白百合可充食品。" ②这句作者自注："百合是药物，曾收入《本草》。"

苋　菜

苋菜，别名青香苋、红苋菜、千菜谷、焯菜(不是药用焯菜)、红菜等。苋菜的叶呈卵形或棱形，菜叶有绿色或紫红色，茎部纤维一般较粗，咀嚼时会有渣。苋菜菜身软滑而菜味浓，入口甘香，有润肠胃清热功效。苋菜原产中国、印度及东南亚等地，中国自古就作为野菜食用。作为蔬菜栽培以中国与印度居多，中国南方又比北方多，在中国的南方各地均有一些品质优、营养高的苋菜品种。因苋菜的抗性强，易生长，耐旱，耐湿，耐高温，加之病虫害很少发生，故苋菜不论是在中国还是国外，都渐渐被人们所认识，而得到发展。苋菜汁是用新鲜苋菜梗经多年发酵腌制后所泡制出的卤汁，为纯天然食用级臭卤。

五代时日华子称苋菜有"通九窍"的功

用。苋菜常见两种:一“红梗苋菜”,一“白梗苋菜”,也就是《本草纲目》所谓的赤苋和白苋。宋史绳祖《学斋占毕》卷四说:“明州有赤苋山,土传赤苋仙人所种。”清代《桃源乡志》卷五《物产志·蔬菜类》云:“苋菜:有二种,白色者可作羹,味颇甘美。”康熙《定海县志》卷十一云:“凡苋三月撒种,六月以后不堪食。”清代宁波普遍种植苋菜,如郑辰《句章土物志》所说:“今吾邑处处种之。”《四明朱氏支谱外编·物产》云:“苋菜:赤、白二种,养老,切三寸许,煮腌作股,别种曰打苋,嫩食。”在臭卤里浸泡过的苋菜股,堪称宁波民间的美食。

又答韵

〔宋〕孙应时

连阴漠漠锁春寒,现检新年历日看。
节里人言太幽独,床头书喜报平安。
山林决计应宜早,藜苋谋生未苦难。
归对妻孥真大笑,鲇鱼元不解缘竿。[①]

——选自孙应时《烛湖集》卷十八

【注释】

①鲇鱼:鲶鱼。《尔雅翼·释鱼》:“(鳀鱼谓之鲇鱼)善登竹,以口衔叶而跃于竹上,大抵能登高。其有水堰处,辄自下腾上,愈高远而未止。谚曰‘鲇鱼上竹’,谓是故也。”鲇鱼上竹竿常用以比喻上升艰难。

泌生日[①](二首选一)

〔宋〕陈　著

苋藜并日不充饥,[②]玉女于成在此时。[③]
道义于人堪隽永,膏粱从古豢愚痴。

——选自陈著《本堂集》卷二

【注释】

①泌:陈著的儿子。　②并日:两天合并成一天。　③玉女于成:像打磨璞玉一样磨炼你,使你成功。现多指逆境可以帮助一个人取得成功。“女”通“汝”。

老儒不用忧歌

〔宋〕舒岳祥

衡石程书括户口,[①]头会箕敛生干戈。[②]
老儒不用忧此事,苋羹麦饭醉且歌。

——选自舒岳祥《阆风集》卷八

【注释】

①衡石程书:同衡石量书。《史记·秦始皇本纪》:“天下之事,无大小皆决于上,上至以衡石量书,日夜有呈,不中呈不得休息。”古时文书用竹简木札,以衡石来计算文书的重量。　②头会箕敛:按人数征税,用畚箕装取所征的谷物。谓赋税苛刻繁重。

摘苋(八首选二)

〔清〕周　容

摘苋未盈掬,不知过小雨。
抑首久踌躇,[①]似闻苋相语。
赫赫冯子都,[②]鸣钟列鼎俎。
蠵蠯配熊蹯,[③]象白次麟脯。[④]
勺药引椒和,[⑤]雕胡入蘖醹。[⑥]
庖人伺颜色,犀箸犹懒举。[⑦]

摘苋须摘紫,青苋须辨形。
土膏足四月,[⑧]薋菉亦纵横。[⑨]
莫将数茎非,误此筐中盈。
纯钩缺蚊鼻,[⑩]匹练点飞蝇。
玉以微瑕弃,鼎因坠墨倾。
何况此区区,芝兰保尔馨。

——选自周容《春酒堂诗存》卷一

【注释】

①抑首:俯首,低头。　②冯子都:名殷,字子都,西汉长安人。霍光管家奴。霍光执政时,冯子都因受霍光宠幸,常与计事,朝廷百官争与交结,卑身服事。霍光死,妻显寡居,常与之淫乱。③蠵(xī):蠵龟,又称红海龟、赤海龟。海产的大龟,龟肉、卵均可食,龟甲可以入药。熊蹯:熊掌。④象白:指象脂。珍贵的食品。《文选·张协〈七命〉》:“燕髀猩唇,髦残象白。”刘良注:“白谓脂也,亦犹熊白也。”麟脯:干麒麟肉。　⑤勺药:同“芍药”。　⑥雕胡:茭白。蘖醹:米酒。　⑦犀箸:用犀牛角做的筷子。　⑧土膏:土中所含的适合植物生长的养分。　⑨薋菉:出自屈原《离骚》:“薋菉葹以盈室兮,判独离而不服。”一般认为“薋”为聚积义,也有人认为是一种植物。菉,即荩草。　⑩纯钩:古宝剑名。蚊鼻:比喻微细。晋

葛洪《抱朴子·论仙》："此所谓以分寸之瑕，弃盈尺之夜光；以蚁鼻之缺，捐无价之淳钧。"淳钧同纯钧，即纯钩。

题画菜

〔清〕姜宸英

江乡风物到田家，紫苋青葵半着花。
墨汁纤浓饱霜露，肯将松脆斗黄芽。

——选自《姜先生全集》卷三十一

拔　苋

〔清〕宗　谊

昔时殷勤甚，今除似不情。
向蔬怀始末，俯首念生平。
老竹吹风冷，新蝉见月明。
后朝六月望，计谷已将成。

——选自宗谊《愚囊汇稿》卷二

甬江竹枝词，俚句敬呈大吟坛斧政[①]（选一）

〔清〕白下痴道人小池

蟹酱鱼拷苋菜箍，[②]此乡风味太嫌殊。
阿婆食性天然惯，那用先尝倩小姑。

——选自《申报》同治十二年(1873)1月17日

【作者简介】

白下痴道人小池，生平待考。

【注释】

①斧政：同"斧正"。请人修改诗文的敬辞。②拷：鲞。苋菜箍：即苋菜管、苋菜梗。苋菜的茎切得一段一段的，用盐腌了，称为"苋菜管"。

四门竹枝词（百首选一）

谢　翘

秋老园蔬苋菜枯，绿茎寸断白盐铺。
异香一种酸咸味，厌食膏粱味自殊。

——选自《泗门古今》

【豆菜类】

泛　写

食豆荚

〔宋〕郑清之

西风摵摵草虫鸣，[①]万荚丛中诧瑞蓂。[②]
煮啖快输儿女吻，燃萁不忍尚堆青。

——选自郑清之《安晚堂集》卷六

【注释】

①摵(shè)摵：叶落声。 ②瑞蓂：蓂荚。古代传说中的一种瑞草。它每月从初一至十五，每日结一荚；从十六至月终，每日落一荚。所以从荚数多少，可以知道是何日。一名历荚。见今本《竹书纪年·帝尧陶唐氏》。

偶　成

〔明〕张　琦

半醒半醉倚绳床，枕石江楼水气凉。
豆荚箸长瓜杵大，满天秋兴到南庄。

——选自张琦《白斋竹里诗集》卷三

口占呈全完白四首

〔清〕李邺嗣

全家豆种晚逾良，粒粒肥甘荚亦香。
记得白斋诗句好，[①]满园秋兴过南庄。

每到秋深摘满筐，须教烂煮妙非常。
诸公任设盘中馔，不及先生豆荚香。

一盂佳豆一编诗，[②]两物相当请易之。
若说尝来风味好，杲堂犹自略便宜。

先生七十健非常，好事频来索寿章。
但使岁餐园豆饱，人间何用大还方。[③]

——选自李邺嗣《杲堂诗续抄》卷六

【注释】

①白斋：张琦。作者自注："白斋先生诗：'豆荚箸长瓜杵大，满园秋兴过南庄。'" ②"一盂"句：作者自注："先生赠余，答以《诗抄》。" ③大还方：即大还丹，道教丹药名。又称九还金丹。

午　餐

〔清〕宗　谊

秋风非苦我，时至天应凉。
拥褐待午食，[①]烹豆弥觉香。

少分稚子啼，益彼我辍尝。
人生念子孙，我计独荒唐。
贤否虽难辨，中情焉能忘。
咄咄登南楼，坐此旧竹床。
展书一为读，圯上见子房。[2]
迂儒无他慕，所愿辟谷方。[3]

——选自宗谊《愚囊汇稿》卷一

【注释】

①拥褐：穿着粗布衣服。 ②圯上：桥上。子房：张良之字。《史记·留侯世家》载：张良尝从容步游下邳圯上，遇一老父，受《太公兵法》。③辟谷：谓不食五谷。道教的一种修炼术。

小饮桥北农家（二首选一）

〔清〕宗　谊

薄酒凌风冷，柴门倚杖斜。
数时瓜剩实，向日豆留花。
村小稀租吏，人劳见富家。
冬来啼鸟乱，何独忌鸣鸦。

——选自宗谊《愚囊汇稿》卷三

即　事

〔清〕王之琰

吹炉温薄酒，启瓮出新苔。
欲饮还复止，中厨有豆来。

——选自王之琰《南楼近咏》卷下

鲜　豆

〔清〕周　燮

麦正黄时豆正肥，陇头春雨雉先飞。
不愁身重三年食，免得商山去采薇。

——选自《姚江诗录》卷三

【作者简介】

周燮，字理坡，号平圃，余姚人。诸生，著有《平圃诗草》。

豆　棚

〔清〕郑世元

吾生口味笑何曾，[1]食性多殊淡似僧。
本愿为农甘食力，亦思学圃究无能。
买园未获弓三丈，负郭谁管地一塍。
只好屋旁绳作架，待看秋至豆牵藤。
浓阴弄影堪消暑，结实生香拟献烝。[2]
饥鸟尝来偷欲啄，幽虫不住唤相应。
匍匐引蔓非吾志，月桂依墙是尔朋。
好抵雀罗张翟尉，[3]差强螬李傲于陵。[4]
菊英餐亦何多让，菜把供应恐不胜。
入夜更疑蕉洒雨，漏窗还放月移楞。
老知脾气多寒薄，近觉心经渐郁蒸。[5]
准拟朝朝炊作粥，[6]掇梯坐看小童升。

——选自郑世元《耕余居士诗集》卷十

【作者简介】

郑世元（1671—1728），字亦亭，号黛参，又号耕余居士，余姚人，迁居浙西嘉兴。雍正元年（1723）举人，未入仕途。后入京，公卿争相引重。有《耕余居士诗集》传世。

【注释】

①何曾：西晋大臣。生活奢豪，厨房所制作的肴馔，胜过王侯帝戚之家。 ②献烝：指祭祀时所献贡品。 ③翟尉：语出司马迁《史记·汲郑列传》：“始翟公为廷尉，宾客阗门；及废，门外可设雀罗。”形容门庭冷落；来的客人很少。 ④螬：虫蛀。于陵：战国时代齐国的廉士陈仲子。他认为其兄食禄万钟为不义，去了楚国，居于於陵。楚王欲用他为相，不去就职，与妻逃走，替别人浇园。《孟子·滕文公下》：“陈仲子岂不诚廉士哉！处于於陵。三日不食，井上有李，螬食实者过半矣，匍匐往将食之，三咽，然后耳有闻、目有见也。” ⑤郁蒸：郁而化热。 ⑥准拟：准备，打算。

村游（二首选一）

〔清〕郑　望

野人都识我，我识野人稀。
名姓堪相忘，风光莫暂违。
桑麻询缕缕，妇子媚依依。
别有关心处，篱根豆荚肥。

——选自王荣商《蛟川耆旧诗补》卷七

骆驼桥村竹枝词（五十首选一）

〔清〕盛钟襄

豆羹香味饱清晨，往贺新年便起身。
犹记昨宵人索债，烧香先去拜财神。[1]

——选自盛钟襄《溪上寄庐韵存》

【注释】

①拜财神:作者自注:"元旦煮豆为羹,食毕到庙烧香,曰拜庙岁。"

过蔬绕轩题壁

〔清〕钟祥熙

阶前净绝草萋萋,坐定还看旧句题。
半亩池开明镜晓,五峰翠落粉墙低。
闲花有意如将语,好鸟多情不住啼。
笋脆豆肥风味好,饮酣那惜醉如泥。

——选自《四明清诗略》卷四

【作者简介】

钟祥熙,原名梦庚,字兰泉,镇海人。诸生,性诙谐,喜饮酒,诗思敏捷。著有《品诗楼稿》。

附:

菽田子录(节选)

〔明〕张邦奇

菽田子,越人,家栎阳平楚之西,碧流修竹之外,治田数亩,艺菽其中。凡大、小豆、菉、菴、藿、菇、菸、蕪之属皆具。

菽田子家贫,缺壅资,生而孱弱,且病不任耘溉。菽可以为饭,为糗,为飧,为酒,为菹,为酱。江南之地,不问骍刚赤缇,埴垆咸泻,率以菽粪,百谷之长,恒资之。其用广而易生,不待厚粪,不烦力治。故菽田子专艺菽。然其治田有法,变以水火,根耜绳芰,不废其功。故其菽油油然生,蘙蘙然茂也。雨霁,荷锄相水,除其虫鼠,驱其鸟雀、牛羊、鸡犬之害。稍暇,手一编,坐豆棚之阴,讽诵终日。兴至则曳杖徜徉而歌,歌曰:"我菽我艺,我田我治。世路纷纭兮,孰知其歧?"又曰:"我田畴畴兮,我菽旆旆。优哉游哉兮,维以卒岁。"所居东为村市,足迹稀至。人恒遇其菽田游也,号之曰菽田子。……

时甬川子退耕于野,去其地甚近,每相与聚首塍垄之间班其而言稼事。菽田子曰:"菽虽易生,然艺之有道。畛防必饬,沟浍必深,治土必熟,量其广狭,时而布之,勿疏勿穊,视其湿燥,而时节宣之。任其自长,去患菽者,蔓者篱而舒之,勿使荸苧;竿而擢之,勿使湮郁。故吾菽不与他农等。岁获亩数釜,以其半易粟以食。田虽尟,数指无饥者。虽吾子治稼,其道岂异是哉!"甬川子莞尔而笑曰:"推子之说,可以理天下,岂独治稼哉!"遂录记之。菽田子,何氏,炜名,叔明字云。

——选自张邦奇《张文定公环碧堂集》卷八

蚕　豆

蚕豆,又称胡豆、佛豆、川豆、倭豆、罗汉豆。为一年生或二年生草本、豆科野豌豆属植物。因其"蚕时始熟",又"豆荚状如老蚕",故名。我国亦是蚕豆的原产地,相传西汉张骞又自西域引入蚕豆品种,后成为优势种而推广开来。自明末以来，宁波人称蚕豆为倭豆。光绪《慈溪县志》卷五十三“蚕豆”条云：“按，今俗呼此为倭豆，而呼豌豆为蚕豆。检《天启志》，有蚕豆、倭豆，无豌豆，其沿讹殆始自明季。”清稿本南乡郑杏卿集古《舆地》收有黄百家《寿宁堂会友图记》云：“康熙甲子三月下旬日，久雨初晴，郊原春老，黄残菜花，风香倭豆。”这里的“倭豆”即指大蚕豆。

蚕豆是豆类蔬菜中重要的食用豆之一，它既可以炒菜、凉拌，又可以制成各种小食品，是一种大众食物。

春晚还致庵

〔宋〕舒岳祥

乱后还山喜复哀，旧书亡失等秦灰。[1]
翛然山径花吹尽，[2]蚕豆青梅荐一杯。

——选自舒岳祥《阆风集》卷九

【注释】

①秦灰：指秦始皇所烧书籍的灰烬。 ②翛然：无拘无束的样子。

甬东江北歌（六首选一）

〔明〕屠本畯

犁锄荷锸种春苗，蚕豆花开春正饶。
十里清溪鸭寨堰，[1]万株苍桧麦杨桥。[2]

——选自胡文学《甬上耆旧诗》卷二十

【注释】

①鸭寨堰：亦作鸭砦堰，清冯可镛有《自甬江北移居鸭砦堰》诗。其地未详，很可能即今江北之“压赛堰”。 ②麦杨桥：又作孟阳桥、麦杨桥，在桃花渡北，与引仙桥相距二十余步。为明代尚书屠滽建。

闲行即事

〔明〕吕　时

竹屋炊烟四五家，门前潮水绕寒沙。
道人日晚乞食去，鹅鸭满田蚕豆花。

——选自胡文学《甬上耆旧诗》卷二十三

食蚕豆

〔清〕屠可堂

四月蚕眠时，豆熟登篝车。
忆昔伶中女，炒之和以砂。
一撮敬阿妈，一撮敬阿爷。
爷妈不自食，餐向二老加。
二老笑相谓，可惜乏齿牙。
反赐出二老，大嚼趁年华。
今日重食此，骨肉天各涯。
想头想白发，一颗一咨嗟。

——选自《甬上屠氏家集》卷七

【作者简介】

屠可堂，字斯寿，鄞县人，居城中(今属海曙区)。乾隆十七年(1752)举人，官定远知县及姚州知州，迁太和知县。后任盐政提举，颇有政绩。

姚江棹歌（百首选一）

〔清〕邵晋涵

倭豆花开三月三，一犁春雨蕙江南。
虞家残堞孙郎浦，[1]只见波光映石龛。

——选自邵晋涵《南江诗钞》卷一

【注释】

①“虞家”句：作者自注：“江以南有虞家古城。孙郎浦，见《宋无逸集》。”

蛟川物产五十咏·蚕豆

〔清〕谢辅绅

水墨花开入画宜，种成一顷讵为箕。
紫樱未饱青梅小，正是蛾眉上簇时。[1]

——选自光绪《镇海县志》卷三十八

【注释】

①蛾眉：指蚕蛾。

余姚竹枝词（二百首选一）

〔清〕宋梦良

大豆花曾彻夜开，亦愁心黑怕闻雷。
有人自信胸无墨，不解当头紫电来。[1]

——选自《中华竹枝词全编》(浙江卷)

【注释】

①篇末作者自注：“俗谓大豆花心黑，故怕夜雷。”

小院内外，胡豆芸薹齐花

杨翰芳

胡豆与芸薹，一时花并开。

春风无两意，休问为谁来？

——选自《杨霁园诗文集》

豌　豆

豌豆属于豆科豌豆属植物。起源于亚洲西部、地中海地区和埃塞俄比亚、小亚细亚西部。因其适应性很强，在全世界的地理分布很广。中国最迟在汉朝引入了小粒豌豆，相传张骞从西域带回的胡豆，李时珍考证为豌豆。《本草纲目》说："因其苗柔弱宛宛，故名豌豆，种出西戎，又名回鹘豆。"由此推证《尔雅》中所称的"戎菽豆"，应包含豌豆在内。东汉崔寔辑《四民月令》中有栽培豌豆的记载。豌豆在我国已有两千多年的栽培历史，现在各省均有栽培。自明末以来，宁波人称豌豆为蚕豆，亦名罗汉豆。以下选录的蚕豆作品中，从所描写的"粉嫩蓝枝小白花""青藤丝软先抽引"等形态特征看，此蚕豆实即豌豆。

蚕豆花

〔清〕释等安

村庄炒豆未沾牙，粉嫩蓝枝小白花。
三百顷田浑不爱，爱描花影上轻纱。

——选自释等安《偶存轩稿》卷一

剡湖竹枝词[①]（十九首选一）

〔清〕陆达履

笋饶毛竹与龙须，紫燕来时品更殊。
添得新鲜蚕豆子，山家味胜大官厨。

——选自《姚江诗录》卷二

【作者简介】

陆达履，字定夫，余姚人。乾隆间举人，官镇海教谕。

【注释】

①剡湖：地名。在今余姚陆埠。

罗汉豆

〔清〕孙事伦

俱那八百众，[①]儿居震旦国。[②]
时时多化身，变幻不可测。
忽来南山下，遍布千万亿。
莹然远尘根，粉碎浑空色。
倘具大慈悲，普济人间食。

——选自孙事伦《竹湾遗稿》卷八

【注释】

①俱那：诺俱那，亦译作诺巨那、诺讵罗、诺距罗、诺矩等。佛陀的高徒，为大力神。八百众：指八百罗汉。"阿罗汉"是梵语，华言禅僧或圣僧。朱彝尊《曝书亭集·卷五十二·书五百罗汉名记后》："按佛书，诺俱那与其徒八百众居震旦国，五百居天台，三百居雁宕，故梁克家《三山志》怀安大中寺有八百罗汉像。"　②震旦：古代印度称中国为震旦。

蚕　豆

〔清〕严　恒

田家豆熟逢蚕月，小荚丛生竟类蚕。
异种别传举眼似，佳名可许马头参。[①]
青藤丝软先抽引，翠叶阴浓懒咀含。
养藉花房红日暖，浴宜茅舍绿云酣。
齐垂应作同功两，群卧何如饱饲三。
响误萧萧登苇箔，形疑蠕蠕走筠篮。[②]
沸汤好伴缫盆煮，纤手频将玉箸探。
熟后香葆千颗脱，餐来茧果十分甘。
鸡头未剥湖心芡，牛乳徒夸树底柑。
不避斋中书锦帖，时从棚下叙闲谭。
篱根化蝶身同幻，陌上鸣鸠候共谙。
老圃独尊罗汉果，怪看紫萼放优昙。[③]

——选自严恒《听月楼诗抄》

【作者简介】

严恒（1801—1860），字立方，号笠舫，又号石泉居士，清代慈溪费市严家（今属庄桥街道费市村）人。严信厚之父。工诗词，善画芦雁，著有《听月楼诗抄》。

【注释】

①马头：即马头娘。相传是马首人身的少女，故名。据《通俗编·神鬼》引《原化传拾遗》记载，古代高辛氏时，蜀中有蚕女，父为人劫走，只留所乘之马。其母誓言：谁将父找回，即以女儿许配。马闻言迅即奔驰而去，旋父乘马而归。从

此马嘶鸣不肯饮食。父知其故，怒而杀之，晒皮于庭中。蚕女由此经过，为马皮卷上桑树，化而为蚕，遂奉为蚕神。②蝡（rú）蝡：同“蠕蠕”。③优昙：即优昙钵花，即无花果树。佛教以为优昙钵开花是佛的瑞应，称为祥瑞花。

再续甬上竹枝词（选二）

〔清〕戈鲲化

青青蚕豆种宜稀，[1]颗粒圆匀荚正肥。
野老更传倭豆熟，[2]南风轻飏楝花飞。

——选自张宏生编《戈鲲化集》

【注释】

①蚕豆：即今之豌豆。②倭豆：即今之蚕豆。《桃源乡志》卷五称为“大蚕豆”，并云：“俗名倭豆，亦蚕时可食，故名。”蚕豆又名胡豆。光绪《慈溪县志》卷五十三《物产上》“蚕豆”条云：“倭豆之名，盖倭胡声转，变其称也。”宁波民间相传谓倭寇来时可吃，故名。

黄豆、毛豆

黄豆又名大豆，古称菽。毛豆又叫菜用大豆，是大豆作物中专门鲜食嫩荚的蔬菜用大豆。为新鲜连荚的黄豆。唐代陈藏器《本草拾遗》对大豆的功用有所论述，谓其可以炒食、煮食，作豉、豆芽和酱。毛豆一年生，茎粗硬而有细毛，它的荚作扁平形，荚上也有细毛，所以人称为毛豆，新鲜时，豆荚嫩绿色，青翠可爱。《桃源乡志》卷五记载：“毛豆：有二种，八月熟、十月熟。”

青珠竹枝词[1]（选一）

〔清〕佚　名

永青塘前东镇塘，及时种作各人忙。
非独黄豆都成荚，又见棉花白似霜。

——选自《宁波竹枝词》

【注释】

①青珠：即今宁海县长街镇青珠村。

重阳前四日过大嵩岭[1]

杨翰芳

毛豆黄时毛栗红，[2]路旁秋露比春浓。
如愚如木嵯峨石，静历重阳第几重。

——选自《杨霁园诗文集》

【注释】

①大嵩岭：在今鄞州区，横跨于海拔550多米的福泉山麓之中，是旧时咸祥、大嵩、象山老百姓出入宁波、上海的唯一通道。②毛栗：又称板栗、毛栗、凤栗、栗果等，壳斗科栗属的植物。

秋曝（三首选一）

杨翰芳

毛豆肥时毛蟹肥，故乡节物奈全非。
登高亦幸无高处，远眼年来力已微。

——选自《杨霁园诗文集》

扁　豆

扁豆一作藊豆，又称南扁豆、沿篱豆、峨眉豆、羊眼豆、藤豆等，为豆科扁豆属的一个栽培种，多年生或一年生缠绕藤本植物，是我国传统的豆类蔬菜。

扁豆原产亚洲和非洲热带地区。东汉崔寔《四民月令》已有“五月可种豍豆”的记载，豍豆即扁豆。扁豆功能健脾化湿，有利于暑湿邪气的祛除，故屡见于历代本草中。《日华子本草》云：“藊豆，平，无毒。补五脏。”这是宁波学者对扁豆及其功用的最早记录。宋代苏颂《图经本草》中说：“扁豆旧不著所出州土，今处处有之。”这说明宋代时我国已经普遍栽种扁豆了。明清的宁波方志中，对扁豆多有记载，如康熙《定海县志》卷十一《物产》“菽”条下云：“藊豆：其种样不同，蔓生篱落间，甚繁衍，可充蔬食、茶料。”不仅描绘了扁豆的植物形态，也点出了扁豆的利用方式。

寄周证山[1]

〔清〕宗　谊

风霜满地日加严，怅望徒然掀我髯。
可记罂湖赊酒夜，[2]厨烹扁豆蘸无盐。

——选自宗谊《愚囊汇稿》卷二

【注释】

①周证山：周斯盛，字屺公，学者称证山先

生，鄞县人。 ②罂湖：即罂脰湖，鄞西广德湖原名。因湖面形如葫芦状的酒器罂脰而得名。

除　架

〔清〕万斯备

百草逢秋落，看君兴亦疏。
细瓠连蔓摘，残架杂霜除。
稨豆行将及，温菘且自如。[1]
凋零真足念，转忆抱瓜初。

——选自万斯备《深省堂诗集》

【注释】

①温菘：罗卜。

扁　豆

〔清〕徐　镛

遍种墙阴护短篱，细花丛放早秋时。
家僮摘怕檐棚峻，夜雨滋怜架蔓垂。
霜落豆萁凋欲尽，老来脾性喜相宜。[1]
好同薏苡勤收贮，白粲如云共作糜。[2]

——选自张晓邦编《图龙集》

【注释】

①作者自注："本草谓扁豆仁健脾益胃。" ②白粲：白米。

兵乱后故居毁于火，[1]城西有老屋数椽，斩棘披荆，聊容栖止，虽三径荒芜，[2]有可入吟咏者，辄缀以诗，得八章(选一)

〔清〕张翊儁

扁豆作花红意烂，天丝引蔓绿痕新。[3]
更留阶下蝴蝶草，要与秋虫作主人。

——选自张翊儁《见山楼诗集》卷三

【作者简介】

张翊儁(？—1878)，字闳卿，号麟洲，江北区慈城镇人。咸丰十一年(1861)拔贡，以知县分发湖北。善书，工诗文。著有《见山楼诗集》。

【注释】

①兵乱：指咸丰十一年(1861)11月28日，太平军黄呈忠、何文庆与新加入的范维邦率部攻克慈溪县城。 ②三径：《三辅决录·逃名》云："蒋诩归乡里，荆棘塞门，舍中有三径，不出，唯求仲、羊仲从之游。"后因以指归隐者的家园。 ③天丝：丝瓜。

溪上散步

〔清〕严　恒

箨冠不用整，[1]闲眺兴偏赊。
绿绽圆荷叶，香生扁豆花。
断云天际杳，纤月树梢斜。
徙倚横塘路，声声听暮鸦。

——选自严恒《听月楼诗抄》卷上

【注释】

①箨冠：竹皮冠。用竹笋皮制成的帽子。

捣练子·偶理箧书，各系小令，略举时物，志家居读书之乐也(四首选一)

〔清〕陈康祺

夏夜静，斗杓斜，[1]篱角新开扁豆花。麈尾一挥凉拂拂，胎禽伴我读南华。[2]

——选自陈康祺《篷霜轮雪词》

【作者简介】

陈康祺(1840—1890)，字钧堂，鄞县人。同治十年(1871)进士，累官刑部员外郎。后任江苏昭文知县。辞官后家居苏州。著有《郎潜纪闻》《篷霜轮雪词》等。

【注释】

①斗杓：即斗柄。 ②胎禽：鹤的别称。南华：《南华真经》的省称，即《庄子》的别名。

白扁豆

杨翰芳

幽人乡思入园蔬，食性尤甘是早薯。
白扁豆为初试种，后墙垂荚又何如。

——选自《杨霁园诗文集》

豇豆、带豆

豇豆为蝶形花科一年生缠绕草本植物，分长、短两种。矮豇豆俗称角豆、豆角，晒干后煮粥，作点心馅。长豇豆亦称带豆、裙带豆，一般作蔬菜食用。茎有矮性、半蔓性和蔓性三种。南方栽培以蔓性为主，矮性次之。

豇豆是世界上最古老的蔬菜作物之一，我国可能为豇豆原产地之一，很早就得到栽培，《广韵》一书即有"豇"字，明代已广泛栽培豇豆。清代《桃源乡志》卷五《物产志·蔬菜类》列有"带豆"云："其形似带，藤生，作羹食。"康熙《定海县志》卷十一《物产》"蔬"下云："带豆：有青、红二种，以作羹食，故又名羹豆。"

送友人带豆

〔清〕宗　谊

近日衣无带，犹欣豆有形。
赠君须好煮，宜使色留青。

——选自宗谊《愚囊汇稿》卷二

溪　上

〔清〕万斯备

夜雨青枫路，秋风白豆家。[①]
醉眠三户酒，吟谢一篱花。
山客云为服，溪鱼宅是沙。
人生贫亦适，所惜鬓空华。

——选自万斯备《深省堂诗集》

【注释】

①白豆：又名饭豆等，为豆科植物饭豇豆。五代《日华子本草》云："嫩者可作菜食，生食之亦佳，可常食。"明李时珍《本草纲目·谷三·白豆》："饭豆，小豆之白者也。亦有土黄色者，豆大如绿豆而长。"《桃源乡志》卷五："饭豆：有赤、白二种，可作食。"今称眉豆。

四门竹枝词（百首选一）

谢　翘

豇豆煮茶节序新，一家团聚倍思亲。
春风原上飞钱纸，几个坟前拜岁人。

——选自《泗门古今》

豆　芽

豆芽是由各种豆类的种子培育出的可以食用的"芽菜"。《神农本草经》已提到"大豆黄卷"，马王堆一号汉墓出土有"黄卷司"木牌和写有"黄卷一石"的竹简，《唐本草》注还介绍了黄卷制法："以大豆为蘖芽，生便干之，名为黄卷。"所载均为大豆芽，而且主要是作药用。陈藏器《本草拾遗》称"黄卷"性平。豆芽作为素菜食用，较早见于林洪的《山家清供》。明代韩奕《易牙遗意》中叙述了绿豆芽的无土栽培及烹饪方法。宁波最常见者为倭豆芽、黄豆芽和绿豆芽。

芽　豆[①]

〔清〕姚　燮

沃之沙井浆，熩以醮石蒲。[②]
得气自酝酿，托生谢泥涂。
鹦勾翠爪玉，蚌剖黄胎珠。
分荚极琐细，出漉何纤腴。
滑膏水莼尾，嫩甲山韰须。[③]
谁还拟清白，莫笑无根株。

——选自姚燮《复庄诗问》卷五

【注释】

①芽豆：即豆芽。　②熩(hù)：这里义同"焐"。醮石蒲：甘蒲、香蒲、蒲黄。为香蒲科水生宿根草本植物的一种，其叶鞘抱合而成的假茎可食。③韰(xiè)：同"薤"。

兰花豆

兰花豆为中国传统小吃，其做法是：选用当年的新蚕豆，颗粒饱满、大小均匀、完整无损，放入水中，让蚕豆皮充分吸水膨胀，用清水漂洗，剥去豆皮黑线部位，或用剪刀在蚕豆上切一道口子，沥尽水后即可入锅油炸，炸至水分充分蒸发为止。捞出后沥油冷却，根据口味可适量撒拌些食盐等，口感酥、脆、香。因其炸的时候外皮受热，就向外张开，像花瓣一样，开了花儿了，开花像兰花，故名。嘉庆《松江府志》卷五范缵《渔家傲·云间风俗》："七月莎鸡相聚斗，盘堆巧果兰花豆。"但各地吟诵兰花豆的诗歌很少。

兰花豆

〔清〕陈　梓

一顷仍兼九畹青，[①]四桠纤手破霜翎。[②]
若从棚底搜闲话，老圃难寻种豆经。

——选自陈梓《删后诗存》卷九

【注释】

①九畹:《楚辞·离骚》:"余既滋兰之九畹兮,又树蕙之百亩。"王逸注:"十二亩曰畹。"一说,田三十亩曰畹,见《说文》。后即以"九畹"为兰花的典实。②椏:原意为成叉状的树枝,这里指蚕豆枝丫。霜翎:白羽,这里形容白蚕豆。

兰花豆和韵

〔清〕陈 梓

五椏剪出碎零星。季女门东洁溉鬵。①
思肖淋漓虚写瓣,②湘累涕泣枉披心。③
猝何能办经牙脆,久不闻香触鼻深。
一撮椒盐聊下酒,管他釜底着根侵。

——选自陈梓《删后诗存》卷十

【注释】

①溉鬵:语出《诗·桧风·匪风》:"谁能亨鱼,溉之釜鬵。"鬵,古代炊具。②思肖:即郑思肖。郑思肖字忆翁,号所南,自称菊山后人,福建连江县人。善于画兰,多作露根兰,不画地坡,人问其故,回答曰:"地被人夺去,君不知耶?"③湘累:指屈原。这里因兰花而想到屈原。

夏日遣怀诗(六十首选一)

〔清〕朱文治

独坐常思小饮时,咄嗟难办意迟迟。
堆盘最喜兰花豆,肉食人多味不知。

——选自朱文治《绕竹山房续诗稿》卷十

杂 咏①

〔清〕江 迥

风味数田家,盘飧费不奢。
酒青浮竹叶,豆白煮兰花。
门巷穿新燕,林塘系短艖。②
寻诗更幽绝,古寺夕阳斜。

——选自江迥《艮园诗集》卷一

【作者简介】

江迥(1857—1936),字后村,一字五民,号艮园,奉化江口后江村人,清光绪十四年(1888)中举人,授文林郎。1901年任县立龙津学堂堂长,力倡新学。后任奉化县教育会首任会长,宁波益智学堂监督,镇海培玉二等小学堂堂长。著有《艮园文集》《艮园诗集》,辑《剡川诗抄续编》等。

【注释】

①此诗作于光绪八年(1882)。②艖(chā):小船。

豆 腐

豆腐,又称菽乳。相传为汉淮南王刘安所发明。1960年在河南密县打虎亭东汉墓发现的石刻壁画,很多学者认为描绘了制造豆腐的过程。也有学者认为唐末五代才有豆腐。豆腐的诞生彻底改变了大豆的命运,让人体更加容易地吸收和利用大豆蛋白,同时也给擅长烹饪的中国人留有极大的创造空间。不过早期的豆腐可能由于口感等原因,一直未能流通开来,直到宋代时豆腐方才成为重要的食品,被制作出品类繁多的菜肴,以适应不同地区人们的口味和喜好。吴自牧《梦粱录》记载,京城临安的酒铺卖豆腐和煎豆腐。豆腐亦是四明人民的最爱。四明文献中豆腐出现较迟。黄震《黄氏日钞》卷六十七《书新安事》中,提到"豆腐旧传刘安戏术"。明代张时彻的《摄生众妙方》中用到了豆腐。清初《桃源乡志》卷五记载:"青豆:荚有毛,可作豆腐。"光绪《慈溪县志》卷五十三介绍了白腐乳:"以菽乳制之,正方,可半寸,厚二三分,色白而质酥,味极鲜洁。出山北,初行县境,近岁更广。府属多嗜之者。"长期来宁波人还养成了嗜食臭豆腐等臭味食品的习惯,柴小梵《梵天庐丛录》卷三十六指出:"鄞人喜食臭,非臭豆腐、臭咸芥,即臭鱼、臭肉也。"四明诗人吟咏豆腐,现知则始于晚明。

腐侯赞

〔明〕薛 冈

台州豆腐称佳味,椒子尊之,①爵万户侯,撰疏诰,友人相继为笺表评。余于侯有宿契,②乃作赞。

有物如珠,匪从合浦。③
起家草茅,奋迹粪土。

色正黄中，黑杂玄武。
不曰坚乎，碎与玉伍。
点而化之，白皙楚楚。
冰肌薄存，渣滓悉去。
消之磨之，以吞以茹。
至滑德方，至凝气吐。
鄙远腥膻，游戏唇辅。
食品佚民，割烹伧父。[④]
法守盐梅，名登鼎俎。
得椒而尊，即萁而煮。
老儒涎流，肉食意沮。
于是膏粱，挑挞见侮。[⑤]
腹弗相容，箸弗为举。
馋人罔知，味不越五。
机肉釜鱼，口中跋扈。
尔入馔来，杀机微杜。
体柔用刚，太素鼻祖。
咽轻而清，视娇且妩。
易其肥鲜，使淡肠腑。
简其宰屠，代以咀吺。[⑥]
大庖元勋，岂曰小补。
厥赏列侯，厥食万户。
开国承家，授地斥卤。
锡尔嘉名，名尔曰腐。
带砺山河，[⑦]载在盟府。

——选自陈函辉《小寒山子集》

【作者简介】

薛冈(1561—?)，字千仞，自称天爵翁，鄞县(今海曙区)人。自小丧父，薄产荡然，以事避地，移居北京。万历八年(1580)，为赘婿于陆氏。在京为新进士代作考馆文字，得与选，因有盛名。崇祯十三年(1640)，80岁，时在金陵，集20岁至80岁间的元旦除夕诗为一卷。人称“身为太平词客六十年，名重天下”。晚年归，卒于里中。著有《天爵堂集》。

【注释】

①椒子：陈函辉别号寒椒道人，故称。陈函辉为浙江临海人。陈函辉《小寒山子集》中有赵润父《腐侯小传》云：“今友人木叔手诏为豆腐建侯，陈用齐，戏拟表称谢。”下即收陈函辉《台州豆腐记》。 ②宿契：犹宿缘。 ③合浦：汉代郡名，位于今广东省湛江市西北，濒廉江东岸，南临东京湾，古时沿海盛产珍珠。 ④伧父：泛指粗俗、鄙贱之人，犹言村夫。 ⑤挑挞：轻薄放恣的样子。 ⑥咀吺(fǔ)：咀嚼。

咏腐次张艾斋韵

〔清〕周　臣

菽水成佳味，山厨度岁华。
清芬兼菜甲，淡泊称贫家。
入釜金相似，调羹玉可夸。
本无肉食相，应共酒频赊。

——选自《四明清诗略》卷四

【作者简介】

周臣，字陈侯，号缄斋，慈溪人。侨居嘉兴之梅里，诗受朱彝尊称赞。家徒四壁，能不忧贫。仿唐宋人制笺，流布浙江。著有《三缄稿》。

和豆腐诗二首

〔清〕姜宸英

炊金馔玉爆何时，料理生涯亦有涯。
处士盘飧题菽乳，[①]异乡风俗忆黎祁。[②]
醍醐兄弟登筵重，[③]服食神仙作法宜。[④]
不是便便五经笥，[⑤]此中真味少人知。

五更唱罢渭城翁，担向街头日未红。
试手软应过石髓，探怀直不费青铜。
何妨篱落村村有，更与茅柴处处同。
贫薄原无食肉相，齑盐闲淡称家风。

——选自姜宸英《苇间诗集》卷四

【注释】

①这句作者自注：“孙大雅《豆腐》诗自序，改名菽乳。” ②这句作者自注：“放翁诗：‘洗釜煮黎祁。’黎祁，豆腐，蜀人语也。” ③这句作者自注：“穆赏兄弟有豆腐、醍醐诸品目。” ④这句作者自注：“淮南王始制豆腐。” ⑤便便五经笥：《后汉书·文苑传上·边韶》：“腹便便，五经笥。”言其腹中装满经学，有如藏五经的竹箱，后用以称精通经学的人。

咏白腐乳和陈子宏

〔清〕郑景会

汉代相传术更奇，全身入瓮醉如泥。

香同雀舌神俱爽，味压鸡头病颇宜。
浓挹酒浆酥透骨，细匀椒末冷凝脂。
儒家本色由来腐，佐食何须曲蘖施。[①]

——选自《四明清诗略》卷七

【作者简介】

郑景会，字慕韩，一字聚瞻，号海门，慈溪人。郑梁从子。侨居钱塘，占籍成诸生。能诗，为朱彝尊所赏。著有《剑鸣》《醉愁》诸集。

【注释】

①曲蘖：酒曲。

樊榭赋菽乳诗五章索和[①]

〔清〕蒋拭之

寒山潇洒姿，[②]鼎食厌名鲭。
偶谈蔬笋味，尝作椒乳评。
赐敕暨拜表，[③]鸿笔如鲸铿。[④]
乃知此微物，豪门亦致精。
更闻有绵津，兼珍都合并。
旁搜山与海，归之明且澄。
和以菽少许，顿觉乳怒頩。[⑤]
荟萃万菁华，余沥纷难盛。
滞遗利寡妇，[⑥]尚足充妙烹。
兹乃郇公制，[⑦]莫以腐子名。
花乳冻云版，钟乳白石生。
曾闻玉食谱，日随大官行。
吾侪种一顷，长哦豆田清。
秋风吹客梦，时物到芜城。[⑧]
车螯正盈市，下之亦嫣娏。[⑨]
若以校寒山，用物则已赢。
半菽过所望，连吟有同声。
食经斗物力，暴殄非所营。

——选自无名氏《四明清诗选》(暂名)

【作者简介】

蒋拭之(1670—1740)，字季眉，号蓼厓，鄞县人。年十八补诸生。门下弟子多登甲乙榜，而蒋拭之直到康熙五十六年(1717)始举于乡。著有《荻贻堂集》。

【注释】

①樊榭：清著名诗人厉鹗之号。厉鹗有《菽乳和许初观》诗。②寒山：陈函辉(1590—1646)，字木叔，号小寒山子。临海城关人。蒋氏自注："原倡搜索已尽，独未及陈木叔宗伯故事。"③赐敕：此指康熙皇帝下诏令。拜表：上奏章。作者自注："漫堂太宰菽乳新方，乃纪载所未及也。"此所谓"漫堂太宰"即指宋荦。康熙南巡江苏时，巡抚宋荦是当时受宠的名臣。康熙先以内府所制豆腐成品赐宋，复敕御厨亲至巡抚厨下传授做法，以为宋荦后半辈子食用。宋荦亦视此为殊荣，曾把此事写入自己的《筠廊偶笔》中。④鲸铿：语本汉班固《东都赋》："于是发鲸鱼，铿华钟。"后因以"鲸铿"形容铿锵如击巨钟。⑤頩(pīng)：光润而美的样子。⑥滞遗：谓遗漏弃置。⑦郇公：唐代韦陟，袭封郇国公。性侈纵，穷治馔羞，厨中多美味佳肴。后用以指称膳食精美的人家。⑧芜城：古城名，即广陵城。故址在今江苏省江都县境。⑨嫣娏：美好的样子。

消寒竹枝词(四十首选一)

〔清〕朱文治

菽乳凝成竟体柔，好教高挂朔风头。
夜寒彻骨冰穿透，煮出蜂窠百味收。

——选自朱文治《绕竹山房续诗稿》卷七

夏日遣怀诗(六十首选一)

〔清〕朱文治

藜苋生来腹满藏，何劳烹饪倩厨娘。
白盐煨入红炉后，炊饭调蒸菽乳香。

——选自朱文治《绕竹山房续诗稿》卷十

冰　腐[①]

〔清〕姚　燮

夕煮上芦箔，欺寒朔风飒。
云肤莹白腻，茶色硬黄叠。
麂眼镂圆细，[②]蜂窍络周帀。
压汁茧脱蚕，劘渣酱调蜐。[③]
吞或柔似絮，嚼异淡同蜡。
晓市满霜迹，携筐正杂沓。[④]

——选自姚燮《复庄诗问》卷五

【注释】

①冰腐：即冰豆腐。②麂眼：竹篱。篱格斜方如麂眼，故名。③劘(mó)：磨。蜐：龟脚。

④杂沓：纷杂繁多的样子。

豆 腐

〔清〕洪晖吉

碾得青黄豆，滤成冰雪浆。
松枝添活火，菜甲配清香。
市家贫相称，家风腐不妨。
祁黎名更好，方法问淮王。[①]

晨昏皆易办，生熟两相宜。
未觉还丹贵，真嫌大嚼痴。
斋厨供淡泊，食案佐清羸。
风味诗肠合，吟成一解颐。

——选自洪晖吉《听篁阁存草》卷一

【注释】

①淮王：指淮南王刘安，相传为豆腐的发明者。

豆腐诗十二韵

〔清〕姚景夔

缅想淮南子，曾传制法奇。
渣多欣去尔，名雅著来其。
汁聚加盐卤，膏浓出豆糜。
雕琼同画井，[①]覆𫗧像围棋。[②]
味与瓜茄别，干还酒食宜。
官厨椒拌屑，野市箬矜持。[③]
片片蒸铺肉，层层冷揭皮。
金箱承冻乳，[④]玉版待凝脂。
皎色霜千杵，晶肤雪一箕。
阑干调苜蓿，[⑤]酝酿漉糟醨。
淡泊堪明志，酸咸佐朵颐。
攻瑕夸尚捷，暮齿乐如饴。

——选自姚景夔《骗饭录》

【注释】

①雕琼：刻玉。画井：饰以花纹图案状如覆井形的天花板。这句形容豆腐之明洁精致。②覆𫗧：典出《周易》卷五《鼎卦》。《易·鼎》："鼎折足，覆公𫗧。"𫗧，鼎中的食物。覆𫗧，谓倾覆鼎中的珍馔。 ③箬：指箬竹壳。矜持：这里指包裹。 ④金箱：金制的箱子。 ⑤阑干：交错杂乱的样子。

余姚竹枝词（二百首选一）

〔清〕宋梦良

炎炎溽暑涤偏难，[①]烧酒宽心润肺肝。
佐饮红菱甜过甚，门前招买五香干。

——选自《中华竹枝词全编》（浙江卷）

【注释】

①溽暑：指盛夏气候潮湿闷热。

附：

腐先生传

〔清〕倪象占

腐先生者，本姓菽，名乳，淮南人也。其先戎菽，自西域来，从后稷奏，艰食佐尧。尧俞其功，锡之旆，旆之章服，与黍氏、粱氏、来牟氏等，同列九卿，天下谓之九谷。谷，善也，以其善养人也。历夏、商、周，子系蔓衍，散在民间。其族有贤者曰："吾贱，不敢与夏琏商瑚比贵矣。维俎豆尚事，儒风得素习焉。遂改姓豆氏。"是后或称豆，或称菽。其称菽，或竟去草为叔者，忘所本也。其称豆者，从所志也。其又加草为荳者，俗之讹也。其别系有菉氏、赤氏、豇氏、豈氏、稨氏、庄氏、褊氏、豌氏，因皆附豆以角胜。时与农家夹处，而不甚蕃。其蕃者罹淮南一支。先生生于汉文帝时，自以先世有九谷之称，隐袭其名曰乳。乳，谷也，沿楚俗谓乳曰谷也。为人性柔和善发，然洁白无渣滓。初衣褐见淮南王安于八公之徒，客王所。王年少贵骄，信方士言，好炼丹药，求仙术。而先生处其间，泊如也。磨淬熟习，时时以微旨讽王，解王热中，拂王意，左右知有间，因构之曰："是虽美如冠玉，其中未必有也。"王亦曰："是公老练，与寡人不乳水融矣。孰尚为乳者，以高祖尝骂隋何、郦食其辈为腐儒、竖儒。"遂以腐呼先生。或嘲之曰："乳臭儿，臭而腐矣。何足齿？"先生曰："不曰臭腐化神奇乎？此非辱也，即吾自号之，亦非傲也。"于是直名豆腐，豆腐之名遂著于天下。平居随俗调和，不存圭角。是以向风者，莫不倾倒奔走，资借箸以补不足。以先生便捷口给，量材而施，皆能餍其所求。故惟肉食者，或厌薄之。而先生胸中曾不芥蒂，尝称曰："世自周公属司徒，处之坟衍原隰之地，固期其能养人也。今已不赋《采菽》矣。而吾蒙王德，成就其名，幸复时从诸卿苗裔，素心晨夕，以济世用。举踪所至，得以泽及一方焉，可矣，何必与贵者争樽俎哉。"于是遂隐于市。然而淮南王求仙不效，终有昧于先生之旨，故与其徒著《淮南子》一书，尝掇文子之言曰："非宁静无以致远，非淡漠无以明德。"盖不忘先生，而隐指其所守之高义，使后世有识者，知所服膺也，宜天下家尸而户祝之矣。

论曰：文子者，老子之徒也，故所举必本所闻于老子。有旨哉，淡泊云云。豆氏乃奉从龙之教，以躬行化天下矣。淮南虚怀慕道，而所为实异，是似未尽有以知先生。然而世之所以知先生名者，由淮南始。则淮南之能成人之美也，其功亦不可泯哉。

——选自倪象占《蓬山清话》卷十七

【吊菜类】

茄　子

茄子又名落苏、矮瓜、昆仑瓜等，为茄科茄属茄种的浆果，是为数不多的紫色蔬菜之一，也是很重要的大众化蔬菜。茄子起源于印度，我国西南地区也有成片的野生茄生长。在唐朝之前，茄子已是华夏居民的常食蔬菜。唐朝以来，栽种渐广。经长期的选育，形成了长、圆等形状和紫、青、白诸色型。康熙《定海县志》卷十一云：茄子"有圆如栝楼者，有长内五寸者，有青、紫、白色者，亦不同"。

唐代陈藏器《本草拾遗》记载了茄子的医用价值，并称"今人种食之"。从郑清之"如何缁俗偏同嗜"看，南宋僧俗都嗜好茄子。茄子性寒凉，夏天食用，有助于清热解暑。消化不良，容易腹泻的人，则不宜多食。

茄　子

〔宋〕郑清之

青紫皮肤类宰官，[1]光圆头脑作僧看。
如何缁俗偏同嗜，入口元来总一般。[2]

——选自郑清之《安晚堂集》卷六

【注释】

①宰官：泛指官吏。②元来：原来。

秋日山居好（十首选一）

〔宋〕舒岳祥

秋日山居好，新凉读旧书。
黍馨秋社祭，灯灿夜滩渔。
茄摘收花后，瓜尝脱蒂初。
旱田三得雨，一饱解忧虞。

——选自舒岳祥《阆风集》卷四

煎　茄

〔明〕张　琦

绝无滋味假油煎，惭愧三公匕箸边。[1]
到得何曾无肉食，雨厨烟屋始论钱。

——选自张琦《白斋诗集》卷三

【注释】

①三公：古代中央三种最高官衔的合称，时代不同，所指不一。匕箸：羹匙和筷子。

小　圃

〔明〕吴应雷

病里过残暑，凉深小圃荒。
绝根除蔓草，作意怒螳螂。
迟豆犹无荚，秋茄不满筐。
暵干能抱瓮，[1]底事使人忙。[2]

——选自胡文学《甬上耆旧诗》卷二十九

【注释】

①暵干：干旱。抱瓮：抱着水罐浇菜。②底事：何事。

天童则庵持新诗过访，喜读尽卷，即款饭东斋，书赠三首（选一）

〔清〕李邺嗣

食时即共食，不暇择兰蒲。
粗饭兼篱豆，[1]新羹有落苏。
交从出世淡，人笑得诗癯。
五字如吟好，常来报老夫。

——选自李邺嗣《杲堂诗续抄》卷四

【注释】

①篱豆:沿篱豆,扁豆的别名。

蓬岛樵歌(一百十六首选一)

〔清〕钱沃臣

紫茄白枣物情迁,[①]游子他乡倍黯然。
料识群儿随伯氏,不忘时食荐庭前。

——选自钱沃臣《乐妙山居集·蓬岛樵歌》

【注释】

①"紫茄"句:作者自注:"先曾祖妣程太孺人嗜茄,先祖父母遗命,凡茄熟必祭。余本生妣嗜白枣,余兄弟于枣熟时荐之。"

催工治园蔬

〔清〕谢守稼

自辟荒园半亩余,四时供馔足嘉蔬。
雨滋豆荚勤浇灌,草碍茄秧急剪除。
随意栽花娱晚景,得闲种菜适幽居。
要知治圃非先务,莫谓吾躬老不如。

——选自戟锋《阁老故里诗汇》

茄　塍

〔清〕景　云

乞得新罗种,[①]栽将半亩盈。
红舒花烂漫,紫挂实彭亨。[②]
野苋毋相杂,园葵合共烹。
朝餐兼晚饭,采摘转多生。

——选自《余姚六仓志》卷十七

【注释】

①新罗:朝鲜半岛国家之一,从传说时代起,立国达 992 年。公元 503 年开始定国号为"新罗"。 ②彭亨:鼓胀;胀大的样子。

茄

〔清〕徐　玉

半亩茄塍屋舍东,乘闲布种课儿童。
新凉分挹菜畦雨,爽气斜通稻径风。
叶苦如匏微染绿,花疏似荇浅含红。
味同酥酪人争嗜,喜见村娃摘满笼。

——选自《余姚六仓志》卷十七

夏日郊行(五首选一)

〔清〕屠仿规

几家篱落剪茅茨,团坐松棚夕照时。
茄叶豆花红间翠,尽多秋味足充饥。

——选自《四明清诗略续稿》卷三

【作者简介】

屠仿规,字芝畴,鄞县人。同治十二年(1873)副贡,官东阳训导。

葫　芦

葫芦,又称瓠、匏、壶、甘瓠、壶卢、蒲卢等,为葫芦科葫芦属一年生攀援草本植物。其果实也被称为葫芦,可以在未成熟的时候收割作为蔬菜食用。葫芦为中国的原产植物,也是世界上最古老的作物之一。浙江河姆渡新石器时代遗址,发现了 7000 年前的小葫芦种子,是目前世界上关于葫芦实物的最早发现。在余姚鲻山遗址也发现了葫芦植物标本。瓠瓜是旧石器时代人类由生食走向熟食的素食食物之一,如若用作荤素杂烩,味道格外鲜美,营养价值也大为提高。葫芦适应性强,便于粗放管理,可能最早被河姆渡人引种,成为我国最古老的用于蔬菜的栽培植物之一,它的驯化还表明我国在新石器时代已经有了园艺的萌芽,世界各地的葫芦栽培历史远比中国要短。商周时代葫芦栽培相当普遍,《诗经·豳风·七月》中有"七月食瓜,八月断壶"之句。汉代《氾胜之书》首载区种瓠法,至北魏贾思勰的《齐民要术》,把种瓠篇排在诸多菜蔬之首,可见其地位之重要。

四明地区是现知世界上最早认识、栽培和利用葫芦的地区,但文献的记录相对较迟。唐代陈藏器《本草拾遗》说"瓠,牛践苗子即苦",指出苦葫芦有毒。至今宁波乡间尚有踩踏葫芦藤会结出苦葫芦的说法。陈藏器进一步指出:"食苦瓠中毒者,煮黍穰汁饮之。"元代汪懋敬《山居四要》卷四种葫芦法云:"用牛粪黄泥封种,待活后惟留立茎,若要大又以两茎台为一茎,如前法种。”这明显是从唐代《四时纂要》种大葫芦法中继承而来,与同时代佚名《居家必用事类全集》所载相比,技术要点相同,但更为简练。这里最关键的技术要点是“用牛粪黄泥封种”,牛粪黄泥中不仅有肥分的作用,而且含有刺激植物生长的生长素,这得到了现代科学家的证实。关于四明地区栽培葫芦的品种,康熙《定海县志》卷十一记载说:“瓠之短柄大腹者为壶,壶之细腰者为蒲卢。大小长短,各有种色。”葫芦的吃法很多。元代王祯《农书》说:“匏之为用甚广,大者可煮作素羹,可和肉煮作荤羹,可蜜前煎作果,可削条作干。”又说:“瓠之为物也,累然而生,食之无穷,烹饪咸宜,最为佳蔬。”可见古人是把葫芦作为瓜果菜蔬食用的,而且吃法多种多样,既可烧汤,又可做菜,既能腌制,也能干晒。与其他瓜果不同的是,不论葫芦还是它的叶子,都要在嫩时食用,否则成熟后便失去了食用价值。

喜　雨

〔清〕李邺嗣

喜雨东畴足,农时见柳花。
鸟声催买鵗,①星气望匏瓜。
巷小驱牛扼,②河平息水车。
年年随野老,盂酒祝污邪。③

——选自李邺嗣《杲堂诗钞》卷五

【注释】

①买鵗(guǐ):鸟名。《汉书・扬雄传上》:“徒恐鹈鴂之将鸣兮。”颜师古注:“鹈鸟一名买鵗,一名子规,一名杜鹃,常以立夏鸣,鸣则众芳皆歇。……鹈字或作鶗。”鵗:又为农具名。　②牛扼:农具名,是与牛、犁铧配套使用的,其状如“人”字形,有半米见方长,两棱,耕田时候农人就把它安置在牛的脖颈上。　③污邪:地势低下的田。《史记・滑稽列传》:“瓯窭满篝,污邪满车。”司马贞索隐引司马彪曰:“污邪,下地田。”

归兴六章(选一)

〔清〕谭　宗

之田不可,缉我樊圃。
树壶种菘,于以餐午。

——选自倪继宗《续姚江逸诗》卷二

【作者简介】

谭宗,初名立卿,字九子,后更今名,字公子,晚号曼方野老,余姚人。善诗书、古琴、篆刻。曾客扬州,为人豪宕不羁。卒于扬州。著有《南征杂咏》《曼方初集》等。

山　家

〔清〕郑　望

也不成村落,深山锁几层。
矮墙堆乱石,破槛络青藤。
设馔瓜蒲满,①呼儿猫犬膺②
冠裳浑不识,见我作官称。

——选自王荣商《蛟川耆旧诗补》卷七

【注释】

①蒲:即蒲瓜、瓠瓜。《桃源乡志》卷五记载:“蒲瓜:一名夜开花,可作羹,四五月可食。”
②膺:古同“应”。作者自注:“山人多呼其子曰猫曰犬。”

骆驼桥村竹枝词(五十首选一)

〔清〕盛钟襄

瓜壶藤引土墙堆,①煮作羹汤日几回。
竟月持斋缘底事,厨娘赋性怕闻雷。②

——选自盛钟襄《溪上寄庐韵存》

【注释】

①壶:壶芦,即葫芦。　②“竟月”两句:作者自注:“六月持斋一月,曰雷菜。”

菜　瓜

菜瓜,为葫芦科甜瓜属甜瓜种中适于酱渍的变种。明王世懋撰《学圃杂疏》记载:“瓜之不堪生啖而堪酱食者,曰菜瓜。”唐代陈藏器《本草拾遗》中记载越瓜“小者糟藏之”,即为菜瓜之一种。这里所列,则泛指可以做菜之瓜。

题瓜笋图

〔明〕郑本忠

小雨春园里,嘉蔬数品新。

有时供小摘，淡泊最情亲。

——选自郑本忠《安分先生集》卷九

【作者简介】

郑本忠(1338? —?)，字本忠，自号安分先生，鄞县人。元末方氏据浙东三郡，他义不受官，杜门读书养亲。洪武六年(1373)举明经不起，十年(1377)以荐为昌国训导，建文二年(1400)冬，为秦府保安王教授。著有《安分先生集》。

山　房

〔明〕孙　鏊

山半流云绕，岩深挂薜萝。
游鱼闲弄藻，栖鸟暮争窠。
辫麦年来薄，瓜蔬雨后多。
荷花满溪畔，时听采莲歌。

——选自孙鏊《松菊堂集》卷五

黄　瓜

黄瓜，又作王瓜，也称青瓜，为甜瓜属葫芦科一年生蔓生或攀缘草本植物。黄瓜原产于喜马拉雅山南麓的热带雨林地区，最初为野生，瓜带黑刺，味道非常苦，不能食用，后经长期栽培、改良，才成为脆甜可口的黄瓜。黄瓜是由西汉时张骞出使西域带回中原的，称为胡瓜。因五胡十六国时后赵皇帝石勒忌讳"胡"字，遂改名"黄瓜"(一说隋炀帝所改)。黄瓜传入内地后，经长期栽培，选育出很多优良品种。唐代陈藏器《本草拾遗》谓黄瓜"其实味甘，寒，有毒，不可多食。"康熙《定海县志》卷十一记载："黄瓜，二月种者，夏时结瓜，色青而长。五月种者，霜时结瓜，色白而短。皮上皆有瘖疣子。至老则黄赤色。生熟可食，用兼蔬果。"

江　村

〔清〕钱　捷

秋光含四野，禾黍次相登。
白酒新添瓮，黄瓜老卧塍。
斜阳倾牧笠，浅水出渔罾。
篱菊江村暮，劳人感独增。

——选自《四明清诗略》卷一

【作者简介】

钱捷，字月三，一字陶云，象山人。顺治九年(1652)进士，授湖南岳州府推官，入为主事，历吏、礼、刑三部郎官，以布政司参议理江苏粮储。工诗，精于医，晚年卜居甬上，与诸耆旧相唱和。卒年八十六。著有《畅余堂诗草》。

王　瓜①

〔清〕周　容

一阴从此生，②蔓延遍大地。
莫道瓜中王，啖之及尔蒂。

——选自周容《春酒堂诗存》卷五

【注释】

①王瓜：即黄瓜。光绪《奉化县志》卷三十六《物产》"黄瓜"条引王嗣奭《管天笔记》云："《月令》所云'王瓜生'，一名土瓜，入药，非今种食者。种食乃黄瓜，而俗误冒王瓜。"　②"一阴"句：旧说夏至阴气初动，因用"一阴生"作夏至的又称。

南轩杂咏

〔清〕宗　谊

一窗槐影漏斜阳，紫李黄瓜风末香。
兴至检书还急遽，愁来视剑觉荒唐。
烟尘白日宵犹见，星月黄昏室稍凉。
开户欲寻湖上友，鹧鸪何意更啼忙。

——选自宗谊《愚囊汇稿》卷三

和李杲堂《夏日散怀》韵(五首选一)

〔清〕邱克承

小径亲箕帚，①阶前草自稀。
燕燕穿竹桁，客过叩柴扉。
绿树烟中密，黄瓜雨后肥。
为园课老仆，节候喜无违。

——选自全祖望《续甬上耆旧诗》卷九十九

【作者简介】

邱克承，字绍衣，一字艾轩，鄞县人。康熙八年(1669)举人，知山东巨野县。

【注释】

①箕帚：畚箕和扫帚。

冬　瓜

冬瓜，又称水芝、地芝，亦有写作“东瓜”者，因其瓜形状如枕，又叫枕瓜，为葫芦科冬瓜属一年生草本蔓性植物。产于夏季，瓜熟之际，表面上有一层白粉状的东西，就好像是冬天所结的白霜，故名冬瓜，又称白瓜、白冬瓜。白冬瓜原产于中国和印度，早在2000多年前的《神农本草经》中就有药用冬瓜种子的记载，秦汉以前已有广泛栽培。《齐民要术》记载黄河中下游地区栽培冬瓜用直播法，到了明代邝璠《便民图纂》中已有育苗移栽法。还有一种青皮冬瓜，据说来自南洋。

早在五代时，宁波人日华子对冬瓜的药用价值做了论述。冬瓜是夏秋季节的主要蔬菜，宁波地区栽培冬瓜历史悠久。康熙《定海县志》卷十一记载：“二三月种，夏时可食。嫩时绿色有毛，经霜则皮白如粉，其皮坚厚，其肉肥白，其瓤谓之瓜练，白虚如絮，可以浣练衣服。其子谓之瓜屎（‘犀’字之误），在瓤中成列。别有一种一月种者，结瓜肥好胜春种。”《桃源乡志》卷五记载：“东瓜：可作羹。”可见清初鄞县桃源乡人多用冬瓜煮羹。臭冬瓜是宁波风味菜肴中的一道名菜，奇香味美，健脾开胃，老少咸宜。

冬　瓜

〔宋〕郑清之

翦翦黄花秋后春，[①]霜皮露叶护长身。
生来笼统君休笑，[②]腹里能容数百人。[③]

——选自郑清之《安晚堂集》卷六

【注释】

①翦翦：犹簇簇。丛集的样子。　②笼统：形容物体上下部的大小形状没有显著的差别。③“腹里”句：典出刘义庆《世说新语·排调》：“王丞相枕周伯仁膝，指其腹曰：‘卿此中何所有？’答曰：‘此中空洞无物，然容卿辈数百人。’”

将归长沙即事戏作

〔清〕释敬安

四明风景异长沙，爱吃咸齑与豆渣。
归到湖南清味别，有钱难买臭冬瓜。

——以上选自《八指头陀诗文集·光绪六年(1880)》

【作者简介】

释敬安（1851—1912），俗姓黄，字寄禅，，湖南省湘潭县石潭村人。同治七年（1868）投湘阴法华寺出家，后行迹吴越，参禅学法十余年。光绪三年（1877）秋，在阿育王寺佛舍利塔前烧二指供佛，因号“八指头陀”。光绪二十八年（1902）起住持天童寺10年。曾任中华佛教总会首任会长。圆寂于北京，归葬于天童寺。著有《八指头陀诗文集》。

谚续（选一）

戴斌章

好女弗吃两家茶，从一而终只一家。
虽然别家比我好，宁吃咸齑咬东瓜。

——选自戴斌章《寒蝉秋鸣草堂诗草》

【作者简介】

戴斌章，字宪文，号雪棹，原镇海郭巨乡（今属北仑区春晓镇）人。光绪三十二年（1906），肄业于宁波师范学堂，为陈屺怀所赏识。曾设教于慈西鸡山小学（今属余姚市），继任教镇海县立新仓小学，后为灵岩思本小学校长。好吟咏，著有《寒蝉秋鸣草堂诗稿》。

丝　瓜

丝瓜，为葫芦科丝瓜属攀援草本植物。我国栽培的丝瓜有两种，即普通丝瓜和棱角丝瓜。丝瓜为云贵高原的原生植物。唐宋以后，丝瓜在我国南方普遍栽培，以后逐渐传到北方。明代李时珍《本草纲目》记载：“丝瓜，唐宋以前无闻，今南北皆有之，以为常蔬。”康熙《定海县志》卷十一《物产》记载：“丝瓜：即俗所谓天罗者。老时筋丝罗织，故有丝罗之名。嫩时去皮，可熟可曝，点茶充蔬，无不宜之。老大如杵，经霜乃枯，唯可藉靴履、涤釜器，僧家亦有剪为帽者。其花苞及嫩叶、卷须，皆可煮食。”

秋尽食丝瓜感赋

〔清〕谢泰宗

蔬菜畦成资口食，五谷同登和稼穑。

中有丝瓜滋味清，俗名天萝遍四国。
首夏长赢土愤盈，[1]种子成列稄出力。
零彼灵雨稍沾濡，[2]苗生易长茂滋殖。[3]
甫及三旬朱景炎，[4]百味无情增侧匿。[5]
盘餐五鼎愧韈充，[6]安得琼液生泠风。[7]
唯有此瓜王瓜继，[8]高棚架起藤蔓丛。
黄花绿带离离实，[9]挺秀长垂倒挂葱。
轻摘去皮凉水煮，菁华潋滟玉瓯中。[10]
甘脆香浮蔗浆美，生新液泛杏饧同。[11]
辣减春初懒人韭，淡宜秋来笋奴菘。
自谓食前终岁华，岂期转盼秋风恶。
门前红叶带霜飘，畦圃花黄空垂箨。
结成短实五寸长，不似夏瓜长逾索。
外形不改黑其心，煮法如初味已薄。
瓜老反多生蔬气，候变不堪再咀嚼。
人不厌物物厌人，昨故非今今非昨。
初意口苦不相宜，终是园蔬生意削。
世间物物皆如此，新故之间增悲喜。
长门空自生怨嗟，[12]欢娱极时弃置始。

——选自谢泰宗《天愚山人诗集》卷四

【注释】

①首夏：始夏，初夏。指农历四月。长赢：夏天的别称。愤盈：积满，充盈。 ②灵雨：好雨。 ③茂滋：谓植物生长繁茂。 ④朱景：红日。 ⑤侧匿：缩缩行迟貌。古天文谓朔日而月亮见于东方。 ⑥五鼎：指羊、豕、肤（切肉）、鱼和腊等鼎。韈（mèn）：古通"懑"，闷胀。 ⑦琼液：指美酒。 ⑧王瓜：黄瓜。 ⑨离离：盛多的样子。 ⑩潋滟：光耀的样子。 ⑪杏饧：甜杏粥。 ⑫长门：汉宫名。汉武帝的陈皇后失宠后居于此。

鄮东竹枝词（选一）

〔清〕李邺嗣

糯黄燕嘴不须赊，[1]新酿今年味更佳。
最是解酲风味好，[2]阑胡羹美杂丝瓜。[3]

——选自同治《鄞县志》卷七十四

【注释】

①燕嘴：糯米的一种品种。作者自注："燕嘴糯以为酒，味佳。" ②解酲：醒酒。 ③阑胡：即跳鱼。作者自注："阑胡俗呼弹涂。"

瓜棚独坐月下感怀

〔清〕郑　梁

半人学圃爱阴凉，结得棚成等账房。
带豆紫先扁豆紫，丝瓜黄胜饭瓜黄。
一园富贵今如昨，百岁荣华似可常。
此月圆来更几缺，那能是处不风霜。

——选自郑梁《寒村诗文选·寒村息尚编》卷二

晚秋丝瓜

杨翰芳

惨淡千林改旧容，丝瓜含翠尚重重。
凉风喜与添姿势，鳞爪飞扬走绿龙。

——选自《杨霁园诗文集》

【叶菜类】

泛　写

园蔬（六首选二）

〔宋〕袁　燮

深林十月饱清霜，寒气侵凌味转长。
世上甘腴有如此，拟排阊阖献君王。[1]

荤膻屏去忽三年，筋力扶持老尚坚。
所养固知先大体，人生何苦嗜肥鲜。

——选自袁燮《絜斋集》卷二十四

【作者简介】

袁燮（1144—1224），字和叔，鄞县人。淳熙八年（1181）进士及第，调任江阴尉。迁太学正，后来历仕司封郎官，迁国子监祭酒。后为礼部侍郎，与权相史弥远争和议，被罢官回乡。著有《絜斋集》等。

【注释】

①阊阖：京都城门。

和赵从道赋菜畦春富贵[1]

〔宋〕郑清之

多生菜气粥鱼僧，[2]味菜还如好色登。[3]
戏学挑根和露煮，正堪摘稻配香蒸。[4]

芝田不减商山乐，[5]蔬食谁言孔色矜。[6]
蒲笋只应维薮美，[7]镂锡何必羡韩膺。[8]

——选自郑清之《安晚堂集》卷十一

【注释】

①赵从道：赵隆孙字从道。 ②粥鱼：木鱼。③登：登徒子，出宋玉《登徒子好色赋》。 ④摘稻配香蒸：作者自注："见《诚斋诗话》。"按，杨万里《诚斋诗话》云："吾乡民俗，稻未熟摘而蒸之，舂以为米，其饭绝香。元素有诗云：'和露摘残云浅碧，带香炊出玉轻黄。'" ⑤"芝田"句：秦朝末年，由隐居在商山的"商山四皓"曾作《紫芝歌》："莫莫高山，深谷逶迤。晔晔紫芝，可以疗饥。"⑥孔色矜：作者自注："孔子见老聃云云：'去尔骄志与矜色。'" ⑦蒲：蒲菜，香蒲科植物香蒲嫩的假茎，为美味佳蔬。这句出自《诗·大雅·韩奕》："其蔌维何？维笋及蒲。"蔌：蔬。 ⑧镂锡(yáng)：马额上的金属制装饰品。韩：韩侯：姬姓，周王近宗贵族，诸侯国韩国国君。膺：钩膺：又称繁缨，束在马腰部的革制装饰品。这句出自《诗·大雅·韩奕》："王锡韩侯，淑旂绥章，簟茀错衡，玄衮赤舄，钩膺镂锡，鞹鞃浅幭，鞗革金厄。"

题画菜

〔明〕郑本忠

菜色青青沐化工，独怜气味慰吾侬。
为言当道司民者，[①]莫使苍生有此容。

自笑平生山泽癯，汤羊无分食甘腴。[②]
披图重爱家园味，日欲真尝百瓮储。

小雨霏霏过短畦，青青春菜讶初齐。
只今老去虽宜肉，敢忘当年百瓮齑。

老年非肉苦不饱，无奈官卑禄薄何。
只有东坡家法好，菜羹藜糁味偏多。

——选自郑本忠《安分先生集》卷九

【注释】

①司民：管理百姓万民。 ②汤羊：用滚水烫后煺毛而不剥皮的羊。

题　菜

〔明〕倪宗正

小圃春雨晴，百畦长新翠。
采摘正及时，市筐价高贵。
盈盈白玉盘，大嚼如未饫。
濡炙罗前筵，但觉无滋味。

——选自《倪小野先生全集》卷三

菜畦(二首)

〔明〕倪宗正

菜畦新治罢，正值秋风余。
含润根初植，迎暄叶渐舒。
作齑黄满瓮，入馔素行厨。
夙夜忧君客，滋勤味不虚。

——选自倪宗正《倪小野先生全集》卷四

种菜两三畦，霜后转甘脆。
老觉滋味长，庶免肉食悔。

——选自倪宗正《倪小野先生全集》卷八

蔬香园

〔清〕谢功昌

泉石幽栖泯俗情，亭台位置自分明。
只缘径曲花难觅，未到桥来水有声。
桂老园丁数旧主，蔬香学士锡新名。
盈蹊桃李争妍媚，看到东篱菊更清。

——选自《四明清诗略》卷五

【作者简介】

谢功昌，字在武，镇海人。诸生。

祀圃神

〔清〕宗　谊

草木资春荣，秋菜香独创。
九月露滋深，扶苏各盈量。
小豸从何来，[①]恣意作己饷。
贪同蚕食桑，旦夕躯逾壮。
嗟哉齑盐家，奚堪此类妨。
吾闻地有祇，[②]栽时云保障。
市豚稍掩豆，[③]三爵清浮酿。[④]
告尔为驱除，否者当致让。
余怀止在是，弗疑有奢望。

——选自宗谊《愚囊汇稿》卷一

【注释】

①豸：古书上说的没有脚的虫。 ②祇：神祇。此指地神。 ③市：购买。掩豆：掩盖豆器。

语出《礼·祭器》："晏平仲祀其先人，豚肩不掩豆。" ④三爵：三杯酒。爵，雀形酒杯。

观儿辈治圃

〔清〕宗　谊

衰颓怯寒风，扶杖来南园。
冬花犹努力，池侧相偏反。
儿曹事锄镢，及此小春暄。
疏泥见参错，指示费我言。
莳蔬贵审性，非独在深根。
理法苟不误，雨露易为恩。

——选自宗谊《愚囊汇稿》卷一

蔬　食

〔清〕范光阳

莱菔生儿菜甲黄，老夫一饭未能忘。
筠笼采去乘朝露，瓦鼎烹来供晚香。
餐菊陶潜归栗里，[1]思莼张翰返江乡。[2]
始知食肉真堪鄙，未许何曾得细尝。

——选自范光阳《双云堂诗稿》卷六

【作者简介】

范光阳(1630—1705)，字国雯，号笔山，鄞县人。黄宗羲在甬上证人书院的弟子。康熙十四年(1675)举人，康熙二十七年(1688)会元，授庶吉士。历任户、兵部主事。康熙三十四年(1695)，出知福建延平府，有善政。著有《双云堂集》。

【注释】

①栗里：地名。在今江西省九江市西南。晋陶潜曾居于此。 ②思莼张翰：典出《世说新语·识鉴》："张季鹰辟齐王东曹掾，在洛见秋风起，因思吴中菰菜羹、鲈鱼脍，曰：'人生贵得适意尔，何能羁宦数千里以要名爵！'遂命驾便归。俄而齐王败，时人皆谓为见机。"

晚　食

〔清〕范光阳

充安堂上竹灯明，晚食诸孙列坐横。
紫蟹擘斟桑落酒，[1]白菘添入芋魁羹。
三杯要识唐虞意，[2]一饭宁忘君父情。
劝语儿曹书亟误，断齑昼粥有家声。

——选自范光阳《双云堂诗稿》卷六

【注释】

①桑落：古代美酒名。北魏郦道元《水经注·河水四》："(河东郡)民有姓刘名堕者，宿擅工酿，采挹河流，酿成芳酎，悬食同枯枝之年，排于桑落之辰，故酒得其名矣。"紫蟹：光绪《余姚县志》卷六引《嘉靖志》云："紫蟹：色紫，苦楝花时挟子而至，语曰：'苦楝开，紫蟹来。'" ②"三杯"句：作者自注："康节诗：'唐虞揖让三杯酒。'"

对客饮

〔清〕孙士价

细剪春蔬一束新，缓斟清酒几回巡。
由来只备家常饭，非为山厨近日贫。

——选自《四明清诗略》卷五

【作者简介】

孙士价，字维藩，号屺庵，奉化人。康熙十七年(1678)岁贡。授嵊县训导。著有《双桂堂诗草》。

谢史丈惠菜[1]

〔清〕张　鲲

君不见英雄方潦倒，戛羹拒客有邱嫂。[2]
何况茅斋一散儒，得一杯羹岂草草。
诗翁忼慨分菜把，[3]筠篮嫩绿色鲜好。
洗手作羹呼邻里，啜时郁郁伤怀抱。
漫说菜羹滋味长，可怜种菜英雄老。

——选自张鲲《习静楼诗草》

【作者简介】

张鲲，字象垕，号斥疆，鄞县人。乾隆四十四年(1779)岁贡。学诗于全祖望、史荣。著有《习静楼诗草》。

【注释】

①史丈：指史荣。 ②戛羹：《史记·楚元王世家》："始高祖微时，尝辟事，时时与宾客过巨嫂食。嫂厌叔，叔与客来，嫂详为羹尽，栎釜，宾客以故去。已而视釜中尚有羹，高祖由此怨其嫂。及高祖为帝，封昆弟，而伯子独不得封。太上皇以为言，高祖曰：'某非忘封之也，为其母不长者耳。'于是乃封其子信为羹颉侯。"后因称嫂为"戛羹"。 ③忼慨：同"慷慨"。

骆驼桥村竹枝词（五十首选一）

〔清〕盛钟襄

一水中分上下河，喧嚣终日客船过。
夏瓜秋菜冬春笋，消受姚江土产多。①

——选自盛钟襄《溪上寄庐韵存》

【注释】

①篇末作者自注："村之水利，分上下河，所售土产半自余姚。"

菜

杨翰芳

与谷存民命，风霜已饱经。
赴汤不改色，还向镬中青。

——选自《杨霁园诗文集》

附：

味菜轩记

〔明〕方孝孺

凡物味之甚美者，必为人所甚好。可好之甚者，亦往往能生其祸，以病乎人。酒，味之美者也，好之甚者，小则有酗醟之失，大则戕躯丧德，以灾其国家。牛羊鱼鳖之类，于食物为最珍，然华元以羊羹不均，至于取怒而致败。郑灵公鼋羹不以分人，而逆乱之祸因之以生。是以甘脆适口之故，不之戒慎以饫饱，亡其身者世常有之，是岂非有甚美必有甚恶之事乎？夫惟其味淡薄，初若无可喜者，而世自不能遗之，饮者资之以析其酲，食者资之以解其饫，贵而八珍九鼎之筵，贱而橡茹藿歠之室，莫不有待于味。其物既不为人所争，而其味和平清苦，善除物之毒，而不生疾以病人。若是者，其惟菜为然乎？世之名人贤士每惩厚味之腊毒，而顾深嗜乎菜，若杜子美之于韭薤，陆龟蒙之于杞菊，苏子瞻之于芦菔、蔓菁，莫不遂称之，见于咏歌。而黄鲁直谓士大夫不可不知此味，尤为笃论。盖贫贱者之所易得，则无逾分之思，而求之不劳，不为富贵者之所甚好，则享之也安，而用之也无愧。身不劳而心无愧，此君子之所以有取于斯欤？暨阳蒋侯文旭以博士弟子高等，选为监察御史，其官贵显矣，而其志清约廉谨，以味菜名其所居。夫为显官而嗜菜，其善有三焉：不溺于口腹之欲，所以养身也；安乎己所易致，而不取众之所争，所以养德也；推菜之味以及乎人，俾富贵贫贱同享其利，而于物无所害，所以养民也。养身以养德，养德以养民，此蒋侯之所以过于人也乎？语有之曰："人莫不饮食也，鲜能知味也。"蒋侯于是乎知味矣。因菜之味而深味圣人之道，使仁义充乎中，畅乎外，而发乎事业，于膏粱之味且有所不愿，而况于菜也哉！

——选自方孝孺《逊志斋集》卷十六

芥 菜

芥菜，属于十字花科芸薹属芥菜种，是中国著名的特产蔬菜。芥菜的变异类型很多，主要有根芥、茎芥、叶芥、薹芥四大类，平时所说的芥菜一般指叶用芥菜。芥菜在我国栽培食用历史悠久，《礼记》中就有"鱼脍芥酱"的记载。经过劳动人民的长期培育，创造了很多优良的芥菜品种，是古代用来腌渍加工制作酸菜、咸菜、干菜的主要原料之一。五代时日华子对芥菜的医用价值有所论述。

四明地区在宋代时已普遍种植芥菜，收割后，常被腌制食用。光绪《宁海县志》卷二《物产・蔬类》云："芥：一名水苏，俗名九心芥。有大叶、细叶二种，其子为芥酱，味辛。又一种曰剥芥，曰四月不老。"据此，四明地区种植的芥菜有大叶、细叶两种。其中大叶芥，以其叶片较大而命名，呈青绿或黄色，在江南可以四季栽培。细者俗呼九心芥，即冬芥，因其分蘖数量多，排列有序，故名。九心芥亦称雪里蕻，因其为甬上著名特产，另列条目介绍。分蘖芥菜因其隆冬遇霜不凋、暮春迎风不老的特性，又被称为"春不老"。明代王世懋《学圃杂疏・蔬疏》云："芥多种，以春不老为第一。"这种芥菜在宁波也有栽培。清慈溪郑辰《句章土物志》云："雪里蕻，雪深，此菜独青。又有一种名春不老，两菜作菹，均田家旨蓄也。”宁波所产芥菜也可按季节来分，康熙《定海县志·物产》记载说：“芥有数种，味皆辛辣。冬月采者为腊菜，春月为春菜，四月为夏芥。芥心嫩薹为芥蓝，瀹食脆美。芥以腌菹为佳，久藏愈妙。唯宁、绍有之，他郡不及也。”芥菜的种子中含有多种辛辣芳香成分，被用来制作芥酱等调味品。光绪《镇海县志》卷三十八《物产》“芥”条云：“邑人捣其子用之，名曰芥辣。”

催觉际殖芥[①]

〔宋〕郑清之

淡交耐久最宜蔬，风味清严莫芥如。[②]
沃壤深畦须蚤计，[③]雪中满拟饫冰菹。[④]

——选自郑清之《安晚堂集》卷六

【注释】

①觉际：庵名，即小梅庵，位于今鄞州区韩岭村南面的岭南古道上。殖：种植。 ②清严：清新浓烈。 ③蚤：通“早”。 ④满拟：满心打算。

题芥白菜

〔明〕郑本忠

浓淡味相同，翩翩色映空。
谁能储百瓮，与尔共三冬。[①]

——选自郑本忠《安分先生集》卷九

【注释】

①三冬：冬季三月，即冬季。

青　芥

〔明〕张　琦

太素含清标，[①]高流以介名。
山中成性习，不敢梦腥生。[②]

——选自张琦《白斋诗集》卷一

【注释】

①太素：朴素，质朴。清标：谓清美出众。 ②腥生：指生的鱼肉等食物。

芥　菜

〔明〕倪宗正

冰霜滋厚辛，雨露含余润。
嘉筵一箸春，欲殿肥甘阵。

——选自倪宗正《倪小野先生全集》卷八

收芥菜

〔清〕谢泰宗

四明有芥菜，未入元修齿。[①]
经冬霜雪新，涉春雨露喜。
触鼻芬芳闻，知味香馥美。
蔓菁夸五行，[②]菘韭亦甘旨。
取用一时鲜，历久良足移。
灵根美厥多，藏宿任倚徙。[③]
隐之厉清操，信民百事委。
天苗鼎俎徒，[④]三十品充匕。[⑤]
未知如齑甘，风味得相似。
八口代嘉餐，千里经年纪。
入画山谷题，[⑥]得梦蔡齐始。[⑦]
大夫知免鄙，百姓色堪耻。
空劳不食心，生意未足薿。[⑧]
有爵利不夺，无官园圃恃。
诛锄几风霜，[⑨]饱饫数食指。[⑩]
尔肴菰莼馨，尔酒宜春酾。

——选自谢泰宗《天愚山人诗集》卷二

【注释】

①元修：宋人巢元修，嗜好巢菜（即野蚕豆）。苏轼《元修菜》诗叙：“菜之美者，有吾乡之巢，故人巢元修嗜之，余亦嗜之。” ②五行：五种德行。 ③藏宿：指积年储藏。 ④鼎俎徒：指贪吃之人。 ⑤三十品：唐冯贽《云仙杂记》卷三引《豫章记》：“宋宇种蔬三十品，时雨之后，按行园圃，曰：‘天苗此徒，助予鼎俎，家复何患？” ⑥山谷：宋代文学家黄庭坚之号。 ⑦蔡齐：字子思，莱州胶水（今山东平度）人，大中祥符八年进士第一，状元。宋曾慥《类说》卷二记载：“蔡齐字子思，真宗临轩策士，夜梦殿下菜齐，上见其姿状堂堂，曰：‘得人矣。’特诏给金吾，七人清道自齐始。” ⑧薿（nǐ）：茂盛。 ⑨诛锄：谓用锄头除去草茅。 ⑩饱饫：吃饱。食指：语出《左传。宣公四年》：“楚人献鼋于郑灵公。公子宋与子家将见。子公之食指动，以示子家，曰：‘他日我如此，必尝异味。’及入，宰夫将解鼋，相视而笑。公问之，子家以告。及食大夫鼋，召子公而弗与也。子公怒，染指于鼎，尝之

而出。”故以食指动预兆将有口福。

刈芥五首

〔清〕周　容

雨露春来足，园蔬自代推。
收时先早麦，斸处破苍苔。
辛苦逢人合，蹉跎畏老催。
年年莫相厌，味可胜盐梅。

是物乘时好，方当寒食迟。
莫教穷地力，应让及瓜期。
生计存齑瓮，儒风对酒卮。
春光知报答，培植在霜时。

岂不思花实，蒙锄及早晴。
为知甘淡泊，安敢恋生成。
野荠同春老，疏篱过雪倾。
寸心留得在，颜色有余荣。

亦是终年计，春风为尔秋。
已征为圃学，但负养亲谋。
业薄厨容俭，村遥市易收。
空囊失次第，惟此足无求。

半亩须臾竟，还将数本留。
乞苗思往日，需子续深秋。
僮仆寻常课，鸡豚早晚收。
尊醪分慰劳，篱落未安休。

——选自周容《春酒堂诗存》卷三

饷余生生春菜①

〔清〕宗　谊

同为沧海客，我独得园居。
月旦聊相赠，栽培愿不虚。
味原经野雪，香可煮湖鱼。
倘爱闲为业，春风来共锄。

——选自宗谊《愚囊汇稿》卷二

【注释】

①余生生：余榀，字生生，号钝庵，四川青神人。明亡后，谋起兵杀流贼，不克，逃之江南。参戎幕，又不济，乃寓鄞之西湖上。其所居名借鉴楼，结七子诗社，日与诸名士唱和其中。榀年最长，奉为祭酒。春菜：康熙《定海县志·物产》之“芥”条云：“春月为春菜。”

即事（二首选一）

〔清〕朱文治

鶗鴂声中小雨飞，①乍寒乍暖屡更衣。
一春盼到园蔬美，芥菜抽心豆荚肥。

——选自朱文治《绕竹山房续诗稿》卷九

【注释】

①鶗(tí)鴂(jué)：即杜鹃鸟。

蛟川物产五十咏·紫芥

〔清〕谢辅绅

雪里蕻同耐岁寒，佐来元日五辛盘。
厨娘莫似寻常吏，熟手虽多辣手难。

——选自光绪《镇海县志》卷三十八

野　兴

〔清〕张炳璋

村户两三姓，比邻四五家。
裹盐藏嫩芥，摘茗拣尖芽。
溪碧添新水，林红胜晚花。
秧田春雨足，随处有鸣蛙。

——选自《四明清诗略》卷三十

【作者简介】

张炳璋，字蕊题，号啸月，鄞县人。

乡思（选一）

〔清〕王荣商

寓庐十载禁城边，①回首乡关别绪牵。
老圃芥菘经雪美，荒江鱼蛤入春鲜。

——选自王荣商《容膝轩诗草》卷三

【注释】

①禁城：指北京城。

四门竹枝词（百首选一）

谢　翘

芥菜家家晒满帘，门前更买半担盐。
为郎客处思乡味，分作泥头数甏腌。

——选自《泗门古今》

雪里蕻

雪里蕻为芥菜的变种，又名黄芥、皱叶芥等，又名雪菜，相传因雪深时诸菜冻损，此菜独青而得名。为一年生草本植物，叶子深裂，边缘皱缩，花鲜黄色。它的植株具有极强的分生能力，在营养生长期间，可以发生很多分蘖，故从外观形态上，将其划为分蘖芥菜。雪菜是我国长江流域普遍栽培的冬春两季重要蔬菜，经过长期选育，品种极多。雪里蕻以叶柄和叶片食用，有新鲜和腌制品之分。新鲜雪菜是翠绿色的，口感略涩微辣，常用来炒肉末；经盐腌渍的雪菜质脆味鲜，口感爽脆，略带酸味。

宁波市是全国著名的雪里蕻生产基地，也是雪里蕻栽培最早的地区之一。从文献看，雪里蕻至迟出现在明代。嘉靖《定海县志》卷八《物土志·物产·蔬之属》有"雪里菜"，当即雪里蕻。康熙《定海县志》卷十一进一步介绍说："雪里菜：初秋下种，八九月即成，醃菹，味极香美。独宁、绍郡邑皆莳之，他郡无有，为菜中之珍品。"雪里蕻之名最早见于屠本畯的《野菜笺》中，列为"灌溉种莳而成者"，可见早在明代，就已经以露地越冬的方式栽培雪里蕻了。四明冬夏寒暑变化明显，居民膳食中能够安全越冬的冬季蔬菜较为缺乏。雪里蕻的培育成功，大大提高了对冬闲田的利用。农民利用晚稻收割后闲地种植雪里蕻，由于水稻地肥沃，雨水充沛，产量很高，可作为粮菜互补。主要产于鄞州区邱隘镇的细叶黄种雪里蕻，为浙江省名特优地方良种，当地俗称邱隘皇种。

在冬春两季，选用新鲜雪里蕻菜经过加工腌制而成雪里蕻咸菜，是宁波的传统特产，俗称"宁波咸齑"，其色香味特佳而闻名遐迩，源源出口海外，深得国际市场好评。其中最具代表性的是鄞州邱隘咸菜，色泽黄亮，有香、嫩、鲜、微酸等特点，很能让人生津开胃，深受人们的喜爱。邱隘亦因此成为闻名遐迩的"咸菜之乡"。雪里蕻含有胡萝卜素和多种维生素，能增进食欲、帮助消化。对此，宁波地方文献多有美誉，如清初《桃源乡志》卷五《物产志·蔬菜类》云："雪里蕻：作羹及齑，其味美香无比。"《鄞西高桥章氏宗谱》卷四《岁时风俗志·盐菜》云："冬日比户腌菘菜（即白菜）或雪里蕻于缸中，加盐，越数日即可食，味清而爽口。或杂以鱼肉等物煮食，味更美。谚云：'家腌咸齑，不吃淡饭。'苏沪之人讥宁波人嗜咸菜云：'三天不喝盐菜汤，脚骨有点酸汪汪。'"尤其是做鱼类、油腻类菜肴时，咸菜是不可缺少的配料，如"咸菜黄鱼""咸菜汁炖鲫鱼"等，俱为宁波地方名菜。

雪里蕻[1]

〔明〕屠本畯

四明有菜名雪里，瓮头旨蓄珍莫比。[2]
雪深诸菜冻欲死，此菜青青蕻尤美。
吾欲肉食兮无卿相之腹，
血食兮无圣贤之德。
不如且啖雪里蕻，
还共酒民对案时求益。

——选自屠本畯《山林经济籍》卷十六《野菜笺》

【注释】

①蕻：应以作"蕻"为是。 ②旨蓄：贮藏的美好食品。《诗·邶风·谷风》："我有旨蓄，亦以御冬。"郑玄笺："蓄聚美菜者，以御冬月乏无时也。"

鄮东竹枝词（选一）

〔清〕李邺嗣

翠绿新齑滴醋红，嗅来香气嚼来松。
纵然金菜琅蔬好，不及吾乡雪里蕻。[1]

——选自同治《鄞县志》卷七十四

【注释】

①这句作者自注："菜名，唯东乡宜种之，为齑最佳。'烘'作'汞'，非。"

雪 菜

〔清〕宗 谊

可圃物殊众，累百才十知。
余愚慵索隐，[1]姑从口腹私。

鄞俗产雪菜，托根始何时。
有味勿以甘，有香令人思。
吴会称蔬薮，此种独不宜。
钟灵在一邑，益信地力奇。
吾园四五畦，半秋辄深莳。
重彼孤介性，毋敢怠忽治。
相对如高士，色喜无浮词。
生平言知己，舍我当属谁。
气候比来足，为齑当及时。
叮宁命儿曹，[②]珍重毋自欺。

——选自宗谊《愚囊汇稿》卷一

【注释】

①索隐：对古籍的注释考证。②叮宁：叮咛。

齑

〔清〕沈景濂

此是吾家味，难为肉食谋。
性同姜桂辣，筵当藻蘋羞。[①]
岁久瓶愁罄，秋深种豫求。
只须常咬得，未失作清流。

——选自《四明清诗略》卷六

【作者简介】

沈景濂，字会中，镇海人。诸生。著有《还斋初编》《还斋二编》。

【注释】

①藻蘋：藻与蘋，皆水草名。古人常采作祭祀之用。

和灌雪菜

〔清〕费金珪

畦蔬斯最美，培植日宜加。
寒逼重阳雨，秋依一坞花。
学源兼稼圃，人岂肖匏瓜。[①]
有客闲相就，炉烟正沸茶。

——选自全祖望编《续甬上耆旧诗》卷一百十七

【注释】

①匏瓜：指圆瓠（俗名瓢葫芦）和悬瓠（长颈葫芦）。

蓬岛樵歌（一百十六首选一）

〔清〕钱沃臣

寒荠雪蕻遍村庄，[①]草屋周围晒稻场。[②]
试犒春耕穿短桊，[③]驱羊午牧放琅当。[④]

——选自钱沃臣《乐妙山居集·蓬岛樵歌续编》

【注释】

①雪蕻：作者自注："陆氏《尔雅新义》：蕻亦作汞，草心，俗呼抽汞。汞，真水也。……四明有雪里蕻菜，详《野菜谱》。"按，《野菜谱》当作《野菜笺》。②这句作者自注："乡村每多茅屋，屋外必有晒稻场，外似甚贫而内多盖藏，犹古风也。"③这句作者自注："呼犊曰犒，《篇海》：呼牛子声。《集韵》作㹀。称牛鼻钮曰桊，《说文》：牛鼻上环，音眷。《广韵》：牛拘也。"④这句作者自注："称羊颈环曰琅当。《汉书·王莽传》：'以铁琅当当其颈。'俗谓羊性过午食草。"

消寒竹枝词（四十首选一）

〔清〕朱文治

种得园蔬味颇香，城南附近学宫墙。
每逢雪里初抽蕻，不数秋菘与伏姜。[①]

——选自朱文治《绕竹山房续诗稿》卷七

【注释】

①篇末作者自注："雪里蕻菜以学宫前为最。"

夏日遣怀诗（六十首选一）

〔清〕朱文治

得闲老圃学何妨，浇灌因时菜不荒。
出瓮黄齑同蜜蜡，齿牙细嚼彻宫商。

——选自朱文治《绕竹山房续诗稿》卷十

蛟川物产五十咏·雪里蕻

〔清〕谢辅绅

平畦嫩绿压霜华，春韭秋菘不足夸。
别有一般风味好，瓮头旨蓄访农家。

——选自光绪《镇海县志》卷三十八

秋收竹枝词（选一）

〔清〕施育凤

闻说耘田涧水车，隔篱呼取仗邻翁。

到门便道来何晚，开口惟嗟岁太凶。
几度高卑嫌地脉，一番荒旱怨天公。
忙将租饭谋诸妇，只有陈齑雪里蕻。

——选自《鄞城施氏家乘》卷七

【作者简介】

施育凤(1771—1833)，字竹庭，号竹艇，鄞县(今海曙区)人，居灵桥门内。幼好吟咏，为国学生，例赠文林郎。入浙闱试，恰遭父亲之病丧，遂绝意进取。著有《水竹居稿》。

再续甬上竹枝词(选一)

〔清〕戈鲲化

旨蓄由来足御冬，春秋早韭复秋菘。①
湾头隙地无空旷，②第一佳蔬雪里蕻。

——选自张宏生编《戈鲲化集》

【注释】

①春秋：疑为“春夏”之讹。 ②湾头：在今江北区甬江街道。

余姚竹枝词(二百首选一)

〔清〕宋梦良

纵然贫贱守家风，时熟迴非别处同。
地傍学宫栽雪菜，①家留破盎种天葱。

——选自《中华竹枝词全编》(浙江卷)

【注释】

①这句作者自注：“学宫旁雪里蕻香脆殊胜，详见邑乘。”

白　菜

白菜，原产于我国北方，是十字花科芸薹属叶用蔬菜，有小白菜和大白菜之分，大白菜由小白菜演变而来。

白菜在我国的栽培历史很长，新石器时代的西安半坡村遗址就出土有白菜籽。根据古籍记载，菘即小白菜，始见于西晋文献，南北朝时期是最为常食的蔬菜。到了唐代《新修本草》中，才提到不结球的散叶白菜，“叶最大厚”，称为‘牛肚菘’，此当为原始类型的大白菜。陈藏器《本草拾遗》提到“叶大多毛”的菘菜，或即此类。不结球白菜在宋代长江流域下游已较常见，北宋后期诗人吴则礼作《同垧寄黄济川五首》云：“请说楚州菜，白菘如臂粗。”又有《用介然所惠石铫取淮水瀹茶》诗云：“拟向小阳买白菜，围炉烂煮北湖羹。”这可能是“白菜”一词最早的文献出典。南宋陈耆卿纂《嘉定赤城志》(1223)卷三十六云：“菘：大曰白菜，小曰菘菜。又有白头、牛肚、早晚等数种。”陈耆卿“大曰白菜，小曰菘菜”的说法耐人寻味，意味着白菜在浙东地区已经作为品种而出现，并与传统的小白菜相区分。传统的小白菜，范成大曾描述云：“拨雪挑来踏地菘，味如蜜藕更肥醲。”其塌地而生的形态描绘得非常真切。而北宋吴则礼笔下“如臂初”的白菘，当即不结球白菜类型，但其味道之美已经得到士人的追捧。到了元代，才选育出结球白菜。元代忽思慧《饮膳正要》(1330)所描绘的白菜形态，外叶向上拢起，其抱合状态已经进入结球的大白菜类型了，名称上也直接叫作白菜。一般认为，小白菜先产于南方，大白菜先产于北方，南方的大白菜是北方引种的。有资料表明，元代江南地区种植大白菜已经相当普遍了。如吴兴人管道昇(1262—1319)《与亲家太夫人书》列出的礼物，有“白菜三百窠拜纳”之语，一次性馈赠“白菜三百窠”，足见其种植之多和产量之高了。明朝嘉靖时王世懋的《学圃杂蔬》有半包心或花心大白菜的记载，称为“黄芽菜”。

白菜也是宁波人民最爱的蔬菜。南宋史浩所作《葬五世祖衣冠招魂辞》有“紫芥绿菘，撷芳圃些”之句，可见绿菘为园圃中的常见蔬菜。光绪《余姚县志》卷六记载余姚白菜以高脚白为佳，乾隆时始引种黄芽菜。慈溪郑辰《句章土物志》记载：“菘俗名白菜，吾邑北门外所出最美，谓之大叶白，霜后甚佳，不亚黄芽。”光绪《慈溪县志》卷五十三论黄芽菜云：“按，今浙东西皆有之，惟地气不如北方严冽，但须就畦壅治，不烦作窖耳。”白菜以柔嫩的叶球、莲座叶或花茎供食用，可炒食、作汤、腌渍。康熙《定海县志·物产》记载：“菘：即今人呼为白菜者，民间常食，作菹尤良。”《桃源乡志》卷五记载："白菜：其色翠，白叶，大，可作羹及齑。"

园蔬（六首选一）

〔宋〕袁 燮

白菘脆色真佳品，紫芥蒙茸亦可人。[①]
环舍满畦多且旨，[②]寒儒专享未为贫。

——选自袁燮《絜斋集》卷二十四

【注释】

①紫芥：即紫叶芥，以其叶脉呈紫色而得名。紫芥纤维较多，质地较硬，只适宜于腌渍加工食用。罗愿《尔雅翼》卷七："芥似菘而有毛，味极辛辣，其类甚多。似菘者名青芥，有紫芥，茎叶皆紫，作齑食之，最美。"蒙茸：葱茏。 ②旨：美味。

督觉际莳菜

〔宋〕郑清之

秋后从来数晚菘，自锄稀甲几多丛。[①]
莫辞榾柮频携瓮，[②]准拟清馋玉糁翁。[③]

——选自郑清之《安晚堂集》卷六

【注释】

①甲：种子萌芽后所戴的种壳。 ②榾柮：用以烧火的断木头。 ③准拟：模仿，遵循。玉糁翁：指苏轼。苏轼创制了玉糁羹，曾作《过子忽出新意，以山芋作玉糁羹，色香味皆奇绝。天上酥陀则不可知，人间决无此味也》，极写此羹色香味形之佳美。

己丑正月二十四日避地盐褶，[①]入省坑存思庵，和旧韵（二首选一）

〔宋〕舒岳祥

雪蕻羊羔白，菘芽栗肉黄。[②]
为谁端有此，正尔未能忘。
觉后心无愠，修来面有光。
道人参妙趣，一炷石炉香。

——选自舒岳祥《阆风集》卷三

【注释】

①己丑即至元二十六年（1289），时舒岳祥因杨镇龙之乱而避地。 ②"菘芽"句：作者自注："旧京有黄芽菜。"旧京指南宋国都临安。潜说友撰《咸淳临安志》卷五十八《物产·菜之品》云："黄芽：冬间取巨菜，覆以草，积久而去其腐叶，黄白纤莹，故名。"宋吴自牧《梦粱录》卷十八《菜之品》亦有同样的内容。临安的黄芽菜就是用大白菜的肉质根在不见光条件下，经覆草种植长出的芽球，乃是采用了类似韭黄的培育方法而成，还不是现在所称的结球白菜。

题《墨菜图》[①]

〔元〕黄 玠

江南何有，秋末晚菘。
欲知此味，请问周颙。[②]
周颙逝矣，物犹在是。
口腹累人，幸勿过侈。
真率之会，莫非嗜贤。
时作菜羹，何取腴鲜。

——选自赵琦美《赵氏铁网珊瑚》卷十四

【作者简介】

黄玠（1285—1364），字伯成，慈溪人，理学家黄震之孙。至元丙子家毁于火，挈家而西，嘉兴戴光远延为白牛镇学舍之师，乃教授浙西以自养。浙西富家巨室，尊其德学，为筑馆舍以居之。黄玠乐嘉兴山水之胜，卜筑弁山，遂号弁山小隐。所著有《弁山集》《知非稿》。今传有《弁山小隐吟录》二卷。

【注释】

①墨菜图：至正九年（1349）吴镇画。 ②周颙：字彦伦，汝南安城人。建元中，为始兴王前军谘议，直侍殿省。于钟山西筑隐舍，休沐则居之，终日长蔬，颇以为适。《南史·周颙传》："文德太子问颙：'菜食何味最胜？'曰：'春初早韭，秋末晚菘。'"

白 菜

〔明〕倪宗正

倚锄白玉肥，入瓮黄金脆。
平生咬菜侬，知尔园蔬最。

——选自倪宗正《倪小野先生全集》卷八

再叠前韵送禹梅还四明[①]（二首选一）

〔清〕吴之振

曹娥东去女阳西，[②]芥辣菘甜总作齑。

过日只消三顿饭，住山端合一丸泥。[3]
磨盘昼夜犹旋蚁，[4]弩箭弛张且纵猊。
挂起笔头双拂子，几番公案待君题。[5]

——选自吴之振《黄叶村庄诗集》卷四

【作者简介】

吴之振(1640—1717)，字孟举，号橙斋，别号黄叶村农，浙江石门人。贡生，官内阁中书。著有《黄叶村庄诗集》。

【注释】

①禹梅：郑梁之字。 ②女阳：浙江崇德县(今为桐乡县崇福镇)旧有女阳亭。 ③一丸泥：《东观汉记·隗嚣载记》："(王)元请以一丸泥为大王东封函谷关，此万世一时也。"谓函谷关地势险要，易于防守。后用于比喻以极少的力量，可以防守险要的关隘。 ④旋蚁：磨蚁。《晋书》卷十一《天文志上·天体》："天旁转如推磨而左行，日月右行，随天左转……譬之于蚁行磨石之上，磨左旋而蚁右去，磨疾而蚁迟，故不得不随磨以左回焉。"后以"磨蚁"喻指日月在天体中的运行。 ⑤公案：案件，有纠纷的事件。

暮　春

〔清〕唐文献

忍将老眼看韶华，桃李无言日月赊。
晚白菜肥蚕出火，冬青花落燕成家。[1]
煮茶汤沸风声转，梦草诗成日影斜。
零落残红春思寂，故园风物足桑麻。

——选自《四明清诗略》卷四

【作者简介】

唐文献，字翌周，号柱隐，奉化人。康熙十一年(1672)岁贡。著有《竹窗集》。

【注释】

①出火：蚕三眠须凉爽，去火盆，故俗名三眠为出火。见吴之振《课蚕词》自注。"晚白"两句：袭用明代睦人桂衡《暮春》诗，见《水东日记》卷二十五。

食乌叶菜作[1]

〔清〕宗　谊

去冬无雪菜不香，今春雨多菜甲僵。
煮来生涩等恶草，家人强食怨声长。
弃之傍人必惊诧，卖之复恐为欺诈。
弃卖居然不自由，仰看飞英挂檐罅。

——选自宗谊《愚囊汇稿》卷一

【注释】

①乌叶菜：又名乌塌菜、塌棵菜、塌地菘、黑菜等，为十字花科芸薹属芸薹种白菜亚种的一个变种，以墨绿色叶片供食。叶片肥嫩，可炒食、作汤、凉拌，色美味鲜，营养丰富。清初高宇泰《敬止录·谷土考》附菜中所列第二项即为"乌叶菜"，说明此菜在宁波亦有栽种。

村　夜

〔清〕万斯备

牛饭声初歇，风吹地叶行。
天阴林鸟沸，林静佛鱼明。[1]
贫舍防禾熟，孤村诧客生。
新菘兼紫芋，甚厚故人情。

——选自万斯备《深省堂诗集》

【注释】

①佛鱼：木鱼。

临　斋

〔清〕余　派

青菜秋畦外，[1]幽斋傍石根。
野塘一夜雨，无处觅柴门。

——选自全祖望编《续甬上耆旧诗》卷七十三

【作者简介】

余派，字霖田，鄞县人。明诸生，入清后弃举业。工书擅诗。居近李邺嗣，朝夕唱和。

【注释】

①青菜：又名小白菜，为一年生草本，茎、叶用蔬菜。古籍中"青菜"一词亦可泛指绿叶蔬菜。

消寒竹枝词(四十首选一)

〔清〕朱文治

姚产黄芽白菜无，[1]浙东土比浙西粗。
移来远胜逾淮橘，[2]直与杭州味不殊。

——选自朱文治《绕竹山房续诗稿》卷七

【注释】

①"姚产"句：作者自注："吾姚黄芽白菜移种

不过二十年。”光绪《余姚县志》卷六《物产》云:“黄芽菜:亦作黄矮菜,本非姚产,乾隆时始有。”②淮橘:《周礼·考工记序》:“橘逾淮而北为枳,鸜鹆不逾济,貉逾汶则死,此地气然也。”

晚　菘

〔清〕黄　璋

曾与分畦护殖难,入秋雅称庾公盘。
半林黄叶映塍绿,老圃天风吹汝寒。
满把携来阿段手,[①]为羹饱合腐儒餐。
生憎羊酪官家味,蔬品香宜冠食单。

流匙差比莼丝脆,[②]下豉同尝玉粒馨。
屈指三冬凭有御,吾生至味耐曾经。
淹菹百瓮搀姜细,雪叶盈柈配韭青。
何肉周妻缘未了,[③]生涯只欲课园丁。

——选自黄璋《大俞山房诗稿》卷四

【注释】

①阿段:唐杜甫有《示獠奴阿段》诗,故此以阿段代指奴仆。②流匙:古代舀食物的器具。③何肉周妻:何指梁代的何胤,周指南齐的周颙。何胤吃肉,周颙有妻子,二人学佛修行,各有带累。典出《南齐书·周颙传》:“清贫寡欲,终日长蔬食,虽有妻子,独处山舍。卫将军王俭谓颙曰:‘卿山中何所食?’颙曰:‘赤米白盐,绿葵紫蓼。’文惠太子问颙:‘菜食何味最胜?’颙曰:‘春初早韭,秋末晚菘。’时何胤亦精信佛法,无妻妾。太子又问颙:‘卿精进何如何胤?’颙曰:‘三涂八难,共所未免。然各有其累。’太子曰:‘所累伊何?’对曰:‘周妻何肉。’其言辞应变,皆如此也。”

题胡白水画白菜[①]

〔清〕徐大庆

白菜尔何物,秋后甲初长。
青青满田畦,勤苦频灌养。
爱尔滋味长,贮之充瓶盎。
自怜山野夫,面无肉食相。
卓哉白水翁,提笔绘此状。

海错与山珍,物类亦多品。
唯尔作长羹,其味转清甚。
千金下一箸,用以佐食饮。
需费既已繁,重劳鼎烹饪。
借此供盘餐,宰夫岂不审。[②]
有时下咽难,徒使人拾渖。[③]

脍炙人称美,熊掌我所欲。
天下期易牙,嗜味口非独。
自念生计疏,常不饱一粟。
苜蓿满盘中,随意增感触。
睹兹山野蔬,经冬还叶绿。
但得咬其根,书生愿已足。

——选自《姚江诗录》卷五

【作者简介】

徐大庆,字笃斋,余姚人。著有《笃斋诗稿》。

【注释】

①胡白水:胡芹号白水,余姚人。乾嘉时期画家。②宰夫:厨师。③拾渖(shěn):拾取汁水。

秋兴百一吟·秋蔬

〔清〕陈　仪

入市蔬菜野味兼,莼丝菘甲食单添。
买来霜把还求益,未似先生割肉廉。

——选自陈仪等《秋兴百一吟》

秋兴百一吟·秋圃

〔清〕洪晖吉

雨余新甲展,嫩翠长秋菘。
抱瓮休辞力,根香守素风。

——选自洪晖吉《听篁阁存草》卷三

春兴(四首选一)

〔清〕谢锡蕃

晓来啼鸟遍郊东,报道春皇驻玉骢。[①]
几处酒家红杏里,满湖渔艇绿杨中。
旧园竹迸猫头笋,新雨菜肥马面菘。[②]
抛却闲情刚小睡,忽惊声彻卖花翁。

——选自《姚江诗录》卷五

【作者简介】

谢锡蕃,字晋三,余姚泗门人。咸丰九年(1859)进士,官内阁中书。著有《行素堂诗稿》。

【注释】

①玉骢：即玉花骢。泛指骏马。 ②马面菘：首见陶谷《清异录》，系白菜早期的一个品种。

田 家

〔清〕王荣商

阳气潜深泽，繁华事已非。
土香秋芋熟，霜重晚菘肥。
采菊和新酿，装棉入旧衣。
田家饶积贮，生计莫嫌微。

——选自王荣商《容膝轩诗草》卷三

四门竹枝词(百首选一)

谢 翘

白菜经霜味若何，阶前爆晒影婆娑。
朝来谁向缸中踏，笑说檀郎足汗多。[①]

——选自《泗门古今》

【注释】

①檀郎：《晋书·潘岳传》等记载：潘岳美姿容，尝乘车出洛阳道，路上妇女慕其丰仪，手挽手围之，掷果盈车。岳小字檀奴，后因以"檀郎"为妇女对夫婿或所爱慕的男子的美称。这句作者自注："俗以足汗多者踏菜为佳。"

柬 友

胡宅梵

归隐生涯处处宜，短篱疏竹自参差。
到门碧水接天远，入座青山笑客迟。
把酒空庭常对月，留君无事共吟诗。
盘餐莫厌无兼味，小圃秋菘雨后滋。

——选自胡宅梵《胜月吟剩》

【作者简介】

胡宅梵(1902—1980)，本名维铨，又名惟谦，笔名谪凡，余姚双桥乡(今属慈溪市桥头镇)人。曾任余姚县中及省立锦堂师范国文教师。新中国成立初，荐任绍兴佛教协会秘书长，被聘为省立绍中代课教师。著有《胜月吟剩》《晨钟集》等。

冬 葵

冬葵，民间称冬苋菜、冬寒菜、滑肠菜等。属锦葵科锦葵属，多年或两年生草本植物，有一定的向日特性。冬葵菜起源于野葵，是人类采食的最古老的蔬菜植物之一，不仅可作鲜蔬用，且可作腌菜。我国栽培葵菜的历史很早，《诗·豳风·七月》中就有"七月烹葵及菽"的记载。古人认为葵菜味美滑肠，有调和五脏的卫生作用，故长期来葵菜在各蔬菜中占有突出的位置，被视为"百菜之主"。如汉桓宽《盐铁论·散不足》所谓"春鹅秋鶵，冬葵温韭"，对冬葵菜推崇备至。五代日华子亦称："冬葵，久服坚筋骨。"并将早种的冬葵称为秋葵。王祯《农书》亦说："葵为百菜之主，备四时之馔，可防荒俭，可以菹腊，其根可疗疾。"但在人工栽培条件下，冬葵菜的变异性比较狭窄，其采摘主要限于嫩叶期，难以与同一时期从十字花科植物"野油菜"中发展起来的白菜相竞争，且自唐代以后，大量新菜种引进和培植，于是葵菜逐渐衰落以至被淘汰。明人李时珍说："葵菜，古人种为常食，今之种者颇少。"就道出了这一事实。光绪《慈溪县志》卷五十三亦云："明代已不以为常蔬矣。"目前各地仍有少量栽培。

别 墅

〔明〕黄伯川

招贤东去是平原，别业新成数亩宽。
莫道田园堪隐逸，也知稼穑更艰难。
青松枝小雨前种，黄菊花馨秋后看。
客至不妨无物待，烹葵炊黍劝加餐。

——选自黄宗羲编《姚江逸诗》卷五

林居春晓秘图过访[①]

〔明〕黄尚质

净丛得林居，春眠起较迟。
日华穿帷幕，莺语上花枝。
病后频辞酒，愁中久废诗。
喜君能见过，为剪北园葵。

——选自《竹桥黄氏宗谱》卷十三

【作者简介】

黄尚质，字子殷，号墨泉，一号醒泉，浙江余姚人。嘉靖二十八年(1549)举人 。为景州知府。

工山水，兼善人物。用笔古雅，不落蹊径。工菊，尤精傅色。卒年七十四 。

【注释】

①秘图：杨珂（？ —1578?），字汝鸣，号秘图，余姚人。不以科举为事，隐居于本邑秘图山，养母以孝闻。

喜陈启儒至郊居

〔清〕陆　宝

幸不虚留榻，闻篙出户迎。
暑将除吏酷，秋忽借君清。
酿黍谋新榨，芟葵择嫩茎。
未离三五远，月傍竹窗明。

——选自陆宝《悟香集》卷八

郊居积岁荒秽，[①]延僧本澄主之，顿易旧观。秋日过访，止宿喜赋（六首选一）

〔清〕陆宝

得为休歇地，缘亦仗于师。
卧处修床干，吟边涤研池。
分房停足懒，借衲护身羸。
近撷园葵绿，厨人进薄糜。[②]

——选自陆宝《悟香集》卷八

【注释】

①荒秽：犹荒废。②薄糜：薄粥。

入宅三首[①]（选一）

〔清〕魏　耕

家家红锦树，岸岸白沙村。
井络蛮江阔，[②]烟墟越俗繁。
到园尝果实，饷客剪葵根。
风土童时谙，飘零总未论。

——选自魏耕《雪翁诗集》卷七

【作者简介】

魏耕（1614—1662），原名璧，字楚白，又名苏，字野夫，自称雪窦山人、白衣山人，慈溪魏家浦（今属余姚市三七市镇魏家桥村）人。14 岁随父居湖州，后占籍为明诸生。明亡后，曾参与抗清斗争。曾力说张煌言与郑成功以舟师入长江。后往来吴越之间，续图复明，事败被捕，惨死杭州。传世有《雪翁诗集》。

【注释】

①宅：指魏家浦旧宅。 ②井络：犹言井里、街道。蛮：南方。蛮江：指姚江。

竹溪皃园诗[①]（十首选一）

〔清〕朱金芝

短檐独酌水云连，竹连围炉散紫烟。
美送芹丝来野客，具堪鲈脍过渔船。
春深煮笋莺声外，秋老烹葵夕阳边。
粗粝腐儒能自慰，读书准拟坐经年。[②]

——选自全祖望《续甬上耆旧诗》卷二十九

【作者简介】

朱金芝，字汉生，一字晓庵，自号忍辱道人，鄞县人。明亡后，从京师逃归南京，暗中参与抗清斗争，回故乡，遭到通缉，遂逃入山中，不知所终。著有《竹溪小记》等。

【注释】

①竹溪：作者题前小序云："乙丑夏，买屋竹溪之上，去城五十里而近。偕老树寿藤于断坟古岸间，柳浪梅纹，幽翠欲染，竹溪水出双韭，为郡中第一，仆得坐而有之。泼茶煮药，漱石枕流，日费清泉斛许。宛在彼中，有月可捉，有鸥可狎，浮家泛宅，皃耶非耶，作《皃园诗》。" ②准拟：准备；打算。

山堂留宿邻家置酒

〔清〕徐凤垣

墙东具鸡黍，而我喜相俱。
香粒春乌糤，[①]新葵上野厨。
村堪名栗里，[②]客自愧潜夫。[③]
君听黄鹂啭，相期莫再酤。

——选自全祖望《续甬上耆旧诗》卷三十四

【作者简介】

徐凤垣（1614—1684），字掖青，学者称为霜皋先生，鄞县人。"鹤山七子"之一。曾参鲁王之幕，浙东失守后苦节自矢。辛亥年与高隐学创梓乡耆旧社。著有《负薪集》。

【注释】

①糤：同"籼"。 ②栗里：地名。在今江西省

九江市西南。晋陶潜曾居于此。 ③潜夫：典出《后汉书》卷四十九《王符传》。汉王符隐居在家著书三十余篇，来讽刺当时政治的得失，不让自己的名姓被人家知道，所以书名叫《潜夫论》。后遂以“潜夫”指指隐者。

和邺嗣《城居将往庄田种春菜，督勤诸仆》

〔清〕余　派

山居无好邻，邑居寡良友。
结契春秋间，无人得佳偶。
秋获归余丰，春锄遍东亩。
况兹乱离末，资生在所厚。
我无桑中闲，蓬荜安衰朽。[①]
种蔬盈前畦，日厌薤与韭。
君家饶腴田，僮仆足奔走。
繁植宜及时，旨蓄贵兼有。
相期寒雪消，当来看五柳。[②]
相彼青青葵，佐以酒一斗。

——选自全祖望编《续甬上耆旧诗》卷七十三

【注释】

①蓬荜：穷人家住的房子。 ②五柳：即五柳先生。晋陶潜的别号。潜曾作《五柳先生传》以自况，文中云：“宅边有五柳树，因以为号焉。”

书怀（二首选一）

〔清〕张士埙

欲控扶摇万里难，[①]卑飞聊借一枝安。
囊无锥颖何须脱，[②]匣有星文不碍看。[③]
白饭黄葵尽耐饱，布袍絮被足支寒。
闲窗日作何功课，乘兴时腾笔底澜。

——选自全祖望《续甬上耆旧诗》卷九十七

【作者简介】

张士埙(1640—1676)，字心友，一字雪汀，鄞县人。为黄宗羲甬上证人书院弟子。康熙三年(1664)进士，应例授推官，适值朝廷淘汰冗员，改为知县，给假归里。康熙十四年(1675)始入京补行人。著有《雪汀诗抄》。

【注释】

①控：驾驭。扶摇：盘旋而上的暴风。②颖：锥芒。《史记·平原君虞卿列传》：“平原君曰：‘夫贤士之处世也，譬若锥之处囊中，其末立见……’毛遂曰：‘臣乃今日请处囊中耳。使遂蚤得处囊中，乃颖脱而出，非特其末见而已。’”《史记》原文言锥芒全部脱出，比喻有才能的人得到机会，即能全部显现出来。 ③星文：借指剑。

即　事

〔清〕谢兆昌

已遂归来愿，兼全宠辱身。
鹓鸾非逐队，[①]鱼鸟自亲人。
脱粟家常饭，烹葵席上珍。
缁衣笑语狭，[②]客至不教嗔。

——选自张本均《蛟川耆旧诗》卷五

【作者简介】

谢兆昌，字瞻在，镇海人。清康熙六年(1667)进士，由庶常升山东道监察御史。年三十一以病乞休，著有诗集《闲居集》。

【注释】

①鹓鸾：比喻朝官。 ②缁衣：僧尼的服装。这里借指僧人。

闲行至田家

〔清〕张廷枚

无多村落闻鸡犬，有几人家住翠微。
一路心情先不恶，到门风景果然稀。
丝头新吐春蚕老，苗脚齐抽小雨肥。
最是野翁能爱客，烹葵煮茗欲忘归。

——选自《姚江诗录》卷二

【作者简介】

张廷枚，字唯吉，号罗山，余姚人。诸生。嘉庆元年(1796)举孝廉方正。有园林之适。首辑《姚江诗存》。著有《弃余诗草》。

田家杂兴十五章（选一）

〔清〕姚　燮

老妪摘葵藿，切叶烹为浆。
嫩跟菹以盐，拟备恒时尝。[①]
饷我供晨饭，胶齿生余香。
方知滋味间，愈淡乃愈长。
出门望邻圃，杂蔬多茂良。

自惭尘中来，夙未洗鄙肠。
愿可营一区，我当老兹乡。
——选自姚燮《复庄诗问》卷二十四

【注释】

①恒时：平时。

灌园中葵

〔清〕姚　燮

小资培养法，莫怨雨愆期。[①]
愿夺遥山色，多添一尺枝。
矮门潜揜蔽，[②]乱影已葳蕤。[③]
病后伤春客，先撩蟋蟀思。
——选自姚燮《复庄诗问》卷十七

【注释】

①愆期：误期。②揜：同“掩”。③葳蕤：草木茂盛、枝叶下垂的样子。

油　菜

油菜别名油白菜，是十字花科芸薹属植物，原产自我国，颜色深绿，帮如白菜，属十字花科白菜变种。中国古代油菜称芸薹，又名寒菜、胡菜、苦菜、薹芥、青菜。东汉服虔者《通俗文》中，“芸薹谓之胡菜”。最早种植在当时的“胡、羌、陇、氐”等地，即青海、甘肃、新疆、内蒙古一带，其后逐步在黄河流域发展，以后传播到长江流域一带广为种植。唐代陈藏器、五代日华子均论述了芸薹的医用价值。油菜是芸薹属植物向白菜进化过程中被保留下来的一个比较原始的类型，历史上栽培的都是白菜型和芥菜型油菜。

一般认为，油菜是作为稻子的复种作物而得到栽培的，而油菜逐渐从叶菜转化为油料作物，大致可定在宋元时期。南宋后期，浙江的杭州、台州都有油菜栽培的文献记载。四明地区可能自南宋中叶以来就有了油菜栽培，如楼钥《诸茔拜扫晚归长汀》诗咏奉化长汀的田野作物云：“黄花麦与齐”，郑清之咏鄞县金峨一带的田野景物云：“麦苍菜花成锦绣。”舒岳祥《即事》描写宁海的田园景物云：“菜花随麦长，田水入池平。此景寻常有，何人自在行。”这里的“黄花”“菜花”指的就是油菜花，诗句表明油菜是与麦子同时种植的二茬作物，而且菜、麦同长已经成为田野寻常的风景而得到诗人的讴歌。戴表元《次韵答邻友近况六首》亦云：“麦花淡白菜花斑。”描写了奉化剡源一带麦花轻扬时节、油菜花点缀其间的田野景象。四明地区在南宋中期已来普遍栽培油菜，当是可以确信的事实。此后，油菜在四明地区得到广泛种植。《桃源乡志》卷五《物产志》云：“油菜：亦可作虀及菹，其子又可打油。”康熙《定海县志》卷十一记载：“芸薹：即今油菜。秋冬下种，初春采薹心，为茹最佳。……近多获油利，种者亦广。”光绪《慈溪县志》卷五十三芸薹条引郑辰《句章土物志》云：“春初发蕻，曰菜蕻，收取作脯甚美，名菜花干，一名万年青。”《四明朱氏支谱·外编》卷二十五《物产》云：“油菜：芸薹也，别名参菜。参读如生，参其旁也。参种晚禾曰参晚青。此菜春日采食其蕻，干之为万年青，养老取子榨油。”

春日偕孙鸿羽入戴有斐过云庄，各赋竹枝词（四首选一）

〔明〕周立本

麦秋已近菜花黄，欲下秧包细自量。
昨上坡头看冥荚，[①]一溪雨过暮云凉。
——选自《剡源乡志》卷十八

【注释】

①冥荚：即蓂荚。

菜花香

〔清〕谢泰宗

桃杏枝头几树红，何如芳味亩西东。
题来山谷堪怜色，嗜重元修家下风。
金嫩远摇三起柳，[①]辛夷近挹万株菘。[②]
合欢不藉番禹种，[③]扑鼻悬知老圃工。
——选自谢泰宗《天愚先生诗钞》卷四

【注释】

①三起柳：指柽柳（即人柳）。《三辅故事》：“汉苑有柳如人，名人柳，一日三眠三起。”意谓柽

柳的柔弱枝条在风中时时伏倒。②辛夷：又名木笔，主要是木兰科落叶乔木植物紫玉兰或望春玉兰、玉兰、武当玉兰的花蕾，也可以指其他木兰属植物的花蕾。③合欢：又名绒花树、夜合花。落叶乔木，伞形树冠。中国广州较多大叶合欢，叶大，花银白色，有香气。番禹：即番禺，位于今广东省广州市的中南部。

菜　薹[①]

〔清〕王之琰

一饭虽饶屡欠羹，殷勤圃事嘱园英。
勾除炙肉烹鱼想，整顿蒸蔬茹藿情。
望腊栽来几叶小，逢春敷出寸心荣。
充盘莫厌含滋薄，香脆应知胜蔓菁。

——选自王之琰《南楼近咏》卷上

【注释】

①菜薹：即薹心菜。由白菜易抽薹材料经长期选择和栽培驯化而来，并形成了不同类型和品种。宁波最常见者为油菜薹，滑嫩清香，可供炒食。

菜花（二首选一）

〔清〕张羲年

曲尘丝里映鹅黄，[①]开遍春山笋蕨乡。
客俎经旬无肉食，园官满把送花香。
连畦渐喜风光暖，带露先知气味长。
自赋闲居空俗艳，隔墙莺蝶不须忙。

——选自《姚江诗录》卷二

【作者简介】

张羲年（？—1777），字淳初，号潜亭，乾隆间余姚人。曾官於潜训导，乾隆三十七年（1772）参与《四库全书》校勘，后官国子监助教充纂修官。著有《噉蔗文集》等。

【注释】

①曲尘丝：指柳树，柳条。嫩柳叶色鹅，如黄酒曲上所生菌，故称。

菜　花

〔清〕叶　燕

一色无分浅与深，原田此日尽花阴。
添来夕照层层锦，散作农家万万金。
蔬圃应皈瞿佛相，[①]村妆不上美人簪。
青灯一盏青藜影，[②]方识繁华有内心。

——选自叶燕《白湖诗稿》卷八

【注释】

①瞿佛：佛教创始人释迦牟尼，姓瞿昙。后以瞿昙为佛的代称。②青藜：《三辅黄图·阁》："刘向于成帝之末，校书天禄阁，专精覃思。夜有老人，着黄衣，植青藜杖，叩阁而进。见向暗中独坐诵书，老父乃吹杖端，烟然，因以见向，授《五行洪范》之文。恐词说繁广忘之，乃裂裳及绅以记其言。至曙而去，请问姓名，云：'我是太乙之精，天帝闻卯金之子有博学者，下而观焉。'"后因以"青藜"指夜读照明的灯烛。

春日杂兴（二十四首选一）

〔清〕黄　璋

三百六十斋太常，[①]二十七种贫庾郎。[②]
薹心菜甲腌百瓮，[③]藜苋肠宽佐别香。

——选自黄璋《大俞山房诗稿·留病草》

【注释】

①"三百"句：典出《后汉书》卷七十九下《儒林列传下·周泽》：后汉周泽为太常，虔敬宗庙，常卧疾斋宫，其妻哀其老病，窥问疾苦。泽大怒，以妻干犯斋禁，收送诏狱，时人讥之曰："生世不谐，作太常妻。一岁三百六十日，三百五十九日斋。"后用为夫妻不同居的典实。②"二十七"句：典出《南齐书·庾杲之传》："（庾杲之）清贫自业，食唯有韭葅、生韭杂菜，或戏之曰：'谁谓庾郎贫，食鲑常有二十七种。'言三九也。"③薹心菜甲：薹心菜有两类。一类是青菜抽心后形成，通常供新鲜炒食。一类是以白菜型油菜抽心后形成，常用来腌制。这里指后者。

自南雷至冠佩山行杂诗（八首选一）

〔清〕朱文治

乍出南雷过半林，[①]断云含雨变晴阴。
苔心菜满东西陌，万亩黄花散作金。

——选自朱文治《绕竹山房续诗稿》卷九

【注释】

①半林：即半霖。在余姚城南。

菜花（四首选一）

〔清〕施英楷

暖风卷起碧苔心，细碎繁花露乍侵。
名士登盘惟碧玉，野人布地亦黄金。
酝成春色无浓淡，笼入斜阳忽浅深。
农舍风光原不贫，新秧已刺水田针。

——选自《鄞城施氏宗谱》卷七

【作者简介】

施英楷（1798—1859），字式之，别号莲伯，晚号蓍林，鄞县人，居甬城和义门。县学生，道光十七年（1837）举人。选授修职郎、处州府景宁县学教谕。著有《蓍林居士稿》等。

湖田看菜花

〔清〕姚　燮

不向闲浜问野芳，清阴一路缭低桑。
浮烟深作木樨色，[①]沃露熏如酒曲香。

在眼几人知此味，关心佳蛤上吾乡。
连旬苦厌花猪肉，独立凭渠洗腻肠。

——选自姚燮《复庄诗问》卷十二

【注释】

①木樨：桂花。

立春雨

杨翰芳

雾气午犹合，雷声寒意流。
群峰下时雨，春水动芳洲。
薹菜怒抽蕻，仓庚欣润喉。[①]
岂能泥占验，此日谓晴优。

——选自《杨霁园诗文集》

【注释】

①仓庚：黄莺的别名。

菠　菜

菠菜，旧称波薐，又作菠稜，又叫波斯草、赤根菜、鹦鹉菜，属藜科菠菜属一年生草本植物。菠菜原产于波斯，被古阿拉伯人称为"蔬菜之王"。在7世纪的唐朝时由尼泊尔人带入中国，至今已有约1300年的栽培历史。中国菠菜，籽实有刺，保留有较多的原始特征，叶狭长而有缺刻，可以四季播种。康熙《定海县志》卷十一说："菠稜：叶尖理细如波纹。"正确地描述了菠菜的形态特征。唐代陈藏器《本草拾遗》谈到了菠菜的食用价值及其可能的健康危害："北人食肉、面即平，南人食鱼、鳖、水米即冷。不可多食，冷大小肠。久食令人脚弱不能行，发腰痛。"现代科学证实菠菜含有大量草酸盐，如草酸盐食用过多可能对身体有害。在烹饪方法上，清初《桃源乡志》卷五记载："波菜：可作羹，味甘美。"说明宁波人喜食用菠菜羹。

山家十事·理蔬

〔清〕释道忞

冬种波薐夏种瓜，莫言生计太周遮。[①]
园蔬一饱曾千足，方信酥酡未并他。[②]

——选自释道忞《布水台集》卷二

【作者简介】

释道忞（1596—1674），字木陈，又作木澄，号山翁，广东潮州人。天童寺密云圆悟的法嗣，先后住持浙江的灵峰寺、云门寺、广润寺等，两度住锡天童寺。顺治十六年（1659），奉诏到北京万善殿与学士王熙等辩论，顺治帝赐号弘觉禅师。著有《布水台集》等。

【注释】

①周遮：谓多方回护。　②酥酡：古印度酪制食品名。未并他：不能与其相比。

蛟川竹枝词（十首选一）

〔清〕胡振涛

桂花蒸暖暗香霏，八月黄鱼上水飞。[①]
最喜新霜天气好，菠菱初嫩蟹螯肥。

——选自王荣商《蛟川耆旧诗补》卷十二

【作者简介】

胡振涛，字寿水，镇海人。振濂弟。光绪二十四年（1894）举人。

【注释】

①"八月"句：作者自注："仲秋捕黄鱼曰桂花黄鱼。"

自题半圃

〔清〕费邦翰

灵阳故居叹一炬，[1]吾爱吾庐聊葺补。
蔽遮风雨亦苟完，奚必杜陵歌广宇？[2]
开轩隙地无三弓，[3]舍南一畦畚锸聚。
波棱火热能充饥，[4]呼童拾枣更作脯。
客来有酒亦有肴，园蔬自比珍羞愈。[5]
其间荷锄多暇日，癖古闲搜书画谱。
颐性老人留墨妙，[6]我乃取之榜蓬户。
潜居得遂耕读情，犹是先民风太古。
时艰莫作分外想，且咬菜根耐清苦。[7]

——选自《四明清诗略》卷二十八

【作者简介】

费邦翰，字屏周，号曼书，又号莲溪，原慈溪费家(今属江北区洪塘街道)人。家本小康，开设廛市于甬东，后让于兄弟。循例得官，亦弃之。太平军入慈，故居遭毁，乃予重建，旁筑园圃，名为“半圃”，杂植花木，觞咏其中。

【注释】

①灵阳：灵山之阳。灵山为今江北骠骑山的别称。 ②杜陵：唐代诗人杜甫。杜甫有《茅屋为秋风所破歌》云：“安得广厦千万间，大庇天下寒士俱欢颜，风雨不动安如山。” ③弓：旧时丈量地亩的器具和计量单位，一弓合1.6米。 ④波棱：即菠菜。 ⑤珍羞：即珍馐，珍贵的菜肴。 ⑥颐性老人：太傅阮元的别号。据童德厚《补题费丈曼书半圃图》云：“昔余外祖方归田，肇经阮公贻华笺，半圃两字悬作额，故旧相传犹目前。”可证“半圃”两字确为阮元手迹。本句作者自注：“隶书‘半圃’二字。” ⑦咬菜根：比喻安于过清苦的生活。语本宋吕本中《东莱吕紫微师友杂志》：“汪信民尝言：‘人常咬得菜根，则百事可做。’胡安国康侯闻之，击节叹赏。”

芹　菜

芹菜，属伞形科栽培植物。芹菜是我国的原生植物，野生芹菜分布广泛，凡境内有水流或阴湿的地方，都可能生长芹菜。我国亦是家芹的原产地。家芹有水芹、旱芹两种，同科不同属，功能相近。水芹又名蕲、水英、楚葵等，属水芹属，一般生长于低湿洼地和水沟之间，栽培以浅水土壤为良，自古就被广泛利用，以供蔬食。我国古代的芹菜多指水芹，唐代陈藏器《本草拾遗》、五代《日华子本草》均论述了水芹的功用。旱芹属芹属，即现代芹菜的前身，由域外传入，唐代已经开始栽培和食用，故称胡芹，因其香气较浓，又名“香芹”，因其药用较佳，亦称“药芹”，现今各地栽培广泛，为重要蔬菜。

我国是世界上最早栽培芹菜的国家。《诗·小雅》中就有“言采其芹”之句，采集的是野生芹。《周礼》中有“芹菹”，表明我国人民已用芹作腌菜。随着栽培技术的不断进步，人们对芹菜的利用，亦从叶片部位转向叶柄部位。宋僧智愚禅师“炊黍脍芹”以修供，绍昙禅师亦有“缕笋芹为脍”之说，是知宋人喜用脍法烹制芹菜。康熙《定海县志》卷十一记载：“苦蕲：其性冷滑，水旱皆生，其叶对节而生，其茎有节稜而中空。楚人采以济饥，其利不小。可煮饭同食，故杜甫诗云：‘饭煮青泥坊底芹’，亦可作羹，故又云：‘香芹碧涧羹。’皆美芹也。”

正仲思归，[1]作《篆畦今夜月》十诗，非篆畦月，[2]乃雁苍月，[3]盖杜子美鄜州月之意也。[4]予作十章，乃篆畦月也(十首选一)

〔宋〕舒岳祥

篆畦今夜月，尊酒共论文。
冻茁沙中笋，冰芽涧底芹。
人生半歌哭，世事异传闻。
风宪分流品，[5]儒生免出军。[6]

——选自舒岳祥《阆风集》卷三

【注释】

①正仲：刘庄孙子正仲，宁海人。居宁海雁苍山中。 ②篆畦：舒岳祥创建的园林，在今宁海西店牌门舒村中。 ③雁苍：山名，于天台山脉东麓，宁海县梅林、深圳、西店三镇之间。刘庄孙等曾在雁苍山吉祥寺东创建赤城书堂。 ④杜子美鄜州月：天宝十五载(756)六月，安史叛军攻进潼

关，杜甫带着妻小逃到鄜州（今陕西富县），寄居羌村。七月，肃宗即位于灵武（今属宁夏）。杜甫便于八月间离家北上延州（今延安），企图赶到灵武，为平叛效力。但当时叛军势力已膨胀到鄜州以北，他启程不久，就被叛军捉住，送到沦陷后的长安。杜甫在狱中望月思家，写下了《月夜》诗，首联即云："今夜鄜州月，闺中只独看。" ⑤风宪：古代御史掌纠弹百官，正吏治之职，故以"风宪"称御史。 ⑥出军：犹充军。

芹

〔明〕屠本畯

有芳者芹，香滑拟莼。
薄言采之，[①]于河之肩。
甘而美之，相彼野人。[②]
相彼野人，欲献至尊。[③]

——选自屠本畯《山林经济籍》卷十六《野菜笺》

【注释】

①薄言：急急忙忙。《诗·周南·芣苢》："采采芣苢，薄言采之。"高亨注："薄，急急忙忙。言，读为焉或然。"一说为助词。 ②相：端详。野人：庶人；平民。 ③这句化用《列子·杨朱》的典故："昔人有美戎菽，甘苔茎、芹萍子者，对乡豪称之。乡豪取而尝之，蜇于口，惨于腹。众哂而怨之，其人大惭。"

过苏存方[①]

〔清〕黄宗会

阴雨连旬苦失群，求寻邵子候苏君。[②]
沙堤老屋青枫立，古岸澄潭白氎纹。[③]
胜具无多几亩竹，论交唯有半间云。
相要不厌频相过，[④]饭熟芹香幸可分。

——选自《缩斋诗文集》

【注释】

①苏存方：余姚人，讲学于姚江书院，生平待考。 ②邵子：邵元长，字长孺，余姚人。讲学于姚江书院。苏君：指苏存方。 ③白氎：用棉纱织成。 ④相要：邀请。要，通"邀"。

南园即事

〔清〕宗 谊

数行归雁掠高霞，独立南园手背叉。
一沼青芹为美菜，满棚白豆亦奇花。
未能梦稳尝如蝶，故学蓬生且近麻。
邻里呼翁呼稚饭，缕烟才起是吾家。

——选自宗谊《愚囊汇稿》卷二

堆云房早斋

〔清〕张士埙

茅庐高结处，山晓却堆云。
悟彼景中见，信伊名所云。
饭炊新碓米，菜煮碧溪芹。
不用忘忧物，[①]登临已足欣。

——选自全祖望《续甬上耆旧诗》卷九十七

【注释】

①忘忧物：代指酒。

饯春辞（六首选一）

〔清〕朱文治

芹芽芦菔旧辛盘，狼藉残杯兴又阑。
顾我不如春有脚，来时何易去时难。

——选自朱文治《绕竹山房诗稿》卷二

空心菜

空心菜，原名蕹菜，又名藤藤菜、蓊菜、通心菜、无心菜、瓮菜、空筒菜、竹叶菜，为旋花科蕹菜属一年生或多年生草本植物，开白色喇叭状花，其梗中心是空的，故称"空心菜"。张华《博物志》称："魏武帝啖野葛至一尺，应是先食此菜也。"唐代陈藏器《本草拾遗》也说："南人先食蕹菜，后食野葛，二物相伏，自然无苦。"看来，古人早就知道，食些蕹菜，可以解食物中毒。中国南方农村普遍栽培作蔬菜，有水蕹和旱蕹两大类，一经长出，继采不绝，可以弥补夏季青菜匮乏。

空心菜

杨翰芳

秋圃空心菜，也依秋日光。
空门正相配，可以见空王。[①]
下子清明节，调羹菽乳汤。
不能无色相，花作退红妆。

——选自《杨霁园诗文集》

【注释】

①空王:佛教语。佛的尊称。佛说世界一切皆空,故称。

茼　蒿

茼蒿菜,又名蓬蒿菜、同蒿、菊花菜、蒿菜,属菊科一年生草本植物。到了春天会开深黄色花,状如小菊花,故一般叫作春菊。茼蒿原产我国,其名始见于唐代名医孙思邈所撰的《千金方·食治》。唐朝政府颁行《唐本草》作“同蒿”,陈藏器《本草拾遗》、《日华子本草》承之,元代太医忽思慧撰《饮膳正要》称“蓬蒿”,《滇南本草》称“同蒿菜”,《本草从新》称“蓬蒿菜”。茼蒿并有蒿之清气,菊之甘香,又因采其上部嫩叶后,下部叶腋便生新芽,春、夏、秋随时可采摘,因而民间又称其为“无尽菜”。李时珍《本草纲目》记载:“九月份下种,冬季及明年春采食,茎叶肥嫩,微有蒿气,故名茼蒿,花深,状如小菊花。”陈藏器认为同蒿“令人气满,不可多食”。从杨范诗看,明代四明园圃中可见其身影。《桃源乡志》卷五记载:“蒿菜:叶花瓣,味甘美,僧家常种之。”可见四明地区的僧人种植蒿菜较为普遍。

春菊(即蒿菜花)

〔明〕杨　范

东风园里菜花开,却做秋英一样猜。
此际正经红雨落,于今未见白衣来。[①]
圆裁金叶钱无贯,高吐檀心粟作堆。
待看南薰成实后,[②]栽苗依旧荐香醅。

——选自胡文学《甬上耆旧诗》卷四

【作者简介】

杨范(1375—1452),字九畴,自号栖芸,晚更号思诚叟,鄞县镜川(今鄞州区石碶街道栎社)人。遭受家难,授徒里中。著有《栖芸稿》《咏物百诗》等。

【注释】

①白衣:特指送酒的吏人。用陶渊明故事。②南薰:从南面刮来的风。

苜　蓿

苜蓿为豆科苜蓿属多年生开花植物,每一根细茎上面,有叶三齿,如倒心形,先端稍圆或凹入上部有锯齿,叶的表面呈浓绿色,茎梗极短。紫花苜蓿原产伊朗,汉代由西域传入中原地区,中国用来作牧草或者做菜。苜蓿菜就是沪浙人说的草子,光绪《余姚县志》卷六云:“草子:农家刈以肥田,亦可作蔬。”

苜蓿不仅可用于家畜饲养,也是人类最古老的食物之一。五代时日华子说:“苜蓿,凉,去腹脏邪气,脾胃间热气,通小肠。”宁波人很早就开始种植了。明代镇海人薛士学《来云阁记》写道:“墙外荒畦一亩许,将莳苜蓿。苜蓿见《史记》,予甬东人,初无植此者。近岁友人自蓟门归,持其种饷余。予莳圃中,亦于土性颇相宜。春暮发花芸黄,新秋落其实,实与吾乡三月时蚕豆相似而差小,味甘腴可啖。孝廉云:‘今年谋树槿,来年槿可篱,则苜蓿得以生长,以作蔬食良佳。’言讫,又陶然意适矣。”(陈景沛《镇海县志备修·古迹》)可见明代镇海已经有人专门种植苜蓿以作蔬菜。人们主要食用苜蓿早春返青时的幼芽,每逢上市季节,家家户户都把它当作家常蔬菜,炒着吃味道很好,草子炒年糕是宁波有名的小吃。

上郑丞相安晚[①](三首选一)

〔宋〕释道璨

日食何曾费万钱,[②]只将苜蓿荐春柈。
俸余不用肥奴马,多买青山取性看。

——选自释道璨《无文印》卷一

【作者简介】

释道璨(1213—1271),号无文,江西南昌人。天资聪颖,曾在白鹿书院研读。后入释门,以翰墨名。宝庆间住江西饶州荐福寺,后住庐山开先华严禅寺,后又复住江西饶州荐福寺,与士大夫交游甚广,与张即之关系密切。著有《无文印》。

【注释】

①郑丞相:南宋丞相郑清之。②何曾:《晋

书·何曾传》:“(何曾)性奢豪,务在华侈。帷帐车服,穷极绮丽,厨膳滋味,过于王者。每燕见,不食太官所设,帝辄命取其食。蒸饼上不拆作十字不食。日食万钱,犹曰无下箸处。”

闻应德茂先离棠溪有作[①]

〔元〕戴表元

落日芦花雨,行人穀树村。[②]
青山时问路,红叶自知门。
苜蓿穷诗味,芭蕉醉墨痕。
端知弃城市,经席许频温。

——选自戴表元《剡源文集》卷二十九

【注释】

①棠溪:即棠云,今属奉化萧王庙街道。 ②穀树:又名构树、楮树,桑科乔木,树皮可用来造纸。

端　午

〔明〕吴士玮

向来真寂历,谁复报佳辰。
苜蓿空留客,菖蒲不醉人。
环山梅熟雨,满室地生鳞。
忆昔逢迎者,于今白发新。

——选自胡文学《甬上耆旧诗》卷二十九

过西沙岭[①]

赵嗣贤

逶迤曲径绕黄蛇,灵运堪乘四望车。[②]
会访崆峒经北地,[③]又循沧海接西沙。
朝暾早拂芙蓉影,野蔌先尝苜蓿花。
此去赤城原咫尺,[④]聊从仙井劚丹沙。

——选自民国《象山县志》卷三十二《文征外编》

【作者简介】

赵嗣贤,字人选,一字鹤樵,鄞县人。明亡后一度不愿应试,但晚年复出,以明经贡太学。为南湖秋水社社员。

【注释】

①西沙岭:在象山墙头镇与西周镇之间。②灵运:指南朝宋谢灵运。曾任永嘉太守,好游山水名胜。四望车:四面有窗可供观望的车。③崆峒:在今甘肃省平凉市城西。 ④赤城:即赤城山,为天台山南门,因土色皆赤,状似云霞,望之似雉堞,故名。旧台州府因山亦别名赤城。

晚　饮

〔清〕王之琰

淡日微云晚更风,地干移席就庭中。
空传晓市鱼虾贱,只见陶盆苜蓿充。
月影飞梢人欲静,渔歌度水韵方终。
小诗吟罢还长叹,需次微官咄咄空。[①]

——选自王之琰《南楼近咏》卷上

【注释】

①需次:旧时指官吏授职后,按照资历依次补缺。

草　子[①]

〔清〕孙事伦

古人利杀草,不问何草名。
后来大宛种,[②]怀风匝地生。
冬月经霜茂,春深带土耕。
肥田利最溥,考物叹未精。
功夫不见录,怏怏安得平。
我今歌且谣,聊以慰物情。

——选自《剡川诗钞续编》卷三

【注释】

①草子:作者题下自注:“《群芳谱》:苜蓿,一名怀风,一名光风草,一名连枝草,即今草子也。前志不录,今鄞志始载之。” ②大宛:古国名。为西域三十六国之一,大约位于乌兹别克斯坦、塔吉克斯坦和吉尔吉斯斯坦三国的交界地区的费尔干纳盆地。

芋禾、芋苗

芋的茎叶,俗称芋苗、芋梗,又叫“芋禾”,润泽肥硕。菜芋的芋苗可直接炒来吃,大芋头的芋头梗可腌制着吃。

芋　禾

〔明〕屠本畯

山芋青青田芋软,田家藉作凶年饭。
芋禾采采翩其翻,饱食山中行得远。
昨者山人遗一盂,平平之腹安居诸。[①]
食之甘欲献天子,共笑老夫憨且愚。

——选自屠本畯《山林经济籍》卷十六《野菜笺》

【注释】

①居诸:《诗·邶风·柏舟》:“日居月诸,胡迭而微。”孔颖达疏:“居、诸者,语助也。”后用以借指日月、光阴。

野　店

〔明〕陆　宝

矮檐置杌坐来平,[①] 不饮村醪趣转清。
蝉腹所需能几物,[②] 饭香吹入芋苗羹。[③]

——选自陆宝《悟香集》卷二十三

【注释】

①杌:小凳。 ②蝉腹:蝉饮而不食,腹内清空。这里用以自比。 ③芋苗:即芋头叶子的柄,可用来煮、炒、做羹或腌着吃。

【辛香菜类】

韭　菜

韭菜,属葱属石蒜科多年生草本植物,因其“一种而久者,故谓之韭”。我国是韭菜的原产地之一,在世界上最早从事野韭的驯化。《夏小正》说:“正月囿有韭。”这说明我国韭菜在夏朝时就已经园艺化了。《诗·豳风》说:“四之日献羔祭韭。”可见韭菜与肉类并为祭祀所献之物。韭菜是蔬菜中最贱的一种,易种易烹,且有一股强烈浓浊的味道,恶之者谓之臭,喜之者谓之香。南齐周颙有句名言:“春初早韭,秋末晚菘”,早韭的美味由此得到追捧。

四明山有大韭、小韭两山,合称二韭,以产野生韭而闻名。谢灵运《山居赋》中有“二韭”,注云:“韭以菜为名。”可见六朝时韭菜已为四明人民的美食。唐代陈藏器在《本草拾遗》中有“温中,下气,补虚,调和腑脏,令人能食,益阳,止泄臼脓、腹冷痛,并煮食之”的记载,其中“益阳”一词被当作韭菜壮阳的重要依据,故韭菜又名“起阳草”,一名草钟乳。康熙《定海县志》卷十一描述韭菜云:“岁三四剪,其根不伤,至冬壅培之,先春复生。”

我国在宋代时已经培育成韭黄,宁海人舒岳祥喜食,有“麦黄淹作韭黄齑”的诗句。康熙《定海县志》卷十一“韭”条下介绍说:“薤之美在白,韭之美在黄,乃未出土者谓之韭黄,世皆珍之。”光绪《慈溪县志》卷五十三“韭黄”条云:“按,南方气和,土人但就韭畦结其叶,厚覆以土,不令萌出地上,全得土膏之味,为冬春珍品。今俗呼韭芽,出北乡。”

夏日山居好(十首选一)

〔宋〕舒岳祥

夏日山居好,凉风树下生。
三茶还可瀹,二韭尚堪烹。[①]
永日闲言语,平生实讲明。
半空飞赤电,燕坐不须惊。[②]

——选自舒岳祥《阆风集》卷四

【注释】

①二韭:两道韭菜。典出《洛阳伽蓝记》,详下全祖望诗注。 ②燕坐:安坐。

菜　诗

〔元〕郑芳叔

粱肉人间梦寐空,坐间犹得诵涪翁。[①]
一箪乐意齑盐足,[②] 五亩生涯菽粟同。
剪韭未能忘夜雨,思莼岂必待秋风。
但知不厌其中味,日有春生老圃中。

——选自胡文学《甬上耆旧诗》卷三

【作者简介】

郑芳叔,字德仲,鄞县人。本范氏后而子于郑,家贫嗜学,抄书甚多。元初,遍游遗老之门,搜辑故事见闻。再任郡学训导。

【注释】

①涪翁:黄庭坚晚年之号。 ②箪:古代盛饭的圆竹器。

韩都宪葑溪十咏[①]·蔬畦时雨

〔明〕鲍　坦

四面新编短短篱,韭牙薇甲最知时。
不须老圃频浇灌,喜有天工沛泽滋。

——选自《三桥鲍氏重修宗谱》卷十六

【作者简介】

鲍坦(1426—1507),字履平,别号江村读隐,鄞县三桥村(今属鄞州区首南街道)人。长于诗赋,为社学教读。曾游江湖,与当世豪杰相唱和。著有《江村读隐集》。

【注释】

①韩都宪:生平待考。都宪为都察院、都御史的别称。

韭畹(二首)

〔明〕倪宗正

种韭已成畹,每餐何可忘。
破园先试剪,压市欲盈筐。
入夜宜沾雨,逢秋重护霜。
久闻烟火食,辛苦洗心方。

——选自倪宗正《倪小野先生全集》卷四

雪后理韭畹,东风长细芽。
沉沉春夜酌,未许满盘奢。

——选自倪宗正《倪小野先生全集》卷八

锄　园

〔清〕王泰征

日永欣无事,荒园看力锄。
雨余新韭发,风过小荷舒。
三径居犹昨,五噫歌自如。[①]
生平差惬意,天与一茅庐。

——选自《四明清诗略》卷一

【作者简介】

王泰征,字文开,鄞县人。顺治三年(1646)举人。官开化教谕。著有《雨花山房诗存》。

【注释】

①五噫歌:东汉梁鸿所作。全诗五句,句末均有"噫"字。《后汉书·逸民传·梁鸿》:"因东出关,过京师,作五噫之歌,曰:'陟彼北芒兮,噫!顾览帝京兮,噫!宫室崔嵬兮,噫!人之劬劳兮,噫!辽辽未央兮,噫!'"

山居四首(选一)

〔清〕万斯备

冷灶无余烟,脱粟及芋韭。
我来处其中,食此殊可口。
馁腹每易甘,贫舍殊难厚。
默坐日三餐,念之能无负。
辘轳起中肠,[①]四顾向谁剖。
夜半不得休,宿鸟啼衰柳。

——选自万斯备《深省堂诗集》

【注释】

①辘轳:这里比喻饥饿的情形如辘轳般反复上下。

春日漫兴(二首选一)

〔清〕朱　洞

日日题诗兴不浅,园林次第送春晖。
暖风似酒桃花醉,小雨如酥韭叶肥。
每看远峰当草阁,偶寻修竹见柴扉。
归来燕子曾相识,入户还能款款飞。

——选自全祖望《续甬上耆旧诗》卷一百〇四

【作者简介】

朱洞,字孝酌,一字静轩,鄞县人。从禀家学,随侍父亲参加秋水社活动。后与谢为宪并称二老。著有《静寄轩集》。

小园粗葺绝句(十首选一)

〔清〕黄　璋

草莱初辟渐交加,方罫分畦百步赊。[①]
六枳编成南北界,[②]半园菘韭半园花。

——选自黄璋《大俞山房诗稿·留病草三》

【注释】

①方罫:指整齐的方格形。 ②六枳:谓枳树编的六藩篱。

四明洞天土物诗·双韭山韭[①]

〔清〕全祖望

句余长沙田,双韭牙径尺。
晚菘岂其伦,流传成三白。[②]
山人早及时,新黄娱嘉客。
居然十八种,[③]足满令公席。[④]

——选自全祖望《句余土音》卷上

【注释】

①双韭山:即大韭、小韭两山,其地今属鄞州区章水镇,今称大皎、小皎。黄宗羲《四明山志》卷一云:"二韭:即大小皎也。谢康乐《山居赋》'远东

有三菁二韭'，注云：韭以菜为名。二韭、四明皆相连接。案：韭一名畾，大畾、小畾地产是菜，故以为名。而易韭为畾，已是难明，复易畾为皎，展转不已，音义俱非。"全祖望题下自注："大、小韭，不知何意讹为大、小皎，又讹为大、小畾，乃今转而为大、小晓，真不可解也。" ②三白：即"畾"字。 ③十八种：即"二韭"。典出杨衒之《洛阳伽蓝记》卷三："(李)崇为尚书令仪同三司，亦富倾天下，僮仆千人，而性多俭恡，恶衣麄食，常无肉味，止有韭菹。崇客李元佑语人云：'李令公一食十八种。'人问其故，元佑曰：'二九一十八。'闻者大笑。" ④令公：指尚书令李崇，为北魏中后期名臣。

南田竹枝词(五十五首选一)

吕耀钤

湾里人家湾外滩，[①] 春来韭菜剪盈盘。
莫嫌老圃风情淡，更有溪鳞上钓竿。

——选自民国《南田县志》卷三十三

【注释】

①"湾里"句：作者自注："韭菜湾在一都。"

生 姜

姜，指姜属姜科一种多年生宿根草本植物的肉质块根茎，别名紫姜、生姜、鲜姜、老姜，具有芳香和辛辣味，用来调味或渍食，又为风寒要食。我国是姜的原产地，栽培历史悠久，在考古遗存中就曾发现生姜。《说文》中将其定性为"御湿之菜"。姜作为蔬菜渍食，可以抵御风寒，同时还是一种重要的调味料。康熙《定海县志》卷十一记载："姜：性最辛，恶湿洳而畏日，故秋热则无姜。四月下种，五六月新芽顿长，采食无筋，谓之子姜。秋分后者次之，霜后则老矣。食之能强御百邪，故名。"

自《神农本草经》称生姜"久服少志少智"以来，生姜曾长期遭到食界的误解。唐代陈藏器《本草拾遗》批驳说："按，今食姜处，亦闻人愚，无姜处，未闻人智，此为浪说尔。"陈藏器率先为生姜恢复了名誉。

送新姜与茸芷

〔宋〕郑清之

仲尼胡不撤姜食，[①] 损智深讥藏戏剧。[②]
将以愚民岂其然，半山失喜为动色。[③]
拗执谁解镌此老，一时凿说契胸臆。[④]
我疑谂之神农书，[⑤] 增壮胃腑良有力。
吕令音商其味辛，[⑥] 调芼鱼蔬蘖香稷。
方冬沃土培其根，陇畦分封随壤息。[⑦]
长须视苗勤献新，先时劚取奋锄棘。[⑧]
青株斯拔蕤本重，红其半露菱包侧。
骈指惊看产漆园，[⑨] 胝足疑为导积石。[⑩]
欲捣芳辛入齑臼，[⑪] 为怜肤理傲金狄。[⑫]
仆命荠荼涴诗雅，[⑬] 肩差梅桂班内则。[⑭]
笑加束缚代书鲤，[⑮] 持助饔庖脍银鲫。[⑯]
早年宜姜谚有之，今年雨多生意啬。
小摘酸寒类甲菜，大何婴冒期膝席。[⑰]
公羊谷梁汝往哉，反音一笑当勿核。[⑱]

——选自郑清之《安晚堂集》卷十二

【注释】

①仲尼：孔子之字。据《论语·说解》记载，孔子养生之法是平日"不撤姜食"，意思为每天都吃些姜。 ②"损智"句：苏轼《东坡志林》"刘贡父戏介甫"条云："(王安石)尝与刘贡父食，辍箸而问曰：'孔子不彻姜食，何也?'贡父曰：'《本草》：生姜多食损智。道非明之，将以愚之。孔子以道教人者也，故不彻姜食，将以愚之也。'介甫欣然而笑，久之，乃悟其戏己也。贡父虽戏言，然王氏之学实大类此。庚辰二月十一日，食姜粥，甚美，叹曰：'无怪吾愚，吾食姜多矣。'因并贡父言记之，以为后世君子一笑。" ③半山：王安石之号。 ④凿说：穿凿附会之说。 ⑤谂：同"审"。神农书：即《神农本草经》。《神农本草经》将生姜列入中品，认为"久服去臭气，通神明"。 ⑥吕令：当指《吕氏春秋·十二纪》及《礼记·月令》。《吕氏春秋》中姜被列入食谱。音商：《礼记·月令》云："孟秋之月，其音商。"商，古代五音之一。 ⑦分封：指生姜的分蘖。壤息：指沃土。 ⑧锄棘：锄去荆棘。 ⑨骈指：《庄子·骈拇》："骈拇枝指，出乎性哉，而侈于德。"成玄英 疏："骈，合也，大也，谓足大拇指与第二指相连合为一指也；枝指者，

谓手大拇指傍枝生一指成六指也。”漆园：古地名。即今天的安徽蒙城境内，蒙城古称漆园，战国时庄周为吏之处。 ⑩胝：老茧。积石：山名。即阿尼玛卿山。在青海省东南部，延伸至甘肃省南部边境。为昆仑山脉中支，黄河绕流东南侧。《书·禹贡》：“导河积石，至于龙门。” ⑪齑臼：用来盛装和研磨调味料的器具。 ⑫肤理：皮肤的纹理。《荀子·荣辱》：“骨体肤理，辨寒暑疾养。”金狄：金人。铜铸的人像。 ⑬仆命：视为奴仆。荠荼：皆菜名。荠味甘，荼味苦。诗雅：指《诗经》。《诗·国风·邶风·谷风》有“谁谓荼苦，其甘如荠”之句。 ⑭肩差：肩挨肩。班：排列。内则：《礼记》的一部分，主要内容是记载男女居室事父母、舅姑之法。即是指家庭主要遵循的礼则。《内则》第十二列有“梅、杏、楂、梨、姜、桂”。 ⑮书鲤：书信。 ⑯饔庖：指烹饪。 ⑰何：古同“呵”，谴责。婴冒：冒犯。膝席：谓移坐而前。古亦称“前席”。 ⑱“公羊”两句：作者自注：“稗官有记《公羊》、《谷梁》并出一人之手，其姓则姜。盖四字反切即‘姜’字也。”反音：反切音。中国传统的注音方法。核：核实。

蔬　圃

〔宋〕郑清之

活计园蔬日日新，杜陵差慰妇长贫。[1]
旱姜水芋年时熟，春薤秋菘意味真。
畦瓮剩分三伏雨，露根常占百花晨。
荷锄未省勤耕稼，犹愧师门学圃人。

——选自郑清之《安晚堂集》卷十一

【注释】

①杜陵：杜甫。杜甫《屏迹》诗之三：“失学从儿懒，长贫任妇愁。”

秋吟·蔬

〔清〕陈　撰

园蔬秋最好，野客偏先尝。
翠干红姜嫩，黄沙紫芋香。

——选自陈撰《玉几山房吟卷》卷一

【作者简介】

陈撰(1679—1758)，字楞山，号玉几山人，原籍鄞县，自祖辈迁居杭州，遂谓杭州人。为国子监生，屡举不第，挟书画之艺在淮左谋生。著有《玉几山房吟卷》等。

姜

〔清〕徐　镛

严寒风雪洒江村，得尔俄生满腹温。
长出嫩芽秋益壮，生成辣性老犹存。
肯妆甜淡投时好，藉辟腥臊佐客飧。
每食尼山都不辍，[1]自欣窃附圣人门。

——选自张晓邦编《图龙集》

【注释】

①尼山：原名尼丘山，孔子父母“祷于尼丘得孔子”，所以孔子名丘字仲尼，后人避孔子讳称为尼山。这里代指孔子。孔子喜食姜，《论语·乡党》有“不撤姜食，不多食”之语。

葱

葱，为石蒜科葱属多年生草本植物，叶圆筒状，中空，茎叶有辣味，是常用的蔬菜或调味品，兼作药用。我国是葱的原产地，其中山葱可能是栽培型大葱的原始野生种，经长期培育后，按播种和收获季节的不同，分为夏葱即小葱和冬葱即大葱两类。五代时日华子论述了葱的医用价值，并称葱根“杀一切鱼肉毒”。《本草图经》进一步指出：“葱有数种，入药用山葱、胡葱，食品用冻葱、汉葱。”光绪《宁海县志》卷二《物产·蔬类》：“葱：四时有之，性善散，一名和事老。种屋上者曰天葱。”天葱即龙爪葱，香味极浓郁，是一个极少见的葱种类。

访孙季和于烛湖咏麦饭[1]

〔宋〕朱　熹

葱羹麦饭两相宜，葱补丹田麦疗饥。
莫道君家滋味薄，前村犹有未曾炊。

——选自《余姚六仓志》卷十七

【作者简介】

朱熹(1130—1200)，字符晦，号晦庵，江南东路徽州府婺源县(今江西省婺源)人。19岁进士及第，曾任荆湖南路安抚使，仕至宝文阁待制。为政期间，申法令，惩奸吏，治绩显赫。著有《晦庵集》。

【注释】

①此诗作者有两说。一为杜范说，见杜范《清献集》卷四《拾遗》，诗大同小异。《拾遗》云："相传有富室，公至其家，尝厚款。一日访公，遇午留食葱羹麦饭，怒而去。公贻此诗，终身愧不敢见。"诗云："葱疗丹田麦疗饥，葱羹麦饭两相宜。请君试上城头望，多少人家午未炊。"另一为朱熹说。此说中朱熹的题诗对象又有三说。清褚人获《坚瓠集》三集卷三云："朱晦庵访婿蔡沈不遇，其女出葱汤麦饭留之，意谓简亵不安，晦庵题诗。"《宋诗纪事》卷四十八朱熹下收此诗，作"德兴县叶元恺家题"。孔昭明《台湾县志·土产》(《台湾文献史料丛刊》第二辑)、《余姚六仓志》卷十七《物产》皆作朱熹访孙季和诗。孙季和，即宋余姚人孙应时。烛湖原属余姚县，今属慈溪横河镇境。

诗谢后，闻又欲以麦见贶，仍叠前韵[①]

〔清〕叶　燕

渔唱方烦尺鲤传，又闻玉粒侑芳鲜。
敢将豆粥夸豪举，预备葱汤作礼筵。
蛾绿换来蚕火候，[②]金黄今得稻粱天。
滹沱风雪知非例，厚意何当报短篇。

——选自叶燕《白湖诗稿》卷八

【注释】

①前韵：指叶燕《谢阮耐圃钓惠鲥鱼》。②蛾绿：淡黄绿色。

赋得长夏江村事事幽(四首选一)

〔清〕邵元荣

橹摇惊午梦，睡起绕园行。
菜甲齐葱白，瓜棚倚栋青。
看山积雨后，渡水片云轻。
不用濠梁伴，[①]时时可适情。

——选自倪继宗《续姚江逸诗》卷十一

【作者简介】

邵元荣，字秋岳，号白山，康熙时余姚人。诸生，陶情诗酒。卒年五十八。

【注释】

①濠梁：濠水上的桥。典出《庄子·秋水》："庄子与惠子游于濠梁之上。庄子曰：'鲦鱼出游从容。是鱼之乐也。'惠子曰：'子非鱼，安知鱼之乐？'庄子曰：'子非我，安知我不知鱼之乐？'"

蓬岛樵歌(一百十六首选一)

〔清〕钱沃臣

欲酳缸面倩邻翁，[①]瓦罐香浮十月红。
老妇呼鸡声翢翢，[②]女郎墙上摘龙葱。[③]

——选自钱沃臣《乐妙山居集·蓬岛樵歌》

【注释】

①酳：品尝。缸面：新酿成的酒。作者自注："邑酒早熟者曰十月红，又曰缸面清。"　②翢(zhōu)翢：呼鸡声。　③龙葱：作者自注："楼葱俗曰龙爪葱，多以盆种，置土墙上。"龙爪葱，别名楼子葱、楼葱、龙角葱、羊角葱、天葱等，为百合科葱属中葱的一个变种，多年生草本植物。我国部分地区有零星种植。我国以延边地区较多。以龙爪葱的假茎和嫩叶作菜肴调料，花茎上较肥大的气生鳞茎也可供食用。龙爪葱的葱香味极浓郁，是一个极少见的葱种类。

蓬岛樵歌续编(一百〇八首选一)

〔清〕钱沃臣

道出东门负郭厢，[①]葱畦菜棱古塘长。[②]
力耕不让田洋史，勤读何如进士张。[③]

——选自钱沃臣《乐妙山居集·蓬岛樵歌续编》

【注释】

①作者自注："明制：近城曰厢，乡都曰里。"②作者自注："邑宾旸门外人家，多治园圃，莳葱菜为业。由起春亭直接塔山下曰长塘路，相传古海塘也。……俗语一垄为一棱，我邑读作平声。按杜诗'暂抵公畦棱'、陆龟蒙诗'我本曾无一棱田'、范成大诗'污莱一棱水周遭'、杨维桢诗'剪取琼田一棱归'，'棱'字俱读去声。……按诸韵书，疄，音邻，训田陇，则'棱'又当作'疄'。"③"力耕"两句：作者自注："邑明进士张文曜，少事杨文懿公，勉以正学，慨然以古人自许。公语人曰：'此伟器也。'任行人，使外藩，不受馈遗。文曜刻苦力学，乡谚曰：'种田须学田洋史，读书须学张进士。'田洋史，邑村名，人善力田，故皆称之。"

消寒竹枝词(四十首选一)

〔清〕朱文治

食物街头无尽藏,只知味自远来强。
山东葱与山东菜,新岁家家供客尝。

——选自朱文治《绕竹山房续诗稿》卷七

蒜

蒜,为葱属石蒜科一年生草本植物,味辛辣,以其鳞茎、蒜薹、幼株供食用。蒜分为大蒜、小蒜两种,关于其来源,李时珍《本草纲目》率先指出:小蒜"中国初惟有此,后因汉人得胡蒜于西域,遂呼此为小蒜以别之","家蒜有二种:根茎俱小而瓣少,辣甚者,蒜也,小蒜也;根茎俱大而瓣多,辛而带甘者葫也,大蒜也"。"小蒜之种,自蒚移栽,从古自有","大蒜之种,自胡地移来,至汉始有"。李时珍首先明确了大、小蒜的产地来源。即小蒜(又叫卯蒜)系原产于我国的大蒜。我国各地有大量生长的野生蒜,"蒚"即为最著名者。《辞海》中释云:"蒚,山蒜,蒜之生于山者名蒚。"此外还有泽蒜、石蒜等称谓,是野生于山地的大蒜之古称。至于大蒜亦即胡蒜,乃"张骞使西域,始得大蒜、胡荽",是从我国西北边陲甚至更远的地方引进。但《本草经》上谓大蒜为葫,小蒜为蒜,故有学者认为中国在通西域时已有大蒜。其次明确了大、小蒜的鳞茎以及品种特性的区别,"小蒜虽出于蒚,既经人力栽培,则性气不能不移"。指出小蒜是野生山蒜的栽培种。第三,小蒜在我国栽培的历史长,而大蒜的栽培历史则相对短一些,只不过从西域引进的大蒜,由于瓣大味辛甘的特性,优于原产于我国的小蒜,因而发展比较迅速,由蒜苗到抽薹以及地下蒜头的形成达到了全面的利用和发展。而我们现今所栽培食用的大蒜都渊源于这二种,则是毫无疑义的。

我国是世界大蒜栽培面积和产量最多的国家之一,自古种植就很普遍。康熙《定海县志》卷十一记载:"蒜:荤菜。此为家蒜,有二种,根茎俱小而瓣少辣甚者,蒜也,小蒜也;根茎俱大而瓣多、辛而带甘者葫也,大蒜也。二蒜皆八月种,春食苗,夏初食薹,五月食根。北人不可一日无者。"蒜常被作为佐料进食,如唐代陈藏器《本草拾遗》记载人们食鲫鱼脍、鲤鱼脍,"并宜蒜齑进之",这样才能起到温补的作用。五代时日华子论述了大蒜和小蒜的医用价值,并称大蒜"熟醋浸之,良"。这是醋大蒜的较早文献记载。浸醋的大蒜,不仅能够清除大蒜特有的臭味,而且能够使大蒜的药效成分溶入醋里面,服用后有利于健康。

赠僧(四十六首选一)

〔明〕屠　隆

我笑裴家老子,[①]颠倒妄谈佛理。
要从鱼蒜鸡猪,了却生老病死。

——选自屠隆《娑罗馆逸稿》卷二

【注释】

①裴家老子:指裴休。裴休一生奉佛,公务之暇与僧人讲论佛理,曾迎黄檗希运禅师至州治的龙兴寺,有《筠州黄檗山断际禅师传心法要》一文。

梧岑杂咏[①](二十首选一)

〔清〕鲍　谦

澄清江面酒堪尝,传座家家请客忙。
何物春盘新可荐,薹心菜熟蒜苗香。

——选自张邦晓编《图龙集》

【注释】

①梧岑:今作胡陈,在今宁海县东部山区。

余姚竹枝词(二百首选一)

〔清〕宋梦良

年年宰鸭祀田公,[①]种遍荒区杂蒜葱。
一领破蓑春待补,敢嫌夜笑不栽棕。[②]

——选自《中华竹枝词全编》(浙江卷)

【注释】

①这句作者自注:"田家每岁祀田公田母,牲用鸭。"　②夜笑:作者自注:"棕得风声如笑,俗谓夜笑树,种之不祥。"

薤

薤，又名藠头、小蒜、小根蒜、薤白头、野蒜、野韭等。为石蒜科葱属多年生草本，叶似葱而根似蒜，根常见者为白色，故又称藠。但在先秦时我国人民实已将薤区分为赤、白两种。薤原产于中国，是一种古老的栽培植物。由于薤的产量少，食用价值高，通常渍食，在国内一直列入高档蔬菜之列。唐代陈藏器《本草拾遗》、五代《日华子本草》论述了薤的功效。北宋遵式大师所撰《诫五辛篇》，指责当时社会的食辛风气云："又见俗家僧寺斋食之中，任其厨人恣安薤菜，以助香味，或生或熟，往往纯将为菜，故意食啖，口气臭秽。"他的批评从另一角度反映出吴越一带民间喜欢以薤菜助味的饮食习惯。明代李时珍《本草纲目》说："物莫美于芝，薤为菜芝"，故薤素有"菜中灵芝"的美称。四明地区历来多有栽培。康熙《定海县志》卷十一记载："八月栽根，正月分莳。韭叶中实而扁，有剑脊。薤叶中空，似葱叶，而有稜气亦如之。叶甚光滑，古人言薤露，言其滑不贮露也。"

金峨途中[①]

〔宋〕郑清之

石路萦纡水绕村，酒帘深处见柴门。
横塘树密鸠携妇，老屋篱深犊有孙。
麦菜荅花成锦绣，笋芽薤甲当鸡豚。[②]
竹舆莫作追程去，半似桃源欲细论。

——选自陈起编《江湖后集》卷六

【注释】

①金峨：即金峨山，在鄞州区东乡。 ②薤甲：指薤初生的嫩叶。

草堂即事（二首选一）

〔清〕李邺嗣

当年束带学躬耕，但到茅堂兴复萌。
风日佳时良友集，田园朴处古诗成。
剪来新薤秋霜白，漉得双鱼夜水生。
野老共论获稻好，且图安稳闭柴荆。

——选自李邺嗣《杲堂诗抄》卷六

生朝

〔清〕宗谊

萧萧鬓发幸成华，五十余年鉴曲家。[①]
岂以薤香堪压韭，曾将蓬性借扶麻。
到贫率性诗非祟，及老何妨毁尚加。
儿辈进觞聊自醉，去看邻舍早梅花。

——选自宗谊《愚囊汇稿》卷二

【注释】

①鉴曲：鉴湖一曲。旧称月湖为鉴湖。

镜里庄和山云弟韵

〔清〕董允雯

云淡月为邻，光微不照人。
拙鸠犹唤雨，[①]巧鸟各矜春。
旅况僮为友，村羹薤亦莼。
布袍轻日暮，栽柳壮河滨。[②]

——选自全祖望《续甬上耆旧诗》卷一百〇五

【作者简介】

董允雯，字石云，一字观山，鄞县人。以明经为上虞县训导，后迁国子监学正，以亲老不赴。著有《一声歌集》。

【注释】

①拙鸠：即布谷鸟。 ②这句作者自注："时为先君营墓田野。"

蓼

蓼属植物属于辛草，我国南北广泛分布，种类繁多。《证类本草》引二十八"蓼实"下引陶弘景云："此类又多，人所食有三种：一是紫蓼，相似而紫色。一名香蓼，亦相似而香，并不甚辛，而好食。一是青蓼，人家常有，其叶有圆者尖者，以圆者为胜，所用即是此。"这里，紫蓼即蚕茧草，香蓼别名辣蓼、辣柳。青蓼即春蓼，五月间梢上开花，排成穗状花序，初白色，后变成红紫色，是蓼类中花期最早的。宋苏颂等纂《本草图经》记载了赤蓼（即朱蓼）、青蓼、紫蓼、香蓼、木蓼、水蓼、马蓼七种蓼属植物。陈淏子《花镜》卷六"蓼花"条将其主要用途归为三类：朱蓼色态俱妍丽，可资观赏；青蓼和香蓼可取为蔬，以备五辛盘之用；马蓼和水蓼（别称柳叶蓼、辣蓼、白辣蓼、苦蓼、酒药草），可用其汁造曲，并入药用。

宁波学者最早论及蓼属植物入馔的是唐代本草学家陈藏器，其《本草拾遗·解纷》云："诸蓼并冬死，惟香蓼宿根重生，人为生菜，最能入腰脚也。"介绍了以香蓼为生菜的保健功能。北宋寇宗奭《本草衍义》云："蓼实即草部下品水蓼之子也。彼言水蓼，是用茎，此言蓼实，是用子也。春初以壶卢盛水浸湿，高挂火上，日夜使暖，遂生红芽，取为蔬，以备五辛盘。"介绍了如何让水蓼子实发芽的方法。蓼实所发红芽色泽鲜艳，可以入蔬，亦是古代制作五辛盘的主要原料。香蓼和水蓼野生数量很多，采集比较容易，也有自种的家蓼，《淮南子·泰族训》就有"蓼菜成行"之句。李时珍《本草纲目》云："韩保升所说甚明，古人种蓼为蔬，收子入药。故《礼记》烹鸡豚鱼鳖，皆实蓼于其腹中，而和羹脍，亦须切蓼也。后世饮食不用，人亦不复栽，惟造酒曲者用其汁耳。"可见古人曾将蓼作为蔬菜种植，既用于脍羹，亦作烹饪鸡豚鱼鳖的调料，鲜香又解腥。不过随着时代的变迁，后世已很少食用蓼菜，甚至于五辛盘中亦少用蓼，蓼主要用来制曲。辣蓼是宁波田野中最常见的一种植物，本地人分为大暑辣蓼和小暑辣蓼，大暑辣蓼开白花，小暑辣蓼开红花。人们割来小暑辣蓼捣汁，和米粉搅拌，制成白药。这种辣蓼发酵制曲工艺大约起自明代，如明代的东阳酒曲中只加辣蓼，后来"宁波白药"在很长一个时期里独享盛名。用这种"白药"发酵的传统工艺制成的糯米酒，是独具宁波风味的特色食品。

蓼（三首选一）

〔清〕万　言

天生嘉卉迴凡俦，[①]曲蘖盐梅用并收。
未向大官供法酒，[②]西风洲畔自昂头。

——选自全祖望《续甬上耆旧诗》卷九十七

【作者简介】

万言（1637—1705），字贞一，号管村，鄞县（今海曙区）人。康熙四年（1665），万言叔侄等来到余姚黄竹浦，问学于大儒黄宗羲。康熙十四年（1675），万言中乡试副榜，贡入太学，考选为正红旗教习。十八年（1679），徐元文出任《明史》监修总裁官，因徐元文的荐举，万言与万斯同一起入京修史。康熙二十七年（1688）去馆，出知安徽五河县，下狱论死。幸而出狱，罹患风疾。康熙四十四年（1705），死于忧愤。今传有《管村诗稿》《管村文钞内编》《明女史》等。

【注释】

①凡俦：所有的朋辈。②法酒：按官府法定规格酿造的酒。

祝英台近·蓼

〔清〕邵　瑸

梦鸥间，听雁起，星点乱烟水。看到开时，只合画衔翠。近来无限秋情，吟梧赋蝶，早做弄、冷花轻穗。　落霞醉，丛丛爱傍船窗，未稳渚鸿睡。细糁赪茸，似注脸波泪。山厨往日和羹，五辛盘好，[①]记曾暖、红芽春里。

——选自邵瑸《情田词》卷二

【注释】

①五辛盘：亦称"辛盘""春盘"。即在盘中盛上五种带有辛辣味的蔬菜，作为凉菜食用。魏晋以下，元旦日有食五辛盘的风俗。意在尝新。源于汉代立春日食生菜。唐宋以下，演变为立春日之"春盘"。朱舜水《答或问辛盘》云："对脍、春盘、和菜、五辛盘、肉拌，五者一物而异其名，三朝用之。后因辛字字义不佳，故改作春盘，渐更而为和菜，名益美矣。五辛：川椒、青蒜丝、黄芽韭、白芥子、芫荽。中人士庶之家，不可得黄芽韭，则易之以姜。姜与肉性不调，则易肉以鸡丝机鸡鹅肫肝，春深则易以童蒿菜，皆五辛也。"

【水生菜类】

莲　藕

菜藕或称藕莲，属睡莲科莲属多年生水生草本植物，主要以采收肥大的地下茎为目的而栽培的。莲起源于中国和印度，栽培地域广泛，就栽培目的而言，可分为藕莲、子莲和花莲。早期的文献大多突出对花的歌颂，至《尔雅》中则已专称其实为莲、其根茎为藕，足见菜藕在中国的栽培历史很长。唐代开始，人们按花色将莲藕分为红花、白花两种，品质各有优劣，如明代李时珍《本草纲目》所说："大抵野生及红花者，莲籽多而藕劣。种植及白花者，莲籽少藕佳。"清代慈溪人郑勋《简香随笔·小花屿偶记》亦云："荷花，白者香而藕胜，红者艳而莲胜。"光绪《慈溪县志》卷五十三对境内的莲藕做了记载："邑四乡俱产种，而以西乡罗江、东乡楼家两处为良。罗江者肥大，与杭州产同，生食之味亦相似。楼家者瘦而长，与镇海产同，熟食之，味远胜于镇海也。"

藕微甜而脆，可生食也可做菜，营养丰富，药用价值也相当高，能起到养阴清热、润燥止渴、清心安神的作用。唐代陈藏器《本草拾遗》说他曾居住于湖畔，"至秋大旱，人多血痢，湖中水竭，掘藕食之，阖境无他"。因此，他对莲藕的评价很高。五代日华子亦云莲藕"蒸煮食，大开胃"。

东湖送藕与葺芷①

〔宋〕郑清之

草木谁无知，叶落能粪本。
荣枯递剩除，苗实自穮蓘。②
东湖百顷莲，夏日傲赵盾。③
州家浚河渠，狝薙甚芸垦。④
长身万柄荷，髦梗付锸畚。⑤
寒烟熨青镜，时有白浪辊。⑥
水解毓仙骨，⑦根着泉源混。⑧
外干乃中腴，下益宁上损。
淤泥胎玲珑，多节窍混沌。⑨
园丁亦善没，擘波沸鲂鳟。⑩
象株忽仰浮，登岸如衮衮。⑪
谁知绛县涂，⑫可试平叔粉。⑬
名非玉井船，⑭实过秋兰畹。
肴蔌杂燕豆，⑮菹菜补中壸。⑯
交梨能养生，⑰谖草亦忘忿。⑱
空言出好事，孰与津燥吻。⑲
赠君拟条冰，⑳差胜羞藻薀。㉑

——选自郑清之《安晚堂集》卷十二

【注释】

①东湖：即鄞县之东钱湖。 ②穮蓘：《左传·昭公元年》："是穮是蓘。"穮，翻地；蓘，培土。皆为耕作之事。 ③赵盾：春秋中前期晋国卿大夫，赵衰之子。晋文公之后，晋国出现的第一位权臣，集军政大权于一身，担任执政，号称正卿，法治晋国。他在晋国执政期间，权倾朝野，使晋国君权首次受到冲击与削弱，树赵氏之威，使赵氏一族独大晋国。一生侍奉三朝，令晋集举国之力与楚国争衡而不落下风。 ④狝薙：铲除；剿灭。芸垦：除草和翻土。 ⑤髦梗：幼茎。 ⑥辊：同"滚"。 ⑦水解：道教语。"尸解"方式之一。谓托寄于水而蜕形仙去。毓：孕育。 ⑧根着：植根于地。 ⑨混沌：古代传说中央之帝，生无七窍，日凿一窍，七日凿成而死。 ⑩擘波：劈波。⑪衮衮：相继不绝的样子。 ⑫绛县：《左传·襄公三十年》："二月癸未，晋悼夫人食舆人之城杞者，绛县人或年长矣，无子而往，与于食。有与疑年，使之年。曰：'臣，小人也，不知纪年。臣生之岁，正月甲子朔，四百有四十五甲子矣，其季于今三之一也。'吏走问诸朝。师旷曰：'……七十三年矣。'史赵曰：'亥有二首六身，下二如身，是其日数也。'士文伯曰：'然则，二万六千六百有六旬也。'"后因称高寿之人为"绛县老人"。《三国志·魏志·管宁传》："昔绛县老人屈在泥涂，赵孟升之，诸侯用睦。" ⑬平叔：三国魏何晏之字。何晏美仪容，面如傅粉，尚魏公主，封列侯，人称粉侯，亦称粉郎。 ⑭玉井：在华山西峰下镇岳宫院内。井深丈余，井水清澈甘洌。传说玉井内生有千叶白莲，吃了白莲人可以升仙。唐韩愈《古意》诗云："太华峰头玉井莲，花开十丈耦如船。" ⑮肴蔌：鱼肉与菜蔬。燕豆：古代宴饮时盛食品的器具。形似高足盘，多用于隆重宴会。 ⑯中壸：泛称妻室。 ⑰交梨：道教所称的仙果。宋王逵《蠡海集·鬼神》："老氏之言交梨火枣者，盖梨乃春花秋熟，外苍内白，虽雪梨亦微苍，故曰交梨，有金木交互之义。" ⑱谖草：即萱草，亦名忘忧草。 ⑲燥吻：干燥的嘴唇。 ⑳条冰：即冰条。㉑藻薀：聚集之藻草。

藕

〔宋〕释梵琮

淤泥里面暗张弓，断处分明百窍通。
无限细丝归齿颊，织成锦绣在胸中。

——选自《新撰贞和分类古今尊宿偈颂集》卷下

【作者简介】

释梵琮，号率庵。佛照德光法嗣。嘉定十二年(1219)住鄞县仗锡禅院。绍定元年(1228)住南康军云居山真如禅院。

即 目

〔宋〕舒岳祥

藕梢菱蔓织横塘，属玉鸡鹊度渺茫。①
可怪插秧青雨里，暮寒清切水栀香。②

——选自舒岳祥《阆风集》卷九

【注释】

①属玉：即鸀鳿，水鸟名。一种水鸟。即"池鹭"。头细身长，身披花纹，颈有白毛，头有红冠，能入水捕鱼，分布于中国南方。 ②水栀：即茜草科植物大花栀子。

蔡岙食藕①

〔元〕戴表元

地逢平处亦萦回，不是逃兵底肯来。
坡上一祠犹姓蔡，山前当路尽通台。
高岩童去收桐子，邻县人过问藕栽。②
忽见深衣老儒者，清时不信少遗材。

——选自戴表元《剡源文集》卷三十

【注释】

①蔡岙：在今浙江新昌县沙溪镇，其地与奉化大坑相邻。 ②藕栽：莲藕苗种。

采莲曲(二首选一)

〔明〕范汝槐

小桨轻划学采莲，花光片片媚人妍。
侬心似藕郎如叶，叶败无情藕更鲜。

——选自全祖望《续甬上耆旧诗》卷四

【作者简介】

范汝槐，字虚侯，鄞县人。明末人，生平未详。

农半三至，余病差矣①

〔清〕陆 宝

一月能三至，怜余在病乡。
向来多废栉，此会已离床。
藕共腌齑脆，苓先屑粥香。
前村蓉菊好，料理共携觞。②

——选自陆宝《悟香集》卷八

【注释】

①农半：姓周，生平待考。差：同"瘥"。病愈。 ②料理：消遣。

宿芦山咏藕

〔清〕向乾行

银塘面面画阑干，玉井灵根出水看。
皓腕乍开云母帐，小童擎到水晶盘。
冰丝欲断金刀冷，琼液疑分玉露寒。
还忆西湖秋雨后，红衣翠盖未曾残。

——选自《芦山寺志》卷七

【作者简介】

向乾行，字玉臣，清初人。生平待考。

西皋移居(四首选一)

〔清〕万斯同

江城三里外，即是白云庄。①
登眺心仍壮，歌呼兴亦长。
买鱼寻钓艇，觅藕下寒塘。
只少论诗客，携尊过草堂。

——选自万斯同《石园文集》卷一

【注释】

①白云庄：在今宁波海曙区，旧为万氏墓庄，清初黄宗羲曾于此讲学，弟子有万斯同等，故亦称甬上证人书院。

拟古别离①

〔清〕任绍曾

雪藕华成片，与郎佐酒卮。
无端生七窍，惹得许多丝。

——选自范寿金辑《蛟川诗系续编》卷二

【作者简介】

任绍曾，字陔南，世居镇海灵绪乡任家溪(今属慈溪掌起镇)。幼颖异，有才名，乾隆间为馆师。著有《樗斋诗草》。

【注释】

①此诗作于乾隆四十五年(1780)。

秋兴百一吟·秋藕

〔清〕洪晖吉

莲尽空余藕，玲珑七窍藏。
污泥谁得染，素节自含香。

——选自洪晖吉《听篁阁存草》卷三

甬上竹枝词(十二首选一)

〔清〕戈鲲化

初秋早稻喜登场，典举尝新享祖堂。
菱藕瓜茄供俎豆，[①]不惟南涧咏蘋筐。[②]

——选自张宏生编《戈鲲化集》

【注释】

①俎豆：谓祭祀，奉祀。 ②南涧咏蘋筐：《诗·国风·采蘋》："于以采蘋，南涧之滨。于以采藻，于彼行潦。于以盛之，维筐及筥。于以湘之，维锜及釜。"

茭白

茭白，亦称茭首、菰笋、茭笋等，为禾本科茭白属，多年生宿根性沼泽草本植物菰的茎，经茭白黑穗菌刺激而形成的肥大菌瘿。茭白是我国特有的水生蔬菜，世界上只有我国和越南将其作为蔬菜栽培，其性喜温湿的气候，适于黏壤土生长。在唐代以前，菰被当作粮食作物栽培。自6世纪始，人们发现有些菰因感染上黑粉菌而不抽穗，且植株毫无病象，茎部不断膨大，逐渐形成纺锤形的肉质茎，这就是现在食用的茭白。这样，人们就利用黑粉菌阻止茭白开花结果，繁殖这种有病在身的畸形植株作为蔬菜。唐代陈藏器《本草拾遗》指出："菰首，生菰蒋草心，至秋，如小儿臂，故云菰首，一名茭首。"他还说："更有一种小者，擘肉如黑，名乌郁，人亦食之。"这是我国有关灰茭的最早记载，所谓"乌郁"，也就是黑菰粉菌所产生的厚垣孢子。陈藏器笔下的茭白为秋季一熟茭，到后来选育出了夏秋两熟茭。《桃源乡志》卷五："茭白：生在水中，叶如芦，其白似笋，可作羹。"《余姚六仓志》卷十七《物产》云："菰首：俗名茭白，种于田者佳。今塘北濒江地亦多作，水田种之。"

正仲访余棠溪，帅初来会正仲，[①]时余欲归阆风，[②]未能决，书呈三友

〔宋〕舒岳祥

晴云高举雪云低，日日占天候不齐。
菘白僵成茭白笋，麦黄淹作韭黄齑。
江湖吐日鼋晞甲，[③]山路成泥兽印蹄。
老去欲休官不许，夜来魂梦旧山溪。

——选自舒岳祥《阆风集》卷七

【注释】

①帅初：奉化戴表元之字。正仲：宁海刘庄孙之字。 ②阆风：里名，在宁海舒岳祥故乡。③晞：曝；晒。

晚秋游中溪[①](四首选一)

〔元〕戴表元

树淡云浓又一坡，招邀处处是行窝。[②]
梯岩危似蚁缘木，架屋高如鹊结窠。
水味野栽茭白瘦，山毛人摘芋红多。[③]
行年四十不称意，更欲客游知奈何。

——选自戴表元《剡源文集》卷二十九

【注释】

①中溪：奉化班溪流经剡源榆林的主流。《剡源乡志》卷三云："班溪：发源于大雷山顶，曲折至石门，银坑岭水与川山洞水自南来注之，又周家岭水自东来注之，又石岭水自东来注之，经梯云桥，过筊杯山下，经回澜桥，又经狮凤桥，西过樟墅，又西过榆林，中华岙水自南入之，曰中溪。"此诗作于至元二十五年(1288)。 ②行窝：指可以小住的安适之所。 ③芋红：似非红芋(又称零余芋)，待考。

赋得溪友留鱼赠丘叟

〔清〕李邺嗣

向结芦中友，溪南一叶斜。

小竿迁魏晋，旧笠送莺花。
荡荇风为楫，炊菰岸即家。
夜来得双鲤，特许故人赊。
——选自李邺嗣《杲堂诗抄》卷五

归　樵

〔清〕李邺嗣

夕阳垂欲尽，樵子更谁需。
古庙丛狐榻，阴房过虎厨。[①]
湍湍流暮箨，翼翼敛秋菰。[②]
望到墟烟口，荒榛十里晡。[③]
——选自李邺嗣《杲堂诗抄》卷五

【注释】

①阴房：阴凉的房室。厨：指觅食。 ②翼翼：蕃盛、整齐的样子。 ③荒榛：杂乱丛生的草木。晡：申时，即午后三点至五点。

九日登高，时四乡苦兵

〔清〕程　鸣

溪流濯濯长莓苔，[①]绕岸芙蓉次第开。
曲径柏青霜未老，半湖茭白雁初回。
唯闻觱栗传村市，[②]几处烟花对酒杯。
犹幸室中悬似罄，独来高岫重徘徊。
——选自倪继宗《续姚江逸诗》卷五

【作者简介】

程鸣，字于冈，祖籍新安，迁余姚已三世，遂为余姚人。为钱塘诸生。少而能文，尤长于诗，性喜围棋，为人放达不羁。与史在朋等交游。

【注释】

①濯濯：明净的样子。莓苔：青苔。 ②觱栗：觱篥，汉朝古代的一种管乐器，形似喇叭，以芦苇作嘴，以竹做管，有九孔，又称“笳管”，吹出的声音悲凄，羌人所吹，用以惊中国马。

芦山避暑[①]（二首选一）

〔清〕释宗尚

湘簟疏帘意自知，[②]北窗高卧颇相娱。[③]
榴花几树红于火，芦笋茭苗可供厨。[④]
——选自释宗尚《芦山寺志》卷七

【作者简介】

释宗尚，字滨逸。遍历名山大川十余年，为曹洞宗第三十一世传人。能诗文，从天华寺退席后，于康熙五十七年(1718)编成《芦山寺志》。

【注释】

①芦山：位于今余姚市河姆渡镇姚江之北，其北麓为芦山寺。 ②湘簟：湘竹编的席子。疏帘：稀疏的竹织窗帘。 ③北窗高卧：陶渊明《与子俨等书》：“常言五六月中，北窗下卧，遇凉风暂至，自谓是羲皇上人。”比喻悠闲自得。 ④芦笋：芦苇的嫩芽。形似竹笋而小，可食用。《桃源乡志》卷五云：“芦笋：似芦根。清明时如无乌笋，祭祀要用，即可采芦笋可代，形似味淡。”此芦笋与今作为石刁柏别名的芦笋不是同一物。因为石刁柏为外来蔬菜，我国栽培芦笋始于19世纪末或20世纪初，距今仅有100余年的历史。茭苗：代指茭白。

食茭白

〔清〕景　云

富食有余肉，贫餐无余蔬。
无余岂不叹，所戚非盈虚。
洁兹纤纤菜，生我清清渠。
涣然鳞波动，炯若翠羽舒。
菰首向秋肥，皓腕良不如。
弱叶外虽摧，素质常守初。
凌晨恣采摘，带露甘可茹。
绿葵亦左处，白薤兼右居。
芬芳共罗列，俊美宁方诸？[①]
嗟予久薄味，对此焉肯疏。
取足既适情，分减及溪鱼。
——选自《余姚六仓志》卷十七

【注释】

①方诸：指蛤、蚌。《淮南子·览冥训》：“方诸取露于月。”高诱注曰：“方诸，阴燧，大蛤也。”

摸鱼儿·茭

〔清〕姚　燮

簇鱼湾、沙香露滑，芳名尔疋谁记。[①]春秧远绣蛙田阔，交上嫩苗针翠。芦荻似。早槭槭萧萧，越渚西风起。轻船罢舣。看带雨锄青，和烟捆绿，人影乱潮尾。　江天渺，不为冰莼动思。也牵幽梦千里。水笆横截闲鸥护，尽足渔乡蔬味。苍玉腻。等猫笋平头，小剥劳纤指。山厨煮未？认剪叶分梢，穿鲈缚蟹，担唱又盈市。

——选自姚燮《疏影楼词·石云吟雅》

【注释】

①尔疋：尔雅。疋，古同“雅”。

秋兴百一吟·秋菰

〔清〕洪晖吉

鸿雁难为膳，茭芦共一涯。
老渔香饭熟，供餐傲仙家。

——选自洪晖吉《听篁阁存草》卷三

茨 菇

茨菇，又作茨菰、慈菇、慈姑，别称白地栗、水萍等，属天南星科慈姑属多年生水生或沼生本草植物。口感细腻、绵实，略显甘甜，味道与山药略微相似。慈姑原产我国，但其食用时间较晚，这当与其野生种有“微毒”，味道“微苦”有关。陶弘景《名医别录》始见著录，但将其与荸荠相混淆，直至五代《日华子本草》中，并列凫茨和茨菰，才首次将两者明确区分开来，只是缺乏对其形态特征的描绘。唐代陈藏器《本草拾遗》描述山慈姑时云：“根似慈姑。”据考，山慈姑乃独花兰假鳞茎，与慈姑的形状颜色及环节都十分相似。《至正四明续志》记载茨菰的形态特征云：“叶有两岐，如燕尾而大，白花一茎，收十三实，岁有闰，则十三实三出。”

南宋《嘉泰吴兴志》首次记录了慈姑的栽培信息：“茨菰：今下田可种。”元代王厚孙等纂《至正四明续志》亦云：“茨菰：生低田中，可种。”这说明浙江的吴兴、四明地区，是最早栽培慈姑的地区。康熙《定海县志》卷十一：“慈姑：一报岁生十二子，如慈姑之乳诸子，故以名之。生浅水中，青茎中空，其外有稜，叶如燕尾，前尖后歧，故亦名燕尾草。霜后叶枯，根乃练结，冬及春初取之，须灰汤煮熟，去皮食，乃不麻涩荅人咽也。”茨菰历来以余姚等地食者较为普遍，上市时间为十月上旬至年底。

茨 菇

〔明〕丰越人

茨菇叶落野塘空，草色苍茫夕照中。
莫笑东篱霜后菊，数枝犹自傲西风。

——选自《丰正元先生诗集》卷四

【作者简介】

丰越人(1542—1619)，字正元，自号天放野人，鄞县人，丰坊之孙。甫弱冠，因遭骨肉之难，以一身日事解排，至三十岁始娶妻。性嗜学，工诗，寄情萧散。著有《天放野人集》四卷，传世有《丰正元先生诗》四卷。

送黄晦木东归，[①] 次旦中韵[②]（二首选一）

〔清〕吴之振

收拾吴头越尾魂，一肩襆被返柴门。[③]
山深木客通名字，[④]日暖慈姑种子孙。[⑤]
老屋漏添新篆迹，桃花水长旧江痕。
白沙翠竹萦纡处，指点黄公卖酒村。[⑥]

——选自吴之振《黄叶村庄诗集》卷一

【注释】

①黄晦木：黄宗炎字晦木，余姚人。黄宗羲之弟。 ②旦中：高斗魁字旦中，鄞县人。 ③襆被：用包袱把衣服、被子等包起来。 ④木客：传说中的鸟名。《太平御览》卷九二七引汉杨孚《异物志》：“木客鸟，大如鹊，数千百头为群，飞集有度，不与众鸟相厕，人俗云‘木客’。” ⑤慈姑：即茨菰。 ⑥黄公卖酒村：典出南朝宋刘义庆《世说新语·伤逝》：“(王浚冲)经黄公酒垆下过，顾谓后车客：‘吾昔与嵇叔夜、阮嗣宗共酣饮于此垆。竹林之游，亦预其末。自嵇生夭、阮公亡以来，便为时所羁绁。今日视此虽近，邈若山河。’”

田家杂兴十五章（选一）

〔清〕姚 燮

苦酒虽不甘，亦能使人醉。
江鱼错笋茨，[①]肴蔬颇兼备。
既醉眠且宜，本无外事累。
草庭牛矢多，扫除有僮辈。

八十不识城，青山梦魂贵。
野色生须眉，自然得苍蔚。

——选自姚燮《复庄诗问》卷二十四

【注释】

①茨：茨菇。

莼　菜

莼菜，又名茆、凫葵、水葵、锦带、马蹄草、浮菜等，属睡莲科莼菜属多年生宿根水生草本植物。莼菜原产我国，主要分布在长江以南各省。《诗・鲁颂・泮水》有"薄采其茆"之句，是为莼菜的最早记载，说明先秦时已经采食。从《晋书・张翰传》看，苏州一带已将莼菜列为珍蔬。我国早期采收者为野生莼，至《齐民要术》中始见栽培记载。明代李时珍《本草纲目》云："莼生南方湖泽中，惟吴越人喜食之。叶如荇菜而差圆，形如马蹄。其茎紫色，大如箸，柔滑可美。夏月开黄花，结实青紫色，大如棠梨，中有细子。春夏嫩茎末叶者名稚莼，稚者小也。叶稍舒长者名丝莼，其茎如丝也。至秋老则名葵莼，或作猪莼，言可饲猪也。又讹为瑰莼，龟莼焉。"

唐代陈藏器《本草拾遗》对莼菜的食用价值评价不高，但五代日华子却认为其能"解百药毒并蛊气"。这并不影响吴越人的嗜食。清代高士奇（原籍今慈溪市匡堰）极称莼羹之美，所著《北墅抱瓮录》云："春夏之交，叶底津生寸许，白如水晶，莼羹之妙，正在此日。"此所谓"津"，即指其透明的胶质。莼菜极不耐贮运，古人因无法解决贮运问题，故所知人群范围有限，享用者不多。

明州江亭夜别段秀才

〔唐〕李　频

离亭向水开，时候复蒸梅。[①]
霹雳灯烛灭，蒹葭风雨来。
京关虽共语，[②]海峤不同回。[③]
莫为莼鲈美，天涯滞尔才。

——选自《全唐诗》卷五八八

【作者简介】

李频（？—876），字德新，寿昌（今属浙江建德）人。大中八年进士，曾官武功令、建州刺史。著有《梨岳集》。

【注释】

①蒸：天气闷热。梅：梅雨。　②京关：京都。③峤（jiào）：尖而高的山。

寄题明州太守钱君倚众乐亭（节选）

〔宋〕郑　獬

使君来游携芳樽，两边佳客坐翠裀。
鄞江鲜鱼甲如银，玉盘千里紫丝莼。
金壶行酒双美人，小履轻裙不动尘。
壮年行乐须及辰，高谈大笑留青春。

——选自郑獬《郧溪集》卷二十五

【作者简介】

郑獬（1022—1072），字毅夫，号云谷，江西虔化人。皇祐五年（1053）进士。神宗初，拜为翰林学士。出为侍读学士，后贬知杭州，未几徙青州。著有《郧溪集》。

明　州[①]

〔宋〕陆　游

丰年满路笑歌声，蚕麦俱收谷价平。
村步有船衔尾泊，[②]江桥无柱架空横。
海东估客初登岸，[③]云北山僧远入城。[④]
风物可人吾欲住，担头莼菜正堪烹。

——选自陆游《剑南诗稿》卷十八

【作者简介】

陆游（1125—1209），字务观，号放翁，山阴（今浙江绍兴）人。绍兴三十二年（1162）赐进士出身，历官礼部郎中兼实录院检讨官、宝章阁待制。著有《渭南文集》《剑南诗稿》。

【注释】

①此诗作于淳熙十三年（1186）三月，陆游接到了仗锡寺住持法平和退休前宰相史浩的邀请游鄞。　②步：通"埠"。水边停船处。衔尾：谓前后相接。　③海东：指高丽、日本。估客：即行商。④云北：在四明山中。地在仗锡寺附近，这里指仗锡寺。云北山僧，指仗锡寺住持法平禅师。作者自注："仗锡平老出山来迎予。"

久不见竹堂高篇，辄以湘莼索之，[①]两诗继至，因用其韵（二首选一）

〔宋〕袁 燮

壶中老子兴不浅，丰颊樽前胜玉梅。
肯为莼羹下犀箸，[②]聊凭催促好诗来。

——选自袁燮《絜斋集》卷二十四

【注释】

①湘莼：指萧山湘湖莼菜。 ②犀箸：用犀牛角做的筷子。

咏莼菜二绝[①]

〔明〕戴 澳

春风漾出碧湖坳，采入幽人品外庖。
清莹还他神是水，高寒何用煮成肴。

缕雪缫冰齿石淙，[②]甘香外味孰能双。
生憎菰菜犹无格，[③]不许兼收溷玉缸。[④]

——选自戴澳《杜曲集》卷四

【注释】

①此诗作于崇祯四年(1631)。 ②石淙：石上水流。 ③生憎：最恨；偏恨。 ④玉缸：酒瓮的美称。

莼 羹

〔清〕魏 耕

莼羹银似簇，莼叶锦俱攒。
齿藉流匙滑，谁云致鬲寒。[①]
秋风吹弱水，[②]丹木落燕山。
千里吴江隔，频怀白玉盘。

——选自魏耕《雪翁诗集》卷七

【注释】

①鬲：通“膈”。横隔膜。 ②弱水：本义为不够大的水。古水名，古时所称弱水者甚多。

范潞公去官归里[①]

〔清〕史大成

山色故园好，妒君归及春。
诗从携杖得，名以去官真。
林笋甘于蜜，湖莼绿似蘋。
试看署纸尾，谁不叹风尘。

——选自《四明清诗略》卷一

【作者简介】

史大成(1613—1676)，字及超，一字立庵，鄞县张斌桥（今属江东区）人。顺治十二年(1655)进士第一，授翰林院编修。历任翰林学士、礼部右侍郎等职。著有《八行堂集》。

【注释】

①范潞公：范光文字潞公，号耿仲。鄞县人。范钦曾孙，范汝楠之子。顺治六年(1649)与弟范光遇同登进士，授礼部主事，迁吏部文选司，主陕西乡试。一身兼署四司事，案无留牍，兢慎自持。后以正直得罪上司，罢归。居家后，时与同里文士诗文唱和。

月湖秋泛

〔清〕童 枢

湖波清浅暮云平，有月何曾厌夜行。
鸿雁无声红蓼冷，船头吹火煮莼羹。

——选自《四明清诗略》卷七

【作者简介】

童枢，字汉木，号拙园，慈溪人。监生。著有《无税乡诗抄》。

四明土物杂咏·莼米

〔清〕全祖望

莼根乃圣米，[①]不独莼羹醇。
莫教饥与馑，坐尽一湖莼。

——选自全祖望《句余土音》卷中

【注释】

①圣米：古代对荒年可以疗饥活命的粮食的敬称。

蛟川物产五十咏·莼

〔清〕谢辅绅

湘湖佳种胜西湖，润滑流匙异酪酥。
引得季鹰归兴早，秋风不待四腮鲈。

——选自光绪《镇海县志》卷三十八

秋兴百一吟·秋莼

〔清〕洪晖吉

翠缕珠成串，流匙滑更香。

水乡无别味，好佐碧鲈尝。
——选自洪晖吉《听篁阁存草》卷三

莼 湖[1]

〔清〕楼振乾

一角名湖辟海东，波光浪影拍晴空。
西南流合双明镜，长短桥分五彩虹。
夹水几家成聚落，前朝遗址半蒿蓬。
客来拟撷秋莼荐，异味何须饭二红。[2]
——选自《四明清诗略》卷二十八

【作者简介】

楼振乾，字市庵，奉化人。清监生。

【注释】

①莼湖：在今奉化市莼湖镇。　②二红：大麦掺赤豆做的饭。苏轼《记先夫人二红饭语》："课奴婢舂（大麦）以为饭……有西北村落气味，今日复令庖人杂小豆作饭，尤有味，老妻大笑曰：'此新样二红饭也。'"

采莼曲

〔清〕严　恒

瓜蔓潮回绿涨匀，兰桡伊轧出芳津。[1]
谁家小女秋风里，采得湖心雉尾莼。[2]

白蓑花发露微凉，[3]钗股纷纷贴水香。
寄语鼎娥纤手摘，[4]堆盘雪缕劝郎尝。
——选自严恒《听月楼诗抄》卷上

【注释】

①兰桡：小舟的美称。伊轧：象声词。船桨、轮轴等发出的声响。　②雉尾莼：初生的莼菜。③白蓑：白蘋。　④鼎娥：管烹调的女子。

和珠慧上人且留别

杨翰芳

两月荒郊托啸歌，人疏天阔奈愁何。
禅林寂寞鸦知道，秋气纵横雁屡过。
破雨寒阳唯遗昼，吞山止水不生波。
莼丝苽米随湖尽，[1]凭仗君家食芋多。
——选自《杨霁园诗文集》

【注释】

①苽米：即菰米。古六谷之一。

【食用菌类】

蕈 菌

蕈菌，指子实体硕大、可供食用的大型真菌，通称为蘑菇。中国已知的食用菌有350多种，其中多属担子菌亚门，常见的有：香菇、草菇、蘑菇、木耳、银耳、猴头菇等；少数属于子囊菌亚门，如羊肚菌、马鞍菌、块菌等。上述真菌分别生长在不同的地区、不同的生态环境中。

大浙东地区是食用菌的主要产地之一。宋人很看重菌类，许多烹饪典籍都把菌类视作食厨之珍。南宋人叶梦得《避暑录话》、周密《癸辛杂识》等记载："四明、温、台山谷间多产菌"，"味极珍"。尤其是曾作为贡品的台蕈（相传皇帝误看作合蕈），即现代真菌分类学上的香蕈（Lentinula edodes）。康熙《定海县志》卷十一记载："香蕈：生桐、柳、枳椇上，紫色者名香蕈，白色者名肉蕈，皆因湿气薰蒸而成。"蕈是受宠于人的地方土物，楼钥对独旦蕈十分推崇，有"朝菌晦朔虽不知，食之实冠东南味"之句赞美之。光绪《慈溪县志》卷五十三则记载境内有"铜青菌，味尤美而无毒，色类古鼎彝，故名。亦名寒贵菌。贵呼居，去声。蕈呼覃，上声，言天寒则价贵也。多生松林下"。但独旦蕈和铜青菌究竟属于什么菌种，尚有待于研究。

日本贞应二年（1223），道元禅师在《典座教训》中说："嘉定十六年癸未二月中，在庆元舶里倭使头领话说次，有一老僧来，年六十岁许，一直便在舶船里，向和客讨买倭椹。"这里的"椹"即蕈，"倭椹"是对日本野生香菇的称呼。当时甬地僧人消费香菇已很普遍，在素斋者眼中，香菇是最好的山珍，日本舶船早就了解到这方面的信息，故每每随带香菇而来，甬上僧人亦熟知日本船随带香菇的事实，因此当道元搭乘的日本船抵达庆元港后，甬上僧人登船要求购买香菇。《典座教训》的这一记载，被学界视为中日香菇贸易的开始。

独旦蕈次九五从叔韵[①]

〔宋〕楼　钥

朝菌晦朔虽不知，[②]食之实冠东南味。
庾郎二十有七品，[③]一见流涎惊绝异。
撷蔬剪韭皆可却，味苦应无夏虫避。
大阮哦诗声未了，[④]又索蒸芝今再遗。[⑤]
迩来枯枿尚未茁，[⑥]拳拳上愧台无馈。
倘容小摘寄情亲，会见长须见芹意。[⑦]

——选自楼钥《攻愧集》卷二

【注释】

①独旦蕈：学名待考。 ②朝菌：某些朝生暮死的菌类植物。《庄子·逍遥游》："朝菌不知晦朔，蟪蛄不知春秋。"陆德明释文："司马云：'大芝也。天阴生粪上，见日则死，一名日及，故不知月之终始也。'崔云：'粪上芝。朝生暮死，晦者不及朔，朔者不及晦。'" ③庾郎：即庾杲之。此用《南齐书·庾杲之传》的典故，以喻贫苦生活。④大阮：三国魏后期诗人阮籍与侄子阮咸，都是"竹林七贤"中的人物，世称阮籍为大阮，阮咸为小阮，后人便以"大小阮"作为叔侄关系的代称。这里指九五从叔。 ⑤蒸芝：指独旦蕈。 ⑥枯枿(niè)：枯枝，枯株。 ⑦芹意：谦词。微薄的情意。

游香山与王征君子信途中联句[①]

〔元〕乌斯道　王子信

一路觅幽题，过桥东复西。(王)
竹疏林影薄，水小涧声低。(乌)
食篚庖人负，[②]诗筒稚子携。[③](王)
缓行因惜蚁，久立为听鹂。(乌)
墙眼泉龙隐，[④]篱腰土犬啼。(王)
古藤如臂曲，矮树与肩齐。(乌)
过陇虎留迹，投岩麝脱脐。(王)
寻芝问溪老，摘果借邻梯。(乌)
瓦罐煨椒酒，沙盘饤蕈齑。(王)
漱甘分冷井，纵懒卧柔荑。[⑤](乌)
窑热烧松火，潭香洗药泥。(王)
塘坳飞絮滚，石缝落花栖。(乌)
健柏搀颓庙，荒苔补破蹊。(王)
紫拳擎蕨菜，青子落棠梨。(乌)
樵语烟萝屋，僧锄雨豆畦。(王)
归来日当午，云外一声鸡。(乌)

——选自乌斯道《春草斋诗集》卷三

【作者简介】

乌斯道(1314—1390)，字继善，号春草，原慈溪(今江北区慈城镇)人。入明，征为石龙县令。洪武八年(1375)改为永新令。坐事调戍定远，寻放还。善诗文书画，著有《秋吟稿》《春草斋集》。王子信，生平待考。

【注释】

①香山：达蓬山原名香山，位于今慈溪市东南部，与镇海区相交接。征君：征士的尊称。②篚：篮子之类。 ③诗筒：盛诗稿以便传递的竹筒。 ④泉龙：蜥蜴。 ⑤柔荑：柔软而白的茅草嫩芽。

石门竹枝词[①](四首选一)

〔清〕毛　润

八月小笋出短篱，稻花蕈子半沾泥。
劚来稚葛长如藕，啖取黄瓜爽若梨。

——选自《四明清诗略》卷九

【作者简介】

毛润，号萝窗，奉化人。乾隆初诸生。

【注释】

①石门，地名，在奉化，以产大毛竹闻名。

浴佛日小凤邀同养拙、笠塘集凤山镜清楼作樱笋会，[①]即席分得笋字

〔清〕朱文治

一春不作诗，转瞬春将尽。
昨来折简招，[②]游山订期准。
最好佛生日，一筇向前引。
拾级等平地，两脚如飞隼。
行厨富朱樱，[③]灿烂异寒窘。
山僧何多情，忙劚燕来笋。
主人更解事，烹之以仙菌。
把酒看江山，见猎喜难忍。
拈阄各分韵，[④]豪吟问谁敏。
我老走秃笔，唯愁少年哂。[⑤]

——选自朱文治《绕竹山房续诗稿》卷八

【注释】

①浴佛日：相传农历四月八日为释迦牟尼的生日，每逢该日，佛教信徒用拌有香料的水灌洗佛像，谓“浴佛”。此诗作于道光庚寅(1830)年。②昨来：近来。折简：写信。 ③行厨：指所携带的酒食。 ④拈阄：用几张小纸片暗写上字或记号，做成纸团，由有关的人各取其一，以决定权利或义务该属于谁。分韵：旧时作诗方式之一。指作诗时先规定若干字为韵，各人分拈韵字，依韵作诗，叫作“分韵”。 ⑤少年：作者自注：“谓小凤两郎在座。”

石　耳

石耳别名石壁花、石木耳等，是菌藻共生的地衣，属地衣门石耳科植物。其形似耳，生长在悬崖峭壁阴湿石缝中，体扁平，呈不规则圆形，上面褐色，背面被黑色绒毛。石耳为稀有的名贵山珍。吴瑞云：“石耳生天台、四明、河南宣州、萤山、巴西边缴诸山石崖上。”康熙《定海县志》卷十一记载：“石耳：生石崖上，状如地耳，采曝，洗去沙土，作茄（按，此处引自《本草纲目》，‘茄’为‘茹’之误）胜于木耳，佳品也。”

四明洞天土物诗有未备者，又得五章·石耳

〔清〕全祖望

非云又非雾，乍卷还乍舒。
山中何所产，石耳长芳腴。
石窗四面开，[1]聪听不可淤。
啖之足疗聋，以聆万籁嘘。

——选自全祖望《句余土音》卷中

【注释】

①石窗：即四窗岩。位于今余姚市华山乡东南大俞山顶上，有一块长方形悬崖。崖腰有洞，内有四穴，远处仰望犹如楼之窗户，以通日月之光，四窗岩以此得名。四窗是在一个平面上，全氏谓“四面开”，是传闻之词。

茯　苓

茯苓，俗称云苓、松苓、茯灵，为寄生在松树根上的菌类植物，形状像甘薯，外皮黑褐色，里面白色或粉红色。其原生物为多孔菌科真菌茯苓的干燥菌核，多寄生于马尾松或赤松的根部。古人称茯苓为“四时神药”，因为它功效非常广泛，不分四季，将它与各种药物配伍，不管寒、温、风、湿诸疾，都能发挥其独特功效。五代《日华子本草》认为茯苓“安胎，暖腰膝，开心益智，止健忘”。

山中书所见二首（选一）

〔元〕张　庸

山中老松千岁青，雨余气吐虬龙腥。
从渠匠石不见顾，试劚深根有茯苓。

——选自《全元诗》第五十四册

【作者简介】

张庸，字惟中，别号全归，慈溪人。明洪武中，举明经，授本县训导。有《全归集》传世。

武陵庄即事（六首选一）

〔明〕张时彻

屋外松苓足饱，云中鸡犬同栖。
自是游人不到，非关烟雾长迷。

——选自张时彻《芝园定集》卷十九

【作者简介】

张时彻(1500—1577)，字维静，号东沙，又号九一，鄞县布政张家潭人。嘉靖二年(1523)进士，授南京膳部主事等职。嘉靖十年(1531)，升任江西按察副使，督学政。嘉靖十二年(1533)，任山东临清兵备副使，累迁山东右布政使。嘉靖二十年(1541)，丁父忧，期满，赴湖广任职，迁河南为左布政使。嘉靖二十五年(1546)，官右副都御史，巡抚四川。嘉靖三十三年(1554)，任南京兵部尚书，次年以倭寇直逼南京城下，被勒归休。著有《芝园定集》等。

次再至武陵庄韵（二首选一）

〔明〕沈汝璋

为觅林泉胜，无辞杖屦行。[1]
逢人讯仙迹，对客数花名。
惯狎笼中鹤，常餐松下苓。
兴来发清啸，旋觉腋风生。

——选自胡文学《甬上耆旧诗》卷十五

【作者简介】

沈汝瑋，字君重，号莲桥，鄞县人。正德十四年(1519)举人，历辰州、武昌二郡推官，迁郧阳同知。卒年九十三。

【注释】

①杖屦：谓拄杖漫步。

明歌次李嵩渚韵十首[①](选一)

〔明〕张邦奇

斸罢松苓洞口香，[②]张衡梅福旧山乡。[③]
桂花石首黄金色，何处季鹰愁夕阳。[④]

——选自张邦奇《张文定公四友亭集》卷九

【注释】

①李嵩渚：李濂字嵩渚。参作者简介。 ②松苓：茯苓的俗称。 ③张衡：字平子，南阳西鄂(今河南南阳市石桥镇)人，东汉文学家、科学家。其在四明山的传说，《丹山图咏》注云："张平子曾劄木于此山，有版木三五堆，作紫金色，常有云霞覆之。"梅福：字子真，九江郡寿春人。官南昌尉。及王莽当政，乃弃家隐居。后世关于其成仙的传说甚多，四明地区多有其修道的遗迹。 ④季鹰：晋吴人张翰之字。

【野菜类】

泛　写

山　居

〔明〕释圆信

从头简点总无能，[①]枯木岩前老衲僧。
信步携筐寻野菜，攀萝又上一棱层。

——选自释性音重编《禅宗杂毒海》卷八

【作者简介】

释圆信(1571—1647)，号雪庭、雪峤、语风老人，鄞县人。29岁出家，拜江苏秦望山普济寺妙祯为师，后参拜云栖袾宏和幻有正传。万历四十三年(1615)，为千指庵住持，后任庐山开先寺、浙江东塔寺住持。重创云门宗，晚年住浙江云门寺。有《雪峤圆信禅师语录》。

【注释】

①简点：检查。 ②棱层：山势高耸突兀。

归里后久不作诗，李子寅伯游天台还，[①]以四诗见示，不仅技痒，即用其来韵感怀答之(二首选一)

〔清〕张起宗

檐鹊林鸦任意鸣，家居犹畏路难行。
事如云过看还破，心已灰时拨未平。
竹色青留三径冷，桐荫绿放小窗明。
寂寥只羡君行乐，采得山蔬到处烹。

——选自全祖望《续甬上耆旧诗》卷一百〇七

【注释】

①李子寅伯：李暾字寅伯，鄞县人。

感野菜

杨翰芳

圃种凌霜不变青，野生映日亦扬馨。[①]
加餐岂藉鸡豚味，在世谁非旦暮形。
诸葛大名攒白甲，[②]蒲公老寿长黄丁。[③]
泥中小草浑宜我，[④]远志都无守一经。

——选自《杨霁园诗文集》

【注释】

①扬馨：播散香气。 ②诸葛：诸葛菜，十字花科诸葛菜属植物，又名二月蓝、二月兰、孔明菜，俗称大蔸菜、大头菜等。传说诸葛亮率军出征时曾采嫩梢为菜，故得名。白甲：素甲，白色铠甲。《国语·吴语》："皆白裳、白旗、素甲、白羽之矰，望之如荼。"韦昭注："素甲，白甲。" ③蒲公：指蒲公英，药食兼用的植物。黄丁：指黄色舌状花。 ④小草：中药远志苗别名。晋张华《博物志》卷七："远志苗曰小草，根曰远志。"南朝宋刘义庆《世说新语·排调》："谢公始有东山之志，后严命屡臻，势不获已，始就桓公司马。于时人有饷桓公药草，中有远志。公取以问谢：'此药又名小草，何一物而有二称？'谢未即答。时郝隆在坐，应声答曰：'此甚易解，处则为远志，出则为小草。'谢甚有愧色。桓公目谢而笑曰：'郝参军此过乃不恶，亦极有会。'"后以小草喻平庸。亦含虽怀远志而遭际不遇之慨。

附：

野菜笺自叙（节选）

〔明〕屠本畯

按周逸之云："草木生大块中，不烦灌溉而滋蔓长活，萋萋芊芊于淡泊之乡，栖迟而不能为辱，把玩而不能为荣。"吾甚赏其言也。夫菜之为物也，名理谈玄非此无以澄其清素，畸人旅寓非此无以慰其饔飧，病骨癯骸非此无以养其冲和，击鲜啗肥非此无以解其腥羶。由是清虚籍以日来，滓秽因之日去，信乎？纨绔膏粱遇而不顾，钟鸣鼎食摈而不录也。

——选自屠本畯《山林经济籍》卷十六《野菜笺》

蒌　蒿

芦蒿又名蒌蒿、香艾、水艾等，菊科蒿属，多年生草本植物。多生于水边堤岸或沼泽中，有白蒿、青蒿等多种种类。芦蒿在古代已成为人们食用之菜，在北魏《齐民要术》及明代《本草纲目》中均有记载，主要以鲜嫩茎秆作蔬菜用，可凉拌、炒食，有一种浓郁的清香味，脆嫩可口。芦蒿有较高的营养价值，其性凉、清热解毒，对降血压、降血脂、缓解心血管疾病均有较好的食疗作用，是一种典型的保健蔬菜。

旧冬得蒌蒿数十根，植之舍旁，今春遂可采撷，辄持饷黄堂，[①]拙语先之，聊发一笑

〔宋〕郑清之

蒌蒿见录尔雅篇，[②]族谱系出荆楚堧。[③]
居人采撷不论钱，横道躏轹如车前。[④]
物有贵贱所遇然，鸡壅豕苓以帝言。[⑤]
世间何有正味焉，[⑥]嗜芰昌歜性所便。[⑦]
冰壶先生齑瓮传，[⑧]敢骄玉食轻膏膻。[⑨]
天随酷谓杞菊贤，[⑩]一赋金石声相宣。[⑪]
玉糁羹芋称苏仙，[⑫]天上酥酡能比肩。[⑬]
忆昔客授湘湖偏，[⑭]乍逢此蒿日流涎。
嚼寒冰玉香满咽，绀滑琉璃呜贝编。[⑮]
糅以豚膏软如绵，脆甘丰腻洁且鲜。
天花石耳羞争妍，[⑯]木鸡退飞山之巅。[⑰]
笑渠芽蕨成儿拳，[⑱]岸视棒圃眉宇轩。[⑲]
七菹五菜谁敢先，[⑳]独能兄事玉版禅。[㉑]
一别楚产知几年，孤根竭来植鄞川。[㉒]
春苗出土含晓烟，援条小摘喜欲癫。
故人千里方言还，调笔酌之双觥船。[㉓]
枯肠慰满藜苋缘，食芹而美不敢专。
遣送兵厨羞俎笾，[㉔]喷饭一笑筼筜边。[㉕]

——选自郑清之《安晚堂集》卷六

【注释】

①黄堂：古代太守衙中的正堂。这里借指太守。　②"蒌蒿"句：《尔雅·释草第十三》："购蔏蒌。"郭璞注："蔏蒌，蒌蒿也。生下田，初出可啖，江东用羹鱼。"　③堧(ruán)：水边等处的空地或田地。　④躏轹：践踏碾压；蹂躏。车前：车前草，又名车轮菜，多年生草本，连花茎高达50厘米，具须根。生长在山野、路旁、花圃、河边等地。⑤鸡壅：即鸡头，芡的果实。豕苓：猪苓别名。为非褶菌目多孔菌科树花属药用真菌。子实体幼嫩时可食用，味道十分鲜美。其地下菌核黑色、形状多样，是著名中药，有利尿治水肿之功效。帝言：指《黄帝内经》的记载。　⑥正味：纯正的滋味。⑦嗜芰：《国语·楚语上》："屈到嗜芰。"韦昭注："芰，菱(菱)也。"昌歜：菖蒲根的腌制品。传说周文王嗜昌歜，孔子慕文王而食之以取味。《韩非子·难四》："屈到嗜芰，文王嗜菖蒲菹，非正味也，而二贤尚之，所味不必美。"　⑧冰壶先生：林洪《山家清供·冰壶珍》云："太宗问苏易简曰：'食品称珍，何者为最？'对曰：'食无定味，适口者珍。臣心知齑汁美。'太宗笑问其故。曰：'臣一夕酷寒，拥炉烧酒，痛饮大醉，拥以重衾。忽醒，渴甚，乘月中庭，见残雪中覆有齑盎。不暇呼童，掬雪盥手，满饮数缶。臣此时自谓上界仙厨，鸾脯凤脂，殆恐不及。屡欲作《冰壶先生传》记其事，未暇也。'太宗笑而然之。后有问其方者，仆答曰：'用清面菜汤浸以菜，并消醉渴一味耳。或不然，请问之冰壶先生。'"　⑨玉食：美食。膏膻：羊膏。古代调味八珍之一。《周礼·天官·庖人》："凡用禽献……冬行鲜羽，膳膏膻。"郑玄注引杜子春曰："膏膻，羊脂也。"　⑩天随：天随子，陆龟蒙别号。杞菊：枸杞与菊花。其嫩芽、叶可食。菊，或说为菊花菜，即茼蒿。陆龟

蒙《杞菊赋》序："天随子宅荒，少墙屋，多隙地，著图书所前后皆树杞菊。夏苗恣肥日，得以采撷之，以供左右杯案。" ⑪相宜：互相映衬而显现。⑫玉糁羹芋：苏轼《过子忽出新意，以山芋作玉糁羹，色香味奇绝，天上酥酡则不可知，人间决无此味也》诗："莫作北海金齑脍，轻比东坡玉糁羹。"此山芋，宋人多指芋艿，如王十朋《食芋》："我与瓜蔬味最宜，南来喜见大蹲鸱。归与传取东坡法，糁玉为羹且疗饥。"刘子翚《芋》："分得蹲鸱种，连根占地腴。晓吹黏玉糁，深碗啖模糊。"也有人认为是指山药。 ⑬酥酡：古印度酪制食品名。宋林洪《山家清供·玉糁羹》："东坡一夕与子由饮，酣甚，槌芦菔烂煮，不用他料，只研白米为糁。食之，忽放箸抚几曰：'若非天竺酥酡，人间决无此味。'"林洪此处认为苏轼所煮玉糁羹为萝卜羹。 ⑭客授：在外地讲授。湘湖：在今浙江萧山。 ⑮贝编：指佛经。因其写于叶上，故称。⑯天花：天花菌。一种纯白色的野生蘑菇。石耳：又名石壁花。为地衣门石耳科植物。 ⑰木鸡：这里似指树鸡。树鸡，木耳的别名。 ⑱芽蕨成儿拳：指蕨菜。 ⑲槔：桔槔。一种原始的汲水工具。 ⑳七菹：指韭、菁、茆、葵、芹、菭、笋七种腌菜。《周礼·天官·醢人》："凡祭祀……以五齐七醢七菹三臡实之。"五菜：指葵、韭、藿、薤、葱。 ㉑玉版禅：笋的别名。 ㉒朅来：犹言来。㉓调芼：做羹。 ㉔觥船：容量大的饮酒器。 ㉔兵厨：三国魏阮籍闻步兵校尉厨贮美酒数百斛，营人善酿，乃求为校尉。后因以"兵厨"代称储存好酒的地方。 ㉕篔筜：一种皮薄、节长而竿高的生长在水边的大竹子。

蕨 菜

蕨菜，又叫拳头菜、鹿蕨菜、蕨儿菜、如意菜、猫爪子、拳头菜等。属于凤尾蕨科。喜生于浅山区向阳地块，多分布于稀疏针阔混交林中。其食用部分是未展开的幼嫩叶芽。制成的菜肴鲜嫩滑爽、芬芳郁香。蕨菜为山珍，入馔历史极其悠久。食用蕨菜始见载于《诗经》："陟彼南山，言采其蕨。"古有伯夷、叔齐不食周粟，采蕨薇于首阳山的故事，所以后世以采蕨薇作为清高隐逸的象征。唐代陈藏器《本草拾遗》著录"蕨叶"，并云："生山间，人作茹食之。四皓食之而寿，夷齐食蕨而夭，固非良物也。"他对蕨菜食用价值的评价并不高。当代科学家已经证明，蕨菜里含有的"原蕨苷"是一种致癌物质，因此蕨菜还是少吃为妙。

寄伯兄

〔宋〕王安石

身留海上去何时，只看春鸿北向飞。
安得先生同一饮，蕨芽香嫩鮆鱼肥。

——选自王安石《临川文集》卷三十四

【作者简介】

王安石（1021—1086），字介甫，号半山，江西临川（今抚州）人。庆历二年（1042）进士。庆历七年（1047）知鄞县，任内兴修水利，发展经济，倡立青苗，实行保甲，重视教育，为变法积累了宝贵经验。嘉祐三年（1058），上万言书，提出政治革新主张。熙宁二年（1069），擢参知政事，次年同中书门下平章时，推行新法。熙宁七年（1075）罢相，为观文殿大学士，知江宁府。八年再相，次年再罢。晚年退居金陵。著有《临川集》等。

偈

〔宋〕释法英

春山笋蕨正蒙茸，好把黄粱彻夜舂。
莫谓西来无此意，[①]祖师浑在钵盂中。[②]

——选自释惟白《建中靖国续灯录》卷十一

【作者简介】

释法英，俗姓张。鄞县人。投师出家，博究古今，学问超卓。参九峰韶禅师，顿悟宗旨。初住襄阳白马寺。次居鄞县大梅山。

【注释】

①西来无此意：意谓达摩祖师西来没有干什么。"祖师西来意"是初机学者无所参问，而勉为其难地提一句话参问。 ②钵盂：和尚用来化缘的食器，也是和尚随身携带的"六物"之一。

喜木斋、南山诸公有过山庄之约[①]

〔明〕冯 兰

景人湖天第几峰，草堂着我笑疏慵。
云边短策看移药，雨后长镵学种松。

野老春盘唯笋蕨，海城灯市自歌钟。
山深喜有诸公到，潦倒犹能杖履从。

——选自《余姚六仓志》卷二十二

【作者简介】

冯兰，字佩之，号雪湖，余姚人。成化五年(1469)进士，选庶吉士。仕至江西提学副使。谢迁致仕归，与冯兰晚缔姻盟，两人往还雪、汝两湖间，唱和无虚日，正德九年(1514)遂有合集《山庄唱和》。另著有《雪湖集》。

【注释】

①木斋：谢迁之号。

采　蕨

〔明〕王守仁

采蕨西山下，扳援陟崔嵬。[①]
游子望乡国，泪下心如摧。
浮云塞长空，颓阳不可回。[②]
南归断舟楫，[③]北望多风埃。
已矣供子职，[④]勿更贻亲哀。

——选自王守仁《王文成公全书》卷二十九

【作者简介】

王守仁(1472—1528)，字伯安，自号阳明子，余姚人。弘治十二年(1499)进士，授刑部、兵部主事。正德元年(1506)，因上疏劾宦官刘瑾，营救戴铣、薄彦征，贬贵州龙场驿丞(今属贵州修文县)，曾讲学于当地的阳明洞。刘瑾被诛后，起用为庐陵知县，后以左佥都御史巡抚南赣。正德十四年(1519)，平定宁王朱宸濠谋反，被封为新建伯，官至南京兵部尚书，卒谥文成。著有《王文成公全书》。

【注释】

①扳：同攀。陟(zhì)：由低处向高处走。崔嵬：有石头的土山。　②颓阳：落山的太阳。　③断舟楫：没有回去的船。　④供子职：做好自己的事。供，奉行职责，供事。子，相当于“你”。此处是阳明自己称呼自己。

六言(四首选一)

〔明〕丰　坊

竹几玄书昼掩，[①]瓦盆紫蕨时尝。
褦襶庭中绝迹，[②]芰荷枕畔飘香。

——选自丰坊《万卷楼遗迹》卷六

【注释】

①玄书：指汉扬雄所撰《太玄》一书，亦可指称《老子》一书。　②褦(nài)襶：避暑用的斗笠。这句是说很凉爽，不用斗笠遮阳。

田家乐(二十首选一)

〔明〕张时彻

白云晓断山径，北斗夜阁柴扉。
松醪瓮里方熟，[①]薇蕨园中正肥。

——选自张时彻《芝园定集》卷十九

【注释】

①松醪：用松肪或松花酿制的酒。

闲居漫兴(二十首选一)

〔明〕张时彻

雨后呼童采蕨，霜前负薪衣裘。
试问东门黄犬，[①]何如沙漠青牛。[②]

——选自张时彻《芝园定集》卷十九

【注释】

①东门黄犬：典出《史记》卷八十七《李斯列传》。秦丞相李斯因遭奸人诬陷，论腰斩咸阳市。临刑谓其中子曰：“吾欲与若复牵黄犬俱出上蔡东门逐狡兔，岂可得乎！”后以“东门黄犬”作为官遭祸，抽身悔迟之典。　②青牛：《史记·老子韩非列传》司马贞索隐引汉刘向《列仙传》：“老子西游，关令尹喜望见有紫气浮关，而老子果乘青牛而过也。”

凫园十首[①](选一)

〔明〕屠　隆

信是归来好，江东旧布衣。
池成蛙自聚，金尽客应稀。
家以栽花冗，身因食蕨肥。
野鸥飞不去，吾性本忘机。

——选自屠隆《栖真馆集》卷四

【注释】

①凫园：屠隆回故乡后所建，位于今海曙区屠园巷一带。

南雷八首访汪长文作[1]（选一）

〔明〕屠　隆

平生邴曼容，[2]蝉蜕出尘踪。[3]
徙倚金鸡洞，踟蹰天马峰。
桑麻田父语，笋蕨野人供。
耻托雕龙技，千秋一短筇。

——选自屠隆《栖真馆集》卷四

【注释】

①汪长文：汪礼约，字长文，鄞县大雷人。②邴曼容：山东琅琊人。班固《汉书》卷七十二说他“养志自修，为官不肯过六百石，辄自免去”。③蝉蜕：喻洁身高蹈，不同流合污。

山　翁

〔明〕汪　坦

老翁结屋清溪上，时向南山采蕨薇。
松风不动暮云碧，白鹤下庭归未归。

——选自汪坦《盂斋集》卷十

【作者简介】

汪坦，字仲安，号识环、石盂山人，鄞县大雷（今鄞州区横街镇大雷村）人。国子监生，程番府通判。作诗不出七子之体。有《石盂集》十七卷。

萧皋客不至

〔明〕李生寅

野卧楼风急，晨看径雨稀。
朋从何寂历，鸟雀故翻飞。
晚圃尚留菊，寒潮不上矶。
小厨何所供，笋蕨借春肥。

——选自胡文学《甬上耆旧诗》卷二十三

江园款客

〔明〕孙　鏊

历乱烟云锁翠微，浓花小院雨水稀。
巷回车辙心偏远，墅赌围棋愿不违。[1]
典尽鹔鹴多为客，[2]盟谐鸥鸟共忘机。
莫愁有酒无兼味，篱笋初长野蕨肥。

——选自孙鏊《松菊堂集》卷十二

【注释】

①墅赌围棋：典出《晋书》卷七十九《谢安列传》。晋时苻坚率众百万，次于淮淝，京师震恐。晋孝武帝加谢安为征讨大都督。“安遂命驾出山墅，亲朋毕集，与玄围棋赌别墅。”　②鹔鹴：即鹔鹴裘。相传为汉司马相如所穿的裘衣。用鹔鹴鸟的皮制成。

春日过西皋别业[1]

〔明〕万邦孚

卜筑依阡陌，柴扉傍水城。
幽兼山翡翠，色借树从横。
日出僧初饭，林开燕出楹。
呼童寻笋蕨，佐酒看春耕。

——选自胡文学《甬上耆旧诗》卷二十六

【作者简介】

万邦孚（1544—1628），字汝永，号瑞岩，鄞县人。万达甫之子。少为诸生，后为指挥佥事，转浙西督运把总、山东都司佥事。万历二十六年（1598），进入朝鲜参加抗倭斗争。回国后，以功升杭嘉湖参将，官至福建总兵。著有《一枝轩吟草》。

【注释】

①西皋别业：在甬城西郊，为万邦孚寿藏所在地，系今白云庄的前身。

梅　雨

〔明〕全吾骐

片笠禾间俯，梅阴带水耘。
和风断续雨，淡日去来云。
背湿牛呼犊，巢幽鸟念群。
喜看故山蕨，亦复长氤氲。

——选自《四明清诗略》卷首下

【作者简介】

全吾骐（1629—1696）字聿青，别号北空。鄞县人，全祖望祖父。年十七，从父参加钱肃乐、庄元辰幕府。清兵渡过钱塘江后，全氏父子避兵于东钱湖东。后返甬城，第宅为营将窃踞，吾骐流徙无所。曾筑思旧馆于管江，以纪念殉国的王家勤等人，与林宏珪等并称“思旧馆八子”。有《听涛楼诗》二卷。

山居即事

〔清〕周近梁

迂拙存吾素，幽栖足此生。
烟云供晚眺，笋蕨饷春耕。
瓮贮村醪满，厨通竹溜平。
邀僧闲对弈，松子落棋枰。

——选自《四明清诗略》卷五

【作者简介】

周近梁，字宏济，一字皋怀，又号莛园，慈溪人。康熙三十年(1691)进士。初知陈留县，筑河堤，劝农桑，兴学校，多善政。累官刑科掌印给事中，有直声。后乞归家居，杜门读书。诗与同邑姜宸莩相切磋。著有《娱忧内集》《娱忧外集》各一卷。

食蕨三绝

〔清〕邵毓材

半世迂肠时晒腹，[①]三年涸髓不成腓。
伯夷不是无丰骨，到处逢山定有薇。

虐魃贻殃空宿粒，[②]长镵不用掘黄精。
即看万户群为命，何事西山浪得名。

伤心人面菜花黄，犹是桁杨绕案旁。[③]
泣告神君无别语，难将羹糁上官仓。

——选自倪继宗《续姚江逸诗》卷三

【作者简介】

邵毓材，字美之，余姚人。年十七，领乡荐，人争羡之。后历仕，知宁州，以官败。

【注释】

①晒腹：晋郝隆七月七日出日中仰卧。人问其故，答曰："我晒书。"盖自谓满腹诗书也。后用为曝书之典。 ②虐魃：凶暴的旱神。 ③桁杨：古代用于套在囚犯脚或颈的一种枷。

啖蕨

〔清〕邵以发

此日何期啖蕨薇，采来又带雪霜飞。
放拳应是春风候，可与周原粟共肥。[①]

孤臣噬后古今名，[②]寸梗应同櫱叶生。
试入鼎烹兼肉味，可能还认伯夷清？

——选自《续姚江逸诗》卷九

【作者简介】

邵以发，字得愚，号颐斋，余姚人。年十三补县弟子员，好为诗古文辞。晚年病瞽。著有文集若干卷。

【注释】

①周原粟：典出《史记·伯夷列传》："武王已平殷乱，天下宗周，而伯夷、叔齐耻之，义不食周粟，隐于首阳山，采薇而食之。" ②孤臣：指伯夷、叔齐。他们是商末孤竹君的两个儿子。

采蕨

〔清〕洪图光

山中不记岁，柳绿即耕田。
荷锄南亩去，[①]午爨尚无烟。
忙归呼稚子，山蕨笋如拳。
采叶及其根，聊以充一饘。
东邻老田父，面黄身亦癯。
兼为殷勤语，此物无官租。

——选自全祖望编《续甬上耆旧诗》卷八十五

【作者简介】

洪图光(1628—1722)，字晖吉，鄞县人。师事黄宗羲。顺治戊戌(1658)进士，知广东程乡县，后去官归里。工诗。有《师俭堂集》。

【注释】

①南亩：谓农田。南坡向阳，利于农作物生长，古人田土多向南开辟，故称。

食蕨

〔清〕张羲年

樽俎萧然久忍饥，妻孥嘲笑不言非。
朱门鼎鼎充粱肉，输与山厨蕨菜肥。

猫头新笋味相宜，雉尾香羹兴尚迟。[①]
如我青衫何事脱，剪蔬便已抵莼丝。

——选自张羲年《啖蔗全集》卷四

【注释】

①雉尾：即雉尾莼。

赋得春风花草香

〔清〕王世宇

春尽微风扇，韶光处处妍。
花香添鸟语，树碧带岚烟。
柳色抽条嫩，桃腮吐蕊鲜。
卸衣寻蕨笋，亭畔煮春泉。

——选自张本均《蛟川耆旧诗》卷三

【作者简介】

王世宇，字应乔，镇海人。增生。

薇

通称“野豌豆”。一年生或二年生草本豆科植物，冬天发芽，春天长大。分布很广，常生于山脚草地、灌木林下，为麦田中的主要杂草之一。结荚果，中有种子五六粒，可食。嫩茎和叶可做汤或炒食，宜与猪肉或猪蹄搭配食用。康熙《定海县志》卷十一记载说：“薇：或生原泽，或生山中，即今野豌豆，亦名巢菜，其藿作蔬入羹皆宜。”

在野菜中，薇的地位很高。薇之得名，乃因其为菜之微者，也有的说是因为微贱所食。在野菜中，薇与蕨齐名，分布广泛，有益于身，并为古人经常采挖烹食之物。宁波人中最早论及薇的食疗价值的是陈藏器，其《本草拾遗》记载说：“薇：味甘，寒，无毒。久食不饥，调中，利大小肠。生水旁，叶似萍。”薇除有清热利湿、和血祛瘀的功效外，还含有蛋白质、糖类、脂肪等多种营养成分。薇还是野菜中最具文化意蕴的植物。相传商末周初孤竹国的两个王子伯夷和叔齐义不食周粟，隐居首阳山，采薇而食，及饿且死，作歌云：“登彼西山兮，采其薇矣。以暴易暴兮，不知其非矣。神农虞夏忽焉没兮，我安适归矣？与嗟徂兮，命之衰矣。”遂饿死于首阳山。缘此，薇颇得历代诗人的青睐，成为诗人宣示清风和气骨的重要典故。如张煌言晚年就有《采薇吟》。

园蔬（六首选二）

〔宋〕袁　燮

朱门终日饫甘肥，绮绣盘筵脍缕飞。
宁识山林枯槁士，清风千古首阳薇。

——选自袁燮《絜斋集》卷二十四

山居杂言（二首选一）

〔元〕乌斯道

登山采薇蕨，薇蕨正柔止。[①]
朝行白云中，暮行清风里。
芼之充我肠，其味淡而美。
山翁笑相谓，子计殊晚矣。

——选自乌斯道《春草斋诗集》卷一

【注释】

①柔止：柔嫩。止，句尾语气词。语本《诗·小雅·采薇》：“采薇采薇，薇亦柔止。”

和空林柬伯兄韵[①]

〔清〕黄宗会

包笠相随好，因循与愿违。
栽田初贳犍，[②]苦雨又炊扉。
师久修无净，[③]吾今示杜机。[④]
野厨近况薄，相聚一茎薇。

翛然无学地，世论不相违。
云罨朱藤杖，[⑤]风窥白版扉。[⑥]
曹山三堕食，[⑦]智者五时机。[⑧]
独住千峰下，林香度野薇。

——选自《缩斋诗文集》

【作者简介】

黄宗会(1618—1663)，字泽望，号缩斋，人称石田先生，余姚人。与兄黄宗羲、黄宗炎并称“东浙三黄”。明崇祯末拔贡，明亡后为遗民，专注于著述，以疾终。著有《缩斋文集》《缩斋日记》等。

【注释】

①空林：释智远字空林，昆山朱氏子。为圆悟入室弟子。后住四明知止庵。伯兄：指黄宗羲。②贳：出租、出借。③无净：即无净三昧。故住于空理与他无净之禅定。④杜机：即杜德机。谓闭塞生机。语出《庄子·应帝王》。⑤朱藤杖：用朱藤做的手杖。柔韧性好，为杖之佳品。⑥白版：不施油漆的木板。⑦曹山：在江西宜黄城西，有宝积寺，唐代本寂禅师来此弘法，为曹洞宗的祖庭。三堕：唐代曹山本寂禅师开示学人之

三种方法。堕,即自由无碍之意。一为披毛戴角之沙门堕,又作类堕,即投身迷界以救度众生,不拘圣教位,亦不受沙门之形式所束缚,超越此,而随顺境遇。二为不断声色之随类堕,略称随堕,不执六尘,不求不避知觉生活以外的任何绝对性之事物,透彻知觉之绝对性,并超越知觉,而得自由无碍境界。三为不受食之尊贵堕,食,乃本分之事;本分,乃本来之面目、成佛之当体;知有此本分之事而不取不求,忘记如此尊贵事、本分事,而得自由无碍之境界,称为尊贵堕。 ⑧智者:陈隋之际的智觊大师,天台宗的创立者。五时:天台宗谓佛陀从成道至涅盘所说之法,可以分为五个时期,即华严时、鹿苑时、方等时、般若时和法华涅槃时。

此翁三首(选一)

〔清〕谭　宗

不复亲凡事,甘心远长官。
人常花市去,家向草桥安。
流水春通枕,鸣禽曙启栏。
山童能采药,薇蕨可充餐。

——选自倪继宗《续姚江逸诗》卷二

至回浦感事[①](三首选一)

〔清〕黄之傅

回浦凶年况,千家昼掩扉。
作羹空野菜,舂粉仗山薇。
驿路人都断,荒村鸟不飞。
今秋又收薄,流徙半无归。

——选自全祖望编《续甬上耆旧诗》卷一百十八

【作者简介】

黄之傅(?—1745),字筑隐,一字肖堂,鄞县人。好负高才,善诗古文。

【注释】

①回浦:在今宁海。

藜

藜,又称灰菜。为藜科藜属一年生草本植物。茎直立,广泛生长于田野、荒地、草原、路边及住宅附近。每年4—6月,采收幼苗或嫩茎叶食用。先入沸水锅焯过洗去苦味,可凉拌、热炒制成多种菜肴,尤宜于作羹。在古代藜常与藿或苋并称,为穷人家的蔬食。如在藜羹中稍加谷物,可烹制成"藜羹糁",能够粗饱饥肠。唐代陈藏器《本草拾遗》提到藜为"人食",其药用价值则不如白藋。《康熙定海县志·物产》记载说:"黎(藜):即莱也。嫩时亦可食。"

园蔬(六首选一)

〔宋〕袁　燮

良朋过我食无鱼,茅屋相寻只茹蔬。
莫道藜羹滋味薄,要知瓜祭必齐如。[①]

——选自袁燮《絜斋集》卷二十四

【注释】

①瓜祭:谓食瓜荐新,必先祭祖,示不忘本。齐如:庄重恭敬的样子。《论语·乡党》:"虽蔬食、菜、羹、瓜祭,必齐如也。"

春　耕

〔明〕黄伯川

舍北春归布谷鸣,农人田事又关情。
蒸藜炊黍梳风食,顶笠披蓑冒雨行。
瘠地草多宜熟治,薄田土浅用深耕。
一家衣食并租税,百苦千辛望有成。

——选自黄宗羲编《姚江逸诗》卷五

【作者简介】

黄伯川,原名海,以字行,余姚人。天顺六年(1462)乡举,任建宁教谕。

同张司马至武陵庄作

〔明〕包大中

探幽直入武陵溪,树密烟深白鸟啼。
拂棹野花人不识,穿林乱水路还迷。
云山半绕芳亭外,茅屋偏多曲岸西。
风物尚余秦代古,家家犹自饭蒸藜。

——选自胡文学《甬上耆旧诗》卷十五

【作者简介】

包大中,字庸之,别号三川,今宁波市江东区人。官建阳县丞。曾参与征倭之役,故称包参军。著有《参军集》。

山居(十首选一)

〔明〕冯嘉言

爱此山居好,乘时载酒瓯。
不妨花代谢,聊与世沉浮。
林壑平生趋,烟霞此日游。
正须诸老共,邂逅喜相投。

——选自冯嘉言《十菊山人雪心草》卷二

荠　菜

荠菜为十字花科植物,北方也叫白花菜,是一种人们喜爱的可食用野菜,遍布全世界。其营养价值很高,食用方法多种多样。具有很高的药用价值,有和脾、利水、止血、明目的功效,常用于治疗产后出血、痢疾、水肿、肠炎、胃溃疡、感冒发热、目赤肿疼等症。人工栽培以板叶荠菜和散叶荠菜为主,冬末春初均可。五代日华子称:"荠菜,利五脏。根,疗目疼。"

南坡口号十八首(选一)

〔宋〕郑清之

记得儿时诵古诗,其甘如荠谓吾欺。[①]
淡交休恨相知晚,携向晶盘笑杀伊。[②]

——选自郑清之《安晚堂诗集》补编卷二

【注释】

①其甘如荠:语出《诗·国风·邶风·谷风》:"谁谓荼苦,其甘如荠。" ②这句作者自注:"墙根春荠怒生。"

荠　菜[①]

〔清〕查　揆

已无一棱可种蔬,[②]懒惰况不持烟锄。
斋厨不闻灶婢叹,[③]人或不足我有余。
夕阳嫩绿那用买,众所遗弃乃独储。
桃花粥香杏饧白,[④]萍齑生脆蒌蒿坼。[⑤]
江南春雨土脉松,[⑥]荠花陂畔连天碧。
冷淘秘法陋割烹,[⑦]翠釜漉出骨董羹。[⑧]
吴盐点雪蜀姜嫩,[⑨]两腋亦有清风生。[⑩]
今年雪后无冻葅,[⑪]登柈已觉双眉舒。[⑫]
只含野露畜灵液,更分土沃滋膏腴。
物虽至贱天自贵,造物于物无差殊。[⑬]
崔瑗得菜良已足,[⑭]杜鹃劝人食糜肉。[⑮]
岂知砧儿谢毒怨,[⑯]皱面如僧睡亦熟。
万人施此真乐饥,豪薛荔来其庶几。[⑰]
谁家女儿踏青去,踏窠满地如苔肥。

——选自查揆《篔谷诗钞》卷六

【作者简介】

查揆(1770—1834),又名初揆,字伯揆,号梅史,浙江海宁人。嘉庆九年(1804)举人,官至顺天蓟州知州。著有《篔谷文集》《菽原堂集》。

【注释】

①此诗作于查揆寓居慈溪县之时。 ②一棱:指一塍田。 ③斋厨:寺庙的厨房。又称香积厨。 ④杏饧:甜杏粥。 ⑤萍齑:以荇菜、莼菜等水生植物为主料加工而成的腌菜。 ⑥土脉:语出《国语·周语上》:"农祥晨正,日月底于天庙,土乃脉发。"韦昭注:"脉,理也。"此谓土壤开冻松化,生气勃发,如人身脉动。后以"土脉"泛指土壤。 ⑦冷淘:过水面及凉面一类食品。 ⑧骨董羹:取鱼肉蔬菜等杂混烹制而成的羹。宋苏轼《仇池笔记·盘游饭谷董羹》:"罗浮颖老取饮食杂烹之,名骨董羹。" ⑨吴盐:吴地所产的盐。以洁白著称,为四方所食。蜀姜:蜀地所产的姜。为调味佳品。 ⑩"两腋"句:化用唐代卢仝《走笔谢孟谏议寄新茶》:"七碗吃不得也,唯觉两腋习习清风生。" ⑪葅(zū):同"菹"。腌菜。 ⑫柈:盛物之器。通"盘"。 ⑬造物:即"造物者",特指创造万物的神。 ⑭崔瑗:字子玉,东汉涿郡安平(今河北省安平县)人。中举茂才,迁汲县令。好士,爱宾客,时常以丰盛酒菜招待,从不考虑家产,但是自己日常饮食皆是蔬食菜羹而已,世人皆以"清廉"称之。 ⑮糜肉:肉粥。《晋书·惠帝纪》:"及天下荒乱,百姓饿死,帝曰:'何不食肉糜?'"这句化用陆游《闻杜鹃戏作绝句》:"劳君树杪丁宁语,似劝饥人食肉糜。" ⑯砧儿:砧板。 ⑰豪薛荔:佛经中人物。《佛说阿鸠留经》记贾客阿鸠留不信后世,于旷野树下得遇豪薛荔,乃深信因果,勤行布施,后得生天。《佛说阿鸠留经》云:"树下人言:'我亦非天,亦非龙,亦非鬼,亦非人,我是豪薛荔也。我前世时,于国中大贫穷,常在城门下坐。虽贫穷,心净洁,爱乐沙门道人。我贫穷不能施人,见他人布施,代其喜。'"

紫云英

紫云英又名红花草、花草、荷花草、莲花草、翘摇。紫云英和紫花苜蓿都是豆科草本，也都可以作为饲草，但它们是两种不同的植物。宁波人常将紫云英混称为草子。原产中国，多作为稻田绿肥来种植。我国早在明清时代就已在长江中下游地区大面积种植。紫云英与苜蓿并称为草子。光绪《慈溪县志》卷五十三云："二种今并谓之草子。黄花者亦谓之螺厣，越人谓之磨盘草子，皆以角形似名。紫花者曰荷花草子，以细花十余，其蒂攒生，绝似荷花，故名。皆以粪田，植极广。"紫云英是中国主要蜜源植物之一，嫩叶亦可作蔬食用。

春日杂兴（二十四首选一）

〔清〕黄　璋

断山古渡树阴藏，古驿横江一水长。
两岸青山斜界水，荷花草紫菜花黄。[①]

——选自黄璋《大俞山房诗稿·留病草》

【注释】

①荷花草紫：亦称紫荷花草，即草子。学名紫云英。

田歌（二十首选一）

〔清〕陈得善

寒露初交下子来，平畴春色软于苔。
是谁唤作荷花草，[①]二月东风应候开。

——选自陈得善《石坛山房诗集》卷一

【注释】

①荷花草：作者自注："荷花紫草能肥田，亦可食，或呼紫荷花草，又名孩儿草，人混称草子。"

其　他

山行即事

〔宋〕高　翥

篮舆晴晓入山家，[①]独木桥低小径斜。
屋角尽悬牛蒡菜，[②]篱边多发马兰花。[③]
主人一笑先呼酒，劝客三杯便当茶。
我已经年无此乐，为怜身久在京华。

——选自高翥《菊磵集》

【作者简介】

高翥(1170—1241)，字九万，号菊涧，余姚上林匡堰(今属慈溪市匡堰镇)人。应试不第，弃去，转而用力于诗，师事林宪，得其句法。一生游钱塘，越金陵，浮洞庭、彭蠡，吊古今名山大川，蓄诸心胸，发于声诗，以鸣当世。晚年寓居杭州西湖。著有《菊涧集》。

【注释】

①篮舆：古代供人乘坐的交通工具，形制不一，一般以人力抬着行走，类似后世的轿子。②牛蒡：又名大力子、蝙蝠刺，菊科二年生草本根茎类植物。以肥大肉质根供食用。③马兰花：指马兰头开的花，花蕊黄色，花瓣淡紫色。另鸢尾科鸢尾属植物马莲别名马兰花，又称蝴蝶兰、蝴蝶花，但古代称为马蔺。

芫　荽[①]

〔明〕屠本畯

相彼芫荽，化胡携来。[②]
臭如荤草，脆比菘薹。
肉食者喜，藿食者谐。[③]
惟吾佛子，致谨于斋。[④]
或言西域兴渠别有种，[⑤]
使我罢食而疑猜。

——选自屠本畯《山林经济籍》卷十六《野菜笺》

【注释】

①芫荽：亦名胡荽、香荽、香菜，为伞形花科芫荽属植物。茎叶细嫩，根如胡须，是一种具有特殊香味的小蔬菜。张骞出使西域时，得其种而归。陈藏器《本草拾遗》著录云："石勒讳胡，并、汾人呼为香荽也。"康熙《定海县志》卷十一云："胡荽：一名蒝荽，姜属，食之能香口，乃五荤之一。八月下种，冬春采之，香美可食，亦可作菹。一名鹅不食草。"②化胡携来：芫荽本产于地中海沿岸，西汉武帝时，张骞从西域带回其种，开始在内地种植，初名"胡荽"。③藿食：以豆叶为食。指粗食。藿食者，谓平民百姓。④"惟吾佛子"二句：佛教戒律，不许食葱、蒜、羌荽之类带辛味的食物。⑤兴渠：也写作"兴瞿"，产于印度、

伊朗一带的葱蒜之类植物，有辛臭气。作者题下有注云："俗名胡荽，或言佛国即名兴渠。"

椿　芽[1]

〔明〕屠本畯

香椿香椿生无花，
叶娇枝嫩成杈桠。
不比海上大椿八千岁，[2]
岁岁人不采其芽。
香椿香椿慎勿哗，
儿童扳摘来点茶，
嚼之竟日香齿牙。

——选自屠本畯《山林经济籍》卷十六《野菜笺》

【注释】

①椿芽：即香椿。《桃源乡志》卷五记载："春牙树：春发牙，其牙可食。"②大椿八千岁：《庄子·逍遥游》："上古有大椿者，以八千岁为春，八千岁为秋。"

玉环菜[1]

〔明〕屠本畯

甘露草生何栏珊，[2]堪缀步摇照玉环。[3]
所以因名玉环菜，一嚼萧爽齿牙间。
有菜勿艺宋宇圃，[4]有果勿蒸哀仲梨。[5]
宋宇鼎俎亦多品，借问备员玉环宜不宜？

——选自屠本畯《山林经济籍》卷十六《野菜笺》

【注释】

①玉环菜：学名甘露子，又名地藕、宝塔菜、螺丝菜、地蚕、土蛹、土虫草、草石蚕等。多年生唇形科草本植物。据明缪希雍《神农本草经疏》卷十一记载，草石蚕生高山石上，根如箸，上有毛节，如蚕叶，似卷柏，山人取以浸酒，有除风破血之功效。明州人以水渍羊肚石种之，盘生石上，俨类蚕形。可见明州人早在明代就已经人工栽培了草石蚕，作为药物，同时草石蚕也作为一种野蔬得到采撷。此菜形美味脆，食药两用。②栏珊：同"阑珊"。③步摇：古代妇女附在簪钗上的一种首饰。《释名·释首饰》："步摇上有垂珠，步则摇动也。"白居易《长恨歌》："云鬓花颜金步摇，芙蓉帐暖度春宵。"④宋宇圃：参见谢泰宗《收芥菜》注。⑤哀仲梨：相传汉代秣陵人哀仲所种之梨果大而味美，当时人称为"哀家梨"。南朝宋刘义庆《世说新语·轻诋》："桓南郡每见人不快，辄嗔云：'君得哀家梨，当复不烝食不？'"刘孝标注："旧语：秣陵有哀仲家梨甚美，大如升，入口消释。"

命竖采当归菜[1]

〔清〕周　容

渐知春日长，午过尔又睡。
昨噉野蔬归，枝叶曾尔示。
汤轻入箸香，带露经盐翠。
未受人藩篱，此山寻或易。
莫近牧马衔，莫惊新雉字。[2]
虽已识性情，终须慎真伪。
小筐足晚厨，多更惜弃置。
且恐春力缓，留为继者地。
何曾劳尔培，竟采犹心愧。

——选自周容《春酒堂诗存》卷一

【注释】

①竖：僮仆。当归菜：又名红苋菜、红菜等，为菊科植物观音苋的全草，生于旷野湿地，或栽培于菜圃中。②字：生育。

山中再呈啸堂和尚[1]（二首选一）

〔清〕李邺嗣

相与开襟望，[2]诸峰历历前。
淡烟蒙鸟路，小雨润蛙天。
食笋龙须大，烹蔬马齿鲜。[3]
僧炊日五石，能不望丰年。

——选自李邺嗣《杲堂诗钞》卷五

【注释】

①啸堂和尚：本皙俗姓魏，字山晓，号啸堂，四川长寿县人。顺治十六年(1659)与天童山翁禅师同赴京城。康熙十一年(1673)住持天童。②开襟：敞开衣襟。③马齿：即马齿苋，为马齿苋科一年生草本植物。肥厚多汁，无毛，生于田野路边及庭园废墟等向阳处。唐代陈藏器《本草拾遗》记载了马齿苋的医用价值，并称"此物至难死，燥了致之地犹活"，认识到了马齿苋耐热耐旱、生命力强的习性。马齿苋为药食两用植物。国人多以春夏季节到田野采集野生种的茎叶供

食用为主，生食、烹食均可，柔软的茎可像菠菜一样烹制，可用醋腌泡食用。

四明土物杂咏·石芥[①]

〔清〕全祖望

绝谷有孤根，种备大小叶。
芼之和苍耳，[②]余辛满齿颊。

——选自全祖望《句余土音》卷中

【注释】

①石芥：又称石蕊，十字花科碎米荠属植物。自古食之，陆游有《以石芥送刘韶美礼部刘比酿酒劲甚因以为戏》："古人重改阳城驿，吾辈欣闻石芥名。风味可人终骨鲠，尊前真见鲁诸生。" ②苍耳：菊科一年生草本植物，果实呈枣核形，上有钩刺，名"苍耳子"，可做药用。嫩苗可食。

姚江棹歌（百首选一）

〔清〕邵晋涵

马荠初长碧藓滋，[①]桃花冥冥半开时。
春阴江上天如墨，听遍鸲之与鹆之。[②]

——选自邵晋涵《南江诗抄》卷一

【注释】

①马荠：马齿苋，又叫马芹菜、马荠菜、长命草、五行草、瓜子菜、地马菜等，是一种一年生草本植物，属于马齿苋科，是一种药食两用植物，肥厚多汁。 ②鸲之与鹆之：鸲鹆，亦称"八哥儿"。这句作者自注："黄勉之《姚江晓行》诗：'桃花画冥冥，一双鸲鹆语。微雨江上来，舟行失前处。'"

白头娘[①]

〔清〕刘慈孚

陂泽蘋藻尽，山林草木殭。
山麓冰半释，褶叠如群羊。[②]
筠筐多妇女，老幼携相将。
倾筐问何有，言采白头娘。
男儿垦山地，旱魃偏为殃。[③]
半载不得米，有薯尚支粮。
遭此连月雪，食尽鸣枯肠。
藉以充朝夕，差胜饥寒亡。
严风逼肌体，衣裂无完裳。
采采不盈握，十指冻如姜。

——选自王荣商《蛟川耆旧诗补》卷十

【注释】

①白头娘：石竹科牛繁缕的嫩茎叶。别名鹅儿肠、鹅肠菜。生于荒地、路旁及较阴湿的草地，全草可做野菜和饲料；也可药用。题下作者自注："野菜，状如苜蓿。" ②褶叠：犹折叠。 ③旱魃：古代传说中能造成旱灾的怪物。

南田口占（八首选一）

厉家祯

时当炎夏似新秋，何必天台访阮刘。[①]
白凤仙花腌老梗，[②]薯丝果腹复何忧。

——选自民国《南田县志》卷三十三

【作者简介】

厉家祯，字隐尘，浙江余杭人。民国十九年(1930)任南田县长。

【注释】

①阮刘：东汉刘晨和阮肇的并称。相传永平年间，刘阮至天台山采药迷路，遇二仙女，蹉跎半年始归。时已入晋，子孙已过七代。后复入天台山寻访，旧踪渺然。见南朝宋刘义庆《幽明录》。②凤仙花：又名指甲花、指甲草、小桃红等。因其花头、翅、尾、足俱翘然如凤状，故又名金凤花。为凤仙花属凤仙花科一年生草本植物。嫩叶可焯水后可加油盐凉拌食用。其梗腌制小菜，味道清淡鲜美。作者自注："地人腌白凤仙花梗，以佐薯丝，如杭、绍人之善食苋菜梗一般。"

禽畜虫兽篇

【家养禽畜类】

鸡

鸡是人类饲养最普遍的家禽。家鸡源出于野生的原鸡,我国在甘肃天水西山坪大地湾一期文化中,已经发现了距今8000年左右的家鸡,甲骨文中有“鸡”字,因此我国是世界上最早养鸡的国家之一。在中国的传统文化中,鸡身世不凡,故在魏晋时期,成为门画中辟邪镇妖之物。南朝宗懔撰《荆楚岁时记》云:“正月一日,……贴画鸡户上,悬苇索于其上,插桃符其傍,百鬼畏之。”此习俗后世多有流传。

唐代陈藏器《本草拾遗》提到了白鸡、黄鸡、乌鸡、黄脚鸡等品种,大抵是以色彩来区分的。古代宁波人家家户户都养鸡,有很丰富的吃鸡经验。清初余姚人朱舜水曾答日本人问鸡云:“性平温无毒,足短体团者佳,烧炙鲍炒皆美,白煮、鸡臛无有不宜,白毛、乌骨者最补。……鸡取肥嫩者,老者不可用,有毒。”见《朱氏舜水谈绮》卷下。

寇攘之余,[1]谷五斗才易一鸡。衰老多病,资血味以为养,求之弗可得。畜二母鸡,自春抱育,至夏百翼,不减子美生理,[2]喜而有作四月初十日

〔宋〕舒岳祥

昔有尸乡翁,[3]养鸡尽阡陌。
累财千余万,积微利自博。
子美居瀼西,[4]此物尚百翮。[5]
作诗戒宗文,墙东树笼栅。
我今山居中,生理苦迫窄。
衰年资食治,时有不速客。
海鱼不常储,溪蟹碎难擘。
颇欲效两翁,字鸡供口食。[6]
买得双伏雌,[7]领以一赤帻。[8]
户外听约束,安能污案席。
剖拆五十卵,[9]引哺渐开拆。[10]
从兹日生生,向秋益繁息。
麦云行刈黄,可得二十石。
已知饼臛具,不假天边翼。
窃笑茅季伟,[11]割烹惟一只。
奉亲不及宾,资生拙无策。

——选自舒岳祥《阆风集》卷一

【注释】

①寇攘:劫掠;侵扰。 ②子美:杜甫之字。杜甫有《催宗文树鸡栅》诗。 ③尸乡:古地名,又名西亳,在今河南偃师县西南之新蔡镇。尸乡翁,指祝鸡翁。汉刘向《列仙传·祝鸡翁》:“祝鸡翁者,洛人也。居尸乡北山下,养鸡百余年,鸡有千余头,皆立名字……欲引呼名,即依呼而至。”杜甫《催宗文树鸡栅》诗:“未似尸乡翁,拘留盖阡陌。” ④瀼西:指四川奉节瀼水西岸地。唐杜甫居夔州时曾迁居于此,有《瀼西寒望》诗:“瞿塘春欲至,定卜瀼西居。” ⑤百翮:百翼。五十只禽鸟。杜甫《催宗文树鸡栅》:“吾衰怯行迈,旅次展崩迫。愈风传乌鸡,秋卵方漫吃。自春生成者,随母向百翮。” ⑥字:生育。 ⑦伏雌:指母鸡。

⑧赤帻：晋干宝《搜神记》卷十八载，安阳城南亭西舍，有一老雄鸡，化而为人，冠赤帻。后因以借指雄鸡。 ⑨剖拆：原意谓经剖割而分娩。这里指下蛋。 ⑩开拆：指破壳而出。 ⑪茅季伟：茅容，字季伟，东汉陈留（今河南杞县）人。郭林宗借宿在茅容家，茅容早晨杀鸡，郭林宗以为是招待自己，结果却是侍奉他的母亲，而自己和客人一起吃粗蔬淡饭。郭林宗认为他很贤，就劝他就学。

闲居（十二首选一）

〔明〕张　琦

山乘木屐水乘船，绿柳门前略似陶。
客亦可来无大嚼，黄鸡秋壮一拳高。

——选自张琦《白斋竹里诗集》卷二

题菊花鸡

〔明〕沈明臣

秋田稻熟鸡正肥，东篱花着黄金衣。
举头忽见白雁飞，书传游子将西归。
烹鸡作黍饭夫婿，从此团圞休再去。
纵饶金玉高于山，莫听鸡鸣偷出关。

——选自沈明臣《丰对楼诗选》卷十一

江楼诗

〔明〕杨承鲲

越酒如船醉不消，臛鸡烹鲤送归潮。
战场杨柳三千树，争向尊前舞细腰。

——选自《镜川杨氏宗谱》卷十九

秋　晚

〔清〕舒其南

拾取山栗煮肥鸡，提觞醉赏黄花枝。
田间月出大于斗，门外山顽威如狮。[①]
轻卸蒲冠听水去，横拖竹枝踏郊迟。
遥看渔父归双桨，高啸临风卷钓丝。

——选自《剡川诗钞》卷七

【作者简介】

舒其南，字指叔，清初奉化人。著有《枕流轩稿》。

【注释】

①山顽：指山浑沦未破未被开发。

春日郊行饮田家[①]

〔清〕戎金铭

出郊豁幽意，萋萋草色绿。
烟树鸣黄鹂，篱花媚初旭。
忽逢荷锄翁，邀我坐茅屋。
呼妻炊脱粟，开罇具鸡肉。
语我年岁丰，多收十斛粟。
瓮中酒新酿，篱边鸡繁畜。
行为儿娶妇，再买一耕犊。
田家无奢望，温饱吾愿足。

——选自戎金铭《溪北诗稿》卷二

【注释】

①此诗作于咸丰八年戊午（1858）。

冬晚田家杂兴（选一）

〔清〕陈汝谐

觱发又栗烈，[①]农事咸告毕。
蜡飨虔报功，[②]筮辰喜今吉。[③]
木豆盛黄鸡，[④]瓦盘荐朱橘。
并抽佣作劳，分馂饱粱秫。[⑤]
有蓄方见闲，无文弥形质。
相期新岁间，乘时荷锄出。

——选自《四明清诗略》卷二十九

【注释】

①觱发：风寒冷。《诗・豳风・七月》："一之日觱发，二之日栗烈，无衣无褐，何以卒岁。"毛传："觱发，风寒也。"栗烈：形容严寒。 ②蜡飨：即蜡享，犹蜡祭。祭名。年终合祭百神。语出《礼记・郊特牲》："蜡之祭也，主先啬而祭司啬也，祭百种，以报啬也。" ③筮：古代用蓍草占卦。 ④豆：古代食器，形似高足盘，亦用于祭祀。⑤分馂（jùn）：分吃祭品。

伤　鸡

〔清〕王容商

西风吹晚禾，芳塍堆腐粟。
一鸡出相呼，群鸡随就啄。
咫尺藩篱间，忽遭何物扑。
披毛见血痕，遗卵断生育。
伤哉一念贪，罹此横灾酷。

主人虽赤贫，微物尚能畜。
何为离故园，自取生机蹙。
感念世途难，终身愿雌伏。[①]

——选自王容商《容膝轩诗草》卷一

【注释】

①雌伏：比喻退藏不进。

鄞城十二月竹枝词（选一）

张延章

十月田禾收欲齐，香茎芋艿爊新鸡。[①]
讨船庙会赶初十，[②]直放鄞江到小溪。

——选自民国《鄞县通志·文献志》

【注释】

①爊(āo)：同“熬”。②讨：租。

四门竹枝词（百首选一）

谢　翘

越鸡特产最知名，满载船头共远征。
不用途中愁寂寞，夜来咿喔报三更。

——选自《泗门古今》

鸭

鸭子为鸟纲雁形目鸭科鸭属动物，是由野生绿头鸭和斑嘴鸭驯化而来。它们被人类驯养后，便失去了迁徙的飞性和孵蛋的本领。关于野鸭、家鸭的名称问题，唐代陈藏器《本草拾遗》引《尸子》云：“野鸭为凫，家鸭为鹜，不能飞翔，如庶人守耕稼而已。”看来他是同意《尸子》说法的。今按《礼记·曲礼下》云：“庶人之挚匹。”孔疏云：“匹，鹜也。野鸭曰凫，家鸭曰鹜，鹜不能飞腾，如庶人但守耕稼而已。”据此“野鸭为凫”云云，似当出于孔氏之笔，非为《尸子》佚文。北宋寇宗奭《本草衍义》则谓鹜为野鸭，并举唐代王勃《滕王阁记》为证，但李时珍《本草纲目》不同意寇说，仍以陈藏器所引为是。

古代宁波人养鸭比较普遍，且有丰富的食鸭经验。五代日华子指出家鸭冷，入药以绿头鸭为佳。今井弘济记录的《朱氏舜水谈绮》卷之下中，朱舜水曾这样向日本人介绍鸭子的食用经验：“鸭性能益人，夏则加料烧食，余月炖食为美。然性稍寒，炖者宜加生姜。”又云：“炖鸭则取老者为佳。”

题芙蓉鸭

〔明〕沈明臣

芙蓉花开江树稀，霜清露白催寒衣。
郎君远戍不得归，空睹沙头家鸭肥。
鸭肥作羹饷老姑，姑饥有妾时能餔。
丈夫守边衣到无，努力为君西击胡。

——选自沈明臣《丰对楼诗选》卷十一

五月廿七日归家即事（二首选一）

〔清〕郑　梁

为避歊烝返故庐，[①]澣衣濯足病消除。
家人摘豆烹新鸭，野老携尊饷小鱼。
稻粱未堪充国赋，天晴空自习农书。
何当耕获无灾祲，[②]款段长随下泽车。[③]

——选自郑梁《寒村诗文选·见黄稿诗删》卷一

【注释】

①歊(xiāo)烝：炎热。②灾祲：犹灾异。③款段：借指马。下泽车：一种适宜在沼泽地上行驶的短毂轻便车。《后汉书·马援传》：“吾从弟少游常哀吾慷慨多大志，曰：‘士生一世，但取衣食足，乘下泽车，御款段马，为郡掾史，守坟墓，乡里称善人，斯可矣。’”李贤注：“《周礼》曰：‘车人为车，行泽者欲短毂，行山者欲长毂；短毂则利，长毂则安’也。”

打鸭歌

〔清〕宗　谊

打鸭打鸭，鸟枪机发烟火作。
轰然震耳铅到湖，不着野鸭家鸭着。
两卒夺舟急取归，犹嫌家鸭脂弗肥。
旋转舟中忽灭迹，荷枪歌笑湖边矶。
畜鸭小童来谇语，[①]还我家鸭我有主。
卒言汝主奈我何，有鸭无鸭试验取。
索鸭不得小童啼，力逐余鸭鸭愈迷。
童心怨极声欲哑，翻令鸟枪为我打。

——选自宗谊《愚囊汇稿》卷一

【注释】

①谇语：斥责，责骂。

文溪道中即景[1]（二首选一）

〔清〕卢以瑾

旖旎风光二月天，夭桃含雨柳凝烟。
一篙新涨春来暖，桥外低横护鸭船。

——选自《四明清诗略》卷二十四

【注释】

①文溪：今属镇海区九龙湖镇。

易 鸭

〔清〕梅调鼎

特杀非所宜，[1]故杀不为特。[2]
我岂好杀人，明日有一客。
方夜戒庖人，为具当整洁。
就中致我敬，唯此笼中鸭。
谁知呷呷声，耳畔鸣不彻。
初闻不经意，再闻心恻恻。
似解今夜生，明旦不能活。
殷勤鸭笼外，谕尔勿忧惕。[3]
明日良宴会，豚肩亦可设。[4]
依旧养于庭，毛羽泥污黑。
我虽未及老，心慈头已白。
偶然惜一生，胜念千声佛。

——选自梅调鼎《注韩室诗存》

【注释】

①特杀：指因祭祀、宴享而杀牲。 ②故杀：无故杀牲。 ③忧惕：忧虑戒惧。 ④豚肩：猪腿。

鹅

鹅，是鸟纲雁形目鸭科动物的一种，也是被认为是人类驯化的第一种家禽，它来自于野生的鸿雁或灰雁。中国家鹅来自于鸿雁，是食草动物，但唐代陈藏器《本草拾遗》却观察到“苍鹅食虫”的现象。陈藏器还提到鹅分苍鹅和白鹅两种，医疗功效不同，“主渴，以白者胜”。浙东白鹅是中国肉鹅的著名地方良种，分布于浙江东部的绍兴、宁波、舟山等地，尤以宁波的象山、奉化二县（市）为多。浙东白鹅品种优良，肉质肥、鲜、嫩、脆，早期生长特别迅速，是我国中小型鹅种中的佼佼者。在浙东农村，一般新女婿上门到丈母娘家，在礼担上少不得挑一只大白鹅，逢年过节，一般也以白鹅作为一种主要的高档食品和祭祀品。浙东白鹅在明末清初就已经驰名，朱舜水答日本人问鹅云：“味最肥美，河南固始者为上，余姚者次之。”见《朱氏舜水谈绮》卷下。

大隐醉中谑朋复心禁酒[1]

〔元〕袁士元

长命山头月正圆，主人要我酌花前。
好怀未有如今夕，痛饮何妨同少年。
溪上呼来鹅似雪，林间劚得笋如拳。
人生有酒应须醉，笑杀云溪一老禅。

——选自袁士元《书林外集》卷四

【注释】

①大隐：即今余姚大隐镇。其地有云溪寺，原名圣寿院，始建于唐乾宁年间。朋复心：大隐云溪寺禅僧。

秋 光

〔明〕张 琦

数行白鹭雪为衣，云叶芦花作阵飞。
添个秋光迷物色，夕阳无处唤鹅归。

——选自张琦《白斋竹里诗集》卷三

沈世君问宁波风土应教[1]（五首选一）

〔明〕吕 时

儿童养鹅鸭，蔬果足山家。
赤午农耘稻，清宵妇缉麻。
烝尝先敬慎，[2]婚嫁稍奢华。
长吏民皆畏，无烦刑法加。

——选自胡文学《甬上耆旧诗》卷二十三

【注释】

①沈世君：即沈王，开府于山西。 ②蒸尝：本指秋冬二祭。后亦泛称祭祀。《诗·小雅·楚茨》：“絜尔牛羊，以往烝尝。”郑玄笺：“冬祭曰烝，秋祭曰尝。”

茂屿即事[①]

〔明〕沈明臣

不识尚书贵，山中幽事多。
渔来买鲜鲤，客有馈生鹅。
雨外新楼月，云间旧薜萝。
野人成独往，醉起和农歌。

——选自沈明臣《丰对楼诗选》卷十七

【注释】

①茂屿：在东钱湖畔，为明兵部尚书张时彻别业，一时文学之士多有陪侍之章。

鄞俗记事五十韵和陆敬身（节选）[①]

〔明〕杨德周

鹅鸭渔家阵，菰蒲俭岁粮。
沙喧鳊缩颈，稻稔蟹输芒。[②]
子拾青棂涧，[③]孙生乌笋墙。[④]
溪平开罨画，[⑤]水转学沧浪。

——选自同治《鄞县志》卷七十四

【作者简介】

杨德周（1573—1648），字南仲，一字浮（一作孚）先，别字齐庄、次庄。鄞县人。万历四十年（1612）举于乡，官金华教授。崇祯间为福建古田知县，迁山东高唐县知县。明亡后，鲁王监国，以尚宝卿召，不赴。著有《金华杂识》《古田志略》《铜马编》等。

【注释】

①陆敬身：陆宝。 ②输芒：传说蟹于八月稻熟时腹中有一稻芒献于海神，见段成式《酉阳杂俎·鳞介》。这句作者自注："明州蟹入谱。" ③青棂：果实名。长在四明山山木上。唐陆龟蒙《青棂子》诗："山实号青棂，环冈次第生。"唐陆龟蒙《四明山诗序》："木实有青棂子，味极甘而坚不可卒破。" ④乌笋：作者自注："他邑无之。" ⑤罨画：色彩鲜明的绘画。

江　村

〔清〕万斯备

不须台榭见风流，烟火桑麻景亦幽。
夹岸松篁遮小屋，数家鹅鸭领群鸥。
柴门谷实修鱼罟，野浦潮平下蟹钩。
傥肯诛茅来此地，[①]高风应向古人求。

——选自万斯备《深省堂诗集》

【注释】

①诛茅：芟除茅草。引申为结庐安居。

瞭舍采茶杂咏（四十三首选一）

〔清〕郑　梁

市鹅买得如凫小，岩笋锄来似瓠肥。
最是主人情重处，深山十里捕鱼归。[①]

——选自郑梁《寒村诗文选·五丁诗稿》卷五

【注释】

①"深山"句：作者自注："捕鱼深山，不远十余里。"

农赓歌（八首选一）

〔清〕郑　性

小满时光插早禾，荒厨特宰种田鹅。
田丁鼓舞田翁喜，争似飏言与载歌。[①]

——选自郑性《南溪偶刊·南溪梦呓》

【注释】

①争似：怎似。飏言：犹言大力宣扬。

南乡子

〔清〕陈得善

新嫁漫呼娘，炊火还输灶婢强。捉着鹅头浑不辨，[①]羹汤，隔夜关心便问郎。　　未倩小姑尝，倩诵南蘋第二章。[②]娇惰那知甘苦意，[③]刚刚，三日睽违阿母旁。[④]

——选自陈得善《南乡子词》

【注释】

①这句作者自注："用谚语。"又云："三日入厨，谓之下厨。倾水于釜，以铜匙搅之，执鞴炊火。复用生鹅一尾，摩刀于颈，作宰割状，谓之宰鹅头。鞴头刀秘尽涂煤腻。厨娘戏新妇，索花粉钱也。" ②南蘋：当指《诗·召南·采蘋》。古人以《礼记·昏义》为说，认为次诗是贵族之女出嫁前去宗庙祭祀祖先的诗，毛传云："古之将嫁女者，必先礼之于宗室，牲用鱼，芼之以蘋藻。"此诗第二章云："于以盛之？维筐及筥。于以湘之？维锜及釜。" ③娇惰：谓娇气懒散。 ④睽违：

离别。

蛋

蛋指的是某些陆上动物产下的卵，胚胎外包防水的壳。蛋的营养丰富、价格低廉，而且又可做成炖蛋、炒蛋、茶叶蛋等各式各样的美食，所以自古即被视为营养补给的最佳来源。

石门竹枝词（四首选一）

〔清〕毛　润

合村妇女养蚕忙，自去园林采嫩桑。
采得桑归煮鸡卵，背人偷祭马头娘。[①]

——选自孙锵、江五民编《剡川诗钞续编》卷二

【注释】

①马头娘：中国神话中的蚕神。相传是马首人身的少女，故名。见《通俗编·神鬼》引《原化传拾遗》。

夏日遣怀诗（六十首选一）

〔清〕朱文治

偶来嘉客值天炎，市近还愁味不兼。
花鸭卵生瓜样大，早教灰和水精盐。[①]

——选自朱文治《绕竹山房续诗稿》卷十

【注释】

①水精盐：亦作"水晶盐"。一种晶莹明澈如水晶的盐。

猪

猪是人类最早驯化的几种动物之一。考古资料表明，我国是最早饲养猪的国家。在距今六七千年的河姆渡文化遗址中，发掘出许多家猪遗骸，出土了猪纹钵、猪形器盖钮，有猪图像的稻穗纹盆等原始艺术珍品。其中一只小陶猪，体态肥胖，腹部下垂，四肢较短，前后躯体的比例为 1∶1，介于野猪和现代家猪之间，整个形态已和野猪相去甚远。宁波原始畜牧业的发轫可以追溯到这一时代。六七千年来，猪一直是宁波人民食用肉类的主要来源之一。宁波境内出土的六朝时期的越器中有猪栏，这意味着宁波地区的养猪比较普遍，并从早期的原始牧羊变为舍饲圈养，并开始重视蓄积猪粪，改良土壤。此后，宁波农村养猪，以千家万户分散饲养为主，屡见于文献记载。如北宋"庆历五先生"之一杜醇，教书之余，还得"藜杖牧鸡豚"。清代象山西沪人普遍养猪，用番薯藤叶和田荠喂猪，还专门制作拌有酒糟屑的饲料以肥猪。宁波人由此积累了丰富的食猪的经验。如五代《日华子本草》比较全面地论述猪肉、猪肠、猪肚、猪心、猪肾、猪血等的食药价值。陆宝笔下的"荷叶煨猪"，酥烂可口。冯京第还特别写了《猪肉赞》，称"今天下牢膳，豚辄俨然上品"，可见明时猪肉得到人们前所未有的重视。

悼四明杜醇[①]（节选）

〔宋〕王安石

杜生四五十，孝友称乡里。
隐约不外求，耕桑有妻子。
藜杖牧鸡豚，�筒钓鲂鲤。[②]
岁时沽酒归，亦不乏甘旨。

——选自王安石《临川文集》卷九

【注释】

①杜醇：杜醇，字仲醇，居慈溪石台乡，学者称石台先生。庆历中鄞办县学，王安石请其出任学师。慈溪令林肇立学，又起先生为师。事闻，朝廷特授为国子监学录。　②�筒：盛鱼器。

答薛孝初始至自锄园作

〔明〕李生寅

淹留如宿好，[①]淡美信初交。
开合临秋色，高阳在柳梢。
刈蔬深赖圃，割肉小充庖。[②]
不畏林中暑，山尊藉白茅。

——选自胡文学《甬上耆旧诗》卷二十三

【作者简介】

李生寅，字宾父，鄞县人。一生未仕，唯好为诗。有萧皋别业，为荐绅高士流连酬唱之所。著有《李山人诗》二卷。

【注释】

①淹留：逗留。宿好：老交情。　②割肉：宁

波民间多称从市场上购买小块猪肉为割肉。

赏芙蓉

〔清〕陆　宝

秋酿碧，早秔黄，
荷叶煨猪烂，橙膏滴蟹香。[①]
绿袖朱颜随意绿，芙蓉花下醉千场。

——选自陆宝《悟香集》卷二十九

【注释】

①橙膏：用鲜橙同蜜糖熬制而成。李时珍《本草纲目·果二·橙》引《事类合璧》云："其实大者如碗……可以蜜制为橙膏。嗅之则香，食之则美。"

临食四赞·猪肉赞

〔明〕冯京第

食物今古异宜者多，若古人祭享日用必有牛犬，今因道家所厌，恒戒食之。六畜毛五羽一，而豕为毛最下。《周礼》"春宜羔豚"，四谷惟稷宜豕。《月令》"孟夏以彘尝麦"，八珍止有炰豚。古人之用豚亦罕矣。今天下牢膳，[①]豚辄俨然上品，不知自何时始。诸禽兽肉各有补益，惟豚大为《本草》药食所轻，有肉无筋，多食辄发风动气，昏人神智，而肉故绝寡风味。然俗皆好食之者，非以其易豢多憨耶？寒士不办得他肉，而无处不逢猪肉。既与人同食，不得不与人同味，作《猪肉赞》。

古来嗜好癖更佳，惟有肉食传最罕。
东坡居士爱烧猪，英雄欺人饱莫管。
未曾作计身后名，何如即时肉两碗。
世无不瘦复不俗，[②]梅盐只可掺玉版。
东邻竹院西邻庖，迎我作宾肯两袒。[③]
口厌藜苋尝倔强，忽侫苏公颇类诞。
风瓢吹耳急洗烦，日买猪肝事不简。
昨朝大嚼今朝无，依旧青山落酒盏。[④]
生当鼎食死鼎烹，鼹鼠笑人腹难满。
全身须就虮虱谋，莫待肥尻加雕纂。

——选自《冯侍郎遗书·三山吟》

【注释】

①牢膳：以太牢为膳食。　②不瘦复不俗：苏轼《於潜僧绿筠轩》："宁可食无肉，不可居无竹。无肉令人瘦，无竹令人俗。人瘦尚可肥，士俗不可医。傍人笑此言，似高还似痴。若对此君仍大嚼，世间那有扬州鹤？"　③两袒：袒露双肩，谓女子兼适两夫家。典出《太平御览》卷三八二引汉应劭《风俗通》："齐有一女，二家求之。其家语其女曰：'汝欲东家则左袒，欲西家则右袒。'其女两袒，父母问其故，对曰：'愿东家食而西家息。'以东家富而丑，西家贫而美也。"

六月田家食新作

〔清〕李邺嗣

今年获稻早，六月已炊新。
饥士难回色，荒村预及唇。
甔空不接旧，[①]釜熟乍生春。
却忆太平好，豚蔬贺此辰。

——选自李邺嗣《杲堂诗续抄》卷四

【注释】

①甔(dān)：陶制罂类容器。

瞭舍采茶杂咏（四十三首选一）

〔清〕郑　梁

求鱼江市晨冲虎，[①]无肉家牢夜宰猪。
风味深山真太古，书生供给长官如。

——选自郑梁《寒村诗文选·五丁诗稿》卷五

【注释】

①冲虎：形容很冲动，像老虎一样。

村　居

〔清〕陈美训

橘缀枝枝重，霜浓树树寒。
酒新酿秫米，市远供猪肝。
向日葵心嫩，经风豆颗干。
村居当此际，岁月若为宽。

——选自陈美训《余庆堂诗文集》卷四

【作者简介】

陈美训，字献可，宁波人，居南湖（今属海曙区）。考授学博，雍正三年(1725)出资修复宁波庆云楼。与万承勋、谢为雯等有交往。著有《余庆堂诗稿》。

西沪棹歌（一百二十首选一）

〔清〕姚　燮

听惯敷敷唤隔笆，[①]连槽饲彘晓声哗。
山薯蔓软田荠嫩，柴子何须酿野茶。[②]

——选自民国《象山县志》卷三十二

【注释】

①敷敷：作者自注："邑志《方言》类云：土人呼猪曰敷敷，音于，平声。" ②"山薯"两句：作者自注："村民多以养猪为利，多以番薯藤及田荠饲之。故大小妇女每于田禾耕种前都带镶筐，往田间采荠无虚日。故有亲戚至，其问讯，每云采田荠去也。或于正、二月间，挈伴上山摘柴杪杂花，呼为柴子花，以瓮酿之，杂糟屑以饲，亦能肥猪。"

羊

羊，又称为绵羊或白羊，为偶蹄目牛科羊亚科动物。羊是新石器时代驯养的家畜之一。河姆渡遗址中出土有陶塑羊，作昂首匍匐行走之状，身躯浑圆，并有意夸大了臀部，以示羊的肥壮。形象逼真，其造型与当地现生种的湖羊如出一模，可能羊这种温顺的食草动物已加入了家畜的行列。后来，南方的家羊较普遍地出现在良渚文化遗存中。羊在古时就是祭祀的重要食品。羊在最早时的烹法，除了炮、炙就是为羹。唐以后，羊肉的吃法越来越多。羊肉营养丰富，历来被用做壮阳的佳品。

生日仲素惠羊酒作此奉谢[①]

〔宋〕舒岳祥

去年蝶轩馈羊酒，[②]主人怜我空无有。
座上六客皆解吟，一翁不吟开笑口。
今年病叟蚤还山，烹鸡炰鳖翁对媪。
五男四妇六稚孙，更有曾孙依乳姆。
往来两载总遭荒，瓦瓶聊以挹酒浆。
山蔬满盘白雪白，野橘堆饤黄金黄。[③]
荒村得此已自足，群奴饥啄撑空肠。
忽闻棠溪有书至，袁诗陈赋两辉煌。
一松正可枯蘖比，五雏真与群鸡争。[④]
举家病疟涉三月，一日计减一斗粮。
留储到此作素供，问君何为特杀生。
脏神见梦羊踏菜，便呼茗碗来祓禳。[⑤]
君当戒屠我辟谷，轻身与蝶同飞扬。

——选自舒岳祥《阆风集》卷二

【注释】

①仲素：袁姓，奉化棠溪人。舒岳祥曾避难于其家。 ②蝶轩：舒岳祥《蝶轩稿序》云："是夏辟地奉化棠溪，袁中素、季厚兄弟乐善好事人也，为予洒扫一室，延入居之。予慨然有感于先生之言，因名寓曰蝶轩。" ③堆饤：像供陈设的食品一样堆在一起。 ④"一松"两句：作者自注："来诗有'一松五凤雏'之句。" ⑤祓禳：除凶之祭。

大　雪

〔明〕张　琦

千峰雪片大如盂，烂煮羊肪满地垆。
谁肯朱门开一板，野桥西望有僵夫。

——选自张琦《白斋竹里诗集》卷三

消寒第三集分咏食物，得炰羔二十二韵[①]

〔清〕姚　燮

朱门如天高，戒寒车马稀。
夕风凌厉中，颇闻箫声低。
庭树森过楼，红烛隐有辉。
密帐垂销金，[②]钗黛方合围。[③]
官厨老宰手，宰羊犹割鸡。
投匕辄不悦，侧目嫌瘦肥。
有力需所供，求适亦其宜。
未遘穷巷艰，吾难于彼讥。
今兹二三友，爱我何偏私。
特杀圈中羔，陈馈来劝卮。
膏然琥珀色，和以松烟脂。
胶牙疑饧酥，聂切归烂糜。[④]
自怜三年来，减食养病脾。
安能对此豪，络绎同啜醨。[⑤]
海乡冻颓云，[⑥]下泽方鸿啼。
窘民鲜安堵，丧乱失援依。
日煮一升饭，不救全家饥。
徘徊思野蔌，雪路风凄凄。

吾人恃天力，差可安粥斋。
越节及上烹，恐遭造化嗤。
撤筵剪残烛，感叹为此诗。
借问党家翁，[7]健骨今何其。

——选自姚燮《复庄诗问》卷三十二

【注释】

①炰羔：烤乳羊肉。 ②销金：销金帐，嵌金色线的精美的帷幔、床帐。 ③钗黛：代指女子。 ④聂切：薄切成片。 ⑤啜醨：饮薄酒。 ⑥颓云：云层崩坠。 ⑦党家：宋陶谷妾，本党进家姬，一日下雪，谷命取雪水煎茶，问之曰："党家有此景?"对曰："彼粗人，安识此景? 但能知销金帐下，浅斟低唱，饮羊羔美酒耳。"见明陈继儒《辟寒部》卷一。

石浦赛会词·扫地[1]

〔清〕王　垲

戚爷何事太辛劳，亲向街头扫一遭。
赢得一朝好口福，家家美酒与羊羔。

——选自民国《象山县志》卷三十一

【作者简介】

王垲，象山人，生平不详。著有《爽园吟草》。

【注释】

①扫地：石浦呼扫街，指六月初一日上午戚老爷(戚继光)出行。戚继光曾在昌国、石浦一带抗倭，后人立庙祀之。石浦赛会时，抬其像游行。

附：

肉俎铭

〔明〕方孝孺

有以异物，用物无愧。不能修德，而享其奉。是食其同类也，吾为汝惧之。

——选自方孝孺《逊志斋集》卷一

【野味类】

鹿

鹿属哺乳纲、偶蹄目、鹿科动物。多数四肢细长、尾巴较短，雄性体形大于雌性。通常雄的有角，有的种类雌雄都有角或都无角。鹿肉是高级野味，肉质细嫩、味道美、瘦肉多、结缔组织少，可烹制多种菜肴。新石器时期余姚河姆渡人猎获的陆上大动物以鹿为最多，表明鹿肉已经进入了先民的食谱。在历史时期，浙东野鹿多有分布，常为土人所猎获，成为野味的重要来源。

食鹿肉谢正仲见馈[1]

〔宋〕舒岳祥

山寺曾闻叫，悲哉失侣音。
能鸣终召祸，善走竟成禽。
设罟须新雨，寻踪恋旧林。
衰年资血味，生杀亦何心。

——选自舒岳祥《阆风集》卷三

【注释】

①正仲：刘庄孙之字。

冬日山居好(十首选一)

〔宋〕舒岳祥

冬日山居好，先生猎较时。[1]
海陂寒网雁，岚市夜分麋。
酒熟邻相聚，家贫盗不窥。
偷生前进士，[2]幸矣过耆颐。[3]

——选自舒岳祥《阆风集》卷四

【注释】

①猎较：打猎。 ②前：前朝，此指宋朝。 ③耆颐：高年上寿。

市鹿脯[1]

〔清〕谢泰宗

九草仙人味，[2]琼羞佐鹤觞。[3]
樵夫迷得梦，[4]嘉客燕周行。[5]
束脯云林远，[6]清斋苜蓿长。[7]
酒徒杯在手，随意禹余粮。[8]

——选自谢泰宗《天愚山人诗集》卷五

【注释】

①市：买。鹿脯：鹿肉干。 ②九草：指鹿吃的九种可解毒的草，有牡蒿、萱草、葛等。 ③琼羞：形容美食，盛宴。鹤觞：酒名。北魏杨衒之《洛阳伽蓝记·法云寺》："河东人刘白堕善能酿

酒。季夏六月，时暑赫晞，以罂贮酒，暴于日中，经一旬，其酒味不动。饮之香美，醉而经月不醒。京师朝贵多出郡登藩，远相饷馈，逾于千里。以其远至，号曰鹤觞。”泛指美酒。④“樵夫”句：典出《列子・周穆王》：“郑人有薪于野者，遇骇鹿，御而击之，毙之。恐人见之也，遽而藏诸隍中，覆之以蕉，不胜其喜。俄而遗其所藏之处，遂以为梦焉。” ⑤周行：至善之道。这句语出《诗・小雅・鹿鸣》：“呦呦鹿鸣，食野之蘋。我有嘉宾，鼓瑟吹笙。吹笙鼓簧，承筐是将。人之好我，示我周行。” ⑥束脯：春秋时晋大夫赵盾猎于首山，见桑荫下有饿人，赐之肉脯，受而弗食。问其故，曰：‘臣有老母，将以遗之’，赵盾复与之肉脯二束。后翳桑之饿人为晋灵公甲士，灵公将杀赵盾，甲士倒戈，护之逃走。事见《左传・宣公二年》。⑦清斋：谓素食，长斋。⑧禹余粮：茀草的别名。晋张华《博物志》卷六：“海上有草焉，名茀，其实食之如大麦，七月稔熟，名曰自然谷，或曰禹余粮。”

山北乡土集・鸟兽草木（选一）

〔清〕范观濂

数百年来断虎踪，等闲毛羽亦常逢。
猎人雪后呼卢犷，[①] 厨下肥甘麂肉供。

——选自王清毅主编《慈溪海堤集・外编》

【注释】

①呼卢：“呼卢喝雉”的简称。古代一种赌博游戏。

南田竹枝词（五十五首选一）

吕耀钤

南衖山中北衖堂，[①] 猎人三五各横枪。
弋归野鹿知多少，入市争教异味尝。

——选自民国《南田县志》卷三十三

【注释】

①这句作者自注：“南、北衖堂山在三都，产鹿，猎者枪击得之，累累负归售于市，价廉而味美。”

虎

虎属哺乳纲猫科动物中体形最大者之一，毛黄褐色，有黑色条纹，性凶猛，力极大，素称丛林之王。浙东地区曾是华南虎的分布区，虎成为人们的猎物资源。一百年多年前，浙东山区尚有老虎活动，今已绝迹。

食羊虎肉

〔明〕方孝孺

白额咆哮振山谷，[①] 老羝见之惊且伏。[②]
一朝强弱两不存，此肉皆归野人腹。
腹中惟恐相啖吞，急呼美酒为解纷。
酒酣一醉更怀古，千载英雄羝与虎。

——选自方孝孺《逊志斋集》卷二十四

【注释】

①白额：猛虎。②羝（dī）：公羊。

啖虎肉

〔清〕周　容

李广今何处，当筵动壮心。
那能入匕箸，念尔在山林。
肌理死犹劲，酸咸生自斟。
寄声貙与豹，宜向白云深。

——选自周容《春酒诗存》卷三

【虫类】

蚕　蛹

蚕蛹为蚕蛾科昆虫家蚕的活体蛹。吐丝结茧后经过4天左右，就会变成蛹，形象呈纺锤形。蚕蛹入馔在我国有悠久的历史。余姚河姆渡遗址第三文化层的一件象牙雕刻的盅形器外表面上，曾刻有编织纹和蚕纹图案一圈，共有“蚕”四条，呈曲身蠕动状，身上还刻有环节皱纹和脚。尽管我们无法辨别图案中的“蚕”是野蚕还是家蚕，但至少可以说明距今6000多年前的河姆渡人，对蚕已经十分珍视。遗址孢粉分析中还发现有桑科花粉，透露出桑树存在的信息。黄河流域在距今7000—4000年间的植被中，几乎很少有野生茧丝昆虫赖以为生的栎、栲属和桑属树，其偏旱的气候环境也不适宜于野生茧丝昆虫的生长发育，而长江三角洲却具备了野生茧丝昆虫生存所需的温度、湿度和食料等各种生活条件。河姆渡人不但认识了蚕这种茧丝昆虫，最初可能养之食用，久而久之，就有机会发现蚕丝的秘密。自此以后，浙东人食用蚕蛹的风气被保留下来了。《余姚六仓志》卷十八《风俗》记载，四月时“蚕蛹焙干，为下酒物”。

食蚕蛹

〔清〕高　杲

朱丝玄黄赖尔康，[①]年年岁岁制新袍。
人间衣被都忘报，釜底沉冤莫可号。
一死岂期还作腊，三盆才了竟为饕。
功臣菹醢真同悯，谁念茧丝保障劳。

——选自《余姚六仓志》卷十八

【作者简介】

高杲，字亭午，余姚浒山(今属慈溪市)人。嘉道间诸生。著有《四虽吟》，编著有《浒山志》。

【注释】

①玄黄：指彩色的丝织物。《书·武成》：“惟其士女，篚厥玄黄，昭我周王。”孔传：“言东国士女，筐篚盛其丝帛，奉迎道次，明我周王为之除害。”

水产篇

SHUICHAN PIAN

总　写

游　鄞[1]

〔宋〕陆　游

晚雨初收旋作晴，买舟访旧海边城。
高帆斜挂夕阳色，急橹不闻人语声。
掠水翻翻沙鹭过，供厨片片雪鳞明。
山川不与人俱老，更几东来了此生。

——选自陆游《剑南诗稿》卷十八

【注释】

①淳熙十三年（1186）陆游应史浩邀请游明州，《游鄞》即作于其时。

村庄杂诗（选一）

〔元〕戴表元

海鱼油油腥且鲜，江鱼一斤三十钱。
野翁自渔溪浦上，亦有白鳞铺满船。

——选自戴表元《剡源佚诗》卷六

沈世君问宁波风土应教（五首选一）

〔明〕吕　时

石头古城子，城下绕沧波。
大屋空如谷，小船尖若梭。
山深冒麃鹿，渤满制鼋鼍。[1]
距海五十里，生涯海错多。

——选自胡文学《甬上耆旧诗》卷二十三

【注释】

①鼋鼍：大鳖和猪婆龙。

萧皋别业竹枝词（十首选一）

〔明〕沈明臣

呼雏逐妇总堪怜，[1]时雨时晴各一天。
厨割小鲜来海市，菜添新馔出江田。

——选自沈明臣《丰对楼诗选》卷二

【注释】

①呼雏逐妇：鹁鸪的鸣叫声。三国吴陆玑《毛诗草木鸟兽虫鱼疏·宛彼鸣鸠》："鹁鸠，灰色，无绣项，阴则屏逐其匹，晴则呼之。语曰'天将雨，鸠逐妇'是也。"因其将雨时鸣声急，即用以卜晴雨，故呼为"雨鸠"。

明州竹枝词（十首选一）

〔明〕沈明臣

风暖江乡紫楝开，潮腥鱼熟海人回。
船头击鼓船梢唱，明日刲羊赛庙来。[1]

——选自《丰对楼诗选》卷二

【注释】

①刲：刺杀，割取。

石浦鱼市[1]

〔明〕吴　权

海氛昏黄夕，江豚吹浪腥。
涛奔远岸白，帆暗近峰青。
野戍灯悬月，渔舟火聚星。
石城鱼市好，击棹复扬舲。[2]

——选自新编《象山县志》附录《诗文辑存》

【作者简介】

吴权，字九衡，世袭恩荫千户，居象山石浦。

【注释】

①石浦：今为象山县石浦镇，著名渔港。②扬舲：犹扬帆。

梦食海品

〔清〕管道复

蛟关折铁中流急，[①]鳞甲纵横水底泣。
岛矗狼烽渔父奔，风摇战舰波臣立。
龙鼍拥贝候天潢，[②]海市堆奇望帝邑。
我已半生咬菜根，梦回海错枯肠涩。

——选自全祖望编《续甬上耆旧诗》卷三十

【作者简介】

管道复，字圣一，又字蓬庐，鄞县人。清初西皋唱和诸子之一。

【注释】

①蛟关：即镇海关，镇海旧称蛟川。 ②天潢：皇族，帝王后裔。

长汀渔歌[①]

〔清〕孙事伦

苍烟碧水罨画舒，[②]撑入小舟捕溪鱼。
渔人本是业田禾，改唱田歌作渔歌。
但听昔日渔歌乐，吴公瑶章和错落。[③]
缘知今日渔歌苦，欸乃一声莫与拊。
夜深波静月照汀，船尾拨剌乍闻腥，[④]
寺钟数杵远山青。

——选自孙事伦《竹湾遗稿》卷八

【注释】

①长汀：在今奉化。 ②罨画：色彩鲜明的绘画。 ③吴公：即元初奉化州判吴熙载。瑶章：对他人诗文的美称。这句作者自注："州判吴公熙载有《长汀和渔歌》，见《剡源集》。" ④拨剌：形容鱼尾拨水声。

【贝壳类】

江　珧

江珧，学名栉江珧。古代多作江瑶，或作江鳐。宋代高似孙《纬略》卷七"珧"条云："《字书》曰：'珧蜃甲可饰物。'《尔雅·释弓》曰：'弓有缘，以金为之，谓之铣，以玉为之，谓之珧。'今人但用'瑶'字，固自有'珧'字也。"高氏认为应当以作"江珧"为正。

江珧属瓣腮纲江珧科。略呈三角形或扇形，黑褐色。足丝淡褐色，极细软，附着低潮浅泥沙质海底粗颗粒砂石上，壳顶朝上，倒插入泥。冬季至春季采捕。江珧的柱头肉（即闭壳肌）珧柱，鲜用或加工成干制品，又称马甲柱、角带子、玉珧，俗称干贝，为海味上品。屠本畯《闽中海错疏》说："江珧壳色如淡菜，上锐下平，大者长尺许，肉白而韧，柱圆而脆。沙蛤之美在舌，江珧之美在柱。四明奉化者佳。"

中国汉代《尔雅》有"珧"字，郭璞注称："蜃小者曰玉珧。"古人很早就认识到江瑶柱的美食价值，魏晋以来的文献多有艺术性的赞美，如郭璞《江赋》举江珧等为海产珍品，五代人毛胜在《水族加恩簿》中曾对江珧柱百般推崇，留有"鼎鼎仙姿，琼瑶给体，天赋巨美，时称绝佳"的颂辞，并且"进号玉桂仙君，称海珍元年"。可见晋唐之际江珧柱已经誉满食界。在宋人食谱中，江瑶柱始终被列为头等的海错佳肴，在酒宴中占据着显著的席位。

尽管江珧产地广泛，但历代食者均以浙、闽、粤三地海区所产为珍品。自宋以来，最佳的产地首推四明。宋以前宁波的江珧柱默默无闻，至宋代江珧柱成为明州海味的榜上魁首，其知名度冠盖华夏，其珍鲜度颠倒众生。明州江珧有两种，大者江瑶，小者沙瑶。老饕苏轼认为江鳐（瑶）柱、河豚、荔枝之美可以鼎足。苏轼更作《江瑶柱传》，称江生"始来鄞江，今为明州奉化人。"可见他是专为明州的方物作传。苏轼在传中又写道："乡间尤爱重之，凡岁时节序，冠婚庆贺，合亲戚，宴朋友，必延为上客。一不至，则慊然皆云无江生不乐。……至于中朝达官名人游宦东南者，往往指四明为善地，亦屡属意于江生。……方其为席上之珍，风味蔼然，虽龙肝凤髓有不及者。"可见四明凡略上档次的宴席，必备江瑶柱，而且突出了江珧柱之独特的"风味"——"蔼然"，即味型之平和，这也是文献上对宁波一个招牌菜肴味型特点的最早的明确评价。江休复《嘉祐杂志》说："张枢言太博云：四明海物江瑶柱第一，青虾次之。……二物无海腥气。"陈师道《后山谈丛》卷三则说："登莱鳆鱼、明越江瑶莫能相先后，而强为之第者皆胜心耳。”足见评骘四明海物江瑶柱的高下，乃是食客的热门话题。许多外地人品尝江瑶柱后，均赞不绝口，且感到回味无穷而历久难忘。晁说之《送檀守赴阙》云：“御厨赐食紫驼峰，情多犹忆马夹柱。”这位檀守即檀宗旦，大观年间知明州，其赴京之时，作者对比着来写，说檀守虽然尝到了御厨所做的紫驼峰，但他更忘不了的是明州的马夹柱。孔武仲《送景文之官明州》诗云：“江瑶如切玉，越女不施红。”可见，北宋时期，明州江瑶柱的美味价值受到了全国性的关注。江珧柱作为全国公认的美味，甚至被文人学士用来作比，如苏轼称：“荔枝似江瑶柱。”大臣张俊以家宴迎接宋高宗，摆设了丰盛的宴席，其主菜中就包含“江瑶生”“江瑶炸肚”两款珍肴，事见《武林旧事》卷九。又如《梦粱录》卷一六记载杭州海鲜市场出售“酒江瑶”，此乃用酒泡藏的江珧柱。周必大所说江珧“近方稍用酒渍，乃能寄远”，即是这种“酒江瑶”。晁公溯深叹当时江珧柱之珍贵，曾写诗说：“江瑶石首最贵者，千金一枚谁得尝。但愿浮家老吴越，此生不愿尚书郎。”由于市场对江珧的索求额度不断加大，自然资源采捕有限，所以自南宋起，明州人开始养殖。陆游指出“明州江珧柱有二种，大者江珧，小者沙珧，然沙珧可种，逾年则成江珧矣”。周必大亦说：“四明江珧，自种而为大，生致行都、广南，则惜之。”无论是野生品种还是养殖品种，明州江珧柱都保持着最佳品质。

明清时期，海产珍品品种增多，一直名噪食界的江珧柱受到很大冲击。王世贞《宛委余编》卷一云：“《临海异物志》曰：‘玉珧柱厥甲美如珧玉。’余甚艳羡其味而不获见，问之人，或云即瓦垄子稍大者也。己巳，晤故奉化令徐君献忠，始悉之云：奉化四月间南风乍起，江瑶或一再上，可得三四百枚，或连岁不上。如蚌而稍大，中肉腥而肕不中口，仅四肉牙佳耳。长可寸许，圆半之，白如珂雪。以嫩鸡汁熟过之，一沸即起，稍久则味尽矣，甘鲜脆美，不可名状。此所谓柱也。今海味不甚重江珧柱，实少故耳。”周亮工也认为海蛤之肉柱皆可美食，江珧柱不过是其中佼佼者而已，他在《闽小记》卷上说：“蛤之美，实亦在丁，人以其无，多不审察，故独让江瑶擅此嘉名耳！”尽管如此，明清两代力捧江珧柱为海产珍品的人仍然很多。如钱维乔诗云：“明州数海物，最美江珧夸。”袁枚《随园食单·海鲜单》云：“江瑶柱出宁波，制法与蚶、蛏同。其鲜脆在柱，故剖壳时，多弃少取。”可见在人们心目中，江珧柱依然是味居食榜，风韵犹存。

送檀守赴阙①

〔宋〕晁说之

昔时江南士人轻吴会，
正如长安洛阳论宾主。
自从九州花开一日来，
欣欣不复闻此语。
明州太守江南英，
信美之乡是吾土。
莫言只饮甬水便无情，
黄鹄排赤霄，垂翅一再举。
御厨赐食紫驼峰，②
情多犹忆马夹柱。③
依然梦断四明山，
花信风里怜梅雨。④
潮平欢喜浪婆儿，⑤
莫错举棹新城江上去。⑥

——选自晁说之《景迂生集》卷四

【作者简介】

晁说之(1059—1129)，字以道，自号景迂生，济州巨野(今属山东)人，或说澶州(今河南濮阳)人。元丰五年(1082)进士。崇宁二年(1103)，知定州无极县。因入元祐党籍，大观、政和(1107—1117)间谪监明州造船场，暂居桃花渡边。高宗南渡后，召为侍读，提举杭州洞霄宫。著有《景迂生集》。

【注释】

①檀守：檀宗旦，曾任太仆少卿，大观年间知明州。赴阙：这里指因离任而入朝陛见皇帝。②紫驼峰：骆驼背上的肉峰，内贮大量脂肪，古人列为珍贵食品。③马夹柱：即马甲柱。④花信风：程大昌《演繁露》卷一引徐锴《岁时记·春日》：“三月花开时风，名花信风。初而泛观，则似谓此风来报花之消息耳。按《吕氏春秋》曰：‘春之得风，风不信则其花不成。’乃知花信风者，风应花期，其来有信也。”这句作者自注：“京师有花信风。”⑤浪婆：波浪之神。⑥江上：这里指江

西庐州。时檀宗旦愿赴庐州任官，故作者自注云："公乞庐州。"

送景文之官明州[①]

〔宋〕孔武仲

京尘不可久，得地海潮东。
市郭沧溟上，庵岩翠嶂中。
江瑶如切玉，越女不施红。
官事从容了，时当作醉翁。

——选自《清江三孔集》卷十

【作者简介】

孔武仲（1041—1097），字常父，临江新喻（今江西峡江县）人。嘉祐八年（1063）进士。历官至礼部侍郎，后以宝文阁待制知洪州。坐元祐党夺职，居池州卒。与兄孔文仲、弟孔平仲以文声起江西，时号三孔，作品合编为《清江三孔集》。

【注释】

①景文：李景文，孔武仲友人。

送刘子材四明幕官

〔宋〕李正民

雉堞连云左海傍，[①]曾攀鲸背到扶桑。[②]
蒙冲声教通韩国，[③]梵刹光明记育王。
地接天台仙圣宅，山藏奎画妙圆章。
时清幕府多余暇，薄采江珧荐豆觞。

——选自李正民《大隐集》卷八

【作者简介】

李正民，字方叔，江苏扬州人。政和二年（1112）进士。高宗时为中书舍人，后守陈州，金人虏之北行。绍兴十二年（1142），和议成，始放归。官终徽猷阁待制。著有《大隐集》。

【注释】

①雉堞：泛指城墙。左海：谓海居于东。②扶桑：东方古国名。《梁书·诸夷传·扶桑国》："扶桑在大汉国东二万余里，地在中国之东，其土多扶桑木，故以为名。"后亦代称日本。③蒙冲：中国古代具有良好防护的进攻性快艇。又作艨冲、艨艟。东汉刘熙《释名.释船》载："外狭而长曰蒙冲，以冲突敌船也。"声教：声威教化。

周愚卿、江西美、刘棠仲各赋江珧诗，[①]牵强奉答，用一字格

〔宋〕周必大

东海沙田种蛤珧，南烹苦酒濯琼瑶。
馔因暂弃常珍变，指为将尝异味摇。
珠剖蚌胎那畏鹬，柱呈马甲更名蛛。
累人口腹吾何敢，惭愧三英喜且谣。

——选自周必大《文忠集》卷四十三

【作者简介】

周必大（1126—1204），字子充，一字洪道，自号省斋居士，青原野夫，又号平圆老叟，庐陵（今江西吉安）人。绍兴二十一年（1151）进士。二十七年举博学宏词科。官至左丞相，封益国公。著有《省斋文稿》《平园集》等。

【注释】

①周愚卿：一字符格，周必大宗人。作者自注："四明江珧自种而为大，生致行都、广南，则惜之。近方稍用酒渍，乃能寄远。韩文公诗：'章举马甲柱，闹以怪自呈。'即珧也。《广韵》亦注：'蜃属，可饰甲。'《临海志》：'玉珧，似蚌，壳中有柱，美。'"

和沈德远寄江鳐韵

〔宋〕袁说友

粉身截玉慰渠贪，浪迹泥途遽著篮。
坐缺江生嗟不乐，[①]诗来东老谢分甘。[②]
世间风味鄞江颊，[③]传里形容太史谈。[④]
欲报琼瑶无一可，[⑤]移文空到北山南。

——选自袁说友《东塘集》卷四

【作者简介】

袁说友（1140—1204），字起岩，号东塘居士，福建建安（今福建建瓯）人。侨居湖州。隆兴元年（1163）进士，累任太府少卿、户部侍郎、文安阁学士、吏部尚书。嘉泰二年（1202）以吏部尚书进同知枢密院，三年（1203），拜参知政事。著有《东塘集》。

【注释】

①江生：苏轼对江珧柱的戏称。苏轼《江瑶柱传》云："凡岁时节序、冠婚庆贺，合亲戚，燕朋

友，必延为上客，一不至则慊然，皆云‘无江生不乐。’” ②东老：作者自称。 ③鄞江：指奉化江。颊：马颊，即马甲柱。 ④传：指苏轼《江瑶柱传》。太史：黄庭坚。苏轼《仇池笔记》卷上中说：“黄鲁直诗如蝤蛑、江瑶柱，格高韵绝，盘飧尽废，然不可多食，多食则发风动气。” ⑤琼瑶：美玉。《诗·卫风·木瓜》：“投我以木桃，报之以琼瑶。”

送江瑶与人

〔宋〕陈　著

玉瑶分自海仙奁，藜腹新来约束严。
入手颇忧穷鬼掠，收涎已绝老饕厌。
何妨带甲归庖惯，相与调珍助齿甜。
要识淡中滋味永，多加椒酒少施盐。

——选自陈著《本堂集》卷十六

谢戴江父惠江瑶柱

〔明〕李　本

异味分甘及病饕，令人断酒不能牢。
玄胎剖出云间月，细壳熬翻海上涛。
春雨河豚忘下筯，晓霜郭索罢持螯。
东坡尚未知名字，媲美空将荔子褒。[①]

——选自胡文学《甬上耆旧诗》卷四

【作者简介】

李本，字孝谦，鄞县人。洪武初，以弱冠代父囚，至都门服劳役，一年后得赦免而归。晚年起为郡志总裁，书成而卒。编纂《四明文献录》，著有《中林集》等。

【注释】

①“东坡”两句：苏轼《东坡志林》卷十一称：“荔枝似江瑶柱。”苏轼又有《四月十一日初食荔枝》诗云：“似闻江鳐斫玉柱，更喜河豚烹腹腴。”认为江珧柱、河豚、荔枝之美可以鼎足。

江瑶柱

〔明〕余　寅

海错万斯珍，腴房别贮春。
嘉名真有属，他族遂无伦。
已谢泥涂晚，犹怜物色新。
何时充鼎列，一为尚方陈。[①]

——选自余寅《农丈人诗集》卷二

【作者简介】

余寅（1531—1605），本字君房，晚年改字僧杲，学者称汉城先生，鄞县人。凡为名诸生二十余年，孝廉十二年。直至万历庚辰（1580）始举进士，官水曹郎，迁礼部员外郎。以按察副使视学陕西，迁左参政，改山东。以忤时乞归，起福建，再乞休，加太常少卿，致仕。归田以后所辑《农丈人文集》二十卷、《诗集》八卷。

【注释】

①尚方：泛称为宫廷制办和掌管饮食器物的官署、部门。

咏方物二十首·定海江瑶[①]

〔清〕张　岱

谁传江瑶柱，纂修是大苏[②]。
西施牙后慧，虢国乳边酥。
柱合珠为母，瑶分玉是雏。
广东猪肉子，曾有此鲜无？

——选自张岱《张子诗粃》卷四

【作者简介】

张岱（1597—1679），字宗子，又字石公，号陶庵，别号蝶庵居士，山阴（今浙江绍兴）人。出身仕宦家庭，早年过着衣食无忧的生活，晚年穷困潦倒，避居山中，仍然坚持著述。一生落拓不羁，淡泊功名。著有《陶庵梦忆》《西湖梦寻》《三不朽图赞》《夜航船》等。

【注释】

①定海江瑶：题下云：“宁波江瑶柱，亦名西施舌，东坡为之作传。” ②大苏：此指苏轼。

宿常浦庵尝江瑶柱[①]

〔清〕林奕隆

年来愁海错，不得贡津梁。
何幸茅庵宿，偏逢瑶柱尝。
玉肌真润滑，石乳逊清香。
似与眉山老，闲评在雪堂。[②]

——选自《北郭林氏宗谱》卷九

【作者简介】

林奕隆（1617—1665），字万叶，号雪蛟山人，鄞县人，居北郭（今属海曙区）。才气突过诸兄，负侠骨。鲁王监国时，在太常庄元辰幕草檄，太常荐之，以明经召对，上疏几万言，时不能用。奕隆从此离开义师，奔走江湖中，家贫，常以授徒糊口。著有《放言集》等。

【注释】

①常浦庵：今称常浦庙，在今奉化方桥。方桥旧称常浦。②眉山老：即苏轼。雪堂：苏轼被贬谪黄州任团练副使时，于宋神宗元丰五年筑“雪堂”于赤壁旁的龙王山坡，为其居住躬耕之所。

赠宁波王圣传

〔清〕尤　侗

贺监乘船醉复歌，[①]王郎斫地意如何。[②]
人生得食江瑶柱，一斗贤于万石多。[③]

——选自尤侗《看云草堂集》

【作者简介】

尤侗(1618—1704)，字展成，一字同人，号悔庵，晚号艮斋、西堂老人等，长洲(今江苏省苏州市)人。康熙十八年(1679)举博学鸿词，授翰林院检讨，参与修《明史》。四十二年康熙南巡，晋为侍讲。著有《西堂全集》。

【注释】

①贺监：唐贺知章尝官秘书监，晚年自号秘书外监，故称。②斫地：砍地。表示愤激。唐杜甫《短歌行赠王郎司直》：“王郎酒酣拔剑斫地歌莫哀，我能拔尔抑塞磊落之奇才。”③万石：汉代三公别称万石。后泛指官职高的人。

食江瑶柱

〔清〕徐家麟

宦冷非饕脍，儒穷敢击鲜。
水乡同一宿，风味压初筵。[①]
共惜身将隐，空尤甲未坚。[②]
今朝喉舌爽，忘却介山烟。[③]

——选自全祖望编《续甬上耆旧诗》卷四十五

【作者简介】

徐家麟，字石客，一字苍郊，先祖由慈溪迁鄞，遂为鄞县人。崇祯癸未(1643)进士，明亡参与抗清，授户部主事。失败后放浪诗酒，参与了甬上诗社活动。著有《颐阁集》。

【注释】

①初筵：《诗·小雅·宾之初筵》：“宾之初筵，左右秩秩。”郑玄笺：“大射之礼，宾初入门，登堂即席，其趋翔威仪甚审知，言不失礼也。”朱熹集传：“初筵，初即席也。”后指宴饮之始，亦泛指宴饮。②尤：怨恨。③介山：介休绵山，在今山西省介休县东南。春秋晋介之推隐居此山，重耳烧山逼他出来，子推母子隐迹焚身。晋文公为悼念他，下令在子推忌日(后为冬至后一百五日)禁火寒食，形成寒食节。故寒食节亦称“禁烟节”。

初食江鳐柱[①]

〔清〕查　揆

频年寄食东海隅，口腹亦与因缘俱。
甬江春涨夜潮上，有物沙上来呴濡。[②]
小桃萼放仓庚哢，[③]应候入时轻千铢。
小珧大蜃见尔雅，[④]不数蠙臛兼臇凫。[⑤]
端明爱较荔支肉，[⑥]走亦好事窥官厨。[⑦]
刳肠破甲去腥沫，圆丁肥白如花跗。
沸汤沃雪刀截肪，丝以黄鸡芼蒿蒌。
厨娘擎出百物贱，到口始觉唇舌粗。
婢视红蚬奴绿蛎，[⑧]何论右末更左朐。[⑨]
人情甘其所难获，矧复主客交相谀。
或言四明气盘郁，水精孕育成膏腴。
我知其由尚能说，秦时徐福真狂奴。
童女三千去不返，沙虫物化良非诬。[⑩]
不然厥状殊浑沌，那有玉雪生肌肤。
旁人失笑吾岂醉，此事味岂江瑶殊。
士龙啧啧称鄮县，[⑪]独夸鲎鲎何为乎？[⑫]

——选自查揆《筼谷诗抄》卷六

【注释】

①江鳐：即江珧。②呴濡：指吹泡吐沫。③仓庚：黄莺的别名。④尔雅：书名。我国最早解释词义的专著。由秦汉间学者缀辑周汉诸书旧文，递相增益而成，为考证词义和古代名物的重要资料。⑤蠙(pín)：古书上说的一种产珍珠的蚌。臇(juǎn)凫：少汁的鸭肉羹。语出《楚辞·招魂》：“鹄酸臇凫，煎鸿鸧些。”洪兴祖补注：“此言以酢浆烹鹄凫为羹，用膏煎鸿鸧也。”⑥端明：指北宋人蔡襄。蔡襄曾担任端明殿学士等职，著有《端明集》《荔枝谱》等。荔支：即荔枝。

⑦走：仆人。“我”的谦辞。 ⑧红蚬：红树蚬，或称作马蹄蛤。 ⑨右末更左朐：《礼记·曲礼》：“以脯修置者，左朐右末。” ⑩沙虫物化：指死亡。《艺文类聚》卷九十引晋葛洪《抱朴子》：“周穆王南征，一军尽化，君子为猿为鹤，小人为虫为沙。” ⑪士龙：陆云字士龙，吴郡吴县(今江苏苏州)人。年少时即有文采，因其文学成就而与其兄陆机并称为“二陆”。陆云《答车茂安书》。 ⑫鲚(jì)：同“鮆”，即刀鱼。鮂(rú)：鱼名，品种未详。陆云《答车茂安书》有“烝石首，臛鲚鮂”之语。

为明府何芝田醉江瑶柱歌

〔清〕李　暾

奉川三月初，江瑶柱最美。
过此十日中，无从获染指。
百里来甬上，人行疾如驶。
公乃售多多，满盛竹筐里。
岂因贪口腹，而却营甘旨。
庐江半月程，何法以致此。
与我细细商，醉之策良是。
用刀生剖之，其柱玉相似。
肉去泥与沙，用酒不用水。
椒咸和以糟，封寄远同迩。
罕见形即奇，初尝味可喜。
大海类无穷，此仅一物耳。
公乃为老亲，必欲陈席几。
孝养易而难，至诚洵足纪。
吾乡户百万，尽属公之子。
感公之孝思，谁复不兴起。

——选自李暾《松梧阁诗集》

甘谷约以元巳啖江珧，[①]不料今年入市甚稀。乃以寒具作供，[②]寒具故其家所擅长也。座客或曰：“惜不以江珧下寒具，斯为双绝。”或曰：“江珧亦浪得名耳。”予为一笑，纪之以诗

〔清〕全祖望

鲒埼亭下春光薄，坐叹江珧已过时。
唐突谁人同合氏，[③]品题终应比离枝。[④]
熊鱼未必能兼得，[⑤]茗酪何缘得擅訾。
若使明朝慰食指，发风动气我安辞。

——选自全祖望《鲒埼亭诗集》卷四

【注释】

①甘谷：李世法，字甘谷，鄞县人。李暾之子。 ②寒具：一种油炸的面食。北魏贾思勰《齐民要术·饼法》：“环饼，一名‘寒具’；截饼，一名‘蝎子’。皆须以蜜调水溲面。若无蜜，煮枣取汁。牛羊脂膏亦得；用牛羊乳亦好，令饼美脆。”明李时珍《本草纲目·谷部四·寒具》：“林洪《清供》云：寒具，捻头也。以糯粉和面，麻油煎成，以糖食之。可留月余，宜禁烟用。观此，则寒具即今馓子也。以糯粉和面入少盐，牵索纽捻成环钏之形，油煎食之。” ③合氏：苏轼《江瑶柱传》中的虚拟人物。 ④离枝：荔枝。 ⑤熊：熊掌。语出孟子《鱼我所欲也》。

江　珧

〔清〕全祖望

此郎风味擅江湖，珍重春深上市迟。
谁教先期百辈至，青螺白蚬总肩随。

——选自全祖望《鲒埼亭诗集》卷八

历代四明贡物诗·江瑶柱[①]

〔清〕全祖望

江瑶风味良可配荔枝，[②]
嫩肪轻依双柱弱不支。
海隅春水初生正及时，
西施缩舌不敢比芳脂。
吾乡鲒埼所产过闽种，[③]
别校添丁兄弟负清姿。[④]
更须郇公厨人善和齐，[⑤]
睨眂釜中扬沸切莫迟。[⑥]
调以蜀鸡之汤清汩汩，
侑以新韭之芽绿离离。
斯在南客南烹居绝品，
发风动气亦复非所辞。[⑦]
所苦脆质不堪度三日，
难教逾江涉河充鼎鼐。[⑧]
堪笑唐家中叶求海错，

岁取四十万人贡京师。[⑨]
一骑红尘飞起千驿扰，
下及蛤蚶螺蛎无鳖遗。[⑩]
江瑶正赖脆质得自免，
坡髯微文巧诋未为宜。[⑪]
自从魏王作牧始传致，[⑫]
剡州地力几复忧罢疲，
石湖奏罢两宫进奉使，[⑬]
甘棠百世足与孔(戣)元(稹)齐。[⑭]

——选自全祖望《句余土音》卷上

【注释】

①题下作者自注："宋贡。皇子魏王以时物奉两宫，盖非常贡也。" ②配荔枝：苏轼认为江珧柱、河豚、荔枝之美可以鼎足，有《四月十一日初食荔枝》诗云："似闻江鳐斫玉柱，更喜河豚烹腹腴。"苏轼《东坡志林》卷十一又称："荔枝似江瑶柱。" ③鲒埼：今属奉化市莼湖镇。 ④别校：辨别。添丁：语出苏轼《江瑶柱传》："媚川生二子，长曰添丁，次曰马颊。" ⑤郇公厨：唐代韦陟，袭封郇国公。性侈纵，穷治馔羞，厨中多美味佳肴。见《新唐书·韦陟传》。后因以"郇公厨"称膳食精美的人家。和齐：谓调配口味。齐，通"剂"，调味品。 ⑥睨眡：斜着眼睛看。眡：同"视"。 ⑦"发风动气"：作者自注："山谷语。"按，"发风动气"实为苏轼评黄庭坚诗文语。《苕溪渔隐丛话》说，苏轼曾经评价黄庭坚的诗文："黄九诗文如蝤蛑、江珧柱，格韵高绝，盘餐尽废，然而不可多食，多食则发风动气。" ⑧鼒(zī)：上端收敛而口小的鼎。 ⑨事见元稹《元氏长庆集》。⑩蛎：当作"蛎"。陈铭海补注本直接作"蛎"。鳖遗：遗留。 ⑪坡髯微文：指宋苏轼有《江瑶柱传》。 ⑫魏王：赵恺。魏王赵恺判明州。⑬石湖：范成大(1126—1193)，字致能，号石湖居士。平江吴郡(郡治在今苏州吴县)人。淳熙七年(1180)三月起任明州知州一年。曾奏请朝廷停明州岁贡江瑶柱。 ⑭孔：孔戣(753—825)，字君严。唐宪宗初至唐穆宗年间先后任国子祭酒、吏部侍郎、右散骑常侍、尚书左丞、岭南节度使等职。敢言直谏，指责时弊。为人守节清苦，论议正平。元和四年(809)朝廷令明州贡淡菜、蚶各五斗。九年(814)，孔戣奏请朝廷停明州岁贡淡菜、蚶各五斗，次年停贡。元：元稹，字微之，洛阳人(今河南洛阳)。长庆元年(824)元稹曾以浙东观察使身份复奏朝廷罢撤岁贡淡菜、蚶各五斗。

郧次谷过谒有怀缑北诸胜[①](八首选一)

〔清〕徐　恕

半舸斜阳晒网迟，江瑶古市绿成枝。
而今艳说江珧柱，风味犹传三月时。

——选自光绪《宁海县志》卷十八

【作者简介】

徐恕(？—1780)，字心如，上海青浦县人。乾隆十六年(1751)进士。任宁海、平阳知县，太常寺博士，宗人府主事，玉牒馆纂修，吏部稽勋司员外郎，湖州、杭州知府，浙江粮道、盐道、按察使，山东、浙江布政使等职。

【注释】

①缑：宁海县古称。

江瑶柱

〔清〕孙事伦

吾闻天下言味者，莫不期于江瑶柱。
津津口颊流芳馨，往往吟哦倾肺腑。
风味宁仅似荔支，河豚抑复非其伍。
或言四柱相交横，或言两柱并支柱。
言人人殊俱耳食，腐儒何尝亲目睹。
海上老饕候南风，拾得数枚手自剖。
莹然一柱在肉中，白玉为姿嫩如乳。
始知作砥崎洪流，必是孤撑少佐辅。

——选自孙事伦《竹湾遗稿》卷八

蓬岛樵歌续编(一百〇八首选一)

〔清〕钱沃臣

江鳐衔月夜光明，[①]海错临宵冷火青。[②]
莫怪东坡疑鬼物，[③]橹花起处一星星。[④]

——选自钱沃臣《乐妙山居集·蓬岛樵歌续编》

【注释】

①江鳐：即江珧。作者自注："邑公屿产江珧柱，形如七八寸扁牛角，双甲薄而脆，界划如瓦楞，肉不堪食，美在双柱。所云'柱'者，如蛤中之有丁。蛤小则字之'丁'，此巨则美以'柱'也。" ②"海错"：这句写有的海错能在夜里发出冷光。作者自注："海虾壳，黑夜如烛煤，或水夜动，则有

光彩。见《七修类稿》。又《岭表录异》云：北人又居南海中，市黄螃，烹食之，弃其头。夜忽有光，询之土人，乃知此鱼之常。按：海物黑夜生光者多，不尽此鱼也。” ③东坡疑鬼物：苏轼《夜见江心炬火诗》云：“非鬼非人竟何物。” ④“橹花”句：夜里海中摇橹，橹划过的海面上像一条条火舌，这由海洋中发光浮游生物和发光细菌在海浪震荡、及与物体相互碰撞时所引起的自然现象。在这些发光细菌的生物体内，有一种荧光素和氧结合，生成氧化荧光素，其化学反应所产生的能量以光的形式释放出来，因此就发出了光。这种自然现象，唐代陈藏器《本草拾遗》就已经写到了：“夜行海中，拨之有火星者。”

江瑶柱

〔清〕屠可案

鲛宫探得蓝田玉，[①]化作王珧入剡江。[②]
甲动春风舒宝气，标凝夜月砥涛泷。[③]
诗题坡老摇斑管，[④]录展侯鲭注绮窗。[⑤]
倘使珊瑚容网得，重添海错贡南邦。

——选自《甬上屠氏家集》卷七

【作者简介】

屠可案，字和熙，号云岫，鄞县人。县庠生。著有《含翠轩诗钞》。

【注释】

①蓝田：在长安东南，有蓝田山，以产玉著称。 ②王珧：即江珧。语出郭璞《江赋》。剡江：奉化江。 ③涛泷：急流大波。 ④斑管：毛笔。以斑竹为杆，故称斑管。苏轼《四月十一日初食荔支》诗云：“似开江鳐斫玉柱，更洗河豚烹腹腴。” ⑤绮窗：雕画花纹的窗户。

象山海错诗·杨妃舌

〔清〕邓克旬

浪花吞吐水中央，柱肉精莹亦广长。
也识滋滋回味好，酒涎何忍污丁香。[①]

——选自《红犀馆诗课》二集

【作者简介】

邓克旬，字谱庵，象山人。廪贡生。工诗，红木犀诗社社员。

【注释】

①丁香：喻舌头。

象山海错诗·江瑶柱

〔清〕姚景皋

漉去腥浆一柱存，细调鸡翠佐春尊。
东坡文字愁遭劫，满口之乎大嚼吞。

——选自《红犀馆诗课》二集

【作者简介】

姚景皋，字缙伯，号少梅。浙江镇海人。清代诗人姚燮之子，姚景夔之兄。善诗。

湘江静·江珧柱

〔清〕冯登府

翠壳深含泉底露。趁新潮、沙明蠡聚。[①]一杯分珓，[②]双卮截角，[③]重叠排冰柱。海月恰圆初，腥风上、鲒埼烟浩。[④]春寒雨细，明州酒楼，好付与、越娘煮。　　甲乍卸，羹早具。配鸡儿、玉珂雪乳。[⑤]食单试检，梅童鱼舅，[⑥]算总难比数。俊味属诗翁，且诵我、西江新句。还应沉醉，含香想到，阿环私语。[⑦]

——选自冯登府《种芸仙馆词》

【注释】

①蠡：通“蠃”。义同“螺”。 ②杯珓(jiào)：卜卦用的器具，用两块蚌壳或形似蚌壳的竹木片做成，抛掷于地，观其俯仰以占吉凶。这句指江珧柱一剖两半，如同杯珓俯仰。 ③卮：酒器。这句形容割取江珧柱头，又如截取酒卮的双角。 ④鲒埼：今属奉化莼湖街道。 ⑤玉珂：美玉。雪乳：白色浓厚的浆液。指酒。《安南异物名记》云：“肉柱肤寸，美如珧玉，即江瑶也。如蚌而稍大，中肉腥而口，不中口，仅四肉牙佳耳。长可寸许，圆半之，白如珂雪，一沸即起，甘鲜脆美，莫可名状，此所谓柱也。” ⑥梅童：即梅童鱼。鱼舅：鳍鱼的别名。明杨慎《异鱼图赞·鱼舅》：“嘉州鱼舅，载新厥名，鳞鳞迎媵，夫岂其甥，其文实鳍，江图可征。” ⑦阿环：杨玉环。白居易《长恨歌》诗：“七月七日长生殿，夜半无人私语时。”

学易庵即事(二首选一)

〔清〕冯登府

山中采橘怀衣袖，江上拎鱼寄竹筒。[①]

料得高堂开笑口，一时风味话勾东。

——选自冯登府《拜竹诗龛诗存》卷七

【注释】

①鱼：乃虫鱼之鱼，海洋生物的泛称。这里指江珧柱。“山中”两句：作者自注：“时以福州橘、明州江瑶柱寄家。”

江瑶柱

〔清〕冯登府

桃花送雨柳见星，①蒌蒿满地芦芽青。
春潮乍到鲨鱼信，②江珧翠蛤来沙汀。
两角尖似羚羊挂，双铦锐比花跗影。
刳肠弃甲井华洗，③肌肤如雪留纤丁。
飞刀截肪千片薄，但觉肥脆除臊腥。
黄鸡花猪按食谱，活火全仗汤官灵。④
红蚶绿蛎那足数，入口放箸争鲜醒。
东坡曾并河豚美，士龙徒夸鲨鲍鲳。⑤
鄮山客话到海月，鲒埼市晚喧江亭。
明州更胜兴化产，⑥杨妃西子谁娉婷。⑦
一官徒教博口福，莼鲈何日归吴舲。⑧
诗成味劣愧黄九，⑨且笺尔雅补鱼经。

——选自冯登府《拜竹诗龛诗存》卷九

【注释】

①柳见星：柳指二十八宿中的柳宿，柳八星一曰天厨，主御膳、酒食、仓库，和鼎以享宗庙。作者自注：“《晋书·天文志》：柳星主厨宰。” ②鲨(cǐ)鱼：鲂鱼。 ③井华：即“井华水”。清晨初汲的水。 ④汤官：官名。秦汉置少府，属官有汤官，主管供应饼饵的事务。这里为“汤”的戏称。 ⑤士龙：西晋文学家陆云之字。鲨(jì)：同“鲨”，即刀鱼。鲍(rú)：鱼名，品种未详。陆云《答车茂安书》有“鑃鲨鲍”之语。鲳：同“腥”。 ⑥兴化：福建莆田市古称，“西施舌”是兴化湾名产。 ⑦杨妃：作者自注：“江瑶一名杨妃舌。” ⑧吴舲：吴船。 ⑨黄九：黄庭坚。

玉珧柱

〔清〕朱绪曾

马甲明州柱最奇，美如珧玉白如脂。
阿环齿痛思兼味，①欲逐红尘嚼荔支。②

——选自朱绪曾《昌国典咏》卷六

【作者简介】

朱绪曾(1805—1860)，字述之，号北山，上元(今南京)人。道光二年(1822)举人，官秀水、孝丰知县。道光二十年以后挈家居于宁波月湖边，道光二十八年(1848)调任海昌知县，官至台州知府。著有《昌国典咏》等。

【注释】

①阿环：杨玉环。 ②“欲逐”句：这句化用杜牧《过华清宫》诗：“一骑红尘妃子笑，无人知是荔枝来。”

江瑶柱

〔清〕陈　劢

风味由来匹荔枝，剡川珍错最称奇。
蜃珧雅比杨妃舌，马甲犹传吏部诗。①
气绝海腥味可贵，瀹经汤沸不宜迟。
东坡纵复留佳传，语意如褒亦似嗤。

——选自陈劢《运甓斋诗稿续编》卷六

【注释】

①吏部：韩愈。韩愈《初南食贻元十八协律》云：“章举马甲柱。”

江瑶柱

〔清〕毛廷振

水晶宫里圃开瑶，①璀璨鄞江露玉翘。
白鲻芳鲜犹让美，②青虾肥大却输饶。
昌黎马甲名传柱，介甫鱼经字作兆。
宋室曾将时物贡，春风一路认星轺。③

——选自《四明清诗略续稿》卷五

【作者简介】

毛廷振(1851—?)，谱名孝通，学名震，官名廷振，字亦陶，鄞县人。附贡生，少好词章之学，屡试不第，以教授生徒为业。有《陶庵诗文稿》。

【注释】

①圃开瑶：即瑶圃，产玉的园圃。 ②鲻(jiù)：鲥鱼。 ③星轺：使者所乘的车。

附：

江瑶柱传

〔宋〕苏　轼

生姓江，名瑶柱，字子美，其先南海人。

十四代祖媚川，避合浦之乱，徙家闽越。闽越素多士人，闻媚川之来，甚喜，朝夕相与探讨，又从而镌琢之。媚川深自晦匿，尝喟然谓其孙子曰："匹夫怀宝，吾知其罪矣。尚子平何人哉！"遂弃其孥，浪迹泥途中，潜德不耀，人莫知其所终。

媚川生二子，长曰添丁，次曰马颊，始来鄞江，今为明州奉化人。瑶柱，世孙也，性温平，外悫而内淳。稍长，去襁颓，颀长而白皙，圆直如柱，无丝发附丽态。父友庖公异之，且曰："吾阅人多矣。昔人梦资质之美，有如玉川者，是儿亦可谓瑶柱矣。"因以名之。生寡欲，然极好滋味，合口不论人是非，人亦甘心焉。独与峨嵋洞车公、清溪遐丘子、望湖门章举先生善，出处大略相似，所至一坐尽倾。然三人者，亦自下之，以谓不可及也。生亦自养，名声动天下，乡闾尤爱重之。凡岁时节序、冠婚庆贺，合亲戚，燕朋友，必延为上客，一不至则慊然，皆云"无江生不乐"。生颇厌苦之，间或逃避于寂寞之滨，好事者虽解衣求之不惮也。至于中朝达官、名人游宦东南者，往往指四明为善地，亦屡属意于江生。惟扶风马太守不甚礼之，生浸不悦，跳身武林道，感温风，得中干疾，为亲友强起，置酒高会。座中有合氏子，亦江淮间名士也，辄坐生上，众口叹美之曰："闻客名旧矣，盖乡曲之誉不可尽信。韩子所谓面目可憎、语言无味者，非客耶？客第归，人且不爱客，而弃之海上，遇逐臭之夫，则客归矣，尚何与合氏子争乎?"生不能对，大惭而归。语其友人曰："吾弃先祖之戒，不能深藏海上，而薄游樽俎间，又无馨德，发闻惟腥，宜见摈于合氏子，而府公贬我，固当从吾子游于水下。苟不得志，虽粉身亦何憾！吾去子矣。"已而果然。其后族人复盛于四明，然声誉稍减云。

太史公曰："里谚有云：'果蓏失地则不荣，鱼龙失水则不神。'物固且然，人亦有之。"嗟乎！瑶柱诚美士乎？方其为席上之珍，风味蔼然，虽龙肝凤髓有不及者。一旦出非其时，而丧其真，众人且掩鼻而过之。士大夫有识者亦为品藻，而置之下。士之出处不可不慎也，悲夫！

——选自《东坡全集》卷三十九

江瑶柱赞

〔明〕张如兰

冠于江，石髓琼浆。美如瑶，云腴露膏。圆而柱，玉须冰筋。倘生北海，伯夷不采西山之薇。以供赤松，留侯永辟人间之谷。笑说麟脂是俗羹，不堪大嚼屠门肉。

——选自屠本畯《海味索隐》

江瑶柱赋

〔清〕周　容

三月三日，宾客大会于鹿岛，厨进江瑶。豫章万子属酒容前曰："嘉会令辰，适荐此物，事难相并，君其赋以宠之，且使后人知有今日。"容因命笔，不及构思，赋成，座为各举大白。其词曰：

维尔一介，植体江潮。非孕珠而受月，不耀甲而饰珧。承昔贤之赞慕，愧珍错之徒饶。能精白以自将，称斯名而非褒。若夫出必上巳，地必奉川。既识时以明信，亦守贞而不迁。能强立于波靡，含内美而莫宣。惟感知于一荐，遂有生之可捐。然识者叹藏身之未托于远，而盛名之有累其天。适春风之肆好，领幕府之嘉宴。为情治乎孔偕，况物贵乎稀见。念天地之生成，嗟饕餮兮何限。聊兴言于短章，藉报瑶以芹献。

——选自周容《春酒堂遗书》卷一

牡　蛎

牡蛎，又名蛎蛤、牡蛤、海蛎子、左壳、蚝仔等，浙江宁、台沿海一般都叫蛎黄。属瓣鳃纲牡蛎科。牡蛎生活在潮间带中区，从其生活史来说，幼体阶段是在海水中进行浮游生活，到幼体阶段后期生活习性开始改变，会进行固着，一般固着于浅海物体或海边礁石上，终生不再移动。为了保护自己，牡蛎的壳要比其他贝类的壳厚实得多。

南宋罗濬等纂《宝庆四明志》是较早记录

牡蛎的地方志书。该书卷四介绍说:“蛎房:其大者如驼蹄,小者如人指面,亦曰牡蛎。陶隐居云:‘牡蛎是百岁雕所化。道家以左顾者是雄,故名牡蛎。右顾则牝蛎向南,视之口邪向东为左顾。此物附石而生,磈礧相连如房,故名蛎房,一名蚝山,晋安人呼为蚝莆。初生才如拳石,四面渐长,有一二丈,崭岩如山。每房内有蚝肉一块,亦有柱。肉之大小随房广狭,每潮来则诸房皆开,有小虫入,则合之以充腹。海人取之,皆凿房,以烈火逼开,挑取肉食之。”这段话有两点值得指出:第一,对牡蛎的性别认定。编者引用了陶弘景之说,提出牡蛎得名的由来:“道家以左顾者是雄,故名牡蛎。”唐代陈藏器《本草拾遗》进而认为:“天生万物皆有牝牡,惟蛎是咸水结成块,然不动,阴阳之道,何从而生?经言牡者,应是雄耳。”字里行间可以看出他对牡蛎的繁殖方式非常困惑。元代《至正四明续志》卷五承认牡蛎存在雌性,称“右顾则牝”。直到明末的李时珍《本草纲目》中还提出了“化生”说:“蛤蚌之属皆有胎生、卵生,独此化生,纯雄无雌,故得牡名。”其实这都是古代科学不发达带来的认识上的局限所致。现代科学证明,牡蛎确实是分雌雄的,但其性别的存在形式非常奇特。同一个牡蛎,有一段时间它是雄的,而在另一段时间它竟为雌的。甚至在同一个时段,在同一个牡蛎内,能够同时产生精子和卵子,进行体内自体受精。据研究,通常牡蛎产卵之后,雌性即变成雄性,之后雄性性征衰退,雌性性征强化,一年之中约一半时间是雌,一半时间为雄。在生物界中,像牡蛎这种雌雄异体与雌雄同体同时存在的现象,是比较罕见的。因此对一般人来说,面对牡蛎,确实会有“安能辨我是雄雌”之叹。第二,“每潮来”数句,抄自北宋苏颂《图经本草》“牡蛎”条,描述了牡蛎的生活方式及生物节律。每次潮汐,牡蛎壳微张,藉纤毛的波浪状运动将水流引入壳内,主要滤食细小的浮游动物、硅藻和有机碎屑,宋人称牡蛎以小虫充腹,虽不够完善,但大致不差。如果补上明人张如兰《蛎黄赞》“所茹海藻”一句,则更为全面一些。牡蛎在潮来时积极觅食,而在潮落时则躲在紧闭的外壳里。宋人观察到的牡蛎与潮汐相应的生物节律现象,是非常准确的。

近江牡蛎、长牡蛎,我国沿海均有所产。南朝梁时学者陶弘景说:“今出东海,永嘉、晋安皆好。”指出了东海是牡蛎的主要产区,尤以浙东永嘉、福建晋安最负盛名。南朝时最爱食蛎的文人莫过于谢灵运了,他在《答弟书》却云:“前月十二日至永嘉郡,蛎不如鄞县。”这说明谢灵运亲口品尝过鄞地出产的牡蛎,并对鄞地牡蛎的品质给予了很高的评价。及至后来他尝到乐成县(今乐清县)新溪的牡蛎,又赞叹道:“新溪蛎味偏甘,有过紫溪者”。这里的“紫溪”,当指宁海紫溪乡(今属西店镇),可见宁海西店的牡蛎早在南朝时就已闻名,并经过了文人食客谢灵运的品尝。《清稗类钞》更是这样推崇:“宁波之象山港及台州湾所产最著名,有大小二种,并有绿蛎黄、鸡冠蛎黄、斧子蛎黄等名。”此外,奉化鲒埼所产的梅花蛎亦很有名,首见于《至正四明续志》的记载。

牡蛎也是我国四大养殖贝类之一,自宋代以来,即已在海滨投石养蛎。宁海的西店号称“牡蛎之乡”,养殖牡蛎已有700年历史。据光绪《宁海县志》记载,宋末进士冯唐英避乱来到宁海西店,隐居于铁江之石孔双山,“见岩边牡蛎盛生,教居民聚石养之”,遂开养蛎先河。铁江位于象山港底部的狮子口内,水清浪静,滩涂宽阔平缓,有不少溪河淡水注入港湾,涂质肥沃,海水咸度在20‰以下,是贝类养殖的优良场所。宋末宁海铁江沿岸人民学会了牡蛎养殖技术,并世代传承下来,牡蛎成为这一带著名的海产品,取得了很好的经济效益。从舒岳祥《冬日山居好》诗“竹蛎含梅蕊”句得到佐证,宋末元初宁海人民还学会了“插竹养蚝”的技术。清代,奉化鲒埼的养殖牡蛎亦驰名遐迩。

从冬至到次年清明,牡蛎肉最为肥美,亦最为好吃。新鲜牡蛎肉青白色,质地柔软细嫩，营养丰富，素有“海底牛奶”之美称。《宝庆四明志》这样评价牡蛎的食用价值：“挑取肉食之，自然甘美，更益人，美颜色，细肌肤，海族之最贵者也。”书中除了称道牡蛎肉味道鲜美之外，还特别指出了其具有健肤美容的功效。这是因为其富含的铜能使肤色好看，钾可治皮肤干燥及粉刺，维生素可使皮肤光滑。蚝肉的含锌量极高，是改善男子性功能的佳品。牡蛎亦是一味中药材，中医认为牡蛎肉具有滋阴养血、镇惊解毒、养阴潜阳等功效。汉代的《神农本草经》就已将其列为中药上品。唐代陈藏器《本草拾遗》记载：“肉煮食，主虚损。……肉于姜、醋中生食之，主丹毒，酒后烦热。”陈藏器最早指出了牡蛎肉可以醒酒。当代科学家的实验结果表明，牡蛎肉中的糖原和牛磺酸均具有明显的醒酒效果。自宋代起，牡蛎已被认为是“海族之最贵者”。清人王锷有诗云“名重石云资药品，珍同海月佐盘餐”，道出了牡蛎为食药两兼的珍品。

牡蛎的吃法有很多，且是唯一可以生食的贝类。一般宁波人都喜欢蘸酱油生吃。光绪《余姚县志》卷六云：“蛎肉，俗名蛎黄，县人以为常羞。”牡蛎还可烹制成各种美味佳肴，如雪菜牡蛎笋丝汤、牡蛎煎蛋、牡蛎羹、火炙牡蛎肉等。

冬日山居好（十首选一）

〔宋〕舒岳祥

冬日山居好，能安始识闲。
渔归溪口港，樵下屋头山。
竹蛎含梅蕊，[①]江鲈着玳斑。[②]
人生何所事，口腹最相关。

——选自舒岳祥《阆风集》卷四

【注释】

①竹蛎：《至正四明续志》卷五云：“扈竹结成谓之竹蛎。”按，扈即沪，扈竹即列于海上的竹栅。唐陆龟蒙《渔具》诗序云：“列竹于海澨曰沪。”梅蕊：《至正四明续志》卷五：“鲒崎海岩生者仅如人指面，挑取肉，谓之梅花蛎。” ②玳斑：玳瑁斑。用以形容鲈鱼的斑纹。元王恽《食鲈鱼》诗：“背华点玳斑，或圆或斜方。”

和继学郎中《送友归越中》[①]

〔元〕马祖常

蓟门东望海无波，[②]谁许山人问薜萝。
雀舫春声留水燕，[③]鹄袍秋影动天鹅。[④]
鉴湖草满芙蓉少，[⑤]鄞县潮来牡蛎多。[⑥]
羞见京尘遮帽顶，羊裘亦欲换渔蓑。

——选自马祖常《石田文集》卷三

【作者简介】

马祖常（1279—1338），字伯庸，光州（今河南潢川）人。元代色目人雍古族著名诗人。延祐二年，会试第一，廷试第二，授应奉翰林文字，拜监察御史。仁宗时，累遭贬黜。自元英宗至顺帝时，历任翰林直学士、礼部尚书、枢密副使等职。著有《石田文集》。

【注释】

①继学：王士熙，字继学，东平人。至治三年（1323）授右司员外郎。 ②蓟门：北京城西德胜门外西北隅的蓟丘。这里代指大都。③雀舫：青雀舫。船首画有青雀之舟，泛指华贵游船。④鹄袍：白袍。古代应试士子所服。 ⑤鉴湖：在今浙江绍兴。 ⑥县：一作“水”。

蛎黄赞

〔明〕张如兰

蜂房水窝，几千万落。
附石以生，得潮而活。
所茹海藻，所吞月魄。
贮白玉瓯，云凝雾结。
沁甘露浆，涎流溢咽。
是无上味，形容不得。

——选自屠本畯《海味索隐》

【作者简介】

张如兰，字德馨，号九峻，南京羽林卫世袭指挥，中武举第一，官至淮徐漕运参将。以子可大贵，特赠荣禄大夫、右都督。著有《功狗集》三十卷。

伏龙寺同仁规[1]

〔清〕黄宗会

海隅奇绝处，一臂屈峰环。
舶转吴淞米，[2]天粘日本山。
绾腰采蛎户，[3]髽首煮盐蛮。[4]
自笑登临兴，途穷亦启颜。[5]

——选自黄宗会《缩斋诗文集》

【注释】

①伏龙寺：在今慈溪市伏龙山。 ②吴淞：在中国上海市北部，黄浦江注入长江口（即吴淞口）的西侧，历史上属于淞北地区。清初为长江口村落，称胡巷桥，渔民聚集，渐成市镇。 ③绾（huán）腰：用大绳索系在腰上。绾，大绳索。明屠本畯《闽中海错疏》卷下云："草鞋蛎，生海中，大如杯，渔者以绳系腰入水取之。" ④髽首：以麻束发。乃蛮夷之人的装束。 ⑤启颜：开颜。谓发笑。

遣 兴

〔清〕李邺嗣

此乡风味总能妍，略动先生口角涎。
山脑茶香迟更好，[1]水头鱼味早更鲜。
岂须牡蛎方为美，任失青棂亦不怜。[2]
千载陆云真足语，[3]举篇一读更欣然。

——选自李邺嗣《杲堂诗续抄》卷五

【注释】

①山脑：山头。 ②青棂：古代传说中四明山上一种野生树的坚果。 ③陆云：字士龙，吴郡吴县华亭（今上海市松江县）人。陆云有《答车茂安书》。

过沈东海斋头啖嵩蚝[1]

〔清〕李 暾

沙石结屋宇，寒暑吞波纹。
层层叠叠附，奇峰俨夏云。
开凿取不竭，作羹鲜无群。
惜哉不能多，下箸争纷纷。
安得畅所欲，独饱佐微醺。[2]
性寒防老病，即病奚足云。

——选自李暾《松梧阁四集》

【注释】

①嵩蚝：蚝山，即牡蛎。此处或指鄞县大嵩江出产的牡蛎。 ②微醺：稍有醉意。

四明土物杂咏·竹蛎[1]

〔清〕全祖望

鲒埼蛎房最美，小山扈竹成蚝。
接叶更添梅屋，[2]风姿两两清高。

——选自全祖望《句余土音》卷上

【注释】

①竹蛎：作者自注："鲒埼海岩生者，仅如人指，而谓之梅花蛎。扈竹结成，谓之竹蛎。" ②梅屋：陈铭海注："谓梅花蛎也。"

象山杂咏（二十二首选一）

〔清〕倪象占

白查渡抱蛎江斜，[1]海畔蚝山此最嘉。[2]
好趁天寒沽酒去，满房风味嚼梅花。[3]

——选自民国《象山县志》卷三十一《文征内编下》

【注释】

①白查渡：在象山县南四十里，在岳井洋水域。据嘉靖《象山县志》，即蛎江渡，后废。清嘉庆时复设，每旬开二船。 ②蚝山：清邹弢《三借庐笔谈·愚虫》："牡蛎附石而生，磈礧相连如房，故曰蛎房，一名蚝山。" ③梅花：即梅花蛎。钱沃臣《蓬岛樵歌》注云："按蛎肉，小如梅花者佳，生熟食皆美。"满房，谓肉肥。

食 蛎

〔清〕周世武

蚝山峙海隅，什伯相黏结。[1]
蠢然一物微，亦解潜深窟。
土人知隽味，缘崖日采撷。
只应为酒徒，勾引出岩穴。[2]
譬如凿石罅，中得青玉玦。
犷壳虽外缄，眉目仍内缺。
清不数玉珧，[3]珍堪陋石蛣。[4]
年来饱忧患，肝肠愁内热。
泠然入齿牙，快如嚼冰雪。
虽非合浦姿，品格总独绝。

连倒昆仑觞，[5]两不厌饕餮。
他年忆此味，何由解消渴。
作诗记余欢，芳鲜犹在舌。
为语谢永嘉，[6]可否匹海月？

——选自《四明清诗略》卷十三

【作者简介】

周世武，字定国，一字书巢，鄞县人。乾隆四十四年(1779)举人。

【注释】

①什伯：谓超过十倍、百倍。 ②勾引：作者原注："杨廷秀《食蛎》诗：'也被酒徒勾引着，荐他樽俎解他颜。'" ③玉珧：江珧。 ④石蛣：疑指石蜐。 ⑤昆仑觞：古代酒名。宋窦苹《酒谱》："魏贾锵有奴善别水。尝乘舟于黄河中流，以瓠瓠接河源水。一日不过七八升。经宿色如绛，以酿酒，名昆仑觞，香味奇妙。" ⑥谢永嘉：即谢灵运。谢灵运《赤石进帆海诗》诗云："扬帆采石华，挂席拾海月。"

友人自甬江馈蛎黄，作此感赋

〔清〕王　锷

谁凿蚝山肉一攒，[1]箬包远寄甬江干。[2]
从知世味须求淡，若比交情可耐寒。
名重石云资药品，珍同海月佐盘餐。[3]
老饕笑我诗肠渴，细嚼梅花啄句难。

——选自《姚江诗录》卷五

【作者简介】

王锷，原名梅生，字伯燮，号逸香，又号钝伯，余姚人。与乡前辈吕迪等联吟无间。著有《石樵诗稿》。

【注释】

①一攒：犹一簇。 ②箬(ruò)包：用箬竹叶包裹。 ③海月：海镜。

再赋奉川土物五首·蛎

〔清〕孙事伦

巉岩披扈竹，[1]有蛎托为房。
含章美在目，[2]维白更维黄。[3]

——选自孙事伦《竹湾遗稿》卷八

【注释】

①扈竹：明冯时可《雨航杂录》卷下："渔者于海浅处植竹扈，竹入水累累而生，斫取之，名曰'竹蛎'"。 ②含章：包含美质。 ③维：文言助词。

蛟川物产五十咏·蛎房

〔清〕谢辅绅

石蜐扬葩赋景纯，[1]名详藟蚝辨难真。[2]
何如咸水结成蛎，[3]魄礌连房附海滨。[4]

——选自光绪《镇海县志》卷三十八

【注释】

①石蜐：龟脚。扬葩：像花朵一样盛开。景纯：郭璞。郭璞《江赋》云"石蜐应节而扬葩"。沈怀远《南越志》云："石蜐如龟脚，得春雨则生花。" ②藟：紫藟，即龟脚。 ③咸水结成：陈藏器《本草拾遗》云："唯牡蛎是咸水结成也。" ④魄(kuǐ)礌：垒石不平的样子。郭璞《江赋》云："玄蛎魄礌而碨硊。"

蚝　山

〔清〕朱绪曾

骊山高簇万蜂房，[1]尔蛎移来峙海疆。
不耐火攻峰坼倒，[2]笑他闭户学颠当。[3]

——选自朱绪曾《昌国典咏》卷六

【注释】

①骊山：在陕西省临潼县东南，是著名的游览、休养胜地。这里用来形容蚝山。 ②火攻：指采蛎的方法。《宝庆四明志》云："海人取之，皆凿房，以烈火逼开，挑取肉食之。" ③颠当：昆虫名。即蛈蚂。一种生活在地下的小蜘蛛。唐段成式《酉阳杂俎·虫篇》："成式书斋前，每雨后多颠当。窠深如蚓穴，网丝其中，土盖与地平，大如榆荚。常仰捍其盖，伺蝇蠖过，辄翻盖捕之，才入复闭，与地一色，并无丝隙可寻也。其形似蜘蛛。"这里形容牡蛎的滤食方式。

象山海错诗·蛎

〔清〕陈汝谐

魄礌如拳藓凿苍，青阑漫诩紫溪良。[1]
晶盐一匕椒同糁，细嚼梅花雪满房。

——选自《红犀馆诗课》二集

【注释】

①青：疑为"春"之误。紫溪：在今宁海西店，

以产牡蛎著名。

续甬上竹枝词(十二首选一)

〔清〕戈鲲化

桂花海艳菊花鳐,[①]下箸何妨破老悭。
最苦冰天泅水底,连房黏结铲蚝山。

——选自张宏生编《戈鲲化集》

【注释】

①海艳:鳀鱼的幼鱼。鳐:龙头鱼。

蛎　山

〔清〕孙天准

山下潆回绕碧苔,旧多牡蛎簇岩隈。
如今好趁梅花发,吩咐儿童剔取来。

——选自《象山历代诗选》

【作者简介】

孙天准,字文衡,号尺牍,象山人。由廪贡试用训导,历任归安、缙云教谕。

养蛎竹枝词(七首选三)

〔清〕童丙照

簇簇蛎黄石上连,养成长大要三年。
谁家辨得海中味,咸酒水来味更鲜。

采莲家家放早船,蓬头妇女趁江边。
持刀挑出石中肉,一日功夫数百钱。

蛎肉尝来满口膏,无鳞无骨又无毛。
家家留得鲜滋味,只怕猫儿一口遭。

——选自《紫溪邬氏宗谱》

【作者简介】

童丙照(1868—1944),字宏重,号企予,别号晓侬,宁海前童人。光绪十八年(1892)入邑庠,二十九年(1903)补增广生。

立春后杂咏(四首选一)

杨翰芳

立春才过宵宵雨.厌旦还欣海日迟。[①]
把盏话言诸戚共。卷帘晷刻半庭移。
葩扬紫蛱蝶无与,蜡起黄梅蜂不知。
昨日邻家召分岁,蛎房新破作羹宜。

——选自《杨霁园诗文集》

【注释】

①厌旦:黎明。

蛏　子

缢蛏,俗称蛏子、蜻子。属瓣鳃纲,竹蛏科。宁波历代地方志上还记载有沙蛏、涂蜻、竹蛏、蝴蝶蛏、荔枝蛏、女儿蛏、美人蛏等名目。长在沙滩上的称沙蛏,个头大,肉肥,无泥腥气。长在泥涂中的称泥蛏,个体较小。光绪《定海厅志》卷二十四引方以智《通雅》云:"浙东之蛏皆女儿蛏也,荔支则女儿蛏之佳者,甬东人种之至大。"乾隆《鄞县志》说:"蛏子有荔支蛏、女儿蛏两种,亦可种。"

"蛏"字最早见于梁朝顾野王《玉篇》中,但无任何解释。唐代陈藏器《本草拾遗》首次描述了蛏子的形态特征:"生海泥中,长二三寸,大如指,两头开"。南宋《宝庆四明志》进一步记载云:"蛏子:生海泥中,长二三寸,如大母指,其肉甚肥,壳不足以容之,口常开不闭。时行病后不可食,切忌之。饭后食之佳。"

缢蛏是我国四大人工养殖贝类之一,已有很久的养殖历史。南宋淳熙九年(1182)《三山志》记载,福州沿海有海田1130顷用于养蛏。明代,闽、粤、浙盛行养殖缢蛏。宁波沿海一带多滩涂,养殖蛏子有得天独厚的优势,故蛏子成为宁波大宗海特产品。宁海长街一带,濒临三门湾,常年有大量淡水注入,海水咸淡适宜,饵料丰富,涂质以泥沙为主,因而蛏子生长快、个体大、肉嫩而肥、色白味鲜,故得名长街蛏子。是城乡居民非常喜食的一种美味。宁海长街养殖蛏子历史悠久,《风土志》云:"近则采螺、蚌、蛏、蛤、瑶、蛎之属,或载往他郡为鲻、蛎之属,以自赡给。"据清光绪《宁海县志》记载:"蛏、蚌属,以田种之谓蛏田,形狭而长如中指,一名西施舌,言其美也。"舟山的蛏子养殖,得以在当地渔区成为一个独立的品种与产业,与从镇海昆亭乡(现属宁波市北仑区)迁人舟山的渔民的大胆开拓、辛勤探索与执着努力是分不开的。舟山群岛本无蛏子养殖。而浙东沿海渔民在明代已开始养殖蛏子。据史料记载,清乾隆年间,宁波鄞县合岙村已有数十户养蛏渔户。镇海昆亭乡有位刘姓养殖渔民在民国二年(1913)养蛏5.76亩,产蛏127担,收入700元大洋,建起了3间瓦房,人称"蛏房"。民国二十二年(1933)《中国实业志·浙江篇》载:"本省养蛏最著名者首推镇海。"尤其可贵的是,镇海昆亭等地渔民并未把发展海水养殖的脚步停留在本乡本土,而是逐步迈入舟山海岛。从此,蛏子养殖业在舟山群岛及其海域得以逐步发展。

蛏肉味道鲜美,营养丰富。蛏子食法很简单。从蛏田起捕的蛏子,洗净后,放养于含有少量盐分的清水中,待蛏子腹中泥沙吐净,然后用薄刀片轻轻剖开蛏子背面连接处,倒在沸水中,稍为停留,加入葱末,即可捞起食用。肉嫩而鲜,风味独特,是佐酒的佳肴。蛏子还有一定的医药作用。

萧皋别业竹枝词(十首选一)

〔明〕沈明臣

麦叶蛏肥客可餐,楝花鲚熟子盈盘。
家家锻磨声初发,[1]四月江村有薄寒。

——选自沈明臣《丰对楼诗选》卷二

【注释】

①家家锻磨:鸟鸣声。戴复古《田园吟》:"催耕啼后新秧绿,锻磨鸣时大麦黄。"戴昺《五禽言》诗:"麦熟锻磨,麦熟锻磨,村南村北声相和。"郑真《荥阳外史集》卷九十八:"次日问程,时蚕麦将成,禽鸟上下作'家家锻磨'之声,因起江南之想。"

客次有怀中林诸胜(选一)[1]

〔明〕沈明臣

江浦楝花鲚上,海田麦叶蛏肥。
十姊妹花开遍,[2]梁山伯蝶来飞。[3]

——选自沈明臣《丰对楼诗选》卷二十五

【注释】

①中林:在沈明臣家乡栎社。②十姊妹花:明高濂《遵生八笺》卷一六云:"十姊妹花:小而一蓓十花,故名。其色自一蓓中分红、紫、白、淡紫四色。或云色因开久而变。有七朵一蓓者,名七姊妹云。花甚可观,开在春尽。" ③梁山伯蝶:指蝴蝶。因梁山伯与祝英台化蝶故事而名。沈明臣很喜欢梁祝故事,在《登明州郡城》一诗中亦云:"草花春合英台墓。"这说明梁祝故事在宁波民间传诵之盛,并可由此证明至少在晚明时甬上已流传梁祝传说的化蝶结局,且甬地民间已经以梁山伯命名了一种蝴蝶。

蛏　赞

〔明〕张如兰

其形似淡菜,其坚也阁阁。[1]
其肉如虾蛤,而其味也泊泊。[2]
即不谓之腥鲭,[3]
亦可为谓之肉臛。[4]
固不尊之为大嚼,
亦可谓之为细鳄。[5]
悠悠独酌,三嗅而作。[6]

——选自屠本畯《海味索隐》

【注释】

①阁阁:牢固整齐的样子。②泊泊:不浓厚,淡薄。③腥鲭:语出韩愈《城南联句》:"恶嚼傳腥鲭。"鲭,指鱼和肉的杂烩。④肉臛:肉羹。⑤细鳄:这里指细细品尝。⑥三嗅而作:语出《论语·乡党》:"子路共之,三嗅而作。"朱熹《四书章句集释》:"孔子不食,三嗅其气而起。"

追和宋舒龙图《明州杂诗》原韵十首(选一)

〔明〕陆　宝

蛟关东望回,[1]并海未途穷。
官渡舟长亘,山邮石四通。[2]
蛏肥杨柳月,鲎负稻花风。
爱读江瑶传,[3]文腴味亦同。

——选自陆宝《悟香集》卷八

【注释】

①蛟关:即蛟门。在今镇海口。②山邮:山中的驿站。③江瑶传:苏轼所作散文。

蓬岛樵歌(一百十六首选一)

〔清〕钱沃臣

山厨巧斗牡丹葩,乡馔共来分外嘉。
冰渍春蛏迷蛱蝶,雪翻江蛎赛梅花。

——选自钱沃臣《蓬岛樵歌续编》

海若招赏其家园梅花,和予宝岩诗韵,[①]再索同作

〔清〕全祖望

连朝荔子蜻,[②]乘潮上南溟。
雄视江珧柱,风味夸膳丞。[③]
梅花较资格,本不同时生。
乃以迟暮故,而得通姓名。
相逢成粲者,[④]鼎足称三星。
我亦遂倾尊,肯复遗奇零。

——选自全祖望《鲒埼亭诗集》卷四

【注释】

①宝岩:在今鄞州区鄞江镇西北建岙,山上有宝严寺,种植了大量梅花,为赏梅胜地。 ②荔子蜻:即荔枝蛏。 ③膳丞:宫中负责膳食事务的官员。 ④粲者:指美好的事物。

四明土物杂咏·荔枝蛏[①]

〔清〕全祖望

最爱荔枝娇妍,能添女儿颜色。
我有荔枝芳樽,好为女儿侑食。[②]

——选自全祖望《句余土音》卷上

【注释】

①荔枝蛏:作者题下自注:"浙东之蛏,皆女儿蛏也,而荔枝则女儿中之佳者。" ②侑食:劝食,侍奉尊长进食。作者结尾自注:"荔枝粉、荔枝酒,皆闽、粤间所产。"

西沪棹歌(一百二十首选一)

〔清〕姚 燮

沙蜻四寸尾掉黄,[①]风味由来压邵洋。[②]
麦碎花开三月半,[③]美人种子市蛏秧。[④]

——选自民国《象山县志》卷三十二

【注释】

①沙蜻:作者自注:"沙蜻如蛏,而其大如杯,独尾长三四寸,味极鲜爽,唯沪涂十余里中有之。作沙蛏误。" ②邵洋:作者自注:"邵洋鱼,多刺,拔之,毒能中人。" ③麦碎花:作者补注:"笑靥花,一名玉马鞭,象人呼麦碎花。"笑靥花为蔷薇科绣线菊属灌木,枝条蔓而柔软,纤长伸展,弯曲成拱形,繁花点点,眼目清凉,衬上绿叶翠枝,赏心悦目。晚春翠叶、白花,繁密似雪;秋叶橙黄色,亦璨然可观。 ④蛏秧:作者自注:"蛏秧,二、三月有之。村人各以竹稍界涂,不相侵夺。亦沪民之一利。蛏之佳者曰美人蛏。"

山前竹枝词(选一)

〔清〕徐 镛

爱尝蜃蛤每垂涎,嫩剥蛏儿味更鲜。
广种海边赢种稻,何须沧海变桑田。

——选自《宁波竹枝词》

象山海错诗·沙蜻[①]

〔清〕王莳蕙

文采斓斑七寸镠,[②]转教蝛蜌愧常馐。[③]
阿谁赠我刀金错,赚得张衡赋四愁。[④]

——选自《红犀馆诗课》二集

【注释】

①沙蜻:即沙蛏。 ②镠:成色好的金子。阿谁:疑问代词。犹言谁,何人。刀金错:即金错刀,钱币名,王莽时所铸,错以金,故名。后泛指钱财。 ③蝛蜌:青蚶,俗名生蜌、毛蛤。宋罗浚等《宝庆四明志》载:"俗呼曰生蜌,似蛤而长,壳有毛,土人亦呼毛蛤。"其壳近长方形,前端狭短,后端膨大而延长。壳面淡绿色。壳边缘有棕褐色绒毛。 ④张衡赋四愁:东汉文学家张衡曾作《四愁诗》以抒怀,有句云:"美人赠我金错刀。"

象山海错诗·蛏

〔清〕陈汝谐

小桃红后渐分秧,三寸春膏取次长。[①]
堆上满盘蝴蝶茧,[②]软冰青镊一丝凉。

——选自《红犀馆诗课》二集

【注释】

①春膏:指春天肥沃的涂泥。 ②蝴蝶茧:指蝴蝶蛏。钱沃臣《蓬岛樵歌》注云:"邑产蚌属,烹之两

壳自开，名蝴蝶蛏。”今宁海长街蛏子犹名蝴蝶蛏。

霞岸竹枝词①（四首选一）

〔清〕陈保定

儿童生长知潮汛，逐伴沿涂采小蛏。
琐细形才如谷粒，零星收入上昆亭。②

——选自《四明清诗略》卷二十五

【作者简介】

陈保定，字子亶，今北仑区人，居郭巨所之山旁。清诸生。

【注释】

①霞岸：今霞浦，属北仑区。 ②昆亭：地名，今属北仑区春晓街道昆亭村。

芦江竹枝词（二十四首选一）

〔清〕胡有怀

野市争鲜物产储，东南海错冠句余。
桃花蛏子梅花蛎，绝美还应算麦鱼。

——选自王荣商《蛟川耆旧诗补》卷四

【注释】

①句余：《山海经》云："句余之山无草木，多金玉，今在会稽余姚县南，句章县北，故此二县因此为名。"后以句余代指四明。

由昆亭至慈岙①

〔清〕郑　望

十里横塘路，肩舆缓缓行。②
帆稀添海量，地僻隐山名。
日暖蛏苗长，人来松鼠惊。
有时临绝顶，指点午潮生。

——选自王荣商编《蛟川耆旧诗补》卷七

【注释】

①慈岙：即今北仑区春晓街道慈岙村。②肩舆：轿子。

蚶　子

蚶子是蚶类动物的总称，栖息潮间带中下区及浅海泥滩，象山港、三门湾均产。《宝庆四明志》卷四谓有瓦垄蚶、毛蚶、芽蚶。现今调查，分布最广、数量最多的有毛蚶、泥蚶和魁蚶等。

蚶子为传统养殖贝类之一。元王厚孙《至正四明续志》记载："蚶子……亦采苗种之海涂，谓之蚶田。"明代屠本畯《闽中海错疏》云："四明蚶有二种：一种人家水田中种而生者，一种海涂中不种而生者，曰野蚶。"温州的乐清湾一带很早就是蚶苗的重要产区，"石马、蒲岐、朴头一带多取蚶苗养于海塵，谓之蚶田……每岁冬杪，四明及闽人多来买蚶苗。"可见在嘉靖丙申(1536)以前，福建沿海及四明等地渔民就从温州乐清买蚶苗，运回本地播种养殖。

蚶子肉嫩味美，多鲜食，或制罐头。奉化泥蚶为著名食用贝类之一，唐时列为贡品，主要产地在鲒埼乡。唐代陈藏器《本草拾遗》中描述蚶子"出海中，壳如瓦屋"，赞美蚶子"利五脏，建胃，令人能食"，还说蚶子因有"起阳"之功，最为时人所重视。明代王世贞对宁波酒蚶赞不绝口，有《答包参军》书云："贵土蛎大不如闽，唯酒蚶风味绝胜耳，损惠一瓻为佳。"又在《宛委余编》卷一中说："闽中西施舌、蛎黄，宁波酒蚶，辽东鳆鱼为最。"明末清初余姚人朱舜水与安东省庵笔语中，向日本人介绍了酒蚶的传统制法："制蚶，将蚶洗净，沥去水与涎沫，去腥秽□。先去无节竹一段，插入□中，上出□口半寸许。每蚶一□，不论大小，用竹一段，插入到底，然后将蚶入□内，令满，轻轻安置平稳处所，半日许，则渴而口开。用有壶贮酒，轻轻泻入竹管内，勿令有声，则酒从上而下，蚶口渴而喜饮，遂至满腹，然后口闭，酒平蚶即止。复过半日，复下川椒、盐、酱油，十日半月，擘取为易，即熟矣。若不用竹，则酒从上而下，则蚶口闭，注之有声，及摇动则寇亦闭，口闭则酒不能入而臭矣。"又说："制蚶方：拣取小小蚶，洗净，白则佳，沥干(要极干)，入□中。先将无节竹一段，插入□到底，出口半寸□□，蚶干渴口开，将好酒□□入竹筒内，稍重，则□□而瘦矣。入酒平蚶而止，一日后□□□加盐，半月可。用大明酒糟制尤佳。十月、十一月、二月佳，正月次之。今天暑，恐不堪制，制则易臭也。□十月，当制成奉送。贵乡蚶贱酒贱，不妨少试之。”清袁枚在《随园食单》中特别记载了蚶子的几种吃法：“蚶有三吃法：用热水喷之半熟，去盖、加酒、秋油醉之；或用鸡汤滚熟，去盖入汤；或全去其盖作羹亦可，但宜速起，迟则肉枯。”如今宁波仍然普遍保持着第一种吃法，其关键在于半熟。

谢张德恭送糟蚶三首[①]

〔宋〕陈　造

旧笺虫介甘温性，[②]樽俎风流每策勋。[③]
况复餔糟小酲后，[④]眼中群品此其君。

压倒淤泥白莲藕，半捐介甲露秾纤。
玉川水厄那知此，[⑤]急具姜葱唤阿添。[⑥]

谁与江瑶角长雄，一时风味两无同。
吾儿不友王文度，[⑦]底肯分甘及乃公。

——选自陈造《江湖长翁集》卷十八

【注释】

①张德恭：生平待考。作者自注云：“德恭，师文友也。” ②虫介：即介虫。介、甲同义，为甲壳之意。指有甲壳的虫类及水族（如贝类、螃蟹、龟等）。 ③樽俎：古代盛酒肉的器皿。樽以盛酒，俎以盛肉。后来常用做宴席的代称。策勋：记功勋于策书之上。 ④小酲：小醉。 ⑤玉川：指卢仝。三国魏晋以后，渐行饮茶，其初不习饮者，戏称为“水厄”。后亦指嗜茶。 ⑥阿添：即添丁。唐卢仝生子，取名“添丁”，意谓为国家添一丁役（服力役的壮丁）。 ⑦王文度：即东晋王坦之。出身太原王氏，年轻时与郗超齐名，曾任大司马桓温的参军，袭父爵蓝田侯，后与谢安等人在朝中抗衡桓温。桓温死后与谢安一同辅政，累迁中书令、领北中郎将徐兖二州刺史。王坦之从小备受父亲疼爱，即使长大了仍会被父亲抱着坐于膝上。

明州歌（选一）

〔明〕李　濂

鲞市蚶田海上州，滔滔潮水抱城流。
春晴载酒天封塔，望见仙人十二楼。[①]

——李濂《嵩渚文集》卷三十五

【作者简介】

李濂（1488—1566），字川父，祥符人。正德十六年（1521）至嘉靖二年（1523）任宁波同知。后转至晋地任职，官至山西按察司佥事。著有《嵩渚文集》。

【注释】

①十二楼：指神话传说中的仙人居处。

沈世君问宁波风土应教五首（选一）

〔明〕吕　时

四明八百里，物色甲东南。
玉版春肥笋，瓷缾雪醉蚶。
堇山足灵气，[①]慈水供余甘。
窈窕千峰处，幽踪日可探。

——选自胡文学《甬上耆旧诗》卷二十三

【注释】

①堇山：赤堇山，在今浙江宁波鄞州。《乾道四明图经》云：“赤堇山在（鄞）县东四十里。”《浙江通志》云：“地有堇山，加邑为鄞。”

散怀（十首选一）

〔清〕李邺嗣

山居万事幸相便，老仆家童尽可佃。
秋后豫编新鹿栅，[①]年来催种旧蚶田。
只充衣食余从俭，敢藉诗书自谓贤。
最喜岁收真有谷，市中五石一千钱。

——选自李邺嗣《杲堂诗钞》卷六

【注释】

①豫：通“预”。鹿栅：圈栏。

南食诗赠谢瞻在侍御，兼示同郡诸君[①]

〔清〕万　言

北人食味崇饱饫，[②]南人食味崇甘鲜。
我来寓北近四载，每顿肉食愁浓膻。
亦如志士托岩穴，孤弦冷韵声铿然。
驱车一入长安陌，边何徐李纷华铅。[③]
今年海物闻大上，引领南望时流涎。
一僮来此方解包，嗔目少此挥以鞭。
东山侍御幸召我，盘盂错落多南煎。

就中魁蛤尤绝奇，[④] 瓦棱历历随潮澜。
白如良玉琢初就，红如美女唇方嘕。[⑤]
相传伏翼老始化，[⑥] 丑物乃与至味连。
恶人享帝西掩鼻，[⑦] 始信事理何常焉。
峥嵘公已历台阁，嗜好未改儒生酸。
知我脏涩久消渴，[⑧] 频岁食我情何虔。
涂羹尘饭堆垛中，[⑨] 一缕清气芬当筵。
便欲把卷更请业，喟然当许黄庭坚。

——选自全祖望编《续甬上耆旧诗》卷九十七

【注释】

①谢瞻在：谢兆昌，字瞻在，镇海人。泰臻子，为从父泰登后，少负殊质，博学能文，常为戚友范兆芝所赏识，康熙六年(1667)成进士，官至广东道监察御史，康熙二十三年(1684)以病乞休，卒年七十七岁。 ②饱饫：吃饱。 ③边何徐李：边贡、何景明、徐祯卿、李梦阳，均为明代前七子的成员。华铅：即铅华，搽脸的粉。 ④魁蛤：魁蚶。 ⑤嘕(xiān)：笑的样子。 ⑥伏翼：即蝙蝠。《说文解字》"蛤"条下云："魁蛤……老伏翼所化。" ⑦西：西施。掩鼻：捂住鼻子。表示对肮脏、发臭之物的厌恶。《孟子·离娄下》："西子蒙不洁，则人皆掩鼻而过之。" ⑧这句作者自注："蚶主润五脏，止消渴。" ⑨涂羹尘饭：尘做的饭，泥做的羹。指儿童游戏。比喻没有用处的东西。

后南食诗，送王仲昭舍人之吾郡，兼呈陈顺侯使君

〔清〕万 言

古人富山海，今人富土田。
闭关四十载，厉禁昨始捐。[①]
网罟已比栉，[②] 帆樯如云烟。
驻泊常浃口，[③] 来往由蛟川。
侧闻征税人，[④] 宪府司其权。[⑤]
重困始得纾，初政宜以宽。
小民亦何知，唯视意所便。
弛舍未一二，[⑥] 讴颂盈百千。
当其殷阜时，无害严易宽。
此如海大鱼，纵之始施筌。
君本清华客，高怀薄班联。[⑦]
欲为沧溟游，且振莲幕鞭。[⑧]
忠信既素孚，陈说知非艰。
助成我公政，贻此千里安。
兹行鲎甲登，碧血鲜连肩。[⑨]
初秋八梢上，[⑩] 丑态咀芳鲜。
青脊桂芳候，[⑪] 黄甲菊绽前。[⑫]
侵霜蛎肉肥，[⑬] 带雪蠕体圆。[⑭]
比目阔逾尺，马交大如船。[⑮]
更羡明年春，蛏比桃花妍。[⑯]
玉柱剖江瑶，[⑰] 金光迸海蜒。[⑱]
乌贼嫩尤曲，黄鱼冰始坚。[⑲]
其他巨细族，一一难具笺。
吾方局旅食，梦想徒流涎。
祈君齿颊芬，聊以品物先。
上须顺时序，下须善烹煎。
宾主坐啸际，把盏当陶然。

——选自全祖望编《续甬上耆旧诗》卷九十七

【注释】

①厉禁：清初实行的东南沿海的海禁政策。 ②比栉：像梳齿那样密集排列着。 ③驻泊：船停留。 ④侧闻：从旁听到。谓传闻，听说。 ⑤宪府：御史台。 ⑥弛舍(shě)：谓免征役。 ⑦班联：朝班的行列。 ⑧莲幕：幕府和幕宾的雅称。 ⑨"兹行"句：作者自注："鲎以雌雄配，谓之一甲，小暑后有之。" ⑩八梢：作者自注："望潮，一名八梢鱼，丑态，味至美。" ⑪青脊：即青鲦。作者自注："青脊鱼，唯奉化有之。" ⑫黄甲：作者自注："蝤蛑，一名黄甲。" ⑬蛎：作者自注："牡蛎，俗称蛎蚟。" ⑭蠕：作者自注："虾蠕，体莹然如水晶，冬月尤美。" ⑮"比目"两句：指箬鳎鱼和马鲛鱼。作者自注："比目、马交，他所有之，宁产特大。" ⑯"蛏比"句：作者自注："蛏出二月者，名桃花蛏。" ⑰"玉柱"句：作者自注："江瑶柱，出奉化。" ⑱海蜒：即海艳。作者自注："海蜒出外洋，似银鱼而色黄，至小者佳。" ⑲"黄鱼"句：作者自注："海舟藏冰以藏黄鱼，谓之冰鲜。"

消寒竹枝词（四十首选一）

〔清〕朱文治

瓦棱子种出蚶田，带血烹将个个圆。
更讶隆冬行夏令，坚冰时节卖冰鲜。[①]

——选自朱文治《绕竹山房续诗稿》卷七

【注释】

①篇末作者自注:“蚶田产奉化。黄鱼俗呼冰鲜,盛行于夏初,今见冬月亦入市。”

赋奉川土物九首·蚶

〔清〕孙事伦

荦荦瓦垄子,纷产东海涂。
剡川尤著名,风味良不粗。
在昔元和间,[①]往往充天厨。
赖有贤长官,奏罢免贡输。
所当奉尸祝,岁时荐盘盂。

——选自孙事伦《竹湾遗稿》卷八

【注释】

①元和:唐宪宗年号。自唐元和四年(809)以来,明州岁贡海味。元和九年,一县令奏罢之。见罗浚《宝庆四明志》卷五等。

鲒埼观潮

〔清〕孙事伦

两蜃门遥锁,双山乱石巅。
拥来千顷雪,望去一层烟。
东国鱼盐地,春风鹧鸪天。
蚶塘如陇陌,满涨得丰年。

——选自孙事伦《竹湾遗稿》卷八

象山海错诗·毛蚶

〔清〕姚景皋

港口堆泥埒作塍,[①]玉唇斜啮紫膏凝。
好将尔雅稽魁陆,[②]不信南中唤瓦楞。

——选自《红犀馆诗课》二集

【注释】

①埒:等同。 ②尔雅:我国最早的一部解释词义的专著,收录“魁陆”,晋郭璞注云:“《本草》云:‘魁状如海蛤,圆而厚,外有理纵横。’即今之蚶也。”

星屿物产诗[①]·蚶秧

〔清〕莫　矜

魁陆名新奏食鲜,分秧也及暮春天。
螺舟献种输千担,鲒埼开渠插一田。
负壳覆成鳞瓦薄,聚头排出绣针圆。
即今涸辙将忧槁,救旱无烦抉远川。

——选自孙锵、江五民编《剡川诗钞续编》卷七

【作者简介】

莫矜,字黎舫,一字瀛止,奉化人。诸生。有诗文稿二卷。

【注释】

①星屿:今属奉化市莼湖镇茅屿村。茅屿由鲍家和王家府两个自然村组成,村前海中因有青山、樟山、应东山、癞头山、跳头山、东礁、西礁7个岛屿,犹如七星拱月,故明嘉靖《奉化县图志》称作星屿,后因岛上只长茅草,清雍正时改称茅屿。

蛟川竹枝词(十首选一)

〔清〕张本均

一骑红尘贡白蚶,役夫奔命问谁堪。[①]
而今奏罢即须记,珍重春醪醉小甔。[②]

——选自《四明清诗略续稿》卷六

【注释】

①“一骑”两句咏唐代明州贡蚶的史事。作者自注:“唐时,明州岁贡蚶役,民不胜疲。元稹为浙东观察,奏罢之,事见《唐书·元稹传》。全谢山咏江瑶柱九言诗云:‘堪笑唐家中叶求海错,岁取四十万人贡京师。一骑红尘飞起千驿扰,下及蛤蚶螺蛎无有遗。’” ②甔(dān):坛子一类的瓦器。

瓦　珑[①]

〔清〕朱绪曾

紫云满腹酒醺初,魁陆名曾附释鱼。[②]
一脔竟分天上炙,[③]洪蚶更欲觅专车。[④]

——选自朱绪曾《昌国典咏》卷六

【注释】

①瓦珑:蚶子的别名。宋赵令畤《侯鲭录》卷三:“瓦珑矿壳浑沌钱,文如建瓴,外眉而内渠,其名瓦珑。” ②释鱼:《尔雅》中的一篇。 ③“一脔”句:李时珍《本草纲目·介二·魁蛤》:“广人重其肉,炙以荐酒,呼为天脔。” ④“洪蚶”句:出《文选·郭璞〈江赋〉》:“紫蚢如渠,洪蚶专车。”李善注引贾逵曰:“专,满也。”

续甬上竹枝词(十二首选一)

〔清〕戈鲲化

几顷涂田尽种蚶,海邦风味我能谙。
专车曾美宏农赋,[①]赚得人呼是老憨。[②]

——选自张宏生编《戈鲲化集》

【注释】

①专:满。宏农:即弘农太守郭璞。郭璞《江赋》云:"紫蚢如渠,洪蚶专车。"《六臣注文选》卷十二云:"洪蚶似蛤,大者四五,丈独充一车,故云专车。" ②老憨:作者原注:"俗呼憨人为'蚶头',音相近也。"

续甬上竹枝词(十二首选一)

〔清〕戈鲲化

水族纷纷海上来,唾余莫笑是粗材。
蛤蜊瓦垄螺蛳壳,锻作罗浮雪一堆。[①]

——选自张宏生编《戈鲲化集》

【注释】

①锻:原误作"碫",审其意,当作"锻"。作者原注:"锻诸壳成粉,名壳灰。"罗浮:道教名山,位于广东省惠州博罗县长宁镇境内。

蛟川物产五十咏·蚶子

〔清〕谢辅绅

种田一例比蛏苗,子午回头两度潮。[①]
抛得棱棱新瓦垄,檐牙屋脊总难描。[②]

——选自光绪《镇海县志》卷三十八

【注释】

①"子午"句:海潮一日两次,白天称潮,夜间称汐,中间间隔12小时,农历初一、十五子午潮,半月循环一周。 ②檐牙:檐际翘出如牙的部分。

甬江竹枝词(二首选一)

〔清〕谢辅坫

白玉一瓶融牡蛎,红香半瓮腌梅蚶。
还有五月南风转,巨蟹膏黄鲎血蓝。

——选自王荣商《蛟川耆旧诗补》卷五

【作者简介】

谢辅坫(1808—1868),字恺宾,号鞠堂,镇海城区人。道光二十三年(1843)举人,咸丰九年(1859)进士,授工部主事。

咏 蚶

〔清〕袁 训

海物错珍奇,渔人伺潮汐。
重兹魁陆名,拾趁金风夕。
逢亥市初饶,[①]被甲府充积。
磊砢满筠篮,[②]盈虚应月魄。
疑藏罗汉身,犹带江湖迹。
负壳理纵横,淘沙声划砉。[③]
浥酱色浮红,焊汤体沉白。
辅车密机缄,[④]骨鲠佐肴核。[⑤]
外观质具刚,内蕴心倾赤。
腥臊沃须醪,坚贞介于石。
凿齿剖珠胎,流脂濡玉液。
双柱观升沉,两裆彰合辟。[⑥]
罗盘蟹黄轻,尝指猩红惜。[⑦]
撒半抛瓦棱,味余融琥珀。
寒浆饫饕馋,[⑧]敧器留玩绎。[⑨]
尔雅重考稽,[⑩]物理谁穷格。[⑪]
化从服翼推,[⑫]文宜复累核。[⑬]
闭口学三缄,专车径四尺。[⑭]
嗤彼瓮人焦,[⑮]盍倩巨灵擘。[⑯]
胸凭月霸丰,[⑰]甲待雷鸣拆。
秋水寒乃登,南风竞而瘠。
蠯类具载经,[⑰]魁名此专席。
绝胜贝文工,[⑱]何嫌瓦屋窄。
阴阳判分明,经纬深刻划。
所惜善闭关,其中含膏泽。
捞取涉寒涛,炙焯供上客。[⑲]
佛光自有无,颖石谈空剧。[⑳]
如将五岳游,试奋双飞翮。

——选自王荣商编《蛟川耆旧诗补》卷九

【作者简介】

袁训,字廷敷,一字心伊,号韵轩。袁谟仲弟,原镇海崇邱乡(今属北仑小港街道)人。同治三年(1864)诸生,光绪八年(1882)举人,以时文名于时。

【注释】

①亥市:隔日交易一次的集市。 ②磊砢:众

多委积的样子。③划砉:象声词。④辅:嘴旁颊骨。车:牙床,即牙床骨。⑤肴核:肉类和果类食品。⑥两裆:背心式服装。一般作成两片,一片挡胸,一片挡背,肩部以带相联。合辟:合与开。⑦猩红:指像猩猩血那样鲜红的颜色。⑧寒浆:酸浆。《尔雅·释草》:"葴,寒浆。"郭璞注:"今酸浆草,江东呼曰苦葴。"郝懿行义疏:"今京师人以充茗饮,可涤烦热,故名寒浆,其味微酸,故名酸浆。"⑨欹器:一种汲水罐器,未装水时略向前倾,待灌入少量水后,罐身就竖起来一些,而一旦灌满水时,罐子就会一下子倾覆过来,把水倒净,尔后又自动复原,等待再次灌水。⑩考稽:查考;考校。⑪穷格:穷究事物的道理。⑫服翼:同"伏翼",蝙蝠的别名。⑬复累:《说文解字》卷十三"蛤"下云:"魁蛤,一名复累。"⑭径四尺:《六臣注文选·郭璞〈江赋〉》引《临海水土风物志》云:"蚶则径四尺。"⑮瓮人:古代对黑人的称呼。汉杨孚《异物志》:"瓮人,齿及目甚鲜白,面体异黑若漆,皆光泽。"⑯巨灵:神话传说中劈开华山的河神。⑰月霸:月魄。指月初生或圆而始缺时不明亮的部分。亦泛指月亮,月光。霸,古与"魄"同。⑰鼊(pí):古同"蠯"。古书上说的一种形状狭长的蚌。⑱贝文:贝壳的纹彩。《诗·小雅·巷伯》:"成是贝锦。"汉郑玄笺:"锦文者,文如余泉、余蚳之贝文也。"孔颖达疏:"《释鱼》说贝文状云:余蚳,黄白文;余泉,文舍人曰:水中虫也。李巡曰:余蚳,贝甲黄为质,白为文彩;余泉,贝甲以白为质,黄为文彩。"⑲煿(bó):煎炒或烤干食物。⑳颖石:词义未详。

附:

啖蚶帖

〔晋〕王羲之

蚶二斛,蛎二斛,前示噉蚶得味,今旨送此,想噉之,故以为佳。比来食日几许得味。不具示。

——选自《汉魏六朝百三家集》卷五十九

蚶子颂

〔明〕张如兰

内柔而茹,外刚而错。惟柔乃食其肉,惟刚几磨其壳。茹其肉弃其壳。蚶乎蚶乎,其赞食指之甘,而扶糟丘之酣者乎?

——选自屠本畯《海味索隐》

青 蚶

青蚶,魁蛤目魁蛤科胡魁蛤属的一种。壳近长方形,前端狭短,后端膨大而延长。壳面淡绿色。壳边缘有棕褐色绒毛。栖息于中、低潮区,以足丝附着岩礁上。古代四明人民称之为生蜐。唐代陈藏器《本草拾遗》著录云:"一名生进,有毛,似蛤,长扁。……人食其肉。"说明青蚶在唐代时已被浙东海滨之民所采食。《宝庆四明志》卷四记载:"蜐:俗呼曰生蜐,似蛤而长,壳有毛,俗又曰毛蛤,一曰蝛蜐。"毛蛤的别称为后人鉴定其品种提供了重要依据。象山渔山岛盛产青蚶,肉味鲜美。

西沪棹歌(一百二十首选一)

〔清〕姚 燮

嫩杨茁绿小桃妍,生蜐升盘蛤上筵。①
煮得满盂天外饭,②一家弟妹坐团圆。

——选自《民国象山县志》卷三十二《文征·外编下》

【注释】

①生蜐:作者自注:"生蜐似蛤而长。"壳有毛,土人呼为毛蛤。②天外饭:作者自注:"二月二日,小儿女煮天外饭食之,谓能益智。"

访王纫香(莳兰)、研农(莳蕙)两昆季,纫香以诗见示,赋赠并留别诸子(节选)

〔清〕郭传璞

大白斞一椷,①芳菹荐芹笋。
美膳陈蛤蝛,丙夜张高燕。①

——选自郭传璞《焦桐集删存》

【注释】

①大白:大酒杯。斞(jū):用水斗舀水。椷(jiān):杯。②丙夜:三更时分。燕:通"宴"。

海 扇

海扇为车渠(砗磲)之别名。刘绩《霏雪

录》云："海中有甲物如扇，其文如瓦屋，惟三月三日潮尽乃出，名海扇，一名车渠。作杯盛酒，过满不溢。"它的壳可入药，也是上等的饰品原料。砗磲入药始载于《海药本草》，原作车渠。李珣引《集韵》之说，认为"是玉石之类，形似蚌蛤，有文理"。《证类本草》收载于玉石部上品。李时珍《本草纲目》经考证，指出："车渠，大蛤也，大者长二三尺，阔尺许，厚二三寸，壳外沟垄如蚶壳而深大，皆纵文如瓦沟，无横文也。壳内白皙如玉，亦不甚贵，番人以饰器物，谬言为玉石之类。"并将本品移于介部。李时珍所述，与今砗磲科动物砗磲相符。另以海扇指扇贝，文献出处较迟，如清郭柏苍《海错百一录》卷三云："海扇，即海蒲扇，以壳名，其壳酷似蒲扇。"此所云即今之扇贝。

砗磲肉质细嫩，味道鲜美。从晁说之《送苏季升出守明州》的诗歌看，四明地区在北宋时已将海扇列为席上珍品。

送苏季升出守明州[①]

〔宋〕晁说之

四明白发船司空，[②]喘息使君如不容。
自尔怕道四明守，问今何人休吓侬。
丹阳丞相苏公子，气和体正如家公。[③]
坐令山水生清思，燕南朔北挥毫中。
江瑶海扇不入箸，肯以腥咸水驿供。
百家之产归一器，诏下扫除勤耕农。
皇威海外詟蛟蜃，[④]丽人大船安得通？[⑤]
元年新政见此守，[⑥]丞相苏公真有后。[⑦]
过家上冢问阿兄，四海澄清眼明否？

——选自晁说之《景迂生集》卷五

【注释】

①苏季升：苏携（1065—1140），字季升，苏颂第六子。初授武成军节度推官，后除丹阳县丞。建炎元年（1127）以直龙图阁守明州。 ②船司空：晁说之以元符上书党人监明州船场。司空，掌管工程之官。 ③家公：对别人称说自己的父亲。 ④詟（zhé）：丧胆；惧怕。 ⑤丽人：高丽国人。 ⑥元年：建炎元年（1127）。 ⑦丞相苏公：苏颂于元祐七年拜尚书右仆射兼中书侍郎（即宰相），故云。

海　扇

〔元〕任士林

汉宫佳人班婕妤，[①]香云一篌秋风初。[②]
网虫苍苍恩自浅，[③]犹抱明月冯夷居。[④]
至今生怕秋风面，[⑤]三月三日才一见。
对天摇动不如烹，[⑥]肯入五云清暑殿。[⑦]

——选自任士林《松乡集》卷八

【注释】

①班婕妤：楼烦（今山西忻州宁武县）人。少有才学，善诗赋。成帝时入宫，初为少使，不久立为婕妤。自赵飞燕姐妹入宫后，班婕妤受到冷落，自请前往长信宫侍奉皇太后，从此深宫寂寂，遂作《团扇诗》以自伤。 ②香云：比喻青年妇女的头发。 ③网虫：蜘蛛。 ④明月：语本班婕妤《团扇诗》诗："裁作合欢扇，团圆似明月。"冯夷：传说中的黄河之神，即河伯。泛指水神。 ⑤生怕秋风面：秋风一起，扇子无用，故云。班婕妤《团扇诗》诗云："常恐秋节至，凉飚夺炎热。弃捐箧笥中，恩情中道绝。" ⑥对天摇动：意同班婕妤《团扇诗》："出入君怀袖，动摇微风发。" ⑦肯：不肯，怎肯。五云：指皇帝所在地。

鲒埼土物杂咏·海扇

〔清〕全祖望

令节报重三，[①]先来海扇帆。
有文如瓦屋，乘势舞春衫。
味托松乡重，[②]名将便面参。[③]
秋风怕摇落，深卧白龙潭。

——选自全祖望《句余土音》卷上

【注释】

①令节：犹佳节。这里指三月三日上巳节。重三：指三月三日。 ②松乡：元代文学家任士林之号。作者自注："任松乡集有诗。" ③便面：作者自注："即惠文冠鱼。"惠文冠鱼即中国鲎。

象山海错诗·海扇

〔清〕郭传璞

泛泛莲花大士洋，[①]任公遗咏不应忘。[②]

编成华盖朝王鲔，[3]莫畏瀛洲道路长。

——选自《红犀馆诗课》二集

【注释】

①莲花大士洋：莲花洋又叫莲洋，处舟山本岛与普陀山之间，北接黄大洋，南为普沈水道。莲洋以日本人欲迎观音像回国，海牛铁莲花阻渡的传说得名。康熙《定海县志》转引《普陀志》云："宋元丰中，倭夷人贡，见大士灵异，欲载至本国，海生铁莲花，舟不能行，倭惧而还之，得名以此。" ②任公：指元代诗人任士林。 ③华盖：贵官车上的伞盖。王鲔：鱼名。汉张衡《东京赋》："王鲔岫居，能鳖三趾。"

海 扇

〔清〕朱绪曾

阳冰阴火炼形同，[1]底事蒲葵谢傅功。[2]

未解乞恩清暑殿，一生从不怕秋风。

——选自朱绪曾《昌国典咏》卷六

【注释】

①阳冰：结于水面之冰。《晏子春秋·杂上十七》："阴水厥，阳冰厚五寸。"王念孙《读书杂志·晏子春秋二》："阴冰者，不见日之冰也；阳冰者，见日之冰也。言不见日之冰皆凝，见日之冰则但厚五寸也。"吴则虞集释引黄以周曰："按王读是也，而义又未尽。阴冰者，阴寒之冰，冻于地下者也；阳冰者，阳烜之冰，结於水上者也。" 阴火：海中生物所发之光。 ②底事：何事。蒲葵：又叫扇叶葵，一种高大乔木。谢傅：指东晋太傅谢安。据《晋书·谢安传》记载：谢安有个同乡，罢官返回京师建康，带有葵扇五万柄作为经商的物资，谢安取其中一些自用。他常常手摇葵扇穿街过市，因此京师很多人就效仿他使用葵扇。

乌 贼

乌贼，本名乌鲗，又称缆鱼，是软体动物门头足纲乌贼目的动物。乌贼遇到强敌时会以"喷墨"作为逃生的方法，伺机离开，因而又称墨斗鱼、墨鱼。我国常见的乌贼有枪乌贼（俗称鱿鱼），金乌贼与曼氏无针乌贼。明代以来东海主要的海洋经济鱼类，如黄鱼、带鱼、鲳鱼、乌贼等，已成为主要的捕捞对象。

关于乌贼的形态、习性及其得名情况，我国古籍中有较多记载。《初学记》卷三十引沈怀远《南越志》曰："乌贼鱼，一名河伯度事小史，常自浮水上，乌见以为死，便往啄之，（乌贼）乃卷取乌，故谓之乌贼。"此种说法经《图经本草》等传扬之后，在类书、志书中辗转抄录。其实乌贼性嗜乌，卷取"乌鸦"入水食之等说法，与乌贼食性不符合，亦得不到科学著述的佐证，明显属于古人的误传。医学家陶弘景言乌贼"腹中有墨可用"，故名"乌贼，能吸波噀墨，令水溷黑，自卫以防人害。"其对乌贼习性的记载比较接近事实。陈藏器《本草拾遗》中转述海人之说："昔秦王东游，弃算袋于海，化为此鱼。其形一如算袋，两带极长，墨犹在腹也。"在讲述乌贼来源的传说时，也描述了其形态特征，所谓乌贼"两带极长"，即乌贼有两个腕足。《日华子本草》说："又名缆鱼，须脚悉在眼前，风波稍急，即以须粘石为缆。"进一步明确了乌贼腕足的功能：利用其腕足上的吸盘，使身体泊靠在一个固定地方。至于"须脚悉在眼前"，粗略地描述了头足纲动物的特征。北宋学者对乌贼形态习性的描绘更为翔实。其中《宝庆四明志》对乌贼形态习性的描述，征引了《本草》《日华子本草》《本草图经》《南越志》等书，使介绍更为全面综合。其中引用北宋寇宗奭的《本草图经》"形若革囊，口在腹下，八足聚生口旁"云云，更为准确地抓住了头足纲动物的特征。

我国很早就成功地将乌贼开发为重要的海洋药物资源。《本草经》中出现了"乌贼鱼"之名，并首次阐明了乌贼的医药用途，记载乌贼骨是妇科要药，初唐苏敬等编撰的《新修本草》明确认识到乌贼鱼骨有治疗眼病的功能。《元和郡县图志》记载唐代明州贡乌贼骨。乌贼在汉代仅用其骨入药，南北朝始用其肉，而用墨则始于唐代。陈藏器《本草拾遗》最早创用乌贼墨内服以"治血刺心痛"，而在国外，乌贼墨则通常作废弃物扔掉。

东海乌贼又叫曼氏无针乌贼，肉鲜美，富营养，曾是东海四大海产品之一，渔业捕捞量很大。我国人民利用乌贼资源的记载，最早见于《逸周书》中，为“越沤”所贡有“鲗之酱”。沈莹《临海水土异物志》已经记载了乌贼。在宋代，乌贼以“吴越食”而闻名。乌贼与虾蟹一样，也是餐桌上的寻常海味。梅尧臣有《乌贼鱼》诗云：“腹膏为饭囊。”意思是说乌贼的腹膏是下饭的佳肴。他又说：“厌饫吴越食”，是说乌贼极大地满足了吴越人民的口腹之享。晁说之诗写到明州人“乌贼家家饭”的情景，说明乌贼渔获量很大，故为普通市民的当家菜肴。吴自牧《梦粱录》记载外地店肆出售的海产品，有的从名字上判断，就知其产自明州，如明脯即明州乌贼鲞之别称，这说明东海曼氏无针乌贼躯干部的干制品已经以明州产地得名了。《四明朱氏支谱外编·物产》中说乌贼的腹脏称为“浑子”。浑子盐腌之，可蒸吃。光绪《慈溪县志》卷五十四则谓“不剖者为乌贼混子”。将乌贼连内脏、背骨一起蒸熟，只抽掉背骨，即切片上桌者，此种乌贼浑子，鲜美非常，堪称宁波菜一绝。美食家袁枚《随园食单》记载了治墨鱼蛋妙法：“乌贼蛋最鲜，最难服事，须河水滚透，撒沙去腥，再加鸡汤、蘑菇煨烂。”清末，浙江墨鱼生产开始走上近代化之路。1905 年，《东方杂志》第 7 期《商务》称：“浙省所产墨鱼其味甚佳，兹有人以之炮煮调和装盛铅罐出售，既便携带不致败馁，亦夺回外洋利权之一也，因已绘就商标图记具禀商务局立案以杜假冒。”这说明清末时以宁波为代表的浙产墨鱼，已经生产罐头产品推销市场，并注册登记了商标。

病痈在告，[1]韩仲文赠乌贼觜、生醅酱、蛤蜊酱，[2]因笔戏答

〔宋〕梅尧臣

我尝为吴客，家亦有吴婢。
忽惊韩夫子，来遗越乡味。
与官官不识，问侬侬不记。
虽然苦病痈，馋吻未能忌。[3]

——选自梅尧臣《宛陵集》卷二十七

【注释】

①在告：官吏在休假期中。告，古时官吏休假。②韩仲文：韩综字仲文，开封（今属河南）人。仁宗天圣八年（1030）进士。历开封府推官，迁三司户部判官。出知滑、许、袁州。累迁刑部员外郎、知制诰。③馋吻：馋嘴。

乌贼鱼黄、马二君饷

〔宋〕梅尧臣

海若有丑鱼，乌图有乌贼。[1]
腹膏为饭囊，鬲冒贮饮墨。[2]
出没上下波，厌饫吴越食。[3]
烂肠夹雕蚶，[4]随贡入中国。[5]
中国舍肥羊，啖此亦不惑。[6]

——选自梅尧臣《宛陵集》卷四十四

【注释】

①乌图：古南越国名。②鬲：同“膈”。指胸腹之间的部位。冒：覆盖，指膈下隐蔽之处。③厌饫：满足，吃腻。④雕蚶：指蚶子。⑤中国：即国中，指北宋都城开封。⑥不惑：不以乌贼之丑陋为惑，意即爱吃。

见诸公唱和《暮春诗轴》，次韵作九首（选一）

〔宋〕晁补之

那识春将暮，山头踯躅红。[1]
潮生芳草远，鸟灭夕阳空。
乌贼家家饭，槽船面面风。[2]
三吴穷海地，[3]客恨极难穷。

——选自晁补之《景迂生集》卷六

【注释】

①踯躅：杜鹃花的别名。又名映山红。②槽船：宋代的一种运输船。若是钓槽船，则为小型渔船。③三吴：地名。晋指吴兴、吴郡、会稽。晋时明州一带属于会稽郡。诗人正是在这个意义上使用“三吴”一词。穷海：僻远的海边。这里指明州。

咏墨鱼

〔元〕岑安卿

嫛跚不似蟹无肠，[1]蠢朒惟余一饭囊。[2]
腹贮软膏包紫玉，口濡腥液染元香。[3]
杀身能使人厌饫，用智反为乌攫伤。[4]

勿恨坡仙寓讥刺，[⑤]品题还有宛陵章。[⑥]

——选自岑安卿《栲栳山人诗集》卷下

【作者简介】

岑安卿(1286—1355)，字静能，号栲栳山人，余姚人。受学于黄叔英。兄弟并登进士，而他隐居乐道，筑室栲栳山(今属慈溪市)下。至治三年(1323)以来数被举荐，均辞而不就。晚年放情山水，不欲求人知。现存有《栲栳山人诗集》三卷。

【注释】

①蹩蹰：行走艰难的样子。 ②肕(rùn)：柔韧。 ③元香：即玄香。墨的别名。 ④乌攫伤：苏轼《二鱼说》："海之鱼，有乌贼其名者。响水，而水乌戏于岸间，惧物之窥己也，则响水以蔽物。海乌疑而视之，知其鱼也而攫之。呜呼，徒知自蔽以求全，不知灭迹以杜社疑，为识者之所窥，哀哉。" ⑤坡仙寓讥刺：指苏轼《二鱼说》。⑥宛陵：指梅尧臣。参上梅尧臣诗选。

蓬岛樵歌续编(一百〇八首选一)

〔清〕钱沃臣

连理枝横海扇开，石梅树映绿云堆。[①]
龙君尽自夸多宝，算代还随佩印来。[②]

——选自钱沃臣《乐妙山居集·蓬岛樵歌续编》

【注释】

①"连理"两句：作者自注："海物有连理枝、海扇、石梅、绿云菜。《拾闻记》：永昌年中，台州司马孟诜奏：临海石下，马义得石连理树三株皆白石。……《华夷珍玩考》：石梅生海中，一丛数枝，横斜瘦硬，形色如枯梅。或云海水所化。海苔初生曰苔濡，又曰苔生，春末夏初渐老曰苔条，干之曰苔脯。另有紫菜而色绿者曰组菜，又曰绿云菜，产锯门者佳。" ②作者自注："乾隆戊戌春，海人网得一鱼若鲈，长尺许，颔下悬一寸许小方石印。俗语：海龙王，岂少宝。《宣和书谱》：我先武肃王号令十三郡，风物繁庶，族系侈靡，浙人谓之海龙郡，言富盛若彼也。"

即席赋墨鱼

〔清〕汪　国

腥涎浓裹黑云侵，水面俄看涨夕阴。
到眼只应供掇拾，逢人悔不逐浮沉。
腹能孕墨宁怀宝，质岂为鱼亦溉鬵。[①]
却望南山增慨息，[②]苍苍豹雾隐前林。[③]

浪迹生平自笑余，还将磊落赋虫鱼。
长怜虑网心俱蹙，始信随波策未疏。
入世岂容潜影处，全生敢望吐文余。[④]
宾筵坐对成惆怅，泼墨淋漓复一书。

——选自汪国《空石斋诗剩》

【作者简介】

汪国(1740？—1791)，字幼真，更字器卜，号芰湖，鄞县人。乾隆四十二年(1777)举人。乾隆五十六年(1791)授上虞县教谕，仅半月遽卒。工诗、古文辞，著有《空石斋文集》《空石斋诗剩》等。

【注释】

①溉鬵：意为洗涤炊器，用以烹饪。溉，洗涤。鬵(zèng)，古同"甑"。 ②慨息：感慨叹息。③豹雾：典出汉刘向《列女传·陶答子妻》："妾闻南山有玄豹，雾雨七日而不下食者，何也？欲以泽其毛而成文章也，故藏而远害。"这里用以反衬乌贼放出墨迹，反而不能藏身远祸。 ④吐文：原意指吐出墨水。这里兼指写作。

甬东竹枝词(五首选一)

〔清〕范邦桢

乌鲗鱼多载满舠，候涛山外送归涛。
江西闻说今情好，今岁螟蛹鲞价高。

——选自范邦桢《双云堂家藏集·撷香楼诗存》

【作者简介】

范邦桢，字翊文，号亦汾，鄞县人。道光二十年(1840)举人。少承家学，治经多有新见，尤熟《左传》。兼工诗古文词。著有《亦汾诗抄》等。

甬江竹枝词(六首选一)

〔清〕章　鋆

洋山对对捕鱼船，[①]放出南风近午天。
共说此乡风味好，黄鱼卖过墨鱼鲜。

——选自章鋆《望云馆文诗稿》

【作者简介】

章鋆(1820—1875)，字酡芝，号采南，鄞县人。咸丰二年(1852)状元，授翰林院修撰。后提督福建、广东学政,官至国子监祭酒。著有《望云馆文诗稿》。

【注释】

①洋山:亦称羊山,浙东重要渔场,盛产黄鱼。《宝庆四明志》卷四“石首鱼”条云:“三四月业海人每以潮汛竞往采之,曰洋山鱼。”雍正《浙江通志》卷九十五:“考羊山屹立大海,东窥马迹,西应许山,南援衢洋,北控大小七山,此地之重者一也。温、台、宁三府于汛期之际渔船到此,而后分艅采捕,南极渔山,北极茶、蛇二山,渺茫千里,处处皆船,此地之重者二也。”

象山杂咏(二十二首选一)

〔清〕倪象占

道出天门事远输,① 八闽贡输走金珠。②
白虾乌贼风波别,料角谁征海运图。③

——选自民国《象山县志》卷三十一

【注释】

①天门:指象山东门岛。 ②八闽:指福建。贡输:谓进贡输送方物。 ③料角:犹言料物,指各类物资。

象山海错诗·墨鱼

〔清〕陈汝谐

两须如缆碇能坚,缩喙非同缩项鳊。
博士文章通算术,馔来墨气似云烟。

——选自《红犀馆诗课》二集

象山海错诗·鬼工①

〔清〕王莳蕙

先生苗裔本侏儒,偏捋鬑鬑厕丈夫。②
皮里阳秋多诡计,③ 倩谁续写两峰图。④

——选自《红犀馆诗课》二集

【注释】

①“鬼工”当为“蜛蝷”的谐音。“蜛蝷”,是一种小乌贼。民国《镇海县志》卷四十二云:“蜛蝷:比乌鲗而小,长者不过满寸,背亦有细骨,俗呼为小乌鲗。海、郭两乡时有之,味颇佳。” ②鬑鬑:须发疏薄的样子。 ③皮里阳秋:或作“皮里春秋”,藏在心中没有说出来的评论。 ④两峰:罗聘字遁夫,号两峰,江苏扬州人。“扬州八怪”之一。有《鬼趣图》。

象山海错诗·墨鱼

〔清〕郭传璞

当年驻跸访蓬莱,① 眼见游鳞变化来。
奇绝此才真海大,腹中烧不到秦灰。②

——选自《红犀馆诗课》二集

【注释】

①驻跸:帝王出行,途中停留暂住。传说乌贼为秦始皇东游时所弃算袋所化。 ②秦灰:指秦始皇所烧书籍的灰烬。

岱山十咏(选一)

〔清〕张汝范

小舟跋浪疾于梭,乌鲗如泥入网罗。
海错尤珍螟蜅鲞,① 沙头劈淡儿女多。

——选自《清泉张氏宗谱》卷十一

【作者简介】

张汝范(1835—1887),字也廉,一字野莲,号莲生,镇海清泉(今为北仑区小港衙前)人。咸丰十年(1860)诸生,由廪贡叙五品衔。善喜为人排难解纷,善书法,工诗。卒年五十二。

【注释】

①珍螟蜅鲞:即明府鲞,明州等地出产的曼氏无针乌贼的干品。

墨　鱼

〔清〕严　恒

蜃蛤旧传禽羽化,谁知鷃乌复川居。①
无鳞密次银刀异,有腹圆垂算袋如。
苔石粘须凭作缆,桃岩洒汁未成书。
浪花黑涨临池后,潮晕青翻洗砚余。
海国持筹多博士,② 波臣启牍供钞胥。③
加恩免受三升罚,拾渖何愁一网虚。④
纵乏瑶缄藏锦鲤,⑤ 岂同丹篆化蟾蜍。
饥乌倦喙应名鲗,肥肉登筵漫笑猪。
制就螵蛸收药笼,曝干螟蜅佐盘储。
元卿号许呶生锡,⑥ 白事官从水府除。⑦
具体而微称墨斗,含章有关列经禽。⑧
扪胸半点无余沥,笑子非鱼不及鱼。

——选自严恒《听月楼诗草》卷下

【注释】

①鹲乌：罗愿《尔雅翼》卷二十九：“乌鲗”条云：“此鱼乃鹲乌所化，鹲乌盖水鸟之似鵁者，今其口足并目尚存，犹相似，且以背上之骨验之也。” ②持筹：手持算筹。博士：古代对具有某种技艺或专门从事某种职业的人的尊称，犹后世称人为师傅。 ③钞胥：专事誊写的胥吏、书手。④拾渖(shěn)：拾取汁水。 ⑤瑶缄：对他人信札的美称。锦鲤：代指信封。 ⑥陬：边远偏僻的地方。 ⑦白事官：俗谓乌贼为海若白事小吏。⑧含章：内怀美质。

蛟川竹枝词（二十二首选一）

〔清〕张振夔

莫问墨鱼旺若何，侬先踏月听笙歌。
得教元夕明于昼，足抵他人一饱多。[①]

——选自光绪《镇海县志》卷三

【注释】

①诗末作者自注：“俗谚：元宵暗，乌贼爬上岸。”

蛟川物产五十咏·乌鲗

〔清〕谢辅绅

背翘一骨号螵蛸，无尾无鳞味最饶。
也识舞文称小吏，满囊墨汁水云描。

——选自光绪《镇海县志》卷三十八

墨 鱼

〔清〕陈 劢

游戏乘流两带长，曾闻算袋弃秦皇。
纵然怀墨安知礼，未肯潜渊枉括囊。[①]
汁可书笺滋诡诈，[②]骨虽入药亦寻常。
偶从海若供驱使，白事犹夸小吏忙。

——选自陈劢《运甓斋诗稿续编》卷六

【注释】

①括囊：结扎袋口。 ②“汁可”句：宋苏易简《文房四谱》卷五：“（乌贼）其墨人用写券，岁久其字磨灭，如空纸焉，无行者多用之。”

缆 鱼

〔清〕朱绪曾

触缆空身贯月槎，腥风吹满鲍鱼来。
袋中抛却蒙恬笔，[①]余渖犹能噀墨花。[②]

——选自朱绪曾《昌国典咏》卷六

【注释】

①蒙恬笔：即毛笔。相传秦将蒙恬发明了一种用竹管和兔毛做成的笔，经后人改造，逐渐演变成了今天的毛笔的样子。 ②余渖(shěn)：遗留的墨汁。

家居杂咏三首（选一）

〔清〕王荣商

一庭团坐饯余春，乌鲗黄鱼入馔新。
饱食莫嫌无异味，世间多少忍饥人。

——选自王荣商《容膝轩诗草》卷三

鄞城十二月竹枝词（选一）

张延章

四月农家尽种田，东湖还放对渔船。
人人都说洋生好，[①]乌鲗黄鱼果不蔫。

——选自《鄞县通志·文献志》

【注释】

①洋生：徐时栋《洋山行》序云：“鄞人入海捕鱼，其捕乌鲗船谓之小对，捕黄鱼者为大对，皆谓之捕洋生，其实乃洋山也，以声转而讹。语详高武部《敬止录》中。”

乌 鲗

洪允祥

夙饮三升墨，轮回到海邦。
拟龙须是肉，入药骨如霜。
黑水波仍阔，黄鱼味共尝。
何人笺尔雅，物化故难详。

——选自洪允祥《悲华经舍诗存》卷三

【作者简介】

洪允祥（1874—1933），原名兆麟，字樵舲，后改名允祥，别字佛矢，慈溪人。1902年毕业于上海南洋公学，在上海创办“通社”。1904年赴日本清华学堂求学，回国后加入同盟会。1915年加入南社。后任上海大夏大学教授，在宁波任浙江省第四中学兼第四师范学校(后合并为省立第四中学)国文和历史教员。著有《悲华经舍文存》《悲华经舍诗存》。

芦江村集竹枝词(二首选一)

柴小梵

航船到埠闹平堤,乌贼黄鱼共玉蔺。
市散归来天未午,一觞摒挡醉如泥。①

——选自柴小梵《蓍簃诗草》

【作者简介】

柴小梵(1893—1936),原名柴芳,又名萼(或作鄂),字小梵,以字行,慈溪掌起镇正阳桥柴家村田央人。1917年东渡日本,在华侨吴锦堂创办的中华学校执教。1924年回国,在安徽省财政厅、广东筹饷处、黄埔军校等处任职。1930年起任河南省政府秘书。1936年在北京病逝。著有《檐簃诗草》《梵天庐丛录》等。

【注释】

①摒挡:收拾。

梅 蛤

梅蛤又称彩虹明樱蛤、彩虹樱蛤、黄蛤、扁蛤、黄岘等,属瓣鳃纲樱蛤科,为比较重要的小型滩涂经济贝类。盛产于梅季,因名梅蛤。又因其形状大小似瓜子,故又名"海瓜子"。贝壳长卵形,长仅2厘米,壳质薄脆,表面灰白略带肉红色,有彩虹光虹。生活于潮间带的带泥沙质滩涂中。

梅蛤盛产于浙江、福建两省,杭州湾海涂尤多,宁波慈溪、舟山岱山、定海马目等地所产久负盛名。古代对梅蛤的认识亦以浙东人民最为深入。越州嵊县人姚宽(1105—1162)在《西溪丛语》中指出:"海上人云:'蛤蜊、文蛤,皆一潮生一晕。"这条资料以后不断出现在宁波的地方志书中,反映了中国古代对梅蛤因潮汐作用而形成的生物节律已有初步的认识,指出了贝壳上的生长纹("晕",环形花纹)与潮汐的关系。宋代时浙东海滨人民观察到这类贝壳动物的生长纹每一潮增加一层,忠实地记录了潮汐的规律。对此,刘昭明在《中华生物学史》第八章中解释说:"现代的动物学研究发现,瓣鳃纲贝壳的生长,只有在两瓣张开时才能进行,闭合时生长即受到阻碍,一天之内,两瓣时张时开,生长也时快时慢,这样就必然要在两瓣贝壳上留下明暗相间的痕迹——生长纹。"早在南宋时,四明人民就掌握了养殖梅蛤的技术。周必大在嘉泰三年(1203)作诗云:"东海沙田种蛤珧"。《宝庆四明志》"叙产"也说:"蛤,每一潮生一晕,海滨人以苗栽泥中,伺其长。"当时的苗种来源于自然海区,采捕时间为4月底至5月初,采捕方法以人工手捉为主。南宋明州的种珧、种蛤技术处于全国领先地位。

每年4—9月份为梅蛤的采捕期。明嘉靖《象山县志》云:"海瓜子,五月间最肥。"梅蛤捕获时,多含泥沙,须在淡盐水中浸养半日,待梅蛤泥沙吐尽,洗净备用。一般的做法有葱油、干菜海瓜子、茄子海瓜子等,也可以酒渍、腌制。梅蛤味道鲜美,含有丰富的蛋白质、铁、钙等多种营养成分,具有调节血脂、平咳喘等功能,自古即为筵席佐酒佳肴,广受人们的喜爱。明徐炬辑《新镌古今事物原始全书》卷二十八云:"黄蛤,壳色俱黄,细小而长,状如小蚌。人欲觅之,锄于泥涂之中,得之其味极美,不能多得。鄞、慈二县,无此不款上宾。"

蛤是浙东较早实现人工养殖的贝类。《宝庆四明志》卷四"蛤"条记载:"海滨人以苗栽泥中,伺其长。"但该志又有"蛤蜊"条,可能当时所养之蛤乃为蛤蜊之外的其他蛤。清人陈劢《梅蛤》诗"泥栽差比蚶田种",直接描述了海瓜子的人工养殖。

钝轩谓瓜子蛤未有赋者,①因同作

〔清〕全祖望

海王副瓜遗其仁,②飞入新蒲得化身。
红药风翻初上市,③黄梅雨过又宜人。
芳鲜聊为薄醉下,大嚼未堪老饕陈。
不知许事且作达,④掌故长贻合氏珍。⑤

——选自全祖望《鲒埼亭诗集》卷八

【注释】

①钝轩：董弦字乐窝，号钝轩，又号愚亭，鄞县人，居今海曙区孝闻街。著有《愚亭杂咏》等。瓜子蛤：即海瓜子。 ②海王：海上的霸王。副(pì)：剖开。 ③红药：芍药花。芍药于5月上中旬花朵初开。 ④许事：这样的事情。作达：谓仿效放达行为。 ⑤合氏珍：即蛤蜊，从毛胜《水族加恩簿》化出。

郧西杂诗赏雨社分题（八首选一）

〔清〕陈　权

输却群公醉似泥，一尊孤馆共谁携。
青虾白蟹黄梅蛤，旋引乡心到郧西。

——选自同治《鄞县志》卷七十四

【作者简介】

陈权，字彝占，一字箫楼，鄞县人。道光、同治间在世，与童槐(1773—1857)有交往。诸生，能诗，为赏雨社社员。工书法，尤精篆刻。著有《箫楼诗稿》二十卷。

蛟川物产五十咏·黄蛤

〔清〕谢辅绅

潮落沿途橇若飞，[①]儿童细认蛤斑微。[②]
熟梅天气三霉后，[③]个里凝脂满壳肥。[④]

——选自光绪《镇海县志》卷三十八

【注释】

①橇：泥橇，沿海一带渔民赶海用的涂滩上滑行和作业工具。 ②蛤斑：海瓜子藏身在浮泥里，展开两扇贝壳，伸出两根白色的触角一呼一吸地嬉水摄食，涂泥面上留下了特有的斑纹，俗称"黄蛤斑"或"海瓜子花"。斑花越粗，黄蛤越大。掘黄蛤者，首先须辨认泥涂上微小的蛤斑，然后用大拇指、食指和中指组成一个三角爪子形状，对准一个个花斑，快速又轻轻地插下去，黄蛤就进了三指中。 ③熟梅天气：春末夏初梅子黄熟时候的天气。又称黄梅天。三霉：即三梅。钱沃臣《蓬岛樵歌》注云："世俗传芒种逢丙入霉，为头霉，二丙为二霉，三丙为三霉，至小暑逢未出霉。"俗语云："夏至落雨做重梅，小暑落雨做三梅。"这个季节衣服容易发霉，故亦写作"三霉"。 ④个里：此中；其中。

郧南杂诗（选一）

〔清〕倪象占

细雨黄梅蛤子肥，登筵弄舌赛杨妃。[①]
虚名却笑江瑶柱，颐朵徒怜见者希。[②]

——选自同治《鄞县志》卷七十四

【注释】

①杨妃：杨妃舌，即江珧柱。 ②颐朵：犹朵颐。谓羡馋。希：少。

象山海错诗·海瓜子

〔清〕王莳蕙

冰盘堆出碎玻璃，半杂青葱半带泥。
莫笑老婆牙齿软，梅花片片磕瓠犀。[①]

——选自《红犀馆诗课》二集

【注释】

①瓠犀：瓠瓜的子。

梅　蛤

〔清〕陈　劢

熟梅天气雨还晴，纹蛤微黄入馔烹。
个个形堪瓜子拟，层层晕逐海潮生。
泥栽差比蚶田种，壳褪疑张蝶翅轻。
何物及时同佐酒，鱼虾兼味并传名。

——选自陈劢《运甓斋诗稿续编》卷六

梅　蛤

〔清〕毛廷振

园林深处雨肥梅，海错依然应候来。
剖食全教金液泻，分尝半讶火珠堆。[①]
淡黄浅染唇涂粉，清白长留壳作灰。
记取和羹他日事，劝君更尽夜光杯。

——选自《四明清诗略续稿》卷五

【注释】

①火珠：即火齐珠。琉璃的别名。

蛤　蜊

今蛤蜊为瓣鳃纲（又叫双壳纲）蛤蜊科的统称。浙东地区，青蛤俗称圆蛤、蛤蜊、蛤皮。体近圆形，白色，或黄褐色，光滑细腻。生长于潮间带中下区或低潮带泥沙质浅海。蛤蜊分布于沿海各地，市境三门湾、象山港都有青蛤分布，以蟹钳涂所产为佳。1979 年调查，蛤蜊在象山港口黄牛礁以东的鄞县万年涂、镇海（今北仑区）七星涂、郭巨涂一带都有自然分布，以七星涂、郭巨涂居多，为群众采捕对象，一人一潮多时可获 3 千克上下。舟山一带亦盛产，《岱山镇志》卷十九《志物产》云："蛤蜊：俗呼蛤皮，长年皆有，春季最佳，有贩至甬江销售者。"

唐代陈藏器《本草拾遗》称蛤蜊"开胃，解酒毒"。尤其是白壳紫唇的四角蛤蜊的肉质最为鲜美，被古人视为优质海产品，在食界最为受重视。北宋建都汴京，宫廷菜以羊肉、鸡、猪肉为主，水产类主要是河鱼为主，而海味仅从东南沿海诸州郡向朝廷上供而来，品种不多，数量有限。宋人王巩《闻见近录》记载，"京师旧未尝食蚬蛤，自钱司空（钱惟济，杭州人）始访诸蔡河（在汴京），不过升勺，以为珍馔。自后土人稍稍食之，蚬蛤亦随之增盛。其诸海物，国初以来未尝多有，钱司空以蛤蜊为酱，于海错悉醢以走四方。"南方的蛤蜊传入汴京后，深受京师人的称赞。宋朝诗人在咏及蛤蜊时，总是百般眷恋这种"紫唇"蛤蜊，梅尧臣《吴正仲遗蛤蜊》诗对此描述说："紫缘常为海错珍，吴乡传入楚乡新。樽前已夺蟹螯味，当日莼羹枉对人。"宋朝人常把"紫唇"蛤蜊当作珍美食品而馈送朋友，如孔平仲《朱君以建昌橘子见寄报以蛤蜊》诗在谈及朋友间互赠礼物时就说："赠我以海昏清霜之橘，报君以淮南紫唇之蛤"。宋人除鲜食外，还对蛤蜊进行再加工，制成耐贮存的海产品，其中包括蛤蜊酱、咸蛤等品种。元王厚孙纂《至正四明续志》卷五载："亦云圆蛤，壳口有紫晕者肥美。善醒酒。"明李时珍《本草纲目》卷四十六《介部》，谓蛤蜊"生东南海中，白壳、紫唇，大二、三寸者，闽浙人以肉充海错，亦作为酱醢，其壳火煅作粉，名曰蛤蜊粉也。"

食蛤戏成

〔宋〕郑清之

满壳濡潮汐，因沙产海漘。[①]
文身吴太伯，[②]缄口鲁铜人。[③]
雀化宜分隽，蛙烹肯拟伦。[④]
试呈饕赋手，半熟酒含津。

——选自郑清之《安晚堂集》卷六

【注释】

①海漘：海边。 ②文身：纹身。吴太伯：吴国第一代君主。姓姬，吴氏，名泰伯，商末岐山（在今陕西）周部落首领古公亶父（即周太王）长子。太王欲传位季历及其子昌（即周文王），太伯乃与仲雍让位三弟季历，而出逃至荆蛮，号勾吴。《史记·周本纪》："（古公亶父）长子太伯、虞仲知古公欲立季历以传昌，乃二人亡如荆蛮，文身断发，以让季历。"裴骃集解引应劭曰："常在水中，故断其发，文其身，以象龙子，故不见伤害。" ③缄口鲁铜人：汉刘向《说苑·敬慎》："孔子之周，观于太庙，右阶之前，有金人焉。三缄其口，而铭其背曰：'古之慎言人，戒之哉，戒之哉！无多言，多言多败。'" ④这句作者自注："蛙大者名风蛤。"

适得卤蛤颇佳[①]

〔宋〕郑清之

文身太伯甘斥卤，缄口铜人舌微吐。
借资墨客富濡沫，骨醉唇香登燕俎。[②]
半熟含酒老饕赋，此翁仅可闯堂户。
班班隽永带神液，[③]入室真味翁未睹。
菊坡风裁黄豫章，[④]如食蝤蛑江瑶柱。
盘餐尽废太瘦生，格远调高自清苦。
子蛤遣汝到眉案，[⑤]努力去为酒中虎。[⑥]
末下咸豉有何好，犹侣莼羹傲伧父。
海之介夫此小儿，鸡肋见笑杨德祖。[⑦]
前身曾作水解仙，[⑧]飞入珠宫饮甘露。
能令齿吻策余烈，一鼎松风漱寒乳。

——选自郑清之《安晚堂集》卷八

【注释】

①卤蛤：腌制的蛤蜊。现代卤蛤之类的腌制食品不受欢迎，但在宋代，因贮存手段单调等原因，却较为普及而经济。 ②燕俎：指宴席。 ③班班：明显的样子。 ④黄豫章：指黄庭坚。 ⑤眉案：案，盛食物的短足木盘。据《东观汉记·梁鸿传》：载："鸿字伯鸾，与妻孟光隐居避患，适吴，依

大家庑下，为赁舂。每归，妻为具食，不敢于鸿前仰视，举案常齐眉。” ⑥酒中虎：作者自注：“谚称海错咸者为捉酒虎。” ⑦杨德祖：杨修字德祖，弘农华阴（今陕西华阴东）人。《三国志·魏志·武帝纪》：“备因险拒守。”裴松之注引晋司马彪《九州春秋》：“时王欲还，出令曰‘鸡肋’，官属不知所谓。主簿杨修便自严装，人惊问修：‘何以知之？’修曰：‘夫鸡肋，弃之如可惜，食之无所得，以比汉中，知王欲还也。’” ⑧水解：道教语。“尸解”方式之一。谓托寄于水而蜕形仙去。

春日杂兴（二十四首选一）

〔清〕黄　璋

舟航勾甬接姚虞，[①]论担海鲜昼夜输。
剡剡麦风寒信候，[②]半街青蚬蛤蜊粗。

——选自黄璋《大俞山房诗稿·留病草》

【注释】

①勾甬：句章和甬东。 ②剡剡：风微起的样子。

鄮南杂诗（选一）

〔清〕倪象占

洗马池连养鸭池，[①]贺家湾水绿差差。[②]
阿谁同下高台钓，菰叶横塘梦蛤蜊。

——选自同治《鄞县志》卷七十四

【注释】

①洗马池：《宝庆四明志》载：“今鄞县句章乡小溪之马湖，有洗马池故迹，世传以为贺监旧宅。相距三里曰贺家湾，其地贺姓甚多而贫。” ②差差：犹参差。

象山海错诗·蛤蜊

〔清〕王莳蕙

潮纹如线晕重重，曾受甘圆内史封。[①]
食可升天真上药，云何不隶玉房供？[②]

——选自《红犀馆诗课》二集

【注释】

①甘圆内史：蛤蜊的别名。出自五代毛胜《水族加恩簿》：“令合州刺史仲扃（蛤蜊），重负双宅，闭藏不发，既命之为含津令，升之为殷诚君矣。粉身功大，偿之实难，宜授紫晖将军、甘松左右丞、监试甘圆内史。” ②云何：为何，为什么。玉房：玉饰的房屋。指神仙的居处。

蛤　蜊

〔清〕宋声霙

鸟从千岁方成蛤，[①]如此升沉登化工。
且食不须知许事，相争何意有渔翁。
风尘滋味酸咸外，烟水生涯杳渺中。
莫道碧波深处稳，可能健翮更摩空。[②]

——选自《剡源乡志》卷十八

【作者简介】

宋声霙，字韵士，奉化人。诸生。居剡源第二曲，所筑玲岩轩名甲郡南。藏书万卷，山光水声中日与古人晤对，故为诗饶有清华之致。著有《玲岩轩诗草》。

【注释】

①“鸟从”句：欧阳询等《艺文类聚》卷九十七云：“蛤蛎，千岁鸟所化也。” ②健翮：矫健的翅膀。摩空：接于天际。指逆化为千岁鸟，翱翔于天空。

坎镇竹枝词[①]（选一）

〔清〕胡杰人

从前沧海变桑田，僻壤穷乡别有之，
蜃蛤鱼盐滋味足，[②]木棉大稔是丰年。[③]

——选自胡杰人《剩馥吟》

【注释】

①坎镇：今慈溪坎墩。 ②蜃蛤：大蛤和蛤蜊。《左传·昭公三年》：“山木如市，弗加于山；鱼盐蜃蛤，弗加于海。”杨伯峻注：“蜃，大蛤；蛤，蛤蜊。均海内可食的动物。” ③大稔：大丰收。

渔父辞（四首选一）

〔清〕冯可镛

白蛤堆篚满，青虾出网鲜。
朝朝趁朝市，换酒不论钱。

——选自《四明清诗略》卷一

【作者简介】

冯可镛（1831—1890），原名可钰，号舸月，慈城人。咸丰元年（1851）举人。八次应考皆落第，晚年在德润书院讲学，编《句章征文》等。著有

《匏系斋诗稿》《浮碧山房骈文》。

山北乡土集・海物(选一)

〔清〕范观濂

细理丝纹圆蛤良，两须伸缩有蛏肠。
黄蚶细品称瓜子，朗蛤珠圆独我乡。[①]

——选自王清毅主编《山北乡土集・外编》

【注释】

①朗蛤：作者自注："他处不惟无见，并不闻其名也。"

骆驼桥村竹枝词(五十首选一)

〔清〕盛钟襄

逢双开市骆驼桥，白蛤黄鱼味美调。[①]
最是居奇穿网货，[②]晚潮风起满肩挑。

——选自盛钟襄《溪上寄庐韵存》

【注释】

①白蛤黄鱼：作者自注："白蛤即圆蛤，黄鱼即石首鱼，二物作羹味极美。" ②穿网货：作者自注："双日开市，潮落时沿海之人，以水族来卖，曰穿网货，又曰晚潮鲜。"

花　蛤

花蛤，通常是对产于中国近海的某些帘蛤科贝类的一种俗称。因贝壳表面光滑并布有美丽的红、褐、黑等色花纹而得名。

花蛤是市场上常见的贝壳类海产品，肉嫩味鲜，是贝类海鲜中的上品，含有蛋白质、脂肪、碳水化合物，还含有人体易吸收的各种氨基酸和维生素及钙、钾、镁、磷、铁等多种人体必需的矿物质。

四明土物杂咏・锦莲花蛤

〔清〕全祖望

紫晕巧装笑口，有似锦边妙莲。
足令督邮自愧，[①]两足次且不前。[②]

——选自全祖望《句余土音》卷上

【注释】

①督邮：官名。汉置，郡的重要属吏，代表太守督察县乡，宣达教令，兼司狱讼捕亡。唐以后废。作者自注："用山谷语。"按，当指用黄庭坚《醇道得蛤蜊，复索舜泉，舜泉已酌尽，官酝不堪，不敢送》诗："商略督邮风味恶，不堪持到蛤蜊前。" ②次且：犹豫不进的样子。《易・夬》："臀无肤，其行次且。"孔颖达疏："次且，行不前进也。"

三赋奉化土物八首・花蚌[①]

〔清〕孙事伦

海壖童稚斸如云，[②]筐筥携来大小分。
梅蛎桃蛏俱趁狡，锦莲花蛤自成文。[③]

——选自孙事伦《竹湾遗稿》卷八

【注释】

①花蚌：体型较花蛤大，呈椭圆形，肉比较嫩。 ②海壖：海边地。 ③这句作者自注："锦莲花蛤见《勾余土音》，疑即此种。"

海　月

海月别名镜鱼、海镜、膏叶盘、蛎镜、石镜等，在瓣腮纲中属不等蛤科，也有的学者把它单列为一科，称作海月蛤科。贝壳近于圆形，极扁平，壳质薄而透明，长约10厘米左右。两壳呈不等形状，左壳较凸，右壳较平，它们分散生长于潮间带中下区泥沙滩表面，通常右壳朝下，左壳朝上，极易被发现。海月常年皆有，只要是退潮之后，即可到海滩上随意拾取。

海月常与其他蛤类混淆。如郭璞《江赋》曾云："水物怪错，则有玉珧海月"。其中玉珧与海月是两种贝蛤，玉珧为长形，海月为圆形，但后人误将"玉珧海月"视为一物，就连医家巨擘李时珍也被蒙惑，以至在《本草纲目》中把"玉珧"说成是海月的别名。有的海月腹内藏有小蟹，如黄豆大小，螯足俱全。《清稗类钞・动物类》云："海镜为软体动物，一名琐蛣，……其肉可为酱，是为蛣酱。"有些古籍则把海月与海镜列为二物，更使人无从分辨。

海月的贝壳明亮如镜，有透明之感，东南沿海居民常用这种贝壳当作明瓦，镶嵌在屋顶或门窗之间，用以透光，所以，海月又有窗贝、明瓦之名。故《宝庆四明志》卷四记云：

“土人鳞次之，以为天窗。”李邺嗣《鄮东竹枝词》所言“蚝山叠作墙根石，海月开为屋上窗”，即指海月在当地的建筑用途。

古时海月的生态种群繁殖旺盛，东海和南海的居民曾为之大量拾取。晋宋之际，谢灵运《游赤石进帆海》诗曾有“扬帆采石华，挂席拾海月”的吟咏，石华即琼枝，在食界与海月齐名。《太平御览》卷九百四十三所引《临海水土志》也说：“海月大如镜，白色正圆，常死海边，其指如搔头大，中食。”有人认为此所谓海月，很有可能是指海月水母，此物浮于水中，圆盘状月像，酷似“海中之月”，但海月水母可以观赏，却不堪食。唐宋人烹食海月，使用了若多的技法，如陈藏器《本草拾遗》提到了煮法，孟诜《食疗本草》认为用生椒和酱，将海月“调和食之”，口感最佳。唐慎微《证类本草》认为食用海月，最好使用生姜和酱为调料。这些资料说明，古代人都在尽力摸索烹调海月的最佳方式，以使其鲜味倍增。明朝时期，海月蛤仍能占稳海错一席之地。明人沈一中谈到故乡宁波物产时说：“其乡海错之美，如海月、江瑶柱，可敌三吴百味。”当时浙江乐清一带出产的海月最多，口感也最好。冯时可《雨航杂录》卷下就说：“海月大如镜，……乐清甚盛。”张綦田写下了《船屯渔唱》组诗，专门咏述乐清海产，其中用重要篇幅歌咏当地出产的蛤类珍味，并发出“海月江瑶味最清”的赞叹。到清朝时，海月起初仍受到食客的珍视，如清纳兰常安《受宜堂宦游笔记》卷二八云：“大如小镜，白色，正圆，其柱如搔头者，曰海月，与江瑶柱等，其味甚美。”但随着时间的推移，人们开始对海味珍品有新的侧重，蚶、蛏、蚬、螺等海产品渐有取代海月的势头。原先遍及东南沿海的海月食区，也只保留下几处据点。如浙江温州地区的平阳海域，广南的崖州海域，仍为食界提供优质海月。这种活跃了千年之久的蛤类美食，最终只在少数地区延续其珍馔光泽。

鲒埼土物杂咏·海月

〔清〕全祖望

老蟾纷堕水，狡兔怅无衣。
挂席便可拾，[①]烹鲜良所希。
虚窗生夜白，暗室漏晨熹。
清梦忽以醒，容光悟化机。

——选自全祖望《句余土音》卷上

【注释】

①挂席：犹挂帆。《文选·谢灵运〈游赤石进帆海〉》诗：“扬帆采石华，挂席拾海月。”李善注：“扬帆、挂席，其义一也。”

象山海错诗·海月

〔清〕邓克旬

浪花堆里影浮浮，写出冰轮水国秋。
磨去银沙生古泽，琢成新样玉搔头。[①]

——选自《红犀馆诗课》二集

【注释】

①玉搔头：即玉簪。古代女子的一种首饰。

西施舌

西施舌俗称海蚌、贵妃蚌、沙蛤、车蛤等，瓣鳃纲帘蛤目蛤蜊科海洋贝类。壳大而薄，略呈三角形，壳顶在中央稍前方，腹缘圆形。壳表黄褐色而光亮，具壳皮，顶部为淡紫色；打开外壳，就有一小截白肉吐出来。因吐出的白肉像是一条小舌头，不免令人联想多多，故名“西施舌”。其实，所谓“舌”，实是它的斧足。亦有以紫云蛤科的双线紫蛤为西施舌的。

西施舌广泛分布于印度—太平洋海域浅滩，福建长乐漳港一带为其著名的产地。历史上浙东温州所产西施舌亦颇有名，早在宋乐史《太平寰宇记》中就记载说：“永嘉土产西施舌，似车螯而扁，生海泥中，常吐肉寸余，类舌，俗甘其味，故名。”这可能是目前可以查到的最早的“西施舌”命名的出处。西施舌肉质脆嫩，味甘美，是一种经济价值很高的名贵贝类。采捕旺季是冬天，过了农历正月就逐渐不见了。

西施舌

〔明〕全天授

鼎赐来何国，[①]娇艳出未尝。

醍醐凝宝璞，[②]孔翠匝腴房。[③]
殢酒含膏活，[④]调笙剩唾香。[⑤]
从知尤物戒，[⑥]安事误吴王？

——选自全祖望编《续甬上耆旧诗》卷三

【作者简介】

全天授，字啬余，一字灵超，鄞县人。知应山县。

【注释】

①鼎赐：极厚的赐予。 ②醍醐：酥酪上凝聚的油。宝璞：指宝玉。③孔翠：孔雀、翠鸟的羽毛。 ④殢酒：沉湎于酒；醉酒。 ⑤调笙：吹笙。⑥尤物：指绝色美女。这里指西施。

西子妆慢·友人寄惠西施舌赋谢

〔清〕邵　瑸

与蛤分形，似蛏较美，泽国弥漫秋里。[①]西风颗颗是相思，说佳名、几分心醉。江鳌旧句，早邀取、诗家苔纸。[②]恨吴宫，[③]问朱唇何处，客愁醒未？　　开缄启，[④]谢尔持来，素手调丰味。桃花开处市河豚，忆眉山、也曾怜你。[⑤]杨妃婉丽，[⑥]偏同尔、题花小字。[⑦]谩沉吟，魂断海天乱水。

——选自邵瑸《情田词》卷下

【注释】

①弥漫：水满的样子。 ②邀取：求取；索取。苔纸：用水苔（藻类）制成的纸。亦名侧理纸或陟里纸。晋王嘉《拾遗记·晋时事》："（晋武帝）即于御前赐青铁砚……侧理纸万番，此南越所献。后人言'陟里'，与'侧理'相乱，南人以海苔为纸，其理纵横邪侧，因以为名。" ③吴宫：指春秋吴王的宫殿。 ④开缄：开拆（函件等）。这里指打开贝壳。 ⑤眉山：苏轼。 ⑥杨妃：杨贵妃。⑦题花：题诗咏花；绘花。

再赋鲒埼土物·西施舌

〔清〕全祖望

争传若耶舌，[①]足倾姑苏城。[②]
何时来此间，莫倾鲒埼亭。[③]

——选自全祖望《句余土音》卷中

【注释】

①若耶：山名。在浙江省绍兴市南。又为溪名，出若耶山，北流入运河。溪旁旧有浣纱石古迹，相传西施浣纱于此，故一名浣纱溪。这里代指西施。 ②姑苏城：吴国的都城。 ③鲒埼亭：作者自指。

螺

今螺为一种腹足类动物的总称，有旋线的硬壳，种类甚多。唐代陈藏器《本草拾遗》中著录了"海螺"，《本草图经》云："海螺厣名甲香，生南海。今岭外、闽中近海州郡及明州皆有之。"《宝庆四明志》卷四参考《嘉定赤城志》，对许多不同种类的海螺一一加以区别、命名，谓"螺：多种。掩白而香者曰香螺，有刺曰刺螺，味辛曰辣螺。有曰拳螺、剑螺，又有丁螺、班螺，又有生深海中，可为酒杯者曰鹦鹉螺。……一种曰海蛳"。此外，洪迈《夷坚志·丁》还提到奉化海上渔民虞一，专捕砑螺（即紫贝）为生，并练就了杀螺的绝技，这说明南宋四明渔民认识的海螺当不止志书所载的这些。明代屠本畯《闽中海错疏》记载了石决明、香螺、泥螺、田螺等近20种螺类，包括海生、淡水、陆生或壳退化者。

我国现生的海螺有记录者多达2500多种。浙东海区民间常食的螺，主要有香螺（黄镶玉螺）、辣螺（疣荔枝螺）、芝麻螺（单齿螺）、畚斗螺（齿纹蜒螺）、海蛳等。螺肉丰腴细腻，味道鲜美。宋代宁海胡融《风土志》云，沿海居民"近则采螺、蚌、蛏、蛤、蝤、蛎之属，以自赡给"。

追和宋舒龙图《明州杂诗》原韵十首（选一）

〔清〕陆　宝

楼角朝惊蜃，船灯夜照犀。
潮移桃渡涌，月挂柳营低。
夷岛传烽息，仙洲采药迷。
频年梅熟雨，螺蛤贱如泥。

——选自陆宝《悟香集》卷八

适西山旧业（四首选一）

〔清〕屠粹忠

鹂作我砭，[①]鹤作我童。

猿执我爨，螺司我饔。

——选自屠粹忠《栩栩园诗》

【作者简介】

屠粹忠(1629—1706)，字纯甫，号芝岩，顺治十年(1658)，由定海(今镇海)庠生登进士，授河南封丘知县。康熙十年(1671)，升为礼科给事中。康熙二十三年(1684)乞养归休，三十四年(1695)复出为官。康熙三十六年(1697)，升为大理寺丞，不久又授奉天府丞，晋大理寺少卿。康熙四十一年(1702)，擢为兵部右侍郎，次年晋升本部尚书。著《栩栩园诗》。

【注释】

①鹂作我砭：冯贽《云仙杂记》引《高隐外书》云："(周)颙携黄柑斗酒，人问何之，曰：'往听黄鹂声。此俗耳针砭，诗肠鼓吹，汝知之乎?'"

蓬岛樵歌续编(一百〇八首选一)

〔清〕钱沃臣

龙女春寒懒巧妆，鲛人夜冷漫收藏。

矶头乱掷胭脂盏，[①]渚尾多抛织纚筐。[②]

——选自钱沃臣《蓬岛樵歌续编》

【注释】

①胭脂盏：作者自注："蚌之属有龙眼，又名胭脂盏。"今舟山人所称胭脂盏，为帽贝科的笠螺，学名嫁蝛。但作者原注中的"龙眼"，不知作何解。 ②织纚筐：作者自注："又有一种如棋合者，纹似竹编，古黑色，可供文玩，名海纚筐。《玉篇》：纚同缰，粗细经纬不同者。《集韵》：展几切，音蒇。《说文》：纚，粗绪也。《方言》以织苎曰织纚，所盛竹器曰织纚筐。"这里指海绩筐(海胆)。

牂牁江上偶然作[①](二十四首选一)

〔清〕全祖望

鲒埼亭下是侬家，雪后沙螺旧所夸。[②]

度岭相逢重道故，南烹此足擅清华。

——选自全祖望《鲒埼亭诗集》卷十

【注释】

①牂(zāng)牁(kē)江：西江，古称郁水、浪水和牂牁江，是珠江流域内最大的水系。乾隆十七年(1752)三月，全祖望应广东巡抚苏昌之请，长途跋涉至岭南，出任端州书院(在今肇庆)山长。此诗即为此时所作。 ②沙螺：学名为尖紫蛤，又名西施舌，分布于福建和广东沿海，生活在河口咸、淡水交汇处，尤以广东省湛江吴川市鉴江产量最多，肉质细嫩，美味可口，是广东有名的特产。据全祖望所说，清代宁波沿海亦产沙螺。

蛟川物产五十咏·玉螺[①]

〔清〕谢辅绅

各种螺名出海乡，何如金玉赋其相。

旋纹逾入味逾美，尖壳含黄胜蟹黄。

【注释】

①玉螺：指斑玉螺，俗名香螺，学名微黄镰玉螺。呈梨形，薄形，壳体黄褐色或黄灰色，顶部青灰色。栖息潮间带泥或泥沙滩上，退潮后匍匐或钻入泥沙觅食，所经之处留有踪迹，循迹可采捕。夏秋间最多。肉香，味鲜美，宜食用，也可加工成罐头。

象山海错诗·肘子[①]

〔清〕王莳蕙

文蠡脆壳脱青黄，[②]细剔尖壳带藓香。

无分封侯悬斗印，苦教回袖怨生杨。

——选自《红犀馆诗课》二集

【注释】

①肘子：《宝庆四明志》卷四："肘子：壳下尖而阔，中有肉，粘之膏屎皆在尖。厨人去下体，取面肉，脆，供入汤，稍久即韧，不入品。"民国《象山县志》卷十二《物产考》"肘子"条云："一名酒钟，肉为馔。……案《广志》：海文螺数种，其大者南人以为酒杯。《宋书》亦称螺杯。此称酒钟，非能如螺杯之大。言酒钟，以其壳形似；言肘子，以其肉味美。《乐妙山居集》：蚌属，有龙眼，又名胭脂盏。即此。"据其壳形似酒钟，而以此得名来看，肘子当为钟螺一类。今舟山人所称之"胭脂盏"，指的是帽贝科的笠螺，学名嫁蝛，贝壳笠状，与形似酒钟的肘子颇有差异。蝛早见于明代屠本畯《闽中海错疏》卷下："蝛，生海中，附石，壳如麂蹄。壳在上，肉在下，大者如雀卵。"嫁蝛的贝壳并非如诗中所说的"脆壳"，故肘子虽有胭脂盏之名，但恐并非同名胭脂盏的嫁蝛。 ②文蠡：指壳表的纹饰。

芦江竹枝词(四首选一)

〔清〕虞景璜

清明时节饱风腴，红壳香螺入馔初。
最是乡村鲜味好，清煎园韭麦簪鱼。[①]

——选自虞景璜《淡园诗集》卷上

【注释】

①麦簪鱼：鱼体淡黄，形同麦干，俗称，学名待考。

海　蛳

海蛳，最早在《宝庆四明志》卷四《叙产》之“螺”属下中就已经记载。关于海蛳的形态特征，明姚可成汇辑《食物本草》卷十一云：“海蛳生海中。比之螺蛳，身细而长，壳有旋文六七曲，头上有厣，每春初蜒起，矸海崖石壁。海人设网于下，乘其不测，一掠而取，货之四方。治以盐酒椒桂，烹熟击去尾尖，使其通气，吸食其肉。烹煮之际，火候太过、不及，皆令壳肉相粘，虽极力吸之，终不能出也。”吴仪洛《本草从新》云：“比螺蛳身细而长，壳有旋纹六七屈，头上有靥。初春蜒起，石丁海崖石壁。海人设网于下，一掠击取。治以盐、酒、椒、桂。”赵学敏《本草纲目拾遗》云：“《杭州府志》：海蛳，杭俗立夏以为应时之味，以花椒洒之，麻油拌食。……按：海蛳有大如指，长一二寸许者，名钉头螺，温台沿海诸郡多有之。海蛳螺生海涂中，立夏后，有人见其群变为虻，今人所称豆娘是也。或云，此螺能跳丈许，盖迁其处。此物又能食蚶。明州奉化多蚶田，皆取苗于海涂种之，久则自大，时田者不时耨视，恐有海蛳苗，盖蚶不畏他物，惟畏海蛳，蚶田中一有此物，蚶无遗种，皆被其吮食尽。玉环出者大如指，名钉头螺。”康熙《定海县志》卷十一《物产》云：“海蛳：亦螺属，其形似钉。”徐珂《清稗类钞·动物类》云：“海蛳为软体动物，与螺蛳同类异种。壳较细长，有旋纹，产于淡水者螺旋较细，可食。”光绪《余姚县志》卷六“螺”条云：“一种长而细者曰海蛳。”民国《象山县志》卷十二《物产考》有具体的描述：“其壳尖长，亦名钻螺。出海者，立夏为应时之味。”这些可以作为鉴定海蛳的主要依据。

学界对“海蛳”有数说。第一，甲香螺说。民国《象山县志》卷十二《物产考》引《物产表》云：“海蛳味最厚，即流螺，厣名甲香。”所谓甲香，属于蝾螺科动物蝾螺或其近缘体物。《南州异物志》：“甲香，螺属也，大者如瓯面，围壳有刺。可合众香烧之，皆使益芳，独烧则臭，一名流螺。”《本草纲目·介类二·海螺》引苏颂曰：“海螺即流螺，掩曰甲香，生南海。今岭外、闽中近海州郡及明州皆有之，或只以台州小者为佳。其螺大如小拳，青黄色，长四五寸。诸螺之中，此肉味最厚，南人食之。”但蝾螺体螺层较膨圆，与“其壳尖长”的描述相矛盾。第二，锥螺及棒螺说。钱伯文等《中国食疗学》(1987)云：“为锥螺科棒锥螺 TurritellabacillumKiener. 及同科笋棒螺 T. terebra (Linnaeus)。”江克明等《家庭饮食宜与忌》、洪忠等编著《家庭常用食补食疗妙方》(1993)、北京中医药大学营养教研室编《现代家庭药膳·药膳文化篇》(新华出版社 2001 年版)皆同。曹志军编著《家庭食疗药膳手册》云：“又名棒锥螺。”(学苑出版社 1989 年版)。按，棒锥螺为浙江海涂常见的种类，肉可供食用。笔者以为海蛳应是椎螺、珠带拟蟹守螺等的统称。

浙东沿海均产海蛳，清明期间正是这种小海鲜上市之时，民间把这种小海蛳又叫“亮眼蛳”，认为清明日吃了海蛳，能亮眼睛。另有一种说法，认为清明日所吃的是“香蛳”，即“相思”之谐音，寓意思念亲人。

食海蛳

〔清〕黄　璋

好似蜗牛细结螺，潜形海角杂泥涂。
儿童争去盈掬拾，升斗量来论担沽。
候值清明嫈姆闹，[①]味咀碧脆矗赢输。[②]
吾乡风物真琐碎，尔雅虫鱼未尽图。

——选自黄璋《大俞山房诗稿·留病草》

【注释】

①婴(yīng)姆：当即“婴娱”。《广韵》：“婴娱，新妇貌。”唐韩愈、孟郊《城南联句》：“春游轹霾靡，彩伴飒婴娱。” ②鼅鼊：蚌与螺。

四明土物杂咏·丁香螺(海蛳)

〔清〕全祖望

鹦鹉曾称好鸟，[①]丁香别署名花。
试看青螺羹熟，芳馨馥馥堪夸。[②]

——选自全祖望《句余土音》卷上

【注释】

①“鹦鹉”句：此句为鹦鹉螺而发。 ②馥馥：形容香气很浓。

再赋奉川土物五首·香螺

〔清〕孙事伦

霍鼠生小螺，[①]署名鸡舌香。[②]
零星供吸取，恰伴鹦鹉觞。[③]

——选自孙事伦《竹湾遗稿》卷八

【注释】

①霍鼠：奉化海滨地名。《宝庆四明志》卷十四《奉化县志》有“霍鼠之香螺”的记载。 ②鸡舌香：即丁香。木樨科植物。贾思勰《齐民要术》卷五云：“鸡舌香”下注云：“俗人以其似丁子，故为丁子香也。”从此句看，霍鼠香螺当即丁香螺，俗称海蛳。 ③鹦鹉：即鹦鹉杯。用鹦鹉螺制成的酒杯。

象山海错诗·丁香螺

〔清〕王莳蕙

绀盖攕攕脱厣时，[①]花膏百结最相思。
小红鹦鹉三巡醉，[②]拢袖当筵吮口脂。

——选自《红犀馆诗课》二集

【注释】

①攕(xiān)攕：同“掺掺”。女手纤美的样子。厣(yǎn)：螺类介壳口圆片状的盖。 ②鹦鹉：指鹦鹉螺杯。

蛟川物产五十咏·海蛳

〔清〕谢辅绅

呼窘青莲舌不妨，田螺秃尾一齐尝。
斋厨昨日过樱笋，只恐腹中飞豆娘。[①]

——选自光绪《镇海县志》卷三十八

【注释】

①豆娘：昆虫名。又名豆娘子、灯心蜻蜓。形状比蜻蜓略小，静止时两对翅直立在背上，常在水边或草地上飞翔，吃小虫。

海村竹枝词(十首选一)

〔清〕潘　朗

寒食家家嗍海蛳，卖饧箫里雨丝丝。
生憎杨柳惹依恨，[①]折尽柔枝插户楣。

——选自《姚江诗录》卷四

【作者简介】

潘朗(1778—1820)，字镜夫，号蘑搓，余姚坎墩(今属慈溪)人。弱冠博士弟子员，三试败北，遂应友人之邀游楚。后倦游而归，家益贫困，卒年四十二。善书法，工诗歌。著有《梦游草》。

【注释】

①生憎：最恨；偏恨。

坎镇竹枝词[①](选一)

〔清〕胡杰人

清明时节雨如丝，门外家家插柳枝。
嗍罢螺蛳品兼味，桃花吐铁更含滋。

——选自《姚江诗录》卷五

【作者简介】

胡杰人(1831—1895)，字芝麓，一字子禄，余姚坎墩(今属慈溪)人。能医，擅诗。著有《剩馥吟》。

【注释】

①坎镇：今称坎墩街道，旧属余姚县，今属慈溪市。

余姚竹枝词(二百首选一)

〔清〕宋梦良

节过春分买海蛳，吃须留壳嘱诸儿。
家家积待清明日，撒屋都趁未曙时。[①]

——选自《中华竹枝词全编》(浙江卷)

【注释】

①句末作者自注：“清明日撒螺蛳壳于屋上，

相传毛辣虫遇此即化为泥云。”

望　潮

嘉庚蛸和短蛸，俗称望潮、海和尚、八梢鱼。体青褐色，胴体呈长椭圆形，表面光滑，头部狭，眼小。为沿岸底栖种类，栖息于浅海滩涂或贝壳海底。肉质鲜美脆嫩，亦可干制。产于象山西沪港等地为佳。在《嘉定赤城志》《宝庆四明志》《至正四明续志》中，望潮乃是章巨之小者。明代屠本畯《闽中海错疏》卷中云：“涂婆，章举也，似石拒而足短。”足短者当为短蛸。又云：“䲟，腹圆，口在腹下，多足，足长，环聚口旁，紫色，足上皆有圆文凸起。腹内有黄褐色质，有卵黄，有黑如乌贼墨，有白粒如大麦。味皆美，明州谓之望潮。”䲟字将“鱼”和“章”联合起来，本义是表示“一种能施放墨汁从而使自己隐身的鱼类”。屠文对䲟鱼内部器官的观察非常精细，所谓“黄褐色质”即肝脏，“黑如乌贼墨”即墨囊，“白粒如大麦”即卵。短蛸性成熟的雌个体，其卵酷似煮涨的大米粒，故有饭蛸之称。

全祖望《大算袋鱼志》认为望潮还包括章鱼在内，从文献上看，有时章鱼确实可指望潮，如方以智《通雅·释鱼》云：“章举、石距，今之章花鱼、望潮鱼也。”但四明地区习惯上多将望潮与章鱼区分开来。如崇祯《宁海县志》卷三云：“望潮形似章巨，味颇胜之。”民国《四明朱氏支谱外编·物产》介绍说：“望潮：其体似紫蛄，八足，长六七寸，足上突出肉粒如海松，有窍，善粘物。渔者谓其能食蛸蛑。仲秋味最美。”

望　潮[①]

〔清〕郑　性

既非甲属又非鳞，俨见髡头不见身。[②]
水族合称为物怪，桑门应拟是天神。[③]
性寒未制嫌微毒，味美经调始作珍。
宾主莫忘姜醋德，深秋饕餮腹如春

——选自郑性《南溪寤歌》卷上

【注释】

①望潮：作者自注：“一名海和尚。”　②髡头：光头。　③桑门：即沙门。为出家修道者的通称。

岱山土物诗六首·大算袋鱼[①]

〔清〕全祖望

朝潮便朝日，夕汐便夕月。
巨囊百蔀轨，[②]以算历盈缺。

——选自全祖望《句余土音》卷中

【注释】

①大算袋鱼：即望潮，见全祖望《大算袋鱼志》。　②蔀：古历法的计算单位，十九年为一章，四章为一蔀。轨：应遵循的规则。

剡上竹枝词（八首选一）

〔清〕孙事伦

鲜蚶攒处一池星，鲒酱原曾贡帝庭。
四月南风珧柱嫩，霜涯送起望潮钉。

——选自孙事伦《竹湾遗稿》卷八

西沪棹歌（一百二十首选一）

〔清〕姚　燮

落日平横积庆桥，马头山雾未全消。[①]
手携木板如樱柄，郭索涂边掘望潮。[②]

——选自民国《象山县志》卷三十二

【注释】

①积庆桥：在象山墙头镇。马头山，在象山方前。　②这两句是说象山人以木铲掘取望潮。

象山海错诗·望潮

〔清〕沈观光

戢戢当头乱带飘，[①]可怜喙短不能翘。
出身定是临安产，看惯钱唐八月潮。

——选自《红犀馆诗课》二集

【作者简介】

沈观光（生卒年不详），字润山，象山人。

【注释】

①戢戢：密集的样子。

蛟川物产五十咏·望潮

〔清〕谢辅绅

八脚齐垂一首圆，望潮八月贴涂田。

纵然多口闾无籁，聊把圈儿密密圈。[①]

——选自光绪《镇海县志》卷三十八

【注释】

①圈儿：指腕上的吸盘。清李调元《然犀志》卷上云："章举，……每足阴面起小圈子，密比蜂窠，错如莲房。"

象山海错诗·望潮

〔清〕陈汝谐

骨软膏柔笑贱微，桂花时节最鲜肥。
灵蛛不结青丝网，八足轻趫斗水飞。[①]

——选自《红犀馆诗课》二集

【注释】

①轻趫(qiáo)：轻捷矫健。

蛟川竹枝词（十首选一）

〔清〕胡　湜

高河塘外秋风吹，[①]长山桥头秋日迟。[②]
一路看山到霞浦，[③]恰逢九月望潮时。

——选自光绪《镇海县志》卷三

【作者简介】

胡湜（1785—1820），字啸雯，号峭水，镇海人。幼年丧父，学于世父于锭，长为诸生。以童子师养家，养病杜门十余年。嘉庆二十三年（1818）进士，选翰林院庶吉士，明年乞假省亲，后卒于家。著有《胎花楼诗草》《香雪馆唱和诗》。

【注释】

①高河塘：今属北仑区小港街道高河塘社区。 ②长山桥：在今北仑区小港街道方前村。③霞浦：即今北仑区霞浦街道。

附：

大算袋鱼志

〔清〕全祖望

大算袋鱼为吾乡土物，即所谓望潮者也。其大者曰章举，亦曰章距。俗传以秦始皇东巡，弃算袋于水中，化而为此鱼，固不足述。而罗端良称博物，其《尔雅翼》以大算袋鱼为鲗之别名，何其舛也！鲗之出以夏，大算袋鱼之出以秋，时既不同，种类亦判。予尝闻海上人语，望潮亦能以须缠物而食之，罗氏殆因此而误耶？因戏为诗云：祖龙并六王，多算仗斯袋。持以赠海若，百谷计可会。算囊作墨囊，是亦蔡谟辈。岂知五曹郎，不登十笏队。〔鲗能吐墨汁，望潮则未之闻也。〕

章　鱼

长蛸，又名章鱼、章干、章拒、章巨等，有时亦称望潮。胴部长椭圆形，表面光滑，各腕长短不一，体背粉红色，也有灰褐色。属底栖种类，生长滩涂及浅海水域，沿海均产。《嘉定赤城志》卷三十六记载："章巨：八足，首圆。《南海异名记》正名曰'蜛蠩'，郭璞《江赋》'蜛蠩森森而垂翅'是也。海滨人讹曰章鱼，又曰章举。一种足似之而小，曰望潮。魁首骈足，目在腰股，其足长三五尺许者，曰石蚷。"《宝庆四明志》卷四进一步记载："章巨：大者曰石拒，居石穴，人或取之，能以脚粘石拒人，故名。亦曰章巨，次曰章举。石距形似大算袋，八足，长及二三尺，足上突出魄礌，戢戢如钉，每钉有窍。浮于海沙，布形如死鸟，乌啄之，卷以入水，嘘钉啜之，以此充腹。其次者曰章举，亦曰章鱼，以大小呼之。石距如斗，章举如升。南方有石距，此惟章举尔。章举之又小者曰望潮，身一二寸，足倍之，又一种曰锁管，亦其类，脚短无钉。"这两志对章鱼的记载都很有代表性，都描述了章鱼的形态和分类，特别注意到其腕足特征及其功能。不过锁管实属枪乌贼，志书有所混淆。在《嘉定赤城志》中，卷而食乌者为乌贼，其他文献无不如此说，唯《宝庆四明志》却记在石距名下，但其所述"形似大算袋"的形态，显然不符合章鱼特征，故当为误记。崇祯《宁海县志》卷三对章鱼做了简明扼要的概括："圆首八足，无鳞，目在腰，腹在头，口在足之总。"

章鱼肉块硬，多鲜食，干制品质好，味美。民间有"九月九，章鱼吃脚手"传说。

回浦旅怀[①]（三首选一）

〔清〕黄之傅

门宇临沧海，波涛作稳居。

石岩朝凿蛎，火筏夜钻鱼。
章巨原闻毒，泥肠未见书。②
水珍多错杂，不是古人疏。

——选自全祖望编《续甬上耆旧诗》卷一百十八

【注释】

①回浦：在今宁海。 ②泥肠：未详为何种海生物。

象山海错诗·章巨

〔清〕王莳蕙

拳如偃笠撒如蓑，八尺青绳肉窍多。
粘石拒人称大力，笑渠郭索仗提戈。

——选自《红犀馆诗课》二集

章 举

〔清〕朱绪曾

职司瞭望向蓬瀛，子午潮头八桨迎。
兼领鮆虾勤献替，①三和压倒五侯鲭。②

——选自朱绪曾《昌国典咏》卷六

【注释】

①鮆：旧籍有不同的训释。一说即鰶，详见明孙能传《剡溪漫笔》卷三，但孙氏提出了若干疑问；另一说即黄雀鱼，清李元《蠕范·物化》云："鮆，酬鮆也，黄雀鱼也，多刺而肥，其美在额，黄雀所化。谚云：'宁去累世宅，不弃鮆鱼头。'"但明屠本畯《闽中海错疏》卷中却列酬鮆与黄雀为两物。又一说鮆即鲚，即刀（鲚）鱼。《宝庆四明志》卷四云："鮆鱼，板身多鲠，长不过五六寸。味极肥腴，以糟浥之，可作汤。"据"板身多鲠"的描述，很像是鲚的一种，但《宝庆四明志》又另列"鲚鱼"条，明确注明"一名刀鱼"。至正《四明续志》卷五同之。钱大昕纂乾隆《鄞县志》卷二八云："按：旧志鲚鱼、鮆鱼分列，误。鲚、鮆一物而异名，实则鲚也。"光绪《慈溪县志》卷五十四"鮆鱼"按语云："《文字集略》：'鮆'亦作'鰶'，又音制。据此则鮆、鲚为一物异名。"钱大昕等的说法，与明鄞县人屠本畯《闽中海错疏》的记载相矛盾，且鲚鱼之头又有何足贵？还有宋代储国秀《宁海县赋》所谓"鮆凝油而塞肚"，似亦与鲚鱼的形象不甚相符。故钱说不可取。"鮆"究为何鱼，有待进一步考证。献替：进献可行者，废去不可行者。《晋书·虞谭传》载，虞啸父官至侍中，为东晋孝武帝所亲爱。在一次宴会上，孝武帝对他说："卿在门下，初不闻有所献替。"孝武帝所说献替，即献良策以替下策之意。虞啸父家靠海，以为孝武帝欲向他要东西，便说："天时尚暖，鮆鱼虾鲊未可致，寻当有所上献。" ②三和：《宝庆四明志》卷四"鮆鱼"条下云："或以同章举与虾合为鲊，谓之三和鲊，最美，可致远。"

泥 螺

泥螺，一名吐铁、土铁、土蛈、麦螺、梅螺，俗名黄泥螺。壳脆薄，呈卵圆形，白色，表面有螺旋状环纹，是一种介于螺与贝之间的变异生物。栖息于海涂的中、低潮区，以中下和低上潮区居多，随季节有上下移动。潮退后爬行觅食，雨天或寒冷等不良气候，则潜伏于涂表泥下。泥螺为雌雄同体，异体受精，卵群为球形透明状，俗称"泥螺蛋"。每年谷雨后始发，立夏旺产，芒种即止。一般潮退后拾采，有"退潮泥螺涨潮蟹"之说。采捕盛期在春、秋二季，以春季为大宗。泥螺品质与所栖海涂底质泥沙含量、底栖硅藻丰度有关。在底质含沙量大、"油泥"少的涂面，泥螺多含"泥筋"，影响品位质量。泥螺古称吐铁，宋代《海盐澉水志》卷六首见"土铁"之名，元代《至正四明续志》卷五首先作了介绍："土铁：蜗属，形如豆大，壳薄，生海涂中，梅月有之。"光绪《余姚县志》卷六引《嘉靖志》云："状类蜗，壳薄，吐舌，含沙，沙黑如铁，至桃花时铁始尽吐，味乃佳。"其中三月桃花泥螺和八月桂花泥螺为佳品。

宁波市境沿海内湾海涂广有泥螺分布，杭州湾、象山港、三门湾尤盛，历来是沿海居民自然采捕对象。每当采捕季节，潮退后沿海居民男女老少纷纷涉涂徒手拾捉，民国《象山县志》有"土铁，贫儿手拾盈桶"的记载。宁波人吃泥螺除鲜食外，最喜欢食用腌制的泥螺。《至正四明续志》卷五最早介绍了加工泥螺的方法："土人取之盈筐，涤去涎，然后盐浥之。"后来的醉泥螺无疑是在盐泥螺基础上的改进。明代鄞县人屠本畯《闽中海错疏》中说:“泥螺产四明,鄞县、南田者为第一。春三月初生,极细如米,壳软味美。至四月初间稍大,至五月肉大,脂膏满腹,以梅雨中取者为梅螺,可久藏,酒浸一两宿,膏溢壳外,莹若水晶。秋月取者肉硬膏少,味不及春。”这里“酒浸一两宿”云云,显然已经是醉泥螺了。屠本畯《海味索隐》又载:“泥螺出南田者佳,梅雨收制。一作吐铁,冬吐舌衔沙,沙黑如铁,至桃花时铁尽吐,粒大脂丰无茎,乃佳,为桃花泥螺。一作吐蚨,八九月不复食泥,吐白脂,晶莹涂上,其所产称桂花泥螺,略逊。”李时珍《本草纲目》亦称:“宁波出泥螺,状如蚕豆,可代海错。”光绪《余姚县志》卷六引《嘉靖志》所云:“醃食之,善饭。”宁波市境内龙山、昆亭、长街、南田等地所产泥螺以粒大脂丰,不含“泥筋”(胃肠内无泥沙杂质),肉质脆嫩鲜美,咸淡适中,加工工艺讲究,风味独特享誉海内外。

宁波泥螺一度是贡品。天启《慈溪县志》记载:“旧入贡,今止。”宁波醉泥螺很早就畅销于三吴各地。明屠本畯《海味索隐》云:“吐铁,一名泥螺,出南田者佳。五月梅雨收制。三吴士人酷嗜吐铁者,谓不但吃饭饮酒,即点茶亦妙。”清康熙《定海县志》卷十一云:“以甜酒久浸,换吐黄,大于拇指,苏人珍为异味。”康熙三十二年(1693)沈李龙(字云将)增删精简的《食物本草会纂》云:“吐铁,海中螺属也,大如指中,有腹如凝膏白,其壳中吐膏,大于本身,光明洁白可爱,姑苏人享客,佐下酒小盘,为海错上品,一名麦螺,一名梅螺。产宁波者,大而多脂,余姚者不及;生食之令人头痛,土人以盐渍之,去其初次涎,便缩可食。”象山人王莳蕙《吐铁》亦云:“次第春糟上冻储,舟移万瓮入姑胥。”此处的姑胥即指苏州。郑辰《句章土物志》记吐铁,谓吴中孙春阳家最著名,并联系全祖望诗:“年年梅雨后,万瓮入姑胥”,则可知甬籍巨商孙春阳店肆中的吐铁,来源于慈溪三北等地所产。沈贞《半读书屋笔谈》写道:“吐铁,产海滨泥涂中,春时最肥美。至秋瘦小,名曰秋蛔。乡人所不屑食,贩往山中,则得之入琛错。盖岩栖谷饮者,得海味咸寒,则足以济其沙石之气。”这里又提到了清代泥螺销往山区,以及山民视作珍错的事实。

吐　铁

〔宋〕厉元吉

出身沙际海洋洋,无识无知无酌量。①
敢与蛟龙争化雨,肯同鱼鳖竞朝阳。
免冠喜脱三途难,②吐舌甘从五鼎烹。③
缧网若遭渔者手,④辛酸乞尽百年长。

——选自《余姚六仓志》卷十七

【作者简介】

厉元吉(1241—1311),字无咎,号半村,余姚人。咸淳七年(1271)进士。为乌程尉。宋亡,遁迹湖海,白首始归。著有《半村集》,已佚。

【注释】

①酌量:斟酌估量。 ②免冠:原意指脱帽,古人用以表示谢罪。这里兼指脱壳。三途:亦作“三涂”,佛教语。即火途(地狱道)、血途(畜生道)、刀途(饿鬼道)。这句是说泥螺不需要经火、血、刀的加工。 ③五鼎:古代行祭礼时,大夫用五个鼎,分别盛羊、豕、肤(切肉)、鱼、腊五种供品。 ④缧网:此指渔网。

土铁歌

〔明〕张如兰

土非土,铁非铁。
肥如泽,鲜如蟹。
乍来产自宁波城,看时却似嘉鱼穴。①
盘中个个玛瑙样,席前一一丹丘血。②
见者尝,饮者捏。
举杯吃饭两相宜,腥腥不惜广长舌。③

——选自屠本畯《海味索隐》

【作者简介】

张如兰,生卒年不详,字德馨,曾任南京羽林卫,后官淮徐漕运参将。督漕治河,颇有政绩。

【注释】

①嘉鱼穴:《文选·左思〈蜀都赋〉》:“嘉鱼出于丙穴,良木攒于褒谷。”李善注:“丙穴在汉中沔

阳县北，有鱼穴二所，常以三月取之。丙，地名也。” ②丹丘血：晋王嘉《拾遗记》卷一云：“丹丘之野多鬼，血化为丹石，则玛瑙也。” ③广长舌：据说佛舌广而长，覆面至发际，故名。这里仅取广而长的舌头之义。

吾乡土铁，岁时衔以沙，沙黑如铁，至桃花时，铁始吐尽，故以名。余于桃花时离家，凡经几岁矣，景州道中成此句[①]

〔明〕杨德周

江南三月落桃花，一壳乘潮尽吐沙。
船过钱塘春正好，欲归无奈客程赊。[②]

——选自全祖望编《续甬上耆旧诗》卷十七

【注释】

①景州：明代属于河间府，州治在今河北景县。 ②赊：长，远。

姚江竹枝词（选一）

〔清〕宋梦良

蟹糟虾酱户兼储，夏蛤冬蛏味莫如。
更有随时供口腹，桃花吐铁桂花鱼。[①]

——选自《姚江诗录》卷五

【注释】

①桂花鱼：即桂花时节所产的黄鱼。作者自注：“八月间桂花黄鱼味甚美。”

鲒埼土物杂咏·土铁

〔清〕全祖望

浪逐桃花涨，螺生海岸腴。
安期曾教孝，[①]墨子不回车。[②]
酿贵春糟白，脂分土冻储。
年年梅雨后，万瓮入姑胥。[③]

——选自全祖望《句余土音》卷上

【注释】

①安期：安期生，亦称“千岁翁”。秦、汉间齐人，一说琅琊阜乡人。传说他曾从河上丈人习黄帝、老子之说，卖药东海边。秦始皇东游，与语三日夜，赐金璧数千万，皆置之阜乡亭而去，留书及赤玉舄一双为报。后始皇遣使入海求之，未至蓬莱山，遇风波而返。一说，生平与蒯通友善，尝以策干项羽，未能用。后之方士、道家因谓其为居海上之神仙。传说舟山泥螺为安期生醉后洒墨而成。这句作者自注：“出安期乡之顺母涂者为上品。”按顺母涂俗称十亩涂、认母涂，宋元时称顺母山，在舟山朱家尖西二里。唐代翁山设县后，朱家尖（宋时称马秦山）和桃花、六横等均划为安期乡。顺母涂海涂最适宜泥螺生长，泥螺粒大质嫩，品质特优，尤其经顺母涂特有的加工技艺盐制后更是色黄透明，香气四溢，软嫩可口。②墨子回车：墨子，即墨翟，战国时期著名的思想家。墨子主张“非乐”。他带着学生到各国游说，经过卫国时，听说前方来到朝歌，于是掉转车头而去。事见刘向《新序·节士》。 ③万瓮：陈铭海注云：“按土人于梅雨后拣土铁大如拇指者以瓮贮之，货于江左，彼处以酒渍之，每燕会，盛以小楪，为盘饤之上品。”姑胥：姑苏，即苏州。

海村竹枝词（十首选一）

〔清〕潘　朗

人世风波到处悲，喜侬不作望夫台。
树头月出炊香饭，郎担桃花吐铁来。

——选自《姚江诗录》卷四

蛟川物产五十咏·吐铁

〔清〕谢辅绅

瓮头黏腻卤牵连，借筵前来尚带涎。
唯有桃花名独冠，肯随流水到蛟川。

——选自光绪《镇海县志》卷三十八

桂枝香·吐铁[①]

〔清〕姚　燮

海田春霏。正踏沙人趁，斜阳潮尾。卸笠肩筐，沫点认来纤细。碧桃零落安期醉[②]，洒星星、墨花满地。翠珠摘到，红涎漉去，露腥烟腻。　　爱嫩壳、微含玉理。尽拈来席上，比到筝指。齑醢茄菹，俊配闲园风味。天涯未惹相思梦，漫缄鱼、钿窗迢寄。[③]三霉雨过，江村唤卖，渴馋消否。

——选自姚燮《疏影楼词·石云吟雅》

【注释】

①吐铁：即泥螺。作者自注：“吐铁以定海桃

花山为最佳，山为安期生醉后洒墨作桃花处。全谢山太史咏吐铁句云：'未惹相思亦号螺。'" ②安期：仙人安期生。 ③缄鱼：书信。

霞岸竹枝词（选一）

〔清〕陈保定

生得男儿多趁钱，春来杂采有涂边。
麦鱼梅蛤桃花蜛，[①]虾子上时有喝千。[②]

——选自范柳堂辑《蛟川诗系续编》卷八

【注释】

①蜛：蜛蝫，一种水生动物。《郭璞·江赋》："蜛蝫森衰以垂翘。"李善注引《南越志》云："蜛蝫，一头，尾有数条，长二三尺左右，左右有脚，状如蚕，可食。"据此描述，似为常见之沙蚕，俗称海蜈蚣，唯尺寸不合。但镇海人似少食沙蚕，故桃花蜛当指章鱼，即今俗称之桃花蛸（短蛸），因腿部展开时似开放的桃花，故名。《嘉定赤城志》卷三十六记载："章巨：八足，首圆。《南海异名记》正名曰'蜛蝫'，郭璞《江赋》'蜛蝫森森而垂翘'是也。海滨人讹曰章鱼，又曰章举。" ②喝千：作者自注："泥螺之小者。"

象山海错诗·吐铁

〔清〕王莳蕙

次第春糟土冻储，舟移万瓮入姑胥。[①]
安期写罢神仙篆，洒墨都成蝌蚪书。

——选自《红犀馆诗课》二集

【注释】

①姑胥：指江苏苏州。

大榭竹枝词[①]（选一）

〔清〕谢琪贤

农民即便是渔家，蜃蛤鱼盐色色夸。
算去五山都不让，[②]只除吐铁逊桃花。

——选自王荣商《蛟川耆旧诗补》卷三

【注释】

①大榭：岛名，今属北仑区。 ②五山：指古代传说中东海的仙山岱舆、员峤、方壶、瀛洲、蓬莱。

淡　菜

淡菜，一名壳菜，俗称东海夫人，学名厚壳贻贝，亦有紫贻贝、翡翠贻贝等。属瓣腮纲贻贝科，栖息低潮浅海底。呈楔形，表面棕黑色或棕褐色，内灰蓝色，有珍珠光泽。唐代陈藏器《本草拾遗》中说："生南海，似珠母，一头尖，中衔少毛。"这里的"毛"指淡菜以足丝附着岩礁及其他物体上。《日华子本草》称其形状虽不雅观，但却十分有益于人身。《宝庆四明志》卷四"叙产"综合了陈藏器、日华子的说法，并无新的发明。

贻贝种类很多，但只有浙、闽海域出产者才能加工出淡菜，其他海域出产者大多味腥肉硬，难以成为珍品海产。淡菜顾名思义，就是干制时不加盐。孙光宪云："去壳，不着盐而干之，故名淡菜。"对于淡菜的美食价值以及浙、闽产品的差别，明人屠本畯在《闽中海错疏》中曾有详细的论述："壳菜一名淡菜，一名海夫人，生海石上，以苔为根，壳长而坚硬，紫色，味最珍。生四明者肉大而肥，闽中者肉瘦，其干者闽人呼日干，四明呼为干肉。"浙、闽出产的淡菜各有特色，长期以来，均在饮食界享有盛名。

浙产淡菜主要产地为宁波、舟山等地，是取贻贝的净肉，经煮熟后晒干而成，色泽橙黄，体形肥大，味鲜而有香气，早在唐朝就被朝廷列为贡品。孟诜《食疗本草》及《日华子本草》对此均有著录。唐人陈藏器在《本草拾遗》中说，淡菜号称"东海夫人"，"大甘美，南人好食，取肉作腥宜人"。到宋朝时，浙产淡菜仍为这种珍品中的大宗货源，李正民《寄邦求拟南食作》诗就云："不到浙江辜负口，昔人有语真可取。……纷纷虾蛤不足数，淡菜蚶蛎资多腥。"《梦粱录》卷十六记载杭城食店中出售各种食次名件，其中淡菜肴馔就有许多款样。直到晚清时期，浙产淡菜仍然位居同类产品的上等行列，并且出现了三四贡、元淡和子淡三级档次。

贻贝可以鲜食。《日华子本草》云：淡菜"常时频烧食，即苦不宜人，与少米先煮熟，后除肉内两边锁及毛了，再入萝卜，或紫苏或冬瓜皮同煮，即更妙"。《宝庆四明志》卷四亦记载："土人烧令汁沸，出肉食之。若与少米先煮熟，后去两边锁及毛，更入萝卜、紫苏同煮，尤佳。"干制品淡菜，亦称淡米，若调治不得法，则会出现味腥肉老的现象。为此，古代厨家精心研究，推出了各种烹调淡菜的技法，使淡菜在烹食过程中尽展韵味。

鄮东竹枝词(选一)

〔清〕李邺嗣

新年设客每经旬，冷馔先将海味陈。
接脚绿衣诸使者，出身海国众夫人。[①]

——选自同治《鄞县志》卷七十四

【注释】

①接脚：紧跟着。"接脚"两句：作者自注："谓龟甲、淡菜二品。"

再赋鲒埼土物·东海夫人

〔清〕全祖望

夫人海上来，文以澹弥旨。
能成如达功，[①]不收寤生子。[②]

——选自全祖望《句余土音》卷中

【注释】

①如达：语出《诗·大雅·生民》："诞弥厥月，先生如达。"先生即始生子，犹言头生。②寤生：逆生。谓产儿足先出。

象山海错诗·淡菜

〔清〕欧景岱

渔家胜味等园蔬，老圃秋来尚未锄。
淡到夫人名位正，无盐唐突又如何。[①]

——选自《红犀馆诗课》二集

【注释】

①无盐：亦称"无盐女"。即战国时齐宣王后钟离春。因是无盐人，故名。为人有德而貌丑。后常用为丑女的代称。这里兼指不用盐。唐突：冒犯；亵渎。

象山海错诗·文啮[①]

〔清〕郭传璞

水族嘉名记乍闻，夫人只合嫁郎君。
前身莫是胭脂虎，[②]浪暖桃花浴鲎裙。

——选自《红犀馆诗课》二集

【注释】

①文啮：淡菜的别名。元伊世珍《嫏嬛记》卷中："文啮即淡菜，亦名东海夫人。"②胭脂虎：谓悍妇。宋陶谷《清异录·胭脂虎》："朱氏女沉惨狡妒，嫁陆慎言为妻。慎言宰尉氏，政不在己，吏民语曰胭脂虎。"

蛟川物产五十咏·东海夫人

〔清〕谢辅绅

白红二种石根生，水愈深时产愈精。
应是龙宫多嬖幸，[①]故将一品锡嘉名。[②]

——选自光绪《镇海县志》卷三十八

【注释】

①嬖(bì)幸：得宠；宠爱。②锡：赏赐。

附：

淡菜铭

〔明〕张如兰

食土之毛，有淡其菜。食其味，核其象，可谓之西子不洁，谁言是东海夫人？

——选自屠本畯《海味索隐》

【腔肠、棘皮、爬行类】

海　蜇

海蜇又叫水母、虾筋、蛇鱼、樗蒲鱼等，属腔肠动物。海蜇浮游生活，自主运动能力很小，主要靠"伞"下发达的环状肌伸缩作用。下方口腕处有许多棒状和丝状触须，上有密集刺丝囊，能分泌毒液。海蜇的生命周期较短，一般春生、夏盛、秋亡。

我国很早就发现了水母目虾的生物共栖现象。唐代刘恂《岭表录异》引《越绝书》佚文云："水母即虾为目。"认为水母无目，游动没有方向，但有虾为其耳目。按照现代生态学来说，水母与虾确有共生现象。有一种水母虾平时栖息于海蜇的肩板和各条口腕周围，每当有外物或敌害接近时，反应十分敏感，立即躲入其内，这一反应触动了海蜇，引起海蜇伞部立即收缩，将水母虾包蔽在伞腔内和口腕内，瞬间沉没深水处，以逃避敌害，水母虾受到海蜇的保护，而水母虾则起着海蜇“眼睛”的作用。据此考证，水母目虾中的水母，属腔肠动物钵水母纲根口水母目，即今所称之海蜇。《本草纲目》卷四十四引唐代明州人陈藏器《本草拾遗》，描述了其形态：“蛇生东海，状如血鲐，大者如床，小者如斗，无眼目胃腹，以虾为目，虾动蛇沉，故曰水母目虾。亦犹蛩蛩之与駏驉也。”《宝庆四明志》卷四“叙产”进一步对其形态做了描述：“鮀鱼，《本草》作‘蜡’，一名乍鱼，一名水母，一名樗蒲鱼，生东海，形如覆笠，肉如血峪，大者如席，小者如斗，腹下如垂絮，纯赤，无肠胃眼目，以虾为目，虾动鮀沉，故曰水母目虾。”

目前食用水母的记载首推晋张华《博物志》卷三：“人煮食之。”新鲜海蜇可以煮食的部分为摘下的腔内蜇花（也叫蜇脑）和刮下的伞体腹部肌肉上黏膜（蜇卷），需趁鲜将其放进沸水中速氽，液体状的蜇花和黏膜马上凝成固体，味道鲜美，岛民习称“虾蛇肚肠”。唐代时采用“炸”的食法，首见于陈藏器《本草拾遗》：“炸出，以姜、醋进之，海人以为常味。”后刘恂《岭表录异》记载说：“南中好食之，云性暖，治河鱼之疾，然甚腥。须以草木灰点生油，再三洗之，莹净如水精紫玉。肉厚可二寸，薄处亦寸余。先煮椒桂或荳蔻、生姜，缕切而煠之，或以五辣肉醋，或以虾醋，如脍食之最宜。虾醋亦物类相摄耳。”其预加工处理是“以草木灰点生油”，还看不到明矾加工的痕迹。这里的“煠”，同“炸”，大概与“焯”的技法较为接近。海蜇缕切，经炸熟后，再佐以调料。用明矾预加工后冷拌进食，不迟于元代，且最早是由四明的志书记录下来的。因为海蜇属于刺细胞生物，新鲜海蜇的刺丝囊内含有毒液，人的皮肤与海蜇的触手接触容易中毒，须用 40％饱和的盐水加入明矾混合腌渍，明矾的作用是加速蛋白质的凝固和海蜇毒素的降解，从而确保食用安全。从元代《至正四明续志》卷五“其白肉缕切，用矾浸”记载来看，早期可能只取用海蜇皮，采用了先细切后再用明矾浸的加工方法。明代彭大翼《山堂肆考》云：“以明矾腌之，吴人呼为水母线，久则渐薄如纸，俗呼为白皮纸。”明清以后，经三矾腌制的海蜇头、海蜇皮，乃是宁波、舟山的海特产品。民国《四明朱氏支谱外编·物产》云：“赤者为头子，俗呼海蜇。白者名白皮子，皆以矾渍之。”

舶上谣[①]

〔元〕宋本

东海澄清南海凉，公厨海错照壶觞。
郎君鲞好江瑶脆，[②]水母线明乌贼香。[③]

——选自苏天爵《元文类》卷四

【作者简介】

宋本（1281—1334），字诚夫，原名宋克信，大都（今北京市）人。至治元年（1321）进士，历任翰林修撰、吏部侍郎等职。至顺元年（1330），晋奎章阁学士，次年擢礼部尚书，转集贤学士。著有《至治集》。

【注释】

①作者题下自注：“送伯庸以番货事奉使闽浙。”按，马祖常（1279—1338），字伯庸，光州（今潢川）人。 ②郎君鲞：黄鱼鲞的雅称。《宝庆四明志》云：“盐之可经年，谓之郎君鲞。” ③水母线：海蜇经矾盐腌渍后切成的丝。《本草图经》云：“其白肉缕切，用矾浸，名水母线。”

送徐使君入觐效古[①]（节选）

〔元〕蒋宗简

令侯出丞鄞，侯拜于陛下。
三年秉贞心，百里弘元化。[②]
山岛乐乌鸢，野田丰穲稏。[③]
纤草隐於菟，[④]翠竹眠香麝。
樵唱归镰迟，社酒盈缸醡。[⑤]
致此有自来，我侯每闲暇。
盘登置马甲，[⑥]饾饤纷虾蛇。[⑦]
咿咿小垂手，[⑧]艳艳白玉斝。[⑨]
胡为又及瓜，[⑩]使我失啖蔗。[⑪]

——选自胡文学《甬上耆旧诗》卷三

【作者简介】

蒋宗简(1311—1341),字敬之,鄞县人。师从程端礼,尽传其学。郡庠延为小学师。应试不中,遂弃其旧作,居乡教授。

【注释】

①徐使君:徐用宏。作者自注:"徐君用宏以进士为鄞县丞。"入觐:指地方官员入朝进见帝王。②元化:造化。③穲稏:稻谷。④於菟:虎的别称。⑤社酒:旧时于春秋社日祭祀土神,饮酒庆贺,称所备之酒为社酒。醡(zhà):同"榨"。⑥马甲:即江珧柱。⑦饾饤:将食品堆叠在器皿中摆设出来。⑧咿咿:象声词。小垂手:古舞名。又为乐府杂曲名。《乐府诗集·杂曲歌辞·大垂手》宋郭茂倩题解:"《乐府题解》曰:大垂手,小垂手,皆言舞而垂其手也。"⑨白玉斝:玉制的酒器。⑩及瓜:《左传·庄公八年》:"齐侯使连称、管至父戍葵丘,瓜时而往,曰:'及瓜而代'。"言任期一年,今年瓜时往,来年瓜时代之。后因以"及瓜"指任职期满。⑪啖蔗:刘义庆《世说新语·排调》:"顾长康啖甘蔗,先食尾。问所以,云:'渐至佳境。'"后因以"啖蔗"喻境况逐渐好转。

再赋鲒埼土物·水母

〔清〕全祖望

虾蛇附虾行,终焉不可避。
盲心而附人,其亦此一辈。

——选自全祖望《句余土音》卷中

西沪棹歌(一百二十首选一)

〔清〕姚　燮

白屿乌岩对锁门,塔西下叶抱孤村。[①]
趁他水母乘潮旺,细捣虾蛇一计矾[②]

——选自民国《象山县志》卷三十二

【注释】

①首两句作者自注:"白屿、乌岩在东西塔间,两塘相对。乌岩即乌屿,下叶村近西塔。"②后两句作者自注:"水母,一名鲊鱼。山矾,土人取以渍水母,曰虾蛇矾。"

象山海错诗·水母

〔清〕王莳蕙

海鉭生来石镜同,[①]霞衣一袭裰猩红。
花瓷饤饾香橙芼,[②]萍实何须误楚宫。[③]

——选自《红犀馆诗课》二集

【注释】

①海鉭、石镜:皆为海蜇的别名。②饤饾:将食物堆叠于盘中摆出来。③萍实:《说苑·辨物》:楚昭王渡江,有物大如斗,直触王舟,止于舟中,昭王怪之,使聘问孔子,孔子曰:"此名萍实,令剖而食之,惟霸者能获之,此吉祥也。"

蛟川物产五十咏·海蜇

〔清〕谢辅绅

蟦蛇分名血沫浮,[①]全无脏腑亦无头。
以虾为目藏身巧,借尔灵心为我谋。

——选自光绪《镇海县志》卷三十八

【注释】

①蟦(fèi):水母。

水　母

〔清〕朱绪曾

天孙吐咳絮云柔,[①]霞缕冰涎入海流。[②]
缀得长须珠一粒,[③]策勋赤水傲离娄。[④]

——选自朱绪曾《昌国典咏》卷六

【注释】

①天孙:传说中巧于织造的仙女。絮云:《宝庆四明志》卷四:"蛇鱼:……腹下如垂絮。"②霞缕冰涎:语出元谢宗可《海蜇》诗:"霞衣裰色冰涎滑。"③长须珠:指小虾。《南越志》:"海岸则颇有水母,……无耳目,故不知避人,常有虾随之,虾见人则惊,此物亦随之而没。"④策勋:记功勋于策书之上。古代神话传说中的水名。《庄子·天地》:"黄帝游乎赤水之北,登乎昆仑之丘而南望,还归遗其玄珠。"离娄:传说中的视力特强的人。《孟子·离娄上》:"孟子曰:'离娄之明,公输子之巧,不以规矩,不能成方圆。'"焦循正义:"离娄,古之明目者,黄帝时人也。黄帝亡其玄珠,使离朱索之。离朱,即离娄也,能视于百步之外,见秋毫之末。"

水母目虾

〔清〕陈福熙

水母奇无目，司明竟属虾。
居然师有相，肯使眼多花。
镜影难磨石，虹光欲走沙。
混珠虽未及，借鉴尚飞遐。
视尔梦梦苦，关情盼盼加。
螟巢胡足拟，[①]蛛比不须夸。
相约窥渔浦，何忧触钓楂。
景纯工体物，[②]赋语正而葩。

——选自陈福熙《借树山房排律诗抄附刻》卷下

【作者简介】

陈福熙，字尔诒，号艅仙，舟山定海人。陈庆槐之子，道光元年(1821)副贡。任八旗教习。著有《古今体诗》十卷。

【注释】

①螟：鷦螟。古代传说中一种极小的虫。《抱朴子·刺骄》："蟭螟屯坟眉之中，而笑弥天之大鹏。" ②景纯：郭璞之字。《文选·郭璞〈江赋〉》："琐蛣腹蟹，水母目虾。"李善注引《南越志》："海岸间颇有水母……生物有智识，无耳目，故不知避人。常有虾依随之。虾见人则惊，此物亦随之而没。"

沙　蒜

沙蒜，又名沙噀，朱绪曾《昌国典咏》卷六云："蒜即噀之音转也。"南宋《宝庆四明志》卷四记载："沙噀，块然一物，如牛马肠藏头，可长五六寸许，胖然如水虫，无首、无尾、无目、无皮骨，但能蠕动，触之则缩小如桃栗，徐复拥肿。土人以沙盆揉去其涎腥，杂五辣煮之，脆美为上味。"《宝庆四明志》对沙噀的形态描述，为后来冯时可《雨航杂录》、周亮工《闽小记》等所承袭，但周亮工竟误认土笋为沙噀。但沙噀究为何物，笔者查阅各类辞书和网络信息资料，都说沙噀是海参，但其形态与志书的描述差异很大。民国《镇海县志》卷四十二引《鄞志》云："俗呼海参，以其能益人，如药品之参也。"这样的记述说明它并非是真的海参，而是对沙噀滋补功能的一种定位。也有的说沙噀是刺参，但刺参的形态特征与《宝庆四明志》对"沙噀"的形态描述颇有差异。刺参外观上的最显著特征是背面有4～6行肉刺，而沙噀的外观看起来"块然一物，如牛马肠脏"，两者根本不是同一物。现据志书的描述，结合笔者对海滨餐饮的实地考察，将沙噀订为腔肠动物海葵。

沙蒜别称海菊花。学名有绿黄海葵、纵条矶海葵之分。属于腔肠动物珊瑚纲海葵科。呈圆柱形，口缘环生众多触手，体壁绿色或黄绿色，触手浅黄或淡绿色。栖息潮间带岩礁间水洼处，以基盘固着于岩石，触手伸展形状如花，受刺激则收缩成半球形。适于沙蒜生长的海涂甚多，每年夏秋季正是采收旺季。此物可烹成鲜脆沙蒜汤，看上去有点浑浊，似不清爽，实际上味极美，韧中带脆，有滋阴壮阳的功效。

蛟城食沙潠鱼[①]，次黄证孙韵，[②]呈北溟[③]

〔清〕郑　性

凉风蛟海旺龙头，[④]至味相思物少侔。
渣滓消尽鲜更洁，清虚独著滑还柔。
调羹种种能开胃，佐饭餐餐不哽喉。
休怪性嫌膻腻客，携朋几度远寻秋。

——选自郑性《南溪寤歌》卷上

【注释】

①蛟城：即镇海城，镇海旧称蛟川。沙潠：即沙噀。 ②黄证孙：黄千人(1694—1771)字证孙，号谔哉，晚号榆陔，余姚人。黄宗羲之孙。 ③北溟：谢绪章字汉倬，号北溟，镇海人。与郑性、万承勋、李暾并称为"四明四友"。 ④龙头：作者自注："一名龙头鱼。"

蓬岛樵歌(一百十六首选一)

〔清〕钱沃臣

石蜐扬葩赢吐鱻，目虾腹蟹蜕居虫。[①]
勿嗟呈怪惊章举，沙噀烹来味更浓。

——选自钱沃臣《蓬岛樵歌》

【注释】

①居虫：寄居蟹。

鲒埼土物杂咏·沙蒜(沙噀)

〔清〕全祖望

笋入泥成冻，[1]沙生蒜有苗。
鲜腥需五辣，缩质似含桃。
性以寒能下，香因脆愈娇。
只应惭骨鲠，肉胜不堪骄。

——选自全祖望《句余土音》卷上

【注释】

①笋：土笋，也叫涂笋，名海星虫，即可口革囊星虫，属环节动物门，星虫纲。“土笋”是一类比较小型的种类。海星虫身长二至三寸，生于海滩沙泥沙中，形状如牛马肠，无头，无目，无皮骨，能蠕动，味鲜美，富胶质，含有氨基酸和多种对身体有益的微量元素，是珍贵的食品。新鲜的土笋约寸长，色偏棕黑色，型圆滚。常见种类有泥蒜和土钉，厦门人统称为“土笋”，广东人则称为“泥丁”。是福建、广东和海南岛沿海群众喜好的海产小吃。厦门“土笋冻”经营历史尤为悠久，在海内外享有盛誉。此物常与沙蒜相混。

象山海错诗·沙蒜

〔清〕姚景皋

沙盆贮水涤腥涎，入釜宜和五辣煎。
脑满肠肥难肖似，混沌曾否凿西天。

——选自《红犀馆诗课》二集

沙　噀

〔清〕朱绪曾

柔然国里族分支，刻骨无能况相皮。
怪底触人形顿缩，怕同混沌巧施眉。

——选自朱绪曾《昌国典咏》卷六

海　胆

海胆，别名刺锅子、海刺猬，棘皮动物门海胆纲的通称。体形呈圆球状，就像一个个带刺的紫色仙人球，渔民常把它称为“海底树球”“龙宫刺猬”。我国沿海约有150多种，常见的如马粪海胆、大连紫海胆、心形海胆、刻肋海胆等。海胆栖息在海藻丰富的潮间带以下的海区礁林间或石缝中，以及较坚硬的泥沙质浅海地带，躲在石缝中、礁石间、泥沙中或珊瑚礁中，昼伏夜出，靠棘刺防御敌害。

“海胆”之名最早见于明屠本畯《闽中海错疏》卷下：“海胆，壳圆如盂，外结密刺，内有膏黄色，土人以为酱。”按语云：“海胆，四明谓之海绩筐，海滨人取壳磨粉，合米酱中，其膏入盐按酒，亦名曰酱。”清徐珂《清稗类钞·动物类》云：“海胆为棘皮动物，……栖息于暖地海岸，性迟钝，卵巢黄色，可入盐佐酒，鄞有之。以其壳圆如盂，外结密刺，内有黄色之膏，鄞人谓之海绩筐。”海胆的吃法多种多样，不论是新鲜的海胆卵(黄)或是经过加工的任何系列品种，都可用于清蒸煎炒、冷盘或烹调成汤。

象山海错诗·海绩筐

〔清〕姚景皋

仿佛胭脂盏色绯，好充奁具贮珠玑。
敢因龙女愁耽待，细绩鲛绡赶嫁衣。

——选自《红犀馆诗课》二集

甲　鱼

鳖，俗称甲鱼、团鱼、王八等，属于龟鳖目鳖科卵生爬行动物。鳖水陆两栖，用肺呼吸，对外界温度变化十分敏感，生活规律与外界温度变化有着密切的关系。明代张如兰游历四明时，曾作《团鱼说》，对其形态特征有所描述。但他说团鱼“纯雌无雄”，遭到了屠本畯的批评。

古人把鳖视作珍美的水产，《诗·小雅·六月》就有“饮御诸友，炰鳖脍鲤”的诗句。唐代陈藏器《本草拾遗》、五代《日华子本草》中论述了鳖的功用。《宝庆四明志》卷四记锦缸煮烂与鳖裙同，则知鳖裙已被推为美味。清代鄞县学者蒋学镛的曾祖淇如府君性好饮，“嗜炰鳖肉臇”。冰糖甲鱼更是宁波近代十大名菜之一。民国《四明朱氏支谱外编·物产》云：“甲之软肉名裙，味绝美，吾乡俗谚：‘天上雁鹅肫，地下鳖罗裙。’指此也。甬上名酒楼必用吾乡鳖。若台州产，甲色淡黄腹淡红，体瘠，味亦损，名沙鳖。”鳖肉味鲜美、营养丰富，不仅是餐桌上的美味佳肴，而且是一种用途很广的滋补药品和中药材料。

立　秋

〔明〕李生寅

刘稻苦深雨，立秋期稍晴。
黄云低在野，白水远浮城。
鱼鳖新登市，江田旧失耕。
两年仍雨旱，一饭愧香杭。

——选自胡文学《甬上耆旧诗》卷二十三

岱山土物诗六首·甲鱼

〔清〕全祖望

于思所弃余，[①]入水随崇伯。[②]
钓师亦羊斟，[③]相寻须早匿。

——选自全祖望《句余土音》卷中

【注释】

①于思：亦作“于腮”。多须的样子。一说白头的样子。此句语本《左传·宣公二年》：“于思于思，弃甲复来。” ②崇伯：夏禹之父鲧封于崇，因称崇伯。 ③羊斟：春秋时宋人，《左传》宣二年：“将战，华元杀羊食士，其御羊斟不与。及战，曰：‘畴昔之羊，子为政。今日之事，我为政。’与入郑师，故败。君子谓羊斟非人也，以其私憾，败国殄民。”

附：

团鱼说

〔明〕张如兰

鳖，河伯从事也。状如覆肺，四目六足，专以目听，其禀异也。所伏之处，必有浮沫。藏形于渊，附卵于陵。纯雌无雄，以思想生，其性异也。江南渔人得鳖于渚，系于檐前，明日视之，则一巨蛇也，其化异也。即炰鳖之章，诗人为孝友之张仲美，而罗衣托梦，古人以为怪也。而今而后，吾且以物为路。诸父之不食，而愿为崔弘度之放舍也。孔子曰：“丘未达，不敢尝。”

——选自屠本畯《海味索隐》

【节肢类】

蟹

蟹是个通称。全世界约4700种，中国约800种，见于所有海洋、淡水及陆地中，常见的有关公蟹、梭子蟹、溪蟹、招潮蟹、绒螯蟹等属。历史上浙东地区是闻名的产蟹区。其中品类极多的淡水可食蟹被总称为越蟹。越蟹之称始见于北宋宋祁《抒怀呈同舍》诗：“越蟹丹螯美。”南宋高似孙《蟹略》据此把“越蟹”与“淮蟹”“吴蟹”等并列，确立了以产地命名的“越蟹”概念，之后一直被沿用。南宋鄞县籍文人高似孙最爱吃蟹，并时常形诸笔墨，他所食之蟹大多为湖蟹、河蟹，对越蟹尤为钟情。宁波人喜欢食用的河蟹，也叫螃蟹、毛蟹，是淡水中生长，海水中繁殖的蟹类，有生殖洄游的特性。唐代陈藏器《本草拾遗》说：“（蟹）八月腹内有芒，食之无毒。其芒是稻芒，长寸许，向东输海神，开腹中，犹有海水。”这里所谓蟹向海神输稻芒虽然属于传说，但却隐含了蟹由淡水赴海水这一生殖洄游的事实。清代道光时高杲《浒山志》卷六记载：“螃蟹：俗呼毛蟹。《宝庆志》：‘螯跪带毛。’出海涂。到晚禾成穗，自海涂上横行。能过横河闸，直至石堰者，得之皆雄，谓之老螃，满腹皆膏，味尤美。”这里所记述的更是明白的洄游现象了。

多数蟹为海生，玉蟹科、梭子蟹科等主要生活在沿岸带，方蟹科、沙蟹科生活在广阔的潮间带。其中宁波出产的青蟹，具有个大体肥、肉鲜、壳青的特点，是宁波著名的海特产品，体扁平，肥美可口，盛产于南田、三门湾一带。三疣梭子蟹，呈梭形，稍隆起，背甲疣状突起，螯足发达，呈蓝紫色。冬季蟹体肥壮，雌者有红膏，称门蟹，雄者称白蟹。味鲜美，多蒸炒鲜食，亦可腌制咸蟹糊、蟹股及抢蟹。特别是新风抢蟹（又叫红膏抢蟹），系用冬季和初春捕获的新鲜梭子蟹，挑选肥壮膏满雌蟹加工而成，是闻名海内外的宁波特产。高似孙《蟹略》中所谓“海人以卤盐之，曰缸簋”，即指抢蟹。此外，据《浒山志》记载，秋冬间产于浒山后海的一种沙蟹，“大如彭越，而壳柔，足有毛，族生海涂。土人撒网罩涂，俟其满而拽之，取以作酱，捣烂，略施腊糟及盐，封贮一二日，味极佳”。

浙东地区有着极为悠久的食蟹历史。早在7000年前的河姆渡文化遗址中，从出土动物标本统计可知，青蟹已经进入了先民的食谱范围。以后虾蟹类便成为四明最常见、最大宗的食材，嗜好这种厚味乃是越地一俗。北宋余姚县令谢景初曾说：“越俗嗜海物，鳞介每一遗。虾蠃味已厚，况乃蟹与蜞。”梅尧臣《明州推官郑先辈》云：“野橘霜前熟，江螯露下肥。”又《送师直之会稽宰》：“姚江遗鱼蟹，稽山奉笋蕨。”又《送谢寺丞知余姚》云：“秋来鱼蟹不知数，日日举案将无穷。”这些诗歌均提到了四明餐桌上虾蟹之新鲜丰盛，它们对于外乡人来说具有难以抗拒的魅力。晁说之吟咏宁波的诗歌中，就写到他对“白蟹青虾”大快朵颐的情景。尤其是蝤蛑最为乡人所珍，乡谚有“八月蝤蛑可抵虎”之说，夸张地道出了蝤蛑的强壮有力以及较强的滋补作用。相传明州有渔人获一巨蝤蛑，力不能胜，最后被巨螯钳死。于是有人在城东江滨建蝤蛑庙以祀之。明州蝤蛑久负盛名，前贤多称明州为“蝤蛑州”。《四明朱氏支谱外编·物产》介绍白蟹“七八月最盛，腌之呼蟹股，其壳磨浆，呼蟹浆，吾乡几无家不备，他乡罕见”。红钳蟹“常醢为浆”。

浙东学者对蟹的研究也蔚成风气。唐代陈藏器《本草拾遗》记录了蝤蛑、拥剑、蟛蜞、蟛螖四种蟹的食用价值，并记载蝤蛑的生态习性：“大者长尺余，两螯至强，八月能与虎斗，虎不如也。随大潮退壳，一退一长。”这里除了夸张地描述蝤蛑强壮的力量外，还观察到了蟹退壳的现象，将蝤蛑的退壳与周期性的潮汐运动联系起来，意谓蝤蛑退壳是与周期性的潮汐现象相适应的一种生存方式，还认识到蟹每成功退壳一次，可在原来基础上增重许多。陶弘景记录了拥剑，陈藏器进一步描述其形态：“一名桀步，一螯极小，以大者斗，小者食。”结合宋代《本草图经》“螯赤”的记载，可以将拥剑定为雄性的弧边招潮蟹（红钳蟹）。雄蟹经常挥舞着大螯，向其他雄蟹炫耀、示威和打斗；小螯则用来挖取泥浆里的食物。陈藏器对于弧边招潮蟹生活习性的记述是非常准确的。宋代姜屿《明越风物志》准确地记载了蟹的习性，又进一步细分为石蝤蛑、青蟳、黄甲、拨棹子4种，其中青蟳当即现代人所称的锯缘青蟹。拨棹子的划分，表明已经在观察到了梭子蟹科用扁平桨状的附肢游泳、动作灵巧的特征。《宝庆四明志》承袭之，同时又指出蟹“圆脐者牝，尖脐者牡”，螃蟹“螯脆带毛”，蟛蜞“性甚寒”，都是很准确的。该志又说：“俗呼母蟹亦曰赤蟹，无膏曰白蟹。”继北宋山阴傅肱出版了《蟹谱》之后，南宋高似孙出版了《蟹略》，整个宋代对螃蟹的认识水平，比较系统地反映在这两部书中。《蟹谱》与《蟹略》是我国最早的两部关于蟹的专著，相比之下，傅氏的撰著更具开创性，而高氏的《蟹略》更为系统完备，文化色彩更浓，这是因为他是在傅肱的基础上广泛收集前人的研究成果，结合自己的心得而编撰的。高氏《蟹略》着眼点虽在饮食烹饪，但对于蟹的形态特征、品种、产地、采捕、加工食用等均有记述。我国的蟹类约有600多种，而以河蟹的数量最多，其分布很广，体型也较大。高似孙对河蟹的分类比傅肱等人更为细致，将螃蟹分为38种。他的分类标准很不一致，其依据有产地、习性、季节、形态等等，显得有些混乱，但在当时历史条件下做到这一点已经很不容易了，因此仍可看作是宋代螃蟹研究的重要成果。元代《至正四明续志》卷五中，将蟹与螃蟹做了区分，“蟹”所指为“皆出海中”的海蟹，而螃蟹（俗呼毛蟹）则生湖泊中，还包括溪蟹在内。

明州推官郑先辈[①]

〔宋〕梅尧臣

应幕海边郡，秋风千里归。

随潮吴榜驶,[2]转浦楚山微。
野橘霜前熟,江鳌露下肥。
还家候灵鹊,[3]人想罢鸣机。

——选自梅尧臣《宛陵集》卷三

【注释】

①推官:掌理司法的地方官。此诗作于1034年。②吴榜:指船。③灵鹊:即喜鹊。俗称鹊能报喜,故称。

送谢寺丞知余姚[1]

〔宋〕梅尧臣

姚江千里海汐应,山井亦与江潮通。
秋来鱼蟹不知数,日日举案将无穷。
高堂有亲甘可养,下舍有弟乐可同。
县民旧喜诸郎政,刍力莫愧今为翁。[2]

——选自梅尧臣《宛陵集》卷十八

【注释】

①谢寺丞:似为谢缜,今安徽六安霍邱人。但注者从光绪《余姚县志》卷十八《职官表》中,并未查到除谢景初以外另一谢姓县令,故有待进一步考证。题下作者自注:"其侄师厚尝宰此邑。"其侄师厚指谢景初。②刍力:为政的能力。

送师直之会稽宰[1]

〔宋〕梅尧臣

天下风物佳,莫出吴与越。
新罢吴官来,又随越舸发。
连宰吴越间,皆迩蛟鼍窟。
伯氏复同郡,邑境接民垡。[2]
宁将内隔外,正似肉附骨。
姚江遗鱼蟹,稽山奉笋蕨。
足得相交欢,高堂未华发。
送子意不尽,念逐有明月。

——选自梅尧臣《宛陵集》卷二十九

【注释】

①师直:谢景温(1021—1097),字师直,浙江富阳县人。皇祐元年(1049)登进士第。后知越州。作者自注:"其兄在余姚。"兄指余姚县令谢景初。②民垡:民田。

粤 俗[1]

〔宋〕谢景初

粤俗嗜海物,鳞介无一遗。[2]
虾蠃味已厚,[3]况乃蟹与蜞。[4]
潮来浦屿涨,遮捕张藩篱。[5]
潮去沙满滩,拾掇盈篱箕。
杀烹数莫记,琐碎臭且奇。
苟务贪咀嚼,宁识暴殄悲。
蛟蜃吐云气,腹以人为饴。
呀口日肥大,[6]洪波谁敢窥。

——选自孔延之《会稽掇英总集》卷五

【作者简介】

谢景初(1020—1084),字师厚,号今是翁,杭州富阳人,原籍河南陈郡阳夏(今河南太康县)。庆历六年(1045)进士,授大理评事。庆历七年知余姚县,筑海塘以捍海潮,禁豪强侵湖为田,严盐政之课,并积极办学。后迁成都府路提点刑狱,以屯田郎中致仕。著有《宛陵集》。

【注释】

①粤俗:高似孙《蟹略》引录作"越俗"。"粤",古通"越"。此诗为谢景初知余姚时所作。②鳞介:泛指有鳞和介甲的水生动物。③蠃:通"螺"。④蜞:蟛蜞,即相手蟹,方蟹科中的一种。⑤遮:挡。⑥呀口:张大口。

郑中卿惠蝤蛑[1]

〔宋〕史弥宁

客窗不作侯鲭梦,[2]随分鱼虾荐一杯。[3]
食指怪生连夜动,[4]敲门郭索送诗来。

——选自史弥宁《友林乙稿》

【作者简介】

史弥宁,字清叔,一字安卿,鄞县人。史浩之侄,史源之子。嘉定中以国子舍生莅春坊事,带閤门宣赞舍人,除忠州团练使,曾两知邵州。有《友林乙稿》。

【注释】

①郑中卿:郑域,字中卿,号松窗,福建闽县人。曾官婺源县令。庆元丙辰(1196)随张贵谟使金。蝤蛑:青蟹或梭子蟹。徐珂《清稗类钞·

动物类》云:“蝤蛑,……闽人称之为青蟹,较梭子蟹为贵,而俗亦称梭子蟹为蝤蛑。”我国已记录蝤蛑科80余种,含梭子蟹属、青蟹属、蟳属等,均为重要的食用蟹。 ②侯鲭:精美的荤菜。鲭,鱼和肉合烹而成的食物。 ③随分:随便。 ④怪生:难怪,怪不得。

富次律送蟳[①]

〔宋〕高似孙

鳞甲错夏物,怀青莫如蟹。
苏公今张华,[②]何微不知音。
入手巨螯健,斫雪隽莫禁。[③]
宛然如玠辈,[④]曾是秉玉心。
蟹因龟蒙杰,[⑤]酒与毕郎深。[⑥]
二者不可律,食之常酌斟。

——选自高似孙《蟹略》卷三

【作者简介】

高似孙(1158—1231),字续古,号疏寮,鄞县(今海曙区)人。淳熙十一年(1184)进士,调会稽县主簿。庆元六年(1200)通判徽州。嘉定十七年(1224)为著作佐郎。宝庆元年(1225)知处州。晚家于越,为嵊令史安之作《剡录》。著有《疏寮小集》《蟹略》《骚略》等。

【注释】

①蟳:即蝤蛑,俗称青蟹。 ②苏公:指苏轼。张华(232—300),字茂先,西晋范阳方城(今河北省固安县)人。家贫勤学。历官太常博士、著作郎、长史兼中书郎等。西晋代魏后,迁黄门侍郎,封广武县侯。官至司空。晋惠帝时八王之乱中,遭赵王司马伦杀害。博学多能,号称“博物洽闻,世无与比。”编纂有《博物志》。 ③斫雪:语出宋苏轼《丁公默送蝤蛑》诗:“半壳含黄宜点酒,两螯斫雪劝加餐。” ④玠:毛玠,字孝先,陈留平丘(今河南封丘)人。官至尚书仆射。《晋书》卷四十七《傅咸传》:“昔毛玠为吏部尚书,时无敢好衣美食者,魏武帝叹曰:‘孤之法不如毛尚书,令使诸部用心,各如毛玠,风俗之移,在不难矣。’” ⑤龟蒙:唐陆龟蒙,字鲁望,别号天随子、江湖散人、甫里先生,苏州人。曾任湖州、苏州刺史幕僚,后隐居松江甫里,著有《蟹志》。 ⑥毕郎:即毕卓,字茂世,新蔡鲖阳(今安徽临泉鲖城)人。晋大兴末为吏部郎,因饮酒而废职。南朝宋刘义庆《世说新语·任诞》:“毕茂世云:‘一手持蟹螯,一手持酒杯,拍浮酒池中,便足了一生。’”

李迅甫送蟹

〔宋〕高似孙

小橘枚枚菊未黄,蟹肥全不待些霜。
莫嫌草草相知少,犹是曾为吏部郎。[①]

平生嗜此龟蒙蟹,便无钱也多多买。
瞥见风姿已潇潇,一呷橙齑酒如澥。[②]

——选自高似孙《蟹略》卷四

【注释】

①吏部郎:指毕卓。 ②橙齑:即橙泥。具体做法是把橙子剖开,去掉籽核,然后连皮放入臼中,用力捣烂,同时让橙皮所含的微带苦味的酸香也释放出来,混在橙肉里。最后把橙皮择出,向橙肉泥里再加一点细盐。其作用一来靠果香去除腥气,《蟹略》“蟹齑”一条便说:“吴人齑橙,全济蟹腥。”意思是橙泥乃去除蟹腥味的主力。二来利用果酸杀菌、杀寄生虫。三来增加口感。倪瓒《云林堂饮食制度集》中介绍的食蟹方法即为:“用生姜、紫苏、桂皮、盐同煮。大火沸透便翻,再一大沸透便啖。凡煮蟹,旋煮旋啖则佳。以一人为率,只可煮二只,啖已再煮。捣橙齑、醋供。”

晢蟹羹

〔宋〕高似孙

年年作晢蟹为羹,倦不能支略放行。[①]
但是草泥行郭索,[②]莫愁豕腹胀膨亨。[③]
酒今到此都空了,诗亦随渠太瘦生。[④]
吏部一生豪到底,[⑤]此时得意孰为争。

——选自高似孙《蟹略》卷四

【注释】

①支:排遣。放行:放夜。旧时都城有夜禁,街道断绝通行。唐代起正月十五夜前后各一日暂时弛禁,准许百姓夜行,称为“放夜”。 ②郭索:螃蟹爬行貌。亦指蟹爬行时的声音。 ③豕腹:猪的腹部。膨亨:腹部膨大的样子,引申为饱食。语出唐韩愈、轩辕弥明《石鼎联句》:“龙头缩菌蠢,豕腹涨彭亨。” ④渠:方言,他。太瘦生:

太瘦，很瘦。生，语助词。唐李白《戏赠杜甫》诗："借问别来太瘦生，总为从前作诗苦。"宋欧阳修《六一诗话》："太瘦生，唐人语也，至今犹以'生'为语助，如'作么生'、'何似生'之类。" ⑤吏部：指晋吏部郎毕卓。

赵崇晖送鱼蟹[①]

〔宋〕高似孙

秋驱雁至至犹稀，且馔新篘理旧衣。[②]
蟹为龟蒙何惜死，鲈非张翰且休肥。
五湖已去无遗恨，三径方归有昨非。
更欲借渠茶灶火，萧萧叶满洞庭芦。

——选自高似孙《蟹略》卷四

【注释】

①赵崇晖：浙江乐清人，曾官刑部郎官。②新篘(chōu)：新漉取的酒。

赵君海惠蟳

〔宋〕高似孙

早挥脍手作云鳌，[①]雪带晴飞且拍熬。[②]
安得轮囷如此壮，[③]也知郭索许多骚。
翰林风月从来别，[④]太史江山一味豪。[⑤]
今夜笔床船上去，[⑥]已输吏部十分高。[⑦]

——选自高似孙《蟹略》卷四

【注释】

①脍手：庖丁，厨师。 ②拍熬：其义待考。③轮囷：硕大的样子。 ④翰林风月：用欧阳修《赠王介甫》诗句："翰林风月三千首，吏部文章二百年。"这里指代诗歌之富。 ⑤太史：指黄庭坚，元符中为太史。黄庭坚有《次韵师厚食蟹》等诗。⑥笔床：卧置毛笔的器具。 ⑦吏部：指晋吏部郎毕卓。

江寺丞送蟹

〔宋〕高似孙

苦无多雨便重阳，忆杀池头煮蟹凉。
政用此时消几辈，[①]菊花先作故山香。

——选自高似孙《蟹略》卷四

【注释】

①政：通"正"。

汪强仲郎中送蟹[①]

〔宋〕高似孙

连日天街候驾归，且呼酒对早梅飞。
从来吏部高情别，右手分将老蟹肥。

——选自高似孙《蟹略》卷四

【注释】

①汪强仲：汪立中，字强仲，鄞县人，汪大猷次子。汪强仲或即其人。郎中：宋时各部皆设郎中，分掌各司事务，为尚书、侍郎之下的高级官员。

答瘿庵致糟蟹[①]

〔宋〕高似孙

秋入丹枫声怒号，吴儿得志飞轻舠。
纬以万竹澜寒涛，有法如兵勇于鏊。[②]
彼蟹甚武殊驿骚，[③]一霜二霜如此膏。
物生固忌风味高，最以风味无一逃。
葬之酒乡泣醨糟，一醉竟死俱陶陶。[④]
了我一身凡几醪，死生大矣惟所遭。
饮中诸公人中豪，左手酒杯右手螯。
醉魂浩荡不可招，为君以酒博葡萄。
世间万事真牛毛，一醉一死俱蓬蒿。
恭惟不杀心忉忉，[⑤]视民如蟹呜呼饕。

——选自高似孙《蟹略》卷四

【注释】

①瘿庵：王份，号瘿庵，江苏吴江人。 ②鏊：一种铁制的烙饼的炊具，平面圆形，中间稍凸。③驿骚：骚动。驿，通"绎"。 ④陶陶：和乐的样子。 ⑤忉忉：忧思的样子。

酟　蟹

〔宋〕高似孙

西风送冷出湖田，一梦酣春落酒泉。
介甲尽为香玉软，脂膏犹作紫霞坚。
魂迷杨柳滩头月，身老松花瓮里天。
不是无肠贪曲糵[①]，要将风味与人传。

——选自高似孙《蟹略》卷四

【注释】

①酟蟹：酒渍之蟹。 ②无肠：无肠公子，蟹

的别名。曲糵:指酒。

糟蟛蜞送茸芷[1]

〔宋〕郑清之

月腹一寸能郭索,黄流在中自濡壳。
蝤蛑可自丈人行,螃蟹视之师长伯。
二眸挺出胜怒蛙,八跪前驱非屈蠖。[2]
笑令樊哙自横行,[3]何用吕布须急缚。[4]
铺糟啜醨乃吾味,[5]嚼齿穿龈未渠恶。[6]
属餍只觉一匡胜,[7]效美不辞双距落。[8]
蔡谟但记尊足存,[9]孙卿不悟铁成错。[10]
漫夸右手亦持螯,水中之怒无乃虐。
梁王菹醢犹至今,[11]千古吁嗟汉恩薄。
玉柱江瑶酒半酣,银丝鲫鱼脍新斫。
此非不足君所邪,阘顾居贫未能学。[12]
虫鱼琐碎熟尔雅,曲生逢之三距跃。[13]
太真小物自足佳,茸芷一笑为飞白。[14]

——选自郑清之《安晚堂集》卷十

【注释】

①蟛蜞:蟹的一种。体小,足无毛。晋崔豹《古今注·鱼虫》:"蟚蜞,小蟹也,生海边涂中,食土,一名长卿。其有一螯大者,名为拥剑,一名执火。"干宝《搜神记》卷十三云:"蟛蚏,蟹也。尝通梦于人,自称'长卿'。今临海人多以'长卿'呼之。" ②屈蠖:指屈身的尺蠖。 ③樊哙:沛县(今江苏省沛县)人。曾在鸿门宴时出面营救汉高祖刘邦。横行:犹言纵横驰骋。《史记·季布栾布列传》:"上将军樊哙曰:'臣愿得十万众,横行匈奴中。'"此处横行指螃蟹横着行走。 ④吕布:东汉末年名将,汉末群雄之一。急缚:紧捆。《后汉书·吕布传》:曹操缚吕布,布曰:"缚太急。"操曰:"缚虎不得不急。" ⑤铺糟啜醨:吃酒糟,喝薄酒。司马迁《史记·屈原贾生列传》:"众人皆醉,何不哺其糟而啜其醨。" ⑥嚼齿穿龈:紧咬牙齿,竟咬破了牙龈。 ⑦属餍:饱足。匡:螃蟹的背壳。 ⑧双距:雄鸡两脚后突出部分。 ⑨蔡谟:字道明。陈留考城(今河南民权)人。东晋时期重臣。《晋书·蔡谟传》:"蔡司徒渡江,见彭蜞,大喜曰:'蟹有八足,加以二螯。'令烹之。既食,吐下委顿,方知非蟹。后诣谢尚而说之,谢曰:'卿读《尔雅》不熟,几为《劝学》死。'" ⑩孙卿:即荀子。荀子《劝学》云:"蟹六跪而二螯,非蛇鳝之穴无可寄托者,用心躁也。" ⑪梁王:彭越,秦末汉初名将。刘邦称帝后,封为梁王。十一年,以谋反罪名被捕,贬为庶人,于徙蜀途中被吕后截回,杀于洛阳。《汉书·黥布传》载,刘邦因有人告发梁王彭越谋反而将其诛杀,并"盛其醢以遍赐诸侯"。《本草图经》云:"蟹之最小者名彭蜎,吴人讹为彭越。"菹醢:古代酷刑。把人剁成肉酱。 ⑫阘:颜阘。参见郑清之《和茸芷笋诗》注。 ⑬曲生:唐郑棨《开天传信记》载:道士叶法善,居玄真观,有朝客数十人来访,解带淹留,满座思酒。突有一人傲睨直入,自称曲秀才,抗声谈论,一座皆惊,良久暂起,如风旋转。法善以为是妖魅,俟其复至,密以小剑击之,随手坠于阶下,化为瓶榼,醲酝盈瓶。坐客大笑饮之,其味甚佳。"坐客醉而揖其瓶曰:'曲生风味,不可忘也。'"后因以"曲生"作酒的别称。 ⑭飞白:书法中的一种特殊笔法。相传东汉灵帝时修饰鸿都门,匠人用刷白粉的帚写字,蔡邕见后,归作"飞白书"。这种书法,笔画中丝丝露白,像枯笔所写。

再和且答索饮语

〔宋〕郑清之

海涂之人暗摸索,如龟自遮聊以壳。
沉湘虽避屈三闾,[1]断发奈逢吴太伯。[2]
周官自诡蠯蠃蚳,[3]羲经敢并龙蛇蠖。[4]
妪妃投瓮甘骨醉,[5]舌味无心宁法缚。
黄诗未足助盘飧,[6]吴稻讵能为岁恶。[7]
尊前介士尚铮铮,[8]海底漫郎终落落。[9]
帛声试听响犀瓠,[10]玉指为渠代金错。[11]
掩群而取仅遗小,[12]谁念坑降秦政虐。[13]
二螯六跪冒族姓,[14]穴居颇笑邻之薄。
纵令膑足亦可喜,[15]中有妙解未应斫。
剩拟新篘问扬字,[16]先赋南烹仰韩学。[17]
蚝山马甲不易致,[18]岸下紫鳞於牣跃。[19]
主人鹳鹤真耐痛,[20]笑许子彭如水白。

——选自郑清之《安晚堂集》卷十

【注释】

①屈三闾:指屈原。 ②"断发"句:参见郑清之《食蛤戏成》注。③周官:《周礼》的原名。蠯(pí)蠃(luǒ):蚌与螺。蚳(chí):蚁卵。古人用白

色的蚳卵做酱，供食用。《周礼》："祭祀共廱蠃蚳，以授醢人。" ④羲经：《周易》的别称。相传伏羲始作八卦，故名。 ⑤妪妃：这里指群雌。作者自注："俗以群雌巨掩为佳。" ⑥黄：指黄庭坚。 ⑦"吴稻"句：《越语》云："越伐吴，吴王使王孙雄请成于越，越王欲许之，范蠡不许。王孙雄谓范蠡曰：'先人有言曰：无助天为虐，助天为虐者不祥。今吴稻蟹无遗种，子将助天为虐乎？'" ⑧介士：同"甲士"，披甲的士兵。螃蟹别称"横行介士"。宋傅肱《蟹谱·兵权》："出师下砦之际，忽见蟹，则当呼为横行介士，权以安众。"按，明李时珍《本草纲目·介一·蟹》："以其横行，则曰螃蟹……以其外骨，则曰横行介士。" ⑨漫郎：放浪形骸不守世俗检束的文人。落落：形容孤高，与人难合。 ⑩犀瓠：瓠瓜的子。《诗·卫风·硕人》："齿如瓠犀。"朱熹集传："瓠犀，瓠中之子，方正洁白，而比次整齐也。"后因以喻美女的牙齿。 ⑪金错：刀名。 ⑫掩群：原指尽取兽群。《礼记·曲礼下》："国君春田不围泽，大夫不掩群，士不取麛卵。"孔颖达疏："大夫不掩群者，群谓禽兽共聚也。群聚则多，不可掩取之。"这里亦尽取螃蟹之意。 ⑬坑降：活埋已经投降的兵将。《史记·赵世家》记载，战国时，秦军包围赵括，赵括率军投降，四十多万士兵都被秦军坑杀。 ⑭二螯六跪：见荀子《劝学》。 ⑮膑足：古代指砍去膝盖骨及以下的酷刑。 ⑯问扬字：《汉书·扬雄列传下》记载，汉扬雄校书天禄阁时，多识古文奇字，刘棻曾向扬雄学奇字。后来称从人受学或向人请教为"问字"，亦称"问奇字"。 ⑰南烹：用南方烹饪方法做出的饭菜。唐韩愈《初南食贻元十八协律》诗："我来御魑魅，自宜味南烹。"韩：指韩愈。 ⑱马甲：即江珧。 ⑲於(wū)：叹美声。牣(rèn)：满。语出《诗·大雅·灵台》："王在灵沼，於牣鱼跃。" ⑳"主人"句：作者自注："谚语：有鹳鹤日至水滨，群蟹相与捕鱼虾饲之以为常。一日鹳鹤语蟹曰：'施而不报，非礼也。吾乔木巢成，亦可延客，能从吾乎？'蟹以无翼辞。鹳鹤曰：'此易耳。子以两距钳我足，我尔身也。'蟹悦，从之，一飞戾空。蟹惧，钳益力，鹳鹤痛，怒骂之。蟹笑曰：'作主人乃尔痛耶？'" ㉑子：你。彭：彭蜞。

次静海令盖晞之食蟹

〔宋〕高鹏飞

吴中郭索声价高，草泥足上生青毛。
越中海市喧儿曹，白蟹厌饫霜前螯。[1]
新丰逆旅酒濯足，[2]齐国相君饭脱粟。[3]
当时珍味无所需，吴越土宜俱碌碌。

——选自高翥《菊涧集》附录

【作者简介】

高鹏飞，字南仲，余姚匡堰(今属慈溪市)人。高翥侄子。著有《林湖遗稿》。

【注释】

①厌饫：吃饱。 ②新丰：镇名。在今江苏省丹徒县，产名酒。逆旅：客舍；旅馆。酒濯足：用马周典故。白居易《白孔六帖》卷三十一云："马周初入京，至灞上逆旅，数公子饮酒不顾周，周即市斗酒濯足，傍众异之。" ③齐国相君：指晏婴。《晏子春秋·杂下二六》："晏子相景公，食脱粟之食。"

题存思庵壁

〔宋〕舒岳祥

香饭炊鱼白，新醅擘蟹黄。
秋风元不恶，乡思自难忘。
田水闲无用，山云薄有光。
篆畦消息好，一路木樨香。

——选自舒岳祥《阆风集》卷五

次韵答贵白

〔元〕戴表元

斗粟千钱不易酬，海风吹断寄诗邮。
谁家盛设蟹黄饼，有客翻披狐白裘。
春树自随冬树老，官河长挟野河流。
隔生兄弟何须说，来作城南十日游。

——选自戴表元《剡源文集》卷三十

自宁川如鄞道三首[1](选一)

〔元〕曹文晦

卖鱼河头挝团鼓，[2]采蟹途中坦肩女。
桥南少憩绿阴风，天外潮来白如雨。

——选自《元诗选》二集卷十九

【作者简介】

曹文晦(1290? —1360),字辉伯(或作伯辉),号新山道人,浙江天台人。少年时受兄长曹文炳影响,颖悟多识,不求仕进。喜好吟咏诗歌。鄞县令许广大曾聘请他出任县儒学教谕,辞谢不就。著有《新山稿》。

【注释】

①宁川:宁海平原。 ②挝:敲。

题螃蟹图

〔明〕郑本忠

荡漾荷盘小,盈盈浮翠茎。
却怜非静守,只恐作横行。

——选自郑本忠《安分先生集》卷九

捕鱼图

〔明〕王 淮

平江一镜磨秋光,白云倒浸天茫茫。
柳絮风轻刷凉影,蘋花卤滴团秋香。
鸥鹭乡中鱼蟹国。一段生涯谁占得。
村南老翁心最闲,买一叶舟作家宅。
黄芦缚篷如草庵,篷中食具行相兼。
小灶煎茶堪破闷,大瓶注得春醪甜。
一丈长丝一竿竹,掉过江南又江北。
不论水浊与水清,自可濯缨还濯足。①
团脐紫蟹缩项鳊,且留荐酒不卖钱。
芦花荡里好风月,夜深醉枕蓑衣眠。
当时只说烟波乐,谁知今日烟波恶。
烟波万顷无寸田,老赔鱼课空年年。②

——选自尹元炜、冯本怀《溪上诗辑》卷三

【作者简介】

王淮,字柏(一作"百")源,家于慈城骢马桥。为"景泰十才子"之一。长身美髯,仪观修整。博览群书,曾与锦衣卫指挥汤胤绩相遇于湖州慈感寺,以其渊博的知识使汤氏折服,汤称其为"行秘书"。一生浮沉于江湖间,卒年八十余。有《大愧集》10卷,已佚。

【注释】

①濯缨还濯足:语本《孟子·离娄上》:"沧浪之水清兮,可以濯我缨。沧浪之水浊兮,可以濯我足。" ②鱼课:鱼税。

邬氏山斋食烧蟹歌

〔明〕沈明臣

淮霜蟹肥何崛强,江沙黄甲深遁藏。
秋高郭索输稻芒,海客徒夸海味长。
邬家厨头生异香,纤手出自闺中良。
想当临鼎炊桂浆,细剁青葱杂椒姜。
玉盘高叠黄甲张,触鼻垂涎不待尝。
攘臂韝鞴恣大嚼,①擘开红玉凝膏肠。
须臾盘空恨指众,浇以黄流三百觥。②
世间快事那如此,何不封我淮南王。

——选自沈明臣《丰对楼诗选》卷七

【注释】

①攘臂:捋起袖子,露出胳膊。韝鞴:韝,用绳束紧(袖子、袖套):"髡韝鞴鞠,侍酒于前。"鞴,古代射箭时戴的皮制袖套。 ②觥:古代酒器,腹椭圆,上有提梁,底有圈足,兽头形盖,亦有整个酒器作兽形的,并附有小勺。

江边晚行归草堂

〔明〕杨承鲲

风日遥知霁,潮痕稍复增。
看人收蟹筏,①唤仆徙鱼罾。
月望光相薄,天高气始冰。
草堂缘茂竹,归及暝烟蒸。

——选自胡文学《甬上耆旧诗》卷二十二

【注释】

①筏:原作"符",据《镜川杨氏宗谱》卷十九改。

秋 庄

〔明〕李 埈

九月江城下早霜,纷纷红叶满秋庄。
雁鸿远度冲寒色,乌雀争鸣乱夕阳。
饭以山田粳粒白,盘兼沙砾蟹螯黄。
暂时消受怜风景,便欲行歌学楚狂。①

——选自胡文学《甬上耆旧诗》卷二十四

【注释】

①楚狂:《论语·微子》:"楚狂接舆歌而过孔子曰:'凤兮凤兮,何德之衰!'"邢昺疏:"接舆,楚

人，姓陆名通，字接舆也。昭王时，政令无常，乃披发佯狂不仕，时人谓之楚狂也。”后常用为典，亦用为狂士的通称。

秋日漫兴

〔明〕冯嘉言

寂寂疏林下，柴门傍石梁。
庭花随散落，云树觉微茫。
酒酿乘时乐，蟹肥唤客尝。
太平风物好，有句引杯长。

——选自冯嘉言《十菊山人雪心草》卷二

思归（六首选一）

〔清〕沈光文

我贵何妨知我希，[①]秋山闲看倚荆扉。
涛声细细松间落，雪影摇摇荻上飞。
诗瘦自怜同骨瘦，身微却喜共名微。
家乡昔日太平事，晚稻告我紫蟹肥。[②]

——选自《沈光文斯庵先生专集》

【作者简介】

沈光文（1612—1688），字文开，一字斯庵，鄞县人。明亡后，积极参加抗清斗争，官至太仆寺少卿。顺治九年（1652），渡海中遇飓风，漂泊至台湾宜兰。时台湾为荷兰所据，光文隐居不出。郑成功收复台湾，以客礼见之，沈遂在台以教授为生。晚年与诸罗知县季麒光等结成“东吟社”，为台湾诗社之始创。沈光文作为可考的最早在台湾定居并有著述的文人，被誉为“台湾文献初祖”。著有《文开诗文集》《台湾赋》等。

【注释】

①希：同“稀”。 ②紫蟹：光绪《余姚县志》卷六引《嘉靖志》云：“紫蟹：色紫，苦楝花时挟子而至，语曰‘苦楝开，紫蟹来。’”

村居杂咏（二十一首选一）

〔清〕周　容

斜阳平树腰，叩户是渔子。
芦叶缚四螯，柳条贯双鲤。

——选自周容《春酒堂诗存》卷五

鄮东竹枝词（选一）

〔清〕李邺嗣

小瓮黄齑送草南，[①]换来佳味看来馋。
一瓶蟹甲纯黄酱，千箸鱼头细海咸。[②]

——选自同治《鄞县志》卷七十四

【注释】

①草南：作者自注：“渔户多台、温人，俱呼为草南海船，所乏者齑菜，每送一瓶辄换得佳味。”
②海咸：即海艳。

题画蟹

〔清〕黄　霖

不食霜蟹二十年，未曾举笔口流涎。
何时得返江南岸，明月芦花系钓船。

——选自《四明清诗略》卷五

【作者简介】

黄霖，字玉符，鄞县人。性嗜学，遨游江湖，至成都，爱浣花胜概，遂定居于此。自号菊醉老人。著有《山鸡集》。

北江看捕蟹歌

〔清〕宗　谊

二里至板桥，三里到江浒。
潮信西风浩浩归，捕蟹人家才出浦。
小船双楫去若飞，霜深月黑蟹初肥。
草梁十里捕未易，岸傍负贩忘朝饥。
人言蟹性寒，食之恒败腹。
请勿事贪饕，慎毋使胜谷。
我言饮食贫家难，富者腹饱宁畏寒。
犹忆少时颇酷嗜，二螯八跪如齑餐。
独笑食多亦罹咎，吾肠亦若蟹无有。

——选自宗谊《愚囊汇稿》卷一

留张绍中宿

〔清〕宗　谊

犹记黄花细雨天，蝤蛑寄我带霜鲜。
子来寒舍无他供，喜有楼头月一圆。

——选自宗谊《愚囊汇稿》卷二

长　夏

〔清〕张廷枚

长夏都无一事来，柴门镇日不须开。
花因院小盆中莳，树为阴多屋角栽。
菱芡乍肥茶供足，蟹螯渐大酒情催。
天边忽送三时雨，遥听云中隐隐雷。

——选自《姚江诗录》卷二

桂枝香・蟹

〔清〕邵　瑸

菱歌未远，听截水声中，早又波乱。隔岸星攒几处，移筐抽簖。爬沙郭索沉消息，向西风、数番寻遍。笑伊带甲，双螯似此，何曾秋战。　　看细写、传芦画绢。爱侧步舒徐，双注睛点。曾惜深宫二十，八千消遣。书生快意抛钱买，付燕姬、嫩葱调馔。酒人三五，一盂姜汁，菊香花盏。

——选自邵瑸《情田词》卷二

秋吟・蟹

〔清〕陈　撰

不为西风起，莼鲈旧有情。
呼僮调玉脍，细缕切香橙。

——选自陈撰《玉几山房吟卷》卷二

蓬岛樵歌（一百十六首选一）

〔清〕钱沃臣

一蟹无如一蟹佳，[①] 蛸蛑洲上竞相夸。[②]
虎蟳怪似神人面，不数金丝玳瑁花。[③]

——选自钱沃臣《蓬岛樵歌续编》

【注释】

①一蟹无如一蟹：典出王君玉《国老谈苑》卷二："陶谷以翰林学士奉使吴越，忠懿王宴之，因食蛸蛑，询其名类，忠懿命自蛸蛑至蟛蜞，凡罗列十余种以进。谷视之，笑谓忠懿曰：'此谓一代不如一代也。'"又苏轼《艾子杂说》："艾子行于海上，初见蛸蛑，继见螃蟹及彭越，形皆相似而体愈小，因叹曰：'何一蟹不如一蟹也？'"　②蛸蛑洲：作者自注："成化《宁波府志》：明州多蟹，前贤尝呼蛸蛑州。"虎蟳：即中华虎头蟹，俗称老虎蟹、虎头蟹、鬼头蟹、馒头蟹。外形奇特，头胸甲圆形，表明有颗粒状隆起在前部及中部特别显著。鳃区各有一个呈深紫色圆斑，如虎眼状。栖息于浅海泥砂底上，我国黄渤海及东南沿海均有分布。蟹肉质鲜美，含丰富的营养物质。今宁波沿海已罕见。《至正四明续志》卷五云："有虎斑文，随潮堙沦者，名虎蟳。"作者自注："东海中产神面蟹，五官俱备，紫色。《闽小纪》：虎蟳，蟹之别派。壳似人家户上所绘虎头，色殷红斑驳。北人异之，有镶为酒器者。"亦可指关公蟹。　③金丝玳瑁花：作者自注："《癸辛杂识》载：一道人负一篚，视之，皆枯蟹百余种，如会文官、如龟、如蚁、如猬，或赤黑绀斑如玳瑁，或灿若茜锦，其一上有金丝。盖我象海常见，无足怪者。"

芒　蟹[①]

〔清〕郑　竺

清到橙香一句诗，滩头芦脚影迟迟。
腹芒输尽君知否，正是潮添八月时。

——选自郑竺《野云居诗文遗稿》卷下

【作者简介】

郑竺（1740—1763），字弗人，号晚桥，江北区慈城半浦人。郑中节之子。县诸生。客武林，杭世骏、金农、鲍廷博诸名宿并器重之，见者莫不倾慕。父中节以任气中飞语，竺奔走营救，事定，遂咳血而卒，年仅二十有五。著有《野云居诗文稿》。

【注释】

①芒蟹：即输芒之蟹。

绮罗香・咏蟹

〔清〕邵晋涵

倒卷潮头，恒星沙浦，水国为谁称霸？吐沫成珠，便向风韵叱咤。冒霜尖躁性犹存，搜月儿阴痕未化。正星星夜火，芦花猛攫虾帘下。　　不信粗材郭索，溯前身，错认了风流司马。[①] 消瘦文君，枉洒泪珠盈把。搅浓糖博士无征，配薄酒，监州可怕。[②] 数人间缘壁爬沙，谁是争先者。

——选自邵晋涵《南江诗钞》卷四

【注释】

①司马：指司马相如。此用王吉梦蟹的故

事。 ②监州：宋代各州置通判，称为监州，每与知州争权。杭州人钱昆原任少卿，喜食蟹，在补官外郡时表示："但得有螃蟹无通判处足矣。"事见欧阳修《归田录》。

赋得长夏江村事事幽(四首选一)

〔清〕邵元荣

独得幽人趣，心闲身似忙。
呼童捕螃蟹，携妇看鸳央。[①]
菊订新增谱，菹书旧酿方。
门前舟去住，切莫近荷塘。

——选自倪继宗《续姚江逸诗》卷十一

【注释】

①鸳央：即鸳鸯。

剡湖竹枝词(选一)

〔清〕陆达履

郁蒸天气晚来骄，岙口刚逢水落潮。
照蟹荧荧河畔火，东西排遍剡湖桥。

——选自《姚江诗录》卷二

送从兄还南

〔清〕郑世元

方将沽酒邀兄醉，不道骑驴别我归。
莼菜熟时鱼正上，稻花香处蟹正肥。
江乡洵美今回棹，妻子相迎笑启扉。
何异登仙真可羡，奈如笼鸟不能飞。

——选自郑世元《耕余居士诗集》卷三

即　事

〔清〕郑世元

水田岁熟稻初肥，远近箱车载满畦。
一事家乡应逊北，红姜夜夜剥团脐。

——选自郑世元《耕余居士诗集》卷三

食蟹诗

〔清〕郑世元

吾乡本泽国，水族鲜可食。
西风稻粱登，秋蟹肥少匹。
泖湖种尤佳，[①]昆山远难得。
黄脚嫌味腥，胀腹恐芒实。
何如罟师簖，罗取不遗力。
百物争新鲜，上市颇高直。
两年客岭表，[②]饕餮意殊亟。
常负吏部愿，熟思尔雅述。
食指今忽动，颐朵笑莫释。[③]
实愧主人贤，堆盘满郭索。
左手把其螯，右手酒频吸。
下箸费几千，拍浮可三十。[④]
鲈腮胡足云，蛏壳略同色。
公子笑登俎，介士苦受厄。
何用乞外补，大嚼少虚日。
莫辜老瓦盆，吾愿真已毕。

——选自郑世元《耕余居士诗集》卷十七

【注释】

①泖湖：在上海市松江县西。有上、中、下三泖。上承淀山湖，下流合黄浦入海。今多淤积为田。 ②岭表：即岭南。这里指广东地区。 ③颐朵：即朵颐。谓向往，羡馋。 ④拍浮：浮游；游泳。用毕卓之典。

嘲　蟹[①]

〔清〕叶　燕

漫尔提戈出，[②]何曾破浪行。
草间宁苟活，海上且全生。
纷下鲛人泣，[③]虚传蜗角争。[④]
锋芒终望露，解甲事调羹。

已听胪传甲，[⑥]还看斗戴筐。[⑦]
功名从貌袭，心事与谁商。
乞火怜昏暮，输诚纳稻粱。[⑧]
终然贻口实，捷足未平康。

——选自叶燕《白湖诗稿》卷五

【注释】

①此题作者自注："禁体。"禁体亦称"禁字体"。指禁体诗。一种遵守特定禁例写作的诗，其禁例大略为不得运用通常诗歌中常见的名状体物字眼，意在难中出奇。 ②漫尔：随意的样子。 ③鲛人：神话传说中的人鱼。晋张华《博物志》卷九："南海外有鲛人，水居如鱼，不废织绩……从水出，寓人家，积日卖绡。将去，从主人索一器，泣而成珠满盘，以与主人。" ④蜗角争：

《庄子·则阳》:"有国于蜗之左角者曰触氏,有国于蜗之右角者曰蛮氏,时相与争地而战,伏尸数万,逐北旬有五日而后反。"后以"蜗角争"比喻因细事而引起争斗。 ⑥胪传:科举时代,殿试揭晓唱名的一种仪式。殿试公布名次之日,皇帝至殿宣布,由阁门承接,传于阶下,卫士齐声传名高呼,谓之传胪。 ⑦戴筐:星座名。即文昌宫。因其在斗魁之上,形似筐,故称。《汉书·天文志》:"斗魁戴筐六星曰文昌宫:一曰上将,二曰次将,三曰贵相,四曰司命,五曰司禄,六曰司灾。" ⑧输诚:献纳诚心。纳稻粱:即输芒。

意林问予:甬上膏蟹入暮春何以遽殒?戏答[①]

〔清〕全祖望

膏蟹之夙世,殆是汉侏儒。
年年上巳后,[②]鼓胀毙海隅。[③]
但得以饱死,臣朔所不如。[④]
谢山先生长清癯,[⑤]力与臣朔足并驱。
近来更失大官粟,又复耻曳诸侯裾。[⑥]
抚兹蟹一笑,何恃济饥躯。
只应学蜑户,[⑦]酱汝为冬储,
封以谢山云,日下酒一梂。[⑧]

——选自全祖望《鲒埼亭诗集》卷二

【注释】

①意林:赵信字意林,杭州人。膏蟹:食用蟹的一种。以其多膏,故名。清陈康祺《乡谚证古·释虫·膏蟹》:"鄞县钱志:'蟹之至小者,有膏,夜有光,惟正月间有之。'" ②上巳:旧时节日名。汉以前以农历三月上旬巳日为"上巳";魏晋以后,定为三月三日,不必取巳日。 ③鼓胀:中医学病症名。指由水、气、瘀血、寄生虫等原因引起的腹部膨胀的病。 ④"臣朔":指东方朔,性格诙谐滑稽。《汉书·东方朔传》:"久之,朔给驺朱(侏)儒,曰:'上以若曹无益于县官,耕田力作固不及人,临众处官不能治民,从军击虏不任兵事,无益于国用,徒索衣食,今欲尽杀若曹。'朱儒大恐,啼泣。朔教曰:'上即过,叩头请罪。'居有顷,闻上过,朱儒皆号泣顿首。上问:'何为?'对曰:'东方朔言上欲尽诛臣等。'上知朔多端,召问朔:'何恐朱儒为?'对曰:'臣朔生亦言,死亦言。朱儒长三尺余,奉一囊粟,钱二百四十。臣朔长九尺余,亦奉一囊粟,钱二百四十。朱儒饱欲死,臣朔饥欲死。臣言可用,幸异其礼;不可用,罢之,无令但索长安米。'上大笑,因使待诏金马门,稍得亲近。" ⑤谢山先生:即作者自己。 ⑥曳裾:比喻在王侯权贵门下作食客。 ⑦蜑户:旧时对水上居民的称呼。蜑人以船为家。 ⑧梂:古代祭祀时放兽、馔或酒樽的长方形木盘,没有足。

对菊食蟹三十二韵

〔清〕全祖望

东篱径乍开,东海物惟错。
霜螯硕且肥,霜花寒不削。
其字曰延年,[①]其族曰郭索。
晚禾入椵新,[②]宿土贮盆昨。[③]
风吹老艾翻,潮退凉蒲缚。
应月脂满筐,留春叶绕脚。
夏正纪最先,[④]周易象非凿。
雄雌视脐分,淡浓列种各。
古心静可亲,坚甲利用斫。
吾友多闲居,新冬感寂寞。
插之既满头,擪之在取臛。[⑤]
于焉供微吟,相于成大嚼。
惠分京兆贻,莎自天随柞。[⑥]
九日虽过时,泥饮亦足乐。[⑦]
毕公真老饕,[⑧]陶令雅清约。[⑨]
南山望遥遥,左手持矍矍。[⑩]
莫用何生糖,[⑪]或入桐君药。[⑫]
问性兼甘辛,流膏参丹臒。[⑬]
凉宜调姜下,香堪和茗瀹。
荐枕良所欲,[⑭]为胥俱不恶。[⑮]
一朝兼二妙,诗思纷旁魄。[⑯]
羞道涉江枝,讵数披锦雀。[⑰]
余事及古方,致用更广博。
所讶漆可投,[⑱]犹喜潭弗涸。
治藠术莫谙,[⑲]召鼠事近谑。
蔡谟尚谛参,[⑳]葛洪休臆度[㉑]。
以菊洗蟹腥,以蟹为菊醵。
采芳思幽贞,抚形发嗢噱。[㉒]
四界疏寮遗,[㉓]二经箽溪作。[㉔]
掌故出吾乡,文献未荒落。

黄发我自怜，桀步谁相攫。[25]
吟罢偕厉生，[26]且跨扬州鹤。[27]

——选自全祖望《鲒埼亭诗集》卷七

【注释】

①延年：谓菊。②椵：通"枷"，即连枷。用来脱粒的农具。③宿土：旧有的土壤。这句写盆菊。④夏正：夏历正月的省称。代指夏历。夏以正月为岁首。⑤臒(wò)：好肉。⑥天随：陆龟蒙号天随子。莎：指菊长老，变得粗硬。陆龟蒙《杞菊赋》："尔杞未棘，尔菊未莎。"柞：当为"作"之误。⑦泥饮：犹痛饮。⑧毕公：即毕卓。《晋中兴书》卷七《陈留阮录》："卓常谓人曰：'右手持酒杯，左手持蟹螯。拍浮酒池中，便足了一生。'"此即下文"左手"之出典。⑨陶令：即陶渊明。陶渊明《饮酒二十首》之五中有"采菊东篱下，悠然望南山"之句，此为下文"南山"之出典。⑩矍矍：惊惧四顾貌。《易·震》："震索索，视矍矍。"⑪何生：何胤。沈括《梦溪笔谈·杂志一》："何胤嗜糖蟹。"糖：陆游《老学庵笔记》卷六："唐以前书传，凡言及糖者皆糟耳，如糖蟹、糖姜皆是。"⑫桐君：传说为黄帝时医师。曾采药于浙江省桐庐县的东山，结庐桐树下。人问其姓名，则指桐树示意，遂被称为 桐君。⑬丹臒：可供涂饰的红色颜料。此谓蟹膏之红色。⑭荐枕：进献枕席。这里写菊枕。⑮胥：蟹酱。⑯旁魄：广博。⑰这两句用王安中诗："海螯初破壳，江柱乍离渊。宁数披锦雀，休论缩颈鳊。"枝：当为"柱"之误，即江珧柱。⑱漆可投：宋《宝庆四明志》卷四"叙产"："《本草》以蟹败漆，烧之致鼠。"下文"召鼠"亦出此。⑲治蘠：菊花别名。《尔雅·释草》："蘜，治蘠。"郭璞注："今之秋华菊。"⑳蔡谟：参见郑清之《糟蟛蜞送茸芷》诗注。㉑葛洪：字稚川，自号抱朴子，丹阳句容(今江苏句容县)人。葛洪《抱朴子·登涉》："称无肠公子者，蟹也。"㉒嗢噱：笑；大笑。㉓疏寮：高似孙之号。著有《蟹略》四卷。㉔篁溪：即冯京第。㉕桀步：即拥剑。一螯大、一螯小，曰拥剑。晋左思《吴都赋》"乌贼拥剑，……涵泳乎其中。"注："拥剑，蟹属也。纵广二尺许，有爪，其螯颇大，……利如剑，故曰拥剑。"即今之红钳蟹，学名弧边招潮蟹。㉖厉生：厉志，定海人。㉗扬州鹤：梁殷芸《小说》："有客相从，各言所志，或愿为扬州 刺史，或愿多赀财，或愿骑鹤上昇。其一人曰，腰缠十万贯，骑鹤上扬州 ，欲兼三者。"后以"扬州鹤"形容如意之事。

啖蟹又病

〔清〕全祖望

侬家东海上，束发餍霜螯。[1]
一旦能为厉，从今慎所遭。
不关尔雅咎，[2]还戒毕公饕。
谁说飞仙秘，长生漆漫劳。

——选自全祖望《鲒埼亭诗集》卷八

【注释】

①束发：古代男孩成童时束发为髻，因以代指成童之年。②尔雅咎：用蔡谟误食彭蜞的典故。

鲒埼土物杂咏·膏蟹

〔清〕全祖望

早应东皇令，[1]浓分土脉膏。[2]
生吞偏隽永，大嚼亦粗豪。
桀步虽无有，[3]夜光定可招。
若逢韩吏部，应共惠文嘲。

——选自全祖望《句余土音》卷上

【注释】

①东皇：指司春之神。②土脉：土壤。③桀步：蟹名。宋《宝庆四明志》卷四"叙产"："又一种名桀步。《埤雅》曰：以其横行，故谓之桀步。"

岱山土物诗六首·拥剑[1]

〔清〕全祖望

欧冶仙去后，[2]鱼肠不可招。[3]
飞入鲛人宫，化为万霜螯。

——选自全祖望《句余土音》卷中

【注释】

①拥剑：即弧边招潮蟹。作者自注："彭越。"按，"彭越"即蟛蜞，非拥剑，当为全氏误注。②欧冶：即欧冶子，春秋时著名铸剑工。③鱼肠：古宝剑名。《吴越春秋》："吴王得越所献宝剑三枚。一曰鱼肠，二曰磐郢，三曰湛泸。"

十月朔祝菊花

〔清〕全祖望

旧德已归陶靖节，[1]嘉名别署傅延年。[2]
频经令节逾三九，便度佳辰过八千。
聚讼愁闻落英句，[3]晴光乍接小春天。
拒霜尚有良朋在，稻蟹招邀醉玳筵。[4]

——选自全祖望《句余土音》卷中

【注释】

①陶靖节：即陶潜。②傅延年：菊的别名。朱新仲诗："三径谁从陶靖节，重阳惟有傅延年。"③落英句：屈原《离骚》："朝饮木兰之坠露兮，夕餐秋菊之落英。"句中的"落英"一词，自宋以来有两说，一说即落花，另一说即初生之花，至今聚讼纷纭。④玳筵：玳瑁筵。谓豪华、珍贵的宴席。

戏题缚蟹

〔清〕朱文治

唐句叠酬皮陆，[1]玉篇细辨雌雄。[2]
千里横行羡尔，一朝束缚如侬。

——选自朱文治《绕竹山房诗稿》卷一

【注释】

①皮陆：唐代诗人皮日休和陆龟蒙，他们都有咏蟹之作。②玉篇：中国古代一部按汉字形体分部编排的字书。南朝梁黄门侍郎兼太学博士顾野王撰。

蟹

〔清〕朱文治

半篙新涨杂鱼虾，深弄泥丸浅漾沙。
月暗横塘夜收簖，一灯红影隔芦花。

霜天秋老壳生斑，满笼尖叉六跪弯。
毕竟缠腰输苇叶，贯鱼杨柳不须攀。

尊前似剖紫泥封，[1]新甲披开第几重。
白雪满腔沾齿嫩，红酥投箸入喉松。

——选自朱文治《绕竹山房诗稿》卷二

【注释】

①紫泥封：即紫泥书。指皇帝诏书。

食　蟹

〔清〕朱文治

昔年泊舟直沽北，[1]蟹贱如蔬产泽国。
又曾作客三泖间，[2]顿顿鲈鱼蟹同食。
冷官落拓来十年，[3]秋老霜天颇追忆。
海昌濒海蟹价昂，[4]饱啖一时苦难得。
朅来朋从执简招，[5]为我开筵设此特。
盘盂捧出热气腾，不辨团尖尽红色。
解衣磅礴左手持，[6]欲擘全凭右手力。
硬黄凹凸初揭匡，嫩白纤毫搜到肋。
沁以醯盐腥破除，渗将姜桂通郁塞。
就中锈铁斑满身，众蟹不如脂独黑。
双螯八跪堆乱山，剔抉何嫌近苛刻。
声喧坐客半老饕，笑我口馋语偏默。
不辞酒尽三百杯，浇入诗肠快胸臆。
残膏指爪濡染多，篱菊叶香忙洗拭。
归来不负秋日佳，此腹便便同蟆蛄。

——选自朱文治《绕竹山房诗稿》卷十

【注释】

①直沽：位于今天津市内狮子林桥西端旧三汊口一带。为北来潞水的清流与南来卫河的浊水在海河交汇入海处。②三泖：即泖湖。在上海市松江县西。③落拓：穷困潦倒，寂寞冷落。④海昌：浙江海宁的旧称。⑤朅来：犹言尔来或尔时以来。朋从：朋辈。执简：手持书信。⑥解衣磅礴：指行为随便，不受拘束。

过后横潭晚望[1]

〔清〕朱文治

两岸新芦断续遮，上湖叶战蟹爬沙。[2]
江村四月秧初插，忙叱乌犍转水车。[3]

——选自光绪《余姚县志》卷二

【注释】

①后横潭：光绪《余姚县志》卷二《山川》云："后横潭：在后清江东。"②战：颤动。爬沙：在沙土上爬行。元张宪《听雪斋》诗："扑纸春虫乱，爬沙夜蟹行。"③乌犍：阉过的公牛，驯顺、强健、易御。常泛指耕牛。

宿河东务本堂(二首选一)

〔清〕冯登府

一角海村里,深明地主贤。
衣冠自太古,淳朴有山川。
霜白翻鸦树,灯红捕蟹田。
郊扉论晚计,风景乐残年。

——选自民国《象山县志》卷三十二

嘲　蟹

〔清〕陈　劢

无肠未与世无猜,久辱泥涂亦可哀。
刚外终遭彭越醢,[1]横行那有长卿才。
持螯浮白供馋嚼,满腹雌黄酿祸胎。
附热依光总失足,一灯水浒便群来。

——选自陈劢《运甓斋诗集》卷八

【注释】

①彭越:西汉开国功臣,后因谋反罪被杀。俗传彭越蟹为彭越所化。长卿:司马相如。《嫏嬛记》卷上:"王吉梦蟹,诘旦司马相如来。吉曰:'此人必以文章横行一世。'"

蟹解嘲叠韵

〔清〕陈　劢

江湖可乐息疑猜,老去坡公独见哀。
误笑蟛蜞非族类,珍夸琐鲒特奴才。
随潮解甲同蝉蜕,应月生肥共蚌胎。
谁识黄离叶元吉,[1]黄中有象自坤来。

——选自陈劢《运甓斋诗集》卷八

【注释】

①黄离叶元吉:《周易》离卦六二:黄离元吉。《象》曰:"黄离元吉,得中道也。"

秋兴百一吟·秋蟹

〔清〕陈　仅

疏弦暂息爬沙蟹,远火初明上簖灯。
除却香橙兼绿蚁,[1]更谁风味配相应。

——选自陈仅等《秋兴百一吟》

【注释】

①绿蚁:新酿的酒还未滤清时,酒面浮起酒渣,色微绿(即绿酒),细如蚁(即酒的泡沫),称为"绿蚁"。

秋兴百一吟·秋蟹

〔清〕王启元

霜江潮落月来迟,正是爬沙欲上时。
左手持螯右浮白,一生风味最怜伊。

——选自陈仅等《秋兴百一吟》

【作者简介】

王启元,字月农,号樵云,鄞县人。道光二十年(1840)举人。

秋兴百一吟·秋蟹

〔清〕洪晖吉

月暗霜浓郭索行,登盘足慰老饕情。
笑他瓮畔酣眠客,但擘双螯了一生。[1]

——选自洪晖吉《听篁阁存草》卷二

【注释】

①"笑他"两句:用毕卓的典故。

自溪上夜归舟中口占

〔清〕孙家谷

迢递河梁梦里过,榜人高唱定风波。[1]
疏篷漏入星星影,月落寒沙蟹火多。

——选自孙家谷《襄陵诗草》

【注释】

①榜人:船夫,舟子。

过西坝道中[1](四首选一)

〔清〕叶金胪

鱼罛蟹簖矗江干,短褐轻蓑不耐寒。
人自劳劳我自逸,四明山色依篷看。

——选自光绪《慈溪县志》卷八

【作者简介】

叶金胪,字鸿卿,慈溪人。道光十四年(1834)举人。著有《碧天唳鹤集》。

【注释】

①西坝:指小西坝,即小新坝,在半浦。小西坝中的渡口,宋时称东南渡,明时改称西渡,与鄞县高桥之西渡遥遥相对。旧时为由慈入鄞之

要道。

西沪棹歌(一百二十首选一)

〔清〕姚　燮

不寻冻蛎蹑冰梁,[①]不种春前买烂塘。[②]
插脚软沙如木立,绳拖沙狗实腰筐。[③]

——选自民国《象山县志》卷三十二

【注释】

①这句作者自注:"蛎形似拳,附岩石生,有梅花蛎、竹蛎之别。" ②这句作者自注:"村中有蚶田,于海边烂涂种之。" ③沙狗:沙蟹别名。作者自注:"有取沙蟹者,在涂中静立,俟沙蟹出洞,以绳缆之,百发百中,土人称为绝技,能此者甚少。既得蟹,遂捉投腰筐中。"

象山海错诗· 蝤蛑

〔清〕沈观光

披甲横戈水国边,鲜肥还说菊花天。
侍臣拜宴休言价,淡泊须防撤御前。

——选自《红犀馆诗课》二集

象山海错诗·和尚蟹[①]

〔清〕郭传璞

亥市笭箵几许储,[②]将糖罢议食单初。
缘何不念弥陀佛,饶舌从来诮异鱼。

——选自《红犀馆诗课》二集

【注释】

①和尚蟹:即短指和尚蟹。又名和尚蟹、兵蟹、海和尚。生活在潮间带沙土的地道中,退潮时出来活动。雌雄间没有明显差异,需将腹部打开才能分辨。平均体重约为 2 克,能够直立行走。可食用。 ②笭箵:指贮鱼的竹笼。

象山海错诗·人面蟹[①]

〔清〕姚景皋

拥剑彭王自不群,笑他沙狗太狺狺。[②]
夜叉八臂还奇丑,别树蝤蛑洲上军。

——选自《红犀馆诗课》二集

【注释】

①人面蟹:即关公蟹。为关公蟹科的一属。头胸甲长大于宽,背面有沟痕和隆起,犹如中国古典戏剧中的关公脸谱。该科在中国近海约有 19 种。关公蟹可食用,或作为家禽饲料。《四明朱氏支谱外编·物产》云:"关爷蟹者,壳成人面形,目细而长,如关壮缪。" ②沙狗:蟹的一种。生活于沙穴中。《太平御览》卷九四三引三国吴沈莹《临海异物志》:"沙狗似彭蜞,壤沙为穴,见人则走,曲折易道,不可得也。"明李时珍《本草纲目·介一·蟹》:"似蟛蜞而生于沙穴中,见人便走者,沙狗也。"明冯时可《雨航杂录》卷下:"一曰沙狗。穴沙中,见人则走。或曰沙钩,从沙中钩取之也。"狺狺:犬吠声。

象山海错诗·红钳蟹[①]

〔清〕欧景岱

浅水潮来拥剑行,双螯兀峙肖峥嵘。
当年号令涂丹雘,[②]胜似苍头曳甲兵。[③]

——选自《红犀馆诗课》二集

【注释】

①红钳蟹:弧边招潮蟹的别名。其最大的特征是雄蟹具有大小悬殊的一对螯钳,摆在前胸的大螯像是武士的盾牌。 ②丹雘:可供涂饰的红色颜料。 ③苍头:言头发斑白。指年老的人。

鄮北杂诗(选一)

〔清〕袁　钧

吐光蟹小漫含膏,[①]绍酒真堪餍老饕。
好饷东坡老居士,为言生嚼不须糟。

——选自同治《鄞县志》卷七十四

【注释】

①吐光蟹:即膏蟹,蟹之一种。作者自注:"膏蟹夜能世光,蟹之至小者,出江北,生嚼尤美,前志皆失载。"

虎　蟳

〔清〕朱绪曾

不向泥中曳尾龟,[①]秋高拨棹力能施。
懒堂要勘坡诗案,[②]恰似蝤蛑斗虎时。

——选自朱绪曾《昌国典咏》卷六

【注释】

①曳尾龟:活着在烂泥里摇尾巴的龟。语出《庄子·秋水》。 ②懒堂:舒亶之号。勘:审理。

坡:指苏东坡。诗案:即乌台诗案。元丰二年发生的文字狱,御史中丞李定、舒亶、何正臣等人摘取苏轼《湖州谢上表》中语句和此前所作诗句,以谤讪新政的罪名逮捕了苏轼,在御史台狱受审。

桀 步

〔清〕朱绪曾

沙中桀步自无肠,拥剑横行带甲场。
斗楚螯长餐汉短,谁从俎醢吊梁王。[①]

——选自朱绪曾《昌国典咏》卷六

【注释】

①梁王:西汉大将彭越曾封梁王。

拨 棹[①]

〔清〕朱绪曾

蝤蛑拨棹引蟛蜞,拥剑横排带甲驰。
膏作五明燃宝炬,纹交十色绘云旗。

——选自朱绪曾《昌国典咏》卷六

【注释】

①拨棹:即蝤蛑。唐刘恂《岭表录异》卷下:"蝤蛑则螯无毛,后两小足,薄而阔,俗谓之拨棹子。"姜屿《明越风物志》谓拨棹为蝤蛑之一种。

忆海门杂诗(四首选一)

〔清〕袁 谟

魟面清胶累十觞,开筵风味忆江乡。
鳊鱼细口摇红尾,芦蟹团脐满壳黄。

——选自袁谟《望浃楼诗草》卷二

蟹 翁

〔清〕毛廷振

介士横行不计秋,非偕水族共沉浮。
输来稻穗原青眼,隐入芦花也白头。
披甲倔强存故态,添丁郭索想贻谋。[①]
性亲姜桂皆知辣,补外何妨有监州。

——选自《日湖毛氏宗谱》卷四

【注释】

①贻谋:指父祖对子孙的训诲。

蟹 僧

〔清〕毛廷振

本是江湖一水仙,秋风小劫学参禅。
金水寺外空陈迹,[①]玉局尊前了夙缘。[②]
枯坐传灯枫叶岸,横行飞锡菊花天。
而今已证菩提果,解脱何难俗虑捐。

——选自《日湖毛氏宗谱》第四册

【注释】

①金水寺:疑为金山寺之误。金山寺在今江苏镇江西北的长江边的金山上。苏轼有《游金山寺》诗。 ②玉局:苏轼曾任玉局观提举,后人遂以"玉局"称苏轼。

蟹 断[①]

〔清〕虞 鋆

霜华夜半月斜西,渔火空明点古堤。
卍字结成排曲岸,回文围处入团脐。[②]
横戈到此潮初涌,带剑回时路已迷。
会听断中声喈喈,[③]江村风味胜山溪。

——选自虞鋆《醉古楼诗集》

【作者简介】

虞鋆,字揆百,一字子珍,号葵伯,同治间人。虞景璜之父。由今北仑扎马迁柴桥。能画善诗,著有《醉古楼诗集》。

【注释】

①蟹断:即蟹簖。捕蟹之具,状如竹帘,横置河道之中以断蟹的通路。 ②团脐:雌蟹腹甲形圆,称团脐。故用以指雌蟹。 ③喈(jiē)喈:象声词。

食 蟹

〔清〕曹昌燮

双螯紫蟹上盘肥,小饮寒窗酒力微。
拨尽炉灰人坐倦,霜天木落雁声飞。

悔把寒窗铁砚磨,十年心事感蹉跎。
肝肠问尔何曾具,偏是恒星海内多。

——选自王荣商《蛟川耆旧诗补》卷八

【作者简介】

曹昌燮,原名杰,字至敷,号珊泉,北仑区柴桥老曹村人。由拔贡生授七品小京官,寻补刑部福建司主事。同治十二年(1873)中顺天乡试举人,光绪元年(1875)成进士,选庶吉士。光绪三年(1877)授翰林院编修,归家疾卒,年四十六。

能文，通经史，工书法。著有《颐志楼诗钞》。

梧岑杂咏（二十首选一）

〔清〕鲍　谦

翠屏山下雨霏霏，九月西风螃蟹肥。
苇截急流须坐守，夜来灯火影依稀。

——选自张晓邦编《图龙集》

食蟹偶成

〔清〕王　慈

半黄八白佐厨珍，金玉居然带满身。
漫把无肠嘲公子，世间几个有心人？

——选自王慈《王征君诗稿》卷一

【作者简介】

王慈（1836—1913），谱名肃教，字学洙，别号棠斋，又号杏村，晚号养拙老人，江北区慈城黄山人。光绪十四年（1888）岁贡，选台州府学训导，以不能适应新学而归。宣统元年（1909）征举孝廉方正。著有《王征君诗稿》。

霞浦竹枝词（三首选一）

〔清〕张丙旭

匝浦渔灯点点红，今宵蟹脚痒西风。
重阳好节新添味，牢键团脐满捕笼。

——选自王荣商《蛟川耆旧诗补》卷十二

【作者简介】

张丙旭，谱名惠真，字璞生，镇海人。光绪二十四年（1898）以县试第一成诸生，二十八年副贡。以亲老家贫，赴京师谋食，积劳成疾，南归殁于金陵，年仅三十五岁。

秋日野望

〔清〕柳瀛选

平原莽莽夕阳微，数里人家半掩扉。
断岸白沙孤鸟立，小桥红树一僧归。
霜清水阁莼鲈美，风紧寒塘稻蟹肥。
此日故园烟景好，行人何事滞征骓。①

——选自《四明清诗略》卷三十

【作者简介】

柳瀛选，字荅轩，慈溪人。诸生，候选同知。著有《锄月居待存草》。

【注释】

①征骓：远行的马。作者自注："时述夫从兄未归。"

蛟川物产五十咏（选三首）

〔清〕谢辅绅

纬萧昨夜费渔翁，①欲换尖团句不工。②
侯拜内黄惭草制，③酒旗村店旧家风。（毛蟹）

一蟹何曾一蟹殊，殿将十八种新图。④
功臣惆怅菹彭越，尔雅零星误蔡谟。（蟛蜞）

菊天新酒簋飧馕，⑤镂剔脂膏一背红。
蟹粉团成经聂切，⑥片金光潋酒杯中。（蟹膏）

——选自光绪《镇海县志》卷三十八

【注释】

①纬萧：编织蒿草，织为帘箔。②尖团：毛蟹肚脐尖者为雄，团者为雌。这里代指毛蟹。苏轼《丁公默送螃蟹诗》："可笑吴兴馋太守，一诗换得两尖团。"③侯拜内黄：螃蟹的别名内黄侯。因甲壳内有黄色胶状的物体，故戏称之。宋曾几《谢路宪送蟹》诗："从来叹赏内黄侯，风味尊前第一流。"草制：草拟制书。制书为古代皇帝命令的一种。④"一蟹"两句：参上钱沃臣诗注。⑤簋(guǐ)：古代盛食物器具，圆口，双耳。飧(sūn)：同"飱"，指熟食。馕：食物满器的样子。语出《诗·小雅·大东》："有馕簋飧，有捄棘匕。"簋飧馕意指簋里装满了蟹。⑥聂切：薄切成片。

山北乡土集·海物（选六）

〔清〕范观濂

黄甲名传瑞应占，横行趫捷举双箝。①
琢开完璞连城贵，再数余珍亦满奁。②

紫壳尖长两角梢，斑文白蟹乍等庖。
阔开后爪成划翅，想见横飞把郎捎。③

子蟹脐开子满函，争如酱蟹更超凡。④
膏凝一壳猩猩血，红溜冰肌引老馋。

小蟹时珍号绕桩，屡防逃酒似生降。⑤

茹毛饮血风斯在，活食曾无配作双。

蓝袜青衣一种传，无肠公子眼飘然。
团脐生就双箝小，[⑥]苦尔人间把脚缠。

蟛蚖清秀爪纤纤，[⑦]八月乌胶满壳黏。
别有一般官路蟹，[⑧]狠生一只一红箝。

——选自王清毅主编《慈溪海堤集·外编》

【注释】

①趫捷：矫健敏捷。 ②“琢开”两句：作者自注：“他蟹不如此螯之巨且美也。” ③“阔开”：作者自注：“渔者云：‘白蟹激浪梭飞，如儿童以薄石片撇水面也。’亦二螯八跪，但后二脚爪匾阔，故又呼蟹匾。黄甲亦然，不如白蟹之更阔也。” ④子蟹、酱蟹：作者自注：“此二种独出蟹浦，皆白蟹也。” ⑤生降：投降。作者自注：“浇酒覆而活食之，最善逃也。” ⑥“团脐”句：作者自注：“团脐，箝小于长脐一半，他蟹不然也。其眼细长如须，亦与他蟹不同。箝蓝也，形绝似袜，余见人有着蓝袜者，每戏呼为沙蟹。” ⑦蟛蚖：今俗多写作“旁元”，乃“蟛蚏”之音变。作者自注：“蟛蚏，从土名。”作者此处所指似即天津厚蟹。此蟹头胸甲呈四方形，体厚，表面隆起具凹点，喜穴居河口泥滩或通海河流泥岸，浙东沿海有产，可鲜食，盐渍食用最佳。 ⑧官路蟹：作者自注：“官路蟹似蟛蚏，而一箝甚巨，色红。”

九日登西县岭，[①]约偲侯从弟全垓不至

〔清〕冯可镛

年年此地共登高，今日重来鬓独搔。
老树如人终偃蹇，[②]秋风为我倍牢骚。
忙中岁月过方觉，愁里情怀强自豪。
且向荒园伴松菊，浊醪一石蟹双螯。

——选自冯可镛《匏系斋诗稿》卷二

【注释】

①西县岭：即西悬岭，在江北区在慈城镇之西。又称西岭。②偃蹇：困顿。

骆驼桥村竹枝词（五十首选一）

〔清〕盛钟襄

持螯也费用心机，脐剔尖团肉拣肥。[①]
夜半西风斜月里，两三灯点钓鱼矶。[②]

——选自盛钟襄《溪上寄庐韵存》

【注释】

①“持螯”两句：作者自注：“螃蟹肥瘦，随时视脐，俗云‘九月尖，十月团’；又西风劲则螃蟹佳。” ②“夜半”两句：作者自注：“捕者夜用灯火照水滨，辄得之。”

汝华先生门外晓坐寄兴同韵二首（选一）

杨翰芳

雁知秋浅未南归，数味新凉荡碧晖。
月晓甚便乌鹊噪，树浓不碍白云飞。
晚禾蚱蜢沾衣狎，朝市蛸蛑入馔肥。
老矣相知无美报，抱琴惟用古音挥。

——选自《杨霁园诗文集》

忆合岙[①]

杨翰芳

取蛏如菜蛤如葱，客已临门捕不空。
奇相独怜馋处士，夜潮多送馁浮虫。[②]

——选自《杨霁园诗文集》

【注释】

①合岙：在今鄞州瞻岐。以产蛏子、白虾、望潮出名，小海鲜有名。 ②馁浮虫：作者自注：“海人呼钦谷蟹为馁浮虫。”据瞻岐人介绍，每年的八、九、十月，被大潮水冲上的软壳蟹称为馁浮虫，烹来鲜美异常。

螃　蟹

杨翰芳

螃蟹须沾九月霜，秋高品美胜寻常，
岂知闪烁方流火，已是肥鲜足侑觞。
外壳有时成黑铁，中心无碍作华黄。
圆通酒趣非山隐，着迹禅门两部忘。

——选自《杨霁园诗文集》

虾

虾为生活在水中的一种长身动物，一般有38只脚，海洋及淡水湖泊、溪流中皆有。虾的种类很多，按来源不同，分为海水虾和淡

水虾两种。《宝庆四明志》卷四记虾抄自稍前的《嘉定赤城志》云："虾：有赤、白、青、黄、斑数色。青者大如儿臂，土人珍之，多以饷远。梅熟时曰梅虾，蚕熟时曰蚕虾，状如蜈蚣而大者曰虾蛄，身尺余、须亦二三尺曰虾王，不常有，皆产于海。其产于陂湖者曰湖虾，生于河者曰虾公，二钳，比他种其长倍之。"记述了虾的颜色、形态、季节及生活环境，大体上可以反映宋代浙东人民对虾的认识水平。其中海虾又分为好几种，按季节分则有梅虾、蚕虾；从颜色上看，色青而"多以饷远"者，是指对虾；从大小上看，"虾王"当指龙虾。早在唐代陈藏器的《本草拾遗》，就记有"大红虾"，谓其"大者长一尺，须可为簪"，可断其为龙虾，即南宋储国秀《宁海县赋》所记之虾魁。《宝庆四明志》卷十四还提到奉化双屿的班虾比较有名，班虾疑即斑节对虾。民国《四明朱氏支谱外编·物产》介绍说："出海中者，白虾，色白，春间最美；黄虾，色黄；雉鸡虾，色五彩，皆夏秋间最美。玉饭虾，皆小而洁白。红虾，色红。"此所谓"玉饭虾"，俗亦呼为"糯米饭虾"，学名中国毛虾，晒干者称虾皮。

虾的营养价值极高，也是国人喜食的物品。宁波出产的虾制品很早就成为贡品。余姚人虞啸父答晋帝说当气暖和时会献上会稽所产的虾鲝。唐代陈藏器《本草拾遗》"虾"条称"江湖中者少大，煮之色白"，相应的"煮熟色正赤"者当为海虾，又"大红虾鲊"条谓"生临海、会稽"。李吉甫《元和郡县图志》记载明州贡红虾米、红虾鲊。乐史《太平寰宇记》卷二十七亦记载明州旧贡红虾鲊、大虾米。海虾以对虾的味道最美，为食中上味、海产名品。北宋江休复《嘉祐杂志》说："张枢言太博云：四明海物江瑶柱第一，青虾次之。……二物无海腥气。"这种"青虾"若与《宝庆四明志》中"青者大如儿臂，土人珍之"对照起来，当指对虾而言，可见北宋时明州对虾在食界已颇负盛名。清代高杲《浒山志》卷六记载了虾的烹制方法："或一烤而熟，自饶隽味。或椒酒醉之，或曝作虾干，并佳。"

至迟自宋代起，四明沿海人民常采用张网或箦网采捕虾类。梅尧臣《送韩持正寺丞知余姚》云："鱼虾莫厌腥，网罟从人采。"清代象山人倪象占《蓬山清话》卷十六进一步解释说："其曰箦者，所得不一种。以竹筏为帘箔，束底侈口，乘潮而张之曰张网，船曰箦艘，鱼曰箦货，亦曰捉春，大小鱼虾，各类俱有也。"清高杲《浒山志》卷六记载说："余谓无肠而多子，子老则放，随潮簇拥。土人撒网于涂，潮落牵之。到八月东风潮，虾涎净尽，子红，冬春皆不及也。"这里的"撒网于涂"，也是指用定置网捕捞。

秋日有感，因诵王元之送文元公诗云"追思元白在江东，不似晁丞今独步"之句，戏作

〔宋〕晁说之

三吴山水喜秋风，白蟹青虾甬水东。
独步晁丞孙子到，[②] 谁怜憔悴众人中？

——选自晁说之《景迂生集》卷六

【注释】

①王元之：王禹偁，字符之，济州巨野（今山东巨野县）人。"追思"两句为王禹偁《送晁监丞赴婺州关市监税歌》中的句子，见《古今事文类聚》卷十四。王禹偁《小畜集》卷十二题作《送晁监丞赴婺州关市之役》，"追思"作"因思"。晁监丞即晁迥，师从王禹偁，太平兴国五年（980）进士，博通文史，授大理评事，知岳州录事参军，改将作监丞。②独步晁丞：指晁迥。孙子：指作者自己。晁迥为晁说之的高祖父，故云。

捺　田[①]

〔宋〕释绍昙

逆潮札得脚跟牢，谁管无风匝匝波。[②]
占断山前田地了，捞虾人少刈禾多。

——选自《重刊贞和类聚祖苑联芳集》卷一

【注释】

①捺田：填湖中浅水处成田。②匝匝：形容密集。

定　海[①]

〔宋〕陈　著

一夜南风便叶舟，天教偿我定川游。
两崖踞海潮吞脚，万石封堤水掉头。
家家活计鱼虾市，处处欢声鼓笛楼。
不用丹青状风景，逢人且说小杭州。

——选自陈著《本堂集》卷十三

【注释】

①定海：县名，县治在今镇海区城关镇。

宿单孟年溪斋次韵

〔元〕张仲深

苏端元有约，[①]风雨亦来过。
晓市鱼虾集，深秋笋蕨多。
交情今管鲍，[②]诗句逼阴何。[③]
最喜华颠祖，[④]孙儿似小坡。[⑤]

——选自张仲深《子渊诗集》卷三

【注释】

①苏端：原为唐代杜甫的友人。杜甫有《雨过苏端》诗云："苏侯得数过，欢喜每倾倒。"这里代指友人单孟年。②管鲍：春秋时，齐人管仲和鲍叔牙相知最深。后常比喻交情深厚的朋友。③阴何：指阴铿、何逊，南北朝梁陈时代两位有名的诗人。他们都善于写新体诗，在斟字酌句用韵方面下过苦功，诗风也较相近。④华颠：白头。指年老。⑤小坡：称宋苏过。《宋史·苏过传》："过字叔党……其《思子台赋》《飓风赋》早行于世。时称为'小坡'，盖以轼为'大坡'也。"

题虾图

〔明〕郑本忠

涉海曾资目，[①]渊鱼或避须。
翠芹兼碧荇，游跃意何如。

——选自郑本忠《安分先生集》卷九

【注释】

①资目：指水母目虾。

六言（四首选一）

〔明〕丰　坊

快雨时晴延眺，长空玉莹无瑕。
扫叶自烹江蟹，隔篱又卖湖虾。

——选自丰坊《万卷楼遗集》卷六

陈婆渡[①]

〔明〕李生寅

潮落不见底，古桥生夕阳。
鱼虾归小市，半是石家乡。[②]

——选自李生寅《李山人诗》卷下

【注释】

①陈婆渡：今属鄞州区首南街道。②石家乡：即今陈婆渡石家村。

过诸九征书舍[①]

〔清〕黄宗羲

三间矮屋避兵来，奉母辛勤迹未灰。
蟹簖虾筐分琐碎，寻花捉絮笑婴孩。
村中迓鼓喧明月，湖上扁舟泊石台。[②]
一一都成肠断地，孤儿垂泪费徘徊。

——选自黄宗羲《吾悔集》

【注释】

①诸九征：字来聘，余姚泗门人。明末泗门昌古社成员。康熙十三年(1674)，黄宗羲为避兵灾，奉老母携女孙，一行十人，从黄竹浦渡姚江而北，投居泗门诸九征家，落脚于书舍"半草堂"。本诗乃诗人再过诸九征书舍时怀念老母之作。②湖：指汝仇湖。这句指诗人划着小船，带老母与女孙泛舟汝仇湖。

荒村穷僻，李寅伯忽馈食物四种，[①]诗以纪惠

〔清〕郑　梁

老病所需唯食物，知君远馈最关情。
蛋青和面供茶厚，虾子煎鱼配酒清。
几匣羊酥真富贵，一瓶菊簪美声名。
荒村穷僻何当此，手似能持足似行。

——选自郑梁《寒村诗文选·寒村息尚编》卷三

【注释】

①李寅伯：李暾字寅伯，鄞县人。

历代四明贡物诗·虾鲞[1]

〔清〕全祖望

鱼可鲊，虾可鲞。二水族，俱清嘉。
彼羊酪，岂堪夸？谁入贡，啖官家。
臣啸父，[2]居海涯。秋风作，爽气赊。
浥白露，倚苍葭。及是时，登星槎。[3]

——选自全祖望《句余土音》卷上

【注释】

①鲞：腌鱼。也作“鲊”。《说文》：“鲞，藏鱼也。南方谓之蛉，北方谓之鲞。”作者自注：“梁贡。《太平寰宇记》：明州旧贡红虾鲞。” ②啸父：即虞啸父，余姚人，仕晋为侍中。《晋书·虞潭传》载：“啸父少历显位，后至侍中，为孝武帝所亲爱。尝侍饮宴，帝从容问曰：‘卿在门下，初不闻有所献邪？’啸父家近海，谓帝有所求，对曰：‘天时尚温，鮆鱼虾鲊未可致，寻当有所上献。’帝大笑。” ③星槎：泛指舟船。

四明土物杂咏·梅虾[1]

〔清〕全祖望

已过春蚕三眠，便听江梅三弄。[2]
怪道景迂詹事，[3]恋恋青虾昨梦。

——选自全祖望《句余土音》卷上

【注释】

①梅虾：即中国毛虾。罗愿《尔雅翼·鳞三·虾》云：“梅虾，梅雨时有之。”胡安世《异鱼图赞补》卷下：“梅虾，数千尾不及斤，五六月间生，一日可满数十舟，色白可爱。”从其所记大小、形状、捕获季节及产量等看，均指毛虾而言。 ②“已过”两句：作者自注：“蚕虾之后，方为梅虾。” ③景迂：晁说之自号。晁官至中书舍人兼詹事。晁谪居甬上时，有“白蟹青虾甬水东”之句。

姚江棹歌（百首选一）

〔清〕邵晋涵

岸静潮平蹁白沙，[1]春江水暖长鱼虾。
倚樯听遍城头鼓，[2]海月团团五色华。

——选自邵晋涵《南江诗钞》卷一

【注释】

①蹁（xǐ）：漫步。 ②城头鼓：作者自注：“梅圣俞《送韩持正知余姚》诗：‘鱼虾莫厌腥，网罟从人采。天晴姚江清，县鼓潮翻海。’”

白湖竹枝词[1]（选一）

〔清〕叶声闻

语作葫芦集运河，今朝水市价如何。
白虾青蟹一时贵，小艇迎来贩客多。

——选自光绪《慈溪县志》卷三

【作者简介】

叶声闻（1748—1804），字镜炎，号艾庵，又号守瓶，慈溪鸣鹤人，叶燕之兄。乾隆廪生。著有《守瓶斋诗稿》《吾山集》等。

【注释】

①白湖：今属慈溪市。

山居书兴（二十首选一）

〔清〕王迪中

夏景青山绿水开，渔船齐唱越船来。
登盘第一江鲜好，五月霉虾子尚胎。[1]

——选自王迪中《二琴居诗抄》

【作者简介】

王迪中，初名仁厚，字再培，号砚云，晚年自号微茫老人，江北区慈城黄山人。同治十二年（1873）举人。好学工诗，尤善偶语，卒年七十四，著有《二琴居诗抄》。

【注释】

①霉虾：梅虾。

鄮北杂诗（选一）

〔清〕袁　钧

紫蛤不如黄蛤美，蚕虾争似梅虾肥。
一瓻买得双鱼醉，[1]日日江头看落晖。

——选自同治《鄞县志》卷七十四

【注释】

①双鱼：宋代明州名酒名。

象山海错诗·蚕虾

〔清〕王莳蕙

青梅含豆杜鹃稀，短岸争捞照夜玑。[1]
好借二姑缫蚕铫，[2]井浆红瀞季遐衣。[3]

——选自《红犀馆诗课》二集

【注释】

①照夜玑：夜明珠。这里比指蚕虾。②铫：缫蚕用的器具。③季遐：虾魁（龙虾）的封号。毛胜《水族加恩簿》："体虽诡异，用实芳鲜，玉德公季遐。（虾魁）"

蛟川物产五十咏·虾

〔清〕谢辅绅

戈剑森然似蟹螯，惯随水母涉波涛。
等闲压担论斤卖，不费江边草屩捞。[①]

——选自光绪《镇海县志》卷三十八

【注释】

①草屩(juē)：草鞋。

石浦老东门竹枝词（三首选一）

〔清〕胡　华

万里洪涛一棹通，春风吹送又秋风。
街头最是虾皮客，栲袴猩猩血样红。[①]

——选自民国《象山县志》卷三十二

【作者简介】

胡华，宁海人。生平不详。

【注释】

①栲袴：俗称笼裤，因用土布制成单裤后，再用栲皮栲染，故也称笼裤为栲裤。猩猩：借指鲜红色。

龙虾行

〔清〕陈得善

甲辰六月，[①]松岙渔人网得一虾，[②]长尺余，头居五之三，色如靛，上缀红绿珠颗，累累几遍。额峙两角，长二寸，黑色尖削，双须分张三尺许，本围二寸有半，尺以外渐锐，至末尚逾筯也。二箝钝似鲎鱼，作玳瑁色。脚亦如之，左右各四。身白而扁，若虾姑，分八节，阔处约四寸，以次而狭，尾亦略同。与恒所见者大不类。渔人携入市，索价昂，无应者，以遗从弟宇襄水部，[③]酬以饼金，使人纵之海。言于北地，见之用以饷客，名曰龙虾，异乎其角也。余感焉，作《龙虾行》。

白龙幻形服鱼服，预且关弓矢中目。[④]
虾乎虾乎疑尔非真龙，
胡为贪饵堕罾腹。
何弗喷雨雹，何弗乘雷风。
神龙夭矫本难测，破网一跃凌虚空。
得水即生失水死，忽被老渔携入市。
吾家水部怜尔穷，放生不惜饼金紫。
谓非隆准海中君，[⑤]或者长须国王子。
由来奇物非寻常，瑰形丽质多不祥。
天生尔材必有用，道在舍短方见长。
双矛虽利不卫体，孤负美髯三尺强。
两角矗立锐如削，峥嵘额上居中央。
抵触捍御总不力，五鹿岳岳摧锋芒。[⑥]
二螯八足况迟钝，[⑦]璘瑞斑驳徒形相。[⑧]
睅目偏学华元努，[⑧]曲背差如郭驼俯。[⑨]
长头宛然贾侍中，[⑩]短身又若王主簿。[⑪]
无端幻作千金姝，满头紫翠联蠙珠。[⑫]
摇摇罣罣炫妆出，[⑬]随行绀蝶时相于。[⑭]
不是清河下嫁之贵主，[⑮]
亦非白水无郎之小姑。[⑯]
闷出晶宫游，爱作凌波步。
五色能眩人，网罗原自误。
未酬解脱惠，已逃噬嗑凶。[⑰]
不赴烧尾宴，[⑱]不拜朱衣封。[⑲]
沉沦永滔伏，生蹈东海东。
颇闻北方人，虾菜或高价。
买充五侯鲭，藉为光明炙。[⑳]
迩来海水争飞扬，鳄吞鳄噬相抵当。
腥风毒雾暗天日，鼋鼍鱼鳖纷死伤。
见汤幸免鞠躬瘁，失火必与赪尾殃。
知北难游遂南徙，讶尔计画殊精详。
岂知四海方混一，去北图南两不吉。
天涯到处皆危机，沧桑变故非今日。
噫吁嘻！虾乎虾乎此时愿尔真化龙，
飞身跃入狂涛中。
虎头鹿角果尔腹，千妖百怪潜其踪。
声灵所至海波息，水族群资生养功。
然后翠虬道前绛螭后，[㉑]
腾霄凯奏闾阖宫。
区区明珠何足言报德，

梦中儿子非英雄。

噫吁嘻！虾乎虾乎何时见尔真化龙。

——选自陈得善《石坛山房诗集》卷一

【注释】

①甲辰：光绪三十年(1904)。 ②松岙：即今奉化市松岙镇，位于奉化市最东端，濒临象山港。③水部：官名。明清以水部为工部司官的一般称呼。 ④预且：即豫且，春秋时宋国渔人。汉刘向《说苑·正谏》："昔白龙下清泠之渊，化为鱼，渔者豫且射中其目。白龙上诉天帝……天帝曰：'鱼固人之所射也，若是，豫且何罪？'"关弓：拉满弓。关，通"弯"。《孟子·告子下》："有人于此，越人关弓而射之。" ⑤隆准：高鼻。 ⑥五鹿：指西汉五鹿充宗。岳岳：喻人位尊气盛，锋芒毕露。《汉书·朱云传》载，充宗通晓《易》，曾凭借权势与诸儒辩《易》，诸儒不敢与争，惟朱云多次将他驳倒。故时语曰："五鹿岳岳，朱云折其角。"后借指能言善辩的人。 ⑦𩵋：同"螯"。二𩵋睅目八足：指蟹。 ⑧璘瑞(bīn)：即瑞璘，形容物之光彩斑斓。 ⑧睅(hàn)目：鼓出眼睛；圆睁的眼睛。华元：宋大夫。华元为郑国所败，筑城的人就作歌云："睅其目，皤其腹，弃甲而复。"意思是说：瞪着眼睛，鼓着肚子，丢盔弃甲地回来了。努：突出。 ⑨郭驼：即郭橐驼，柳宗元散文《种树郭橐驼传》中的人物，其人"病偻，隆然伏行，有类橐驼者，故乡人号之'驼'"。 ⑩长头：犹言高个子。贾侍中：贾逵。《后汉书·贾逵传》："自为儿童，常在太学，不通人间事。身长八尺二寸，诸儒为之语曰：'问事不休贾长头。'" ⑪王主簿：即晋人王珣。王珣因为身材矮小，任大司马主簿时，被人嘲戏为"短主簿"。见《晋书·郗超传》。⑫蠙(bīn)珠：即蚌珠，珍珠。 ⑬罟罟：古代蒙古和元朝妇女所戴的一种高冠。《元史·郭宝玉传》："岁庚午，童谣曰：'摇摇罟罟至，河南拜阏氏。'"明沈德符《顾曲杂言》："元人呼命妇所戴笄曰罟罟，盖其土语也。"炫妆：盛装。 ⑭绀蝶：昆虫名。晋崔豹《古今注·鱼虫》："绀蝶，一名蜻蛉。似蜻蛉而色玄绀。辽东人呼为绀幡……好以七月群飞暗天，海边夷貊食之，谓海中青虾化为之也。"此句作者自注："借用莲香事。《古今注》：绀蝶，海中青虾化也。" ⑮清河：县名，今属河北省邢台市，历史上为崔、张等高门大姓的聚居之地。 ⑯小姑：作者自注："谓虾姑。" ⑰噬嗑：《易》卦名。六十四卦之一。震下离上。谓颐中有物，啮而合之。象征市集聚合天下货物以交易。《易·系辞下》："日中为市，致天下之民，聚天下之货，交易而退，各得其所，盖取诸噬嗑。"王弼注："噬嗑，合也。市人之所聚，异方之所合，设法以合物，噬嗑之义也。" ⑱烧尾宴：唐以来士子登第或官吏升迁的庆贺宴席。 ⑲朱衣：唐宋四、五品官员所着的绯服。 ⑳光明炙：即光明虾炙，把活虾放在火上烤炙，而不减其光泽透明度。㉑翠虬：青龙的别称。汉扬雄《解难》："独不见翠虬绛螭之将登虖天，必耸身于苍梧之渊。"

鬲溪梅令·题画(四首选一)

〔清〕陈得善

残荷疏蓼一江花，水为家。最好蓬头奴子解捞虾，阿翁新酒赊。 红炉吹火拨鱼叉，晚风斜。月色微茫波影渺无涯，远山双髻丫。

——选自陈得善《变雅堂词》

芝城漫兴[①]

〔清〕张翊儁

芦根青后虾初上，梅子黄时蛤正肥。

想杀故园好风味，年年何时未成归。

——选自张翊儁《见山楼诗集》卷一

【注释】

①芝城：福建建瓯的简称。

余姚竹枝词(二百首选一)

〔清〕宋梦良

纵然烹饪赖庖厨，物味端资土性腴。

周巷虀虾后朱笋，[①]尝来甘嫩独悬殊。

——选自《中华竹枝词全编》(浙江卷)

【注释】

①周巷：今属慈溪市。后朱：即今余姚市大岚镇后朱村，盛产小笋干。

山北乡土集·河鱼(选二)

〔清〕范观濂

横截河流一簖长，西风毛蟹韫黄香。[①]

白须措大深知味，偏爱红芽切嫩姜。[②]

奋须攘臂有虾公,[3]吸取桥边隙穴空。
醉似水晶雕墨色,有人全蜕嗍来工。

——选自王清毅主编《慈溪海堤集·外编》

【注释】

①毛蟹:作者自注:"蟛蟹,从土名。"韫:蕴藏。　②"白须"两句:作者自注:"余食蟹常遇醋中无姜而不细切者,兴便索然。"　③虾公:作者自注:"虾公,从土语。"

山北乡土集·海物(选三)

〔清〕范观濂

唱卖声高入暮霞,小篮争买晚潮虾。
银钩劲似兰亭笔,[1]只只冰须出浪花。

进退浮沉逐浪回,多须好跃见雄才。
脑间何得衔红石,[2]曾目东洋水母来。

黄虾身匾节疏匀,[3]体重形坚品最珍。
头壳尖长须似秃,笔头公又见波臣。

——选自王清毅主编《慈溪海堤集·外编》

【注释】

①银钩:比喻遒媚刚劲的书法。这里形容虾钳。　②"脑间"句:作者自注:"清明红头海虾。"　③匾:通"扁"。

清湖竹枝词[1](七首选一)

〔清〕徐起檀

土风不俭不奢华,屋舍鳞鳞千百家。
只为沿塘澥浦近,葫芦早晚卖鱼虾。

——选自〔清〕张宗禄纂,张统镐续纂《清湖小志》卷七

【作者简介】

徐起檀,字小石,镇海人。生平待考。

【注释】

①清湖:即今镇海区骆驼街道清水湖村。

梧岑竹枝词(六首选一)

〔清〕鲍序悦

龙溪桥又虎溪桥,近接长亭路不遥。
一任鱼虾来市面,每逢四九货都销。

——选自张邦晓编《图龙集》

【作者简介】

鲍序悦,宁海胡陈人。有诗才。生平未详。

东钱湖

杨翰芳

天宝辞人去,留湖几岁华。
静开一片镜,动发万丛花。
邀月为知己,凭诗着我家。
吟余看稚子,烂漫钓鱼虾。

——选自《杨霁园诗文集》

西乡食虾

杨翰芳

性于淡水虾,弃之不睠顾。
油熬以粉面,始为一下箸。
见虾邑之西,亦谓不足饫。
今晨偶入口,甲偄味可誉。[1]
泥气固所净,臊风亦尽除。
物类岂异宗,水质将各路。
一朝复一朝,习马恐无斁。

——选自《杨霁园诗文集》

【注释】

①偄(ruǎn):此为"软"意。

虾　蛄

虾蛄,又叫爬虾、螳螂虾、琵琶虾等。被抓时腹部会射出无色液体,所以又被称为撒尿虾。虾蛄多穴居,常在浅海沙底或泥沙底掘穴。四明沿海最常见的品种是口虾蛄属的口虾蛄。《宝庆四明志》卷四附见于"虾"中,称"状如蜈蚣而大者曰虾蛄"。从分类学上说,虾蛄属于掠虾亚纲口足目。光绪《慈溪县志》卷五十四指出:"虾蛄类虾而别种,《宝庆志》附见虾注,似未安也。俗呼虾尾弹虫,亦曰麦头青,以麦吐穗时最肥,通脊皆膏,味极佳,余时得辄弃之。"虾蛄是一种营养丰富、汁鲜肉嫩的海味食品。其肉质含水分较多,肉味鲜甜嫩滑,淡而柔软,并且有一种特殊诱人的鲜味。每年春季是其产卵的季节,此时食用为最佳。肥壮的虾蛄脑部满是膏脂,肉质

十分鲜嫩，味美可口。

三赋奉化土物·虾姑

〔清〕孙事伦

鱼妾鱼婢命不同，[①]虾姑端正配虾公。
公方曲踊逾三百，[②]姑笑三遗一饭中。[③]

——选自孙事伦《竹湾遗稿》卷八

【注释】

①鱼妾鱼婢：即妾鱼。又名婢鱼、婢妾鱼。今称鳑鲏鲫。《尔雅·释鱼》"鱊鮬，鳜鳎"晋郭璞注："小鱼也，似鲋子而黑，俗呼为鱼婢，江东呼为妾鱼。"明杨慎《升庵诗话·妾鱼》："江海间有鱼，游必三，如媵随妻，先一后二，人号为婢妾鱼。"②曲踊：向上跳。《左传·僖公二十八年》："魏犨束胸见使者，曰：'以君之灵，不有宁也。'距跃三百，曲踊三百。"杜预注："曲踊，跳踊也。"孔颖达疏："曲踊，以曲为言，则谓向上跳而折复下。"③三遗：拉了三次尿。作者自注："俗名撒溺虫。"

续甬上竹枝词（十二首选一）

〔清〕戈鲲化

河伯昔曾问娶妇，何如东海聘夫人。[①]
虾姑蚬婢兼鱼媵，[②]一队严妆卤簿新。[③]

——选自张宏生编《戈鲲化集》

【注释】

①东海聘夫人：淡菜别号东海夫人。②鱼媵：即婢妾鱼。③卤簿：中国古代帝王出外时扈从的仪仗队。

西沪棹歌（一百二十首选一）

〔清〕姚　燮

绚云如紫剥腥苔，[①]拥剑爬沙九月魁。[②]
软骨虾蛄谁许聘，[③]郎君鲞自爵溪来。[④]

——选自民国《象山县志》卷三十二

【注释】

①这句作者自注："苔皮，一名绿云菜。"②拥剑：作者自注："拥剑即红钳蟹名之佳者。"③虾蛄：作者自注："虾蛄以虾为食，故名。志乘失载。"④爵溪：今属象山县爵溪街道。为历史上著名渔村。爵溪独捞船所捕大黄鱼加工成鲞，质优清白，有"郎君鲞"之美誉。这句作者自注："郎君鲞，石首腊也，一呼鳆腊，可致远，以爵溪所制擅名。"

象山海错诗·虾姑

〔清〕欧景岱

未应蚿样较精粗，水母权教老婢呼。
披甲入波声泼刺，[②]却喜鱼媵笑并夫。

——选自《红犀馆诗课》二集

【注释】

①蚿（xián）：千足虫。②泼刺：象声词。

鲎

鲎是海洋中的一种无脊椎甲壳动物，生物学分类上属节肢动物门，肢口纲，剑尾目，鲎科。产于我国浙、闽、台、粤沿海一带的鲎都叫中国鲎、东方鲎，是地球上最古老的物种之一，被称为"活化石"。陈藏器《本草拾遗》说："生南海，大小皆牝牡相随。牝无目，得牡始行，牡去牝死。"这段话中错误的叙述夹杂着一些正确的观察。陈藏器了解中国鲎的主要产地在南海。陈氏文中所谓"大小皆牝牡相随"乃是鲎的繁殖现象。每当春夏季鲎的繁殖季节，雌雄一旦结为夫妻，便形影不离，肥大的雌鲎常驮着瘦小的雄鲎而行。大潮时多数雄鲎抱住雌鲎成对爬到沙滩上挖穴产卵。故宁波俗名"两公婆"。陈氏说"牝无目"则是错误的，事实上鲎有两对眼睛。鲎在宋以前的文献中屡见记载，但多注意其繁殖期雌负雄的现象，对其形态的描述反倒较为简略。《宝庆四明志》对其形态做出了详细的描述："形如覆斗，其大如车，青褐色，十二足，长五六寸，尾长二三尺。其壳坚硬，腰间横纹一线，软可屈折，每一屈一行。尾尖硬有刺，能触伤人。口足皆在覆斗之下。海中每雌负雄，渔者必双得，以竹编为一甲鬻焉。牝者子如麻子，土人以为酱，或酢。牡鲎无子。"在明代屠本畯《闽中海错疏》以前，以《宝庆四明志》对鲎的形态描述最为全面。鲎的外形虽然十分怪异，其形似钢盔，呈灰黑色，腹上长有十足，成年鲎大小似小面盆，两眼置于背甲前左右端，嘴在腹下，胸腹部还长着腹鳍，即是鲎的呼吸系统，也是游动的工具。尾部有长约一尺的硬骨且生倒刺，形似三角刮刀，是防卫武器，也是导航“设备”。鲎背部有一块半圆形的甲壳可以上下翻动。当它顺风游动时，可以翘起背甲像帆一样借助风力加快速度。古人航海初使帆篷时，很可能是受到了“鲎帆”的启发。鲎血中含铜元素，所以血液呈蓝色，故李邺嗣有“一甲雌雄鲎血蓝”之句。

古代浙东沿海盛产鲎，属价廉的一种海产品。鲎肉也很鲜美，可制成酱。鲎酱在菜肴中，堪称一绝。人类一直就将鲎当作食物，它们的肉、生殖腺和卵都可食用。五代时吴越人毛胜撰著《水族加恩簿》，给每一种可口的水产品都起上美妙的名称，其中把鲎由俗名“长尾先生”改为“典酱大夫”和“仙衣使者”，并解释说：“惟吴越人以谓用先生治酱，华夏无敌。”在吴越人心目中，鲎酱已是至高无上的珍奇食品。民国《四明朱氏支谱外编·物产》另介绍了鲎的平常食法：“碎之以为浆，或糟之。”

鄮东竹枝词（选一）

〔清〕李邺嗣

桃花蛏子菊花鲟，一甲雌雄鲎血蓝。[①]
此物且当蔬菜吃，几多怪错未曾谙。

——选自同治《鄞县志》卷七十四

【注释】

①“一甲”句：作者自注：“凡鲎一对曰一甲，锯而食之，其血蓝，甚奇。”

友人遗我布单袍、秔米、白袜，时在夏杪，盆荷犹放，照常法炮鲎帆，戏为长句

〔清〕范　核

布袍染天青，陈秔莹雪白。
袍免露肘危，米解瓶罄厄。
青鞋布袜行，新秋淡人迹。
盆荷美锦边，朵蕊迟迟坼。
每于昏旦间，清香予一脉。
今年物候早，风雨迷海舶。
介虫号守帆，沉泥敢磕额。[①]
翻忆稻花时，笼掬满街积。
家家苾红椒，数甲论钱百。[②]
主人买独迟，入市费大索。
败腹值宁馨，[③]巨盎豢两只。
浃旬开西轩，[④]仍招交契客。
炮炙喜精工，肉肥尚不瘠。
蝤蛑嗜者多，玄黄浮琥珀。
华筵横螯儿，有时我能擘。
鲎味骨中藏，艰难味始出。
譬读韩孟诗，东野高一格。[⑤]
故作寂寞音，踽步有新获。[⑥]
斯言空哄堂，食谱疏考核。
薄醉领荷香，捻须憩白石。

——选自全祖望编《续甬上耆旧诗》卷一百十七

【注释】

①磕额：作者自注：“南海人为予言：鲎养甚，磕额海礁中，甲破，即子放矣。非其时取之，渊深不可得。”　②甲：作者自注：“俗呼牡牝为一甲。”　③宁馨：晋宋时的俗语，“如此”“这样”之意。　④浃旬：一旬，十天。　⑤东野：唐代诗人孟郊之字。　⑥踽步：慢步的样子。

岱山土物诗六首·惠文冠鱼[①]

〔清〕全祖望

谁与惠文君，峨峨弹冠来。
是冠甚污汝，[②]钩致陪尊罍。[③]

——选自全祖望《句余土音》卷中

【注释】

①惠文冠鱼：鲎的别名。惠文冠：冠名，古代武官所戴的冠。相传战国时赵惠文王所制，故名。汉以后侍中、中常侍都戴此冠。或加黄金珰，附蝉为饰，插以貂尾，因亦称“貂珰”“貂蝉”。鲎形似惠文冠，故名。作者自注：“岱山人以为酱，最佳，见《开庆志》。”　②“是冠”句：作者自注：“用《南史·张敬达传》语。”按，查《南史》并无张敬达传，“达”当为“儿”之误。张敬儿，南阳冠军（今河南邓州市西北）人。萧道成建立南齐后，张敬儿官授侍中、中军将军，萧道成死后，继位的武帝疑其有异志，将其诱入宫中，处死。《南史·张

敬儿传》云："敬儿左右雷仲显知有变，抱敬儿而泣。敬儿脱冠貂投地曰：'用此物误我。'少日，伏诛。"③钩致：求取；招致。尊罍：泛指酒器。

蓬岛樵歌(一百十六首选一)

〔清〕钱沃臣

于缩山前舣钓槎，[1]东仙原上踏橇划。[2]
开田港口栽蚶子，[3]插竹潮头结鲎笆。[4]

——选自钱沃臣《乐妙山居集·蓬岛樵歌续编》

【注释】

①于缩山：在象山南田附近。作者自注："邑南百二十里有于缩山。昔于缩渔隐于此，葬山下，故名。唐以前人也，惜其事无传焉。" ②东仙原：象山南田旧称。作者自注："又石浦所二十里海中有南田，《事林广记》曰东仙原。"踏橇：即泥马，亦称海马。作者自注："我邑渔人取调鱼，乘橇，其形如船，约五尺许。以左膝跪船中，以右足代篙行涂中，即古'泥行乘橇'也，俗曰泥马。《史记·夏本纪》：'泥行乘橇。'《正义》云：橇，如今杭州淘沙船。" ③蚶子：作者自注："蚶子，蚌属，一名瓦楞子。春间，海人筑埒海上，拾蚶子种之，曰蚶田。" ④鲎笆：作者自注："海上编竹如箔，用栝系海港中。潮涨箔仆，鲎乘之人。潮退箔立，鲎不能出，曰鲎笆。鲎十二足，背上有眼，雌负雄行，取之必得其双。《本草拾遗》：牝牡常随，牝无目，得牡始行。《岭表录异》：壳莹净如青瓷碗，鳌背，眼在背上，口在腹下，两旁各有大足。尾长尺余，三棱如棕茎。腹中有子如绿豆。以其肉和为浆食甚美。尾中有珠如粟，黄色。其血碧色，熟之如腐乳。"

甬江竹枝词(六首选一)

〔清〕章　鋆

滨海人家蛎作墙，黄茅架屋竹支床。
鲎帆潮落鱼风起，四壁吹来蛤粉香。

——选自章鋆《望云馆文诗稿》

西沪棹歌(选一)

〔清〕欧景岱

六月熏风落稻花，去深就浅鲎爬沙。[1]
疏疏密密浑无际，插遍东西南北笆。

——选自《红犀馆诗课》一集

【注释】

①作者自注："沪上有稻花鲎之称。"

象山海错诗·鲎

〔清〕欧景岱

嘉名曾锡惠文冠，樽制诃陵更不刊。[1]
漫说酱醯麻子好，[2]布帆斜飐夕阳残。

——选自《红犀馆诗课》二集

【注释】

①樽制诃陵：诃陵樽。酒器名。唐皮日休《五贶诗》序："有南海鲎鱼壳樽一，涩锋齾角，内玄外黄，谓之'诃陵樽'。" ②醯(xī)：醋的旧称。麻子：鲎子如麻子。

蛟川物产五十咏·鲎帆

〔清〕谢辅绅

合成两美判雌雄，碧血盈腔尾掉风。
竖作樯桅垂作舵，片帆飞渡海之东。

——选自光绪《镇海县志》卷三十八

星屿形胜诗·蜃门

〔清〕王思仲

何年嘘气幻楼台，屹屹高门亘古开。
鲛客夜严鱼钥掌，蜑人晓拥鲎帆来。
怪他雉化长临水，助我龙登或侍雷。
海上神山津可问，好风谁引到蓬莱。

——选自《四明清诗略》卷二十八

【作者简介】

王思仲，字曙岑，奉化人。诸生。工诗赋，著有《乐潜庐诗稿》。

蛟川竹枝词(八首选一)

〔清〕张本均

鲎帆鲫墨产江滨，怪错纷纷市上珍。
别有妍姿堪佐酒，羡他东海号夫人。[1]

——选自王荣商《蛟川耆旧诗补》卷二

【注释】

①东海号夫人：指淡菜。

醉鲎联句,同郭恬士明经(传璞)、欧仲真员外(景岱)、王纫香员外(莳兰)、砚农舍人(莳蕙)昆季

〔清〕董沛等

华宴诹良辰(莳蕙),[1]膳经品馋客。
簋陈芹笋菹(传璞),[2]鼎枵豕麇腊。[3]
孰云味不甘(莳兰),所嗜性有癖。
维错登海邦(景岱),[4]厥鲜贰艰食。[5]
宗生乘夏潮(沛),[6]族处准秋汐。
骈足十二齐(莳蕙),[7]尖尾一双擑。[8]
目疑虾借珠(传璞),[9]腹漏鲫喷墨。
蛰沙釜负圆(莳兰),[10]驾浪帆破逆。
鳀壑辽能飞(景岱),[11]蚝山窈难匿。[12]
获雄常逸雌(沛),[13]去耦或留只。[14]
罟师篝火捞(莳蕙),庖丁鼓刀砉。[15]
壳厚濡血蓝(传璞),肪凝截脂白。
肉好区瘠肥(莳兰),弢弦划寸尺。[16]
糁盐瀜珴光(景岱),[17]郁酒炼玉液。
实瓮丰项平(沛),[18]镘泥弇口塞。[19]
久之发其藏(莳蕙),俨然登诸席。
余腥涤霏霏(传璞),纤膏腻醳醳。[20]
酱蚳差异馨(莳兰),[21]糟蟹酷侔色。[22]
裹鲊参学书(景岱),[23]嗊鲭漫论直。[24]
因思托风波(沛),相与狎昕夕。
俪踪南岭南(莳蕙),[25]结队北溟北。[26]
如岸惠文冠(传璞),如趁贾胡舶。[27]
如累牌浮沉(莳兰),如张扇阖辟。[28]
活泼天游宽(景岱),畠漾地搜僻。[29]
讵料水泽珍(沛),遂贡藁饫职。[30]
通鲘举异文(莳蕙),[31]征鬼判蕃殖。[32]
枵甲拒蚊嗜(传璞),[33]然髓罢鼠吓。[34]
诃陵樽创奇(莳兰),闽部杓代饰。[35]
爰以搜轶闻(景岱),且共丐余沥。[36]
媚笑吾未工(沛),饮戒公等溺。

——选自董沛《六一山房诗集》卷七

【作者简介】

董沛(1828—1895),字孟如,号觉轩,鄞人。光绪三年(1877)进士,以知县分发江西。光绪十一年(1885)以疾辞官归里,筑“六一山房”。著有《六一山房诗集》《正谊堂文集》等。

【注释】

①此诗作于同治乙丑(1865)年。诹:在一起商量,询问。 ②簋(guǐ):古代盛食物器具,圆口,双耳。 ③枵(xī):同“析”,分开。 ④维:无义。错:海错。 ⑤贰:相背。艰食:粮食匮乏。贰艰食,意为很多、不匮乏。 ⑥宗生:犹丛生。原指同种类植物密集生在一起,这里有“群聚”之意,与“族处”意思雷同。 ⑦“骈足”句:这句描写鲎的外形结构,指头胸部有附肢6对。 ⑧擑(jǐ):击,刺。这句描写鲎的尾剑。鲎的腹部末端有一条呈三角棱锥形的尾剑,于上棱角及下侧两棱角基部均有锯齿状小刺,是用来防卫的武器。 ⑨这句指鲎看去无目,怀疑其行动时像海蜇那样借小虾当眼睛。现代科学观察证实鲎有四只眼,在头胸部正中线的前端有一对较小的单眼,在头胸部中部两侧还各有一只复眼。一般认为,单眼只管感觉光线的强弱,复眼才是鲎的主要视觉器官。 ⑩这句写鲎钻入泥沙中,看去像圆形的釜。鲎虽然可以背朝下拍动鳃片以推进身体游泳,但通常将身体弯成弓形,钻入泥中,然后用尾剑和最后一对步足推动身体前进。 ⑪鳀壑:散布在东方大海中的众多岛屿的泛称。唐张楚金所撰《翰苑》云:“境连鳀壑,地接鳌波;南届倭人,北邻秽貊。”唐雍公叡作注云:“鳀壑,东鳀人居,海中洲;鳌波,俱海也。” ⑫蚝山:蚝附石而生,相黏如山,故称。 ⑬“获雄”句:指捕获的是公鲎,母鲎则早已逃之夭夭。 ⑭耦:同“偶”。这里指母鲎。这句是说:母鲎一旦落网,公鲎总是心甘情愿地与母鲎双双被擒。 ⑮鼓刀:宰杀牲畜时敲击其刀,使之发声。砉:象声词。 ⑯弢:疑为“弢”之俗写。弦:形容鲎内部的弦状附肢。 ⑰瀜:这里同“融”。珴(é):玉。 ⑱“实瓮”句:意谓将鲎块放入瓮内按实,直至放满,与瓮的颈口相平。 ⑲镘:抹(mǒ)墙用的工具,俗称“抹子”。弇:覆盖。这句指用泥将瓮封口。 ⑳醳(yì)醳:酒清的样子。 ㉑酱蚳:蚁卵酱。 ㉒侔色:“侔色揣称”的缩略语,指恰到好处。 ㉓裹鲊:经过腌制并用荷叶包裹而成的便于贮藏的鱼食品。晋王羲之《王右军集》卷二:“裹鲊味佳,今致君,所须可示,弗难。”世称《裹鲊帖》。本句之“书”,即指《裹鲊帖》。 ㉔嗊:众声。意指其人既众,食必有

声。㉕俪踪：语出《后汉书》卷六十五《皇甫张段列传》："山西多猛，三明俪踪。"指成群涌现。㉖北溟：北方的大海。传说北海无边无际，水深而黑；又指传说中阳光照射不到的大海，在世界最北端。㉗贾胡：经商的胡人。㉘阖辟：闭合与开启。㉙皛(jiǎo)溔(yǎo)：深白的样子。一说深广的样子。㉚稾饫：《尚书》篇名。㉛鲘(hòu)：即"鳠"。鱼名。似鲇。㉜蕃殖：繁殖。㉝噆(zǎn)：叮咬。㉞然：同"燃"。㉟闽部：福建。㊱余沥：剩酒。

象山海错诗·鲎

〔清〕陈汝谐

形如覆斗极离奇，逐浪双双每伏雌。
剑客手劙珠满簏，[①]一帆风送稻花时。

——选自《红犀馆诗课》二集

【注释】

①劙：割。

鲎　酱

〔清〕朱绪曾

一帆破浪趁风抟，海若抡才羡尔雅。[①]
满腹珍珠青玉斗，赐来顶上惠文冠。

——选自朱绪曾《昌国典咏》卷六

【注释】

①抡才：选拔人才。

附：

鲎　笺

〔明〕张如兰

形如覆釜，色如绀碧。血如蔚蓝，尾如秃戟。负如浮图，行如屈折。眼窍于背，足攒于腹，珠缀于肋。乘风曰帆，联游曰筏，伏雌曰媚。奇形异状，莫详其说。解曰：东海闲行觅钓槎，先生浪游侣鱼虾。急将一甲归图书，始信鱼翁舌不差。

——选自屠本畯《海味索隐》

石　蜐

石蜐，又作石砝，又名紫蜐、龟脚、龟足。属于甲壳动物，茗荷儿科。体外有若干石灰质板合成的壳，蔓足自壳口伸出，时时振动，借以索取食物。龟足色彩多样，加之又大多为丛生，常常密集成群地生长，远远看去，确实宛如彩色的花丛。因其蔓足伸展时似佛手，又有人称它为佛手蚶。屠本畯《海味索隐》就说："石蜐土名龟脚，又名佛手蚶，皆以象形立名。"产于我国浙江以南沿海，多固着在高潮线附近的岩缝之间。《浙江通志》卷一〇五引《玉环志》说石蜐："形如龟脚，土人直以龟脚呼之，海中山岩附石攒生，如花丛，半截带壳，微青，肉红色。"基本反映了这种甲壳动物的特征。石蜐通常以柄部固着于海水澄清的石隙中，种族比连，密集成群。每到春季，所有的石蜐都会腹面向上，胸肢频繁伸展，好似花草风动一般，因此古人有"石蜐生华""应节扬葩"之说。《艺文类聚》卷九十七引南朝人江淹《石蜐赋》说："石蜐一名紫虈，蚌蛤类也，春暖而发华。"明人杨慎《升庵集》卷一《石蜐赋》亦云"此虫也类草，每春则生华"，好比"水妃缨佩，渊客簪查"。古人不知石蜐属类，故而用"蚌蛤""虫"的物名予以归纳，但对其春季蔓展之状，却观察得细致入微。屠本畯《海味索隐》说石蜐"其肉端有两黑爪，至春月散开如华"，实属确论。由于石蜐常年固石不动，使得捕食者仅费垂手之劳，即可大获而归。海边居人只要准确地找到石蜐的生长地，便能捉取老实固执的石蜐了。

古人认为，春季出产的石蜐口味最好，所以人们多于春时捕食石蜐，谢朓诗云："紫蜐华春流"；王维诗云："去问珠官俗，来经石蜐春"，都是对这种季节食珍风习的绝妙描述。春末日暖雨多，是采挖龟足的最佳季节，这时候的龟足又多又大；以后随着季节的推移，龟足的状况"每况愈下"，入秋后慢慢消瘦；到了冬季，冷天多风，龟足量少体瘦，人们就很少再出去采挖了。

龟足味道鲜美，我国人民很早就把石蜐当作海产贝类，用于食馔之中。《荀子·王制篇》记载："东海则有紫蛣鱼盐焉，然而中国得而衣食之。”可知先秦时期，国人已知石蜐的食用价值。石蜐的体肉呈红色，壳呈青色，青红相衬，有紫色之感，故而古人以“紫”名之。晋人郭璞所写《江赋》，数列江东海产，曾把石蜐与琼贝、水母一同视为奇品。南朝江淹作赋，指出“海人有食石蜐”，并强调这种食品“具品色于沧溟”，可以“委身于玉盘”“充公子之嘉客”。古人已经知道，石蜐生长肥壮、体色青黑之际，最宜食用。沈莹《临海水土记》说：“石蜐生附石，身女小竹，大有甲，正黑中食。”宋代以后，石蜐被当作一种优质的海产珍品，受到众多食家的欢迎。《梦粱录》卷十六记载，南宋时的杭州人最喜欢吃浙产海味食物，曾把石蜐与江瑶柱、香螺、牡蛎等观并列，可见在当时人们的心目中，石蜐的品味已高。屠本畯《闽中海错疏》卷下记述说：“石蜐……近甲处有软爪，黑色，肉白味佳，秋生冬盛。”现代研究认定龟足属高级营养品。

鲒埼土物杂咏·石蛣

〔清〕全祖望

紫蘸畔春流，[①] 生来附石头。
初登荀子记，[②] 再被郭公收。[③]
雨长毛如蕊，龟疑脚可求。
栎园讶古训，[④] 体物固难周。

——选自全祖望《句余土音》卷上

【注释】

①紫蘸（xiāo）：又称石蜐、龟脚，俗称佛手。②荀子记：《荀子·王制篇》：“东海则有紫紶鱼盐焉。”唐杨倞注云：“紫，紫贝也。紶，未详，书亦无‘紶’字，当为‘蜐’。” ③郭公：指郭璞。郭璞《江赋》云：“石蜐应节而扬葩。” ④栎园：周亮工别号。周亮工《闽小记》卷三有“龟脚”条，批评杨慎龟脚发花的记载。

象山海错诗·石蛣

〔清〕邓克旬

绮石春烟结紫蘬[②]，苔衣软作唾花飘。
不逢谢客扬帆采，落瓣零星送晚潮。

——选自《红犀馆诗课》二集

【注释】

①谢客：谢灵运。谢灵运有《游赤石进帆海》诗：“扬帆采石华，挂席拾海月。”未及龟足。

龟 脚

〔清〕朱绪曾

曾闻龟脚老婆牙，博得君王一笑夸。[①]
潮满蛤毛茸豆荚，泥香蚬壳吐桃花。

——选自朱绪曾《昌国典咏》卷六

【注释】

①“曾闻”两句：宋罗大经《鹤林玉露》卷十一：“杨东山尝为余言：昔周益公、洪容斋尝侍寿皇宴，因谈肴核，上问容斋：‘卿乡里所产？’容斋，番阳人也，对曰：‘沙地马蹄鳖，雪天牛尾狸。’又问益公，公庐陵人也，对曰：‘金柑玉版笋，银杏水精葱。’上吟赏。又问一侍从，忘其名，浙人也，对曰：‘螺头新妇臂，龟脚老婆牙。’四者皆海鲜也。上为之一笑。”

藤 壶

蛛，或作蟢，学名鳞笠藤壶。藤壶体表有个坚硬的外壳，常被误以为是贝类，其实它是属甲壳纲的动物。在动物分类上属于节肢动物门、甲壳纲、蔓足目、藤壶科。近圆锥形，有壁板 4 片，呈暗绿色或黑灰色，成型后的藤壶是节肢动物中唯一行固着的动物。附着潮间带岩石、码头或浮标，密集成群，几乎任何海域的潮间带至潮下带浅水区，都可以发现其踪迹。《宝庆四明志》卷四记载：“蛛，生于海岩或簄竹，又一种曰老婆牙。”《弘治温州府志》记载：“蟢：其大者名老婆牙，壳丛生如蜂房，肉含黄膏，一名蛛头，以其簇生，故名。”密密麻麻生长的藤壶在外形上确实如同蜂窠。在葡萄牙和西班牙，藤壶是一种昂贵并且被很多人喜欢的美食。叶大兵编著《温州民俗》称其为“瑞安四珍”之一，每年农历三月和六七月采挖，入汤烫过，敲去外壳，再加香料蒸熟，为佐餐佳肴。浙东人吃藤壶一般都是清水氽汤鲜吃，也有腌了吃的，也可糟渍成咸制品。

蛟川物产五十咏·老婆牙

〔清〕谢辅绅

知味牙还啖石牙，爬罗剔抉到山涯。[①]
莫嫌齿牙婆娑甚，[②]老境从来渐入嘉。

——选自光绪《镇海县志》卷三十八

【注释】

①爬罗剔抉：广泛地搜罗，精细地选择。②婆娑：衰老的样子。

附：

老婆牙赋

〔元〕任士林

东海有物，曰老婆牙。痄痄丑石，掊之得膏，是可怪已。隚州任子为之赋曰：

何气母之形幻，纵造儿之缅纡。探川后之珍错，得老婆之蜕牙。既齞齵而龇齗，亦眷觽而龇齗。乍断槽于庳竹，终龋笑于浪花。漱咽乎春潮，呀呷乎寒沙。如怀英之石，露处之峰。或棱层而墙壁，或异宅而殊封者乎？于时菜鲊逗香，葛禅无句。搴木头之丛耳，掇江上之破布。忽真牙之坠余，尚流涎之煦煦。登徒腭唇之妻，于是朵颐。玉川赤脚之婢，遂为之掩口。又况青女弄娇，玉妃试手。风姨窥轩，月姊呈牖。堆案上之黄妳，篘瓮中之酒母。倾砺硌于寒釜，堆痄痄于古缶。目抡齿决，搥敲石掊。得金膏于沙砾，吸玉液于疰朽。咽不偿劳，争取恐后。噫嘻悲夫！舜华之妹，瓠犀鲜鲜。素质化已，遗簪豁然。辅已脱而车在，唇既亡而不寒。岂舌柔之易毁，而齿刚之反全。谅堂下之乳妇，宜对此而踀龤。

——选自任士林《松乡集》卷六

【淡水鱼类】

总　写

渔父行

〔明〕吴　惠

东风二月杨柳青，柳塘水滑鱼梁平。[①]
鱼行水面弄日色，双双吸浪风还腥。
湖山景属渔父久，生涯日棹扁舟轻。
中流布网不空举，黄金白雪辉日明。
得鱼亦足免家累，逢人何必论满篇。[②]
瓦盆盛酒命妻酌，霜刀落脍呼儿烹。
我歌尔劝且相乐，江湖老大终余生。
君不见江下渔户苦差役，
买田鬻网纾官征，
安得一日如吾醉复醒。

——选自胡文学《甬上耆旧诗》卷十四

【作者简介】

吴惠，字仁甫，号北川，宁波江北区人。正德六年(1511)进士，选庶吉士，再迁国子司业。嘉靖初，为经筵日讲，进学士。迁太常寺卿，掌国子祭酒。著有《北川集》。

【注释】

①鱼梁：拦截水流以捕鱼的设施。以土石筑堤横截水中，如桥，留水门，置竹笱或竹架于水门处，拦捕游鱼。②篇：竹笼。

题渔人四景图(选三)

〔明〕倪宗正

渔人乐，杨柳边，短蓬斜榻聚渔船。
炎日如焚照不到，瓦盆白酒莲花泉。
遥见西江点云黑，江风猎猎江雨急。
醉中且和沧浪歌，笑指樯头旧蓑笠。
(夏)

渔人乐，秋江水，夕阳红射芦花底。
市头虾菜了官租，余博村醅喜相聚。
蓬头老妻劝满觞，且云瓶中有储粮。
阿男打网北荡去，有鱼持归堪作羹。
(秋)

渔人乐，江上雪，摇漾寒潭如浸月。
老鲸惊吼众鱼跳，举罾得鱼罾竿折。
侵晨提鱼向村家，换得斗米用已奢。
饱餐高卧日色薄，移船就看野梅花。
(冬)

——选自《倪小野先生全集》卷四

家僮钓鱼烹献，命酒尽醉

〔明〕孙　鳌

数亩芳塘尽蓄鱼，悠然水面伴幽居。
远从湖海来无定，游傍河梁乐自如。
已解潜渊深避獭，何因贪饵竟投渔。
不须弹铗频兴慨，对酒高歌饮不虚。

——选自孙鳌《松菊堂集》卷十五

山居十咏·钓鱼矶

〔明〕冯嘉言

我本无怀民，一笑逃苦海。
入山隔嚣喧，迄今已数载。
淳朴苟得趣，自觉容颜改。
叠石俯沧浪，高声歌欸乃。[①]
垂饵投清流，得鲜不须买。
烟波终老住，岂必随僚寀。[②]

——选自冯嘉言《十菊山人雪心草》卷一

【注释】

①欸乃：象声词。棹歌，划船时歌唱之声。②僚寀：同僚。

题　画

〔清〕宗　谊

雨过斜阳一舸通，得鱼不卖羡王公。
迩来渔子殊无赖，不卖贫家卖富翁。

——选自宗谊《愚囊汇稿》卷二

过白峰[①]

〔清〕宗　谊

土田纡曲汇沟渠，菜麦青青十里余。
此地乱离应未甚，小春户户捉河鱼。[②]

——选自宗谊《愚囊汇稿》卷二

【注释】

①白峰：今属北仑区。②小春：指农历十月。

买湖鱼不得

〔清〕宗　谊

黄鱼一斤六十钱，价高止充富室筵。
贫家粒食且弗给，有鱼无钱徒垂涎。
湖鱼价贱买者众，渔子手眼殊倥偬。[①]
今朝有钱不得鱼，贫人百事皆瓮齆。[②]
移钱易米得二升，园壶选吉此日登。
煮饭烹羹亦足饱，口腹繇来无所凭。

——选自宗谊《愚囊汇稿》卷一

【注释】

①倥偬：匆忙。②瓮齆：瓮、齆两字分别有鼻子不畅通义，引申为不顺遂。

食溪鱼

〔清〕范　核

把钓施罛集水涯，[①]溪鱼每食赡山家。
小鲜可口防多刺，老子无心碍病牙。
巷陌牛涔难活鲤，[②]江湖鬼蜮任含沙。
何年鼓腹南城畔，立尽桐阴数暮鸦。

——选自全祖望编《续甬上耆旧诗》卷一百十七

【注释】

①罛：大鱼网。②牛涔：牛足印中的水。比喻狭小的境地。语本《淮南子·泛论训》："夫牛蹄之涔，不能生鳣鲔。"高诱注："涔，雨水也。满牛蹏中，言其小也，故不能生鳣鲔也。"

和叶艾庵白湖竹枝词[①]（三十首选一）

〔清〕姚朝翙

沙滩桥下野航多，[②]买得鲜鱼裹绿荷。
市散一齐解缆去，棹歌声里杂田歌。

——选自姚朝翙《和叶艾庵白湖竹枝词》

【作者简介】

姚朝翙，字于冈，号立庵，清慈溪人。嘉道间诸生，著有《立庵诗草》。

【注释】

①叶艾庵：叶声闻，号艾庵，慈溪鸣鹤人。作者有序云："叶大琴楼，艾庵先生犹子也，素好诗，壬戌、癸亥间客居城中，相与盘桓甚惬，偶出艾庵原稿，见示讽诵之余，不揣固陋，次韵同和，草草成篇，藏之箧衍者殆二十余稔。今琴楼缮稿成帙，且题咏如林，将付梨枣，不觉技痒，爰搜旧作，重与增删，非敢颉颃二阮，聊至旧时兴趣而已。己丑长至前十日立庵自记。"据此，姚氏原稿当成于嘉庆七、八年（1802—1803）间，定稿于道光九

年(1829)。 ②作者自注:“沙滩桥在湖东。”

附:

渔 记

〔元〕乌斯道

郡之北出城咫尺许有大陂。元至正间余客陂上,日见人以智巧致陂中之鱼最稔。方水之盈也,人则罗坐以钓。顾有鱼,有得不得,人乃置一器,状若仰杯,实膳膏芗其中,置水底泥沙,鱼闻芗丛至,下钓则无不得也。或坐舟中,手持一纶,以其缗贯竿杪,缗之末悬一大珠,珠之下有小钩,鱼见珠狎而戏焉,口颊著钩,则不可遁矣。或以叉,或以射,或设罾而起伏之,或钓十余舟围绕以进,一人击楫则齐力旋网。否则以细丝结数罟,绝其流,先戒一人以楫击舷上,或相击水面,使鱼跳跃而入。否则以一网系百罭其上,左右掣其大网,一人曳而前趋,则鱼皆得。有搤鸬鹚之吭而夺之鱼,又有潜行水底手摭鱼以出,有投掷药水中触鱼,使鱼困而上浮,有左手持小网若翻车然者,仰承大防下,右手持短木,通防之槎内。有棹一舟,浅而长者,侧其舟著水面并沙际,而往激水,鱼惊而跃舟中。有作梁水上,窍其下,纳笱窍中。有穴其水中若大甕,以箔罩其上,俟水杀而取焉。水既上则罩,迨夜则以火烛水,鱼见火而出水面,亦罩而得焉。水涸可尺许,乃以网设泥水上,手按而取之。或以蜃灰洒石罅,以橛入罅内,反逐鱼以出者。水竭尽,人以竹丈余织其首,而覆箦下系一小囊,却行而爬搔,漆泥上鱼,琐碎长不满寸者,皆入囊中。呜呼!忍哉。古者山泽皆厉禁,今也民得以尽取,惟恐智巧之不足也,鱼虽欲自蔽,得乎?孔子曰:竭泽而鱼,则蛟龙不藏其渊。非此之谓欤?

——选自乌斯道《春草斋文集》卷四

鲤 鱼

鲤鱼为亚洲原产的温带性淡水鱼。其鳞有十字纹理,所以名鲤。唐代陈藏器最早较准确地记述了鲤鱼的侧线鳞特征,在《本草拾遗》中明确指出:“鲤鱼从脊当中数至尾,无大小皆有三十六鳞,亦其成数也”,约一个世纪后段成式在《酉阳杂俎》又补充说“每鳞上有黑点”。现在知道鲤鱼无论大小,都有侧线鳞35～38个,一般为36个,鳞片上的黑点实即侧线孔,有听觉、感受水流及定位等功能。陈、段等人尽管不可能了解侧线孔的功能,但他们对侧线鳞的发现值得充分肯定。鲤鱼善跳跃,难用网捕,《浒山志》对此解释说:“盖鲤赤则力大,捕之者故不易。”古人对鲤多有神化,如康熙《定海县志》卷十一所说:“鲤为诸鱼之长,从头至尾无大小皆三十六鳞,形既可爱,又所神变,故仙人琴高乘之,陶弘景称之为鱼王。”

鲤鱼是古代常见的脍料,唐代陈藏器《本草拾遗》“脍”条就提到:“鲤鱼脍,主冷气,气块结在心腹,并宜蒜齑进之。”鲤鱼味道绝佳,但也有人不以为然。清代叶燕说:“鲤鱼,鱼之上者,俗皆嫌其肉粗”,道出了世俗对鲤品的评价。从万斯备《摇落》诗看,宁波人除了捕捉野生者外,有时也对鲤鱼进行小规模的人工养殖。

姚江鲤[①]

〔明〕冯 兰

桥东鲤鱼鱼尾黑,桥西鲤鱼鱼尾红。
东西不随潮上落,混迹风尘却笑侬。

——选自光绪《余姚县志》卷六

【注释】

①光绪《余姚县志》卷六《物产》云:“自黄山港至汪姥桥曰姚江,其鲤口尾青;自桥西至西石山庙曰舜江,其鲤口尾赤;自庙而西曰蕙江,其鲤口尾白而微黄。共在一水中而分界不乱。”姚江鲤鱼的这种情形,与滦河鲤鱼颇为相似。以滦河大铁桥为界,桥北产黑鲤,桥南产红鲤,虽咫尺之隔,从无混杂。

酬江翁送鲤

〔明〕张邦奇

太守清贫类谪居,江湖满地食无鱼。
山行乍感渔翁意,为赋新诗手自书。

——选自张邦奇《张文定公四友亭集》卷十

姚江鲤

〔明〕许　谷

江流一派碧波浮，分出三江各自流。
何事潜鳞亦三色，扬鳍分界不同游。

——选自《光绪余姚县志》卷六

【作者简介】

许谷，字仲贻，号石城，江苏上元（今南京市）人。嘉靖十四年（1535）进士。官至南京尚宝卿。著有《省中稿》等。

姚江鲤

〔明〕皇甫汸

三江横贯两城中，同是潜鳞色不同。
更道芳洲多蕙草，几丛花发倚春风。

——选自光绪《余姚县志》卷六“物产”

【作者简介】

皇甫汸（1497—1582），字子循，号百泉、百泉子，长洲（今江苏苏州）人。嘉靖八年（1529）进士，以吏部郎中左迁大名通判，官工部主事，因监运陵石迟缓，贬为黄州推官。迁南京吏部稽勋司郎中，再贬开州同知，量移处州同知，擢云南佥事，以计典论黜。著有《解颐新语》《皇甫司勋集》等。

谢邹草陵惠鲤鱼

〔明〕倪宗正

送我双鲤鱼，已领素书意。
乱点桃花鲜，细翻柳叶脆。
膏鱼忆所欢，骨鲠转余味。
波涛忽尔违，感叹食欲废。

——选自倪宗正《倪小野先生全集》卷三

甬东江北歌（六首选一）

〔明〕屠本畯

迢遥沙皋是梅墟，[①]面面澄江尽可庐。
不尽石帆奔海月，[②]春风晒网稻花鱼。[③]

——选自胡文学《甬上耆旧诗》卷二十

【注释】

①梅墟：今属宁波国家高新区梅墟街道。
②石帆：珊瑚虫的一种。呈树枝形，骨骼为角质，著生于海底岩礁间。骨骼中之红色节片可为装饰品。屠本畯《闽中海错疏》卷下：“石帆，紫黑色，枝柯相动，连带不绝。生海上石穴中。”
③稻花鱼：即养在稻田里的鲤鱼。鱼和稻谷双丰收，创造了生态系统的良性循环。稻花鱼只吃稻花，味道鲜美、肉质甜嫩。

竹枝词（三十首选一）

〔明〕屠　隆

谁家女儿来浣纱，红裙蘸水鬓飞鸦。
郎卖鲤鱼荷叶盖，鲤鱼不买买荷花。

——选自屠隆《白榆集》诗卷八

将　晓

〔清〕万斯备

天眼何曾闭，东君又启关。
一帘将谢月，四塞未开山。
市竖肩蔬出，江翁插鲤还。
宵中林鸟唤，犹恐是蛮蛮。[①]

——选自万斯备《深省堂诗集》

【注释】

①蛮蛮：作者自注：“蛮蛮，水鸟，至则大水，时方苦雨。”

姚江棹歌（百首选一）

〔清〕邵晋涵

蕙兰花发鲤鱼肥，漠漠澄江柳絮飞。
莫问五湖烟水阔，绪山西去有鱼矶。[①]

——选自邵晋涵《南江诗钞》卷一

【注释】

①绪山：即今余姚市区龙泉山的旧称。

煮饭少和麦，甚滑而甘，而世以粗粝弃之。鲤鱼，鱼之上者，俗皆嫌其肉粗。其嗜茶以头泡为佳，呼撮泡茶，其实野茶性硬，初泡气过锐，继乃平善也。味之难言如此。因食鲤鱼，口占一绝

〔清〕叶　燕

腹负将军有几家，[①]书生宁敢羡豪华。

个中却有真滋味，麦饭鲤鱼二泡茶。

——选自叶燕《白湖诗稿》卷五

【注释】

①腹负将军：《通鉴长编》记："党太尉进食饱，扪腹叹曰：'我不负汝。'左右曰：'将军不负此腹，此腹负将军。'"

春日杂兴（二十四首选一）

〔清〕黄　璋

春城带水似奔泷，[1]下上潮时日每双。

三十六鳞空自别，菁涯兰墅蕙花江。[2]

——选自黄璋《大俞山房诗稿·留病草》

【注释】

①奔泷：湍急的水流。②结句作者自注："姚邑菁、兰、蕙三江，长不盈二十里，各产鲤鱼，验尾俱别，知鱼游行不甚远也。"

芦江竹枝词（二首选一）

〔清〕胡振濂

陈胜桥头落照迟，轻舟正好放游丝。

归来网得千头鲤，柔橹一声月上时。

——选自王荣商《蛟川耆旧诗补》卷十一

【作者简介】

胡振濂，字廉水，号怡园，北仑柴桥人。光绪六年诸生。工于诗赋、书法、篆刻等，因厄于继母，而二十三岁即闲居于家。著有《适庐吟草》。

山北乡土集·河鱼（选一）

〔清〕范观濂

河鱼种类别无奇，只爱渔人举网时。

三尺鲤鱼鲈尺半，肥称玉镯秀撑丝。[1]

——选自王清毅主编《慈溪海堤集·外编》

【注释】

①结句作者自注："俗称人之肥者曰玉镯鱼，称女人清秀者曰清水撑丝。"

鳜　鱼

鳜鱼，又叫桂鱼、桂花鱼，鲈形目脂科鱼类。肉质细嫩，刺少而肉多，其肉呈瓣状，味道鲜美，实为鱼中之佳品。鳜鱼四时皆有，尤以三月时最肥。李时珍将鳜鱼誉为"水豚"，意指其味鲜美如河豚。

出市得鳜鱼成六言

〔宋〕郑清之

长铗归来有鱼，状似松江之鲈。

为向东坡传语，醉卧黄公酒垆。[1]

——选自郑清之《安晚堂诗集》补编卷二

【注释】

①黄公酒垆：典出南朝宋刘义庆《世说新语·伤逝》："（王浚冲）经黄公酒垆下过，顾谓后车客：'吾昔与嵇叔夜、阮嗣宗共酣饮于此垆。竹林之游，亦预其末。自嵇生夭、阮公亡以来，便为时所羁绁。今日视此虽近，邈若山河。'"

题渔人四景图

〔明〕倪宗正

渔人乐，春江上，桃花潭水深十丈。

微风吹起鸭绿波，波里鸳鸯并游荡。

鳜鱼正肥意颇欣，横笛一曲隔江闻。

飘音杳杳去不断，脉脉春江低度云。（春）

——选自《倪小野先生全集》卷四

送余子华归省[1]

〔明〕孙承恩

诏许宁亲去，[2]争看太史归。[3]

春深花雾重，寒退柳风微。

越岭茶堪摘，姚江鳜正肥。

因君动余兴，夜夜梦班衣。[4]

——选自明孙承恩《文简集》卷十五

【作者简介】

孙承恩（1485—1565），字贞甫，号毅斋，松江（今属上海市）人。正德六年（1511）进士，授编修，官至礼部尚书，兼掌詹事府，嘉靖三十二年斋宫设醮，以不肯遵旨穿道士服，罢职归。谥文简。著有《文简集》等。

【注释】

①余子华：余本（1480—1529）字子华，鄞县人。正德六年进士，授翰林院编修。②宁亲：省亲。③太史：明代称翰林为太史。④班衣：即斑

衣。指相传老莱子为戏娱其亲所穿的彩衣。

秋吟·渔

〔清〕陈　撰

风急苇花飞，槎头水汨没。[①]
深秋鲈鳜肥，垂钓江潭月。

——选自陈撰《玉几山房吟卷》卷二

【注释】

①槎头：鳊鱼。

月湖棹歌用竹垞《鸳湖棹歌》韵得五十首，[①]便不能复续矣，诗之工拙姑置之，即以才力论，古人正不易及也（五十首选一）

〔清〕施英藻

鳜鱼肥小漉轻盐，潭水船停陆孝廉。[②]
听说十洲春色好，酒旗飘处定堪拈。

——选自《鄞城施氏宗谱》卷七

【作者简介】

施英藻（1796—1819），字日初，号蕙田。鄞县（今海曙区）人。施育凤次子。县学生。乡试屡荐不中，益嗜学，年二十四以咯血死。著有《琴韵茶烟馆稿》、《墨翰缘传奇》。

【注释】

①竹垞：指清初著名作家朱彝尊。 ②孝廉：暗用孝廉船的典故。刘义庆《世说新语·文学》载：晋吴郡人张凭举孝廉，自负其才，造访丹阳尹刘惔，与诸贤清谈，言约旨远，一座皆惊。刘延之上坐，留宿至晓。张还船，须臾，刘遣使觅张孝廉船，同侣惋愕。刘与张凭即同载诣抚军，曰："下官今日为公得一太常博士。"抚军称善，即用张为太常博士。时人荣之。后遂以"孝廉船"为褒美才士之典。

雨窗杂咏（四首选一）

〔清〕王　润

闲居无个事，啸傲有余情。
人任呼牛马，时还惜燕莺。
石泉供雅操，[①]鲈鳜足杯羹。
料得山花放，何妨着屐行。

——选自王慈《传芳录二编重辑本》

【作者简介】

王润，字雨之，号岩生，江北区慈城镇黄山人。道光间国学生，候选布政历。著有《枕山吟馆诗钞》。

【注释】

①雅操：雅正的乐曲。

渔　家

〔清〕沈宗尧

江干绿树有渔家，风月怜人不待赊。
夜傍寒罾悬细火，年来破壁补苍葭。
老妻雅识藏佳酿，稚子先知别浪花。
春鳜秋鲈各风味，万金下箸莫相嗟。

——选自《借园吟社初集》

【作者简介】

沈宗尧，号孟达，慈溪人。为清末借园吟社社员。

鳊　鱼

鳊鱼，古名槎头鳊、缩项鳊。为草食性鱼类。在天然水域中，鳊鱼多见于湖泊，较适于静水性生活，为中、下层鱼类、冬季喜在深水处越冬。鳊亦是中国主要淡水养殖鱼类之一。鳊鱼肉质嫩滑，味道鲜美，为席上珍品。

买得鳊鱼寄子礼约山中[①]

〔明〕汪　坦

朝辞窈窕窟，暮宿空明天。
才远麋鹿群，复见鱼虾前。
日出锦绮明，万树扶桑巅。
渔人荡桨来，手挈槎头鳊。
笑买不论直，[②]百十青铜钱。
寄汝山厨去，短竹烧青烟。
新酿早已漉，梅蕊应堪怜。
老我百不闻，一诵逍遥篇。
知汝会此一，临风亦何言。

——选自汪坦《孟斋集》卷五

【注释】

①礼约：字长文，后字士岐，号石雪。汪坦之

子。②直：通“值”。

梅　雨

〔清〕黄　璋

一天梅雨晓吹凉，节候迁移景物芳。
燕子来时燕笋熟，麦鳊上日麦畦黄。
余年只觉读书好，终日偏为口腹忙。
窃怪如今世法废，病躯无俚益疏狂。

——选自黄璋《大俞山房诗稿·留病草》

小江湖土物诗[①]·蕙江鳊[②]

〔清〕全祖望

溪水春大上，丙穴有青鳊。[③]
槎头项缩缩，[④]悔逐出山泉。

——选自全祖望《句余土音》卷上

【注释】

①小江湖：在今鄞州区境内，今废。　②蕙江：嘉靖《鄞县志》：“鄞江逾它山而下，南接奉化江，环而为蕙江。”　③丙穴：《文选·左思〈蜀都赋〉》：“嘉鱼出于丙穴，良木攒于褒谷。”李善注：“丙穴在汉中沔阳县北，有鱼穴二所，常以三月取之。丙，地名也。”　④槎头：鳊鱼的别称。

初夏即事

〔清〕邵元荣

绿荫晴浓四月天，楝花风信满湖边。
凭栏哺看黄头鸟，把酒鲜烹缩项鳊。
鲁亥阁疑谁问问，[①]山庄未筑且年年。
因循废却生平事，摊饭今朝又爱眠。[②]

——选自倪继宗《续姚江逸诗》卷十一

【注释】

①鲁亥：“鱼鲁亥豕”之省。指书籍在传写或刻印过程中的文字错误。　②摊饭：作者自注：“东坡以午睡为摊饭。”

剡上竹枝词（八首选一）

〔清〕孙事伦

桫椤树在岳林中，[①]楼隘杨梅血样红。[②]
捕得坊桥鳊缩项，白虾还好带须烘。

——选自孙事伦《竹湾遗稿》卷八

【注释】

①桫椤树：又名树蕨，一种桫椤科蕨类植物。②楼隘：今为奉化市莼湖镇楼隘村，隔金峨山便是鄞县横溪。周围青山环绕。奉化杨梅数楼隘最为有名。宋《宝庆四明志》载：“越之杨梅著名天下，而奉化所产不减于越。”元《至正四明续志》记载，奉化“软条串”等品种以其“核小而实大味甘”而广受人们喜爱。

鲫　鱼

鲫鱼，又称鲋鱼，为鲤科鱼类，以植物为食的杂食性鱼，喜群集而行，择食而居，适应性很广，生命力强。全国各地水域常年均有，以2—4月份和8—12月最为肥美。鲫鱼为我国重要食用鱼类之一。肉质细嫩，肉味甜美，营养价值很高。唐人常以鲫鱼作脍，陈藏器《本草拾遗》“脍”条就提到了鲫鱼脍。康熙《定海县志》卷十一谓鲫鱼“味至冬尤甘”。葱㸅河鲫鱼堪称地道的宁波菜。

江　上

〔清〕万斯备

万古一江色，梭船织素秋。
浦潮郭索酒，渚草鲋鱼裘。
帆影常登岸，江声不下楼。
谁令鱼米地，歌管片时休。

——选自万斯备《深省堂诗集》

上巳郊游竹枝词（三首选一）

〔清〕谢为衡

渔翁垂钓傍渔矶，钓得鱼来罢钓归。
闻道清明鱼放子，鲫鱼初瘦白鱼肥。

——选自全祖望《续甬上耆旧诗》卷一百一

【作者简介】

谢为衡（1640—?），字孝德，鄞县人。为人敦笃，尚公道。工诗。著有《晨夕庐集》

赵兄善琛置酒（二首选一）

杨翰芳

赵兄不知余持服也，[①]然亦食其小食。

鲫鱼毛蟹雪花天，赵叟殷勤为割鲜。
持戒自严余习在，和神恐误玉杯前。

——选自《杨霁园诗文集》

【注释】

①持服：守孝，服丧。

溪坑石斑鱼

溪坑石斑鱼，学名光唇鱼，属鲤形目鲤科鲃亚科光唇鱼属。体细长，侧扁，头后背部稍隆起，腹部圆而呈浅弧形。头中等大，侧扁，前端略尖。明李时珍《本草纲目》载："石斑鱼生南方溪涧水石处，长数寸，白鳞黑斑。《临海水土记》云：长昔尺余，其斑如虎文。子及肠气味有毒，令人吐泻。"石斑鱼生活于南方淡水湖泊、山溪中，体被花斑，卵有毒，这一特征和现代光唇鱼类极为相似，因此应考定为现代鲤鱼科光唇鱼类。光唇鱼喜栖息于石砾底质、水清流急之河溪中，常以下颌发达之角质层铲食石块上的苔藓及藻类。每年6—8月在浅水急流中产卵。为浙东产区的小型经济鱼类，肉质鲜美，富含钙、磷、碘等多种元素，可以椒盐、红烧、油炸。唯卵有毒，误食会引起腹泻、腹痛、头晕、呕吐等中毒症状。

招归（十首选一）

〔明〕庄元辰

何不归？
稻田蟹初熟，石斑鱼正肥。
茅柴竹叶摇酒旗。[①]
青山未老，白发将稀，而何不归？

——选自全祖望《续甬上耆旧诗》卷八

【作者简介】

庄元辰（？—1647），字起贞，晚字顽庵，别署两晓山樵，学者称为汉晓先生，鄞县章水镇人。崇祯十年（1637）进士，官南京太常博士。曾任刑部主事。明亡，迎鲁王朱以海于天台（今浙江台州）以监国，擢为太常寺卿。经常以时事进谏，但大多没被采用。清军进入浙江后，他奔走于深山野林中，朝夕以泪洗面。因背上发疽，不得治而病逝。

石门竹枝词（六首选一）

〔清〕毛　润

火斗松明猛似炉，溪头照得石斑鱼。
鱼尽肥鲜滋味好，赛过松江阔嘴鲈。

——选自《剡源乡志》卷五

剡湖竹枝词（十九首选一）

〔清〕陆达履

红腮鱼与石斑鱼，[①]美比松江巨口鲈。
滟潋溪流新雨后，人家争学武陵渔。

——选自《姚江诗录》卷二

【注释】

①这句作者自注："红腮，腮色微红。石斑，身有斑文，皆溪鱼之佳者。"

土哺鱼

土哺鱼，又名沙鳢、沙乌鳢、土步鱼、蒲鱼、杜父鱼、渡父鱼、土附鱼等，为属鲈形目塘鳢鱼科沙塘鳢属，种类颇多。多产于江浙一带湖泊、内河或小溪中。《养鱼经》中已有著录，唐代陈藏器《本草拾遗》描述其形态云："生溪间下，背有刺，大头，阔口，长二三寸，色黑斑，如吹沙而短也。"光绪《余姚县志》卷六亦云："似鲈而小，附土而行，不似他鱼游水。"光绪《慈溪县志》卷五十三云："此鱼江湖处处有之，县境白洋湖最多。"不过宁波历史上以鄞县东钱湖出产的土哺鱼最负盛名。《宝庆四明志》卷四记载："吐哺鱼，东湖有之。本名土附，以其附土而行也。"此鱼在柳树含蕾待放、冬眠后双目未睁时，其肉最肥嫩鲜美，可称为时令佳品。清高杲《浒山志》卷六说："正月谓闭眼土鲋，二月谓桃花土鲋，味鲜美。"

东钱湖吐哺鱼歌

〔清〕全祖望

姬公下士之残膏，[①]化为浙海波臣侣。
一落西泠圣湖湄，[②]一游东甬钱湖渚。
春波正动春酒香，春韭调汤味最良。
水族虽然多巨子，偏于别种独擅场。
吴余越半各著名，[③]嬴秦算袋成墨精，[④]

志公脍尚重金陵。[5]
倘较资格俱后辈，
合与宁王白鱼连尾登图经。[6]
我食此鱼忽一笑，世间遭遇真难料。
西湖之种登玉食，东湖寂寞谁相吊？
不作庙牺作野鸡，留畀诗人供品题，[7]
酬尔十洲春一瓻。[8]

——选自全祖望《句余土音》卷中

【注释】

①姬公：指周公姬旦。下士：屈身交接贤士。②西泠：在杭州。圣湖：明圣湖之略称，即今浙江杭州市西湖。作者自注云："西湖称为'土附'。"③吴余越半：即王余。左思《吴都赋》云："片则王余。"王逸注曰："王余鱼其身半也。俗云越王脍鱼未尽，因以其半弃之为鱼，遂无其一面，故曰王余也。"宋吴曾《能改斋漫录》卷一："予按越王勾践之保会稽，方斫鱼为脍，闻吴兵，弃其余于江，化而为鱼，犹作脍形也。故名脍残鱼，亦曰王余鱼。"又引《博物志》云："孙权曾以行食鲙有余，因弃之中流，化而为鱼。今有鱼犹名吴余脍者，长数寸，大如筯，尚类脍形也。"今人多以银鱼为脍残鱼，渔民称为面条鱼或面杖鱼。④嬴秦：指秦国或秦王朝。秦为嬴姓，故称嬴秦。算袋：即乌贼。段成式《酉阳杂俎》卷十七："海人言昔秦皇东游，弃算袋于海，化为此鱼，形如算袋，两带极长。"⑤志公：即释宝志，南朝高僧。《太平广记》卷九十："志自是多出入禁中，长于台城。对梁武帝吃脍，昭明诸王子皆侍侧。食讫，武帝曰：'朕不知味二十余年矣，师何谓尔？'志公乃吐出小鱼，依依鳞尾，武帝深异之。如今秣陵尚有脍残鱼也。"⑥宁王：谓开国受命之王。此指周武王。司马迁《史记》卷一《周本纪》："上祭于毕，白鱼跃入舟中，流为乌，亦答拜。"⑦畀：给予。⑧十洲春：甬上名酒。一瓻(chī)：指酒一瓶。瓻，古代陶制酒器。

菜花鲈鱼和小茗作[1]

〔清〕朱文治

开遍桃花又菜花，春风张翰不思家。
烟苗露后结丝网，雨甲坼时横钓槎。
味美验来双眼合，[2]名虚浪说四腮嘉。
客逢三月休弹铗，长水环畦似若邪。[3]

——选自朱文治《绕竹山房续诗稿》卷三

【注释】

①菜花鲈鱼：作者自注："即土哺，禾人呼菜花鲈鱼。"禾，即嘉禾，浙江嘉兴的别称。此诗乃作者寓居嘉兴时所作。②这句作者自注："春初鱼未开眼，味极美。"③若邪：若耶溪。绍兴境内一条著名的溪流。溪畔青山叠翠，溪内流泉澄碧，两岸风光如画。

消寒竹枝词（四十首选一）

〔清〕朱文治

土哺鱼常聚钓矶，上江多有下江稀。
寒潮初落西风紧，出网金钱蟹亦肥。[1]

——选自朱文治《绕竹山房续诗稿》卷七

【注释】

①金钱蟹：作者自注："俗名胶蟹，县志失载。"

食土哺鱼有感

〔清〕朱文治

谷人祭酒会京师，[1]土哺鱼填绝妙词。
此日独尝增感旧，斋名有正味堪思。

——选自朱文治《绕竹山房续诗稿》卷九

【注释】

①谷人：吴锡麒(1746—1818)，字圣征，号谷人，钱塘（今浙江杭州）人。乾隆四十年(1775)进士，选翰林院庶吉士，后授编修。后两度充会试同考官，擢右赞善，入直上书房，转侍讲侍读，升国子监祭酒。著有《有正味斋集》。

蛟川物产五十咏·土步

〔清〕谢辅绅

棠鲤春来上钓矶，[1]东风小市雨霏霏。
安排早韭兼新笋，流水桃花鳜共肥。

——选自光绪《镇海县志》卷三十八

【注释】

①棠鲤：即塘鳢。

象山海错诗·土步

〔清〕王莳蕙

抵得春蛇软骨膛，海船钉子样同夸。

堆盘更有猫头笋，舌底烟香喷韭花。

——选自《红犀馆诗课》二集

西沪棹歌（五首选一）

〔清〕孔广森

春潮退八见悬矶，峰势如城抱夕晖。
满篪杜鱼堪入市，海山庵下钓鱼归。

——选自《红犀馆诗课》一集

【作者简介】

孔广森，字晓园，象山人。诸生。与王莳蕙等交往。

黄颡鱼

黄颡鱼，又称黄颊鱼、黄刺鱼、黄腊丁、鉠釓鱼等，为鲿科黄颡鱼属，肉食性为主的杂食性鱼类。多在静水或江河缓流中活动，营底栖生活。宋陆佃《埤雅·释鱼》云："性浮而善飞跃，故一名扬也。陆玑曰：'今黄颊鱼，燕头鱼身，颊骨正黄，鱼之有力解飞者。一名黄扬。"陆玑将黄鲿鱼与黄颊鱼混为一谈。其实黄鲿为鲿科，头胸平扁，无鳞，背鳍和胸鳍上各有一根硬刺，刺活动时会发声，体黄褐色有暗斑。黄颊鱼为鲤科鳡鱼，尖吻，长可达1米，颊骨黄。黄鲿鱼实无黄颊特征，属于底栖鱼类，非"性浮而善飞跃"者。但后人的记载大都摆脱不了陆玑的误导。屠本畯《闽中海错疏》云："鉠釓，似鲇而小，边有刺，能螫人，其声鉠釓。"正确地指出了该鱼的得名是由于其叫声。民国《四明朱氏支谱外编·物产》称之为骯髒鱼，进一步介绍说："骯髒鱼：出河中，长数寸，体骯髒，故名。色黄如松花而微黑，骨坚，鳍利，刺铦。"

午日前回澜侄以鲿鱼见赠[①]

〔清〕谢泰宗

不是春来是夏来，汨罗江上试黄腮。
主人未动秋风兴，错认渔竿入钓回。

——选自谢泰宗《天愚山人诗集》卷十二

【注释】

①鲿鱼：光绪《余姚县志》卷六云："鲿鱼：俗呼黄颡，亦呼鉠刺。"

乌　鳢

乌鳢俗称黑鱼、乌鱼、蛇皮鱼等。体色呈灰黑色，体背和头顶色较暗黑，腹部淡白，体侧各有不规则黑色斑块，头侧各有2行黑色斑纹。头有七星状斑纹，据说夜间朝向北斗星。故称为鳢鱼。嘉靖《余姚县志》记载说："头有七星如北斗，夜半仰首向北，道家忌之。"五代日华子对乌鳢的药用价值有所论述。

夏日乡人钓乌鱼

杨翰芳

猫竹钓竿两身长，乌于头尾一指大。
终日坚坐莫起身，人影惊落鱼阵败。
谁造钓丝直如弦，谁创逆钓鱼倒悬。
丝直钩曲备机巧，坐令河鱼枯道边。
枯鱼欲泣眼无泪，钓者劳劳亦可悔。
酷阳曝体赤复乌，乌若乌鱼乌其背。
钓鱼不如观鱼好，观鱼腹枵神自饱。
且复胜于观钓时，螳螂向蝉增烦恼。
去贪悠然忘江湖，曾有几鱼见事早。
吾亦不欲观水中纷聚争饵鱼，釜鬵刀俎何草草？[①]

——选自《杨霁园诗文集》

【注释】

①釜鬵（qín）：釜和鬵。皆古代炊具。

吹沙鱼

吹沙鱼，即鲨鮀，俗称呵浪鱼，又叫魦、鮀、沙鰛、沙沟鱼、油光鱼等。即虾虎鱼科刺虾虎鱼，是一种生活在溪涧的小鱼。一般潜伏草丛中，冬日喜附泥污和潜入泥穴中，春日常张口吹沙，所以叫"吹沙鱼"。散卵时雄雌追逐，常叫出咕咕的声音。

此鱼早见于《尔雅》《临海水土异物志》。《尔雅·释鱼》"鲨鮀"郭璞注云："今吹沙小鱼，体圆而有点文。"宋陆佃《埤雅》卷一云："鲨，《释鱼》云鲨鮀。今吹沙小鱼，常张口吹沙,故曰吹沙也。鲨性善沉,大如指,狭圆而长,有墨点文,常沙中行,亦于沙中乳子。”这里将吹沙鱼的形态特征描述得非常准确。但后来各家在注疏时,多将其与栉虾虎鱼相混淆。《宝庆四明志》卷四引用《埤雅》后说:“俗呼新妇臂。味甘。今奉化鲒埼镇多有此,颇以为珍品。”可见至迟在宋代,四明人民已将其当作席上珍品了。

再赋鲒埼土物·新妇臂[①]

〔清〕全祖望

客遣一臂来,五雅名可稽。[②]
为君致箴警,宜法王凝妻。[③]

——选自全祖望《句余土音》卷中

【注释】

①新妇臂:也名吹沙鱼。宋宝庆《四明志》卷四“叙产”:“吹沙鱼,《埤雅》曰:魦、鮀,今吹沙小鱼,常开口吹沙,故曰吹沙鲨。性善沉,大如指,狭圆而长,有黑点,俗呼为新妇臂,味甘。今奉化鲒埼镇多有此,颇以为珍品。”作者题下自注:“饮沙小鱼尝开口。” ②五雅:五种古代小学训诂书的合称。明毕效钦汇刻《尔雅》《释名》《广雅》《埤雅》《尔雅翼》五部小学训诂书,称为“五雅”。③王凝妻:五代王凝妻李氏,只因为被亡夫之外的男子拉了一下手臂,便仰天长恸曰:“我为妇人,不能守节,而此手为人执邪?不可以一手并污吾身。”于是以斧自断其臂,为欧阳修大加赞许。见《新五代史》卷五十四《冯道传·序》。

象山海错诗·新妇臂

〔清〕邓克旬

西施玉藕拟应同,滑腻桃花晕带红。
输与老饕低首啮,只饶俊处带雄风。

——选自《红犀馆诗课》二集

象山海错诗·新妇臂

〔清〕郭传璞

圆沙噀处漾轻漪,莫道浮尘未合时。
绝色只应河伯娶,渔家网得抵西施。

——选自《红犀馆诗课》二集

象山海错诗·吹沙郎

〔清〕欧景岱

生少江边唤阿郎,孰将新妇臂来偿。
抟沙房管差堪拟,[①]吹出微波海不扬。

——选自《红犀馆诗课》二集

【注释】

①抟沙:捏沙成团。

象山海错诗·千年臂[①]

〔清〕王莳蕙

腊得芙蓉寸寸干,梅醯葅酱剂咸酸。
居然饱吸金茎露,那用东方不老丹。

——选自《红犀馆诗课》二集

【注释】

①千年臂:从《红犀馆诗课》二集的同题赋咏看,当即新妇臂。

蛟川物产五十咏·吹沙鱼

〔清〕谢辅绅

海错从来浙产多,寿王侍宴百珍罗。
最怜香味呼新妇,牙齿何妨佐老婆。[①]

——选自光绪《镇海县志》卷三十八

【注释】

①“牙齿”句:指老婆牙。

银　鱼

银鱼,古称王余、脍残鱼、白小,俗称面丈鱼、炮仗鱼、面条鱼、冰鱼、玻璃鱼等。为鲑形目银鱼科动物。因体长略圆,细嫩透明,色泽如银而得名。银鱼是可以生活于近海的淡水鱼,具有海洋至江河洄游的习性。中国是银鱼的起源地和主要分布区,银鱼营养价值和经济价值均很高,是重要的经济鱼类。《宝庆四明志》卷四记载:“银鱼,口尖身锐如银条。又一种极小者,名面鱼。”

初夏(十首选一)

〔清〕朱衣客

买山何地卜幽居,别筑东皋有敝庐。

野蔌近堪供客馔，满江梅雨是银鱼。

——选自倪继宗《续姚江逸诗》卷十一

【作者简介】

朱衣客，字若邪，一字纬章，余姚人。康熙三十五年(1696)举人。好吟咏，与金若水游齐、楚、燕、赵间。著有《涵碧楼诗草》。

再叠双湖竹枝词(八首选一)

〔清〕全祖望

沧州阁外水茫茫，[①]玉箸鱼羹足侑觞。[②]
依便作歌谁与和，空教吴语独清狂。

——选自全祖望《句余土音》卷中

【注释】

①沧州阁：作者自注："在寿圣院。"按，寿圣院位于月湖花屿东南，俗称湖心寺(月湖庵)，乃古代著名律院。 ②玉箸鱼：银鱼的别名。作者自注："玉箸，乃小鱼而味甚美，故《成化志》亦载之。"闻性道《康熙鄞县志》云："玉箸鱼：出月湖。"

和叶艾庵白湖竹枝词(三十首选一)

〔清〕姚朝翙

积年旧涨涨沙淤，陆可桑麻水可渔。
饷客莫现无长物，[①]湖中美味有银鱼。[②]

——选自姚朝翙《和叶艾庵白湖竹枝词》

【注释】

①长物：指像样的东西。 ②这句作者自注："湖中产银鱼绝美，惜不可多得。"

蛟川物产五十咏·银鱼

〔清〕谢辅绅

黑点为睛玉作肤，如银如麫总相符。
吴都误认王余片，不信嘉名小白呼。

——选自光绪《镇海县志》卷三十八

夏日田园杂诗(八首选一)

〔清〕徐甲荣

绿暗山村白满川，风风雨雨做霉天。
桥头装得逆流网，雪色银鱼入馔鲜。

——选自徐甲荣《城北草堂诗稿》卷上

白　鱼

白鱼，一指白鲦，亦作"白儵""白条"，鲌亚科属的一种。为江河湖泊中习见的小型鱼类。大者长尺许，体侧及腹部为银白色，鳞细，从春至秋常喜集群于沿岸浅水区水面游动觅食，行动迅速。康熙《定海县志》卷十一云："白鲦：湖溪小鱼也，长仅数寸，形狭而扁，鳞细而整，状如柳叶，洁白可爱，性好群游，最宜鲊俎。"白鱼亦可泛指鲌鱼，如宁波湖中常见的翘嘴鲌鱼，通常称为白鱼，转音排鱼。《宝庆四明志》卷四云："白鱼，板身，肉美。"《至正四明续志》卷五《土产》亦云："白鱼：板身肉美，江海俱有。"民国《四明朱氏支谱·外编》卷二十五《物产》："白鱼：即白条鱼，俗转白音为排。长数寸，形如匕首。夏月味美。吾乡称冬鲫夏白。"

月湖竹枝词(四首选一)

〔元〕乃　贤

五月荷花红满湖，团团荷叶绿韵扶。
女郎把钓水边立，折得柳条穿白鱼。

——选自乃贤《金台集》

【作者简介】

乃贤(1309—1368)，字易之，号紫云山人，别号河朔外史。色目葛逻禄人。葛逻禄译成汉语，意为马，故又名马易之。一说取汉姓马，与葛逻禄无关。生于河南南阳，后定居鄞县。曾任东湖书院山长、国史院编修等职。元亡前夕，参桑哥实里军幕。著有《金台集》。

游定水寺寄杜尧臣[①]

〔元〕吉雅谟丁

水纹藤簟竹方床，山阁重阴雨后凉。
新月梧桐秋未老，孤灯机杼夜初长。
白鱼入馔松醪熟，红稻供炊笋脯香。[②]
云树芝泉随处好，一时清赏肯相忘。

——选自释来复《淡游集》卷上

【作者简介】

吉雅谟丁，汉姓马，字符德，西域回回人。丁鹤年从兄。至正十七年(1357)进士，授定海县尹，至正二十二年(1285)摄奉化州事，调昌国知州，升浙东佥都元帅，死国事。工诗，遗集不传。

【注释】

①定水寺：位于今慈溪市观海卫镇宓家埭村。②红稻：稻的一种。

举网得白鱼，长二尺，烹饮醉成

〔明〕孙　鏊

江水新添数尺余，游鳞队队动江虚。
乘潮落日浮孤鹢，投网中流得巨鱼。
稚字欢呼过柳岸，渔翁遥羡在村墟。
秋风脍鲈何须忆，明月当尊照广除。①

——选自孙鏊《松菊堂集》卷十

【注释】

①除：台阶。

香　鱼

香鱼，又称细鳞鱼，是宁海凫溪一带特有的名贵鱼类。香鱼喜生活在底为石砾、多深潭、水色清澈、水流湍急的溪流水域，每年9—10月集群降河，10—11月便在溪流下游入海口的浅滩石砾急流处产卵繁殖，产卵后亲鱼大多死亡。孵化后的鱼苗随水入海越冬。翌年3月底至5月上旬，幼鱼陆续上溯至淡水溪流中肥育成长。香鱼无腥而带香，食味鲜美。凫溪香鱼的历史悠久，宋端平二年(1235)进士储国秀所作《宁海县赋》中便有记载。光绪《宁海县志》卷二《物产・鳞类》云："香鱼：产溪中，又名细鳞鱼，无腥而香，其长随月，至七八月长七八寸，过此则生子而味不美。出浮溪者佳。"

邬次谷过谒有怀缑北诸胜(八首选一)

〔清〕徐　恕

浮溪渡口夜通鱼，①玉水清波画不如。
何事秋风鲈脍尾，芳鳞三寸是香鱼。

——选自光绪《宁海县志》卷十八

【注释】

①浮溪：即宁海凫溪。

西沪棹歌(一百二十首选一)

〔清〕姚　燮

看惯潮花半业渔，海筐石蛔荐新菹。①
一旬两日墙头市，②担到官山记月鱼。③

——选自民国《象山县志》卷三十二

【注释】

①海筐：即海绩筐，今称海胆。石蛔：蟹的一种。《太平御览》卷九四三引《临海水土物志》："石蛔大于蟹，八足，壳通赤，状如鸭卵。"按，石蛔即岩蟹。近红黄色，头胸甲近圆形，表面隆起，有微细颗粒，螯足壮大对称。栖息于软泥、沙泥质海底。味鲜美，多鲜食。《海错鳞雅》释石蛔为馒头蟹，是从"状如鸭卵"着眼的。但馒头蟹多栖息于温带至热带海域30米至100米深的泥沙质海底下。在我国主要分布在台湾海峡和广东、福建沿海，象山海域比较少见。②墙头：象山县一地名。③官山：今属宁海县岔路镇。记月鱼：官山溪所产香鱼，鳞细不腥，春初生，月长一寸，至冬月，长盈尺，则赴潮生子，生已即槁。一名记月鱼。

象山海错诗・记月鱼

〔清〕郭传璞

不能以寸笑孙鲸，独浪官山泼刺行。①
肖肉依然添十二，翻怜夜夜报鳝更。②

——选自《红犀馆诗课》二集

【注释】

①泼刺：象声词。②鳝更：传说鼍夜鸣应更，故名。《埤雅・释鱼》："今鼍象龙形，一名鳝，夜鸣应更，吴越谓之鳝更，盖如初更辄一鸣而止，二更再鸣也。"

梁坑竹枝词(选一)

〔清〕潘智进

鳖岩潭口漾清涟，渔火宵来满眼边。
客到休嫌无好味，香鱼捉得用油煎。

——选自《宁波竹枝词》

鱙姑鱼

鱙姑鱼，亦作密骨鱼，又称月光鱼，细鳞斜颌鲴的俗称。浙东溪流中多有出产。它曾是鄞县樟溪河的一种特色鱼类，因它游动时常会泛起银白色的光，所以当地人称之为月光鱼。这种鱼肉质细腻，口味极佳。

至中村访郑君接[1](二首选一)

〔清〕黄宗羲

故人欢邂逅,杯酒话犁锄。
算岭豪猪脯,[2]沧潭密骨鱼。[3]
夕阳鸟矍铄,乱石水踌躇。
一带天台路,依然是古初。

——选自黄宗羲《南雷诗历》卷四

【注释】

①中村:即今余姚鹿亭乡中村村。此诗作于康熙二十七年(1688)十二月初二日。 ②算岭:即算坑岭,在算坑村后,与鄞县交界。 ③沧潭:当为中村村前晓鹿溪中一潭名。

再赋奉川土物·䲡姑[1]

〔清〕孙事伦

青鲻饶别种,游处碧溪潭。
风裁较细润,[1]收钓羡盈篮。

——选自孙事伦《竹湾遗稿》卷八

【注释】

①风裁:风度神采。

剡上竹枝词(八首选一)

〔清〕孙事伦

蛇腹溪长绕邑闾,石潭钓得䲡姑鱼。
烹来唤取陈三白,[1]碓臼声声饭不疏。[2]

——选自孙事伦《竹湾遗稿》卷八

【注释】

①三白:指三白酒。明谢肇淛《五杂俎·物部三》:"江南之三白,不胫而走半九州矣。" ②碓臼:舂米用具。

其　他

孟夏日大雷山居即事(三首选一)

〔清〕林宏玠

乍怜城市隔,更喜值清和。[1]
鸟弄迁乔古,[2]山鸣伐木柯。
黄泥穿笋大,红妳钓鱼多。[3]
呼酒尝佳味,相期赋硕薖。[4]

——选自全祖望编《续甬上耆旧诗》卷六十八

【作者简介】

林宏玠,字介玉,一字梅叟,鄞县人。林岳隆长子。明诸生,丙戌(1646)后弃去。晚年与族弟林时对唱和甚欢。

【注释】

①清和:天气清明和暖。 ②弄:当作"哢",鸣叫。 ③红妳:溪鱼名,学名待考。作者自注:"红妳,溪鱼,味绝美。" ④硕薖:语出《诗·卫风·考槃》:"考槃在阿,硕人之薖。"考槃:盘桓之意,指避世隐居。硕人:形象高大丰满的人,不仅指形体而言,更主要指人道德高尚。薖(kē 科):貌美,引为心胸宽大。

剡湖竹枝词[1](十九首选一)

〔清〕陆达履

垂柳垂杨四月初,溪流别产小鲥鱼。[1]
门抢新水来如贯,一一黄排荇藻渠。

——选自《姚江诗录》卷二

【注释】

①鲥鱼:即时鱼。《光绪余姚县志》卷六:"时鱼:《嘉靖志》:其大如箸,小麦熟时产梅岙溪,亦呼小麦鱼。《康熙志》:产积庆寺前,以小麦熟时一时有之,故名。旧志即作鲥鱼者非。"作者自注:"小鲥鱼色黄无鳞,状似黄鲦,四月初至辄成群。"

姚江棹歌(百首选一)

〔清〕邵晋涵

鲭鱼新试解酲汤,[1]曾说调羹献尚方。
自有白于泉水酒,食经底用问虞郎。[2]

——选自邵晋涵《南江诗钞》卷一

【注释】

①鲭鱼:鱼类的一科,身体呈梭形而侧扁,鳞圆而细小,头尖,口大,集成群活动。可食用,肉质鲜美。酲汤:醒酒汤。《南齐书·虞悰传》:"上就悰求诸饮食方,悰秘不肯出,上醉后体不快,悰乃献醒酒鲭鲊一方而已。"《汉语大词典》释"鲭"为鱼脍,释"鲭鲊"为用腌鱼制作的鱼脍。 ②虞郎:虞悰。这句作者自注:"虞悰献鲭鱼醒酒方,见《南史》。"

柘溪竹枝词[①]（选一）

〔清〕王吉人

瓜棚豆架接幽居，半亩荒园手自锄。
尽有佳蔬堪下箸，劝郎莫钓石鳏鱼。[②]

——选自《宁波竹枝词》

【作者简介】

王吉人（？—1856），字云樵，宁海人。道光举人。著有《万壑松风楼诗集》。

【注释】

①柘溪：宁海凫溪的支流。 ②石鳏鱼：鳜鱼的俗称。鳜鱼是一种大型食肉鱼类，也是一种淡水经济鱼类。肉质结实细腻，味道鲜美，一向被列入上等食用鱼类，晒制成的鳜鱼干为很多人所喜爱。宁海深圳以特殊的地理位置，向有"干柴白米岩骨水，嫩笋茶芽石鳏鱼"之说。这句作者自注："石鳏鱼恋母。"

【海洋鱼类】

泛 写

四明寓居即事

〔元〕张 翥

郡城重镇浙江东，徼道荒芜雉堞空。[①]
于越山川星纪外，[②]故王台榭水云中。
船来蛮贾衣裳怪，[③]潮上海鲜鳞鬣红。
不向旗亭时一醉，[④]行人愁杀柳花风。

——选自张翥《蜕庵集》卷二

【注释】

①徼道：巡逻警戒的道路。雉堞：城上短墙。②于越：春秋时越国，建都于今浙江之绍兴。时四明属于于越东境。星纪：星次名。十二次之一。与十二辰之丑相对应，二十八宿中之斗、牛二宿属之。 ③蛮贾：指外国商人。 ④旗亭：酒楼。悬旗为酒招，故称。

寄答翟彬文中，[①]时避慈溪（二首选一）

〔元〕张 翥

往年使过慈湖上，风景依稀可画传。
红叶树藏秋水寺，白头僧渡夕阳船。
竹林雨后山多笋，渔浦潮来海有鲜。
藉是县公能爱客，[②]不妨酬倡酒樽前。

——选自张翥《蜕庵集》卷四

【作者简介】

张翥（1287—1368），字仲举，号蜕庵，山西晋宁襄陵人。至正初召为国子助教，不久退居淮东，起为国史院编修官，后迁太常博士，以翰林学士承旨致仕。著有《蜕庵集》。

【注释】

①此诗诗题，明宋公传《元诗体要》卷十二作《述慈溪景》。翟彬：当即翟份，字文中，河南相台人。 ②藉（jiè）：因。

寄慈溪令陈文昭[①]

〔元〕沈梦麟

因风问讯慈溪令，每怪来鸿不寄书。[②]
风俗过江多闭籴，[③]乱离为客叹无储。
公田七月收红稻，[④]山县千家食大鱼。
见说海东时序好，[⑤]欲携妻子就耕锄。

——选自沈梦麟《花溪集》

【作者简介】

沈梦麟，字原昭（一作元昭），归安（今浙江吴兴）人。后至元五年（1339）中乡试，授婺源州学正，迁武康县令。至正中兵乱四起，解职回归安花溪故里。明初曾以贤良征召入朝，称病不复试。著有《花溪集》。

【注释】

①陈文昭：陈麟，字文昭，温州人。以进士为慈溪县尹，任上关心民生，政绩突出，被誉为"自来慈溪第一循吏"。元末沿海被兵，陈文昭练民为兵，以保障境内。方国珍入据宁波，将其置之海上之岱山，长达十年。 ②来鸿：旧有鸿雁传书的传说，故"来鸿"即指来信。 ③闭籴：禁止籴米。 ④公田：封建官府控制的土地。亦称"官田"。红稻：稻的一种。 ⑤海东：这里指慈溪。时序：季节变化的次序。

食鲜鱼有感

〔明〕谢 迁

我家旧住东海滨，盘餐市远惟鲜鳞。[①]
腐儒粗粝自安分，筵前不慕罗奇珍。
十年谬窃黄扉禄，[②]堂膳虚刀大官肉。[③]

太牢滋味违贱肠，翻忆鱼羹常不足。
秋风萧瑟吹蚤寒，莼鲈野兴归张翰。
盐梅调剂貌无效，回思鼎耳殊汗颜。[④]
江湖悠悠隔霄汉，从今取足鱼羹饭。
食芹知美敢忘君，欲献无由发长叹。

——选自谢迁《归田稿》卷八

【注释】

①盘餐市远：语本杜甫《客至》："盘餐市远无兼味。" ②黄扉：这里指丞相官位。 ③大官：太官，主膳羞。 ④鼎耳：鼎上两耳。《书序》："高宗祭成汤，有飞雉升鼎耳而雊。"孔颖达疏："高宗祭其太祖成汤於肜祭之日，有飞雉来升祭之鼎而雊鸣，其臣祖己以为王有失德而致此祥，遂以道义训王，劝王改修德政。"后以"鼎耳"为劝王修德政的典故。

初夏望春庄漫兴[①]（四首选一）

〔明〕范 钦

雨过垅头梅熟，冰来海上鱼鲜。
浊酒止堪半爵，[②]高歌不费一钱。

——选自范钦《天一阁集》卷十六

【作者简介】

范钦（1505—1585），字尧卿，号东明，鄞县人。嘉靖十一年（1532）进士，历任随州知州、兵部员外郎、袁州知州等职。嘉靖末建天一阁藏书楼。著有《天一阁集》。

【注释】

①望春：今属宁波市海曙区望春街道。②爵：古代一种用于饮酒的容器。

甬东江北歌（六首选一）

〔明〕屠本畯

百十鱼鲜下海门，布帆五色若云屯。
甬东北岸鄞江上，刁刁腥风五月繁。

——选自胡文学《甬上耆旧诗》卷二十

竹枝词（三十首选一）

〔明〕屠 隆

东海渔翁大板船，捞鱼换酒浪头颠。
亲见龙王第七女，[①]珍珠衫子绣裙边。

——选自屠隆《白榆集》诗卷八

【注释】

①龙王第七女，出唐张说《梁四公记·震泽洞》，谓震泽中洞庭山南有洞穴通龙宫，为"东海龙王第七女，掌龙王珠藏，小龙千数卫护此珠"。

食海鱼戏作

〔明〕倪宗正

巨鱼长于人，厥口豁若谷。
双鬐玉叉撑，秃尾类削木。
清晨上海洲，失势何局促。
沫流沙水痕，入市骇众目。
有客买惠我，纳以输厨屋。
厨人睥睨之，砺刀浴其镬。
老妇悯余生，举手不忍触。
流涎樽俎间，阁箸想膏馥。
高呼复狂走，始斫几上肉。
须臾出盆碗，脔烹分头腹。
主人恣大嚼，啜濡盆碗覆。
何当众客前，馋口唯我独。
春日照檐楹，鼓腹对醽醁。

——选自倪宗正《倪小野先生全集》卷三

鄮东竹枝词（选一）

〔清〕李邺嗣

千万鱼鮏叠水涯，[①]常行怕到后塘街。[②]
腥风一市人吹惯，夹路都将水族排。

——选自同治《鄞县志》卷七十四

【注释】

①鮏（xīng）：同"鯹"。鱼臭。 ②后塘街：徐兆昺《四明谈助》卷三十二"后塘街"云："今鄞县在甬江之滨，海人贸易，多在甬江两岸，于东岸一带亦称后塘街。"

春田东舍（四章选一）

〔清〕李邺嗣

吾乡食海盐，羹鱼倾水族。
嬴蛤积果摇，不待贾而足。
其中具五民，人物凑绾毂。
乱后何萧然，法禁敢轻触。
偷生无积聚，死地犹骛逐。

岂若拙业安，农桑甘龌龊。
衣食出田间，贱取如珠玉。
地重重为邪，相传好风俗。

——选自李邺嗣《杲堂外集》卷二

捕鱼行

〔清〕王之琰

灵桥坦以平，甬江深莫测。
江水东流接海涛，海中四月鱼鼓翼。
渔人操网出蛟门，满载抵关税千亿。
关吏如虎役如狼，百计苛政恣掊克。
到江后先金为号，此驻彼迎声似织。
收帆停桨倚江干，主客招摇权子息。①
开舱璀璨加冰盐，船运车输走八极。②
忆昔鲸鲵未靖海扬波，闭关禁渡严防贼。
海水江流截不通，片鳞只尾胡由得。
自从天子真仁圣，绝域享王无反侧。
蛟龙驯服海澜安，南北两洋为乐国。
浩荡仁恩未可忘，民间顿顿煮鱼食。

——选自王之琰《南楼近咏》卷上

【注释】

①子息：利息。 ②八极：八方，极远之处。

周行杂咏①（十二首选一）

〔清〕谢秀岚

濒海生涯多捕鱼，罾罍罛罟代镂锄。①
蜑船点点容多少，②水面年来尽起租。

——选自谢秀岚《雪船吟初稿》卷四

【作者简介】

谢秀岚(1695—?)，字南铭，号雪渔，余姚泗门人。郡庠生。博览诸子百家，无意科举，肆力于诗文，时陈梓等倡明古学于海滨，秀岚与之往复无虚日。整理其父谢起龙所遗手稿，付梓刊行。著有《雪渔小草》《雪船吟》。

【注释】

①罾：古代一种用木棍或竹竿做支架的方形鱼网。罍(léi)：同"罍"，百囊渔网，见《篇海类编》。罛：同"笟"，补虾的竹器。 ②蜑船：蜑人用以为家的船。

鲑菜歌

〔清〕景　山

鲑菜，鱼之总名也。濒海村民多业渔，每数十人结队乘潮汐往取，昼夜不失期，网曰网捕，篾笼曰篾捕，俱谓之张鲑菜。土人以夏时鱼盛可当蔬，解之曰夏菜，故呼鲑为夏。其实鲑菜非夏菜也，种类错出不可胜数，小者不过尺许，大者至二三十斤，间或巨鱼入渚中，潮涸不能出，虽数百斤者亦有焉。辄刲其肉以分民，有至溺死而弗悔者，利所驱也，歌以记之。

海乡生息饶鱼盐，私捕不禁禁私煎。①
煎盐税重鱼税轻，渔民比屋若云连。
劈竹练麻制渔器，候潮随汐驾渔船。
潮头倏忽摧山裂，冒险原非关计拙。
赤蟮白蟹利尽收，②麦鳊梅鱼味亦别。
一朝蚁制海大鱼，瓜分直欲餍东浙。
夏来鲑菜多于菜，沿门贩客更成队。
十钱买取一斤余，落苏蹲鸱何足爱。③
家家趁日曝鱼干，贫户枝梧富户赛。④
如此生涯颇不薄，抵死休言波浪恶。
家肥大半置田园，田氓相羡憎钱镈。⑤
岂知尔来海力微，产鱼渐渐叹萧索。
去秋七月遭飓母，⑥大众飘沉十失九。
老渔掩泣泪涔涔，此祸从来得未有。
亲朋走讯劝改图，渔弟渔兄坚不受。
君不见海塘前后盐舍空，小者官拆大官封。
纷纷属窜知何处，捕鱼犹得相始终。

——选自《姚江诗录》卷四

【作者简介】

景山，字筠标，号双岩，余姚周巷(今属慈溪市)人。嘉靖庚辰(1820)岁贡。著有《西爽楼诗文抄》。

【注释】

①私煎：私自煎盐。 ②赤蟮：鱼类名，学名红狼牙虾虎鱼。外形似黄鳝，体表红色，有的带青，杭州湾海涂盛产。 ③落苏：茄子。 ④枝梧：支撑。 ⑤钱镈：古代的两种农具。这里借指农

事。 ⑥飓母:飓风。

浒山竹枝词(十首选一)

〔清〕沈 蔚

贸易人多十字街,鸡鹅巷口卖山柴。
逢单大市逢双小,食味无过海味佳。

——选自《姚江诗录》卷五

登候涛山

〔清〕谢佑廷

伏龙山脉本绵延,全浙咽喉自古传。
日落霞光穿阁上,潮来雪卷到江边。
人家烟火鱼鳞密,估舶帆樯雁阵连。
最是黄梅时雨后,船头簇簇尽鱼鲜。

——选自王荣商《蛟川耆旧诗》卷三

【作者简介】

谢佑廷,字再桐,今镇海区人。清诸生。家居性不耐烦,故自署耐烦居士。著有《耐轩诗文钞》。

和叶艾庵白湖竹枝词(三十首选一)

〔清〕姚朝翙

都道村居食品佳,市民踏破旧芒鞋。
海鲜河美多来集,卖向街头换米柴。[1]

——选自姚朝翙《和叶艾庵白湖竹枝词》

【注释】

①末两句作者自注:"沿海村市鸣鹤场最盛。"

蛟川竹枝词(十首选一)

〔清〕胡 湜

比户生涯海上浮,鱼期大半捕鱼游。
弟兄昨夜开船去,明日刚刚大水头。

——选自光绪《镇海县志》卷三

东门竹枝词[1](十首选一)

〔清〕王植三

一带泥涂场圃筑,大家唤晒鲞头忙。[2]
鱼虾还许儿童乞,抵得田间拾稻粱。

——选自《四明清诗略》卷二十八

【作者简介】

王植三(1808—1862),名定铨,字愧卿,号蓑岩,又号彭姥村农,象山丹城西桥东岸(今丹西街道)人。道光十年(1830),参修县志。十七年(1837),补廪生额,先后设帐授徒数年。咸丰六年(1856)著有《彭姥诗存》等。

【注释】

①东门:在象山石浦港东北侧,东门岛与对面山间。《乾道四明图经》谓象山立县之前,地属宁海县,因处宁海东境,故曰东门。 ②鲞头:鲓头。(小些)鱼晒干称之为鲞头,如龙头鲞、带鱼丝鲞等。

甬江竹枝词[1](八首选一)

〔清〕徐兆蓉

鱼船多少集江中,载得银鳞贸甬东。
朝旭未明人竟聚,半边街上起腥风。[2]

——选自《四明桂林徐氏宗谱》卷六之五《词华下》

【作者简介】

徐兆蓉(1809—1863),字振古,号朗湖,别号镜人,鄞县鄞江镇人。道光十六年(1836)入县学。好施与,不求人知,乡里有所兴筑,出力居多。咸丰十一年(1861)太平军至,避居山村,明年年底卒。

【注释】

①此为道光癸卯(1843)县学试卷。 ②半边街:为旧时宁波江厦街中最繁华的地段。

奉和族叔韵伯师清湖十胜原韵·归渔晚市

〔清〕张统镐

渔舟栉比夕阳边,越曲声扬鳞介鲜。
晚市西桥添韵事,浑忘大陆有烽烟。

——选自〔清〕张宗禄纂〔现代〕张统镐续纂《清湖小志》卷七

【作者简介】

张统镐,字稼新,镇海区骆驼街道清水湖村人。民国时续纂《清湖小志》。

乡居杂咏三十首(选一)

〔清〕王荣商

永丰塘外渐成田，海物登盘日日鲜。
刚趁早潮下涂去，碶头遍泊网鱼船。

——选自《容膝轩诗草》卷三

黄　鱼

黄鱼，又名黄花鱼，属鱼纲、石首科。因其头中有两颗坚硬的石头，叫鱼脑石，故又名“石首鱼”。黄鱼有大小之分，大黄鱼又称大黄花、桂花黄鱼，小黄鱼又称小黄花、春鱼。与其他鱼类不同的是，黄鱼鱼群经常会发出叫声，这是它们联络的信号，但是渔民们却可以根据这种声音对其进行捕捞。

黄鱼曾经是我国的主要经济鱼类，以舟山渔场所产大黄鱼最为出名，按其地理种群，称为岱衢族。大黄鱼常年栖息在近海水深四十寻以内之处，产卵期则成群游至海水深一二十寻海中层。人们很早就掌握了大黄鱼的洄游规律，晋人郭璞《江赋》云：“鯼鮆顺时而往还”，这里的“鯼”即大黄鱼，“鮆”即刀鱼，唐李善注云：“常以三月、八月出，故曰顺时。”宋代浙东渔民利用大黄鱼的洄游规律进行捕捞已经形成了相当的规模。江苏省之大戢洋面至浙江嵊泗的羊(洋)山、马迹山间乃是我国东海渔业传统上最著名的大黄鱼渔场，渔船多捕鱼于此，谓之打洋山。《宝庆四明志》卷四记载：“三、四月，业海人每以潮汛竞往采之，曰洋山鱼(按，即大黄鱼)。舟人连七郡，出洋取之者，多至百万艘。”又云：“春鱼，似石首而小。每春三月，业海人竞往取之，名曰捉春。”南宋时浙东渔民早就知道洋山是石首鱼的主要渔场，渔期主要为三、四月。而小黄鱼的渔期则是在三月，其时正值小黄鱼从深海向近海作产卵洄游。此时的黄鱼身体肥美，鳞色金黄，发育达到顶点，最具食用价值。在宋代掌握根据鱼群旺发时机和地域进行采捕的方法的基础上，明代浙东渔民还掌握了利用黄鱼产卵发声以探捕鱼群的技术。屠本畯在《海味索隐》中记载了请“鱼师”听鱼声探测鱼群的方法。郑若曾也说：“一名洋山鱼，盖洋山鱼所出处也。鱼能鸣，网师以长竹筒插水中以听之，闻其鸣则下网，每获至千余。”到了明代中期，由收藏天然冰进入人工制冰阶段，冰鲜鱼的大量生产，不但使人们告别了“忍臭吃黄鱼”的局面，也提升了黄鱼本身的鲜味。光绪《余姚县志》卷六云：“石首鱼俗名黄鱼，初出水，腥气未除，捕鱼人驾海舶自定海乘潮而西，庋之舱中，覆冰于上，一日夜至余姚，得冰腥尽，味更胜，故谓冰鲜。余姚自江桥迤东临江负郭，行户咸在焉。”

宁波人对黄鱼进行了不同形式的加工处理。《至正四明续志》卷五提到：“皮软而肉薄，用盐腌之。破脊而枯者曰鲞，全其鱼而腌曝者谓之郎君鲞，皆可经年不坏，通商贩于外方云。”黄鱼味道鲜美、营养丰富，通过不同的烹调方法，可烹制出多种多样的美味佳肴。成为宴席和家庭餐桌上常见的佳品。黄鱼肉质鲜嫩可口，烹调后味道清香，食之不腻，用于多种烹调方法，可制作“糖醋黄鱼”“红烧黄鱼”等。四明以黄鱼作羹最被推崇，舒亶所谓“金斗黄”的鱼羹就是指黄鱼羹，“金斗黄”道出了黄鱼羹的诱人色泽。清初朱彝尊《食宪鸿宝·鱼之属》有“宁波淡白鲞(真黄鱼一日晒干者)”作为鲞粉。至于宁波近代十大名菜中，黄鱼占有绝对的主导地位。

定海甲寅口号七首[①]

〔宋〕陈　造

人家两两捉春归，[②]笑语相过复叹咨。[③]
共说飓头前后作，[④]几人莆网罜流尸？[⑤]

——选自陈造《江湖长翁集》卷十八

【注释】

①定海：旧县名，辖区范围包括今宁波市镇海区和北仑区以及舟山部分地区。甲寅：绍熙五年(1194)。　②捉春：捕捞小黄鱼。《宝庆四明志》卷四：“春鱼，似石首而小。每春三月，业海人竞往取之，名曰捉春。”　③叹咨：叹息咨嗟。④飓头：飓风。　⑤莆网：捕捉小黄鱼的网具，即

张网。“莆”即“箭”。《宝庆四明志》卷四云：“冬天箭中有者，曰箭春。”清代象山人倪象占在《蓬山清话》中解释说：“其曰箭者，所得不一种。以竹筏为帘箔，束底侈口，乘潮而张之曰张网，船曰箭艘，鱼曰箭货，亦曰捉春，大小鱼虾，各类俱有也。”罜(guà)：同“挂”。

病后戏作

〔宋〕楼　钥

河鱼腹疾未全除，[①]一饭充饥不愿余。
纵有珍羞难下箸，真成顿顿食黄鱼。[②]

——选自楼钥《攻媿集》卷十

【注释】

①河鱼腹疾：指腹泻。鱼烂先自腹内始，故有腹疾者，以河鱼为喻。典出《左传·宣公十二年》：“河鱼腹疾，奈何？”　②顿顿食黄鱼：语本杜甫《戏作俳谐体遣闷二首》之一。

闲中口占数绝(五首选一)

〔宋〕郑清之

春鱼潮罢捉洋山，[①]下水艚船缩手还。
海若想应饕更甚，[②]饱鲜无复到人间。

——选自郑清之《安晚堂集》卷八

【注释】

①春鱼：小黄鱼。洋山：在今舟山市嵊泗县，分大洋山、小洋山，古为大黄鱼渔场。　②海若：传说中的海神。“海若”两句，作者自注：“海鱼绝少。”

秋日东风

〔宋〕舒岳祥

旧雨黄鱼簄，[①]新霜紫蟹篰。[②]
吾生了朝夕，何事忆江湖。

——选自舒岳祥《阆风集》卷八

【注释】

①簄(hù)：在江海中捕鱼的竹器。　②篰(pú)：沉在水中取鱼的工具。

佩之馈石首鱼有诗次韵奉谢[①]

〔明〕李东阳

夜网初收晓市开，黄鱼无数一时来。
风流不斗莼丝品，软烂偏宜豆乳堆。
碧碗分香怜冷冽，金鳞出浪想崔嵬。
高堂正忆东邻送，诗句情多不易裁。

——选自李东阳《怀麓堂集》卷十四

【作者简介】

李东阳(1447—1516)，字宾之，号西涯，原籍湖南茶陵，寄籍北京。天顺八年(1464)进士，授编修，累迁侍讲学士，充东宫讲官，弘治八年(1495)以礼部右侍郎、侍读学士入直文渊阁，预机务。以内阁首辅身份主持文坛数十年。著有《怀麓堂集》等。

【注释】

①佩之：余姚人冯兰之字。

待王山人

〔明〕戴良才

白酒晓初熟，黄鱼秋正肥。
催童扫萝径，曾约谢玄晖。[①]

——选自《剡川诗钞》卷五

【作者简介】

戴良才，号少石，奉化人。太学生，游张时彻之门，与屠隆、沈明臣相唱和，有诗集行世。

【注释】

①谢玄晖：谢朓字玄晖，陈郡阳夏(今河南太康)人。南朝齐诗人。这里代指诗人。

沈世君问宁波风土应教(五首选一)

〔明〕吕　时

淹淹梅雨后，[①]卑湿用楼居。
有田俱成稼，无人不读书。
香多吸老酒，鲜极破黄鱼。
顿顿新粳饭，先将赋税除。

——选自胡文学《甬上耆旧诗》卷二十三

【注释】

①淹淹：将尽之意。

戏作黄鱼篇柬田叔兼讯君房[①]

〔明〕沈明臣

囊无三十青铜钱，难买南塘一叶船。
清光只尺隔千里，[②]白云停停空眼前。

相如卧病几时起，高楼日暮心旌悬。
苍头问讯亦草草，[③]流莺已换春风迁。
白头老人贪晏眠，[④]海乡正熟黄鱼天。
屠生许我一饱餐，馋口未到先流涎。
黄鱼九月名石首，桂花初落尤堪怜。
既无七发起病色，[⑤]戏君一奏黄鱼篇。

——选自沈明臣《丰对楼诗选》卷九

【注释】

①田叔：屠本畯。君房：余寅。均见本书作者简介。②只尺：咫尺。③苍头：指奴仆。④晏眠：安眠。⑤七发：辞赋名篇。汉枚乘作。赋中假设楚太子有病，吴客前去探望，通过互相问答，构成七大段文字。吴客认为楚太子的病因在于贪欲过度，享乐无时，不是一般的用药和针灸可以治愈的，只能"以要言妙道说而去也"。于是分别描述音乐、饮食、乘车、游宴、田猎、观涛等六件事的乐趣，一步步诱导太子改变生活方式；最后要向太子引见"方术之士"，"论天下之精微，理万物之是非"，太子乃霍然而愈。

五月五日，叶生郑朗、柴生仲初携酒过浮梦馆问病二首[①]（选一）

〔明〕沈明臣

载酒何当病里过，醉来一和采菱歌。
纵他白发年年长，最喜黄鱼买得多。

——选自沈明臣《丰对楼诗选》卷三十八

【注释】

①叶生郑朗：叶太叔字郑朗，鄞县人。沈明臣诗弟子。柴生仲初：柴应聪字仲初，鄞县人，屠本畯之女婿。能诗，有《自怡集》。

客次有怀中林诸胜（选二）

〔明〕沈明臣

春暖湖生大堰，夜凉月出横塘。
梅里黄鱼散子，霜前紫蟹输芒。

——选自沈明臣《丰对楼诗选》卷二十五

生　意

〔明〕屠本畯

四月黄鱼市，风腥海客场。
艅艎凌出没，[①]喧杂起帆樯。
天远衔山小，江深激浪长。
廿年投老计，生意问渔郎。

——选自《甬上屠氏家集》卷四

【注释】

①艅(yú)艎：一种大船。

春日怀桃花别业（十首选一）

〔明〕屠　隆

五月黄鱼熟，千帆劈浪过。
烟中列酒舍，花底挂渔蓑。
人语水禽乱，萧声估客多。
傍船过越女，步步欲凌波。

——选自屠隆《白榆集》卷四

江南竹枝词（选一）

〔明〕屠　隆

江草家家铺绿茵，海榴树树簇红巾。
满天风雨黄鱼熟，争唱江头越榜人。

——选自屠隆《由拳集》卷十五

江　桥

〔明〕李生寅

日落春江市，云轻晚郭楼。
帆樯多似岸，沙月烟如秋。
棹忆东流去，桥怜倚柱留。
黄鱼此时节，乐土信吾州。

——选自李生寅《李山人诗》卷下

蛇蟠洋[①]

〔明〕王廷藩

千山紫菜万山苔，叶叶轻帆四面开。
清夜船头声聒耳，成群石首溯潮来。

——选自光绪《宁海县志》卷十八

【作者简介】

王廷藩，明朝宁海县令。

【注释】

①蛇蟠洋：介于宁波与台州之间的三门湾。

村　居

〔明〕张鸣喈

朱鞋白发绿莎洲，有兴频为山水游。

隔槛江光连雨脚，遥天帆影挂云头。
桥通小市黄鱼美，路入长林碧磬流。
姓氏欲询还不语，自凭莺蝶共凝愁。

——选自王荣商《蛟川耆旧诗补》卷一

谢沈御三惠黄鱼

（集唐五律）（四首选二）

〔清〕李邺嗣

带病鲜相见，黄鱼出浪新。①
绿尊须尽日，②高兴复留人。③
故国犹兵马，④余波及老身。⑤
碧鲜俱照筯，⑥何处问通津。⑦

平生自有分，⑧顿顿食黄鱼。⑨
几度曾相梦，千般想未知。⑩
徒闻沧海变，⑪重得故人书。⑫
饭粝添香味，⑬吟多意有余。⑭

——选自李邺嗣《杲堂外集》卷三

【注释】

①“黄鱼”句：出自杜甫《黄鱼》。②“绿尊”句：出自杜甫《奉陪郑驸马韦曲二首》。③“高兴”句：出自卢照邻《春晚山庄率题二首》。④“故国”句：出自杜甫《出郭》。⑤“余波”句：出自杜甫《送赵十七明府之县》。⑥“碧鲜”句：出自杜甫《槐叶冷淘》。⑦“何处”句：出李用咸《春日》诗。⑧“平生”句：出自司空曙《喜外弟卢纶见宿》。⑨“顿顿”句：出自杜甫《戏作俳谐体遣闷二首》。⑩“几度”两句：均出自耿湋《酬畅当》。⑪“徒闻”句：出自宋之问《缑山庙》。⑫“重得”：出自杜甫《酬韦韶州见寄》。⑬“饭粝”句：出自杜甫《孟仓曹步趾领新酒酱二物满器见遗老夫》。⑭“吟多”句：出自杜甫《复愁十二首》。

鄮东竹枝词（选一）

〔清〕李邺嗣

海船齐到大鸣锣，上水黄鱼网得多。
先买肥牲供羊庙，①弋阳子弟唱婆娑。②

——选自同治《鄞县志》卷七十四

【注释】

①羊庙：作者自注：“五月初所得黄鱼曰上水鱼。羊刺史庙，凡出海者，祭之至盛。”②弋阳子弟：唱弋阳腔的演员。婆娑：形容姿态优美。

东庄杂咏（十八首选一）

〔清〕周　容

农闲学作渔，野水落寒渚。
儿童泥及额，腾踔没双股。①
盆盎鱼似虾，惆怅立翁姥。
谁得三寸鲫，喧呼指相语。
忆前二十年，海涛蔽网罟。
旗帜别船名，入关潮正午。
石首压街衢，鲜鳞照商贾。
海鱼今何幸，此鱼今何苦。
我欲问神龙，何处藏风雨。

——选自周容《春酒堂诗存》卷一

【注释】

①腾踔：跳起。

江干竹枝词（十首选一）

〔清〕包　燮

家家争打出洋船，从此关开好趁钱。
三水黄鱼无客买，满街行贩卖冰鲜。

——选自全祖望编《续甬上耆旧诗》卷七十三

遣意（二首选一）

〔清〕万斯备

霏霏云影乱，肃肃雁行斜。①
乌臼翻红叶，②黄鱼到白沙。③
补窗招竹月，断酒误篱花。
雀雨朝来甚，难将日色赊。

——选自万斯备《深省堂诗集》

【注释】

①肃肃：疾速的样子。②乌臼：乌桕树。③白沙：在今江北区白沙码头一带。

食黄鱼

〔清〕邵嗣贤

象邑业耕钓，①土物力所任。
四月石首鱼，出水如黄金。
烹鲜盘餐美，东南第一琛。②
史公传货殖，③鲐鮆堆成林。

如何遭厉禁，[4]片网不得沉。
我来顿顿食，饱饫示同心。[5]
倘然食指动，勿惮登崎嵚。[6]

——选自民国《象山县志》卷三十二

【作者简介】

邵嗣贤，清初余姚人。生平待考。

【注释】

①象邑：象山县。 ②琛：珍宝。 ③史公：即太史公司马迁。司马迁《史记》中有《货殖列传》，有“鲐鮆千斤”之句。 ④厉禁：指清初的海禁。⑤饱饫：吃饱。 ⑥崎嵚：指崎岖的山路。

蓬岛樵歌（一百十六首选一）

〔清〕钱沃臣

立春百日下洋山，[1]楝子花红蝶蕊斑。[2]
每夕爵溪城下望，[3]满船黄白载鱼还。[4]

——选自钱沃臣《乐妙山居集》

【注释】

①立春百日：作者自注：“渔家以立春后百日为头水，百十日为二水，百廿日为三水，过此为花水。三水内鱼多育子上浮。头水者佳，以次渐逊。定海县北海中有大小洋山，渔船多捕鱼于此，谓之打洋山。” ②“楝子”句：作者自注：“楝花开则海上石首鱼来。范成大诗：‘楝子开花石首来。’紫蝴蝶花开则白鳊来。渔人以此为候。”③爵溪：位于象山县东部沿海中段偏北，濒临大目洋。明代洪武三十年(1397)在此设千户所，筑城，周围三里，千人守御，为抗倭要地。 ④黄白：指黄鱼和白鳊（即鲳鱼）。鲳鱼汛与大黄鱼同汛，但要稍后半月，渔民有“三水鱼群黄夹白”之说。每到春末夏初，象山渔民在大目洋、猫头洋及至舟山群岛诸渔场捕捞大黄鱼的同时，一路追捕鲳鱼。

蓬岛樵歌续编（一百〇八首选二）

〔清〕钱沃臣

龙头鳗嫩瀹银晶，[1]春到吹沙动客情。[2]
尤爱郎君风味好，美鱼珍重爵溪名。[3]

黄花三月遍行沽，[4]小担箫春深巷呼。[5]
志海不胜书异品，号虾蛄又号蜛蛄。[6]

——选自钱沃臣《蓬岛樵歌续编》

【注释】

①鳗：作者自注：“邑产龙头鳗，或作‘鳑、’‘鳎’，《集韵》：仕限切，音栈。《事物异名录》：龙头鱼，福州曰水晶鱼。” ②吹沙：作者自注：“邑又小鱼名吹沙浪，春月甚佳。《尔雅》‘鲨鮀’注：‘吹沙，小鱼，体圆而有点文。《事物异名录》曰呵浪，《留青日札》曰吹沙。” ③“尤爱”两句：作者自注：“邑爵溪腊石首鱼曰爵鲞，佳者曰郎君鲞。《吴地记》：阖闾入海，会风浪，绝不得渡。王拜祷，见金色鱼逼而来。吴军取食，及归，群臣思之。所司云：暴干矣。食之甚美，因书美鱼鲞三字。出象山爵溪者名爵鲞，出台州松门者名松鲞。愚按：鲞，乌两切，音想，当时立音，似取思想之意。” ④黄花：作者自注：“《正字通》：海鱼如鳆而小，名黄花鱼。邑又名黄瓜鱼。《养鱼经》谓石首，闽曰金鳞，又曰黄瓜。”按，倪象占《蓬山清话》卷十六云：“黄鱼类之小者，曰春鱼，俗曰黄花鱼，又曰小黄，取之曰捉春。” ⑤“小担”句：作者自注：“邑海鱼有箫春、促（当为‘捉’之误）春之称。”按，倪象占《蓬山清话》卷十六云：“其曰箫春者，所得不一种。以竹筏为帘箔，束底侈口，乘潮而张之，曰张网，船曰箫艘，鱼曰箫货，亦曰捉春，大小鱼虾，各类俱有也。” ⑥虾蛄：即望潮。作者自注：“《酉阳杂俎》：虾蛄似蜈蚣，食虾。邑于麦秋时珍之，最肥美。”蜛蛄：作者自注：“蜛蛄似章鱼而小，《南越志》曰蜛蝫，亦海错之珍者。”

四明土物杂咏·桂花石首（黄鱼）

〔清〕全祖望

石首有魫如玉，[1]每因丛桂重登。
物固以少为贵，春蒲稍逊神清。[2]

——选自全祖望《句余土音》卷上

【注释】

①魫(shěn)：鱼脑骨。 ②春蒲：指小黄鱼和其他张网所得的杂鱼。作者自注：“春鱼似石首而小，三月海人竞取之，曰‘捉春’，冬时蒲中得之，曰‘蒲春’。”

再赋鲒埼土物·郎君鱼

〔清〕全祖望

海中万阴精，那得一丈夫。
郎君真健者，应运起新蒲。

——选自全祖望《句余土音》卷中

双湖竹枝词[①](八首选一)

〔清〕全祖望

春晚洋山鱼计盈,[②]满湖小种亦神清。[③]
郎船夜傍竹洲宿,[④]天半天封塔火明。[⑤]

——选自全祖望《句余土音》卷中

【注释】

①双湖:指宁波城中的月湖、日湖(已废)。②洋山:在今舟山市嵊泗县,分大洋山、小洋山,古为大黄鱼渔场。③满湖小种:作者自注:"洋山渔期至,湖上亦有小种,名'银针'。"闻性道《康熙鄞县志》云:"银针鱼:出月湖,应海鳇而起,俗呼为湖西洋山鱼。"按,海鳇即黄鱼,银针当即银鱼。④竹洲:月湖十洲之一,地在今宁波第二中学。⑤天封塔:位于宁波市海曙区大沙泥街西端与解放南路交汇处。

石浦竹枝词(二首选一)

〔清〕华瑞潢

天后宫前看晚鱼,从来海物不胜书。
山坡晒遍郎君鲞,春涨还生土步鱼。

——选自道光《象山县志·文类》

【作者简介】

华瑞潢,字湮防,号秋槎,江苏金匮(今无锡)人。初知瑞安,乾隆四十四年(1779)任象山知县。旋调临海,擢同知,摄台州府。著有《宝云山馆诗抄》《北山小志》等。

季秋病疟,莪亭先生惠以爵溪鲞,[①]味颇适口,赋此以谢

〔清〕郑勋

闻说春蒲稍逊清,[②]何须艳羡五侯鲭。
病中幸得先生赐,旨味都从石首生。

自笑生涯淡泊中,庸医为术未能工。
溪鱼下箸谁堪并,还想畦边剪嫩菘。

——选自郑勋《二砚窝诗稿偶存》卷五

【注释】

①莪亭:范永祺(1727—1795),字凤颉,号莪亭、石生老人,天一阁范钦后人。乾隆五十一年举人。②这句作者自注:"用谢山太史句。"参上全祖望诗注。

春日杂兴(二十四首选一)

〔清〕黄璋

峨峨大艑海门来,[①]鸟尾帆樯簇水隈。
载得冰鲜十万斛,黄金片片落红腮。

——选自黄璋《大俞山房诗稿·留病草》

【注释】

①艑:大船。

甬东竹枝词(五首选一)

〔清〕范邦桢

对渔船只趁潮双,齐插红旗进海关。
梅雨不多风暴小,冰鲜第一好洋山。

——选自范邦桢《双云堂家藏集·撷香楼诗存》

蛟川竹枝词[①](十首选一)

〔清〕胡湜

罗罗海物胜园蔬,鲎酱螺羹入馔初。
最喜年年三四月,沿街听卖小黄鱼。

——选自光绪《镇海县志》卷三

【注释】

①此诗亦见《清泉张氏宗谱》卷十一,作张锡庆诗。

姚江竹枝词(选一)

〔清〕翁忠锡[①]

刁船络绎到江干,头水黄鱼得价先。[②]
敲罢锣声行贩集,家家明日买冰鲜。

——选自《姚江诗录》卷四

【注释】

①刁:疑为"刀"字之误。"刀",同"舠"。②头水:作者自注:"海乡渔汛,有头水、二水、三水之别。"

以黄花鱼饷咸宁雷少司寇(以诚),[①]猥赠篇什,[②]倒次元韵奉答[③]

〔清〕张翊儁

楝子花盛开,南风矗天起。
一网千百头,闻声老渔喜。[④]

春莼调作羹，金玉艳口齿。
吾乡饫海鲜，宴客动盈簋。
何意来武昌，荐新乃有此。[⑤]
冰雪护金鳞，河中泣魴鲤。
飞骑进荔支，珍罕略相似。
聊佐君子餐，铜盘宜献尾。
烹鲜胜食蓑，远来尤足美。
含笑问盘中，故乡几千里。

——选自张翊儁《见山楼诗集》卷四

【注释】

①咸宁：即今湖北咸宁市。少司寇：刑部侍郎的别称。雷以诚：字春霆，号鹤皋、藿郊。湖北咸宁人，1823 年进士，任职刑部。②猥：谦辞，犹言辱。③题下作者自注："鱼为夷舶自四明携来者，色味犹存。"④"闻声"：作者自注："石首来时有声如雷。"⑤荐新：以时鲜的食品祭献。《仪礼·既夕礼》："朔月，若荐新，则不馈于下室。"

鄮北杂诗[①]（选一）

〔清〕袁　钧

洋山三水递相催，海上潮推石首来。
渔浦门前晒渔网，[③]渔舟昨夜捉春回。[②]

——选自同治《鄞县志》卷七十四

【注释】

①渔浦门：宋明州城（宁波）东北有渔浦门。②捉春：作者自注："捉春，即春三月出海捕鱼。"

送　春

〔清〕吕　迪

芦芽短短河豚上，柳絮斑斑石首来。
不中与春垂老别，杜鹃何事苦相催。

——选自《姚江诗录》卷三

【作者简介】

吕迪，字长吉，号屐山，余姚人。客游金陵等地，书法深受何绍基盛赞。著有《屐山山房诗稿》。

象山海错诗·爵溪鲞

〔清〕姚景皋

名与松门擅一时，[①]金鳞簇簇肉如芝。
郎君定胜夷光美，[②]能赚吴王废箸思。[③]

——选自《红犀馆诗课》二集

【注释】

①松门：浙江温岭松门。松门白鲞，又名松鲞，产于浙江温岭松门一带，由大黄鱼加工而成，色灰白中带淡黄，以灰白为多，故名松门白鲞。张聘文《台州府志》载："松门岛在海中，屿上生松，通小洋，产鱼，曝之为鲞，极为佳品"。②夷光：西施。③吴王：《吴地记》："吴王归，思海中所食鱼，问所余，所司云：'曝干'。王索之，其味美，因书美下着鱼，是为鲞字。"

象山海错诗·石首鱼

〔清〕郭传璞

海壖多半住渔师，叠舸单舟网得之。
红木犀开风味俊，[①]登盘何必楝花时。

——选自《红犀馆诗课》二集

【注释】

①红木犀：象山的丹桂。《宝庆四明志》记载："红木樨出象山，他处无之，香芬色丽，号为丹桂。邑人史本初家桂有木樨，忽变红色，异香。因接木献于当朝，宋尝遣使求之，移植宫中，高宗雅爱之。绍兴年间，画为扇面，并制诗题其上，以赐近屋。自是四方争求之，岁接数百本，史氏以此昌其家。今惟象山所植者，色深香烈；移之他处，则色香稍损，地气使然也。"

续甬上竹枝词（十二首选二）

〔清〕戈鲲化

几多茅屋窖严冰，万顷颇黎冱有棱。[①]
待看明年梅雨后，鲜船一到价齐增。[②]

茄蛏梅蛤味何如，更有江珧擅美誉。
闻说洋山鱼汛早，朝朝吃厌小黄鱼。

——选自张宏生编《戈鲲化集》

【注释】

①颇黎：玻璃的另一种译音。冱：冻结。首两句作者自注："江东多冰厂。"②鲜船：即冰鲜船。

石首鱼

〔清〕忻梦贤

鱿坚如石鬣金黄，质类梅鱼上水狂。

秋化时看皂羽润，春来候应楝花香。
卖从江市腥风暖，捕向洋山蜑雨凉。[1]
莫谓常餐嫌顿顿，鲞干味美忆吴王。

——选自《四明清诗略》卷二十二

【作者简介】

忻梦贤，字鼎铭，号三峰，鄞县东钱湖人。

【注释】

①蜑雨：泛指南方海上的暴雨。

东湖竹枝词（十首选一）

〔清〕忻　恕

生长山边近海边，共夸山海味相连。
笋羹麦饭多清淡，怎及黄鱼顿顿鲜。

——选自王荣商《东钱湖志》卷三

【作者简介】

忻恕，字汝修，号仰峰，东钱湖陶公山人。县学诸生，工于诗词，首先提出“东钱湖十景”之说。著有《近水楼诗稿》

初　夏

〔清〕胡　滨

麦秋寒未去，睡起欲添衣。
山果樱桃熟，江鱼石首肥。
窗明蜂过疾，花落蝶来稀。
偶尔值邻叟，高谈送夕晖。

——选自王荣商编《蛟川耆旧诗补》卷十

【作者简介】

胡滨(1795—1857)，字庆澜，号石泉，北仑区柴桥人。国子监生，尤好义举。能诗，尤工诗画。著有《绒石集》。

石首鱼

〔清〕陈　劢

海邦自古饶水族，顿顿黄鱼夸口福。
顺潮昨夜海船来，贩夫早候甬江曲。
腥风阵阵满街市，盈筐压担金鳞簇。
是鱼名鳆由来旧，忆昔江赋诵郭璞。[1]
亦名石首知何因，头中小石莹如玉。
乡民逐利多业渔，放棹洋山自夏初。
鱼鸣水底插筒鸣，信手撒网海面铺。
巨艘满载鱼不腐，预将窖冰舱中储。
合家生计从此出，致富何必让陶朱。[2]
桂花八月开偏早，打秋亦复出海岛。
濒海人多水作田，不共村农刈秋稻。
破浪乘风时往来，恍如槎客飞帆饱。
天凉鱼鲜清且腴，曝之为鲞胜夏薨。
种类大小多不同，时新佳味宾筵供。
大者逾尺次半尺，亦呼梅首与梅童。
纤鳞灿烂黄金色，具体而微光熊熊。
物生巧妙何乃尔，此意吾欲问化工。

——选自陈劢《运甓斋诗稿续编》卷六

【注释】

①江赋诵郭璞：郭璞《江赋》：“鳆鲨顺时而往还。” ②陶朱：范蠡三次经商成巨富，自号陶朱公。

甬江竹枝词（二首选一）

〔清〕谢辅坫

黄梅时节暮潮天，棹转洋山数对船。
定有黄鱼来日买，红灯到处写冰鲜。

——选自王荣商编《蛟川耆旧诗补》卷五

岱山十咏（选一）

〔清〕张汝范

风日清和四月天，家家张网客收鲜。[1]
今年海熟洋生贱，入市黄鱼不值钱。

下水才过上水来，鱼声海面响如雷。
潮回饱趁黄昏后，灯火辉煌夜市开。

——选自王荣商编《蛟川耆旧诗补》卷七、《清泉张氏宗谱》卷十一

【注释】

①张网：系渔民捕捞作业方式之一，用竹桩或木桩打入海底缚系网具，随潮流携鱼虾入网，此为固定定置网；用锚或抛椗固定海底维系网具，作者时可视鱼况不同而启动锚、椗，易地设置，此为流动性定置网。

蛟川物产五十咏·黄鱼

〔清〕谢辅绅

晓起承筐入市多，贩鲜船到大鸣锣。

江乡石首羹材好，何事黄花说潞河。[1]

——选自光绪《镇海县志》卷三十八

【注释】

①潞河：也称白河、北运河，北通北京，东南通天津，与南北大运河相接，可达杭州。

象山海错诗·黄花鱼

〔清〕王莳蕙

琐碎金鳞软玉膏，冰缸满载入关舠。
女儿未受郎君聘，错伴春筵媚老饕。

——选自《红犀馆诗课》二集

【注释】

①郎君：暗合郎君鲞。

石浦老东门竹枝词（三首选一）

〔清〕胡　华

梅童梅子发如灰，赤鲤黄鱼味更滋。
家住东门鲜食惯，奴心甘嫁弄潮儿。

——选自民国《象山县志》卷三十八《文征外编下》

蛟川竹枝词（四首选一）

〔清〕袁　谟

中秋晒网趁斜阳，浃水渔船尽谢洋。
领略江村风味好，黄鱼入市桂花香。

——选自袁谟《望浃楼诗草》卷一

芦江竹枝词（四首选一）

〔清〕虞景璜

关心又到熟梅天，海物时新入市前。
十字街道声杂遝，黄鱼满担喝冰鲜。

——选自虞景璜《淡园诗集》卷上

甬江竹枝词（二首选一）

〔清〕林秉镐

桃虾梅蛤上街余，日月湖边尽钓居。
正值南风好时节，江东江北卖黄鱼。

——选自林秉镐《养宜斋吟草》

【作者简介】

林秉镐，字子京，福建闽县人。同治间诸生，著有《养宜斋吟草》。

梧岑杂咏（二十首选一）

〔清〕鲍　谦

东风传信楝花初，宿雨晴时好趁墟。
毕竟河豚疑有毒，劝郎入市买黄鱼。

——选自张晓邦编《图龙集》

申江舟中食黄鱼[1]

〔清〕王荣商

柳堤一带暮烟疏，玉魫金鳞入馔初。[2]
回首崇文门外物，[3]帝乡风味竟如何。

——选自王荣商《容膝轩诗文集》卷三

【注释】

①申江：上海黄浦江。　②玉魫：黄鱼头上的鱼脑骨。　③崇文门：北京东南方的一座城门，于1968年被拆除。作者自注："崇文门进黄花鱼，甚劣。"

谢张俌卿馈黄鱼

杨翰芳

尔亦贫穷者，裹鱼传足音。
肯来无限谊，见遗况劳心。
首白坚双石，鳞黄值万金。
纵令罂瓯在，[1]那得此情深。

——选自《杨霁园诗文集》

【注释】

①罂瓯：葫芦状的酒器。

鮸　鱼

鮸鱼，一作鳘鱼，俗作米鱼，属鲈形目石首鱼科。似鲈而肉质较粗，体色银灰，产东海舟山洋面，喜栖息于混浊度较高的水域。属小区域性洄游鱼类，产卵季节鱼群相对集中，并伴有叫声。鮸鱼以农历6—8个月为渔汛期，7月为旺汛，属宁波海渔特产之一。

鮸鱼自古享有盛名，早在隋唐时便被视作珍品而入贡。唐代陈藏器《本草拾遗》"鮸鱼"条云："作脍白如雪。隋朝吴郡进鮸鱼干脍。取块日曝干，瓶盛，临食以布裹，水浸良久，洒去水，如初脍无异。鱼生海中，大如石首。"李时珍《本草纲目》据《杜宝拾遗录》认为隋朝吴郡所进乃鮸鱼。且鮸有鳞不腥,生于海,鮠无鳞极腥,生于江湖。鮸鱼鳞肉纯白,渔人活呼为白米子,故"作脍白如雪"。又"大如石首"句恐亦暗含其与石首鱼近缘之意。从以上理由看,陈藏器笔下的"鮠"应为"鮸"之形近而误。宋代《宝庆四明志》称鮸鱼"状如鲈而肉粗。三腮曰鮸,四腮曰茅鮸,小者曰鮸姑。"对其进行了分类,并评价了其肉质。明代屠本畯《闽中海错疏》记载:"(鮸)肉粗,脑艳而味美。"清倪象占《蓬山清话》卷十六云:"鮸,最大,有重十数斤者,鳞色紫。……不及斤许者曰鮸姑。"对鮸鱼做了补充性的介绍。民国《四明朱氏支谱外编·物产》则说:"渔者平时所捕鱼,以鮸为最大。其巨者称蛮鲵,蛮音如毛。"此所谓"蛮鲵",即褐毛鲵,体态与鮸鱼相似,属石首鱼科毛鲵型分支,为近海暖水性底层大型食用鱼。褐毛鲵虽有黄金鮸之称,但与鮸鱼并非同种。

古人认为鮸鱼脑有四美:腮、唇、颌、眼。民国《四明朱氏支谱外编·物产》说:"鮸之脑味尤佳,四明谚云:宁可弃我三亩稻,不可弃我鮸鱼脑。吾乡至今仍取其首作羹,称鮸鱼脑羹。"大鮸鱼鳔俗称"鮸鱼胶"或"鳘肚",具有养血、补肾、润肺健脾和消炎作用。象山人用鮸鱼烹成鱼丝面和鱼饼,风味独特,用咸鮸鱼炖奉化芋艿头,亦为宁波地方名菜。

病中儿辈以米鱼羹供饭予,哂其妄

〔清〕宗　谊

岂忘风味旧齑盐,口腹贫家未易厌。
服药本宜犹教止,求鱼非贵亦伤廉。
不烦祝哽肥堪啖,[①]颇怪捻须汁欲黏。
老子年衰难望此,何如薪米得相兼。

——选自宗谊《愚囊汇编》卷二

【注释】

①祝哽:古代帝王敬老、养老的表示:请年老致仕者饮酒吃饭,设置专人祷祝他们不哽不噎。

山北乡土集·海物(选一)

〔清〕范观濂

紫鳞绿眼厚唇黄,巨口风腮味最长。
甘弃稻田三百亩,鮇鱼头好必须尝。[①]

——选自王清毅主编《慈溪海堤集·外编》

【注释】

①鮇鱼:鮸鱼的俗写。"甘弃"两句:作者自注:"'能弃三百亩稻,莫弃鮇鱼脑。'言其头美。头有四美:腮、唇、颌、眼。"

梅童鱼

梅童鱼,又称棘头梅童鱼,民间俗称黄梅童、大头梅鱼、梅大头、梅鱼等,鲈形目石首鱼科梅童鱼属的一种。梅鱼最早见于三国时沈莹《临海水土异物志》:"石首,小者名'䲡水'。"《格致镜原》卷九十二引《异物志》云:"石首,小者名'䲡水,即'梅鱼'也。似石首而小,黄金色,味颇佳,头大于身,人呼为'梅大头。"据此,"䲡水"即梅童鱼。《宝庆四明志》卷五记载:"梅鱼:首大,朱口金鳞。"对梅鱼的形态特征做出了准确的描述。

关于梅鱼的得名之由,古籍中有四种说法。一从烹饪上说。《嘉泰会稽志》卷十七记载:"梅鱼:小于春鱼,而头大,最先至,一曰当名麋鱼,以善烂得名。"二从产地说。《山堂肆考》卷二二四云:"出四明梅山洋,故曰梅鱼。"三从季节说。《山堂肆考》卷二二四云"或云梅熟鱼来,故名。"《大清一统志》卷五十九云:"梅鱼:似石首而小,尾少鬣,迎梅時有之,故名。"四从形态说。《雨航杂录》云:"其次名春来,最小者名梅首,又名梅童。"

宋人孙因《越问·鱼盐》云:"彼赤鳍黄颡何足数兮,又况梅鱼与桃鲻。"将梅鱼与桃鲻并列,足见其颇受郡人的重视。屠本畯《海味索隐》云:"吾郡梅鱼比黄鱼极小,肉与味正相。"《大清一统志》卷五十九称梅鱼为"海鲜最先出者,且有白虾并美,俗因有梅鱼白虾之会以赏新云。"梅鱼肉嫩刺软,肉味鲜美,食用方法除红烧、干炸外,还可加工成鱼糜,制作鱼肉馅或鱼丸子等。

山居杂兴

〔明〕钱文荐

自扫闲房卧,能令俗虑轻。

披帘邀乳燕，挈榼赴迁莺。[①]
海味梅鱼滑，山毛竹笋清。
湖天思荡桨，恰喜报新晴。

——选自朱彝尊《明诗综》卷六十五

【作者简介】

钱文荐，字仲举，今江北区慈城人。居浮碧山麓，因自号浮碧烟叟。万历三十五年（1607）进士。知新野、宜春二县，入为工部主事。著有《丽瞩楼集》等。

【注释】

①挈榼：手提酒器和酒壶。挈：持，提。榼：酒器。迁莺：谓黄莺飞升移居高树。

周行杂咏[①]（十二首选二）

〔清〕谢秀岚

梅花白后梅鱼上，麦穗黄时麦鳊来。[②]
最喜海鲜风味别，渔榔不乘贡船开。[③]

——选自谢秀岚《雪船吟初稿》卷四

【注释】

①周行：即今周巷镇，旧属余姚县，今属慈溪市。作"周行"乃陈梓所改。谢秀岚《周行杂咏》最后一首有句云："周行一字属谁更，道是麟山老客星。"自注："陈古民改周巷之'巷'作'行'，最雅。"曲曲溪：作者自注："俗呼半夜港。" ②麦鳊：鲳鱼的俗称。 ③渔榔：渔人捕鱼时用以敲船舷、惊鱼入网的长木。

姚江竹枝词（二首选一）

〔清〕霍维瓒

莽苍波涛海拍天，梅鱼风味落灯前。
生涯更是秋风好，一称棉花一把钱。

——选自《姚江诗录》卷二

【作者简介】

霍维瓒（1747？—1782?），字尊彝，号臞仙，廪生。自弱冠即称诗于里门。喜交游。曾辑姚江先正之诗。体素羸多病。辛丑之夏病疟，至冬竟不起。卒年三十六。著有《虚白斋诗草》。

甬东竹枝词（五首选一）

〔清〕范邦桢

江乡风味问何如，小饮新开近市居。
沽得十洲春一醉，[①]堆盘膏蟹与梅鱼。

——选自范邦桢《双云堂家藏集·撷香楼诗存》

【注释】

①十洲春：甬上名酒。

忆梅怀旧（二首选一）

〔清〕张羲年

黄梅才到梅鱼上，香稻初收稻蟹肥。
最是水乡风景好，勾留底事不思归。[①]

——选自张羲年《啖蔗全集·诗》卷四

【注释】

①勾留：逗留；停留。底事：何事。

象山海错诗·梅童

〔清〕姚景皋

结网偏宜三月余，梅洋毕竟胜梅墟。
怪他首大身何小，赢得人呼菩萨鱼。[①]

——选自《红犀馆诗课》二集

【注释】

①菩萨鱼：明冯时可《雨航杂录》卷下："鲵鱼即石首鱼也……诸鱼有血，石首独无血，僧人谓之菩萨鱼。"

东门竹枝词[①]（十首选一）

〔清〕王植三[②]

木桩打处水旋涡，小网船来似织梭。
捕得梅童更梅子，加恩簿外子孙多。[②]

——选自民国《象山县志》卷三十一《文征内编下》

【注释】

①东门：象山县东门岛。 ②加恩簿：五代毛胜有《水族加恩簿》。

四门竹枝词（选一）

〔清〕佚　名

冬至梅花绽小枝，梅鱼已上早潮时。
海鲜正好供先馔，十八房孙尽入祠。（十一月）

——选自《姚江诗录》卷六

海村竹枝词（十首选一）

〔清〕潘　朗

梅子酸时麦穗新，梅鱼来后麦鳊陈。
春盘滋味随时好，笑杀何曾费饼银。

——选自《姚江诗录》卷四

山北乡土集·海物（选一）

〔清〕范观濂

鲯鱼头大碎成金，[①]石首分支非本音。
琐尾纵难登伟器，别传风味到如今。

——选自王清毅主编《慈溪海堤集·外编》

【注释】

①鲯鱼：即梅鱼。

四门竹枝词（选一）

〔清〕谢元寿

芥菜加盐入瓮俎，白虾黄甲味何如。
小鲜娇嫩夸双绝，第一梅鱼次鲜鱼。[①]

——选自《余姚历代风物诗选》

【作者简介】

谢元寿，余姚泗门人。廪贡生，光绪庚辰（1880）以失缴军炮案受累。喜好为乡里排难解纷，设种痘局，禁烟施药，多有善举。光绪壬寅，出巨资资助乡人所办"诚意高小"，又独资办"承志国民学校"。曾当选为浙江咨议局议员。

【注释】

①鲜鱼：即泽鱼。

带　鱼

带鱼，或称鲄鱼或刀鱼，亦名裙带鱼。为硬骨鱼纲鲈形目带鱼科鱼类。侧扁如带，呈银灰色，背鳍及胸鳍浅灰色，带有很细小的斑点，尾巴为黑色，头尖口大，到尾部逐渐变细，好像一根细鞭。主要生活在中下层海水中。带鱼为我国主要经济鱼类。东海带鱼有春汛和冬汛之分。带鱼产卵期很长，一般以4—6月为主，其次是9—11月。带鱼具有结群排队的特性，每年春天回暖水温上升时，带鱼成群游向近岸，由南至北生殖洄游，是为捕捞季节。冬至时，水温降低，带鱼又游向水深处避寒。带鱼食性很杂而且非常贪吃，有时会同类相残，渔民用钩钓带鱼时，钩上钓一条带鱼，这条带鱼的尾巴常被另一条带鱼咬住，有时一条咬一条，一提一大串。故康熙《定海县志》卷十一云："钓者垂饵，一鱼受钓，则众鱼衔尾不绝，一钓可得数十尾，多者可数百尾。"谢辅绅咏带鱼诗有"白银连片长如带，衔尾而来未肯逃"之句，朱绪曾亦有"万尾交衔载满艘，相连不断欲挥刀"之句，描述的就是这一生物现象。

目前所见最早的关于带鱼的文献记载，是南宋所修的《宝庆四明志》，该志引用《海物异名记》云："修若练带，曰带鱼。"四明所捕的带鱼多用以晒鲞，并供应杭州鲞铺。吴自牧的《梦粱录》卷十六"鲞铺"条下列有"带鲞"，即为此物。早于《梦粱录》的储国秀《宁海县赋》也提供了一证。元代《至正四明续志》卷五记载："带鱼，无鳞，身似带，长可四五尺，故名。"但带鱼并非无鳞鱼，只是鱼鳞细小，不易被发现而已。有学者认为自《宝庆四明志》后带鱼再未见有记载，直到明代记载才开始多起来，带鱼应是明清时期才拓展的一种捕捞鱼类，看来是不很确切的。带鱼是一种栖息于深海的鱼类，而且有昼伏夜浮的习性，其产卵、索饵洄游又在秋末初冬，增加了捕捞作业的困难。应该说带鱼是到明代发明了延绳钓后，捕捞量才大增起来的。这一技术最初见于屠本畯《闽中海错疏》的记载："带，冬月最盛，一钓则群带衔尾而升，故市者独多。或言带无尾者，非也，盖为群带相衔，而尾脱也。"现代研究发现浙江冬汛带鱼始于11月中、下旬，止于次年1月中旬，洄游路径自长江口外直至福建沿海海域，冬汛带鱼游来嵊山渔场主要是季节性的。屠本畯谓带鱼"冬月最盛"是符合现代对带鱼洄游分布的认识。但他这段文字在捕捞技术上说得比较含糊，只说钓法是利用带鱼生性凶残的特性，产量很高，大大推动了带鱼渔业的兴起，但一些技术环节没有交代清楚。发展到清代，延绳钓的渔具渔法有了很大进步。如乾隆三十年(1765)刊行的《本草纲目拾遗》中有用延绳钓钓带鱼的记载:“用大绳一根,套竹筒作浮子,顺浮洋面,缀小绳一百二十根,每小绳头上拴铜丝一尺,铜丝头拴铁钩长三寸,即以带鱼为饵。”这与今天带鱼延绳钓的渔具渔法也相差不多。这种钓法,一直沿用到今天。

带鱼是宁波沿海居民餐桌上的常食,冬月味佳,可蒸,可羹,可红烧,其中如新风带鱼、抱盐清蒸带鱼、糟带鱼、面拖带鱼等,都美味可口。

鄮东竹枝词(选一)

〔清〕李邺嗣

家藏陈酒漾金光,玉带鱼鲜一脔尝。
雪白盛来天落饭,[1]须知养老定吾乡。

——选自同治《鄞县志》卷七十四

【注释】

①天落饭:作者自注:“天落稻亦良谷。”

谢饷带鱼

〔清〕余　派

昔年海舶交城闾,银带鲜寒锦濯鱼。
郭外铙声随客晚,浦深帆影动潮初。
师连十载山成市,贾病千金雪有蛆。[1]
闻说吴宫贪作脍,今来一片也王余。[2]

——选自全祖望编《续甬上耆旧诗》卷七十三

【注释】

①雪有蛆:雪蛆,虫名,大如指,生阴山北及峨眉山北,味美,治内热。又名冰蛆、雪蚕。宋陆游《老学庵笔记》卷六:“此物实出茂州雪山。雪山四时常有积雪,弥遍岭谷,蛆生其中。取雪时并蛆取之,能蠕动。久之雪消,蛆亦消尽。”②王余:亦称“吴余脍”“吴王脍余”“脍残”。传说中鱼名。其形如常鱼身之一面。相传越王勾践(或云吴王阖闾)脍鱼未尽,弃其残半于水中,遂为此鱼。

岱山土物诗六首·带鱼

〔清〕全祖望

非法锡鞶带,[1]先王所深疚。
不若付庖人,以补我诗瘦。

——选自全祖望《句余土音》卷中

【注释】

①鞶带:皮制的大带,为古代官员的服饰。

象山杂咏(二十二首选一)

〔清〕倪象占

渔蓑隐隐四连天,于缩山前钓晚烟。
看取孤篷三尺雪,银光铺遍带鱼船。

——选自民国《象山县志》卷三十一

蛟川物产五十咏·带鱼

〔清〕谢辅绅

网钓分名饫老饕,横江晓雾泛鱼舠。
白银连片长如带,衔尾而来未肯逃。

——选自光绪《镇海县志》卷三十八

消寒竹枝词(四十首选一)

〔清〕朱文治

莫惮腥风味可尝,纤鳞不缀闪精光。
鱼同裙带量宽窄,[1]肥美全凭海上霜。[2]

——选自朱文治《绕竹山房续诗稿》卷七

【注释】

①裙带:作者自注:“带鱼,杭人呼裙带鲞。”②“肥美”句:作者自注:“此鱼风定霜多捕者大获。”

象山海错诗·带鱼

〔清〕王莳蕙

可准深衣旧制裁,[1]素绅三尺曳皑皑。[2]
波臣新授银台职,[3]袍笏龙宫奏事来。[4]

——选自《红犀馆诗课》二集

【注释】

①深衣:古代上衣、下裳相连缀的一种服装。为古代诸侯、大夫、士家居常穿的衣服,也是庶人的常礼服。　②素绅:银色带子。绅,古代士大夫束在官袍上的大带。　③波臣:指水族。古人设想江海的水族也有君臣,其被统治的臣隶称为“波臣”。银台:银台司之省。宋门下省所辖官署。掌管天下奏状案牍。司署设在银台门内,故名。④袍笏:朝服和手板。

靠地船棹歌[①](十首选一)

〔清〕王植三

换得番钱数百圜,[②]满船打得带鱼还。
未知此夜风潮大,郎泊芦门第几湾。[③]

——选自民国六年(1917)重修《琅琊王氏象派宗谱》卷七

【注释】

①靠地船:作者题下有注:"邑南乡盐仓前有此种籍名缺地户。"南乡盐仓前,即今石浦延昌。缺地户,显然是"靠地船"之别称,即没有土地,以渔为业,以船为家的渔户。据史志记载,此类船户大多来自福建晋江一带,故石浦人呼之为"晋江人"。 ②"番钱",外国钱币,此指银洋(如墨西哥"鹰龙洋"等),俗称"银子番饼"。"数百圜",数百块。圜,圆形物,即银洋。 ③芦门:象山旧志有"秋芦门山",曾为明、台二州之分界。后已不传此山名,约为今之坦塘岛,南临三门口,西濒白礁洋。坦塘岛旧有双连屿,白箬湾、鹁鸪头、干湾等海湾,故有"郎泊芦门第几湾"之疑。末句下作者有注:"男子捕鱼为业。秋芦门山,县南二百里,在海中。"

带　鱼

〔清〕朱绪曾

万尾交衔载满艘,相连不断欲挥刀。
问谁留得腰围玉,龙伯当年暂解袍。

——选自朱绪曾《昌国典咏》卷六

马鲛鱼

马鲛鱼古名社交、网鲛,又名鲅鱼、蓝点鲛等。体形狭长,头及体背部蓝黑色。上侧面有数列蓝黑色圆斑点,腹部龙白色,背鳍与臀鳍之后有角刺,大者可达一米以上。在夏秋季常结群向近海作远程生殖洄游,产卵后分散在附近渔场,在外海越冬。我国沿海常见的有中华马鲛、康氏马鲛、蓝点马鲛和斑点马鲛。东海的主要渔场在舟山,其中象山港的蓝点马鲛久负盛名。《宝庆四明志》卷四记载:"马鲛鱼,形似鳙鱼,味似鲳鱼,品在鲳、鳙之间。"至元代《至正四明续志》卷五云:"马鲛鱼,形似鳙,其肤似鲳,黑斑最腥,鱼品之下。"此处对马鲛鱼鱼品的贬损,引起了清代学者全祖望等人的非议。但清人倪象占在《蓬山清话》卷十六中仍坚持说马鲛鱼"味粗,最下品"。马鲛鱼刺少肉多,体多脂肪,清明时与雪菜同烧,鲜美异常。可作"熏鱼",也可用盐腌制,是下饭佳肴。

四明土物杂咏·杨花社交(马鲛)

〔清〕全祖望

春事刚临社日,[①]杨花飞送鲛鱼。
但莫过时而食,宁轩未解芳腴。[②]

——选自全祖望《句余土音》卷上

【注释】

①春事:陈铭海补注本作"春时"。社日:古时祭祀土神的日子,一般在立春、立秋后第五个戊日。这里指春社。 ②宁轩:王元恭别署。王元恭主修《至正四明续志》云:"马鲛形似鳙鱼,其肤似鲳,有黑斑,最腥,鱼品之下者。"全祖望自注云:"鲛鱼过三月,其味大劣,在社前后,则清品也。不知宁轩何以于《四明志》中贬之。"

象山海错诗·社交[①]

〔清〕王莳蕙

墙头市上挈篮归,[②]一路杨花乳燕飞。
莫笑宁轩无口腹,由来措大怕脓肥。

——选自《红犀馆诗课》二集

【注释】

①社交:即马鲛鱼。 ②墙头:即今象山墙头镇。

再赋奉川土物五首·社交鱼

〔清〕孙事伦

田有社交豆,水有社交鱼。
一蔬并一鲜,社酒倾无余。

——选自孙事伦《竹湾遗稿》卷八

剡上竹枝词(八首选一)

〔清〕孙事伦

青鲛乌笋享先蚕,[①]蚕果松黄艾汁蓝。
织出方纹生土绢,宜长宜短着多男。

——选自孙事伦《竹湾遗稿》卷八

【注释】

①先蚕：古代传说始教民育蚕之神。相传周制王后享先蚕，以后历代封建王朝由皇后主祭先蚕。

鲳 鱼

鲳鱼，别名镜鱼、昌侯、鲳鳊等，属于鲈形目鲳科动物银鲳、灰鲳及中国鲳的总称。体短而高，极侧扁，略呈菱形。头较小，吻圆，口小，牙细。成鱼腹鳍消失。尾鳍分叉颇深，下叶较长。体银白色，上部微呈青灰色，以甲壳类等为食。其中银鲳是名贵的海产鱼类。

三国沈莹《临海水土异物志》最早记录了镜鱼（银鲳）、鲶鱼（鲳鱼）。唐代陈藏器《本草拾遗》记昌侯鱼（鲳鱼）"生南海，如鲫鱼，身生圆，无硬骨"，并称其"作炙食之至美"。陈藏器注意从众多海珍品中精选出味道极美的品种，鲳鱼味道鲜美的食用价值得到了充分的认可。南宋《宝庆四明志》亦云："一名鲳鱼。身扁而鋭，状若锵刀。身有两斜角，尾如燕尾。细鳞如粟，骨软肉雪白于诸鱼。甘美第一，春晚最肥。"元代《至正四明续志》卷五又补充说："腊而蕘之良。"光绪《余姚县志》卷六引《嘉靖志》云："皤腹细鳞，春夏之交，其鳞微黑，其美绝伦。"又引《康熙志》云："麦熟时出，人呼麦匾。"清倪象占《蓬山清话》卷十六记载："鲳，一名鲳鯸，一名鲳，身扁而方，状若□刀，鳞细骨软，雪肉腴味，大者尺许，其稍小者名白扁，亦以其似缩项鳊也，味尤佳。象山每望墙头紫蝴蝶花开，则登市矣。又有小止方寸者，名枫叶，味劣，同形异种也。"民国《四明朱氏支谱外编·物产》进一步介绍说："鲳鯸：亦呼鲳鱼。身椭圆，肉厚鳞细，骨松口尖，尾似叉形。四时皆有，四月间最肥而鲜，火腌或腊。其小而色白，体圆口不尖，名白鳊，不腌不腊，除三四月外不多见。其较白鳊小者，色苍黯，皮韧鳞坚鳍刺，名刺鳊。形色同刺鳊，椭而鳍无刺，呼海草鸡。有形色同白鳊，大不过二三寸，轻如枫叶，遂呼枫树叶。"

鲳鱼汛与大黄鱼同汛，但稍后半月，故渔民有"三水鱼群黄夹白"之说，至夏至结束，小满至芒种为盛期。每到春末夏初，鲳鱼从外海向大陆沿岸浅海区洄游产卵，形成渔汛。鲳鱼喜在水色黄浊水域中产卵，大潮汛时因潮流湍急，鱼群分散，小潮汛时流速趋缓才易集群，故宜在小潮汛时作业，中小型流刺网是捕捞鲳鱼的主要网具，对网、张网也能兼捕鲳鱼。

鲳鱼刺软而少，肉味鲜美，可清蒸、红烧、葱油等，可鲜食，亦可腌制。糟鲳鱼异香扑鼻，别有风味。

鲳鱼馈雪湖，[①] 辱诗见贶，[②] 依韵奉答

〔明〕谢 迁

宾馆无鱼日，冯谖叹孟尝。[③]
渊临输结网，芹献侑称觞。
乡社新诗券，烟波旧钓航。
海鲜甘住久，筌在敢相忘。[④]

——选自谢迁《归田稿》卷五

【注释】

①雪湖：冯兰之字。 ②贶：赠，赐。 ③冯谖叹孟尝：用冯谖客孟尝君弹铗而歌的典故。④筌：捕鱼的竹器。这句语本《庄子·外物》："筌者所以在鱼，得鱼而忘筌。"

金溪竹枝词（四首选一）

〔明〕邬钊明

草青池塘蛙乱嘶，双飞燕子两差池。
海边鱼脍如枫叶，山上杨梅赛荔枝。

——选自彭祖训等编《剡川诗钞》卷六

【作者简介】

邬钊明，字瞬千，奉化人。生活在明末。

水阁竹枝词（四首选一）

〔清〕黄 璋

楝花如雪乱交飞，布谷村村叫未稀。
最是海乡好风景，堆盘新荐麦鳊肥。

——选自黄璋《大俞山房诗稿》卷一

象山海错诗·白扁[①]

〔清〕王莳蕙

一天梅雨洗沙腥，软翅双挑燕尾青。
冻玉上柈糟气酽，细鳞如粟泛银星。

——选自《红犀馆诗课》二集

【注释】

①白扁：即白鳊，俗称白鲳，即银鲳鱼。

象山海错诗·枫叶鱼[①]

〔清〕姚景皋

白鳊儿孙类族多，成群逐队织如梭。
年年催送秋风到，漫把吴江旧句哦。

——选自《红犀馆诗课》二集

【注释】

①枫叶鱼：即小银鲳鱼。

蛟川物产五十咏·鲳鱼鳓鱼

〔清〕谢辅绅

尖同槲叶铦好芒，入网之鱼性亦狂。
进退两途能互易，鲳宜顺褪鳘宜刚。[①]

——选自光绪《镇海县志》卷三十八

【注释】

①鳘：原为鮰鱼，这里则实指鳓鱼。渔民有“鲳鱼好退不退，鳓鱼好进不进”之谚，意谓鲳鱼头小体大，遇上网后如若知退，即可逃逸，但却拼命向前，以至被捉。而鳓鱼身条窄长，腹鳞如刀，遇上网后，如用力前冲，网线可割破而逃生，但它却努力后退，最终被网围缚。这两句即写鲳鱼、鳓鱼的性格。

鳓　鱼

鳓鱼又名白鱼、曹白鱼、白鳞鱼、属鲱科，为近海中上层鱼类，宁波的象山港及舟山洋面有产，因其腹面有硬刺能勒人，故名。鳓鱼是宁波海渔特产品之一。《宝庆四明志》卷四记载云：“肋鱼：似箭鱼而小，身薄，细骨满肋，肥者仅充口，瘦即无所取。”此肋鱼当即鳓鱼，这是对鳓鱼最早的形态介绍，但当时人对其食用价值评价不高。元代《至正四明续志》卷五改称鳓鱼，“鳓”字的出现以本书为最早，内容上删去了对其食用评价，仅补充“夏初多出”四字。清康熙《定海县志》卷十一介绍其形态特征：“状如鲥鱼，小首细鳞，腹下有硬刺，头上有骨，合之成鹤形，喙足身翼，无所不具。”关于鳓鱼的汛期，屠本畯《闽中海错疏》卷上“石首”条云：“腊月出者为雪亮，其鳓鱼出此时者，名亦如之。”对鳓鱼汛期有了正确的认识。康熙《定海县志》卷十一作“勒鱼”，记载云：“出东海中，以四月至，渔人设网候之，听水中有声，则鱼至矣。”明代黄省曾《鱼经·江海诸品》记载：“有鳓鱼……海人以冰养之，而鬻于诸郡，谓之冰鲜。”这说明明代出现了冰鲜鳓鱼。

《宝庆四明志》对鳓鱼肉质评价不高，后世认为鳓鱼味鲜肉细，这既反映了人们口味的变化，亦反映了加工方式的变化。屠本畯在《闽中海错疏》中进一步指出，鳓鱼与鲥鱼一样，“其美在腴”。鳓鱼入馔，食法很多。三次反复用盐腌制的三抱咸鳓鱼，可久贮不坏，味鲜香浓，糟鳓鱼亦异香扑鼻，均为下饭佳品。民国《四明朱氏支谱·外编》卷二十五《物产》云：“鳓鱼：状似鲥鱼而小，夏至前头水捕得者肉厚味美，吾乡率腌之，或入糟，几无家不备。鳓声俗转为雷。”

望郡十忆（选一）

〔清〕林时对

海国春来生计饶，桃花渡口满鱼舠。
赛神日日喧鼍鼓，醉客家家理凤箫。
嫩蛤肥蛏朝列肆，冰鲳雪鳓夜归潮。
只今风景浑非昨，那得薄鲈慰寂寥？

——选自全祖望编《续甬上耆旧诗》卷三十五

【作者简介】

林时对（1623—1713），字殛殿，学者称为茧庵先生，鄞人。受业倪元璐之门。崇祯十二年（1639）进士，官行人。南明鲁王监国时，历官至副都御史。后因得罪诸将，遂辞归。中年后居家中，著述为生，卒年九十一。有《留补堂集》等。

蛟川竹枝词（三首选一）

〔清〕周茂榕

石首登盘四月天，红鲈白勒斗芳鲜。[①]
食单添注好名色，小小梅鱼枫叶鳊。[②]

——选自周茂榕《晚绿居诗稿》卷一

【注释】

①白勒：指鳓鱼。 ②枫叶鳊：小如枫叶的鲳鱼。

箬 鳎

箬鱼，又名箬鳎，俗称鞋底鱼、玉秃鱼，鲽形目。体形侧扁，呈舌状。头短口小。两眼在头一侧，并列，故又称比目鱼。有眼一侧淡褐色，无眼一侧白色。种类较多，常见的有带纹条鳎、宽体舌鳎、半滑舌鳎等。民国《四明朱氏支谱外编・物产》介绍说："比目鱼：形扁平而阔，如半片然。头小口尖，长不过五六寸，肉粗，皮色紫黑，一目或在左片，或在右片，二鱼相比而侧游，故称比目鱼，即古所谓鲽也，俗呼侧手箬鳎。其双目而平游，色黄，肉细而嫩，长可二尺余者，曰黄鳎。较小者曰江鳎，味最美，又呼鞋底鱼，又呼版鱼。其色或灰或红者，曰沙鳎，又呼箬鳎。有花纹者曰花鳎。皆古所谓王余也。其小仅二三寸，吾乡食时卷为圆圈，名曰卷金笼。"

箬鳎属暖温性近海底层鱼类，栖息沙泥底海区。宽体舌鳎为海洋名贵经济鱼类之一。《宝庆四明志》卷四记载："箬鱼，其形似箬。又有极大者，名鳎鳗。"嘉靖《余姚县志》云："箬獭：状类箭箬，细鳞，紫色，即比目鱼。大者盈八九斤。"据所述"细鳞，紫色"的形态特征，当即宽体舌鳎。宽体舌鳎在舟山近海广为分布，夏季杭州湾近海和长江口外一带鱼群密集，入冬后向深水移动。以夏季渔获量为大。肉嫩味美，多鲜食。

送人之四明效揭翰林长短句[①]

〔元〕金本仁

百官山，[②]高嵯峨。梁湖渡，[③]藏鼋鼍。
乡巫昔日迎婆娑，[④]中郎八字题曹娥。[⑤]
君今甬东去，正向江头过。
船头满载上虞酒，船尾听唱明州歌。
明州三佛地，[⑥]昔岁我曾去，
记得舟人说乡语。
乌撒饭，箬鱼羹，阿婆烧火新妇烹。
有钱我亦买鱼具，筑室海阳依汝住。

——选自宋绪《元诗体要》卷三

【作者简介】

金本仁，一作金仁本，生平未详。

【注释】

①揭翰林：揭汯(1304—1373)，字伯防，江西丰城人。至正十年(1350)以荫补秘书郎，迁翰林编修，历太常博士、翰林修撰。 ②百官山：在今浙江上虞县。 ③梁湖渡：在今上虞县。 ④婆娑：形容盘旋和舞动的样子。 ⑤中郎八字：蔡邕字伯喈，陈留圉(今河南杞县南)人。汉献帝时曾拜左中郎将，故亦称"蔡中郎"。相传蔡邕曾于《曹娥碑》背面题八字隐语"黄绢幼妇，外孙齑臼。"后为杨修所道破，为"绝妙好辞"的隐语。 ⑥三佛地：对鄞县阿育王寺的释迦真身舍利、明州城南戒香寺的维卫佛现身哑女、奉化岳林寺的布袋弥勒(契此)三者的合称，他们分别为现代佛、过去佛和未来佛的化身。

蓬岛樵歌（一百十六首选一）

〔清〕钱沃臣

东海夫人介属余，[①]长须公主嫩何如。[②]
想他不秘宫鞋样，打与人间奴蓰鱼。[③]

——选自钱沃臣《乐妙山居集》

【注释】

①东海夫人：淡菜的别名。 ②长须公主：作者自注："《酉阳杂俎》：大定初，有士人随新罗使，风吹至一处，人皆长须。国王拜士人为驸马。其主甚美，有须数十茎，虾王也。" ③打：作者自注："俗语人相殴谓之打，攻造器物亦谓之打，《归田录》及《芦蒲笔记》并详载之。《俗呼小录》：凡牵连某人及某物亦曰打。丁晋公诗：'赤洪崖打白洪崖。'其义又似'带'字之转音。"如蓰鱼：箬鳎的俗称。

蛟川物产五十咏·箬鲽

〔清〕谢辅绅

尔雅曾传比目名，此鱼不比不能行。
细鳞紫色形如箬，不独南鹣附翼鸣。[①]

——选自光绪《镇海县志》卷三十八

【注释】

①鹣(jiān)：古代传说中的比翼鸟。此鸟仅一目一翼，雌雄须并翼飞行。

姚江竹枝词(二百首选一)

〔清〕宋梦良

蟹品端推石堰边，[①]梅鱼箬獭味尤鲜。[②]
红虾赤蟮兼黄甲，不羡烹龙宰凤仙。

——选自《中华竹枝词全编》(浙江卷)

【注释】

①石堰：原属余姚县，今属慈溪市。 ②箬獭：即箬鳎。

象山海错诗·鳎鳎[①]

〔清〕姚景皋

合来双箬翠鳞细，婢屣为名定不嫌。
道是丫鬟鞋底样，一头圆阔一头尖。

——选自《红犀馆诗课》二集

【注释】

①鳎鳎：同箬鳎。

浒山竹枝词(十首选一)

〔清〕沈　尌

澄澈秋江蟹簖多，持螯风景乐如何？
莫嫌海角无滋味，箬鳎梅鱼满案罗。

——选自《姚江诗录》卷五

【作者简介】

沈尌，字竹山，余姚浒山(今属慈溪)人。增生，著有《静远轩诗存》。

山北乡土集·海物(选一)

〔清〕范观濂

鲞鱼玉质本名鲫，肉鲞何如子鲞高。
箬鲽鱼形成箬叶，[①]银条丝样恰银条。

——选自王清毅主编《慈溪海堤集·外编》

【注释】

①箬鲽：作者自注："鲽音蝶，又音塔。据郭景纯所谓比目鱼，疑即箬鲽，但云一目，今鲞有两目，小而并生。"按，此处对鲞鱼之目的描述不正确，"鲞"当为"鲽"之误。

鲨　鱼

鲨鱼为板鳃类鱼的通称，属于软骨鱼类，在古代叫作鲛、鲛鲨、沙鱼等。分布在世界各地温带和热带的海洋，种类繁多。前人记述鲨鱼，很少述及其种类。至《嘉定赤城志》卷三十六称鲨鱼有24种，并列出了18种名称，又说"其类甚众"。《宝庆四明志》承其记录，稍加增益，将一般常见的鲨鱼分为20种，包括3种对人类最危险的鲨鱼：大白鲨、虎鲨、白眼鲨，其中"香鲨"、"熨斗鲨"不见于《嘉定赤城志》。很多鲨鱼今天的俗名仍如此称呼，如"熨斗鲨"即为胸脊鲨的俗名，该雄性鲨鱼的背鳍呈烫衣般的形状，故名。对于鲨鱼的命名，多根据其头部的形态特征，如丫髻鲨以头的前端两侧突出形成双髻状而得名，形象生动，非常好认。古代宁波人对鲨鱼还有更多的认识，如唐代陈藏器记沙鱼云："沙鱼一名鲛鱼，子随母行，惊即从口入母腹也。"观察到了小鱼遇危险时游到母腹中躲藏起来的现象。鲨鱼都是透过体内受精繁殖，有胎生、卵胎生或卵生。元代孔齐在鄞县食用鲨鱼时，意外地发现鲨鱼腹中有小鱼四尾或五六尾，形状与大鲨相肖，且有软皮包裹，他由此正确地推断为鲨鱼胎生。

新石器时代的河姆渡人能驾独木舟，遗址中发现有鲸鱼脊椎骨和鲨鱼牙钻，可以证明他们已从事海上捕捞，鲨鱼当已入食谱。东晋陆云《答车茂安书》举出的著名的宁式菜有"脍鰌鰒"。鰌鰒，据《闽书》当即鲨鱼。在宗谊的诗中，鲨鱼用来做羹。在清人谢辅绅《蛟川物产五十咏》中，鲨鱼被列为入馔的上品之珍。民国《四明朱氏支谱外编·物产》进一步介绍说："鲨鱼：胎生，皮上有沙，无鳞，鼻突出，口在颔下，眼后有二喷水孔，胸腹两鳍阔大如翅，尾下片较短，其鳍曰鱼翅，为入馔之珍品。其肉有奇腥，食时先以沸水泡去其沙，名曰退沙。及入釜，必投以酢。春初灼食，和以芸薹蕻。吾乡俗语：摘肉打冻，鲨鱼焰蕻。”这里说鲨鱼无鳞是错误的，现代研究认为鲨鱼的鳞属于盾鳞，是由为胚层发育来的。

斋北渔者惠巨沙鱼一头，诗以言谢

〔清〕宗　谊

洛中宜鲤伊宜鲂，索价常贵比牛羊。
家贫梦想不相及，但求鱼婢权馨香。[①]
昔时先子擅风雅，多买鳆鲨切细羹。[②]
于今尘满空坩存，[③]亲友萧疏花鸟假。
君为老渔泛海桴，鲸眼化珠曾见无？
大鳅出入潮消长，此语只应传者诬。
又闻任君气高迈，[④]钓鳌饵投十五犗。[⑤]
何似王公荡孤篷，珍重丝纶不肯卖。
我亦尝游鉴水中，垂竿偶获赤鲜公。[⑥]
波涛险巇胆不壮，[⑦]姓氏见黜渔家翁。
自嗟白发已如此，感君雅意厚为礼。
烹羹既得锯齿齿，炊饭当求长腰米。[⑧]

——选自宗谊《愚囊汇稿》卷一

【注释】

①鱼婢：泛指小鱼。　②鳆：黄鱼。鲨：魛鱼　③坩：盛物的陶器、瓦锅。　④任君：即任公子、任父。古代传说中善于捕鱼的人。《庄子·外物》："任公子为大钩巨缁，五十犗以为饵，蹲乎会稽，投竿东海，旦旦而钓，期年不得鱼。已而大鱼食之，牵巨钩，錎没而下，骛扬而奋鬐，白波若山，海水震荡，声侔鬼神，惮赫千里。任公子得若鱼，离而腊之，自淛河以东，苍梧已北，莫不厌若鱼者。"⑤犗(jiè)：阉割过的牛。　⑥赤鲜公：唐代帝室姓李，讳言"鲤"字，称鲤鱼为"赤鲤公"。　⑦险巇(xī)：形容山路危险，泛指道路艰难。　⑧长腰米：稻米的品名。

蛟川物产五十咏·沙鱼

〔清〕谢辅绅

刺针排列鬣鬐匀，入馔称为上品珍。
美女书生编雅号，含沙不射影中人。[①]

——选自光绪《镇海县志》卷三十八

【注释】

①"含沙"句：古代传说，水中有一种叫蜮的怪物，看到人影就喷沙子，被喷射的人就会害病，剧者竟至死亡。见晋干宝《搜神记》。此句反用其意。

象山海错诗·丫髻鱼[①]

〔清〕王莳蕙

蛎粉匀涂雪色肌，灵蛇高髻挽青丝。[②]
敢如北海康成婢，[③]跪向泥中赋卫诗。[④]

——选自《红犀馆诗课》二集

【注释】

①丫髻鱼：即丫髻鲨。属于白眼鲛目之中大型鲨类，头部两侧的眼旁长有突出呈丫髻状，眼生于外端。口裂宽大成弧形。第一背鳍与胸鳍均大，第二背鳍、腹鳍及臀鳍较小。尾鳍后端下方有缺刻，尾基上下有凹洼。　②灵蛇高髻：古代妇女发式，始自魏、晋时期。髻式变化无常态，盖随时随形而梳绕之，据说是由曹魏文帝妻甄后所创。《采兰杂志》："甄后既入魏宫，宫庭有一绿蛇，口中恒吐赤珠，若梧子大，不伤人，人欲害之。则不见矣。每日后梳妆，则盘结一髻形于后前，后异之，因效而为髻，巧夺天工，故后髻每日不同，号为灵蛇髻，宫人拟之，十不得一二也。"③康成婢：汉学者郑玄，字康成，诸婢也能诗，尝有婢受罚立阶前，另一婢嘲之曰："胡为乎泥中？"此婢应声云："薄言往愬，逢彼之怒。"　④卫诗：指《诗·卫风》。按，"胡为乎泥中"出自《诗·国风·邶风·式微》，"薄言往愬，逢彼之怒"出自《诗·国风·邶风·柏舟》。此处"卫诗"当为作者误记。

弹涂鱼

弹涂鱼，又名弹糊、跳鱼、泥猴、阑胡等，属鲈形目弹涂鱼科。《宝庆四明志》卷四记载："阑胡：形如小鳅，大者如人指，长二三寸许，头有斑点，簇簇如星。潮退数千百万，跳踯涂泥中。"对其形态描述非常准确。弹涂鱼栖息于海水中或河口附近，可以利用胸鳍和尾鳍，出水跳跃，退潮后弹跳跃在泥涂中上觅食，行动灵活，较难捕捉。《宝庆四明志》称“海妇挟畚取之如拾芥”，纯属文人想象之词。《至正四明续志》卷五记载：“土民施小钩取之。”弹涂鱼能钻入孔道栖息，渔民常常利用这一特性捕捉。《四明朱氏支谱·外编》卷十四《渔业》云：“捕弹涂者，俗呼踏弹涂，插竹管于海涂，与泥平。潮退，弹涂群出，捕者乘橇骤追之，则骇而入竹管，不能出。”笔者小时见父亲捕捉弹涂鱼，有时使用自制小钩远距离甩细绳钩取，有时亦踩橇（俗称弹涂船）插管捕捉，与旧时记载完全一致。关于弹涂鱼的食用方法，《宝庆四明志》卷四记载云：“土人笔以米脯辣煮之，醒酒。”《至正四明续志》卷五云：“椒酱干腊之。”

食弹涂感赋小诗赠周六[①]

〔清〕张　鲲

调羹臭味最相宜，屈指泥涂世莫知。
阅尽风波长努目，只将肝胆向君披。[②]

——选自张鲲《习静楼诗草》卷二

【注释】

①此诗作于道光辛巳(1821)年。　②肝胆：作者原注：“弹涂但有肝胆，一名肝胆鱼。”

蓬岛樵歌（一百十六首选一）

〔清〕钱沃臣

百家墩外起腥风，[①]九曲溪前鱼市通。[②]
竹叶鲞胜枫叶鲞，[③]梅弹涂味胜梅童。[④]

——选自钱沃臣《蓬岛樵歌续编》

【注释】

①百家墩：作者自注：“县署前有八卦墩，又名百家墩。”　②九曲溪：作者自注：“九曲溪在墩前，即鱼市，鱼贩郎集焉。”　③竹叶鲞：作者自注：“鱼之类有海盐（按，即海蜒），其大者名水晶鲞，以其质明也；又名竹叶鲞，以其形似也。……《周礼》辨鱼物为鱼鲞，《曲礼》：薨鱼曰商祭。”枫叶鲞：作者自注：“白鳊状类枫叶，腊之名枫叶鲞。刘弇诗：‘归钓潭头枫叶鳊。’”按，钱氏所谓“白鳊”当指小银鲳鱼，刘弇所谓“枫叶鳊”，明显指淡水鳊鱼，两者实不同科。　④梅弹涂：作者自注：“弹涂鱼亦名跳鱼，似土哺而色黑，背上有细青斑，跳跃海涂中，如手指之按弦索，故名。郡志：弹涂一名阑胡，形似小鳅而短。邑以梅熟时最肥美，曰梅弹。”梅童：作者自注：“《雨航杂录》：石首小者鲵鱼，最小者梅首，又曰梅童，其次名春来。土人以槐豆花卜其多寡，花繁则鱼盛。无血，故又谓菩萨鱼。《雅俗稽言》：头大于身，亦呼为梅头。出梅山洋，在象海之东，定海所辖。”

西沪棹歌（一百二十首选一）

〔清〕姚　燮

膝骑海马似飞凫，[①]截竹为筒插满涂。
初八廿三逢小水，好研乌糯煮阑胡。[②]

——选自民国《象山县志》卷三十二

【注释】

①海马：渔人也称泥马，海涂上的步行工具。②乌糯：蕨根一名乌糯，可磨粉而食。

象山海错诗·弹涂

〔清〕沈观光

渔筒插竹伺江湄，三寸玄膏凝玉芝。
辱在泥涂能活泼，何须得水能扬鳍。

——选自《红犀馆诗课》二集

蛟川物产五十咏·弹涂

〔清〕谢辅绅

状如蜥蜴跃江干，背上花纹数点攒。
生怕涂田泥滑滑，不嫌力小儿回弹。

——选自光绪《镇海县志》卷三十八

阑　胡

〔清〕朱绪曾

风雨乘潮大海鳅，泥中跳踯尔何求。
鹏抟鷃笑谁优劣，[①]付与逍遥物外游。

——选自朱绪曾《昌国典咏》卷六

【注释】

①抟：抟：盘旋。鷃：蓬间雀，在蓬蒿中飞起来不过几尺高。典出《庄子·逍遥游》：“有鸟焉，其名为鹏，背若太山，翼若垂天之云，抟扶摇羊角而上者九万里，绝云气，负青天，然后图南，且适南冥也。斥鷃笑之曰：‘彼且奚适也？我腾跃而

上，不过数仞而下，翱翔蓬蒿之间，此亦飞之至也。而彼且奚适也？'”

山北乡土集·海物（选一）

〔清〕范观濂

阑胡点翠眼高生，呼作弹涂共识名。
杜鳢泥鱼华萼谱，支分赤蟮染蓝成。[①]

——选自王清毅主编《慈溪海堤集·外编》

【注释】

①篇末作者自注：“此四种皆扁尾无鳞，而赤蟮身蓝，品亦少逊，如谱中之蓝线也。”杜鳢：当即中华乌塘鳢，俗名泥鱼、杜鳗、乌鱼、涂鳗等。《四明朱氏支谱外编·物产》：“有涂鳗者，短而腹肥肉脆，能食蛸蛴，常据其穴居之。”泥鱼：即虾虎鱼。赤蟮，学名红狼牙虾虎鱼，杭州湾中盛产。

龙头鱼

龙头鱼，俗名叫狗母鱼、虾蝝、豆腐鱼等，系龙头鱼科龙头鱼属近海底层鱼类。体柔软瘦长，外观无鳞，洁白如玉，近乎透明，通身不生一根硬骨。常栖息于浅海泥底的环境中，缓潮时常到上层。一般只在近海作短距离移动。蝝字首见于唐代温岭碑刻，《宝庆四明志》首次做出描述：“身如膏髓，骨柔无鳞。”用“蝝”来形容龙头鱼柔软若孱的身骨，极为形象。龙头鱼水分多，骨刺松软，味美，秋末最佳，可鲜食，随意炒、炸、焖、溜。盐干品则称龙头䲛。

八月二十八日过蛟川，至九月七日食蝝鱼，始畅

〔清〕李　暾

蝝鱼洵妙品，到郡肉不坚。
特作蛟川游，厥味始得鲜。
深秋气郁蒸，[①]无异新秋天。
况逢大风雨，使我望眼穿。
有钱不获买，叹息悭良缘。
既来兴未尽，欲去情犹牵。
今朝爽气宇，红日西山悬。
长潮货极美，盈筐买来前。
体方而色青，质硬何曾孱？
李生见之喜，未食先流涎。
亲朋克鼓兴，[②]调和诀各传。
或以糟汤煮，或以酥油煎。
其法生为贵，其味热始全。
果腹乐崇朝，[③]还来年复年。

——选自李暾《松梧阁二集》

【注释】

①郁蒸：闷热。　②克：能。　③崇朝：终朝。亦指整天。

鲒埼土物杂咏·霜蝝

〔清〕全祖望

龙健与天行，如何蝝得名？[①]
冰鳞敢比洁，玉脍尚轮清。
娱老真无匹，凌风更有情。
故人仙去后，谁共一杯羹。[②]

——选自全祖望《句余土音》卷上

【注释】

①“龙健”两句：作者自注：“龙头，乃蝝之大者。”　②故人：指万经，号九沙，鄞县人。篇末作者自注：“九沙最嗜此。”

蛟川物产五十咏·虾蝝

〔清〕谢辅绅

白如嫩玉软如绵，张口红唇味倍鲜。
读到将军九鬃颂，[①]食单曾否入新篇。

——选自光绪《镇海县志》卷三十八

【注释】

①将军九鬃：指张如兰。

象山海错诗·龙头蝝

〔清〕姚景皋

曲蜷载得满筐归，晒日偏同鲤曝腮。
更笑崭然头角露，水晶宫阙借盐堆。

——选自《红犀馆诗课》二集

蛟川竹枝词（十七首选一）

〔清〕谢琪贤

蒲网江头海错饶，[①]肥鲜一一美名标。
绝佳还算中秋节，吃过蝝鱼又望潮。

——选自王荣商《蛟川耆旧诗补》卷三

【注释】

①蒲网:即箒网。倪象占《蓬山清话》卷十六解释说:“其曰箒者,所得不一种。以竹筏为帘箔,束底侈口,乘潮而张之曰张网,船曰箒艘,鱼曰箒货,亦曰捉春,大小鱼虾,各类俱有也。”据此,蒲网即定置网中的张网。

东门竹枝词(选一)

〔清〕王植三

槎头缩颈如枫叶,[①]船尾铺银有带丝。[②]

美味更夸秋八月,千条虾鳎网来时。

——选自民国《象山县志》卷三十一

【注释】

①“槎头”句:指鲳鱼。 ②“船尾铺银”句:指带鱼。

附:

鳎 颂

〔明〕张如兰

丰若无肌,柔若无骨。截之肪耶,尽之脂耶?乳沉雪山钵底,酥凝玉门关外,露滴仙盘掌中,其即若个之化身也耶?

——选自屠本畯《海味索隐》

鲻 鱼

鲻鱼,俗名乌鲻。纺锤形,脂眼睑发达,前部近圆筒形,后部侧扁。上方青灰色,下方及腹部银白色。性活泼,善跳跃,栖息河口、港湾,以泥表所附的硅藻及其他生物为食。《宝庆四明志》卷四鲻鱼云:“似鲤,生浅海中,着底,专食泥,身圜口小,骨软。”这里暗中承袭了《开宝本草》《嘉祐本草》的相关内容,对鲻鱼的生活习性作了准确、概括的描述。鲻鱼生活于河港湾浅海处,所谓“食泥”,是指通过吞食海底游泥,从中摄食底栖硅藻和有机碎屑。鲻鱼的这一特性颇为特别,若非经过长期观察,是不易被发现的。《宝庆四明志》加以引录,至少表明了其对前人观察记录的认同。嘉靖《余姚县志》又进一步补充说:“食泥,其头微小而匾,杭人谓之蛇头鱼。”

鲻鱼是宁波海特产之一,《宝庆四明志》谓“食之令人身健。吴王论鱼,以鲻为上。”《嘉泰会稽志》卷十七记载:“余姚濒海,以桃花时为绝胜。”故孙因《越问》有“梅鱼桃鲻,数异品也”之句。嘉靖《余姚县志》亦云:“会稽濒海处皆有之,唯姚产其味冠绝鱼品。”康熙《定海县志》卷十一云:“土人以为佳品,腌为鲞腊。”旧象山西沪港所产尤佳。象山人倪象占在《蓬山清话》卷十六记述云:“鲻,身长而圆厚,多肉,骨鲠,重者五六斤不等,头更腴。”民国《四明朱氏支谱外编·物产》云:“鲻鱼:似河中乌鱼,色缁黑,身圆,口小,肉细。性慧,不入网罟,渔人以长网困之。潮退,陷涂中,始得。清明时味最美。吾乡清明鲻鱼白虾并为珍品,而鲻鱼子尤贵。”鲻鱼肉质细嫩,味鲜美,多清蒸鲜食,鱼卵可制鱼子酱。

思 归

〔明〕孙 升

思归夜夜梦郊居,何事南宫尚曳裾。[①]

家在越州东近海,鲻鱼味美胜鲈鱼。

——选自孙升《孙文恪公集》卷二十

【作者简介】

孙升(1501—1560),字志高,号季泉,余姚孙家境(今属慈溪横河镇)人。嘉靖十四(1535)进士,授翰林院编修。嘉靖二十五年(1546),出任应天府乡试考官。官至南京礼部尚书。著有《孙文恪公集》。

【注释】

①南宫:尚书省的别称。曳裾:拖着衣襟。

姚江竹枝词(十二首选一)

〔清〕张羲年

姚江名胜古句余,[①]家近蓬莱定谪居。[②]

不为鲈鱼归思早,[③]从今风味忆鲻鱼。

——选自张羲年《啖蔗全集·诗》卷四

【注释】

①句余:山名。晋郭璞撰《山海经》:“句余之

山无草木，多金玉，今在会稽余姚县南，句章县北，故此二县因此为名。”宋王应麟又认为句余山即四明山，其《七观》云：“东有山曰句余，实唯四明是也，但今山于余姚句章皆在南，而郭曰句章北者，指当时故城而言也。” ②谪居：这里指被贬下凡尘。 ③鲈鱼归思：用张翰的典故。

春日杂兴（二十四首选一）

〔清〕黄　璋

柳叶初齐杏叶长，几番红雨燕泥香。
年来一事差较胜，东海鲻鱼得饱尝。

——选自黄璋《大俞山房诗稿·留病草》

四明土物杂咏·桃花鲻

〔清〕全祖望

桃花落遍春水，一片红云弥弥。①
浑鲻乘潮大上，新鳜未敢争肥。

——选自全祖望《句余土音》卷上

【注释】

①弥弥：指云密布。

桃花鲻

〔清〕孙事伦

见说江南风物好，桃花流水鲎鱼肥。
达蓬山外鲜鲻到，①斫脍尤惊白雪霏。

——选自孙事伦《竹湾遗稿》卷八

【注释】

①达蓬山：在今慈溪市，传说秦徐福于此山麓东渡寻仙。

鲻　鱼

〔清〕景　云

鲻鱼佐餐胜鲈鱼，最好桃花泛浪初。
家在海乡常易得，病食俊味未曾虚。
却愁猸祭多猵獭，①且喜尝新共老渔。
晚夕朝潮相继至，儿童频幸饫残余。

——选自《余姚六仓志》卷十七

【注释】

①猸(xiāo)：同“魈”。此字疑有误。猵獭：獭属。居水中，食鱼。又称猵獭，简称“猵”或“猵”。《礼记·月令》：“鱼上冰，獭祭鱼。”谓獭常捕鱼陈列水边，如同陈列供品祭祀。

胡宋珏以鲻饷酒，席上酬短句十二韵

〔清〕姚　燮

大鲻大如臂，小鲻如指长。
升盘和葱醯，其气蒸蒸香。
老饕熟鲜食，似此曾未尝。
嫩有晚桃色，腻若春鸡肪。
侥幸天生珍，填我枯涸肠。
继酒不辞再，停箸还筹量。①
朔风浩无垠，万物皆蛰藏。②
颇怪渔网严，搜括穷泽梁。
昨傍沙背云，掉尾犹徜徉。③
身世有危险，意外谁能防。
是以古哲人，践命在守藏。
愿君为灵鲲，④去作天池翔。

——选自姚燮《复庄诗问》卷三十二

【注释】

①筹量：筹划。 ②蛰藏：伏匿；潜藏。 ③掉尾：摇尾。 ④灵鲲：神话传说中的大鱼。

西　坝①

〔清〕姚　燮

津北津南擂巡鼓，②三两残鸦不成伍。
鸦北霏霏过山雨，山翠荒寒弄秋妩。
水平天旷无客帆，戍旗微赭云微蓝。
海东早月横疏柳，如此关河柳未堪。
我舟窄篷如矮檐，斜钩一尺芦花帘。
拂帘袂影柳同瘦，那有心情歌采蕈。②
几声暗角远潮送，千里空江独梦淹。
昔年美人卖春酒，青蛤红鲻媵初韭。③
市垣靡芜黄可怜，乞妇当门坐烹狗。
我行迢递东入河，剩树明花吹晚波。
凉光阔甚知何着，四溆烟声断蟀多。

——选自姚燮《复庄诗问》卷二十三

【注释】

①西坝：在姚江北岸，现为鄞州区高桥乡大西坝村。 ②擂：同“擂”。 ②蕈(tán)：水苔。 ③媵：古代指随嫁。这里引申为搭配。

西沪棹歌（五首选一）

〔清〕沈观光

网得鱼儿去换钱，蛤蚆嘴里晚移船。
自言二月春鲻旺，水国生涯胜插田。

——选自《红犀馆诗课》一集

【注释】

①蛤蚆：蛤蟆俗称。形容西沪港口小腹大。

泽　鱼

泽鱼，又称霜打泽鱼，学名棱鲻。个体较小，一般长200毫米左右。喜栖息浅海咸淡水交界处。霜降后的泽鱼最肥美。屠本畯《闽中海错疏》云："子鱼冬深脂膏满腹，至春渐瘦无味。"这里的"脂膏"指鱼的卵巢和精巢。屠氏指出棱鲻在深冬达到性成熟，至春已产过卵。嘉靖《定海县志》卷八记载："泽鱼：形似鲻鱼而小，头骨皆软，味亦甘美。"《余姚六仓志》卷十七引《县志》云："鲜鱼：类鲻而小，今呼为丈鱼。早禾登时出者，曰新谷丈鱼。"按语云："鲜字不见字书，疑晚出，读若泽。今呼为丈鱼，盖音转。"《四明朱氏支谱·外编》卷二十五《物产》云："泽鱼：有黄眼泽、绿泽之别。绿泽霜后味佳，俗呼青背三棱。"旧时以象山西沪港所产为最佳。

西沪棹歌（一百二十首选一）

〔清〕姚　燮

蚴花春结紫蔷胎，婢屣纤鳞翠箬栽。①
那及夫容霜打后，阑残渚口泽鱼来。②

——选自民国《象山县志》卷三十二

【注释】

①婢屣：即箬鱼，又名鞋底鱼。　②阑残渚：礁名，在象山西沪港。作者自注："阑残嘴石，沪上，每犯行船。"

象山海错诗·霜打泽鱼

〔清〕王莳蕙

霜紧残秋柏白时，虾蟆台下网初施。
攓来道士裙同煮，①抵过桃花春半鲻。

——选自《红犀馆诗课》二集

【注释】

①攓（qiān）：古同"搴"，拔取。道士裙：旧说为紫菜的别名。道士裙之名首见于《大德昌国州图志》卷四。民国《象山县志》卷十二《物产考》"道士裙"条下引《成化志》云："出海岛，与鹿角同。"倪象占《蓬山清话》卷十七："紫菜，间有之，俗名道士裙，然不如镇海招宝山所出为胜。"但从形态上看，紫菜与鹿角菜差别较大。嘉靖《定海县志》卷八《物土志》及光绪《镇海县志》卷三十八《物产》，均将"道士裙"与"紫菜"分列两条，疑"道士裙"或为裙带菜之别名。

山北乡土集·海物（选二）

〔清〕范观濂

海上闲评味有余，大家风格首鲻鱼。①
当筵还剩千金价，一卷风筋入骨书。

紫金片切熏鱼子，②翠玉环连剔海蛳。③
海物离乡无贵贱，腥涎干鲞尽称奇。④

——选自王清毅主编《山北乡土集·外编》

【注释】

①鲻鱼：鲻鱼之一种。戴侗《六书故》云："今之咸淡水中者，长不逾尺，搏身椎首而肥，俗谓之鲻。海亦有之。"作者自注："鲻鱼即子鱼。秦桧以青鱼为子鱼，献百尾于宫中，太后晒之，即此鱼也。他处亦有，独我乡大佳。肉既细腻，骨中筋满甚，美胜鲥鱼，未有倍数。真鱼中大家也。"子鱼，历代文献皆有著录，如宋王得臣《麈史》云："闽中鲜食最珍者，所谓子鱼也。长七八寸，阔二三寸，剖之子满腹，冬月正其佳时。"梁克家《三山志》云："子鱼身圆鬣小。"明《渔书》云："子鱼似青而小。"屠本畯《闽中海错疏》云："鲟似乌鱼而短，身圆口小，目赤鳞鱼。"据此特征，子鱼即棱鲻，是鲻科鱼类中个体较小的一个种类。　②这句作者自注："鲻鱼子为美品，故又名子鱼。"　③海蛳：作者自注："清明海蛳品细绝佳。"　④腥涎：指泥螺、虾子。干鲞：指各类小鱼干。作者自注："土铁、虾子及诸干鲞皆美物也。"

鳗　鱼

鳗鱼为鳗鲡目硬骨鱼类的统称，包括淡

水鳗和海鳗。其中鳗鲡科鳗鲡属下的鳗鲡，是一种传统名贵鱼类，也是世界上最神秘的鱼类之一。鳗鲡为降河性洄游鱼类，原产于海中，完成变态，溯河到淡水内长大，后又回到海中产卵。每年春季，大批幼鳗（也称白仔、鳗线）成群自大海进入江河口。它的性别最受环境因子和密度的控制，当密度高、食物不足时会变成公鱼，反之变成母鱼。五代《日华子本草》中已有鳗鲡"生东海中"的记载，《宝庆四明志》卷四有更为详细的描述："海中者极大，似蛇而色青白，齿铦利。……江湖河中者曰慈鳗，小而色黄。"志书作者虽然还不可能懂得鳗鲡降河洄游、由淡水入咸水的复杂生活史，但却明确记载了鳗鲡可生活于咸淡水中，并记载了生活于咸水和淡水中的鳗鲡各有不同的颜色和大小。陆佃的《埤雅》记载："鳗有雄无雌，以影漫鳢而生子。"这一说法显然是错误的，《宝庆四明志》反驳说："今鳗腹自有子，未必皆漫鳢也。"编者是从解剖中所见做出推断，似乎并不清楚鳗鲡是从淡水洄游到大海中生殖的事实。康熙《定海县志》卷十一又按所出水域称之为鲛鳗、湖鳗、溪鳗，又说："冬时飓风初起，木叶落溪水涩，鳗不安于溪潭，随流而出，土人于溪口用网截取之，谓之风鳗，味尤佳美。"这里将鳗鲡的洄游错误地解释成是落叶导致水质变涩的结果，同时将飓风初起时捕获的鳗鱼称之为"风鳗"。

鳗鱼肉质细嫩，味美，尤其是新风鳗鲞，乃是用海鳗科动物海鳗制作的宁波地方名菜。每年腊冬，正是捕捞海鳗的旺季，此时又是西北风季节，选用新鲜海鳗，用温盐水将身上的黏液洗净，剖肚挖脏后，挂在避阳的通风处晾干，便为佳品。新风鳗鲞肉质丰满，鲜咸合一，风味独具，所以很受人们欢迎，民间至今仍有"新风鳗鲞味胜鸡"之说。《宝庆四明志》卷四云："冬晴鲰之，名风鳗"，首次记载了"风鳗"鲞这一甬上的传统风味食品及其制法。这里的"风鳗"，已是一种独特的加工方法了。宁波三北滨海居民亦食用鳗线，认为"味亦鲜美"。此外，蛇鳗科的箭鳗，细长而腴，产三北海涂，三月间出者佳。郑辰《句章土物志》记载："生后海，多骨而肥，最大者仅如指，味绝佳。土人烘作腊配酒，名曰鳗结。"

白湖竹枝词（选一）

〔清〕叶元垲

海气蒸人日色昏，黄梅时节竹生孙。
箭鳗霉蛤龙须笋，[1]贩客挑来跣足奔。[2]

——选自光绪《慈溪县志》卷三

【作者简介】

叶元垲（1780—1834），字晏爽，号琴楼，慈溪鸣鹤人。著有《睿吾楼诗集》等。

【注释】

①箭鳗：蛇鳗科之蛇鳗，又称短吻蛇鳗、箭鳗等，体呈圆筒形，口甚小，背部青黄色，既能进又能退，故有"倒生鳗"之称。喜食蛏蛤，对蛏蛤养殖业危害较大。霉蛤：梅蛤。 ②跣足：赤脚；光着脚。

象山海错诗·鳗

〔清〕陈汝谐

影曾注鳢托生缘，[1]石罅泥淤任自然。
具有雄风蛇比类，鳗烟避蠹重经筵。[2]

——选自《红犀馆诗课》二集

【注释】

①影曾注鳢：《埤雅》云："鳗有雄无雌，以影漫鳢而生子。" ②鳗：鱼腥味。

山北乡土集·海物（选一）

〔清〕范观濂

箭鳗腊结味深甘，鳐号龙头软玉蔘。
此外小鱼繁种类，不胜弹指问鱼篮。

——选自王清毅主编《慈溪海堤集·外编》

芦江村集竹枝词[1]（二首选一）

柴小梵

二五才过七九继，芦江市日集珍腴。
白虾青鲫箭鳗鲤，陈列纵横盈小衢。

——选自柴小梵《蓍簃诗草》

【注释】

①芦江:罗江古称。旧属慈溪县,今为余姚市河姆渡镇。光绪《慈溪县志》:"罗江市,县西二十五里,月逢二五七九日市。"

鲥　鱼

鲥鱼,古称当魱、鰣、箭鱼等,系鲱形目鲱科鲥属鱼类。吻尖,口大,口裂斜而上翘,体背暗绿,腹面银白。鲥鱼是江海洄游鱼类,平时栖息于海洋,每年生殖期定时在初夏时候溯江河而上,在江河中、下游产卵,其他时间不出现,由此得名。鲥鱼丰腴肥硕,含脂量高,几乎居鱼类之首。鲥鱼分布中国南海及东海,亦见于长江、珠江、钱塘江等流域的中、下游。古代鲥鱼产地位于长江中下游者,主要有浙江的宁波、余姚、富阳等地。不过鲥鱼洄游入海之后,脂肪甚少,就不再好吃了。《宝庆四明志》卷四记载:"箭鱼:即江湖鲥鱼,海出者最大,甘肥异常。腹下细骨如箭镞,俗名箭鱼。味甘在皮鳞之交,土人和鳞煮供之,春晚与笋尤称。"

御赐鲥鱼

〔明〕屠　滽

嘉鱼分下彩云间,回首天涯道路难。
香饵吞来三月雨,寒冰啣出万重山。
味胜洛鲤唯多骨,[①]形肖江鲈不点斑。
无复渊材前日恨,[②]九重恩渥荷龙颜。

——选自《甬上屠氏家集》卷一

【作者简介】

屠滽(1440—1512),字朝宗,号丹山,鄞县城江北岸(今属江北区)人。成化二年(1466)进士,官至左都御史。弘治十年(1497)加太子太保,次年擢吏部尚书,进太子太傅,后被劾致仕。正德元年(1506),武宗即位,起复为太子太傅、吏部尚书兼左都御史掌院事。卒谥襄惠。著有《丹山集》。

【注释】

①洛鲤:洛河鲤鱼,背宽肥大,腹窄肉厚,肉质细嫩而无土腥味。《洛阳伽蓝记》载:"洛鲤伊鲂,贵于牛羊。" ②渊材:指鱼。

鲥　鱼

〔清〕魏　耕

五月鲥鱼美,人间诚所稀。
晶盘倾雪艳,犀箸厌膏肥。[①]
忆昨陈原庙,崇班荐寝闱。[②]
妖星谶白马,[③]禴祀十年违。[④]

——选自魏耕《雪翁诗集》卷七

【注释】

①犀箸:用犀角制成的筷子。 ②崇班:犹高位。 ③妖星:古代指预兆灾祸的星,如彗星等。谶:预示吉凶的隐语。白马:古驿名。唐末朱全忠杀裴枢等三十余人于此,并用李振言,沉其尸于黄河,驿由此著名。 ④禴祀:古时祭礼。《诗经·小雅·天保》:"禴祠烝尝,于公先王。"董仲舒《春秋繁露》释曰:"春曰祠,夏曰礿,秋曰尝,冬曰蒸",即四时追祭。

食鲥鱼

〔清〕郑世元

广瘦劳屡劝,饱食竟何安。
出网银刀乱,登盘玉箸寒。
潮腥初上水,月闰得常餐。
深荷张公子,[①]贪饕一笑欢。

——选自郑世元《耕余居士诗集》卷十四

【注释】

①荷:感谢。张公子:指友人张子昭。

甘竹滩鲥鱼歌示梁新、谢天申、黄文[①]

〔清〕全祖望

我闻甘竹滩,在昔本盗巢。
三忠窃因之,[②]思以延小朝。
其时赪尾愁,[③]探丸惊周遭。
清流无恬鳞,[④]时物避腥涛。
太平逾百年,沧波亦逍遥。
何况彼萑苻,[⑤]有不化乐郊。[⑥]
牧人梦繁殖,笙诗奏丰饶。[⑦]
相望海目山,[⑧]比屋皆渔舠。
下滩与上滩,肥瘠各分曹。[⑨]
谁言风物异,颇不下金焦。[⑩]

罛师乘急艇，来逐九江潮。
为我细指语，其口中樱桃。
粉颊斯已劣，铁颊不待嘲。
其要在护鳞，比之珍青瑶。[11]
三眠杨柳枝，[12]穿以入吾庖。
烹之宜苦笋，下之宜新醪。
脍之尤绝佳，蝉翼轻云飘。
乃知四腮鲈，未若兹堪豪。[13]
老夫久病惫，[14]染指破寂寥。
以侑益智粽，[15]爱其多芳膏。
诸生正格物，[16]登堂纷诹咨。[17]
是鱼名氏多，五雅未尽釐。[18]
在古本曰鲔，周公曾记之。
在今或曰鳟，集韵足补遗。[19]
唯鳟至以春，而鲥与夏期。
一物分二候，变化成差池。[20]
别字曰当魱，[21]郭公笺可稽。[22]
又或但曰时，偏旁亦依稀。
鄞人呼曰箭，方言更诡奇。[23]
在粤曰三鯠，其通为三鳌。[24]
是亦见旧经，埤苍误为鲑。[25]
自此更逆流，不越铜鼓西。[26]
老夫一笑粲，[27]洽闻良足资。[28]
惟是审名物，奚事细碎为。
由来磊落人，屑屑非所宜。[29]
溯依少年时，虫鱼亦纷披。[30]
近欲比罗愿，[31]远将跨陆玑。[32]
年来百不能，冥心已嫌迟。[33]
但当食蛤蜊，[34]余事安所知。
遥望甘竹滩，罛网挂晴霓。

——选自全祖望《鲒埼亭诗集》卷十

【注释】

①甘竹滩：在今广东珠江顺德区龙江镇，地处西江下游，因甘竹溪流经此，故有此称。昔日甘竹滩滩石奇耸，声如雷霆，江水、海潮互为吞吐，为邑之巨观。甘竹滩为旧时鲥鱼产卵的主要江段，清屈大均《广东新语》卷二十二云："顺德甘竹滩，鲥鱼最美。其滩上鲥鱼，以罾取之，滩下鲥鱼，以大网取之。罾小，一罾仅得鲥鱼一尾，以滩小不能容大网也。" ②三忠：明末清初顺德人陈邦彦与南海陈子壮、东莞张家玉并称为"岭南三忠"。篇末作者自注："甘竹滩豪余龙尝受陈、张诸公之爵，国初被剿。" ③赪尾：语出《诗·周南·汝坟》："鲂鱼赪尾，王室如毁。"毛传："赪，赤也，鱼劳则尾赤。" ④恬鳞：鱼在水中很安静。⑤萑(huán)符：位于今河南省中牟县境内。春秋时，郑国有恶少相率结伙为盗，处于藿（通"萑"）泽，即萑符之泽，见《左传·昭公二十年》。这里用"萑符"指代土匪和强盗横行之区。 ⑥乐郊：乐土。 ⑦笙诗：《诗·小雅》中《南陔》《白华》《华黍》《由庚》《崇丘》《由仪》六篇仅有篇名，而无文辞。朱熹于集传中称此六诗为"笙诗"，云："按《仪礼·乡饮酒》及《燕礼》，前乐既毕，皆间歌《鱼丽》，笙《由庚》；歌《南有嘉鱼》，笙《崇丘》；歌《南上有台》，笙《由仪》。间，代也。言一歌一吹也。然则此六者，盖一时之诗，而皆为燕飨宾客上下通用之乐。" ⑧海目山：在今广东佛山市九江镇，旧属南海县。屈大均《广东新语》卷二十二："南海九江堡江中有海目山，所产鲥鱼亦美而甘，竹滩尤胜。" ⑨分曹：犹分批。 ⑩金焦：指江苏镇江的金山和焦山。作者自注："大江以南，金山之鲥为最，钱塘次之。粤中以甘竹为最，海目次之。" ⑪青瑶：青玉。 ⑫三眠：指柽柳（即人柳）的柔弱枝条在风中时时伏倒。《三辅故事》："汉苑中有柳状如人形，号曰人柳，一日三眠三起。"故柽柳又称三眠柳。 ⑬作者自注云："粤鲥终不如吴鲥，唯脍之独擅风味，他方不逮也。" ⑭病惫：因病惫乏。 ⑮益智粽：益智拌米做成的粽子。《资治通鉴·晋安帝义熙元年》："循遗刘裕益智粽，裕报以续命汤。"胡三省注引顾微《交州记》："益智叶如蘘荷，茎如竹箭。子从心出，一枝有十子。子肉白滑，四破去之，蜜煮为粽，味辛。" ⑯格物：推究事物之理。时全祖望为广东端溪书院山长。 ⑰诹咨：咨询，这里有"请教"之意。⑱五雅：五种古代小学训诂书的合称。明毕效钦汇刻《尔雅》《释名》《广雅》《埤雅》《尔雅翼》五部小学训诂书，称为"五雅"。 ⑲集韵：宋仁宗令丁度等人编纂的按照汉字字音分韵编排的书籍。《集韵》："鳟：徐由切，音囚。与鲔同。鱼名。似鳊而大鳞，肥美多鲠。" ⑳变化：全祖望《牂牁江上偶然作》："杪春鳟白化为鲥，正逐刀鱼上市时。"自注云："鲥鱼之在粤者，多以鳟鱼化，而随鲚鱼出。"差池：不齐的样子。 ㉑当魱(hú)：《尔

雅·释鱼》:"鰽,当魱。"郭璞注:"海鱼也。似鳊而大鳞,肥美,多鲠。今江东呼其最大长三尺者为当魱。"郝懿行义疏:"近人说《尔雅》者,并以此鱼为今鲥鱼。但鲥鱼出江中,郭以此为海鱼。……魱、鮥、鲥鱼实一类,出于江海为异耳。" ㉒郭公:指郭璞。 ㉓诡奇:怪异奇特。 ㉔三鯠、三鰵:明代黄省曾《养鱼经》:"鲥鱼盛于四月,鳞白如银,其味甘美,多骨而速腐,广州谓之三鯠之鱼。"在珠江下游,每年从初夏起,有三次大群鲥鱼游来,故云。广州话,"三鯠"和"三鰵"的发音相似,故全氏谓两者相通。 ㉕埤苍:曹魏初博士张揖所著。作者自注:"鯠、鰵二字,音之通也,见《尔雅》。郭氏曰'未详',而《埤苍》误以为'鯠'。今粤谚曰:'三鰵不过铜鼓滩',乃知鰵即鲥也。是足补《尔雅》注疏。" ㉖铜鼓:即铜鼓滩,在浔州。浔州在明代改为府,相当今广西的平南、贵县。全祖望《说鲥》云:"谚曰:'三鰵不上铜鼓滩。'谓粤鲥不过浔州也。" ㉗笑粲:发笑。 ㉘洽闻:多闻博识。 ㉙屑屑:琐屑。韩愈《读皇甫湜公安园池诗书其后》诗:"尔雅注虫鱼,定非磊落人。" ㉚虫鱼:指记述虫鱼之书。纷披:纷纷披览。 ㉛罗愿:字端良,号存斋,徽州歙县人。乾道二年(1166)进士,曾官鄂州知事,人称罗鄂州。著有《尔雅翼》。 ㉜陆玑:三国吴学者。字元恪,吴郡(治今苏州)人。仕太子中庶子、乌程令。有《毛诗草木鸟兽虫鱼疏》二卷,专释《毛诗》所及动物、植物名称,对古今异名者,详为考证。 ㉝冥心:潜心苦思。 ㉞食蛤蜊:典出《南史》卷二十一:"(王)融躁于名利,自恃人地,三十内望为公辅。初为司徒法曹,诣王僧祐,因遇沈昭略,未相识。昭略屡顾盼,谓主人曰:'是何年少?'融殊不平,谓曰:'仆出于扶桑,入于汤谷,照耀天下,谁云不知,而卿此问?'昭略云:'不知许事,且食蛤蜊。'"后遂用"且食蛤蜊"指姑置不问。

蛟川竹枝词(八首选一)

〔清〕张本均

渡头梅雨日丝丝,江北江南正买鲥。
潮长又逢风色好,收鲜不怕进关迟。

——选自王荣商《蛟川耆旧诗补》卷二

谢阮耐圃钧惠鲥鱼

〔清〕叶　燕

鲈腮蟹额竞虚传,细骨银鳞此最鲜。
不待烹来先悦口,若教箸放已空筵。
趁时麦绿梅青节,慰我阑风仗雨天。
饱食老饕惭腹负,补诠尔雅博新篇。

——选自叶燕《白湖诗稿》卷八

象山海错诗·鲥

〔清〕沈观光

漫嫌多骨兴难豪,片片银鳞褪雪刀。
开过楝花逢立夏,媵他猫笋与莺桃。[①]

——选自《红犀馆诗课》二集

【注释】

①莺桃:樱桃。

蛟川物产五十咏·鲥鱼

〔清〕谢辅绅

何用黧来训诂夸,[①]银鳞网得乐渔家。
海棠香里相持赠,平衬一枝红槿花。

——选自光绪《镇海县志》卷三十八

【注释】

①黧:亦作"黎"。鲥鱼旧名三黎。

鲥　鱼

〔清〕吴有容

长江几日云漠漠,细流喷珠出幽壑。
黄梅雨足烟水深,渔舟撑向滩头泊。
银鳞闪烁逐队来,千丝出网潮初落。
渔人上市贯以柳,诗馋得此狂呼酒。
大烹悉屏瓜茄菜,调和新试厨娘手。
浅斟细嚼出刺多,一鳞酬以诗一首。
人言此鱼常爱鳞,锐身入网缩不伸。
翡翠只知惜羽毛,文采风流诚误人。
君不见羊裘一著姓名通,
征书直下严陵东。[①]
鼓鳞昨过钓台下,验取鱼头一点红。

——选自王荣商《蛟川耆旧诗补》卷六

【作者简介】

吴有容,字曙楼,原镇海县人。道光二十九

年(1849)拔贡,官寿昌教谕。著有《半读轩诗稿》。

【注释】

①“君不见”两句:用严子陵典。《后汉书·逸民列传·严光》记载,严光字子陵,一名遵,会稽余姚人也。少有高名,与光武同游学。及光武即位,乃变名姓,隐身不见。帝思其贤,乃令以物色访之。后齐国上言:“有一男子,披羊裘钓泽中。”帝疑其光,乃备安车玄纁,遣使聘之。三反而后至。舍于北军,给床褥,太官朝夕进膳。……除为谏议大夫,不屈,乃耕于富春山,后人名其钓处为严陵濑焉。建武十七年,复特征,不至。年八十,终于家。严子陵归隐的富春江以盛产鲥鱼而闻名全国,每届春夏之交,端午前后,鲥鱼从海洋进入钱塘江,上溯至桐庐县排门山、子陵滩一带产卵,至此不再洄游,形成汛期。因其地有严子陵钓台,当地别称为“子陵鱼”。

鲥　鱼

洪允祥

首夏晴江滉碧虚,雪花登馔有鲥鱼。
三年宾馆休弹铗,[①]一梦家山正种蔬。
周客赪鲂良可叹,[②]姜妻白鲤近何如。[③]
故园去此无多远,细骨银鳞欲侑书。

——选自洪允祥《悲华经舍诗存》卷三

【注释】

①弹铗:弹击剑把。铗,剑把。谓处境窘困而又欲有所干求。此用《战国策·齐策四》中冯谖客孟尝君的典故。　②赪鲂:“鲂鱼赪尾”之省。《诗·周南·汝坟》:“鲂鱼赪尾,王室如毁。”毛传:“赪,赤也;鱼劳则尾赤。”朱熹集传:“鲂尾本白而今赤,则劳甚矣。”　③姜妻白鲤:《二十四孝》中的故事:“姜诗,事母至孝。妻庞氏,奉姑尤谨。母性好饮江水,妻汲而奉之。母更嗜鱼脍,夫妇作而进之,召邻母共食。舍侧忽有涌泉,味如江水。日跃双鲤,诗取以供母。”

附:

说　鲥

〔清〕全祖望

鲥鱼之名,不登《尔雅》。按《释鱼》曰:“鳍,当魱。”郭氏曰:“海鱼似鳊而大,鳞肥美,多鲠,江东呼其长三尺者为当魱。”是其为鲥审矣。以是知晋时尚未有鲥鱼之名也。《广韵》始有鲥名矣。但考粤东人说,相传鲥乃鳓白所化,在海为鳓白,在江为鲥,鳓白于春,鲥于夏,其味皆美。此在屈氏,不过得之近人之口,而其实未有所据。予观《集韵》曰:“鳓即鳍也,似鳊而大,鳞肥多鲠。”乃恍然于大均之说。以是知宋初虽有鲥名,而尚未甚著,故唐人不见之于诗。然则鲥鱼在古曰鳍,读为舅声,在后曰鳓,囚声,而当魱其别字也。鄞人呼曰箭鱼,意在嫌其多骨,见于《开庆庆元府志》。独粤人呼为三鯠,不知其说。按三鯠一作三鳌,谚曰:“三鳌不上铜鼓滩。”谓粤鲥不过浔州也。鯠、鳌古音本通,然其实《尔雅》、《释鱼》原有鳌、鯠,而郭氏曰“未详”,向非粤谚,不知其即鲥也,足以补五雅笺疏之遗矣。若《埤苍》以鯠为鲣,《广韵》以鯠为鳗,皆属谬语。按《尔雅》则鲣者鳠也,鳠与魱同音,《埤苍》殆由此而讹。今吴越间不贵鳓,独贵鲥,唯粤之阳江多鳓,而其土人亦贵之。予亦因入粤而证明鳍之即鳓,鳓之即鲥,惜不得遍粤人而告之,因记之以示诸生,他日或为峤南图经文献之资也夫。

——选自全祖望《鲒埼亭集》卷三十五

刀　鱼

鲚鱼,又叫刀鱼、鮤鱼、凤尾鱼等,鱼形如裂篾之刀,头生长得很长而狭薄,大的有一尺多长。产浙江沿海者以马鲚最为普遍。《至正四明续志》卷五描述其形态云:“头狭薄,其腹背如刀刃,故名。其长大者可尺余。”清代倪象占《蓬山清话》卷十六进一步对鲚鱼进行了分类:“鲚,青鲚俗名箭鱼,即鲚音转也。本曰刀鲚,身满长尺许,尖尾,细骨满肋,味甚鲜。黄鲚稍小而味劣。又有小者名鲎鱼,亦曰子鱼,干之可致远,俗谓之长毛鲚。”民国《四明朱氏谱外集·物产》介绍说:“鲎鱼:一作鲚鱼,产夏秋间,有鳔,多子,狭薄而长形,似小刀,又名刀鱼。其雄者瘦长,呼为长毛鲞，雌者较短，多子而肥，呼为玉鲞。或火烘为腊，或日曝为蘼。三四月间产大嵩港者，食咸淡水，色如晶，尾赪，名嵩港鲦鱼，尤珍贵。”

古人很早就认识到了鲞鱼的生活习性，郭璞《江赋》中就有“鲟鲞顺时而往还”的记载，因鲞鱼常以三月、八月出，故曰顺时。夏初曝干，又可为鲊。唐代时明州的贡品中有寸金鲼子，《宝庆四明志》卷四说：“鲞鱼：子多而肥，夏初曝干，可以致远。”《至正四明续志》卷五进一步解释说：“其子曝干，名寸金鲼子。”由此知古代以曝干的鲞鱼子为贵。清代慈溪郑辰《句章土物志》云：“吾乡江中出者特美，菜花时谓之菜花鲞，梅时谓之梅鲞，煎炙作鲊鳙，配酒物也。”尤其是多子的鲞鱼，被称为子鲞，受到人们的特别珍重。

蔡山渡[①]

〔宋〕高似孙

江上人家破竹门，潮生水长浸篱根。[②]
鲞鱼一尺枇杷小，放溜船来酒满樽。[③]

——选自胡文学《甬上耆旧诗》卷二

【注释】

①蔡山渡：在今上虞县西蔡山东麓，相传以蔡邕名，亦曰百官渡。《万历绍兴府志》卷四云：“曹娥江之西岸，又有蔡山，其下为蔡山渡。”下即引高氏此诗。一说蔡山渡在今慈溪市以东道林镇境内，见《余姚六仓志》卷六，下亦引高氏此诗。考前者之蔡山渡见于《嘉泰会稽志》，后者之蔡山渡不见于宋代文献，较为后出。故此处取曹娥江西蔡山渡说。 ②长：涨。 ③放溜：任船顺流自行。

蓬岛樵歌（一百十六首选一）

〔清〕钱沃臣

安化乡分自鄮鄞，[①]霜鱼冬米世称殷。[②]
村庄未改涂茨古，[③]白釉瓷传蟹爪纹。[④]

——选自钱沃臣《乐妙山居集·蓬岛樵歌》

【注释】

①这句作者自注：“邑于春秋为越采地，楚灭越无诸及摇，分有之。秦灭楚，而句章、鄮、鄞属会稽郡。汉属东瓯，隶粤繇王。元鼎元年，南粤之民于江淮间，二国之地遂墟。后遗民稍繁，始元二年立回浦县，设南部都尉治之，统台、温、处之境及闽之冶县，并隶会稽。东汉废回浦，改冶县为章安，徙都尉治于鄞，而象地则曰安化乡，又曰回浦乡。” ②霜鱼冬米：作者自注：“谚云：‘昆山米饭升半，霜打鲚鱼斤半。’盖言餍饫也。……《谈荟》云：其形如刀，俗呼刀鲚，经霜益肥。俗腊月舂一岁粮藏之蕈圃，曰冬舂米。范成大有《冬舂行》诗。象邑古称鱼米之乡。” ③涂茨：今属涂茨镇，位于象山县城的最东北部，地处象山港口。这句作者自注：“涂茨，村名，在治东三十五里。按《纲鉴》，有巢氏编槿而庐，缉藋而扉，填涂茨以湮其祸。盖吾乡尚有古风也。” ④蟹爪纹：象山窑生产的瓷器纹饰。作者自注引曹昭《格古要论》云：“象窑有蟹爪纹”。

四明土物杂咏·菜花鲞（鲚）

〔清〕全祖望

鲞鱼曾登江赋，[①]不须腹裹瓜刀。[②]
正是菜花黄日，寸金鲼子来朝。[③]

——选自全祖望《句余土音》卷中

【注释】

①江赋：东晋郭璞所作。 ②裹：陈铭海补注本作“里”。瓜刀：典出《晋书·孙恩传》：“（杜）子恭有秘术，尝就人借瓜刀，其主求之，子恭曰：‘当即相还耳。’既而刀主行至嘉兴，有鱼跃入船中，破鱼得瓜刀。” ③寸金鲼子：作者自注：“鲞鱼子，谓之寸金鲼。”

刀鱼二首

〔清〕陈　梓

郭翻投水谁能拾，[①]怕是专诸剩祸胎。[②]
柳线乍垂铅可剖，波纹如网玉轻裁。
雨枯试遣屠龙去，书断还凭破鲤来。
莫笑刻舟虚觅剑，[③]烹鲜犹见刃恢恢。

春江闪闪揭烟津，金错分明数席珍。
义府笑中潜领味，[④]曹瞒提处惯欺人。[⑤]
利从锥末争趋市，[⑥]声出庖余自剖鳞。
不是卫生还欠密，由来有齿定焚身。[⑦]

——选自陈梓《删后诗存》卷十

【注释】

①郭翻：字长翔，武昌人。《晋书·郭翻传》记载，郭的佩刀掉进水里，有个过路人给他捞了上来，他就给这个人了。过路人不要，坚决推辞，郭翻说："你都不要，我怎么能要呢！"过路人曰："我如果收了，会被天地鬼神所谴责的。"郭翻又把刀扔回水里，过路人又捞了回来。②专诸：春秋时吴国堂邑（今南京市六合区西北）人，吴公子光（即吴王阖闾）欲杀王僚自立，伍子胥把他推荐给公子光。公元前515年，公子光乘吴内部空虚，与专诸密谋，以宴请吴王僚为名，藏匕首于鱼腹之中进献（鱼肠剑），当场刺杀吴王僚，专诸也被吴王僚的侍卫杀死。③刻舟虚觅剑：典出《吕氏春秋·察今》中的寓言，说的是有个楚国人坐船渡河时，不慎把剑掉入河中，他在船上用刀刻下记号，当船停下时，他才沿着记号跳入河中找剑，遍寻不获。④"义府"句：唐代永泰年间四川盐亭人李义府，官至右丞相。李义府表面上温和谦恭，同别人说话时脸上总是微笑着，但大臣们都知道，其实他是笑里藏刀，心底里偏狭阴险。谁要是冒犯了他，或者不顺从他的心意，谁就会遭到他的迫害。为此，大家背地里给他起了个"笑中刀"的外号。事见《新唐书·李义府传》。⑤曹瞒：曹操小字阿瞒，故称。⑥锥末：锥刀之末。比喻微小的利益。⑦齿：象齿。焚身：丧生。象因为有珍贵的牙齿而遭到捕杀。语出《左传·襄公二十四年》："象有齿以焚其身，贿也。"

三赋奉川土物·鲚鱼

〔清〕孙事伦

胡家埯边水连天，血网银鳞异样鲜。
有子都如新粟细，还宜分付饱油煎。

——选自孙事伦《竹湾遗稿》卷八

蛟川物产五十咏·鲚鱼腊

〔清〕谢辅绅

铁丝笼上火初炎，女子头衔多子占。
一尾一盘环若璧，纤纤玉手试新尖。

——选自光绪《镇海县志》卷三十八

鲈　鱼

鲈鱼学名花鲈，鮨科。侧扁，口大，背缘腹缘皆钝圆。背侧青灰色，腹侧银白色。栖息于近海，也进入淡水，早春在咸淡水交界的河口产卵。巨口细鳞，性凶猛，以鱼虾为食，渔民有"鲈食鱼，蓄鱼者呼为鱼虎"之说。产于象山港、甬江及各河流中，"出大嵩港，食咸淡水，最美"（《四明朱氏支谱外编·物产》）。渔民在鲈鱼产卵季节，在河口以中青蛙为饵垂钓，常有所获。以前鲈鱼多为野生，产量不高，现在已采用人工养殖，产量提高很快，是宁波的特产之一。

五代日华子称鲈鱼"暴干甚香美"。《宝庆四明志》卷四记载："鲈鱼：数种。有塘鲈，形虽巨，不脆。有江鲈，差小而味淡。有海鲈，皮厚而肉脆，曰脆鲈，味极珍，邦人多重之。"可见海鲈（即海中四腮鲈）在南宋时已被四明人民列为上等食用水产品。光绪《慈溪县志》卷五十三还说："四腮鲈产北乡古窑浦卧床桥，形味与松江无别。"鲈鱼秋后始肥，肉白如雪，细嫩鲜美，没有腥味。多鲜食，最宜清蒸、红烧或清炖，其中鲈鱼脍历来被称为"东南佳味"。

遥题钱公辅众乐亭[①]（节选）

〔宋〕王益柔

春风浩荡波涛起，仿佛仙人骑赤鲤。
金盘下箸饱鲈鱼，尘事茫茫隔烟水。

——选自《乾道四明图经》卷八

【作者简介】

王益柔（1015—1086），字胜之，河南洛阳人。庆历四年（1044）以殿中丞召试，除集贤校理。神宗时，累迁知制诰，直学士院，先后知蔡、扬、亳州和江宁、应天府。

【注释】

①钱公辅：字君倚，武进（今江苏常州）人。嘉祐中知明州，在月湖中建众乐亭，遂为一方名胜。

思乡味戏成

〔宋〕郑清之

隔篱野圈犉眠犊，[①]带雨村春鸡唤雏。[②]

旋熟黄粱留客住，满篘白酒倩人沽。[3]
未谙旅况三分在，早觉藜肠一半枯。
寄语吾乡谱鲜子，[4]莫教辜负脆皮鲈。[5]

——选自郑清之《安晚堂诗集》补编卷二

【注释】

①牸(bó)：母牛。 ②村舂：指乡村中舂米的碓声。 ③篘(chōu)：一种竹制的滤酒的器具。④吾乡谱鲜子：作者自注："朱谦之有《鲜谱》。" ⑤脆皮鲈：即脆鲈。《宝庆四明志》卷四云："鲈鱼：数种。……曰脆鲈，味极珍，邦人多重之。"

秋日山居好(十首选一)

〔宋〕舒岳祥

秋日山居好，中秋兴莫违。
四腮鲈正脆，[1]一尺蟹初肥。
白露杭登馔，清霜绢下机。
急舂输井税，[2]无事早言归。

——选自舒岳祥《阆风集》卷五

【注释】

①四腮鲈：即海鲈。《华夷鸟兽考》云："海中四腮鲈，皮紧脆而肉厚，呼曰脆鲈。" ②井税：田税。

赠鱼者

〔宋〕舒岳祥

红蓼青芦媚一川，夕阳偏丽晚秋天。
吹沙已老松鲈上，[1]日日江头望钓船。

——选自舒岳祥《阆风集》卷九

【注释】

①吹沙：即吹沙鱼。松鲈：即松江鲈鱼，这里指海鲈。

江城杂咏(七首选一)

〔元〕张仲深

原头数杨柳，叶尽晚依依。
岁晏北风劲，天寒行旅稀。
江鲈从网得，水鸟逐船飞。
渔子津西去，黄昏得酒归。

——选自张仲深《子渊诗集》卷三

谢潘公远惠海鲈

〔元〕张仲深

霜落海波静，鲈鱼尽可求。
未应夸石首，谁复数槎头。[1]
脍缕牛刀试，[2]光鲜象箸浮。[3]
中吴归未得，翰也亦风流。[4]

——选自张仲深《子渊诗集》卷三

【注释】

①槎头：即鳊鱼。 ②脍缕：指鲈鱼脍和莼丝。 ③象箸：象牙制作的筷子。 ④翰：指晋代思鲈鱼而归的张翰。

赠樊天民归象山[1]

〔元〕袁士元

白云深处认蓬莱，千里还家亦快哉。
有便故园书可寄，无情孤枕梦难猜。
秋风江上鲈偏美，夜雨篱边菊正开。
一片襟期吾与共，可先折柳送君回。

——选自袁士元《书林外集》卷三

【注释】

①樊天民：象山人。曾与袁士元同读书于鄞县东钱湖青山岙。

鲈

〔元〕袁士元

紫鳞朱鬣漾涟漪，藜浦秋风渐欲肥。
遥忆故园鲜脍美，可惭千里一官微。

——选自袁士元《书林外集》卷七

东湖观劝农

〔元〕刘仁本

劝农持酒出东湖，喜见田间民气苏。
桃李成蹊春烂漫，郊原过雨土膏腴。
花边立仗频嘶马，[1]竹里行厨细脍鲈。
远水野航人不渡，夕阳天外下双凫。

——选自刘仁本《羽庭集》卷三

【作者简介】

刘仁本(1308？—1367)，字德玄，号羽庭，浙江天台人。以乙科进士，历温州路总管，元顺帝至正十九年(1359)任江浙行省左右司郎中。方国珍据温、台,刘仁本入方幕,后被朱元璋捕获杀害。今传有《羽庭集》六卷。

【注释】

①立仗:作仪仗。

山舍十章(选一)

〔明〕张鸣喈

山舍里余钓艇,朝朝持尺鲈来。
烹鲜恐逾时刻,明日江岸衔杯。

——选自张鸣喈《山舍偶存》

鲈 鱼

〔清〕周 容

亦竞一时出,细微良足哀。
笋天莼菜好,柳絮钓竿来。
入馔夸三泖,临餐羡四腮。
季鹰空忆脍,何事待秋回。

——选自周容《春酒堂诗存》卷三

饮济南旅次

〔清〕屠粹忠

不易同人遇,旅怀况是秋。
白云奇句影,红叶故乡愁。
杯影千峰入,松声一榻收。
说来鲈脍好,南望忽低头。

——选自屠粹忠《栩栩园诗》

奉川道中

〔清〕陈锡嘏

古道环青嶂,荒城枕碧流。
寺残钟隐暮,野旷树凝秋。
鲈脍沿溪上,鸡豚满径游。
年来愁客路,相与羡轻鸥。

——选自《四明清诗略》卷四

【作者简介】

陈锡嘏(1634—1687),字介眉,号怡庭,鄞县人。康熙六年(1667),到余姚黄竹浦拜黄宗羲为师,后为甬上讲经会的重要发起人。康熙十五年(1676)进士,改庶吉士,授编修。康熙十七年(1678)奉命纂修《皇舆表》《古辑览》二书。次年告假归里,重新恢复甬上讲经会的讲学活动。著有《兼山堂集》。

喜雨(四首选一)

〔清〕裘 琏

初期厌浥好,[①]不分渥优能。[②]
水淡江鲈美,园肥土芋登。
肺凉尊有蚁,[③]梦稳簟无蝇。
耐可听蕉响,[④]花繁此夜灯。

——选自裘琏《横山初集》卷十三

【作者简介】

裘琏(1644—1729),后因避讳而改名为"连",字殷玉,号废莪子,学者称为横山先生,今江北区洪塘街道裘市人。72岁方中进士,选庶吉士,旋退职还乡。雍正六年(1278)冬被捕进京,次年客死于京中。著有《横山诗集》《横山文集》等。

【注释】

①厌浥:潮湿。②渥:浓,厚。③蚁:指浮在酒上的泡沫。借指酒。④耐可:宁可;愿得。

鲈

〔清〕陈 撰

不为西风起,莼鲈旧有情。
呼僮调玉脍,细缕切香橙。

——选自陈撰《玉几山房吟卷》卷二

老渔(限江字)

〔清〕朱文治

白头夫妇影双双,围着儿孙话小艭。[①]
自有生涯依古岸,绝无心事向空江。
雪销还戴垂檐笠,风起全凭系缆庄。
钓得鲈鱼夜沽酒,一声芦笛倚蓬窗。

——选自朱文治《绕竹山房诗稿》卷十

【注释】

①艭(shuāng):一种小船。

摸鱼儿·白湖吟榭第二集,[①]赋白湖打鱼

〔清〕叶元堦

渐湖心,玻璃风起,鹭鸶飞下凉影。渔兄

渔弟闲商略，[②]两两三三相并。摇小艇，早转过桥西，划破斜阳暝。澄波似镜。看白雨跳珠，[③]翠烟粘絮，寒月载笭箵。[④]　高歌响，几曲凭君细听。笑人尘梦难醒。十年负了闲鸥约，流水一条难证。今且问，问若个浮家，肯与蓑衣分？前山大茗。[⑤]待霜后鲈香，春时酒熟，醉卧此间稳。

——选自姚燮《疏影楼词·画边琴趣上》附录

【作者简介】

叶元堦(1798—1833)，字午生，又字绍兰，慈溪鸣鹤人。少负才名，喜作诗，与弟元阶倡诗社于月湖之揽碧轩、白湖之小隐山庄，名流觞咏无虚月。道光十二年(1832)举人，官刑部主事。著有《海药轩诗稿》。

【注释】

①白湖：又名白洋湖，今属慈溪市观海卫镇。②商略：商量。③白雨跳珠：化用苏轼《六月二十七日望湖楼醉书》诗："白雨跳珠乱入船。"④笭箵(xīng)：渔具的总称。⑤大茗：作者自注："湖上山名。"

秋兴百一吟·秋鲈

〔清〕陈　仅

锦秋亭下脍材鱼，斜日茭塘最忆渠。
解道半江红树句，[①]风怀闲煞老尚书。[②]

——选自陈仅等《秋兴百一吟》

【注释】

①半江红树句：指王士禛《真州绝句》之五："好是日斜风定后，半江红树卖鲈鱼。"②尚书：康熙四十三年，王士禛官至刑部尚书，故用以指王士禛。

秋兴百一吟·秋鲈

〔清〕王启元

夜潭举网多于鲫，晓市登盘贱似菇。
贪看剡中山色好，年年饱吃季鹰鱼。

——选自陈仅等《秋兴百一吟》

秋兴百一吟·秋渔

〔清〕洪晖吉

湖边来往白头翁，钓具随身寄一篷。
贪着水乡滋味好，莼鲈佐酒荻花中。

——选自洪晖吉《听篁阁存草》卷二

秋兴百一吟·秋鲈

〔清〕洪晖吉

泼剌秋鲈乍入罾，东南佳味四腮矜。
如何千古思归客，只有西风张季鹰。

——选自洪晖吉《听篁阁存草》卷二

席　上

〔清〕陈得善

邹平百婢膳，[①]娄敬五侯鲭。[②]
未啖盘中脍，先询席上名。
奇闻骇龙鲊，[③]乡味爱鲈羹。
有客怜羌煮，[④]胡床自割烹。[⑤]

——选自陈得善《石坛山房诗集》卷一

【注释】

①邹平：今属山东滨州。这里指邹平人段文昌，唐代名相。百婢膳：《清异录》载："段文昌丞相尤精馔事，第中庖所榜曰'炼珍堂'，在涂号'行珍馆'。家有老婢，掌修脔之法，指授女仆。老婢名膳祖，四十年阅百婢，独九者可嗣法。文昌自编《食经》五十章，时称《邹平公食宪章》。"②娄敬：当为"娄护"之误。③龙鲊：《白孔六帖》卷十六引《世说》："有人遗张华鲊，华曰：'此龙肉也。'遂以苦酒沃鲊，鲊中有五色光。"④羌煮：古代西北少数民族的一种食品，后传入内地。《太平御览》卷八五九引晋干宝《搜神记》："羌煮貊炙，戎翟之食也；自太始以来，中国尚之。"北魏贾思勰《齐民要术·羹臛法》："羌煮法：好鹿头，纯煮令熟，著水中，洗治；作脔如两指大。猪肉琢作臛，下葱白，长二寸一虎口。细琢姜及橘皮各半合，椒少许。下苦酒、盐、豉适口。"⑤胡床：一种可以折叠的轻便坐具。又称交床。

秋　渔

〔清〕童振德

乘风逐浪任西东，寄我生涯浩淼中。
画鹢船黏芦絮白，[①]卖鲈篮衬蓼花红。
歌传凉月三更棹，帆饱斜阳一笛风。
最是夜深依古渡，灯寒霜影满疏篷。

——选自《四明清诗略》卷二十九

【作者简介】

童振德，字信帆，号荫楼，慈溪人。贡生，官湖州训导。

【注释】

①画鹢：船的别称。

浦口夜泛

〔清〕冯可镛

夜色凉如许，中流好放帆。
月光沉水冷，风气带潮咸。
雁宿惊人语，鲈肥餍客馋。
高歌铜斗曲，[1]此境绝尘凡。

——选自冯可镛《匏系斋诗抄》卷一

【注释】

①铜斗：铜制的方形有柄的器具，用以盛酒食。唐孟郊《送淡公》诗之三："铜斗饮江酒，手拍铜斗歌。"

四时渔父词（四首选一）

〔清〕陈桐年

几阵秋风过楚江，新鲈真个味无双。
生憎野岸芦花白，[1]落影惊鱼散钓矼。[2]

——选自王荣商《蛟川耆旧诗补》卷四

【作者简介】

陈桐年（？—1861），字琴友，别号问云，镇海县西管乡白沙村（今江北区白沙街道）人。道光间廪贡，候选教谕。著有《问云诗稿》。

【注释】

①生憎：最恨；偏恨。 ②矼（gāng）：（石）桥。

怀古（八首选一）

〔清〕钟　韶

怪尔人间身后名，何如杯酒论平生。
鲈鱼莼菜清秋客，记得江东老步兵。[1]

——选自王荣商《蛟川耆旧诗补》卷一

【注释】

①江东老步兵：西晋人张翰的别称。《世说新语·任诞》："张季鹰纵任不拘，时人号为'江东步兵'。或谓之曰：'卿乃可纵适一时，独不为身后名邪？'答曰：'使我有身后名，不如即时一杯酒！'"

渔　家

〔清〕蒋耀琮

鸥乡风景画难如，几曲人家傍水居。
小艇当门系柳槿，邻塘分界认芦蕖。
鲈虾登市生涯足，风月随人意态舒。
稚子两三无所事，也来补网学叉鱼。

——选自《借园吟社初集》

【作者简介】

蒋耀琮，一作燿琮，字诗徕，鄞县人。光绪三十二年（1907）优贡。清末借园诗社社员。

海　蜓

海蜓，亦写作"海艳""海咸""海蝘""海鰌"等，系鳀鱼一类幼鱼。海蜓喜生活于浅海，是食用鱼之最小者。海蜓系中、上层鱼类，在适水温带进行产卵、索饵和洄游。每年4月下旬至9月为捕获季节，其中5—6月份为旺季。因海蜓性喜光，感觉敏锐，鱼群常环绕光源作回旋游泳，故捕捞均在夜间采用诱鱼灯具，用网兜捕。主要产于象山县，并以渔山列岛所产海蜓质量最佳，故称渔山海蜓。历史上鄞县姜山生产的海蜓亦颇有名。乾隆《鄞县志》中记载，"此鱼最喜灯影，夜把火照，则聚而取之。今询之土人，良然。此鱼以姜山人网得者为最佳，名姜山海艳。"郑辰《句章土物志》记载了海蜓的习性及其捕捞方法："生海中，鱼长寸许，性喜灯影，渔人俟夜，把火照水，则群集而取之。"海蜓加工方法很考究，一般采用大锅将水煮沸，倒入鲜鱼，待水沸后立即捞出薄摊于竹簟上、晒干后拣去杂质，去除碎末，即为成品。

海蜓营养丰富，可作多种菜肴。但以做汤为多，鲜香，味美，盛夏季节更加适宜。海蜓亦可炒蛋，拌咸菜，亦可做汤。清初潘清渠《饕餮谱》中有一款"鹅毛脡汤"，即为海蜓汤。袁枚《随园食单·海鲜单》说："海蝘，宁波小鱼也。味同虾米，以之蒸蛋甚佳，作小菜亦可。”即使纯海蜒亦不失为下酒佳肴。

以海艳绒寄阮亭侍郎，[①]并申前意

〔清〕姜宸英

小队群游似锦舒，兰成赋中一寸鱼。[②]
烛光夜落蛟人室，[③]针尾朝登玉箸蔬。
曾许先生多赠致，欲教微物长吹嘘。
华堂宴集兴言咏，持比琴高定得如。[④]

——选自姜宸英《苇间诗集》卷三

【注释】

①阮亭：王士禛号阮亭，又号渔洋山人，山东新城人。 ②兰成：庾信字子山，小名兰成。梁元帝时以右卫将军使西魏，被留不归。周明帝、武帝皆恩礼之，累迁骠骑大将军、开府仪同三司。庾信《小园赋》有“一寸二寸之鱼，三竿两竿之竹”。 ③“烛光”句：作者自注：“鱼性喜灯影，渔人俟夜把火照，则群集而取之。” ④琴高：即琴高鱼。宋时泾县琴溪的特产小鱼。传说为琴高于此所投药滓化生，故名。

鲒埼土物杂咏·海鳛

〔清〕全祖望

春洋来海鳛，半翅未能加。[①]
小品足清致，金光带日华。
数罟多不亿，[②]并命有谁嗟。[③]
湛老呼名错，[④]原无艳可夸。

——选自全祖望《句余土音》卷上

【注释】

①半翅：鸟名。即沙鸡。明李梦阳《空同子·物理篇》：“西方有鸟曰半翅者亦痴，见人飞不过三五尺，可以杖击之得也。”清沈涛《瑟榭丛谈》卷上：“沙鸡略具文采，半翅则纯褐色，而味较脆美。” ②数罟：细密的鱼网。不亿：超过亿数，形容其数甚多。 ③并命：共命运；同死。 ④湛老：姜宸英号湛园，全氏呼为湛老。

海　蝘

〔清〕钱维乔

鄞有小鱼，味类虾米，俗呼海蝘，阮亭《居易录》作“海艳”，郡志物产类不登。简斋书来索此，[①]寄赠一筐，并佐小诗，烦锡以嘉名，循加恩小族例，[②]可乎？

明州数海物，最美江珧夸。
我来两食之，似较蠯蛤嘉。[③]
退之马甲柱，[④]怪斗徒惊讶。
风味敌荔支，亦觉坡言差。[⑤]
其次众鳞介，列市形支叉。
肩舆每东出，捉鼻腥风飐。[⑥]
我生薄滋味，适口不敢奢。
莼羹未下豉，[⑦]淡食胃转加。
随园令邹平，[⑧]食经手搜爬。[⑨]
行厨昔分饫，调剂追狄牙。[⑩]
书来索小鱼，细字注眼花。
我读輾然笑，[⑪]再读乃自嗟。
一官溷斥卤，[⑫]局缩居侔蜗。[⑬]
失雄媚惭鲎，逐浪目待虾。
鲫书墨易灭，[⑭]蚶瓦棱难遮。
蚝黏千百多，蛎顾左右斜。
嗜好复殊性，食鳆旋食痂。[⑮]
谁于逐臭中，芼以姜葱芽。
先生惯山居，旨蓄定满家。
通印弃弗爱，[⑯]鲜薨如泥沙。
胡为动食指，纤悉求荒遐。
春潮涨鲒埼，[⑰]戢戢多于麻。[⑱]
渍以散盐白，曝以烈日赮。[⑲]
此物充赠遗，虽贫不须赊。
读雅虑未熟，[⑳]稽名遍官衙。
江郎赋紫虅，[㉑]谢公咏石华。[㉒]
海碎益新录，物理寻无涯。
颠颐古所戒，[㉓]异味皆淫哇。[㉔]
啖此恐致渴，奉佐太白茶。[㉕]
试味草木腴，或可凌云霞。

——选自钱维乔《竹初诗钞》卷十二

【作者简介】

钱维乔（1739—1806），字树参，季木，小字阿逾，号曙川，又号竹初，半园、半竺道人、半园逸叟、林栖居士等，江苏武进人。曾任鄞县知县。著有《竹初诗钞》。

【注释】

①简斋：袁枚，字子才，号简斋，晚年自号仓山居士、随园主人、随园老人，钱塘（今浙江杭州）

人。乾隆四年进士。②加恩：指五代毛胜《水族加恩簿》。③开头四句作者自注："书中以不得来啖江珧柱为恨，故首及之。"④退之：韩愈之字。⑤坡：指苏东坡。⑥捉鼻：掩鼻。飕（xiā）：风声。"肩舆"两句：作者自注："鄞之东门，滨海鱼盐所集。"⑦莼羹未下豉：刘义庆《世说新语·言语》记载，西晋在京师洛阳做官的吴郡华亭人陆机，到在洛阳的侍中王济家里去，王济面前摆放着几斛羊酪，他指着羊酪对陆机说："你们江东有什么东西可与此物相媲美？"陆机回答："有千里莼羹，但未下盐豉耳。"⑧随园：指袁枚。袁枚撰有《随园食单》。邹平：指段文昌。唐穆宗宰相段文昌，自撰《食经》五十章，因他曾被封过邹平郡公，又称《邹平郡公食宪章》。⑨搜爬：搜罗爬梳。⑩狄牙：即易牙。春秋时著名烹饪师。⑪辴（chǎn）然：笑的样子。⑫斥卤：盐碱地。这里指鄞县。⑬局缩：狭小。⑭鲗书：用乌贼墨书写。⑮鳆：鲍鱼。本句语出《南史·刘穆之传》："穆之孙邕性嗜食疮痂，以为味似鳆鱼。"⑯通印：即通印子鱼，亦称"通应子鱼"。即子鱼。宋王安石《送福建张比部》诗有"长鱼俎上通三印"之句，福州濒海多鱼，初不专指子鱼而言。至苏轼《送牛尾狸与徐使君》诗"通印子鱼犹带骨，披绵黄雀漫多脂"，始以"通印子鱼"对"披绵黄雀"。亦有称"通应子鱼"者，或以为出于通应江水，或以为其地有通应侯庙。宋范正敏《遁斋闲览·证误》："蒲阳通应子鱼名著天下。盖其地有通应侯庙，庙前有港，港中鱼最佳。今人必求其大可容印者，谓之通印子鱼。故荆公有诗云：'长鱼俎上通三印'，此传闻之讹者。"宋庄季裕《鸡肋编》卷中："兴化军莆田县去城六十里有通应侯庙，江水在其下，亦曰通应。……子鱼出其间者，味最珍美。上下数十里，鱼味即异，颇难多得，故通应子鱼，名传天下。"⑰鲒埼：作者自注："《汉书》注：'鄞有鲒埼亭。'"⑱戢戢：密集的样子。⑲椵（xiá）：同"霞"。⑳雅：指《尔雅》。㉑江郎：指江淹。江淹《石蜐赋》云："石蜐一名紫藟，蚌蛤类也，春暖而发华。"㉒谢公：指谢灵运。㉓颠颐：谓在上养在下者。《易·颐》："六二，颠颐拂经于丘，颐征，凶。"王弼注："养下曰颠。拂，违也。经犹义也，丘所履之常也。处下体之中，无应于上，反而养初，居下不奉上而反养下，故曰颠颐拂经于丘也。"㉔淫蛙：当作"淫哇"，淫邪之声。㉕太白茶：王元士修《康熙定海县志》卷十一《物产》："茶：出太白山高巅者，四月采，香如兰，此为上。"

蛟川物产五十咏·海蜭

〔清〕谢辅绅

不用虾捞不用钩，[①]生成半寸狎浮沤。[②]
灯光射处丁沽集，[③]取尽鱼儿万万头。

——选自光绪《镇海县志》卷三十八

【注释】

①虾捞：捕虾的工具。②浮沤：水面上的泡沫。③丁沽集：比喻小鱼儿像无数人群向集市集中。

象山海错诗·海艳

〔清〕姚景皋

黄芽簇簇聚千头，直似垂针曲似钩。
配瀹厨汤宜紫菜，茜裙揜冉细娘柔。[①]

——选自《红犀馆诗课》二集

【注释】

①茜裙：绛红色的裙子。揜冉：同"掩冉"。轻盈柔美的样子。细娘：美女。

鄮南杂诗（选一）

〔清〕倪象占

赋就鲰鱼潠白涛，[①]错珍登市网同鏖。
鲝夸明府鱼干墨，犹有姜山海艳高。

——选自同治《鄞县志》卷七十四

【注释】

①鲰鱼：小鱼。潠（xùn）：同"噀"。含在口中而喷出。②姜山：今属鄞州区。

河　鲀

河鲀，又称鯸鱼，俗称气泡鱼、吹肚鱼、气鼓鱼等。古籍文献中出现的"河豚"，乃是民间对河鲀的俗称。现代动物分类学已经明确界定，河鲀与河豚实际上是不同纲的两类动物。河豚是哺乳纲河豚总科河豚科（也称淡水豚科）动物，如白鳍豚，江豚等；脏器无毒。河鲀则是硬骨鱼纲鲀形目鲀总科鲀科鱼类，生活在河流入海段及近海，有些种类的脏器和血液有剧毒(称“河鲀毒素”)。河鲀的形态特征是紫鳍青背白肚皮，头圆尾小细眼睛，无腹鳍，属于洄游性鱼类，每年 3—5 月是河豚洄游的时期。我国先民很早就认识了河鲀，《山海经·北山经》称之为“𫚥鱼”，已经知其有大毒。从古人对河鲀分布、生态习性、外部形态、行为的描述来看，人们拼死所吃的河鲀，应该指的是春天从海洋进入长江下游行生殖洄游的暗纹东方鲀。

李时珍《本草纲目》中称河鲀为吴越特产。吴越人食用河鲀至迟可以追溯到东汉。王充《论衡·言毒》就有“人食鲑肝而死”的记载，鲑即河鲀，看来那时浙东先民已经开始拼死吃河鲀了，并发生过无数次误食内脏而被毒死的惨剧。唐以前人记载河鲀，多注意其毒性，而唐人陈藏器《本草拾遗》则对河鲀形态和习性有了很准确的描述：“以物触之，即嗔腹如气球，亦名嗔鱼。腹白，背有赤道如印，鱼目得合，与诸鱼不同。”这里除了河鲀易怒的习性前人已有记载外，陈藏器首先描述了河鲀的形态特征：“腹白，背有赤道如印。”此即今名弓斑东方鲀。他还注意到了河豚鱼的眼睛能够“开合”的特异习性。鱼儿没有眼睑，不会眨眼，河鲀有区别于其他鱼类的眨眼习性，这是因为河鲀眼周围有许多皮皱，通过来回运动这些皮皱可使河鲀慢慢眨眼，在鱼类当中迄今发现只有河鲀才有此习性。陈藏器进一步指出河鲀的肝、子等部位有毒，严禁食用。哪种河鲀毒最甚？陈藏器说，“海中者大毒，江中者次之。”这是因为河鲀在繁殖季节洄游到海里，吞食有毒藻类后所致。陈藏器对于因食河鲀而发生食物中毒的临床症状也有记载：“入口烂舌，入腹烂肠。”一旦中毒，前人提出用芦根煮汁解毒，陈藏器首次提出用橄榄木、鱼茗木、乌苣草根煮汁的解救办法。

河鲀肉味极为鲜美，被誉为“鱼中极品”。在无数次的食用悲剧中，先民们也知道了河豚毒素究竟存在于那些组织器官中，逐渐针对性地总结出了安全食用河豚的方法。如陆云《答车茂安书》中有“炙鬵鯸”的记载，这里的“鯸”即是河豚，最初是将经过特殊处理后的河豚采用了炙法食用。吴越人食用河鲀成为一种风习，则起始于宋代。《嘉定赤城志》卷六说此鱼冬月为上味。腹有腴，白如酥，名西施乳。清初潘清渠《饕餮谱》中就有一款“鯸鱼汤”。民国《四明朱氏支谱外编·物产》：“吾乡人于清明时去肝与子，以清水煮食，肥美绝伦。然中其毒者亦时有闻。过清明则味减，率为鲞。”河豚经过加工而成的干制品，民间称为乌狼鲞。乌狼鲞烤肉历来是奉化民间过春节必备的风味菜，与笋、肉一起烹饪，油而不腻，鲜而不腥。

次袁伯长食河鲀诗韵南归①

〔元〕贡　奎

芽茁青青长荻芦，河豚风味浙江如。
鼎羹正自烦烹手，笑杀行人却羡鱼。

荻芽清软芼姜菘，腴腹披香玉乳同。
直死端为知味者，平生珍重雪堂翁。②

杨花宛水漫肥鳊，③古柏荒祠忆旧篇。
莫遣清名供世味，百年江海意悠然。

怒睛膨腹气含灵，触物浮波忿性成。
胚祸已知烹有法，没身空恨未能平。

——选自贡奎《云林集》卷六

【作者简介】

贡奎(1269—1329)，字仲章，号云林子，安徽宣城人。起为池州齐山书院山长。大德六年(1302)，任太常奉礼郎，兼检讨。大德九年(1305)迁任翰林国史院编修。官至集贤直学士。与袁桷(伯长)等友情深厚。著有《云林集》。

【注释】

①袁伯长：袁桷字伯长，参见作者简介。袁桷原作已佚。　②雪堂翁：苏轼。苏轼被贬谪黄州任团练副使时，于宋神宗元丰五年筑“雪堂”于赤壁旁的龙王山坡，为其居住躬耕之所。房屋落成时适遇大雪，他因此将房内四壁均画上雪，命名为雪堂。孙奕《示儿编》：“东坡居常州，颇嗜河

豚。而里中士大夫家有妙于烹是鱼者,招东坡享之。妇子倾室闯于屏间,冀一语品题。东坡下箸大嚼,寂如喑者,闯者失望相顾。东坡忽下箸云:'也直一死。'于是合舍大悦。" ③宛水:河南、安徽等地皆有宛水,此处具体所指待考。

河豘[①](五首选四)

〔明〕余有丁

海上河豘向未知,嘉鱼此外更无奇。
北人纯食西施乳,[②]相像吴王宫里时。

毒在河豘未可知,阿侬拚死只求奇。
痴将鳔白同施乳,醉杀吴王此一时。

乳衬娇胸那得知,漫同鱼白共称奇。
扪来西子含颦日,正是微闻芗泽时。[③]

肥婢当年乳可知,鸡头肉与塞酥奇。[④]
胡儿若识豘滋味,肯使西家擅一时。[⑤]

——选自余有丁《余文敏公文集》卷十二

【作者简介】

余有丁(1527—1584),字丙仲,鄞人。嘉靖四十一年(1562)进士,授翰林编修。隆兴时升洗马兼修撰。万历初任南京国子监祭酒。万历十年(1582)任礼部尚书兼文渊阁大学士,张居正又荐其为相。卒谥文敏。著有《余文敏公集》。

【注释】

①河豘:即河鲀。 ②西施乳:河豚腹中肥白的膏状物。宋赵彦卫《云麓漫钞》卷五:"河豚腹胀而斑状甚丑,腹中有白曰讷,有肝曰脂,讷最甘肥,吴人甚珍之,目为西施乳。" ③芗泽:香泽;香气。芗,通"香"。《史记·滑稽列传》:"罗襦襟解,微闻芗泽。" ④"鸡头"句:蒋一葵在《尧山堂外纪》中记载:一次杨贵妃喝醉了酒,将衣服掀起来,"微露乳,帝扪之曰:'软温新剥鸡头肉。'安禄山在傍曰:'滑腻凝如塞上酥。'帝笑曰:'信是胡儿,只识酥。'" ⑤西家:西施。

河　豚[①]

〔清〕周　容

误听杨花起,功凭橄榄施。
杀人原有具,瞑目竟无辞。
市逐乡风乱,筵嫌价值卑。
共怜西子乳,名与类堪推。

——选自周容《春酒堂诗存》卷三

【注释】

①作者自注此诗作于扬州。

胡鹿亭约访张蓉屿先生,[①]余以事不果,怅然有怀,次鹿亭韵

〔清〕徐志泰

栗里云烟自一村,肯因客至暂开门。
诗文多自归来富,风格还于老去尊。
楼外好山飞野鹤,盘中春雨出河豚。
终朝谈笑成佳集,狼藉书窗笔墨痕。

——选自《四明清诗略》卷五

【作者简介】

徐志泰(1660—1686),字逊三,好凫岩,又号蕙江,鄞县人。居桓溪,从小为李邺嗣所知。诸生,以屡试不第,怏怏而卒。著有《蕙江草》。

【注释】

①胡鹿亭:胡德迈字卓人,号鹿亭,鄞县人。康熙十六年(1677)举人,官顺天府丞。张蓉屿:张瑶芝字次瑛,号蓉屿,鄞县人。

河豚出奉邑,其腹腴,最美,土人以西施乳名之。余与铁山食之而甘,然惧其毒也,各赋此以志戒

〔清〕汪　国

坡公佞江瑶,谈及辄颐朵。[①]
强将荔枝齐,品题迄靡可。
岂若此腹中,白肪深包裹。
滑极腻不留,鲜甚腥非堕。
居然林下风,宛转娇无那。
酥胸呈皓洁,粉色绝堆垛。
疑藏菽发姿,[②]不羡丁香颗。[③]
咀嚼快未曾,盘肴谢繁伙。
比诸十八娘,[④]拟议得应颇。[⑤]
询之土人言,其名较贴妥。
此为西施乳,余品俱琐琐。
昔闻夫差王,慆淫忘厝火。[⑥]
东邻胆正尝,[⑦]南国鬓竞亸。[⑧]
别殿贮夷光,[⑨]妙舞逞婑媠。[⑩]

玉体夜长偎，宫门晚犹锁。
遂令倾城娇，竟酿亡国祸。
古称河豚毒，欲测盖诚叵。
烹瀹一不谨，为害非幺么。[11]
正如西施颜，巧笑固甚傞。[12]
惑溺因一朝，乱本从此坐。
垂戒寓芳名，此理定非左。
当筵一莞然，[13]尔渔吴王我。
都官有新诗，[14]笔力穷轩簸。[15]
即事惩老饕，细读不敢惰。
春江可下罾，风光正淡沲。[16]
鱼虾有兹味，吾腹岂不果。

——选自汪国《空石斋诗剩》

【注释】

①颐朵：犹朵颐。谓向往，羡馋。 ②菽发：初生之豆苗。用以形容女性之乳房。朱彝尊《沁园春》："隐约兰胸，菽发初匀，脂凝暗香。" ③丁香：指丁香乳，形容女性小巧的乳房。中国古代男人最欣赏的女性理想乳房。 ④十八娘：荔枝品种之一。《荔枝录》云："十八娘荔枝，色深红而细长，闽王王氏有女第十八，好食此，因而得名。女冢在福州城东报国院，冢旁犹有此木。或云：谓物之美少者为十八娘，闽人语。"宋苏辙《干荔支》诗："红消白瘦香犹在，想见当年十八娘。" ⑤拟议：比拟。颇：偏。 ⑥慆淫：享乐过度。厝火："厝火积薪"的简缩语。喻隐伏的危机。 ⑦东邻：指越国。此用越王勾践卧薪尝胆的典故。 ⑧亸(duǒ)：下垂。⑨夷光：西施。 ⑩媠嫷：即倭堕。倭堕髻又叫"堕马髻"，发髻偏歪在头部一侧，似堕非堕，是东汉后期流行的一种时髦发式。 ⑪幺么：微不足道的。 ⑫傞(suō)：参差不齐。 ⑬莞然：同莞尔。形容微笑。 ⑭都官：指梅尧臣。梅尧臣《范饶州坐中客语食河豚鱼》诗，规劝范仲淹不要冒险品尝河豚。 ⑮轩簸：掀动翻滚。 ⑯淡沲：形容风光明净。

渔　舟

〔清〕袁　谟

细雨斜风里，花明柳暗村。
下船惊水鸟，收网得河豚。
蓑影添江色，篙头认涨痕。
夕阳残古渡，明月又黄昏。

——选自袁谟《望泱楼诗草》卷一

甫　鱼

甫鱼，也叫老板鱼、板鱼、邵阳鱼、锅盖鱼。宁波人平常所说的甫鱼，是指鲼类、鳐类和魟类的统称。如孔鳐栖息在浅海沙质底海域，常常潜伏于沙中，昼伏夜出。肉质较粗，含脂量低，多用以腌制，少量供鲜食。《宝庆四明志》卷四记"魟鱼"云："形圆似扇，无鳞色，紫黑，口在腹下，尾长于身，如狸鼠。其最大曰鲛魟，即与鲛鱼可错靶者同，是鲛与魟皆一类矣。其次曰锦魟，皮亦沙涩，擦去沙，煮烂，与鳖裙同。又次曰黄魟，差小，背黑腹黄。其余有班魟、牛魟、虎魟，皆凡鱼。"这里所说的背黑腹黄的"黄魟"，即光魟，舟山沿海渔民又称为黄甫（或黄花）。此鱼尾刺基部有毒腺，被刺后引起剧痛。唐人陈藏器《本草拾遗》早就注意到其毒性，谓："渔人被其刺毒，煮鱼簄竹及海獭皮解之。"陈藏器还指出这类鱼"并生南海"，"食其肉"需"去其刺"。

民国《四明朱氏支谱·外编》卷二十五《物产》对魟鱼的介绍更为详细："魟鱼：俗呼肤鱼，亦呼鲚鱼。魟音烘，魟、肤、鲚一声之转。胎生，形圆似扇，皮滑，口在腹下，尾长于身，如狸鼠尾，末有刺甚毒。色黄者曰黄魟，其肉蒸食之，嫩白，味尤鲜美。吾乡人多为鲞，其脂可熬油，农人以代菜油，除稻间害虫。其苍黑，背有坚刺，形略长者，曰刺魟，形略扁如燕者，曰燕魟。"这是四明人民对甫鱼的新认识。

象山海错诗·邵阳鱼[①]

〔清〕王莳蕙

噞喁异种地青传，[②]簇刺茸茸尾倒悬。
尤物从来能蛊客，莫贪风味误垂涎。

——选自《红犀馆诗课》二集

【注释】

①邵阳鱼，海鳐鱼的别名。陈藏器《本草拾遗》云："生东海，形似鹞……尾有大毒，逢物以尾

拨而食之。其尾刺人,甚者至死。'” ②噞(yǎn)喁(yóng):鱼口开合的样子。

山北乡土集·海产(选一)

〔清〕范观濂

紫背黄边爱虎鱼,[①]形如命字尾长舒。
瑶丝软骨编城翅,鲞似儿童卷角书。

——选自王清毅主编《慈溪海堤集·外编》

【注释】

①虎鱼:这里指光魟,宁波民间习称黄甫。

尝新书事

杨翰芳

新饭茄羹分比邻,复呼兄弟宴乡宾。
酒从自酿无多吝,肴实非嘉乃杂陈。
乌鲫干犹余砚墨,黄魟大欲敌车轮。
山间屋隘难为礼,共属田家恕窭人。

——选自《杨霁园诗文集》

鮟鱇鱼

鮟鱇,又称华脐鱼,俗称结巴鱼、哈蟆鱼、海哈蟆、琵琶鱼、华脐鱼等,属硬骨鱼类。我国东海和南海多产黑鮟鱇。腹部长有软骨,在海里游动时,软骨飘来飘去像系着丝带,故又名绶鱼。《宝庆四明志》卷四“叙产”云:“华脐鱼,一名老婆鱼,一名寿鱼,‘寿’一作‘绶’,腹有带如帔,子生附其上,或云名绶者以此。《吴都赋》曰琵琶鱼,注云:‘琵琶鱼,无鳞,其形似琵琶。’冬初始出者,俗多重之,至春则味降矣。”这里的“子生附其上”,可以说是观察到了琵琶鱼奇特的生活现象:雄鱼作为附属,会紧紧咬住雌鱼的身体,长期寄生在雌鱼身上。

岱山土物诗·绶鱼

〔清〕全祖望

吾笑宋考功,[①]眼穿桃花纹。
如逢水中帔,[②]悔不做波臣。

——选自全祖望《句余土音》卷中

【注释】

①宋考功:唐代诗人宋之问。作者自注云:“姚江黄氏谓宋考功即宋之问,有诗云‘桃花红若绶’,知其每饭不忘达官。”按,姚江黄氏即黄宗羲。黄宗羲《思旧录》云:“严调御,字印持,领袖读书社。忆与陈木叔饮其家,偶言宋之问诗‘桃花红若绶’,只此一语,其无刻不忘富贵乃尔。”此乃全氏注文之本。 ②帔(pèi):古代披在肩背上的服饰。

华　脐

〔清〕朱绪曾

脐下垂垂带有花,新颁紫帔乐王家。
段师妙换成连谱,[①]推手为琵却手琶。[②]

——选自朱绪曾《昌国典咏》卷六

【注释】

①段师:段善本,唐代琵琶名师。②“推手”句:出自欧阳修《明妃曲和王介甫》。刘熙在《释名·释乐器》:“批把本出于胡中,马上所鼓也。推手前曰批,引手却曰把,像其鼓时,因以为名也。”

青　鰶

青鰶,一作青脊,鰶鱼科鰶鱼,一名斑鰶,别名鲅鲫鱼等。成熟之鰶鱼,形略似鲥鱼而体较小,常被误认为鲥鱼之幼鱼。平时栖息于海中,春夏间溯河产卵。为浙江及广东沿海的重要渔产。屠本畯《海味索隐》云:“其膏腴甚美,出奉化县,士庶咸珍之,在诸鱼之上。过清明时候,脑中生虫,名鱼虱,其虱渐大,而鱼亦渐瘦,便不堪食。盖不时不食矣。”民国《四明朱氏支谱外编·物产》云:“青鲫:色苍,长者四五寸,鳞细腹大,有朒,多膏油,食时不去鳞,然不多有。”

青鲫歌[①]

〔明〕张如兰

探茅积,得玄鲫。
颜如漆,味如腊。
煮白石,防中咽。
啖蟠桃,吐昆核。
比五荤,是鸡肋。
中间弃之殊可惜。

——选自屠本畯《海味索隐》

【注释】

①青鲫：当为青脊或青瘠之误。屠本畯《海味索隐》指出："青瘠鱼，身扁而鳞色俱白，以背上一条青脊得名，非青鲫鱼也。"

再赋奉川土物·青鲦

〔清〕孙事伦

寒潮拥青鲦，玉肌带霜肥。
细鳞亦细口，细骨吹欲飞。

——选自孙事伦《竹湾遗稿》卷八

麦 鱼

麦鱼，学名吻虾虎鱼，长寸许，身圆极小。因其形状酷似麦粒，而又在麦黄季节捕捞而得名，过时即不见。麦鱼可鲜食，也可制咸鱼干，鲜美之极。麦鱼烤乌葱曾是鄞州瞻岐镇合岙的名菜。但这是淡水的麦鱼。象山港北侧一带海涂上生长的麦鱼，形体及大小皆如麦粒，从每年12月份开始上市，直到来年开春结束。最常见的是烹饪法是香葱烤麦鱼和麦鱼蒸鸡蛋，色香味俱绝。

麦 鱼

〔清〕周 容

与麦同见，肥不及箸，□□□味殊别。涂处，人见穴有碧色浆，以趾触之，鱼跃起尺余，以手承取，稍迟失去。善取者竟日仅斤许。

虽谓知希贵，因时已附名。
艰求翻见味，善守或全生。
岂谢泥涂辱，宁同海错争。
可悲网罟外，机巧愈分明。

——选自周容《春酒堂诗存》卷三

蛟川竹枝词(十首选一)

〔清〕胡振涛

麦鱼始出才分麦，[①]梅蛤初肥正熟梅。
待到秋深霞浦口，海潮又送望潮来。

——选自王荣商《蛟川耆旧诗补》卷十二

【注释】

①作者诗后自注："麦鱼、梅蛤、望潮均水产名。"

火 鱼

《宝庆四明志》卷四云："火鱼：头巨尾小，身圆通赤，故以火名。"东海常见的火鱼有鲂鮄科的红娘鱼，产量不高，肉质较好，氽汤食之味鲜美，也可清炖、油炸食用。但光绪《慈溪县志》卷五十三"火鱼"名下以三北盛产的赤鳝释之。

送胡宗器辞官归慈溪别业，有轩名苍雪

〔明〕释来复

丹山东望五云飞，[①]溪上茅屋此日归。
霜落果园金橘熟，潮通江市火鱼肥。[②]
邻僧买地邀玄度，[③]海客占星识少微。[④]
读罢南华卧苍雪，[⑤]不知浮世有危机。

——选自《全元诗》第60册

【作者简介】

释来复(1319—1391)，字见心，号竺昙叟、蒲庵，丰城县(今江西丰城市)人。嗣法于南楚师悦禅师。元末，历主慈溪定水寺、杭州灵隐寺。明洪武初，奉召入京，于蒋山法会上说法。十三年(1380)春起，朱元璋大兴胡惟庸狱，来复涉嫌胡党，被监禁，后凌迟处死。著有《蒲庵集》等。

【注释】

①丹山：指四明山。 ②五云：五色瑞云。③玄度：东晋清谈名士许询的字。 ④少微：星座名。共四星，在太微垣西南。《晋书·隐逸传·谢敷》："初，月犯少微。少微一名处士星，占者以隐士当之。" ⑤南华：《南华真经》的省称。即《庄子》的别名。

【蛙类】

田 鸡

蛙，俗称田鸡，是典型的两栖动物，由于其后肢弹跳发力导致肌肉发达，所以很多地区都有食用蛙肉的现象，百越地区的越人尤其喜食。国人多视蛙为盘中美餐，并积累了丰富的烹饪经验。明末清初余姚人朱舜水

《答或问八条》云："田鸡，青蛙也。……中食，或蒸，或为羹，或腊，或蘸面，煎饨如饼，俱可。"我国南方人食蛙也产生了负面影响，曾因大量捕食青蛙，最终导致稻田害虫增加。

史昭甫招陈宗鲁之长兴

〔元〕戴表元

之子沧浪去，三吴西更西。
白盐莼菜脍，红酒稻花鸡。[①]
地少惊云满，天空见日低。
锦囊看烂漫，佳客醉留题。

——选自戴表元《剡源文集》卷二十九

【注释】

①稻花鸡：即田鸡。稻花开时田鸡最肥美。田鸡又称蛙、水鸡、坐鱼，包括普通青蛙、牛蛙等。因其肉质细嫩胜似鸡肉，故而称田鸡。

湖郊即景

〔明〕杨守陈

桃梅初熟芰荷齐，绿树阴阴鸟乱啼。
北渡几潮杨叶甓，南村一雨稻花鸡。

——选自胡文学《甬上耆旧诗》卷八

余姚竹枝词（二百首选一）

〔清〕宋梦良

买得田鸡味似鸡，田螺去尾不留泥。
家常亦每充肴馔，莫笑吟肠习苋藜。

——选自《中华竹枝词全编》（浙江卷）

【藻类】

苔　菜

苔菜为绿藻门石莼科植物，有盘苔、浒苔（别名苔条）等，植物体非常纤细，肉眼看去呈绿色细丝状，一般生长在中潮带石沼中。采集晒干后翠绿、清香、松脆，主要产地在奉化的莼湖、桐照及象山等地。《至正四明续志》卷五记载云："苔：生海水中，如乱发。人采纳之窖，片片正之，俗呼为苔脯。又一等绿苔，干而作小束，谓之苔结，出象山。"苔菜性味咸寒，具有软坚散结、清热解毒的功效，是一种很受欢迎的海藻类食品。

苔　脯[①]

〔宋〕释如琰

碧波深处长灵苗，潮落潮生探几遭。
入手自然成片段，者回不怕浪头高。[②]

——选自《禅宗杂毒海》卷五

【注释】

①苔脯：海苔晒干为脯，亦称苔条。　②者回：这回。

白云庄岁暮[①]（选一）

〔清〕万承勋

寒舍盘餐亦满堆，园中白菜海中苔。
不知肉味真三月，辜负猫儿上席来。

——选自徐兆昺《四明谈助》卷三十四

【作者简介】

万承勋（1670—1735），字开远，号西郭，鄞县人。雍正初，以诸生荐，奏对称旨，用为磁州知州。自少即以诗名，为人笃于内行，与人交，绝去城府。尝自谓生平时文不如古文，古文不如诗，诗不如人。著有《冰雪集》。

【注释】

①白云庄：宁波万氏墓庄，在宁波城西，清初黄宗羲曾于此讲学。今存，为全国重点文物保护单位。

西沪棹歌（选一）

〔清〕欧景岱

梅子青黄晴雨天，家家唤买采苔船。[①]
归来休问低昂价，半荐辛盘半粪田。

——选自《红犀馆诗课》一集

【注释】

①"家家"句自注："注：四月海苔粗恶，乡人取以粪田。"

海　苔

〔清〕徐　镛

潮头初落海涂青，雨岸微风送远馨。
莫怪人来如蚁集，为怜美味绝鱼腥。

采逢寒食惊春老，晒遍疏篱怯雨零。[①]
摺叠家家同锦被，天晴沽客满长亭。

——选自张晓邦编《图龙集》

【注释】

①作者自注："苔以采于清明者贵，迨四五月仅堪壅田矣，采晒淋雨则色味俱失。"

紫 菜

紫菜属海产红藻。叶状体由包埋于薄层胶质中的一层细胞组成，深褐、红色或紫色。早在东晋郭璞《江赋》中，有"紫菮荣晔以丛被"之句，描述了紫菜的生长形态。唐代陈藏器《本草拾遗》中记录了紫菜，并提醒人们："多食令人腹痛，发气，吐白沫，饮热醋少许即消。"李时珍《本草纲目》引元人朱震亨云："凡瘿结积块之疾，宜常食紫菜。"这里因为紫菜含碘量很高，可用于治疗因缺碘引起的甲状腺肿大，亦因其有软坚散结功能，对其他郁结积块也有治疗价值。

关于天然紫菜的产区，宋《宝庆四明志》卷四著录云："定海昌国海岸中有之，出伏龙山者著名。"元《至正四明续志》承之，并云"干则黑"，透出了晒干加工的信息。清朱绪曾《昌国典咏》卷六"紫菜"云："普陀山所产最佳，招宝山下次之。"我国古代长期来采食的是天然生长的紫菜，康熙《定海县志》卷十一记载："紫菜，生南海中，附石，色正青，取而干之则紫。初取，土人接成饼状，晒干货之，亦石衣之属也。" 可见至迟在康熙时期，宁波沿海居民已经做成圆饼形干紫菜了。

大圜上人惠紫菜、补陀茶，用山谷集中食笋韵

〔清〕厉　鹗

平生嗜读书，枵腹但贮菜。[①]
劳劳求益心，屡问市儿卖。
上人空味尘，[②]不羡万羊宰。
挂席割海云，衣色共难坏。
归来包倭纸，[③]偿我清净债。
香山供高禅，诗中费姜芥。
取用及斋盂，毋乃已伤介。
雷鸣候石鼎，[④]隽永堪一嘬。[⑤]
伴以梅岑春，[⑥]松涛洗余噫。
景纯赋已收，[⑦]鸿渐经未采。[⑧]

——选自厉鹗《樊榭山房集续集》卷七

【作者简介】

厉鹗（1692—1752），字太鸿，又字雄飞，号樊榭、南湖花隐等，祖上自慈溪迁居钱塘（今浙江杭州），遂为钱塘人。康熙五十九年（1720）举人，屡试进士不第。家贫，性孤峭。乾隆初举鸿博，报罢。著有《樊榭山房集》等。

【注释】

①枵腹：空腹。谓饥饿。 ②味尘：佛教谓六尘之一。谓饮食之五味能使人起贪欲而污真性，故谓味尘。 ③倭纸：明曹昭《格古要论》卷上："倭纸出倭国，以蚕茧为之，细白光滑之甚。" ④石鼎：陶制的烹茶用具。 ⑤嘬（zuō）：聚缩嘴唇而吸取。 ⑥梅岑：普陀山的别称。 ⑦这句指郭璞《江赋》中已经收录了紫菜。作者自注："紫菜见郭璞《江赋》。" ⑧鸿渐经：指陆羽《茶经》。

四明土物杂咏·薁[①]

〔清〕全祖望

紫绛以丛被，[②]荣晔有如织。[③]
试登伏龙山，[④]朱阳亦夺色。[⑤]

——选自全祖望《句余土音》卷中

【注释】

①薁（ruǎn）：即紫菜。全祖望自注云："定海昌国岸有之，出伏龙山者著名。"此语即出宋罗浚等《宝庆四明志》卷四："紫菜：《吴都赋》曰：'纶组紫绛。'注云：'紫菜。'郭璞《江赋》云：'紫薁荣晔以丛被。'注云：'薁，紫菜也。定海昌国海岸中有之，出伏龙山者著名。"此句语本《文选·郭璞〈江赋〉》："紫菜荧晔以丛被，绿苔鬖髿乎研上。" ②紫绛：语本左思《吴都赋》："纶组紫绛。"紫指紫菜，绛指绛草。 ③荣晔：《文选·郭璞〈江赋〉》作"荧晔"，注云："光明貌。"《宝庆四明志》卷四引作"荣晔"，全氏承袭之。 ④伏龙山：位于慈溪市龙山乡境内，因象巨龙赴海而得名。按，宋代时伏龙山尚属海中孤岛，清代则已涨为陆地。 ⑤朱阳：太阳。

象山杂咏（二十二首选一）

〔清〕倪象占

澄碧堂中野鹤群，[①] 影空瀛海四天云。[②]
沙头旧迹何人见，紫晕春生道士裙。[③]

——选自民国《象山县志》卷三十一

【注释】

①澄碧堂：元代著名道士吕虚夷在象山爵溪的堂名。见黄溍《澄碧堂记》。 ②瀛海：即大瀛海道院，在象山爵溪，为王一真所创，吕虚夷亦在此修道。 ③道士裙：紫菜的别名。

紫　菜

〔清〕朱绪曾

卧龙奋鬣起隆中，[①] 遗下纶巾大海东。[②]
风卷紫澜明组甲，[③] 出山小草亦英雄。[④]

——选自朱绪曾《昌国典咏》卷六

【注释】

①卧龙：指诸葛亮。奋鬣：形容奋发。隆中：位于襄阳城西，是三国时期著名政治家、军事家诸葛亮隐居的地方。 ②纶（guān）巾：古时头巾名。幅巾的一种，以丝带编成。相传为三国时诸葛亮所创，又称"诸葛巾"。 ③组甲：甲衣。用丝绳带联缀皮革或金属的甲片。 ④出山小草：小草原为中药远志苗别名。典出刘义庆《世说新语·排调》，参杨翰芳《感野菜》诗注。这里借指紫菜。

苔　皮

苔皮，又名绿云菜、青苔菜、石菜、绿紫菜，学名礁膜，为绿藻门礁膜科藻体。藻体为膜状，黄绿色或淡黄色，高达 15 厘米。生长在中潮带岩石上。生长盛期 4—5 月。产于嵊山、象山港。可鲜食，藻体遇到热水很快解体，有"下锅烂"之称，味极鲜美，做汤尤佳。或漂洗净晒成干品。倪象占《蓬山清话》卷十七云："苔结，美之者曰绿云菜，俗曰苔皮，产海浜沙上咸淡水交至处。似紫菜而色绿，干蓄之曰苔结。与紫菜异者，紫菜生食有味，此必沃以沸汤，加香料也。然紫菜不化，苔皮则圆如桃子大，即絮发溢碗，善入诸味，配以本地簠蟹子，尤绝品。此唯象山产，他县未之见也。"其实天然苔皮在他地多有分布，但象山港是我国天然浒苔和礁膜的重要产地，故历史上只有象山成为特产。礁膜性味咸寒，具有清热化痰、利水解毒、软坚散结的功效。

以绿云菜寄卢京甫奉寄[①]

〔清〕倪象占

组组纶纶卷复舒，遥缄一束附双鱼。[②]
且看柳汁调春絮，莫道莼丝胜晚蔬。
海月吐华沙有晕，鲸风作沸气方嘘。
凭君一缀凌云笔，石发溪毛定不如。

——选自倪象占《蓬山清话》卷十七

【注释】

①卢京甫：指卢镐。 ②双鱼：指书信。

次韵九山见惠绿云菜[①]

〔清〕卢　镐

碧海茫茫几卷舒，结成藻绘覆游鱼。
葱珩色拟拖文组，[②] 韭雨盘同剪夜蔬。
铁网来迟春欲老，苍虬向远气频嘘。
一囊叨自蓬山觅，欲补元虚才不如。

——选自倪象占《蓬山清话》卷十七

【作者简介】

卢镐（1723—1785），字配京，号月船，又号月舲，鄞县人。少时从史荣研究经史，又列全祖望门下。乾隆十八年（1753）举人，授平阳教谕，后丁外艰归，曾参与县志修纂。著有《月船居士诗稿》。

【注释】

①九山：倪象占。 ②葱珩：碧玉佩。文组：彩色丝带。

咏绿云菜

〔清〕郭传璞

象山濒海有苔，茸茸然蔓生埼壖间，濯浪叠厕，[①] 戾风媚罗，[②] 暴干中食，志称绿云菜者是也。色葱翠可爱，味亦鲜，土人呼为苔皮，与海藻、海罗诸种稍异，[③] 爰赋之。

有菜生海滨，嘉名授绿云。

弗随萍末飘，[4]讵傍荻根覆。
演漾柔同绵，[5]萦纡缛似绣。[6]
直理风梭梳，横丝浪縠扣。
蚬女攒髻依，虾姑敛裙僦。[7]
蒸以潮气浓，雾之烟葑厚。
朝云唾碧衫，飞燕石华袖。
芙蓉三变葩，璎珞九采糅。[8]
早宜楝子时，晚或菊花候。
万绺薄逾纸，五纮坚过鞣。[9]
石鳟纷爬罗，碕限肃逻守。[10]
善学阎敖泅，[11]惯能回纥齅。[12]
爰盈采绿襜，[13]更速去荼槈。[14]
藻偕南国湘，营让东门沤。
熬卤雪盈釜，曝阳花满构。
塞瓮团絮麻，入汤散肤腠。[15]
滑代莼丝牵，色混葱涤满。
山薯兼实庖，野蕻并充豆。
翠羽飏纷蕤，[16]青蚨竞市购。[17]
陟厘区种奇，[18]宣癣辟名谬。
馋涎太守垂，枯面释迦皱。
尔雅纶组疑，[19]细民搜采又。
馈贫逋纳租，茹素券臻寿。
兹利专丹山，[20]古时地属鄮。

——选自《红犀馆诗课》第三集

【注释】

①罽：用毛做成的毡子一类的东西。②戾风：在风中扭曲身子。③海罗：《初学记》卷二七引晋沈怀远《南越志》："海藻，一名海苔，或曰海罗，生研石上。" ④萍末：青蘋草头。⑤演漾：飘摇的样子。⑥萦纡：盘旋环绕。⑦僦：租赁。⑧璎珞：即璎珞藤。其子粒形似璎珞，故名。宋陶谷《清异录·草》："终南山出璎珞藤，软碧可爱，叶甚小，有子累累然缠固其上，真似璎珞。" ⑨五紽：指皮袄上的五个丝绳钮子。⑩逻守：巡逻守卫。⑪阎敖：楚国大夫，守那处(今湖北荆门东南)。周庄王九年(前688年)冬，楚与巴(今四川重庆北)联兵北上攻申(今河南南阳北)。阎敖因污辱巴国士兵而激怒巴军。巴军遂转而攻占那处，并一度进攻楚都郢城门。阎敖泅水逃回，被文王处死。⑫回纥：突厥的支分，中国古代北方及西北的少数民族。齅：同"嗅"。⑬襜(chān)：襜褕，古代一种短的便衣。⑭槈(nòu)：古同"耨"。荼槈：词义未详。⑮肤腠：指肌肤。⑯蕤：葳蕤，草木茂盛、枝叶下垂的样子。⑰青蚨：虫名。传说青蚨生子，母与子分离后必会仍聚回一处，人用青蚨母子血各涂在钱上，此钱用出后必会飞回，所以有"青蚨还钱"之说。因以"青蚨"称钱。⑱陟厘：一种蕨类植物。生池泽阴湿岩石上，一名石发。区种：谓按一定距离开沟挖穴，播入种子。⑲纶组：海草名。⑳丹山：在今象山，旧名蓬莱山，相传陶弘景曾在此修道炼丹。

咏绿云菜[1]

〔清〕陈致新

青青复青青，绿云异凡菜。
秀质雕蘼芜，[2]绮文缠玳瑁。[3]
滑拟波心莼，色异山螺黛。
暗翠三峡摘，空青九疑缋。[4]
栉风交氤氲，罨浪横叆叇。[5]
细作绛虆揉，[6]芬与紫蘛赛。[7]
既长能石缘，欲撷俟潮退。
凉暄发秋妍，华露濯春薆。[8]
瀹以笋汁鲜，菹之韭花碎。
叔苴或疑豳，[9]采葑讵同沫。[10]
下酒觞可浮，佐餐箸难废。
惜因知者希，坐使盛名晦。

——选自《红犀馆诗课》第三集

【作者简介】

陈致新，字鼎如，象山墙头人。诸生。著有《东桥诗草》。

【注释】

①此诗《四明清诗略》卷二十九误作陈汝谐(致新之子)诗。②蘼芜：草名。芎䓖的苗，叶有香气。③玳瑁：爬行动物，形似龟。甲壳黄褐色，有黑斑和光泽。④九疑：亦作"九嶷"。山名。在湖南宁远县南。《山海经·海内经》："南方苍梧之丘，苍梧之渊，其中有九嶷山，舜之所葬，在长沙零陵界中。"郭璞注："其山九溪皆相似，故云'九疑'。" ⑤罨：覆盖，掩盖。叆叇：云盛的样子。⑥虆：藤蔓。⑦紫蘛：紫蝴，即龟脚。⑧薆：草木茂盛的样子。⑨叔苴：收拾青麻。

叔，收拾。苴，苴麻。《诗·豳风·七月》：“九月叔苴，采荼薪樗。” ⑩葑：即蔓菁或萝卜。沬（mèi）：卫邑名。即牧野。在今河南淇县北。语出《诗·鄘风·桑中》：“爰采葑矣，沬之东矣。”

咏绿云菜

〔清〕王莳蕙

我乡卑潟居西沪，海错繁生集商贾。
寻常蜃蛤匪所奇，水菜如云压畦圃。
律回黍谷阳和生，①蕌苗菘甲咸勾萌。②
沿途纷郁亦蒸起，纤朵簇若松篁青。
挈伴潮回傍滩去，不用锄镰等搴絮。
村烟一色低相交，欲采转疑觅无处。
神龙灵气工吸嘘，堕涎腻入春簁苴。
不然天孙弃残锦，③翡翎剪碎芙蓉襦。
撷来拓晒红阳干，折叠成幅揉成团。
南涧蘋蘩讵堪拟，红鲻白蛤同堆盘。
冰铫鸣笙雪汤沸，④唾花软飐澄无翳。
清淡宜入高人餐，细咀东溟祥霱气。⑤

——选自《红犀馆诗课》第三集

【注释】

①黍谷：山谷名。在北京市密云县西南。又称寒谷、燕谷山。《太平御览》卷八四二引汉刘向《别录》：“传言邹衍在燕，有谷地美而寒，不生五谷。邹子居之，吹律而温，至生黍，到今名黍谷焉。” ②勾萌：草木发芽生长。 ③天孙：指传说中巧于织造的仙女。 ④铫：一种小锅。 ⑤霱（yù）：瑞云。

咏绿云菜

〔清〕欧景岱

非草非蔬列，嘉名纪客佥。
菁芜偕入咏，茅茹不须占。①
侧理裁新纸，②斜纹拓旧缣。③
铺茵疑鸭鸭，吞饵误鳒鳒。④
吐纳寒潮趁，葳蕤冷旭暹。⑤
暗丝抽荇发，倒瓣结莎髯。
蠡壳空青绾，⑥蜗涎细翠黏。
栉鬟烟琐碎，涤罽雨霡霡。⑦
龙沫葛蒲席，⑧蟾勾玳瑁帘。
夙根尘土剡，⑨逸致水风兼。
冻解虾须活，滩枯蟹脚箝。
斸原辞手斧，刈岂藉腰镰。
仙菌芝三秀，⑩王刍绿一襜。⑪
雾攒同蛎拾，腥杂未鱼嫌。
倘别金丝丽，还爬玉爪铦。⑫
趁墟售亥市，积架涸丁签。⑬
晓曝旸迎牖，春储火炙杴。⑭
饭宜尝豆䜴，羞合配齑醃。
酽和冰台糁，匀臠灶户盐。⑮
葱根聊共析，肉汁讵容烂。
味别瓠瓜苦，香参笋蕨甜。
晶莹留竹柏，淡泊寄针砭。
村妪驱荦易，邻渔索价廉。
卑微泥可屈，生养露匀沾。
海藻曾区异，溪毛漫戏拈。⑯
调羹搜上贡，集宴聚穷阎。⑰
蓄等禅厨洁，清符宦况餍。
品珍侪蕺腊，气浊哂鳀鲇。⑱
独擅江乡贵，谁翻食谱添。
絪氲天所酿，⑲仿佛土之潜。
把熟供元亮，⑳攙当续子瞻。㉑
待经秋潮后，弥望拟苍蒹。

——选自《红犀馆诗课》第三集

【注释】

①茅茹：茅根相牵连的样子。 ②侧理：纸名。即苔纸。晋王嘉《拾遗记·晋时事》：“侧理纸万番，此南越所献。后人言陟理，与侧理相乱。南人以海苔为纸，其理纵横斜侧，因以为名。” ③缣：双丝的细绢。 ④鳒：比目鱼的一种。体侧扁，呈卵圆形，不对称，两眼都长在左侧或右侧，有眼的一侧呈深褐色，无眼的一侧色淡，口大，齿尖。生活于海洋中，肉可食用。 ⑤暹：日升。 ⑥蠡壳：贝类的壳。加工成透明薄片，可装窗格。 ⑦罽：渔网。霡（lián）霡（xiān）：小雨连绵的样子。 ⑧龙沫：龙涎。 ⑨剡：割削。 ⑩三秀：灵芝草的别名。灵芝一年开花三次，故又称三秀。 ⑪王刍：植物名。菉草的别称，又名荩草。 ⑫玉爪：形容美人的指甲。 ⑬丁签：指系在书卷上作为标识，以便翻检的牙骨等制成的签牌。 ⑭杴（xiān）：同“锨”。 ⑮臠（luán）：古同“脔”。 ⑯溪毛：溪边野菜。语出《左传·隐公三

年》:“苟有明信,涧溪沼沚之毛。……可荐于鬼神,可羞於王公。”杜预注:“溪,亦涧也。毛,草也。” ⑰穷阎:偏僻的里巷。 ⑱鲼:《尔雅翼·释鱼》云:“鲼鱼谓之鲇鱼。” ⑲细氲:同“细緼”。形容烟或云气浓郁。 ⑳元亮:晋陶潜之字。 ㉑搴:拔取。子瞻:即苏轼。

肴馔篇

YAOZHUAN PIAN

玉版鲊次陆子亢郎中韵[①]

〔宋〕楼　钥

鲟黄不减鲸与鳣，[②]迎风鼓鬣喷腥涎。
渔人不顾浪如山，谈笑坐致扁舟前。
不钩香饵不得去，何用大网相索缠。
挥刀纷纭脔肉骨，巨口噞喁诚可怜。[③]
珍鲊万瓮不论钱，头颅万里赪行肩。
星郎日参玉版禅，[④]颇厌蔬食供盘筵。
尚书亲作孟宗寄，[⑤]坐觉匕箸生春妍。
却笑多事张茂先，[⑥]光怪异说空十年。

——选自楼钥《攻媿集》卷二

【注释】

①玉版鲊：元无名氏编纂《居家必用事类全集·己集》介绍其做法云："青鱼、鲤鱼皆可，大者取净肉随意切片，每斤用盐一两，腌过宿，控干，入椒莳、萝姜、橘丝、茴香、葱丝，熟油半两，橘叶数片，硬饭二三匙，再入盐少许，调和入瓶，箬封泥固。"四明地区的做法应该大体类似，但从楼钥诗看，其原料应为鲟鳇鱼。②鲟黄：即鲟鳇，为鲟鱼和达氏鳇两种鱼类的总称，成年鱼的体重可达1000公斤，是我国淡水鱼类中体重最大的鱼类。《宝庆四明志》卷四："鲟鳇鱼，极大而骨脆肉肥，亦可为鲊。"鳣：鲟鳇鱼的古称。但在楼钥笔下，鲟鳇鱼与鳣鱼有所区别。③噞（yǎn）喁（yóng）：鱼口开合的样子。④玉版禅：笋的别称。⑤孟宗寄：即孟宗寄鲊。《艺文类聚》卷七二引《列女后传》："吴光禄勋孟宗，为监鱼池司马，罢职，道作两器鲊，以归奉母。母怒之曰：'吾老为母，戒言唯听饮彼水；何吾言之不从也。'宗曰：'于道作之，非池鱼也。'母曰：'汝为主鱼吏，而获鲊以归，岂可家至户告耶？'乃还鲊于宗。宗伏谢罪，遂沉鲊于江。"⑥张茂先：张华字茂先，范阳方城人。官至司空。晋惠帝执政时期，八王之乱暴发，被赵王司马伦杀害。著有《博物志》。

即　事

〔宋〕赖　用

山低不碍月，屋小易编茅。
养拙依明主，安贫耻素交。
年丰酱菜少，冬暖活花梢。
可笑风林鸟，高枝定尔巢。

——选自钱翼衢《回浦诗录》

【作者简介】

赖用，号瞻山，宁海人。世次未详。著有《瞻山集》。

渔　子

〔清〕张　琦

风雨寻常有，空山负篱行。[①]
今宵动欢色，为母作鱼羹。

——选自张琦《白斋诗集》卷一

【注释】

①篱（lèi）：这里指鱼篓。

田叔作黄鱼羹见饷[①]

〔明〕沈明臣

最爱黄鱼白酒炊，公然一饱亦何为。
相过不用嗟难数，但愿年年五月时。

——选自沈明臣《丰对楼诗选》卷三十八

【注释】

①田叔：屠本畯之字。

螺　羹

〔明〕汪　坦

榆叶如钱柳叶齐，菠薐生菜青满畦。[①]
小铛正煮螺羹熟，檐外游丝拂面低。

——选自汪坦《盂斋集》卷十

【注释】

①菠薐：即菠菜。

西清阁望雨[①]

〔明〕杨承鲲

谷口沙田路，垂垂雨脚平。
行人湿欲到，归鸟急无声。
凉益流黄簟，香思白蒋羹。[②]
岩扉掩江水，长日卧西清。

——选自胡文学《甬上耆旧诗》卷二十二

【注释】

①西清阁：杨承鲲在甬城外老龙湾所建小筑翛园中的阁名。　②蒋：菰蒋，即茭白。

寄慧上人山居

〔明〕杨承鲲

密岩冰雪晴，[①]水石入天清。
古寺晚钟出，山家春雾生。
旧畦乌撒饭，新雨绿薹羹。
若共桓溪老，应知不世情。

——选自胡文学《甬上耆旧诗》卷二十二

【注释】

①密岩：当即蜜岩，在鄞州区章水镇蜜岩村。

柳下独酌怀叶、牧二生不至

〔明〕孙　鳌

钓船泊处晒渔蓑，夏木阴阴兴若何。
梅雨一江潮水满，柴门四月午风多。
盘餐独有青鱼脍，弦管还兼黄鸟歌。
二仲不来唯自酌，[①]东畴喜见插新禾。

——选自孙鳌《松菊堂集》卷十五

【注释】

①二仲：指汉羊仲、裘仲。《初学记》卷十八引汉赵岐《三辅决录》："蒋诩字元卿，舍中三径，唯羊仲裘仲从之游。二仲皆推廉逃名。"这里指叶、牧二生。

素馔款客

〔明〕陆　宝

园搜紫蕨鲜，沼撷青菰美。
胎玉笋无瑕，唇朱樱可比。
精糈如珠白吐光，[①]茶斟春岕豆花香。[②]
梅鲊萍齑称旨蓄，[③]槐芽饼熟点酥黄。[④]
层酒累肉有何意，清虚香积厨无异。
水沉添爇乳炉中，[⑤]手捻花枝答宾戏。[⑥]
桐阴覆瓦绿如烟，白袷风生倍爽然。[⑦]
坐中虽少弥天释，[⑧]味淡心空总是禅。

——选自陆宝《悟香集》卷十六

【注释】

①精糈：精米。　②岕：即罗岕茶，江苏宜兴所产名茶，主要特征是色白、味香。　③梅鲊：当指梅子制品。萍齑：以荇菜、莼菜等水生植物为主料加工而成的蔬菜。旨蓄：贮藏的美好食品。④槐芽饼：即槐叶冷淘。一种凉食。以面与槐叶水等调和，切成饼、条、丝等形状，煮熟，用凉水沥过后食用。　⑤水沉：用沉香制成的香。乳炉：冲天耳又称乳炉、乳足炉，以其足型突出三支，如乳头状，故称。该器两耳朝天，沟通天地，是敬天祭祀的礼器，任何神佛、书斋厅堂，此炉均宜。⑥捻：同"捻"。答宾戏：汉代班固有《答宾戏》中，以宾主问答的方式，阐明"立言"的价值，表达了对怀才不遇而发出的宣泄情绪。　⑦白袷：白色夹衣。旧时平民的服装。　⑧弥天释：指释道安大师。公元365年，道安应东晋襄阳大名士习凿齿邀请来到襄阳，在襄阳深居15年，创立佛教般若哲学理论体系。

谢宁学博惠鱼子、鲞

〔清〕谢泰宗

苜蓿斋头滋味长，阿侬鲑菜喜余粮。
腮含未化龙千种，鳞曝郇厨乙去芹。[①]
商祭味兼海物美，[②]鲊寒不数叠金浆。[③]

曾闻玉脍风如许，[4]好人盘游岂必鲂。[5]
薨物行须去远乡，作之宁必右鳍将。[6]
金齑夙擅江南美，[7]玉糁何如房鲊香。
缕若编珠风起粟，截如莹贝更如加。
士夫脯脍无兼味，[8]况胜淳熬八珍汤。[9]

——选自陈景沛纂《蛟川备志·诗文草创》

【注释】

①郇厨：唐代韦陟，袭封郇国公。性侈纵，穷治馔羞，厨中多美味佳肴。见《新唐书·韦陟传》。后因以"郇公厨"称膳食精美的人家。乙：燕子。《本草纲目·禽二·燕》："燕子，篆文象形。乙者，其鸣自呼也。玄，其色也。"燕子爱在芹地衔泥。 ②商祭：谓用干鱼祭祀。《礼记·曲礼下》："凡祭宗庙之礼，……脯曰尹祭，槀鱼曰商祭。"孔颖达疏："槀，干也；商，量也。祭用干鱼，量度燥滋，得中而用之也。" ③金浆：酒名。汉枚乘《忘忧馆柳赋》："于是罇盈缥玉之酒，爵献金浆之醪。"原注："梁人作藷蔗酒，名金浆。" ④玉脍：鲈鱼脍，因色白如玉，故名。 ⑤盘游：游乐。⑥右鳍：《礼记·少仪》："羞濡鱼者进尾，冬右腴，夏右鳍，祭膴。"意指献鲜鱼时鱼尾在前，冬天鱼腹向右，夏天鱼鳍向后。 ⑦金齑：指切成细末的精美食物。《太平广记》卷二三四引《大业拾遗记·吴馔》："收鲈鱼三尺以下者作干脍，浸渍讫，布裹沥水令尽，散置盘内，取香柔花叶，相间细切，和脍拨令调匀。霜后鲈鱼，肉白如雪，不腥，所谓金齑玉鲙，东南之佳味也。"宋祁《宋景文公笔记·释俗》："捣辛物作齑，南方喜之，所谓金齑玉脍者。" ⑧脯脍：佐酒的菜肴。 ⑨淳熬：古代八珍食品之一。《礼记·内则》："淳熬，煎醢加于陆稻上，沃之以膏，曰淳熬。"孔颖达疏："淳熬者，是八珍之内，一珍之膳名也。淳，沃也，则沃之以膏是也。熬，谓煎也，则煎醢是也。陆稻者，谓陆地之稻也。谓以陆地稻米，熟之为饭，煎醢使熬，加于饭上，恐其味薄，更沃之以膏，使味相湛渍，曰淳熬。"

桂开偶述柬笔山[1]（九首选一）

〔清〕郑　梁

铭存堂桂噪鄞城，鱼子盐齑满座惊。[2]
开谢十番宾主换，狂言欲发向谁赓。

——选自郑梁《寒村诗文选·五丁诗稿》卷四

【注释】

①笔山：范光阳之号。 ②铭存堂：鄞县人董允瑫（字在中）的堂名。作者自注："亡友董在中铭存堂桂甲于鄞城，癸丑花开，会饮其下者，仿谢家咏雪故事，各状一句，以资欢笑。经史诗文杂出，在中俱不契。时余在坐，最后举似曰：'一碗盐齑炒鱼子。'在中及坐客不觉拍掌。"

醉　蟹

〔清〕郑世元

万物有本性，顺之得自然。
一假以人为，无不失其真。
口食何足道，于味亦有天。
醓酱及菹脯，矫揉何如前。
东风吹庭柳，分老开芳筵。
春盘错错罗，醉蟹尤新鲜。
雌者黄腻壳，雄者螯肥坚。
芳香扑人鼻，我怀秋风边。
始知本质好，涉世随所便。
如人有良规，成就益见贤。
一物发吾叹，嗜欲真纷纷。
乞君好方法，归与山妻言。

——选自郑世元《耕余居士诗集》卷十六

尧堃主人作鱼生脍，[1]饮席上戏作柏梁体[2]

〔清〕谢佑琦

鸾刀纷纶玉不殊，[3]梅花细削雪花粗。
葱姜盐菂杂饼酥，[4]入口欲输何大夫。[5]
昨夜霜稌百草枯，布衾冷铁欺老臞。[6]
十年衣敝裘非狐，手脚冻皴唇裂肤。
主人晓起卯饮孤，[7]欢招朋侪谐燕娱。[8]
鱼生最美急叱厨，五十指头集仆姑。[9]
吞毡嚼雪胡为乎，[10]三田暖溢如琼酥。[11]
已胜火阁围红炉，那思秋风脍莼鲈。
主客起舞相叫呼，有官不异隐菰蒲。

——选自谢佑琦《侯涛山房吟草》卷三

【作者简介】

谢佑琦，字昆晖，号愬真，今镇海区人。补邑弟子员，工诗古文。舅氏邱铁香为广东海阳令，佑琦投靠之，为掌书记，遂以诗文名噪岭南。客广东四十年，郁郁不得志。年七十卒于广州旅舍。著有《候涛山房文草》《候涛山房吟草》。

【注释】

①鱼生脍：生鱼片。 ②柏梁体：又称“柏梁台体”。每句七言，都押平声韵，全篇不换韵。据说汉武帝筑柏梁台，与群臣联句赋诗，句句用韵，所以这种诗称为柏梁体。 ③鸾刀：刀环有铃的刀。古代祭祀时割牲用。 ④蒟：即蒟酱。一种用胡椒科植物做的酱，味香。 ⑤何大夫：西晋大臣何曾。 ⑥布衾冷铁：语本杜甫《茅屋为秋风所破歌》：“布衾多年冷似铁。” 老臞：年老瘦弱。 ⑦卯饮：早晨饮酒。 ⑧燕娱：宴饮娱乐。燕：通“宴”。 ⑨仆姑：即金仆姑。箭名。这里代指筷子。 ⑩吞毡嚼雪：汉武帝时苏武以中郎将出使匈奴，单于留不遣，软禁苏武于大窖中，绝其饮食。天雨雪，武卧啮雪，与毡毛并咽之，终不屈。事见《汉书·苏武传》。 ⑪三田：道家谓两眉间为上丹田，心为中丹田，脐下为下丹田，合称三丹田或三田。琼酥：酥酪的美称。

蛟川物产五十咏·醋溜鱼

〔清〕谢辅绅

请君入瓮味何如，[①]焉用湖头五柳居。[②]
宋五嫂羹谁得拟，[③]西门近日况无鱼。

——选自光绪《镇海县志》卷三十八

【注释】

①请君入瓮：典出唐张鷟《朝野佥载·周兴》：“唐秋官侍郎周兴，与来俊臣对推事。俊臣别奉进止鞫兴，兴不之知也。及同食，谓兴曰：‘囚多不肯承，若为作法？’兴曰：‘甚易也。取大瓮，以炭四面炙之，令囚人处之其中，何事不吐！’即索大瓮，以火围之，起谓兴曰：‘有内状勘老兄，请兄入此瓮。’兴惶恐叩头，咸即款伏。”本诗之瓮指菜瓮，盛菜的陶器。 ②五柳居：晋陶潜曾作《五柳先生传》以自况，文中云：“宅边有五柳树，因以为号焉。”这里指隐士之居。 ③宋五嫂羹：周密《武林旧事》记载：淳熙六年，宋高宗赵构登御舟闲游西湖，命内侍买湖中龟鱼放生，宣唤中有一卖鱼羹的妇人叫宋五嫂，自称是东京人，随驾到此，在西湖边以卖鱼羹为生。高宗吃了她做的鱼羹，十分赞赏，并念其年老，赐予金银绢匹。从此，声誉鹊起，富家巨室争相购食，宋嫂鱼羹也就成了驰誉京城的名肴。宋嫂鱼羹是用鳜鱼或鲈鱼蒸熟取肉拨碎，添加配料烩制的羹菜，因其形味均似烩蟹羹菜，又称赛蟹羹，特点是色泽黄亮，鲜嫩滑润，味似蟹羹。

蛟川物产五十咏·鱼脍

〔清〕谢辅绅

割罢银刀雪片如，不劳数典到王余。
较量粤海鱼生粥，[①]回首蓬池斫脍鱼。[②]

——选自光绪《镇海县志》卷三十八

【注释】

①鱼生粥：广州有名的小吃之一。主料是大米、鱼片、海蜇皮等，味咸鲜美。 ②斫脍：薄切鱼片。

历代四明贡物诗·鲒酱(汉贡)

〔清〕全祖望

汉家选百物，玉食来海错。
曲岸有孤亭，小鲒所依托。
其产良亦奇，两美交相着。
胎蟹充寄公，[①]珠蚌俨重郭。
本以一气生，而种类盍各。[②]
本以非族居，而异心不作。
有时或分甘，淡然泯争攫。
蚌答蟹为酬，蟹报蚌为酢。
盈盈太阴精，清气双喷薄。
乃命老鲛人，醢盐互斟酌。
蚌有白如脂，蟹有黄如臛。
合成五和酱，突过东海鲭。[③]
天子啖之喜，谓此殊不恶。
三斗虽无多，[④]所贵在精恪。
何时失其传，蛤蛎纷凑泊。
埼头千百瓮，齑齑不可嚼。[⑤]

——选自全祖望《句余土音》卷上

【注释】

①胎蟹：即豆蟹。笔者考证，鲒为海镜，豆蟹寄生于其中，鲒酱应为海镜肉酱。 ②盍各：各不一样。 ③鲭(cuò)：鲨鱼，古称鲛鱼。 ④三斗：指汉代贡献鲒酱的数量。许慎《说文解字》卷十

一"鲒"云:"蚌也。从鱼,吉声。《汉律》:'会稽郡献鲒酱二斗。'"段玉裁注云:"二斗,二字依《广韵》补,《广韵》斗误升。小徐本作三斗。" ⑤䤔(jiàn)㿵(rǎn):味薄。作者自注:"唐李后主《求蚌酱帖》谓酱以䤔㿵为戒。"

斋

〔清〕洪晖吉

讵比伊蒲馔,[1]清斋侍北堂。[2]
园蔬随分摘,野簌及时尝。
淡味天机洽,阴功物命长。
饭余趺坐久,心镜映虚塘。

——选自洪晖吉《听篁阁存草》卷一

【注释】

①伊蒲馔:斋供,素食。 ②清斋:古指士大夫家主妇居室,后以代称母亲。

无月不等楼·糟蟹

〔清〕陈得善

糟邱招邀到,[1]任公子、此乡濡首。[2]未灌醍醐,先餔醨酤,[3]佲仃漫愁瓿覆。[4]黄藉双螯,白浮一斗。底事沉酣,断送馋口。[5]羡解系、王彤来救。 落月长辞苇根走,入瓮几多时候。着醋香多,点虀汤俊,风味胜和饧酒。休嫌田家陋,谋共醉,夜灯呼妇。知否,七字换,[6]两尖团,吴兴守。

——选自陈得善《桐音词》

【注释】

①"糟邱"句:作者自注出处云:"杨万里《糟蟹赋》:'使营糟邱,义不独醒。'又《糟蟹》诗:'糟粕招邀到酒家。'《史记》:'原宪不厌糟糠。'" ②公子:即无肠公子,蟹的别名。濡首:语出《易·未济》:"上九,有孚于饮酒,无咎。濡其首,有孚失是。象曰:'饮酒濡首,亦不知节也。'"后以"濡首"谓沉湎于酒而有失本性常态之意。③餔:吃。醨:味不浓烈的酒。酤:当即"粕"。④佲仃:同"酩酊"。形容醉得很厉害。瓿:古代容器,用陶或青铜制成。覆:盖。 ⑤断送:发付。⑥七字:作者自注:"陈其年词:带糟紫蟹点虀鲜。"

二月十九日芦城庙礼拜竹枝词[1](八首选一)

〔清〕吕 铭

向晚留宾笑语谐,家家扫径预安排。
盘飧莫道无兼味,[2]为托慈云吃素斋。[3]

——选自《余姚六仓志》卷十八

【作者简介】

吕铭,字敬甫,余姚县人。晚清廪生。光绪二十四年(1898),曾修纂《吕氏宗谱》。著有《涤村稿》。

【注释】

①芦城庙:在余姚历山镇西首。农历二十九日为观世音菩萨生日,晚明以来浙东民间有盛大的"行礼拜"活动。 ②盘飧(sūn):盘盛食物的统称。兼味:两种以上的菜肴。杜甫《客至》诗:"盘飧市远无兼味,樽酒家贫只旧醅。" ③慈云:佛教称佛以慈悲为怀,如大云覆盖一切,故称。

荐 新

〔清〕虞清华

又际香粳熟,春来祀典陈。
瓜虀犹是旧,烹饪却翻新。
先泽弥增惕,浮生尚自珍。
凄凉添箸处,且莫问何人。

——选自王荣商《蛟川耆旧诗补》卷九

【作者简介】

虞清华(1854—1915),一名瑞铿,字希曾,号西津,又号补斋,北仑区大碶镇邬隘人。同治十三年(1874)诸生。热心乡里教育,与顾锡兰等请于县令,以灵峰寺香金分成,充作灵山学堂经费。卒年六十二,著有《补斋诗草》。

雁湖竹枝词[1](三首选一)

〔清〕李铭皓

渡江春色满横塘,[2]过客争留大菜房。
不重烹调重燔炙,个中异味请君尝。

——选自《借园吟社初集》

【作者简介】

李铭皓,字商山,鄞县人。清末借园吟社

社员。

【注释】

①雁湖:《嘉靖宁波府志·山川》云:“雁湖,(鄞)县东北三里,桃花渡北,颜公渠道南。”《四明谈助》卷三三云:“秋冬有群雁集此,因名。周围以丈计者四十有五。”其湖原在今江北区中马街道一带,今废。 ②渡江春:洋人开设的餐馆名。作者自注:“番菜馆名。”

馈蟹糊谢

戴斌章

深感故交食性谙,藉当美味佐微酣。

转惭我腹文章少,试□□篋膏液含。

——选自戴斌章《寒蝉秋鸣草堂诗稿》

附:

答车茂安书(节选)

〔晋〕陆　云

若乃断遏海浦,隔截曲隈,随潮进退,采蚌捕鱼,鳣鲔赤尾,鲲齿比目,不可纪名。鲙鰡鳆,炙鮆鯸,烝石首,臛鲎鲻,真东海之俊味,肴膳之至妙也!及其蜯蛤之属,目所希见,耳所不闻,品类数百,难可尽言也。

——选自《陆云集》卷十

醉蟹赞

〔明〕张如兰

世人皆醉,而我独醒者,灵均也;世人皆醒,而我独醉者,伯伦也;不肯以我之察察,而受物之汶汶,尧世者也;甘我之沉沉,而任物之皎皎,溷世者也。以汝之醉,苏我之醒。以其昏昏,使人昭昭。再饮再醉,举杯持螯。是谓蟹醉,解我宿醪。

——选自屠本畯《海味索隐》

鲒酱赋

〔清〕全祖望

吾乡贡物之最古者莫如鲒酱,近则以为常供,弗嗜也,并忘其为掌故中一种,爰赋之。

伊介族之绝奇,禀太阴之精髓。母以蚌而成筐,子以蟹而居里。琐鲒其名,悬埼其沚。山以之而受氏,亭以之而垂址。《说文》引《汉律》以成笺,《江赋》援《越志》以补史。班生所详,抱朴所纪,陶山、鄂州言之备已。盖尝推原先世,载之《周礼》。庖人蟹胥,青州最美。暨其中衰,浙东崛起,是固勾余之名产,而胡体物者之弗齿也?今夫鲒之为物,长不数寸,广不盈分,然而吞吐呼吸,上旁清旻,晦朔弦望,相为烟煴。是以淮王有胎蟹之目,《埤雅》夸珠蚌之珍。(《淮南》所云‘胎蟹应月’,即鲒也,蚌珠多出于鲒之大者。)三五而屈,三五而申,别字月蛣,盖非无因。合体有如榆荚,共生几疑孪人。行者求食,居者栖身。动者近智,静者近仁。乃缘二气而为互根,以两故化以一故神。深藏高蹈,绝类离群,在山之麓,在水之漘。斯其风味,固宜深醇。若其余子,尚难殚论。或依蛎房,或寄螺门。方兹稍劣,未敢弟昆。于是东部都尉,乃命渊客,乃底江村,取而醢之。蚌白擘裂,蟹黄涟沦,酿之汩汩,流之沄沄。参以紫蚢之属,投以淡菜之伦。膏爰其滑,糁取其匀。彼天然之五味,不假和齐斟酌而适均。遂贡大庖,上至尊,虽四方玉食之云集,未如此三斗之独陈也。嗣是以还,滨海之产,纷著《食经》,水族有簿,亥市惟腥。四腮之鲈,吴鲙之特,三月之鲎,晋鲊之菁,石首则有鱿类玉,章柱则有距如丁,王余皜素,社交缥青,琵琶之绶成帔,鹦鹉之螺作觥,鮆虽炎而可致,蛤遇酒而解酲,梅花之蛎,桃花之蛏,车螯吐晕,海月生明,峨惠文冠以骈附,枕新妇臂以沉冥,蚕三眠而虾鲞熟,稻再获而蚶车登,河豚以芦牙作偶,江鳐用荔子齐声。然而孰如此酱,首重南烹,其法最简,其格最清,其来最远,莫之与京。彼夫江南国主,以供明馨,惜其于法,有所未精。齧餢之患,是以兢兢。(见李后主《蚌酱帖》)嗟乎惟远故艰,惟少故贵。彼四十万夫之海错,唐政之荒何如。而五斤之鱼骨,宋德之俭可继。今是酱也,不复克鼎实之陈,竟下同齑盐之味。非失之奢,即伤于昧。聊染翰以摛词,庶不泯其资地。

陈藏器志寄居虫，一蟹一螺，乃蟹之附于螺者，与段成式合粤东人言"今万州有之"，《海物异名记》所云"蛎奴则蟹之附于蛎者"，予在海上亲见之。若《南越志》称蟹子合体共生，则大蟹之中包小蟹者，与《北户录》合，皆属鲒之别种。鄂州以蛎奴即为鲒，不知蚌之与蛎别也，尚未确。

——选自全祖望《鲒埼亭集》卷三

十洲春语（节选）

〔清〕姚　燮

月湖之船，仅有单划小舫，低篷侧版，湫溢不堪。近时城北舒氏仿吴式，制平顶酒船，篙舷雕缋，阑柱丹碧，羊灯悬幔，蠡屏障纱，茗碗香厨，琐事咸备，人称为舒家船。傍柳寻沽，载花觅月，有借以供游泛者。

院中肴席，多资于肆楼，漉汁调味，咄嗟立办。六簋八碟，干润并陈，谓之包桌。选芬剔腻，味以意需，谓之点菜。食品之俊，有骑马蛤、桃花螺、丁香螺片、鸳鸯冰鲜羹、风蝎丝、炙江珧、抱鳗、拌春虾圆、牡蛎羹、海瓜子、裙带鱼、荷叶鲳、金钱蟹之类。小食则以蚕纱饼、椒卷玉兰酥、芙蓉饺、水饺、苏叶饼、凫茨糕诸种为最佳。鲜能振肺，清可醒脾，凫割羊燂，转堪隶视。肆之著名者，东门街状元楼、大观楼，鼓楼前聚景楼、春和楼，灵桥门街义聚楼、临江楼，郡庙前聚贤楼，县署前聚胜楼，三法卿天乐楼，江东如松楼、三江楼，东门外叙金楼。

——选自姚燮《十洲春语》卷下

潘清渠

柴小梵

吾郡所食，鲜蕘介蛤，多于兽肉，菜馔名称，亦至特异。深究膳经者，尤往往自出机杼，烹鲜炰腌，为天厨所未有。潘清渠，邑中车厩人也，与半浦郑溱、余姚黄宗羲同事蕺山刘先生。甲申后，杜门却扫，不予户外事，一意园林饮食之奉，著有《饕餮谱》，言甘旨之事。予尝一见是书，首有潘自序，其品自水陆珍错，至瓜蓏菜蔬，凡四百一十二，有花炙比目、梅油豚、龙眼蹄膀、大脆羹、二脆羹、羊舌腊、童牛脍、鸳鸯鹑子、鹅掌汤、八宝兔、南炒熊掌、北煨熊掌、粉鸽、雁丝、盐麂儿、假猩唇、鲵鱼清汤、银鱼饼、鹅毛脡肠、乌鲗煤肚、彭越馄饨、蛤蜊炊饼、桃花土蚨炊饼等奇名，皆新颖，可入诗词。谱末附南雷一帖云："伻来，鹅毛脡汤、蛤蜊炊饼谨皆拜受。山斋火俭，至此殆若暴富。清河王八盘十五盏，何足道哉。阑胡煤肚，应将何制法，可宣示否？兹有蛸蛑粥一瓯，即以报答，以补食谱之阙。冲白。"

——选自柴小梵《梵天庐丛录》卷三十六

禽　行

柴小梵

禽行者，职庖厨之业，精割烹之术，称其类名也。俗称之曰厨师傅。……禽行有内行、外行之别。外行姑略不具论，内行有掌灶，有掌案。案有甲乙两种，甲曰红案，搭配菜码，明辨其畏忌反毒之性，密察其新鲜馁败之质，宜其精细，审其色臭。乙曰白案，凡蒸十茶点之类皆属之，有学徒，有打杂，此以艺术分职者也。曰小吃，曰便饭，曰零拆，曰全席，此以事功称能者也。晋、鲁、川、滇、豫、粤、苏、浙等省，食各有味道，菜各有拿手，人各有异，处处不同。

——选自柴小梵《梵天庐丛录》卷三十六

调味篇

TIAOWEN PIAN

盐

东汉学者许慎在《说文解字》中说："古者宿沙初作煮海盐。"相传宿沙氏是炎帝时代的部落，活动在今山东一带。"宿沙"的本意应该泛指生活在沿海地区的人。萧山跨湖桥文化遗址出土的黑光陶，发明了用食盐和黄铁矿作草木灰的助熔剂。从跨湖桥遗址出土的陶器表面涂有食盐判断，我国东南沿海的氏族发明制盐术远早于北方的宿沙氏。越国东临海滨，拥有丰富的盐业资源，有着长期的制盐经验。春秋时期，越国已经在杭州湾的滨海一带开辟盐场，并派专人负责其事。越部族谓"盐"为"余"，"余"发音为"涂"，"涂"字古作"嵞"，从余从山，既有涂泥中之山的意思，也包含有盐的意义。浙江最早以"余"冠首的古地名：余姚、余杭、余暨，表明这些地方都为越国的盐产地。汉时四明之地设有鄮县，《宝庆四明志》卷一《风俗》云："古鄮县乃取贸易之义，居民喜游贩鱼盐，颇易抵冒。"这说明西汉时期鄮县居民已习于"游贩鱼盐"。尽管六朝时浙江的盐业生产有较好的发展，但对于普通民众也说，盐仍是极为珍贵之物。相传齐时樵夫何昕来到大梅山，发现了石库，"得此仓盐少许，归与母食，白发再黑。"后人有《丹山图咏》诗云："石库藏书仓贮盐，食之其味多甘甜。"即咏其事。所谓盐味甘甜，自然是诗人的想象之词。但将盐这一物事予以仙化，只能说明当时盐还不是普通百姓普遍可以享用的调味品。现有的资料表明，唐以前的海盐生产确实是以渤海湾和黄河沿岸地带为重心，浙东一带的盐业在很长时期中缺乏区际意义。中唐以后，海盐生产在东海和南海岸，获得了空前的发展，这是和江南经济迅速发展的总步调相一致的。刘晏任盐铁使者时，在重要的产盐地点设置了四场十监，其中浙江独占三场六监。唐朝廷在越州设立兰亭监，管理越州的盐务。其下有官办的盐场5处，下辖余姚场即设在余姚的石堰(今属慈溪)。慈溪档案馆藏《沈氏家谱》记载："粤溯兹土，秦则海也，汉则涂也，唐则灶也。"既生动地说明了浙东三北海涂的淤涨变迁，也指出了唐代慈溪人民在沈师桥一带煎盐的事实，且盐丁以灶为单位进行编制。鄮县也开办大嵩盐场，故全祖望才有"鄮盐始唐代，大嵩尤所尊"的诗句。民国《四明朱氏支谱外集·物产》指出："盐：有泥、灰二种，灰盐晚出，骎骎乎夺泥盐而几欲绝之，然滋味终不及也。全谢山之大嵩盐，即吾乡泥盐也。"宋代浙东沿钱塘江口到杭州湾南岸，主要的盐场有7处，而石堰、鸣鹤二场的产量占全部7场的64%，其重要性可想而知。在盐的质量方面，如《宋史·食货志下四》所说："石堰以东近海水咸，故虽用竹盘而盐色尤白。"所以无论产量、质量，石堰、鸣鹤的盐都是首屈一指的。元明清时期，浙东盐业有了更大的发展，这里不再详述。

盐是古人用来食物防腐的主要手段，腌制食品的消耗量比较大。陈藏器《本草拾遗》中有"食盐"一条云："五味之中，以盐为主。"

论定了盐在烹饪调味中的核心地位。陈藏器还为盐辩护，批评陶弘景食盐损人说为不当言论，但事实上宁波滨海居民饮食偏咸，确实给身体健康带来了不小危害。元代孔克齐曾列举了四明地区偏咸的饮食对外地人的危害："咸物能害人。予避地四明，久知地卑湿，民多食咸，其病患者多疝气肾癞，或坠下如斗者，或大如瓜者，盖食盐腥所致。"汪汝懋在《山居四要》卷一《摄生之要》中说："东方之域，海滨傍水，民食鱼而嗜盐，鱼热中，盐胜血，故多病癰疡，治宜砭石。"他明确指出了滨海之民嗜食鱼盐与多病痈疡之间的因果关系。

收　盐

〔宋〕王安石

州家飞符来比栉，[1]海中收盐今复密。
穷囚破屋正嗟欷，吏兵操舟去复出。
海中诸岛古不毛，岛夷为生今独劳。
不煎海水饿死耳，谁肯坐守无亡逃。
尔来贼盗往往有，劫杀贾客沉其艘。
一民之生重天下，君子忍与争秋毫。

——选自王安石《临川文集》卷十二

【注释】

①飞符：急速传送的兵符。

灵上人丐盐求颂

〔宋〕释正觉

熬炼渠经几度难，炎炎炉鞴里头看。
可中皓色从来莹，直下沧溟吸得干。
力展家风排淡薄，妙将滋味破辛酸。
道人意满期归也，雪拥茅檐不觉寒。

——选自《宏智禅师广录》卷八

【作者简介】

释正觉(1091—1157)，俗姓李，隰州(治今山西隰省)人。得法于邓州丹霞山德淳禅师，宣和末出主泗州普照禅寺。建炎间历游舒州太平、江州圆通能仁、真州长芦禅寺。继主明州天童寺凡三十年，倡导"默照禅"，影响极大。谥宏智禅师。有《天童正觉禅师广录》传世。

端禅人丐盐求颂

〔宋〕释正觉

红炉焰里结冰霜，收拾侬家妙有方。
舌本要资云水味，鼻端相助蕨薇香。
扫归茅舍闲堆雪，坐照金盘净发光。
去去道人成底事，芳滋许我沃枯肠。

——选自《宏智禅师广录》卷八

传上人丐盐求颂

〔宋〕释正觉

濒海人居不事田，生涯清白是家传。
雷鸣山麓潮横雪，津出泥沙卤泛莲。
冰玉色承杀炼力，蕨薇滋藉合和缘。
舌头妙有圆通眼，[1]坐断丛林五味禅。[2]

——选自《宏智禅师广录》卷八

【注释】

①圆通：圆，不偏倚；通，无障碍。谓悟觉法性。　②坐断：占据，把持。五味：原来指酸、甜、苦、辣、咸五种味道。五味禅为一味禅的对称，圭峰宗密所倡，指外道禅、凡夫禅、小乘禅、大乘禅、最上乘禅。圭峰宗密认为禅有深有浅，阶级殊等，故将一切禅分别为分别为五种。这句谓舌头能够辨别五味，犹如悟觉法性的禅师能够辨别丛林的五味禅。

初至宁海(二首选一)

〔元〕黄　溍

缥缈蛟龙宅，风雷隔杳冥。
人家多面水，岛屿若浮萍。
煮海盐烟黑，淘沙铁气腥。
停骖方问俗，[1]渔唱起前汀。

——选自黄溍《文献集》卷一

【作者简介】

黄溍(1277—1357)，字文晋，又字晋卿，浙江义乌人。仁宗延祐间进士，任台州宁海县丞，累擢侍讲学士知制诰等职。著有《日损斋稿》《黄文献集》等。

【注释】

①停骖：停下马车。

丹山图咏(选一)

〔元〕佚　名

石库藏书仓贮盐,[①]食之其味多甘甜。
一条槎木二百尺,[②]光明夜照群山尖。

——选自黄宗羲《四明山志》卷五

【注释】

①石库藏书:传在鄞县之大梅山。原注云:“梅福曾宿此库,见书莫知其数。”黄宗羲补注引《高僧传》云:“昔梅福初入此山,见多龙穴,神蛇每吐气成楼阁,旁有石库,内贮仙药、神仙经籍。然大梅在东南之极,不宜置之山心。”仓贮盐:原注云:“齐时樵人何昕得此仓盐少许,归与母食,白发再黑,复往已失其所。” ②槎木:原注云:“又见槎木二十丈,横于山腹,常吐光明。”

蓬岛樵歌(一百十六首选一)

〔清〕钱沃臣

三旬伏热九秋霜,玉女三团起土忙。[①]
熬出仙盘明似雪,[②]咸齑也得过家常。[③]

——选自钱沃臣《乐妙山居集·蓬岛樵歌续编》

【注释】

①“三旬”两句:作者自注:“玉女溪旧场,今改为玉泉场,凡三团十六灶。旧聚团额:浦东仓,干门团;浦西仓,仇家山东团;下三仓,番头团。现煎团额:浦东团,四灶;浦西团,七灶;下三团,五灶,锅盘一十六副。……其法始于海涂刮土,既而积卤,终而熬波。刮土有三:曰伏土,刮于三伏时;曰菊土,刮于九月;曰霜土,刮于十月。《初学记》:三伏,曹植谓之三旬。” ②这句作者自注:“内三灶每灶蔑盘一面,余俱铁釜。蔑盘虽烈火不灼,俗称神仙盘。……元陈椿有《熬波图》。张融《海赋》:漉沙构白,熬波出素。积雪中春,飞霜暑路。” ③这句作者自注:“《独醒杂志》:范文正云:家常饭好吃。僧齐己、陆剑南诗往往见之。谚云:‘家有咸齑,不吃淡饭。家有贤妻,不招是非。’第二句不用韵,亦是奇格。俗以肴佐饭曰‘过饭’。《齐民要术》:鲤鱼脯过饭、下酒,极是珍贵。”

大嵩土物·大嵩盐

〔清〕全祖望

吾考古四盐,其种各以分。
散盐为最贵,于以调芳珍。
夙沙暨瞿氏,[①]未尝归国君。
已而征榷严,[②]计臣日有闻。
鄮盐始唐代,大嵩尤所尊。
洞天万壑流,尾闾归海滨。[③]
酝膏为素雪,津液甘且醇。
木生夸仙味,[④]不死有所忻。
大嵩接大梅,正属一气甄。
将无水精中,或有灵种存。
我生不语怪,一卷亦犹人。[⑤]
唯有太白茶,[⑥]切莫以此闻。

——选自全祖望《句余土音》卷中

【注释】

①夙沙:古部落名。在今 山东胶东地区。《世本·作篇》:“夙沙氏煮海为盐。”瞿氏:瞿子。《困学纪闻》引《鲁连子》云:“宿沙瞿子善煮盐。” ②征榷:谓国家征收商品税与官府专卖。 ③尾闾:古代传说中泄海水之处。《庄子·秋水》:“天下之水,莫大于海,万川归之,不知何时止而不盈;尾闾泄之,不知何时已而不虚。”成玄英疏:“尾闾者,泄海水之所也。” ④木生:木华字玄虚,广川(今河北景县)人。西晋辞赋家。《丹山图咏》托名为木华撰。 ⑤卷(juàn):有底的囊。《说文》:“卷,囊也。今盐官三斛为一卷。” ⑥太白茶:今北仑区太白山出产的茶叶,在宋代已有名气。

盐田行

〔清〕陈　仅

海人课晴不课雨,海人耕水不耕土。
潮来分汊行,潮回穿浍贮。
高筑方田低积卤。
一日晴而坚,而燥捶土平。
二日晴而输,而灌聚水盆。
三日晴而扫,而获盐功成。
但见突兀空中横,城边礴碌东风吼。[①]
只恐雨来坏畎亩,女子畚掮男箬斗。[②]

行盐使者田间走，引航括鹻烈日中，[3]
辛苦亦与农夫同。
所喜四时有秋贪天功，
征三剩一更望官府公。

——选自《四明清诗略》卷十九

【注释】

①礴碌：即碌礴。碾压用的农具。 ②畚搧：盛土和抬土的工具。箭：同"筒"。 ③航（gǎng）：盐泽。括鹻（jiǎn）：刮敛含盐卤的浮土，用以淋水煮晒食盐。

姚江竹枝词（选一）

〔清〕翁忠锡

淋碱取卤曝茅檐，[1]莲子三枚象卦占。[2]
灼火不焦煎不沉，最奇绝是篾盘盐。[3]

——选自《姚江诗录》卷四

【注释】

①淋碱取卤：古代的取卤技术。《嘉泰会稽志》："以海潮沃沙暴日中，日将夕，刮卤聚而苫之。明日又沃而暴之。如是五六日乃淋硷取卤。" ②莲子三枚：古代的验卤技术。《嘉泰会稽志》："然后试以莲子。每用竹筒一枚，长二寸，取老硬石莲五枚，纳卤筒中。一二莲浮或俱不浮，则卤薄不堪用，谓之退卤。莲子取其浮而直。若三莲浮则卤将成，四五莲浮，则卤成可用，谓之足莲卤，或谓之头卤。然石莲试以卤取最后升者为足莲，足莲乃可验卤。有无足莲者，必借人已验莲卤较莲之轻重为之，然后为审。"这句作者自注："盐舍以三莲子试卤，三莲俱横浮，谓之足莲卤。" ③篾盘：宋施宿《嘉泰会稽志》："编竹为盘，盘为百耳，以篾悬之，涂以石灰，才足受卤燃烈焰中，卤不漏而盘不焦灼。一盘可煎二十过。"

石步竹枝词[1]（三首选一）

〔清〕叶兆翔

聚族群居山之隈，白云深处竹篱开。
前江估客乘潮返，后海鱼盐入市来。

——选自《石步志》

【作者简介】

叶兆翔（？—1793?），字二韩，号凤占，余姚石步人。参试不利，爱语溪山水之胜，遂托名卖药其间，别构二韩草堂。晚年归里。著有《二韩草堂诗集》。

【注释】

①石步：村名，位于今余姚市三七市镇北部。

和叶艾庵白湖竹枝词[1]（三十首选一）

〔清〕姚朝翙

运河西折是双河，[1]问道今年税若何。
灶户齐夸囤卤足，今年税比往年多。

——选自姚朝翙《和叶艾庵白湖竹枝词》

【注释】

①这句作者自注："运河转西有双河桥，慈、余自此分界煮盐，姚人居多。"

海村竹枝词（十首选一）

〔清〕潘　朗

草茅团作酒家帘，盐舍低垂一捻尖。[1]
人傍酒帘赊一楹，肩头指有水精盐。

——选自《姚江诗录》卷四

【注释】

①一捻：一点点，可捻在手指间。形容小或纤细。尖：指尖。 ②一楹：楹为古代计算房屋的单位，一说一列为一楹，一说一间为一楹。

骆驼桥村竹枝词（五十首选一）

〔清〕盛钟襄

负贩从来仅自由，卖盐过此划鸿沟。
分明一样家常物，才隔河桥价便优。[1]

——选自盛钟襄《溪上寄庐韵存》

【注释】

①篇末作者自注："村人食盐，以桥为界。慈盐由官局运销，故较镇盐之价为昂。"

山北乡土集·煎盐

〔清〕范观濂

刮溜搴泥煮海潮，[1]卤船装到舍分条。
盘中看尔成霜雪，差慰人当六月烧。

——选自王清毅《慈溪海堤集·外编》

【注释】

①刮溜搴泥：即淋碱取卤。

醋

醋，古称“酢”“醯”“苦酒”等。食醋是以曲作为发酵剂发酵酿制而成的传统液态调味品。东方醋起源于中国，酒醋同源，因此凡是能够酿酒的地方，一般都具有酿醋的能力。周王室中已有了“酢人”，专管王室中酢的供应。南北朝时，食醋的产量和销量都已很大，其时的名著《齐民要术》曾系统地总结了我国劳动人民从上古到北魏时期的制醋经验和成就，书中共收载了22种制醋方法，这也是我国现存史料中，对粮食酿造醋的最早记载。由于原料、工艺、饮食习惯的不同，各地醋的口味相差很大。

在唐代明州学者陈藏器《本草拾遗》中，以原料不同，分为果醋、糟醋和米醋，醋不仅用于饮食，且在医疗上有着广泛的用途，并指出：“多食损筋骨。然药中用之，当取二三年米酢良。”此所谓“米酢”即米醋。五代日华子亦云：“米醋功用同醋，多食不益男子，损人颜色。”但宁波地区酿醋的文献出现较迟。开宝六年(973)有明州“官自造醋沽卖”的记载，城区的醋务桥因此而得名。南宋时明州在灵桥门外设东醋库，在美禄坊酒务之东设西醋库。近现代象山岑晁醋酿造精良，蜚声浙省。醋在中国菜的烹饪中有举足轻重的地位，常用于溜菜、凉拌等。五代日华子明确指出：醋能“杀一切鱼肉菜毒”。

醋　叹

杨翰芳

云从赠醋一坛。云从殁后才至。

象山醋，卓吾郡，精秫良媒施善酝。

陈硃一村尤著名，[1]后来习化区不问。

陈者邑玄味尤高，[2]以甘胜酸同醇醪。

酿厚不滓远人珍，[3]土著食惯犹贪饕。

吹沙弹涂烹必用，沽酒韭牙调藜蒿。

盐豉舍此不为和，筵上莫轻揾霜螯。[4]

沈郎爱师饴师口，移友所赠我厚厚。

封识既毕托人携，[5]未到尖埼郎不寿。[6]

情嘉物懿似虚悬，[7]临风教余何以受。

作书传谢不能通幽冥，饮此直须弹琴后。

何况中途老餮欺人亡，偷窃过半诡颠僵。[8]

一滴吾将生一泪，何为漫然盗琼浆。

沈郎沈郎汝知否？吾恐生泪今未尝。

君不见，羊鼻公，[9]嗜醋芹，君恩特设气氤氲。

又不见，崔弘度，[10]长安谣，宁饮三升醋。

又不见，货殖家，[11]夸豪富，醯酱千缸人争售。

酷吏吾曹固不为而唾弃，富贵功名亦不易。

侧足搔头风尘中，[12]宽坦只有渔樵地。

渔樵地，乐吾志。呼我友，守我义。

山居郊居皆如意。

星零不得相始终，风雪故山谁与宫。

——选自《杨霁园诗文集》

【注释】

①陈硃：即岑晁，在今象山县贤庠镇。该村北边有两座相立小山，东为岑山，西为晁山，村因此而得名。岑晁米醋历史悠久，远近闻名，民间向有“金华火腿龙泉剑，舟山酱油岑晁醋”之说。岑山、晁山脚下有9口井，适合做醋有3口，其中山北麓大洋井水质最佳。两山附近生长着大片桐子树和黄金柴，为民间药用之料。岑晁人摸索出取大洋井水作水源，摘桐子树叶包裹糯米团，采黄金柴嫩叶覆盖米料的独特酿醋工艺。因柴树旺长期在夏季，故米醋酿造也选在农历五月至九月。一年只酿一次，从投料、糖化、发酵、压榨、配兑成品前后需要110～120天。在中断四十年后，今已恢复生产。 ②邑玄：疑有误字。审其意，义为“玄妙”。 ③不滓：不黑。滓，同“缁”。 ④揾：蘸、浸。 ⑤封识：封缄并加标记。 ⑥尖埼：今作瞻崎，在今鄞州区。 ⑦物懿：物美。 ⑧颠僵：跌倒。 ⑨羊鼻公：唐太宗对魏征的戏称。旧题唐柳宗元《龙城录・魏征嗜醋芹》：“有日退朝，太宗笑谓侍臣曰：‘此羊鼻公，不知遗何好而能动其情？’侍臣曰：‘魏征嗜醋芹。’” ⑩崔弘度：字摩诃衍，博陵安平(今属河北)人，隋文帝时为太卿。为人严刻，长安为之语曰：“宁饮三升酢，不

见崔弘度。”见《隋书·酷吏列传》。 ⑪货殖家：商人。 ⑫侧足：置足，插足。

食 油

食油是指在制作食品过程中使用的动物或者植物油脂，在烹饪过程中，具有传热、改善菜肴的色泽、增加营养成分等作用。

我国在汉代以前人们食用的油均为动物油，称为“脂”“膏”。植物油的获取约始于东汉，刘熙《释名·释饮食》就有“柰油”。三国时期，人们已大量使用芝麻油了。据北魏贾思勰《齐民要术》记载，当时已把芝麻油、荏子油和麻子油用于饮食烹调上。唐代陈藏器《本草拾遗》称芸薹“子，压取油傅头，令人发长黑”，说明盛唐时已经知道芸薹子含油较高，但经压取法获得的油，用来美容，而非用于饮食。宋代以来，常见的用以炒菜的植物油有大豆油、菜籽油、芝麻油、棉籽油。北宋寇宗奭所著《本草衍义》，其中炒料压榨制油的雏形已出现了，而且进而知道用煎炼方法可以改进油的品质。南宋时期油料作物开始大面积推广。《天工开物》中“膏液·油品”，详细记述了各种植物种子的出油率和造油法，基本具备了现代食用植物油的种类及造油法。

宁波的油料作物记载较迟，可能自南宋中叶以来就有了油菜栽培，明清县志皆有油菜的记载。《成化郡志》又载大豆（黄豆）名“油豆”。清初黄宗会的《秋望》诗提到了四明山中乡村的秋日榨油之声。

秋望（三首选一）

〔清〕黄宗会

梧桐疏雨滴新晴，断岫连云势未平。
柿暗寒村蒸曲候，[1]秋高寒坞榨油声。
崚嶒病骨塘蒲晚，突兀浮名落叶轻。
却笑当时湖海气，谁令褎手看秋耕。[2]

——选自《缩斋诗文集》

【注释】

①蒸曲：制作酒曲。 ②褎：古同“袖”。

收菜子

〔清〕谢景昌

种菜结成子，取子滴成油。
子收今岁夏，菜种去年秋。
我家老孙子，膏馥满南楼。[1]
问渠何能然，云从地力求。
若有负郭田，胡不及时谋。
晨兴呼僮仆，理檝问耕牛。[2]
冬月与三春，污邪竭窭篝。[3]
时至各往获，丰俭远不侔。
抚几重太息，吾非老农流。

——选自姚燮编《蛟川诗系》卷十四

【作者简介】

谢景昌，字大周，镇海县城（今属镇海区）人。谢泰宗之子。长补诸生，文受姜宸英等名流的称赏。曾集合同族兄弟二十余人至梓山，举办续星椒社，被群推为领袖。康熙十八年（1679），家中发生大火，独抢救先人遗集于灰尘中。卒年七十二。

【注释】

①膏馥：脂膏的香味。 ②理檝（jí）：同“理楫”。谓举桨行舟。 ③污邪：地势低下的田。语出《史记·滑稽列传》：“瓯窭满篝，污邪满车。”窭：瓯窭，狭小的高地。窭篝：谓高地上收获的谷物盛满篝笼。

菜花（四首选一）

〔清〕施英楷

名园花事日勾留，谁识郊原花更稠。
三月风光如中酒，一年生计卜南油。
从无小朵供簪鬓，尽有连茎压担头。
随意相看看不足，满山落日送归舟。

——选自《鄞城施氏宗谱》卷七

山北乡土集·菜子

〔清〕范观濂

二月春田菜蕻长，旋看麦绿菜花黄。
翠条攒荚含纤子，油趁南风到处香。

——选自王清毅主编《慈溪海堤集》

酱

酱是以豆类、小麦粉、水果、肉类或鱼虾等物为主要原料，加工而成的糊状调味品。它起源于中国，有着悠久的历史。《周礼》中已有“百酱”之说，酱的制作发明，就该在周之前。酱刚开始并非作为调料，而是作为一种重要的食品而诞生的。从《周礼》中的记载到《礼记》中的记载看，酱的作用出现了很大的变化，从主要的配食品变成了很具体的调味品。五代日华子说：“酱，无毒。杀一切鱼肉、菜蔬、蕈毒。”可见其在烹饪上的重要作用。随着酱制作工艺的进步，后来制酱之法也用于烹制其他非佐料菜肴，逐渐发展出一种烹调菜肴的方法，即酱法。南宋释大观《酱地记》云：“酱，味之帅也，众蔬受制焉，不得则不食。”到了明朝，豆酱的生产更为发展，而鱼、肉制酱则日渐被淘汰。制酱的技术亦普遍流传于城乡劳动人民之间。一般人家入了伏就要做酱，栗红色的油亮鲜香的酱是在烈日炎炎的伏天里晒成的，被称为“伏酱”。常见的调味酱分为以小麦粉为主要原料的甜面酱，和以豆类为主要原料的豆瓣酱两大类。

西沪棹歌(一百二十首选一)

〔清〕姚　燮

纷纷青紫蟹爬沙，对对雌雄鲎入笆。[①]
净漂春糟糟白鳊，[②]匀调伏酱酱黄花。[③]

——选自民国《象山县志》卷三十二

【注释】

①这句作者自注：“鲎来必以雌雄成对，沪涂插竹为笆以取之，名曰鲎笆。” ②白鳊：即银鲳。作者自注：“鱼名，形似鲳而大。” ③黄花：作者自注：“黄花鱼即石首鱼之小者，二三月间有之。”

清湖十胜[①]·归渔晚市

〔清〕张开熺

街之西，每晚渔舟来集，如归市然。
舟舣归渔柳岸边，笭箵晚市列味鲜。[②]
米柴酒酱鱼虾换，呼爨残阳网挂烟。

——选自〔清〕张宗禄纂、张统镐续纂《清湖小志》卷七

【作者简介】

张开熺，字韵伯，镇海区骆驼街道清水湖村人。

【注释】

①此诗作于民国十九年(1930)。 ②笭箵：即笭箵，渔具的总称。亦指贮鱼的竹笼。

豉

豆豉是我国传统发酵豆制品。它以大豆等为主要原料，利用毛霉、曲霉或者细菌蛋白酶的作用，分解大豆蛋白质，达到一定程度时，加盐、加酒、干燥等方法，抑制酶的活力，延缓发酵过程而制成。豆豉的种类较多，按加工原料分为黑豆豉和黄豆豉，按口味可分为咸豆豉和淡豆豉。

豆豉约创制于春秋、战国之际。《楚辞·招魂》中有“大苦咸酸”之语，王逸注云：“大苦，豉也。”但洪兴祖补注却认为：“此所谓大苦，盖苦味之甚者耳。”《史记·货殖列传》中始见明确的豆豉记述。古代称豆豉为“幽菽”，汉代刘熙《释名·释饮食》中誉豆豉为“五味调和，需之而成”。公元二至五世纪成书的《食经》一书中已有“作豉法”的记载。豆豉一直广泛使用于中国烹饪之中，主要供调味用。

宁波地方文献中豆豉的出现较迟。唐代陈藏器《本草拾遗》中曾应用盐豉治疗疮疡，又提到用大豆作豉，性极冷。南宋楼钥《亡妣安康郡太夫人行状》记载，在建炎之乱中，汪氏在避寇中，“有馈以豆豉者，其甘如饴”，说明当时豆豉也是民间常见的食品。元代时，奉化人戴表元还从友人处学得暑天制作豆豉的方法。

食　淡

〔元〕戴表元

世乱谋生拙，村深食淡能。
沙蔬羹白煮，山稻饭红蒸。
暑豉方传友，寒糟共学僧。

庖厨尚如此，未叹室生冰。

——选自戴表元《剡源文集》卷二十九

盐　豉

〔清〕周嗣升

盐豉荒厨莫笑贫，[①]庾郎三九佐清新。
此中料理君知否，[②]半是香甘半苦辛。

——选自全祖望编《续甬上耆旧诗》卷六十一

【作者简介】

周嗣升，字长如，一字虚舟，鄞县新庄人。少有诗名，中年目翳，口授不倦，一生作诗万余首，多感怀丧乱之音。

【注释】

①盐豉：即豆豉。　②料理：即菜肴调味品。

初夏感兴（二首选一）

〔清〕宗　谊

放笔摩须倦稍伸，薄糜咸豉晚凉新。
有何排解尝悲愤，多却吟哦自苦辛。
风正养槐花未落，雨重洗竹粉才匀。
看农布谷还栽芋，一笑先生是废民。

——选自宗谊《愚囊汇稿》卷二

书怀用剑南诗韵[①]

〔清〕卢以瑾

我本升平一逸民，久甘蠖屈不求伸。[②]
吴盐蜀豉家常饭，老带庄襟自在身。
无句堪寻辜负酒，有衣可典莫言贫。
何年买得三弓地，[③]遍种荼蘼殿暮春。[④]

——选自《四明清诗略》卷二十四

【作者简介】

卢以瑾，字允达，号子菁，鄞县人。监生，著有《盟鸥榭诗稿》。

【注释】

①剑南：指南宋诗人陆游。　②蠖屈：喻隐居不仕。语本《周易·系辞下》："尺蠖之屈，以求信(伸)也。"　③弓：丈量土地的计量单位，一弓为五尺。　④荼蘼：即荼蘼。蔷薇科落叶小灌木，暮春时开花，有香气。

蜂　蜜

蜂蜜是由蜜蜂采集植物蜜腺分泌的汁液在蜂巢中经充分酿造而成，主要作为营养滋补品、药用和加工蜜饯食品及酿造蜜酒之用，也可以代替食糖作调味品。中国是世界上较早驯化蜜蜂的国家之一，早在汉代蜂蜜已作为普遍的饮品。

在人工养蜂之前，宁波人民食、药用的蜂蜜主要来源于野生蜜蜂。早在晋代，浙江永嘉人民已经采用了桶养式人工养蜂技术，但并未在浙东一带推广开来。直到唐代，四明人食用的主要还是野蜜，这有孟浩然在余姚龙泉寺所作"傍崖采蜂蜜"诗为证。陈藏器《本草拾遗》讨论了蜂蜜的产地，他说："北方地燥，多在土中，南方地湿，多在木中，各随土地所宜而生，其蜜一也。崖蜜别是一蜂，如陶所说，出南方岩岭间，生悬崖上，蜂大如虻，房著岩窟。以长竿刺令蜜出，承取之，多者至三四石，味酾色绿，入药用胜于凡蜜。……今云石蜜，应是岩蜜也，宜改为岩字。甘蔗石蜜，别出《本经》。"但商人之类也享用人工养蜂所产之蜜。唐代明州的海滨地带多有盐商出没，咸通二年(861)九月，日本头陀亲王乘船泊于明州石丹岙，就见到有数十盐商，盐商向亲王献上"土梨、柿、甘蔗、白蜜、茗茶等数般"。这里的"白蜜"，就是结晶蜂蜜。陈藏器提到蜜蜂因采集的蜜源植物不同，所酿蜂蜜亦呈现颜色的差异，如黄连蜜色黄味苦，乃"蜂衔黄连花作之"，梨花蜜"色白如凝脂，亦梨花作之"，明显不同于"味酾色绿"的崖蜜。

至迟在南宋中叶，四明地区已开始人工养蜂。楼钥《天寒割蜜房》诗就写道："山居收课蜜，檐外割蜂房。"郑清之《乍晴观蜂房戏占》也写道："蜜蜂家计千头奴，日并花课供蜜租"。他们还专门雇有园丁管理蜂群，割蜜的时候常有士大夫亲自到场。当然，养蜂业在四明的农业经济中仅仅是一种新的点缀，有限的生产主要是用来满足士大夫家庭的日常之用和药用。但这种需求，使人们加深了对有益昆虫蜜蜂的认识。关于蜜蜂的生物学形态及其习性，浙东诗人也多有涉及，如郑清之云："粉红黄白各本色，拥肿双脚尻为车。"已经观察到了工蜂特异化后足上的花粉筐。郑清之所谓"方春乳房涌金屋，子弟分王遣之国"，显然是指春天的分蜂。郑清之还指出乌蜂是蜜蜂的敌害。他所说的"乌蜂"当即抹杀蜜蜂盗食蜂蜜的膜翅目昆虫胡蜂，为夏秋季山区蜂场的主要敌害。宋末元初的戴表元则认识到割蜜不宜太多，必须"存蜜"以"补蜂粮"。如果说以上对蜜蜂的生物学认识还未超出王禹偁、罗愿的水平，那么戴表元的《义蜂行》则代表了最新的进展。戴表元是在亲访某山翁后写下《义蜂行》的，一开头就说明山翁是以养蜂为职业的，称得上是四明山区的养蜂专业户。他通过长期的饲养实践，对蜜蜂的生活形态有相当的了解。诗中描述了蜂王以及秩序井然的蜂的"社会组织"，侍从蜂轮流向蜂王献上珍奇的王浆、香甜的蜂蜜，工蜂严密保卫蜂王的安全。当戴表元访问山翁之时，适值蜂王遇害暴卒，致使"群蜂仓皇迷所适，谒走欲死声呀呀"。现代的观察研究证实，蜂王意外地死去，工蜂们会"全家"举哀，接连几天，蜂房里发出悲切的"呜咽声"。戴表元的这首诗描写蜜蜂的生活习性，细致贴切，符合现代生物学家的描述。元明清时代，宁波地区小规模的养蜂活动从未中断，寺院如宝华寺、宝岩寺都曾以养蜂为副业，这当与寺院环境良好，无租税困扰有关。清人谢泰定《蛟川形胜赋》就述及镇海出产蜂蜜，康熙《定海县志》卷十一亦云："山间人多以橘蓄之，一岁二割。"镇海是柑橘的重要产地，蜜蜂采集柑橘花蜜酿出的蜂蜜，色浅香浓，口感甜润，深受大众的欢迎。

天寒割蜜房[1]

〔宋〕楼　钥

场圃功初毕，[2]天寒乐岁穰。[3]
山居收蜜课，[4]檐外割蜂房。[5]
弱羽依晴日，纤腰怯晓霜。
铅刀开户牖，[6]棘匕荐甘香。[7]
作室何时再，趋衙未用忙。[8]
百花辛苦处，今日为君尝。

——选自楼钥《攻媿集》卷十二

【注释】

①蜜房：蜜蜂的巢。此诗的题目本于杜甫《秋野》诗："风落收松子，天寒割蜜房。" ②场圃：指收获等农事。③穰：庄稼丰熟。④蜜课：犹言蜜税。谓蜂之酿蜜，如向养蜂者输税。⑤蜂房：蜜蜂用分泌的蜂蜡造成的六角形的巢，是蜜蜂产卵和储藏蜂蜜的地方。割蜂房：旧法养蜂的取蜜法，把蜂巢中储存蜜的部分用刀割下来。⑥铅刀：铅制的刀。铅质软，作刀不锐。⑦棘匕：棘木所制之勺。⑧趋衙：谓群蜂簇拥蜂王飞集，犹如旧时吏员赶赴衙参。

闲中口占数绝·园丁去乌蜂[1]

〔宋〕郑清之

见说乌蜂不采花，群飞啄蜜喙如鸦。
虽然冗食真堪汰，笑语园丁且放衙。[2]

——选自郑清之《安晚堂集》卷八

【注释】

①乌蜂：膜翅目昆虫胡蜂，抹杀蜜蜂盗食蜂蜜，为夏秋季山区蜂场的主要敌害。②放衙：退衙。

乍晴观蜂房戏占

〔宋〕郑清之

蜜蜂家计千头奴，日并花课供蜜租。
粉红黄白各本色，拥肿双脚尻为车。
采花归来不知数，一一到门如合繻。[1]
方春乳房涌金屋，子弟分王遣之国。
广轮处处成甘州，[2]馋口呀嚅不遗力。[3]
蜜脾割尽封蜡肤，毕岁辛勤用谋食。
秋深冬早未见春，嗅芳咀华来藻蘋。
酿成糇粮香满室，[4]日日饱衙知爱君。
问谁食蜜还主臣，[5]阜财富国今何人。

——选自郑清之《安晚堂集》卷十

【注释】

①繻：汉代出入关隘的帛制通行证，上写字，分为两半，出入时验合。②广轮：广袤。指土地

的面积。③哜(jì)嚅(rú):谓品味。④糇粮:干粮,食粮。⑤主臣:君臣。

顿寒怀单祥卿教谕,时新开酒禁

〔元〕戴表元

霜花一夜白,风叶满村黄。
欲出岁华老,相思江水长。
留枝遮鹊户,存蜜补蜂粮。
想见山行处,开窗新酒香。

——选自戴表元《剡源文集》卷二十九

义蜂行

〔元〕戴表元

山翁爱蜂如爱花,山蜂营蜜如营家。
蜂营蜜成蜂自食,翁亦藉蜜裨生涯。
每当山蜂采花出,翁为守关司徼遮。[①]
朝朝暮暮与蜂狎,颇识蜂群分等差。
一蜂最大正中处,千百以次分来衙。
丛屯杂聚本无算,势若有制不敢哗。
东园春晴草木媚,漫天蔽野飞横斜。
须臾骈翼致隽永,[②]戢戢不翅输牛车。[③]
似闻蜜成有所献,侪类不得先摩牙。[④]
重防覆卫自严密,虽有毒螫何由加。
一朝大蜂出不戒,春容靓饰修且姱。[⑤]
蜻蜓忽来伺其怠,搏击少坠遭虾蟇。[⑥]
群蜂仓皇迷所适,谒走欲死声呀呀。
求之不得久乃定,复结一聚犹如麻。
我来访翁亲目睹,搏髀不觉长咨嗟。[⑦]
翁言蜂种幸蕃盛,众以义聚犹堪嘉。
乌衣槐安传自古,[⑧]蛮触分据两角蜗。[⑨]
虽云仿佛存国族,徒以纪异其辞夸。
博劳舅妇恨翼短,[⑩]鳖灵异姓争荒遐。[⑪]
岂如此蜂互推举,一体同气无疵瑕。
我怜翁言私诮责,[⑫]扶伤蚤愧隋侯虵。[⑬]
况伊二毒俱下类,琐细不足劳鞭挝。[⑭]
前尤往悔俱勿论,事会倚仗来尚赊。
新房才成蜂未壮,旧房委弃坠泥沙。

——选自戴表元《剡源文集》卷二十八

【注释】

①徼遮:拦截。②骈翼:犹比翼。隽永:食物甘美有回味。③戢戢:密集的样子。不翅:不止,无异于。④侪类:朋辈;同辈的人。摩牙:露出锐利的牙齿,这里指品尝。⑤春容:舒缓从容。靓饰:妆饰艳丽。修且姱:洁美。⑥虾蟇(má):蛤蟆。⑦搏髀:拍击其股。用以表示惋惜。⑧乌衣:神话中的燕子之国。宋张敦颐《六朝事迹·乌衣巷》:"王榭,金陵人,世以航海为业。一日,海中失船,泛一木登岸,见一翁一妪皆衣皂,引榭至所居,乃乌衣国也。以女妻之,既久,榭思归,复乘云轩泛海至其家,有二燕栖于梁上。……来春,燕又飞来榭身上,有诗云:'昔日相逢冥数合,如今睽远是生离。来春纵有相思字,三月天南无雁飞。'"槐安:即槐安国,唐代李公佐传奇《南柯太守传》中所虚构的国度。小说描写淳于棼一天醉卧槐树下,梦入大槐安国,娶公主,出任南柯太守,荣贵无比。后来公主死,他被遣归,梦醒后才知,所游其实是大槐树下的蚁穴。⑨蛮触:蛮氏、触氏,《庄子》寓言中的在蜗牛两角的两个小国。《庄子·则阳》:"有国于蜗之左角者,曰触氏,有国于蜗之右角者,曰蛮氏。时相与争地而战,伏尸数万,逐北旬有五日而后反。"⑩博劳:鸟名。即伯劳。《礼记·月令》"鵙始鸣"郑玄注:"鵙,博劳也。"舅妇:指旧父。晋赵整《琴歌》之二:"博劳旧父是仇绥,尾长翼短不能飞。"⑪鳖灵:传说中古代蜀国帝名。《经典集林》卷十四引汉扬雄《蜀王本纪》:"荆有一人名鳖灵,其尸亡去,荆人求之不得。鳖灵尸随江水上至郫,遂活,与望帝相见。望帝以鳖灵为相。……自以德薄不如鳖灵,乃委国授之而去,如尧之禅舜。鳖灵即位,号曰开明帝。"⑫诮责:责备。⑬隋侯虵(shé):指传说中衔珠报答隋侯的蛇。虵,通"蛇"。⑭鞭挝:鞭打。

和王得渊题蜜岩[①]

〔元〕袁士元

高岩飞影下寒潭,玉粒群峰远若参。
旭日梅花开灼灼,[②]晚风松叶落毵毵。[③]
溪清暗水斜通径,山暖平林簿布岚。
古洞曾闻蜂课蜜,邻翁几度许分甘。

——选自袁士元《书林外集》卷三

【注释】

①王得渊:生平待考。蜜岩:位于鄞西山区

章水盆地西端，大、小皎的水系汇源之地。村南的狮子山称为蜜岩山。山下龙潭称蜜岩潭。黄宗羲《四明山志》卷一云：“蜜岩山：道书云：‘上有石匣，盛仙蜜，曾动星象。’然身验之，石峰竦拔，悬根峻壑，非葛藤连结可企。故野蜂分巢其上，岁久积蜜，流溢潭间，鱼喻喁变色，采捕食之，美珍常味。蜜非家酿，故以仙称。” ②灼灼：鲜明的样子。 ③毵毵：散乱的样子。

和袁太初先生游宝华寺韵

〔元〕袁士元

丈室萧然斗一方，梅花为帐竹为床。
山僧睡起无余事，自向晴檐割蜜房。[②]

——选自袁士元《书林外集》卷七

【注释】

①袁太初：生平待考。宝华寺：在鄞州区东钱湖镇大慈寺边上，与大慈寺同为史弥远功德寺。 ②割蜜：旧法养蜂的取蜜法，把蜂巢中储存蜜的部分用刀割下来。

宝岩寺[①]

〔明〕杨承鲲

海云作远近，一径转虚无。
建水千岩落，锡峰当殿纡。
春蒸石佛润，香冷寺僧孤。
尚有蜂房割，官家幸不租。

——选自胡文学《甬上耆旧诗》卷二十二

【注释】

①宝岩寺：即宝严寺，在今鄞州区鄞江镇锡山。

蓬岛樵歌(一百十六首选一)

〔清〕钱沃臣

龙须竹护槿枝笆，牡蛎墙图渔父家。[①]
土垒燕忙晨学舞，花楼蜂闹午排衙。[②]

——选自钱沃臣《乐妙山居集·蓬岛樵歌》

【注释】

①这句作者自注：“海山岩石潮冲击处多寄生牡蛎，壳开莹洁如砗磲，渔家采石筑墙，宛似绘画。” ②这句作者自注：“冰梅山家畜蜂酿蜜，蜂箭颜以百花楼、大林木等名。……《清异录》：蜂窠曰一寸楼。《太平广记》：百花，酿蜜也。我象‘百花楼’之名本此。《尔雅翼》：南方地湿，蜂多在木中，故多木蜜。则我象‘大林木’之所由名也。”

饧

饧即用麦芽或谷芽熬成的饴糖，呈黏稠状，俗称麦芽糖，属于淀粉糖。饴糖被认为是世界上最早制造出来的糖。《诗·大雅》中有“周原膴膴，堇荼如饴”的诗句，说明远在西周时就已有饴糖。此后，饴糖在民间普遍制造，广泛食用。北魏贾思勰《齐民要术》第89篇“饧”，对饴糖制作的方法、步骤、要点等都做了叙述，为后人长期沿用。春日艳阳天，小贩吹箫卖糖，此种习俗的形成至迟不晚于东汉末年，历代相沿不辍。五代时日华子论云：“饴糖，益气力，消痰，止嗽，并润五脏。”从明代孙鳌“湖上人家半煮饧”的诗句看，当时余姚烛湖一带的人家普遍有煮饧的习惯。

清明过湖庄水鉴亭小酌(二首选一)

〔明〕孙　鳌

湖中新水照人明，湖上人家半煮饧。
陌上有花皆是景，青春无日不宜晴。
机心久向闲中息，笑口频从醉里倾。
暂借片时林壑趣，莫听啼鸟倍伤情。

——选自孙鳌《松菊堂集》卷七

春　游

〔清〕裘雅恂

踏遍溪西又涧东，春光无处不清空。
屐黏芳草三分绿，鞭指斜阳一抹红。
沽酒旗迷笼树雾，卖饧声送剪花风。
辋川粉本如堪绘，[①]都在山村水郭中。

——选自《四明清诗略》卷二十八

【作者简介】

裘雅恂，字小坪，慈溪人。

【注释】

①辋川：位于蓝田县中部偏南，唐代大诗人王维曾在此隐居，有辋川别墅。粉本：中国古代

绘画施粉上样的稿本。

骆驼桥村竹枝词（五十首选一）

〔清〕盛钟襄

细篾香篮玉指擎，愿修来世太痴情。[①]
秋波笑盼无回避，默数青蚨叫买饧。[②]

——选自盛钟襄《溪上寄庐韵存》

【注释】

①修来世：作者自注："闺人信佛，年轻者亦出行无忌，曰修来世。" ②青蚨：传说中的虫。喻金钱。

蔗　糖

甘蔗制糖最早见于记载的是公元前300年印度的《吠陀经》。西晋陈寿所著的《三国志·吴书·孙亮传》中，有"亮使黄门以银碗并盖，就中藏吏取交州所献甘蔗饧……"的记述。甘蔗饧是一种液体糖，呈黏稠状，是将甘蔗汁浓缩加工至较高浓度（黏稠），便于储存食用。交州、楚国等地是甘蔗制糖最早的地区。陶弘景《名医别录》云："蔗出江东为胜，卢陵也有好者，广州一种数年生，皆大如竹，长丈余，取汁为沙糖，甚益人。"此时已经制出"沙糖"，是将蔗汁浓缩至自然起晶，成为带蜜的糖。唐人陈藏器《本草拾遗》所云"甘蔗石蜜"即指此。公元647年，唐太宗派人去印度学习熬糖法。唐大历年间，四川遂宁一带出现用甘蔗制取白糖。在长期的制糖实践中，很多制糖方法逐步被总结出来。北宋王灼于1130年间撰写出中国第一部制糖专著——《糖霜谱》。

北宋时期明州已经学会了白沙糖（糖霜）的制造技术，南宋初遂宁人王灼在他的《糖霜谱》中，就提到北宋著名的蔗糖产地是福唐、四明、番禺、广汉和遂宁。寇宗奭《本草衍义》（成书于1116年）中说："石蜜、沙糖、糖霜皆自此出，惟川浙者胜。"结合《糖霜谱》产地的记载，"川"当指四川遂宁，而"浙"则只有"四明"可以当之。寇氏对四明糖霜的质量还是比较认可的。但南宋洪迈对《糖霜谱》的补充说明中指出："甘蔗所在皆植，独福唐、四明、番禺、广汉、遂宁有糖霜，而遂宁为冠，四郡所产甚微，而颗碎、色浅、味薄，才比遂宁之最下者，亦皆起于近世。"他认为四明的糖霜的产量、质量都微不足道，这与四明地区甘蔗多为果蔗、制造糖霜的历史较短有很大关系。这些也许是宋代本地的志书中没有提到糖霜的原因。

后世四明地区的蔗糖多从外地运来。谢泰宗《游候涛山赋》指出："温之糖、靛，台之米麦，七闽之杉松，以是为都会。"因知清初宁波之糖部分自从温州输入的。1847年，英国传教士施美夫在《五口通商城市游记》说："宁波与福建及福尔摩萨岛的海上贸易集市规模盛大，由两地进口蔗糖和大米。"（温时幸译本）宁波的世家大族中，糖的消费是比较可观的。据《镇海薛氏宗谱》卷九记载，明末镇海人薛士铉的父亲继南府君嗜好蔗糖，儿子总是投父所好，"每荐必以蔗糖"。但对于贫民之家来说，糖是一种奢侈品。

有归自闽者，贻龙眼、蔗糖，答诗二首（选一）

〔清〕陆　宝

白点霜华碎复匀，味兼饴蜜满盂陈。
老年啖蔗谐初愿，真解分甘有几人。

——选自陆宝《悟香集》卷二十六

四明土物杂咏·蔗霜[①]

〔清〕全祖望

日暮莫倒行，蔗老宜倒啖。
清秋结为霜，午夜白湛湛。

——选自全祖望《句余土音》卷中

【注释】

①蔗霜：蔗浆熬成的糖霜。即白糖。作者自注云："见《容斋随笔》。"

病中食物四咏·蔗糖

〔清〕郑　勋

皎洁比林霜，甘甜同石蜜。

谁去蔗老矣，倒啖应无匹。

——选自郑勋《二砚窝诗稿偶存》卷三

四门竹枝词(百首选一)

谢　翘

畅销南货喜逢年，价目先凭广告传。
总是沪滨生意好，带来糖食满庄船。[1]

——选自《泗门古今》

【注释】

①糖食：糖制食品的统称。

花　椒

花椒，又称红椒、红花椒、川椒、秦椒、蜀椒等，为芸香科花椒属植物，一种落叶灌木或小乔木，果实呈圆形，绿豆大小，其外皮是一种常用香料。果实外形呈圆球形，成熟时红色或紫红色，含有挥发性物质，具有十分独特的浓烈香气。果皮叫椒红，外表呈红褐色，晒干后呈红色或黑色。种子叫椒目。主产地是山西、陕西、四川、山东、河北、河南等省。

花椒是中国原产最古老的麻辣味调料，使用历史最为悠久，早在《诗·载殳》中即有“有椒其馨”的吟咏，考古人员在我国古遗址中也有花椒遗存的发现。《本草经》将其作为散风燥湿植物予以较详记载，五代《日华子本草》中对其功用多有论述。唐人更是大力种植花椒，以满足烹饪的需要。花椒有两种，生长在陕西的称秦椒，生长在四川的称蜀椒，缘于两地气候土壤的差异而引起植物生长发育的不同。花椒是中华美食烹饪中很常见的调味品，不但能够祛除肉类的肉腥味和油脂，还能更加一种清香味和麻辣感，不仅能刺激味蕾增加进食，还可以温暖身体，祛除寒气和湿气，还可以保护胃和脾。

花　椒

〔宋〕释如琰

突出枝头颗颗红，包藏辛辣在其中。
秋风吹得眼皮绽，百味珍馐总见功。

——选自《禅宗杂毒海》卷五

谢秋官林公惠物，[1]物各一首·花椒

〔明〕杨自惩

秋风吹绽锦珠囊，吐出文犀翰墨光。[2]
肤染深红承雨露，心存精白结冰霜。
味如姜桂尤加烈，功比盐梅更有香。
何幸分恩来客邸，野人怀惠几时忘。[3]

——选自杨自惩《梅读稿》卷四

【作者简介】

杨自惩(1395—1451)，字复之，学者称梅读先生，鄞县镜川(今鄞州区石碶街道栎社)人。景泰元年(1450)，授福建泉州府仓副使，檄知德化县。著有《梅读稿》。

【注释】

①秋官：为掌司刑法官员的通称。 ②文犀：有纹理的犀角。 ③野人：士人自谦之称。怀惠：谓感念长上的恩惠。《论语·里仁》：“君子怀刑，小人怀惠。”

花　椒

〔明〕释宗林

欣欣笑口向西风，喷出玄珠颗颗同。
采处例含秋露白，晒时娇映夕阳红。
调浆美著骚经上，[1]涂壁香凝汉殿中。[2]
鼎馔也应加此味，[3]莫教姜桂独成功。

——选自黄宗羲编《姚江逸诗》卷十五

【作者简介】

释宗林，字太章，余姚人，俗姓宋。年十三出家。嘉靖初游都下，屏迹香山。开万寿戒坛，诏选宗师，为十座首，林居其一。著有《香山梦寐集》《浮生梦幻篇》。

【注释】

①骚经：指屈原《离骚》。《离骚》有“杂申椒与菌桂兮，岂惟纫夫蕙茝”，“苏粪壤以充祎兮，谓申椒其不芳”诸句。 ②涂壁：以椒和泥所涂的墙壁。多指后妃的居室。 ③鼎馔：指鼎中食品。

消寒竹枝词(选一)

〔清〕朱文治

近日厨娘烹饪工，每调五味尚时风。

辣茄酱本非南食，[1]欲赚红人满市红。[2]

——选自朱文治《绕竹山房续诗稿》卷七

【注释】

①这句作者自注："辣茄和酱，俗名秦椒，误。秦椒出陇西，见《范子》，细粒，另是一种。"按秦椒即花椒，以产于秦地，故名。明李时珍《本草纲目·果四·秦椒》："秦椒，花椒也。始产于秦，今处处可种，最易蕃衍。" ②红人：作者自注："近日呼时道人谓红人。"

胡 椒

胡椒，为胡椒科胡椒属木质攀援藤本植物胡椒的种子。胡椒原产于印度，果实近圆球形，成熟时红色，未成熟时干后变黑色。胡椒始见载于唐代《酉阳杂俎》《唐本草》等书，传为唐僧西域取经携回。以后历代本草均有记述，多供药用，亦用于食品调味。常见的胡椒粉，用于烹制动物内脏、海味类菜肴或用于汤羹的调味，具有去腥、增香、提味的作用。

胡 椒

〔宋〕释如琰

辣性天然浑不改，到头不受人砾采。[1]

逐浪随波与么来，[2]识得根源犹隔海。

——选自《新撰贞和分类古今尊宿偈颂集》卷下

【注释】

①砾采：意指采摘果实，磨碎成粉。 ②与么：如此，这么。

花粉、花卉篇
HUAFEN 、HUAHUI PIAN

松花粉

松花粉又名松花、松黄，为松科植物马尾松、油松、红松或其同属植物雄蕊所产生的干燥花粉，为鲜黄色或淡黄色细粉，可以食药兼用，味甘平无毒，除含蛋白质、脂肪、糖类等一般营养物质外，还含有多种维生素、微量元素、黄酮、酶、脂肪酸及辅酶等200余种营养成分及生物活性物质。每当4—5月开花时，将雄球花摘下，晒干，搓下花粉，除去杂质。体质轻飘，易飞扬，手捻有滑润感，不沉于水。气微香，味有油腻感。以黄色、细腻、无杂质、流动性较强者为佳。一些中国传统食物如松花糕、松花团子、松花酒等仍添加松花粉。宁波人尤其偏爱松花粉，清明、立夏的传统应时糕点麻糍、金团等，均要滚上松花粉。

答盐官齐安国师见招[①]（二首选一）

（唐）释法常

一池荷叶衣无尽，数树松花食有余。
刚被世人知住处，[②]更移茅舍入深居。

——选自《景德传灯录》卷七、《五灯会元》卷三

【注释】

①盐官齐安国师：海门郡人，俗姓李氏。马祖道一禅师法嗣，与法常为同门。时齐安住杭州盐官海昌院，得知法常住大梅山（今属鄞县横溪镇），遣僧去招。法常乃以此两偈答之。 ②住处：指栖身之所，又双关指“住无住处”。此偈一方面表达自己的遁世断俗之志，一方面又表达自己“无所住”的精进道心。

【作者简介】

释法常（752—839），俗姓郑，湖北襄阳人。幼出家于荆州玉泉寺。后师马祖道一。贞元十二年（796），居鄞之大梅山，世称大梅和尚。开成初建成道院，四方僧侣请益者甚众。

松　花

〔宋〕舒岳祥

偃蹇不入俗，[①]随春也作花。
高攀许樵子，轻扫落僧家。
功用虽非药，风标正似茶。
秋风收子食，辟谷胜胡麻。

——选自舒岳祥《阆风集》卷五

【注释】

①偃蹇：高耸的样子。

山中人

〔明〕沈明臣

我爱山中人，老不识城府。
日饱青精饭，醉劈紫麟脯。
名山寻洞壑，好水憩州浒。
为渔不垂竿，为樵不腰斧。
日月跳两丸，乾坤一今古。
春但采松花，酿酒不用酤。
秋唯餐菊英，饵药不用谱。
何必羡桃源，太朴不椎鲁。[①]
何必慕松乔，[②]恬淡无辛苦。
自然尽天年，十百千万数。
我生恨隔壤，未得亲老圃。

题诗寄披诵，聊充鼓吹部。
——选自沈明臣《丰对楼诗选》卷四

【注释】

①椎鲁：愚钝，鲁钝。②松乔：神话传说中仙人赤松子与王子乔的并称。

游翠岩禅院[①]（二首选一）

〔明〕胡　庚

肩舆迢递入烟霞，[②]老衲新烹谷雨茶。
满地白云堆竹笋，四檐红日晒松花。
麒麟远近先贤冢，[③]轮奂嵬峨故友家。[④]
欲学苏公留玉佩，[⑤]国恩未已又披麻。[⑥]
——选自《桃源乡志》卷七

【作者简介】

胡庚，字文刚，鄞县人。洪武中荐授本县训导，后调四川安岳县，在官历二十余年。归里后逍遥于山川间，寓物写兴，自目为“乾坤一腐儒”。著有《云屋集》。

【注释】

①翠岩禅院：即翠山寺，在今鄞州区横街镇。②肩舆：轿子。③麒麟：指墓葬前的石像生。④轮奂：高大华美。嵬峨：高大雄伟。⑤苏公：指苏秦。《史记》卷六十九《苏秦列传》云：“苏秦喟然叹曰：‘此一人之身，富贵则亲戚畏惧之，贫贱则轻易之，况众人乎！且使我有雒阳负郭田二顷，吾岂能佩六国相印乎！’”⑥披麻：披麻戴孝。指服重孝。

谢友人见遗松花

〔明〕万达甫

世味从来淡，山中久厌腥。
岂期云外物，忽到野人庭。
芳露沾犹湿，清风采更馨。
幽栖堪辟谷，何事复餐苓。
——选自万达甫《皆非集》卷上

考槃清咏[①]（四首选一）

〔明〕冯嘉言

朝踏清溪滨，暮拖归云巘。[②]
溪水悦我耳，闲云悦我眼。
渴尝丘壑泉，饥餐松花饭。
猿鹤随往来，禽鸟各潇散。
在昔羡庞公，[③]人世殊早晚。
养恬意自适，[④]岂必鹿门产。[⑤]
——选自冯嘉言《十菊山人雪心草》卷一

【注释】

①考磐：同“考槃”。归隐者自得其乐。②巘（yǎn）：古同“嵃”。山险峻的样子。③庞公：指庞德公。东汉襄阳人。躬耕于襄阳岘山之南，曾拒绝刘表的礼请。后隐居鹿门山，采药以终。④养恬：培养恬静寡欲的思想；过恬静的生活。《庄子·缮性》：“古之治道者以恬养知，知生而无以知为也，谓之以知养恬。”⑤鹿门：鹿门山之省称。在湖北省襄阳县。后汉庞德公携妻子登鹿门山，采药不返。

散怀杂诗次李杲堂先生韵（十首选一）

〔清〕徐志泰

时序于今近麦秋，春风过眼亦忘愁。
朝看牧竖登荒陇，暮数渔人出渡头。
初落松花堪作食，新生篱笋欲齐楼。
此身僻有清幽趣，好向溪边独枕流。
——选自《四明桂林徐氏宗谱》卷六之三

采　松

〔清〕洪图光

程人不解采松，[①]予呼僮仆入山，采花而食，示为救荒奇策，且以自救也。遂作此诗。

三年宦迹滞天涯，堪叹厨荒未有家。
漫向村童窥蕨笋，且随山鼠摘松花。
小亭犬卧门如水，深树莺啼日自斜。
素志自能安淡泊，未知粗饭几餐加。
——选自全祖望编《续甬上耆旧诗》卷八十五

【注释】

①程：指广东梅州程乡县。时作者为程乡知县。

东山寺[①]

〔清〕陈　梓

草阁随山起，僧房逐径斜。

长瓶泥竹叶，团匾晒松花。
裙屐前游渺，[②]诗篇过客夸。[③]
可怜青冢在，双泪倚天涯。

——选自陈梓《删后诗存》

【注释】

①东山寺：在余姚。 ②裙屐：借指衣着时髦的富家子弟。 ③这句作者自注："先兄有诗题壁。"

啜松吟

〔清〕钟 韶

吾年三十余，贫贱丧家狗。[①]
黾勉字妻孥，[②]衣食与奔走。
隐忍凔风露，汗颜告亲友。
长者时念之，儿曹憎多口。
何非陋巷贤，[③]而同原宪叟。[④]
丈夫七尺躯，勇力轻元首。[⑤]
志节古所重，饥寒复何有。
太白好游仙，[⑥]刘伶狂嗜酒。[⑦]
昔人安寄托，夫岂问能否。
青春日妍和，松花嫩似柳。
黄金白玉脂，采采即在手。
恃此充肠实，绝胜扫愁帚。
若活一千年，宿囊空尘垢。
我闻诸九畹，[⑧]落英餐秋阜。[⑨]
东坡住黄州，[⑩]杞菊取盈斗。[⑪]
大器尚如此，区区况瓦缶。
嗟哉荆山璧，[⑫]抱璞有时剖。[⑬]
沧海若无珠，斯人皆拙朽。
乞巧会非因，送穷徒自狃。[⑭]
试看席上珍，吾与尔贞守。

——选自王荣商《蛟川耆旧诗补》卷一

【注释】

①丧家狗：比喻无所依归的狼狈相。典出《史记·孔子世家》："孔子适郑，与弟子相失，孔子独立郭东门。郑人或谓子贡曰：'东门有人，其颡似尧，其项类皋陶，其肩类子产，然自要以下不及禹三寸，累累若丧家之狗。'子贡以实告孔子，孔子欣然笑曰：'形状，末也。而谓似丧家之狗，然哉！然哉！'" ②黾勉：尽力。字：养育。 ③陋巷贤：指颜回，孔子弟子。孔子称赞颜回"一箪食，一瓢饮，在陋巷，人不堪其忧，回也不改其乐"。见《论语·雍也》。 ④原宪：字子思，孔子弟子。出身贫寒，个性狷介，一生安贫乐道，不肯与世俗合流。孔子为鲁司寇时，原宪曾做过孔子的家臣，孔子给他九百斛的俸禄，他推辞不要。孔子死后，原宪隐居卫国，茅屋瓦牖，粗茶淡饭，生活极为清苦。 ⑤元首：头颅。 ⑥太白：指唐代诗人李白。 ⑦刘伶：字伯伦，西晋沛国(今安徽宿县)人，"竹林七贤"之一。平生嗜酒，"常乘鹿车，携一壶酒，使人荷锸而随之，谓曰：'死便埋我。'"(《晋书·刘伶传》)曾作《酒德颂》，宣扬老庄思想和纵酒放诞之情趣，对传统"礼法"表示蔑视。 ⑧九畹：屈原《离骚》云："余既滋兰之九畹兮，又树蕙之百亩。"王逸注："十二亩曰畹。"一说，田三十亩曰畹。见《说文》。后即以"九畹"为兰花的典实。 ⑨落英：初开的花。语出屈原《离骚》云："夕餐秋菊之落英。" ⑩黄州：应为"密州"，即今山东诸城。苏轼在山东密州时，曾作《后杞菊赋》云："余仕宦十有九年，家益日贫，衣食之俸，殆不如昔。及移守胶西，意且一饱，而斋厨索然，不堪其忧。日与通守刘君庭式循古城废圃，求杞菊食之，扪腹而笑。"又作《超然台记》云："斋厨索然，日食杞菊。" ⑪杞菊：指枸杞与菊花的幼苗，泛指野菜。 ⑫荆山璧：和氏璧出于荆山，故又称荆山璧。 ⑬抱璞：春秋时，楚人卞和献璞玉于厉王，玉工说：'石也。'厉王以和为诳，断其左足。武王时复献之，又以为石，断其右足。文王即位，和抱璞哭泣于楚山之下，泪尽继之以血。文王乃使玉工剖其璞，得美玉。见《韩非子·和氏》。后因以"抱璞"喻怀才不遇。 ⑭送穷：旧时驱送穷鬼的一种习俗。其时日多有不同，或为正月晦日，或为正月二十九日，或为正月初六，或为正月初三。狃：因袭，拘泥。

海村竹枝词(十首选一)

〔清〕潘 朗

欢声四月遍家家，割尽黄云麦满车。
日午提筐来上顿，聚香团外罩松花。[①]

——选自《姚江诗录》卷四

【注释】

①聚香团：原为古代扬州点心小食，即扬州

芝麻团。唐广陵太守仲瑞曾“袖聚香团啖之”。这里借指糕团。

棕　鱼

棕树花，也叫棕包、棕笋、棕包米，为棕榈科植物棕榈的花蕾及花。棕树花还在花苞期的时刻，外形看来就像一条鱼，外面裹着层层的类似笋衣样的外壳，里面是密密麻麻小花苞，就像鱼籽一样。棕树花是一种很好的菜果，营养丰富，兼有消炎清火及降血压的药用功效，生熟都可吃。棕树花有的苦，有的甜。从形体上看，甜的体态宽肥丰满，苦的体态圆浑瘦长。4—5 月花将开或刚开放时连序采收，晒干。

宋苏轼有《棕笋》诗序云：“棕笋状如鱼，剖之得鱼子，味如苦笋，而加甘芳。蜀人以馔佛僧，甚贵之，而南方不知也。笋生肤毳中，盖花之方孕者，正二月间，可剥取，过此苦涩不可食矣。取之无害于木，而宜于饮食。法当烝熟，所施略与笋同，蜜煮酢浸，可致千里外。”这段话对棕笋介绍颇为全面，元代《至正四明续志》卷五全文予以抄录。

棕　鱼

〔宋〕释梵琮

陆地翻身亦俊哉，金鳞如粟露双腮。
可怜不入漫天网，跳出夜叉头上来。

——选自《禅宗杂毒海》卷五

僧馈棕鱼

〔宋〕释大观

同袍惠顾我，馔具手自持。
骈头贯柳状，缘木而得之。
口腹尚累人，三篾曾御饥。[①]
二时差自饱，[②]饱外惭求奇。
刳腹取嫩黄，汲新洗凝脂。
拾松爨折铛，[③]呼童谨调胹。[④]
足以水火齐，益以姜桂滋。
咀嚼苦而腴，谏味渠得知。
美恶有同嗜，不间俗与缁。[⑤]
从此堂下棕，割剥无已时。

——选自释大观《物初剩语》卷二

【注释】

①三篾：用三根篾条勒住肚子。指勒紧腰带。比喻忍受饥饿。②二时：梵语迦罗，华言实时。谓佛于律中，诫诸弟子，听时食，遮非时食。实有其时，故名实时。这里指吃饭之时。③折铛：断脚锅。④调胹(ér)：烹调食物。⑤不间：疑为“不问”之误。

四明土物杂咏·棕笋

〔清〕全祖望

墙角栟榈树，[①]嫩笋在味外。
乍尝疑太苦，乃有余甘在。

——选自全祖望《句余土音》卷中

【注释】

①栟榈：即棕榈。

花　卉

我国可食用花卉品种繁多，达百种以上。常见的有菊花、桂花、玫瑰花、茉莉花、槐花等。以鲜花为食，渊源颇为古老，有的直接入馔，有的作为配料，有的制为饮料，风味殊异。

栀子花[①]

〔明〕屠本畯

给孤园中祇树罗，[②]金粟薝卜兼娑罗。[③]
是时金仙开讲席，[④]目观还同鼻观多。
一从阿罗提奖后，摩登不复兴妖么。[⑤]
饥餐渴饮不可那，[⑥]手持应器诸门过。[⑦]
绝似薝蔔面与拖，三咽馨香五脏和。

——选自屠本畯《山林经济籍》卷十六《野菜笺》

【注释】

①栀子花：又名栀子、黄栀子，为茜草科栀子属的常绿灌木植物。枝叶繁茂，叶色四季常绿，花芳香素雅，为重要的庭院观赏植物。除观赏外，其花、果实、叶和根均可入药，有泻火除烦、清热利尿、凉血解毒之功效。栀子花可以凉拌、小炒、做汤，屠氏诗中建议的食法是和面和拖羹。②给孤园：“给孤独园”的省称。印度佛教圣地之一。相传释迦牟尼成道后，憍萨罗国的给孤独长

者用大量黄金购置舍卫城南祇陀太子园地，建筑精舍，请释迦说法。祇陀太子也奉献了园内的树木，故以二人名字命名。祇树：即祇树园，亦祇树给孤独园。屠氏可能误解为树木。③金粟：桂花的别名。薝蔔：梵语 Campaka 音译。又译作瞻卜伽、旃波迦、瞻波等。为木兰科的黄兰。也有人说是栀子的一种。娑罗：龙脑香科的 shorearobustaGaertn，常绿大乔木。原产于印度、东南亚等地，其木材俗名柳安木。亦附会为七叶树或月中桂树。④金仙：指释迦牟尼。⑤阿罗：应为阿难，释迦牟尼佛的堂弟，佛陀十大弟子之一。提奖：提掖，被带到。摩登：即摩登伽。妖么：同"幺么"，此指微不足道的事。《楞严经》卷一记载，一名叫摩登伽的女子，使用娑毗迦罗先梵天咒，将阿难捉按到了淫床之上，并施予淫行，即将毁坏阿难的持戒之体。如来已知道阿难遭了摩登伽的魔法，施咒破灭了摩登伽女的魔咒，阿难和摩登伽女都被带到了如来这里，领受着佛的至高要义。⑥不可那：没有办法对付。⑦应器：即钵，比丘量腹而食的乞食器。

咏花五首·餐花

〔清〕洪晖吉

餐英曾记楚骚篇，[1]韵事酥调更蜜煎。
上药谩言无觅处，眼前花圃即芝田。

——选自洪晖吉《听篁阁存草》卷一

【注释】

①餐英：语出屈原《离骚》："朝饮木兰之坠露兮，夕餐秋菊之落英。"

瓜果篇

GUAGUO PIAN

【瓜果类】

瓜泛写

为老圃生题钱舜举画瓜

〔明〕宋　禧

官路归来两鬓华，谁知老圃乐生涯。
种瓜不作封侯想，攀桂犹称进士家。
一卷画图兵后物，百年世事眼中花。
炎天客过三山下，岂厌煎茶与设瓜。

——选自宋禧《庸庵集》卷五

【作者简介】

宋禧（1312—1376），原名玄禧，后改名禧，字无逸，号庸庵，余姚人。至正十年（1350）举浙江省试。补繁昌教谕，很快辞归，授徒自给。明洪武初，召修《元史》，其中《外国传》自《高丽》以下皆出其手，书成不受职。洪武三年（1370）受命典福建乡试。著有《庸庵文集》三十卷。

夏日园林即事

〔明〕倪　光

洗竹摇云断，看山坐日斜。
趁晴收野艾，临晚摘园瓜。
行蚁沿枯柳，群蜂恋落花。
夏莺啼不断，于此惜年华。

——选自《甬上耆旧诗》卷五

【作者简介】

倪光，字应奎，鄞县人。曾客京师，名动公卿间。能诗，与金湜等组织高年诗会，唱和相得。

江东杨氏半村居

〔明〕魏　偁

小隐东村第几家，依依负郭置生涯。
官桥侧对柴门静，驿路微通草径斜。
近野月临飞市鹤，疏林日出见城雅。①
著书有暇田园里，笑课儿童学种瓜。

——选自《甬上耆旧诗》卷六

【作者简介】

魏偁（1438—1518），字达卿，别号云松。为将家子，弃武弁而习儒，以文章名世。成化二十二年（1486）获乡试第一，授江西赣州石城训导，一时奉为人师。弘治初以秩满告归，里中诸名公卿若屠滽、杨守随俱深相推重。归田二十余年，与耆旧诸公所相倡和。著有《云松诗略》等。

【注释】

①雅：同"鸦"。

翠岩山（二首选一）

〔明〕李　堂

五月桃源路，山深不见花。
绿肥梅荐玉，黄实蔓垂瓜。
磴伏云根断，溪长鸟道赊。
层城天设险，却被梵王家。

——选自《桃源乡志》卷七

【作者简介】

李堂（1462—1524），字时升，学者称为堇山先生，鄞县人。成化二十三年（1487）登进士，弘治十五年（1502）升应天府府丞。正德四年（1509）陟南京光禄寺卿，改南京都察院、左佥都御史，升工部右侍郎。后因病罢归，在赤堇山边筑堇山田舍。著有《堇山集》。

庭前看儿童艺瓜

〔明〕李振玉

谢病还山老岁华，风尘衰鬓笑黄花。
转怜放逐贫无事，学种东陵五色瓜。[①]

——选自全祖望《续甬上耆旧诗》卷二

【作者简介】

李振玉，字润叔，一字朋苍，鄞县人。万历二十五年(1597)举人。累官刑部主事。著有《波斯船论》《四乡游记》等。

【注释】

①东陵五色瓜：汉初有召(邵)平，本秦东陵侯，秦亡，为民，种瓜于长安城东，故称。南朝梁任昉《述异记》卷下："吴桓王时，会稽生五色瓜。吴中有五色瓜，岁时充贡献。"

甲寅避乱移寓樟村[①]

〔清〕蒋宏宪

十里山光面面开，采芝是处足徘徊。
沙田瓜熟供新味，野涧鱼肥佐客醅。
竹色花香当岫出，樵歌牧唱夹溪来。
生平夙有栖迟止，三径琅玕手自栽。

——选自《四明清诗略》卷四

【作者简介】

蒋宏宪("宏"一作"弘"，当因避讳而改。1622—1692)，字万为，号笠庵，鄞县人。黄宗羲学生。长期困于场屋，以教学为业，弟子多达数百人，五十四岁才补诸生。能诗善文。

【注释】

①甲寅：康熙十三年(1674)。时年吴三桂、耿精忠等相继叛乱，三藩之乱形成，四明山区也发生动乱。樟村：今属鄞州区章水镇。

临江仙·种瓜图

〔清〕邵　瑸

每见秋瓜怀旧隐，东陵别字青门。断畦连梗种芳芬。一肩秋市里，换酒到江村。

试问文园消渴未，[①]尚余三五篱根。先生一棹水沄沄。[②]伊谁方法巧，[③]五色乞天孙。[④]

——选自邵瑸《情田词》卷二

【注释】

①文园：指汉司马相如。司马相如曾任孝文园令，"常有消渴疾"，因此称病闲居。见《史记·司马相如列传》。②沄沄：水流汹涌的样子。③伊谁：谁，何人。④天孙：指传说中巧于织造的仙女。

喜余生生至

〔清〕宗　谊

旧交余子来，身老仍贫贱。
老既撄吾怀，贫知节不变，
乍见颜难欢，宁禁泪若线。
计别廿年余，辛苦历乡县。
犹蒙天地宽，山水获实践。
无物招君魂，浊醪南窗荐。
减米易鱼虾，瓜豆并充馔。
二三不死友，坐谈忘日晏。
惟笑白发丝，风吹辄裹面。

——选自宗谊《愚囊汇稿》卷一

摘　瓜

〔清〕钱　廉

人心须静测，不必叹如何。
事以实方贵，头从情里皤。
寡交生恨少，勤壅得瓜多。
欲识真恩泽，春畦时雨过。

——选自钱廉《东庐遗稿》

【作者简介】

钱廉(1640—1698)，字稚廉，号东庐，鄞县人，居潜龙漕(今属江东区)。自幼丧父。因从兄钱肃乐起兵发清，家被籍，一度随母避居杭州外祖母家。长而励志求学，后为黄宗羲甬上证人书院的门生。晚年躬耕教子，自呼东皋上农。著有《东庐遗稿》。

秋兴百一吟·秋瓜

〔清〕陈　仪

东陵故迹渺寒烟，络蔓笼藤架尚坚。
鸥鹭到门秋水大，入城不碍运瓜船。

——选自陈仪等《秋兴百一吟》

秋兴百一吟·秋瓜

〔清〕洪晖吉

青绿垂垂色味奇，蔓藤压露藉荆篱。
山翁堪笑真多事，密室收藏岁暮时。

——选自洪晖吉《听篁阁存草》卷二

甜　瓜

甜瓜又名熟瓜、果瓜、香瓜、甘瓜，属葫芦科黄瓜属甜瓜种，一年蔓生草本植物。甜瓜的起源有多种说法，按中国学者吴明珠等人的研究，中国东部沿海地区是薄皮甜瓜的起源地之一。中国栽培甜瓜历史悠久，新石器时代遗址如浙江的良渚、钱山漾遗址等都有薄皮甜瓜子出土。先秦时期我国的广大地区可能已经栽培甜瓜了，秦汉时已因地区气候和土性的不同，培育出许多有名的甜瓜品种，如陕西召平种植的东陵瓜，常被后世诗人用作典故。中国甜瓜品种繁多，除了胡瓜、越瓜等味道较淡的菜瓜外，还有众多的果瓜。

四明历代地方志书所记载的甜瓜，主要是指果瓜。如唐代陈藏器《本草拾遗》并列甜瓜和越瓜，又说："越瓜：大者色正白，越人当果食之。"其实越瓜乃甜瓜的变种。五代日华子又说："甜瓜，无毒。"元代王厚孙《至正四明续志》卷五《土产》云："甜瓜：有名一捻青者，味极香甜。"又云："金子瓜：形如西瓜而小，有红、黄、黑三色，出同岙者佳。"雍正《浙江通志》卷一百〇三引录此条后，有注云："此即香瓜。"据此则金子瓜实即甜瓜的一个品种，只是越到后来，罕有人叫金子瓜了，故光绪《慈溪县志》卷五十三"香瓜"条云："香瓜，今县境亦产之，金子之名，无有知之者矣。"明以来的四明地区的地方志书，多有甜瓜的记录。如耿宗道《临山卫志》卷四《物产》之瓜类，列有"甜瓜"。康熙《定海县志》卷十一《物产》云："甜瓜：一名甘瓜，以味甜于诸瓜，又名果瓜，可充果食也。"光绪《余姚县志》卷六记载稍详："种类甚多，有京瓜、香瓜、梨头瓜、蜜筒瓜、海东青、鹅子瓜等名，皆异种同类。"清代宁波人还利用鳓鱼、黄鱼鲞骨来快速催熟甜瓜。康熙《定海县志》卷十一记载云："干者谓之勒鲞，甜瓜生者，用勒鲞骨插蒂上，一夜便熟。石首鲞骨亦然。"用这种方法对植物生长进行调节是否有效，有待证实。

和史子由主簿食瓜[①]

〔宋〕释宝昙

邻翁种瓜时，翠蔓不忍触。
提携落吾手，割裂亦甚酷。
相如方渴时，想见价金玉。
沉浮及桃李，一世谩貂续。
注泉挹甘寒，落蒂验香熟。
精神发良夜，清坐定更仆。
无使妨盘餐，开端自醽醁。

——选自释宝昙《橘洲文集》卷四

【作者简介】

释宝昙(1129—1197)，字少云，号橘洲，俗姓许，四川嘉定龙游(今四川乐山)人。临济宗大慧宗杲的法嗣。曾住持鄞县杖锡寺，后居月湖之竹院。约淳熙十六年(1189)，被明州太守林栗流放至台州。晚年仍归甬上。著有《橘洲文集》等。

【注释】

①史子由：史嵩之字子由，鄞县人。

题墨戏甜瓜[①]

〔宋〕释大观

血战嬴刘不愿闻，[②]兴亡何与一丘云。
墨卿细说东陵事，[③]谁削甘香与我分。

——选自释大观《物初剩语》卷七

【注释】

①墨戏：随兴而成的写意画。②嬴刘：秦为嬴姓，汉为刘姓，故以嬴刘为秦汉的并称。③墨卿：墨的戏称。宋苏轼《万石君罗文传》："是时墨卿、楮先生，皆以能文得幸。而四人同心，相得欢甚，时人以为文苑四贵。"按，文中的四人为毛纯、罗文、墨卿、楮先生，各指笔、砚、墨、纸。东陵：指东陵瓜，汉邵平所种之瓜，味甜美。《三辅黄图·都城十二门》："长安城东出南头第一门曰霸城门……或曰青门，门外旧出佳瓜。广陵人邵平为秦东陵侯，秦破，为布衣，种瓜青门外，瓜美，故时人

谓之‘东陵瓜’。”

食瓜有感

〔明〕谢　迁

衰年困炎熇，[①]闭门卧山房。
忽闻户外声，呼童倒衣裳。
仆擎两瓜至，初熟请翁尝。
大盎试载浮，轻刀如截肪。[②]
入手玉飞屑，荐齿冰含香。
岂惟清渴吻，[③]亦足漱枯肠。
忆昔忝黄扉，[④]天厨出琼浆。[⑤]
二月中已破，内园固非常。
东陵归故侯，[⑥]倏忽几星霜。
农圃理旧业，园田嗟久荒。
劝课勤荷锄，力至瓜蔓长。
蔓长味亦佳，持以诧穷乡。
流传实异种，沾溉有余芳。
野人知美芹，[⑦]何由献君王。
回首九天上，[⑧]一饭胡可忘。
涓埃未能报，[⑨]抚案徒自伤。

——选自谢迁《归田稿》卷五

【注释】

①炎熇(hè)：暑热。　②截肪：切开的脂肪。喻颜色和质地白润。　③渴吻：谓唇干思饮。④黄扉：指丞相、三公、给事中等官位。　⑤天厨：皇帝的庖厨。　⑥东陵归故侯：典出《史记·萧相国世家》：“召平者，故秦东陵侯。秦破，为布衣，贫，种瓜于长安城东，瓜美，故世俗谓之‘东陵瓜’，从召平以为名也。”这里指退休。　⑦美芹：典出《列子·杨朱》：“昔人有美戎菽，甘苔茎、芹萍子者，对乡豪称之。乡豪取而尝之，蜇于口，惨于腹。众哂而怨之，其人大惭。”后用以自谦所献菲薄，不足当意。　⑧九天：指宫禁。　⑨涓埃：细流与微尘。比喻微小。

食张琨家瓜

〔明〕张　琦

厨人切瓜如切金，瑶盘捧出凉阴阴。
槐叶冷淘不足敌，啜此便有羲皇心。[①]

——选自张琦《白斋诗集》卷一

【注释】

①羲心：即伏羲氏。古人想象羲皇之世其民皆恬静闲适，故隐逸之士自称羲皇上人。

谢贻瓜

〔清〕周　容

六旬赤旱野草白，安得此瓜蒲鸽青。[①]
我昨饮酒三百斗，又苦天热喉如蒸。
绠悬金井沉寒冰，剖食不啻仙浆凝。
食瓜感瓜剩瓜子，年年种瓜足湖水。
闻道南园种百花，秋来枣亦大如瓜。

——选自周容《春酒堂诗存》卷二

【注释】

①蒲鸽：瓜名。一种青瓜。唐杜甫《园人送瓜》诗：“倾筐蒲鸽青，满眼颜色好。”仇兆鳌注引师氏曰：“青瓜，色如蒲鸽。蒲鸽、狸首，皆瓜名也。”

和思晦二绝(二首选一)

〔清〕陈　梓

家园新摘蜜筩瓜，[①]饱啖争看座客哗。
愁煞枯肠诎不给，荷花未了又兰花。

——选自陈梓《删后诗存》卷七

【注释】

①蜜筩：亦作“蜜筒”。甜瓜的一种。庾信《和乐仪同苦热》：“美酒含兰气，甘瓜开蜜筒。”

蓬岛樵歌(一百十六首选一)

〔清〕钱沃臣

玉兰襂子懒梳妆，[①]秋禊庭前末莉香。[②]
苏叶冷翻花水赤，[③]金刀甘破蜜瓜黄。[④]

——选自钱沃臣《乐妙山居集·蓬岛樵歌》

【注释】

①这句作者自注：“俗女即爱著玉兰色罗衫，挽懒梳妆髻。”《事物原始》云：“孙寿为堕马髻，即今名懒梳妆。”　②秋禊：古代秋季在水边举行祭祀活动，用以消除“妖邪”。末莉：即茉莉花。这句作者自注：“周密《乾淳岁时记》：茉莉妇人簇带多至七插。立秋日俗尚啖瓜。”　③苏：为唇形科紫苏属植物紫苏，古名荏，又名白苏、赤苏、红苏

等。紫苏在我国种植应用约有近 2000 年的历史，其叶（苏叶）、梗（苏梗）、果（苏子）均可入药，嫩叶可生食、作汤，茎叶可腌渍。作者自注："用盐梅、紫苏汁泛丹井泉饮之，曰祓秋。……俗以井泉曰井花水。" ④金刀：镶金的佩刀。语本文天祥《西瓜吟》："拔出金佩刀，切破苍玉瓶。"

菩萨蛮・水晶瓜[①]

〔清〕姚　燮

玻璃屏角初回梦，[②]西邻碧玉银盘送。彻底惹心怜，粉花霏齿寒。　　那时消薄醉，画阁天如水。敛袖拜河星，[③]风香逗语声。

——选自姚燮《疏影楼词・画边琴趣下》

【注释】

①水晶瓜：光绪《定海厅志》卷二十四云："水晶瓜：形椭圆，熟皮白，肉如水晶，味甘如蜜，生食。旧无之，今始繁盛。" ②回：醒。 ③河星：银河中的星星。这里指牛郎织女星。

余姚竹枝词（二百首选一）

〔清〕宋梦良

畏日当头等火攻，迎凉到处恨无风。
梦回午枕胸烦燥，正卖洋瓜白蜜筒。

——选自《中华竹枝词全编》（浙江卷）

消夏杂咏（四首选一）

戴斌章

甘瓜削玉片，佳藕雪柔丝。
顿觉神思爽，浑然冰沁脾。

——选自戴斌章《寒蝉秋鸣草堂稿》

西　瓜

西瓜，别名水瓜、寒瓜、月明瓜等，为葫芦科西瓜属一年生蔓性草本植物。一般认为西瓜起源于非洲。相传五代时自西域传入中原内地，故名。其后逐渐自中原向南传播，并选育出不同的优良品种。至元代，《王祯农书》记载："北方种者甚多，以供岁计。今南方江、淮、闽、浙间亦效种，比北方差小，味颇减尔。"可见，浙地种植西瓜大约起自元代。《至正四明续志》卷五《土产》没有专门列出"西瓜"条目，仅在"金子瓜"下云："形如西瓜而小"，大约当时四明地区的西瓜栽培并不普遍。迨至明代，四明地区西瓜已很常见，如余姚泗门谢迁的牛屯山庄就种植了西瓜，谢迁有"海乡荒僻乏温汤，六月中旬始破瓜"。意思是说泗门的西瓜到六月中旬方始成熟。嘉靖《余姚县志》亦指西瓜产眉山海堧者隽美。嘉靖十八年（1539），日本遣明副使策彦周良来到宁波，访问延庆寺时，寺僧即以西瓜相招待。清代康熙《定海县志》卷十一则据陶弘景所说"永嘉有寒瓜"，认为"五代之先，瓜种已入浙东，但无西瓜之名"，这一说法尚得不到其他文献的佐证。该志又详细地记载了西瓜的品种："有围及径尺者，长至二尺者。其稜或有或无，其色或青或绿，其瓤或白或红或黄，黄者味尤胜。其子或黄或红或黑或白，白者味劣。其味有甘有淡有酸，酸者为下。"该志又记载了对瓜子、瓜皮的利用："瓜子曝裂，取仁生食炒熟皆佳，皮亦可蜜煎酱藏。"光绪《余姚县志》卷六"西瓜"条下记载了红瓤、白瓤二种，均为绿皮，另有一种皮瓤俱白，名为雪瓜，尤为珍贵。民国以来，产于鄞州区东吴镇小白村的小白西瓜曾远近闻名，个小皮薄、味甜且脆。西瓜为夏季主要消暑水果，亦可制成多色多样的食品、菜馔，同时还具有药用价值。

和卞和县西瓜诗[①]

〔元〕张　庸

东园种瓜色苍翠，剖玉山盘醒午醉。
直疑凿开混沌窍，云液淋漓逗元气。
嚼冰不堪冷惊齿，啖蔗未闻香拂鼻。
寄书欲问安期生，食枣何如此风味。
呜呼！江湖老尽幸归来，更借南邻半畦地。

——选自《全元诗》第五十四册

【注释】

①卞和县：今湖北保康县。

李子年过余娑罗馆，[①]出武陵龙伯贞见饷红瓤瓜共啖，[②]长歌为赠和答一首

〔明〕屠　隆

道民宴坐何翛然，[③]神游紫府昆仑巅。[④]

天青日斜香烬落，北窗散发凉风前。
犬吠犹然卧桐影，鹤飞忽起冲茶烟。
何来美人叩我户，[5]乃是冰雪姑射仙。[6]
道民除荤方戒酒，清斋盘餐无一有。
但出绿沉红瓤之美瓜，至自武陵懒龙叟。[7]
青门五色不足珍，[8]崆峒四劫落其后。[9]
玉井浸出冷侵肌，[10]金盘擎来涎满口。
绛深獭髓痕不消，[11]赤进龙肝血初剖。
武陵旧号仙人家，此瓜疑染沅辰砂。[12]
啖此复是紫烟客，一嚼寒香沁齿牙。
陡觉清虚涤滓秽，[13]谭玄冷冷带爽气。[14]
恍惚真成世外言，沉冥稍吐环中秘。
池边水鸟对忘机，座上天花落灯意。
君勿愁灵瓜啖尽无可餐，芡实莲房总风味。
朱李艳若夫人面，素藕白于小儿臂。
羡君累月不相遇，一过坐语倾银河。
晚凉雨过添素波，红霞杳霭映昆阿。
长槐疏柳蝉声多，斋供甫罢比丘去。[15]
酒禁乍宽治莲醑，清风朗月思玄度。[16]
轻吹单衫裁白苎，[17]重来好坐娑罗树。[18]

——选自屠隆《栖真馆集》卷二

【注释】

①李子年：李德丰，字子年，鄞县人。娑罗馆：1588年，又从阿育王寺移栽娑罗树一株，植于栖真馆前，因名“古娑罗馆”，自号娑罗居士，藏书其中。 ②龙伯贞：指龙德孚，湖南武陵人。嘉靖三十七年(1558)乡举，授卫辉司理。万历十四年(1586)任宁波府同知。 ③道民：屠隆晚年学道，自称道民。 ④紫府：仙人居住的宫殿。 ⑤美人：品德美好的人。这里指李子年。 ⑥冰雪姑射仙：《庄子·逍遥游》：“藐姑射之山，有神人居焉，肌肤若冰雪，绰约若处子。”后诗文中以“姑射”为神仙或美人代称。 ⑦懒龙叟：指龙德孚。 ⑧青门五色：用召平东陵瓜的故事。 ⑨崆峒四劫：晋王嘉《拾遗记·后汉》：“明帝阴贵人梦食瓜甚美，帝使求诸方国。时炖煌献异瓜种……瓜名‘穹隆’，长三尺而形屈曲，味美如饴。父老云：‘昔道士从蓬莱山得此瓜，云是崆峒灵瓜，四劫一实，西王母遗于此地，世代遐绝，其实颇在。’” ⑩玉井：井的美称。 ⑪獭髓：獭的骨髓。相传与玉屑、琥珀和合，可作灭疤痕的贵重药物。晋王嘉《拾遗记·吴》：“(孙和)舞水精如意，误伤夫人颊，血流污袴……(太医)曰：‘得白獭髓，杂玉与琥珀屑，当灭此痕。’” ⑫沅：水名，发源于中国贵州省，流经湖南省入洞庭湖。辰砂：丹砂，炼汞的主要原料。色鲜红。可作颜料，亦供药用。以湖南辰州产者为最佳，故又称辰砂。 ⑬滓秽：污浊。 ⑭谭：同“谈”。 ⑮比丘：指已受具足戒的男性，俗称和尚。 ⑯玄度：东晋清谈名士许询的字。刘义庆《世说新语·言语》：“刘尹云：‘清风朗月，辄思玄度。’” ⑰白苎：细白夏布衫。 ⑱娑罗树：又名波罗叉树，摩诃娑罗树、沙罗树，为佛教圣树之一。这是产于印度及马来半岛雨林之中，为龙脑香科娑罗树属，多年生乔木。树身高大，叶为长卵形而尖，表面光滑，花淡黄色，萼及花瓣外有灰色刚毛。因为气味芳香，木材坚固，可以用来制作家具或建材，又可供作药用或香料。

西　瓜

〔明〕倪宗正

赤日如焚复如蒸，熏风带露浥柔藤。
园丁曾解东陵术，[1]酿得初来一斗冰。

——选自倪宗正《倪小野先生全集》卷八

【注释】

①东陵：用召平种东陵瓜的典故。

西瓜初熟饷诸叔父

〔清〕黄宗羲

收拾经纶付草莱，便同田叟计功来。
寒藤卧陇刚三尺，碧实登筐各数枚。
驱豕齐声如叫屈，引泉数丈便鸣雷。
须知不是街头味，应向区区一笑开。

——选自黄宗羲《南雷诗历》卷一

西　瓜

〔清〕郑兆龙

绨覆俄惊五色浮，[1]当年绵瓞忆西周。[2]
灌经春雨花初放，剖向秋风蒂自留。
抱蔓有人归汉苑，愆期无信至葵邱。
伤心最是孤儿泪，可但青门卖故侯。

——选自郑兆龙《仅存诗钞》、姚燮编《蛟川诗系》卷三十一

【作者简介】

郑兆龙(1741—1804)，字偕亮，一字二泉，又号秋槎，清代镇海龙山(今属慈溪市)人。乾隆五十九年(1794)岁贡。著有《仅存草》《秋槎政本》等。

【注释】

①絺(chī)：细葛布做的衣服。 ②绵瓞：绵绵瓜瓞。如同一根连绵不断的藤上结了许多大大小小的瓜一样。引用为祝颂子孙昌盛。《诗·大雅·绵》："绵绵瓜瓞，民之初生。"

夏 日

〔清〕陈得善

檐前布幔向西遮，酷暑骄人日未斜。
忽觉满堂凉沁骨，晶盘新剖绿沉瓜。①

——选自陈得善《石坛山房诗集》卷一

【注释】

①绿沉瓜：西瓜的别名。

与儒儿食西瓜

洪曰湄

骄阳酷烈苦熬煎，流火豳风七月天。①
碧蔓牵来佳种出，青瑶剖裂满盘鲜。②
心胸拂拂凉气生，齿颊津津润作涎。
为尔今朝一溯典，③携从塞外自忠宣。④

——选自《汉塘洪氏宗谱》

【作者简介】

洪曰湄(1871—?)，幼名鼎和，字左湖，号蜕庐。江北区洪塘人，廪贡生，候选训导。与近代钱业巨子秦润卿、北大教授魏友枋关系密切。民国十二年(1923)，编纂有《汉塘洪氏宗谱》。

【注释】

①流火句：《诗·豳风·七月》："七月流火，九月授衣。"火，指大火星(即心宿)。夏历五月的黄昏，火星在中天，七月的黄昏，星的位置由中天逐渐西降。后多借指农历七月暑渐退而秋将至之时。此处以七月流火表示酷暑，则出于对原诗的误读。 ②青瑶：青玉，这里比喻西瓜。 ③溯典：追溯出典。 ④忠宣：宋人洪皓卒谥忠宣。洪皓字光弼，江西鄱阳人。建炎三年(1129)以徽猷阁待制假礼部尚书，为金通问使，凡留金十五年，方得归。著有《松漠纪闻》。作者自注："《松漠纪闻》：西瓜本出塞外，自洪忠宣奉使归，得其种，莳之禁圃乡囿。"

【柑橘类】

橘 子

橘子为多年生芸香科柑属植物。柑橘是我国的原产植物，属典型的亚热带果树。柑橘主要产自长江中下游和长江以南地区，浙东的黄岩、温州则是历史上著名的柑橘产地。

中国人工栽培柑橘历史悠久，《尚书·禹贡》中就有"扬州……厥包桔柚锡贡"的记载，其时四明属于扬州之域。从植物特性上说，柑橘宜斥卤之地，凡圃之近涂泥者，实大而繁，味尤珍，这是东越之地多栽柑橘的地理原因。不过，四明柑橘至六朝时始有明确文献记载。自东吴以来，浙东已经成为全国柑橘的重要生产基地，产生了众多的专业户，政府则设官征收橘税。一度居于慈溪阚山下的吴相阚泽，曾上表请除"橘籍"。所谓"橘籍"，即缴纳橘税的户籍。南宋朱翌《普济寺龙湖轩古松》诗云："三国名臣宅，千楹释子宫。但求除橘籍，不见老松公。"即咏阚泽之事。刘宋时余姚虞赍家，"中庭橘树冬熟，子孙竞来取之"，可见橘树已在庭院栽种。任昉在《述异记》中说："越多橘柚园，越人岁多橘税，谓之橙橘户。"应是可信的事实。唐代，越地栽橘十分普遍，以至杜荀鹤《送人游越》有"有园皆种橘"之说。明州贡橘子，见载于《元和郡县志》。陈藏器撰《本草拾遗》云："橘柚……其类有朱柑、乳柑、黄柑、石柑、沙柑；橘类有朱橘、乳橘、塌橘、山橘、黄淡子。"陈藏器指出，柑橘类种类虽多，但以乳柑(真柑)为上。康熙《定海县志》卷十一说："橘之种，以黄为上品，朱者次之，其余乃下品矣。"

《嘉泰会稽志》卷九记载余姚的悬泥山(今胜归山)"孤峙海中，其上多橘"。据史弥

远记述，其父史浩晚年致仕以后，深敬宝昙，在南郭洲中央筑净院让他居住，因“绕舍树万橘”，宝昙因自号橘洲。史弥远所谓“绕舍树万橘”的说法是很夸张的，照宝昙本人的说法是：“莳橘数百本，卜居东南岗。”这是比较可信的。据黄宗羲《四明山志》记载，鄞县的建岙山，“其地产橘，故户有橘柚之园”。宋代时南方柑橘的耐寒力较差，如温革《分门琐碎录》所说：“南方柑橘虽多，然亦畏霜时，不甚收。”为了提高柑橘在鄞县的抗寒能力，东钱湖觉际庵的僧人懂得怎样巧妙地寻找暖和的地势，开辟柑橘园，如郑清之所说：“巧寻暖田圃霜柑。”巧寻暖田为柑橘园的多挂果、多采收提供了重要的技术保障。此后，四明地区柑橘文献史不绝书，如明代余姚泗门谢迁的牛屯山庄和冯兰的雪湖山庄久栽种了大量的柑橘。

清代慈溪人郑勋《简香随笔·小花屿偶记》写道：“橘树冬月以河泥壅其根，夏时浇以粪水，则叶茂而实繁。别有一种柑，名曰木奴，去核可蜜饯。孙汉阳十月便以薪草缚柑橘上。眉公曰：此为木奴着裘。”这一条是综合了宋人韩彦直《橘录》、明人陈继儒《岩栖幽事》、清人陈淏子《花镜》等的种植经验而成的。

橘　诗

〔南朝〕虞　羲

冲飚发陇首，[①]朔雪度炎州。[②]
摧折江南桂，离披漠北楸。[③]
独有凌霜橘，荣丽在中州。
从来自有节，岁暮将何忧。

——唐欧阳询等编《艺文类聚》卷八十六

【作者简介】

虞羲，字子阳，一说字士光，余姚人。少能属文，盛有才藻。南齐时，游于竟陵王萧子良西邸，历始安王侍郎、建安征虏府主簿功曹，兼记室参军。诗为谢朓所称赏。入梁，官至晋安王侍郎。

【注释】

①冲飚：狂风。陇首：古山名。在今陕西陇县至甘肃平凉一带。②炎州：《楚辞·远游》：“嘉南州之炎德兮，丽桂树之冬荣。”后因以“炎州”泛指南方广大地区。③离披：衰残、凋敝的样子。漠北：指蒙古高原大沙漠以北的地区。④中州：中原地区。

送寇侍郎司马之明州

〔唐〕武元衡

蚪酒上河梁，[①]惊魂去越乡。
地穷沧海阔，云入剡山长。
莲唱蒲鱼熟，人烟橘柚香。
兰亭应驻楫，[②]今古共风光。

——选自《全唐诗》卷五十七

【作者简介】

武元衡（758—815），字伯苍，河南缑氏（今河南偃师县南）人。建中四年（783）进士。官比部员外郎、御史中丞。元和二年（807）入居相位。后因力主对藩镇用兵，为藩镇遣人暗杀。

【注释】

①蚪：同“斗”。河梁：桥梁。②兰亭：在今绍兴。驻楫：停船。

晓发鄞江北渡寄崔、韩二先辈[①]

〔唐〕许　浑

南北信多岐，[②]生涯半别离。
地穷山尽处，江泛水寒时。
露晓蒹葭重，霜晴橘柚垂。
无劳促回楫，[③]千里有心期。[④]

——选自《全唐诗》卷五二八

【作者简介】

许浑（791？—?），字用晦，一作仲晦，祖籍安州安陆（今属湖北），寓居润州丹阳（今属江苏），遂为丹阳人。大和六年登进士第，曾授监察御史职。著有《丁卯集》。

【注释】

①此诗题目一作《晓发鄞江寄崔寿韩乂》。北渡：《宝庆四明志》卷四云：“北渡：甬水门南二十五里，往奉化路。盖奉化有南渡，故以此为北也。”在今鄞州区石碶街道境内。②信：确实。多岐：多岔道。岐：通“歧”。③无劳：无须，不烦。楫：划船的短桨。④心期：心中相许。

咏　橘

〔宋〕袁　燮

风劲霜清木落时，金丸粲粲压枝垂。
贫家不作千奴计，[①]一树庭前也自奇。

——选自袁燮《絜斋集》卷二十四

【注释】

①千奴：典出《三国志・吴志・孙休传》："丹阳太守李衡"裴松之注引晋习凿齿《襄阳记》："衡每欲治家，妻辄不听，后密遣客十人于武陵龙阳汜洲上作宅，种甘橘千株。临死，敕儿曰：'汝母恶我治家，故穷如是。然吾州里有千头木奴，不责汝衣食，岁上一匹绢，亦可足用耳。'"

尝桔徐子实家

〔元〕乌斯道

竹下围棋送夕阳，野云飞尽水风凉。
已收残局看花饮，更唤佳儿剪桔尝。
蒂湿尚含清晓露，味甘何待满林霜。
谁知又食家山果，旧岁兹辰在异乡。

——选自乌斯道《春草斋诗集》卷四

韩都宪葑溪十咏・橘林垂实

〔明〕鲍　坦

自是君家雨露深，洞庭佳果熟盈林。
山童也解留佳客，旋摘枝头万颗金。

——选自《三桥鲍氏重修宗谱》卷十六

水边叟

〔明〕张　琦

水居不业渔，秋深卖柚橘。
睡美不知晚，船头海日出。

——选自张琦《白斋竹里诗集》卷一

四时杂咏四首（选一）

〔明〕张　琦

黄粱作饭秋熟，绿橘搓香野归。[①]
对月颖头神健，[②]下天鹊顶毛稀。

——选自张琦《白斋竹里诗集》卷二

【注释】

①搓香：指挂在枝头的橘实在风中相互摩擦散发的香气。　②颖头：稻禾小穗基部的苞片。

摘橘馈雪湖

〔明〕谢　迁

冯公独乐园，木奴动千百。
苍翠郁成溪，频年自封植。[①]
秋实何累累，清芬酿琼液。
霜风旋披拂，弹转黄金色。
昨朝惊一空，颇怪穿窬客。[②]
仁者物与同，亡弓楚人得。[③]
高堂具甘旨，此物良足惜。
我亦爱园居，窈窕清溪侧。
牛屯望雪湖，[④]烟霞两山隔。
陆吉与黄甘，[⑤]馨香通咫尺。
爱护勤儿童，秋来幸全璧。
慢藏戒在兹，蚤向霜前摘。
承欢已不逮，抱恨徒朝夕。
锡类念封人，[⑥]堕地怀陆绩。[⑦]
倾筐一分遗，聊用寄吾臆。

——选自谢迁《归田稿》卷五

【注释】

①封植：壅土培育。　②穿窬客：小偷。　③"亡弓"：楚国人丢失弓，拾到的仍是楚国人。典出汉刘向《说苑・至公》："楚共王出猎而遗其弓，左右请求之。共王曰：'止！楚人遗弓，楚人得之，又何求焉？'"　④牛屯：余姚汝仇湖南牛屯岙，谢迁在此建有牛屯山庄，为省亲别墅，与冯兰的雪湖山庄相距不远。　⑤陆吉与黄甘：苏轼曾作《黄甘陆吉传》，以柑橘分别代表黄甘和陆吉两位隐士，陆吉以为自己的资历高过于黄甘，所以理应该是地位居其上，但听过黄甘的解释后，只好俯首称臣。这里用陆吉与黄甘代指两家庄园中的柑橘。　⑥锡类：美好的品德赐给朋类。锡，通"赐"。封人：这里指颍考叔。颍考叔为郑国颍谷的地方官。典出《左传》隐公元年："颍考叔，纯孝也，爱其母，施及庄公。诗曰：'孝子不匮，永锡尔类。'其是之谓乎！"　⑦陆绩：三国时吴人，官至太守。陆绩六岁时，到九江去拜见袁术。袁术让人（招待）他吃橘子。陆绩在怀里藏了三个橘子。临走时，陆绩（弯腰）告辞袁术，橘子掉落在地上。袁术说："陆绩，你来别人家做客，怀里怎

么还藏着橘子？”陆绩跪在地上，回答道：“橘子很甜，我留给母亲吃。”事见《三国志·陆绩传》。

秋郊书事（二首选一）

〔明〕冯嘉言

几树疏杨里，残蝉噪晚凉。
波鸥时起没，园橘半青黄。
酒醒愁还在，年衰老更狂。
碧云知我意，终日护山房。

——选自冯嘉言《十菊山人雪心草》卷二

惠桥霜橘

〔清〕陆　宝

双桥取径寺门斜，邻果垂枝望不赊。
寒至渐催香绕屋，秋深转计实盈车。
黄从绿出成多样，甘与酸分得几家。
曾羡荆南三十子，[①]乞将供佛胜新葩。

——选自陆宝《悟香集》卷十七

【注释】

①荆南三十子：王僧辩尝为荆南，得橘一蒂三十子，以献梁元帝。见《梁书·元帝纪》。

朱橘六韵

〔清〕陆　宝

斗枢化果出炎方，[①]粲若明霞抱叶昂。
炼魄成苞圆自若，凝脂作质炫非常。
擎来玉腕偏疑热，嚼入樱唇转爱凉。
阳燧远蒸漳水日，[②]金丸饱酿洞庭霜。
兼陈卢白难争色，[③]阅过酸甘剩有香。
纸帐分悬盆满供，[④]误看炉火散丹房。

——选自陆宝《悟香集》卷二十四

【注释】

①斗枢：北斗七星的第一星，名天枢。亦泛指北斗。作者自注：“斗枢星化为橘。” ②阳燧：古时用铜质制成的凹面镜。用以聚集日光，点燃艾炷施灸。漳水：即漳江，亦称云霄溪，发源于今福建平和县博平岭山脉东麓大峰山，东向于云霄县接纳顶溪和南溪后注入东山湾，流向台湾海峡，注入东海。作者自注：“又福橘出漳州。” ③卢白：卢橘和白橘。作者自注：“又上林卢橘，瑶池白橘。” ④纸帐：以藤皮茧纸缝制的帐子。

散怀十首（选一）

〔清〕李邺嗣

有酒时当集故人，秋冬之际更须频。[①]
狂花小放乘良月，药雨兼来润小春。[②]
坐上橘黄真照眼，盘中芋白亦流津。
诸君且尽杯中物，尚喜新篘瓮未贫。

——选自李邺嗣《杲堂诗钞》卷六

【注释】

①秋冬之际：卓尔堪《明遗民诗》卷九收录李邺嗣此诗，有小注云：“右军帖曰：末初秋冬，当快共为集。” ②药雨：指农历立冬后小雪前所下的雨。宋陈元靓《岁时广记·冬·入液雨》：“《琐事录》：‘闽俗立冬后过壬日，谓之入液，至小雪出液，得雨谓之液雨；无雨则主来年旱……又谓之药雨，百虫饮此水而蛰。’”

过阿育王岭

〔清〕宗　谊

三里渐出村，短筇且徐荷。
登岭云中铺，长裾曳云过。
风起林木号，寒逼行欲惰。
饥虎当昼啼，响振众山和。
樵来促我前，孤磴翻危坐。
水暗侵鞋湿，叶掷挂衣破。
一笑向茅茨，橘柚垂奇货。

——选自宗谊《愚囊汇稿》卷一

秋　尽

〔清〕万斯备

十月秋光未尽回，几丛红树照山隈。
村当刈稻多舟楫，人到寒天费酒杯。
园橘乍随霜落出，铁灯渐照夜长来。
狂花不待青皇令，[①]肯傍先生篱脚开。

——选自万斯备《深省堂诗集》

【注释】

①青皇：即青帝。我国古代神话中的五天帝之一，是位于东方的司春之神。

次灵章力求日同坐弘老山居韵(二首选一)

〔清〕释智远

道人肠肚绝炎凉,日食苓苓骨有光。[①]
怕走邻庵三里供,独眠松柏一丘香。
禾苗欲秀宜炎暑,橘子求甘要打霜。
分付山童勤照管,莫教山雀啄斜阳。

——选自黄宗羲编《姚江逸诗》卷十五

【注释】

①苓苓:指茯苓。

橘

〔清〕王正楠

青青圆实结芬芳,试摘犹酸尚未黄。
一季百花开灼灼,四时绿叶久苍苍。
离家入口思兄食,[①]辞主怀归侍母尝。[②]
翘首望林何可取,每年须待九秋霜。

——选自王正楠《葬亲思亲录》(暂名)

【作者简介】

王正楠(1742—?),字松崖,似为象山贤庠镇人。双妻和父母亡,思之不禁,遂有《葬亲思亲录》(原无书名,笔者据稿本内容暂名)传世。

【注释】

①这句用李靖食橘思兄的典故。 ②这里用陆绩怀橘的典故。

园橘初登书此示喜

〔清〕王莳蕙

学圃经十年,辛苦由树木。
斸土芟荆茅,[①]编篱艺枳竹。
位置心既劬,灌浥意殊沃。
异种探洞庭,[②]乃萃木奴族。
物性或未驯,时复失寒燠。
迟我金盘登,斯用瓣香祝。
颇喜今年春,萌屮幸能速。[③]
老干回初阳,修枝绽新绿。
皑皑凝霜苞,粲粲吐金粟。[④]
桃实徒空枝,梨颗仅盈掬。
得此千黄团,为贡三秋熟。
摘取琼浆甘,遂果山人腹。

——选自王莳蕙《抱泉山馆诗文集》卷五

【注释】

①斸土:挖土。 ②洞庭:指洞庭橘。 ③屮(chè):草木初出。④粲粲:鲜明的样子。

悼 橘

〔清〕王莳蕙

庭前朱橘一株,手植已五年矣。虽甚雪严霜,苍翠如故。今年秋家人速其结子,以咸汁酣灌之,日就憔悴。予甚惜之,而无如何也。

爱尔凌霜骨格遒,庭前伴我几春秋。
谁将鹤尾浇盈窟,误作麟膏赐满瓯。
心似宋人苗助长,技非秦客恙难瘳。
而今更责十年计,好住壶天对弈叟。

——选自王莳蕙《抱泉山馆诗文集》卷五

橘园闲步

〔清〕王莳蕙

金丸万颗绽深秋,我是山中千户侯。
苜蓿荒园经再拓,蓬莱异种费兼搜。
披霜稚叶因风卷,着地肥枝带雨柔。
惭愧年来工学圃,只缘身世已无求。

——选自王莳蕙《抱泉山馆诗文集》卷五

课园奴以秷干裹橘,[①]避霜雪也

〔清〕王莳蕙

万木凌霜次第枯,新移橘柚恐难苏。
细裁萝幔深深护,小截筠枝款款扶。
冻雪偏能欺野卉,狂风只许撼庭梧。
陶园已罢秋冬雪,好写豳风别样图。[②]

——选自王莳蕙《抱泉山馆诗文集》卷五

【注释】

①秷(zhì):禾穗。 ②豳风:《诗经》十五国风之一。

瑞岩晚归[①]

〔清〕刘慈孚

夹溪深树乱啼鸦,到处园林长橘芽。
一抹晚阴天欲雨,出山驴子背驮花。

——选自王荣商编《蛟川耆旧诗补》卷十

【注释】

①瑞岩：瑞岩禅寺，在今北仑区。

老 圃

〔清〕王荣商

薄宦频年别故乡，归来老圃未全荒。
疏篱不碍春山好，高树能生夏日凉。
过雨新蔬争作绿，经霜小橘渐成黄。
莫嫌景物无多在，世味酸咸已饱尝。

——选自《容膝轩诗草》卷三

柑 子

柑为芸香科植物茶枝柑或瓯柑等多种柑类的成熟果实。果皮较厚，易剥离，果实比橘子大，橙黄色。柑是世界上最重要的水果之一。中国是世界柑橘类果树的原产中心，柑很可能是橘与橙的天然杂交种。柑作为南方果，它的树与橘没有区别，只是刺少些。柑皮比橘皮稍厚，颜色稍黄，纹理稍粗且味不苦。柑不好保存，容易腐烂，柑树比橘怕冰雪，这些是柑、橘的区别。北宋苏舜钦诗称“四明园中”柑甚多，为其亲眼所见。柑橘类果品也是四明人的馈赠佳品。

康熙《定海县志》卷十一记载：“柑：未经霜时尚酸，霜后甚甜，故名为柑子。”又对橘、柚、柑三者进行了区别：“橘、柚、柑三者相类而不同。橘实小，其瓣味微酢，其皮薄而红，味辛苦。柑大于橘，其瓣味甘，其皮稍厚而黄，味甘辛。柚大小皆如橙，其瓣味酢，其皮最厚而黄，味甘而不甚辛。”

师黯以彭甘五子为寄，[①]因怀四明园中此果甚多，偶成长句以为谢[②]

〔宋〕苏舜钦

忆向江东太守园，[③]猗猗甘树蔽前轩。[④]
风摇玉蕊霏微落，[⑤]霜发金衣委坠緐。[⑥]
枕畔冷香通醉梦，齿边余味涤吟魂。[⑦]
天彭路远无因得，[⑧]犹赖君心记旧恩。[⑨]

——选自苏舜钦《苏学士集》卷六

【作者简介】

苏舜钦（1008—1048），字子美。曾祖父由梓州铜山（今四川中江）迁至开封（今属河南）。曾任集贤殿校理，监进奏院等职。因支持范仲淹庆历革新，被劾罢职，闲居苏州。后来复起为湖州长史。有《苏学士文集》。

【注释】

①师黯：陈汉卿。其先博州（今山东聊城）人，世居阆州（今四川阆中）。庆历四年（1044）前后，陈汉卿通判嘉州（今四川乐山），曾以彭州（今四川彭县）之柑子五颗寄苏舜钦，诗人因作此诗以答谢。彭甘：即天彭产的柑子。甘，即柑。五子：犹五颗。 ②长句：这里指七言律诗。 ③向：昔。江东太守：指父亲苏耆。大中祥符年，苏耆出知明州，舜钦随父住在郡斋。 ④猗猗：美盛的样子。 ⑤玉蕊：此指白色柑花。霏微：细密的样子。 ⑥金衣：指柑金黄色的果皮。委坠：脱落。緐（fán）：同“繁”。 ⑦吟魂：诗人的灵魂。 ⑧天彭：指彭州。因境内有天彭山，故称。 ⑨旧恩：阆州陈氏和绵州苏氏既有乡谊，又其先人同仕于蜀，入宋后复同朝为官，故云。

田舍作

〔宋〕薛 唐

世业存五亩，家风守二南。[①]
适情无过睡，幽事不妨贪。
母老厨增肉，朋来树选柑。
每惭躬稼穑，未及野农谙。

——选自胡文学《甬上耆旧诗》卷二

【作者简介】

薛唐，鄞县人，隐居不出。著有《田间集》一卷。后赠朝议大夫。

【注释】

①二南：指《诗》的《周南》和《召南》。

秋兴百一吟·秋柑

〔清〕洪晖吉

秋后经霜熟，朝来带露甘。
摘余宜供佛，金色现瞿昙。[①]

——选自洪晖吉《听篁阁存草》卷三

【注释】

①瞿昙:佛的代称。

金　柑

金柑又名金桔、金豆,芸香科金柑属植物,其形如弹珠,甜、酸、苦、辣、麻五味俱全,有健胃理气之功效。《至正四明续志》卷五记载云:"金柑,出慈溪,饱霜者甘。"入清以来最有名的是镇海金柑,盛产于北仑柴桥镇一带,穿山半岛丘陵间的冲积小平原土壤中富含金柑树生长所需要的各种养分。因此这里所产的金柑,皮甘肉酸,芳香沁人,质量远胜它处,种类主要有金弹、金枣、圆金柑,可供生食或糖渍成金橘饼,亦供药用。明代嘉靖《浙江通志》记载:"宁波金豆橘形似豆,味甘香胜于大橘。"明代慈溪金柑还是锡贡果品。雍正《浙江通志》记载:"金柑出马岙沙歧(今北仑区大榭岛)者佳,不能多得"。由此可见,宁波种植金柑的历史至少已有400多年。康熙《定海县志》卷十一还记载了贮藏金柑的方法:"金橘:即金柑也,大如弹丸,藏绿豆中,可经时不变,盖橘性熟,豆性凉也。"清嘉庆四年(1799)时,宁波金柑苗木由商船传入日本静冈县,并定名为"宁波金柑",主要作为药用。宁波金柑因此也在中日两国人民间有了一段美好情谊史。道光二十九年(1849),英国人福琼来华,回国时途经宁波,将金柑树苗携回英国繁殖。

金豆程含人席上分赋①

〔清〕姜宸英

仙山有奇果,移植在江东。
颗比朱樱小,香分夏橘同。
珊瑚枝出网,鹦鹉嘴窥笼。
本草偏遗录,②留题见土风。

——选自《姜先生全集》卷三十一

【注释】

①金豆:为金柑的一种,果实圆形,大于黄豆。作者自注:"金豆出明、台海山中,圆细才如豆,色红,味甘酸与橘无异。余乡制以饤茶,芳香绝胜。本草以名金柑,今吴下犹冒此称,盖不知有海中之产也。" ②本草:《神农本草经》的简称,古代著名药书。因所记各药以草类为多,故称《本草》。这里泛指《本草》类的书籍。

金　柑

〔清〕王正楠

异名异种共相宜,凑合方云真巧奇。
洁白银花三季放,净黄金果九秋时。
皱眉酸味恒存肉,纳口馨香尚在皮。
莫道斯根非贵物,接成能不令人思。

——选自王正楠《莪亲思亲录》(暂名)

金　豆

〔清〕王正楠

非红非绿带金光,粒粒匀圆粒粒黄。
月照初疑珠满树,风飘犹似宝飞扬。
摘尝果味无双品,取肉清馨第一香。
不敢私藏适自口,玉盘呈献奉君皇。

——选自王正楠《莪亲思亲录》(暂名)

金　柑

〔清〕黄亨济

小物尝来酸味和,坟边栽植道如何。
九秋结果收成好,三季开花发瑞多。
金色莹莹同玩赏,玉光灿灿起吟哦。
世人莫笑柑同类,败絮其中未可歌。

——选自王正楠《莪亲思亲录》(暂名)

【作者简介】

黄亨济,生平未详,与王正楠当有亲戚关系。

金　豆

〔清〕黄亨济

登山拾小果,携取植坟傍。
粒粒含珠润,莹莹散玉光。
枝头凝蜡翠,叶底攒金黄。
莫嫌根株小,馨香独擅长。

——选自王正楠《莪亲思亲录》(暂名)

西沪棹歌(一百二十首选一)

〔清〕姚　燮

雪姑隐叶语寒烟,①金豆离离映水圆。②

衔得一丸飞出峡，错疑猎弹中韩嫣。[③]

——选自民国《象山县志》卷三十二

【注释】

①雪姑：鸟名。作者自注：“马志云：雪姑鸟唯象山有。” ②金豆：作者自注：“金豆，橘类，出在海山。” ③韩嫣：表字王孙，为韩王韩信的后人。汉武帝在位时的宠臣。韩嫣好弹，常以金为丸，所失者日有十余。长安为之语曰：“苦饥寒，逐金丸。”京师儿童每闻嫣出弹，辄随之，望丸之所落而拾之。

后庭花木杂咏十四首·金柑

〔清〕陈桐年

慈母亦留泽，芳柑曾手栽。
江南梅雨至，诗意白华催。

——选自王荣商编《蛟川耆旧诗补》卷九

橙　子

橙子为芸香科柑橘属常绿乔木双子叶植物橙树的果实，包括甜橙和酸橙两个基本种。果圆形至长圆形，橙黄色，油胞凸起，果皮不易剥离，无苦味，中心柱充实，汁味甜而香。康熙《定海县志》卷十一记载：“橙：一名金毬。柚乃柑属之大者，早黄难留；橙乃橘属之大者，晚熟耐久，皆有大小二种。”

橙

〔元〕袁士元

金丸万颗乍经霜，摘取雕盘助玉觞。
笑看吴姬轻剖处，[①]满身香雾袭衣裳。

——选自袁士元《书林外集》卷七

【注释】

①吴姬：吴地的美女。

野景(二首选一)

〔明〕李　堂

霜后金橙熟，窥林眉已攒。
莼鲈足幽兴，应助腐儒酸。

——选自李堂《堇山文集》卷二

送友人致仕还四明

〔明〕汪　惠

圣恩优老许归田，白发乌纱足晏然。[①]
画舫远浮沧海上，草堂原在镜湖边。
鲈鱼莼菜三秋景，螃蟹香橙九月天。
风物由来多雅胜，更从何处访飞仙。

——选自《剡川诗钞》卷五

【作者简介】

汪惠，字汝吉，奉化人。弘治二年(1498)举人。授吉安教授。

【注释】

①晏然：安适；安闲。

腊月十八日，与冯雪湖、潘南山会宿山亭，次韵联句

〔明〕谢　迁

菊枕藤床午梦清，起来江上晚潮平。
酒杯到我偏无分，丘壑于今胜有情。
稚子篱根迷旧竹，木奴霜后压香橙。
剡川一曲春长满，合与知章老四明。[①]

——选自谢迁《归田稿》卷六

【注释】

①知章：唐代诗人贺知章，号四明狂客。唐天宝三年(744)，80多岁的贺知章辞官请准为道士，归越。

叠前韵酬雪湖

〔明〕谢　迁

两湖流水接天清，十里湖堤入望平。
诗札往还如索债，岁华更代总忘情。
酒须家酿多栽秫，果杂村柈或荐橙。
石鼎一篇殊未已，春宵灯烛待弥明。[①]

——选自谢迁《归田稿》卷六

【注释】

①弥明：轩辕弥明，唐元和中衡山道士，善诗，精通茶道，常与儒士往来。侯喜与刘师服正在煮茶论诗，年已九十的轩辕弥明提议以石鼎为题赋诗，才思奔涌，为侯、刘所不及。后韩愈为作《石鼎联句序》。石鼎：即陶制的烹茶用具。

长安归思

〔明〕郑光文

何处纷飞叶满林，敲窗瑟瑟莫能禁。
怀来未裕干时策，报罢空惭恋阙心。[①]
秋隼盘云追远鞚，[②]候虫隔屋应疏碪。[③]
东归愿及霜橙熟，左手持螯酒快斟。

——选自全祖望《续甬上耆旧诗》卷四

【作者简介】

郑光文，字时望，鄞县人。活动于明末，生平未详。

【注释】

①恋阙：留恋宫阙。旧时用以比喻心不忘君。 ②鞚：带嚼子的马笼头。 ③候虫：随季节而生或发鸣声的昆虫。疏碪：断断续续、稀稀朗朗的碪杵之声。

啸堂和尚书来，知西堂介公已至西陵，[①]即驰札往迎。接手有日，因得四诗（选一）

〔清〕李邺嗣

昨得山中信，蒙将佳物赍。
煮橙须野蜜，藏笋带山泥。
便作高僧供，[②]兼作新菜齑。
老夫馋眼待，一钵莫频稽。

——选自李邺嗣《杲堂诗钞》卷五

【注释】

①啸堂：天童寺山晓禅师之号。西堂介公：释元灯，字明介，天童寺山晓禅师法嗣，居天童寺西堂。与李邺嗣诗交甚密，事迹见李邺嗣《杲堂文钞》卷六《天童寺西堂明介禅师塔铭》。西陵：浙江省萧山市西兴镇的古称。 ②高僧供：作者自注：“啸堂和尚适以橙橘见贻，即命家人留供介公。”

散怀十首（选一）

〔清〕李邺嗣

莫道当春春可怜，初冬秋末亦能妍。
飘深红柏东溪路，餐过黄橙小雪天。
坐处微凉怜竹借，[①]朝来新霁寺钟传。
始知逸少高怀妙，不独兰亭风日偏。

——选自李邺嗣《杲堂诗钞》卷六

【注释】

①怜：卓尔堪《明遗民诗》卷九收录李邺嗣此诗，“怜”作“邻”。 ②逸少：东晋书法家王羲之之字。

小饮桥北农家（二首选一）

〔清〕宗 谊

落日卜朝晴，扶筇水右行。
橙添霜降味，菜足月初羹。
对席兼诸叔，酬宾独长兄。
殷勤为笑语，莫认是人情。

——选自宗谊《愚囊汇稿》卷三

遣意（二首选一）

〔清〕万斯备

有山随处好，无累且身轻。
学短经纶拙，家贫礼数生。
晴光熏野豆，秋色守园橙。
但得幽居乐，何烦更事名。

——选自万斯备《深省堂诗集》

田 舍

〔清〕万斯备

烟火桑禾内，山溪篱菊旁。
高高盛粝饭，草草着衣裳。
种豆千家熟，留橙一树香。
莫嫌田舍窄，新有竹如梁。

——选自万斯备《深省堂诗集》

遣意（二首选一）

〔清〕毛 彰

已作耽书癖，宁随折节轻。
丘园聊尚志，笔墨只谋生。
雨夜挑灯火，霜朝对橘橙。
时贤莫相笑，迂拙久忘名。

——选自毛彰《闇斋和杜诗》卷三

深秋病起寄慰迈儿，并谢诸亲友馈问（三首选一）

〔清〕洪元志

登场早喜望西成，讵料灾侵水过城。

未有远谋惭肉食，但能却病饱藜藿。
雨深古瓦生苔藓，秋老荒园媚橘橙。
散步莫教孙课懒，五更灯火待鸡鸣。

——选自《四明清诗略》卷三十一

【作者简介】

洪元志，安徽歙县人。鄞县太仆少卿胡文学妾，顺天府丞德迈母。著有《世德堂草》。

秋兴百一吟·秋果

〔清〕陈　仪

枣栗闲情未觉痴，登盘霜果费相思。
扁舟早晚江南去，大好橙黄橘绿时。

——选自陈仪等《秋兴百一吟》

秋兴百一吟·秋橙

〔清〕洪晖吉

树树千头绿，琼瓤比露寒。
最怜香透甲，未忍破团圞。

——选自洪晖吉《听篁阁存草》卷三

柚　子

柚子又名文旦、香栾、朱栾等，是芸香科植物柚的成熟果实，产于我国南方地区，可以说橘子的产区，大多出产柚，故文献上多橘柚并称。柚子清香、酸甜、凉润，营养丰富，药用价值很高，是人们喜食的水果之一，也是医学界公认的最具食疗效果的水果。柚子茶和柚子皮也都具实用价值。康熙《定海县志》卷十一记载：“柚：一名壶柑，一名朱栾。橙乃橘属，故其皮皱厚而香味苦辛；柚乃柑属，故其皮粗厚而臭味甘辛，此其分也。”明末清初余姚人朱舜水向日本人介绍说：“柚有红柚、白柚。红柚者，其皮皆黄色，或黄，或青黄，穰红，肉实酢多而甘少，味淡不佳，大者可比二升器。穰同瓢，亦曰囊，亦曰瓣，亦曰茧。白柚者，穰白肉松，味更不及红柚，其大者可比三四升器。”这些说法代表了当时四明人民对柚子的认识水平。

送马廷评之余姚[①]

〔宋〕梅尧臣

越乡知胜楚，君去莫辞遥。
晓日鱼虾市，新霜橘柚桥。
河流通海道，山井应江潮。
近邑逢鸥鸟，先应避画桡。[②]

——选自梅尧臣《宛陵集》卷五

【注释】

①廷评：汉时有廷尉平，隋以后改称为大理寺评事。马廷评生平未详。此诗作于宝元元年(1038)。　②画桡：有画饰的船桨。

晓过烛湖柬孙容峰

〔明〕黄尚质

晓行十里烛湖塘，一带横山启曙光。
隔坞鸣鸡催落月，平沙起雁带新霜。
萧疏野水菰蒲绿，寂寞园篱橘柚黄。
闻道湖南高士卧，满床书卷开秋堂。

——选自《竹桥黄氏宗谱》卷十三

秋郊即事

〔清〕谭　宗

白酒生香处，黄花初发时。
蟹螯连日餍，橘柚暗风知。
十亩溪边照，三间竹里茨。
安能便栖息，终老此秋期。

——选自倪继宗《续姚江逸诗》卷二

姚江棹歌（百首选一）

〔清〕邵晋涵

河流通海莫辞遥，人迹霜痕白版桥。
闻说前村多橘柚，[①]青旗开处酒人招。

——选自邵晋涵《南江诗钞》卷一

【注释】

①“闻说”句：作者自注：“梅圣俞《送马廷评之余姚》诗：‘晓日鱼虾市，新霜橘柚桥。河流通海道，山井应江潮。’”

【核果类】

杨　梅

杨梅是我国南方特有的佳果，产地很广，但其中属浙江杨梅的品种质量最优、产量最高，而浙江杨梅，则数慈溪和余姚一带出产这最负盛名。余姚被认为是杨梅的发源地，考古人员从河姆渡文化遗址中发现了杨梅核，证明7000年前，河姆渡人已经品尝了野生杨梅。关于人工栽培杨梅的最早记载是西汉司马相如所著《上林赋》中的“柚枣杨梅”的词句，汉代陆贾在《南越行记》中称“罗浮山有湖，杨梅、山桃绕其际”，证实人工栽培杨梅距今有2200多年。杨梅的名称，虽然在《异物志》中就有记载，唐代陈藏器的《本草拾遗》中亦有之，只说其能“止渴”而已，五代日华子简单地阐述其医用价值，这都表明其时杨梅的名气并不大。在宋人编纂的《嘉泰会稽志》卷十七中，称杨梅“昔人未识”，应是事实。到了宋代，山阴县盛产杨梅，似乎并没有余姚杨梅的一席之地。杨梅是四明的原产水果，但在南宋以前，文献上记载别处杨梅的为数不少，却罕有道及四明杨梅的。可见，在南宋之前，四明杨梅原本并不甚显名。

至南宋时杨梅作为四明珍果而名声突然大噪起来。据《宝庆四明志》卷四记载，越之杨梅开始著名天下，而奉化所产不减于越，有邵家乌、金家乌、许家乌、韩家晚、大荔支、小荔支，以紫黑称。鄞之小溪亦有之，色红，不逮奉化之紫黑。产东湖者色白，名酪蜜脚，又其次也。史浩《葬五世祖衣冠招云辞》云：“杨梅全白，玉璀璨些。”是知南宋初东钱湖地区已经选育出了白杨梅品种。自宋末以来，宁波城西栽种的杨梅甚多，陈允平《城西杨梅》诗热烈赞美了由城西杨梅林构成的农业景观，说明南客对城西杨梅的珍爱视同荔枝。城西直至明代中叶仍为宁波杨梅的主要基地，有明杨守陈《宁波杂咏》诗“六月杨梅熟，城西烂紫霞”为证。明清宁波地方志对杨梅记载较多，宁波文人亦多有讴歌。如光绪《慈溪县志》卷七记载金沙岙“又产杨梅，为一郡之冠。”郑辰《句章土物志》进一步介绍说：“出白沙、杜湖、云湖诸山，有紫、红、白三种，而黑者最佳，土人目为老鸦乌。红者为荔支红，味类甘蔗，而风致胜之。由其经年始熟，冬辣春苦夏酸也。过小暑则生虫，不可啖。”

送杨梅

〔宋〕释宝昙

午树碧云合，星虚紫微垣。[①]
赤肌风露香，绕齿冰雪温。
六月瘴雾湿，荔枝照黄昏。
江乡有此族，亦堕梅雨村。
白日走岩谷，红尘倾市门。
相如有酒渴，取密倾银盆。
一赏风味足，无使妨盘飧。

——选自释宝昙《橘洲文集》卷一

【注释】

①紫微垣：星官名。紫微垣有星15颗，分两列，以北极为中枢，成屏藩状。

又次韵杨梅三绝句

〔宋〕史弥宁

财到南村六月时，[①]累累红紫玉低垂。
筠笼送似露犹湿，[②]更费支郎七字诗。[③]

桃李漫山等俗流，诸杨汝是荔支俦。[④]
当时若贡长生殿，[⑤]又得真妃笑点头。[⑥]

酿蜜搓成绛雪团，莫嫌风味欠儒酸。
此诗此果君知么，一样骊珠粲玉盘。[⑦]

——选自史弥宁《友林乙稿》

【注释】

①财：同“才”。②筠笼：竹篮之类盛器。似：示。③支郎：指晋代高僧支遁。后泛称僧人。④荔支：即荔枝。⑤长生殿：唐都长安城郊的皇家园林，即今西安市临潼区的华清池。长生殿曾是唐玄宗与杨贵妃七夕盟誓之地，白居易《长恨歌》有云：“七月七日长生殿，夜半无人私语时。”⑥真妃：即杨贵妃。因杨曾为女道士，号太真，故称。⑦骊珠：杨梅的别名。清厉荃《事物异名录·果蓏·杨梅》：“陆游诗：‘未爱满盘堆火齐，先惊探颔得骊珠。’按，谓杨梅也。”

送杨梅与史友林[①]

〔宋〕释梵琮

风微露重雨晴时，红襞层层碧玉枝。
散尽炎蒸消尽渴，拟方圆熟友林诗。[②]

粟肌隐映月光流，实满园林孰与俦。
夏熟龙君行雨困，[3]颔珠散在树梢头。
——选自《重刊贞和类聚祖苑联芳集》卷八

酝酿清乳蜜为团，津津齿颊带微酸。
野人驰献试倾泻，落落不停珠走盘。
——选自《新撰贞和分类古今尊宿偈颂集》卷下

【注释】

①史友林：即史弥宁。 ②拟方：好比。 ③龙君：龙王。

城西杨梅

〔宋〕陈允平

炎炎火树照千山，南客应同荔子看。[1]
金谷人游红步障，[2]玉房仙炼紫华丹。[3]
猩唇泣露珊瑚饮，鹤顶迎风玛瑙寒。
若使汉宫知此味，又添飞驿上长安。
——选自影印《诗渊》第四册

【作者简介】

陈允平，字君衡，一字衡仲，号西麓，鄞县梅墟人。淳祐三年(1243)为余姚令，罢去，往来吴越间，并留杭甚久，放浪山水间。德祐年间，授沿海制置使参议官。至元十五年(1278)，以仇家告变，被捕，因同官袁洪援救得脱。自是杜门不出，扁山中楼为“万叠云”。宋亡后，征至大都，不受官放还。著有《西麓诗稿》《西麓继周集》《日湖渔唱》。.

【注释】

①荔子：荔枝。 ②步障：用以遮蔽风尘或视线的一种屏幕。③玉房：玉饰的房屋。此指神仙的居处。

应百里、李天益来，[1]求作《奉川十咏》，似之·杨梅

〔宋〕陈 著

火珠簇压翠微鲜，丹粒团成蜜颗甜。
争为渴饕供燕豆，[2]谁知赪汗困偿篮。
——选自陈著《本堂集》卷四

【注释】

①应百里：生平未详。李天益：至元二十六年(1289)奉化县尹有李天益，疑即其人。 ②燕豆：古代宴饮时盛食品的器具。形似高足盘，多用于隆重宴会。

谢前人

〔宋〕陈 著

意行非夙盟，[1]一见眼双青。[2]
款接生如熟，高谈醉易醒。
夜床清老梦，晨粥洗余腥。
须践杨梅约，重来水月亭。
——选自陈著《本堂集》卷十二

【注释】

①意行：思想行为。 ②眼双青：用“青眼”的典故。 ③款接：结交，交往。

寒食书怀二首(选一)

〔宋〕舒岳祥

晓寒飒飒侵驼褐，[1]山色盈盈入酒杯。
人物风流随逝水，故都文宪没苍苔。[2]
黄鹂杜宇匆忙过，卢橘杨梅次第来。
气运总随时节变，人逢寒食自须哀。
——选自舒岳祥《阆风集》卷七

【注释】

①驼褐：用驼毛织成的衣服。 ②故都：指南宋都城临安。文宪：礼法；法制。

同陈养晦兵后过邑[1]

〔宋〕戴表元

搜山马退余春草，避世人归起夏蚕。
破屋烟沙飞飒飒，遗民须鬓雪毵毵。[2]
青山几处杨梅坞，白酒谁家榉柳潭。[3]
休学丁仙返辽左，[4]聊同庾老赋江南。[5]
——选自戴表元《剡源文集》卷三十

【注释】

①陈养晦：据赵霈涛《剡源乡志》卷十《人物传二》，陈成字养晦，著有《晦父诗》若干卷。②毵(sān)毵：毛发细长的样子。 ③榉柳：即枫杨，别名大叶柳。 ④丁仙：丁令威。陶渊明《搜神后记》：“丁令威，本辽东人，学道于灵虚山。后化鹤归辽，集城门华表柱。时有少年，举弓欲射之。鹤乃飞，徘徊空中而言曰：有鸟有鸟丁令威，去家千年今始归。城郭如故人民非，何不学仙冢

垒垒。遂高上冲天。” ⑤庾老：庾信，著有《哀江南赋》，以伤悼梁朝灭亡和哀叹个人身世。

次韵袁季厚惠苦笋、杨梅二首(选一)

〔元〕袁　桷

空岩迸琼珠，萧萧白云中。
恍疑群仙立，欲脱烟雾丛。
招提者谁主，[①]日出撞金钟。
笙簧激清浊，[②]旌盖摇青红。[③]
遂令彼林谷，征索恨靡穷。[④]
侍臣久归田，[⑤]不数蔗碗功。
顷筐远相致，齿颊生冰风。
昂昂长松盖，下有万马容。
同源匪异本，斯文永为宗。

——选自袁桷《清容居士集》卷五

【注释】

①招提：寺院的别称。 ②笙簧：指笙。簧，笙中之簧片。 ③旌盖：旌旗和车盖。 ④征索：征派勒索。 ⑤侍臣：侍奉帝王的廷臣。

御赐杨梅

〔明〕屠　滽

万国雍熙圣德覃，[①]杨家珍果自江南。
分来鹤顶丹犹湿，嚼破猩唇血尚含。
渥君优浓功未补，[②]亲闱迢递恨何堪。[③]
寒浆入齿甘于蜜，唤醒诗人午梦酣。

——选自《甬上屠氏家集》卷一

【注释】

①雍熙：谓和乐升平。 ②渥君优浓：沐浴皇上的厚恩。 ③亲闱：父母所居的内室。因用以代称父母。

夏日喜还山居

〔明〕黄尚质

一春多事淹城市，五月山居喜复来。
屋角新阴生薜荔，树头时品熟杨梅。
呼童扫石仍携簟，对客分泉更洗杯。
幽鸟似知逢旧主，夕阳啼向独松台。

——选自《竹桥黄氏宗谱》卷十三

杨　梅

〔明〕倪宗正

五月水盘始荐嘉，牡丹芍药恨空花。
朱炎影里罗星实，[①]紫艳枝头带露华。
细洒吴盐如点雪，清兼越茗胜餐霞。[②]
归来咀嚼方乘兴，无复当年旧齿牙。

——选自倪宗正《倪小野先生全集》卷四

【注释】

①朱炎：太阳，烈日。 ②餐霞：餐食日霞。指修仙学道。

正使和上见惠杨梅子数颗，予作禅诗谢之[①]

［日］策彦周良

嘉宾堂头大和上，[②]见投我以杨梅子，盖喷味外美，夺果中宗，何惠加焉！聊缀禅诗，以代谢牍，[③]所愧非琼瑶之报矣。[④]

禅翁须我以杨梅，梅子殚时下嘴来。
除却会阇黎栗棘，[⑤]别无凡果当舆儓。[⑥]

——选自策彦周良《初渡集》中

【作者简介】

策彦周良(1501—1579)，日本临济宗僧。京都人。号谦斋。年十八于天龙寺出家。受幕府之命，曾二次出使中国，在甬上广结文人。归国后曾住甲斐(山梨县)。著有《南游集》及《初渡集》《再渡集》等。

【注释】

①此诗作于嘉靖十八年(1539)六月。时年策彦周良任日本遣明副使，到达宁波。五月廿七日，正使和尚赐及嘉果，策彦周良“初吃杨梅，其大并吾邦杨梅三四枚为一”。六月六日，创作此诗。 ②嘉宾：即嘉宾馆。堂头和上：即僧寺住持。 ③谢牍：感谢信。 ④琼瑶之报：出自《诗·卫风·木瓜》：“投我以木桃，报之以琼瑶。” ⑤阇黎：高僧。 ⑥舆儓：泛指奴仆及地位低下的人。

鸿胪兄期过烛湖尝杨梅阻雨[①]

〔明〕孙　鏊

有约烛溪湖上饮，瓮留新酒共盘餐。

还因棠棣稀相见，欲托杨梅一尽欢。
云树万重山色暝，江天十日雨声寒。
舟航却沮盈盈水，回首家园雅兴阑。
——选自孙鳌《松菊堂集》卷十三

【注释】

①鸿胪兄：孙如浙，字宗信，号曲水，为鸿胪寺序班。烛湖：原属余姚县，今属横河镇境。康熙《余姚县志》载："（杨梅）产烛湖山者，其种曰荔支，曰湖南，其味冠绝诸果。"

过烛湖观杨梅

〔明〕孙　鳌

雨余芳杜益凄凄，湖上才添水拍堤。①
六月松深山不暑，雨塘烟锁路全迷。
树头色艳杨梅熟，叶底声频布谷啼。
独往停车看不厌，隔篱谁唱竹枝词。
——选自孙鳌《松菊堂集》卷十四

【注释】

①添：原本作"深"，因与下文重复，故从黄宗羲《姚江逸诗》卷十改。《姚江逸诗》所收此诗文字多有不同，此处不一一列出。

踏龙山摘杨梅，雨久尽落

〔明〕孙　鳌

山房深锁遍蒿莱，乍启柴扉径没苔。
最喜阴森多竹木，独怜风雨落杨梅。
山人曳杖寻山去，稚子携筐傍树来。
摘得不多尝未足，空余村酒注深杯。
——选自孙鳌《松菊堂集》卷十六

尝鲜杨梅

〔明〕孙　升

万壑杨梅绚紫霞，①烛湖佳品更堪夸。
自从名系金闺籍，每岁尝时不在家。
——选自《孙文恪公集》卷二十

【注释】

①金闺籍：金门所悬名牒，牒上有名者准其进入。后用以指在朝为官。

同玉汝过观堂南楼避暑

〔清〕陆　宝

楼居小可蔽炎晖，香水洒然静掩扉。
嘉树密来仍缀果，片云低处似牵衣。
佛曾许我将诗供，僧不嫌人露顶非。
渴吻漫劳酣茗汁，①杨梅新绀入盆肥。
——选自陆宝《悟香集》卷二十二

【注释】

①渴吻：谓唇干思饮。漫：空。

病中尝青果六首·杨梅

〔清〕陆　宝

密攒紫粟火疑然，带露含香摘下鲜。
一服清凉堪已疾，心怀光福寺门前。①
——选自陆宝《悟香集》卷二十七

【注释】

①光福寺：在苏州。作者自注："吴中光福寺产甚佳。"

闻卖杨梅声伤寿儿①

〔清〕叶　氏

五月杨梅熟，沿门唱不禁。
提筐儿自出，沃水我相寻。
岂料人成昔，那堪声至今。
此声何怨恨，使我泪沾襟。
——选自《竹桥黄氏宗谱》卷十三

【作者简介】

叶氏（1609—1677），字宝林，余姚人，叶宪祖之女。少时略通经史，作诗清新雅丽。17岁出嫁，为黄宗羲之妻。明末以来迭遭家难，家计日落，仍以坚韧不拔的意志，支持丈夫的反清复明和讲学、著述等活动。

【注释】

①寿儿：据黄宗羲《亡儿阿寿圹志》，寿儿卒于顺治十二年（1655）除夕。次年三月，黄氏夫妇因避乱入城，寓外家。叶氏之诗即作于是时。

咏花鸟·杨梅

〔清〕屠粹忠

映日原堪爱，哀仁亦可伤。
媚中曾着脚，①不许献长杨。②
——选自屠粹忠《栩栩园诗》

【注释】

①作者自注："童贯苦脚气，会稽守王嶷以杨

梅仁五十石献疗之，即擢侍制。”此注本宋王明清《挥麈录》：“宋王蕤字丰父，守会稽，童贯时方用事，贯苦脚气，或曰杨梅仁可疗是疾，丰父裒五十石以献之，后擢侍制。” ②长杨：汉扬雄所作《长杨赋》的省称。《汉书·扬雄传》：孝成帝时，客有荐雄文似相如者，召雄待诏承明之庭，从至射熊馆还，上《长杨赋》，聊因笔墨之成文章，故藉翰林以为主人，子墨为客卿以讽。

达暹上人六十[①]

〔清〕郑　性

云岫山中小暑天，[②]不知是佛是神仙。
超然一事何曾有，吃过杨梅六十年。

——选自郑性《南溪偶刊·南溪梦呓》

【注释】

①达暹上人：今江北区云湖畔云岫庵僧人。②云岫：光绪《慈溪县志》卷四十一云：“云岫寺：县西北二十里，旧名云岫庵，僧普慧建。”

入山啖杨梅道上口占

〔清〕郑　性

熟矣杨家果，多归浮上桥。[①]
列筐成晓市，载艇出溪潮。
窍辟清香匝，涎垂紫液饶。
只因逢日至，[②]山路不萧条。

——选自郑性《南溪偶刊·南溪梦寐》

【注释】

①浮上桥：位于江北区妙山乡妙山桥北。②日至：指夏至。

食杨梅

〔清〕陈　梓

吾昔语凛斋，[①]不能入粤啖荔枝，尚当还越餐杨梅。

今来饱啖远如愿，衫袖日染浓胭脂。
人言性热不宜客，吾衰何碍甘如饴。
饮冰既久世味淡，唯此积习犹羁縻。[②]
杨家此果实奇特，[③]不似桃李粘痴皮。
万针猬磔寒累粟，一丸紫血冠山鸡。
元宰雕刻宠雅人，[④]食多宁患伤诗脾。
盘空洗手忽长叹，杳杳孤鸿天外飞。
伯子下榻廿年前，此物亦应登品题。
如今冢上杨梅树，青青六尺方齐眉。

——选自陈梓《删后诗存》卷五

【注释】

①凛斋：作者友人，生平待考。 ②羁縻：束缚；控制。 ③杨家此果：唐欧阳询《艺文类聚》卷八十七引《郭子》曰：“杨氏子年九岁，孔君平诣其父，设果有杨梅。孔指示儿曰：‘此实君家果。’儿应声答曰：‘未闻孔雀是夫子家禽。’” ④元宰：丞相。

食杨梅三叠前韵

〔清〕郑世元

南村有诸杨，结实亦已久。
鬻市可无禁，去毒岂同丑。
为荔作先驱，与桃异分垢。
粟起乳头丰，味郁玉肌厚。
权得一斤半，数合四十九。
作甘水成浆，贵紫色类黝。
饱啖防内热，贪饕实吾疚。
幸殊肉食鄙，无碍淡泊守。
童心老未除，口味性所有。
一笑尽冰盘，留余付红友。[①]

——选自郑世元《耕余居士诗集》卷十七

【注释】

①红友：酒的别称。

东钱湖食白杨梅

〔清〕全祖望

萧然山下白杨梅，[①]曾入金风诗句来。
未若万金湖上去，素娥如雪满溪隈。

赤熛怒结火珠林，[②]沉紫嫣红满翠岑。
傲骨不随时令转，缟衣独立矢贞心。[③]

闻说山中果熟时，有人檀板竞歌词。[④]
应将白纻垂垂舞，[⑤]别写仙人冰雪姿。

——选自全祖望《句余土音》卷上

【注释】

①萧然山：现名西山，在浙江省萧山城厢镇（县城）西面。 ②熛（biāo）：迸飞的火焰。 ③缟

衣:白衣。皜,"皓"的异体字。 ④檀板:乐器名。檀木制的拍板。 ⑤白纻:乐府吴舞曲名。《新唐书·礼乐志下》:"清乐三十二曲中有《白纻》,吴舞也。"

白湖竹枝词(选一)

〔清〕叶声闻

雉尾茎长老碧潭,鸡头叶大聚清湾。
满村红紫杨梅熟,输与湖东白獭山。

——选自尹元炜、冯本怀《溪上诗辑》卷十

和叶艾庵白湖竹枝词(三十首选一)

〔清〕姚朝翙

白獭山前宿雾收,[①]行人随路听村讴。
今年果熟湖山树,摘得杨梅满放舟。

——选自姚朝翙《和叶艾庵白湖竹枝词》

【注释】

①作者自注:"白鹤山产杨梅,在湖东。"

与友人说杨梅

〔清〕叶　炜

此果曾夸梅市西,[①]烛溪终不及慈溪。
紫霞万壑金家岙,龙尾今堪共品题。[②]

——选自叶炜《鹤麓山房诗稿》卷五

【作者简介】

叶炜(1763—1821),字允光,号意亭,慈溪县鸣鹤场叶家岙人。嘉庆元年(1796)诏举孝廉方正,力辞不就,由监生官刑部安徽司主事,以母老归养,不复出。著有《鹤麓山房诗稿》六卷。

【注释】

①白獭山:在白湖之东。这句作者自注:"孙文恪有'烛湖佳品更堪夸'句。" ②金家岙、龙尾:地名。作者自注:"我邑杨梅向推金家岙,近年我乡龙尾山亦佳。"

通圆上人以十二曲杨梅供同学诸子,即用先寒村公《啖达暹上人杨梅诗》韵[①]

〔清〕郑　勋

纵观绣壑与霞峦,佳果于今可尽欢。
绿酒携来方挺实,红盐堆处不嫌酸。[②]
老鸦乌好传金谷,[③]喜雀青看映玉盘。
连袂纡行十二曲,徘徊直到夕阳残。

——选自郑勋《二砚窝诗稿偶存》卷三

【注释】

①寒村公:即郑梁,参作者简介。 ②红盐:食盐的一种。宋苏轼《橄榄》诗:"纷纷青子落红盐,正味森森苦且严。"宋陈鹄《耆旧续闻》卷二:"徐师川云:'……世只疑红盐二字,以为别有故事,不知此即《本草》论盐有数种:北海青,南海赤。橄榄生于南海,故用红盐也。'" ③金谷:即今江北区慈城镇金沙岙,以产杨梅著名。作者自注:"十二曲,金谷岙内,土名。老鸦乌、喜雀青,金谷杨梅美者之别名。"

五月十四夜姚城闲步口占(四首选一)

〔清〕郑　勋

红透杨梅映碧筠,江乡景物一番新。
携来错落骊珠绽,还听儿童唤卖频。

——选自郑勋《二砚窝诗稿偶存》卷三

朱锦园文沼惠杨梅甚佳,偶赋短句寄意

〔清〕霍维瓒

吾越产杨梅,风味美无似。
每当霉雨中,[①]千林耀红紫。
璀璨绣山峦,磊落蒸霞绮。
摘来不停宿,日精垂嶷嶷。[②]
甜欲御吴盐,爽疑浮绿蚁。[③]
卢橘与葡萄,纷然漫相比。
庶几十八娘,[④]并驱差可矣。
于今遇闰年,直待五月底。
数次问山家,几番动食指。
昨忽见担头,老饕急难俟。
遽索数颗尝,酸浆徒冰齿。
非关候已迟,又非种不美。
果木值小年,抑或有此理。
无穷偿奢愿,请俟明年已。
朝来起盥漱,忽然吐馋水。
自稔山厨中,素称薄甘旨。
朝饭进黄精,暮飡杂青荠。
儒餐享大烹,不过聊尔尔。
何来剥啄声,空谷跫然喜。[⑤]
故人遗长须,[⑥]赤脚走双鲤。[⑦]

火齐初所尝，晶光难逼视。
一啖三百枚，流涎不知止。
较之初所尝，奚啻去蓓蓰。[8]
索之未必得，得止非所拟。
乃知一朵颐，难强直如此。
食罢忽沉吟，空斋自徙倚。
素心守淡泊，膏粱等糠粃。
胡为营口腹，颜汗能无泚。[9]
逸兴虽偶然，狥欲将胡底。
勿因佳果致，致成鄙夫鄙。
三复噬嗑爻，[10]把卷蹶然起。

——选自《姚江诗录》卷三

【注释】

①霉雨：即梅雨。②日精：指太阳。嶷嶷：形容果实盛多。③绿蚁：酒面上浮起的绿色泡沫，借指酒。④十八娘：荔枝的一个品种。⑤跫然：形容脚步声。《庄子·徐无鬼》："夫逃虚空者，藜藋柱乎鼪鼬之径，踉位其空，闻人足音跫然而喜矣。"成玄英疏："跫，行声也。"⑥长须：汉王褒《僮约》："资中男子王子渊，从成都安志里女子杨惠，买亡夫时户下髯奴便了。"后因以"长须"指男仆。唐韩愈《寄卢仝》诗："先生又遣长须来，如此处置非所喜。"⑦双鲤：一底一盖。把书信夹在里面的鱼形木板，常指代书信。唐韩愈《寄卢仝》诗："先生有意许降临，更遣长须致双鲤。"⑧蓓蓰：倍是一倍，蓰是五倍，泛指倍数。⑨泚：汗。⑩噬嗑：《易经》六十四卦第21卦，谓颐中有物，啮而合之。象征以刑法治国，亦象征市集聚合天下货物以交易。

食杨梅偶占

〔清〕黄　璋

一棹吴门住即开，抵家要及吃杨梅。
冰盘琭璹堆三百，[1]饱啖何妨日几回。

——选自黄璋《大俞山房诗稿》卷五

【注释】

①琭璹：原义未详，疑为"碌礴"。此代指杨梅。

杨　梅

〔清〕王正楠

别有金婆一种梅，密排绛栗簇珠胎。
春三青颗圆匀小，月午红团磊落堆。[1]
当口常教齿带血，酬宾特喜浆凝杯。
吟成方怅珍时短，遥想王庭心转哀。[2]

仲夏南村雨暗林，林中佳品值千金。
玉丸染得红脂垂，银粒团成黑晕深。
冰洁盘中珠满积，竹丝篮畔火齐侵。
若言的是杨家果，空缺无疑夫子禽。[3]

谁言荔子色相同，得似龙睛曜碧丛。
绣阁镜披晓日里，绮鸾照落晚霞中。
摘来指染猩猩血，堆处盘蒸鹤鹤红。
另有白杨堪称美，圣僧逸号悟真空。[4]

——选自王正楠《葬亲思亲录》(暂名)

【注释】

①月午：午月，即五月。②王庭：朝廷。③夫子禽：典出刘义庆《世说新语·言语》："梁国杨氏子九岁，甚聪惠。孔君平诣其父，父不在，乃呼儿出。为设果，果有杨梅。孔指以示儿曰：'此是君家果。'儿应声答曰：'未闻孔雀是夫子家禽。'"④圣僧：白杨梅的别称。苏轼《闻辩才法师复归上天竺以诗戏问》："此语竟非是，且食白杨梅。"王十朋注引宋曾公衮曰："按《杭州图经》云，杨梅坞在南山近瑞峰，杨梅甚盛，有红白二种，今杭人呼白者为圣僧梅。"明陈继儒《群碎录》："扬州人呼杨梅为圣僧。"

金峨山杨梅名韩家晚者尤美[1]

〔清〕孙事伦

鱼有字，兰有氏，洞箫有谥更奇矣。[2]
吾乡金峨产异种，不但杨家旧号挂人齿。
邵家许家次第生，韩家最晚未更旨。
漫山桃李愿为奴，闽蜀荔支许作姊。
本来繁衍可庆幸，大小后先以续亦以似。
岂似红密丁，[3]百千万斤走飞使。
岂似江摇柱，腥臊犹被东坡毁。
相如作赋叶宫商，[4]太白颂音流清征。[5]
遥遥华胄且莫攀，风流特在舒公子。[6]
一筐敬劝大儒餐，勖勉丁宁出妙理。[7]
可惜图经脱落人不知，[8]徒见火齐累累满城市。

——选自《四明清诗略》卷十七

【注释】

①金峨山：位于鄞南山区，毗邻奉化市。金峨山杨梅：应即奉化楼隘杨梅。楼隘村位于金峨山南麓，明清以后，楼隘杨梅开始名声远播。韩家晚：杨梅品种。《宝庆四明志》卷四“杨梅”条云：“越之杨梅著名天下，而奉化所产不减于越，有邵家坞、许家坞、金家坞、韩家晚、大荔支、小荔支。” ②洞箫有谥：王褒《洞箫赋》：“幸得谥为洞箫兮，蒙圣主之渥恩。” ③红密丁：当作“红蜜丁”，即车螯肉柱，为帘蛤科大帘蛤或文蛤闭壳肌的干制品，产于福建和浙江一带，其鲜味最佳，过去曾作为贡品岁贡朝廷。 ④相如：司马相如，所作《上林赋》提到了杨梅。 ⑤太白：李白。李白《梁园吟》：“玉盘杨梅为君设。”又《叙旧赠江阳宰陆调》：“江北荷花开，江南杨梅熟。” ⑥舒公子：舒璘，字符质，一字符宾，学者称广平先生，奉化广平（今大桥镇舒家村）人。南宋乾道八年(1172)中进士。著名学者。作者自注：“袁正献公尝因广平舒公子之馈，爱其名，引陈文节公诗勖公子以晚成之说。” ⑦勖勉：勉励。 ⑧图经：附有图画、地图的书籍或地理志。

蛟川物产五十咏·杨梅

〔清〕谢辅绅

色如火齐味如冰，族望南村旧可凭。
十八盘中盘岙种，[①]扬州辨色圣称僧。

——选自光绪《镇海县志》卷三十八

【注释】

①盘岙：今属北仑区新碶街道。

率次泰园韵[①]

［日］一　竿

胜地寻诗醉几场，一瓢余兴又斜阳。
落花啼鸟都成梦，瘦马羸童逐次忙。
短发十年悲驿路，孤篷万里客仙乡。
闻君太喜杨梅美，孰与慈南风味长。

——选自栎窗林编辑《高城唱玉集》

【作者简介】

一竿，即一竿三浦渔，一号竹庄，日本诗人。光绪十二年(1886)，慈溪黄山人王治本游历日本高坂城（今上水内郡牟礼村），与其多有唱和。

【注释】

①泰园：即王治本。参作者简介。

芦江竹枝词（二十四首选一）

〔清〕胡有怀

山果佳名一一夸，樱桃吃过又枇杷。
杨梅到底输洪岙，[①]满树殷红看作花。

——选自王荣商《蛟川耆旧诗补》卷四

【注释】

①洪岙：今属北仑区柴桥街道。

游瑞岩寺赠书蕉上人[①]（四首选一）

〔清〕戴鸿庥

岧峣宫殿碧云封，[②]翘首欣瞻十二峰。
不是圣僧开觉路，上方未许溷尘踪。[③]

——选自王荣商《蛟川耆旧诗补》卷九

【作者简介】

戴鸿庥，谱名恒瓒，字盥香，号灌叟，原镇海县人。同治十三年(1874)增贡生。著有《盟心书屋诗草》。

【注释】

①书蕉上人：瑞岩寺住持。此诗前有小序云：“甲申闰五月十九日，同赵君宏振、李君思梅由柴桥买棹至河头，步行入山。一带清溪，两岸茂林修竹。行数里，有两山相锁，初不见寺。及由剪月亭入头门，则豁然开朗，别有一天。寺僧布心、书蕉两住持颇见礼待，因增七绝四首，信宿而返。书蕉工诗，善书，文僧也。”甲申即光绪十年(1884)。 ②岧峣：山高峻的样子。 ③“不是”两句：作者自注：“游寺者以吃杨梅为名。扬州人呼杨梅为圣僧。”

骆驼桥村竹枝词（五十首选一）

〔清〕盛钟襄

馈送杨梅担歇担，老鸦乌最味甘甜。[①]
要知是物犹人样，容易过时惹众嫌。[②]

——选自盛钟襄《溪上寄庐韵存》

【注释】

①老鸦乌：杨梅品种之一。作者自注：“杨梅熟时买以送人，黑者为佳。寒村诗注：‘土人目之

为老鸦乌，惟有定时，过则不食。'” ②过时：作者自注：“相传曰：'夏至杨梅满山红，小暑杨梅要出虫。'”

食杨梅

〔清〕梅调鼎

人言老树甜，我取深紫吃。
等是食杨梅，何必从根说？

——选自梅调鼎《注韩室诗存》

食杨梅有感

陈训正

雨熟杨梅上市初，美人天末想何如。
酸风过处知乡味，怅绝今朝有报书。

——选自陈训正《晚山人集》卷一

【作者简介】

陈训正(1872—1943)，字无邪，又字屺怀，号天婴。原慈溪西乡官桥(今属余姚三七市镇)人。清光绪二十八年(1902)举人。早年东渡日本，入同盟会。历任上海《天铎报》社社长，杭州市市长，浙江省参议会议长。著有《天婴室丛稿》，编修《鄞县通志》等。

槐儿入山就食杨梅因课以书

胡丛卿

心花若向学中开，佳果无穷在后来。
爷不欺人儿试辨，诗书味自胜杨梅。

——选自胡丛卿《祝园诗稿》

四门竹枝词(百首选二)

谢　翘

健线延年五色丝，[①]香囊争向臂间垂。
群儿笑指篮头说，正是杨梅乍熟时。

杨梅时候雨多霉，十日阴霾九不开。
怕是今朝逢小暑，[②]天空又响一声雷。

——选自《泗门古今》

【注释】

①五色丝：又名“续命缕”“避兵缯”“五色丝”“长命寿线”“长命锁”等。端午节时系五色丝于手臂之上，或悬挂于儿童胸前、蚊帐、摇篮。据说可以免除瘟病，使人健康长寿。 ②小暑：作者自注：“谚云：'小暑一声雷，翻转做重霉。'又云：'夏至杨梅满山红，小暑杨梅要出虫。'”

附：

游史祥寺记略

〔清〕柴梦楫

距予家不十里，而又山曰白沙。入山数里，而又寺曰史祥，皆产杨梅之薮也。《东坡集》有“吴越杨梅、闽广荔支”之对，予未食荔，盖不知，逮游于闽，得啖之，足称绝品。又想杨梅而不得。逾七年归，方仲夏，杨梅累累可爱矣。内兄洪商越曰：“今岁史祥之约不可已，当以厌君七年之欲耳。”及期而往，寺旁之杨梅盖千万。每一树可数斛，枝垂干压，山风飒来，声如击鼓，簕簕落地，厚且寸许，人不避，衣衫尽赪。予取之，商越曰：“是不足食也。”为选其硕且紫者盈筐焉，沉之溪。少顷，杂小石揉之，溪流皆绀色。入齿寒而甘，身爽然，不知人世有此味拟之。曰：“君未见龙果也，盍观之？”夹树行越数里，石壁如削，飞瀑之倾自溪者，高则龙挂，低则雷鸣，毛发森森欲竖，云：“是龙潭也。”潭之旁有一树，倚岸半偃，老根纠盘，稜稜露鳞甲，而枝叶则左拏右击，若乘瀑之下而欲冲举去之也。商越曰：“是树不知何年，实皆白，必龙食之而人可取。”予曰：“龙食谁知者？”商越曰：“龙过必挟风雨，以杨梅落地为验。”拾一二啖之，美更出他果上。因俯视潭倒影处，形若奇鬼搏人，气蒸蒸直上将丈余。商越曰：“龙在也！”急走，逾两峰方坐，而潭已在山足，云雾隐隐，俨有物据焉，心怦怦犹动不止。

——选自光绪《慈溪县志》卷四十二

金峨山晚杨梅赋

〔清〕全祖望

长卿上林之赋，任彦升之传，江文通之颂，太白之诗，杨梅所由著名也。《图经》品其绝胜者，莫如绍兴之萧然山中，而吾乡亚之。不知吾乡之产，其出自金峨山南者，实突过焉。予尝以六月亲至诸峰，红者紫者如火云，白者如雪，一望垂垂，盖奇观也。居人或以姓谱其种，有曰邵家坞，曰金家坞，曰许家坞，或以其形曰大荔枝，或以其味曰酪蜜，而又有曰韩家晚者，其种最后，亦最佳。淳祐大儒袁正献公尝因广平舒公子之馈，爰其名，引陈文节公诗，勗公子以晚成之说。深宁王礼部跋其尾，以为前辈立言，虽一果蓏不忘规箴若此。今载入《至正志》中，是则吾乡杨梅之佳话，诸方谱物者所未有也。乃更申其绪而赋之。

吾闻南阳之韩以桐木尊，盖一代之嘉树，非凡卉之可伦，异哉！其忽以杨梅之别种传也，不争先以求售，乃晚出而倍醇。嫣然抱其芳姿，几却顾而逡巡。为待夫侪辈之将尽，始独殿夫一军。彼时物之被荐，大率贵其早陈。人情习于数见，固有取于维新。胡是果之矜贵，以后来而空群？岂大器之果别，正不妨于积薪。抑昔词客之品目，拟星郎之驾云。迨谢生之欣赏，复拟之以丽人。彼宁不忧其迟暮，甘退处于后尘。将无自托于十年之不字，或有待而得伸。乃有格物君子，凡三致意，谓兹微物，足资箴厉。由来毅氏之枣，张公之梨，江家之荔，好事者流艳而称之，竞登载记。然而只充佳话，靡关大义。伊朱实之离离，禀炎精者最厚。酿赤水以为浆，宅丹山以为囿。谁其临之，鹑鸟之味。当溽暑而落实，涤蕴隆以可口。即或变色而皜衣，要莫夺其中之所守。夫太刚则虞其易折，而躁进则适以负疚，此亦物理之常也。是以孕之以久而愈完，养之以需而不苟。庶渐底于和平，尚予人以可受。乃若学以耄而惧其倦，节以老而防其衰。不见夫少年之行行，或持久而渐乖。曷若是果姜桂之性愈厉，桑榆之志不回。是则始之蓄其力，正以后之成其材。昔我先正微言可风，是用作歌，警于有众。风人闻之，以当《橘颂》，其于韩兮，尚亦增重。

——选自全祖望《鲒埼亭集》卷三

桃　子

桃为蔷薇科李属桃亚属植物，原产中国西北地区，是中国最古老的果树之一，很早就被广泛利用。距今7000年的余姚河姆渡文化遗址中就出土了桃核。桃具有易变形，在长期的培育过程中，由于不同环境及人工选择，会发生很大的变异，并形成各种各样的食用桃和观赏桃品种。浙东地区历来产桃，相传东汉时刘晨、阮肇至天台山采榖皮，迷不得返，粮食乏尽，饥馁殆死，后得采桃实充饥。鄞县旧有桃源乡，《桃源乡志》解释说："吾乡之武陵山，世传刘阮亦尝采药于此，值桃花烂漫，恍似桃源，……因以名乡。"可见桃源乡实因漫山遍野的桃花而得名。不过旧时四明文人多赏桃花而少描绘果实，《宝庆四明志》、《桃源乡志》等，皆未著录桃子，故历代引种的品种并不清楚。明代以来有雪桃、夏白桃、夏红桃、毛桃、鹰嘴桃、十月桃、海桃等品。光绪《慈溪县志》卷五十三则云："产北乡沙地者曰海桃，七月熟，味最佳。"光绪九年(1883)，奉化剡源乡三十六湾村(今属溪口镇)花农张银崇从上海带回龙华"水蜜桃"，设圃繁育，经多年培育成良种。因该桃品质优异，故取琼浆玉露之义，名曰"玉露水蜜桃"，自此开始了"奉化水蜜桃"的名产历史。光绪《余姚县志》卷六《物产・果之品》云："有水蜜桃，得种不过十年。"是知光绪间余姚当从奉化引种了水蜜桃。奉化水蜜桃以其果型美观，肉质细软，汁多味甜，香气浓郁，皮薄易剥，入口即溶，使人回味无穷的独特品质，驰名海内外。

接桃树

〔宋〕释梵琮

蟠桃深植固灵根，蓦刃当头截命根。
点著直教随手活，须知别是一般春。

——选自《重刊贞和类聚祖苑联芳集》卷九

桃　实

〔明〕张　琦

人老不可少，夏桃秋却肥。
欲从滑稽子，[①]偷得一枚归。

——选自张琦《白斋诗集》卷一

【注释】

①滑稽子：指东方朔，西汉名士，擅长辞赋，

性诙谐。历来有东方朔偷桃的传说。《汉武故事》云："东郡送一短人，……召东方朔问。朔至，呼短人曰：'巨灵，汝何忽叛来，阿母还未？'短人不对，因指朔谓上曰：'王母种桃，三千年一作子，此儿不良，已三过偷之矣。'"

病中尝青果六首·桃

〔清〕陆　宝

枕上分甘体少差，紫文缃核熟离离。[①]
纵饶金液千年药，不及绥山果一枝。[②]

——选自陆宝《悟香集》卷二十七

【注释】

①紫文缃核：蟠桃外面有紫色的纹理，里面是浅黄色的桃核。文，同"纹"。缃，浅黄色。《西游记》："紫纹缃核，九千年一熟，人吃了与天地齐寿，日月同庚。"　②绥山：在四川峨眉山西南。干宝《搜神记》卷一："前周葛由，蜀羌人也。周成王时，好刻木作羊卖之。一旦，乘木羊入蜀中，蜀中王侯贵人追之，上绥山。绥山多桃，在峨眉山西南，高无极也。随之者不复还，皆得仙道。故里谚曰：'得绥山一桃，虽不能仙，亦足以豪。'山下立祠数十处。"

四明洞天土物诗有未备者，又得五章·雪桃[①]

〔清〕全祖望

托生荒岛中，落成穷冬后。
万山方缟素，[②]嫣红出树首。
斯为真硕果，筮得剥之九。[③]
太和保浑元，[④]足以介眉寿。

——选自全祖望《句余土音》卷中

【注释】

①雪桃：即冬桃，因成熟期在大雪纷飞、草木凋零的冬季而得名。冬桃在古代称作"旄"，《尔雅》中提到的"旄桃"，就是冬天成熟的冬桃。全祖望自注云："所谓不旄之桃也。"此"不"字疑为衍文。②缟素：白色。此喻雪色。　③剥：六十四卦卦名之一，乃剥脱衰落之卦。《易经》剥上九云："硕果不食，君子得舆，小人剥庐。"　④太和：人的精神、元气。浑元：谓天地之气。

桃

〔清〕王正楠

春色桃林一望收，争看子结夏时休。
离离肥绽盈枝上，颗颗匀圆满树头。
仙果妆露形实丽，琼肌带露趣还柔。
天然西母盘中物，[①]曾惹东方三度偷。[②]

花开灼灼值春荣，实结离离逢夏成。
三过东方仙迹渺，七枚西母玉盘成。
应同刘氏山中果，不异渔人溪上行。[③]
日照枝头红颗颗，可能啖此得长生。

数行雁字过长空，[④]颗颗堆成满树红。
半月偏形同色艳，十洲蟠地异青葱。[⑤]
康园彩让金银品，[⑥]上苑光侔缃紫丛。[⑦]
那得一枝悬背降，高风足继自然公。[⑧]

——选自王正楠《葬亲思亲录》(暂名)

【注释】

①西母：西王母。　②东方：即东方朔。《汉武故事》云："东郡献短人，呼东方朔，朔至，短人因指朔，谓上曰：'西王母种桃三千岁，为此子儿不良也，已三过偷之矣，后西王母下出桃七枚，母因啣二，以五枚与帝，帝留核着前，母问曰：用此何？上曰：此桃美，欲种之。母笑曰：此桃三千年一着子，非下土所植也。"　③"应同"两句：用刘阮遇仙典故。刘义庆《幽明录》："汉明帝永平五年，剡县刘晨、阮肇共入天台山取穀皮，迷不得返。经十三日，粮食乏尽，饥馁殆死。遥望山上，有一桃树，大有子实；而绝岩邃涧，永无登路。攀援藤葛，乃得至上。各啖数枚，而饥止体充。"　④雁字：像飞雁整齐而有秩序的行列。　⑤十洲：古代传说中仙人居住的十个岛。　⑥康园：当为康国之误。康国位于锡尔河至阿姆河之间，唐太宗时，曾遣使来求内附。公元658年，唐高宗置康居都督府，任命康居国王为都督。《旧唐书·西戎传·康国》云："至(贞观)十一年，又献金桃、银桃，诏令植之于苑囿。"　⑦上苑：即上林苑。据《西京杂记》记载，汉武初修上林苑，群臣远方各献名果，有缃核桃、紫文桃、霜桃(霜下可食)、金城桃等。　⑧自然公：即谢自然。《渊鉴类函·果部·桃》引《集仙录》："金母降谢自然家，将桃一枚悬臂上，有三十颗，碧色，大如碗，云此犹是小者。"

蓬岛樵歌（一百十六首选一）

〔清〕钱沃臣

夏白桃浮丹井泉，[①]紫杨梅熟白岩前。[②]
女儿衫子凉于霅，[③]结伴松棚唪凤仙。[④]

——选自钱沃臣《乐妙山居集》

【注释】

①夏白桃：作者自注："邑产桃名夏白桃，又名雪桃，大如拳，皮肉色皆白，近核深红，不粘核，味甘鲜。浙产当以此为冠。"丹井泉：作者自注："邑夏日汲丹井泉饮之，并以浸果。" ②"杨梅"句：作者自注："杨梅邑产小白岩者佳，名大紫者尤胜。《果谱》：会稽产者为天下冠。邑本越地，固其宜耳。" ③女儿：即女儿布。宋罗浚《宝庆四明志》卷四云："象山苎布独细，曰女儿布，其尤细者也。"霅：同"雪"。 ④凤仙：即凤仙花。作者自注："女郎夏夜捣凤仙花染指甲，呼凤仙曰指甲花。《癸辛杂识》云：'此始于回回。'"

诘　桃

〔清〕王莳蕙

潜山别墅之桃园，有桃树百余本，
予所手植，岁开花如障锦，而懒
于结子，今年尤甚，诗以诘之

谓桃躯干小，着手逾十围。
谓桃根株苶，[①]结翠森重帏。[②]
繁英跋众葩，[③]飘落千林绯。
稠枝缛交亚，[④]粉扫池荇低。
东畦土硗确，北陇山厜㕒。[⑤]
旖旎尔生性，位置非此宜。
尔境砥然旷，[⑥]尔垩膏且肥。[⑦]
萝茑不尔蔓，[⑧]鼪鼯不尔夷。[⑨]
稚梨与弱柚，左右恣凌欺。
彼独非树艺，胡以能知己。
春华即秋实，一一无愆期。[⑩]
爱尔多结子，硕大曾累累。
岂知烂漫意，但作阴离披。[⑪]
谓是偶然尔，后效姑舒迟。[⑫]
如何今年夏，花落仍空枝。
荣枯等原草，滋尔将何为。
非为盈尺刃，芟刈如园葵。[⑬]
贷尔尔勿悟，虽悔容可追。
会当孕蟠实，绀紫凝甘饴。
倾筐复盈筥，万颗星悬垂。

——选自王莳蕙《抱泉山馆诗文集》卷五

【注释】

①苶(nié)：萎弱。 ②重帏：一层又一层帷幔。 ③跋：疑为"踧"(chuò)，剥落。 ④交亚：交互重叠。 ⑤厜(zuī)㕒(wēi)：山峰高峻。 ⑥砥然：平坦的样子。 ⑦垩：这里指土壤或加施的肥料。 ⑧萝茑：女萝和茑。两种蔓生植物。常缘树而生。 ⑨鼪鼯：鼪鼠与鼯鼠。夷：这里有危害之意。 ⑩愆期：失约；误期。 ⑪离披：参差错杂的样子。 ⑫舒迟：迟慢。 ⑬芟刈：砍伐。

园桃初实，距种时已十余年矣，戏简友人二绝句

〔清〕王莳蕙

喜见蟠桃初结子，却逢曼倩又归家。[①]
人间原是蓬山种，依旧三千年一花。

果腹何妨任老饕，常山千树足称豪。[②]
只愁弃核无人处，要与昆仑一样高。

——选自王莳蕙《抱泉山馆诗文集》卷七

【注释】

①曼倩：东方朔之字。 ②常山千树：《史记·货殖传》中记载："淮北、常山已南，河济之间千树楸，此其人皆与千户侯等。"

樱　桃

樱桃，又称含桃、朱果、朱樱、樱珠、家樱桃，系蔷薇科木本植物樱桃的果实。其中中国樱桃原产于我国，已有2500～3000年的栽培历史。1965年从战国时期的古墓中发掘出樱桃种子，据鉴定认为是中国樱桃。西汉《尔雅》记载的"楔荆"，就是中国樱桃。到北魏贾思勰的《齐民要术》中对樱桃的栽培有了详细记述："二月初，山中取栽；阳中者，还种阳地；阴中者，还种阴地。"可见当时的农民已掌握了较高的栽培技术。樱桃每年先于百花而开，又先于百果而熟，故成为荐寝庙、表孝敬的最佳选择。康熙《定海县志》卷十一说：

"三月熟时须守护,否则鸟食无余。"慈溪人郑勋《简香随笔·小花屿偶记》介绍说:"樱桃,二月间种。阳种者还种阳处,阴种者还种阴处。结实之时,宜张缯网遮之,以惊鸟雀。更贮苇箔覆之,以蔽风雨。"

樱　桃

〔宋〕释梵琮

炼形道士药炉空,枉费生前九转功。[①]
一斗丹砂寻不见,晓来枝上弄春风。

——选自《禅宗杂毒海》卷五

【注释】

①九转:次提炼。道教谓丹的炼制有一至九转之别,而以九转为贵。

樱　桃

〔元〕乌斯道

南风南圃绿云攒,满树红堆玛瑙丸。
翠羽飞来休啄破,未曾供奉赤瑛盘。[①]

——选自乌斯道《春草斋诗集》卷五

【注释】

①赤瑛盘:红色的玉石盘。

咏樱桃

〔明〕张时彻

万颗匀圆总不殊,独先诸果荐甘腴。
冰盘错落堆红玉,锦席参差映火珠。
入手共怜颜色好,当筵偏佐燕酣娱。[①]
寝园此日供灵御,[②]侍从应沾内赐俱。

——选自张时彻《芝园定集》卷十七

【注释】

①燕酣:同"宴酣"。举行宴会。 ②寝园:陵园。《礼记·月令》:"是月(仲夏之月)也,天子乃以雏尝黍,羞以含桃先荐寝庙。"郑玄注:"含桃,樱桃也。"

萧皋别业竹枝词(十首选一)

〔明〕沈明臣

雨过高田水落沟,瓦桥鱼上柳稍头。
梅子青酸盐似雪,樱桃红熟酒如油。

——选自沈明臣《丰对楼诗选》卷二

天王寺饷樱桃[①]

〔清〕陆　宝

匀圆新摘火龙腮,赤玉珊瑚任尔猜。
倾入一筐拈恐破,僧蓝只是鸟含来。[②]

——选自陆宝《悟香集》卷二十五

【注释】

①天王寺:在今鄞州洞桥。 ②僧蓝:僧伽蓝,意为僧院。鸟含:樱桃又名莺桃、含桃。《淮南子·时则训》:"羞以含桃。"高诱注:"含桃,莺所含食,故言含桃。"

樱桃,甲午夏大父伯庵先生命赋[①]

〔清〕郑　梁

街头买得鸟含残,漫作芙蓉盛事看。
茜丽风流骄国色,萧疏况味带儒寒。
唐人自赋青丝宠,汉世谁领赤玉盘。
空与酸梅羞立夏,文园病渴未能宽。[②]

——选自《寒村诗文选·见黄稿诗删》卷五

【注释】

①甲午:顺治十一年(1654)。 ②文园:指汉司马相如。因司马相如曾任文园令。

野人送樱桃

〔清〕毛　彰

纤枝垂实鸟含红,野叟分甘饷满笼。
登几何须赤玉瑛,落盘恍与蕊珠同。[①]
春残荐庙传周典,[②]月下颁僚出汉宫。
此果由来珍席上,莫轻园圃叶蓬蓬。

——选自毛彰《闇斋和杜诗》卷三

【注释】

①蕊珠:即蕊珠宫。道教经典中所说的仙宫。 ②周典:周代的典章制度。

春日杂兴(二十四首选一)

〔清〕黄　璋

黯黯痴云日欲沉,[①]今朝云净快新晴。
阳和着物真无际,[②]燕笋樱桃次第生。

——选自黄璋《大俞山房诗稿·留病草》

【注释】

①痴云:停滞不动的云。 ②阳和:春天的暖气。

蛟川物产五十咏·樱桃

〔清〕谢辅绅

余花晚笋景飞腾,赤玉盘中一色凝。
科目羡他唐进士,[1]承恩赐宴继红绫。

——选自光绪《镇海县志》卷三十八

【注释】

①科目:指唐代以来分科选拔官吏的名目。从唐僖宗时起,新科进士发榜的时候也正是樱桃成熟的季节,进士们便形成了一种以樱桃宴客的风俗,是为樱桃宴。五代王定保《唐摭言·慈恩寺题名游赏赋咏杂纪》:"新进士尤重樱桃宴。"

李　子

李树是我国的原生植物,植物学上称为"中国李",其分布地域远超桃杏,是我国自古以来广泛种植的一种果树,也是很美的观赏植物,人们历来喜欢将桃李并称。先秦古籍《诗经》《管子》中都提到了李的栽培。五代日华子云:"李,温,无毒,多食令人虚热。"历史文献中还记载了不少四明李果的有名品种,如康熙《定海县志》卷十一云:"其种近百,味有甘酸苦濇之别,也有青、绿、紫、朱、黄、赤、缥绮、胭脂、青皮、紫灰之殊,形有牛心、马肝、柰李、杏李、水李、离核、合核、无核、匾缝之类,早则麦李、御李,四月熟,迟则晚李、冬李,十月、十一月方熟。又有李春李,冬花春实者也。"由此也昭示了四明地区李子种质资源的丰富。李子的这些变异除了地理环境的因素外,很大程度上是由嫁接引起的。四明地区出产的李子,比较有名的是鄞县小溪的仲夏李,极为甘脆,早在元代就已驰名遐迩。余姚泗门李巷,枕山为园,多植李子,味极甘美,相传在宋元时已有此种,称为粉翠李。冯兰有"巷中硕李堆红紫,异种传自仙人宫"之句吟咏之。

病中尝青果六首·李

〔清〕陆　宝

玉衡散后实圆匀,[1]寒水沉来味更新。[2]
每向医家论食忌,莫教黄雀共沾唇。[3]

——选自陆宝《悟香集》卷二十七

【注释】

①玉衡:北斗七星中的第五星。汉代纬书《春秋运斗枢》:"玉衡散而为鸡,为鸥,为兔,为鼠,为李,为桃,为椒,为荆,为榆,又为菖蒲。" ②寒水沉来:因为在水中不下沉的李有毒,食用害人。 ③"每向"两句:作者自注:"《本草》云:'李不可合雀肉食。"

鄮西竹枝词(五十首选一)

〔清〕万斯同

最爱枝头果实甘,未经照眼口先馋。
不如仲夏移家去,[1]卧向林边手自探。

——选自万斯同《石园文集》卷二

【注释】

①仲夏:指仲夏堰。《至正四明续志》:"李子出小溪仲夏,极甘脆。"作者自注:"仲夏地名,产桃李。"

小江湖土物诗·仲夏李

〔清〕全祖望

中州万柯条,来生仲夏堰。
霜柑遥相望,[1]交枝互娟便。[2]

——选自全祖望《句余土音》卷上

【注释】

①霜柑:作者自注:"建岙多柑。"黄宗羲《四明山志》卷一"建岙山"条云:"其地产橘,故户有橘柚之园。" ②娟便:同"便娟",轻盈美好的样子。

梅　子

梅流传至今主要分为两种,一为花梅、一为果梅。梅花以观赏为目的,果梅则主要采其果实即梅子食用。梅子亦称青梅、酸梅,是果梅树结的果,按果皮颜色分为青梅、白梅和红梅。梅子性味甘平、果大、皮薄、有光泽、肉厚、核小、质脆细、汁多、酸度高,具有酸中带甜的香味。

梅子原产中国，是亚热带特产果树，栽培历史悠久。在商周时代，梅子是日用的必需品，用它来调和饮食，与盐相等，故《尚书》有“若作和羹，尔惟盐梅”之语。后人遂有“梅者，媒也，合众味”之说。唐代陈藏器《本草拾遗》论述了乌梅的功效，五代日华子又提到了白梅。元代《至正四明续志》卷五记载：“梅：亦多种，早梅、晚梅、消梅、夏梅。”表明当时四明地区已经形成多种梅子品种。明嘉靖十八年(1539)，日本遣明副使策彦乘船到达定海港，“初吃本邦梅子”(《策彦和尚初渡集》上)。这大概是外国人食用宁波地产梅子的最早记录。

游护圣禅寺[①]

〔元〕袁　桷

独秀峰前倚槛看，翚飞楼阁出巑岏。[②]
荒坟虎葬唐僧骨，[③]古井龙窥汉尉丹。[④]
荷沼秋枯霜镜净，[⑤]松林风撼夜涛寒。
年年四月黄梅熟，犹忆调羹齿颊酸。

——选自胡文学《甬上耆旧诗》卷三

【注释】

①护圣禅寺：在鄞州区横溪镇大梅山，唐代法常禅师初创为塔院。 ②翚飞：屋翼檐角向上的建筑形式，俗称“飞檐”。形容宫室的高峻壮丽。巑(cuán)岏：高峻的山峰。 ③“荒坟”句：相传有虎衔石成塔，力尽而毙，故寺旁有虎墓。④汉尉：指梅子真。相传大梅山为汉梅子真隐处，有石洞、仙井、药灶、丹灶等迹。 ⑤荷沼：荷花池。法常偈有“一池荷叶衣无尽”句。

食　梅

〔明〕谢　迁

夏木阴阴雨气寒，半黄肥颗摘林端。
齿输赤子先拌软，眉为苍生故自攒。
调剂功微惭玉铉，[①]赐沾恩重忆金盘。
一株留取当阶树，赢得花时索笑看。

——选自《文正公谢迁诗存》

【注释】

①玉铉：玉制的举鼎之具。状如钩，用以提鼎之两耳。喻处于高位的大臣。

天益山即事[①]

〔明〕冯元仲

雨洗桐花日月长，墙藏土室树遮墙。
中条谷口第三谷，[②]下杜庄腰尺五庄。[③]
水啮荡池翻浪縠，[④]岚稠载岫失山铓。[⑤]
溅牙梅子酸过橘，[⑥]上树儿童唤客尝。

——选自《天益山堂遗集》卷四，参光绪《慈溪县志》卷六

【作者简介】

冯元仲(1597—1660)，字次牧，一字尔礼，慈溪人。明诸生，与陈继儒、陈子龙相善。隐居汤山。

【注释】

①天益山：汤山，在江北区慈城小东门外。明末清初冯元仲建别业于此，改名天益山。②中条：山名，全国有多处，这里似指山西安邑雷首山(一名中条山)，其山有银谷，“谷口”所指疑即此。谷口亦可解为今陕西淳化西北之谷口，西汉末年高士郑朴(子真)不屈其志，隐居于此，耕乎岩石之下，名震于京师。第三谷：在江西麻源胜地，唐诗僧灵一曾隐居于此，结茅读书。 ③下杜：在陕西长安城南，故杜陵之下聚落。唐代韦、杜世居于此。杜甫《赠韦七赞善诗》自注引当时谚语云：“城南韦杜，去天尺五。” ④縠(hú)：皱纱。这里形容水的波纹。 ⑤岚稠：浓密的岚雾。山铓：山峰，山尖。 ⑥溅牙：液体从牙缝中迸出。

过北山寺[①]

〔清〕周志宁

水响门前石，岚封阶下苔。
寺贫僧不定，春去客还来。
篱折过头笋，林残溅齿梅。
松风如有待，延客入云堆。

——选自《四明清诗略》卷首下

【作者简介】

周志宁，字尔竢，别号樗园，奉化人。明诸生，有文行。明末盗贼蜂起，偕父隐剡源之公棠。明亡后弃诸生，编茅以栖。著有《诗瓢五集》。

【注释】

①北山寺：在奉化。光绪《奉化县志》卷十

五："北山讲寺，县西北三里，唐大中二年僧维净建，名正化院，宋治平二年改广化院，后改今名。"

摘梅

〔清〕邹倓周

手植梅花久逾妍，我年已老梅欲仙。
摘来梅子好换米，自喜栽花胜买田。

——选自倪继宗《续姚江逸诗》卷六

【作者简介】

邹倓周，字子容，余姚人。年十四补弟子员。顺治十四年(1657)副榜。隐居县西郭，多植花自娱。年八十卒。

立夏日荐樱桃、梅子

〔清〕张士埙

景物依然是，悲娱竟不同。
已无真色笑，何忍对青红。
思嗜羹墙内，[1]尝新哽咽中。
妻孥俱解忆，含泪说筠笼。[2]

——选自全祖望《续甬上耆旧诗》卷九十七

【注释】

①羹墙：典出《后汉书·李固传》："昔尧殂之后，舜仰慕三年，坐则见尧于墙，食则睹尧于羹。"后以"羹墙"为追念前辈或仰慕圣贤的意思。这里用以比喻思嗜樱桃、梅子的程度犹如渴慕先贤一般。 ②筠笼：竹篮之类盛器。唐杜甫《野人送朱樱》诗："西蜀樱桃也自红，野人相赠满筠笼。"这句作者自注："客夏母病，思食二物，邻友满笼相饷。"

梅酱和秋涯

〔清〕谢秀岚

楝花雨暗作梅黄，新醷瓯凝琥珀光。[1]
未歠香先消渴吻，[2]到喉泉自涵枯肠。
调羹绝品应居正，供醢多仪少絜芳。
芍药胡芦都屏却，孤山风味带余霜。

摘来颗颗似新团，瀹出晶晶未破丸。
吹笛乍传三弄咽，和齑偏称一生酸。
蔗霜匀入甜宜酒，玉雪融成滑佐餐。
忽觉南窗清暑退，依然林下沁心寒。

——选自谢秀岚《雪船吟初稿》卷四

【注释】

①醷(yì)：梅浆。 ②歠(chuò)：饮；喝。

调笑令·咏青梅

〔清〕倪象占

梅子，梅子，一雨青肥如此。倚林边，早垂涎，嗜好今非少年。年少，年少，软齿攒眉仍要。

——选自倪象占《青棂馆词稿初钞》

入霉

〔清〕戴　鎣

村云连海暗，雨色带帆来。
邻妇场收麦，山人担卖梅。
天蒸浮壁汗，几溽湿衣埃。
快得楼风至，披襟荡郁开。

——选自王荣商《蛟川耆旧诗补》卷五

【作者简介】

戴鎣，谱名声和，字瘦竹，北仑郭巨人。道光十九年(1839)诸生，卒年四十九。著有《听鹂山房诗草》。

枣子

枣树为鼠李科枣属植物，是我国最具有代表性的民族果树之一。枣树的成熟果实，长圆形，未成熟时绿色，成熟后褐红色。可鲜食也可制成干果或蜜饯果脯等。枣树原产于黄河中下游地区，7000年前的裴李岗文化中，就发现了枣树的化石。枣是我国栽培最早的果树之一，《夏小正》《周礼》《诗经》中都有关于枣的记载。枣经济价值高，用途大，又可代粮，自古得到重视，栽培技术不断提高。《尔雅·释木》首次记录了枣品种11种。到元代，《打枣谱》中记录定型的枣品种多达72种。到清代乾隆时期，《植物名实图考》所记录枣品种达到了87种。五代日华子论述了大枣的食药价值。南宋天童寺释正觉《保福萃长老写师像求赞》云："少食枣而齿黄，老饱盐而瘿亡。"可见四明僧人中不乏嗜食枣子之辈。

田家乐(二十首选一)

〔明〕张时彻

溪头抛饵钓鱼,林下呼童剥枣。[①]
白发冉冉成丝,犹道容颜美好。

——选自张时彻《芝园定集》卷十九

【注释】

①剥:击。

秋　晚

〔清〕方　抟

紫梨红枣八九树,竹屋柴门三四家。
机杼声迟秋日晚,绕篱寒菊自开花。

——选自《四明清诗略》卷一

【作者简介】

方抟,字鹏九,鄞县人。清初任官教谕。

秋园杂诗(十首选一)

〔清〕朱文治

细诵豳风七月诗,[①]野人情味少人知。
隔林笑拍痴儿女,一桁斜阳剥枣时。

——选自朱文治《绕竹山房诗稿》卷六

【注释】

①豳风七月:《诗经》中的名篇,有"八月剥枣,十月获稻"之句。

酒　阑

〔清〕陈继揆

华烛琼筵月色迷,[①]酒阑归去醉如泥。
病妻拨火烘茶荈,[②]稚子迎门索梨枣。
倦客已为庄叟蝶,[③]中宵谁警祖生鸡。[④]
年来身世成凄感,起把湛卢手自提。[⑤]

——选自《四明清诗略》卷二十九

【作者简介】

陈继揆,字舜百,号舵岩,镇海人。姚燮妹夫,为姚燮的入室弟子。同治六年(1867)补甲子科举人。著有《拜经楼诗集》。

【注释】

①琼筵:盛宴,美宴。 ②茶荈:采摘时间较晚的茶。 ③庄叟蝶:典出《庄子·齐物论》:"昔者庄周梦为胡蝶,栩栩然胡蝶也,自喻适志与!不知周也。俄然觉,则蘧蘧然周也。不知周之梦为胡蝶与,胡蝶之梦为周与?周与胡蝶,则必有分矣。此之谓物化。" ④祖生:祖逖。《晋书·祖逖传》:"(祖逖)与司空刘琨俱为司州主簿,情好绸缪,共被同寝。中夜闻荒鸡鸣,蹴琨觉曰:'此非恶声也。'因起舞。" ⑤湛卢:古代宝剑名。传为春秋时欧冶子所铸。泛指宝剑。

【浆果类】

葡　萄

葡萄,别名菩提子、提子,古籍中常写作"蒲陶""蒲桃""蒲萄",显为外来语的音译。葡萄为葡萄科葡萄属落叶木质藤本植物,是世界上重要的水果之一。葡萄分布极广,在温带和亚热带的山林中很容易找到它的野生种。我国对葡萄的利用历史悠久,可以分为两种情况。一是对原生葡萄的采集和利用。《诗·豳风·七月》中有"六月食郁及薁",薁即蘡薁,据考证,蘡薁为我国原生葡萄的古代通称。二是对域外葡萄的引进。汉代张骞从大宛国(在中亚费尔干纳盆地)带回葡萄种子,发展速度极快,经长期驯化培育,成为独特的品种群,除鲜食之外,还用于酿造葡萄酒。晋代时,葡萄已分为黄、白、黑三种。到明清时期,已形成了马乳、水晶、紫葡萄等名品。清代慈溪人郑勋《简香随笔·小花屿偶记》记载了葡萄的栽培之法:"葡萄,二月间取藤枝插肥地,蔓长作架承之,结子时剪去繁叶,使受雨露,则子易肥大。"此法当本于北魏贾思勰的《齐民要术》。

食蒲萄有感

〔宋〕释大观

庭角悬虚剪暑风,邻翁持以饷山翁。
秋阳方炽吟怀渴,露颗频搴翠朵空。
马乳堆盘凉映彻,[①]骊珠夺目粲玲珑。
西湖一架垂垂熟,寂寞无人月影中。

——选自释大观《物初剩语》卷四

【注释】

①马乳：葡萄之一种。唐封演《封氏闻见记·蜀无兔鸽》："太宗朝，远方咸贡珍异草木，今有马乳葡萄一房，长二丈余，叶护国所献也。"

葡萄月

〔元〕袁士元

清光到处已潇洒，偏向葡萄更可怜。
万颗明珠方挹露，一轮宝鉴正当天。
苍龙夜静掀髯舞，玉兔秋深抱影眠。
最好今宵凉似水，不妨呼酒醉庭前。

——选自袁士元《书林外集》卷五

题蒲萄三首

〔明〕郑本忠

梦回小院暑风清，佳实离离压瘦藤。
好似骊珠三百颗，直须摘取作书灯。

光涵甘露碧离离，金碗琼浆未足奇。
谩说解酲风味好，道人独醒已多时。

久无传望去穷源，谩说灵根出大宛。[①]
写得当年风味好，画师醉墨重玙璠。

——选自郑本忠《安分先生集》卷九

【注释】

①大宛：古国名。为西域三十六国之一，北通康居，南面和西南面与大月氏接。大约在今苏联费尔干纳盆地。《史记·大宛列传》载："宛左右以蒲陶为酒……俗嗜酒，马嗜苜蓿。汉使取其实来，于是天子始种苜蓿蒲陶肥饶地。及天马多，又外国使来众，则离宫别观旁尽种蒲陶苜蓿极望。"《汉书·西域传》载：汉武帝"又发使十余辈，抵宛西诸国求奇物，因风谕以伐宛之威。宛王蝉封与汉约，岁献天马二匹，汉使采蒲陶、目宿种归。天子以天马多，又外国使来众，益种蒲陶、目宿离馆旁，极望焉。"《齐民要术》载："汉武帝使张骞至大宛，取蒲陶实，于离宫别馆傍尽种之。"

蒲　萄

〔明〕郑本忠

曾将修竹引疏藤，花吐熏风雪满棚。
好似骊龙珠颗颗，何当作我读书灯。

——选自郑本忠《安分先生集》卷九

题葡萄歌

〔明〕屠　滽

有客乘槎到西域，携将佳种归中国。
遥从天上落人间，无问江南与江北。
插枝容易分根难，引蔓何妨多接竹。
初看叶吐金，忽讶丛堆粟。
蛇虺纵复横，[①]蛟龙往仍复。
薰风自南来，雨脚收三伏。
水晶倒垂，骊珠夺目。
马乳千堆，鸳浆百斛。[②]
味兼醍醐，价重醽醁。
久渴既枯，高卧方足。
请进一柈，[③]目馋于腹。
忆昔陈叔达，[④]尝亲感主哭。
复有李元臣，[⑤]持献表芹曝。
千载忠孝名，后世谁能续。
鄙哉孟扶风，[⑥]一斗换州牧。
张让亦何人，姓氏污简牍。
横泾陈公名太守，[⑦]贤孙磊落人如玉。
传家既已饫诗书，更有余闲工戏墨。
殷勤写赠友梅翁，属我题诗诗满幅。
咀毫不觉口流涎，忽报翁家酒新熟。

——选自胡文学《甬上耆旧诗》卷六

【注释】

①蛇虺：泛指蛇类。 ②鸳浆：鸳鸯瓦砌的井中流出的琼浆。 ③柈：古同"盘"。 ④陈叔达：字子聪，吴兴长城（今浙江长兴）人，陈宣帝顼之第十六子。《旧唐书·陈叔达传》："尝赐食于御前，得葡萄，执而不食。高祖问其故，对曰：'臣母患口干，求之不能致，欲归以遗母。'高祖喟然流涕月：'卿有母可遗乎！'" ⑤李元臣：当作李元忠，北齐时官骠骑大将军、仪同三司。《北齐书·李元忠传》："曾贡世宗蒲桃一盘。世宗报以百练缣，遗其书曰：'仪同位亚台铉，识怀贞素，出藩入侍，备经要重。而犹家无担石，室若悬磬，岂轻财重义，奉时爱己故也。久相嘉尚，嗟咏无极，恒思标赏，有意无由。忽辱蒲桃，良深佩带。聊用绢百匹，以酬清德也。'其见重如此。" ⑥孟扶风：指孟佗。汉赵歧《三辅决录》卷二记载，孟佗字伯

郎。灵帝时中常侍张让专朝政，宾客多苦不得见。孟佗以葡萄酒一斗馈赠张让，即拜为凉州刺史。⑦横泾：今属鄞州区邱隘镇。陈公名太守：指陈深。

葡萄西瓜馈雪湖，辱示长句，次韵答之

〔明〕谢　迁

径路草深客稀过，衡门昼掩成独坐。
披襟散发傲羲皇，舞鹤鸣琴代宾佐。
山中自诧拟封君，木奴千头竹万个。
圃蔬园果逐时新，献纳从公无小大。
葡萄瓜种俱西来，忆从博望天荒破。[①]
清芬不用自煎茶，佳境宁论倒餐蔗。
冰盆满泛咨浮沉，广席敷陈惬尊斝。
分甘聊复倦同心，两地遥知共清暇。
斜封博取玉川歌，[②]阳春调高真寡和。
效颦吾已忘妍媸，白战今仍励慵惰。
东西十里隔山城，往来却愧邮筒荷。[③]

——选自谢迁《归田稿》卷八

【注释】

①博望：指博望侯张骞。②玉川：唐代诗人卢仝自号玉川子。卢仝《走笔谢孟谏议寄新茶》有“口云谏议送书信，白绢斜封三道印”之句。③邮筒：古时封寄书信的竹筒。

叠前韵答雪湖

〔明〕谢　迁

浮云变态眼前过，曲肱昼眠伸脚坐。[①]
许身翻笑平生愚，济时欲跂商周佐。[②]
十年纶阁误遭逢，[③]百技无能空一个。
乞骸幸遂归田园，[④]种种颠毛成老大。[⑤]
海乡荒僻乏温汤，六月中旬瓜始破。
葡萄带雨亦垂垂，色映明珠浆比蔗。
适意聊充席上珍，荐客还倾掌中斝。
献芹率尔嗤野人，咏物知公有余暇。
村伴粗粝劳品题，一唱朱弦况三和。
凉州苟得真可羞，东陵自锄吾敢惰。
清狂更诧农圃师，细雨长镵时复荷。

——选自谢迁《归田稿》卷八

【注释】

①曲肱：语出《论语·述而》：“饭疏食饮水，曲肱而枕之，乐在其中矣。”谓弯着胳膊作枕头。后以“曲肱”比喻清贫而闲适的生活。②济时：犹济世，救时。跂(qí)：古通“企”，踮起。③纶阁：中书省的代称。为代皇帝撰拟制诰之处。④乞骸：古代官吏自请退职，常称“乞骸骨”，意谓使骸骨得归葬故乡。⑤种种颠毛：用来形容头发少。指衰老。

又题葡萄

〔明〕倪宗正

一架西风酿紫霞，蔗浆茗饮未须夸。
不堪醉渴涎流剧，岂独当年见曲车。[①]

——选自倪宗正《倪小野先生全集》卷八

【注释】

①曲车：酒车。

病中尝青果六首·蒲萄[①]

〔清〕陆　宝

紫瑛累累白尤殊，入口甘醲胜荔枝。
不觉冷光侵病眼，探龙忽得颔前珠。

——选自陆宝《悟香集》卷二十七

【注释】

①题下作者自注：“自注：‘魏王谓群臣曰：荔枝龙眼，宁比蒲萄。’”

葡　萄

〔清〕宗　谊

摩尼磊落挂清秋，[①]漫拟娇娥飞堕楼。
独笑渠将一斛酒，轻轻去换守凉州。

——选自宗谊《愚囊汇稿》卷二

【注释】

①摩尼：梵语宝珠的译音。

李生索题画葡萄醉后走笔二首

〔清〕卢　镐

热云如火汗如浆，指画求题向渴羌。[①]
安得饱餐三百颗，一时肺腑顿清凉。

匀圆万颗挂枝头，引蔓牵藤风露秋。

鼠辈只知贪饱食，那能酿酒博凉州。[②]

——选自卢镐《月船居士诗稿》卷四

【注释】

①渴羌：典故晋王嘉《拾遗记·晋时事》："有一羌人，姓姚名馥。……好啜浊糟，常言渴于醇酒。群辈常弄狎之，呼为'渴羌'。"这里仅取渴的含义。 ②凉州：古地名，即甘肃省西北部的武威，为我国葡萄酒的著名产地。

绿葡萄

〔清〕叶兰贞

弹丸累累极圆匀，天上星榆一串珍。[①]

今日绿珠还入掌，分明不是坠楼人。[②]

——选自叶兰贞《研香室诗存》卷上

【作者简介】

叶兰贞(1825—1862)，别号淑畹女史，原籍浙江萧山。自幼嗜吟咏，未及笄，随父赴山东肥城。道光二十三年(1843)，与象山人姜继勋结婚，夫妇唱酬，编为《研香合稿》。还居象山后，任家务，诗不多作。传世有《研香室诗存》。

【注释】

①星榆：榆荚形似钱，色白成串，因以"榆"形容繁星。语本《玉台新咏·古乐府·陇西行》："天上何所有，历历种白榆。" ②坠楼人：指西晋时石崇的宠姬绿珠，善吹笛，赵王伦派兵围捕石崇，绿珠坠楼而死。见《晋书·石崇传》。

消夏杂咏

〔清〕虞　鋆

一园修竹好安排，时有清阴扫不开。

压架檐葡忘日午，敲棋喜过故人来。

——选自范寿金辑《蛟川诗系续编》卷八

荔　枝

荔枝，或作荔支，原产于中国南部，是亚热带果树。果肉产鲜时半透明凝脂状，味香美，但不耐储藏。据《三辅黄图》等书的记载推断，我国大约秦汉以前开始栽培荔枝。唐代时因杨贵妃喜食，荔枝蜚声于世，杜牧为此写下了"一骑红尘妃子笑，无人知是荔枝来"的千古名句。宋人蔡襄的《荔枝谱》是最早的荔枝专著，著录了32种荔枝品种。明代徐𤊹《荔枝谱》增加到70多个品种。万历间鄞县人屠本畯官福建盐运同知，在福建作的《闽中荔枝通谱》4卷，主要记载福建地区荔枝品种、习性以及栽培加工情况。他在福建认真地学习荔枝的加工技术，故精通煎、白晒、烘焙诸法。他还创作了不少诗歌，其中有《荔支纪兴》二十六首。

福建是我国荔枝的主产区，历史上宁波与福建的海上联系非常紧密。据钱易《南部新书》记载，晚唐时，"旧制东川每岁进浸荔枝，以银瓶贮之，盖以盐渍其新者，今吴越间谓之鄞荔枝是也。此乃闽福间道者，自明之鄞州来，……咸通七年以道路遥远停进"。可见晚唐时福建的荔枝贡品也取道于明州。宋以后福建的荔枝、橄榄之类的果品，纷纷通过海舶运到了甬上。史浩《葬五世祖衣冠招魂辞》提到"荔子初丹，风帆走献些"，赵以夫《沁园春·自鄞归赋》云："荔子江珧，莼羹鲈鱼，一曲春风酒半酣。"范成大任明州知州时，曾作《新荔枝四绝》云："鄞船荔子如新摘，行脚何须更雪峰。"又云："趠舶飞来不作难，红尘一骑笑长安。"自注："四明海舟自福唐来，顺风三数日至，得荔子，色香都未减，大胜戎涪间所产。"但后来从福建舶来的荔枝，往往失去真味。故清人张培基《荔枝词》小序云："近今闽人商于甬者，往往由海舶携来，其以石灰水浸者，固大变味，而缀于枝头如生者，间得啖之，颇知滋味。"

荔　支

〔宋〕释梵琮

那忍含羞强破颜，养高林表绝追攀。

深苞不敢夸文彩，熟处方能露一班。

——选自《重刊贞和类聚祖苑联芳集》卷八

荔品(百首选二)

〔明〕吴士玮

呼来竹里吃时新，果识清香白蜜真。

愿得几回饱欲死，尽将百万买堪贫。

初鲜味合江瑶柱，久窨尊倾石冻春。
笑谓居停金玉道，[①]蔡家图谱欠精神。[②]

交嘉朱紫烂盈筐，爱吃何如细品尝。
要识味全须带露，无疑色好似经霜。
破除迁客阴阳火，毂辘词人锦绣肠。[③]
日到朗园吟数过，声名为感齿牙香。

——选自胡文学《甬上耆旧诗》卷二十九

【作者简介】

吴士玮，字潜玉，号笨子，鄞县人。为诸生，屡试不中，遂挟诗客游都下，足迹遍吴、粤、豫、楚间。其有福建温陵，嗜食荔枝，遂有《荔品百咏》。

【注释】

①居停：谓寄寓。 ②蔡家图谱：指蔡襄《荔枝谱》。 ③毂辘：车轮子。这里用作动词，意谓像车轮那样转动。

沁园春·荔枝

〔清〕董守正

珠缀龙文，枝分凤爪，斜挂轻红。逼江鳐开甲，肤流玉乳，水晶露魄，囊破纱笼。火枣难方，[①]交梨未是，笑比河豚味正浓。放猿取，喜莆骚韵事，千载苏公。[②]　　而今蜜浸相逢，悄不似当年采丽容。记永元珍献，[③]风枝依约，开元飞贡，[④]露叶犹溶。一骑惊尘，[⑤]千夫溅血，仅博得宫妃笑语。融都休，也问马嵬孤驿，[⑥]衰草悲风。

——选自袁钧《四明近体乐府》

【作者简介】

董守正，字淡子，鄞县人。自小负小，因贫游京师，得官湖广襄阳椽，转为光化尉。以承天推官程九万之荐从戎。因袭击农民军有功，升为守备，后官游击。浙东平定始归，以卖画为生。善画牡丹，世称董牡丹。著有《百花百鸟集》五卷。

【注释】

①火枣：传说中的仙果，食之能羽化飞行。南朝梁陶弘景《真诰·运象二》："玉醴金浆，交梨火枣，此则腾飞之药，不比于金丹也。" ②苏公：指苏轼。苏轼有很多关于荔枝的诗。 ③永元：东汉和帝年号，《后汉书·和帝纪》载："旧南海献龙眼、荔枝，十里一置，五里一堠，奔腾阻险，死者继路。时临武长汝南唐羌，县接南海，乃上书陈状，帝下诏曰：'远国珍羞，本以荐奉宗庙。苟有伤害，岂爱民之本。其敕太官，勿复受献。'由是遂省焉。" ④开元：唐玄宗年号。唐代开元天宝年间岁贡荔枝。《新唐书》："玄宗贵妃杨氏。妃嗜荔枝，必欲生致之，乃置骑传送，走数千里，味未变至京师。" ⑤一骑惊尘：化用杜牧《华清宫》诗："一骑红尘妃子笑，无人知是荔枝来。" ⑥马嵬：马嵬驿，今陕西兴平县西北二十三里。公元755年，安史之乱爆发。次年7月15日，唐玄宗逃至马嵬驿，随行将士处死宰相杨国忠，并强迫杨玉环自尽，史称"马嵬驿兵变"。

荔支歌

〔清〕钱维乔

昔闻荔支品第一，嘉果不啻天边悬。
香山图序君谟谱，[①]三复口角恒生涎。
明州滨海接闽峤，四月舶趠来相连。[②]
堆盘磊磊灿火齐，红盐水渍侔新鲜。
绛绡中剖玉肤出，清甘沁齿浆流咽。
方红陈紫不可辨，[③]色香味在犹能全。
譬如倾城自远嫁，虽稍过时风骨妍。
减餐日拟啖百颗，欲补旧渴偿前缘。
未旬内热左车动，[④]通神益气何有焉。
人生口腹有分定，瓦盆脱粟皆由天。
贝邱葡萄张掖柰，[⑤]远致万里徒愁悁。[⑥]
乃知尤物戒久恋，[⑦]断弃嗜好斯能仙。

——选自钱维乔《竹初诗钞》卷十二

【注释】

①香山：指白居易。白居易于元和十四年(819)任忠州刺史，第二年命画工绘了一幅荔枝图，并亲自为之作序。君谟：蔡襄之字。蔡襄著有《荔枝谱》。 ②舶趠：即舶趠风。指梅雨结束夏季开始之际强盛的季候风。 ③方红陈紫：皆为荔枝的佳品。 ④左车：左面的牙床，亦指左面的牙齿。 ⑤贝邱：古地名。在今山东博兴东南。以产葡萄著名。张掖：今甘肃省张掖市。柰：苹果的一个品种，通称"柰子"，也称"花红"。 ⑥愁悁：愁忧。 ⑦尤物：珍奇之物。

食鲜荔枝

〔清〕朱文治

何来侧生果，[①]到手擘轻红。

六月盘中雪，孤帆海外风。
平分珠错落，嚼破玉玲珑。
坡老吟成后，[2]诗情约略同。

——选自朱文治《绕竹山房诗稿》卷三

【注释】

①侧生果：指荔枝。晋左思《蜀都赋》："旁挺龙目，侧生荔枝。"唐张九龄《荔枝赋》："彼前志之或妄，何侧生之见疵。"皆谓荔枝生于旁枝，后因以"侧生"为荔枝的代称。②坡老：指苏轼。

食荔枝

〔清〕厉　志

吾乡去闽粤，海舶三千里。
南风一日夜，飘然渡此水。
珍果方及时，持来备三美。
宛同树下摘，薄壳剥陈紫。[1]
晶晶绽玉瓤，冷液雪牙齿。
北人夸蒲萄，甘鲜那得比。
离支登名赋，[2]仿像亦徒尔。
休说驻重颜，馋口厌其旨。
会此南风便，遥遥传琼醴。
倘如飞骑奔，烂朽不能递。
天人犹艰难，安论穷居子。

——选自厉志《白华山人诗集》卷十二

【注释】

①陈紫：荔枝名品之一。相传为宋福建兴化军秘书省著作佐郎陈琦家所产，色泽鲜紫，故称。蔡襄《荔枝谱》二："兴化军风俗，园池胜处，唯种荔枝，当其熟时，虽有他果，不復见省，尤重陈紫。"②离支：即荔枝。名赋：指司马相如《上林赋》。《文选·司马相如〈上林赋〉》："隐夫薁棣，答遝离支。"李善注引晋灼曰："离支，大如鸡子，皮粗，剥去皮，肌如鸡子中黄，味甘多酢少。"

无花果

无花果为桑科榕属植物，最重要特征是隐头花序，因花是生长于果内，称之为隐头果。在果内果顶端长有雄花，底部的是雌花，及生有不育花，故花和果单看外表是分不出来的。无花果原产阿拉伯等地，唐时从波斯传入中国，当时呼为"阿驵"。至明代周宪王朱棣《救荒本草》及汪颖《食物本草》中，始有无花果之名及栽培记载。无花果在四明地区历来只有零星栽种。

无花果

〔清〕谢泰宗

秋风不妒叶先凋，甘实登枝附远条。
蝴蝶三更春梦稳，空烦一曲舞鲛绡。[1]

——选自谢泰宗《天愚山人诗集》卷十二

【注释】

①鲛绡：传说中鲛人所织的绡。亦借指薄绢、轻纱。

无花果

〔清〕姜宸英

众卉纷罗在上方，一枝摇曳未闻香。
翻嫌桃李无秋实，曾并松筠避艳阳。
攒叶累累争结子，分条颗颗自成房。
终知不似优昙钵，[1]顷刻花开遍道场。

——选自《姜先生全集》卷三十二

【注释】

①优昙钵：梵语的音译。又译为优昙、优昙华、优昙钵罗、优钵昙华、乌昙跋罗。即无花果树。其花隐于花托内，一开即敛，不易看见。佛教以为优昙钵开花是佛的瑞应，称为祥瑞花。清高士奇《天禄识余·优昙钵》："今广东新兴县有优昙钵，似枇杷，无花而实，即所谓无花果也。"

柿　子

柿子，别称"吊红"，为柿科柿属植物浆果类水果，广泛分布于温带和热带。柿为我国的特产，原产于长江流域一带。栽培柿起源于野生柿的嫁接，早在汉代就已将一种野生柿成功地改良为栽培品种君迁子（又名软枣、羊枣）。君迁子是现在一切栽培柿种接枝用的砧木，通过嫁接技术的巧妙运用，我国历史上培育出了很多柿子优良品种。唐代陈藏器《本草拾遗》提到了红柿、黄柿以及嵊县所出"火干"的乌柿，五代日华子也提到了干柿和火柿。宁波也是柿子的产区。唐代咸通二年

(861)九月，日本头陀亲王乘船泊于明州石丹岙，就见到有数十盐商，盐商向亲王献上"土梨、柿、甘蔗、白蜜、茗茶等数般"。宋代史浩《葬五世祖衣冠招魂辞》中说："赪柿万株，红叶满些。"元代《至正四明续志》卷五记载了柿子的品种："有数种，钵盂柿大而色朱，一点红、重蒂红、胭脂红、匾柿、绿柿、椑柿。"清代光绪《镇海县志》卷三十八引《嘉靖志》云："柿饼：宁波贡赋有柿饼。"余姚市大岚镇柿林村，村里村外到处可见柿树，"吊红"成为该村的传统名果，以果色艳丽、肉质柔软闻名遐迩。村中柿树有的参天合抱，树龄达三百年以上，最大的一棵单株产量一千多斤。每当晚秋时节，村庄内外，山坡上下，红柿吊挂枝头，犹如悬挂着无数的小红灯笼。宋曾慥《类说》卷四十二云："柿有七绝：一寿，二多阴，三无鸟巢，四无虫，五霜叶可爱，六佳实，七落叶肥大，可用以书。"此为清代慈溪人郑儒珍《柿林庙记》所转录。

独　饭

〔宋〕孙应时

云破日将西，村深鸡自啼。
撑船傍林越，独饭寓招提。
山柿淡无味，园蔬嫩可刲。
满抄云子白，心事愧锄犁。

——选自孙应时《颐庵居士集》卷上

十月初七日山中感兴

〔宋〕舒岳祥

日暮空归里，时艰未到家。
稼收迁野鼠，柿熟乱慈鸦。①
冬暖生芦笋，②人闲对菊花。
亡书何处补，无用自咨嗟。

——选自舒岳祥《阆风集》卷五

【注释】

①慈鸦：即慈乌。乌鸦的一种。相传此鸟能反哺其母，故称。晋王嘉《拾遗记·鲁僖公》："仁鸟，俗亦谓乌，白臆者为慈乌，则其类也。"　②芦笋：芦苇的嫩芽。形似竹笋而小，可食用。

晚秋游中溪（四首选一）

〔元〕戴表元

休折山中松桂枝，溪鱼亦小莫垂丝。
沙田翻白收秔后，霜树着红尝柿时。
日落牛羊归径熟，天寒乌鸟向人慈。
出云数里成官路，问事如何总不知。

——选自戴表元《剡源文集》卷二十九

不寐三首（选一）

〔明〕张　琦

矮墙微照萤火，玄狖入偷柿霜。①
刓印去腰已久，②老怀挂世空长。

——选自张琦《白斋竹里诗集》卷二

【注释】

①狖(yòu)：古书上说的一种猴，黄黑色，尾巴很长。　②刓(wán)印：语出《史记·郦生陆贾列传》："(项羽)为人刻印，刓而不能授。"谓羽摩挲侯印，不忍授人。这里指官印。

郊院种柿

〔清〕陆　宝

移植新枝一握余，心期碧荫满衣裾。
日中为我添张盖，霜后资僧共学书。
虫织寸丝无所罥，鸟飞孤影若为祛。
从来七绝供幽赏，土发新膏急自锄。

——选自陆宝《悟香集》卷二十三

绿柿六韵

〔清〕陆　宝

霜前佳实一林鲜，满眼累累结绿悬。
与叶非殊差色浅，垂枝少亚复形圆。
怀归小吏袍相混，捧出佳人鬓共妍。
入室鸭头含蒂弱，堆盘鹦羽映肤全。
四株不识曾栽否，①七绝还疑独让先。
夜半酒醒诗吻渴，壶冰沁齿倍泠然。

——选自陆宝《悟香集》二十四

【注释】

①四株：作者自注："梁沈隅教民一丁种柿四株。"

木　瓜

木瓜，又称土木瓜、宣木瓜、酸木瓜、榠楂、木李等，为蔷薇科木瓜属小乔木植物的种子。其果实果皮干燥后仍光滑，不皱缩，故有“光皮木瓜”之称。木瓜果实味涩，经水煮或糖液浸渍，可供食用。但木瓜在古代多为药用，有舒筋活络，和胃化湿的功效，主治风湿痹痛，菌痢，吐泻。木瓜因见于《诗经》之中，在中国古代以及民间名气不小。相比于大家熟悉的食用水果番木瓜，木瓜的果实个小质硬，但有香气，除了可以药用外，还是一种极有价值的果树。

据民国《石马塘闻氏家乘》卷十八《古迹》记载，宋代鄞县人康用锡十分孝敬寡母，母爱食榠楂，用锡亲手种植以供母食。乡邻有亲病者，乞食其果，食之皆愈。开庆间闻时政感其孝事，在树后立榠楂庙以祀之。宋元时代，一般人家会把榠楂果挂在房中、放在衣箱里，是天成的熏香果子，又可用来浸酒。明嘉靖十八年(1539)，日本遣明副使策彦乘船到达定海港，“初吃本邦木瓜”(《策彦和尚初渡集》上)。这是外国人食用宁波地产木瓜的最早记录。

咏红木瓜花[①]

〔清〕陆　宝

春花一种烂生姿，刺短茎疏勃发时。
巧在半含堆玛瑙，纷干全妍抹胭脂。
青青待子终成药，款款投人未报诗。[②]
要与海棠争铁干，其如浅绿乍添枝。

——选自陆宝《悟香集》卷十八

【注释】

①红木瓜：即皱皮木瓜。其花鲜艳，稍类似海棠，而花无梗，故得别名“贴梗海棠”。贴梗海棠实为木瓜属的一个成员，其果实类似木瓜，但个头稍小。而真正的海棠则为苹果属植物，其果实类似苹果而小。　②报诗：化用《诗·卫风·木瓜》：“投我以木瓜，报之以琼琚。”

木　瓜

〔清〕邹侯周

昔日高山会有因，摧归意气十分新。
清香今日盈书几，恰是他乡见故人。

——选自倪继宗《续姚江逸诗》卷六

叠韵赋涉趣廊木瓜[①]

〔清〕全祖望

幼读木瓜诗，其义多难晓。
区区一木微，讵足充美好。
谁知百益材，相识愧不早。
初春放殷红，笑口呈异巧。
呼之而缓筋，力足震衰槁。[②]
当时霸主庭，苞苴非草草。[③]
嘉名登河图，[④]为惠定不小。
津液成香醪，亦复世所少。
一樽酬花前，醉即花前倒。
吾园有木桃，隔廊香袅袅。
素心共欣赏，风流称二老。

——选自全祖望《句余土音》卷上

【注释】

①涉趣廊：友人胡铭鉴的家园。　②“呼之”两句：作者自注：“陶隐居说。”按陶隐居即陶弘景。陶弘景将木瓜列为中品药物，其在《名医别录》中记载：“木瓜实，味酸，温，无毒。主治湿痹邪气，霍乱，大吐下，转筋不止。其枝亦可煮用。”③苞苴：指馈赠的礼物。　④河图：作者自注：“鱼龙河图，纬书也，其中辨木瓜种别。”

石　榴

石榴，又叫丹若、天浆，为石榴科石榴属植物，色泽艳丽，籽粒晶莹，其味酸甜，是珍贵水果之一。石榴原产于伊朗、阿富汗等国家，是人类引种栽培最早的果树和花木之一。据晋张华《博物志》记载，汉张骞出使西域，自涂林带回安石国榴种，故名安石榴。石榴传入中国后，因其花果美丽，栽培容易，深受人们喜爱，我国各地广为繁殖，并出现各类各样的品种和变种。五代时吴越王钱镠改名金樱。唐代陈藏器《本草拾遗》对石榴的功用有所论述。清代慈溪人郑勋《简香随笔·小花屿偶记》介绍说："石榴，三月初将嫩枝插肥土中，河水频沃，自然生根。以石压根上，则实繁而不落。"

石榴叹

〔清〕张士埙

安石榴，交柯接叶枝相樛。
忆初移植岁丁酉，[①]与子聚首蟠庭幽。
论交已到十八载，后生时辈无能俦。
年年看花过五月，剖甘啜实当深秋。
晶红颗粒荐饤饾，苍芽嫩爪倾素瓯。
杯盘狼籍忽置此，洗濯腥秽宽咽喉。
不虞此日忽凋瘵，[②]聊聊数点悬枝头。[③]
皮黄子涩不下咽，似有蠹物来虔刘。[④]
客亦不假献，乌亦不来偷。
风尘澒洞昏白日，[⑤]烽烟逼处横戈矛。
我今枯坐正愁绝，此树肯亦忧人忧。
安石榴，汝其葆固行将休，
霜摧雪压勿自弃。
春风拂拂柯条抽，与子还成花下游。

——选自全祖望《续甬上耆旧诗》卷九十七

【注释】

①岁丁酉：顺治十四年（1657）。 ②凋瘵（zhài）：衰败。 ③聊聊：寥寥。 ④蠹物：蛀食器物的虫类。虔刘：劫掠，杀戮。 ⑤澒洞：弥漫。

【仁果类】

梨　子

梨子为蔷薇科植物白梨、沙梨等的果实。我国是梨属植物中心发源地之一，栽培的历史在4000年以上。在梨树长期栽培中，选育了很多优良的品种。杜梨很可能是最早利用作为杂交的原始材料。《本草纲目》云："《尔雅》云：杜，甘梨也。赤者杜，白者棠。或云牝者杜，牡者棠。或云涩者杜，甘者棠。"可见我国人们很早就将梨树区分为牡树（授粉树）和牝树（结果树），并利用异花授粉来改良梨树的种性和果实的品质。南宋慈溪学者杨简在训释《诗经·甘棠》的"杜"字时，引孔氏注云："棠，今之杜梨，其白者为棠，其赤者为杜。"杨简考证说："然四明山之东有杜而白，地名曰杜，则赤棠、白棠皆可以言杜，而白者非杜之常欤？"又云："然今四明山之东凹地名曰杜，其地杜花白，以是得名，然则曰杜曰棠通称欤？《尔雅》亦多差误。"可见奉化白杜的得名，实与该地曾大批生长甘梨有关。

四明地区很早就有关于梨的传说故事。如黄宗羲《四明山志》记四明山梨洲的来历云："晋孙兴公与兄承公同游于此，得梨数枚，人迹杳然，疑为仙真所遗，故名其地曰梨洲。"又记奉化公棠山的来历云："孙兴公游四明山，得棠一本，植之于此，故名。"黄宗羲有按语说："棠即杜梨。兴公既有拾梨，见之梨洲山矣，又稍变其说而为植棠，是一事而分为二也。"这一传说表明东晋时期，四明山优质梨子已经被南渡士人孙绰（兴公）辈所享用，并尝试进行了人工栽培。唐代咸通二年（861）九月，日本头陀亲王乘船泊于明州石丹岙，就见到有数十盐商，盐商向亲王献上"土梨、柿、甘蔗、白蜜、茗茶等数般"。此处所云"土梨"，应为本地所产。五代日华子对梨的医用价值有所论述。在长期的人工栽培过程中，四明地区的梨曾出现过一些地方名品。如鄞县象坎诸村以出产梨子得名，这种梨子应该属于南方的沙梨种系，抗寒力不强，村民乃"以棕皮裹枝上，至腊尽方摘"，通过保暖措施来推迟采摘时间。

客　好

〔宋〕舒岳祥

薄田岁罕收，柴门客多好。
车辙自成趣，蒿莱不须扫。
邻家知客到，亦复馈梨枣。
酒尽当复沽，言论自颠倒。
万事皆可谈，慎勿谈世道。

——选自舒岳祥《阆风集》卷一

过姚村

〔明〕黄尚质

十里山程晚，烟树树影稠。

矮垣登吠犬，委径入耕牛。[①]
石圃秋梨熟，溪田早稻收。
自怜南市客，斜日伫芳邱。

——选自《竹桥黄氏宗谱》卷十三

【注释】

①委：曲折。

郑朗馈梨[①]

〔明〕沈明臣

快果携来忽满筐，[②]如冰可用捣为浆。
清凉比得金茎露，[③]纵是相如渴不妨。

——选自沈明臣《丰对楼诗选》卷四十一

【注释】

①郑朗：叶太叔字郑朗，鄞县人。沈明臣诗弟子。②快果：梨的别名。 ③金茎露：承露盘中的露。传说将此露和玉屑服之，可得仙道。

病中尝青果六首·梨

〔清〕陆 宝

价重金鹅实比升，[①]玄光入咽齿含冰。
老来取小非无意，只恐脾寒量不胜。

——选自陆宝《悟香集》卷二十七

【注释】

①金鹅：作者自注："括州出鹅梨。" ②玄光：作者自注："《汉武内传》云：'太上之要，有玄光珠。'"

天申弟以梨子、蒲萄见遗[①]

〔清〕谢泰宗

大被风和秋夜长，阶除树色迥清霜。
江南已重侯千户，上苑恩施锑百量。

——选自谢泰宗《天愚山人诗集》卷十二

【注释】

①天申：谢泰定，字时慧，号天申。镇海县灵岩乡柴楼人，泰宗弟。明末诸生。明亡，杜门避客，从事著作。著有《天申集》《蛟川形胜赋》等。

鄮东竹枝词（选一）

〔清〕李邺嗣

象坎人家接栎斜，[①]春来白处尽梨花。
树头裹到冬深摘，[②]一颗真消冰雪柤。[③]

——选自同治《鄞县志》卷七十四

【注释】

①栎斜：今属鄞州区横溪镇。 ②"树头"句：作者自注："象坎诸村梨，以棕皮裹枝上，至腊尽方摘，真快果也。" ③柤（zhā）：古通"渣"，渣滓。

鄮西竹枝词（五十首选一）

〔清〕万斯同

小溪橘柚旧知名，未入园林气已馨。
象坎梨头建岙栗，[①]一般佳味此为兄。

——选自万斯同《石园文集》卷二

【注释】

①作者自注："小溪即光溪，象坎、建岙距其地不远。"

四明洞天土物诗·梨洲梨[①]

〔清〕全祖望

世称御儿梨，[②]足以压大谷。[③]
何如剡源产，玉乳流膏沃。
岂果魏真君，[④]徐甘留芳躅。[⑤]
孙郎雅好奇，[⑥]屏营空山麓。[⑦]

——选自全祖望《句余土音》卷上

【注释】

①梨洲：山名，位于今余姚市四明山镇梨洲村。黄宗羲《四明山志》卷一："梨洲山：晋孙兴公与兄承公同游于此，得梨数枚，人迹杳然，疑为仙真所遗，故名其地曰梨洲。" ②御儿梨：即御儿所产玉乳梨。御儿一作语儿，地名，在浙江桐乡西南。宋赵德麟《侯鲭录》卷三："语儿梨，果实之珍，因其地名耳。" ③大谷：又称大谷口、水泉口。在今洛阳市南。其地以产梨著名。《文选·潘岳〈闲居赋〉》："张公大谷之梨，梁侯乌椑之柿。"刘良注："张公居大谷，有夏梨，海内唯此一树。" ④魏真君：即魏道微。杜光庭《福地记》云："四明山在梨洲，魏道微上升处，为第五十九福地也。"全祖望自注："四明洞天，真人魏道微所治。" ⑤芳躅：指前贤的踪迹。 ⑥孙郎：指孙绰（字兴公）和弟孙统（字承公），太原中都人，晋朝诗人。两兄弟于永嘉之乱后南渡，多在浙东一带活动。 ⑦屏营：彷徨。

病中食物四咏·梨汁

〔清〕郑　勋

沁齿还清肺，漉囊更贮甀。[①]
解烦多佳果，莫若哀家梨。[②]

——选自郑勋《二砚窝诗稿偶存》卷三

【注释】

①甀(pí)：罂。　②哀家梨：参屠本畯《玉环菜》注。

枇　杷

枇杷，别名卢橘、金丸、芦枝，为蔷薇科枇杷属植物。枇杷原产中国东南部，树高3～5米，叶子大而长，厚而有茸毛，呈长椭圆形，状如琵琶，由此得名。枇杷与大部分果树不同，在秋天或初冬开花，果子在春天至初夏成熟，比其他水果都早。我国很早就栽培枇杷，《周礼·地官》等书中都有枇杷的记载。大约在唐代，我国的枇杷输入到了日本。

宁波自古就出产枇杷。五代日华子论述了枇杷的医疗价值。元代《至正四明续志》卷五云："枇杷，一名卢橘，出慈溪，味甘核细，如椒子。"清代康熙《定海县志》卷十一记载了枇杷。慈溪人郑勋《简香随笔·小花屿偶记》介绍了枇杷的种植方法："枇杷，春三月用本色接，不宜浇粪以淋过，淡灰壅之，秋盖，冬花，春结子，夏成熟，其本阴密，枝叶婆娑，四时不凋。"

四月二十四日雨中分酒饷山友

〔宋〕舒岳祥

欲言林下趣，思共涧边行。
细雨枇杷熟，空江杜若生。[①]
离居非远道，向夕自含情。
偶此开松酒，分将一榼倾。[②]

——选自舒岳祥《阆风集》卷五

【注释】

①杜若：香草名。　②榼(kē)：古代盛酒的器具。

枇　杷

〔明〕吕　本

周祗昔日赋枇杷，[①]不数华林橘柚嘉。[②]
万颗如丹春早熟，应知凌雪已开花。

——选自吕本《期斋集》卷四

【作者简介】

吕本(1503—1587)，字汝立，号南渠、期斋，余姚人。嘉靖十一年(1532)进士。嘉靖二十七年(1548)任南京国子监祭酒。嘉靖三十二年(1559)升任礼部尚书，次年进太子太保，兼文渊阁大学士。著有《期斋集》。

【注释】

①周祗，晋国子博士。所作《枇杷赋》见《艺文类聚》卷八十七。　②华林：三国时代的宫苑之一，故址在今南京市鸡鸣山南古台城内。《艺文类聚》卷八十七"枇杷"条引《晋宫阁名》云："华林园，枇杷四株。"

蔡家溪食枇杷[①]

〔清〕陆　宝

隔屋凝翠烟，疏黄间若绮。
点缀冈峦将十里，结苞每先桃李。
粤记如榴远莫稽，[②]宜都种美近堪齐。[③]
我来恰与嘉珍遇，仆辈猿牵争上树。
且扳且摘忽盈筐，口角流涎如滴乳。
丸丸嚼破细生香，乐器音同更吐浆。
核小群抛纷雨急，皮干半蹴入沙黄。
饰蜡涂金高可指，家园百果应难比。
似蜜如冰酿独饶，从前渴吻已全消。
老饕得此堪怡日，不愿醴泉甘露出。[④]
青林日午饱餐归，除却荔枝名第一。

——选自陆宝《悟香集》

【注释】

①蔡家溪：在今鄞州区鄞江镇梅溪。　②粤记：指晋人顾微所作《广州记》。欧阳询《艺文类聚》卷八十七引《广州记》云："枇桐若榴，参乎京都。"　③宜都：今湖北宜都市。欧阳询《艺文类聚》卷八十七引《荆州土地记》云："宜都出大枇杷。"　④醴泉：甜美的泉水。作者自注："昌言曰：人主不思甘露、零醴泉出，而患枇杷、荔枝之

腐，亦鄙矣。"按，昌言即东汉学者仲长统。

枇杷渐长

〔清〕陆　宝

枝新叶嫩色苍苍，不种宜阳亦自昂。
从未搔肤阑密护，忽焉过膝尺堪量。
心存见弹疑丸结，目眩生花讶盖张。
何日如榴供择取，醴泉甘露味同香。

——选自陆宝《悟香集》卷二十三

枇　杷

〔清〕高　舆

尚忆残冬里，僧房见着花。
结同梅子熟，名称蜡丸夸。
大小匀排颗，甘酸并溅牙。
上林饶百果，偏尔占卢家。[①]

——选自倪继宗编《续姚江逸诗》卷十一

【作者简介】

高舆，字巽亭，号谷兰。康熙三十九年(1700)进士。历官翰林院编修。

【注释】

①卢家：卢橘。

枇　杷

〔清〕王正楠

午月枇杷树远扬，一梢几许满盘装。
蒙绒玉叶层层碧，璀璨金丸颗颗黄。
无意浓妆花自洁，有情培趣果殊香。
争看夹道匀圆里，只恐江梅莫短长。

名同古乐少音宣，[①]历尽风霜到午天。
春去信将传玉露，雾蒙疑未绝炉烟。
晶莹树里丹初练，磊落盘中珠未穿。
欲向枝头弹一曲，指尖挑处奈无弦。

枇杷不见有丝弦，遮抱难教向绮筵。
练就金丸盈树叠，装成珠颗满梢穿。
花开仿佛霜葩白，果结依稀梅子圆。
时至内藏蜂蜜美，香连五月在坟前。

——选自王正楠《葬亲思亲录》(暂名)

【注释】

①古音：指琵琶。

枇　杷

〔清〕王　锷

浴佛前头色渐匀，弹丸初脱鸟衔新。
江南风味虽然好，满树黄金不疗贫。

——选自《姚江诗录》卷五

蛟川物产五十咏·枇杷

〔清〕谢辅绅

金丸风味忆江南，载酒西园佐饮酣。
卢橘休言因夏熟，不论斤两只论篮。

——选自光绪《镇海县志》卷三十八

枇杷行

〔清〕王莳蕙

秋风瑟瑟初鸣条，[①]秋雨蒙蒙回春韶。[②]
山前草木际黄落，苍翠独有枇杷苗。
野人惠我洞庭种，珍秘如得千琼瑶。
入握离离恰盈把，如披一束兰陵苕。
亟催阿稽具畚锸，[③]铲去圃中榛与莽。
枣梨橘柚森前列，遗兹隙土非墝硗。[④]
巡携鸦嘴深深斸，[⑤]满汲鸭头酾酾浇。[⑥]
五步成畦十步罫，[⑦]经纬分明相错交。
一亩已得四十本，一岁能添数尺高。
旧年亦有百余树，只今累落含新苞。
颇嫌未是成都产，细琐攒簇绀葡萄。
似此金丸径逾寸，大者不减常山桃。
既恐作蠹生蠡蠹，[⑧]有时食实多蛴螬。[⑨]
钳勾刃抉遍搜剔，[⑩]旁枝侧干纷镌雕。[⑪]
初萌柔脆易摧折，爱护何啻娇儿娇。
十年之计岂殊久，朝营夕竿诚瘁劳。[⑫]
会得深黄一万颗，助我十日酣酕醄。[⑬]
此时暮霭薄衣袂，深林落叶声萧萧。
归向妻孥一笑粲，欣然把酒持双螯。
安得明朝三日雨，能令白垩成肥膏。[⑭]

——选自王莳蕙《抱泉山馆诗文集》卷三

【注释】

①鸣条：风吹树枝发声。②春韶：春日的美景；美好的春光。③阿稽：杜甫有《秋，行官张望督促东渚耗稻向毕，清晨遣女奴阿稽、竖子阿段往问》诗，故以阿稽称女奴。④墝硗(qiāo)：地

坚硬不肥沃。 ⑤鸦嘴：指鸦嘴锄，形似鸦嘴的轻便小锄头。 ⑥鸭头：鸭头绿，这里代指绿水。⑦罫（guǎi）：围棋上的方格子。⑧蟊（máo）：吃苗根的害虫。蛓（cì）：一种毛虫，刺蛾科黄刺蛾的幼虫。俗称“洋辣子”。 ⑨蛴螬：金龟甲的幼虫，别名白土蚕、核桃虫。 ⑪镌雕：雕刻。这里用以形容虫咬。 ⑫笇（suàn）：古同“算”。 ⑬酕醄：大醉的样子。 ⑭白垩：白土，石灰岩的一种，白色，质软而轻。

野人饷枇杷

〔清〕王莳蕙

微风拂袖清泠泠，含杯独坐方泉亭。
樽前篁翠净欲滴，娇首四顾怡心神。
山僮报道有客至，或是过我烟霞邻。
果然素心来不速，[1]揽裾一笑酡颜春。[2]
洗盏与君且更酌，无肴奈此村醪醇。
眼中炎果大于卵，弹丸着枰堆黄金。
昨日野人携向我，烂者入口甘如饧。
园中我亦有数树，累累犹向枝头青。
且待他时莫仓卒，邀君摘取华山珍。

——选自王莳蕙《抱泉山馆诗文集》卷七

【注释】

①不速：没有邀请突然而来。 ②酡颜：饮酒脸红的样子。

枇杷初熟喜赋

〔清〕王莳蕙

手栽卢橘翠微边，屈指刚逢第五年。
才见素英攒琐碎，渐看金弹簇匀圆。
阴稠鸟鼠偷尝惯，树小儿童摘取便。
自简深黄随意啖，[1]料应不让荔支鲜。

——选自王莳蕙《抱泉山馆诗文集》卷七

【注释】

①简：挑选。

枇　杷

〔清〕陈桐年

枇杷不待植，投核自抽条。
摇落逢霜雪，花开也助娇。

——选自王荣商编《蛟川耆旧诗补》卷四

食枇杷示内，兼示刘姬[1]

〔清〕张翊儁

卢橘登盘一半青，西园风物佐春醽。[2]
为言此味江南好，无限乡心落洞庭。

——选自张翊儁《见山楼诗集》卷三

【注释】

①刘姬：作者自注：“室人，生长姑苏，姬为吴县人。” ②醽：美酒名。

【坚果类】

栗　子

栗子是壳斗科栗属中的乔木或灌木的果实。栗为我国原产的重要果树之一，我国自古以来将其当作很好的干果，也被视为木本粮食，作为备战备荒之用。《战国策》中将其与“枣”并列，足见其重要性。

宁波人食用栗子的历史亦甚早。考古学家在距今7000年的河姆渡文化遗址中发现了栗果遗存。五代日华子论述了栗子的医疗价值。《至正四明续志》卷五记载：“栗，多出奉化山中，然亦随处有之。又茅栗，极小而味甘，出慈溪。”我国历史上栽培的栗子主要有板栗和山栗两类，自然分布的栗子则有锥栗、茅栗等，这在康熙《定海县志》卷十一中都有记录。慈溪人郑勋《简香随笔·小花屿偶记》介绍说：“栗生山阴，今处处有之。以居苞之中者作种，可不接而一如原本。若用苞边之栗作种，须取好种接栗方肥大。春初种湿地，冬月以草木裹之。或云：花落收之，点火不灭。”

栗　子

〔宋〕释梵琮

叶底枝头露眼睛，栗蓬抛出意非轻。[1]
等闲拨动灰中火，暗地令他爆一声。

——选自《新撰贞和分类古今尊宿偈颂集》卷下

【注释】

①栗蓬：栗子的外刺苞。

初食栗

〔宋〕舒岳祥

新凉喜见栗，物色近重阳。
兔子成毫紫，鹅儿脱壳黄。
寒宵蒸食暖，饥晓嚼来香。
风味山家好，蹲鸱得共尝。

——选自舒岳祥《阆风集》卷三

冬日山居好（十首选一）

〔宋〕舒岳祥

冬日山居好，茅茨不漏风。
山厨蒸芋栗，野径扫风蓬。
嫩酒篘初白，寒灰拨暂红。
编氓吾未免，[①]杜老屡囊空。[②]

——选自舒岳祥《阆风集》卷四

【注释】

①编氓：编入户籍的平民。 ②杜老：杜甫。杜甫有《空囊》诗："囊空恐羞涩，留得一钱看。"

山居四咏依汪复初先生韵[①]·芋栗园

〔明〕赵　谦

人间八月稻粱秋，争似山中芋栗收。
也可盍簪供笑语，[②]免教输税见王侯。

——选自赵谦《赵考古文集》卷二

【作者简介】

赵谦（1351—1395），字㧑谦，初名古则，余姚凤亭乡（今肖东镇）人。博览群书，尤精六书。洪武十二年（1379），应聘到京师参编《洪武正韵》，被授予中都国子监典簿，不久辞职回乡。二十五年（1392），官琼州府琼山县教谕，被称为"海南夫子"。著作有《六书本义》《声音文字通》等。

【注释】

①汪复初：生平待考。宋禧《庸庵集》卷五有《为汪复初题四明溪舍》诗，则知汪复初居于四明山中。 ②盍簪：《易·豫》："勿疑，朋盍簪。"王弼注："盍，合也；簪，疾也。"陆德明释文："簪，虞作戠。戠，丛合也。"孔颖达疏："群朋合聚而疾来也。"后以指朋友聚会。

冬夜地炉剥栗饮酒

〔明〕黄润玉

周围尽把纸窗糊，六角攒砖作地炉。
拾得树锥干似脯，埋来灰火爇如酥。
连糟顿暖茅柴酒，带壳煨开刺栗蒲。[①]
长夜老年浑不寐，拚教一饷醉模糊。

——选自胡文学《甬上耆旧诗》卷四

【作者简介】

黄润玉（1391—1479），字孟清，学者称为南山先生，鄞县人。永乐十八年（1420）举人，授建昌府学训导。后改官南昌。宣德年间升交阯道监察御史。正统初，擢广西佥事，提督学政。后任湖广佥事。著有《四明文献集》《海涵万象录》等。

【注释】

①栗蒲：今作栗蒲，为板栗的品种。

小山归，得长文书及新诗二首，[①]兼惠茅栗如数，奉答

〔明〕杨承鲲

茅栗何年种，分筐见小傒。[②]
色兼霜芋早，味与露葵齐。
数袖呼儿子，尝新愧老妻。
永无怀橘日，[③]剩有万行啼。

——选自胡文学《甬上耆旧诗》卷二十二

【注释】

①长文：汪礼约之字。 ②小傒：小男仆。 ③怀橘：用陆绩典故。参谢迁《摘橘馈雪湖》注。

爆　栗

〔清〕孙家谷

园风山雨栗零辰，[①]儿女灯前笑语频。
拨浅炉灰和火种，响低爆竹迸星匀。
红箩炭暖添寒具，黄玉肤香泥酒人。
饤座盘新将饯腊，[②]还应馈岁饷比邻。

——选自孙家谷《襄陵诗草》

【注释】

①栗零：凛冽。 ②饤座：谓陈设于座席。饯腊：送别残冬腊月。

爆 栗

〔清〕姚 燮

剔毛罗矮筐，挽砂入圆鬴。[①]
炙色紫苞润，迸缝黄肉吐。
桐策撶热云，[②]松气飒干雨。
汴种分巨纤，燕价论升斞。[③]
分浆需饴甘，泥舌笑榛苦。
欢应童稚争，健可老病补。

——选自姚燮《复庄诗问》卷五

【注释】

①鬴：同"釜"。 ②桐策：用桐树制成的木杖，用来搅拌。撶：古同"划"。 ③斞(yǔ)：中国古代容器，也是容量单位。

榧 子

榧子又称香榧、赤果、玉山果、玉榧、野极子等，是一种红豆杉科榧属植物的种子，外有坚硬的种皮包裹，大小如枣，核如橄榄，两头尖，呈椭圆形，成熟后种壳为黄褐色，种实为黄白色，富有油脂和特有的一种香气，很能诱人食欲。

榧子作为干果食用最早见于公元 8 世纪唐代陈藏器所著《本草拾遗》中，该书中载有："榧华即榧子之华也，与榧同，榧树似杉，子如长槟榔，食之肥美。"北宋开始，榧子作为干果珍品已频繁见诸文人墨客的诗赋中。但是，榧子的优劣、口味等差别很大。《宝庆四明志》卷四记载："榧：翠山、香山、雪窦皆有之，惟雪窦榧名著。"可见宋代雪窦山的榧子是非常有名的。虽然，志书没有表明榧子的性状，但作为著名特产的雪窦榧等，绝对不可能是品质差的木榧(实生榧)，而只能是香榧。香榧为我国的特产果树，香榧是榧树自然变异中个别品质特别好的单株，经无性繁殖(人工嫁接繁殖)发展起来的。浙江的会稽山区山高岭峻，云雾缭绕，温湿凉爽，适宜香榧树生长。据考证该区自唐以来即产香榧，扩大栽培于宋代，且那里自古就是柑橘的主产地，柑橘的嫁接技术很容易移用到榧子上来。四明雪窦所产的榧子属于香榧的最直接证据是，宋末奉化三石人陈著《游慈云二首》云："有分醉慈云，相留气味真。榧香千丈雪，笋隽万年春。"此所谓"慈云"在奉化之剡源，乃为本诗所提到的榧子产地之所在，第三句明确表明此榧应为香榧。将"榧"与"香"连在一起运用的即以陈著此诗为最早。香榧的树皮具有香味，树种有较强的耐低温的能力，苏轼称其能"凛凛傲霜雪"，故四明山虽处于"千丈雪"的严冬，其长势仍良好。陈著又有《答杖锡寺主僧炳同遣馈书》云："笋、玉涎、雪榧皆寒中所需珍馈。"又《留上乘寺主僧如岳松涧》云："遣回茶、榧，多感，但未有以回供。"这都证明了当时香榧干果乃是常见的馈赠佳品。明清的地方文献也多著录榧树，如《桃源乡志》卷五云："榧子：出里山等处，九十月可食。"

游慈云[①]（二首选一）

〔宋〕陈 著

有分醉慈云，相留气味真。
榧香千丈雪，笋隽万年春。
此会不多见，如今能几人。
胡为弗回首，三笑亦风尘。[②]

——选自陈著《本堂集》卷九

【注释】

①慈云：阁名，在奉化剡源净慈寺内。 ②三笑：即虎溪三笑。虎溪在庐山东林寺前，相传晋僧慧远居东林寺时，送客不过溪。一日陶潜、道士陆修静来访，与语甚契，相送时不觉过溪，虎辄号鸣，三人大笑而别。后人于此建三笑亭。

橡 子

橡树又名柞树、栎树，是对壳斗科栎属植物的通称。橡子是栎树的果实，形似蚕茧，故又称栗茧。橡子外表硬壳，棕红色，内仁如花生仁，含有丰富的淀粉，可食。

橡子是最老资格的粮食。早在 7000 年前，浙东地区随处可见青冈栎(又名麻栎)。据先后两期考古发掘所知，余姚河姆渡人采集的果实主要有麻栎果、菱角、酸枣、芡实等高淀粉含量的果实和种子，其中尤以麻栎果、酸枣发现居多。有的灰坑可见底铺芦苇席、中存成堆的麻栎果，其上再盖苇席，功能类同于窖藏。在以后漫长的岁月中，橡子曾是许多山区人民救荒的主要食物。

送卢子明游雪窦

〔明〕屠　隆

为爱秋山好，不辞霜露侵。
白云涧水合，黄叶寺门深。
橡实充朝供，猿声助夜吟。
前溪断樵牧，结伴更幽寻。

——选自屠隆《栖真馆集》卷四

田家杂兴十五章（选一）

〔清〕姚　燮

山近堪伐柴，江清足投网。
食用天与全，谁复贱草莽。
樵渔有互资，坦心绝贪攘。
通邻如一家，无事亦常往。
谭笑延古欢，随分具果橡。

——选自姚燮《复庄诗问》卷二十四

桂　圆

龙眼，又称龙目、桂圆，为无患子科龙眼属植物的果实。原产于中国南部及西南部，凡有荔枝的地方，必有龙眼生长，因其似荔枝而果圆小、肉薄，故又被称为“荔枝奴”。至迟在汉代，龙眼已被改良成一种珍贵果树。早期有《本草经》等文献著录，除多用于医疗外，汉代起亦被看作珍贵补品，成为贡品，而为皇家享用。古代宁波人食用的龙眼，多数是通过海船从闽广运来，不但为居民的滋补珍品，且在婚姻等场合，少不了龙眼的身影。

有归自闽者，贻龙眼、蔗糖，答诗二首（选一）

〔清〕陆　宝

摘疑龙颔焙全黄，的皪如珠手自将。①
一颗一钱无处买，君来始得养心方。

——选自陆宝《悟香集》卷二十六

【注释】

①的皪(lì)：光亮、鲜明的样子。

食龙目

〔清〕张培基

嵇含曾释状，①形与侧生俱。②
品贵矜龙目，时迟屈荔枝。
金丸圆欲脱，玉液味偏腴。
名溯神农锡，功因益智呼。

——选自张培基《问己斋诗集》卷四

【作者简介】

张培基，字子彝，号梅生，鄞县人。深于经学，一切杂艺无不涉猎。工诗，与姚燮多有酬唱。曾历衢州，度梅岭，发为诗歌。著有《问己斋诗集》四卷。

【注释】

①嵇含：字君道，自号亳丘子，谯国铚县人。西晋时期的文学家及植物学家。著有《南方草木状》。　②侧生：参朱文治《食鲜荔枝》诗注。

清湖竹枝词（三十六首选一）

〔清〕张宗录

家家小妇尽浓妆，日夜有灯日夜忙。
厌煞邻家新婿到，偏偏要送桂圆汤。

——选自〔清〕张宗录纂、张统镐续纂《清湖小志》卷七

四门竹枝词（百首选一）

谢　翘

望儿传代但铺麻，从此金莲步步花。
步入洞房争坐位，团圆先饮桂圆茶。

——选自《泗门古今》

银杏果

银杏为落叶乔木，叶扇形，在长枝上散生，在短枝上簇生。球花单性，雌雄异株。种子核果状。4月开花，10月成熟，种子为橙黄色的核果状。银杏是现存种子植物中最古老的孑遗植物。银杏雌雄异枝，南宋吴怿《种艺必用》、陈景沂《全芳备祖》等已开始识别种子

的雌雄性，必须相伴而生，才能受粉结实。银杏的成熟种子称白果，又名鸭脚子、灵眼、佛指柑，以熟食为佳，生食或多食容易中毒。清代《桃源乡志》卷五记“杏子”云：“有二种，大者甘美。一名白果，七八月可食，外有皮，有毒，不食。”这里所说，前者确为杏子，后者实为银杏。慈溪人郑勋《简香随笔·小花屿偶记》记载云：“银杏旧称白果，又称灵眼，宋初始入贡，改呼银杏。其本分雌雄二种，雄者三稜，雌者两稜，须雌雄同种方结实，或雌树临水种，照影亦结。”这是对前人记载的综合。

秋日山居好（十首选一）

〔宋〕舒岳祥

秋日山居好，清凉雁过初。
鸡头消暑夕，鸭脚待霜余。
草净蚊虻远，瓜香蚤虱除。
小园新雨过，菜甲自删锄。

——选自舒岳祥《阆风集》卷四

和叶艾庵白湖竹枝词（三十首选一）

〔清〕姚朝翙

湖势湾环湖水清，高峰挂雾四山平。[①]
村中银杏尝新日，[②]对岸芦边起雁声。

——选自姚朝翙《和叶艾庵白湖竹枝词》

【注释】

①挂雾：山名。作者自注：“挂雾山在湖东，常有云气出其上，故云。二湖之水发源于此。”②这句作者自注：“鸣鹤山下有银杏树，大数十围，千百年物也。”

山　家

〔清〕陈　劢

高田忧旱难耕种，生计山家别自谙。
橘户梅园梨枣外，多栽银杏与金柑。

——选自陈劢《运甓斋诗稿》卷八

咏茅山庙银杏[①]

杨翰芳

此树大于南城白果树之下几二倍，必明代物，歧干苍茂，以碍屋，东枝尚有锯去者。

余相花园老银杏，[②]地名树下不消磨。
茅山庙下无人识，下子能盈十六箩。

——选自《杨霁园诗文集》

【注释】

①茅山庙：在鄞州区茅山。②余相：指明代余有丁。

别银杏

杨翰芳

围之以绳，一干径可五尺余，一干径可尺余。

意倦明朝拂袖归，翩然复向故巢飞。
含情来别公孙树，齐物如观善者机。
一木参天有奇表，群山送我以秋辉。
呼童俯拾阶前果，更取长绳手与围。

——选自《杨霁园诗文集》

芡　实

芡实，别称鸡头、鸡壅、雁头、鸿头、卵菱等，为睡莲科芡属大型水生植物的果实。芡原产于我国，在江浙一带多有野生种分布。余姚河姆渡新石器时代遗址中已有芡实出土，说明7000年前的河姆渡人已经开始采食野生芡实。《周礼》中已将芡实当作祭品。《神农本草经》列为上品，《齐民要术》记录了简单的直播栽培法。五代日华子记载：“鸡头实，开胃助气。根可作蔬菜食。”北宋舒亶提到广德湖上“菰蒲菱芡餍搜采”，即芡实是当地人采食的对象。南宋《嘉泰会稽志》中已经记载了连片栽培的芡。元代《至正四明续志》卷五记载：“芡，种池塘，叶大如盘，面有绉纹，夏实，形如大鸡头，剖其子，圆如珠。”明清以来，主产于苏州的苏芡颇负盛名。芡的嫩茎，有孔有丝，古代用以入蔬，芡米除鲜食外，还可以用来制作芡实粥和芡实糕。康熙《定海县志》卷十一记载说：“深秋老时，泽农采之，去皮，捣仁为粉，蒸炸做饼，可以代粮。”大体上本于《本草衍义》的说法。清代慈溪人郑勋《简香随笔·小花屿偶记》介绍种植方法云：“秋间熟时，收子包浸水中，二三月撒浅水内，待叶浮水面，移栽深水，以麻豆饼屑拌匀，河泥种之。”

芡

〔宋〕陈　造

昨暮浴上虞，今晨饭余姚。
官期有余日，我行得逍遥。
盘实剥芡芰，美鱼荐兰椒。
一饱老人事，茗饮亦复聊。

——选自陈造《江湖长翁集》卷三

芡　实

〔宋〕释大观

芡也有奇蕴，厥实柔而旨。
孰名为鸡头，称号一何俚。
前贤赏风味，不为刷斯耻。
直以芡实呼，去取岂不韪。[①]
嘉宾淡相对，清谭方亹亹。[②]
互掬荷盘空，两忘日移晷。[③]
绀壳脆易攻，腻玉圆不毁。
性具稻粱温，清压脍炙美。
病脾怯甘冷，三舍避瓜李。
咀此暖复腴，如友古君子。
毋庸讥屈到，嗜芡如嗜芰。

——选自释大观《物初剩语》卷一

【注释】

①不韪：不善。 ②清谭：清谈。亹亹：同“娓娓”，形容说话连续不倦的样子。 ③移晷：日影移动。犹言经过了一段时间。

六月朔日再会，再次韵与胡氏谦避暑[①]

〔元〕戴表元

台屋深难暑，湖林近易风。
高歌送长日，醉眼睆凉空。
雀舌纤纤碧，鸡头淡淡红。
行藏数子别，谈笑一樽同。

——选自戴表元《剡源集》卷二十九

【注释】

①胡氏谦：奉化人。 ②雀舌：绿茶名。

芡

〔元〕袁士元

芡实初肥叶半枯，呼童摘取荐芳壶。
却疑清浅池塘里，还有鲛人夜泣珠。

——选自袁士元《书林外集》卷七

咏芡实

〔明〕倪宗正

翠猬毛齐带水鲜，秋晨兼上采菱船。
经风胎迸离离落，蘸露脂凝颗颗圆。
遗赠比芹烦野老，骈罗杂果重华筵。
江湖安得千钟实，为折今年展济钱。

——选自倪宗正《倪小野先生全集》卷六

鸡头子

〔明〕陆　宝

水果刺成团，重重剖粒难。
吻枯津可借，脾弱淡能安。
姹女酥凝乳，[①]仙人玉作丸。
筵前争戏掷，错认是珠盘。

——选自陆宝《悟香集》卷七

【注释】

①姹女：美女。

友人以土芡见贻

〔清〕谢泰宗

蔗浆久绝大官寒，谁共高斋苜蓿盘。
风味忽来东海上，雁头啄莈未为残。[①]

——选自谢泰宗《天愚山人诗集》卷十二

【注释】

①莈(yì)：即芡。《方言》卷三：“莈，芡，鸡头也。北燕谓之莈。”郭璞注：“今江东亦名莈耳。”

山居秋兴(二首选一)

〔清〕邵元荣

旱久凉生雨暮连，湖头楼小坐如船。
碧波频漾将飞叶，红藕重苏新铸钱。
无友催诗徒暇日，有人易感是秋天。
满盘菱芡供时果，卸我罗衣又一年。

——选自倪继宗《续姚江逸诗》卷十一

月湖棹歌用竹垞《鸳湖棹歌》韵得五十首，便不能复续矣，诗之工拙姑置之，即以才力论，古人正不易及也（五十首选一）

〔清〕施英藻

赤脚捞虾半没泥，瓦盆晚饭佐黄齑。
剥来芡实鸡头肉，更胜青棂象坎梨。

——选自《鄞城施氏宗谱》卷七

蛟川物产五十咏·芡

〔清〕谢辅绅

茨菇叶烂满湖秋，恰与乌菱价共酬。
的的圆珠疑剖蚌，软温万颗剥鸡头。

——选自光绪《镇海县志》卷三十八

芡

〔清〕陈得善

散满平地翡翠盘，芳胎初孕米珠团。
是谁唤作鸡头肉，出水锋芒刺手寒。

——选自陈得善《石坛山房诗集》卷一

卵　菱

〔清〕李圣就

煮酒同尝绿芡初，剥来玉醴有谁知。
鸡腮手劈千重锦，猬腹中含一掬珠。
水浣金沙匙欲滑，盘登明月嚼非虚。
颍田若果容人买，[①]向日归栽伴晓蕖。

——选自李圣就《菁江诗钞》

【作者简介】

李圣就，字景伊，号菁江，鄞县人。乾隆时增贡生。性耽吟咏，著有《菁江诗钞》。

【注释】

①颍田：即颍上田。颍水北岸，相传为古代高士巢父、许由隐居之地。借指归隐之处。

莲　子

莲子，又称白莲、莲实、莲米、莲肉，是睡莲科水生草本植物荷花的种子。荷花以产莲子为主的称为子莲，此类品种开花繁密，但观赏价值不如花莲。荷花秋、冬季果实成熟时，割取莲房（莲蓬），取出果实。莲子为中国原产，善于补五脏不足，通利十二经脉气血，使气血畅而不腐。《本草经》收作药物，对其保健功效已有相当认识。

食莲有感戏为古兴新体

〔宋〕舒岳祥

青蘋先知秋，调遣入窗儿。
荷花如六郎，[①]一笑忽堕水。
美人坐生愁，揽衣中夜起。
繁华难久持，零落自兹始。
所思在远道，千里复万里。
何处无芙蕖，秋江总相似。
折取莲蓬看，蜜房缀蜂子。
青茧初脱衣，瑶轸中含髓。[②]
食莲须食心，心中苦如此。

——选自舒岳祥《阆风集》卷一

【注释】

①六郎：典出《旧唐书·杨再思传》："易之之弟昌宗以姿貌见宠倖，再思又谀之曰：'人言六郎面似莲花；再思以为莲花似六郎，非六郎似莲花也。'其倾巧取媚也如此。"张昌宗行六，故云。后用为咏莲之典实。②瑶轸：玉制的琴轸。

食莲子

〔清〕谢泰宗

莲菂珠凝冷露浆，[①]云衣泪滴暗潇湘。
满怀谁识中心苦，生意难忘到底香。
蜂老房空红褪粉，蛹成茧化白留霜。
濂溪说尽花堪爱，[②]采摘调和子更良。

——选自谢泰宗《天愚先生诗钞》卷六

【注释】

①莲菂：亦作"莲的"。莲实。②濂溪：指周敦颐。周敦颐有《爱莲说》。

菱　角

菱，别称芰、水栗、沙角、菱角、龙角等，为菱科菱属一年生草本水生植物。藤长绿叶子，茎为紫红色，开鲜艳的黄色小花。果实

"菱角"垂生于密叶下水中，必须全株拿起来倒翻，才可以看得见。菱角有青色、红色和紫色，皮脆肉美，算是佳果，亦可做粮食之用。一般都以蒸煮后食之，或晒干后剁成细粒，熬粥食之亦可。

中国是菱的原产地之一，早在7000年前的河姆渡文化时期，浙东的淡水湖泊沼泽中生长着大量香蒲、眼子菜、菱、莲、芡实等水生植物。据先后两期考古发掘所知，河姆渡人采集的果实主要有麻栎果、菱角、酸枣、芡实等高淀粉含量的果实和种子，已大量储存菱角代粮。据此，杭州湾可能是我国最早采食菱(二角菱)的地区。《周礼·天官》中已有"加笾之实，菱芡栗脯"的记载，说明当时已经懂得将菱晒干成脯备用了。《礼记·内则》中将菱与桃、李、枣、栗等相提并论，说明当时已对菱进行了驯化栽培。《齐民要术》中有"种芰法"，这是关于菱的栽培方法的最早记载。

菱是宁波地区广泛栽培的水生植物。宋代广德湖一带湖山甚美，且有西山资教寺，"负山面湖，有菱荷、凫鸥、舟楫、亭桥之胜"。另据舒亶《西湖记》记载，北宋时甬城月湖"濒湖之民人，缘堤以植菱芡之类，至占以为田"。月湖种植菱芡一直到清代还是如此，故全祖望作《湖语》描述说："湖中物产，充牣城隅。其负城为闹市，集百货以兼车。晨屐所至，不时可需，如菱如芡，如莼如菰，葱葱青青，以备晨蔬。"元代《至正四明续志》卷五记载："菱，生湖池，春种夏实，有红、绿二色。又有刺菱。"至明清宁波地方志无不载录。慈溪人郑勋《简香随笔·小花屿偶记》介绍说："四角曰芰，二角曰菱，其花白色，昼开【当作'合'】夜炕，随月转移，犹葵之随日。"

谢何久可池菱之惠

〔清〕谢泰宗

何生有园复有池，其沚湜湜水连湄。[①]
中养陶朱鲤万尾，[②]更种菱芰百千岐。
两角三角花皆白，昼合宵炕随月移。[③]
春风绿叶吹拂拂，夏雨净沼水漓漓。[④]
不唯赏目且娱心，抑尔口实资浅斟。
客来花下一壶酒，簋列盘餐五鼎焬。[⑤]
助爽还思甘脆物，生津便到沼池阴。
放舟碧天愁帚扫，[⑥]采菱人自歌唱好。
调谱新水信口腔，手摘刺茎浮水稻。
或红或白总攸宜，存其少而拾其老。
升量斗挂不须秤，光润时看带荇藻。
渤海课民种作粮，[⑦]茂陵秋雨渴是宝。[⑧]
藕兄芡弟比肩看，玉脍金齑相论讨。[⑨]
忽承腆贶一筐赢，[⑩]剖削流浆太液琼。
水晶盐淡盘餐美，芍药甘分滋味清。
决明是否原同种，[⑪]屈到何为祭必盛。
染翰左思浮渌水，[⑫]伤怀厉叔代佳烹。[⑬]
细酾感君有别致，[⑭]江河可避同菱芰。
怀珠蕴玉喜深藏，[⑮]驾雪凌霜高自识。
全烝立饫懒同观，[⑯]蘋藻溪毛堪比类。
且怀清洁问蒹葭，慎勿头角峥嵘异。

——选自陈景沛《蛟川备志》卷十九

【注释】

①湜湜：水清澈的样子。《诗·邶风·谷风》："泾以渭浊，湜湜其沚。"朱熹集传："湜湜，清貌。" ②陶朱：即范蠡，相传有《养鱼经》。 ③炕：张开。郑勋《简香随笔·小花屿偶记》："四角曰芰，二角曰菱，其花白色，昼开【当作'合'】夜炕，随月转移，犹葵之随日。" ④漓漓：水波连绵的样子。 ⑤五鼎：指羊、豕、肤(切肉)、鱼和腊等鼎。三鼎、五鼎是士礼和卿大夫礼的分别。 ⑥愁帚扫：苏轼《洞庭春色》云，"要当立名字，未用问升斗。应呼钓诗钩，亦号扫愁帚。"因酒能扫除忧愁，且能钩起诗兴，使人产生灵感，故云。后来就以"扫愁帚"作为酒的代称。 ⑦渤海：指渤海太守龚遂。《汉书·龚遂传》："遂为渤海太守，劝民务农桑，益畜果实菱芡。" ⑧茂陵：位于陕西省西安市北约40公里处，今兴平县南位乡茂陵村。为汉武帝陵墓所在地。古人喜傍皇陵而居，患有消渴病的司马相如晚年即寓居茂陵。李商隐《寄令狐郎中》云："休问梁园旧宾客，茂陵秋雨病相如。" ⑨玉脍金齑：即鲈鱼鲙。参谢泰宗《谢宁学博惠鱼子、鲞》诗注。⑩腆贶：厚赐。赢：有余。 ⑪决明：一年生半灌木状草本植物，具有风清热，解毒利湿之功能。 ⑫染翰：指作诗文。

左思：字太冲。临淄（今山东淄博）人。西晋文学家。渌水：绿水。左思《吴都赋》："或超延露而驾辩，或逾绿水而采菱。" ⑬厉叔：即柱厉叔。春秋时期，莒国大臣。《吕氏春秋·恃君览》记载："柱厉叔事莒敖公，自以为不知，而去居于海上。夏日则食菱芡，冬日则食橡栗。"后莒敖公果然亡国。柱厉叔闻知，要回去以死殉君。好友劝他：为何要为他而死呢？柱厉叔说我要用自杀的方式，让后来的君主为不能鉴拔人才感到惭愧。⑭釂（jiào）：饮酒干杯。 ⑮怀珠蕴玉：晋陆机《文赋》："石韫玉而山辉，水怀珠而川媚。"后因以"怀珠韫玉"比喻怀藏才德。 ⑯烝：同"蒸"。

秋日庄居（二首选一）

〔清〕陆　宝

菱带浮萍入席，芋随粪火煨炉。
君子时无伯玉，[①] 小人我亦樊须。[②]

——选自陆宝《悟香集》卷十三

【注释】

①伯玉：蘧瑗字伯玉，河南人。春秋末年卫国大夫，为人有贤名。孔子周游列国走投无路之际，数次投奔蘧伯玉。他曾称赞蘧伯玉是真正的君子。 ②樊须：字子迟，亦称樊迟。

即席咏风菱

〔清〕陈　梓

生来不肯磨棱角，老去还能饱汁浆。
仙骨竟同勾漏花，[①] 清风应使伯夷尝。
便经烟火味输脆，任染污泥体自芳。
何日篷船浮碧浪，满装篾篓饷诸郎。

——选自陈梓《删后诗存》卷七

【注释】

①勾漏：山名。在今广西北流县东北。有山峰耸立如林，溶洞勾曲穿漏，故名。为道家所传三十六小洞天的第二十二洞天。

夏日遣怀诗（六十首选一）

〔清〕朱文治

出水红菱一色新，半弯纤角剧怜人。[①]
荔枝莫漫争仙品，微步凌波赋洛神。[②]

——选自朱文治《绕竹山房续诗稿》卷十

【注释】

①剧：极。 ②赋洛神：曹植创作《洛神赋》，虚构自己在洛水边与洛神相遇的情节。赋中描绘洛神之美，有"凌波微步，罗袜生尘"之句。

月湖棹歌用竹垞《鸳湖棹歌》韵得五十首，便不能复续矣，诗之工拙姑置之，即以才力论，古人正不易及也（五十首选一）

〔清〕施英藻

晚烟无际水苍茫，四面红楼五亩塘。
此去菱池应不远，薄言采采与郎尝。

——选自《鄞城施氏宗谱》卷七

秋兴百一吟·秋菱

〔清〕洪晖吉

四角堆盘嫩，拈来刺不胜。
应怜溪上女，烟艇唱秋菱。

——选自洪晖吉《听篁阁存草》卷三

菱

〔清〕陈得善

碧叶参差水面生，疏花点缀镜函明。[①]
两头谁唱纤纤曲，菱角初笄最有情。[②]

——选自陈得善《石坛山房诗集》卷一

【注释】

①函：匣。 ②初笄：古代女子十五岁，始加笄。见《礼记·内则》。后因以"初笄"指女子成年。

蛟川物产五十咏（选二首）

〔清〕谢辅绅

采采歌声西复东，摘来嫩绿与轻红。
碧筩饮罢休嫌渴，[①] 别有冰瓷浸水蕻。[②]
（菱）

菰米莲心味共夸，侵晨艇子绿篷划。
剥来论百沿船卖，镜里闲抛六角花。（刺菱）

——选自光绪《镇海县志》卷三十八

【注释】

①碧筩：即碧筩杯，亦作"碧筒杯"。一种用荷叶制成的饮酒器。②水荭：亦作"水荭"。水草名。一年生草本。全株有毛。叶子阔卵形，花红色或白色，可观赏，花果可入药。

采菱曲

〔清〕王迪中

菱刺侬血鲜，菱入侬口涩。
何处最相思，鸳鸯波上立。
芒角忽然露，菱花问宿因。
照人明镜里，汝亦太尖新。

——选自王迪中《二琴居诗抄》卷一

慈湖十咏·阚公湖采菱[①]

〔清〕应梦仙

烟痕一抹阚湖波，菱叶菱花香气多。
采采不辞风露重，越人犹爱唱吴歌。

——选自《宁波耆旧诗》

【作者简介】

应梦仙，号醉石，今江北区慈城人。监生。著有《百一庐诗草》。

【注释】

①阚公湖：即慈城镇之慈湖。以吴太子太傅阚泽德润曾居住过，因谓之德润湖，又名阚湖。

阚湖采菱曲

〔清〕裘庆良

湖水染于碧，湖船捷似梭。
相约采菱去，微风动绿波。

采菱不采莲，只为莲心苦。
一声欸乃里，棹入垂杨浦。

今日采加多，昨日采较少。
多少漫相争，[①]镜借花光照。

采采不盈筐，[②]忽见山欲暝。
湖心荡桨归，纳凉师古亭。[③]

——选自《慈溪横山裘氏宗谱》卷二十

【作者简介】

裘庆良，号小峰，今江北区洪塘裘市人。

【注释】

①漫：莫。②采采：采了又采。③师古亭：尹元炜《溪上遗闻别录》卷一："师古亭，在北湖心。乾隆初，令胡公观澜所题。"今存。

田家杂咏（四首选一）

〔清〕李圣就

潮痕绿涨雨初过，两岸周遮春树移。[①]
撑出小船如鸭嘴，回塘深处种菱科。[②]

——选自李圣就《菁江诗抄》

【注释】

①周遮：遮掩；掩盖。②回塘：环曲的水池。

花　生

花生又称落花生、地豆、番豆、长生果、万寿果等。一般认为花生起源于南美洲热带亚热带地区，大约在15世纪末传入我国，起初在东南沿海一带栽培。据明代弘治十六年(1503)《常熟县志》记载："三月栽，引蔓不甚长，俗云花落在地，而生子土中，故名。"也有不少学者根据考古发现，断言我国也是花生的原产地。但在明朝之前的历史典籍中，并没有明确记载与栽培种花生相同特性的作物。到了明朝，南美的花生栽培种才开始在中国传播开来。

倪象占《蓬山清话》卷十七云："落花参，名香芋，又名蜂豉，俗名长生果，到处可种。俗名落花生，以其蔓延开花，花落土中，乃结实也。"光绪《余姚县志》卷六则指出花生以产梁弄者为佳。光绪《慈溪县志》卷五十三"落花生"条云："按，县境种植最广。新有一种，自东洋至，粒较大，尤坚脆。"这种来自东洋的花生是指大花生，又叫洋花生，粒大，晚熟。

剡湖竹枝词（十九首选一）

〔清〕陆达履

年来地利遍山城，藤蔓芊绵雨乍晴。[①]
豇绿豆余添别种，番茄间及落花生。

——选自《姚江诗录》卷二

【注释】

①芊绵：绵延不绝的样子。

蓬岛樵歌（一百十六首选一）

〔清〕钱沃臣

豋豆蜌米碧琳缸，[①] 亲旧相过对绿窗。
小饮偏宜猜豆蔻，[②] 清谈正好品蹃敪。[③]

——选自钱沃臣《乐妙山居集·蓬岛樵歌续编》

【注释】

①豋豆：作者自注："杨慎引《唐六典》有豋豆。豋音弯，即豌豆，俗伪呼安豆。今劈之熬作兰花状。"蜌米：作者自注："邑产香蜌。《唐韵》、《集韵》：蛤属。《玉篇》作蟶。另一种名乌豆，以其形也。腊为米，香美。《本草》：蜮，一名生蜌，一名蜮蜌。"碧琳：作者自注："东坡言：唐时，酒有名烧春，当即烧酒也。元卞思义有咏汗酒诗。李宗表称阿剌吉酒，作歌云：'年深始作汗酒法，以一当十味且浓。'李时珍《本草通雅》：烧酒再烧名'碧琳腴'。邑以烧酒和酒浆曰'碧琳禽'。愚不善酒，喜饮之。" ②猜豆蔻：猜拳的一种。以手握豆蔻相猜，以输赢定喝酒的对象。此从古藏钩之戏演变而来。 ③蹃敪：这里指落花生。作者自注："明方以智《物理小识》：番头，名落花生、土露子。二三月种之，一畦不过数子，行枝如壅菜、虎耳藤横枝，取土压之，藤上开花。花丝土露子，落土成实。冬后掘土取之。壳有纹，豆黄白色。孙愐曰：蹃敪，番头也。"

东风齐着力·咏落花参[①]

〔清〕倪象占

一种灵苗，生生寄处，翠蔓芝田。自来花信，着地有丝牵。谢却风愁万点，凭落尽、就里苔钱。芳心结，腰分素束，乳隔房连。
纹蹙寸金妍，共喜待、披沙拣入锄边。零星数去，横尽晓参天。抐取声声土铫，[②] 酥香起，轻飏茶烟。道还胜，东坡炒豆，[③] 手迸珠圆。

——选自倪象占《青棂馆词稿初钞》

【注释】

①落花参：即落花生。 ②抐（yuè）：竭。土铫：炊具，犹今之砂锅。 ③东坡炒豆：苏轼《与王元直》："与君对坐庄门，吃瓜子、炒豆，不知当复有此日否？"

山北乡土集·拜岁

〔清〕范观濂

新服衣冠拜岁人，落花生剥共瓜仁。
小糐爱食脂油馅，[①] 莫惹儿童骂恶宾。[②]

——选自王清毅主编《慈溪海堤集·外编》

【注释】

①糐（fū）：米粉饼。 ②"莫惹"句：作者自注："前辈有尽食无剩者，被主家儿童指骂云：'从未见此等客。'相传为笑。"

谢张傭卿贻落花生

杨翰芳

番椒垂红老愈辣，[①] 波棱青青旬始达。[②]
二菜吾性不相能，寺圃含云浪宽阔。
空心初见使摘来，[③] 滋味短苋如同胎。
不及土芹脆香烈，才下一箸推之开。
张君见馈落花生，将谓我气染野僧。
嗟我固非学佛子，莹然玉粒胜羊豕。
君家素贫我所怜，今乃怜我费买此。

——选自《杨霁园诗文集》

【注释】

①番椒：辣椒。 ②波棱：菠菜。 ③空心：空心菜。

瓜　子

瓜子的种类较多，有葵花子、白瓜子、吊瓜子、西瓜子、黄瓜子、丝瓜子等。其中葵花子是向日葵的果实，不但可以作为零食，而且还可以作为制作糕点的原料，同时也是重要的榨油原料，是高档健康的油脂来源。瓜子营养丰富，香气诱人，是较为普遍的休闲食品。

冬瓜子

〔宋〕释大观

匾小齐形质，[①] 秋阳锻炼来。
殒身因有子，致祸甚刳胎。[②]
美誉侪松实，奇勋策茗杯。
甘香浮齿颊，榄辈只凡才。[③]

——选自释大观《物初剩语》卷六

【注释】

①匾:同"扁"。 ②刳胎:原指剖挖孕妇胎儿,这里指剖开冬瓜取子。 ③榄辈:指橄榄一类的果实。

瓜　子[①]

〔清〕郑　性

尔母自西来,乘阴便结胎。
弟兄无数目,多少总成材。
客到茶三碗,闲时酒百杯。
仁心藏铁甲,得土瓞绵哉。[②]

——选自郑性《南溪偶刊·南溪瘖歌》卷下

【注释】

①瓜子:从首句"尔母自西来"一句看,作者所咏当为西瓜籽。 ②瓞绵:绵延。

徵招·咏瓜子

〔清〕倪象占

绵绵钩带离离熟,破瓤转怜就里。[①]洗却几多红,见斑斑余紫。西家洵擅美,愿乎否,字曾谐此。列瓮当庭,试开佳味,海金良似。

有分,近春闺,偏亲得、玉粲一双犀齿。[②]细听爆灯花,早些儿含喜。香仁怜杏子,又较得、瘦来无比。还巧借,黑甲填梅,报图寒销矣。

——选自倪象占《青棂馆词稿初钞》

【注释】

①就里:个中,内中。 ②犀齿:语出《诗·卫风·硕人》:"齿如瓠犀。"朱熹集传:"瓠犀,瓠中之子,方正洁白,而比次整齐也。"后因以喻美女的牙齿。

【根茎类】

甘　蔗

甘蔗,又称柘、甘柘等,为禾本科甘蔗属植物,是用来制糖的重要原料。甘蔗是我国的原产植物,南方广泛分布的甜根子草(野甘蔗),被认为是栽培甘蔗的野生种。我国是世界上古老的植蔗国之一,至迟在战国时期南方已栽培甘蔗了,《楚辞·招魂》中的"柘浆"即指甘蔗。大概从梁朝开始,才普遍改用"甘蔗"一词,那时华南和长江流域已普遍栽培甘蔗了。唐咸通二年(861)九月,日本头陀亲王乘船泊于明州石丹岙,就见到有数十盐商,盐商向亲王献上"土梨、柿、甘蔗、白蜜、茗茶等数般"。五代时日华子指出甘蔗有"利大小肠,下气痢,补脾消痰,润心肺,杀虫,解酒毒"等功用。至宋代,甘蔗的栽培已广泛分布在浙闽等地区,并引起了四明诗人的吟咏。

宁波属亚热带气候,适合种植甘蔗,故地方志历来都有记载。舒亶有咏《蔗》诗,赞美作为果品的甘蔗,"冷气相射杯盘上",甘美的滋味实不让柤梨橘柚,在宴后一嚼,有解酒醒酒之功。宋代时宁波曾有糖用蔗栽培,并用以生产糖霜。但后来宁波所产的甘蔗,基本属于果蔗。姚燮《西沪棹歌》中咏及的"红皮蔗"就属于果蔗。甘蔗有滋补清热的作用,从严格意义上来说它不属于水果,但民间历来将其当作水果食用。

赋得甘蔗以上字为韵

〔宋〕舒　亶

瑶池宴罢王母还,九芝飞入三仙山。[①]
空余绛节留人间,[②]云封露洗无时闲。
节旄落尽何斓斑,[③]野翁提携出茅菅。[④]
吴刀戛戛鸣双环,[⑤]截断寒冰何潺潺。
相如赋就空上林,倦游渴病长相侵。
刘伶爱酒真荒淫,[⑥]狂来欲倒沧溟深。
此时一嚼轻千金,垆边何用文君琴。[⑦]
五斗一石安足斟,坐想毛发生青阴。
萧瑟甘滋欲谁让,柤梨橘柚纷殊状。[⑧]
冷气相射杯盘上,顾郎不见休惆怅,[⑨]
佳境到头还不妄。
诗成虽愧阳春唱,全胜乞与将军杖。

——选自《古今事文类聚》后集卷二十七

【注释】

①九芝:《汉书·武帝纪》:"甘泉宫内中产芝,九茎连叶。"后泛指灵芝草。 ②绛节:传说中上帝或仙君的一种仪仗。 ③节旄:旌节上所缀

的牦牛尾饰物。④茅菅：茅、菅二草，形相似，多并用以指野生杂草。⑤吴刀：泛指宝刀。戛戛：象声词。⑥荒淫：这里指沉湎酒色。⑦文君：卓文君。⑧柤：古同“楂”，山楂。⑨顾郎：顾恺之，喜欢倒吃甘蔗。

信上人甘蔗畦

〔元〕张仲深

动植亘穹壤，[1]四生实滋繁。
阴阳构元精，[2]品汇殊群分。[3]
上人离欲想，熏沐究梵言。[4]
乃知金色相，迥异人道蕃。
秘传法王种，[5]彼蔗生息存。
动植虽异形，万化同一原。
抚兹讵茫昧，[6]谅匪骇见闻。
至今缁黄流，[7]祝发如儿孙。
上人示不忘，颜揭昭后昆。[8]
一畦虽云小，町疃皆祇园。[9]
支节自蕃衍，[10]勿使忘本根。
作诗匪夸诞，欲辩谁与论。

——选自《全元诗》第五十二册

【注释】

①穹壤：指天地。②元精：天地的精气。③品汇：种类。④熏沐：犹熏陶。梵言：即梵文。⑤法王：借指高僧。⑥茫昧：模糊不清。⑦缁黄流：指僧道。⑧颜揭：挂出匾额。⑨町疃：田舍旁空地。祇园：“祇树给孤独园”的简称。梵文的意译。印度佛教圣地之一。⑩支节：当即“枝节”。

郁端甫学博以黄柑、甘蔗见遗

〔清〕谢泰宗

江南风物异，霜雪更增妍。
传宴黄罗裹，析酲绿蚁弃。[1]
洞庭千树密，扶邑百枝鲜。[2]
物以斯人重，清归知味怜。

——选自谢泰宗《天愚山人诗集》卷十一

【注释】

①析酲：解酒，醒酒。绿蚁：酒面上浮起的绿色泡沫。亦借指酒。②扶邑：即扶南。《世说新语》云：“扶南蔗一丈三节，见日即消，风吹即折。”

初夏（三首选一）

〔清〕谢泰宗

才送春归梅已黄，园林别样满庭芳。
蔗浆冷和金盘露，酪粉轻调玉碗霜。
翅满蜂脾花事静，巢归燕乳画梁忙。
畬田便望西山雨，[1]一岁丰登夏孟长。

——选自谢泰宗《天愚山人诗集》卷九

【注释】

①畬田：用火耕种田。

咏花鸟·甘蔗

〔清〕屠粹忠

我笑虎头痴，[1]倒餐入佳境。
不知甘尽时，回味更何等。

——选自屠粹忠《栩栩园诗》

【注释】

①虎头：顾恺之，小字虎头，晋陵无锡（今江苏焦溪）人。东晋著名画家。《晋书·文苑传·顾恺之》：“恺之每食甘蔗，恒自尾至本。人或怪之。云：‘渐入佳境。’”意谓甘蔗下端比上端甜，从上到下，越吃越甜。

蔗

〔清〕谢佑镛

南方食品擅甘诸，舌本生甜味有余。
内热潜消多赖尔，宿酲善解每思渠。[1]
曾闻贾客熬成雪，未许园丁采作蔬。
悦口莫贪浓似蜜，芬回谏果较何如。[2]

——选自姚燮《蛟川诗系》卷二十九

【作者简介】

谢佑镛，字东序，号云溪，镇海人。嘉庆二十年(1815)贡生。年近耄，两眉皆寸许白毫，人以白眉先生称之。

【注释】

①宿酲：犹宿醉。②谏果：橄榄的别名。元《王祯农书》卷九：“橄榄生岭南及闽广州郡……其味苦酸而涩，食久味方回甘，故昔人名为谏果。”

西沪棹歌(一百二十首选一)

〔清〕姚　燮

郎住岩根妾水湄,三官堂外路分歧。[①]
青皮柑淡红皮蔗,[②]两意酸甜各自知。

——选自民国《象山县志》卷三十二

【注释】

①三官堂:作者自注:"三官堂在舣舟亭侧,为墙头至方前孔道。" ②这句作者自注:"柑淡,果种,见邑志。七八月间,村农多以红皮甘蔗入市。"

饮料篇

YINLIAO PIAN

【酒类】

中国谷物酿酒，大约起源于新石器时代。有学者认为，余姚河姆渡文化遗址中出土的带嘴盉等器物，可以视作谷物酿酒起源的表征。东汉六朝时期，宁波地区主产稻米，宜有酿酒业，可能因为缺乏技术特色、品质不高，所以文献缺载。但不管怎样，酒作为高级饮料，还是广受宁波人民欢迎的。旧志曾记载后汉鄮人鲍盖为县吏，"尝捧牒入京，留家酣饮，逾月不行"。宁波境内发掘的这一时期的墓葬及瓷窑遗址中就出土过不少酒器，如祖关山东汉董黯大墓出土了酒钟和漆耳杯，其中漆耳杯底还书有"宜酒"两字；余姚也曾出土晋代青瓷羽觞托盘。这至少说明酒是四明贵族的享用品。

唐代明州酿酒业也有所发展。陈藏器在《本草拾遗》中说："近乳穴处流出之泉也，人多取水作饮酿酒，大有益。"这说明甬人已认识到泉水水质对于酿造优质美酒的工艺意义和保健功用。中唐李频旅游四明山，在山下孙氏居享用了当地的家酿酒。越窑青瓷酒器的大量制造，也佐证了酿酒业的普遍存在。唐代宁波古城墙遗址出土的越窑青瓷中，有不少造型精美的瓷壶，是当时理想的酒器。不过，那时明州酒类还谈不上什么品牌，也没有多大名气。晚唐时"余杭酒"传入四明。"余杭酒"是杭州的历史名酒，又名余杭阿姥酒、百花酒，相传东晋初有裴氏居余杭仙姥墩，采众花酝酒，味极醇美，名噪一时。咸通年间昆山人王可交隐居四明山，将余杭酒的制造技术传到明州。关于酒的食、药价值，陈藏器《本草拾遗》有较多的论述："本功外，杀百邪，去恶气，通血脉，厚肠胃，润皮肤，散石气，消忧发怒，宣言畅意。智人饮之则智，愚人饮之则愚。"日华子亦云"开胃，下食，暖水脏，温肠胃，消宿食，御风寒"，并特别指出其在烹饪上的作用："杀一切蔬菜毒。"

北宋时宁波的黄酒酿酒业有了较大发展。天禧五年(1021)在子城西南美禄坊设立都酒务(掌握专卖的官衙称为酒务)，"既自榷，亦许民般酤"。1999 年清理出宋代明州"都酒务"作坊遗址，出土了数以万计的装酒瓷瓶(韩瓶)残器，堆积厚度达 0.60 米以上，其中完整的酒瓶就有 400 多件。这些酒瓶都产自上林湖越窑，制作规整，规格有两种，一种容量 2 公升，数量很少，绝大多数容量为 1 公升。考古发掘表明"都酒务"作坊在平桥河南岸、下街河西的宝奎巷一带。宋以前四明虽然普遍酿酒，但可能因为技术力量不足，酒味淡薄，缺乏佳酿。到了北宋不但酿酒之风大盛，而且甬上官酿技术显著提高，已经能够生产出驰名一方的品牌酒。双鱼酒又名双印酒，舒亶有"酒罂双印贵"之句，自注："俗重双鱼印酒。"此酒曾是明州上贡朝廷的地方特产，因酒坛外印有双鱼图案而得名。双鱼图案象征年年有余，双双有盈余，外延更有双双相印之意，寓意吉祥，堪称北宋黄酒包装的典型。南宋嘉定间人张次贤在《名酒记》中提到了"明州金波"。南宋明州城内承北宋旧制设有都酒务，绍兴间又新创比较酒务、赡军酒务，不久并归都酒务。另外慈溪、奉化、小溪、林村、下庄、定海、象山都有酒务。在相对偏远的乡镇也设有酒务，如林村酒务、小溪酒务。历任官员又增添醅酒东库、醅酒西库、江东赡军库、江东慈福库、香泉八库、鲒埼库、东门库、宝溪子库等。酒务因为生产条件相对较好，拥有较高手艺的酒匠，“工精业熟，酿造得法”，所以酒的质量也不错，其所生产的十洲春是南宋的贡酒。宋代明州生产的酒皆为黄酒，分清、煮两界。清酒亦称生酒、小酒，一般在温度较高的季节酿造，不需蒸煮，将酿好后的酒醅压榨，“直候澄折得清”，即可销售，价格相对较低。煮酒则在腊月酿造，出滤后蒸煮装坛，四至八月开卖，又称大酒。煮酒工艺在《北山酒经》中有详细记述，其全套设备是锅、甑和酒瓶，方法是将瓶装酒置于甑箪上隔水蒸煮，酒滚即熟矣。煮酒的目的是通过加热灭菌，避免酒的酸败，当然这也是长期保存酒的唯一方法。煮酒技术的采用，为酒的大规模生产，避免生产和流通环节中酒的酸败损失，提供了技术保障。从色泽和性味上看，“生酒清于雪，煮酒赤如血，煮酒不如生酒烈”，两者是很容易分辨的。此外，官宦及富贵人家也往往自家开瓮酿酒，故四明的私酿相当普遍，私酿主要用来满足家庭长期(甚至一年)的消费需要。

明清时期，宁波酿酒业在全国同种行业中的地位似有所下降，但酿酒原料白药的名气却很大。宁波人民仍然酿造出了不少优质美酒，如高粱烧、姚江白酒之类。郑辰《句章土物志》记载说：“邑俗重双印酒。余家所酿者，旧名幻江春，取赭山之水为之，味香而色清。新造酒又名紫霞春、琼玉露。”又云：“十洲春，宋时甬上尝以入贡，今其法存吾慈，略与浔酒伯仲。”嘉靖十八年(1539)，日本遣明副使策彦周良来到甬上，在宁波城西门口外见到酒屋，“或帘上书‘新酒出卖’四字，或书‘莲花白酒’四字。又帘铭云：‘行(过)客闻香下马，行人知味停车。’”又有“和上见侑以莲花白酒”语，不仅描述了甬上酒店的招牌，而且传递了甬上流行莲花白酒的信息。

清代嘉道年间，四明还涌现出了著名酿酒专家杨万树(1771—1849)。杨万树在宁海家乡从事酿酒50余年，悉心钻研酿酒技术，在继承传统的基础上，摸索出一整套有科学价值的酿酒经验，于道光二年(1822)撰写成《六必酒经》一书。他称嘉、道时浙江有5大名酒，以绍兴酒推为第一，而“宁波酒曲蘖参用，色白味正”。他自豪地介绍说：“我台宁老酒，无灰酒也。制曲用蓼不用药。蓼亦清香解毒。饮酒至醉，不头痛，不口燥，医家用以治疾，极为精良。酒色如金，甘脆香浓。余家制曲，小麦粉拌以心汲水，酿酒采汲它泉溪流诸水，故酒色如镜，芬芳遒爽，不亚于绍酒也。”不过台宁老酒尽管品质优异，遗憾的是它在市场上流通不广，当时除了绍酒外，各地最为时尚的却是三白酒。那么使什么因素导致台宁老酒品质上佳呢？他分析指出水是一个关键的因素，宁海南郊外溪水，渗入它泉，清洁甘美，与西湖、绍兴水相伯仲，是最佳的酿酒用水。他还记载了相邻地区酿酒技术上的一些差异，如绍兴老酒与宁波、台温酒均采用摊饭法，但浸米时间的长短决定了开爬法之不同。这些记载均有助于加深我们对浙东酒史的认识。

童丱须知[①] ·酒醴八篇(选七)

〔宋〕史　浩

欢欣歌饮皆从欠，乐极悲哀自此生。
不见古人成礼处，主宾百拜只三行。[②]

越主投醪仇可报，[③]商家沉酗自相攻。[④]
的知此物难多饮，[⑤]只为邦家作礼容。[⑥]

为子孙顺为臣忠，夫妻和睦弟恭兄。
如何却致彝纶斁，[⑦]只为贪他酒味醲。

平日恂恂号古人，[⑧]三杯才饮乱天真。
精神愦愦如痴梦，[⑨]赢得时时病在身。

酒可忘忧更养神，直须少饮始为真。
君看阮籍刘伶辈，[⑩]终为沉酣丧此身。

女子亲傍礼法拘，合移孝道事翁姑。[⑪]
若还径醉无醒日，亦自无心相厥夫。

居家姆传未曾成，才及笄年便有行。[⑫]
中馈既然长酩酊，[⑬]儿孙婢仆尽纵横。

——选自史浩《鄮峰真隐漫录》卷五十

【注释】

①童丱(guàn)：指童子；童年。丱，丱角，儿童发式。 ②三行：祝酒三次。汉扬雄《法言·修身》：“宾主百拜，而酒三行，不已华乎？” ③越主：指越王勾践。投醪：典出《吕氏春秋·顺民》：“越王苦会稽之耻，……下养百姓以来其心，有甘脆，不足分，弗敢食，有酒，流之江，与民同之。”④商家：殷商。沉酗：谓嗜酒无度。《书·微子》：“我用沉酗于酒，用乱败厥德于下。”孔颖达疏：“人以酒乱若沉于水，故以耽酒为沉也。”这句谓

殷纣王造肉林酒池，沉迷酒色，导致亡国。⑤的知：确实了解。⑥邦家：国家。礼容：礼制仪容。⑦彝纶：指伦常。斁（dù）：败坏。⑧恂恂：恭谨温顺的样子。⑨愦愦：昏庸；糊涂。⑩阮籍、刘伶：皆列名"竹林七贤"中，性格放诞，蔑视礼法，嗜酒如命。⑪翁姑：公婆的合称。⑫笄（jī）年：古称女子成年（15岁）为笄年。⑬中馈：指妻室。

煮白酒送林治中

〔宋〕郑清之

长门思渴荐寒泉，浪读松醪桂酒篇。①
数米酿来成玉液，②传家方秘出金川。③
白飞琼斝应归重，④红滴珠槽敢忘前。⑤
聊遣朋壶共一笑，平分风月晚凉天。

——选自郑清之《安晚堂集》卷九

【注释】

①浪读：纵声朗读。②玉液：喻称美酒。③金川：地名，似指慈溪县金川乡（今江北区慈城）。据楼钥《史清翁次前韵觅酒，以金川玉友一枕瓶、西安酒一斗送之，次韵》，金川以产玉友酒著称。宋张表臣《珊瑚钩诗话》卷三云："以糯米药曲作白醪，号玉友。"可知金川玉友乃为白醪酒，而以药曲制酒也是宋酒的一个传统。玉友曲的制法，详见《北山酒经》卷中。④琼斝：玉制的酒杯。⑤槽：古时制酒器中的一个部件，酒由此缓缓流出。唐李贺《将进酒》诗："琉璃钟，琥珀浓，小槽酒滴真珠红。"

十六夜月色佳甚，对酒效乐天体，①招酒伴赏月

〔宋〕舒岳祥

八月十六夜，清凉明月天。
新酒虽未熟，陈酒喜未干。
早稻有余饭，轻衫未为寒。
傍人见我醉，胸中故朗然。
有诗不自作，但咏古人篇。
唤取故山甫，②醉即对床眠。

——选自舒岳祥《阆风集》卷一

【注释】

①乐天：指白居易。②山甫：胡山甫，宁海人，作者友人。

梅下洗盏酌台红感旧

〔宋〕舒岳祥

天台红酒须银杯，清光妙色相发挥。
瓷髹玉石岂不雅，①君第酌之应自知。
我有银杯何所宜，恕斋惠我前朝得。②
今朝把酒竟茫然，梅花万里人南北。

——选自舒岳祥《阆风集》卷二

【注释】

①髹：指漆器。②恕斋：作者自注："谢枢密堂也。"按，谢堂，字升道，号恕斋，台州临海人。德祐元年（1275）十二月赐进士出身。除同知枢密院事，次年正月除知枢密院，衔命与元军议和，被胁迫北迁，后死于北方。

饮酒杂诗十二首（选一）

〔元〕袁　桷

弱冠不饮酒，①篝灯横玉绳。②
或云酒中趣，湛湛浮云蒸。③
弃书试其言，杲若乌轮升。④
天根转晴雷，坚城为之崩。
妙言粲琼屑，⑤逸兴追飞鹰。
醉乡倘可居，无功乃真朋。⑥

——选自袁桷《清容居士集》卷四

【注释】

①弱冠：古时以男子二十岁为成人，初加冠，因体犹未壮，故称弱冠。②篝灯：谓置灯于笼中。玉绳：星名。这句指读书至深夜。③湛湛：浓重。④乌轮：日轮，太阳。⑤琼屑：玉屑。⑥无功：王绩字无功，号东皋子，绛州龙门（今山西河津）人。隋末举孝廉，除秘书正字。不乐在朝，辞疾，复授扬州六合丞。时天下大乱，弃官还故乡。唐武德中，诏以前朝官待诏门下省。贞观初，以疾罢归河渚间，躬耕东皋，自号"东皋子"。性简傲，嗜酒，能饮五斗，自作《五斗先生传》，撰《酒经》《酒谱》。

碧筒饮①

〔元〕乌斯道

翠叶清宵作巨觞，碧云半卷出方塘。
柔丝尚带冰蚕口，细窾遥通玉兔光。②

漏泻渴乌随点滴，[③] 汞摇丹鼎慎遮防。[④]
醉魂飘荡三更后，自觉满身风露香。

——选自乌斯道《春草斋诗集》卷四

【注释】

①碧筒饮：采摘卷拢如盏，刚刚冒出水面的新鲜荷叶盛酒，将叶心捅破使之与叶茎相通，然后从茎管中吸酒，人饮莲茎，酒流入口中，诚为暑天清供之一。用来盛酒的荷叶，称为"荷杯""荷盏""碧筒杯"，因为茎管弯曲状若象鼻，故有"象鼻杯"之称。 ②窾（kuǎn）：空隙。 ③渴乌：古代吸水用的曲筒。 ④遮防：犹言遮挡防护。

红酒歌

〔明〕方孝孺

田家八月秋秫黄，赪肩满檐金穰穰。[①]
西成万室喜登场，[②] 斗酒劳庆年丰祥。
天台山人传秘方，酿成九酝丹霞浆。[②]
紫檀糟头秋点长，[③] 绛囊醡压甘露凉。[④]
猩红颗滴真珠光，蓼花色比桃花强。
荐新设席请客尝，风吹桂花满屋香。
馔出肥鸡一筋肪，橙斫蟹脍双螯霜。
不须琥珀琉璃觥，[⑤] 不须太白力士铛。[⑥]
我爱真率田家郎，磁瓯瓦盆罂水觞。
烂熳为我浇吟肠，新诗吐出云锦章。
醉来兴发恣豪狂，高歌起舞当斜阳。
出门一笑尔汝忘，大江东去烟茫茫。

——选自方孝孺《逊志斋集》卷二十四

【注释】

①赪肩：肩头因负担重物而发红。穰穰：形容五谷富饶。 ②西成：秋天庄稼已熟，农事告成。 ②九酝：一种经过重酿的美酒。《西京杂记》卷一："汉制，宗庙八月饮酎，用九酝、太牢。皇帝侍祠，以正月旦作酒，八月成，名曰酎，一曰九酝，一名醇酎。" ③秋点：秋日报更的点声。④醡：古同"榨"。 ⑤琥珀：指美酒。唐李贺《残丝曲》诗："绿鬓年少金钗客，缥粉壶中沉琥珀。" ⑥力士铛：即力士瓷。饮茶、酒的器具。

松　醪

〔明〕杨　范

五鬣苍龙酿绿醅，[①] 槽头注雨色如苔。
大夫迁治酒泉郡，[②] 髯叟重为曲秀才。[③]
味自茯苓浮瓦瓮，光从琥珀泛霞杯。
岁寒一醉同椒柏，能使春风生满腮。

——选自胡文学《甬上耆旧诗》卷四

【注释】

①五鬣：即五粒。松的一种。因一丛五叶如钗形而得名。或以为五粒之粒当读为鬣，讹为粒，每五鬣为一叶。故又称"五鬣松"。 ②大夫：即五大夫。秦始皇二十八年封禅泰山，风雨暴至，避于树下，因此树护驾有功，按秦官爵封为五大夫。事见《史记·秦始皇本纪》。后世有人不明"五大夫"为秦官，而附会为五株松。汉应劭《汉官仪》谓始皇所封的是松树。后因以为松的别名。酒泉郡：郡名。元封五年（前106）置，辖黄河以西的匈奴休屠王、浑邪王故地。是河西四郡中最早设立的一郡。汉武帝元鼎六年（前111）分酒泉郡西部置敦煌郡。因"城下有金泉，其水若酒"而得名。 ③髯叟：多须的老人。此为对松树的拟人化称呼。曲秀才：参见郑清之《糟蟛蜞送葺芷》诗注。

将桥酒市[①]

〔明〕杨　范

百尺徒杠利往来，[②] 槽房几个接连开。[③]
当垆不是文君貌，[④] 涤器应非司马才。[⑤]
门外青帘翻缓缓，座间红脸笑咍咍。[⑥]
一街绝胜新丰味，驻骑停桡莫漫猜。[⑦]

——选自《镜川杨氏宗谱》卷三

【注释】

①将桥：即黄家桥，跨临驿道，通小溪、奉化等处，在今鄞州区石碶街道栎社境内。 ②徒杠：可供徒步行走的小桥。 ③槽房：即糟坊。酿酒的手工业作坊。 ④当垆：指卖酒。垆，放酒坛的土墩。此用西汉卓文君故事。 ⑤涤器：洗涤器物。《汉书·司马相如传上》："相如身自着犊鼻裈，与庸保杂作，涤器于市中。" ⑥咍（hāi）咍：欢笑的样子。 ⑦停桡：停船。

光溪酒市[①]

〔明〕杨自惩

风外帘旗青间红，槽房临水胜新丰。

旧篘竹叶香偏美，新酿桃花色更融。
楼上不逢骑鹤客，[②]船头频醉换鱼翁。
寒儒未有金貂解，[③]清圣赊来时一中。[④]

——选自《镜川杨氏宗谱》卷三

【注释】

①光溪：即小溪，在今鄞州区鄞江镇。 ②骑鹤客：典出殷芸《小说·吴蜀人》："有客相从，各言所志，或愿为扬州刺史，或愿多赀财，或愿骑鹤上升。其一人曰：'腰缠十万贯，骑鹤上扬州。'欲兼三者。" ③金貂：汉以后皇帝左右侍臣的冠饰。《晋书·阮孚传》："迁黄门侍郎、散骑常侍。尝以金貂换酒，復为所司弹劾，帝宥之。" ④清圣：清酒。

寄语盗酒者[①]

〔明〕张　琦

绿醑春香赛碧波，[②]忽烦吏部夜相过。[③]
卧教守者毋惊逐，我盗乾坤酒已多。

——选自张琦《白斋竹里诗集》卷三

【注释】

①作者题下自注："癸未四月一日夜人入盗酒。"癸未即嘉靖二年(1523)。 ②绿醑：绿色美酒。 ③吏部：毕卓。《晋中兴书》卷七《陈留阮录》云："毕卓字茂世，新蔡人。少希放达，为胡母辅之所知。太兴末为吏部郎，常饮酒废职，比舍郎酿酒熟，卓因醉，夜至其瓮间取酒饮之。掌酒者不察，谓是盗，执而缚之，郎往视，乃毕，吏部也，遽释其缚。卓遂引主人燕于瓮侧，致醉而去。"

明州歌(十首选一)

〔明〕李　濂

春城万户瓮醪香，闻道明州是醉乡。
莫怪儿童笑山简，[①]明州风物胜襄阳。

——选自李濂《嵩渚文集》卷三十五

【注释】

①山简：字季伦，河内怀县人。"竹林七贤"之一的山涛之子。山简嗜酒，醉态可掬。刘义庆《世说新语·任诞》："山季伦为荆州，时出酣畅。人为之歌曰：'山公时一醉，径造高阳池。日莫倒载归，酩酊无所知，复能乘骏马，倒著白接䍦。举手问葛彊，何如并州儿。'高阳池在襄阳，彊是其爱将，并州人也。"又《晋书·山简传》：山简镇襄阳，"优游卒岁，唯酒是耽。诸习氏，荆土壕族，有佳园池，简每出嬉游，多之池上，置酒辄醉，名之曰高阳池。"这句化用李白《襄阳歌》："襄阳小儿齐拍手，拦街争唱《白铜鞮》。旁人借问笑何事，笑杀山公醉似泥。"

尝白酒有作

〔明〕张　逵

白酒吾乡味，悬情已六年。
儿于桑叶落，犹及菊花妍。
地主能传种，门生为垦田。
孤吟酬一醉，真觉对龙泉。[①]

——选自黄宗羲编《姚江逸诗》卷八

【作者简介】

张逵，字懋登，余姚人。正德十六年(1521)进士，选庶吉士。嘉靖初授刑科给事中。因劾武定侯郭勋谪戍辽阳，与夏良胜、周叙等唱和，有《义乐集》。

【注释】

①龙泉：指余姚龙泉山。

闲居漫兴(二十首选一)

〔明〕张时彻

采菊酿成芳醑，[①]缫丝织作春衣。
日候檐前灵鹊，王孙归来未归。

——选自张时彻《芝园定集》卷十九

【注释】

①芳醑：美酒。

谢李五山人惠五加皮酒二首

〔明〕沈明臣

瓮头新号五加皮，满瓮春波碧玉脂。
纵是病夫须一醉，侍人先捧绿玻璃。

春酒携将满瓮香，百花开尽对谁尝。
故人汝本青莲后，[①]狂客于今我最狂。[②]

——选自沈明臣《丰对楼诗选》卷三十八

【注释】

①青莲：李白自号青莲居士。 ②狂客：贺知

章号四明狂客。

入山(四首选一)

〔明〕屠本畯

兰亭胜事已微茫,[①]犹向流泉一举觞。
莫道田家无好酿,沽来亦有瓮头香。[②]

——选自《甬上屠氏家集》卷四

【注释】

①兰亭:在浙江省绍兴市西南之兰渚山上。东晋永和九年(353),王羲之、谢安等同游于此,举行了曲水流觞活动。 ②瓮头:刚酿成的酒。

山居杂咏(四十首选一)

〔明〕屠 隆

累日清斋坐碧苔,床头闲却紫霞杯。
麻姑送到蒲萄酿,犬吠花开客又来。

——选自屠隆《白榆集》卷八

明农(四首选一)

〔明〕屠 隆

昨检农书卜有年,相逢父老各欣然。
秋来欲酿松花酒,[①]先问溪南种秫田。

——选自屠隆《栖真馆集》卷九

【注释】

①松花酒:用松花酿的酒。

钱季梁山楼燕集

〔明〕杨承鲲

花径层层转,岑楼宛宛登。[①]
江吞百谷尽,风压万波增。
土酒甘于蜜,山梨冷胜冰。
海门余雪在,斜日玉虹蒸。

——选自胡文学《甬上耆旧诗》卷二十二

【注释】

①宛宛:盘旋屈曲的样子。

深秋庭桂始开

〔明〕孙 鏊

楼台十二护烟霞,台下盘旋小径斜。
日暖秋残犹绽桂,庭深雨积始开花。
粟辞彭泽归陶径,[①]香似燕山忆窦家。[②]
摘取新英频浸酒,清芬不让玉川茶。

——选自孙鏊《松菊堂集》卷十六

【注释】

①彭泽:指陶潜。陶径:晋陶潜《归去来兮辞》有"三径就荒,松菊犹存"句。后以"陶径"借指隐者之居。 ②燕山窦家:五代人窦禹钧广施善行,后五子相继登第。时人写诗称许为"灵椿一株老,丹桂五枝芳"。燕山:在河北蓟县,窦禹钧为蓟县人。

携尊访山中故人

〔明〕冯嘉言

东风吹散步,拄杖叩扉时。
石鼎烹新酿,山茶剪嫩旗。[①]
投闲供野兴,扶醉写清诗。
共有烟霞想,相携话故知。

——选自冯嘉言《十菊山人雪心草》卷一

【注释】

①旗:茶展开的芽。

郊居秋兴(十首选一)

〔明〕戴 澳

浮海于今亦畏途,山中片地当乘桴。
人家相近皆渔父,租税无多半木奴。
种树已欣秋得实,著书聊与古为徒。
清风明月时同社,酒臼茶铛自不孤。

——选自戴澳《杜曲集》卷三

秋日村乐

〔明〕张廷训

借得西邻屋,居人可姓庞。[①]
亭心间照月,山眼冷窥江。
伐荻煨村酿,攀藤系钓艭。
溪猿能供客,掷果到蓬窗。

——选自全祖望编《续甬上耆旧诗》卷五

【作者简介】

张廷训,字方伊,明末鄞县人。

【注释】

①庞:指隐士庞德公。

煮　酒

〔清〕谢泰宗

瓮头玉薤香，[①]四座称欢伯。[②]
饮人似阳和，不言联莫逆。[③]
谁知种秫动，更推酿有格。[④]
五方风土殊，狂饮酎为醳。[⑤]
安得九酝精，[⑥]女䴷百和泽。[⑦]
岁月既经久，香味乃不摵。[⑧]
熊白生酒良，[⑨]猪红煮酒赤。[⑩]
二者虽并行，历时方有益。
非故乐勤渠，[⑪]实饶知味客。
五齐水火备，[⑫]三酒芬芳泽。[⑬]
金盘露易承，[⑭]椒花雨难积。[⑮]
谷口冻八风，[⑯]丑未伤多液。[⑰]
归美洞庭春，瓷宫大成斥。[⑱]
我今亦何求，酩酊聊取适。
梨花已及时，蒲桃不须择。
李白三百杯，新丰十千易。
郫筒无庸沽，[⑲]暂分吏部席。[⑳]

——选自谢泰宗《天愚先生诗钞》卷二

【注释】

①玉薤：美酒名。旧题唐柳宗元《龙城录·魏征喜治酒》："玉薤，炀帝酒名。" ②欢伯：酒的别名。汉焦赣《易林·坎之兑》："酒为欢伯，除忧来乐。" ③莫逆：语出《庄子·大宗师》："（子祀、子舆、子犁、子来）四人相视而笑，莫逆于心，遂相与为友。"后遂以谓彼此志同道合，交谊深厚。④格：法式，标准。 ⑤酎（zhòu）：醇酒，经过两次或多次重酿的酒。醳（yì）：醇酒。 ⑥九酝：参方孝孺《红酒歌》注。 ⑦女䴷（hún）：即女曲。酒曲名。李时珍《本草纲目·谷四·女曲》（集解）引苏恭曰："女麴，完小麦为饭，和成罨之，待上黄衣，取晒。"䴷：用整颗小麦制作的酒曲。⑧摵：这里为"衰败"之意。 ⑨熊白：熊脂；熊背上的白脂，珍味之一。 ⑩猪红：指腊肉。《事物绀珠》："腊肉，经腊成者。一名猪红。" ⑪勤渠：犹殷勤。 ⑫五齐：古代按酒的清浊，分为五等，合称"五齐"。 ⑬三酒：事酒、昔酒和清酒。《周礼·天官·酒正》："辨三酒之物，一曰事酒，二曰昔酒，三曰清酒。"郑玄注："郑司农云：'事酒，有事而饮也；昔酒，无事而饮也；清酒，祭祀之酒。'玄谓事酒，酌有事者之酒，其酒则今之醳酒也。昔酒，今之酋久白酒，所谓旧醳者也。清酒，今中山冬酿接夏而成。"孙诒让正义："三酒之中，事酒较浊，亦随时酿之，酋绎即孰。昔酒较清，则冬酿春孰。清酒尤清，则冬酿夏孰。" ⑭金盘露：宋代杨万里命名的酒，性较醇和。椒花雨：宋杨万里称烈酒为椒花雨。宋罗大经《鹤林玉露》卷四："杨诚斋退休，名酒之和者曰'金盘露'，劲者曰'椒花雨'。" ⑯八风：八方之风。 ⑰丑：指丑时，即上午1时正至上午3时正。未：指未时，下午13时至15时。 ⑱瓷宫：陶瓷制的酒器。宋陶谷《清异录·酒浆》："雍都，酒海也……韦炳取三家酒搅合澄窨，饮之，遂为雍都第一。名'瓷宫集大成'。瓷宫，谓耀州倩榼。"斥：多，广。 ⑲郫筒：酒名。相传晋山涛为郫令，用竹筒酿酒，兼旬方开，香闻百步，俗称"郫筒酒"。唐杜甫《将赴成都草堂途中有作先寄严郑公》诗之一："鱼知丙穴由来美，酒忆郫筒不用沽。" ⑳吏部：指东晋官员毕卓，历仕吏部郎。

饮菊酒

〔清〕谢泰宗

佳种南阳事可求，[①]秋容篱畔足消愁。
延年美意杯中见，却疾深功醉里浮。
梦到关山来白雁，人逢知己是黄流。[②]
不须故作陶家饮，[③]彭泽何尝兴属秋。[④]

赊饮寻常事岂新，无钱陶令渴生尘。
折腰知为弹冠误，[⑤]乘兴何嫌内顾贫。
诗瘦只宜花共老，衰扶惟有酒相亲。
怀开此日增霜傲，摘取金英次第春。[⑥]

——选自谢泰宗《天愚先生诗钞》卷六

【注释】

①南阳：今属河南省。南阳内乡县西北菊花山有菊潭，周边村庄为古代有名的长寿之乡。《荆州记》："县北八里有菊水，其源旁悉芳菊，水极甘馨。又中有三十家，不复穿井，即饮此水，上寿百二十，中寿百余七十者，犹以为夭。"史铸《百菊集谱》卷三"《本草图经》曰：菊花生雍州川泽及田野，今处处有之，以南阳菊潭者为佳。……南阳菊亦有黄、白二种，今服饵家多用白者。"

②黄流：用黍酿酒加以郁金草，使酒为黄色，故称。《诗·大雅·旱麓》："瑟彼玉瓒，黄流在中。"毛传："黄金所以饰流鬯也。"郑玄笺："黄流，秬鬯也。"孔颖达疏："酿秬为酒，以郁金之草和之，使之芬香条鬯，故谓之秬鬯。草名郁金，则黄如金色；酒在器流动，故谓之黄流。"按，传、笺所释不同，此从笺疏。 ③陶家：指陶渊明。 ④彭泽：指陶渊明。 ⑤折腰：《晋书·隐逸传·陶潜》："吾不能为五斗米折腰，拳拳事乡里小人耶！"后以"折腰"为屈身事人之典。弹冠：指为官。 ⑥金英：特指菊花。

课仆煮酒

〔清〕谢泰宗

一味生香九和流，① 床头春色号乡柔。
鹅儿未毳黄先簇，② 鸭顶初来绿已浮。③
人在三家均此醉，④ 月明千里共销愁。
已知从容青州客，⑤ 身化陶家作巨卣。⑥

——选自谢泰宗《天愚先生诗钞》卷五

【注释】

①九和：香名。 ②毳(cuì)：鸟兽的细毛。这句形容鹅黄色的柳丝。③"鸭顶"句：形容湖水碧绿。 ④三家：三家店，指村镇小店。 ⑤青州客：即青州从事，好酒的代称。 ⑥卣(yǒu)：古代一种盛酒的器具，口小腹大，有盖和提梁。

饮　酒①

〔清〕黄宗羲

托处南山下，② 佣丁代耕播。③
六月正翻车，④ 一哄走国破。
归来省旧业，⑤ 狠茅覆芒糯。⑥
吾方艰壶浆，⑦ 拾秉营酝和。⑧
醲酒一宿成，雨窗慰日暮。
所愧中道捐，⑨ 垂实见收荷。⑩

——选自黄宗羲《南雷诗历》卷一

【注释】

①此诗约作于顺治三年(1646)六月回到家乡以后。 ②南山：这里指诗人家乡南面的黄箭山。 ③佣丁：佣客，雇佣劳动者。 ④翻车：龙骨水车。 ⑤省：查看，察看。 ⑥狠茅：疯狂蹿长的茅草。 ⑦壶浆：茶水、酒浆。以壶盛之，故称。 ⑧秉：稻把。营酝和：指酿酒。 ⑨中道捐：半途而废。 ⑩收荷：收获。

忆姚州酒歌

〔清〕曹　溶

谁家新酿白于泉，种秫多收海上田。
唤出青娥歌扇底，① 烧灯今夜不须眠。②

——选自光绪《余姚县志》卷六

【作者简介】

曹溶(1613—1685)，字秋岳，一字洁躬，亦作鉴躬，号倦圃、锄菜翁，秀水(今浙江嘉兴)人。明崇祯十年(1637)进士，官御史。顺治初，起用河南道御史，督学顺天，累迁户部侍郎，左迁广东右布政使。康熙中，举博学鸿词，以疾辞。著有《静惕堂诗词集》。

【注释】

①青娥：指美丽的少女。 ②烧灯：指元宵节。

和曹使君忆姚州酒歌二首①

〔清〕朱彝尊

姚州白酒白于泉，醉客何论三百钱。
十月糟床初满注，莫教焚却子猷船。②

曹娥江口晚潮低，两桨春船入会稽。
最忆黄冠欹倒日，③ 夕阳山色鉴湖西。④

——选自朱彝尊《曝书亭集》卷四

【作者简介】

朱彝尊(1629—1709)，字锡鬯，号竹垞，晚号小长芦钓鱼师，又号金风亭长，秀水(今浙江嘉兴市)人。康熙十八年(1679)举博学鸿词科，以布衣授翰林院检讨，入直南书房，曾参加纂修《明史》。曾出典江南省试。后因疾未及毕其事而罢归。著有《曝书亭集》等。

【注释】

①曹使君：曹溶。 ②子猷：王徽之的字，其人以放诞旷达闻名于世。《世说新语·任诞》记载："王子猷居山阴，夜大雪，眠觉，开室命酌酒，四望皎然。因起彷徨，咏左思《招隐诗》。忽忆戴安道，时戴在剡，即便夜乘小船就之。经宿方至，造门不前而返。人问其故，王曰：'吾本乘兴而

来，兴尽而返，何必见戴！'" ③黄冠：黄色的冠帽，多为道士戴用。欹倒：歪倒。 ④鉴湖：在浙江省绍兴城西南，为浙江名湖之一。

湖居（二首选一）

〔清〕唐文献

步逐东风踏软沙，背人惊鹭去斜斜。
两株红杏疏篱外，知是湖村卖酒家。

——选自《四明清诗略》卷四

江村市散

〔清〕陆　昆

市散酒楼喧，渔人算酒钱。
醉归芦叶浦，明月满江船。

——选自全祖望编《续甬上耆旧诗》卷五十七

【作者简介】

陆昆（1633—1659），字华星，又字雪樵，鄞县人。明亡，弃去举业，学诗于族祖陆春明，后加入西湖七子社。顺治十六年（1659），为海师所杀，年仅二十七。

农家秋歌

〔清〕宗　谊

种秫腴田谷薄稃，仓箱谨视属妻孥。
待他酿熟桃花发，石米香醪一百壶。

——选自宗谊《愚囊汇稿》卷二

江头小饮二律[①]（选一）

〔清〕郑　梁

献岁三天暖，[②]临江一席清。
春新野岸寂，客寡渡船轻。
入座皆山水，飞觞只父兄。
不辞开量饮，村落渐升平。
岸与山环北，舟随水向东。
店官供酒饭，路客着青红。
江汐仍新月，天春自好风。
最怜幽圃角，菜汞绿成丛。[③]

——选自郑梁《寒村诗文选·见黄稿诗删》卷三

【注释】

①此诗作于康熙十三年（1674）。 ②献岁：进入新的一年；岁首正月。 ③菜汞：菜蕻。

独　酌

〔清〕毛　彰

独酌无拘束，衔杯任意迟。[①]
山妻供蕨笋，孙子索楂梨。
情话老相向，顽痴幼足怡。
酕醄君莫笑，[②]皆醉已多时。

——选自毛彰《闇斋和杜诗》卷一

【注释】

①衔杯：谓饮酒。 ②酕醄：大醉的样子。

为　农

〔清〕毛　彰

为农底事好，辛苦不离家。
冬负庭前日，春看屋外花。
藜羹随意饱，秫酒莫须赊。
买得山田足，何嫌饭有沙。

——选自毛彰《闇斋和杜诗》卷一

雪中以青精酒赠熊西村

〔清〕李　暾

尝闻神仙爱食青精饭，我今爱食青精酒。
青精之色紫而娇，青精之味甘而厚。
昨宵瑞雪满江城，李生爱酒时时把在手。
忽念熊西村，欲招倾一斗。
寒风刮似刀，道路那堪走。
提壶赠君博剧醉，旅邸如获一良友。
从来神仙纸上传，长生妙术安得有？
雪千片，酒一口，
面上之红与酒同，心中之白与雪偶。
此乐问如何，顷刻真同千岁久。

——选自李暾《松梧阁诗集》

酒价高

〔清〕罗　嵒

诗家惟酒助机神，酒价频增叹苦辛。
尽解杖头殊欠饮，零沽市上愈非真。
扫愁先引愁来路，敌冷反添冷逼身。
只有豪华尽日醉，杜康偏害是穷人。

——选自罗嵒《现成话》

【作者简介】

罗嵒(1679—1746),字友山,一字嵒山,鄞县西成里(今属海曙区西成村)人。以诗画擅名。康熙三十八年(1699),代父戍边,孝子之名由此大起。边防官遂以国士待之,允其周览塞外山川形胜。后思归省亲,滞留金陵数年。至遇赦归,年已过半百。著有《现成话》。

秋吟·缸

〔清〕陈　撰

露白酿初熟,还山昨到家。
小槽闻夜滴,[①]渴思在黄花。

——选自陈撰《玉几山房吟卷》卷二

【注释】

①小槽:古时制酒器中的一个部件,酒由此缓缓流出。

以十洲春馈茶坞[①]

〔清〕全祖望

十洲春色好,冲淡在神明。
坐笑浊醪浊,来投清圣清。[②]
翩翩六从事,[③]远到阖闾城。[④]
风浴归来后,[⑤]陶然移我情。

——选自全祖望《鲒埼亭诗集》卷六

【注释】

①茶坞:陆锡畴,字我田,号茶坞,苏州人。诗人。 ②清圣:清酒。③从事:古代官名。此用青州从事之典。刘义庆《世说新语·术解》:"恒公有主簿善别酒,有酒则令先尝,好者谓'青州从事',恶者谓'平原督邮'。" ④阖闾城:春秋时的吴都。这里代指苏州。 ⑤风浴:典出《论语·先进》:"莫春者,春服既成,冠者五六人,童子六七人,浴乎沂,风乎舞雩,咏而归。"

双湖竹枝词(八首选一)

〔清〕全祖望

东楼万卷架渠渠,[①]知是楼三学士书。[②]
郎若不辞勤汲古,[③]一瓻妾愿供双鱼。[④]

——选自全祖望《句余土音》卷中

【注释】

①东楼:南宋楼钥的藏书楼。渠渠:深广的样子。 ②楼三学士:即楼钥。作者自注:"楼宣献公当日称为'楼三学士',其东楼书史最多。" ③汲古:谓钻研或收藏古籍、古物。此兼指王应麟藏书处。作者自注:"汲古堂则王厚斋书库也。" ④双鱼:作者自注:"双鱼,甬上名酒。"按,此即舒亶诗注中所说的"双鱼印酒"。

再叠双湖竹枝词(五首选一)

〔清〕全祖望

万金楼迥药笼多,[①]闻道王仙载酒过。[②]
那得乞来郎服食,玉醅长护玉颜酡。[③]

——选自全祖望《句余土音》卷中

【注释】

①万金楼:北宋出现,为甬上冯氏施药之地。②王仙:王可交,江苏昆山人。咸通年间王可交携妻子隐居四明山二十余年,复出明州卖药酤酒,自称药为壶公所授,酒则余杭阿母相传,药极去疾,酒甚醉人,明州里巷皆称王仙人药酒,世间不及。按,余杭阿姥酒亦称百花酒,相传东晋初有裴氏居余杭仙姥墩,采众花酝酒,味极醇美,名噪一时。 ③玉醅:宋代甬上贡酒。

历代四明贡物诗·十洲春[①]

〔清〕全祖望

九衢尊,[②]重湖酝。[③]法五齐,[④]镂双印。[⑤]
钱公堤,[⑥]丰且润。韩公泉,[⑦]冽以隽。
玉醅香,金波嫩。王仙人,[⑧]法可问。
备六清,[⑨]畴敢溷。饮一石,未为困。
入天厨,[⑩]充上顿。剪仙菁,和赤堇。
下酒具,尤充牣。曾几时,法渐紊。
酒家胡,[⑪]日不振。十洲水,亦以慁。[⑫]
葛祭酒,[⑬]晚蜚遁。[⑭]其家酿,差相近。
斯人亡,又不振。述旧闻,溯余韵。
谁问奇,来执酳。[⑮]

——选自全祖望《句余土音》卷上

【注释】

①十洲春:作者自注:"宋贡。泗水潜夫《武林旧事》:甬上之酒,一为'十洲春',一为'玉醅',岁岁进奉。《曲洧纪闻》又载甬上名酒曰'金波'。" ②九衢:纵横交叉的大道。 ③重湖:指日月二湖。 ④五齐:《周礼·天官·酒正》:"辨五

齐之名：一曰泛齐，二曰醴齐，三曰盎齐，四曰缇齐，五曰沉齐。”郑玄注：“自醴以上，尤浊缩酌者，盎以下差清。” ⑤双印：即双鱼印。作者自注：“即双鱼也，见懒堂集。” ⑥钱公堤：即钱集贤偃月堤。 ⑦韩公泉：即太守韩仲通昌黎泉。“韩公”两句自注：“谓湖上二库。” ⑧王仙人：即王可交。 ⑨六清：即六饮。《周礼·天官·膳夫》：“凡王之馈……饮用六清。”郑玄注：“六清，水、浆、醴、凉、医、酏。”孙诒让正义：“此即《浆人》之‘六饮’也。” ⑩天厨：皇帝的庖厨。 ⑪酒家胡：原指酒家当垆侍酒的胡姬。后亦泛指酒家侍者或卖酒妇女。 ⑫慁(hùn)：玷辱。这里有污染之意。 ⑬葛祭酒：葛世振。“葛祭酒”四句，作者自注：“葛祭酒确庵家，三白酒最佳。” ⑭蜚遁：即肥遁。《易·遁》：“上九，肥遁，无不利。”孔颖达疏：“子夏传曰：‘肥，饶裕也。’……上九最在外极，无应于内，心无疑顾，是遁之最优，故曰肥遁。”后因称退隐为“肥遁”。 ⑮执酳：古代宴会或祭祀时的一种礼节。

鄮南杂诗（选一）

〔清〕倪象占

一色它泉满载回，① 家家酿酒得良材。
金波亦泛双鱼印，② 应负区茶十二雷。③

——选自同治《鄞县志》卷七十四

【注释】

①它泉：它山泉。 ②金波：甬上名酒。双鱼印：印有双鱼的名酒。 ③区茶：据王应麟《四明七观》“采撷区萌”注云：“区音句。”区萌谓草木萌芽勾曲生出，即茶芽。十二雷：北宋形成的四明白茶名。据元代的《至正四明续志》，以出自慈溪车厩隩中三女山资国寺旁为绝品，冈山开寿寺旁次之，必用化安山中瀑泉水审择蒸造。全祖望《四明十二雷茶灶赋》云：“吾乡十二雷之茶，其名曰区茶，又曰白茶。”

陈留亭枉过草堂留饮

〔清〕张懋延

海天辽阔碧云围，乍喜朋来一卷帏。
蝶翅影残秋日冷，菊花香送午风微。
旗亭桑落酒初酿，① 钓艇人归蟹正肥。
净扫莓苔容客坐，门深巷曲话依依。

——选自《四明清诗略》卷十一

【作者简介】

张懋延(1713—1778)，字东贤，号双山，又号小饶，镇海清泉(今为北仑区小港衙前)人。乾隆癸酉拔贡。乾隆十六年(1751)，高宗南巡，恭献诗赋得赏。著有《定斋诗集》《蛟川诗话》等。

【注释】

①旗亭：酒楼。桑落：古代美酒名。

尝白酒①

〔清〕伍大有

山家八月桂花开，新酿初成聊举杯。
说济何须巾漉去，② 劝壶且待鸟提来。③
晕青宁数黄鹅酌，④ 浮白休夸绿蚁醅。⑤
不在樽前尽一饮，更从何处醉逃回。

——选自《姚江诗录》卷二

【作者简介】

伍大有，字丰玉，号介孙，余姚人。著有《行余录》。

【注释】

①题下自注：“俗呼桂花酒，以在桂花时也。” ②巾漉：典出梁萧统《陶渊明传》：陶渊明嗜酒，“郡将尝候之，值其酿熟，取头上葛巾漉酒，漉毕，还复著之”。 ③鸟提：指“提壶芦”，亦作“提胡芦”，鸟名，即鹈鹕。 ④晕青：中心较浓周围渐淡的青黑色圆形斑痕。黄鹅：杜甫《舟前小鹅儿》诗：“鹅儿黄似酒，对酒爱鹅黄。”后因以鹅黄酒泛指好酒。 ⑤浮白：汉刘向《说苑·善说》：“魏文侯与大夫饮酒，使公乘不仁为觞政，曰：‘饮不釂者，浮以大白。’”原意为罚饮一满杯酒，后亦称满饮或畅饮酒为浮白。绿蚁：新酿的酒还未滤清时，酒面浮起酒渣，色微绿，细如蚁，称为“绿蚁”。

剡湖竹枝词（十九首选一）

〔清〕陆达履

料量水米两相平，① 入瓮包成竹叶清。②
饮向春初美无比，剡溪合署酒泉名。

——选自《姚江诗录》卷二

【注释】

①料量：称量。 ②竹叶清：作者自注：“包浆

酒，村人以糯米饭酿成浆，连糟和溪水入瓮密包之，熟后味极清辣，色味绿，亦名竹叶清。”

姚江竹枝词（选一）

〔清〕张羲年

红树新霜江口庙，村沽白酒醉茅亭。
小长芦叟浑闲事，[①]未饮山家竹叶青。

——选自张羲年《啖蔗全集·诗》卷四

【注释】

①小长芦叟：朱彝尊别号。

姚江棹歌（百首选一）

〔清〕邵晋涵

石桥南畔酒帘斜，满注糟床泛绮霞。
便脱翠蓑歌白月，醉看江水落江花。[①]

——选自邵晋涵《南江诗钞》卷一

【注释】

①江花：作者自注："李孝谦《中林集》：水竹江花何处滩，渔郎翠蓑露未干。青帘酒家石桥右，舣舟却忆姚江干。"

赋奉化土物九首·三白酒[①]

〔清〕孙事伦

争说陈三白，那知酿独难。
碓舂珠颗净，槽映玉浆寒。
投药霏如玉，开苞气若兰。
青帘高挂处，剡水泛波澜。

——选自孙事伦《竹湾遗稿》卷八

【注释】

①三白酒：《古今酒事·故事·品名》引清虞兆漋《天香楼偶得》："近来造酒家以白麵为麯，并舂白秫，和洁白之水为酒，久酿而成，极其珍重，谓之'三白酒'。"

消寒竹枝词（选一）

〔清〕朱文治

头白翁知白酒香，而今黄酒遍槽床。[①]
四郊种秫田过半，缺了农家卒岁粮。

——选自朱文治《绕竹山房续诗稿》卷七

【注释】

①"而今"句：作者自注："吾姚南北城酒坊不下百家。"

月湖棹歌用竹垞《鸳湖棹歌》韵得五十首，便不能复续矣，诗之工拙姑置之，即以才力论，古人正不易及也（五十首选一）

〔清〕施英藻

朔雪寒飘六出花，小汀压倒短篷斜。
郎如欲买金波醉，桥北桥南半酒家。

——选自《鄞城施氏宗谱》卷七

【注释】

①金波：宋以来甬上名酒名。

松花酿

〔清〕陈懋含

一斝延龄酒，醇殊桑落斟。
春烟香沁齿，元籁浩流襟。
品自黄封擅，[①]诗无白傅吟。[②]
提壶童子在，师待觅深林。

——选自姚燮《蛟川诗系》卷二十二

【作者简介】

陈懋含，字贞可，号柳塘，镇海城区人。诸生，常与姚燮相唱和。鸦片战争后，挈眷远徙，以抑塞而终。

【注释】

①黄封：宋代官酿，因用黄罗帕或黄纸封口，故名。后泛指酒。②白傅：唐代诗人白居易晚年曾官太子少傅，故称。

丈亭作[①]

〔清〕王　珏

飞飞去雁带云痕，山绕蓬窗水气昏。
花外风飘沽酒旆，不多茅屋自成村。

——选自姚燮《蛟川诗系》卷二十二

【作者简介】

王珏，字仲屿，号种月，原镇海县人。诸生，喜作诗。

【注释】

①丈亭：即今余姚市丈亭镇。

金上舍贻西洋玫瑰露、荔枝酒，酬以诗

〔清〕姚　燮

露清如水腻春葱，酒色蕉花泛嫩红。
敢道兼金珍异品，愧无长物报深衷。
芰廊酌月谁烹蛤，桃叶调铅正倚栊。[①]
低首转怜吾骨俗，只宜尝蘖坐秋风。

——选自姚燮《复庄诗问》卷三十四

【注释】

①桃叶：晋王子敬爱妾名。后用以指爱妾。铅：化妆用的铅粉。栊：帘栊。这句指爱妾试用玫瑰露。

西沪棹歌（一百二十首选一）

〔清〕姚　燮

阿侬家住杏村旁，[①]裙带花开酒瓮香。[②]
郎在荷花心里住，[③]莫教飞入野鸳鸯。

——选自民国《象山县志》卷三十二

【注释】

①杏村：作者自注："墙头村一名杏村。" ②裙带：作者自注："裙带糯可酿酒。" ③荷花心：作者自注："溪里方，相地者名荷花心。"

清平乐·饮月湖王氏垆题笔

〔清〕姚　燮

雨萦烟袅，堤上多芳草。风送酒香帘挂了，画髻垆头人小。　小帘飐上游丝，小窗坐对文漪。[①]密密疏疏杨柳，三三两两黄鹂。

——选自姚燮《疏影楼词·画边琴趣下》

【注释】

①文漪：多变的波纹。

响岩竹枝词[①]（选一）

〔清〕鲍　淦

任是郎情爱绿醅，满尊烧酒莫轻开。
须防夏至杨梅熟，大有姻亲接叠来。

——选自《宁波竹枝词》

【作者简介】

鲍淦，字拙斋，宁海人。道光间廪生，与姚燮有唱和。著有《勤补轩吟草》。

【注释】

①响岩：在今鄞州区鄞江镇贺家湾。张晓邦编《图龙集》有鲍序悦《梧岑四时杂咏》之二，与此诗大同小异。

秋兴百一吟·秋农

〔清〕洪晖吉

稆秠盈场役事闲，闭门酿酒共开颜。
老农晓起偏多务，篱菊枝荒手自删。

——选自洪晖吉《听篁阁存草》卷二

秋兴百一吟·秋沽

〔清〕洪晖吉

客到尊空近可沽，林禽正好唤提壶。
前村何处青帘飐，黄叶矶边旧酒垆。

——选自洪晖吉《听篁阁存草》卷二

秋兴百一吟·秋蓼

〔清〕洪晖吉

弱态翻风水际红，夕阳明处艳渔篷。
酡颜似觉酣春酒，[①]分得陶家曲蘖功。[②]

——选自洪晖吉《听篁阁存草》卷二

【注释】

①酡颜：泛指脸红。 ②陶家：指陶渊明。曲蘖：酒曲。

重阳咏菊

〔清〕叶兰贞

恰值重阳节，东篱菊正妍。
黄华矜傲骨，浓艳饱疏烟。
触兴三秋景，舒怀九月天。
采来还酿酒，堂上祝延年。

——选自叶兰贞《研香室诗存》卷上

月湖秋泛棹歌（九首选二）

〔清〕徐甲荣

满湖风月画难如，蘸水蒲帆卷复舒。
一缕炊烟孤艇直，藕花香里煮双鱼。[①]

秋来风味说针鱼，[②]渔妇渔娃乐有余。

去买十洲春一榼，几家帘幕上灯初。

——选自徐甲荣《城北草堂诗稿》卷上

【注释】

①双鱼：宋代甬上有“双鱼印酒”，故以双鱼代酒。②针鱼：银鱼。

村 家

〔清〕胡 滨

桑柘绕深村，生涯十亩存。
屋低檐碍帽，厨小灶当门。
种秫酿春酒，剪蔬供晚飧。
几番新雨作，碧水涨篱根。

——选自《四明清诗略》卷二十一

咏月湖十洲·菊花洲

〔清〕毛 森

黄花擢秀淡于人，散作幽香镜水滨。
个里若逢高士在，白衣好送十洲春。

——选自《日湖毛氏宗谱》卷四

【作者简介】

毛森(1793—1836)，谱名学曾，字省三，号莲卿，今海曙区人。诸生。

村 居

〔清〕李维骆

此身事业即桑麻，乐地由来静处赊。
牧子喜搓红稻草，女儿初纺白棉花。
闲田数亩真仙境，破板双扉是酒家。
物外不知何所有，秋菘春韭足生涯。

——选自《四明清诗略》卷二十六

【作者简介】

李维骆，字季度，号梅卿，鄞县人。诸生。官直隶定州吏目。著有《小碧梧栖诗稿》《吴江客棹吟》。

甬江竹枝词(六首选一)

〔清〕章 鋆

青旗一路飏风疏，卖酒家多傍郭居。
酤得十洲春酿熟，瓮头小印押双鱼。

——选自章鋆《望云馆文诗稿》

酒 家

〔清〕袁性宗

山村水郭画桥东，沽酒何人问牧童。
深巷屐声疏雨里，小楼旗影夕阳中。
垂杨低锁三椽绿，残杏深藏半壁红。
羡煞谪仙真落拓，[①]长安高卧醉春风。

——选自《四明清诗略》卷二十七

【作者简介】

袁性宗(1822—1885)，字禾村，一字宣桥，晚号溪上老人。咸丰乙卯(1855)乡荐。设教四十年。光绪乙酉(1885)年卒，年六十四。著有《寸草堂诗文集》。

【注释】

①谪仙：指李白。落拓：放浪不羁。

午饭徐氏山家[①]

〔清〕戎金铭

结庐南山下，梅花开一村。
炊烟起竹坞，吠犬当柴门。
山叟见客至，呼儿扫东轩。
山妇见客至，宰鱼具盘飧。
雏笋嫩逾美，白酒清而温。
地僻风自厚，语朴情弥惇。
可知深山里，犹有古道存。
即此是太初，[②]何异桃花源。

——选自戎金铭《溪北诗稿》卷三

【注释】

①作于咸丰十一年(1861)，乃诗人游历溪北时所作。②太初：指太古时期。

饮酒二首

〔清〕虞景璜

平生不能觞，颇识杯中趣。
酌以一杯酒，供我终日具。
沾唇津液生，浃肤阳春煦。
不论中圣贤，举杯聊与娱。
自笑苋子肠，少许便有余。
不醉亦不醒，循分得自如。[①]
鄙哉酒德颂，[②]夸大非吾徒。

客有豪饮者，睨旁窃笑之。
一酌散千忧，焉用区区为。
岂知宣尼语，[3]饮酒本无量。
一杯亦足矣，一石多放宕。[4]
不闻宾主礼，百拜何琐琐。
岂惟狱讼繁，酒流戒为祸。
是盖伐性斧，[5]岂曰保身谋。
千忧如可散，胡为愁更愁。
吾生有至分，意外何所营。
圣贤非寂寞，难为饮者名。

——选自虞景璜《淡园诗集》

【作者简介】

虞景璜(1862—1893)，谱名中极，号淡初，镇海人。光绪八年(1882)举人，会试不第。归乡后致力于经世之学，主讲县中灵山、芦江等书院，诱掖后进。著有《淡园诗集》。

【注释】

①循分：恪守职分。 ②酒德颂：晋刘伶所著。 ③宣尼：孔子。 ④放宕：放荡。 ⑤伐性：危害身心。

剡源竹枝词(三十首选一)

〔清〕赵霈涛

秋收糯稻靠蓬窗，无数农家酒一缸。
酌注杯中如白水，客来劝饮语双双。

——选自《剡源乡志》卷五

酿　酒

〔清〕刘慈孚

邻家爆竹送年华，雪压檐梅又见花。
满屋浮香新酒熟，卧听一夜蟹爬沙。

——选自刘慈孚《云闲诗草》卷二

南田竹枝词(五十五首选一)

吕耀钤

犁头巉下板桥通，[1]十丈炊烟五两风。
水味浓于千日酒，家家买醉到源隆。

——选自民国《南田县志》卷三十三

【注释】

①作者自注："犁头巉村在鹤浦大塘中，设有林源隆酒坊，生涯不恶，以水源清澈宜酿故也。"

附：

酒卮铭(选一)

〔明〕方孝孺

人不嗜水，而惟酒之嗜。酒之味美，而水无味。呜呼！淡泊者无毒，而好美者可畏，夫焉可以不识？

——选自方孝孺《逊志斋集》卷一

酒　论

〔清〕杨万树

盖闻皇帝治疾，以酒为百药长。是邃古先已有酒，不自夏仪狄始。第有酒之名，不传酿法。《周官》始言之，其后汝阳王琎有《甘露经》，王绩追焦革酿法为《酒经》，又采古来善酿者为谱，宋有苏东坡《酒经》，刘炫有《酒孝经》，本朝《四库全书》采入《北山酒经》、窦革《酒谱》，此外又若干种，法详且备矣。第诸书间有失传，其所传酿法，以今核之，亦有同有不同者。按古语云："空桑秽饭，酝以稷黍，以成醇醪，酒之始也。《说文》：酒白谓之醙。醙者，坏饭也。饭老则坏，饭不坏则酒不甜。"又曰："乌梅女麸，甜醹九投，澄清百品，酒之终也。"《本草》：乌梅性酸涩。《玉篇》：女麸，麦曲也。《集韵》：投，再酿也，所以作辛也。大隐翁云："金木间隔，以土为媒，自酸至甘，自甘至辛，而酒成焉。"所谓以土之甘，合水作酸，以木之酸，合土作辛，此其大略相同也。顾详核其法，古人造酒，以浆为祖，浆不酸，即不可酝酒，故有卧浆法。今人不制卧浆，秫浸半月之久，漉泔和酿，其酸浆已在米汁之中，此用浆之法不同也。夜半蒸炊，昧旦下酿，太阳出则酒不中，而今人竟日可造，此湛炽之法不同也。又如先浸曲，漉出曲滓，取曲汁于瓮中，即投饭。而今人槌粉和酿，或用麦黄，或用白药，或用红曲，此用曲之法不同也。三九酒，曲、水、米各九斗，而今人又长水酒、短水酒，增减不等，此投水之法不同也。喂饭酒，酴米(《说文》:酴,酒母也,俗名脚饭,又名浆板)偷酸,投醹(喂饭也)偷甜,酴米用浆蘸湿,和入曲糵同操。今则酴米用水淋回,先用白药,投醹方用麦曲,此酿法之不同也。摊饭酒,按时开爬(俗云开泡,又云开颜),今以米久浸者,用爬宜迟,米未久浸者,用爬宜早,此爬法之不同也。煎酒连坛封煮,今人则铁锅煎酒,或用镴壶煎酒,有接取酒露,加入酒露,此煎酒之法不同也。大抵古人立法,各有深意,而有同不同。或且不知所守,求其宜古宜今,越千载而无能外者,莫如《礼·月令》乃令大酋节文,孔疏云:秫稻一,曲糵二,湛炽三,水泉四,陶器五,火齐六,以次相承,亘古不易。余故即是法而为之,推阐其旨,诚由是神而明之,则自汉及唐宋诸名人《酒经》《酒谱》,皆括其要,而《周官》之法,庶得真诠,又何虑作法之同不同,而无所折衷哉?集成,本不敢以经名,缘六六之条,载在戴记,固经文也。虽援古疏证,未足谓以经注经,而以鄙俚之词,顺文解义,窃比于《三字经》、《女儿经》之类云尔。言乎僭也,则吾岂敢。

——选自杨万树《六必酒经》卷一

曲 论

〔清〕杨万树

《本草》:曲,酒母也。是酒从曲化,曲高则酒味亦高,曲次则酒味亦次。故精于曲者,则精于酒,拙于曲者则拙于酒。酒人知留心于曲,而酝酿之功可居其半矣。凡曲有三种制法:风曲,罨曲,醿曲。六七月制曲,用风曲法,俗云伏曲。八月制曲,用罨曲法,俗云桂花曲。九月制曲,亦用罨曲法,俗云菊花曲。近时多用风、罨法,而醿曲法,间有用有不用。各省制曲,均用小麦,用水拌粉,酒白味和。我浙下江亦然,上江则不然,不拘大麦、米麦,并用制曲。得法则麦皆同功。《本草》载大麦味咸,米麦味涩,不若小麦味甘之为良也。古法曲未制之先,预采陆地鲜蓼捣碎,用水酿之,以一日为度,名自然汁,酒白味辛。又干蓼捣粉酿汁,以一日为度。又干蓼煎汁,宜造曲前一日煎好冷透,不可稽迟时日。煎汁拌粉,酒赤味浓。造曲粉宜细,用水拌粉,不可太干,不可太湿。太干则发虽急速,恐水未匀,曲性无力。太湿则曲发迟缓,化生乌阖、白虫等物。曲湿酒涩,法宜看粉之粗细。粗粉湿拌,细粉干拌,干湿得宜,握得聚,扑得散,是其诀也。余特立按粉扣水之法,确不可易者附后。曲粉拌匀,必须随手入匣踏实则易发。踏毕,如天热用风曲法者,喜临风,以竹纸包裹每块,即时系挂于无日当风之处,满月出纸,七七日收晒。天凉用罨曲法者,宜避风,以稻草包裹,预择净室无风处,先用板隔地气,板上铺草,约一尺浮,方可叠曲,曲可草包裹,宜单包,不可双包。双包则脱汗糖心,又宜随时体察天气凉暖。天暖篱叠,天凉瓦叠(立曰篱,横曰瓦)。八月制曲,篱叠以六路为度,瓦叠以两层为度,一层更妙。或于无风酒瓮上,排以竹竿,铺以草穰,挨次篱叠。或于无风楼阁中,铺以草穰,挨次篱叠。总之,曲篷宜小,不发红斑。九月制曲,天气寒凉,遮盖宜密,篱叠不限层数,瓦叠以四层为度。曲造毕,四面用草把遮实风道,顶上盖以草穰,如遇狂风骤起,篷外四围,再加竹簟遮护,使曲暖而易发。故按时得法之曲,第二日发香,第三日生黄衣,谓初热,第四日谓正热,第五日谓天热,第六日谓极热,第七日、第八日谓余热,第九日热退发止。夫曲之发犹酒之发也。过发则伤热,欠发则伤冷。天气和暖,曲发至于大热极热之时,酌减遮护。如遇天气酷热,尽去四面遮塞,令透风气,以泄其热。若天气寒凉,即曲发至大热、极热之时,犹恐欠发,岂可去其遮盖,致至伤冷乎?倘曲造有数日,未见起发,闻有酸醲之气,急添稻草厚盖催趁之,所以闻曲气而能辨之。其曲之发法者,方能制曲。曲至十余日,将篱者瓦叠,瓦者篱叠,则曲发匀矣。由是逐渐坚燥清香,半月则曲已成,自踏造日为始。月余出草,当辨其色。若拌水太湿,则心内青黑色,伤热则红色,伤冷则发不透,而体重。曲宜体轻身坚,心内黄白,面上均有黄白花衣为上,黑色次之，红斑又次之。如曲出草，须于当风处井字垛起，更候十余日，打开心内无湿处，方于日中曝晒，候冷乃收之。《齐民要术》：天气晴明，令受霜露三夜，吐浊气而收清气，须看风色，遇雨则曲恶矣。收藏宜高燥处，不可污湿。四十九日后方可用。此乃制曲之大略也。

——选自杨万树《六必酒经》卷一

秫稻必齐说

〔清〕杨万树

夫秫，粘粟、粘黍是也，酿酒则劣于糯也。孙炎谓秫为粘粟，粟粘为秫，不粘为粟，北人呼为小米。苏颂谓黍粘为秫，北人呼为黍米。《礼》孔疏：作酒用黍不用稷。《本草备要》谓稷为卢稷，烧酒可愈百病。稻不粘曰粳，粘曰糯。糯稻南方水田多种之，其性热，可以酿酒。《齐民要术》：糯有九格、雉尾、大黄、马首、火色、虎皮、早糯、晚糯等名。善酿者取雉尾、马首、早糯为上，虎皮、火色为次，晚糯性硬为下。我浙糯米出产固广，而江南尤广。浙之糯，又亚于江南之糯也。大抵地势有异宜，故所植之种不一，成熟有早晚，故米壳有厚薄之分，质性有坚脆，故糟粕有多寡之异，米粒有美恶，故酝酿有醇醨之殊。郑注必齐，熟成也。夫秫稻必熟成而后获，然或时日未足，而遽获之，则谷不老。即谷老而晒未变，或晒变而舂不精，皆不齐也。又说：必齐，多寡中度也。秫稻与曲与水皆有常度，不中度，则有偏胜之患云。

——选自杨万树《六必酒经》卷一

【茶类】

茶

我国是茶的原产地，有悠久的利用历史。余姚三七市田螺山遗址属河姆渡文化的范围，考古学家在田螺山遗址地层中，发现了似为间隔且排列种植的树根遗址，经过日本专家进行显微切片分析结果显示，切片为山茶属的同种树木，并认为是人为种植，其木材结构与栽培的茶树一致。专家们检测从古树根浸泡的水浓缩液，发现有茶氨酸存在，遂确认这些古树根为茶树根。该遗址发现的古茶树根，是目前可知最早的人类种植茶树以及利用茶叶的证明，距今已有六千年，这是我国在饮料上的一项重大发现。

自汉以来，四明各地多产茶叶，逐渐成为我国绿茶的重要产区之一，大致可按四明山脉、四明山余脉太白山、天台山脉及其余脉三大块地域进行历史寻踪。一、四明山脉。文献记载最早的浙江名茶首推余姚瀑布山的“仙茗”，据西晋道士王浮《神异记》记载，余姚人虞洪是后汉善制饮料的名家，他采集了野生乔木型大叶种茶树的遗存，这种茶树至今在四明山、雪窦山、天台山仍时有发现。唐代浙东成为重要名茶产区。囿于交通不便，又生在无甚名气的深山老林中，故余姚瀑布仙茗虽历史悠久，但在唐以前一直是“养在深闺人未识”。直到中唐时余姚瀑布茶因制作精细，选料讲究，品质优异，才得到精于品茶的专家陆羽的高度赞赏。陆羽在《茶经》中记载：“浙东以越州上，余姚县生瀑布泉岭曰仙茗，大者殊异，小者与襄州同。”看来，当时余姚大多数茶树应已是灌木型品种了。南宋嘉泰《会稽志》记载了余姚化安山瀑布茶。北宋时期慈溪还成功开发了“十二雷”白茶。二、四明山余脉太白山。一般认为太白茶兴起于北宋，这应与天童寺僧之好茶有关。舒亶《题天童》诗云：“午香茶灶煮苍芽。”我们似不难推断其所煮之茶应以产自太白山为多。光绪《鄞县志·物产》称：“鄞之太白茶为近出，然考舒懒堂(亶)《天童虎跑泉》诗：‘灵山不与江心比，谁为茶仙补水经？’则宋时已有赏之者，因更名为灵山茶。至今山村多缭园以植。”自北宋之后，太白茶一直史不绝书，其特点是采制的茶叶带有兰香气。三、天台山脉及其余脉。北宋仁宗宝元（1038—1040）年间，宁海有白衣道人在宝严院所在的山坡植茶，遂号此山为茶山。关于四明茶的品质，早在唐代陆羽《茶经》中就评述说，浙东茶以越州为上，明州、婺州次，台州下。又注云："明州鄮县生榆筴村。"这些都表明明州出产的茶叶品质相当优良。唐代越茶精湛的制作技艺，与如冰类玉的越窑青瓷茶具，更是相得益彰。北宋治平间僧人宗辩曾携带宁海宝严寺盛产的茶叶赴京师朝贡，经品茶专家蔡襄鉴定，"其品在日铸上"。元明时期，慈溪十二雷成为贡茶。谈迁《枣林杂俎》记载了明代贡茶的产地和贡额，福建建安各类茶芽和武夷茶占全部贡额的一半以上，其次为六安州芽茶三百斤，再次为慈溪县茶二百六十斤，为浙江省之冠。明代浙江贡茶总量为二百四十一斤，尚不及慈溪一县的数量，浙江贡茶第二名长兴县，才贡茶芽三十五斤。由此足见明代慈溪贡茶的地位。

古代四明学者还对茶进行了大量的研究。隋时虞世南在所纂的类书《北堂书钞》卷一四四"茶篇"中记载云："芳冠六情，味播九区，调神和内，倦解慵除，益气少卧，轻身能老，饮茶能入少眠，愤闷恒仰真茶。"这是对"茶"的功用所做的科学总结。唐代陈藏器《本草拾遗》主张茶"食之宜热饮"，并强调"久食令人瘦，去人脂，便不睡"。他注意到茶叶的药用价值，认识到茶叶是一种却病延年强身保健的重要食疗食品。明代宁波比较有名的茶书有屠隆《考槃余事》、罗廪《茶解》、屠本畯《茗笈》、闻龙《茶笺》等。

我国古代茶文化从明州港传播至日本等地。日僧荣西第一次入宋，就从天台带回茶籽，亲手种植于日本福冈西南的肥前脊振山上，后来成为名品，称为"本茶"。他第二次入宋，在天台的万年寺、明州的天童寺从虚庵怀敞禅师习禅，并进一步体验禅茶。回国后他还大力提倡吃茶养生之道，于1214年完成《吃茶养生记》二卷，是为日本第一部饮茶专著。荣西细致地记录了南宋浙东地区蒸青散茶的制作过程，将浙江一带流行的散茶制法和时尚饮法传到了日本，使日本处于长期衰微状态的饮茶走上了复兴之路，荣西因此而被誉为"日本茶祖"。

四明兰若赠寂禅师[①]

（唐）周　贺

丛木开风径，过从白昼寒。
舍深原草合，茶疾竹薪干。
夕雨生眠兴，禅心少话端。
频来觉无事，尽日坐相看。

——选自《全唐诗》卷五〇三

【作者简介】

周贺，字南卿，河南洛阳人。客南徐三年，后居庐岳为僧，法号清塞。大和末，姚合任杭州刺史，爱其诗，命还初服。晚年曾出仕。

【注释】

①兰若：指寺院。梵语"阿兰若"的省称。意为寂净无苦恼烦乱之处。此题一作《题昼公院》。

谢鲍学士惠腊茶[①]

〔宋〕释重显

丛卉乘春独让灵，建溪从此振家声。[②]
使君分赐深深意，[③]曾涤禅曹万虑清。[④]

——选自释重显《祖英集》卷下

【作者简介】

释重显（980—1052），字隐之，俗姓李，号明觉大师，四川遂宁人。嗣法于北塔祚禅师。真宗天禧年间至灵隐寺，后主明州雪窦寺，长达30年，为中兴云门宗的一代宗师。著有《祖英集》《瀑泉集》《拈古集》《颂古集》。

【注释】

①鲍学士：康定元年（1040）明州知州鲍亚之。腊茶：建茶的一种。宋欧阳修《归田录》卷一："腊茶出于剑建。"　②建溪：水名。在福建，为闽江北源。其地产名茶，号建茶。因亦借指建茶。　③使君：尊称州郡长官。　④禅曹：禅僧。

送新茶

〔宋〕释重显

元化功深陆羽知，[①]雨前微露见枪旗。
收来献佛余堪惜，不寄诗家复寄谁。

乘春雀舌占高名，龙麝相资笑解醒。[②]
莫讶山家少为送，郑都官谓草中英。[③]

——选自释重显《祖英集》卷下

【注释】

①元化：造化。天地。 ②龙麝：泛指香料。 ③郑都官：郑谷字守愚，袁州宜春（今江西省宜春市）人。乾宁四年（897），郑谷超擢为都官郎中，诗家称之为郑都官。按，郑谷并未说过“草中英”的话，此实为郑愚或郑遨之误记，郑愚、郑遨均未做过都官郎中之官。郑愚（一作郑遨）《茶诗》：“嫩芽香且灵，吾谓草中英。”《祖庭事苑》卷四指出：“此诗非郑谷都官也，乃五代时郑遨所作。”

谢郎给事送建茗[①]

〔宋〕释重显

陆羽仙经不易夸，[②]诗家珍重寄禅家。[③]
松根石上春光里，瀑水烹来斗百花。

——选自释重显《祖英集》卷下

【注释】

①郎给事：即郎简。时郎简以右谏议大夫、给事中知扬州，徙明州。建茗：即建茶，因产于福建建溪流域而得名。 ②仙经：指《茶经》。 ③诗家：指郎简。禅家：指作者自己。

送山茶上知府郎给事

〔宋〕释重显

谷雨前收献至公，[①]不争春力避芳丛。
烟开曾入深深捣，百万枪旗在下风。[②]

——选自释重显《祖英集》卷下

【注释】

①至公：对知府郎简的敬称。 ②枪旗：成品绿茶之一。由带顶芽的小叶制成。芽尖细如枪，叶开展如旗，故名。

送刘寺丞赴余姚（节选）

〔宋〕苏　轼

余姚古县亦何有，龙井白泉甘胜乳。
千金买断顾渚春，[①]似与越人降日注。[②]

——选自苏轼《东坡全集》卷十一

【作者简介】

苏轼（1037—1101），字子瞻，一字仲和，号东坡居士。四川眉山人。嘉祐二年（1057）进士。历官大理评事、殿中丞等。神宗时，因反对王安石变法，出为杭州通判。后知密州、徐州。元丰二年（1079）徙湖州，因作诗讽刺新法，被捕入狱，后贬为黄州团练副使。七年徙常州。哲宗即位，起为翰林学士兼侍读。后出知杭州等地。哲宗亲政，贬至惠州、琼州等地。徽宗即位，以大赦北还。著有《东坡全集》等。

【注释】

①顾渚春：产于浙江省湖州市长兴县水口乡顾渚山一带的茶。以清明谷雨摘茶为最佳，故称。 ②日注：即日铸茶。产于绍兴县东南五十里的会稽山日铸岭，为我国历史名茶之一。

虎跑泉[①]

〔宋〕舒　亶

一啸风从空谷生，直教平地作沧溟。
灵山不与江心比，谁会茶仙补水经[②]。

——选自《天童寺志》

【注释】

①虎跑泉：在鄞县之天童寺。 ②茶仙：指卢仝。水经：指《煎茶水记》，是唐代张又新所撰的一部茶书，《新唐书·艺文志》《宋史·艺文志》皆有载。

题天童

〔宋〕舒　亶

日日青鞋踏白沙，未应泛艇即灵槎。[①]
雨溪清越鸣哀玉，[②]风蔓蜿蜒动暗蛇。[③]
晓润芝篁挑秀茁，[④]午香茶灶煮苍芽。[⑤]
玲珑仙客知何在，[⑥]千古烟霞自一家。

——选自《乾道四明图经》卷八

【注释】

①灵槎：即仙槎，神话中年年八月来往于海上和天河之间的竹木筏。典出晋张华《博物志》卷三。 ②清越：清脆激越。哀玉：指如玉声凄清的音响。 ③风蔓：风中的藤蔓。 ④篁（cuō）：一种盛物的竹器。此句意为把经晓露滋润而秀茁的芝草采选入筐中。这里的芝草似指用以滋补的高档栽培药材。 ⑤茶灶：烹茶的小炉灶。苍芽：茶芽。 ⑥玲珑：指天童寺玲珑岩。

醉花阴·试茶

〔宋〕舒　亶

露芽初破云腴细，玉纤纤亲试。香雪透金瓶，[1]无限仙风，月下人微醉。　相如消渴无佳思，[2]了知君此意。不信老卢郎，[3]花底春寒，赢得空无睡。

——选自《全宋词》

【注释】

①金瓶：金属制的细颈汤瓶。②相如：汉代文学家司马相如。消渴：中医学病名。口渴，善饥，尿多，消瘦。包括糖尿病、尿崩症等。《史记·司马相如列传》："相如口吃而善著书，常有消渴疾。"③卢郎：卢仝，自号玉川子，唐代范阳（今河北涿县）人。年轻时隐居少室山，家境贫寒，用功读书，不愿仕进。卢仝喜茶，曾作《走笔谢孟谏议寄新茶》，即著名的"七碗茶"诗。

菩萨蛮·湖心寺席上赋茶词[1]

〔宋〕舒　亶

金船满引人微醉，[2]红绡笼烛催归骑。香泛雪盈杯，云龙疑梦回。[3]　不辞风满腋，旧是仙家客。空得夜无眠，南窗衾枕寒。

——选自《全宋词》

【注释】

①湖心寺：宁波月湖湖心岛上寿圣院的俗称。②金船：一种金质的盛酒器。③云龙：印有龙的图案的茶饼，为宋朝的贡茶。泛指优质名茶。梦回：梦醒。

赠雷僧（三首选一）

〔宋〕晁说之

留官莫去且徘徊，官有白茶十二雷。[1]
便觉罗川风景好，[2]为渠明日更重来。

——选自晁说之《景迂生集》卷七

【注释】

①十二雷：作者自注："十二雷是四明茶名。"此所谓"白茶"，疑为白毫茶，而非白叶茶。据元代的《至正四明续志》，十二雷以出自慈溪车厩岙中三女山资国寺旁为绝品，冈山开寿寺旁次之，必用化安山中瀑泉水审择蒸造。由此判断，早期的十二雷白茶在制造工艺上说，是一种蒸青团茶。②罗川：直罗县，即今陕西富县西直罗镇。作者自注："予点四明茶云：'直罗有此茶否？'答云：'官人来则直罗有。'"此诗乃作者在直罗为官时怀念四明十二雷茶所作。

画堂春·茶词

〔宋〕史　浩

小槽春酿压香红，[1]良辰飞盖相从。[2]主人着意在金钟，[3]茗碗作先容。　欲到醉乡深处，应须仗两腋香风。[4]献酬高兴渺无穷，归骑莫匆匆。

——选自史浩《鄮峰真隐漫录》卷四十八

【注释】

①春酿：春酒。唐王绩《赠学仙者》诗："春酿煎松叶，秋杯浸菊花。"②飞盖：高高的车篷。借指车。③金钟：借指酒杯。④两腋香风：唐卢仝爱喝茶，其《走笔谢孟谏议寄新茶》诗，有"一椀喉吻润，两椀破孤闷……七椀吃不得也，唯觉两腋习习清风生"之句。后遂以"两腋风生"形容好茶饮后，人有轻逸欲飞之感。这里是指茶的清香发挥到极致，至于感到人的两腋之下似有清风在轻轻吹出，遍体舒适轻灵，飘飘欲仙。

水茶磨

〔宋〕释如琰

一派滔滔直截过，机轮打动鼓风波。
就中旋下些儿子，[1]普与众生敌睡魔。

——选自《禅宗杂毒海》卷五

【注释】

①些儿子：少许，一点儿。

谢吴察院惠建茶

〔宋〕袁　燮

佳茗世所珍，声名竞驰逐。
建溪拔其萃，[1]余品皆臣仆。
先春撷灵芽，妙手截玄玉。
形模正而方，气韵清不俗。
故将比君子，可敬不可辱。
御史万夫特，刚肠憎软熟。
味此道之腴，清冷肺肝沃。

精新味多得，烹啜不忍独。
磊落分贡包，殷勤寄心曲。
斯时属徂暑，低头困烦溽。
一瓯瀹花乳，[②]精神惊满腹。
此物雪昏滞，敏妙如破竹。
谁知霜台杰，[③]功用更神速。
莫辞风采凛，要使班列肃。[④]
一朝奋孤忠，万代仰高躅。[⑤]

——选自袁燮《絜斋集》卷二十三

【注释】

①建溪：中国福建闽江北源。其地产名茶，号建茶。 ②花乳：煎茶时水面浮起的泡沫。俗名“水花”。 ③霜台：御史台的别称。御史职司弹劾，为风霜之任，故称。 ④班列：指朝廷或朝官。 ⑤高躅：指有崇高品行的人。

琮上人以诗惠茶笋

〔宋〕史弥宁

解道碧云句，[①]三生汤惠休。[②]
试春辍鹰爪，[③]斸雨饷猫头。
梦境可容到，馋涎那复流。
舌端吾荐取，倘不负珍投。

——选自史弥宁《友林乙稿》

【注释】

①碧云句：指江淹《效惠休别怨》：“日暮碧云合，佳人殊未来。” ②三生：佛教语。指前生、今生、来生。汤惠休：字茂远。早年为僧，人称“惠休上人”。因善于写诗被徐湛之赏识。孝武帝刘骏命其还俗，官至扬州从事史。钟嵘《诗品》作“齐惠休上人”，可能卒于南齐初。 ③鹰爪：散茶名。

啜　茗

〔宋〕史弥宁

瞢腾午困懒吟哦，[①]鼎沸枪旗不厌多。[②]
战退睡魔三十里，[③]安知门外有诗魔。[④]

——选自史弥宁《友林乙稿》

【注释】

①瞢腾：形容迷迷糊糊，神志不清。 ②枪旗：成品绿茶之一。由带顶芽的小叶制成。芽尖细如枪，叶开展如旗，故名。 ③睡魔：谓使人昏睡的魔力。比喻强烈的睡意。 ④诗魔：指酷爱做诗好像着了魔一般的人。

育王老禅屡惠佳茗，比又携日铸为饷，[①]因言久则味失，师授以焙藏之法，必有以专之，笑谓非力所及，漫成拙语解嘲，录以为谢

〔宋〕郑清之

曾读茶经如读律，一物不备茶不出。
未论煮瀹应节度，第一收藏在坚密。
摘鲜封裹须焙芳，湿蒸为寇防侵疆。
朝屯暮蒙要微火，[②]九转温养如丹房。[③]
育王老慧老茶事，新授秘诀乃如此。
几番惠我先春芽，竭来细问茶何似。
我初谓师茶绝奇，十日之后如饮糜。
颇疑缁俗果异撰，良苦辄为居所移。
吾言未终师绝叫，为茶传法恨不早。
绮疏应合有司存，[④]料理如前毋草草。[⑤]
对师大笑面欲靴，[⑥]三年宰相食无鲑。[⑦]
长须赤脚供井臼，[⑧]荒寒正类山人家。
扊扅炊尽瓶笙吼，[⑨]何曾敲雪春云走。
不如时扣赵州门，[⑩]侍者可人长摸首。

——选自郑清之《安晚堂集》卷六

【注释】

①日铸：山名。在浙江省绍兴县。以产茶著称，所产之茶即以“日铸”为名。 ②屯、蒙：《易》之《屯》卦和《蒙》卦的并称。万物初生稚弱的样子。 ③九转：道教谓丹的炼制有一至九转之别，而以九转为贵。这里用以形容焙茶。 ④绮疏：指雕刻成空心花纹的窗户。应合：应和配合。司存：执掌；职掌。 ⑤料理：照顾；照料。 ⑥面欲靴：谓脸上皮肤差不多如同靴皮。形容满脸皱纹。 ⑦鲑(xié)：鱼类菜肴的总称。 ⑧井臼：汲水舂米。 ⑨扊(yǎn)扅(yí)：门闩。北齐颜之推《颜氏家训·书证》：“古乐府歌《百里奚词》曰：‘百里奚，五羊皮。忆别时，烹伏雌，吹扊扅；今日富贵忘我为！’吹，当作炊煮之‘炊’……然则当时贫困，并以门牡木作薪炊耳。” 瓶笙：古时以瓶煎茶，微沸时发音如吹笙，故称。 ⑩赵州：唐代高僧从谂的代称。相传赵州曾问新到的和尚：“曾

到此间?”和尚说:“曾到。”赵州说:“吃茶去。”又问另一个和尚,和尚说:“不曾到。”赵州说:“吃茶去。”院主听到后问:“为甚曾到也云吃茶去,不曾到也云吃茶去?”赵州呼院主,院主应诺。赵州说:“吃茶去。”赵州均以“吃茶去”一句来引导弟子领悟禅的奥义。见《五灯会元·赵州从谂禅师》。

和敬禅师茶偈(三首选一)

〔宋〕郑清之

饭罢茶来手接时,个中日日是真机。
建溪顾渚君休问,[①]冷暖如鱼只自知。

睡蛇缠绕黑甜时,[②]棒喝全提落钝机。[③]
管取一瓯先着到,三更日出有谁知。

——选自郑清之《安晚堂集》卷十一

【注释】

①顾渚:山名,位于浙江省湖州市长兴县水口乡。以产紫笋茶闻名。 ②睡蛇:喻烦恼困扰、心绪不宁的精神状态。黑甜:酣睡。苏轼《发广州》诗:“三杯软饱后,一枕黑甜余。”自注:“俗谓睡为黑甜。” ③棒喝:禅师接待初机学人,对其所问,不用言语答复,或以棒打,或以口喝,以验知其根机的利钝,叫“棒喝”。全提:完全提起宗门之纲要。 ④鱼鼓:鱼形木鼓。寺院中击之以报时。 ⑤吸尽西江水:典出释道原《景德传灯录·居士庞蕴》:“待汝一口吸尽西江水,即向汝道。” ⑥曹溪:水名。在广东省曲江县东南双峰山下。以六祖慧能在曹溪宝林寺演法而得名。

谢芝峰交承惠茶[①]

〔宋〕释智愚

拣芽芳字出山南,真味那容取次参。
曾向松根烹瀑雪,至今齿颊尚余甘。

——选自《虚堂和尚语录》卷七

【注释】

①交承:谓前任官吏卸职移交,后任接替。

茶寄楼司令[①]

〔宋〕释智愚

暖风雀舌闹芳丛,出焙封题献至公。[②]
梅麓自来调鼎手,[③]暂时勺水听松风。

——选自《虚堂和尚语录》卷七

【注释】

①楼司令:楼枎(1215—1265),字叔茂,号梅麓。鄞县人。端平中,沿江制置司干官。淳祐间知泰州军事。 ②封题:物品封装妥善后,在封口处题签。 ③调鼎手:调和五味之人。喻指理政治国之材。

谢 茶

〔宋〕释智愚

一朵云生碧茶瓯,故交珍味远相投。
竹门白昼无闲客,失处谁能较赵州。

——选自《新撰贞和分类尊宿偈颂集》卷下

谢惠计院分饷新茶

〔宋〕吴 潜

乾坤正气清且劲,长挟春风作襟韵。[①]
不惟散满诗人脾,还入灵根茁茗颖。[②]
顾山仙人昙滞家,带春搜摘黄金芽。
捣碎云英琢苍璧,[③]旋泻玉瓷浮白花。
半瓯和露沾喉吻,甘润绕肌香贯顶。
孔光贤处不脂韦,[④]长孺直时无苦梗。[⑤]
平生腐儒汤饼肠,不堪入饼分头纲。[⑥]
多君乡味裹将送,[⑦]谓我诗情应得尝。
分无蛾眉捧玉碗,亦乏撑肠五千卷。[⑧]
活火新泉点啜来,[⑨]俨若少阳人觌面。[⑩]
饮散登台嗅老香,却忆家山菊径荒。
明朝便作玉川子,两腋乘风归故乡。[⑪]

——选自吴潜《履斋遗集》

【作者简介】

吴潜(1195—1262),字毅夫,号履斋,安徽宁国人。嘉定十年(1217)进士。淳祐十一年(1251)入为参知政事,拜右丞相兼枢密使。宝祐四年(1256)以观文殿大学士、沿海制置大使判庆元府。后改知平江府、淮东总领兼知镇江府。进工部尚书,改礼部尚书兼知临安府。著有《四明吟稿》等。

【注释】

①襟韵:胸怀气度。 ②茗颖:泛指植物的花、穗及其茎。 ③苍璧:亦称“苍龙璧”。宋代

"龙团"贡茶的别称。 ④孔光：字子夏，鲁国（今山东曲阜）人。孔子十四代孙，西汉大臣。为官严守秘密，坚持原则。曾任御史大夫、廷尉，于法律颇为擅长。因在朝中力主扶正除邪，一度罢相，后又复职。脂韦：油脂和软皮。《楚辞·卜居》："宁廉洁正直以自清乎？将突梯滑稽如脂如韦以絜楹乎？"后因以"脂韦"比喻阿谀或圆滑。⑤长孺：汲黯字长孺，濮阳（今河南濮阳）人。景帝时以父任为太子洗马。武帝初为谒者，出为东海太守，有治绩。召为主爵都尉，列于九卿。好直谏廷诤，武帝称为"社稷之臣"。 ⑥头纲：指惊蛰前或清明前制成的首批贡茶。 ⑦多君：犹言赞君。多，称美。⑧撑肠：犹满腹。多喻饱学。⑨活火：有焰的火；烈火。 ⑩觌面：当面；迎面；见面。 ⑪两腋：卢仝《走笔谢孟谏议寄新茶》诗说喝茶到七碗，有"惟觉两腋习习清风生"之句，此化用之。

秋房楼侍郎绘寿容为四时，[①]曰竹里煎茶，曰松溪濯足，曰篱边采菊，曰雪坞寻梅，命余赋之各一（选一）

〔宋〕释大观

不放繁红到眼前，竹光苔色净相连。
沸铛忽报新芽熟，共啜春风些玉川。

——选自释大观《物初剩语》卷七

【注释】

①秋房楼侍郎：楼治，字秋房，鄞县人，楼钥之子。曾任侍郎之职。

天童知客[①]

〔宋〕释正忠

月团秋碾鄞江璧，蟹眼松翻万树涛。[②]
苦口为他门外客，可无半个齿生毛？[③]

——选自[日]芳泽胜弘编注《江湖风月集译注》卷下

【作者简介】

释正忠，字月庭，灵隐退耕宁禅师法嗣。活动于宋末元初。

【注释】

①知客：佛寺中专管接待宾客的僧人。又称典客、典宾。 ②蟹眼：比喻水初沸时泛起的小气泡。宋庞元英《谈薮》："俗以汤之未滚者为盲汤，初滚者曰蟹眼，渐大者曰鱼眼，其未滚者无眼，所语盲也。" ③齿生毛：板齿（门牙）上不可能生毛，禅宗因用齿生毛来比喻不可思议的禅境。

四明山中十绝·茶焙

〔元〕戴表元

山深不见焙茶人，霜日清妍树树春。
最有风情是岩水，味甘如乳色如银。

——选自戴表元《剡源集》卷三十

次韵继学途中竹枝词[①]（十首选一）

〔元〕袁　桷

山后天寒不识花，家家高晒芍药芽。
南客初来未谙俗，下马入门犹索茶。

——选自袁桷《清容居士集》卷十五

【注释】

①继学：王士熙，字继学，东平人。时官待制，与虞集、袁桷时相唱和。此组诗作者收入《开平第三集》，据其自序，则为至治元年（1321）四月与东平王士熙扈跸开平的途中所作。

四块玉·乐闲

〔元〕张可久

远是非，寻潇洒。地暖江南燕宜家，人闲水北春无价。一品茶，五色瓜，四季花。

——选自《张可久集校注》

【作者简介】

张可久（1280—?），原名久可，字可久，以字行，号小山，庆元（今宁波）人。至大、延祐间长期生活在杭州，与贯云石等优游湖山间。后任绍兴路吏，历衢州、婺州路吏，后至元年间在桐庐典史任上。至正初，改徽州松源监税。至正九年（1349），在昆山任幕僚，出入于顾瑛玉山草堂。以散曲闻名，有《苏堤渔唱》《小山乐府》等传世。

题城西书舍次韵

〔元〕袁士元

自笑茅茨多野意，水边栽柳翠成堆。
鹤因无恙老犹健，燕若有情贫亦来。

曲径斜穿花影入，小池低傍竹阴开。
故人有意能相访，细啜茶瓯当酒杯。

——选自袁士元《书林外集》卷七

题延庆寺画竹[①]（四首选一）

〔明〕金　湜

行到山门似到家，相逢不必具袈裟。
谁知七月秋风里，香茗新烹荐笋茶。

——选自胡文学等《甬上耆旧诗》卷五

【作者简介】

金湜（1414—1494），字本清，号太瘦生，晚号朽木居士。正统六年（1441）举人，入太学，以善书授中书舍人，待诏文华殿，升太仆寺卿。天顺八年（1464）二月出使朝鲜，归国后遂请致仕，屡征不起，家居三十年。

【注释】

①延庆寺：天台宗祖庭，在今宁波市海曙区。

暮春即事

〔明〕董　琳

远山云出千重岫，流水声归半掩柴。
我法于今输我拙，人情非古任人乖。
午风柳絮轻飘雪，夜雨苔花斜上阶。
烧笋煮茶浇睡癖，青烟细细扬幽斋。

——选自胡文学《甬上耆旧诗》卷四

【作者简介】

董琳，鄞县人，景泰甲戌（1454）进士，官至监察御史时掌锦衣卫都指挥。

悦　茶

〔明〕张　琦

藡汁雪中无此美，悦茶孤梦绕铛飞。
直寻阳羡山头路，[①]春月生时负担归。

——选自张琦《白斋竹里诗集》卷三

【注释】

①阳羡：江苏宜兴的古称。以产茶闻名。

闲居十二首（选二）

〔明〕张　琦

一缕晨香入眼青，猛然援笔注茶经。
儿童阶下管闲事，来报邻翁醉已醒。

门前小雨罨轻埃，江上晴山带薄雷。
我鹤比凡高一格，茶烟生处却飞来。

——选自张琦《白斋竹里诗集》卷三

煎茶诗和赵侍御韵二首

〔明〕李　堂

齿漱清芬耳入虚，烹煎声沸梦回初。
香团自昔夸龙凤，汤眼分明验蟹鱼。[①]
炉出彩烟云细细，碗浮花蕊雪疏疏。
通灵自是仙家种，待试奇功白发余。

青泄溪山早摘春，缄封粟粒赠诗人。[②]
品因卢陆尤增价，[③]咏入苏黄更脱陈。[④]
石鼎松风博物色，[⑤]新泉活火见精神。
先驱每为清风骨，静里琴书觉最亲。

——选自李堂《堇山文集》卷五

【注释】

①蟹鱼：蟹眼和鱼眼。　②缄封：封闭；封口。粟粒：苏轼《荔支叹》诗：“君不见武夷溪边粟粒芽，前丁后蔡相笼加。”　③卢陆：卢仝和陆羽。④苏黄：苏轼和黄庭坚。　⑤石鼎：陶制的烹茶用具。

新茶馈雪湖，辱佳咏，次韵奉答

〔明〕谢　迁

春芽采采众芳前，一掬何当诧屑然。
烹鼎荐添文武火，分瓶遥试玉珠泉。
味轻湛露凭消酒，[①]香谢昌阳笑引年。[②]
惭愧题缄聊问讯，[③]扣门惊动日高眠。

——选自谢迁《归田稿》卷七

【注释】

①湛露：浓重的露水。　②昌阳：菖蒲别名。韩愈《进学解》：“是所谓诘匠氏之不以杙为楹，而訾医师以昌阳引年，欲进其豨苓也。”按，南朝梁陶弘景《名医别录》认为昌阳、昌蒲是二物，自韩愈谓“昌阳引年”后，作为一物，其后宋代《圣济总录》即承其说，以昌阳为昌蒲别名。《吕氏春秋》谓冬至后五十七日，昌蒲始生。据此，昌蒲得名昌阳，以其得阳气而昌盛。　③题缄：在书信函件封皮上题写受件人姓名、官衔。

醉　茗

〔明〕倪宗正

闻醉饮茗醒，未闻饮茗醉。
若人号醉茗，此意岂无谓。
置身樽罍间，糟粕填胸胃。
人醉百秽生，君醉乃涤秽。
清晨瀹玉瓶，[1]雪鼎浥新翠。
龙团百和余，清芬郁兰桂。
耻与桑落伍，价压金陵贵。
一碗复一碗，便觉睡魔退。
七碗不辞频，长吸东溟费。
捧来犹不辞，病渴若未饫。
卢仝量全窄，虚此谏议惠。[2]
百窍津液生，舌底九江味。
颓然纱帽斜，坦腹收春媚。
悠悠何有乡，问我默不对。
千日唤不醒，梦揉梅花碎。

——选自倪宗正《倪小野先生全集》卷三

【注释】

①玉瓶：瓷瓶的美称。 ②谏议：孟谏议，生平不详。谏议，朝廷言官名。卢仝有《走笔谢孟谏议寄新茶》诗。

谢友人遗吴茗

〔明〕万达甫

仙茗何处至，采自吴山幽。
且试清泉汲，无烦外物求。
入铛灵液沸，举盏野香浮。
顿使风生腋，因君忆故丘。

——选自万达甫《皆非集》卷上

采茶女

〔明〕黄尚质

女伴乌椎髻，[1]携筐去采茶。
归来笑相指，都插杜鹃花。

——选自黄宗羲编《姚江逸诗》卷十一

【注释】

①椎髻：一撮之髻，其形如椎。

有　客

〔明〕黄尚质

寻常扰客过山塘，淡若僧家趣味长。
野鸟助谈花供笑，一杯清茗一炉香。

——选自《竹桥黄氏宗谱》卷十三

尝新茶

〔明〕杨文俪

越茗怜新摘，烹来满碗春。
清香人共嗜，嫩蕊味偏真。
雀舌应堪拟，龙团未足珍。
江南第一品，岁岁贡枫宸。[1]

——选自杨文俪《孙夫人集》

【作者简介】

杨文俪（1515—1584），浙江杭州人，工部员外郎杨应獬女，孙升（今慈溪横河人）继室，封夫人。教子有方，又好诗词声律，有《孙夫人集》传世。

【注释】

①枫宸：宫殿。宸，北辰所居，指帝王的殿庭。汉代宫庭多植枫树，故有此称。

乞史晋伯新茶二首

〔明〕孙　鑛

姚茗论精品，佳园独占春。
黄拳露里嫩，绿焙雨前新。
倦眼翻书涩，枯肠构句贫。
愿分芳鼎味，一醒渴乡人。

逸味曾经啜，于今已十年。
解酲宁我独，斗美竞谁先。
净几初闲日，虚窗暂霁天。
此时倾一碗，应觉兴悠然。

——选自孙鑛《居业次编》卷一

【作者简介】

孙鑛（1543—1613），字文融，号月峰，余姚人。隆庆举人，万历二年（1574）会试第一，殿试成二甲第四名进士。著有《坡公食饮录》《居业编》等。

葛公旦饷后山茶

〔明〕孙　镛

正拟搜千卷，徐看绽百花。
忽惊霞外使，分惠雨前茶。
扫砌风初定，侵檐日未斜。
旋移铜灶至，敧坐试纤芽。

——选自孙镛《居业次编》卷一

史叔让馈园茶兼鱼羹，诗以为谢

〔明〕孙　镛

嘉鱼来海上，香茗产篱边。
入釜烹调适，盈篮采造鲜。
玉鳞迎箸脆，雪乳泛瓯圆。
昆季情何厚，珍奇惠我偏。
佐餐愁易尽，惜味每亲煎。
吴客空思脍，茶山试品泉。

——选自孙镛《居业次编》卷一

长春圃[①]（二首选一）

〔明〕杨承鲲

芦叶风干酒乍醒，起来闲步白蘋汀。
从他万顷鹅肫绿，不换床头雀舌青。

——选自胡文学《甬上耆旧诗》卷二十二

【注释】

①长春圃：杨承鲲在甬城外老龙湾小筑翛园中的圃名。

试　茶

〔明〕全天叙

孤铛旋煮话孤灯，莫问风帘叶几层。
清坐壁留寒月在，绿香瓯泛暖云蒸。
人高自喜闲如客，味苦何妨冷似僧。
霜后只疑春摘雨，卢仝当日解何曾。

——选自全祖望编《续甬上耆旧诗》卷三

【作者简介】

全天叙，字伯英，鄞县人。万历十四年(1586)年进士，侍读学士，天启初追赠礼部右侍郎。

煮茶吟

〔明〕冯嘉言

睡起不自好，渴想官茶味。
莫论紫香茸，漫擘龙团细。
活火煮素涛，瓦铛燃野穧。[①]
但觉雨声喧，谁知茶鼎沸。
一啜洗烦襟，何妨来癖肺。
未觉灞桥驴，[②]倏尔发诗思。

——选自冯嘉言《十菊山人雪心草》卷一

【注释】

①穧(jì)：指割下来的农作物的杆子。　②灞桥驴：《韵府群玉》记载：孟浩然尝于灞水，冒雪骑驴寻梅花，曰：“吾诗思在风雪中驴子背上。”

尝　茶

〔明〕冯嘉言

乘露摘新茎，瓦铛旋煮成。
含黄春味足，泛绿晚香清。
谩说鸦山胜，[①]还传雀舌名。
鹿门多病容，[②]一醉解余酲。

——选自冯嘉言《十菊山人雪心草》卷二

【注释】

①鸦山：指雅山茶。雅山，在今安徽省郎溪县南。产茶，俗传鸦衔茶子而生，故称。唐郑谷《峡中尝茶》诗：“吴僧谩说鸦山好，蜀叟休夸鸟觜香。”　②鹿门：庞德公归隐之所，借指隐士。

山中漫兴（八首选一）

〔明〕冯嘉言

竹杖长闲处处苔，养痾数日不曾来。[①]
可人餐菊清诗兴，野老烹茶当酒杯。
山月梦回千里共，烟霞坐对一尊开。
醉眠芳草垂杨底，蓬岛神仙有是哉。

——选自冯嘉言《十菊山人雪心草》卷三

【注释】

①痾(kē)：古同“疴”，病。

闺丽咏·雪水烹茶

〔明〕管　槽

漫云玉液与金芽，味淡香清不竞华。

手濯冰纱融白色，心投乳水灭虚花。
争春香并梅花过，斗饮诗兼柳絮夸。
自是珍膏嫌俗面，非关寒素袭陶家。

——选自全祖望编《续甬上耆旧诗》卷十九

【作者简介】

管櫄，字无棘，号雪鸿，鄞县人，由西皋迁南湖。明诸生，在万历、天启间有盛名，甬上社集无不参与。著有《云屯吟稿》。

种　茶

〔明〕戴　澳

酷有玉川癖，雅快桑苎经。①
芳洲两溪水，品可当中泠。②
溪上山宜茶，雾气清且灵。
胜流遗佳种，远香到岩扃。
薙草火其土，林表长烟青。
膴膴覆霜实，③粒粒含春馨。
根荄托地德，④风雪辞天刑。⑤
只待雷雨发，时共蛰龙听。⑥

——选自戴澳《杜曲集》卷一

【注释】

①桑苎经：唐陆羽别号桑苎翁，故用桑苎经指陆羽著的《茶经》。②中泠：泉名，在今江苏镇江市西北金山下的长江中。相传其水烹茶最佳，有“天下第一泉”之称。今江岸沙涨，泉已没沙中。③膴膴：膏腴；肥沃。④根荄：植物的根。地德：大地的德化恩泽。⑤天刑：天降的惩罚。⑥蛰龙：蛰伏的龙。

采茶口号（十首选五）①

〔明〕戴　澳

鸟声青嶂深，屐迹白云断。
七碗未曾尝，五烦已消散。

微雨洗浮岚，轻风疏浊雾。
叶叶含太真，枝枝掇灵素。

世人徒啖名，何曾具鉴赏。
茶经文字魔，空为陆羽赚。

汝有色香味，我有眼鼻舌。
肝膈总相知，醒醉俱难别。

不受人间渴，蚤澄方外心。
何因有茶癖，正欲佐书淫。②

——选自戴澳《杜曲集》卷三

【注释】

①此诗崇祯元年（1628）为奉化芳洲种茶而作。②书淫：旧时称嗜书成癖，好学不倦的人。

采茶歌（十首选七）

〔明〕戴　澳

雪霜不损来年枝，又是惊雷破筴时。①
黏指新香挑眼绿，茂陵消渴正相思。②

天色新晴宿雾干，春经浣出带余寒。
喜他姑洗存真气，③别作灵芽一种春。

谢豹花开梅子粗，④农时蚕月并相驱。
忙中博得春多少，肯与人间唤酪奴。⑤

子规相应两山青，一掬盈来意未盈。
手自种茶还自采，幽人经济亦分明。⑥

微日温风趁好天，头茶采尽二茶连。
春光向尽春方饱，何必清明谷雨前。

少女风深茶味雌，更防临采湿岚窥。
海云一片压林黑，合是倾筐暂寘时。

茶因再摘已惊稀，搜索空枝下手迟。
莫似官租科到骨，⑦民间无地可存皮。

——选自戴澳《杜曲集》卷四

【注释】

①惊雷破筴：白居易《白孔六帖》卷十五“惊雷筴”条引《蛮瓯志》云：“觉林僧志崇收茶三等，待客以惊雷筴，自奉以萱草带，供佛以紫茸香。赴茶者以油囊盛余沥归。”②茂陵：汉司马相如病免后家居茂陵，后因用以指代相如。③姑洗：指农历三月。汉班固《白虎通·五行》：“三月谓之姑洗何？姑者故也，洗者鲜也，言万物皆去故就其新，莫不鲜明也。”④谢豹花：杜鹃花的别名。⑤酪奴：茶的别名。南北朝时，北魏人不习惯饮茶，而好奶酪，戏称茶为酪奴，即酪浆的奴婢。见北魏杨衒之《洛阳伽蓝记·正觉寺》。⑥经济：生活用度、开支，家境。⑦科：征收。

梅花引·春晚缘流红涧望锦枫岗坐石品茶

〔明〕戴　澳

野外闲，水声边，一派红香三月天。屐痕连，屐痕连，霞被断岗，还疑枫锦鲜。　　茶铛安向矶头石，茶瓯分得春潭碧。隔溪烟，隔溪烟，催暝入楼，醉茶人未还。

——选自戴澳《杜曲集》卷四

漫　兴

〔明〕张鸣喈

潮落江头露浅沙，烟霞深处有人家。
留春门插清明柳，改火厨烹谷雨茶。
风起三更水势急，人来千里夕阳斜。
解维短棹沿堤去，[①]惊动前村一树鸦。

——选自王荣商《蛟川耆旧诗补》卷一

【注释】

①解维：解开缆索。指开船。

山　居

〔明〕释圆信

帘卷春风啼晓鸦，闲情无过是吾家。
青山个个伸头看，看我庵中吃苦茶。

——选自释性音重编《禅宗杂毒海》卷八

【作者简介】

释圆信(1571—1647)，字雪桥，号语风。宁波人，俗姓朱。年二十九弃家。因见古云门三字，豁然大悟。缚茅双髻峰。后游宜兴龙池，依幻有正传，与盘山圆修、天童圆悟，许为破纲金鳞。出主临安径山、嘉禾东塔、会稽云门等。

冯次牧天益山杂咏十五首[①]·茶寮

〔清〕陆　宝

主人有清癖，茗饮称知味。
窗中一缕烟，引得松风沸。

——选自陆宝《霜镜集》卷八

【注释】

①冯次牧：冯元仲字次牧。生平事迹参作者简介。

茶　想

〔清〕陆　宝

乳色沾唇倍爽，豆香入鬲微通。[①]
洁试新瓷有待，身闲月好僧同。

——选自陆宝《悟香集》卷十三

【注释】

①鬲：同“膈”。

田　家

〔清〕陆　宝

短短山茨密密笆，行人到此坐无哗。
宿飞不定依枝鸟，紫白相兼绕砌花。
巫每学僧书梵字，女还随母弄缫车。[①]
田奴烹点虽非法，也自浮杯说谷茶。

——选自陆宝《悟香集》卷二十三

【注释】

①缫车：抽茧出丝的工具。

对镜啜茗

〔清〕周志宁

独啜有玄赏，其惟品茶耳。
方惬孤往趣，镜影胡亦耳。
相对若主宾，辨形无彼此。
不知镜中饮，色香复何似。
神领各无言，目觑逗微旨。
举似汤社人，[①]欲语还复止。
竹光来瓯中，彼或得其理。

——选自《剡源乡志》卷十八

【注释】

①汤社：聚会饮茶之称。宋陶谷《清异录·汤社》：“和凝在朝，率同列递日以茶相饮，味劣者有罚，号为汤社。”

约掖青入山采茶[①]

〔清〕万　泰

东山有太白，其峰高且寒。
密筱饱宿雾，古松临清澜。
草木副真性，秀色皆可餐。

灵芽当春时，吹气胜于兰。
碧玉千万枝，茸茸抽巑岏。[2]
吾友山泽癯，灏气天所完。[3]
春衫入青林，烟云收一箪。
低回就丛薄，[4]凌露手自抟。[5]
珍重胡靴腴，[6]弃置霜荷残。[7]
既分槚蔎味，[8]亦别茗荈观。[9]
择枝得颖拔，[10]蒸焙穿封干。
白花傲粉乳，紫面欺龙团。
天味殖嘉卉，幽赏非恒欢。
煮之清冷泉，泉洌火欲安。
一啜齿颊芬，再啜澄心肝。
世人饱食肉，酒行急于湍。
何如拊瓶钵，坐对千琅玕。
指点定品格，两腋清风宽。
东溪与北苑，[11]紫盏把来看。

——选自万泰《续骚堂集》

【作者简介】

万泰(1598—1657)，字履安，晚年自号悔庵，鄞县人。崇祯九年(1636)，乡试中举。崇祯十年(1637)，万泰在南京，参与驱逐阉党余孽阮大铖的行动。"画江之役"时，鲁王监国授为户部主事，但他只是以布衣的身份参与其事。浙东失陷后，多次营救抗清志士。著有《续骚堂集》。

【注释】

①掖青：鄞县人徐凤垣之字。 ②茸茸：重叠。 ③灏气：弥漫在天地间之气。 ④丛薄：茂密的草丛。这里指茶丛。 ⑤抟：采。 ⑥胡靴：陆羽《茶经》中所列最高等级的好茶："茶有千万状，卤莽而言，如胡人靴者蹙缩然。" ⑦霜荷：陆羽《茶经》中所列最低等级的茶。 ⑧槚蔎(shè)：茶的别称。 ⑨茗：茶树的嫩芽。荈(chuǎn)：茶的老叶，即粗茶。 ⑩颖拔：秀逸劲拔。 ⑪东溪：在福建建溪产茶区。宋朱子安有《东溪试茶录》。北苑：南唐禁苑有北苑使，善制茶，人以为贵，谓之北苑茶。其后建州凤凰山所产之茶，亦称北苑茶。

焙　茶

〔清〕谢泰宗

桑苎高名自一家，豹囊盛水荐金芽。[1]
未堪上苑龙团使，[2]换作苍头奴酪夸。[3]
泽国春深香味转，火齐湛炽岁时加。[4]
不随寒暑动披拂，那得清风两腋奢。

——选自谢泰宗《天愚先生诗钞》卷五

【注释】

①豹囊：即豹皮囊。豹皮做的袋子。 ②上苑：皇家的园林。龙团：宋代贡茶名。饼状，上有龙纹，故称。宋张舜民《画墁录》卷一："先丁晋公为福建转运使，始制为凤团，后又为龙团，贡不过四十饼，专拟上供，虽近臣之家，徒闻之而未尝见也。" ③苍头奴酪：茶的别称。 ④火齐：火候。湛炽：指酿酒时浸渍、蒸煮米曲之事。《礼记·月令》："(仲冬之月)乃命大酋，秫稻必齐，曲蘖必时，湛炽必絜，水泉必香，陶器必良，火齐必得。"郑玄注："湛，渍也；炽，炊也。"孔颖达疏："谓炊渍米曲之时，必须清洁。"

子夜烹茶和韵

〔清〕谢泰宗

残简孤灯理旧盟，银河灿灿梦难成。
炉飘鸭脚烟初白，碗泛龙团气自清。
掬水光迎月在手，临风襟动露浮茎。
半宵佳课谁拘束，细听波腾三沸声。[1]

——选自谢泰宗《天愚先生诗钞》卷五

【注释】

①三沸：水开过程的三个阶段。陆羽《茶经》最早提出了三沸说："其沸，如鱼目微有声为一沸；缘边如涌泉连珠为二沸；腾波鼓浪为三沸。"意思是当水煮到初沸时，冒出如鱼目一样大小的气泡，稍有微声，为一沸；继而沿着茶壶底边缘像涌泉那样连珠不断往上冒出气泡，为二沸；最后壶水面整个沸腾起来，如波浪翻滚，为三沸。再煮过火，汤已失性，不能饮用了。

谢乡人送茶

〔清〕谢泰宗

雷筴春风一夜长，即非骑火自含香。[1]
山居草木堪书历，客到荒村代酒尝。
封就月团三百五，[2]宜人轰饮五更良。
心知芹曝诚能献，烹雪何嫌再举觞。

瑞草香魁车马芝，[3]石花春早我先遗。[4]

生凉名重清人树，[5]除疾功先苦口师。[6]
不避南山狼虎穴，摘来北苑凤龙姿。
著书渴美金茎露，[7]岂直乘风两腋宜。

——选自谢泰宗《天愚先生诗钞》卷六

【注释】

①骑火：茶名。清明前后采制。清沈涛《交翠轩笔记》卷三："龙安有骑火茶最上，不在火前，不在火后故也。清明改火，故曰骑火茶。" ②月团：团茶的一种。唐卢仝《走笔谢孟谏议寄新茶》诗："开缄宛见谏议面，手阅月团三百片。" ③瑞草香魁：唐杜牧《题茶山》诗有"茶称瑞草魁"之句，后因称茶为"瑞草魁"。车马芝：名山所生上品神芝，食之有说可不死，有说可乘云而行，且有云气覆之。《太平御览》卷九八六引《仙人采芝图》："名山生神芝、不死之草。上芝为车马(形)，中芝为人(形)，下芝为六畜(形)。" ④石花：茶名。宋叶廷珪《海录碎事·饮食器用》："石花、紫笋，皆茶名也。剑南有蒙顶石花，湖州有顾渚紫笋。" ⑤清人树：茶树的别名。宋陶谷《荈茗录》："伪闽甘露堂前两株茶，郁茂婆娑，宫人呼为'清人树'。每春初，嫔嫱戏摘新芽，堂中设'倾筐会'。" ⑥苦口师：茶的别称。宋陶谷《清异录》："皮光业最耽茗事。一日，中表请尝新柑，筵具殊丰，簪绂丛集。才至，未顾尊罍，呼茶甚急。径进一巨瓯，题诗曰：'未见甘心氏，先迎苦口师。'众噱曰：'此师固清高，难以疗饥也。'" ⑦金茎露：承露盘中的露。传说将此露和玉屑服之，可得仙道。

春霖代烹

〔清〕谢泰宗

流水桃花色，春芽紫草香。
相逢称知己，谁识早商量。

——选自谢泰宗《天愚山人诗集》卷十一

村　居

〔清〕黄宗羲

好景唯初夏，藤花络荜门。[1]
雨后鹃声亮，雷前蟹火繁。[2]
新茶采谢岭，[3]小说较南村。[4]
世乱安泥水，心期漫过论。[5]

——选自黄宗羲《南雷诗集》卷一

【注释】

①荜门：用竹荆编织的门。 ②蟹火：捕蟹时所用的灯火。 ③谢岭：即谢公岭。黄宗羲《四明山志》卷一云："其岭曰谢公，以安石得名。建峒产茶，而谢公岭尤为名品。"作者自注："姚江茶产自谢公岭者第一。" ④南村：南边的村庄。亦可解为元代陶宗仪笔记《南村辍耕录》的略称。⑤心期：心愿。过论：过头话；过分的言论。

制新茶

〔清〕黄宗羲

檐溜松风方扫尽，[1]轻阴正是采茶天。
相邀直上孤峰顶，出市俱争谷雨前。
两筥东西分梗叶，[2]一灯儿女共团圆。
炒青已到更阑后，[3]犹试新分瀑布泉。[4]

——选自黄宗羲《南雷诗历》卷一

【注释】

①檐溜：屋檐流下的雨水。 ②筥：指竹篾编织的圆形筐。 ③炒青：制茶干燥工序之一。制绿茶时，鲜茶叶经杀青、揉捻后，放在锅里炒干，叫作炒青。 ④瀑布泉：指化安山泉。

吉祥寺即景[1]

〔明〕郑　溱

探幽入古刹，兰蕙正芬芳。
石峻樵夫懒，山丰衲子忙。
烹茶供客醉，凿笋济年荒。[2]
此味烟岑饫，[3]松涛听不忘。

——选自光绪《慈溪县志》卷四十二

【作者简介】

郑溱(1612—1697)，字平子，号兰皋，丙子年(1636)后别号秦川，慈城半浦人。崇祯十三年(1640)副榜。明亡后，终身不仕，埋身江上，读书授徒以生。与黄宗羲交游甚密。卒年八十六。著有《书带草堂诗选》十二卷、《文选》二卷。

【注释】

①吉祥寺：原在今江北区慈城镇。光绪《慈溪县志》卷四十二："吉祥寺：县东一十里。唐文德二年置名吉祥，宋治平二年八月改赐吉祥广福院。"后废。 ②凿笋：挖笋。 ③烟岑：云雾缭绕的

峰峦。

吉祥寺八景·白云窝

〔明〕郑　溱

紫金长护白云窝，霭霭茶坪嫩蕊多。[①]
精舍无藩麋作伴，开门惟有竹缘坡。

——选自光绪《慈溪县志》卷四十二

【注释】

①霭霭：云雾密集的样子。

鄮东竹枝词（选二）

〔清〕李邺嗣

太白尖茶晚发枪，[①]蒙蒙云气过兰香。
里人那得轻沾味，只许山僧自在尝。

家居只是守耕桑，仕宦应须客四方。
每到春三节候好，新茶新笋定思乡。[②]

——选自同治《鄞县志》卷七十四

【注释】

①太白：山名，位于今宁波市鄞州区东部和北仑区的交界处。康熙《定海县志》卷十一"茶"条云："不若太白山巅者为最。山高独受雨露，使造藏得法，尤佳。饮时香若兰蕙，虽蒙山、松萝不及也。"作者自注："太白山顶茶，山僧采摘岁不过一、二斤，其上多兰花，故茶味自然兰香。"②"新茶"句：作者自注："前辈诗云：'新茶与新笋，风味忆吾乡。'"

无题二首（选一）

〔清〕谭　宗

百年看著流水，华屋俄而落霞。
明月卷帘独坐，艳娘脱珥烹茶。

——选自倪继宗《续姚江逸诗》卷二

茶

〔清〕董剑锷

静负一山气，卑枝常自好。
谢尔山中人，采叶不采老。

——选自全祖望编《续甬上耆旧诗》卷五十六

【作者简介】

董剑锷（1622—1703），字佩公，一字孟威，又字晓山，鄞县人。明诸生，明亡后弃去，专攻古诗词文，诗以韵胜。与宗谊等人唱和，共结"西湖七子"社。著有《墨阳内集》《墨阳外集》等。

春日杂兴（十三首选二）

〔清〕范光阳

杏花村里酒旗斜，密密疏疏柳半遮。
沽得茅柴浑似水，不如僧院啜春茶。

翠微深处有人家，晓摘旗枪到日斜。
若论茶经推上品，雨前不及火前芽。[①]

——选自范光阳《双云堂诗稿》卷三

【注释】

①火前芽：即火前茶。指寒食节禁火以前采制的新茶。这句作者自注："古人以寒食前采茶为上，雨前次之。"

午日归自赭山移榻书带草堂[①]

〔清〕郑　梁

三月山栖兴未涯，病归村舍转荣华。
团圞老幼昌阳酒，[②]荡涤心脾谷雨茶。
榴向幽窗红一朵，稻于清水绿千丫。[③]
生平无事同前喆，[④]榻近高堂也白沙。

——选自《寒村诗文选·见黄稿诗删》卷二

【注释】

①赭山：在今江北区慈城镇。因土色赤色，故名。一名紫蟾山，一名丹山。绝顶有龙湫，其最高峰称离卦尖，一作黎家尖，下有玉蟾井、祇树井、枇杷潭。书带草堂：郑溱之父郑启建，位于郑溱住宅的东南角。郑溱《书带草堂记》云："南望鹳江，环流如抱，每于林木参差中，见夕阳古渡、晨烟征帆于其间。"郑溱曾肄业于此，后又在此读书课徒。②团圞：团聚。昌阳：菖蒲的别名。③丫：这里指稻株的分叉。④前喆：同"前哲"，前代的贤哲。

瞭舍采茶杂咏（四十三首选六）

〔清〕郑　梁

手制名茶冠一方，龙潭翠与白岩香。[①]
犹疑路远芳鲜渐，瞭舍山中自采尝。

鲜茶出篓蕙花香，剪取旗先摘取枪。

猛火急揉须扇扇，半斤一夜几人忙。

炒青渐向镬头干，灶冷灯昏仆已鼾。
壁外乳泉流不绝，一声鸦过报更阑。

倦游暂憩一僧家，度岭穿林更踏沙。
满路轻风香触鼻，谁分兰蕙与茶芽。

连夜忽忽为炒茶，今晨始得访邻家。
山灵似怪探幽嫩，满谷云岚着眼花。

渡江三里即吾家，回首山中正雾遮。
吹火烹泉先荐祖，阖门次第品新茶。

——选自郑梁《寒村诗文选·五丁诗稿》卷五

【注释】

①这句作者自注："茶产白岩，采者携至永昌潭易米，香色俱佳，故名。"

灵峰寺赠嵩岩[1]

〔清〕周斯盛

微风吹人衣，苍凉生石磴。
诸峰落日平，竹柏互掩映。
古寺窈无尘，高天云入定。
到门见老僧，笑谈畅幽兴。
庭树纠古藤，池蛙杂清磬。
可知静者心，无情亦入听。
瓷罂汲山泉，松火适其性。
饮我交址茶，[2]使我心魂净。
朗月湖上来，始觉秋光胜。
空楼理游情，遥钟一声应。

——选自周斯盛《证山堂诗集》卷一

【作者简介】

周斯盛(1637—1708?)，字屺公，号铁珊，学者称为证山先生，鄞人。顺治十八年(1661)进士，授山东即墨知县。因事下狱，出狱后奔走燕赵吴楚之间，遍游名山大川。著有《证山堂诗集》《证山堂诗余》等。

【注释】

①灵峰寺：在今北仑区。此诗作于康熙丁未(1667)年。 ②交址：即交趾，在今越南北部。

鄮西竹枝词(五十首选一)

〔清〕万斯同

天井山茶味自长，[1]它泉烹酌淡而香。[2]
并论太白谁优劣，[3]一任闲人肆抑扬。

——选自万斯同《石园文集》卷二

【注释】

①天井山：在今鄞州区龙观乡境内。 ②它泉：它山泉。作者自注："鄞泉以它山为上，不减锡山二泉。" ③太白：作者自注："太白山在东乡，亦产茶。"

竹枝词(二首选一)

〔清〕谢为衡

一树梧桐散落花，清阴闲坐听琵琶。
曲终不问弦中意，烹得它泉泼岕茶。[1]

——选自全祖望编《续甬上耆旧诗》卷一百〇一

【注释】

①岕茶：明清时江苏宜兴产的贡茶。陈贞慧在《秋园杂佩》云："阳羡茶数种，岕茶为最，岕数种，庙后为最。"

暮春杂感(选一)

〔清〕姜宸萼

问君底事客天涯，泽国春光剩可夸。
江岸青旗沽酒店，溪桥绿树野人家。
清明时卖龙须笋，谷雨前收雀舌茶。
二十四番风信过，[1]此事开到米囊花。[2]

——选自《四明清诗略》卷二

【作者简介】

姜宸萼，字友棠，慈溪人。姜宸英从弟。康熙二十三年(1683)举人，官广东龙门知县。诗初学白居易，后学陆游。著有《望云诗稿》。

【注释】

①二十四番风信：即二十四番花信风，始梅花，终楝花。 ②米囊花：罂粟花之别名。

山居杂咏(四首选一)

〔清〕程　鸣

茶山临竹涧，结伴女如云。
印去苔痕浅，扳来纤手勤。
柔枝侵绿鬓，娇鸟佞红裙。
竟视盈筐未，相忘日渐曛。

——选自倪继宗《续姚江逸诗》卷五

试　茶

〔清〕闻人徽音

茗园初展一旗新，顾渚风清别有神。
试点石泉烹紫液，更炀茶灶碾青尘。
龙团素取高人制，雀舌尤为后世珍。
顾余情怀差不薄，松声先奠谪仙人。

——选自倪继宗《续姚江逸诗》卷十二

【作者简介】

闻人徽音，余姚人，太守闻人某女孙，黄宗羲养女。耽诗书，善吟咏。以所配非偶，抑郁而卒。著有《樊榭诗选》。

摘茶歌

〔清〕释等安

春势临头不可当，尽开雀口吐锋芒。
山人不许锋芒露，才露锋芒要摘光。

——选自释等安《偶存轩稿》卷二

送茶歌

〔清〕释等安

寒山生长性寒凉，谷雨前头不露芒。
一发离山入城市，火炉汤鼎为君忙。

——选自释等安《偶存轩稿》卷二

谢伟哉上人秋兰、太白茶之惠叠前韵

〔清〕李　暾

交数方内外，十已去八九。
羡公太白山，烟岚友白首。
但与木石居，不向城市走。
此乃世所难，称颂遍童叟。
我年近六十，一日似公否。
妙品蕙与茶，连云饷老友。
茶烹清味长，兰放幽香久。
知我心与肝，悦我鼻与口。

——选自李暾《松梧阁诗集》

初夏山居

〔清〕邵元荣

不知生计合离家，入夏山中未着纱。
得酒半酣煮嫩笋，汲泉乘兴试新茶。
羡鱼网得菖蒲叶，梦蝶香耽枳壳花。①
拚却一贫何所虑，小年长日静无哗。

——选自倪继宗《续姚江逸诗》卷十一

【注释】

①枳壳：芸香科植物，枝刺锋利，可作为优良的柑橘类植物砧木。

尝新茶

〔清〕谢守稼

头纲初试卖新茶，雀舌龙团味足夸。
鼎沸松风醒午梦，瓯飘香雪艳春华。
饮多早觉诗怀爽，客到何须酒券赊。
分付樵青烹七碗，好将韵事话山家。

——选自戟锋主编《阁老故里诗汇》

入山试新茗

〔清〕张懋建

入山山有味，味亦在山中。
但点瓯全绿，多窥花半红。
水光同物理，火候仗人工。
待读茶经遍，羽形出翠丛。

——选自张懋建《静帘斋诗集》

【作者简介】

张懋建(1702—1752)，字介石，号石痴，镇海清泉(今为北仑区小港衔前)人。以古文词名世。雍正乙卯(1735)举人。补福建长泰知县。著有《介石初集》。

历代四明贡物诗・区茶①

〔清〕全祖望

春风一夜度过三女峰，②茶仙冉冉乘云下太空。

资国寺前云气何蒙茸，其雷一十有二青葱葱。

明州之茶制以越州水，陆郎茶经所志尚朦胧。③

大观以来白茶品第一，东溪指为瑞应良难逢。

社前火钱雨前三品备，雀舌纤纤足醒春梦慵。

范家小子已充卖国牙，[4]底事又贻慈水厉莫穷。

在昔蔡公生平如崇墉，[5]大小龙团尚为笑口丛。

应怜石门车厩百里地，春来撷尽香芽山已童。

自从罢贡息民真慈惠，山中茶灶长与丹炉封。

山翁私与一枪一旗乐，化安飞瀑独自流溶溶。

——选自全祖望《句余土音》卷上

【注释】

①区茶：即十二雷白茶。王应麟《四明七观》注云："区音句。"区原指区萌，谓草木萌芽勾曲生出，这里形容茶芽。宋代文献中没有记载十二雷的产地，据元代的《至正四明续志》，以出自慈溪车厩岙中三女山资国寺旁为绝品，冈山开寿寺旁次之，必用化安山中瀑泉水审择蒸造。元将范文虎在慈溪车厩岙内史嵩之墓园访得佳茗产地，旁修建开寿寺，并设立制茶局，监制贡茶，即所谓"范殿帅茶"，"每岁清明所司临局监造，先祭史墓，而后料茶征发"。据元忽思慧《饮膳正要》卷二《诸般汤品》中云："范殿帅茶，系江浙庆元路造进茶芽，味色绝胜诸茶。"可见范殿帅茶实为散茶之精品。作者题下自注："元贡。范文虎进。" ②三女峰：即今余姚市陆埠区三女山。 ③这句作者自注："《茶经》误以为余姚之产，不知三女峰在慈，而化安泉在姚，以是在泉制茶耳。" ④范家小子：对范文虎的贱称。范文虎原为南宋殿前副都指挥使，出任安庆知府。元至元十二年(1275)，范文虎以城降元，担任两浙大都督、中书右丞等职，招降或攻战沿江州军，随伯颜入南宋都临安，迁行省参知政事，十五年进左丞。 ⑤蔡公：指蔡襄。庆历七年(1047)夏，蔡襄任福建路转运使后，前往北苑御茶园督办贡茶，其所创新的小龙团茶，是将我国团茶的质量推向了高峰。

十年不作太白山之游，[1]今秋过之，即赋山中古迹及土物·灵山茶

〔清〕全祖望

大兰夸白句，[2]榆荚乃其亚。[3]
而今并无闻，太白称小霸。
纤纤灵山芽，绿云助清话。

——选自全祖望《句余土音》卷中

【注释】

①太白山：《句余土音补注》卷三下作者自注云："鄞之太白山茶为近出。然予考懒堂《天童虎跑泉》诗云：'灵山不与江心比，谁会茶仙补水经'，则旧已有赏之者，因更其名曰'灵山茶'。至今山村多缭园以植。" ②大兰：即余姚大兰山。白句：白茶。《句余土音补注》卷三下作者自注云："元以十二雷之区茶入贡。" ③榆荚：陆羽《茶经》云，浙东茶以越州为上，明州、婺州次，台州下。又注云："明州鄮县生榆筴村。"徐兆昺《四明谈助》卷三九《东四明护脉上》"白杜以北诸迹"有"榆荚村"，当即陆羽所云之"榆荚村"。其地即今鄞东之甲村一带。

再为路生题煎茶图

〔清〕蒋学镜

此间泉味如淄渑，[1]北源清洌南源腥。
此间茗荈杂真赝，柳芽浅碧槐芽青。
我来浃岁遍购致，[2]建溪日注徒虚名。[3]
拟向君谟乞新饼，更为桑纻补茶经。
漫烧山骨炽石炭，试烹鱼眼煎瓦铛。[4]
龙团乍碎玉兔缺，蚓窍时作苍蝇声。[5]
一瓯聊用宿醒解，七碗已怪空肠鸣。
仅免姜盐笑粗劣，特与莼酪区输赢。[6]
路生看云竟不足，绿脚重倩茶烟萦。
为汲寒泉箆井洌，[7]旋添活火然松明。
图成乞余更品第，意拟文字相支撑。
我诗爽似啖蔓菁，快咀辣玉吞甜冰。
朗然试与读一过，腋底已觉清风生。
流涎大嚼差快意，苍头从事何须争。

——选自《四明清诗略》卷十一

【作者简介】

蒋学镜，字用照，一字娥埜，鄞县人。乾隆十九年(1754)进士，官江西龙南知县。卒年五十三。著有《娥埜集》。

【注释】

①淄渑：淄水和渑水的并称。皆在今山东

省。相传二水味各不同。②浃岁：一年；经年。③日注：即日铸。绍兴名茶。④瓦铛：陶制炊器。⑤蚓窍：旧误蚯蚓能鸣，其声发于孔窍。比喻微不足道的音响。⑥莼酪：莼羹与羊酪。典出《世说新语·言语》："陆机诣王武子，武子前置数斛羊酪，指以示陆曰：'卿江东何以敌此？'陆云：'有千里莼羹，但未下盐豉耳！'"⑦筮：古代用蓍草占卦。井洌：《易》"井"卦云："井洌寒泉，食。"

慈江竹枝词（四首选一）

〔清〕余　江

清明已属猫头笋，谷雨初收雀舌茶。
最是山村闲荡少，任教开落杜鹃花。

——选自尹元炜、冯本怀《溪上诗辑》卷九

姚江棹歌（百首选一）

〔清〕邵晋涵

采茶歌响出层峦，谷雨初晴瀑布寒。[①]
一自丹邱传种后，翠涛真胜小龙团。

——选自邵晋涵《南江诗钞》卷一

【注释】

①瀑布：陆羽在《茶经》中记载："余姚县生瀑布泉岭曰仙茗，大者殊异，小者与襄州同。"②丹邱：即丹丘子。

茶　船

〔清〕叶　燕

浮沉无取采菱荷，席上风生快若何。
济向沙溪争水脚，载将明月映帘波。
相逢筠管牵连住，[①]每傍湘阴泛滥多。[②]
安稳自来称叶叶，棹歌今听换茶歌。

——选自叶燕《白湖诗稿》卷八

【注释】

①筠管：指笔管、毛笔。②湘阴：即湘阴酎。陆机《七羡》云："湘阴□酎，搜其澄清。秋醪曾酝，明酒九成。"作者自注："湘阴酒，见《七启》。"按，《七启》当为《七羡》之误。

赋奉化土物九首·南山茶

〔清〕孙事伦

东岭栖霞满，南山宿雾深。
春雷殷远谷，[①]瑞草展同岑。
采获枝枝嫩，烹回朵朵沉。
闲来好味淡，潇潇动清吟。

——选自孙事伦《竹湾遗稿》卷八

【注释】

①殷（yīn）：象声词，雷声。

剡湖竹枝词（十九首选一）

〔清〕陆达履

燃来土灶火星星，做就头青又二青。
茶品旧曾传陆羽，剡溪别有焙茶经。[①]

——选自《姚江诗录》卷二

【注释】

①"剡溪"句：作者自注："乡人焙茶，以初炒为做头青，焙干为做二青，可补我家鸿渐《茶经》所未备。"

石门竹枝词（六首选一）

〔清〕毛　润

马陆坑茶真个良，兰花颜色茉莉香。
风炉瓦鼎清宵煮，呼取邻家阿姆尝。

——选自《剡源乡志》卷五

蓬岛樵歌（一百十六首选一）

〔清〕钱沃臣

垂发娃儿未吃茶，[①]金银定帖漫相夸。[②]
罗衫爱绣梁山伯，[③]蝉鬓羞簪谢豹花。[④]

——选自钱沃臣《乐妙山居集·蓬岛樵歌续编》

【注释】

①吃茶：作者自注："俗以儿女订姻曰吃茶。《茶疏》：茶不移本，植必生子。古人结婚必以茶为礼，取其'不移植、子生'之意。今犹名其礼曰下茶。《老学庵笔记》：辰、沅、靖州蛮女未嫁娶者，聚而踏歌，歌曰：'小娘子，叶底花，无事出来吃盏茶。'谚云：一家女不吃两家茶。"②定帖：宋代定婚时双方交换的帖子。其上写明家庭、本人及有关的详细情况。作者自注："《梦粱录》：伐柯人两家通报，择日过帖，各以色彩衬盘安定帖，然后相亲。邑童谣：'妹妹茶来郎来，谢郎邀我来作媒。妹妹金屋银屋，谢郎邀我来作媒。''作'读

去声。” ③梁山伯：作者自注：“邑呼蝴蝶曰梁山伯、祝九娘。”作者自注还引《山堂肆考》《宣室志》《情史》中的梁祝花蝶故事，此处省略。 ④谢豹花：杜鹃花的别名。作者自注：“余初不解谢郎为何人，后读高氏《天禄志余》：昔有人饮于锦城谢氏宅，其女窥而悦之。其人闻子规啼，心动而去。女恨甚，后闻子规则怔忡，使侍女以竹枝驱之曰：谢豹尚敢至此乎？考《禽经》注：鹃啼苦则倒悬于树，自呼曰谢豹。邑呼杜鹃花曰谢豹姊花，谚云：谢室姊花满头插。”

采茶歌

〔清〕柯振岳

采茶女，结伴携筐筥。
才出柴门半里余，便觉春光浓如许。
桃红李白乱于麻，多少韶华浪滚沙。
谷雨前后惠风畅，[1]又见山山谢豹花。
采花须采花初放，采茶须采茶初芽。
茶初芽，花初放，有情无情情莫状。
溪山幽处少人行，三五纵横坐相向。
小姑年十三，采茶戏采蓝。
大姑年十六，终朝不盈匊。[2]
南山啼鸠北山莺，道是无情如有情。
人生倡和会有在，春风得意争先鸣。
君不见陌上桑，[3]罗敷长歌拒赵王。
又不见江南莲，西子寻芳泛彩船。
龙团雀舌山中事，春来春去自年年。

——选自柯振岳《兰雪集》卷一

【作者简介】

柯振岳（1761—?），字霁青山，号讷斋，慈溪人。诸生，候选教谕，数十年不遇，坎坷潦倒。著有《兰雪集》《兰雪续集》等。

【注释】

①惠风：和风。 ②匊（jū）：满握，满把。③陌上桑：乐府《相和曲》名。晋崔豹《古今注·音乐》：“《陌上桑》，出秦氏女子。秦氏，邯郸人，有女名罗敷，为邑人千乘王仁妻。王仁后为赵王家令。罗敷出采桑于陌上，赵王登台，见而悦之，因饮酒欲夺焉。罗敷乃弹筝，乃作《陌上歌》以自明焉。”

西明纪游·建峒岙[1]

〔清〕黄澄量

地画东西岙，溪流贺监家。[2]
建溪春色好，活火试新茶。

——选自《姚江诗录》卷三

【注释】

①建峒岙：在今余姚市梁弄镇贺溪村，当地人称之为建隆西岙。黄宗羲《四明山志》卷一云：“建峒岙，有石屋、有石蟹泉，其山曰石井……其岭曰谢公，以安石得名。建峒产茶，而谢公岭尤为名品。” ②溪：指贺溪，自建峒岙两山岙发源，即石井山泉水与谢公岭溪水合流而北去，流入四明湖水库。黄宗羲《四明山志》卷一云：“贺溪，晋贺循寓此。”本诗以为是贺知章（贺监）寓此，当为误传。

白湖竹枝词（选一）

〔清〕叶元垲

挂雾峰高倒映潭，[1]波纹如縠碧湾湾。
采茶一片歌声起，大茗山连小茗山。[2]

——选自光绪《慈溪县志》卷六

【注释】

①挂雾：山名，旧名东栲栳山。在慈溪市观海卫镇鸣鹤西南。 ②大茗山：光绪《慈溪县志》卷六：“茗岙山：县西北五十五里，其山多产茶。今名大茗岙，在杜湖西。”

采茶歌

〔清〕郑 勋

玉女峰头春雷惊，茶仙冉冉来太清。
云气濛笼覆山麓，村南村北琼芽萌。
火前社前满溪绿，雀舌纤纤莹如玉。
茶香一路随春风，野人家尽趋空谷。
筠篮陆续逞曙光，一旗一枪终岁粮。
山鸟声声发幽哢，山花处处舒红芳。
撷之捋之纷靡靡，前路云迷行且止。
但见悬崖喷水帘，时闻夹径落松子。
汲泉拾子活火煎，归来两袖风翩翩。
承平乐事山中天，一壶春雪逍遥仙。

——选自郑勋《二砚窝诗稿偶存》卷一

春闺（四首选一）

〔清〕郑　勋

纤纤雀舌吐秀芽，活火新烹顾渚茶。
春锁重门无剥啄，东风吹落海棠花。

——选自郑勋《二砚窝诗稿偶存》卷一

山中见采茶者即赋

〔清〕郑　勋

越州之水明州茶，化安三女相矜夸。[①]
何如石柱峰头云岫麓，[②]春风十里香馥郁。
霹雳无端奋地鸣，筠篮一齐出金谷。[③]
儿童满径且高歌，少女簪花倚修竹。
社前火前品最高，后先采之纷盈掬。
他时更汲云门泉，[④]山窗活火相烹煎，
风生两腋应翩翩。

——选自郑勋《二砚窝诗稿偶存》卷一

【注释】

①作者自注："相传三女峰茶以余姚化安泉煮之最美。" ②石柱峰：在今江北区慈城镇北部。光绪《慈溪县志》卷六云："石柱山：县东北二十里，居县艮位。石峰屹恃，高入云表，为县龙发祖之地，与望海尖相连。"又云："其最高峰俗称秃脑山，亦曰缠头山。其石柱高数十丈，挺立溪上者，乃东峰也，尚有一溪隔之，古人简质，故概曰石柱山云。"云岫：寺名，在云湖畔。 ③金谷：即今慈城镇之金沙岙。 ④云门：即云门山，在绍兴秦望山南麓，建有云门寺，有云门泉。

采茶歌

〔清〕张志蕙

山里人家山当田，山中姊妹共相怜。
一春花事匆匆了，又是新晴谷雨天。

茶鼓冬冬茶具新，[①]采茶先自拜茶神。
问神底事书茶字，草木中间着个人。

连肩并坐撷琼芳，笑语微闻口舌香。
妾自有兄侬有弟，杏花红处耦耕忙。[②]

旗枪簇簇斗芳华，狼藉春光玉有芽。[③]
寄语游蜂和浪蝶，东风吹遍不开花。

甘苦年来辨得无，漫云如荠复如荼。
幽芳只在含芽际，便到花开味已粗。

四月桑阴绿渐稀，蚕蛾已向隔林飞。
新茶要贵新丝贱，娘许儿家嫁作衣。

篝灯午夜彻山阿，火候当垆费揣摩。
少妇不知春事换，焙茶犹唱采茶歌。

——选自《清泉张氏宗谱》卷十一

【作者简介】

张志蕙（1770—1823），字树田，号亩香，镇海清泉（今为北仑小港衙前）人。张懋锦之子。诸生，屡试不第，老于乡。

【注释】

①冬冬：象声词。 ②耦耕：二人并耕。 ③狼藉：纵横散乱的样子。

采茶歌

〔清〕周铿华

越女采茶率连声合歌，而词多鄙俚，音非风骚。爰作数章，聊备一格，非敢拟唐人竹枝也。

春风吹绿北山茶，侬去采茶郎在家。
路遇邻姑方一笑，满头簪得野棠花。[①]

大家连臂爱春嬉，采遍新枝复旧枝。
笑煞山翁头似雪，无端也唱艳歌词。

去年阿母许乘槎，底事于今消息赊。
茶树年年高一尺，儿家桃李只无花。

隔林红袖试浓妆，知是谁家新嫁娘。
生长山中茶采惯，不须重学费商量。

一担新绿踏歌回，夹路香风花满开。
都道今朝好天气，侬家烟火出墙来。

茶子青青香可怜，年年三月试新泉。
平生怕说莲心苦，不道吴侬只爱莲。

——选自《姚江诗录》卷三

【作者简介】

周铿华，一名文坛，字声金，号鲸舟，又号远斋，余姚泗门人。嘉庆间诸生。著有《远斋诗草》《远斋杂说》。

【注释】

①野棠:野生的棠梨。

蛟川物产五十咏·茶

〔清〕谢辅绅

风光龙井自年年,小摘刚逢谷雨前。
塔屿柴桥春啜茗,竹炉新瀹白沙泉。

——选自光绪《镇海县志》卷三十八

【注释】

①塔屿:村名,今属北仑区大碶街道。柴桥:今属北仑区柴桥街道。

润之茂才每岁致象山珠茶[①]

〔清〕冯登府

辛老风情最足夸,一瓯林下是君家。
都篮箬笼分新胯,[②]石铫砖炉试早芽。[③]
东谷曾携丹井水,[④]南朝犹说象山花。
事亲我愧程签判,[⑤]剩有诗篇为拜嘉。[⑥]

——选自冯登府《拜竹诗龛诗存》卷十

【注释】

①润之:即下文所云"辛老",生平待考。茂才:即秀才。珠茶:象山珠山所产茶叶。珠山又称珠岩山,在象山半岛东北部,主峰在涂茨镇境内。 ② 都篮:木竹篮。用以盛茶具或酒具。箬笼:用箬叶与竹篾编成的盛器。 ③石铫:陶制的小烹器。 ④丹井水:作者自注:"余曾试象山陶真隐丹井泉。"又冯登府《陶贞白炼丹井铭》云:"蓬莱山之趺有泉焉,相传陶贞白炼丹之井,旁有祠,有庼以覆之。泉迸如珠,一名透瓶,冽而甘,深不过尺,白沙以为底。取之不加少,不取不加多,有君子之道焉,岂即所谓仙乎?余以庚寅冬偕赵君庚吉携茶具,呼童扫落叶,烹丹灶火,踞石试茗,几忘身在万山中也。" ⑤程签判:程之邵。苏轼有《新茶送签判程朝奉以馈其母,有诗相谢,次韵答之》诗。作者自注:"东坡以新茶送程之邵以馈其母,程有诗谢。" ⑥拜嘉:拜谢赞美。作者自注:"余母嗜象山茶,每岁必寄四饼。"

甬上新竹枝词(六首选一)

〔清〕陈劢

在城女罕识蚕桑,家境萧条苦备尝。
谷雨早过梅雨至,相逢都说拣茶忙。[①]

——选自陈劢《运甓斋诗稿》卷八

【注释】

①"相逢"句:作者自注:"自海国通商,贸茶者众,贫家妇女多以拣茶资生计。"

春日即事(八首选一)

〔清〕陈劢

万里商通海国槎,遍搜佳茗到山家。
一瓯我欲清诗思,谷雨前时买早茶。

——选自陈劢《运甓斋诗稿续编》卷四

采茶歌

〔清〕诸观光

记得春光似去年,新茶最爱嫩晴天。
山头一半含香味,时俗争夸谷雨前。

露华风叶缀新枝,采采春光好采之。
谁道隔花莺语滑,阿侬随口唱歌儿。

山前山后绿阴丛,斜转山腰路已通。
个是谁家新姐妹,筠篮笑语入东风。[①]

簌簌香尘汗欲污,春纤细摘破工夫。
箬荷裹得胡麻饭,生怕山头饿小姑。

枝枝节节叶婆娑,一阵香风一阵过。
归去语郎真个好,今年茶比往年多。

小鬟七岁亦随行,[②]娇惯娘前作耍情。
未识阿娘辛苦事,摘花含笑弄轻盈。

嬉笑相逢话短长,姊家只隔妹家墙。
细鞋芳草晴山路,一阵莲钩碎夕阳。

半篮新叶半篮芽,薄暮门前柏树遮。
妾鬓蓬松郎莫笑,东风一路送侬家。

剩有余茶未采回,明朝趁早上山隈。
床前解罢红罗裙,鞋底香泥扑不开。

十分辛苦十分钱,赖有茶山作稼田。
恰把筐篮安顿好,春茶采过夏茶连。

——选自《姚江诗录》卷五

【作者简介】

诸观光,余姚泗门人。诸生。著有《冷棂

诗草》。

【注释】

①�篮：竹篮。 ②小鬟：小男孩。

谢友人惠茶

〔清〕叶元阶

裹以温公具，[①]缄开玉露英。
尚留云气在，新试雪花轻。
烦念竟能涤，吟肠应更清。
从兹窗外竹，烟缕不时横。

——选自叶元阶《赤堇遗稿》卷一

【作者简介】

叶元阶（1803—?），字心水，号仲兰，又号赤堇山人。慈溪鸣鹤人，著有《赤堇山人诗集》《杜诗说》。

【注释】

①温公：司马光。朱弁《曲洧旧闻》记载，范镇与司马光结伴去嵩山游玩，各自带着茶。当司马光看到范蜀盛茶的黑木盒时，不由得惊叹道：你竟然有这么漂亮的茶器。故作者以“温公具”表示简陋的茶叶包装。

采茶曲

〔清〕周步瀛

石竹围边毛竹遮，二茶才过又三茶。
如何城里垂髫女，晓起妆成但采花。

谷马坑前水一湾，白龙洞口屋三间。
阿婆昨日天童去，茶味何如太白山。

——选自《四明清诗略》卷二十四

【作者简介】

周步瀛，字丹洲，奉化人。道光十六年(1836)恩贡。

【注释】

①垂髫：指儿童或童年。

过山村

〔清〕周　程

深树野人家，门前溪水斜。
绿迷当户村，红露隔墙花。
沙润蚁分垒，日喧蜂聚衙。
三朝谷雨后，处处煮新茶。

——选自《四明清诗略》卷二十四

【作者简介】

周程，字配文，号瀛台，鄞县人。诸生，少失怙，奋志力学。中年授徒，于后进多所成就。性好吟咏，著有《亦处堂稿》。

春晚即事

〔清〕王曰钦

清和候近日初长，高下随风燕子忙。
小阁摊书聊静坐，一瓯清茗一炉香。

——选自《四明清诗略》卷二十五

【作者简介】

王曰钦，字仪表，号啸舫，镇海人。道光十八年(1838)岁贡。

柘溪竹枝词（选一）

〔清〕王吉人

携筐去采雨前茶，采得头纲日未斜。
莫笑阿侬归太早，为郎相待斗新芽。

——选自《宁波竹枝词》

赋得泉绕松根助茗香，得根字五言八韵

〔清〕黄家来

松下闲尝茗，诗情助许浑。
茶香滋美味，泉冽绕灵根。
云窟龙鳞庇，冰瓯蟹眼翻。
芳俱留舌本，清更瀹心源。
碗溢苓脂膏，炉煎竹火温。
头纲添隽爽，胸次涤尘烦。
石磴盘如此，风庭啜几番。
况兼杯酒兴，浮绿到柴门。

——选自《浙江乡试卷》

【作者简介】

黄家来（1827—?），字绥之，号小帆，又号瑞芝，鄞县人。宁波府学廪膳生，同治癸酉(1873)科拔贡。

夏日漫兴

〔清〕徐甲荣

危楼闲倚夕阳天，款客新茶拣雨前。

八尺风漪冰簟冷，[①]绿藤花里枕书眠。

——选自徐甲荣《城北草堂诗稿》卷上

【注释】

①风漪：借指竹席。宋陆游《乙夜纳凉》诗："八尺风漪真美睡，故应高枕到窗明。"

郊行口号

〔清〕徐甲荣

芦笋生时燕麦齐，茶歌声在竹林西。
行吟惊起沙头客，飞入绿阴深处啼。

——选自徐甲荣《城北草堂诗稿》卷下

造茶人索诗

〔清〕王治本

一旗初茁两枪新，玉髓银丝制造匀。
记取翠峰云密处，绿芽争摘火前春。

——选自栎窗林编辑《高城唱玉集》

【作者简介】

王治本(1835—1907)，字维能，号桼园，晚号改园，别号梦蝶道人，今江北区慈城黄山人。光绪三年(1877)，被日清社私塾广部精聘为汉语教师，赴日谋生，结识日本贵族大河内源辉声，双方的笔谈结集为《桼园笔话》17卷。其后半生广泛结交日本文人，周游日本四大岛。著有《栖栖行馆诗稿》等。

煎　茶

〔清〕张丙旭

闲行野中汲清泉，几种新茶好自煎。
榆落人钻深院火，[①]松高鹤避半庭烟。
云花滚处龙团展，雪浪翻时蟹眼圆。
留与老僧三两辈，一杯当酒共陶然。

——选自王荣商编《蛟川耆旧诗补》卷十二

【注释】

①"榆落"句：《周礼·夏官·司爟》"四时变国火"汉郑玄注："郑司农说以鄹子曰：'春取榆柳之火。'"本谓春天钻榆、柳之木以取火种，后因以"榆火"为典，表示春景。

游天童、灵峰诸寺[①](四首选一)

〔清〕莫　矜

古庙笙歌会赛神，檀炉茶灶杂香尘。
便从太白山村过，购得龙团几两银。

——选自孙锵、江五民编《剡川诗钞续编》卷七

【注释】

①灵峰：灵峰禅寺，在今北仑区。

余姚竹枝词(二百首选一)

〔清〕宋梦良

省识诗人品味清，春秋分采两般馨。
南黄茶叶胜山菊，[①]可补当年陆羽经。

——选自《中华竹枝词全编》(浙江卷)

【注释】

①南黄：村名，在今余姚茭湖岭上。

山北乡土集·采茶

〔清〕范观濂

相约春山采雨茶，美人颜色映山花。
荑尖轻巧牙尖嫩，[①]遥讯盈筐趁暮霞。

莺啼燕语满山闻，雨后旗枪展绿云。[②]
烘灶拼将人莫睡，合村深夜散清芬。

——选自王清毅主编《慈溪海堤集·外编》

【注释】

①荑(tí)：柔软而白的茅草嫩芽。《诗·卫风·硕人》："手如柔荑，肤如凝脂。"朱熹集传："茅之始生曰荑，言柔而白也。"喻指女子柔嫩的手。　②绿云：作者自注："茶名绿雪，就制成可饮者而言，在树时又不妨以绿云目之。"

蛟川竹枝词(选一)

〔清〕叶佐黻

峰高太白有人家，谷雨前收雀舌茶。
但愿今年茶汛好，山花还算胜洋花。

——选自王荣商《蛟川耆旧诗补》卷十二

【作者简介】

叶佐黻，谱名棣博，字艇洲。北仑贝家碶下叶家(今属新碶街道大路村)人。清光绪十二年(1886)诸生。

采茶词

〔清〕於　翰

麦田篁岭聚成行，采得云英实小筐。[①]

笑把蒙头巾揭去，[2]匆匆归去又斜阳。

曈曈丽日映山椒，[3]起对菱花鬓自撩。[4]
相约邻家同入市，昨宵茶客进柴桥。

——选自范寿金《蛟川诗系续编》卷八

【作者简介】

於翰，字墨林，号醉墨，今北仑区人。生平不详。

【注释】

①云英：指茶叶。②这句作者自注："采茶妇女畏日，以白氎巾蒙首障之。"③曈曈：日初出渐明貌美丽。④菱花：镜子。

采茶曲

〔清〕金亦巨

风光淡荡日徘徊，一路银苞拆露胎。
剩有山头高绝处，待侬归去唤郎来。

——选自范寿金《蛟川诗系续编》卷八

【作者简介】

金亦巨，字刚甫，号芝仙，原镇海县人。清诸生。

茶　桶

〔清〕王慕兰

最好春风啜茗时，色香味和入肝脾。
除烦漫羡琼浆滑，醒睡微嫌火候迟。

——选自王慕兰《岁寒堂诗集》卷二

踏青（三首选一）

〔清〕王慕兰

层层楼阁万千家，小艇无人泊浅沙。
纵目归来无事事，自盛泉水试新茶。

——选自王慕兰《岁寒堂诗集》卷二下编

谷雨茶

杨翰芳

曾未团苍璧，纷然作碎金。
乡风呼习惯，谷雨到如今。
清极汤无色，润来诗有音。
老亲藤杖下，几欲放长吟。

——选自《杨霁园诗文集》

翠微潭烹茶诗[1]

杨翰芳

寒泉出自蛰龙之幽宫，曲走百丈涧气空。
两山夹之石草碧，一秋老矣岸树红。
潦天瀑布旱幽咽，苍烟不合生其中。
何为乎云雾之空蒙，一缕拂拂从长风。
惊牧子，疑樵童。奔宿鸟，暖寒虫。
中间人声殷洪钟。
若有语者曰：两君自远来，云笑山颜开。
敝乡父老共追陪，携手响岩闻晴雷。
道逢幽涧留低回，巨石如掌泉如醅。
石炉烧灼黄叶堆，倏尔而熟各倾一杯，
洗此胸中江南哀。

——选自《杨霁园诗文集》

【注释】

①翠微潭：在今鄞州区鄞江镇贺家湾之响岩。下选张成《石潭烹茶》咏同一事，两者联读，可推断此诗作于民国三年(1914)。

石潭烹茶

张　成

甲寅秋月望，[1]好客自远来。
落木山景幽，客心喜徘徊。
唱言寻幽涧，对此含茶杯。
诸翁气俱豪，新意一齐开。
振衣抱危石，行行亦快哉。
秋草碧时秋水多，涧水非茶可奈何。
因挥馆僮拾枯木，[2]堆石置壶形婆娑。
贱子有心愿从观，直上观时烹半过。
炉火翻水水欲溢，漫烟涨天天如雪。
诸客招我共酌饮，炊茶无功不敢列。
此事百灵应毕显，光怪蜿蜒来饮食。
君不闻江河南北作战场，愁云惨淡苦日黄。
请君快吸杯中物，从来佳兴不常得。
荡胸响岩千丈水，奠身南山双磐石，
聊以娱我远来客。

——选自张成《天机楼诗》

【作者简介】

张成(1896—1942)，字君武，号天机，别署苇间道人。初名大鉴，字月亭，号在鉴。鄞州区东钱湖镇人。从杨霁园学，耽诗歌，善吹笛，曾漫游各地十余年，一度客于军幕中。著有《天机楼诗》。

【注释】

①甲寅：民国三年(1914)。 ②馆僮：书僮。

附：

茶酒说

〔明〕杨守陈

茶性凉而清人，酒性热而和人，饮之皆有益而不可过，过则皆能生疾而酒尤甚。然茶味清苦而易厌，酒味醇甘而足悦，故世鲜劝人茶而多强人酒。茶或稍浸蔬果辄损其清，酒虽杂投鱼肉益助其甘。故彭彦实尝言茶为廉介之士，酒为旷达之人。余谓士当如茶勿如酒，然廉介者能充广而有旷达之才量，旷达者能拘检而有廉介之操行，则皆为全德矣，可若茶酒之偏哉？

——选自杨守陈《杨文懿文集》卷八

酒茶四问

〔明〕松　斋

酒问茶曰：生在何处？住在何处？

茶便答曰：生住(在)高山岭上，住在清净之方。

茶问酒曰：你生(在)何处？住在何处？

酒便答曰：初分天地，自我分方。春耕夏种，秋收冬藏。先有神农，后有杜康。至今天地，下方传扬。你是深山苦叶，何来问我行藏？

茶便答曰：生在高山岭上，住在清净之方。人采我时，气味非常。有人吃我，四时安康。精神朗朗，口味甜香。一要供佛并三宝，二要供养神王。三要迎宾待客，四要进奉君王。一不要你败家，二不(要)你颠狂。你是败家之酒，出口自说高强。

酒便答曰：我是人间美酒，出处如何不强。君王得我定国安邦，官员得我判断非常。秀才得我出语成章，农夫得我管尽田庄。若不得我口青面黄。

水便答曰：劝你二家不要争强。茶不得我不成茶汤，酒不得我不成酒浆。

火便答曰：劝你三家不要争强。我是南方丙丁火，三般都是我。若还不得我，般般不结果。

——选自日本天龙寺妙智院藏本

【杂茶类】

甘菊茶

陶弘景《名医别录》中说：“菊有两种，一种茎紫气香而味甘，叶可作美食者，名苦薏，非真菊也。”可见不是所有的菊花都能食用，只有食用菊才叫真菊。所谓味甘的真菊即甘菊；味苦的苦薏即野菊。黄菊和白菊的功用基本一致，都有甜味，并列为真菊。五代《日华子本草》云：“菊有两种，花大气香，茎紫者为甘菊。花小气烈，茎青小者为野菊。”日华子同时指出，虽然有甘菊、野菊之分，“园蔬内种，肥沃后同一体。”即在人工栽培条件下，野菊可以转化为甘菊。元吴瑞《日用本草》：“花大而香者为甘菊，花小而黄者为黄菊，花小而气恶者为野菊。”明李时珍《本草纲目》云：“甘菊始生于山野，今则人皆栽植之，其花细碎，品不甚高，蕊如蜂窠，中有细子，亦可捺种，嫩叶及花旨可食。白甘菊稍大，味不甚甘，亦秋月采之。”

甘菊除了入药之外，还可以用来代茶。陆游有甘菊茶诗云：“何时一饱与子同，更煎土茗浮甘菊。”可见南宋已有以菊代茶的习惯了。四明地区以余姚胜山所出甘菊为有名，俗称胜山小菊花，花小色白，甘洌芬芳，用以沏茶，有消暑清热之功。

太虚九日惠诗次韵

〔宋〕释大观

金菊宜烹节里茶，露丛新摘两三花。
绝胜送酒篱边醉，廿八骊珠忽拜嘉。①

——选自释大观《物初剩语》卷七

【注释】

①廿八：指绝句。骊珠：宝珠。传说出自骊龙颔下，故名。这里用以比喻珍贵的诗篇。拜嘉：拜谢嘉惠。

留山甫[①]

〔宋〕舒岳祥

新春知麦味，旧债了邻赊。
借榻无鹃处，敲门有竹家。
韭苗香煮饼，菊脑和烹茶。
少驻还山屐，乌纱细雨斜。

——选自舒岳祥《阆风集》卷四

【注释】

①山甫：胡山甫，宁海人，作者友人。

秋暑中遂初饷晚

〔清〕陆　宝

相邀唯一饭，坐石看斜阳。
不必拘过午，应为快纳凉。
酢梨青受榼，[①]甘菊嫩浮汤。
谈到无生处，桐阴冷篆香。

——选自陆宝《悟香集》卷八

【注释】

①酢梨：酢，醋之本字，酢梨即酸梨。

山居杂咏[①]（六首选一）

〔清〕黄宗羲

五十年中逐覆车，[②]迩来惭喜似山家。
风天去拾松梢火，[③]霜后来寻野菊茶。[④]
一两皮鞋穿石路，[⑤]三间矮屋盖芦花。
谁云勉强差排得，[⑥]随分风光吾欲夸。[⑦]

——选自黄宗羲《南雷诗历》卷一

【注释】

①此诗作于顺治十六年(1659)。 ②覆车：翻车。比喻反清复明事业的失利。 ③松梢：松果壳。火：用作动词，意为生火。 ④茶：用作动词，意为泡茶。 ⑤一两：一双。皮鞋：用兽皮包的鞋子。 ⑥差排：调遣；安排。 ⑦随分：到处，随时。

买甘菊

〔清〕宗　谊

野人农隙栽甘菊，九日担来城市中。
本草正宜余病目，代茶亦效此乡风。
自叨晴雨春前力，相趁幽芳秋后功。
我欲明年培万本，携花换酒或堪供。

——选自宗谊《愚囊汇稿》卷二

胜山甘菊[①]

〔清〕许稼庐

海角悬泥产菊甘，西崖北岭逊山南。
野人争采提篮卖，香满茶瓯我所耽。

甘菊延年助养生，仙人洞外产仙茎。
胜山独有斯花胜，昔日都缘橘掩名。[②]

——选自《余姚六仓志》卷十七

【作者简介】

许稼庐，疑为余姚历山镇人，生平不详。

【注释】

①胜山：作者原注："一名悬泥山。"旧属余姚，今属慈溪。初以产橘闻，后以产菊名。《余姚六仓志》："甘菊，产胜山。野人采以为药。生山南面者尤佳。"沈贞《半读书屋笔谈》："胜山产甘菊，甚香。《本草》所云：甘菊，延龄者也。生山之阳，试汤皆仰。北岭者俯，东西崖者侧向，亦一异也。服饵以仰者为佳。" ②"昔日"句：作者自注："旧邑志作甘橘。"《余姚六仓志》卷十七引县志按语云："《元和郡县志》、《太平寰宇记》载余姚土产有甘橘，疑皆甘菊之讹。《嘉泰会稽志》亦载悬泥山产甘橘。岂旧产橘，而今乃以菊著欤？"

玫瑰花茶

玫瑰属蔷薇目蔷薇科落叶灌木，原产中国。作为农作物栽培时，其花朵主要用于食品及提炼香精玫瑰油。明代卢和在《食物本草》中说："玫瑰花食之芳香甘美，令人神爽。"从谢秀岚《周行杂咏》中可见，清代时四明地区的有些文人懂得采玫瑰花烹茶煎饼之法。

周行杂咏（十二首选一）

〔清〕谢秀岚

一树玫瑰着火烧，傍篱醮水自然娇。
村娃不识煎烹法，片片流经过小桥。

——选自谢秀岚《雪船吟初稿》卷四

【注释】

①篇末作者自注:"村中子弟以近市,多弃书习贾,父兄不加督,书香一脉,非东白几不延矣。偶见玫瑰盛开,委弃波面,不知烹茶煎饼之法,因借以寄慨。"

山斋清兴

〔清〕姚丙荣

春来兰草长琼芽,雨后芳菲淑气嘉。
自采玫瑰三两朵,带烟和露煮新茶。

——选自《四明清诗略续稿》卷五

【作者简介】

姚丙荣,字秀钟,慈溪人。光绪十七年(1891)副贡,有诗稿。

其　他

太平铺深秀亭[①]

〔明〕桂　理

满路蓬蒿野草花,槿篱作屋两三家。
山翁取汲邮亭下,[②]自煮香薷供客茶。[③]

——选自《溪上诗辑》卷三

【作者简介】

桂理,字理庵,今江北区慈城镇人。景泰间在世,工诗文,著有《理庵集》。

【注释】

①太平铺:在原慈溪县境内。 ②邮亭:古时传递文书的人沿途休息的处所;驿馆。 ③香薷:为唇形科植物,直立草本。夏、秋季采收,当果实成熟时割取地上部分,晒干或阴干。李时珍《本草纲目》云:"香薷有野生,有家莳。中州人三月种之,呼为香菜,以充蔬品。丹溪朱氏惟取大叶者为良,而细叶者香烈更甚,今人多用之,方茎,尖叶有刻缺,颇似黄荆叶而小,九月开紫花成穗。有细子细叶者,仅高数寸,叶如落帚叶,即石香薷也。"可见古代香薷亦非一种。康熙《定海县志》卷十一《物产》云:"香薷:一作葇,其气香,其叶柔,故以名之。俗呼为蜜蜂草,象其花房也。有野生,有家莳,土人呼为香菜,以充蔬品。又一种石香薷,只一物也,但生平地者叶大,崖石者叶细。"乾隆《镇海县志》云:"兔山产香薷,以端午日采取者为佳。"现代使用者主要有唇形科植物海州香薷、石香薷等。香薷是重要的中药,亦可用作烹饪调料,用以烹制肉类、肉汤和泡水饮用,亦可作增香调味品。香薷饮属于药茶,《太平惠民和剂局方》中就记载了香薷、白扁豆和厚朴的组合,具有发汗解暑、行水散湿的功效。

牡丹落瓣,制以点茶,风韵不俗

〔清〕陆　昆

年来撑腹饱黄齑,已判雄心养木鸡。[①]
有客餐英花作脍,呼童浮白醉如泥。
坠楼红粉休飘荡,捧砚香魂重品题。
无计留春春可味,声声啼血杜鹃迷。

——选自全祖望编《续甬上耆旧诗》卷五十七

【注释】

①判:拚。木鸡:典出《庄子·达生》:"纪渻子为王养斗鸡,十日而问曰:'鸡已乎?'曰:'未也,方虚憍而恃气。'……十日又问,曰:'几矣,鸡虽有鸣者,已无变矣。望之似木鸡矣,其德全矣,异鸡无敢应者,反走矣。'"成玄英疏:"神识安闲,形容审定……其犹木鸡不动不惊,其德全具,他人之鸡,见之反走。"

题禅悦败寺[①]

〔清〕释实振

椽头差脱柱倾斜,屋瓦藤缠尽放花。
老衲癯然貌似古,未完问讯点蒿茶。[②]

——选自释实振辑《禅悦寺志·艺文志》

【作者简介】

释实振,字铎堂,接引寺僧,乾隆十五年(1750)辑《禅悦寺志》。

【注释】

①禅悦寺:位于今余姚市河姆渡镇车厩村里岙。 ②蒿茶:用野生蒌蒿按茶叶工艺制成的特种茶。

己卯闰三月,[①]庭中金银花盛开,[②]诗以记之

〔清〕范显藻

叶绿藤青独忍冬,岁寒好共后凋松。
笑他桃李争春放,只向东风着色浓。

风和花发满春庭，撷取炉烘气更馨。
最喜煎茶香色好，药笼中物胜参苓。[③]

——选自《四明清诗略》卷二十八

【作者简介】

范显藻，字淦芗，鄞县人。光绪间在世。

【注释】

①已卯：光绪五年(1879)。 ②金银花：学名忍冬，因其花初开为白色，后转为黄色，故名金银花。金银花可入药，具有治疗"暑热身肿"之功效。金银花茶则是老少皆宜的保健饮品，特别是夏天饮用更为适宜。 ③参苓：人参与茯苓。

山北乡土集·教子入学

〔清〕范观濂

开学儿童傍案长，父兄陪送入书房。
红毡教拜先生罢，[①]喜吃糖茶带辣香。

——选自王清毅主编《慈溪海堤集·外编》

【注释】

①红毡：红毯。

宴会篇
YANHUI PIAN

春城游宴诗

〔明〕杨守陈

蝤蛑石首和椒橙，新笋香甘带肉烹。
非是老饕偏爱此，十年不饮故乡羹。

——选自胡文学《甬上耆旧诗》卷八

田家乐(选一)

〔明〕张时彻

村市无钱买肉，山妻折笋来归。
大儿将酒上寿，小儿匍匐牵衣。

——选自张时彻《芝园定集》卷十九

野　炊

〔明〕沈明臣

水竹谁家是，来堪一系槎。
渔樵云里径，烟雨烧前花。
怪客喧篱犬，人起树头鸦。
柴门开阒寂，面面逐江斜。

——选自沈明臣《丰对楼诗选》卷十四

竹枝词(三十首选一)

〔明〕屠　隆

水陆珍羞百味兼，开筵请客客犹嫌。
多少众生供一箸，是谁痛苦是谁甜。

——选自屠隆《白榆集》诗卷八

招农半作补月会

〔清〕陆　宝

饮拟秋堂快月圆，病淹城禁未乘船。
今宵月缺还堪补，剪蔌西郊作野筵。

——选自陆宝《悟香集》卷二十六

九月望日偕友人饮草团瓢①

〔清〕唐文献

偶然事闲适，迤逦城东隅。
酒旗正高飏，啜饮且须臾。
盘蔬杂蒿芹，亦胜鲂与鲤。
当杯君莫惜，落日西山嵎。②
虽有尊中酒，难饮泉下夫。
亭前冢累累，悔不高阳徒。③
何如荷锸者，④生死等秕稃。

——选自《四明清诗略》卷四

【注释】

①草团瓢：圆形茅屋。②山嵎(yú)：山隅。③高阳徒：即高阳酒徒。《史记·郦生陆贾列传》："初，沛公引兵过陈留，郦生踵军门上谒……使者出谢曰：'沛公敬谢先生，方以天下为事，未暇见儒人也。'郦生瞋目案剑叱使者曰：'走！复入言沛公，吾高阳酒徒也，非儒人也。'"后用以指嗜酒而放荡不羁的人。④荷锸：扛着铁锹。典出《晋书·刘伶传》：刘伶"常乘鹿车，携一壶酒，使人荷锸(铁锹)而随之，谓曰：'死便埋我。'其遗形骸如此"。

蓬岛樵歌(一百十六首选一)

〔清〕钱沃臣

褓衣绣粽馈斋家，①汤饼三朝宴会奢。②
鸦角小姑痴且侘，③时牵乃乃叫孲㕧。④

——选自钱沃臣《乐妙山居集·蓬岛樵歌续编》

【注释】

①这句作者自注:“俗育子先日,母家馈彩衣、锦褓、绣粽、彩蛋之类,谓之催生。……《依雅》:小儿被为褓,如俗呼褓裙、褓被是也。”敉:钱沃臣侄子嗣容补注:“《摭古遗文》:敉,婚姻之亲。” ②这句作者自注:“既生,三朝作汤饼会。《山堂肆考》《梦粱录》载略同。”③这句作者自注:“《留青日札》:宋淳熙中,剃削童发,必留发大钱许于顶,左右束以彩绘,宛若博焦之状,曰鹁角,俗曰‘丫博焦’本此。俗言娇痴,曰不痴不侘。《集韵》:侘,丑亚切,音茶,去声。” ④这句作者自注:“《直语类录》:钟鼎文有‘乃’字,谓乳也。俗呼乳为奶,当从‘乃’。俗呼赤子为伢琊。《言鲭》:杭人呼孩子曰伢儿。《集韵》:吴人呼赤子曰伢琊。扬子《方言》作琊伢。”

置酒高堂上

〔清〕陈汝谐

堂上会亲友,置酒开琼筵。
中厨具珍馔,错列肥与鲜。
广乐奏廊庑,[1]妙妓环钗钿。
横娥月生翠,引蝶花交妍。
帏密春喜深,烛尽夜忘迁。
能令寿命长,讵独忧愁捐。
沉酣博真趣,旷达凌昔贤。
北邙蔽榛棘,[2]过者谁相怜。
惜其生时世,苦为利名缠。
燕莺负良日,不如荒林鹃。

——选自《四明清诗略》卷二十九

【作者简介】

陈汝谐,字襄哉,号伯山,象山人。贡生,与姚燮、王莳蕙等人有唱和。著有《梦梅花馆诗草》。

【注释】

①广乐:盛大之乐。 ②北邙:山名,即邙山。因在洛阳之北,故名。东汉、魏、晋的王侯公卿多葬于此。借指墓地或坟墓。榛棘:犹荆棘。

蝴蝶会

〔清〕钱鸿基

长兴孙后斋先生司铎我象,[1]督课之余,与邑老人约每月一期,各携一壶一碟,叙于丹山缨水之间,为诗酒乐,谐其声曰蝴蝶会。盖与撇兰画蟹同一小饮之绝趣者。[2]时与会者,邓贰牧慎斋、周明经上眷、袁茂才序上、史明经箬帆暨我、及门吴明经东澜也,属余赋诗记事。

少小尝领南华意,[3]老大得与蝴蝶会。
周与蝶与可勿辨,樽中有酒且欢醉。
后斋先生富五车,春风开遍丹山葩。
予亦罗阳忝秉铎,[4]滥竽三载便还家。
邓丈品望重乡里,士林长沐缨溪水。
箬帆明经此授经,[5]巃嵸岳婿前峰起。[6]
卧雪先生全天真,濂溪后人孝行纯。
及门吴君性友爱,共襄义事忘艰辛。
乌兔忙忙如梭掷,[7]少年转瞬为陈迹。
史君吴君让余先,须鬓亦添几茎发。
后斋劝我莫咨嗟,庭前正放桃李花。
看花酌酒且行乐,何须长生餐流霞。
冷官斋头种苜蓿,君亦各采园中蔌。
携壶捧碟月一行,月月花红即我福。
人间小饮最怡情,撇兰画蟹随时更。
我兹得与蝴蝶会,何如栩栩从庄生。[8]

——选自董沛《四明清诗略》卷八

【作者简介】

钱鸿基,字肇邠,一字韦轩,象山人。雍正十三年(1735)拔贡,官泰顺教谕三年,辞归后优游乡里以终。工书法,兼精篆刻,画有逸致。与其弟合刻诗集名《棣鄂轩诗草》

【注释】

①孙后斋:孙鲲化,字云翼,号后斋。清乾隆三十四年(1769),由举人任象山教谕。工文章,著有《金丹文谈》,风采议论倾倒一座,学者多所造成。掌教象山期间,特置红木犀斋,课士井井有法。于讲解之外,要学生做月课文,日久,积诸盈箧,亲编刻《红木犀斋课艺》三集,以留传存史。又置蝴蝶馆,创行“蝴蝶”诗会。集邑中耆老,每月一期,携一壶一碟,相集胜地,分韵赋诗,谐其声曰“蝴蝶”会。司铎:谓掌管文教。相传古代宣布教化的人必摇木铎以聚众,故称。 ②撇兰:凑合聚餐或买小吃费用的一种方式,带有游戏性质。其法在纸上画一丛兰叶(后或不拘),叶数等于人数,每一茎叶底下秘密注明出钱数目,其中一叶不必

出钱，用纸掩盖;然后由聚餐者每人指定一茎。揭晓后视茎底数目出钱。画蟹亦为类似游戏。③南华:《南华真经》的省称，即《庄子》。④罗阳:古县名，即今浙江瑞安市。秉铎:担任文教之官。⑤箬帆:史音节之字。乾隆年间岁贡。作者自注:“箬帆为邓丈婿。”⑥隆隆:高耸的样子。⑦乌兔:古代指日月，比喻时间。⑧栩栩:欢喜自得貌。《庄子·齐物论》:“昔者庄周梦为胡蝴，栩栩然胡蝶也。”成玄英疏:“栩栩，忻畅貌也。”

秋兴百一吟·秋宴

〔清〕洪晖吉

九日何人就菊花，山翁相对醉流霞。
不妨累月成酣饮，看过梅花始返家。

——选自洪晖吉《听篁阁存草》卷二

岁　饭

杨翰芳

天放四郊五日晴，越陌度阡催客行。
天作千山一夜雨，斗酒赌棋留客住。
一斗再斗屈信指，[①]各以上驷当中驷。[②]
借问著书何益乎，自快胸襟亦微耳。
君不见南邻岁饭及时新，
刀俎丁丁竞奢肆。
牛截正肪择后髋，蟹取黑膏弃孕子。
笾豆大房古法湮，[③]浇灌小户新令厉。
匕箸玉象谐铿锵，盆碗釉瓷凸羹胾。[④]
玛瑙盘映珊瑚鞭，[⑤]瑶琴铁笛开琼筵。
石榴裙软蛱蝶影，博山炉喷栴檀烟。[⑥]
四夷乐奏蔑韶濩，[⑦]九译商来罗神仙。[⑧]
行乐，行乐。
朝登市楼暮江阁，车如游龙马翔鹤。
今日高歌明日哭，世上衰荣如转烛。[⑨]

——选自《杨霁园诗文集》

【注释】

①屈信:屈曲和伸舒。这里指猜拳。②上驷:上等马;良马。《史记·孙子吴起列传》:“今以君之下驷与彼上驷，取君上驷与彼中驷，取君中驷与彼下驷。”③大房:古代祭祀时盛牲畜的用具，通称俎。《诗·鲁颂·閟宫》:“毛炰胾羹，笾豆大房。”毛传:“大房，半体之俎也。”郑玄笺:“大房，玉饰俎也。其制足间有横，下有柎，似乎堂后有房然。”④羹胾(zì):肉羹和大块肉。⑤珊瑚鞭:华贵的马鞭。⑥博山炉:古香炉名。因炉盖上的造型似传闻中的海中名山博山而得名。一说象华山，因秦昭王与天神博于是，故名。后作为名贵香炉的代称。栴檀:即檀香。⑦四夷:泛指外族、外国。韶濩:殷汤乐名。一说指舜乐和汤乐。泛指雅正的古乐。⑧九译:指外国。⑨转烛:风摇烛火。用以比喻世事变幻莫测。

四门竹枝词(百首选一)

谢　翘

滨海农民意气豪，恳勤留客醉葡萄。
万钱下筷曾无吝，愧煞财奴拔一毛。

——选自《泗门古今》

附:

慈溪旧景记

〔明〕王恂、王淮

富家器皿多用金玉，或哥窑、定窑、剔红、剔黑、犀毗、罽浆，贫家首饰器皿亦皆用银。谚云:“富自富，拭面还用布。贫自贫，吃酒还用银。”其富家酒席，或五果案、七果案。其五果案亦有三等，正五果案，则吃一看二。吃一桌，五肴五果五蔬;看二桌，并列俱用尺二盘，盛风鸡、煎鱼、棒子、银铤、油酥，糖则三糖两缠，果则五京、五水。花五果案比正五果案略同，但看桌用四只，加三飞两走一带，五盆前面又加一山花，二花果，二花篮，一带五盆。其七果案吃一看六，排列横七竖七，七走、七飞、七京果、七水果、七蜜煎、七糖:糖塔一、糖仙二、糖果二、糖狮二，七缠，仍用凤鹅一带绣、煎鱼一带绣，棒子一带绣，散不散酥皮、夹子、银铤、小酥，前面仍用花山花篮等，七盆又用全体猪羊，或驴或鹿等。其九果案比七果案加腊味一带，看桌用八只，其汤套五果案，三盏两割;七果案，五盏三割;九果案，七盏四割。其坐，碗供衬散子等不可细述。

节令篇

JIELING PIAN

正月

宁波正月旧式贺岁习俗，男子出拜宗族亲戚，每家准备酒席以相延款。逢立春日，则各家作春盘、春饼，饮春酒。元宵节各家做汤团，少长共吃汤圆，取团圆之意。镇海等地还吃丫头羹，并相互馈赠。

芦江竹枝词（二十四首选一）

〔清〕胡有怀

桦烛灯球贺岁新，[①]家家帖子写宜春。[②]
屠苏酒熟邻翁醉，[③]预定明朝作主人。

——选自王荣商编《蛟川耆旧诗补》卷四

【注释】

①桦烛：用桦木皮卷成的烛。 ②宜春：旧时立春及春节所剪或书写的字样。民间与宫中将其贴于窗户、器物、彩胜等之上，以示迎春。③屠苏：药酒名。古代风俗，于农历正月初一饮屠苏酒。

余姚竹枝词（二百首选二）

〔清〕宋梦良

日月从头换岁华，贺年时有客来家。
一盘供具无他味，瓜子花生冻米茶。

——选自《中华竹枝词全编》（浙江卷）

山北乡土集·岁酒

〔清〕范观濂

新年春酌互相邀，十二回千水陆调。
珍馔约将三上后，令开拇战酒如潮。[①]

——选自王清毅主编《慈溪海堤集·外编》

【注释】

①拇战：猜拳。

丙午元旦[①]

〔清〕张　翥

晓日曈曈律转春，[②]一年喜事志元辰。[③]
桃符遍向门前著，[④]椒酒先从长老巡。
村妇竞争涂粉艳，儿童欢道着衣新。
闲身翻觉匆忙甚，勉作寻常贺岁人。

——选自《余姚六仓志》卷十八

【作者简介】

张翥，原余姚县人，生活于清末民初，生平待考。著有《养时轩诗稿》《南归集》。

【注释】

①丙午：光绪三十二年（1906）。 ②曈曈：朝阳升起，日出光亮的样子。王安石《元日》："千门万户曈曈日，总把新桃换旧符。" ③元辰：元旦。④桃符：五代时在桃木板上书写联语，其后书写于纸上，称为春联。

鄞城十二月竹枝词（选一）

张延章

正月人家要拜年，衣裳都换簇新鲜。
花生瓜子先供客，待煮汤团乞少延。

——选自《鄞县通志·文献志》

社　日

社日是古代农民祭祀土地神的节日。汉以前只有春社，汉以后开始有秋社。自宋代起，以立春、立秋后的第五个戊日为社日。社日是乡村的集体公共节日，兼有祭神和乡邻会聚宴饮的双重性质。社日这一天，人们聚集在社庙，摆上丰富的食品供奉社神，有社酒、社肉、社饭、社面、社糕、社粥等，在祭祀完毕后，把食物给大家分享，不分男女老幼，一起饮酒、吃肉、醉嬉、鼓乐、歌舞。社饭，是祭祀社神所用之饭。社酒，社祭用的酒，社员都不醉不归。社肉，社祭时用的肉，也称为“福肉”。祭神完毕后，分割给参加社祭的每一户人家。能够分到社肉，人们认为是受到神的恩赐。唐宋时期，社日达到全盛状态，社日的欢愉成为唐宋社会富庶太平的标志。社日除了少数边远地区尚有保留之外，在当今社会已难觅踪迹。

田园偶兴

〔宋〕高　祐

绕檐风景接崆峒，[①]生计年年乐岁丰。
布谷声传红杏雨，口口调起绿杨风。
桑麻远近千村里，禾黍高低一望中。
每与邻翁相庆社，醉歌不惜酒樽空。

——选自高翥《菊磵集》附录

【作者简介】

高祐，字质斋，余姚匡堰（今属慈溪市）人。活动于北宋后期。有《质斋遗稿》。

【注释】

①崆峒：山高峻的样子。

社　日

〔明〕李悌谦

今日报春社，风光处处同。
社公三日雨，[①]花信几番风。
野老还祈谷，村醪可治聋。
醉归茅屋卧，花月淡朦胧。

——选自胡文学《甬上耆旧诗》卷四

【作者简介】

李悌谦，鄞县人，李本之弟。明锐嗜学，兄弟友爱。

【注释】

①社公：旧称土地神。

闲居十二首（选一）

〔明〕张　琦

面江临渚昼开门，此是东城第一村。
社醉归来双袖堕，樱桃满地引儿孙。

——选自张琦《白斋竹里诗集》卷三

四时诗四首（选一）

〔明〕张　琦

秋来倒觉多趣，社散童孙醉扶。[①]
篱下不栽杞菊，门前只好枌榆。[②]

——选自张琦《白斋竹里诗集》卷二

【注释】

①童孙：幼小的孙子。②枌榆：木名。

社　日

〔清〕陆　宝

土酒生香蟹乍肥，筵开秋社客如围。
老人心只关禾黍，竟日无风始醉归。

——选自陆宝《悟香集》卷二十七

秋兴百一吟·秋社

〔清〕洪晖吉

八月郊原田事成，社祠箫鼓报春耕。
家家煮酒煨香芋，扶醉归来月已明。

——选自洪晖吉《听篁阁村草》卷一

清　明

宁波人过清明，各家做青团、青糍、黑饭，准备牲醴祭墓。宁波老话有“黑饭麻糍青雪团，清明祭祖到坟头”。青、黑之色，正宜于清明祭扫的气氛。祭祀后，在场的子姓按人分发麻糍或烧饼等，也有鸣锣之后，乡民赶来“抢麻糍”的习俗。民间所做的“清明羹饭”，大多为“咸齑黄鱼笋烤肉”。

清明拜扫（三首选一）

〔清〕谢泰宗

烟禁白杨嗟，松门夕照斜。

桐花青饳饭，[①]怎及供鱼虾。

——选自谢泰宗《天愚山人诗集》卷十二

【注释】

①青饳饭：即青精饭。

剡湖竹枝词（十九首选一）

〔清〕陆达履

清明时节卖饧天，儿女家家扫墓田。[①]
爆竹声喧齐拜罢，不分烧饼即分钱。[②]

——选自《姚江诗录》卷二

【注释】

①墓田：坟地。 ②"不分"句：作者自注："清明扫墓，子姓往拜者，各分烧饼，谓之上坟烧饼。近亦有代以钱者。"

清明即景

〔清〕顾秉衡

许多蜡屐印苍苔，[①]都为荒坟祭扫来。
麦酒笋羹香满路，杜鹃花上纸钱灰。

——选自王荣商《蛟川耆旧诗补》卷十二

【作者简介】

顾秉衡，字芝庄，镇海县泰邱乡堍头（今属北仑区）人。光绪十五年（1889）诸生。

【注释】

①蜡屐：涂蜡的木屐。

梧岑杂咏（二十首选一）

〔清〕鲍　谦

山花如火草如茵，时到清明鬼亦亲。
饭煮青精钱剪纸，家家都是上坟人。

——选自张晓邦编《图龙集》

鄞城十二月竹枝词（选一）

张延章

三月清明乌笋香，家家争说上坟忙。
归来喜遇高桥会，[①]鼓阁龙灯五彩扬。[②]

——选自《鄞县通志·文献志》

【注释】

①高桥：今属鄞州高桥镇。鄞西高桥会是宁波平原地区大型庙会的代表。旧时高桥会会脚遍布广德湖的集仁港、横街、高桥三个乡镇，参加赛会的万余人，赛会队伍长达四五里，赛会时间三四天，行程五六十里，观会之人十余万。 ②鼓阁：流传于浙东地区的一种特有的地方民间艺术，是模仿我国古代飞檐翘角的建筑，制作而成的一台有鼓、有锣的亭阁。鼓阁内有板鼓、大鼓、京鼓、扁鼓。阁外有堂锣，音锣、小锣。一人司鼓一人打锣。前后两人抬着行走。后面是乐队，有二胡、板胡、笛、箫、月琴、三弦、唢呐、铃、钹、狗叫锣等乐器伴奏、曲调以民间喜见乐闻的"江南丝竹"（即三六）、"梅花三弄"等。

四门竹枝词（百首选一）

谢　翘

墓门爆竹一声雷，村女村男踊跃来。
顷刻篮中烧饼尽，每人抢得两三枚。

——选自《泗门古今》

立　夏

立夏为"三夏"之首，宁波民间普遍有过立夏节的习俗。因此节过后，进入繁忙的农耕季节，同时人也容易疰夏（宁波民间称在夏季不适，食欲不振，出现神倦身瘦等症状，叫作"疰夏"），故此节日饮食皆以寓意长力气、补身体、防疰夏为基本宗旨。《鄞县通志》记载："立夏，炊五色米为'立夏饭'，后易之以豇豆合秫米（高粱）。以茶叶煮蛋、樱桃乌笋荐（进献）先祖。笋截三四寸许，谓之'脚骨笋'。享毕，家人团聚，而馂祭余食后，悬衡于堂而称之，以定其轻重，云可免疰夏之患，谓之'称人'。"老宁波人认为，在立夏日吃蛋能健心，吃倭豆能健眼，吃乌笋（或燕笋）能健腿。立夏日炊五色米饭，做糯米赤豆饭以逐时疫。食小竹笋，不切断，以求"脚骨健"。吃青梅，谓可入夏不打瞌睡，不疰夏。立夏吃蛋碰蛋是重头戏。吃蛋寓意长力气，好从事繁重的农耕生产，故有"立夏吃只蛋，气力大一万"、"吃过立夏蛋，眼睛苦嘞烂"诸谚。民间用七彩丝线编成的花绳（即"疰夏绳"）系于孩子手腕或发辫，谓可消暑祛病，预防疰夏。兴吃补品。贫者饮鸡蛋老酒，富者吃桂圆、人参，有

"千补万补,不如立夏一补"之说。

暸舍采茶杂咏(四十三首选一)

〔清〕郑　梁

山市人家不甚稠,逢三亦自语喧啾。①
买将肉笋分途散,去接今朝脚骨头。②

——选自郑梁《寒村诗文选五丁诗稿》卷五

【注释】

①"山市"两句:作者自注:"大隐以三七日为市。"　②脚骨头:作者自注:"是日立夏,慈俗家食肉笋,以接脚骨。"按,光绪《镇海县志》卷三引《乾隆志》亦云:"立夏……俗以乌笋煮羹食之,谓之接脚骨,权人轻重,以卜一岁壮迈,并驱疾疠。"

立夏日作效香山体①

〔清〕陈　梓

至微者灯心,偶悬屋栋间。
此屋苟不毁,此草足千年。
人于千年中,寿者百岁全。
次者六七十,其下旦暮然。
有酒不肯饮,消尔徒痴颠。
晓来摘青梅,苦中带微酸。
邻曲馈新豆,绿珠颗颗圆。
朱樱与青螄,琐琐陈豆笾。②
老夫户虽小,麦烧尝滴涓。
一勺复一勺,照镜成朱颜。
醉翁不在酒,卧看画中山。

——选自陈梓《删后诗存》卷六

【注释】

①香山:唐代诗人白居易之号。　②豆笾:祭器。木制的叫豆,竹制的叫笾。

立　夏

〔清〕罗　喦

东皇才解令,①赤帝又司权。
改火方钻燧,②更衣渐脱棉。
笋添齑有味,饭杂豆偏妍。
小榻南窗下,薰风动醉眠。

——选自罗喦《现成话》

【作者简介】

罗喦(1679—1746),字友山,一字喦山,鄞县西成里(今属海曙区西成村)人。康熙三十八年(1699),代父戍边,孝子之名由此大起。边防官遂以国士待之,允其周览塞外山川形胜。后思归省亲,途逢有缝者,又滞留金陵数年。至遇赦归,年已过半百。晚年以诗画自娱。著有《现成话》。

【注释】

①东皇:指司春之神。　②改火方钻燧:古代钻木取火,四季换用不同木材,称为"改火",又称改木。亦用以比喻时节改易。《论语·阳货》:"旧谷既没,新谷既升,钻燧改火,期可已矣。"何晏集解引马融曰:"《周书·月令》有更火之文。春取榆柳之火,夏取枣杏之火,季夏取桑柘之火,秋取柞楢之火,冬取槐檀之火。一年之中,钻火各异木,故曰改火也。"

蓬岛樵歌(一百十六首选一)

〔清〕钱沃臣

姊妹盈盈试秤时,笋羹豆饭最相思。①
青梅汁劝卿卿饮,②只愿卿卿驻妙姿。③

——选自钱沃臣《乐妙山居集》

【注释】

①"姊妹"两句:作者自注:"俗立夏日称人,造赤豆饭、笋羹,谓是日食笋羹能健步。……赤豆饭可逐疫。"　②"青梅汁"两句:作者自注:"酿青梅汁饮之,令不疰夏。"　③驻妙姿:作者自注:"《元池说林》:立夏日俗尚啖李,时人语曰:立夏得食李,能令颜色美。故是日妇女作李会,取李汁和酒饮之,曰驻色酒,亦云令不疰夏。"

立　夏

〔清〕洪维岳

山厨供笋登盘白,野树攒樱映日红。
小院阴浓春寂寞,落花心事付东风。

——选自《四明清诗略续稿》卷四

【作者简介】

洪维岳,字敬之,号甄宜,又号峰伯,原慈溪人。光绪五年(1879)举人,官淳安训导,江西试用知县。著有《溪匏系吟》。

甬上竹枝词(选一)

〔清〕戈鲲化

令节刚逢立夏辰,厨开樱笋及时新。

香炊糯米和豇豆，颗颗乌丸一色匀。

——选自张宏生编《戈鲲化集》

余姚竹枝词（二百首选一）

〔清〕宋梦良

春深争采雨前茶，立夏称人杂笑哗。[①]
蚕事既登田事起，年年小满动三车。[②]

——选自《中华竹枝词全编》（浙江卷）

【注释】

①立夏称人：作者自注："立夏日各家称人。"②三车：作者自注："蚕事毕则丝车动，菜子熟则油车动，田需水则水车亦动。"

芦江竹枝词（四首选一）

〔清〕虞景璜

果荐樱桃笋作羹，年年届节把身秤。
阿侬多吃豇豆饭，比较前年重也轻。

——选自虞景璜《淡园诗集》卷上

骆驼桥村竹枝词（五十首选一）

〔清〕盛钟襄

竹林乌笋夏初长，好接今年脚骨强。
饱食樱笋身并起，互将轻重比当场。[①]

——选自盛钟襄《溪上寄庐韵存》

【注释】

①篇末作者自注："立夏食乌笋，曰接脚骨，午后秤人。"

端　午

宁波端午裹粽子、做驼蹄糕，并相互馈赠，饮雄黄酒以辟邪禳毒。宁波有"忙做忙，勿要忘记五月黄"之谚，意指吃"五黄六白"的习俗。"五黄"指黄瓜、黄鱼、黄鳝、黄蛤、黄梅。各地稍异，因地制宜，反正是五样"黄"字头食物即可。"六白"指豆腐、茭白、小白菜、白条鱼、白斩鸡、白切肉（或白酒、白蒜头等）。民间认为，吃"五黄六白"能辟邪解毒。"五黄六白"是"上市头"菜肴、瓜果，主打菜是黄鱼，宁波民谚有"五月五，买条黄鱼过端午"之说。端午正是黄鱼旺发季节，这时的黄鱼个头肥大，不论清炖、红烧、油拖、做羹，味道都鲜美无比。

花心动·端午

〔宋〕史　浩

槐夏阴浓，笋成竿、红榴正堪攀折。菖歜碎琼，[①]角黍堆金，又赏一年佳节。宝觥交劝殷勤愿，把玉腕、彩丝双结。最好是，龙舟竞夺，锦标方彻。[②]　　此意凭谁向说。纷两岸，游人强生区别。胜负既分，些个悲欢，过眼尽归休歇。到头都是强阳气，[③]初不悟、本无生灭。见破底，[④]何须更求指诀。[⑤]

——选自史浩《鄮峰真隐漫录》卷四十八

【注释】

①菖歜（chù）：用菖蒲根切制成的腌制品。②锦标：锦制的旗帜，竞渡者争夺的对象。③强阳：健动的样子。④见破底：看破了，识破了。⑤指诀：要诀。

端午侍母氏饮，有怀二兄。偶阅二苏是日高安唱和，[①]慨然用韵

〔宋〕孙应时

簿书束缚人，[②]挥汗日亭午。[③]
平生世念薄，问子何自苦。
佳辰相寻过，乐事稀可数。
拨置为亲寿，菖花糁盘黍。[④]
欢言记时节，风俗自荆楚。
独嗟我常棣，[⑤]不得同笑语。
杨梅应正熟，笙笋堪自煮。[⑥]
对床负归约，[⑦]枕流惭乃祖。[⑧]
会当誓丘墓，畏出如畏虎。
莫作两苏公，空言终龃龉。

——选自孙应时《烛湖集》卷十四

【注释】

①二苏：指苏轼和苏辙。高安：今为江西省高安市。宋元丰二年（1079），苏轼因与王安石变法主张不合，以作诗"谤讪朝廷"罪遭人弹劾，被解赴台狱，坐牢受勘。苏辙闻听兄长下御史台狱，便"上书乞纳在身官赎兄罪"，因而被贬谪筠

州(治所在高安)监盐酒税,直至元丰八年(1085)八月离开。元丰七年(1084),苏轼从黄州移汝州,特地弃舟取道富川,从陆路到高安来看望苏辙。四月二十九日到达高安,五月九日离开。期间苏轼有《端午游真如寺》,苏辙有《次韵子瞻端午日与迟适远出游》,是为孙应时诗提到的高安唱和。②簿书:官署中的文书簿册。③亭午:正午。④菖花:菖蒲花。⑤常棣:棠梨树。《诗·小雅·常棣》云:"常棣之华,鄂不韡韡。凡今之人,莫如兄弟。"故此用以指兄。⑥笙笋:笙竹的苗。⑦对床:指兄弟聚首。⑧枕流:指寄迹江湖。

壬午端阳日三首[①](选二)

〔明〕张　琦

鱼臭千家市,蒲香五月天。
细分闲鼻息,偃蹇卧病前。

黄流开旧瓮,绿黍过邻墙。
时物相招引,山藤扶下床。

——选自张琦《白斋竹里诗集》卷一

【注释】

①壬午:嘉靖元年(1522)。

次韵端午日醉余自述

〔明〕冯嘉言

岁岁值端阳,家家浮蛆香。
熏风时满座,桂酒与兰浆。
更须笑疏懒,歌罢兴偏长。
晓来雨初霁,轻风云飘扬。
开樽临绝壁,岸帻坐荒壤。[①]
醉余茶破闷,一旗或一枪。
适遇端阳日,蒲艾别妖祥。[②]
古人傍此时,歌舞备菰黍。
惟吾与世疏,阖门闭蓬苎。[③]
忆昔花柳诗,篇篇皆谩与。[④]
卜筑开山林,清风浥巢许。[⑤]
不爱孔方兄,[⑥]却凭灵照女。[⑦]
客来时啜醢,吾唯辞以窭。
共醉白石堂,谁唱黄金缕。[⑧]
清吟对孤鹤,诗成寂无语。
结茅幽处一曲琴,为民解愠弹南熏。[⑨]
几声筝笛不知处,但觉浑身生白云。

——选自冯嘉言《十菊山人雪心草》卷一

【注释】

①岸帻:推起头巾,露出前额。②蒲艾:菖蒲与艾草。③蓬苎:即蓬麻。④谩与:随便对付。谩,通"漫"。⑤巢许:巢父和许由的并称。他们都是上古传说时代的隐逸之士。⑥孔方兄:即钱。中国旧时铜钱外圆内孔方形,故称。⑦灵照:庞蕴的女儿。《景德传灯录·襄州居士庞蕴》载:"居士将入灭,令女灵照出视日早晚,及午以报。女遽报曰:'日已中矣,而有蚀也。'居士出户观次,灵照即登父座,合掌坐亡。居士笑曰:'我女锋捷矣!'"后以"灵照"泛指善解父意之幼女。冯氏这两句出自苏轼《虔州吕倚承事贫甚至食不足》诗:"不识孔方兄,但有灵照女。"⑧黄金缕:词牌名。《蝶恋花》的别称。⑨解愠:消除怨怒。南熏:指《南风》歌。相传为虞舜所作。语出《孔子家语·辩乐解》:"昔者舜弹五絃之琴,造《南风》之诗,其诗曰:'南风之薰兮,可以解吾民之愠兮。南风之时兮,可以阜吾民之财兮。'"

豪家天中节[①]

〔清〕陆　宝

鹅炙留饲狸,[②]粽香抛与豕。
那知贫家儿,无酒啜蒲水。

——选自陆宝《悟香集》卷二十八

【注释】

①天中节:端午节的别称。②饲狸:家猫。

端午(二首选一)

〔清〕高斗枢

殷勤炊黍复觞蒲,海畔遥遥吊左徒。
似尔汨罗能早决,岂留亡国一身孤。

——选自全祖望编《续甬上耆旧诗》卷九

【作者简介】

高斗枢(1594—1670),字象先,别号玄若,晚年又号屈鄞山樵,鄞县人,故居在今海曙区。崇祯元年(1628)进士,次年任刑部主事。崇祯五年(1632),出任荆州知府,升任长沙兵备道副使。崇祯十三年(1640),晋升为右参政。次年,又进为按察使,移守郧阳,长期与李自成、张献忠等农民军激战，朝廷提拔他为右副都御使。后回到家乡，曾参与抗清活动。著有《守郧纪略》《蚕瓮集》。

青玉案·五日赠王令公

〔明〕冯元仲

浮碧山前衙退了，[①]古县里，槐根老。把酒读书尝到卯，[②]觞咏菖蒲，彩缠筒粽，五花来竞巧。　　石榴花下宜男草，[③]兰汤沐处占城稻，[④]一片冰壶名誉蚤。笑指灵符老农，愿作酣歌太平老。

——选自《全明词》第三册

【注释】

①浮碧山：又名浮鳖山，在江北区慈城镇慈湖边。光绪《慈溪县志》卷六云："浮碧山：在县治北。……北、西、东三面潴为湖，山浮其上，故名。唐县令房公迁治于此，形卑似鳖，故又名浮鳖。"　②卯：用于记时，指早晨五点至七点。　③宜男草：萱草的别名。古人认为孕妇佩之则生男。　④兰汤沐：用兰等煎水沐浴。端午日洗浴兰汤是《大戴礼记》记载的古俗。当时的兰不是现在的兰花，而是菊科的佩兰，有香气，可煎水沐浴。占城稻：又称早禾或占禾，属于早籼稻。原产于印支半岛的高产、早熟、耐旱的稻种，宋朝时引入我国，并迅速在江南地区推广。

午日孙海门携尊过寓

〔清〕周　容

寻常载酒慰淹留，童子今朝艾满头。
令节辄惊为客久，微天又易作人愁。
关心角黍同乡俗，转眼茱萸及暮秋。
薄醉促公先午别，归看儿女话龙舟。

——选自周容《春酒堂遗书》卷四

午日闻思书怀

〔清〕万斯备

飘零书铗更何之，[①]愁向南湖听竹枝。
作客更逢连雨夜，思乡况值泛蒲时。[②]
土音渐异知家远，短褐难抛赖暑迟。[③]
幸有故人同索莫，[④]好炊角黍话东篱。

——选自万斯备《深省堂诗集》

【注释】

①铗：剑。　②泛蒲：饮菖蒲酒。　③短褐：粗布短衣。古代贫贱者或僮竖之服。　④索莫：寂寞无聊的样子。

端　午

〔清〕范光阳

此日天中节，空斋黯自伤。
炉香闲半缕，塔影过重墙。
止酒非关病，轻歌未易狂。
家乡菰黍好，欲共老亲尝。

——选自范光阳《双云堂诗稿》卷四

五　日

〔清〕郑　性

菰叶青青越粽香，菖蒲泛酒和雄黄。
身无可献轻唐代，户不求高丑孟尝。[①]
儿队趋跄花佩杂，[②]亲颜愉悦彩丝长。
却愁顷刻天中过，明日蟾蜍用欠良。[③]

——选自郑性《南溪偶刊·南溪梦呓》

【注释】

①孟尝：即孟尝君，因生于五月五日，险遭遗弃。《史记·孟尝君列传》云："初，田婴有子四十余人。其贱妾有子名文，文以五月五日生，婴告其母曰：'勿举也。'其母窃举之。及长，其母因兄弟而见其子文于田婴。田婴怒其母曰：'吾令若去此子，而敢生之。何也？'文顿首，因曰：'君所以不举五月子者何故？'婴曰：'五月子者，长与户齐，将不利其父母。'文曰：'人生受命于天乎？将受命于户邪？'婴默然。文曰：'必受命于天，君何忧焉！必受命于户，则高其户耳，谁能至者。'婴曰：'子休矣！'"　②趋跄：形容步趋中节。古时朝拜晋谒须依一定的节奏和规则行步。　③蟾蜍：癞蛤蟆。古有端午取蟾酥的习俗。

蓬岛樵歌（一百十六首选一）

〔清〕钱沃臣

舵槃担榼送端阳，[①]筊粽青青石首黄。[②]
郎去裁笺依泛酒，题门喷地一时忙。[③]

——选自钱沃臣《乐妙山居集》

【注释】

①舵：作者自注："方言以奉物曰舵。《广韵》：负也。"槃：同"盘"。送：作者自注："俗以馈

物曰送礼，馈节曰送节。” ②䓫：茭草。作者自注：“我家包角黍以茭叶，谓之秤锤粽。此名见《事文类聚》。”石首黄：作者自注：“邑端午馈遗，以石首为时物。” ③“郎去”两句：“俗午刻以雄黄、菖蒲泛烧酒喷地洒墙壁，辟一切毒虫。《广义》：用朱砂酹辟邪解毒，各以余酒揩额，染胸及手足心，无虫虺之患。象俗亦同。又书‘五月五日天中节，赤口白舌尽消灭’十字贴门壁。吴自牧《梦粱录》载其事，唯‘消灭’作‘消除’。”

梧岑杂咏（二十首选一）

〔清〕鲍　谦

端阳佳节漫经过，角黍相传为汨罗。
一瓮菖蒲新酿酒，笑怜此日醉人多。

——选自《宁波竹枝词》

骆驼桥村竹枝词（五十首选一）

〔清〕盛钟襄

门悬蒲艾座熏烟，却好榴开花正鲜。
角黍包成堪设席，雄黄酒醉午时前。①

——选自盛钟襄《溪上寄庐韵存》

【注释】

①篇末作者自注：“端阳悬蒲艾，烧苍术、白芷熏蚊烟。午刻设席，有角黍、雄黄酒，曰过节。”

六横杂兴①（二十首选一）

〔清〕刘慈孚

白蟹黄鸡碧粽香，两年海国度重阳。
蒹葭满地烟波阔，饶有风情似故乡。

——选自王荣商《蛟川耆旧诗补》卷十

【注释】

①六横：即六横岛，舟山群岛南部海域，象山港口外，隶属舟山市普陀区。

四门竹枝词（百首选一）

谢　翘

悬艾芳辰日午长，家家除毒不胜忙。
雄黄老酒全虫蛋，①更炙门冬满室香。②

——选自《泗门古今》

【注释】

①全虫蛋：作者自注：“端午节时俗以全蝎置蛋中，蒸食之，谓可解百毒。” ②门冬：作者自注：“门冬即麦冬。”

鄞城十二月竹枝词（选一）

张延章

五月端阳老虎描，艾旗蒲剑辟群妖。
雄黄细蘸高粱酒，苍术还须正午烧。

——选自《鄞县通志·文献志》

中　秋

宁波人形成了八月十六过中秋节的习俗，相传起源于南宋的史浩，也有起源于南宋史弥远、元代方国珍、明代祭安公等说法。是夜，宁波士民置酒赏月，以月饼相馈赠，或杀鹅以祭。

十六夜

〔明〕戴　澳

吾乡异风俗，此夜为中秋。
摘取豆荚劚新芋，煮得望潮与蝤蛑。
香开家酿白如雪，妻妾儿女登南楼。
相对惜时节，坐斜楼上月。
空忆当年此夜欢，月照羁人冷华发。

——选自戴澳《杜曲集》卷二

鄞城十二月竹枝词（选一）

张延章

八月中秋月饼圆，节筵都作一天延。
城东更比城西盛，鼓吹通宵闹画船。

——选自《鄞县通志·文献志》

重　阳

重阳日，宁波士人登高宴赏，以茱萸泛酒饮之。各家做重阳糕、粽子以相馈赠。

重九日招族兄弟辈燕集小斋①

〔清〕郑　勋

桂子香飘一树斜，谢庭九日兴方赊。②
箸分新味盘中黍，酒泛清芬盏底花。③
作序漫夸江左客，题名共拟赤城霞。④
何须假屐登高去，⑤落帽因风继孟嘉。⑥

——选自郑勋《二砚窝诗稿偶存》卷一

【注释】

①燕集：宴集。 ②谢庭：谢安的门庭。喻指子弟优秀之家。 ③盏底花：作者自注："时饮菊酒。" ④赤城霞：赤城山在浙江天台县西北，山上赤石并列如屏，望之如霞，"赤城栖霞"为天台八景之一。作者自注："时乡榜未揭。" ⑤假：凭借。 ⑥孟嘉：东晋时大将军桓温的参军。《晋书》卷八十九记载："九月九日，温燕龙山，僚佐毕集。时佐吏并著戎服，有风至，吹嘉帽堕落，嘉不之觉。温使左右勿言，欲观其举止。嘉良久如厕，温令取还之，命孙盛作文嘲嘉，著嘉坐处。嘉还见，即答之，其文甚美，四坐嗟叹。"后常以此典形容才子名士的风雅洒脱、才思敏捷。

田　歌

〔清〕陈得善

栗糕萸酒过重阳，穑事尤怜晚季忙。[①]
风雨满天霜满鬓，侵晨还怯袷衣凉。[②]

——选自陈得善《石坛山房诗集》卷一

【注释】

①穑事：农事。晚季：作者自注："称早晚稻为早晚季。" ②袷衣：夹衣。

山北乡土集·送节

〔清〕范观濂

寄言生女莫含凄，朱桶壶篮手自携。
每遇端阳重九节，花糕兼送骆驼蹄。

——选自王清毅主编《慈溪海堤集·外集》

冬　至

宁波冬至，有准备牲醴祀神的风习，有的人家做冬至果。大头菜烤年糕则为冬至乡间最具节日风味的美食。宁波人还有冬至进补的习惯。

山北乡土集·冬至茧

〔清〕范观濂

冬至筵供粉茧时，捻花纤指裹来奇。
满盘雕出琼瑰佩，珍馅咸甜各得宜。

——选自王清毅主编《慈溪海堤集·外编》

祭　灶

祭灶即祀灶，为五祀之一。旧俗农历十二月二十三日或二十四日祭祀灶神。民间传说，旧岁逝去前夕，灶神老爷按例要上天禀报所在人家一年的善恶，以供玉皇大帝决定赐福或降灾时抉择。人们对这位灶神老爷不敢等闲视之，故在送他上天前，总要供些酒菜和饴糖封住他的嘴，免得他在玉皇大帝面前说三道四，直至除夕再把他接回来。《鄞西高桥章氏宗谱》卷四《岁时风俗志·祭灶》云："二十三夜，祭灶神，具香烛，供祭灶果（有八色或六色，均为糖食）。"

消寒竹枝词（四十首选一）

〔清〕朱文治

轿子安排旧竹灯，还添马料豆盈升。
灶神未必能胶口，[①]空买饧糖叠几层。

——选自朱文治《绕竹山房续诗稿》卷七

【注释】

①胶口：闭口。

姚江竹枝词（选一）

〔清〕翁忠锡

东厨从未荐黄羊，买断街坊祭灶糖。
醉司命过除夕近，家家打点送年忙。

——选自《余姚历代风物诗选》

祭　灶

〔清〕冯可镛

腰鼓冬冬腊将破，炊烟晚上销寒锉。
家家祭灶送灶神，远近爆竹声相和。
我闻神实司东厨，为髻为隗说总殊。[①]
巇称旧已君王奉，[②]小字遍将眷属呼。
朝天将待玉京漏，[③]恶则降殃善则佑。
赤骝往来陉挟驰，[④]绿章次第通明奏。[⑤]
临行酹酒荐黄羊，尊盆罗列粉饵香。
遮莫司命酡颜醉，[⑥]尽为娇孙软脚忙。[⑦]
鹅鸭恼君君莫诉，猫犬触君君莫怒。
乞来利市叨平分，[⑧]归期倭指年头数。[⑨]

嗟予贫薄存青毡，[⑩]焚琴煮字年复年。[⑪]
跨到痴儿只自喜，窥来饥女最堪怜。
生无媚骨难徼福，富贵不须镜听卜。[⑫]
破愁聊草送迎辞，油灯剔罢踞觚读。[⑬]

——选自冯可镛《匏系斋诗抄》卷一

【注释】

①为髻为隗：《庄子·达生》记载人世间的鬼物，其中"灶有髻"是一种，《经典释文》引司马彪云："髻，灶神，著赤衣，状如美女。"《酉阳杂俎·诺皋记上》说："灶神名隗，状如美女，又姓张名单，字子郭。夫人字卿忌，有六女，皆名察洽。" ②巙称：即徽称，褒扬赞美的称号。 ③玉京：指帝都。 ④挨驰：奔挨驰走。 ⑤绿章：即青词。旧时道士祭天时所写的奏章表文，用硃笔写在青藤纸上，故名。通明：即通明殿，传说中玉帝的宫殿。 ⑥遮莫：不管。司命：灶神。宋孟元老《东京梦华录·十二月》："二十四日交年，都人至夜请僧道看经，备酒果送神，烧合家替代钱纸，帖灶马於灶上，以酒糟涂抹灶门，谓之醉司命。" ⑦软脚：宴饮远归的人。犹今接风、洗尘。 ⑧叨：承受。 ⑨偻指：屈指而数；屈指。 ⑩青毡：指清寒贫困的生活。 ⑪焚琴煮字：比喻糟蹋美好的事物。 ⑫镜听卜：又称"听镜""听响卜""耳卜"等，就是在除夕或岁首的夜里抱着镜子偷听路人的无意之言，以此来占卜吉凶祸福。镜听的具体步骤，各地大同小异。据《月令萃编》记载："元旦之夕，洒扫置香灯于灶门，注水满铛，置勺于水，虔礼拜祝。拨勺使旋，随柄所指之方，抱镜出门，密听人言，第一句便是卜者之兆。"说的是"元旦"（今之春节）晚上，将勺子放入盛满水的锅中，祷拜后拨勺旋转，然后按勺柄所指方向抱镜出门偷听，从听到的别人说的第一句话中，就能找到所祈祷之事的答案。 ⑬踞觚：谓倚着灶角。语本《南华逸编》："仲尼读《春秋》，老聃踞灶觚而听。"

腊　八

腊八是古代欢庆丰收、感谢祖先和神灵的祭祀仪式。因在十二月举行，故称该月为腊月，称腊祭这一天为腊日。先秦的腊日在冬至后的第三个戌日。后由于佛教介入，腊日改在十二月初八（相传为释迦牟尼的成道日），自此相沿成俗。至迟在宋代，民间开始形成吃"腊八粥"的风俗，一直流传至今。

寿李丹书表兄（四首选一）

〔清〕朱文治

小病频年采药苗，家居扶杖最逍遥。
啖余佛粥堪延寿，[①]日昨初经腊八朝。

——选自朱文治《绕竹山房续诗稿》卷一

【注释】

①佛粥：在腊八节用由多种食材熬制的粥，亦称腊八粥。

岁　暮

宁波人在农历二十五六搡年糕，除夕前数日以牲羞果饵相馈赠，谓之馈岁。各家祀神及先祖，谓之送岁。除夜聚家人饮食，谓之分岁。长幼坐以待旦，谓之守岁。

姚江道中

〔宋〕赵汝绩

漉酒蒸糕馈岁时，[①]纷纷儿女换新衣。
邻翁七十看鹅鸭，[②]日暮破船撑未归。

——选自陈起编《江湖后集》卷七

【作者简介】

赵汝绩，字庶可，号山台，浚仪（今河南开封）人，寓浙江会稽。与戴复古多有唱和。有《山台吟稿》。

【注释】

①漉酒：对新酿的酒进行过滤除去杂质。馈岁：岁末相互馈赠。 ②看：放养。

守岁行

〔宋〕舒岳祥

一年辛苦岁终成，夜杵相闻晓甑香。
缸面浮蛆初滃滃，[①]小槽压作春檐鸣。
东邻麦磨连日响，饼料已具蒌牙长。
磨刀霍霍割红鲜，[②]银鬣翻光趁湖上。
岁阑无事且招邀，邻曲披榛共来往。[③]
为言今岁胜去年，来岁应须更胜前。
去年除夜各走险，荒村千里无人烟。
今年山舍一炉火，妻子甥孙相对坐。

巷翁里媪在眼前，共酌瓦盆行果蓏。[④]
只怜旧岁去无还，惜此须臾未去间。
多情一宿尚难别，况是相同一岁阑。
固知无计得留驻，只怕眠中不知去。
添灯续火甚殷勤，起写桃符觅诗句。[⑤]

——选自舒岳祥《阆风集》卷二

【注释】

①浮蛆：浮在酒面上的泡沫或膏状物。滃滃：酒色混浊的样子。②红鲜：指鱼。③邻曲：邻居；邻人。披榛：砍去丛生之草木。④果蓏(luǒ)：瓜果的总称。⑤桃符：五代时在桃木板上书写联语，其后书写于纸上，称为春联。

丙午岁暮戏为俚句散怀[①]（八首选一）

〔清〕李邺嗣

迎春馈腊礼原频，自到寒门尽不遵。
瓮里少余分岁酒，盘中难得来年辛。[②]
预占来稔因三白，[③]未了穷阴尚一旬。[④]
何事庭梅犹落落，[⑤]条风须放数枝新。[⑥]

——选自李邺嗣《杲堂诗续抄》卷五

【注释】

①丙午：康熙五年(1666)。②辛：指五辛盘。③三白：三度下雪。《全唐诗》卷八八载《占年》："正月三白，田公笑赫赫。"④穷阴：古代以春夏为阳，秋冬为阴，冬季又是一年中最后一个季节，故称。这句作者自注："新岁十三日立春。"⑤落落：稀疏；零落。⑥条风：东北风。一名融风，主立春四十五日。《淮南子·天文训》："距日冬至四十五日条风至。"高诱注："艮卦之风，一名融。"《史记·律书》："条风居东北，主出万物。条之言条治万物而出之，故曰条风。"

馈　岁

〔清〕黄　璋

岁时告迫剌，时物要相佐。
贫家乏甘旨，鲜薧置危货。
比邻与戚串，[①]管榼随小大。
山芋如鸱蹲，年糕如橛卧。
两壶及两羭，[②]因以供客座。
蒸秫作粔籹，[③]赁力牛驾磨。[④]
贫富不相耀，各循分无过。
交际礼之常，有倡宁无和。

——选自黄璋《大俞山房诗稿》卷六《留病草》

【注释】

①戚串：亲戚。②羭(yú)：母羊。《归藏》："两壶两羭。"③粔籹：古代的一种食品。以蜜和米面，搓成细条，组之成束，扭作环形，用油煎熟，犹今之馓子。又称寒具、膏环。④赁力：出卖劳力。

蓬岛樵歌（一百十六首选二）

〔清〕钱沃臣

嫂具珍柈姑设筵，[①]饭僧宿岁为迎年。[②]
老人分岁浑无事，手数孙曾压岁钱。

连宵爆竹震门庭，[③]炒豆熬粰晓未停。[④]
相诫好言非媚灶，隔墙诊卜有人听。[⑤]

——选自钱沃臣《乐妙山居集·蓬岛樵歌》

【注释】

①珍柈：即八珍菜。作者自注："除夕造八珍菜，曰错末，又曰安乐菜。预烹菠薐、豆腐，曰年羹饭，曰年饭。"②宿岁：犹守岁。③这句作者自注："象俗腊月二十四日起至除夕，爆竹声不绝声。"④这句作者自注："俗于廿三夜炒酥豆，熬粰为孛娄，俗曰米胖。"⑤三四句作者自注云："俗于廿四夜送灶，廿五夜接灶。家人相属出语必择吉祥，听响卜以占新岁形藏，曰听诊。……诊，邑读如邻切，平声。《急就章》：叶韵也。即《鬼谷子》卜灶法。汛扫爨室，置香灯于灶门，注水满铛，置杓于水，虔礼拜祝。拨杓使旋，随柄所指之方，抱镜出门，密听人言，第一句便是卜者之兆。如同卜者，以镜递执，即是彼兆。三五人皆传镜为主，宜夜静卜之。"

消寒竹枝词（四十首选一）

〔清〕朱文治

利市家家望岁除，[①]有余自觉胜无余。
饭蒸作脯谐声读，[②]村妇原来解六书。[③]

镜听何劳吉语传，阿翁守岁未曾眠。
诸孙枣栗分来惯，还索年时压岁钱。[④]

——选自朱文治《绕竹山房续诗稿》卷七

【注释】

①利市：吉利；好运气。岁除：一年过去了。

②“饭蒸”句：作者自注：“俗于年终淘米蒸之，谓之饭脯，陆续煮食，谐声取万年富之意。” ③六书：古人分析汉字造字的理论。即象形、指事、会意、形声、转注、假借。 ④压岁钱：作者自注：“俗以除夕儿童分压岁钱。”

余姚竹枝词（二百首选一）

〔清〕宋梦良

黄历翻完逼岁除，谢神挨家买鲢鱼。
价临晦日偏增骤，已兆春桑奇可居。[①]

——选自《中华竹枝词全编》（浙江卷）

【注释】

①篇末作者自注：“俗以岁除日鲢价骤涨，主明年桑价后贵。”

馈　岁

〔清〕毛宗藩

岁暮侈馈赠，藉为存问佐。[①]
挂钱入都市，列廛简百货。
多仪既及物，云胡礼不大。
或遗双鲤鱼，网取异冰卧。[②]
间且分家酿，开坛香溢座。
献糕仍年例，粉餈出水磨。
踵事好斗靡，所费或太过。
创为崇俭仪，寥寥殊寡和。

——选自毛宗藩《峡源集》

【作者简介】

毛宗藩(1869—1913)，字价臣（一作介臣），号馥棣，学者私谥贞介先生，鄞县人。光绪间贡生。好诗文，对数学亦有钻研。曾襄办郡师范及慈溪慈湖等学校。著有《峡源集》等。

【注释】

①存问：问候；探望。 ②冰卧：用“卧冰求鲤”的典故。晋干宝《搜神记》卷十一：“（王祥）母常欲生鱼，时天寒冰冻，祥解衣，将剖冰求之，冰忽自解，双鲤跃出。”

四门竹枝词（百首选一）

谢　翘

祭灶拂尘又送年，家家团子庆团圆。[①]
太平无事豚已足，乞与儿曹压岁钱。[②]

——选自《泗门古今》

【注释】

①团子：圆子。米粉等做成的圆球形食物。 ②儿曹：犹儿辈。

养生篇

YANGSHENG PIAN

余居之西偏有小室，名啬庵，诗以识之

〔元〕戴表元

啬语养气海，啬食养脾土。
啬虑养心神，啬劳养筋膂。
衰年百事祛，寄息此环堵。[①]
危如突围将，钝似滞风贾。
颠仆冀赊延，空羸待偿补。
夸虚道蠡贼，逞获命斤斧。
收君论痴符，[②]佩我养生主。[③]

——选自戴表元《剡源文集》卷二十七

【注释】

①环堵：四周环着每面一方丈的土墙。形容狭小、简陋的居室。 ②痴符：吟痴符的省称。称文拙而好刻书行世的人。北齐颜之推《颜氏家训·文章》："吾见世人，至无才思，自谓清华，流布丑拙，亦以众矣，江南号为'吟痴符'。" ③养生主：《庄子》篇名，意为养生的主要关键。作者认为人的生命是有限的，要顺应自然之道，在矛盾是非的空隙中苟全性命，这样才能"保身""全生""养亲""尽年"。

病中自警

〔清〕叶　炜

万物由土生，百病土中出。
须知脾胃间，即是病魔穴。
下膏而上肓，都从饮食入。
饮食良所需，过分即成疾。
譬如轫碍轮，何以能运物。
自古养生家，口腹动言节。
坡仙三养中，宽胃居其一。[①]
既不费药资，精力加充实。
如何就衰年，昧此千金术。

——选自叶炜《鹤麓山房诗集》卷四

【注释】

①"坡仙三养"两句：《东坡志林》记载："东坡居士自今日以往，不过一爵一肉。有尊客，盛馔则三之，可损不可增。有召我者，预以此先之。主人不从而过是者，乃止。一曰安分以养福，二曰宽胃以养气，三曰省费以养财。"

附：

食之忍

〔元〕许名奎

饮食，人之大欲，未得饮食之正者，以饥渴之害于口腹。人能无以口腹之害为心害，则可以立，身而远辱。鼋羹染指，子公祸速。羊羹不遍，华元败衄。觅炙不与，乞食目痴。刘毅未贵，罗友不羁。舍尔灵龟，观我朵颐。饮食之人，则人贱之。噫，可不忍欤！

——选自许名奎《劝忍百箴》

食案铭（选一则）

〔明〕方孝孺

养身之具，或有未备，汝以为愧。养心无方，礼义消亡，不思其臧。忽其大而图其细，几何而不贼汝之生邪？

——选自方孝孺《逊志斋集》卷一

主要征引书目

一、历代别集

[1]〔宋〕释重显:《祖英集》,影印文渊阁《四库全书》本
[2]〔宋〕梅尧臣:《宛陵集》,影印文渊阁《四库全书》本
[3]〔宋〕苏舜钦:《苏学士集》,影印文渊阁《四库全书》本
[4]〔宋〕王安石:《临川文集》,影印文渊阁《四库全书》本
[5]〔宋〕晁说之:《景迂生集》,影印文渊阁《四库全书》本
[6]〔宋〕史浩:《鄮峰真隐漫录》,影印文渊阁《四库全书》本
[7]〔宋〕释宝昙:《橘洲文集》,《续修四库全书》本
[8]〔宋〕楼钥:《攻媿集》,《丛书集成初编》本;文渊阁《四库全书》本
[9]〔宋〕刘应时:《颐庵居士集》,《四明丛书》本
[10]〔宋〕陈造:《江湖长翁集》,影印文渊阁本《四库全书》
[11]〔宋〕李正民:《大隐集》,影印文渊阁本《四库全书》
[12]〔宋〕陆游:《剑南诗稿》,影印文渊阁《四库全书》本
[13]〔宋〕周必大:《文忠集》,影印文渊阁《四库全书》本
[14]〔宋〕高翥:《菊涧集》,影印文渊阁《四库全书》本
[15]〔宋〕高似孙:《疏寮小集》,影印文渊阁《四库全书》本
[16]〔宋〕郑清之:《安晚堂诗集》,《四明丛书》本
[17]〔宋〕袁燮:《絜斋集》,影印文渊阁《四库全书》本
[18]〔宋〕杨简:《慈湖遗书》,影印文渊阁《四库全书》本;《四明丛书》本
[19]〔宋〕史弥宁:《友林乙稿》,影印文渊阁《四库全书》本
[20]〔宋〕孙应时:《烛湖集》,影印文渊阁《四库全书》本
[21]〔宋〕王应麟:《四明文献集》,张骁飞点校,北京:中华书局,2010
[22]〔宋〕陈著:《本堂集》,文渊阁《四库全书》本
[23]〔宋〕舒岳祥:《阆风集》,影印文渊阁《四库全书》本
[24]〔元〕黄玠:《弁山小隐吟录》,《四明丛书》本
[25]〔元〕戴表元撰,李军、辛梦霞校点:《戴表元集》,长春:吉林文史出版社,2008.
[26]〔元〕袁桷:《清容居士集》,影印文渊阁《四库全书》本
[27]〔元〕任士林:《松乡集》,明万历刻本、文渊阁《四库全书》本
[28]〔元〕岑安卿:《栲栳山人诗集》,影印文渊阁《四库全书》本
[29]〔元〕张翥:《蜕庵集》、《蜕岩词》,影印文渊阁《四库全书》本
[30]〔元〕迺贤:《金台集》,影印文渊阁《四库全书》本
[31]〔元〕张可久撰,吕薇芬、杨濂校注:《张可久集校注》,浙江古籍出版社,1995.
[32]〔元〕刘仁本:《羽庭集》,影印文渊阁《四库全书》本
[33]〔元〕张仲深:《子渊诗集》,影印文渊阁《四库全书》本
[34]〔元〕袁士元:《书林外集》,《四库全书存目丛书》本
[35]〔元〕戴良:《九灵山房集》,《四部丛刊》影印明刊本

[36]〔元〕丁鹤年:《丁鹤年诗集》,《四明丛书》本
[37]〔元〕汤式:《笔花集》,《全元散曲》本
[38]〔明〕宋禧:《庸庵集》,影印文渊阁《四库全书》本
[39]〔明〕乌斯道:《春草斋诗集》,《四明丛书》本
[40]〔明〕赵谦:《赵考古文集》,影印文渊阁《四库全书》本
[41]〔明〕郑本忠:《安分先生集》,《四库全书存目丛书》本
[42]〔明〕李东阳:《怀麓堂集》,影印文渊阁《四库全书》本
[43]〔明〕方孝孺:《逊志斋集》,文渊阁《四库全书》本;徐光大校点本,宁波:宁波出版社,1996
[44]〔明〕李堂:《堇山集》,《四库全书存目丛书》本
[45]〔明〕杨自惩:《梅读稿》,《四明丛书》本
[46]〔明〕张琦:《白斋诗集》,《四明丛书》本
[47]〔明〕李东阳:《怀麓堂集》,影印文渊阁《四库全书》本
[48]〔明〕倪宗正:《倪小野先生全集》,《四库全书存目丛书》本
[49]〔明〕谢迁:《归田集》,影印文渊阁《四库全书》本
[50]〔明〕杨守陈:《杨文懿文集》,《四明丛书》本
[51]〔明〕王守仁撰,吴光等编校本:《王阳明全集》,上海:上海古籍出版社,1995
[52]〔明〕张邦奇:《张文定公靡悔轩集》、《张文定公环碧堂集》,《续修四库全书》本
[53]〔明〕范钦:《天一阁集》,《续修四库全书》本
[54]〔明〕丰坊:《万卷楼遗集》,《北京图书馆古籍珍本丛刊》本
[55]〔明〕杨文俪:《孙夫人集》,王孙荣点校本,慈溪:上林书社,2012
[56]〔明〕吕本:《期斋集》,《四库全书存目丛书》本
[57]〔明〕张时彻:《芝园定集》,《四库全书存目丛书》本
[58]〔明〕沈明臣:《丰对楼诗选》,《四库全书存目丛书》本
[59]〔明〕屠隆:《由拳集》、《白榆集》,《四库全书存目丛书》本;《栖真馆集》,《续修四库全书》本;《娑罗馆逸稿》,《丛书集成》初编本
[60]〔明〕吕时:《甬东山人稿》,《四库全书存目丛书》本
[61]〔明〕李生寅:《李山人诗》,《四库全书存目丛书》本
[62]〔明〕丰越人:《丰正元先生诗》,《四库全书存目丛书》本
[63]〔明〕万达甫:《皆非集》,《四库全书存目丛书》本
[64]〔明〕汪坦:《石盂集》,《四库全书存目丛书补编》本
[65]〔明〕余有丁:《余文敏公文集》,《续修四库全书》本
[66]〔明〕孙鏊:《松菊堂集》,《四库全书存目丛书》本
[67]〔明〕戴澳:《杜曲集》,《四库未收书辑刊》本
[68]〔明〕冯嘉言:《十菊山人雪心草》,《美国哈佛大学哈佛燕京图书馆藏中文善本汇刊》本
[69]〔明〕张鸣喈:《山舍偶存》,浙江图书馆藏本
[70]〔明〕万泰:《续骚堂集》,《四明丛书》本
[71]〔明〕孙爽:《容庵辛卯集》,《续修四库全书》本
[72]〔明〕冯京第:《冯侍郎遗书》,《四明丛书》本
[73]〔明〕张煌言:《张苍水集》,上海:上海古籍出版社,1985;《张苍水全集》,宁波:宁波出版社,2002
[74]〔明〕陈函辉:《小寒山子集》,《四库禁毁书丛刊》本
[75]〔明〕张岱著,夏咸淳校点:《张岱诗文集》,上海:上海古籍出版社,1991.
[76]〔明〕冯元仲:《天益山堂遗集》,乾隆八年刻本
[77]〔清〕尤侗:《看云草堂集》,《四库禁毁书丛刊》本

[78]〔清〕陆宝:《霜镜集》,《四库禁毁书丛刊》本;《悟香集》,《清代诗文集汇编》本
[79]〔清〕魏耕:《雪翁诗集》,《四明丛书》本
[80]〔清〕谢泰宗《天愚先生诗钞》《天愚山人诗集》《天愚先生文钞》,《清代诗文集汇编》本
[81] 侯一中编:《沈光文斯庵先生专集》,宁波同乡月刊社,1977 年
[82]〔清〕朱之瑜:《朱舜水集》,朱谦之整理本,北京:中华书局,1981
[83]〔清〕朱彝尊:《曝书亭集》,影印文渊阁《四库全书》本
[84]〔清〕黄宗羲撰,沈善洪、吴光等编:《黄宗羲全集》,杭州:浙江古籍出版社,2005.
[85]〔清〕黄宗会:《缩斋诗文集》,印晓峰点校本,上海:华东师范大学出版社,2009.
[86]〔清〕李邺嗣:《杲堂诗钞》《杲堂诗续钞》,《四明丛书》本
[87]〔清〕吴之振:《黄叶村庄诗集》,《清代诗文集汇编》本
[88]〔清〕释道忞:《布水台集》,《禅宗全书》本
[89]〔清〕张瑶芝:《野眺楼近草》,清康熙刻本
[90]〔清〕裘琏:《横山初集》,清康熙刻本
[91]〔清〕周容:《春酒堂文存》《春酒堂诗存》,《四明丛书》本
[92]〔清〕宗谊:《愚囊汇稿》,《四明丛书》本
[93]〔清〕万斯备:《深省堂诗集》,《四明丛书》本
[94]〔清〕万斯同:《石园文集》,《四明丛书》本
[95]〔清〕范光阳:《双云堂诗稿》,《四库全书存目丛书》本
[96]〔清〕陈锡嘏:《兼山堂集》,《四库全书存目丛书》本
[97]〔清〕姜宸英撰,冯保燮重编:《慈溪姜先生全集》,民国宁波大酉山房刻本
[98]〔清〕钱廉:《东庐遗稿》,《四库未收书辑刊》本
[99]〔清〕释等安:《偶存轩稿》,《四库未收书辑刊》本
[100]〔清〕查揆:《筼谷诗稿》,《续修四库全书》本
[101]〔清〕毛彰:《闇斋和杜诗》,康熙刻本
[102]〔清〕王之琰:《南楼近咏》,康熙末年刻本
[103]〔清〕周斯盛:《证山堂诗集》,《四库全书存目丛书》本
[104]〔清〕郑梁:《寒村诗文选》,《四库全书存目丛书》本
[105]〔清〕屠粹忠:《栩栩园诗》,《四库未收书辑刊》本
[106]〔清〕李暾:《松梧阁诗集》,《四库未收书辑刊》本
[107]〔清〕邵璸:《情田词》,《四库全书存目丛书》本
[108]〔清〕钱沃臣:《乐妙山居集·蓬岛樵歌》《乐妙山居集·蓬岛樵歌续编》,嘉庆刻本;《蓬岛樵歌》,林志龙点注,北京:中华书局,2011
[109]〔清〕郑性:《南溪偶刊》,《四库未收书辑刊》本
[110]〔清〕郑竺:《野云居诗稿》,嘉庆五年刻本
[111]〔清〕陈美训:《余庆堂诗文集》,《四库未收书辑刊》本
[112]〔清〕陈撰:《玉几山房吟卷》,《四明丛书》本
[113]〔清〕陈梓:《删后文集》,《四库未收书辑刊》本
[114]〔清〕张羲年:《啖蔗全集》,《清代诗文集汇编》本
[115]〔清〕陈劢:《运甓斋诗稿》《运甓斋诗稿续编》,《清代诗文集汇编》本
[116]〔清〕黄璋:《大俞山房诗稿》,《清代诗文集汇编》本
[117]〔清〕全祖望撰,朱铸禹汇纂:《全祖望集汇校集注》,上海:上海古籍出版社,2000
[118]〔清〕陈铭海:《句余土音补注》,《嘉业堂丛书》本
[119]〔清〕蒋学镛:《樗庵存稿》,《四明丛书》本

[120]〔清〕邵晋涵:《南江诗钞》,《续修四库全书》本
[121]〔清〕卢镐:《月船居士诗稿》,《四明丛书》本
[122]〔清〕叶燕:《白湖诗稿》,《清代诗文集汇编》本
[123]〔清〕叶炜:《鹤麓山房诗集》,嘉庆二十五年刻本
[124]〔清〕朱绪曾:《昌国典咏》,《四明丛书》本
[125]〔清〕朱文治:《绕竹山房诗稿》《绕竹山房续诗稿》,《清代诗文集汇编》本
[126]〔清〕谢佑琦:《候涛山房吟草》,清道光二十二年刻本
[127]〔清〕郑良等:《荣阳诗抄合选》,龙山郑氏谱局光绪三十年刊本
[128]〔清〕郑世元:《耕余居士诗集》,《续修四库全书》本
[129]〔清〕范邦桢等:《双云堂家藏集》,光绪刻本
[130]〔清〕张鲲:《习静楼诗草》,清同治刻本
[131]〔清〕谢秀岚:《雪船吟初稿》,同治刻本
[132]〔清〕钱维乔:《竹初诗钞》,《续修四库全书》本
[133]〔清〕汪国:《空石斋诗剩》,《清代诗文集汇编》本
[134]〔清〕冯登府:《拜竹诗龛诗存》,《清代诗文集汇编》本
[135]〔清〕孙事伦:《竹湾遗稿》,清光绪二十二年沃洲黄宝元刊本
[136]〔清〕郑勋:《二砚窝诗稿偶存》,天一阁藏稿本
[137]〔清〕姚朝翙:《和叶艾庵白湖竹枝词》,天一阁藏抄本
[138]〔清〕姚燮:《复庄诗问》,上海:上海古籍出版社,1988;《疏影楼词》,杭州:浙江古籍出版社,1986
[139]〔清〕姚燮等:《红犀馆诗课》,清同治刻本
[140]〔清〕张培基:《问己斋诗集》,《清代诗文集汇编》本
[141]〔清〕厉志:《白华山人诗集》,光绪九年重刊本
[142]〔清〕王莳蕙:《抱泉山馆诗文集》,《清代诗文集汇编》本
[143]〔清〕姚景夔:《骗饭录》,自抄本
[144]〔清〕郑兆龙:《仅存诗抄》,道光刊本
[145]〔清〕戎金铭:《溪北诗稿》,《南开大学图书馆藏稀见清人别集丛刊》本
[146]〔清〕翁元圻:《佚老巢遗稿》,《南开大学图书馆藏稀见清人别集丛刊》本
[147]〔清〕徐甲荣:《城北草堂诗稿》,光绪二十四年刻本
[148]〔清〕陈康祺:《篷霜轮雪词》,光绪五年刻本
[149]〔清〕冯保清:《松韵楼诗稿》附《醉月词》,光绪二十五年刻本
[150]〔清〕罗喦:《现成话》,《四明丛书》本
[151]〔清〕孙家谷:《襄陵诗草》,《四明丛书》本
[152]〔清〕陈仅:《继雅堂诗集》,《清代诗文集汇编》本
[153]〔清〕陈仅等:《秋兴百一吟》,清抄本
[154]〔清〕洪晖吉:《听篁阁存草》,清光绪十年刻本
[155]〔清〕柯振岳:《兰雪集》,《清代诗文集汇编》本
[156]〔清〕章鋆:《望云馆文诗稿》,清光绪十四年刻本
[157]〔清〕张翊儁:《见山楼诗集》,《四明丛书》本
[158]〔清〕严恒:《听月楼诗钞》,光绪二十八年小长芦馆石印本
[159]〔清〕董沛:《六一山房诗集》《六一山房诗集续集》,《续修四库全书》本
[160]〔清〕叶兰贞:《研香室诗存》,何元钧整理本,2011 年
[161]〔清〕陈福熙:《借树山房排律诗抄附刻》,道光十九年刻本
[162]〔清〕虞景璜:《淡园诗集》,《清代诗文集汇编》本

[163]〔清〕虞鋆:《醉古楼诗集》,民国七年印本
[164]〔清〕陈得善:《石坛山房诗集》,《清代诗文集汇编》本
[165]〔清〕李圣就:《菁江诗钞》,光绪三十四年东三省日报馆铅印本
[166]〔清〕杨泰亨:《饮雪轩诗集》,宣统二年经畲家塾刊本
[167]〔清〕冯可镛:《匏系斋诗稿》,光绪八年印本
[168]〔清〕王迪中:《二琴居诗抄》,民国十年盟鸥别墅排印本
[169]〔清〕毛宗藩:《峡源集》,《四明丛书》本
[170]〔清〕周茂榕:《晚绿居诗稿》,民国五年宁波钧和公司印本
[171]〔清〕梅调鼎:《注韩室诗存》,民国二十二年铅印本
[172]〔清〕王慈:《王征君诗稿》,民国十年排印本
[173]〔清〕袁谟:《望浃楼诗草》,镇海区档案馆、宁波大学图书馆藏光绪十五年刻本
[174]〔清〕释敬安:《八指头陀诗文集》,2000年天童寺内部印本
[175]〔清〕王慕兰:《岁寒堂诗集》,民国十五年铅印本
[176]〔清〕江迥:《艮园诗集》,民国五年上海刊本
[177]〔清〕刘慈孚:《云闲诗草》,光绪丁酉刻本
[178]〔清〕盛钟襄:《溪上寄庐韵存》,民国排印本
[179][日]栎窗林编辑:《高城唱玉集》,明治二十年版
[180]〔民国〕胡丛卿:《祝园诗稿》,王孙荣点校本,杭州:浙江古籍出版社,2011
[181]〔民国〕洪允祥:《悲华经舍诗存》,民国二十二年排印本
[182]〔民国〕张成:《天机楼诗》,民国排印本
[183]〔民国〕戴斌章:《寒蝉秋鸣草堂诗稿》,镇海区档案馆藏稿本(残破)
[184]〔民国〕杨翰芳:《杨霁园诗文集》,宁波:宁波出版社,2010
[185]戟锋主编:《文正公谢迁诗存》,杭州:浙江古籍出版社,2010
[186]许红霞辑著:《珍本宋集五种》,北京:北京大学出版社,2013

二、选集和总集

[187]〔清〕曹寅,彭定求,等:《全唐诗》,北京:中华书局,2008
[188]〔宋〕陈起:《江湖小集》,影印文渊阁《四库全书》本
[189]〔宋〕陈起编《江湖后集》,影印文渊阁《四库全书》本
[190]唐圭璋:《全宋词》,北京:中华书局,2005
[191]傅旋琮,等:《全宋诗》,北京:北京大学出版社,1998.
[192]饶宗颐初纂,张璋总纂:《全明词》,北京:中华书局,2000
[193]周明初:《全明词补编》,杭州:浙江大学出版社,2007
[194]〔明〕释来复:《淡游集》,《续修四库全书》本
[195]〔清〕《御选明诗》,影印文渊阁《四库全书》本
[196]〔清〕朱彝尊:《明诗综》,影印文渊阁《四库全书》本
[197]〔清〕释性音重编:《禅宗杂毒海》,《卍新纂续藏经》第65册
[198]〔清〕胡文学:《甬上耆旧诗》,影印文渊阁《四库全书》本
[199]〔清〕全祖望:《续甬上耆旧诗》,方祖猷、魏得良,等点校本,杭州:杭州出版社,2003
[200]〔清〕尹元炜、冯本怀辑:《溪上诗辑》,道光五年抱珠楼刊本
[201]〔清〕黄宗羲:《姚江逸诗》,《续修四库全书》本
[202]〔清〕倪继宗:《续姚江逸诗》,《续修四库全书》本
[203]〔清〕张本均辑:《蛟川耆旧诗》,咸丰七年刻本

[204]〔清〕陈景沛纂:《蛟川备志》,镇海区档案馆藏抄本
[205]〔清〕姚燮辑:《红犀馆诗课》,同治刻本
[206]〔清〕董沛:《四明清诗略》,忻江明:《四明清诗续略》,北京:中华书局,1930
[207]〔清〕姚燮:《蛟川诗系》,民国二年盛炳炜铅印本
[208]〔清〕无名氏:《四明清诗选》(原无书名,笔者暂名),稿抄本
[209]〔清〕王慈编:《传芳录二编重辑本》,清稿本
[210]〔清〕范寿金辑:《蛟川诗系续编》,民国三年铅印本
[211]〔清〕舒顺方、董琦辑:《剡川诗钞》,1915年宁波钧和公司铅印本
[212]〔清〕钱翼衢:《回浦诗录》,宁海档案馆2002年内部印本
[213]〔清〕王荣商辑:《蛟川耆旧诗补》,民国七年刻本
[214]谢宝书:《姚江诗录》,民国二十年中华书局仿宋体印永思居校本
[215]孙锵、江迥编:《剡川诗抄续编》,1916年宁波钧和公司铅印本
[216]程千帆主编:《全清词》(顺康卷),北京:中华书局,2002
[217]张宏生主编:《全清词》(顺康卷补编),南京:南京大学出版社,2008
[218]杨镰主编:《全元诗》,北京:中华书局,2013
[219]桑文磁主编:《宁波耆旧诗》,北京:团结出版社,1994
[220]象山县政协委员会编:《象山历代诗选》,西安:三秦出版社,1995
[221]《宁波竹枝词》,宁波:宁波出版社,1995
[222]张晓邦编:《图龙集》,郑州:中州古籍出版社,1994
[223]姚业鑫等选注:《余姚历代风物诗选》,余姚市文联等印行,1989
[224]童银舫选注:《溪上流韵——慈溪历代风物诗选》,宁波:宁波出版社,2002
[225]龚烈沸辑注:《舌尖风雅——宁波下饭诗500首》,宁波:宁波出版社,2012
[226]戟锋主编:《阁老故里诗汇》,杭州:浙江古籍出版社,2009
[227]王云:《食苑诗赋》,海洋出版社,2007.
[228]朱刚、陈珏:《宋代禅僧诗考》,上海:复旦大学出版社,2012.
[229]丘良壬、潘超、孙忠铨主编:《中华竹枝词全编》(浙江卷),北京:北京古籍出版社,2010

三、方志和谱牒

[230]〔宋〕张津等:《乾道四明图经》,《宋元方志丛刊》本,北京:中华书局,1990
[231]〔宋〕罗浚等:《宝庆四明志》,《宋元方志丛刊》本,北京:中华书局,1990
[232]〔宋〕张淏:《嘉泰会稽续志》,影印文渊阁《四库全书》本
[233]〔元〕袁桷:《延祐四明志》,《宋元方志丛刊》本,北京:中华书局,1990
[234]〔明〕张瓒、杨寔纂修:《成化四明郡志》,《北京图书馆古籍珍本丛刊》本,北京:书目文献出版社,2000
[235]〔清〕嵇曾筠、李卫等修:雍正《浙江通志》,上海古籍出版社,1991
[236]〔清〕王士熙等:康熙《定海县志》,《浙江图书馆藏稀见方志丛刊》本
[237]〔清〕陈景沛:《镇海县志备修》,《浙江图书馆藏稀见方志丛刊》本
[238]〔清〕乾隆《镇海县志》,《续修四库全书》本
[239]〔清〕乾隆《鄞县志》,《续修四库全书》本
[240]〔清〕董沛等:同治《鄞县志》,光绪三年刊本
[241]〔清〕光绪《余姚县志》,《中国地方志集成》本
[242]〔清〕光绪《慈溪县志》,《中国地方志集成》本
[243]〔清〕光绪《宁海县志》,《中国地方志集成》本

[244]〔清〕光绪《奉化县志》,《中国地方志集成》本
[245]〔民国〕洪锡范、盛鸿焘修:《民国镇海县志》,民国二十年排印本
[246]〔民国〕陈训正、马涯民等:《鄞县通志》,宁波:宁波出版社,2006.
[247]〔民国〕陈汉章总纂:《民国象山县志》,北京:方志出版社,2004.
[248]〔民国〕吕耀钤等:民国《南田县志》,郑松才等点校本,北京:中华书局,2011
[249]〔明〕耿宗道编:《临山卫志》,《中国地方志集成·乡镇志专辑》本
[250]〔清〕臧麟炳、杜璋吉:《桃源乡志》,龚烈沸点校本,北京:档案出版社,2006
[251]〔清〕黄宗羲:《四明山志》,《四明丛书》本
[252]〔清〕高宇泰:《敬止录》,《北京图书馆古籍珍本丛刊》本,北京:书目文献出版社,2000
[253]〔清〕徐兆昺.四明谈助.宁波:宁波出版社,2000
[254]〔清〕高杲:《浒山志》,《中国地方志集成·乡镇志专辑》本
[255]〔清〕张宗录纂,张统镐续纂:《清湖小志》,《中国地方志集成·乡镇志专辑》本
[256]〔清〕释宗尚编:《芦山寺志》,《中国佛寺志丛刊》本
[257]〔清〕释实振编:《禅悦寺志》,《中国佛寺志丛刊》本
[258]〔清〕叶维新编:《石步志》,《中国地方志集成·乡镇志专辑》本
[259]〔清〕赵霈涛:《剡源乡志》,《中国地方志集成·乡镇志专辑》本
[260]〔民国〕王荣商:《东钱湖志》,民国五年刊本
[261]〔民国〕杨积芳:《余姚六仓志》,杭州:杭州大学出版社,2004.
[262]〔清〕谢辅卿等:《日湖毛氏宗谱》,光绪三十三年崇德堂木活字本
[263]〔清〕徐兆康、施泽霖等纂修:《四明桂林徐氏宗谱》,光绪三十三年木活字本
[264]〔清〕林维桎、林克瀚纂修:《北郭林氏宗谱》,宣统元年崇礼堂木活字本
[265]〔清〕张汝衡等:《清泉张氏宗谱》,宣统元年刻本
[266] 戴廷佑编纂:《鄞城施氏家乘》,宁波市档案馆藏1935年培远堂木活字本
[267] 黄庆曾等:《竹桥黄氏宗谱》,民国十五年惇伦堂本
[268] 朱骧辑:《四明朱氏支谱》,民国二十五年(1936)慎德堂木活字本
[269] 俞志清等纂修:《塘岙俞氏宗谱》,民国三十三年(1944)树德堂木活字本
[270] 汪培经纂:《鄞西高桥章氏宗谱》,民国二十三年(1934)有谷堂木刻活字印本
[271] 鲍茂焘、鲍茂权等纂修:《三桥鲍氏重修宗谱》,民国二十四年(1935)伦叙堂重修木活字本
[272] 杨存淇等:《镜川杨氏宗谱》,民国三十二年印本

四、其他

[273]〔唐〕陈藏器撰、尚志均辑释:《〈本草拾遗〉辑释》,合肥:安徽科学技术出版社,2002
[274]〔唐〕吴越·日华子撰,尚志均辑释:《日华子本草》,合肥:安徽科学技术出版社,2005
[275]〔宋〕《宏智禅师广录》,《禅宗语录辑要》本
[276]〔宋〕《虚堂和尚语录》,《禅宗语录辑要》本
[277]〔宋〕《希叟绍昙禅师广录》,《禅宗语录辑要》本
[278]〔宋〕高似孙:《蟹略》,影印文渊阁《四库全书》本
[279]〔宋〕释普济:《五灯会元》,北京:中华书局,1997
[280]〔元〕许名奎:《劝忍百箴》,《四明丛书》本
[281]〔明〕屠本畯:《山林经济籍》,《北京图书馆古籍珍本丛刊》本,北京:书目文献出版社,2000
[282]〔明〕赵琦美:《赵氏铁网珊瑚》,影印文渊阁《四库全书》本
[283][日]牧田谛亮:《策彦入明记の研究》,昭和三十四年版
[284] 上海文献丛书编委会:《朱氏舜水谈绮》,上海:华东师范大学出版社,1988

[285]〔清〕袁枚:《随园食单》,西安:三秦出版社,2005
[286]〔清〕杨万树:《六必酒经》,《续修四库全书》本
[287]〔清〕郑勋:《简香随笔》,清抄本
[288]〔清〕倪象占:《蓬山清话》,王德威等标点,北京:中华书局,2011
[289]〔清〕姚燮:《十洲春语》,《香艳丛书》本
[290]〔清〕陈仅纂集:《济荒必备》,《中国荒政全书》本
[291] 王清毅主编:《慈溪海堤集》,北京:方志出版社,2004
[292]《泗门古今》,《余姚文史资料》第9辑
[293] 高成鸢:《饮食之道——中国饮食文化的理路思考》,济南:山东画报出版社,2008.
[294] 王静:《慈城年糕的文化记忆》,宁波:宁波出版社,2010
[295] 李朝霞主编:《中国食材辞典》,太原:山西出版社,2012
[296] 彭世奖:《中国作物栽培简史》,北京:中国农业出版社,2012
[297] 朱惠民:《舌尖上的宁波》,杭州:浙江大学出版社,2012

作者索引

T

W

后　记

宁波学人历来有选编地域诗文的优良传统,《甬上耆旧诗》《续甬上耆旧诗》《四明清诗略》等大型地方总集,保存桑梓文献,厥功甚伟。但宁波专题诗歌的选编相对说来做得较差一些,只在近期才有人尝试。我在长期鉴赏历代宁波诗歌的过程中,一直设想编纂一整套宁波的专题诗歌选本,但限于精力、财力,斯事实不易措手。因此我考虑到自身的优势,打算从饮食诗文的选辑做起,博得了友人的赞同。

经过长期的准备,我搜集到了数量十分可观的书写饮食的诗歌,各种体裁,一应俱全,其中不乏绝妙好诗,但选本如何编排,却让人大费周章。熊四智主编的《中国饮食诗文大典》、友人龚烈沸选辑的《舌尖风雅》,采取按作者时代选诗的体例,而王云编著的《食苑诗赋》采用分类选诗的办法,两者各有优长。前者便于全面观照一个时代地域饮食诗的样态,后者则可通观一类诗的演进,便于翻检,益于鉴赏。本书选录的诗歌,采用了传统的"诗以类分、类以时叙"的编排体例,主要是以食料为中心,分为若干篇,多数于篇下再分若干类。像鲈鱼这样既有淡水、又有咸水品种者,只列一个门类。一首诗如果咏及多种食物,则仅选定其中一种食物(主要是诗中少咏者),诗即挂于其名下。以类编的方式选诗,门类的设置无法做到周全,读者在阅读利用时,应考虑其在不同门类中亦存有相关作品。从具体的内容看,咏笋、芋、黄鱼、蟹诗较多,可见其在宁波食谱中的特殊地位。另外,各类别集中的饮酒诗不在少数,但大多为浇块垒之作,真正围绕着饮食来做的其实并不多,因此不得不少选、精选,以免冲淡饮食的主题。同样,对繁多的茶诗也进行了删选。将来如有需要,涉酒、茶的诗歌经充实后,另行独立成书。由于篇幅过分膨胀,最后不得不删去部分诗歌,及戴表元《观渔赋》《胡麻赋》、郑真《双芋图赋》、周容《芋老人传》《春酒堂记》、黄宗会《西墉筑圃记》、全祖望《十二雷茶灶赋》等散文,总计约有 4 万字,那些已经见于笔者其他选本的作品自然优先被删去了。本编多从原始文献中选录作品,凡有选录一律注明出处,其中不乏珍稀之书,得来实非容易。也有少量诗歌因未见其原始出处,但在当代人的选本中时有选录,大抵来自家谱和别集,惜我尚无缘阅读,只能通过转录,分编到不同的门类之下。当然,类编的体例也有其缺点,黄宗羲曾在《与徐乾学书》中提到自己编纂《宋元集略》的经验:"只据一集存其大概","若类编之,则恶文盈目,反足为累"。这当然是顾及了艺术标准而说的,但若抛开审美的单一视域,有时"恶文"也蕴藏着宝贵的史料价值,不可轻弃。

本书旨在全面地收录宁波历代饮食诗文,从原料的生产、采购、储存,到食品的烹制、装盘,以及用餐的情趣体验、节令风俗,无不涉及,内容丰富多彩,具有鲜明的地域特色,可以成为人们深入了解和研究宁波饮食文化的辅助读物。本书具备以下几个特点:一是全面性。除了莕菜、女菜、莴苣等少量食材外,宁波餐饮中常见的食材食料大都有作品选录,覆盖面比较广,可以说是宁波历代饮食文化的一次大荟萃。但由于篇幅所限,笔者还是舍弃了很多作品,亦对部分涉食诗文进行了节选。二是知识性。本书子目所列食材食料,设置了题下小序,钩稽历代文献,将前人积累起来的相关知识稍罗于前。在具体的介绍中,尽量考虑其在四明地区的出产及食用历史,故尽可能地多用地方文献、地方志书予以佐证。不过,四明历代地方志书中的物产部分,明代所修者太过简略,清代所修者大多是抄袭前人的相关著述而成,虽有出处,却不接地气,很难说明该物种在宁波的各方面信息,这是令人遗憾的。尽管如此,笔者勉力于钩沉索隐,好让读者在口舌唇吻之外长些知识。三是审美性。本书是以诗歌的形式表现出来的饮食文化,不乏情趣盎然之作,当然会给人带来舌底生香的审美感受。透过这些诗文,我们穿越了时空隧道,能够尽情领略古人舌尖上的快感,以及他们的忧喜哀乐之情。四是便利性。鉴于注释的难度，目前流传的大多数饮食诗文选编本，皆短于注释，普通读者很难理解。本书则努力为选录的诗歌做出简明扼要的注释，并对很多名物有所考证，以便为读者的阅读鉴赏扫除一些文字上的障碍。毫无疑问，本课题本来可以做得非常轻松，但一旦设立以上的宏大目标，无形中增加了编纂的难度。笔者之所以弃易就难，意欲通过如此大范围的文献编选，使本书构成设想中"宁波历史文化大典"之"饮食典"的基本框架。笔者宏愿薄才，唯尽一己之力，书中错误，在所难免，还望读者诸君不吝指教。

笔者虽然说不上是个吃货，但在师友们的聚会中，遇到过不少山海兼味，有时确实口福不浅。如早年在温岭讲课时，第一次在饭馆中喝到沙蒜汤，惹得笔者最后执意跑到厨房中对原活物看个究竟。近年来四明内家拳掌门夏宝峰屡次组织各类活动，创造了品尝奉化土哺鱼、河豚鱼的机会。宁海舒家悦先生的一次馈赠，让我享用了烤香鱼的美味。象山友人姜剑陪同我到南田岛考察，有幸品尝了南田海鲜。在吕继星老校长家中作客时，我对师母亲手烧出的熻大头菜赞不绝口。还有大学同学王建毛带我享用了白金汉爵的美食，并有幸聆听了老板、经理的精彩讲解。这些难忘的经历至今历历在目，均有助于我对食料食诗的考释。

本书的编选，得到了宁波大学南志刚教授的鼎力支持，被列入宁波市服务型重点专业——文化创意专业群建设(B00892124702)。宁波大学学报编辑部主任周志锋教授帮助解决了选注过程中遇到的一些疑难字词的训释问题。人文学院宋闻兵教授热情地向笔者推荐当今收汉字最多的字书——《中华字海》，本书中出现的不少冷僻字，其中的简化字，皆以《中华字海》为依据。研究生杨未、唐艳芳参加了"酒类""茶类"的选注工作，这是她们的第一次尝试，借此锻炼了能力。本书的选编需要翻检大量的文献资料，宁波大学图书馆董桂琴、胡长锋老师，以及宁波市图书馆、鄞州高教园区图书馆、镇海区档案馆的工作人员，给予了种种帮助。女婿周晓震在杭州替我复印了大量急需的文献。鄞州区委党校杜建海校长对地域文化研究情有独钟，因此特别关心本书的编辑进展，曾预先浏览了初稿，并提出了有益的建议。本书的责任编辑吴伟伟，认真审读文稿，严格把关，纠正了一些明显的失误，使书稿的质量得到了很好的提升。本书的出版，得到了宁波市服务型重点专业文化创意专业的资助。对此，我表示衷心的感谢。

此稿校毕，如释重负，逐觅一小菜馆，点菜数只，大快朵颐，也算是对长期辛苦的一次小小犒劳。

张如安

2014 年 5 月 25 日

图书在版编目(CIP)数据

宁波历代饮食诗歌选注 / 张如安编著. —杭州：浙江大学出版社，2014.10
ISBN 978-7-308-13911-3

Ⅰ.①宁… Ⅱ.①张… Ⅲ.①古典诗歌－注释－中国 Ⅳ.①I222.72

中国版本图书馆 CIP 数据核字(2014)第 226018 号

宁波历代饮食诗歌选注

张如安 编著

责任编辑 吴伟伟 weiweiwu@zju.edu.cn
封面设计 续设计
出版发行 浙江大学出版社
(杭州市天目山路 148 号 邮政编码 310007)
(网址：http://www.zjupress.com)
排　　版 浙江时代出版服务有限公司
印　　刷 杭州日报报业集团盛元印务有限公司
开　　本 880mm×1230mm 1/16
印　　张 32.75
字　　数 991 千
版 印 次 2014 年 10 月第 1 版 2014 年 10 月第 1 次印刷
书　　号 ISBN 978-7-308-13911-3
定　　价 89.00 元

浙江大学出版社发行部联系方式 (0571)88925591；http://zjdxcbs.tmall.com